國家圖書館藏清人詩文集稿本叢書

第六輯

二

陳紅彦 主編

北京大學出版社
PEKING UNIVERSITY PRESS

可談集

梁文燦撰。光緒間朱絲欄稿本。十册。

梁文燦(一八六八—一九二八),字質生,一作炙笙,號紅豆館主人。平壽(今山東濰坊)人。光緒二十年(一八九四)進士,改庶吉士,次年授翰林院編修。後改任浙江道監察御史、福建道監察御史,民國時任南京榷政官等職。著有《蒙拾堂詩稿》《詞稿》及《金元懷古詞輯》等。所作《濰陽鼓子詞》,描述了當時濰縣鄉風民俗。《濰縣誌稿》有傳。

本書内容具見於其自敘:「甲午,余北上京師,旅況初經,離愁加倍,除卻筆墨,無可消遣,遂寄風月以抒幽懷。凡一路尋芳以及長安看花閒情種種,積日彌久,頗多可紀。隨口成詠,隨筆成帙,題之曰『可談集』,凡八種,彙爲四卷」云云,「甲午」爲光緒二十年,可知此集係其進士及第後北上京師時旅途吟詠之作。自署「平壽炙笙氏清課」。據目録,凡《走馬吟》二卷、《續走馬吟》一卷、《怨蘭詞》四卷、《惜金詞》一卷、《憐玉詞》一卷、《雜冶遊詞》一卷、《鴛鴦譜》二卷、《鴛鴦譜吟》一卷、《韻秋草》二卷、《歷下冶遊詞》一卷,共十種十六卷。檢點其書,《怨蘭詞》缺卷一,《雜冶遊詞》以下四種已佚不存。此外,尚有《紅豆館擷餘》一卷、《獺祭隨録》一卷、《紅豆館舊草偶存》一卷《補》一卷、《紅豆館詩存》一卷。圈點、塗乙處甚多,皆未定之稿本。其中《走馬吟》有三種不同的修改稿,可見其前後改動痕跡。書寫於「成興齋」朱絲欄稿紙之上,半葉六行。梁氏所著《蒙拾堂詩》亦用成興齋稿紙,而與此開本大小不同。梁氏詩文集未曾刊行,今據以影印。

(樊長遠)

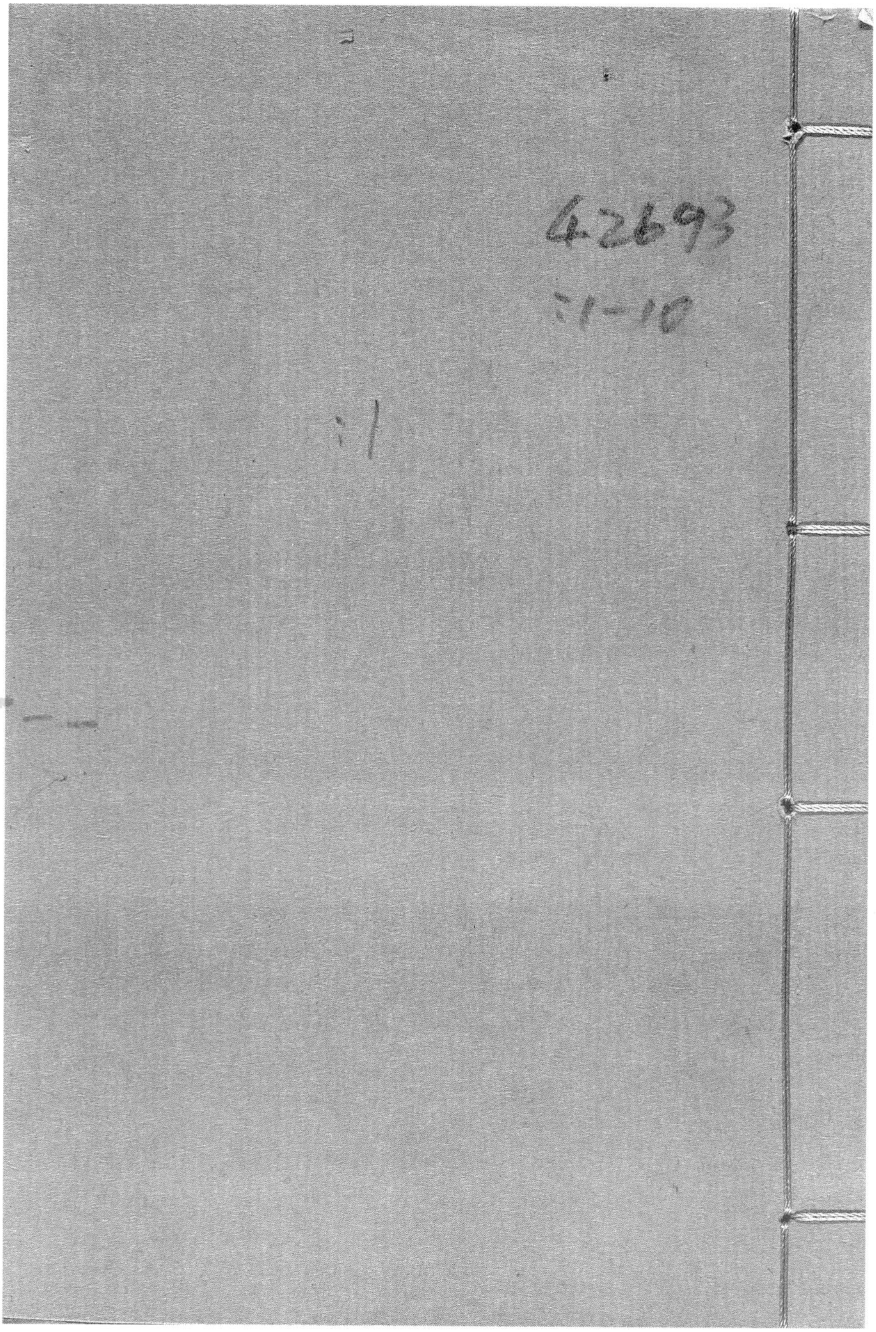
42693
21-10

可談集小引

甲午余北上京師旅況初經愁思加倍賴筆墨以作消遣藉風月以抒幽懷凡一路尋芳以及長安看花閒情種種積日彌久頗多

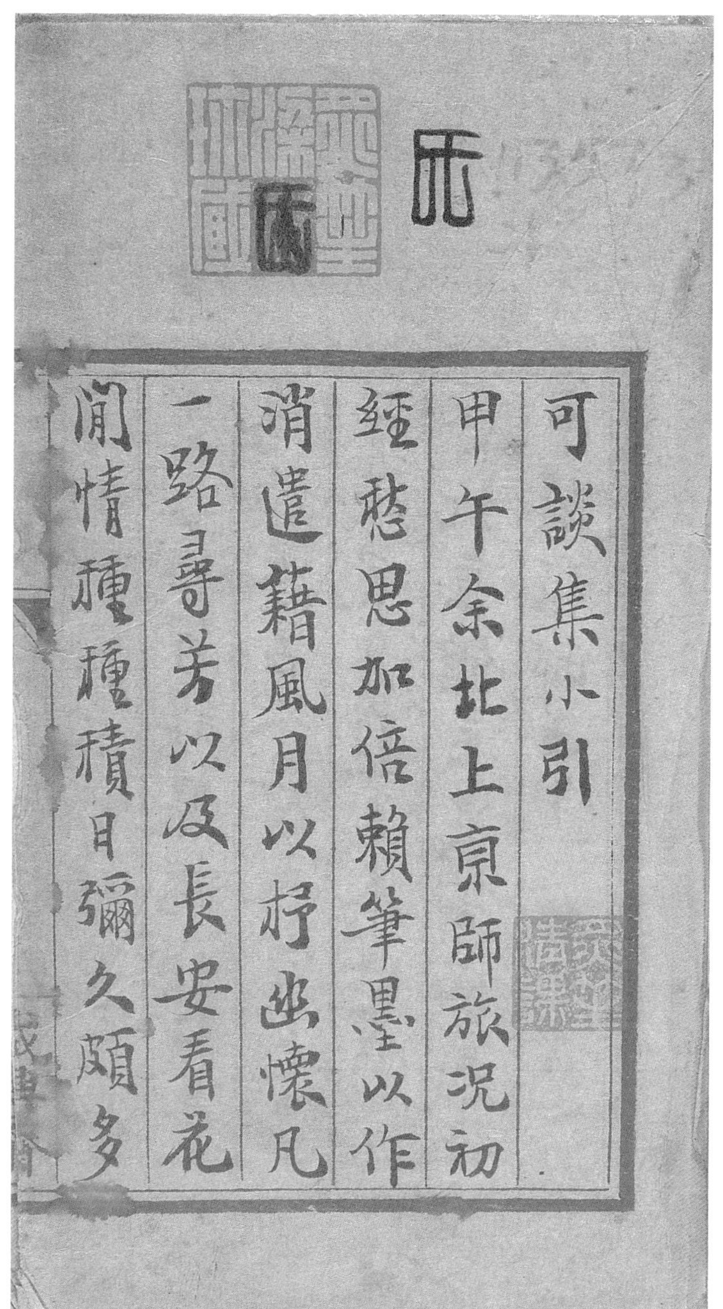

可紀隨口成詠隨筆成帙題之曰可談集凡八種彙為四卷古人詩云今夕只可談風月題名本此古平壽紅豆館主炎笙氏書於平陵旅邸中

可談集總目

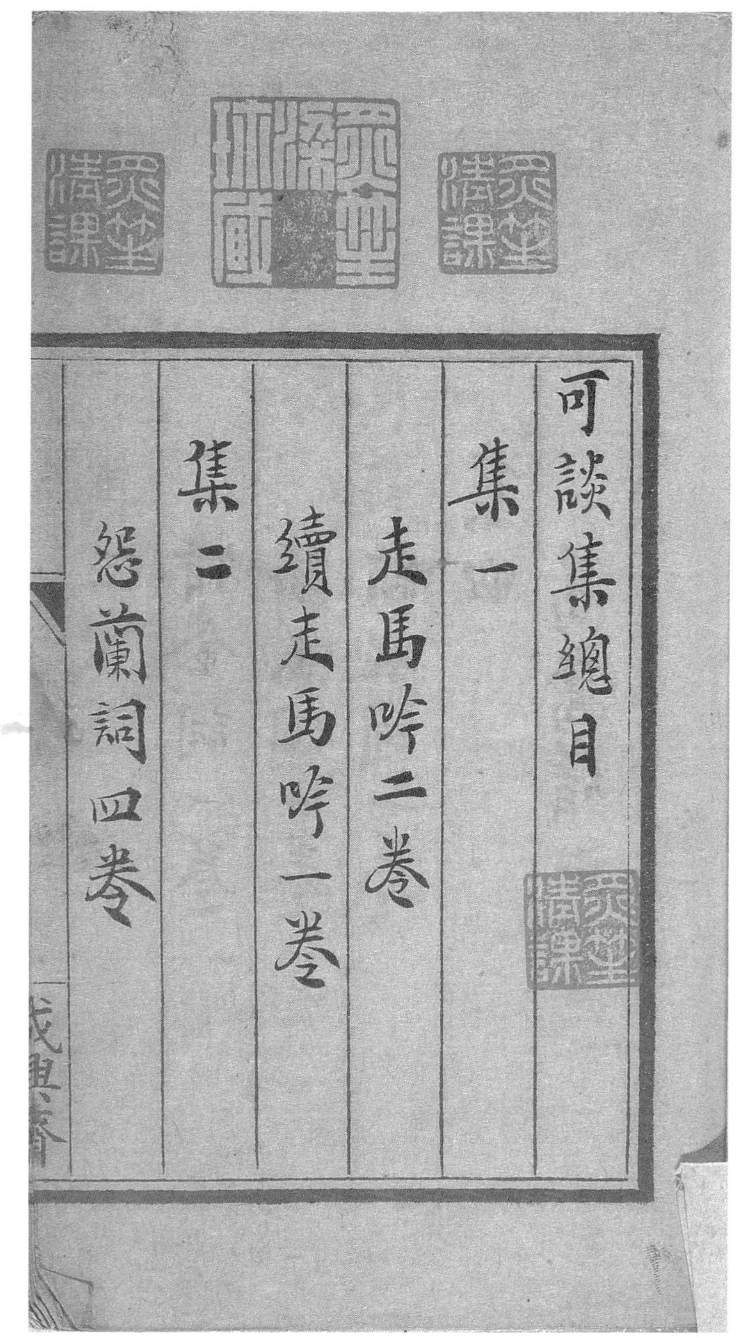

集三

惜金詞一卷

憐玉詞一卷

雜治詞一卷

集四

鴛鴦譜二卷

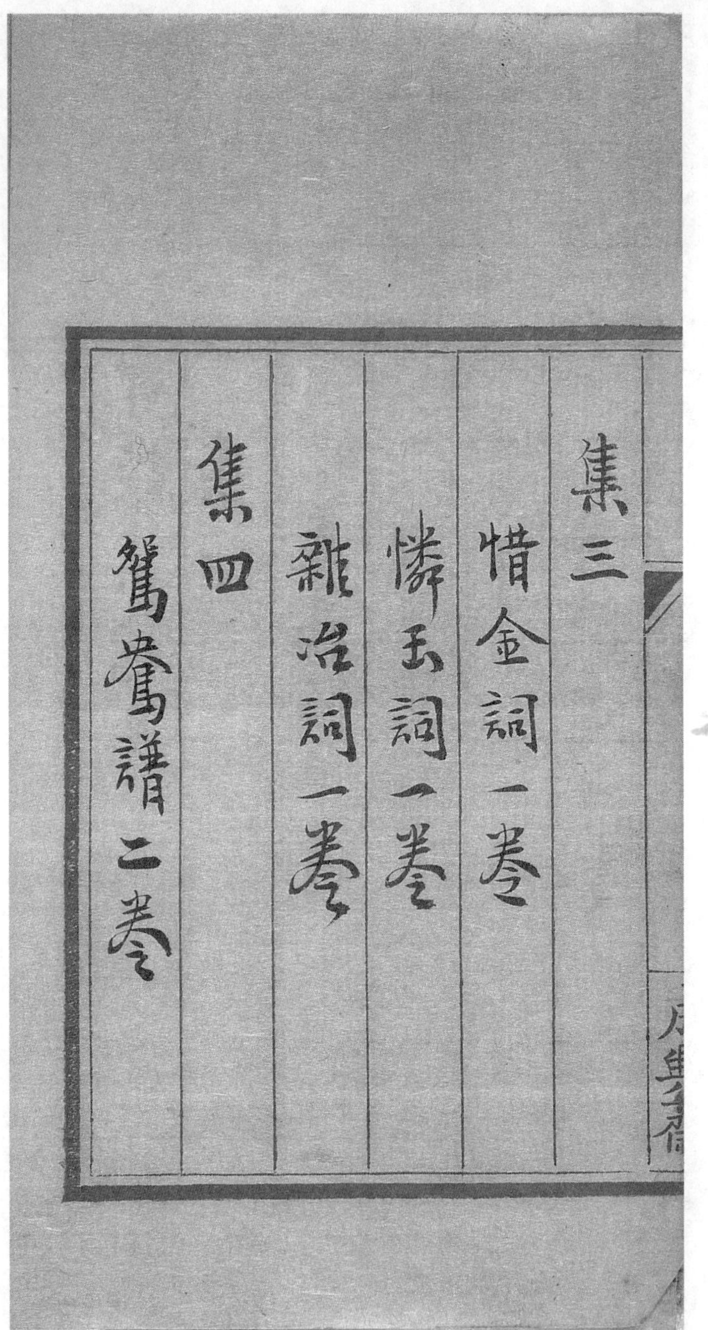

鴛鴦譜吟一卷

可談集補遺

韻秋草

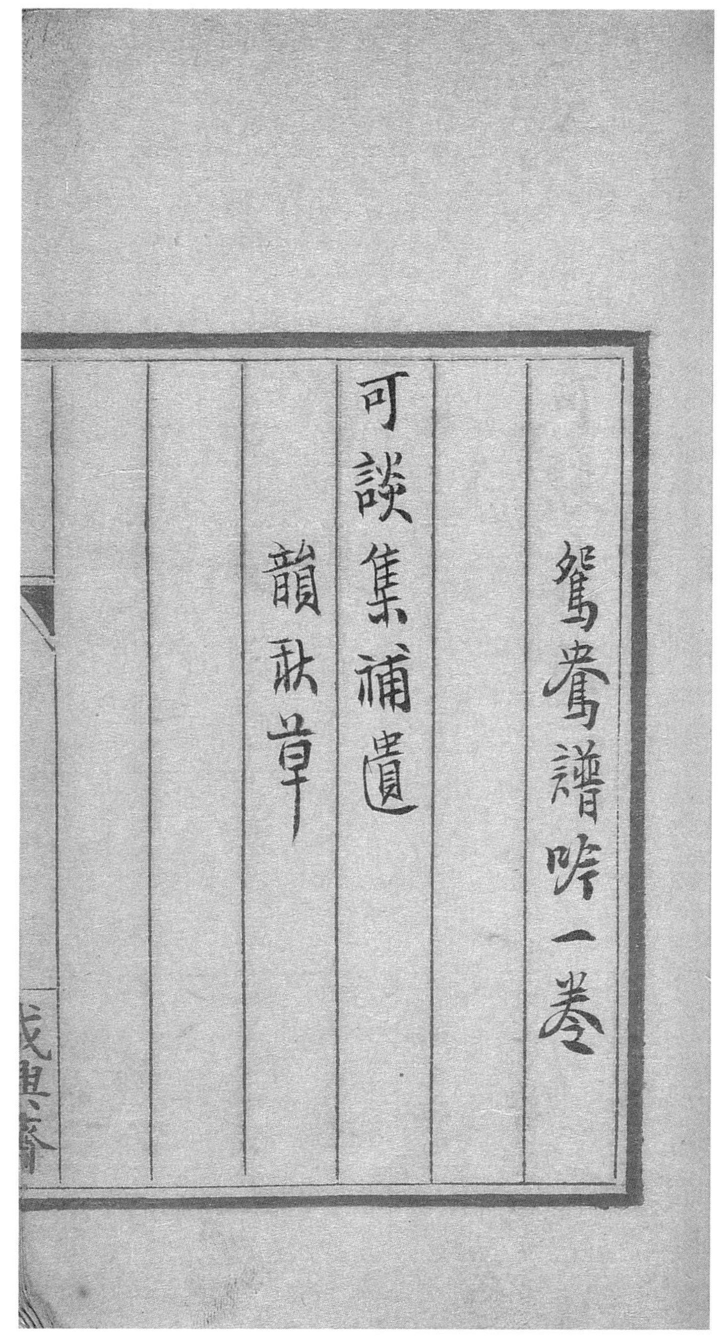

可談集題詞

成興齋

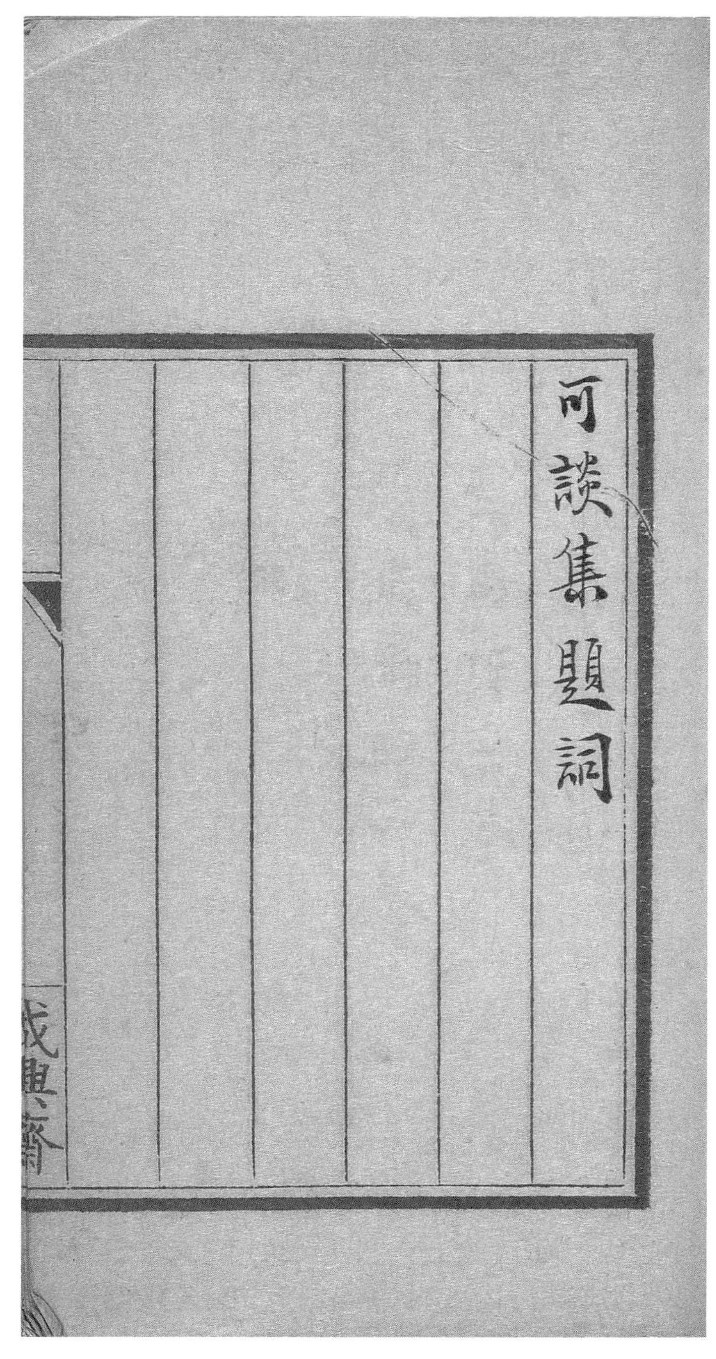

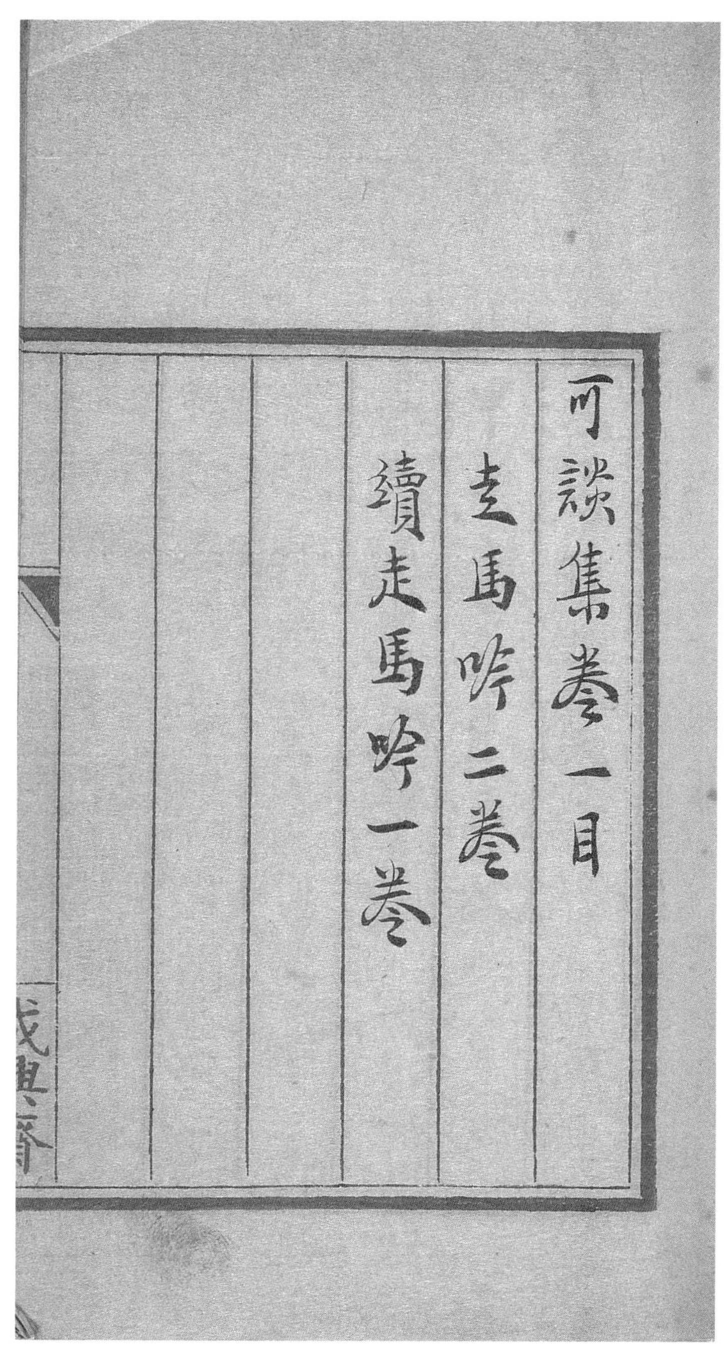

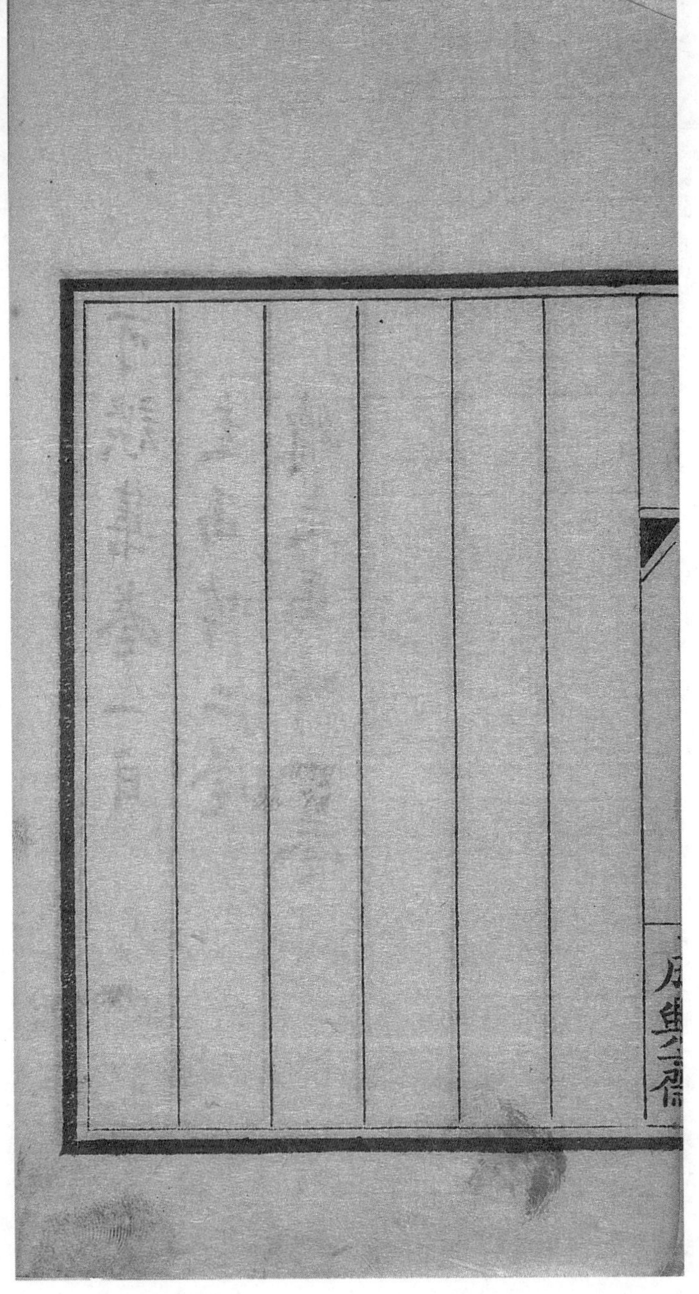

走馬吟原叙

甲午春余自歷入都一路看花頗有當意因觸舊愁更添新恨莫遣愁懷輙成吟詠不揣荞陋學捧西子之心未免輒狂率題阿男

之字（阿男見王漁洋詩話）自比遠遊王粲敢效薄倖牧之玉溪好作無題半皆比體金壇託名疑兩亦是變風凡一路拂袖挂釵留髡送客諸作概登此帙餘另草以存

凡二卷題曰走馬吟取走
馬觀花之意云紅豆館主
吳笙氏自叙

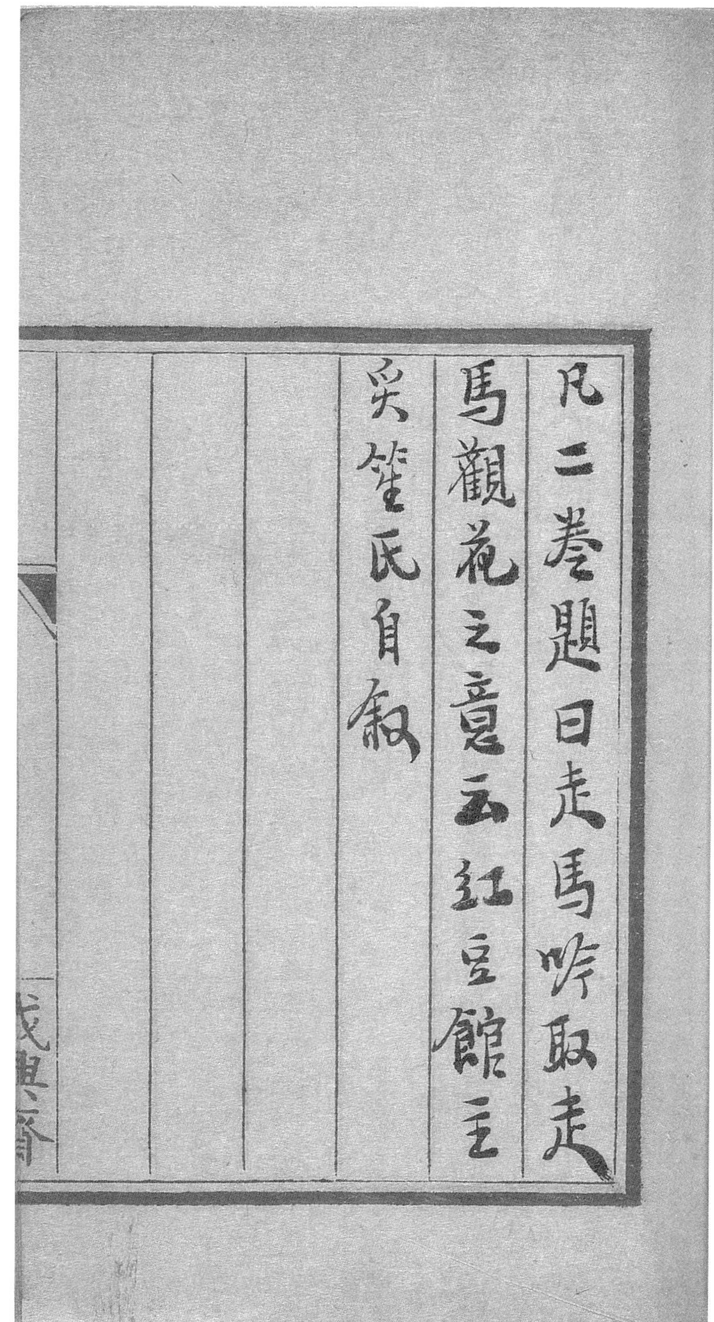

走馬吟卷上

古平壽炙笙氏清課

贈小開

朝陽歌妓小開年十四隸曲部余自潍入歷見之正遇其嗔怒之時詩故云

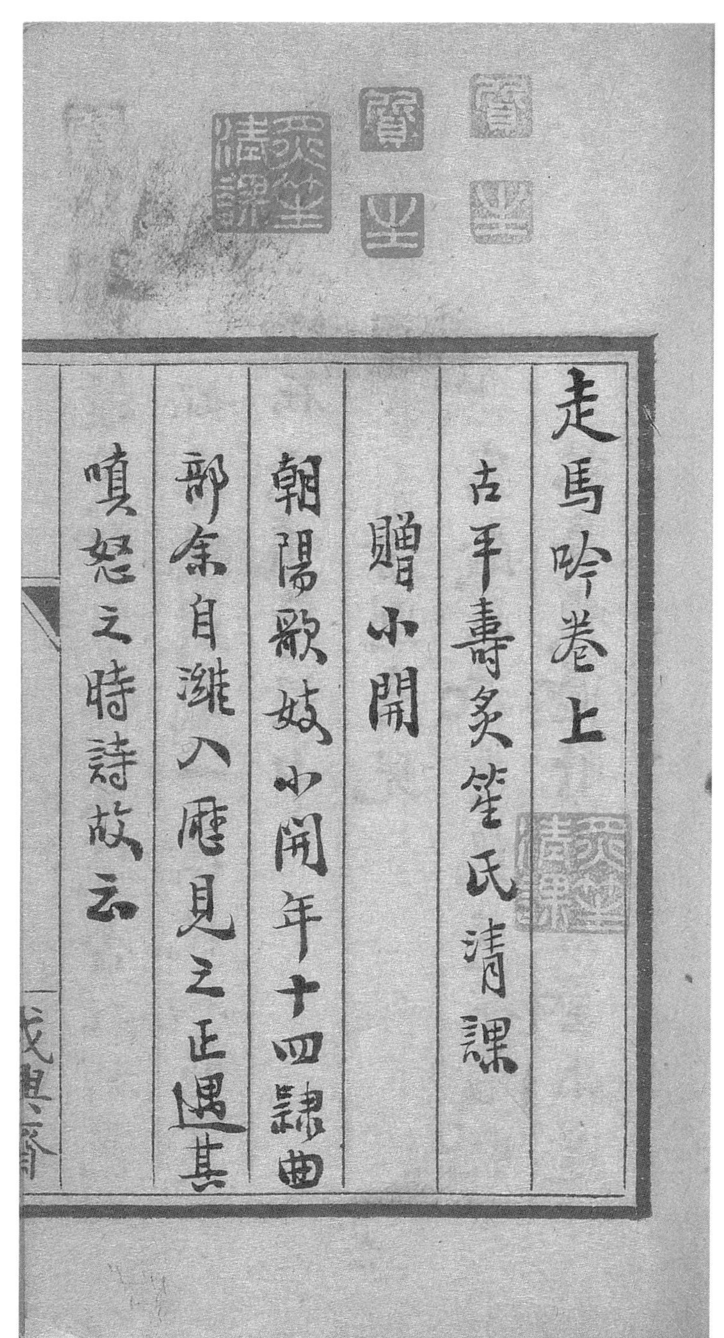

雛髮雙櫳辮髮鬆杳紅衫色
妬春風別成一段眠人態盡
在淺嗔薄怒中

寄別喜兒

客歲在滬喜兒共余最昵
蘇春復過行李忽忽未遑

叙舊寄此慰之
忍情無復舊時遊曾恨檀郎
薄倖不生恐相思已斟滿那
堪再飲別離愁

贈二順
二順年十四余見時於前

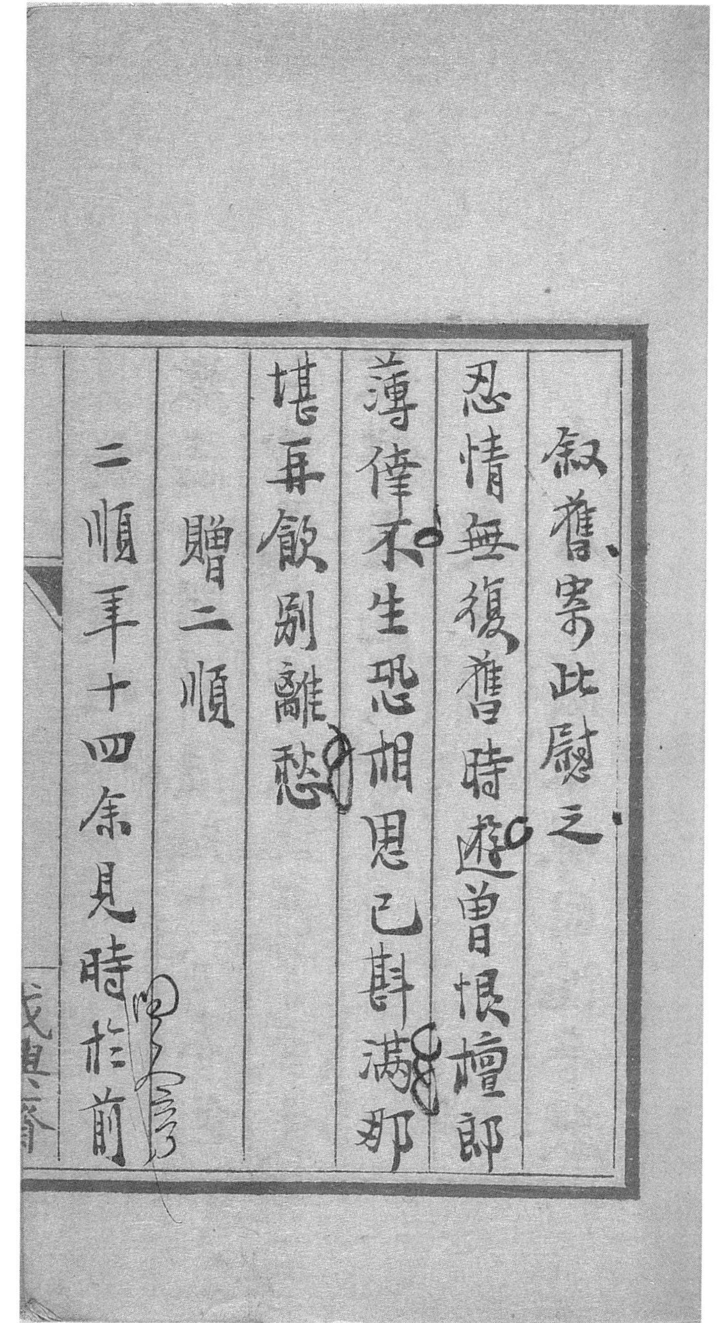

幾日纔破瓜也

嫩蕊初開蜂蝶知十分春色

上蛾眉含情欲説前宵事愛

殺佯羞忍笑時

雙美詞

余居平陵旅邸同院有教

坊工人小八年十四小九年
十二一嫵媚、一豪放色藝
皆佳、可謂兩美必合矣
姊饒嫵媚妹英雄鸞鳳一雙
歌舞中殘月曉風楊柳岸銅
琵鐵板大江東眉峰偕峙英

戊與齋

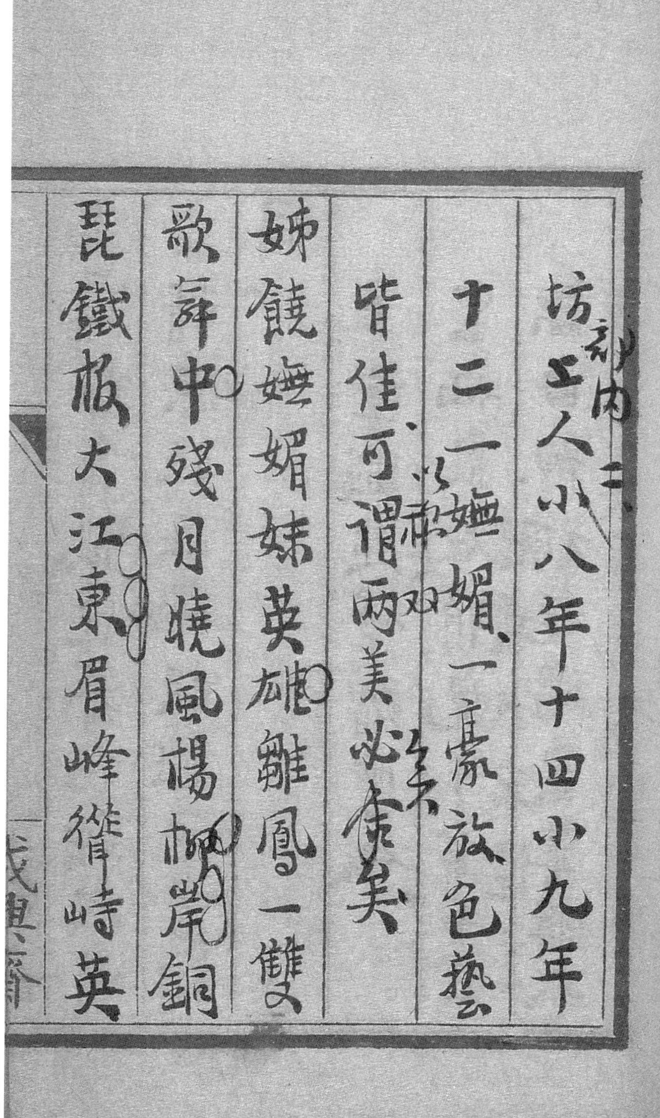

光露眼角低迷春色融我有
柔情兼壯志桃根桃葉盡相
同、

宴宴城題壁贈雲仙

雲仙乳名順寶年甫十三
隸曲部、旖旎溫柔善解人

慰翁贈以菱鏡一方荳蔻
二匣情稠語密幾不勝情遣
至漏三下始悵悵別去余
本多情叨逢知己兩情可
鑑獨對菱花此後相思惟
餘荳蔻所虞妝之一去已

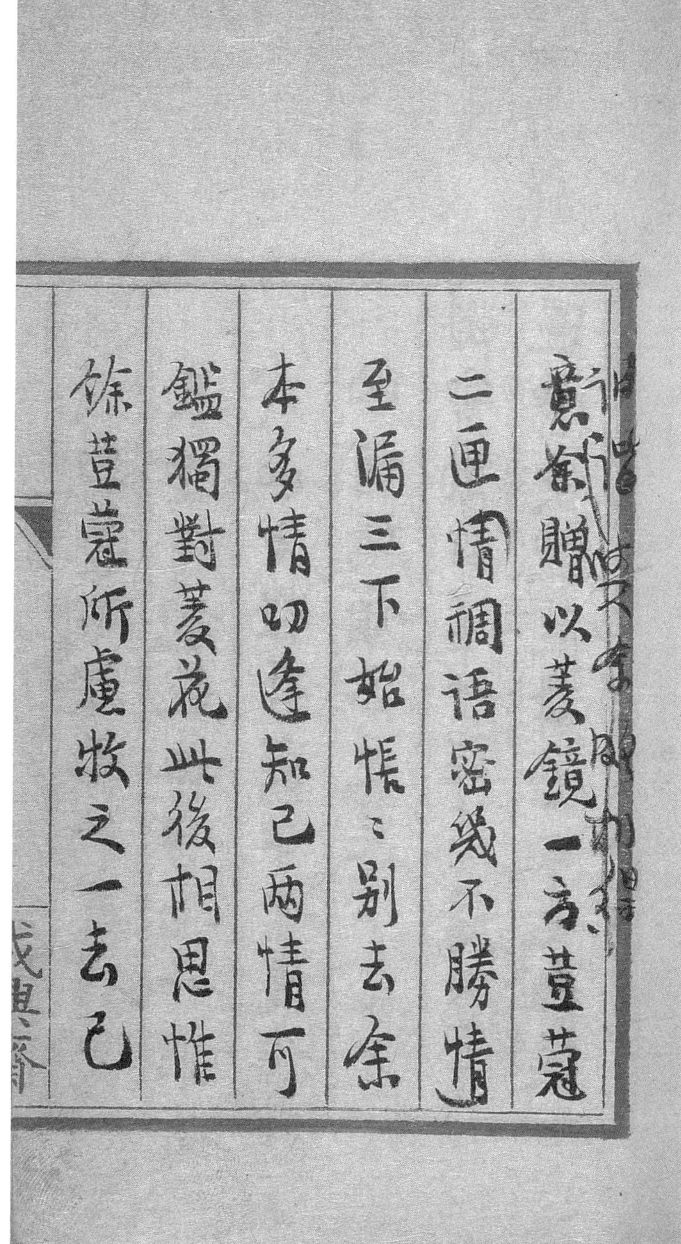

教綠葉成陰不然崔護重
來豈僅桃花依舊扁舟未
載西子恨有窮乎金屋得
貯阿嬌願亦足矣
別卻繁華第一程藍橋又喜
遇雲英鄹闌舞態妬飛燕旋

韻歌喉驕乳鶯偎我斜欹如
醉意背人私語儘低聲酒闌
燈灺叮嚀甚有盡春宵無盡
情

其二

嬌態纔可十三餘稚齒韶顏

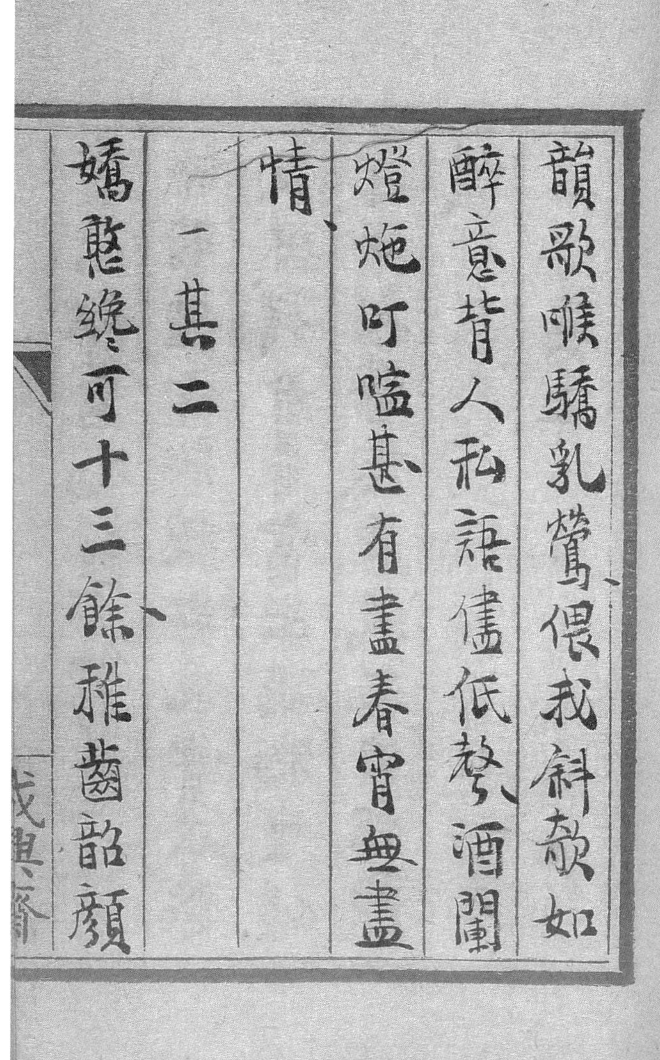

畫不如鬟鈿親教郎整理、綵
絲暗換女妝梳、好花貫及髩
閒日、媚月看當未滿初坐使
意中人墮落、春風無力作吹
噓

其三

菱鏡聊當襍佩貽、戲拈荳蔻贈相思。事見叙中都將春夜纏綿意、併作秋波宛轉姿。旣去復回猶意惚、欲言仍止總情癡、明宵驛宿知何處、可有香魂夢裏隨、

再贈雲仙

年少風流不自持、琵琶曾拜女教師、周郎顧曲驚相問又認是同門倒喜兒

喜兒之母係歷下舊時名妓琵琶一曲爲東鄰之冠

老年門前冷落以藝授人
一時雛年歌妓皆出其門
余既與其女喜兒昵亦戲
從學一曲雲仙亦其所教
因戲與敘同門詩故云

其二

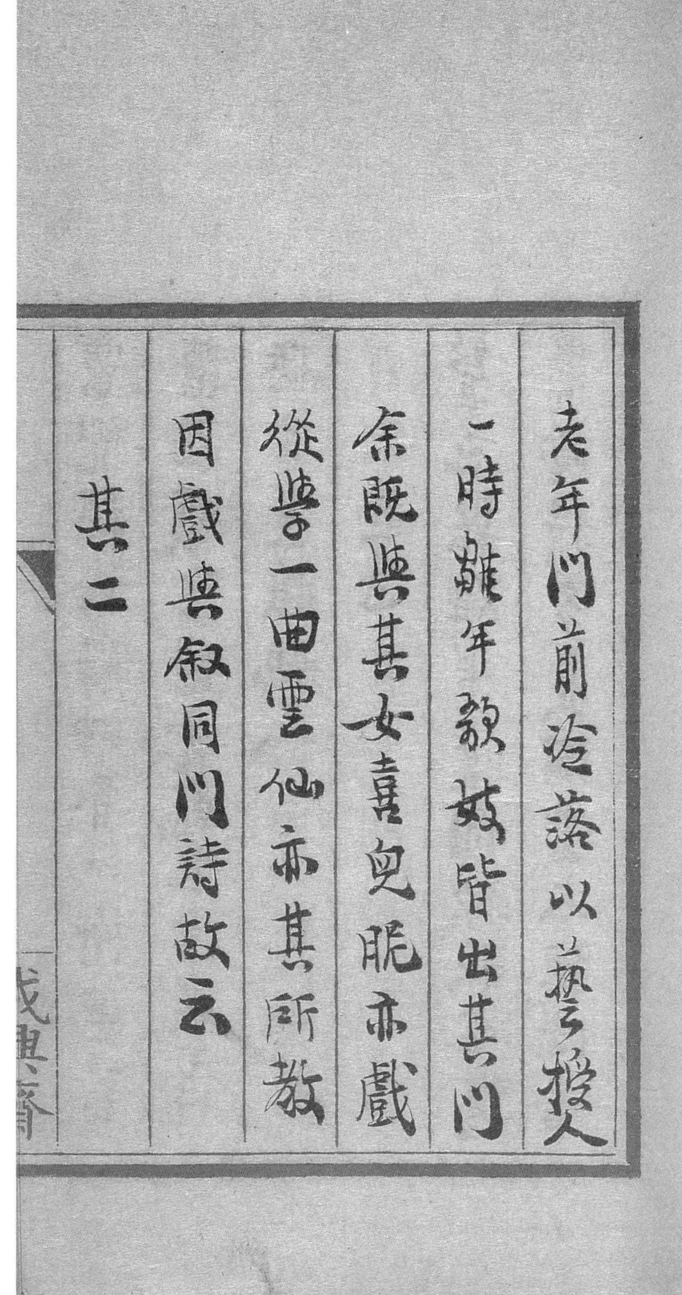

密嚮溫語好如春一桁垂簾
惹燕嗔生恐旁觀太冷淡伴
持言笑暖他人

其三

髻花鬆嚲步蓮開欲語含羞
費意猜多是阿雲太胆怯倩

郎攜手出簾來

其四

不惜囊金買笑歌如何倒惹
蹙雙蛾世人徒重纏頭費翻
恨檀郎客氣多

瑣事再記

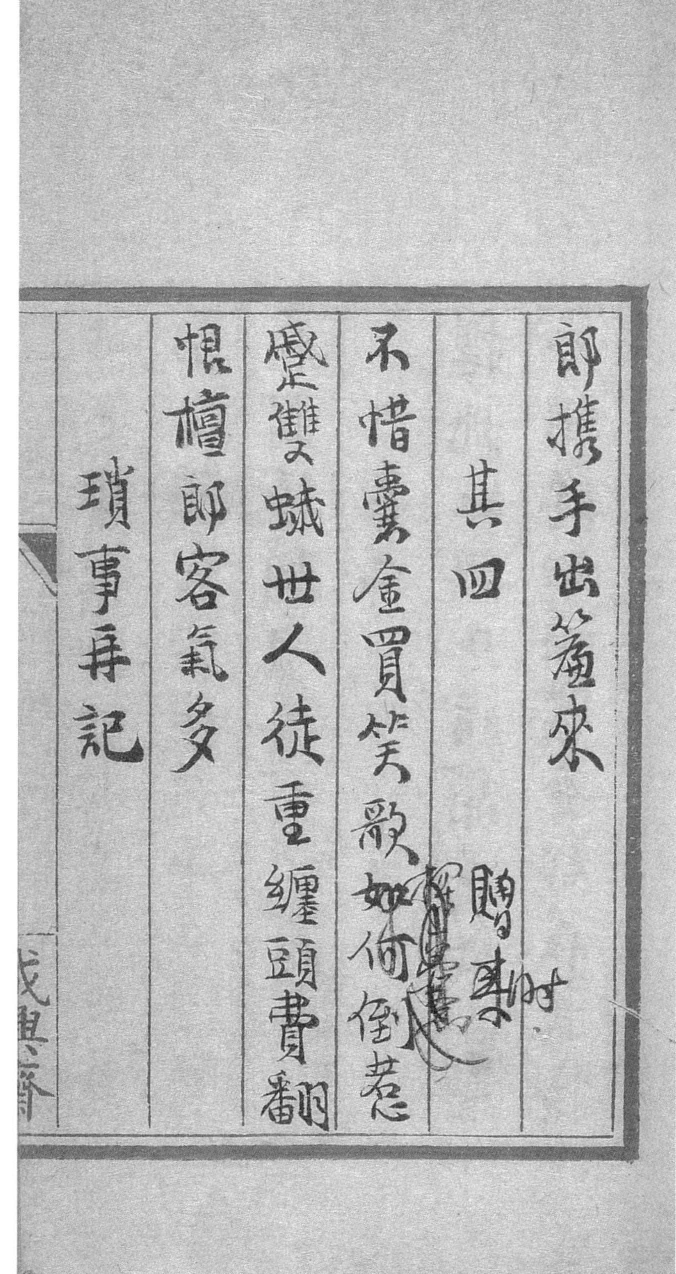

千般愛惜萬纏綿妾自殷勤
郎自憐又恐歌殘香口澀鳳
茶親捧到脣邊

其二

櫻桃紅破口脂開噴出蘭煙
一縷綫細唾濃香都在裏檀

郎倢倖細嚐來

其三

同是教坊新內人花今癡想
隔春雲不知喜姊新顔色妍
媚如儂勝幾分

喜兒年十四故呼以姊也

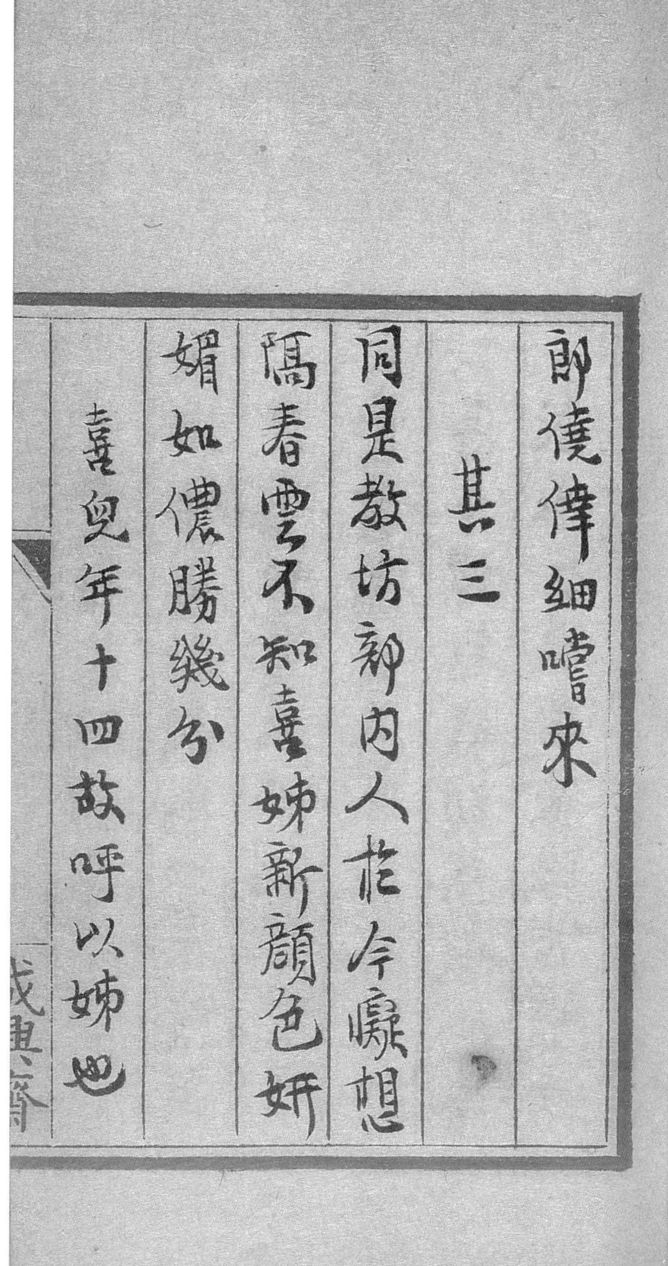

其四

問卿曾否已成人，一半嬌羞一半嗔。唾罵未終腮淚漬，花言費盡謝真真。

歷下謂雛妓初次破瓜為成人，余出言孟浪，可謂唐

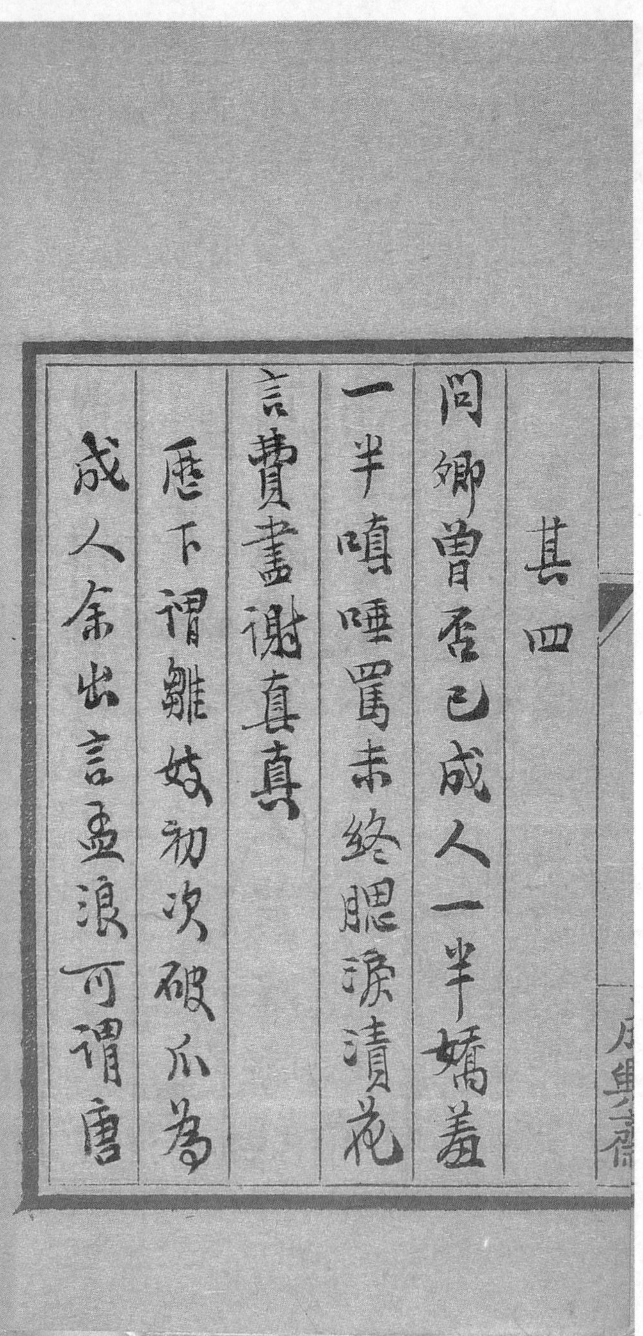

奚西子然余之意固願作司香尉金鈴護落花恐其遭强暴之污非想作巫山之夢也

贈喜官二首

喜官亦宴城歌妓年十四

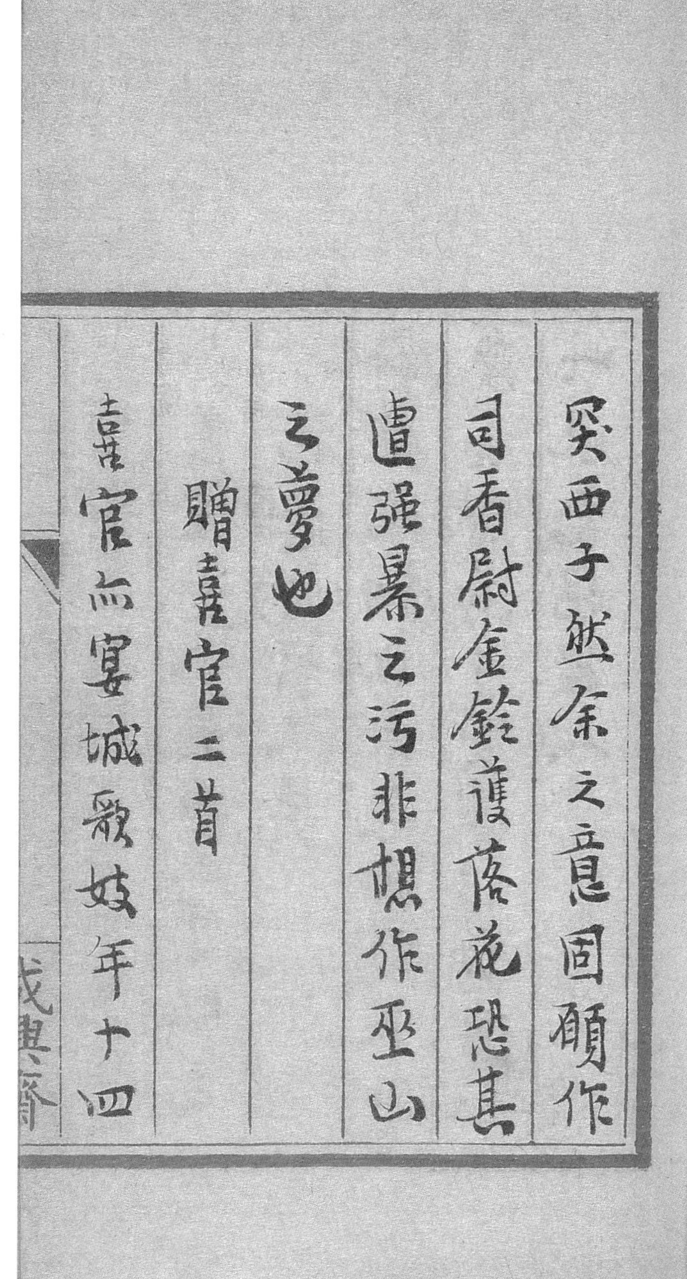

蟬鬢之態傾絕一世見余

意注雲仙更加以嗔妬之

色真更覺可憐人矣

斜掠花鈿故未匀面龐尖瘦

愛長鬢柳眉雙蹙緣何事如

此風光眠殺人

其二

衣香燈影暫句留、總帶嬌嗔未轉頭、梅子含酸蓮子苦、半緣醋意半緣愁、

贈寶玉

宴城寶玉攜其小妹同歌一

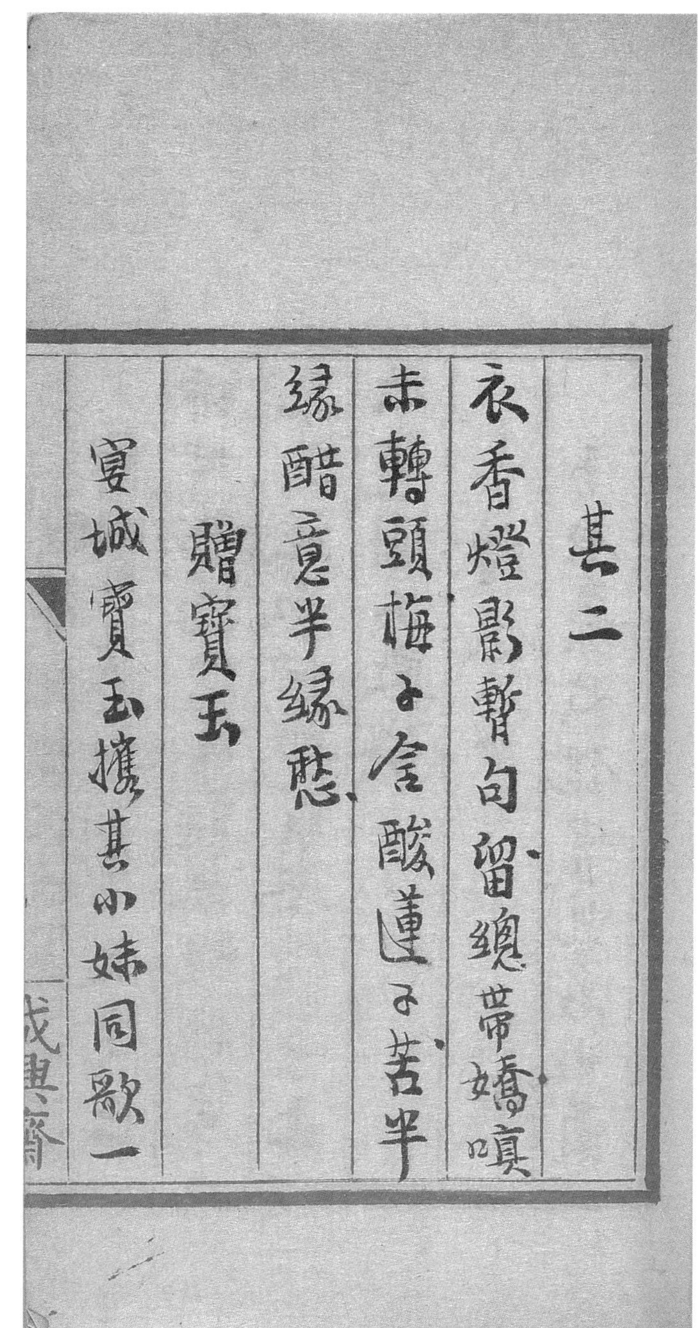

頗有意趣但嫌其[illegible]

曲〻罷能索纏頭費太急云

姊妹花開一樣鮮珠喉兩串

亂歌絃如何曲罷無情甚止

放河間工數錢

贈銀官

平原歌妓銀官乳名小菊

年十二三姿態明媚罕有
其匹秋水盈盈似不解情
事尤可愛也
不惜花名仔細陳稱他潔白
面如銀不知初見當羞澀翻
向燈前正覷人

其二

三絃擘擫作成聲一曲短歌
譜半生多是阿儂太嬌小箇
中情事未分明

贈小鳳

任邱歌妓小鳳年十三姿

態瘦弱若不勝衣彈琵
琶唱梳妝台一闋其余情
甚歡眠惜征車心急未暇
留連至今思之猶悵悵也
蓮瓣兜香一捻紅珊珊瘦骨
削東風拂絃未得周郎顧腸

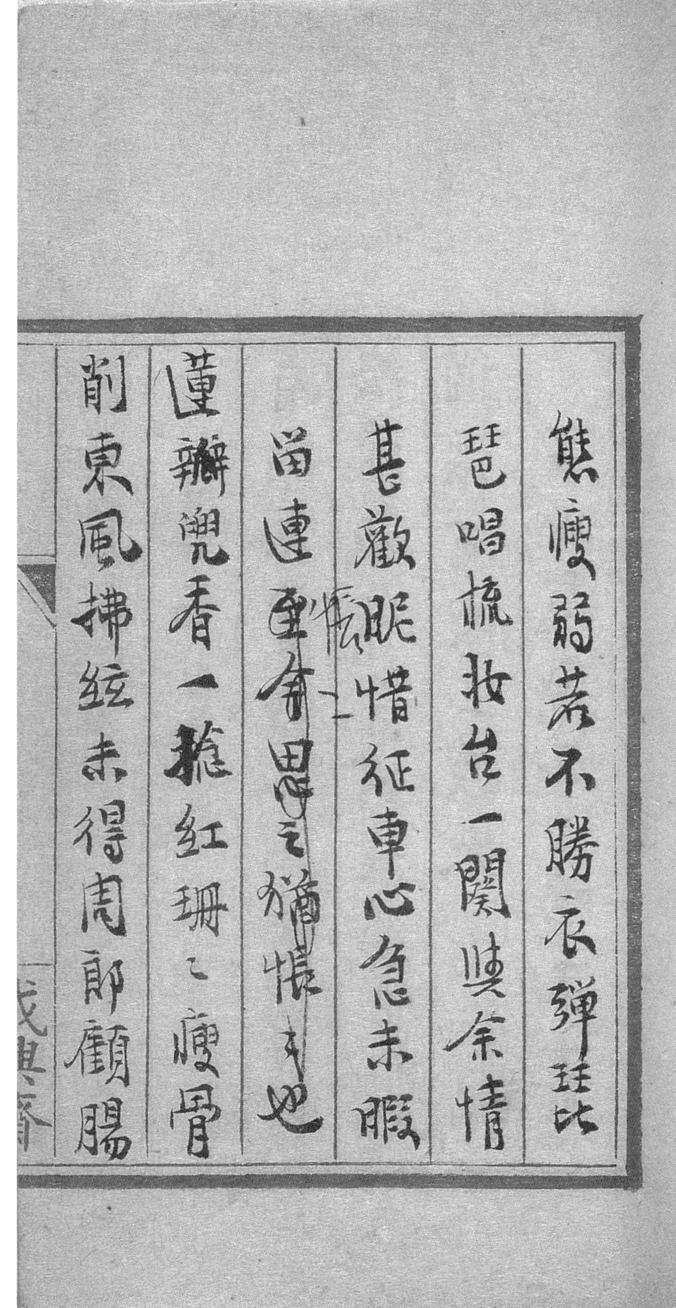

斷妝台一闋中

其二

眉皺不曾爲妾開檀郎性
格費疑猜有何泛節比松柏
惆悵何儂三喚來

古子夜歌云三喚不一應

有何比松柏

右詩共二十二首

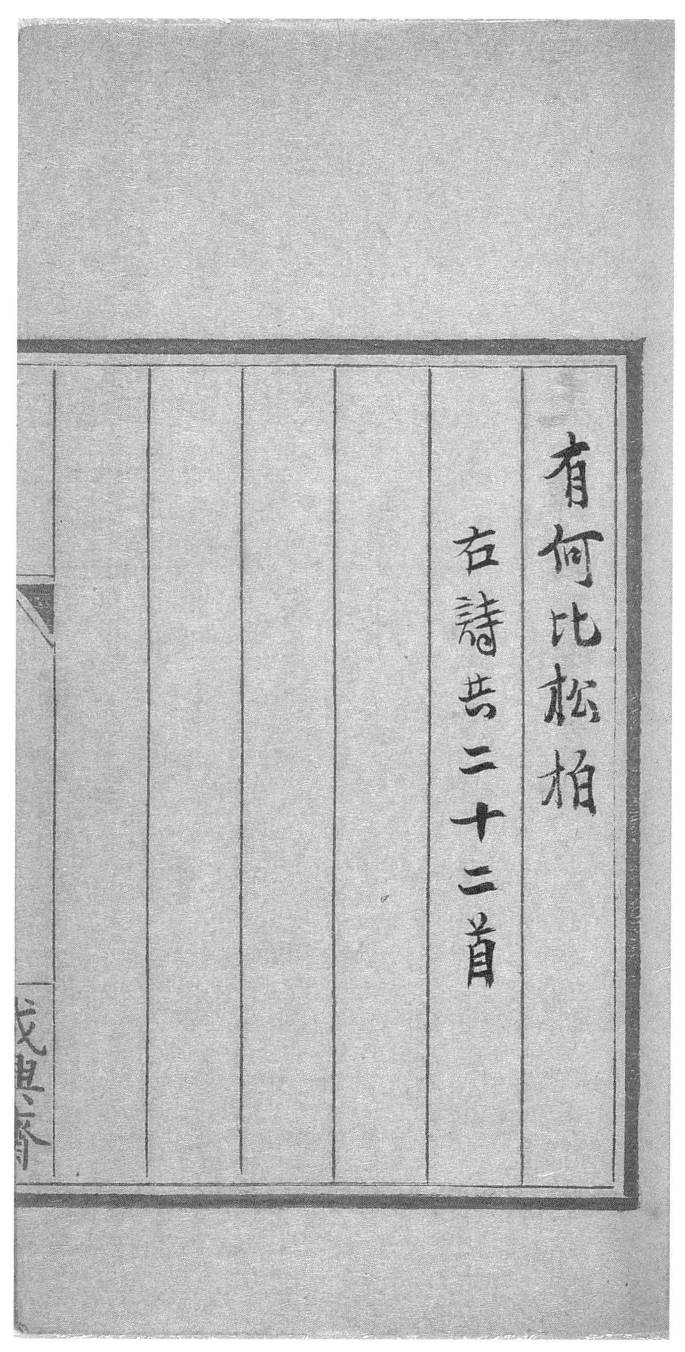

走馬吟卷上終

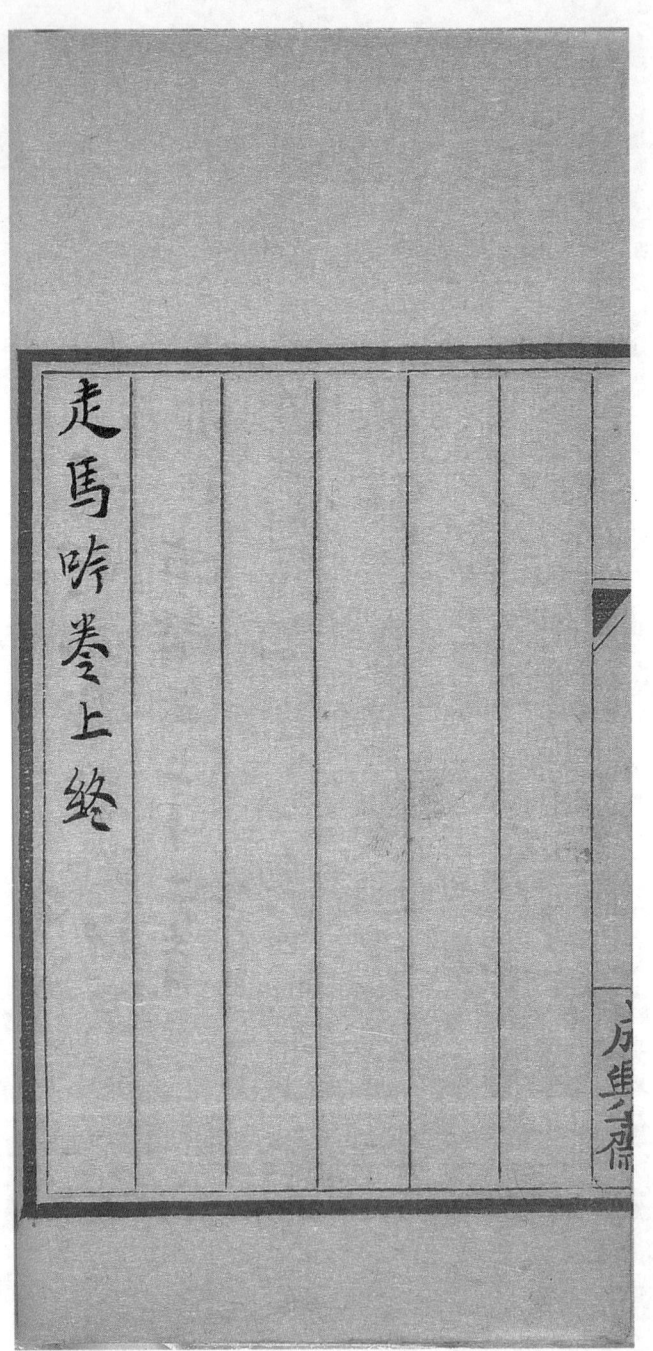

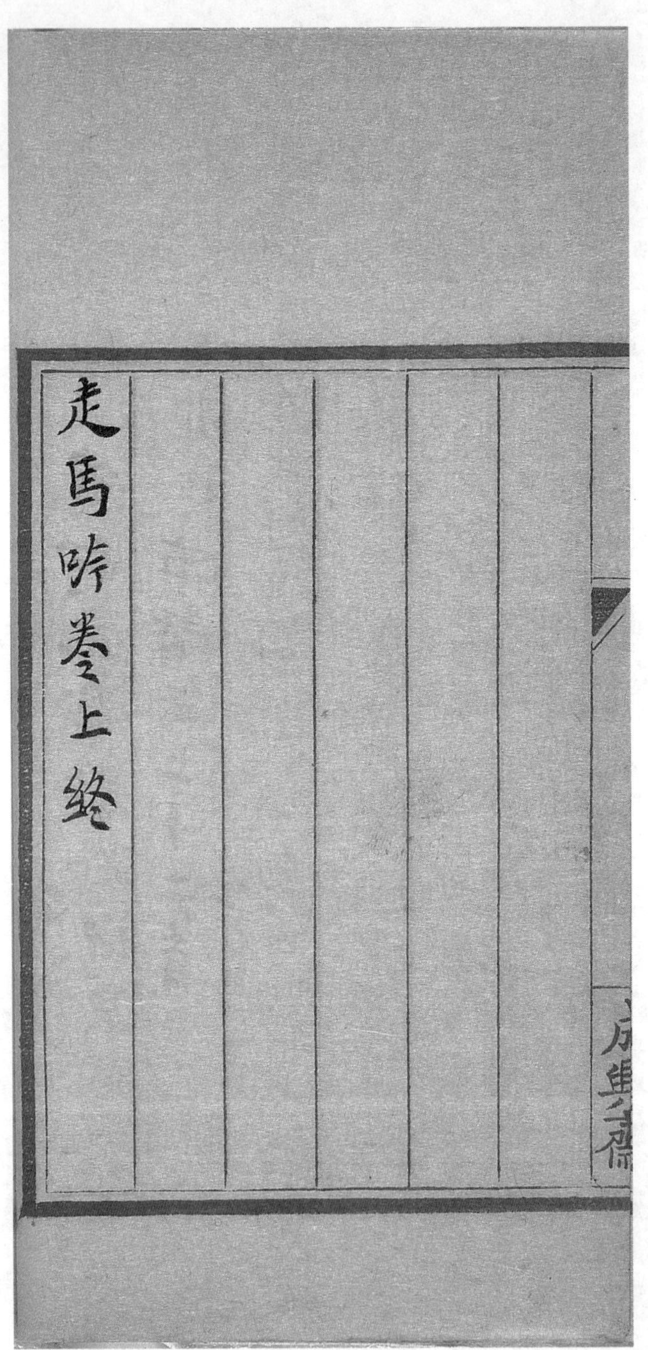

走馬吟卷下

古平壽炙笙氏清課

再追贈小鬧

臉霞微暈頰潮紅恨滿修蛾

兩擊中一曲豔歌翻子夜思

然小鬧罵春風

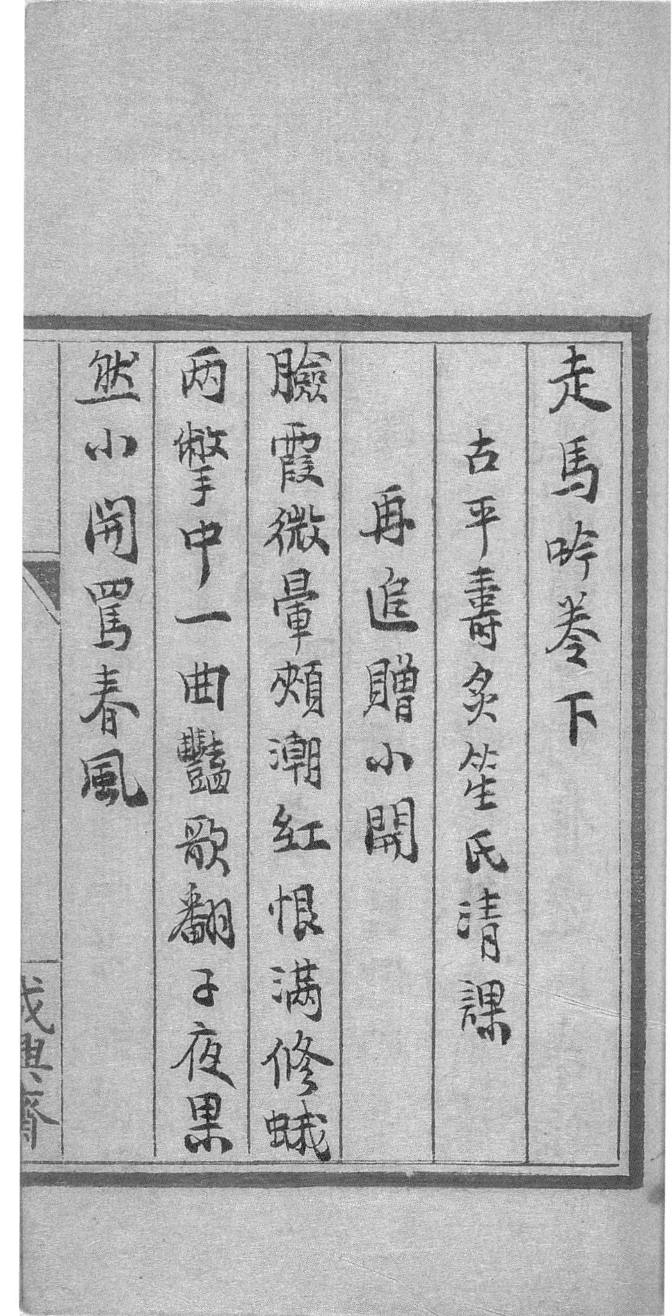

古子夜歌云羅衣易飄颻

小閑罥春風

憶舊詞十首

客歲旅寓風嘆歌妓喜

也頗眠酒畔斟情花前密

語回頭一別舊遊如夢輪

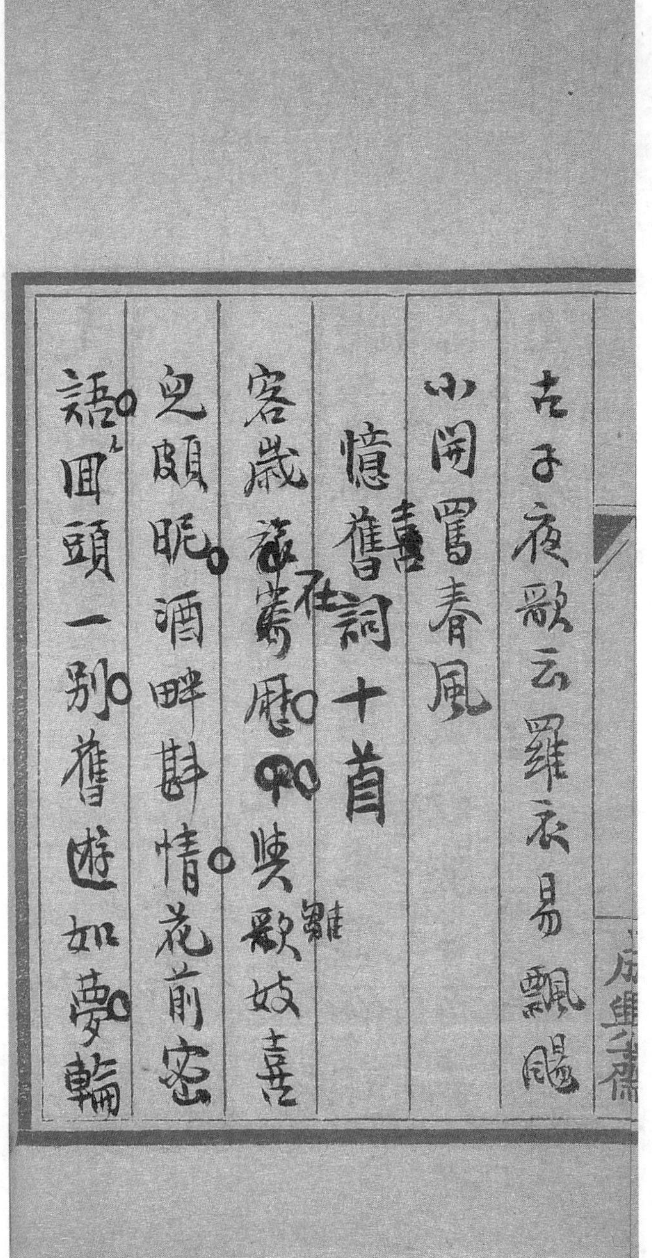

歸之下。謂作小詩十首。用

以消愁而愁轉多。解悶

雨悶愈甚矣。回

春寒花信幾遲回。連番

架花忙殺蛺蜂蝶來往頻煩

付東

羯鼓催。猶慳可期未到。芳

名先魁萬十旧。

其二

千呼萬喚尚遲留。半是猜疑
半惱羞。猶憤如花人到也。相
如病渴一時休。

其三

花婿人媚兩相憐。茉莉摘

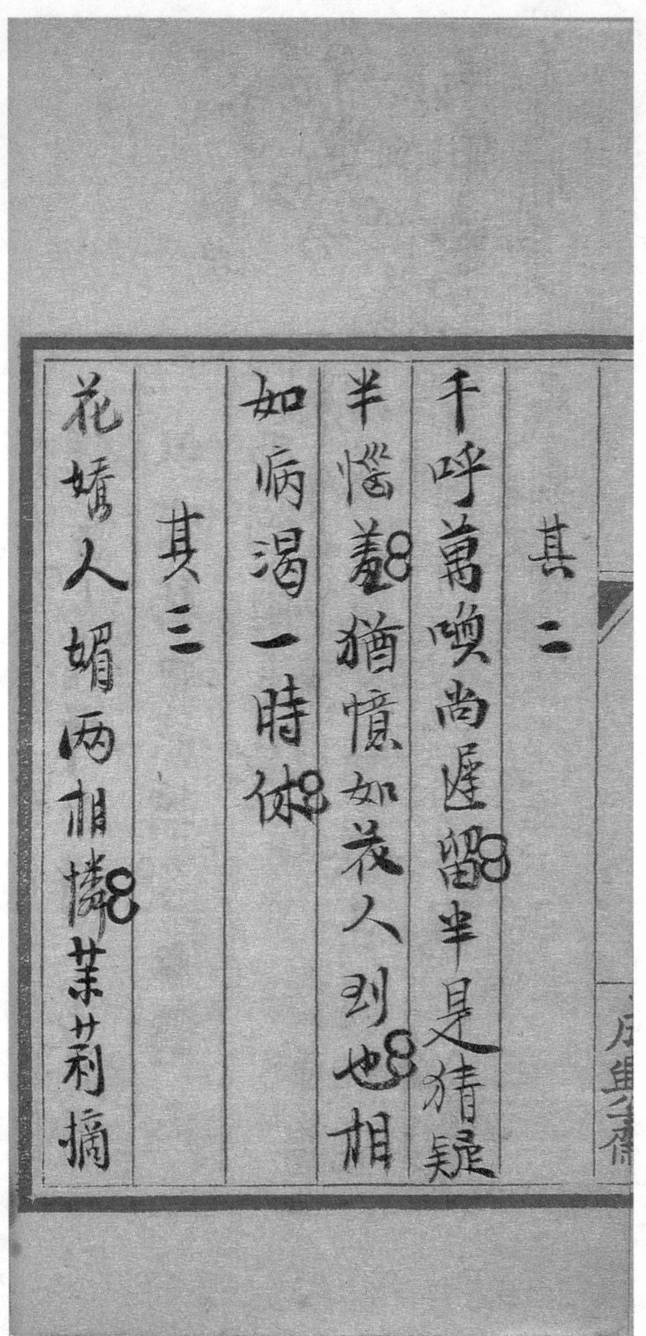

素掬手鮮　猶憶檀郎[illegible]安

挿綺羅扇柄[illegible][illegible]

其四

勞娜曼曲度琵琶　左執紈扇

羅左捧茶　猶憶一闋歌未竟

戲番渴熱問儂家

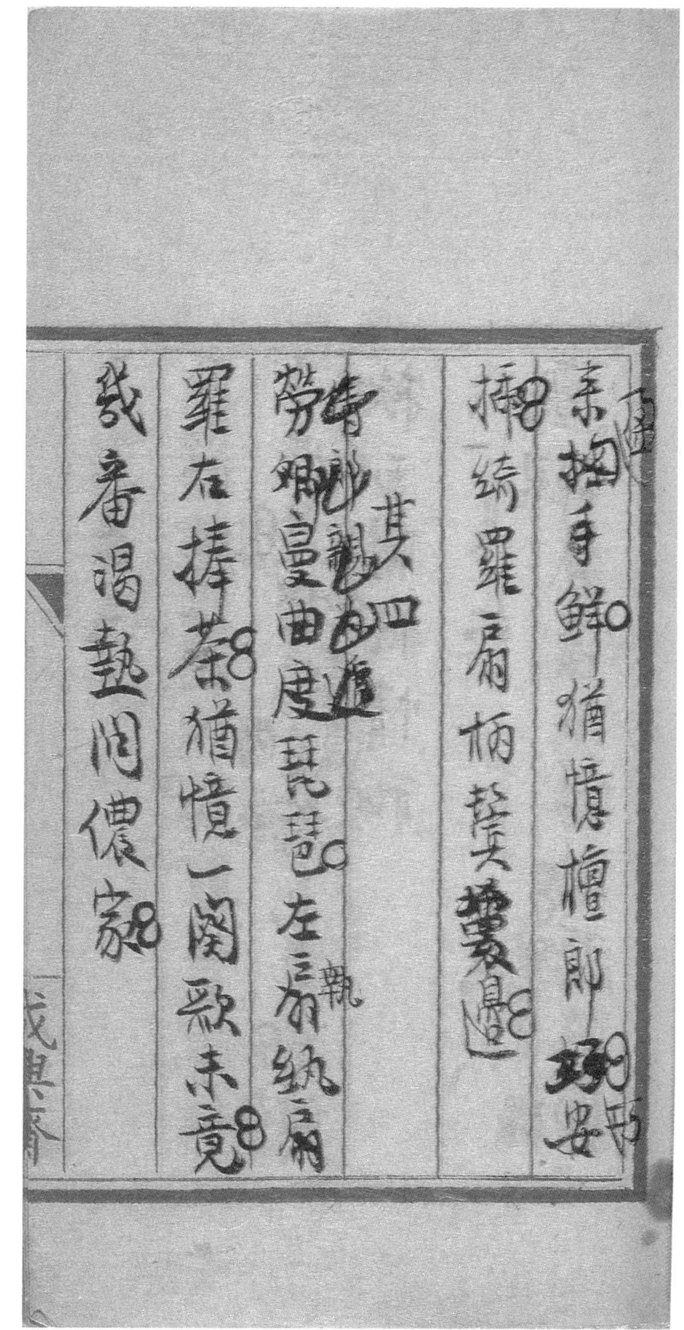

其五

秋波一掠怕人知。解意檀郎

出座時。猶憶薑行花蛋下。雙

嫂兩泥他儘意

扶玉艦話情私。

其六

知君

檀郎力薄不勝酒。觴向咬邪

强欲

猶自强

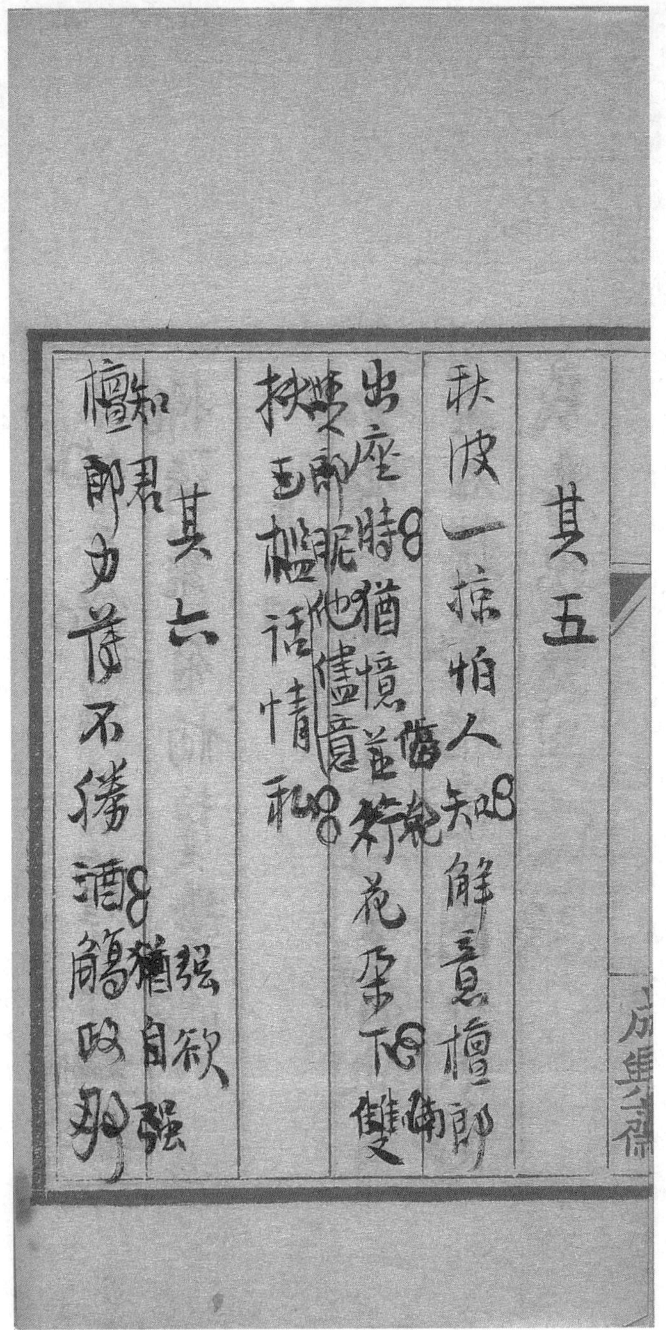

嬙石尉嚴猶憶替郎又不
許为争杯酒濕衣衫

其七

一身濕透雨簾纖為赴佳期
負未莫猶憶有情紅日親
旁鬟玉手晾衣衫

[illegible]斎

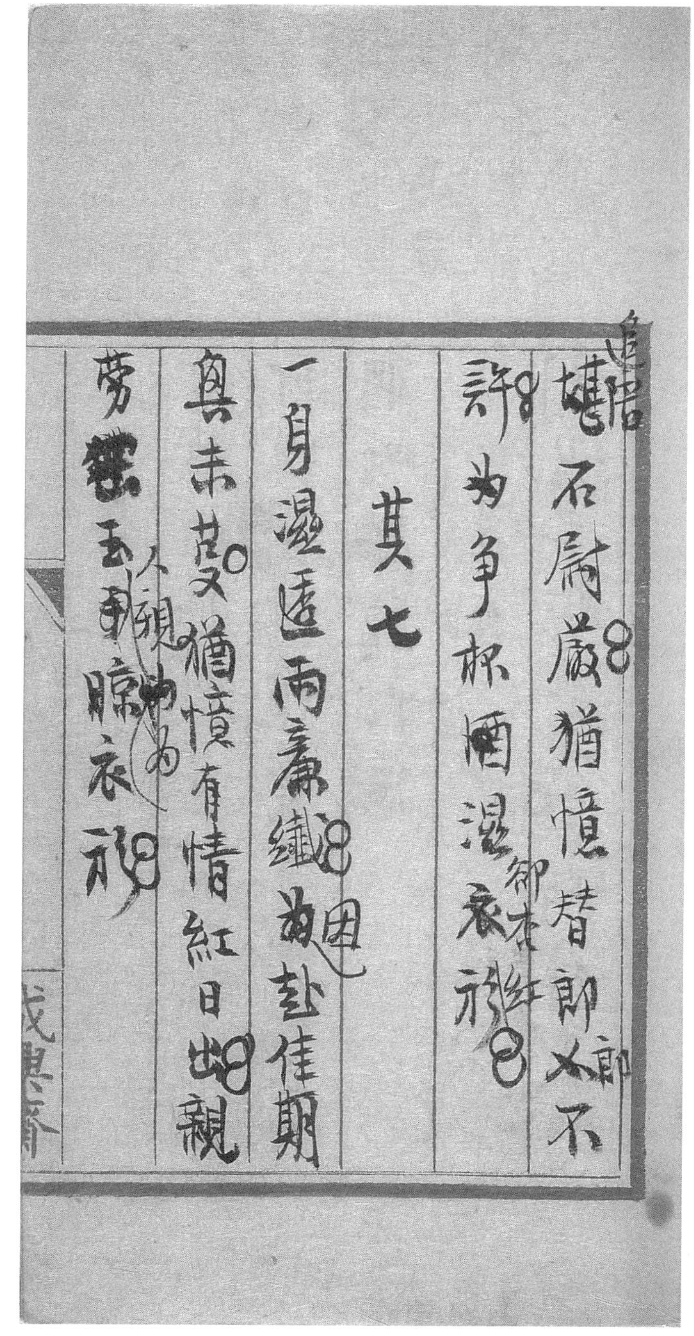

其八

送郎門外步蓮𨔼，眉語分明訂後期。猶憶鬢花親摘下，聊將此物贈相思。

其九

聞君已折桂花香，昕得來時

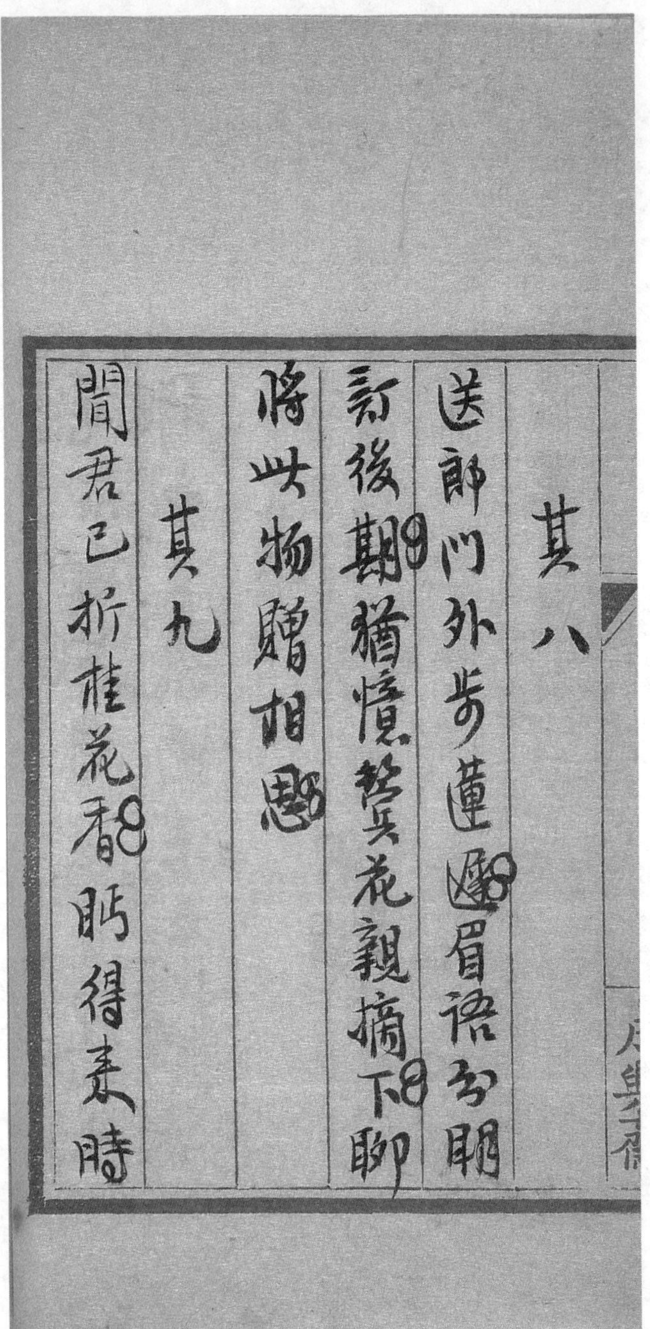

世俗貴賀新貴
見面也一指破
戲卿連稱大喜
大喜伊名
大嬉真的
理以湊合美
一枝禿筆兩人
令人絕笑

喜欲掴猶憶一聲惹人笑
有呼名字賀新郎 伊名大喜
世人凡道喜 天然巧合

其十

臨行親解玉連環 玲重不曾
約指間猶憶粧台收拾好 說
郎早著錦衣還

去衆在佛
看花
回頭此生

雜憶詞十二首

愛拖長辮學男裝斜䩞花冠
壓額黄猶憶低頭愁不語為
誰情重儘思量

右二順

其二

迷人情意媚人姿未見焦愁

已見顰猶憶棠梨花槃下喝

喝形語立多時

右大喜

其三

劇憐小喜多唐突舌底蓮花

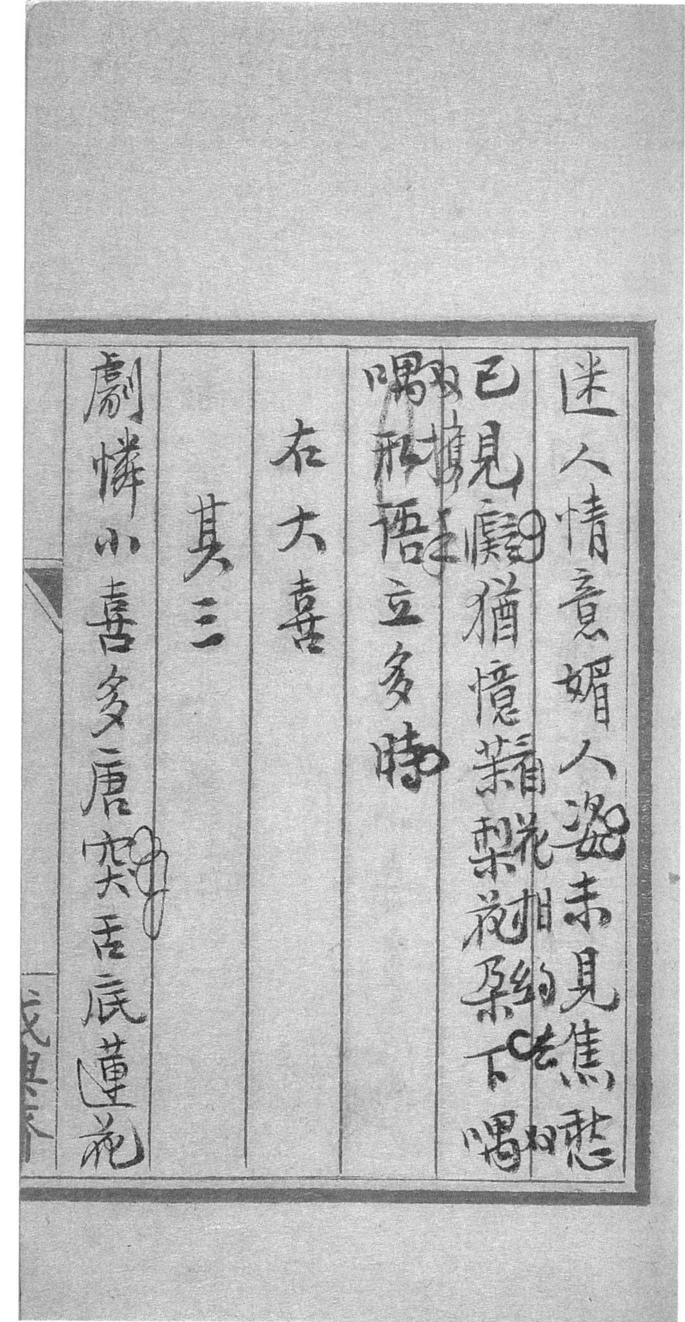

犀利關猶憶暖言偎傍久斗
翻笑泠逼人來

右小喜

古子夜歌云小喜多唐突

其四

雙鉤瘦小指能量遮莫前身

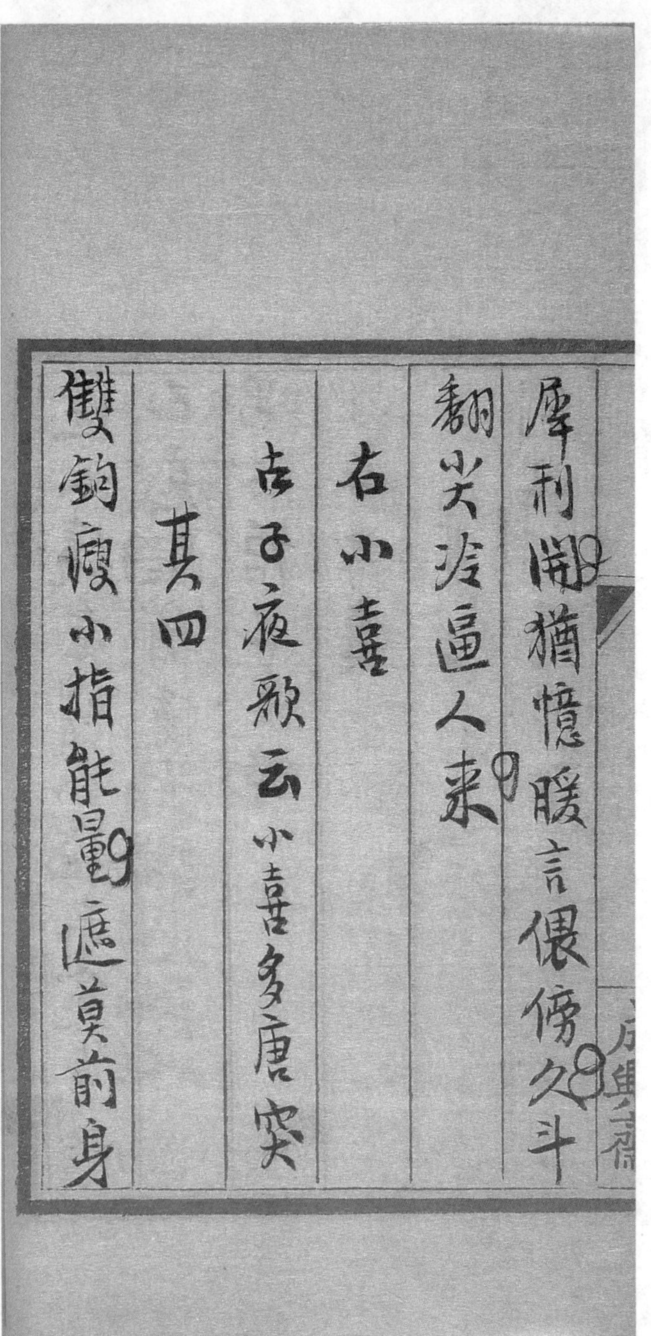

是宵娘猶憶聞聲人未見隨
風送出步蓮香
右桂兒
其五
衣香扇影趁迴風狹路相逢
咫尺中猶憶含情剛一笑車

戊與齋

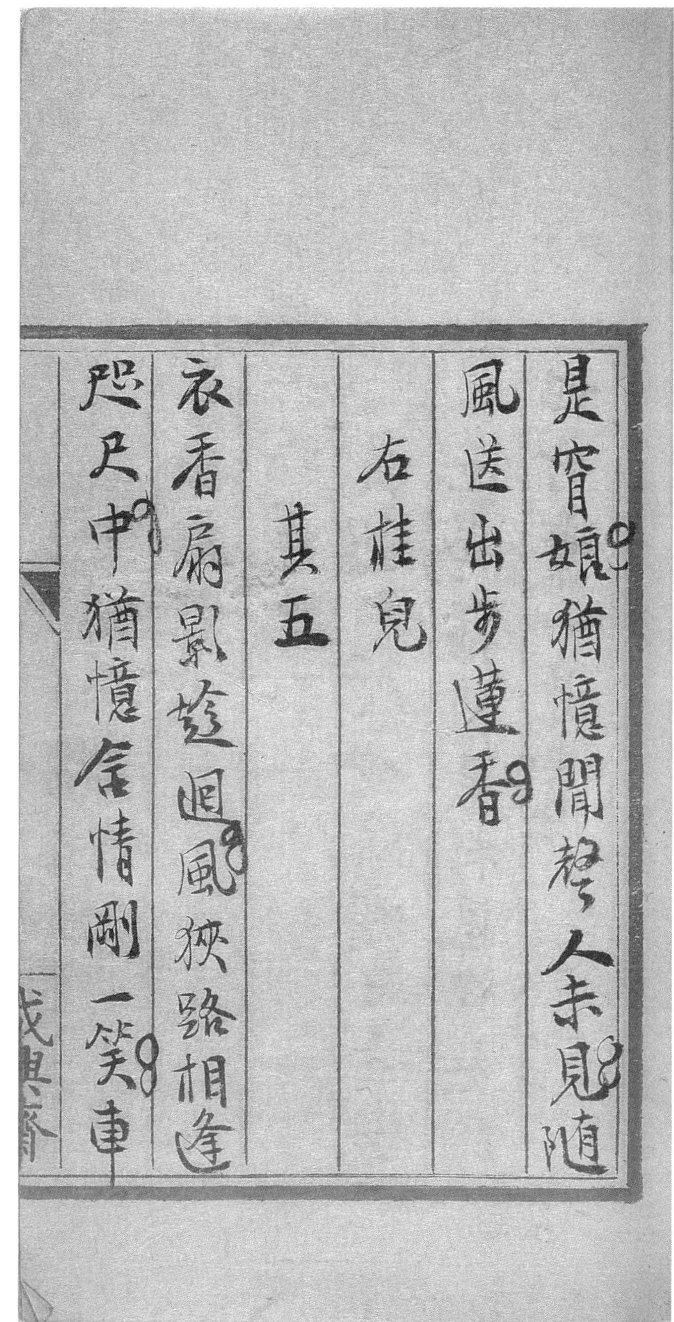

聲斷送各西東

右小牡丹

其六

禎裝越顯影娉婷湖上春遊

浪迹停猶憶長衫風曳起稱

他竹葉一身青

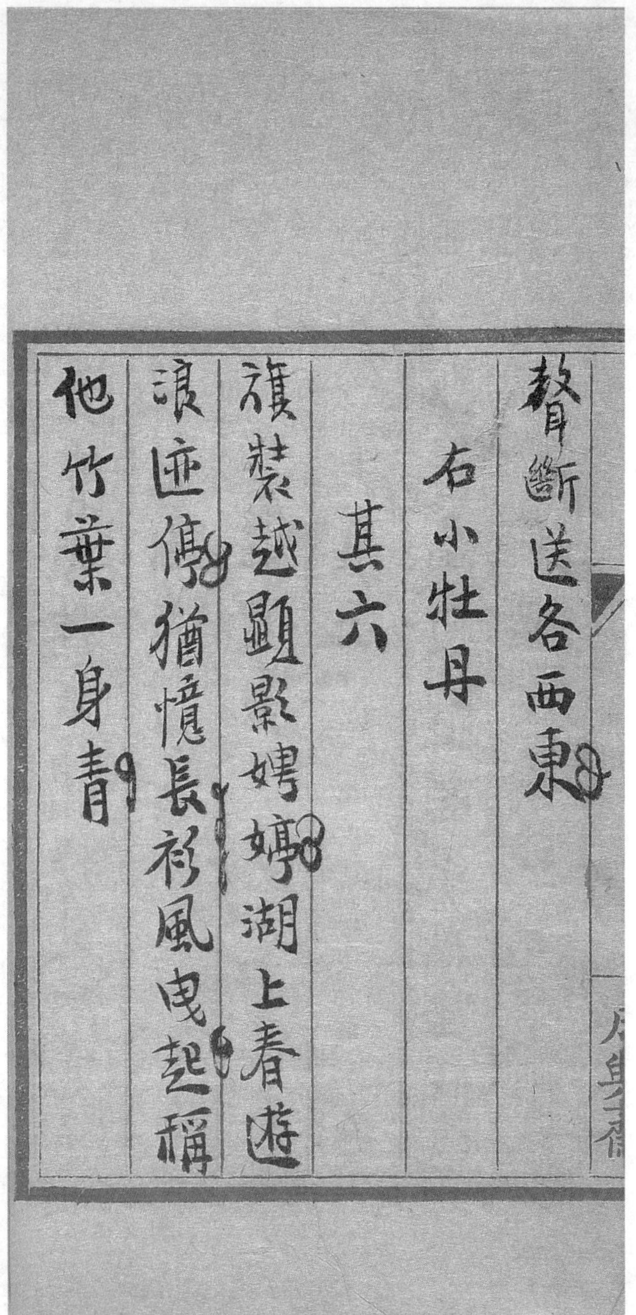

右小玉

其七

銷殘脂粉氣雄渾一曲高歌
借吐吞猶憶蛾眉雙豎起舉
提舞劍學公孫

右小九

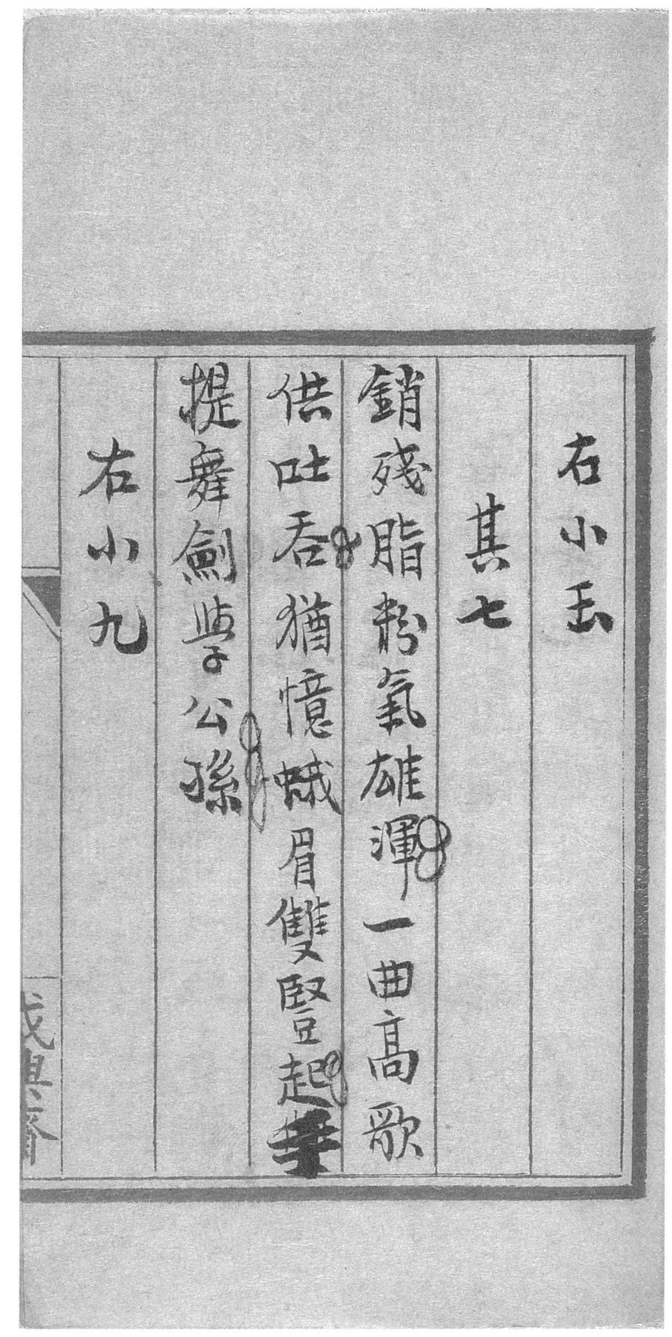

其八

生成性格是溫柔。一段春情眼角留。猶憶暖言輭無力。不須跌宕儘風流。

右小八

其九

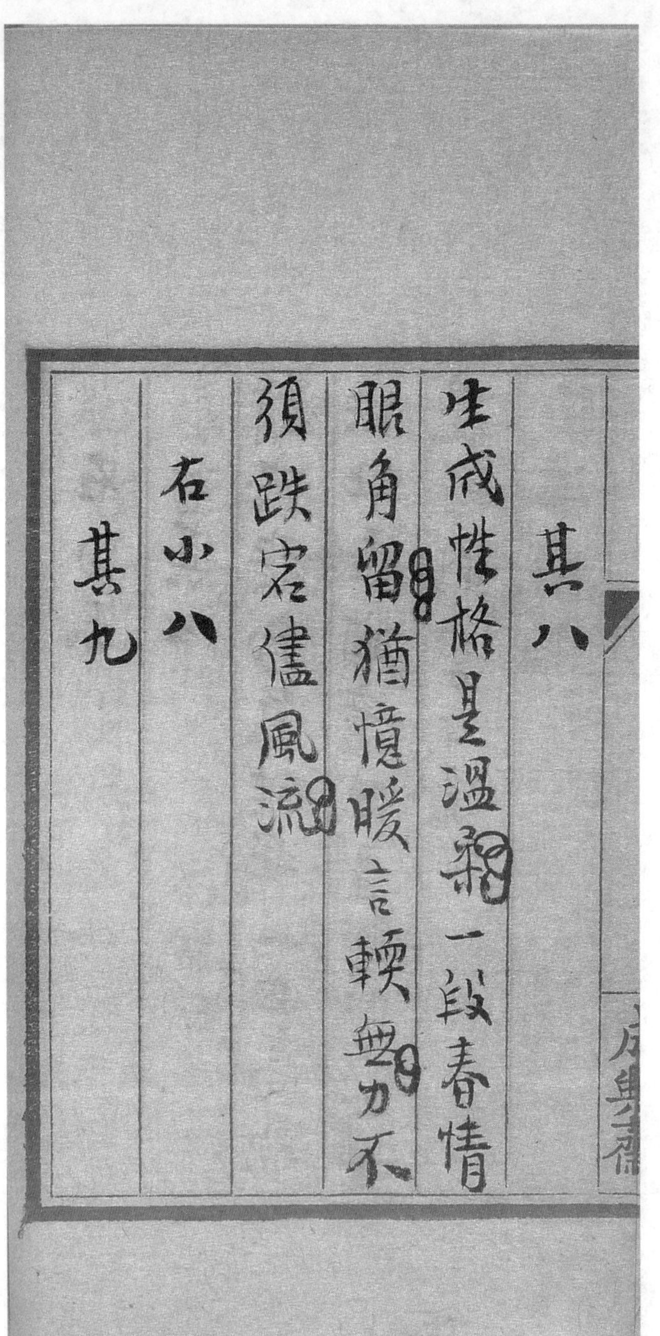

歌喉著力頰潮紅。强度琵琶
一曲終。猶憶病容剛腿後。弱
絲嬌喘不禁風。
右奎樁小翠
其十
新裁紈扇寫新詩。贏得阿儂

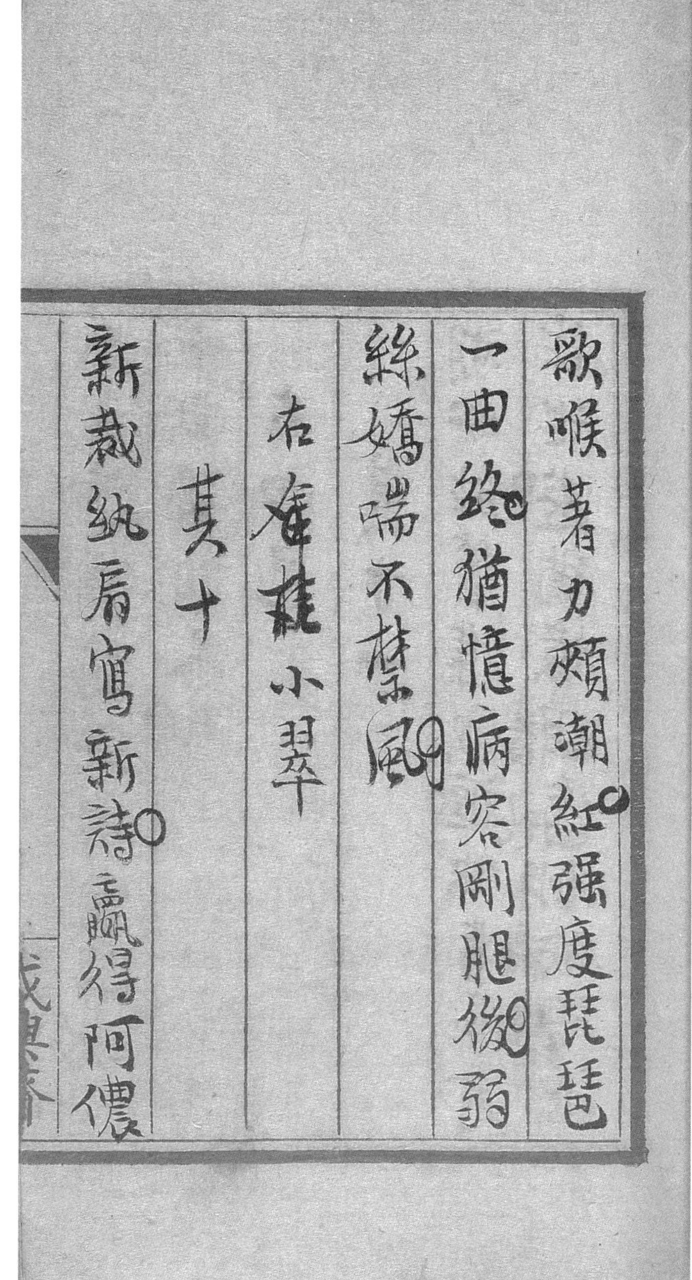

玉手撫猶憶從郎索解後喃
喃默誦怕人知

右四兒

其十一

湖心絃管攏歌謳独步亭前
清風拂詩面
作治遊猶憶相逢闌欲語被

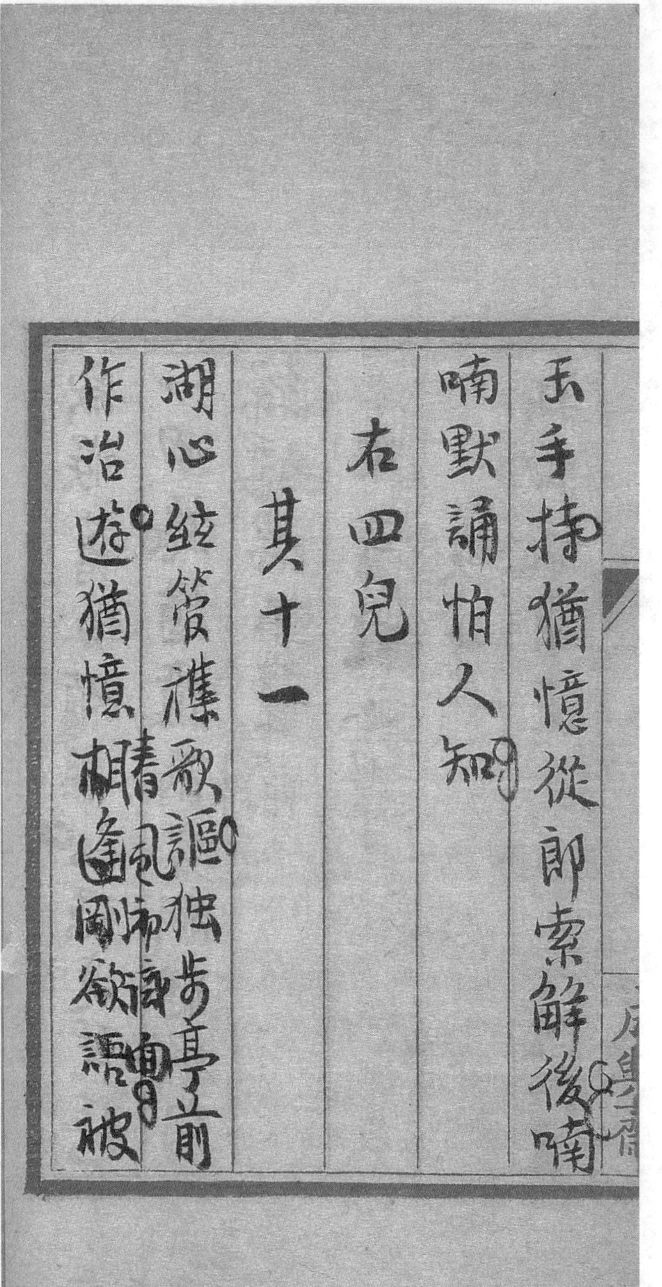

人催上木蘭舟

右小愛

其十二

晩粧無力漏沈〻聞説郎来

夜已深猶憶燭花親剪下只寧

斂啼垂淚莫灰心

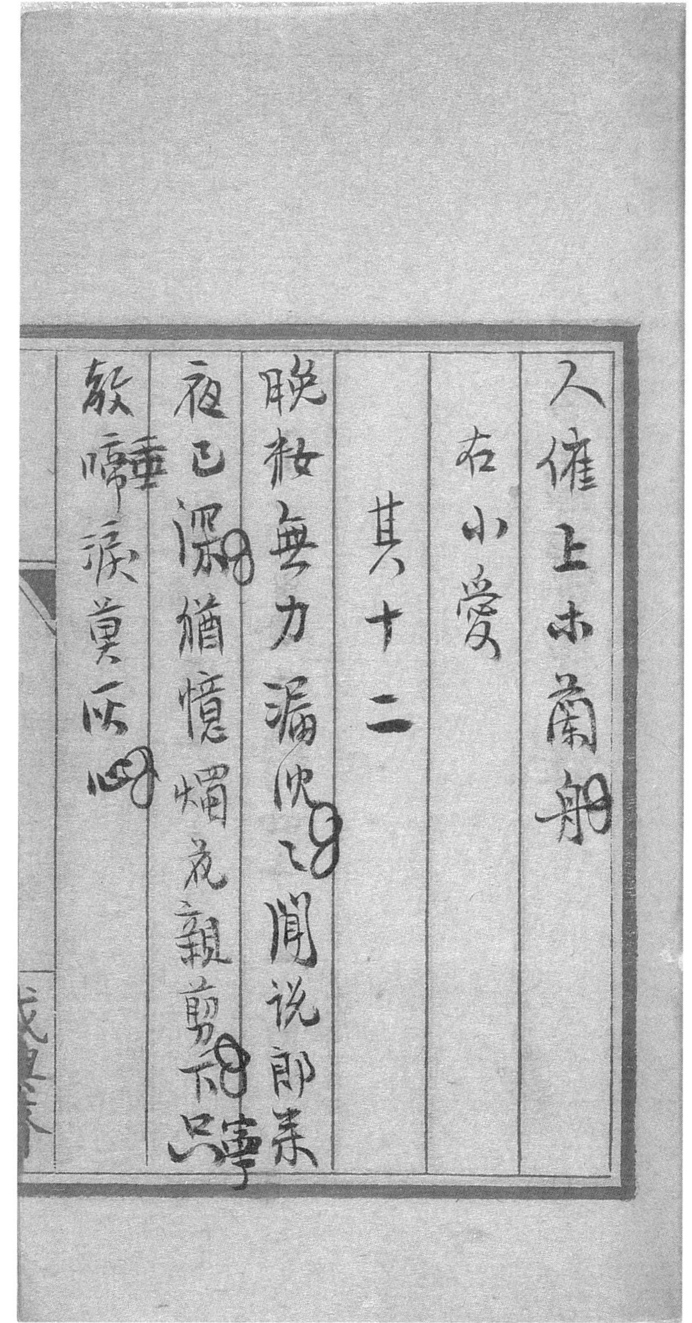

右紅兒

右詩共二十三首

上下卷共詩四十五首

走馬吟卷下終

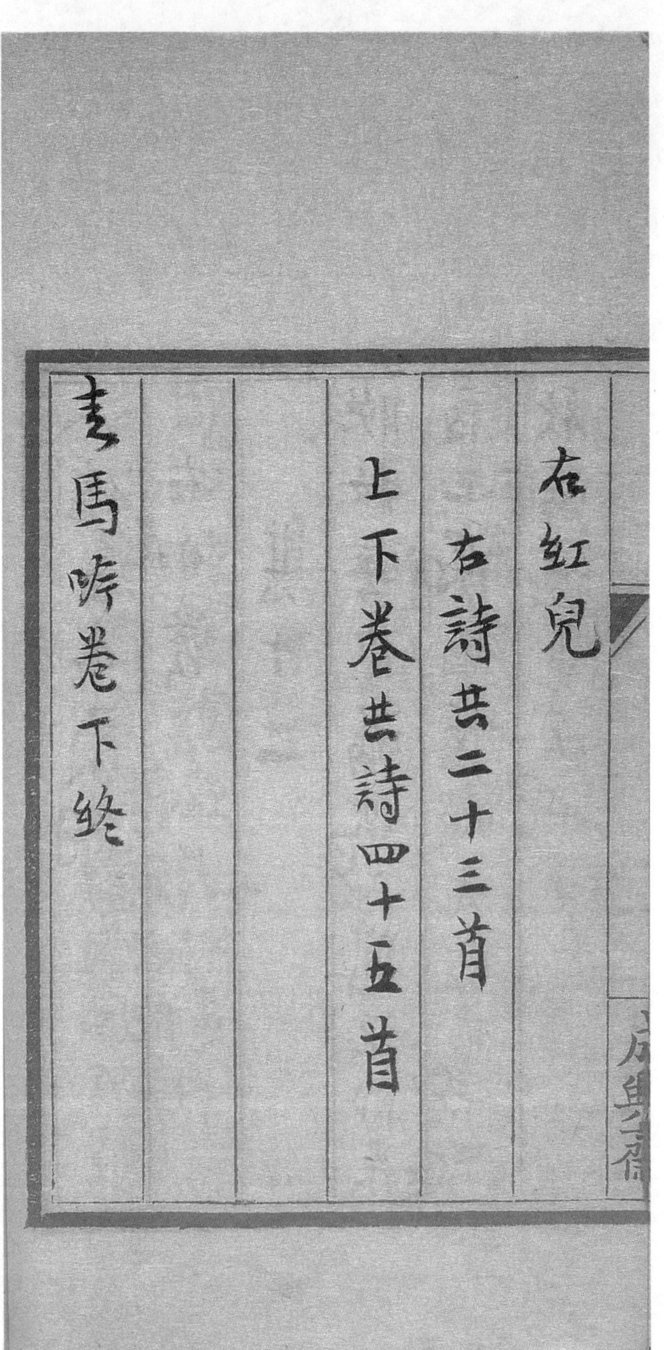

續走馬時敘

續走馬吟

古羊壽炎笙氏清課

都中別愛兒

愛兒名玉仙一月交情如

見情至語

膠投漆牽裾言別方寸乱

美倚裝張賦此以留別

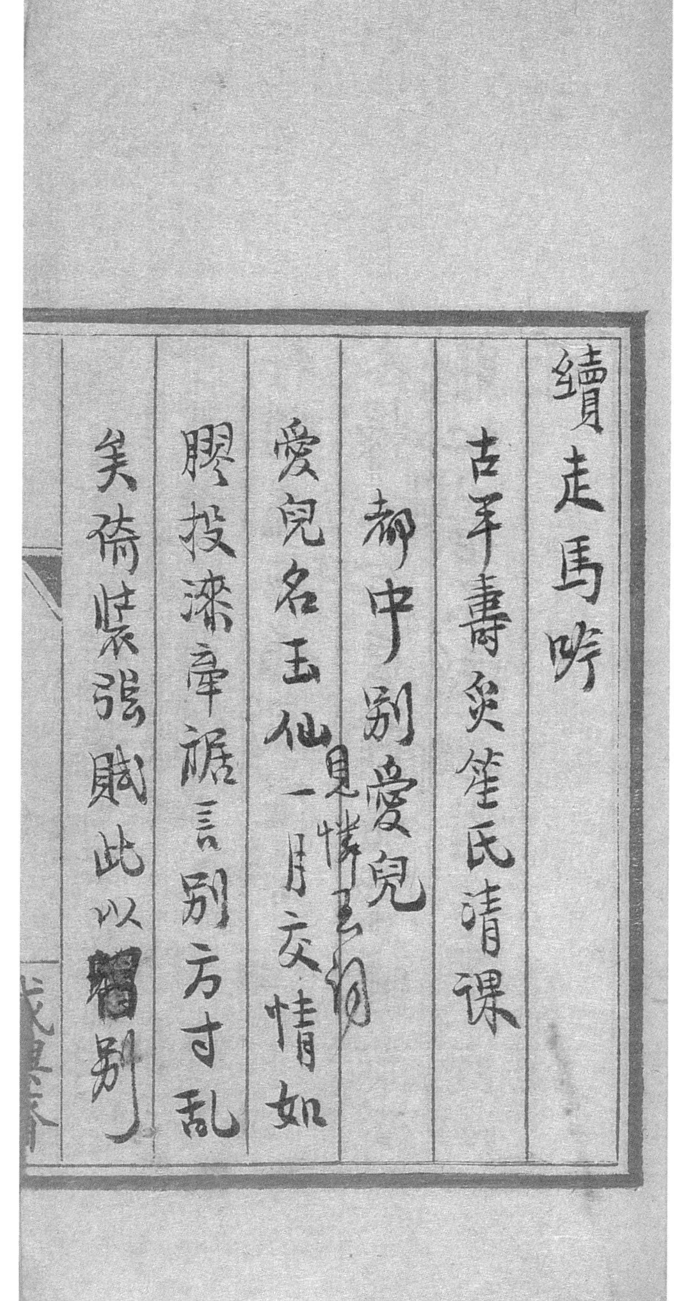

妝台自此歎飛蓬賺盡相思
一月中流淚縱成齊妓兩阻
行難遇石娘風從茹花徑無
人歸只合草橋有夢通後會
明知春不遠也難遣處兩心
同

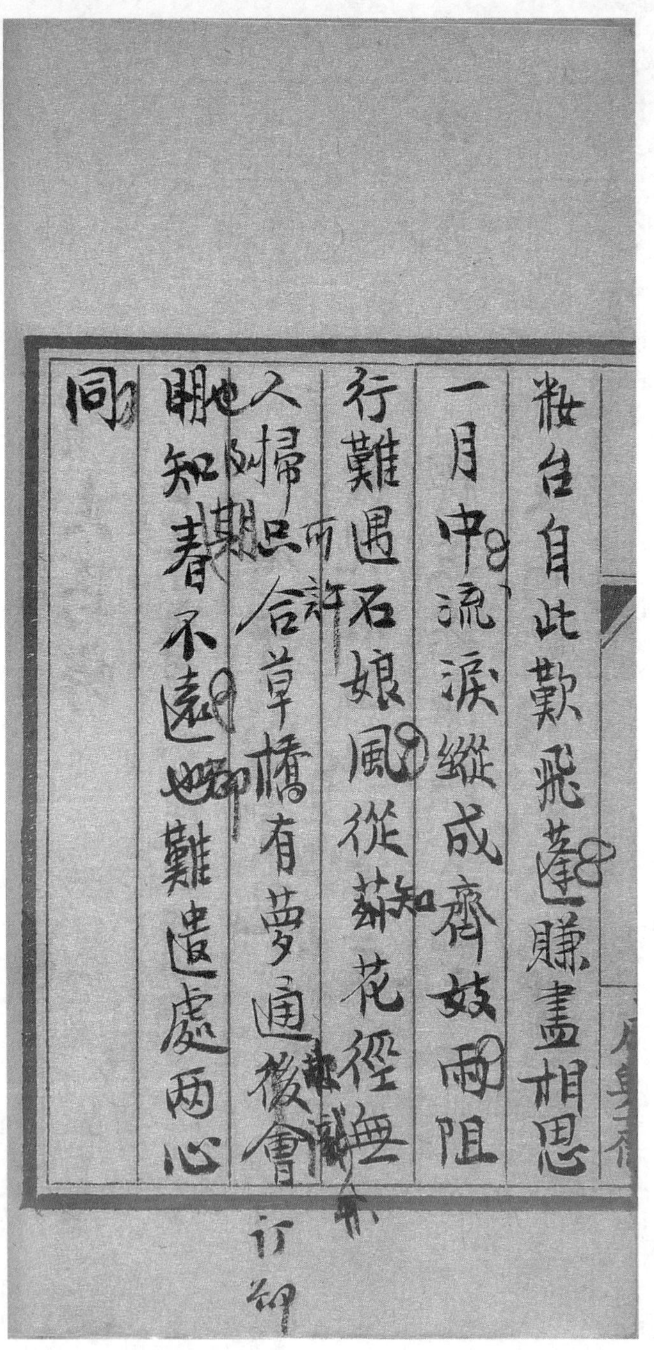

楊村題壁懷玉仙

琵琶一曲淚雙行。欲溯離情
已斷腸。魂夢從教離倩女。路
人誰遣作蕭郎。粧台坐對銀
釭燼。驛館淒涼玉漏長。贈別
猶餘花鈿在。傷心不忍啟行

蓮鎮題壁

甲午孟冬、余自京旋里、道經蓮鎮、聞人言有雛妓金桂、小桂、色藝雙絕、急使人探訪、則玉人已去。亂燕雙飛

令人有尋春遲暮之感
一任行人攀折想兩叢丹桂
路旁栽司香舊尉殷勤覓不
見名花何處開

重過平原贈銀官
東風一曲太匆匆別後相思

片刻難留別後
云
半載
云

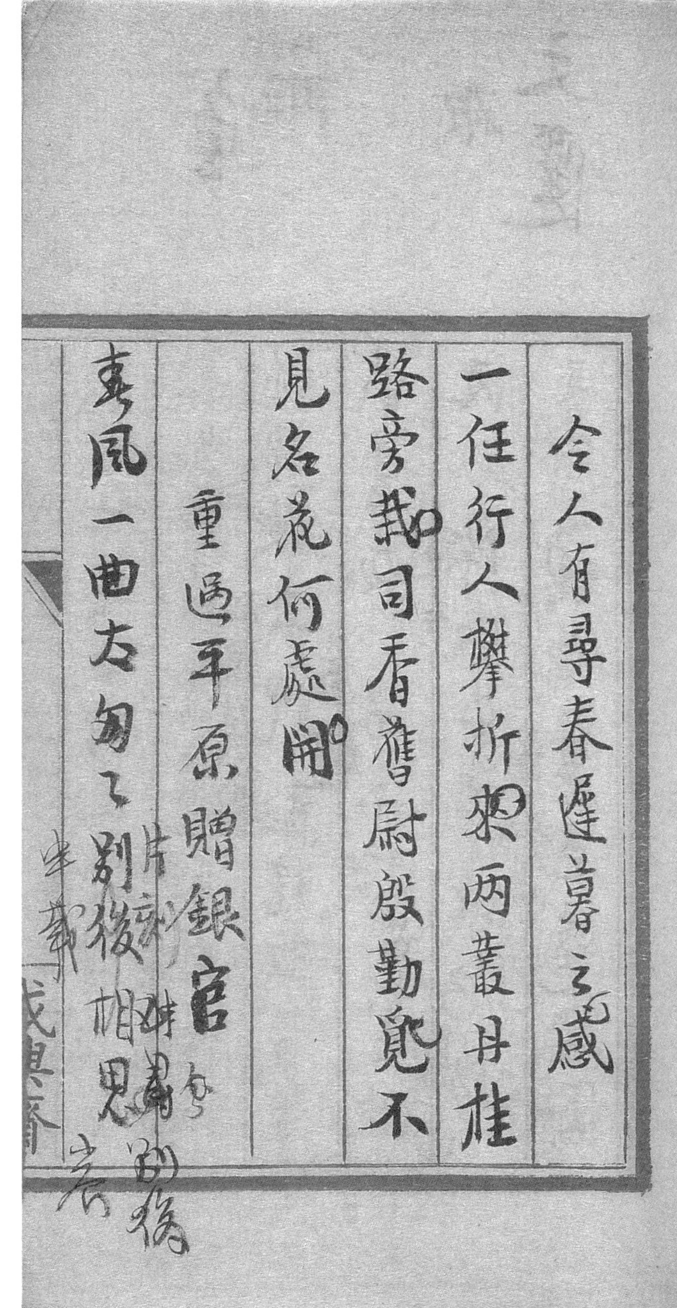

鮮魚

夜

文選

數月中寫子遺鞭願舊識女

娘教手書重逢歡陳絡

從頭談衷枕歡情較昔濃

最是夜留不住莫是彼

天降雨為憐儂已

認他春色遠蘇蘇

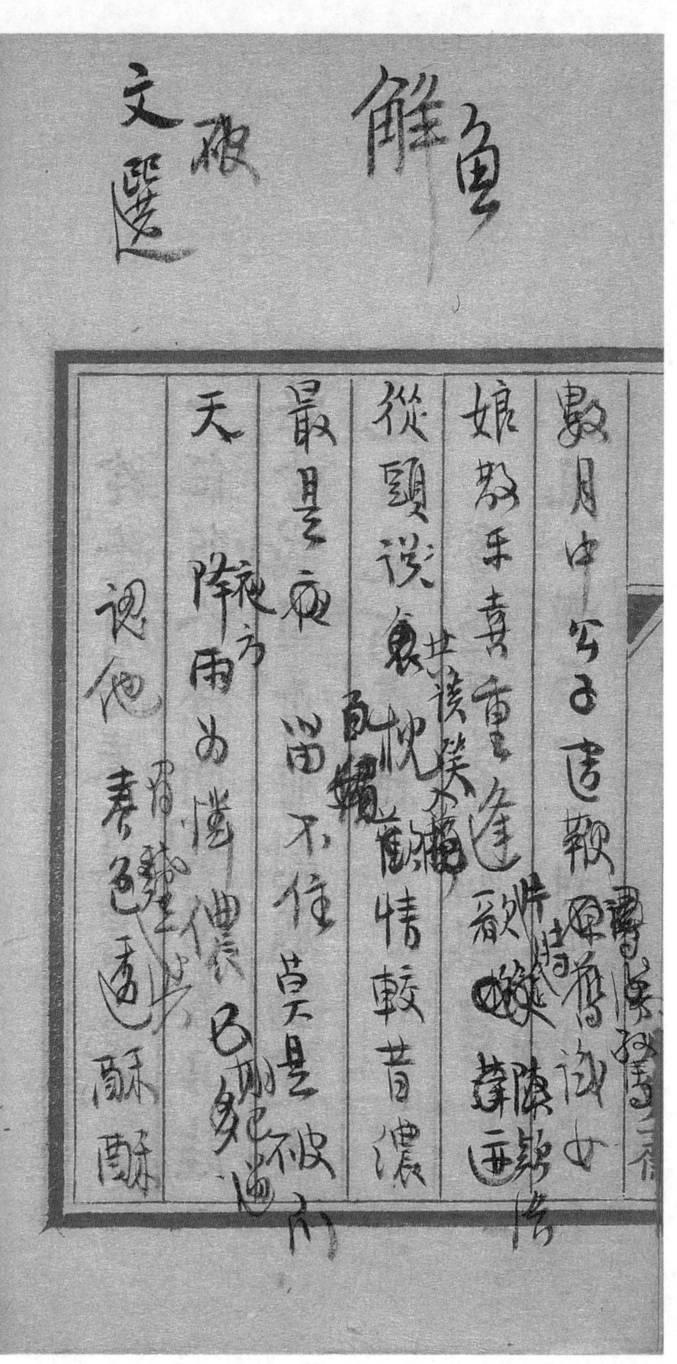

春風一曲太匆匆半載相思
別後寄分手處報曾相識
女娘數手書書逢片時
萍逝從頭歎一夜蘭情輕
昔濃莫去瓜期今已過眠
他日登堂共醉酣

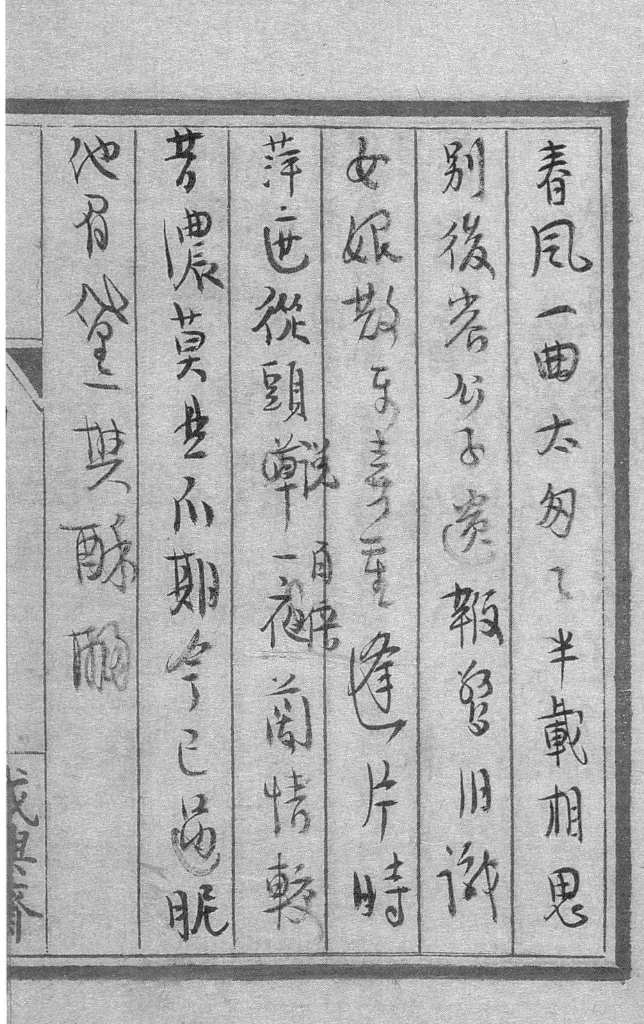

旨歸秋[illegible]展[illegible]共披旨詩畫已慵
喚衣秋扇重重情緒[illegible]
畫出已慵倩[illegible]臉[illegible]龍痕[illegible]臨[illegible]
枕[illegible]借得[illegible]有懷[illegible]
花[illegible]不[illegible]松懷[illegible]吐
年[illegible]朋了[illegible]風流是
[illegible]真情[illegible]一[illegible]
慵[illegible]容嬌[illegible]人萬[illegible]人[illegible]
[illegible]何人[illegible]兩[illegible]
我[illegible]偷去來還慵
遠

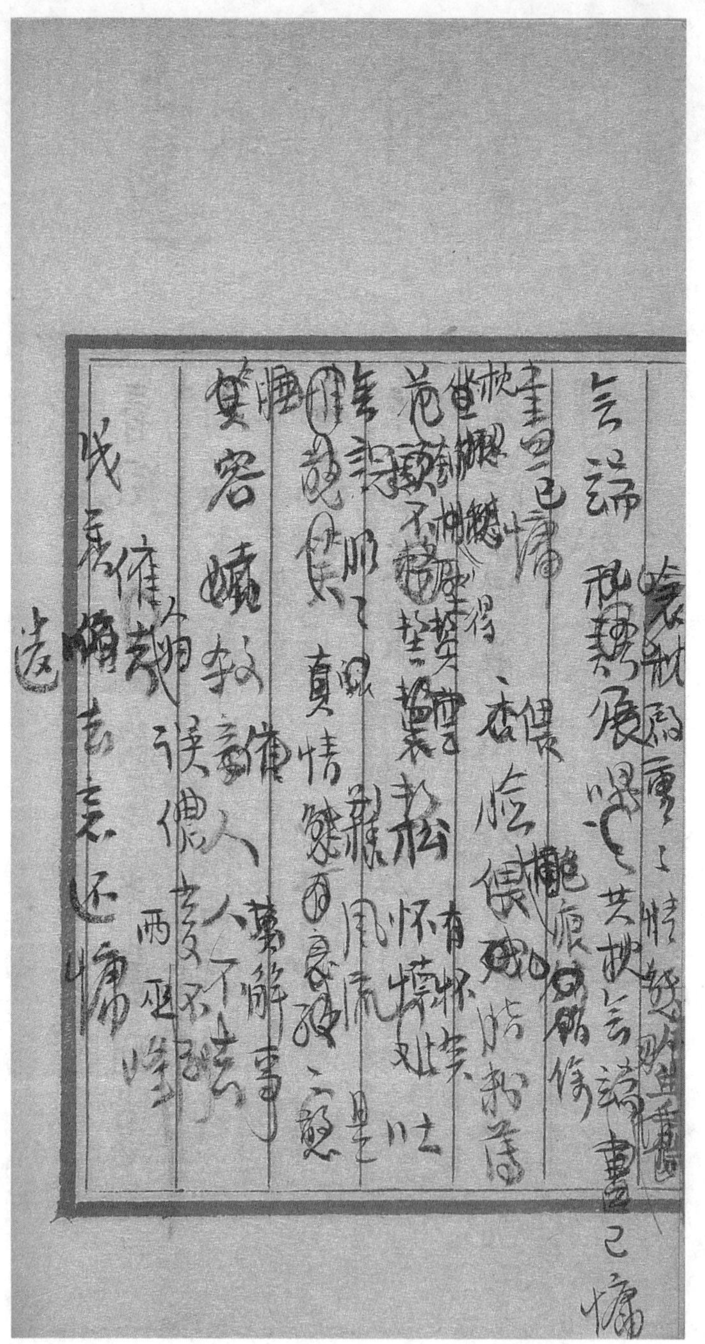

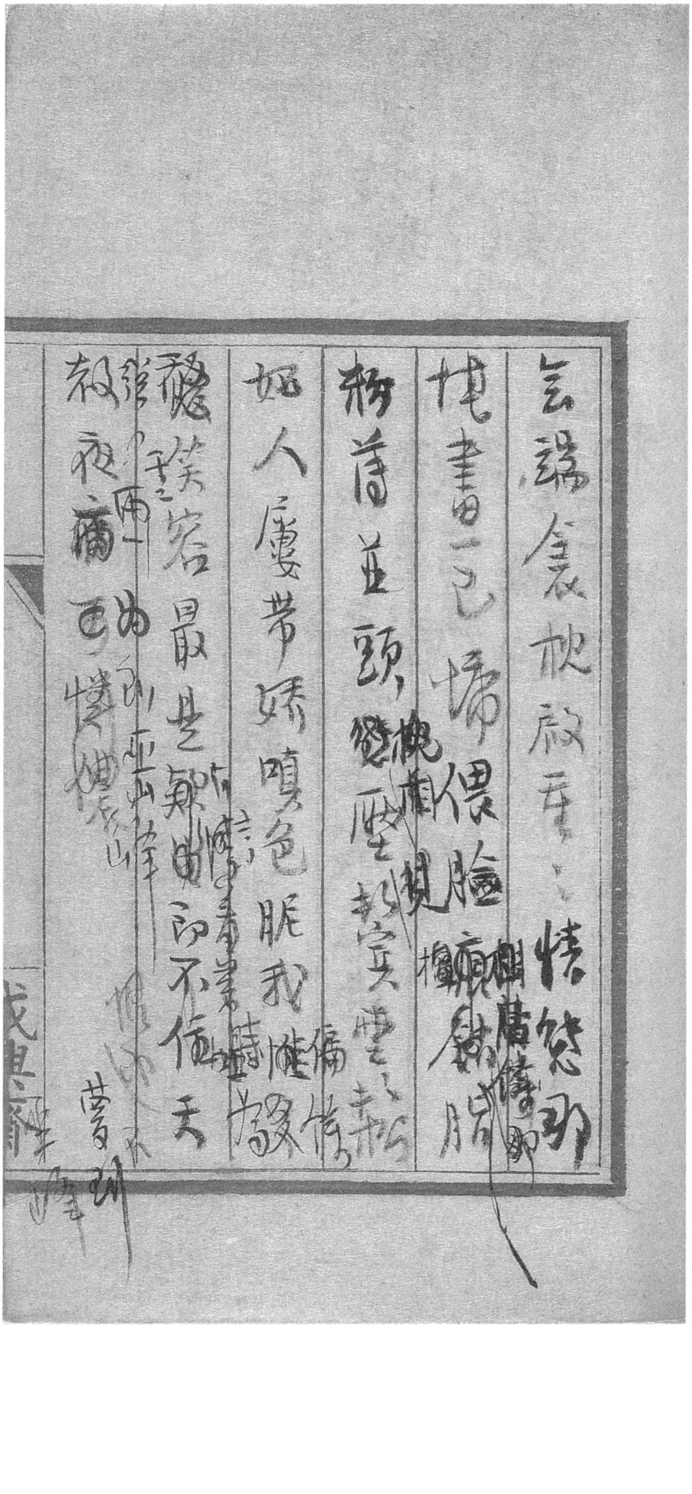

重
松 重 高閣
下垂 垂 掩書
陌 簾 垂
倚 簾 窗 帳
枕 殘 窗 幔

再疊前韻

悵教流水留逝蹤，共話夜
南窗憐濃曉妝初畢容
遊媚午飯未成愁尚慵
聞教翠鬟歡難得
倚枕共笑情脈脈
不帶
長生殿上夜語嘿嘿
垂簾垂不捲
來 幔

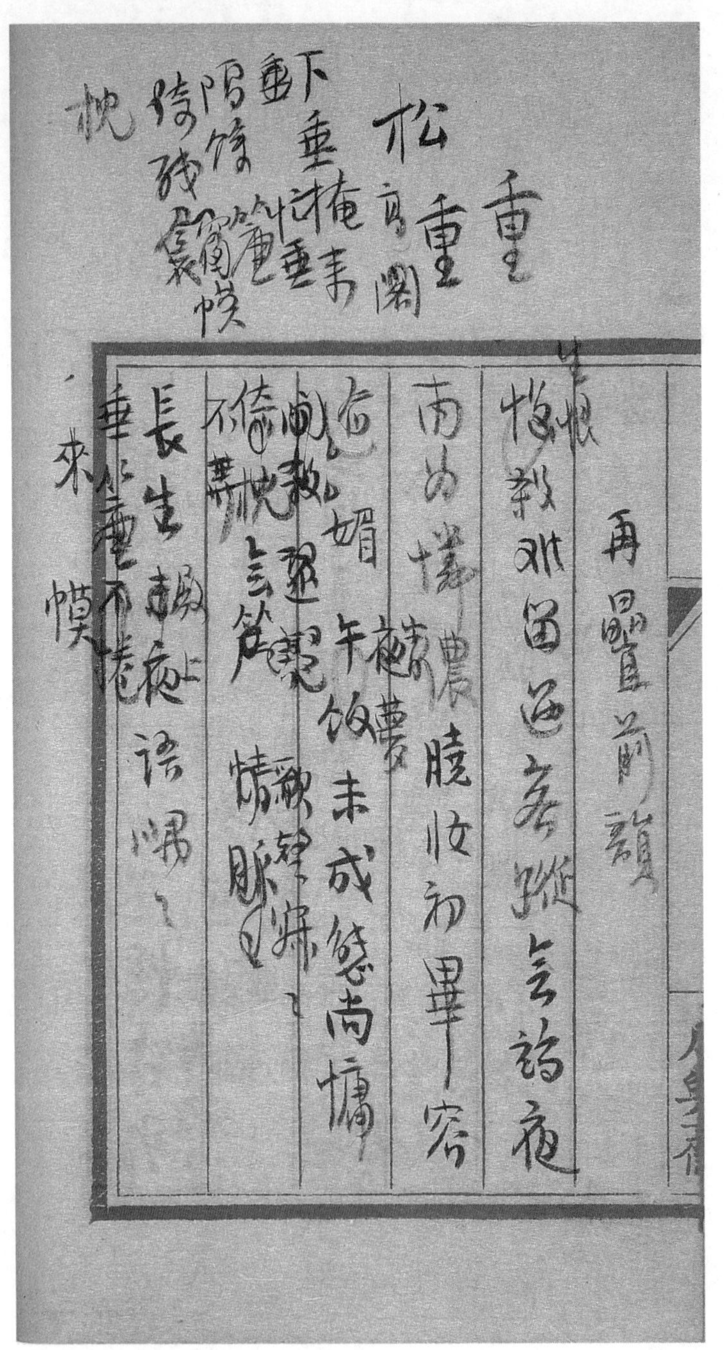

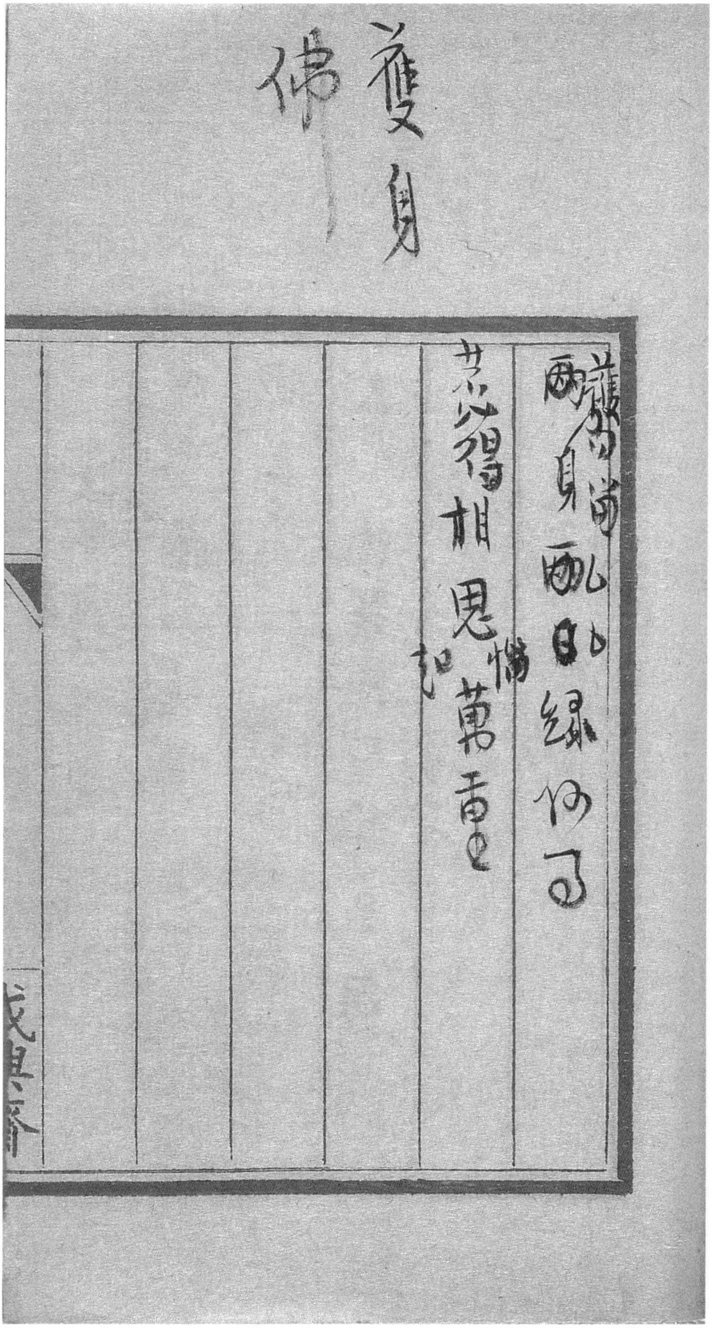
護身佛

途中雜憶詞　採曲　信手情

瘦如九陵瘦佗塊情　低唱淺風吹
花　媚雅媚　怕是隨

敘上天　猶憶為郎嗔
如許兩

起　曉新妝妝抄一百解
衣

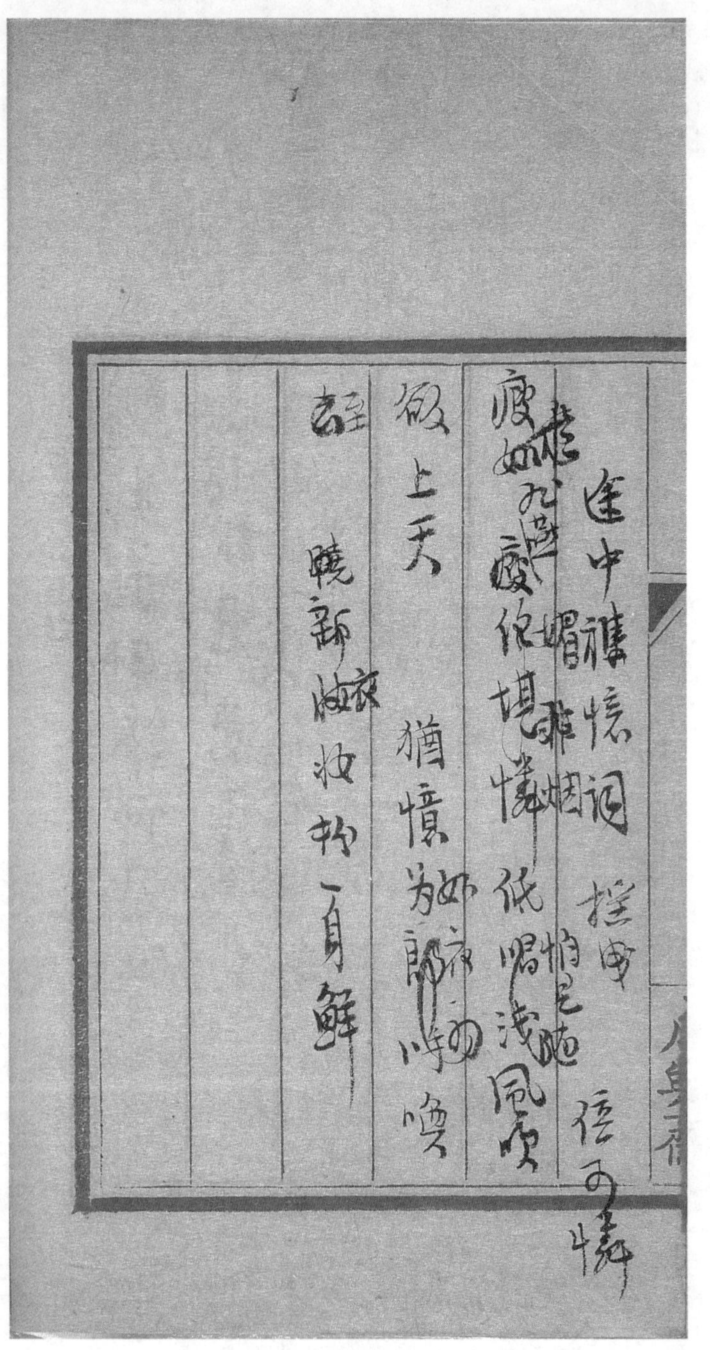

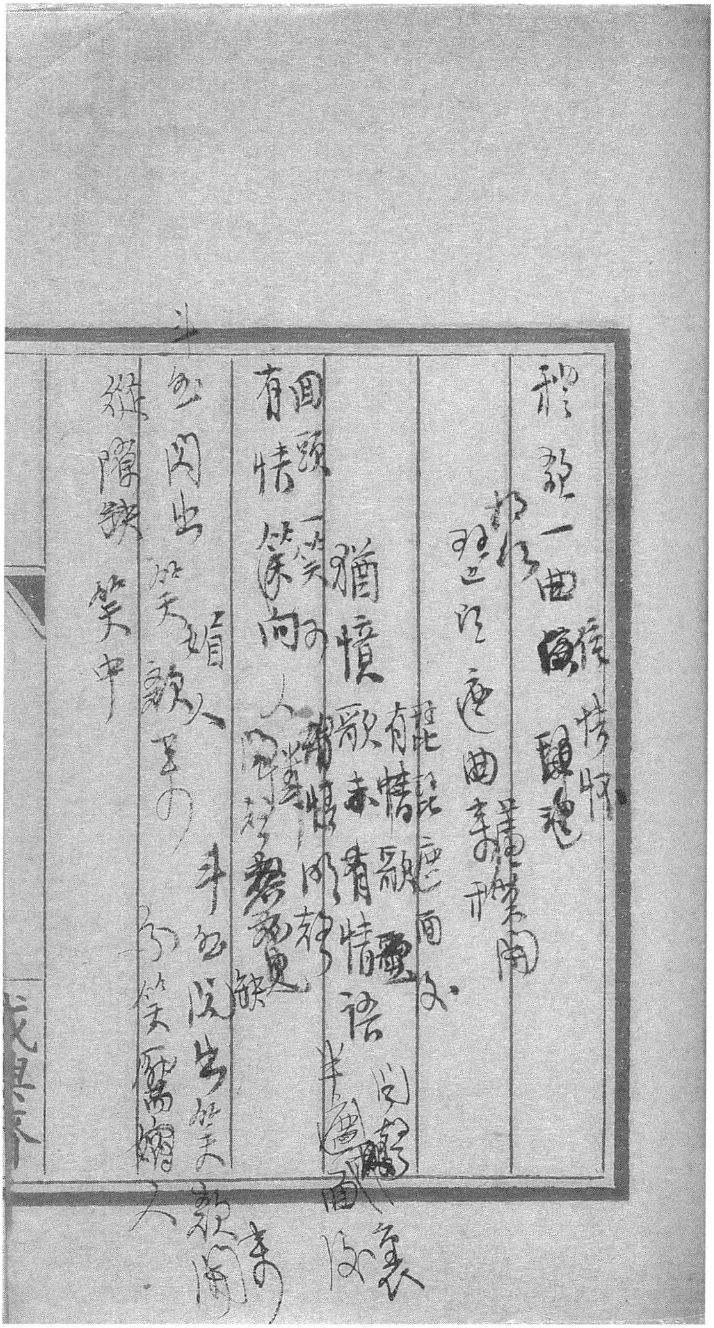

簫

蕭鳳　大喜　菱官

冬桂　雀官　大華

蕭九　筱喜　蕭八

蕭絹、寶子、魚子、

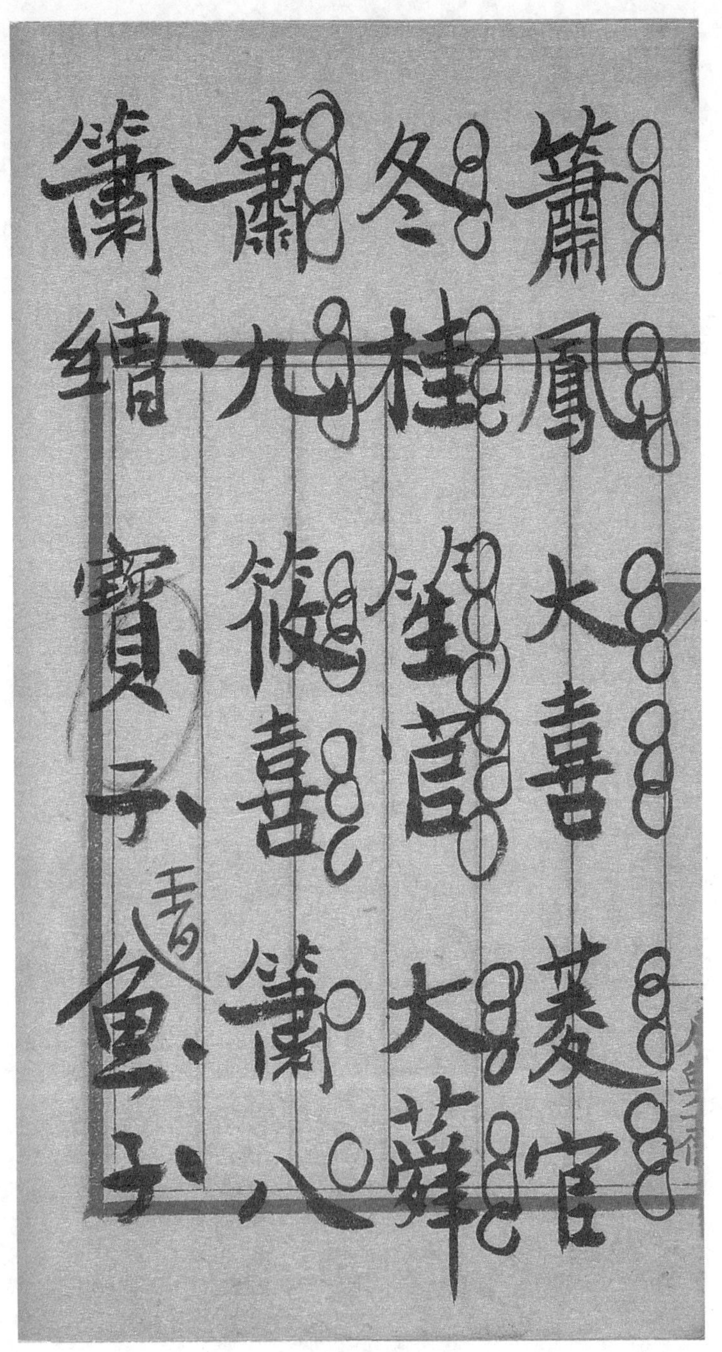

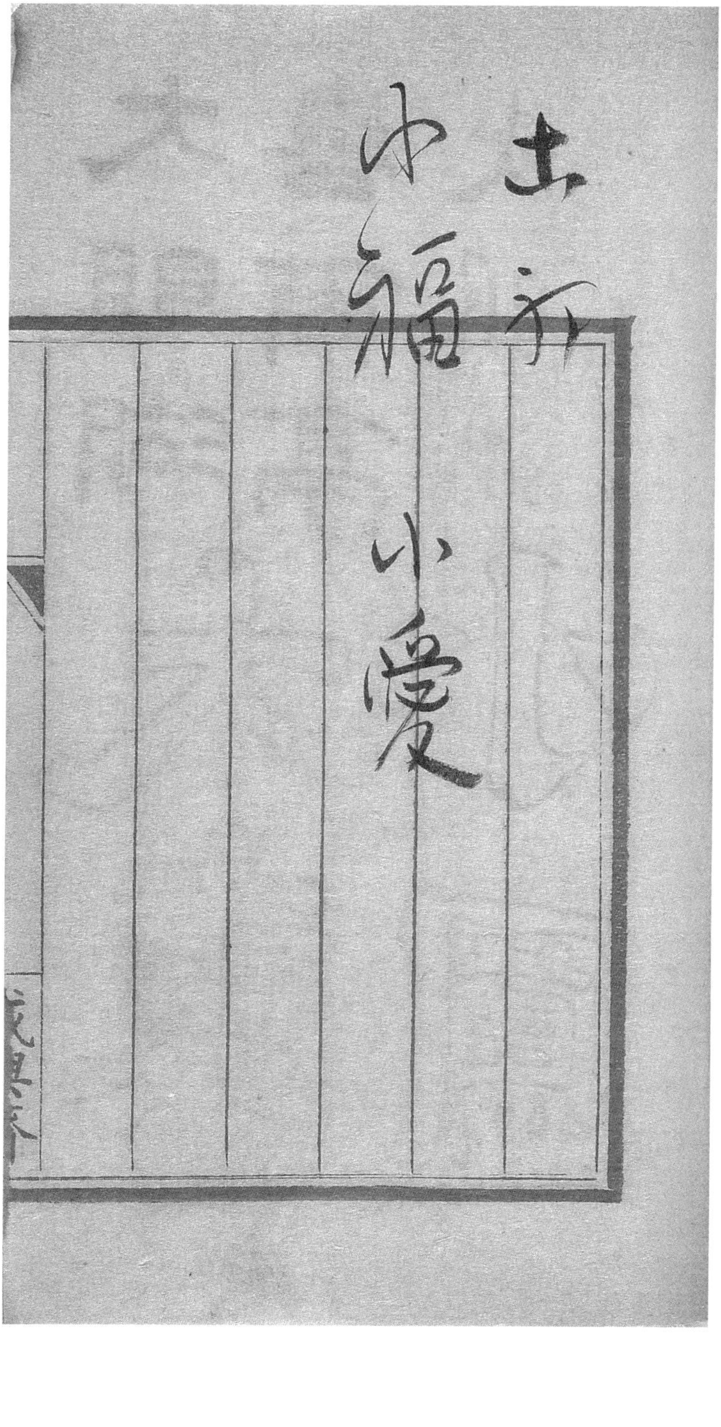
中福小愛

大明湖
喜雨亭
大明湖

大喜
小鳳

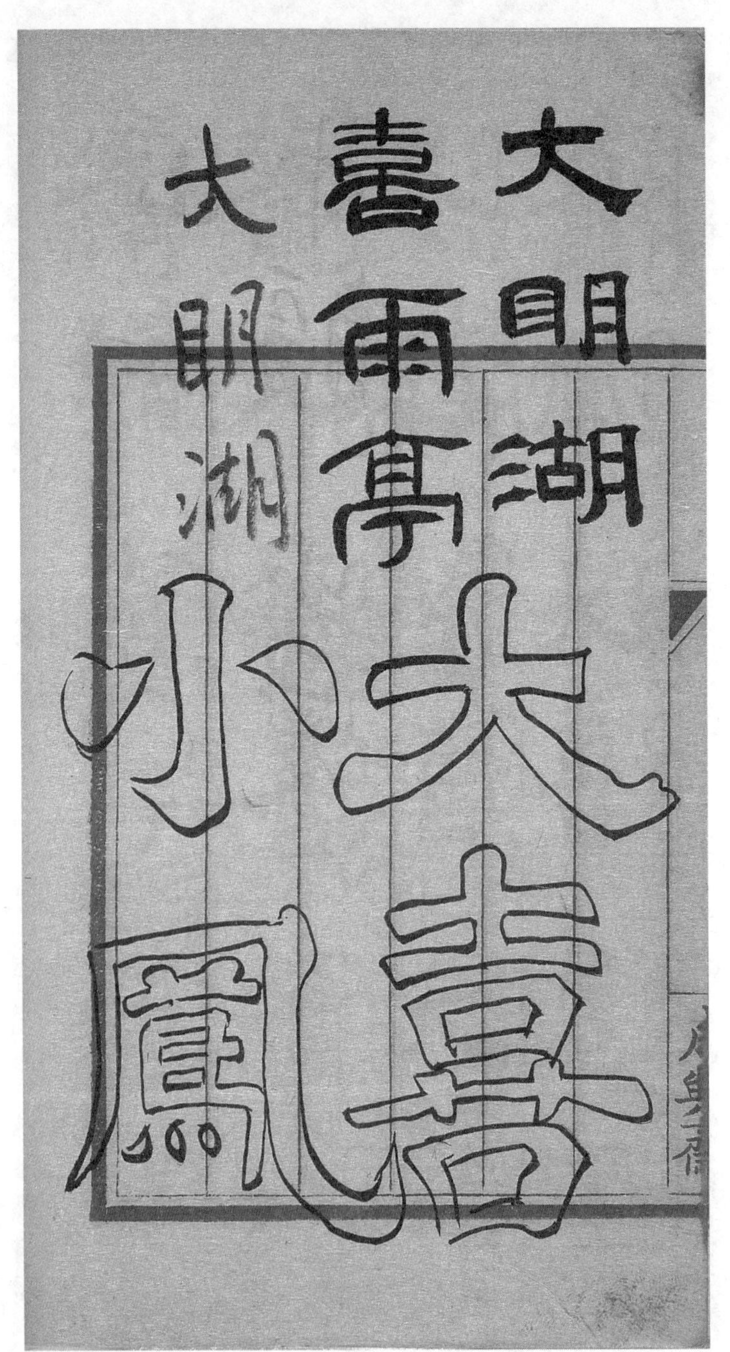

詩鐘一道不知剏自何人
戲謔歡娛以助興趣 蓋形式
乃作幽細與詩社獨擅勝
場名士雅集亦日消閑消
遣之樂也 丟卿 郭彬存詩

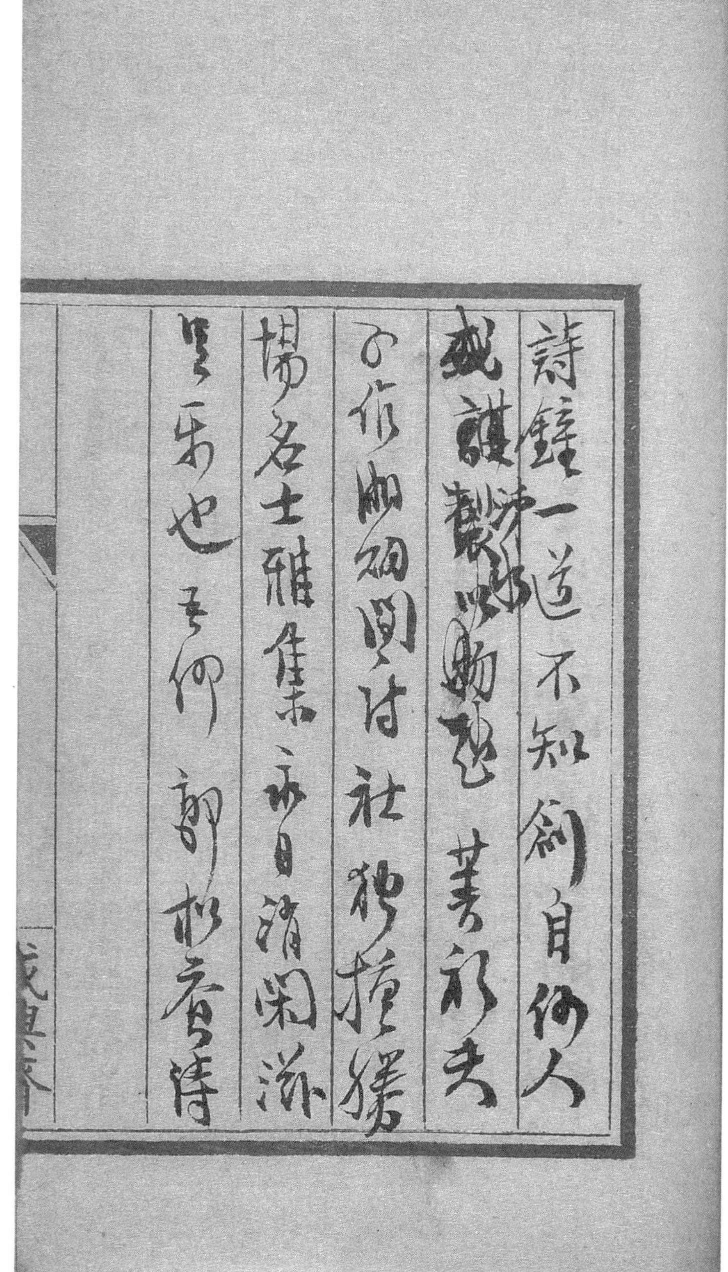

詩鐘一道不知創自何人亦名
建除體不知何所取義或曰建滿
平收除危定除取其調叶
謎之又一體耳可不了
閩諺形容其才
填二三知己閒徵一冊

本年秀州

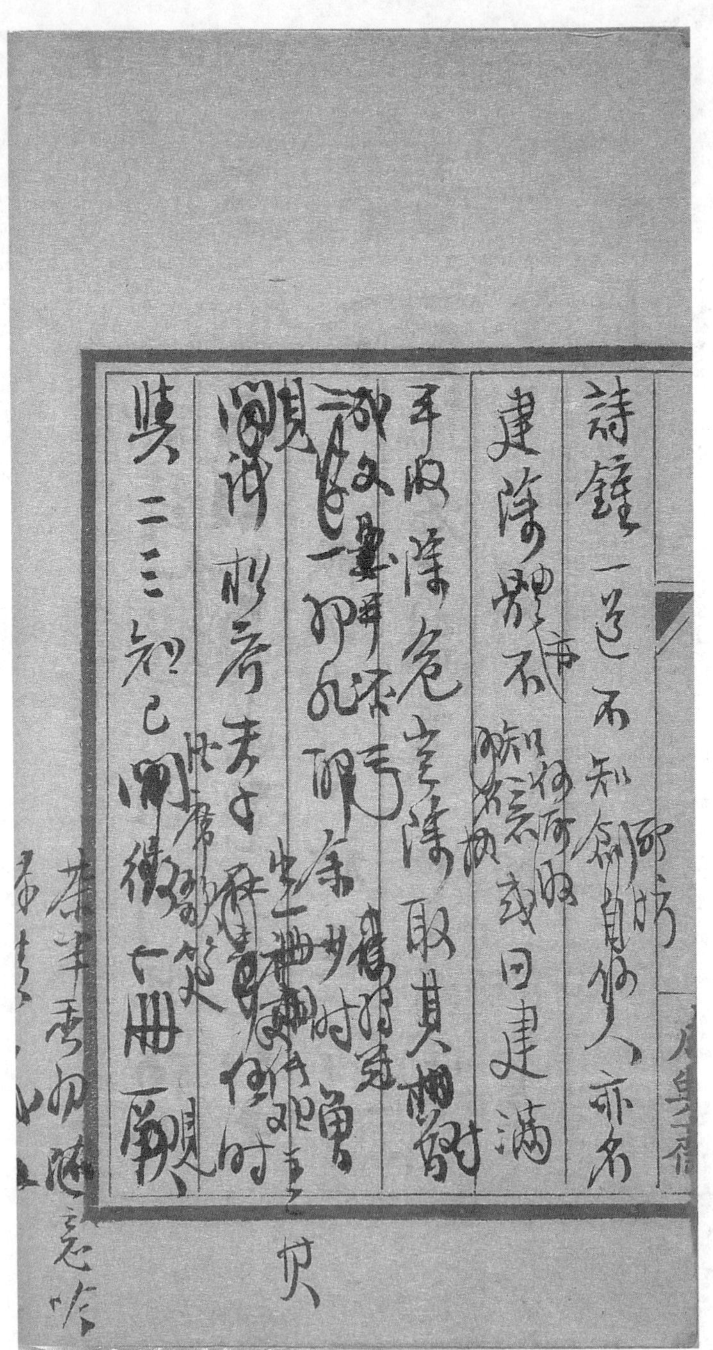

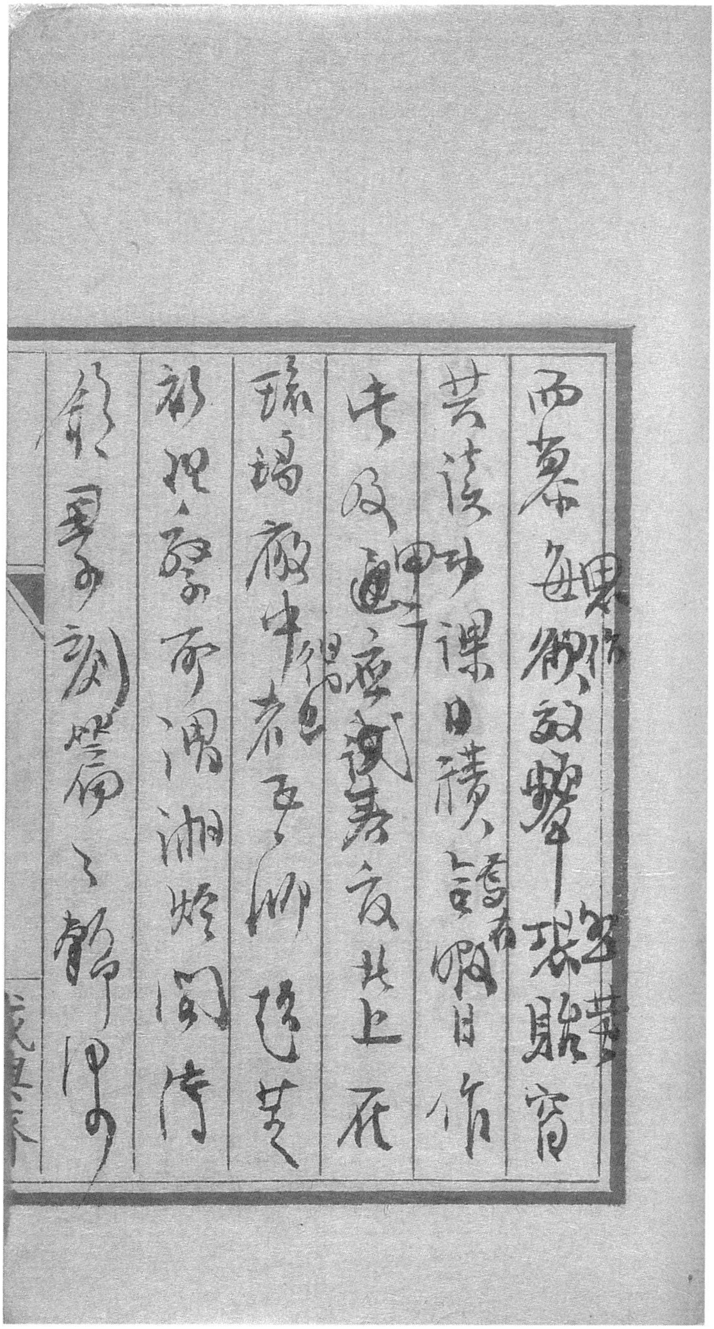
雨暮每欲敲聲聲[illegible]窗
芸[illegible]功課日積讀[illegible]暇日作
七夕[illegible][illegible]試春夜北上花
[illegible][illegible][illegible]中[illegible]春天柳[illegible][illegible]
新把[illegible][illegible][illegible]湘煙閒詩
[illegible]墨[illegible]詩篇[illegible][illegible][illegible]

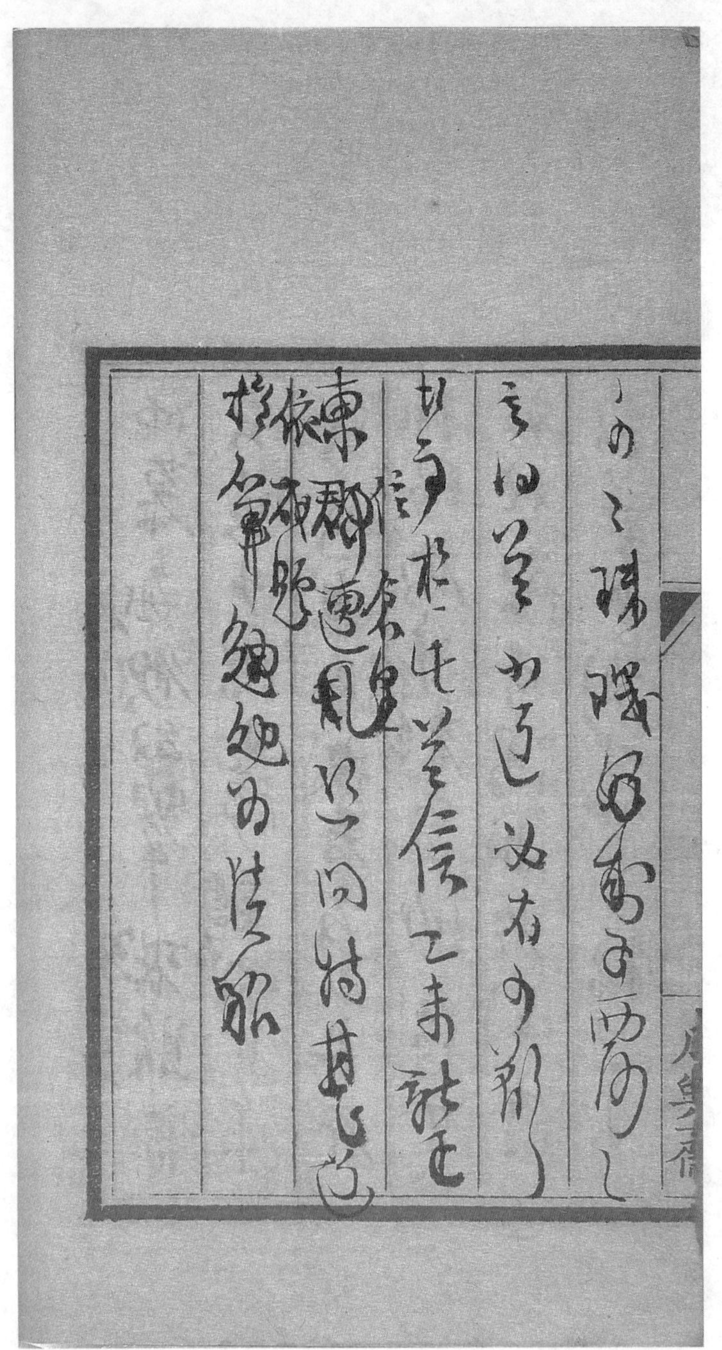

甲午冬至日子珍見過後校

題金叔蕉畫雲封

依依一一月鐘明芒女

三宿曾過子猷劃阿棄

大杜牧新題雪溪寺杜牧

湖州畫題

征征翻出

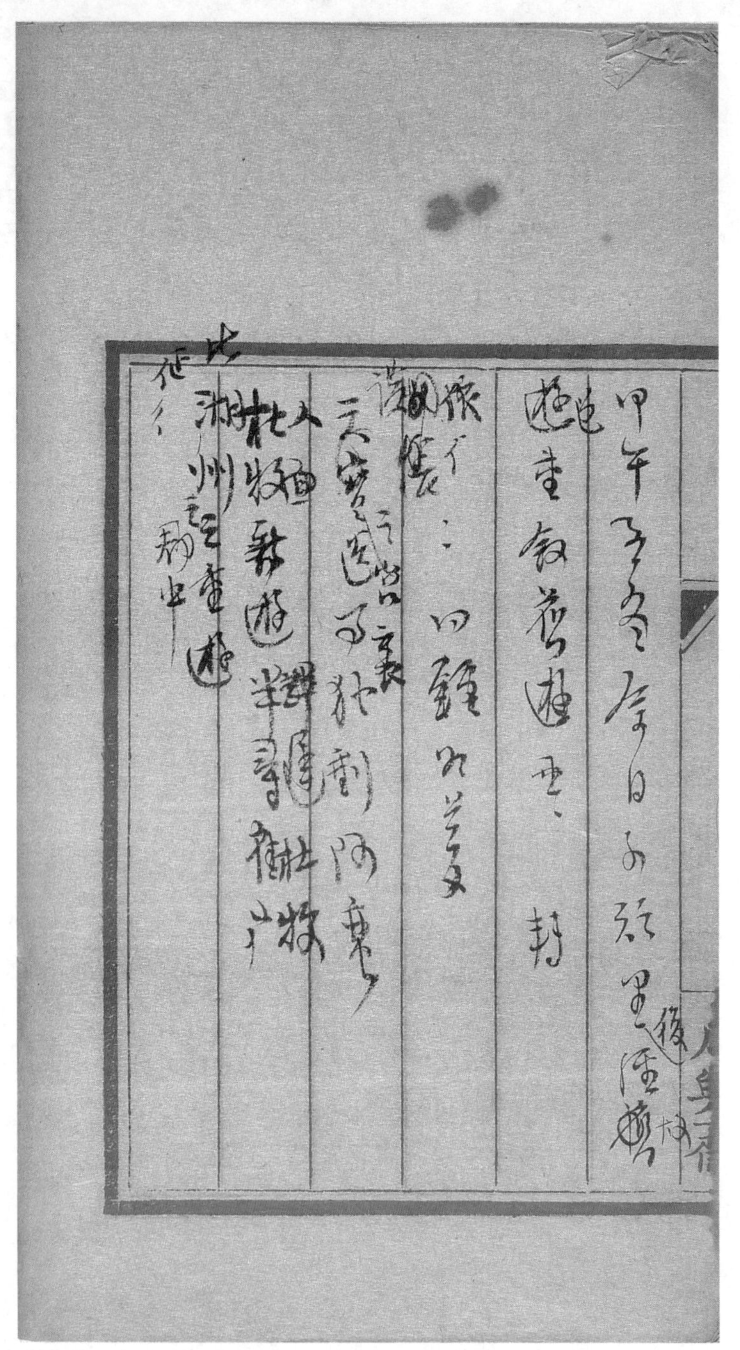

舉人進
萬壽恩科
士翰林

甲午
翰林

題思韻意
宜歸日不蘇惝情懷
生當腸熱劉費意閑情
儘爲隔醉不開
猶懷欲行杯且住
歎將歡笑看人來

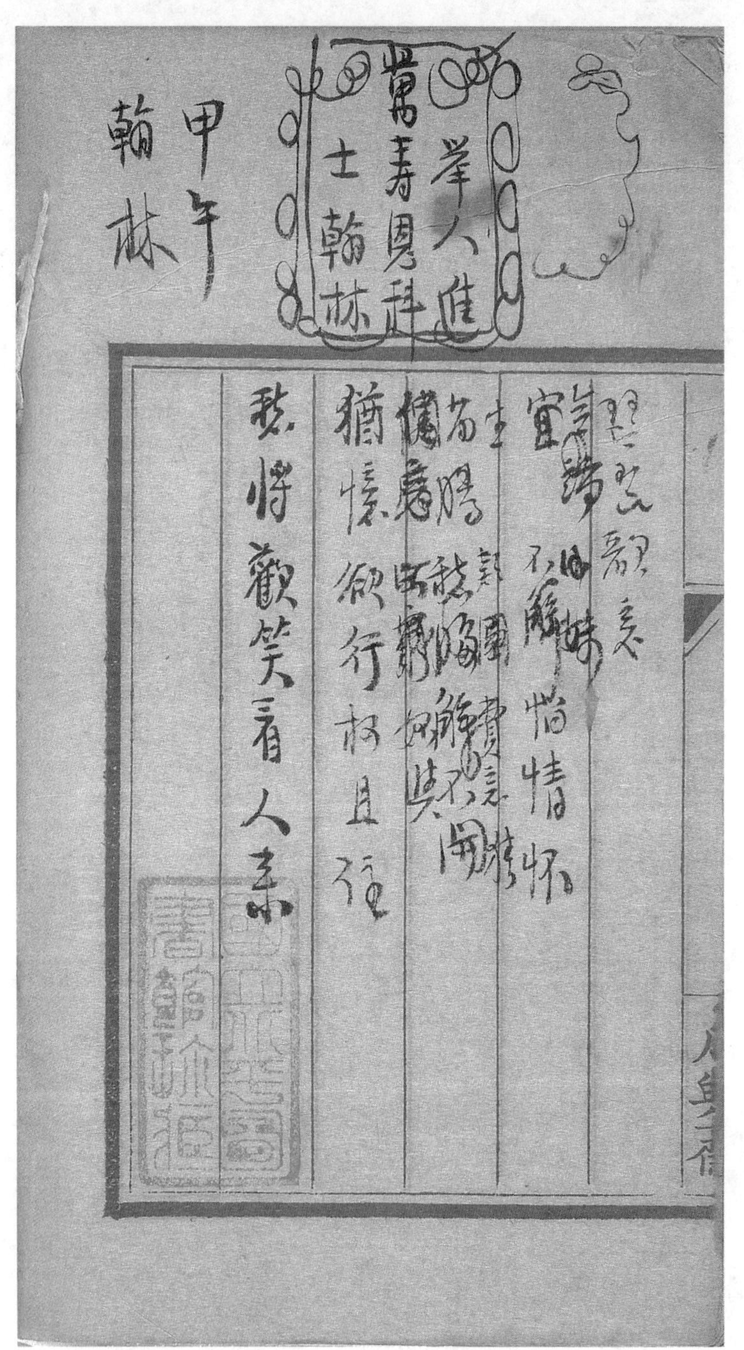

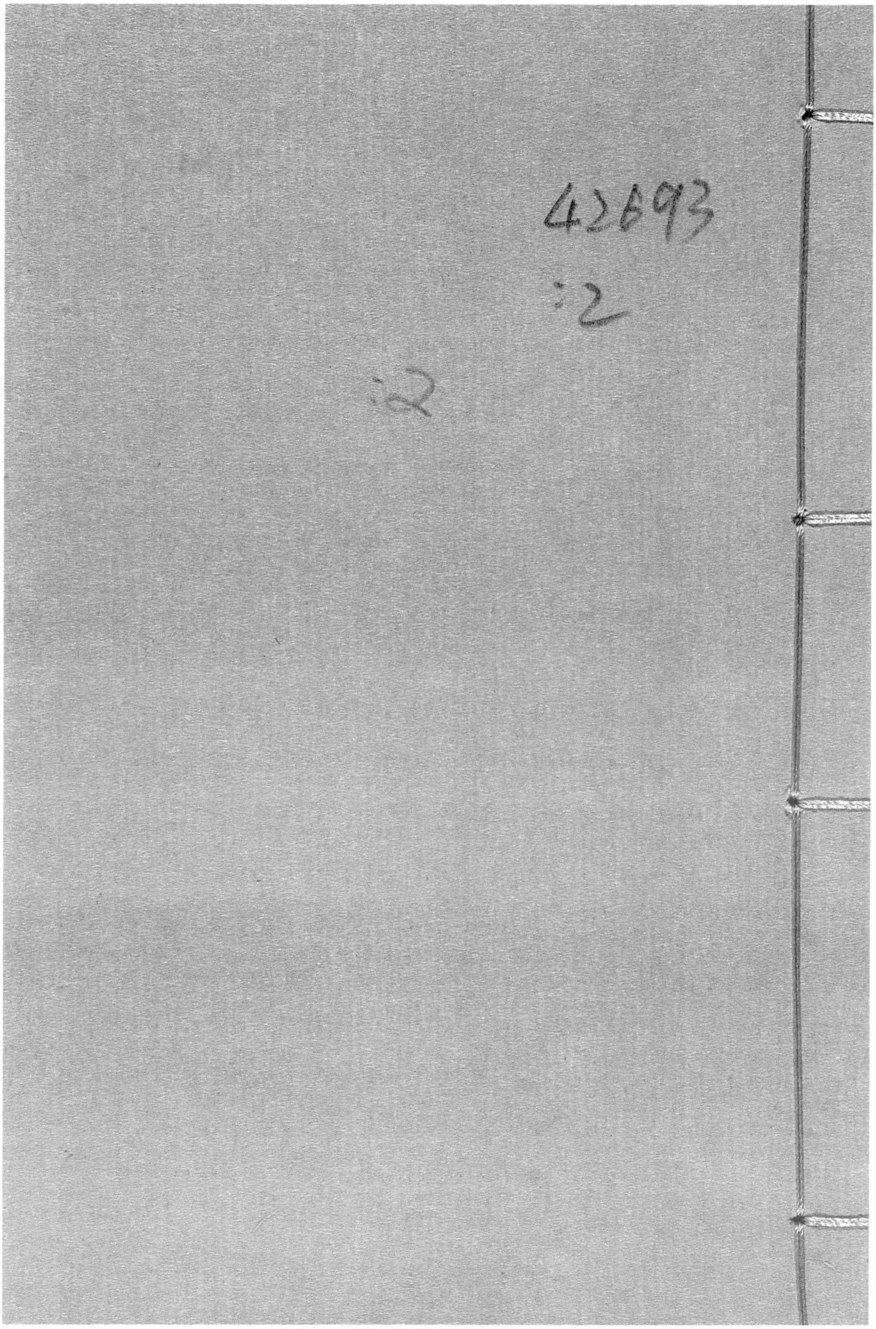
42693
:2
:2

今夕只可談風
今夕只可談風
月故鄉云此好
湖山
多生

可談集
嗔
可談集

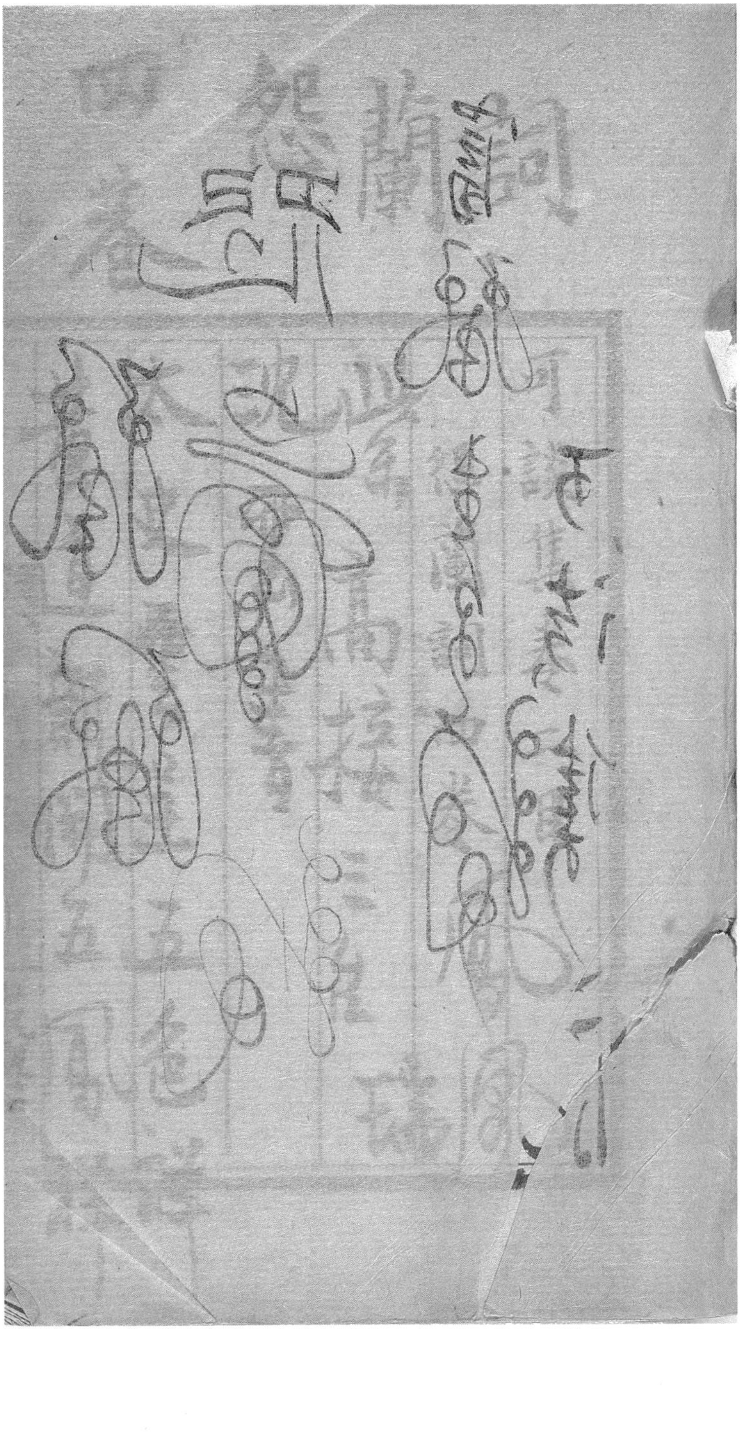

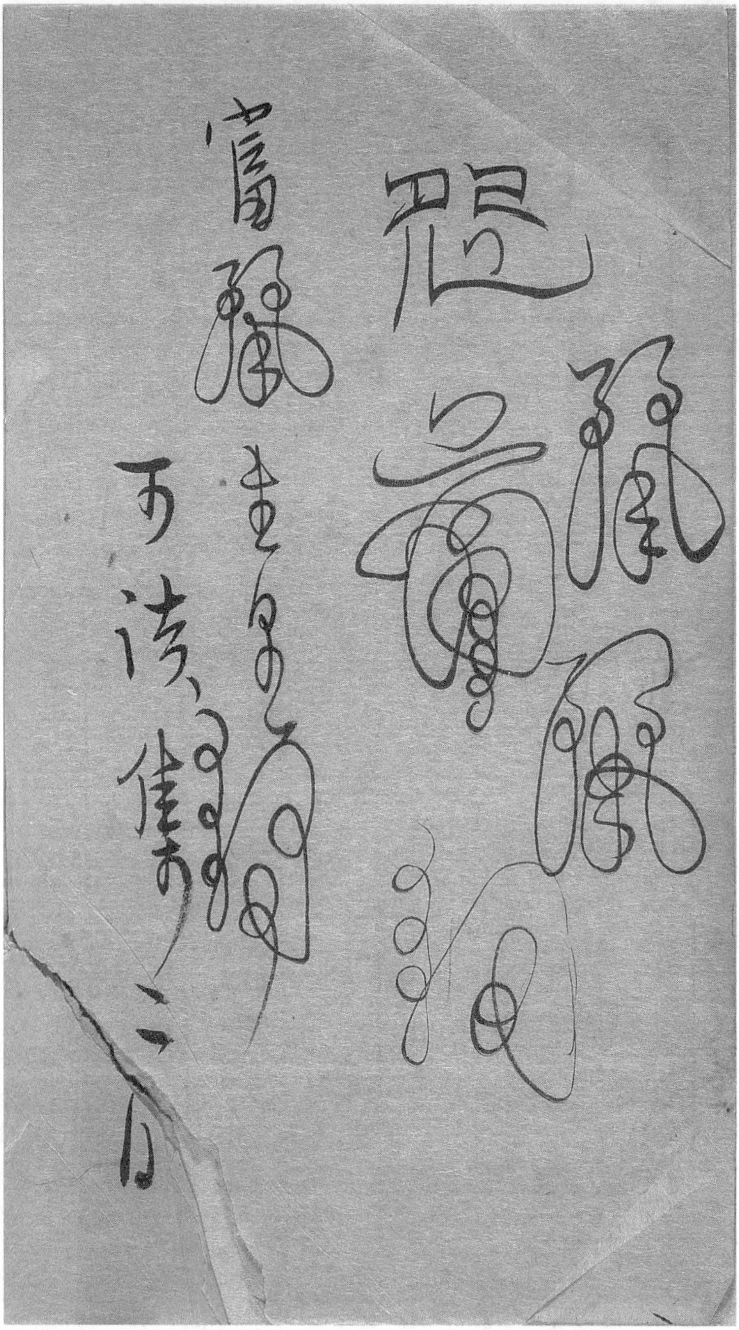

怨蘭詞四卷

可談集卷二目
怨蘭詞四卷 鳳凰
業高接三台瑞
沈雲書
太史雲呈五色祥
黄道新開五鳳祥

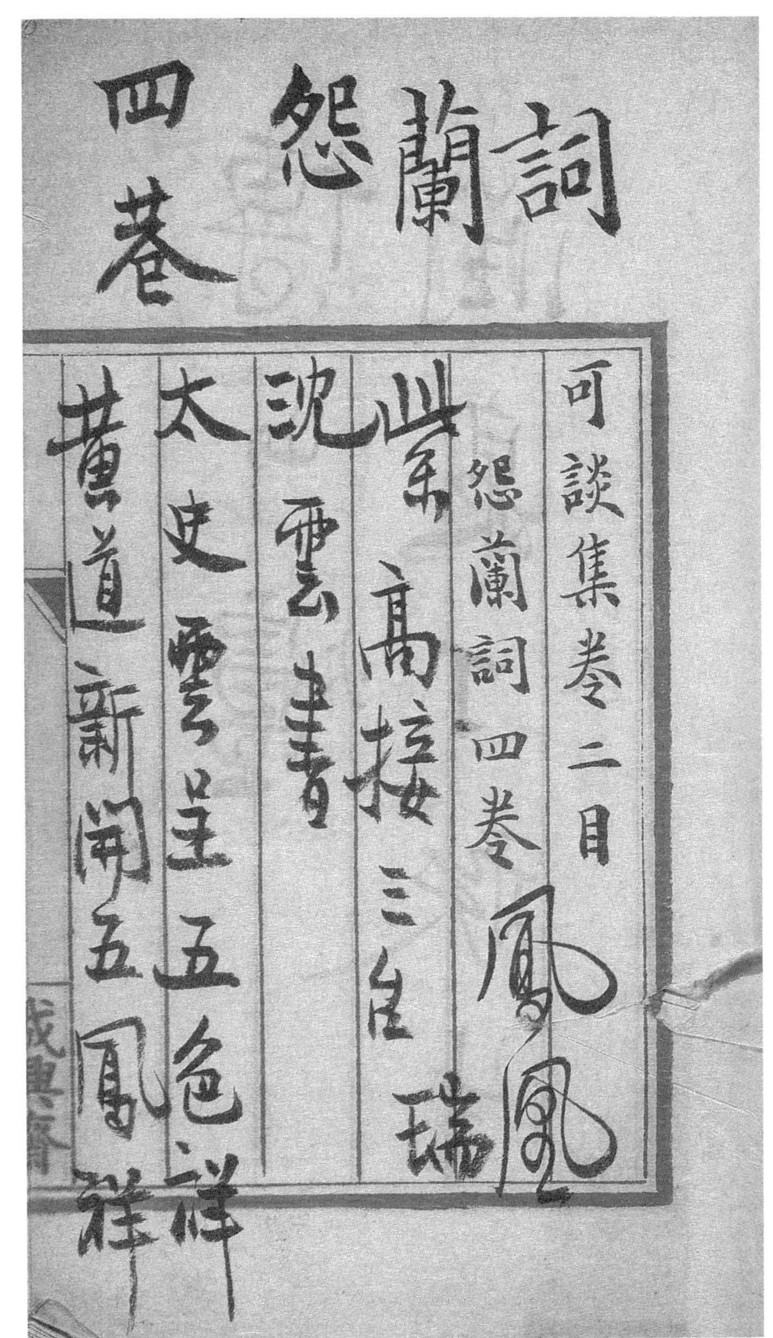

博山爐

潤泉丁秋生

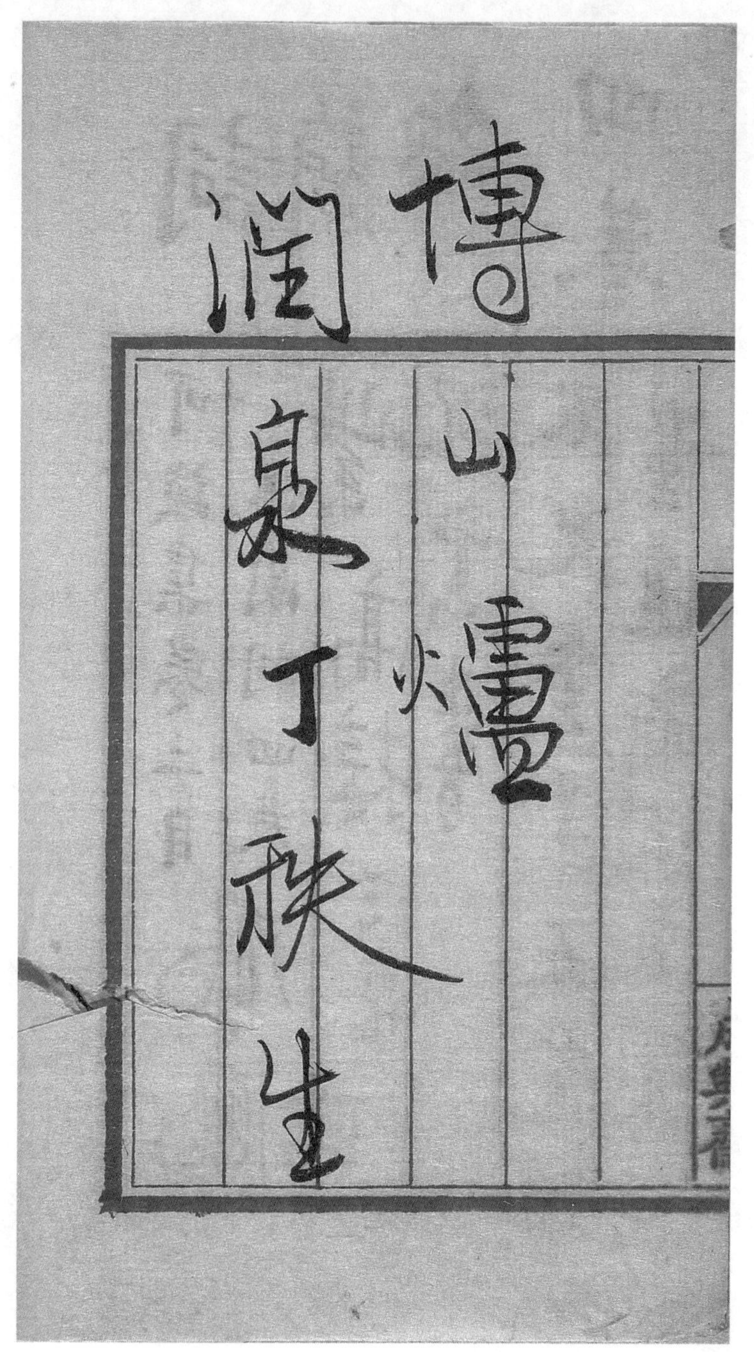

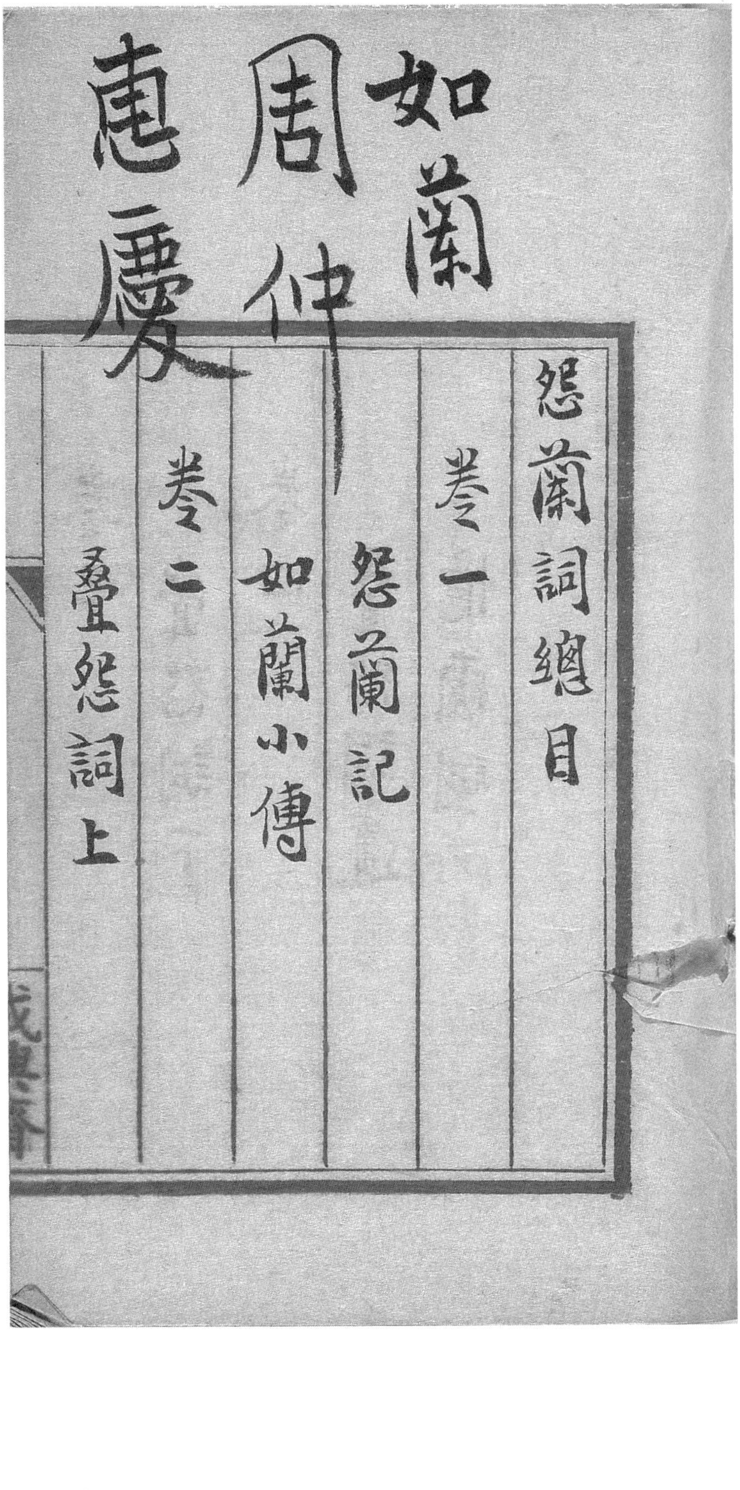
如蘭

周仲

恵慶

怨蘭詞總目

卷一

怨蘭記

如蘭小傳

卷二

疊怨詞上

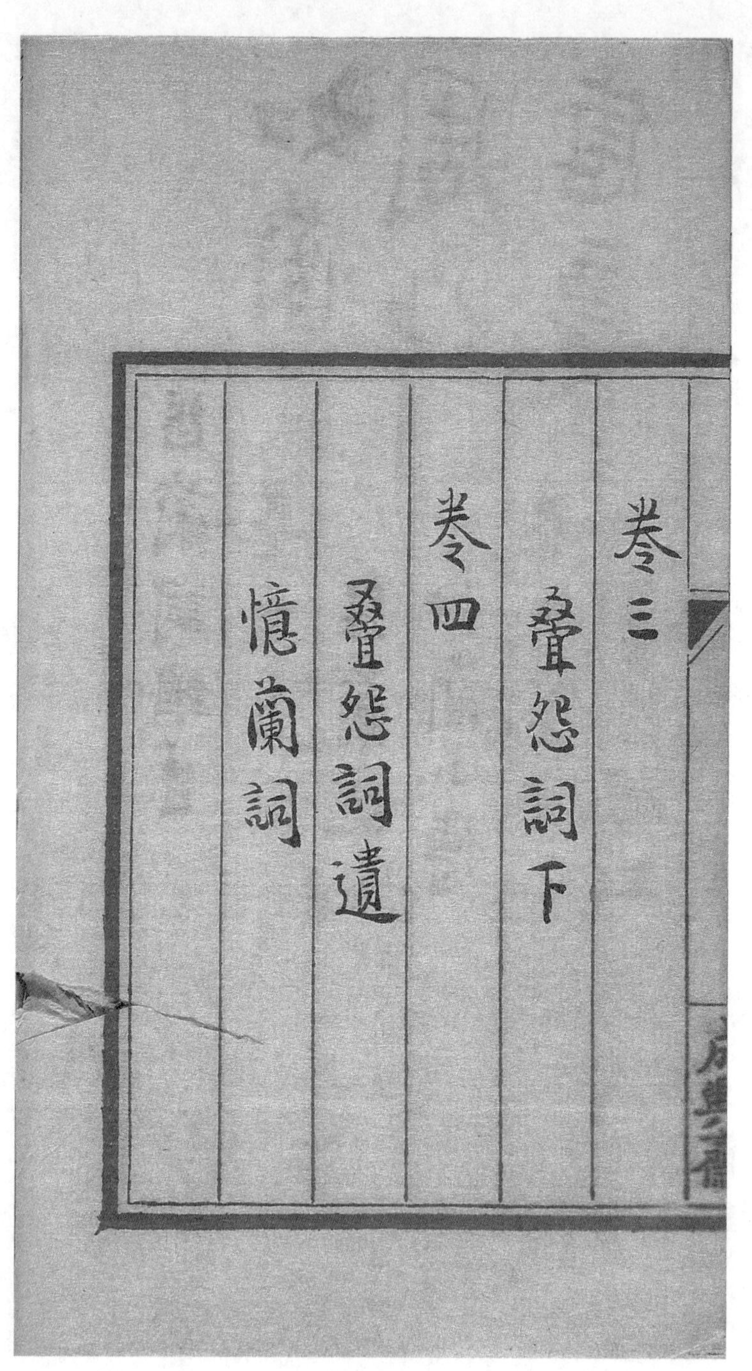

惢蘭詞卷二

古平壽郭笙氏清課

疊怨詩上三十首

其一

團扇難遮乍見憅。紅潮暈頰

弄嬌憨。芳齡數叩羞無語。阿

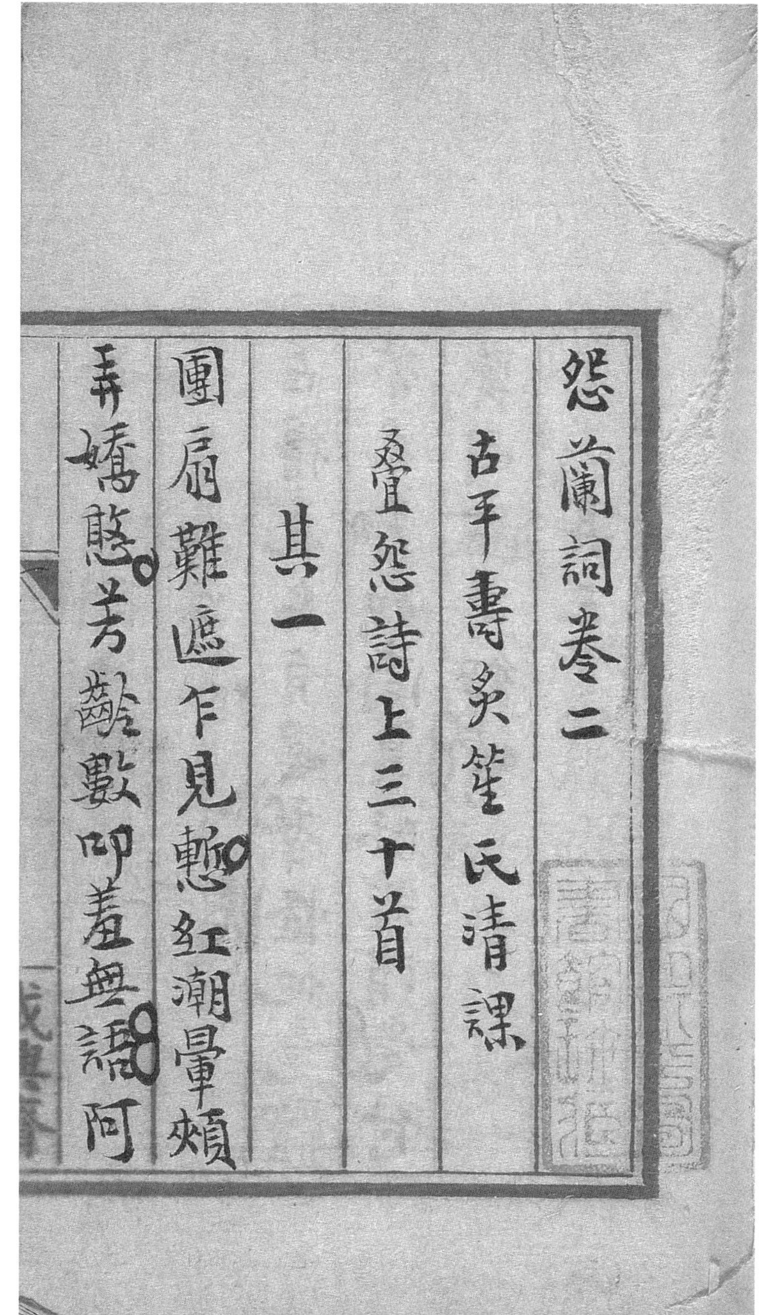

毋替言剛十三

其二

占得花名有異香怪他竟體

帶芬芳如蘭臭味誰消受付

與同心子細嘗

其三

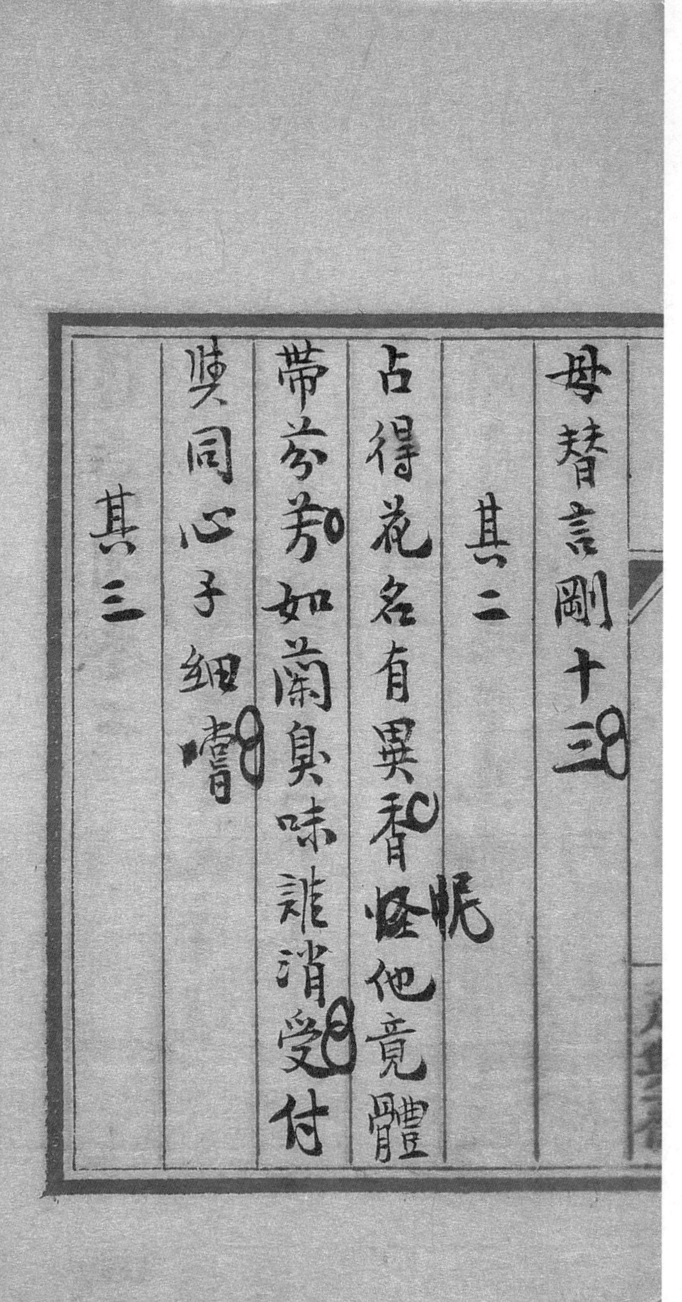

嫩蕊初苞未放時亭亭猶自
待瓜期狂蜂浪蝶無情甚分
付金鈴好護持

其四

燭邊嬌靨酒邊羞羞與生人
作勸酬也識偎郎肩下坐卻

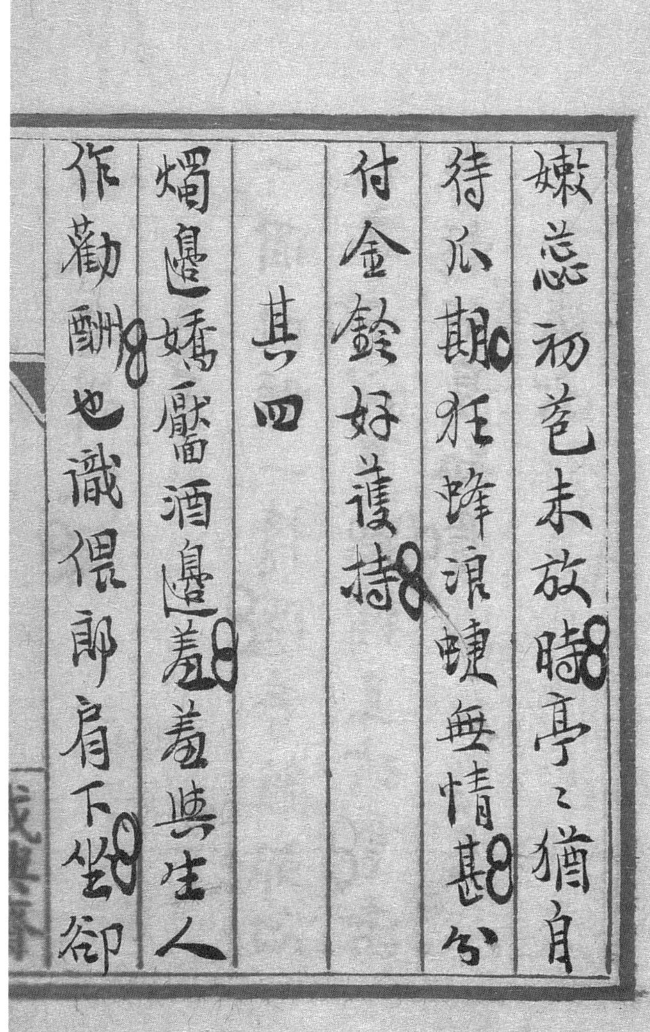

持紈扇佯低頭。

其五

一回面晤一情深。差解郎心似妾心。心事欲傳且珍重，未能輕許是知音。

其六

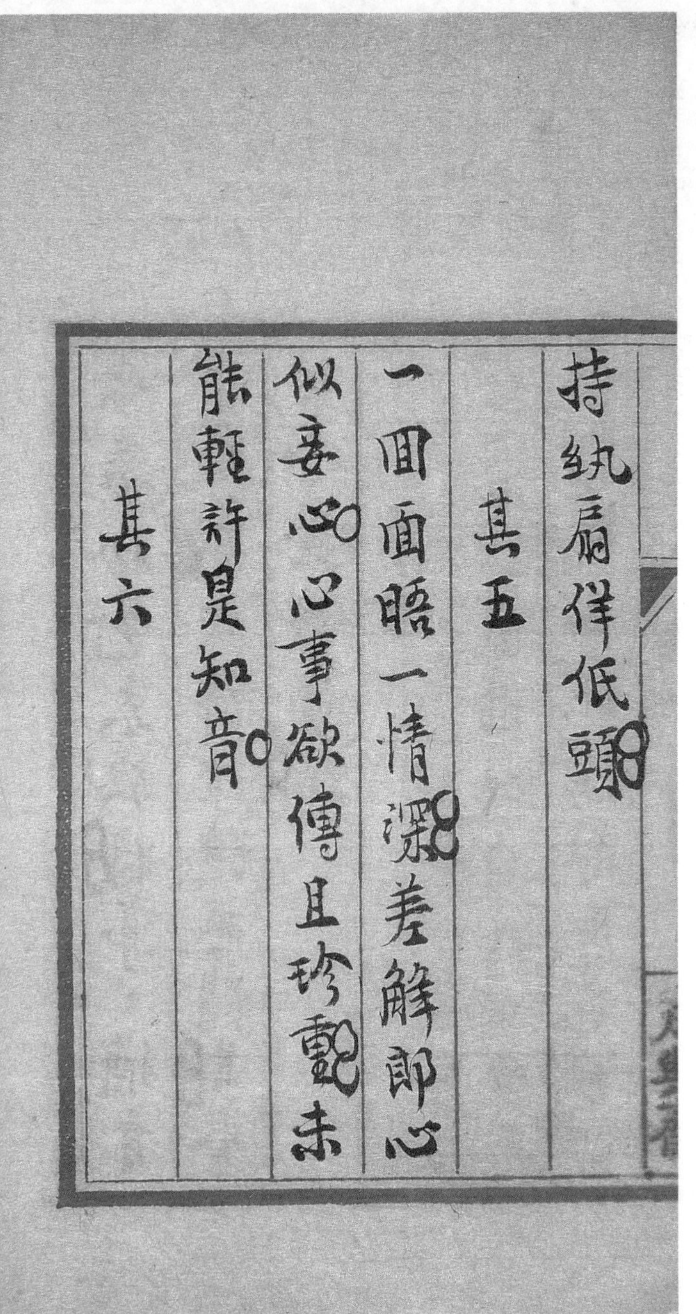

喜狂

倚窓隠几鎖晨粧。聞説郎來
喜欲狂。阿母今朝出门去。安
心心事細商量。

其七

深情持贈茜羅巾。巧綉雙魚
躍錦鱗。不羨鴛鴦能比翼。但

求比目更相親

其八

好花豈厭看千回，惹向人前羞不開。生恨檀郎無賴甚，瓜犀迎面打將來。

其九

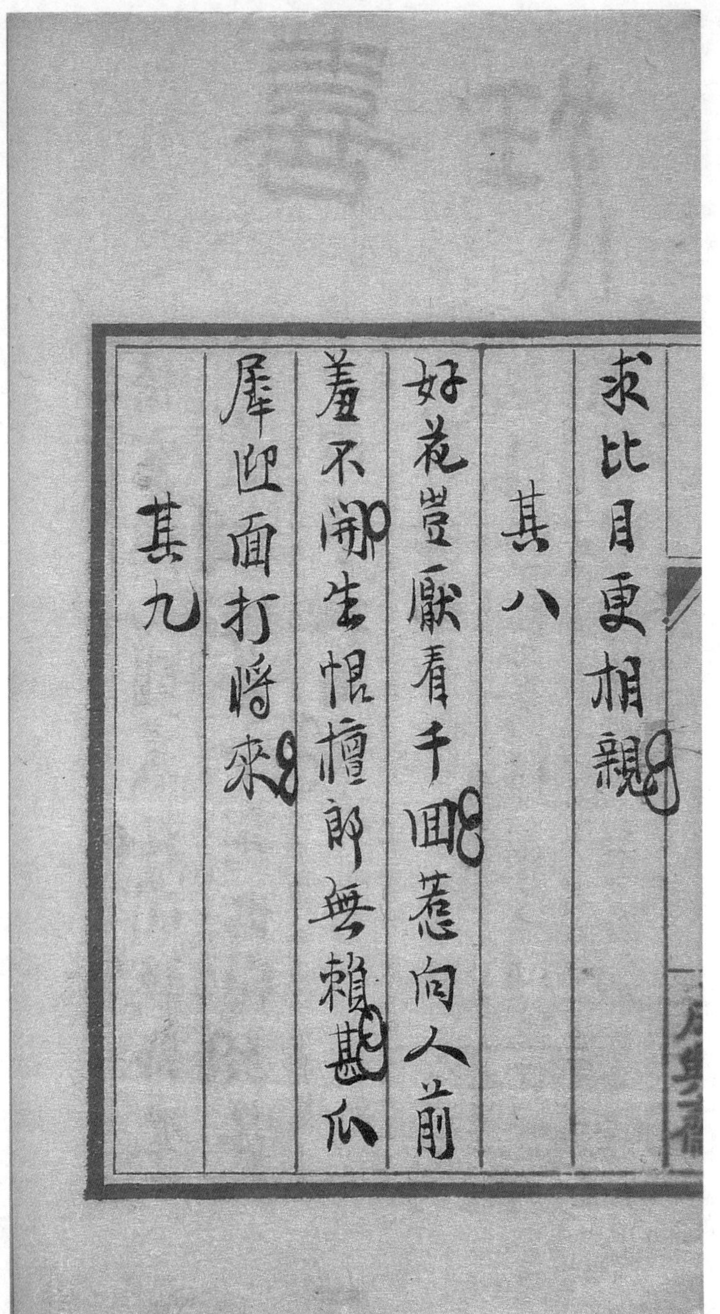

柯

嗔得蘭煙唾向龍口脂紅破
與親嘗就中暗度櫻桃味可
及雲英一碗漿

其十

敢向粧台片語訛淺嗔薄怒
目顰蛾溫柔體貼真難事欲

博歡時憐已多○

其十一

半偏慵髻理晨妝○形影相偎

菱鏡旁○弄粉調脂郎已慣○畫

眉新樣費商量○

其十二

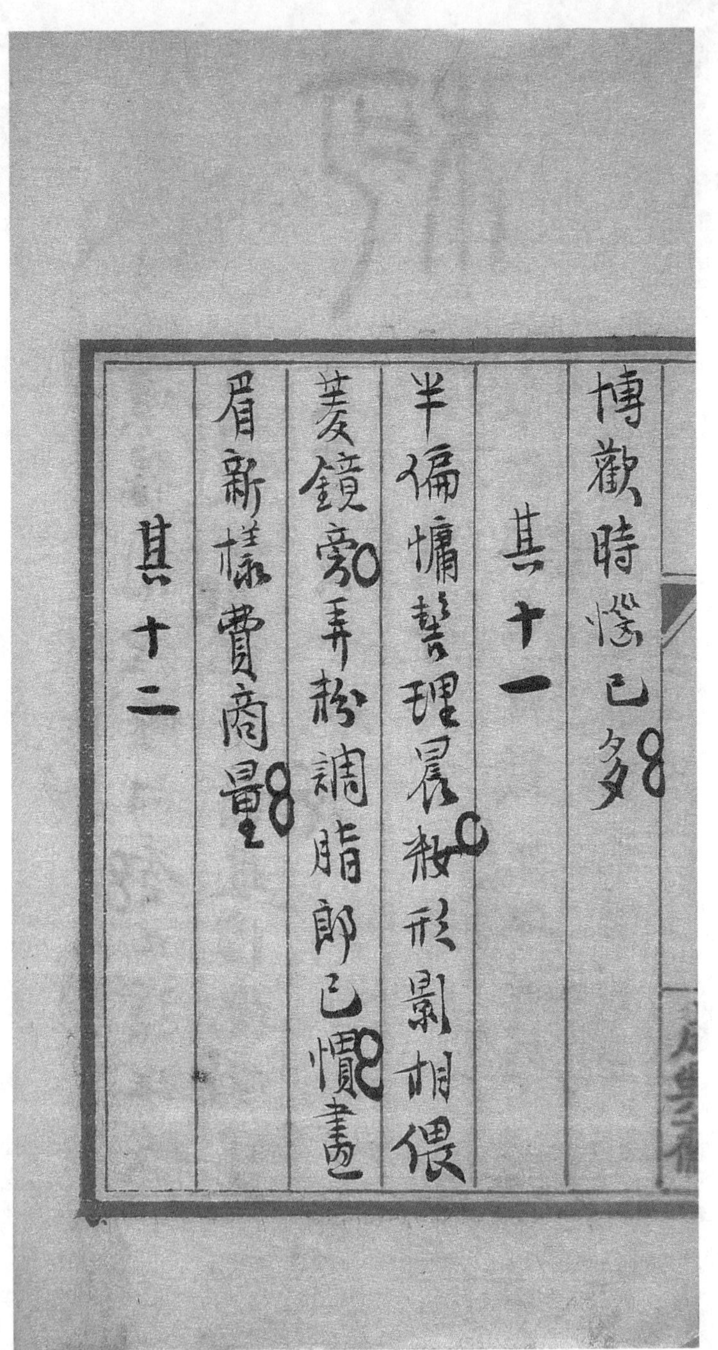

爲之

為卿瘦減十分肌
脈脈含愁兩意知
最是破顏假歡笑
偎人強說莫相思

其十三

繡鞋窄小錦花攢
一捻輕紅秀可餐
知是自誇還自愛
襯

量勾寸與郎看。

其十四

縮圖小像贈相思。翠鏡裝成掛錦幃。自後見卿如見朋。夜來常此對清輝。

其十五

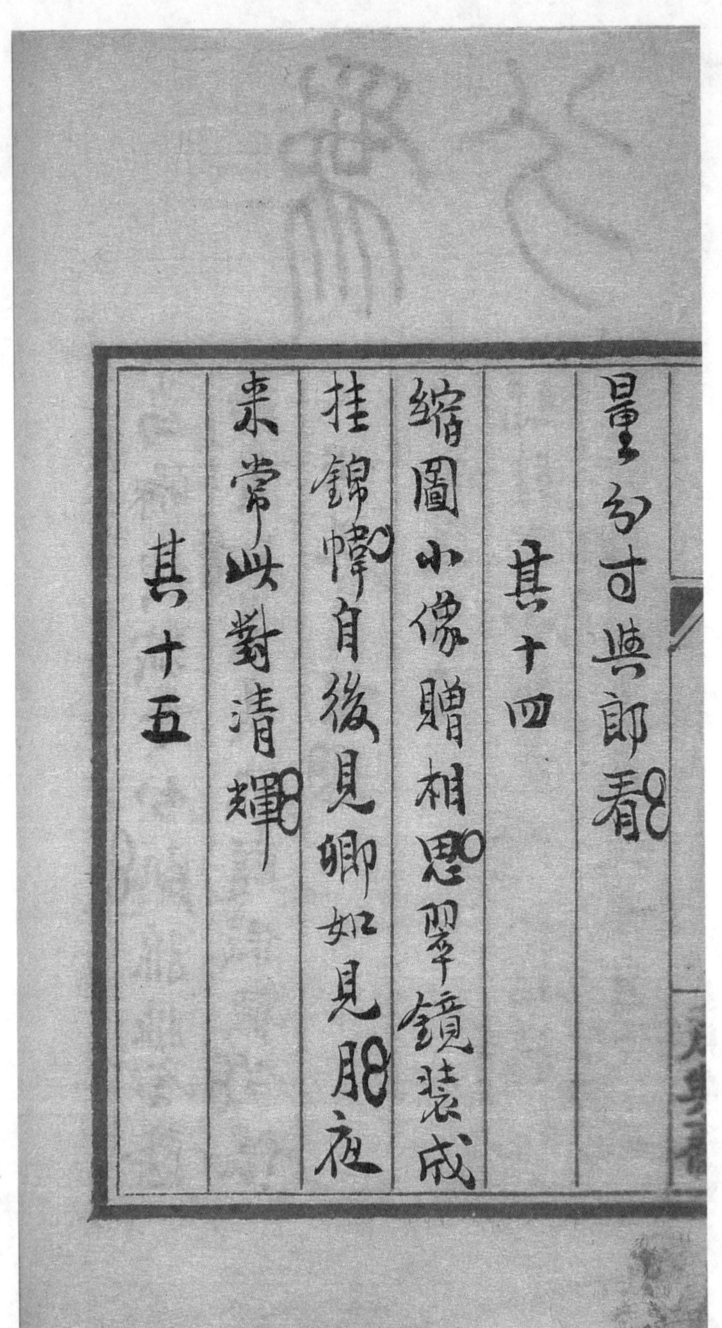

其四

雙棲羅帳夢迷離。假作鴛鴦
亦癡癡。也似女牛天上悵。銀
河咫尺阻佳期。

其十六

喚醒檀郎香夢濃。嬰年瑣事
話分明。乳鶯雛燕嬌無力。妬

殺蕉窗細雨聲

其十七

步蓮細碎影婆娑一搦纖腰奈軟何也似新黃春柳嫩不禁搖曳受風多

其十八

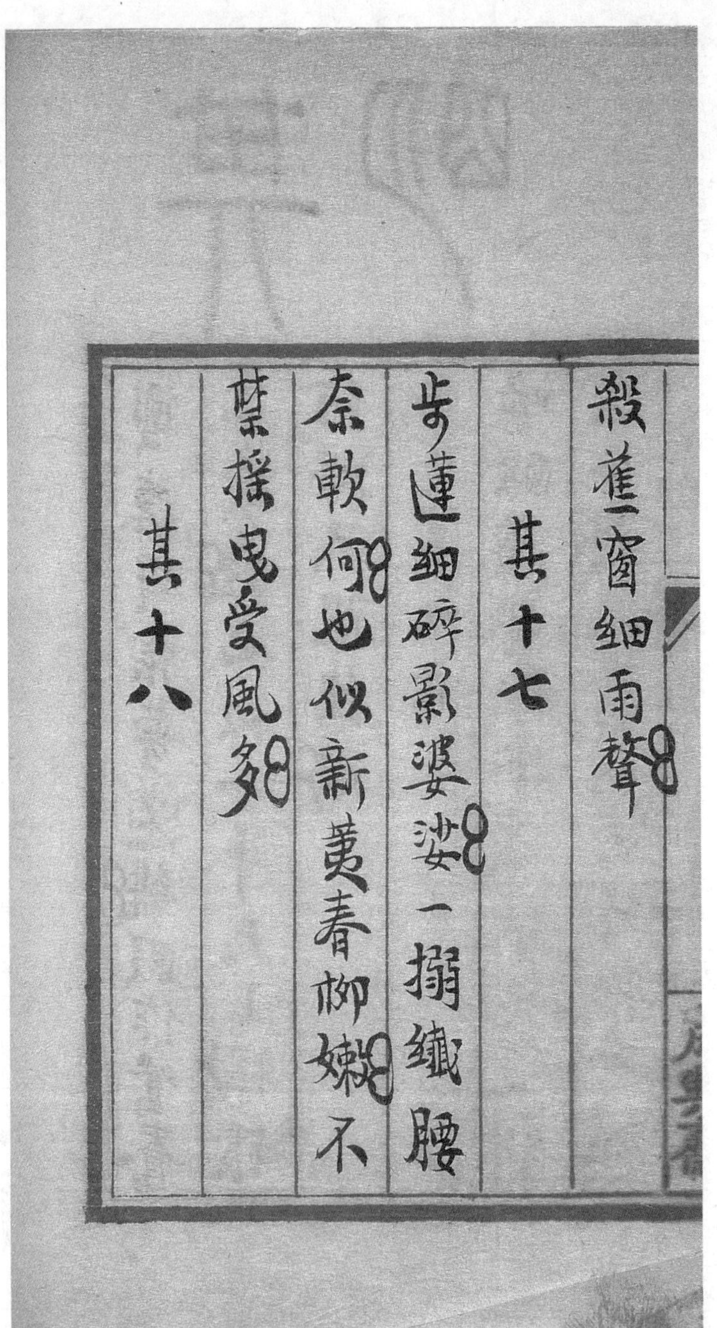

[illegible]魂

感郎投贈比瓊瑤。一桁單衫豔碧綃。恰有試新新日在儂家影劇是明朝。

其十九

僥倖香魂夢裏逢。鴛鴦顛倒兩情濃。拚教一枕終無覺長

在高唐十二峰

其二十

幾番催促上粧臺猶自遲疑

鏡蝸閒記說妾容慵懶好暫

停梳洗遲聲去郎來

其二十一

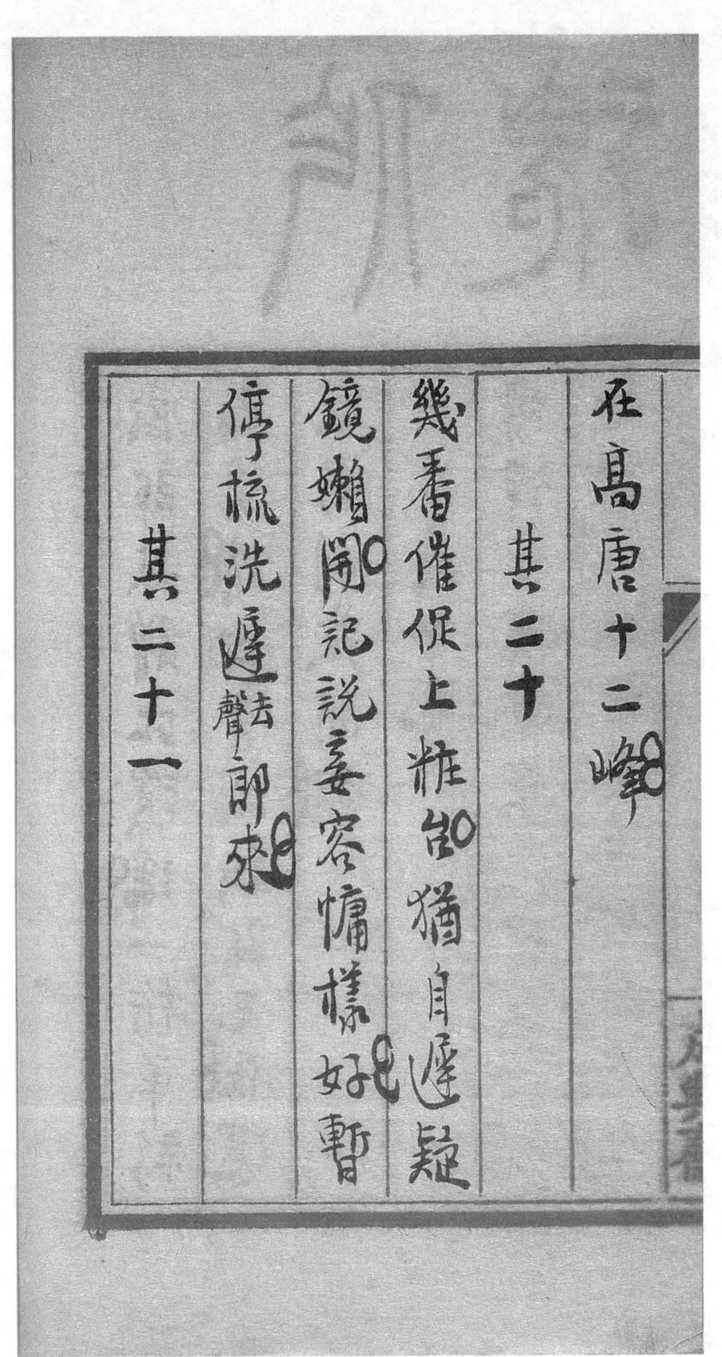

不成

横陳玉體好阿憐侵曉偷窺
卧榻邊最是眠人春色足鬢
花鬆壓睡容鮮

其二十二

蜂蝶何曾過別枝愛深成好
信成疑不知身是醋娘子翻

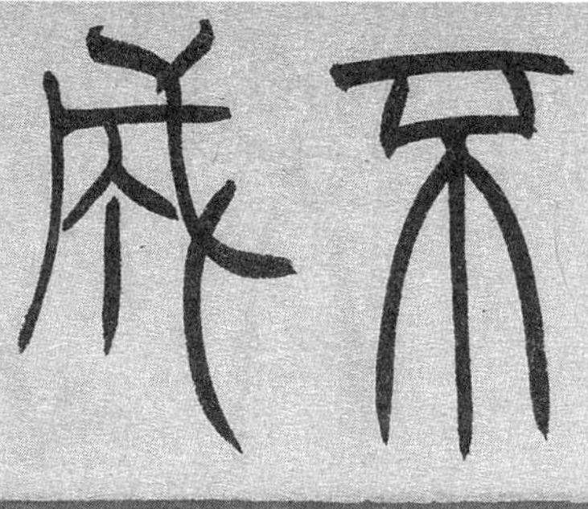

諸郎為輊薄兒

其二十三

羅帶慵拖下榻來倩卿綰束

出新裁層層結就鴛鴦掛敎

似歡情解不開

其二十四

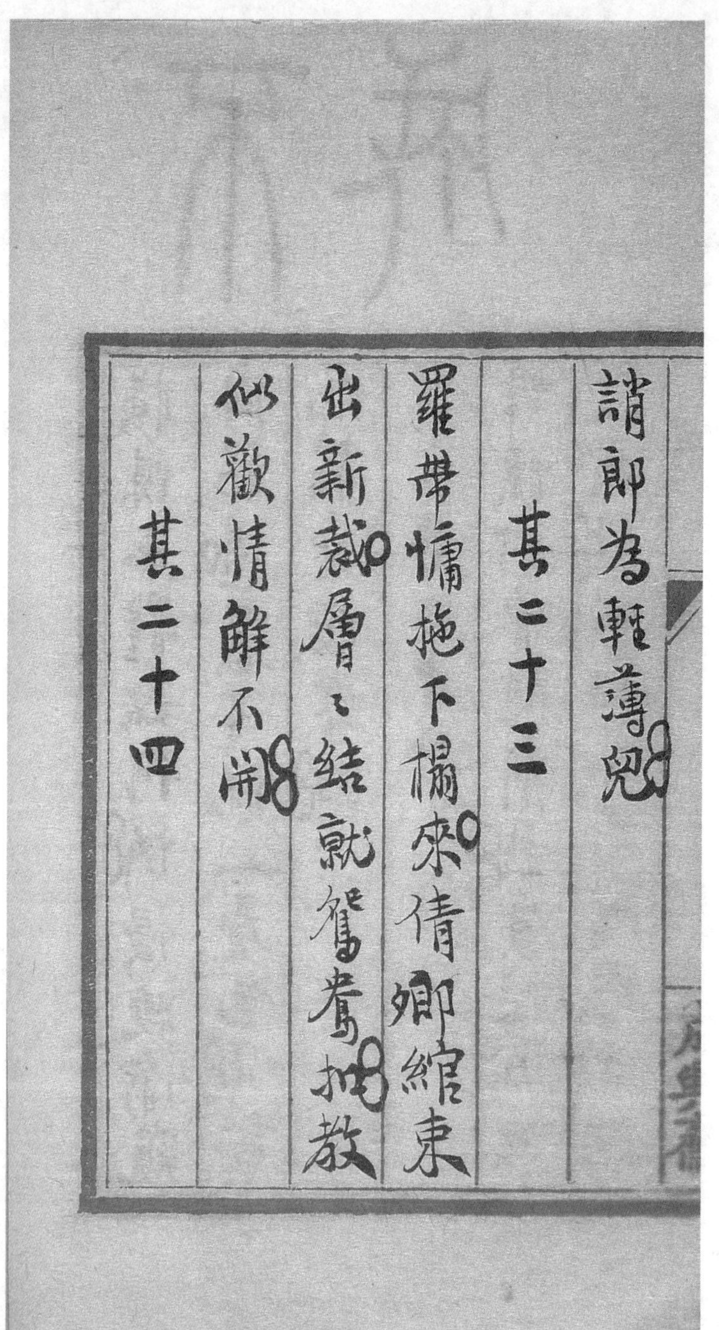

文人

靜鎖雙眉露淺顰。沾衣唯見淚痕新。蕭郎一別幾三日。便似回文織恨人。

其二十五

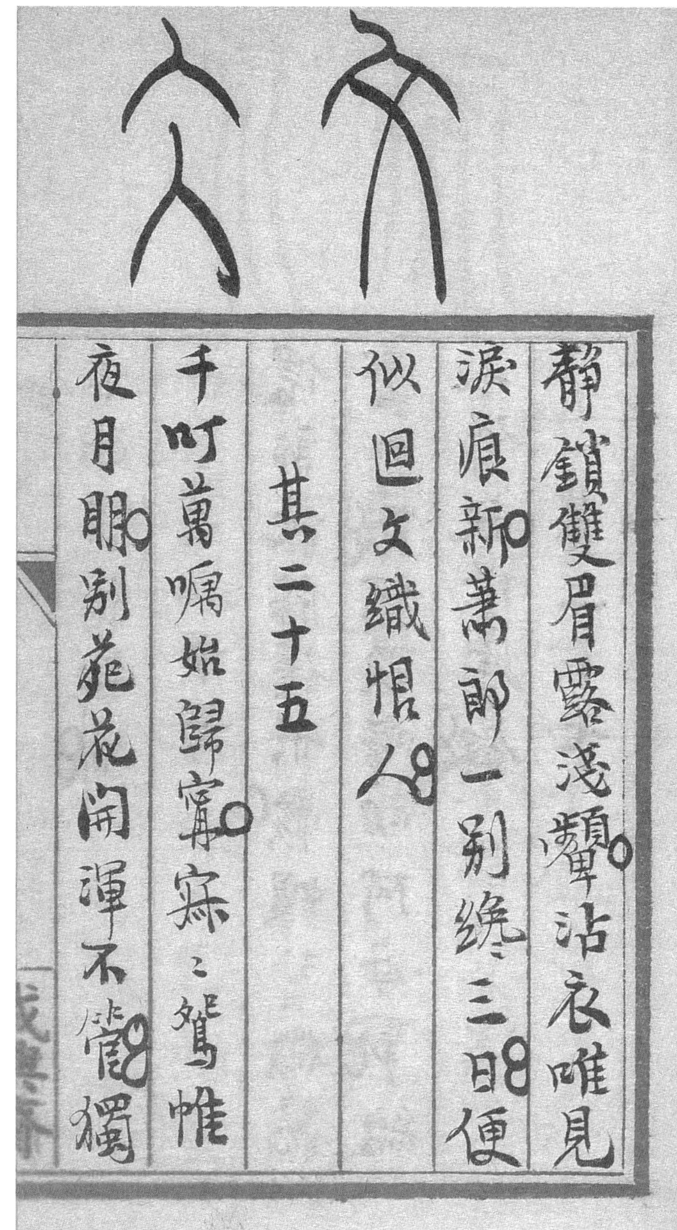

手叮萬囑始歸寢。寂々鴛帷夜月明。別苑花開渾不管。獨

含嗔恨待卿卿。

其二十六

偎郎枕膝偻形骸，螺髻微鬆壓入懷。何與嘮叨阿母事，紿人佯說墜金釵。

其二十七

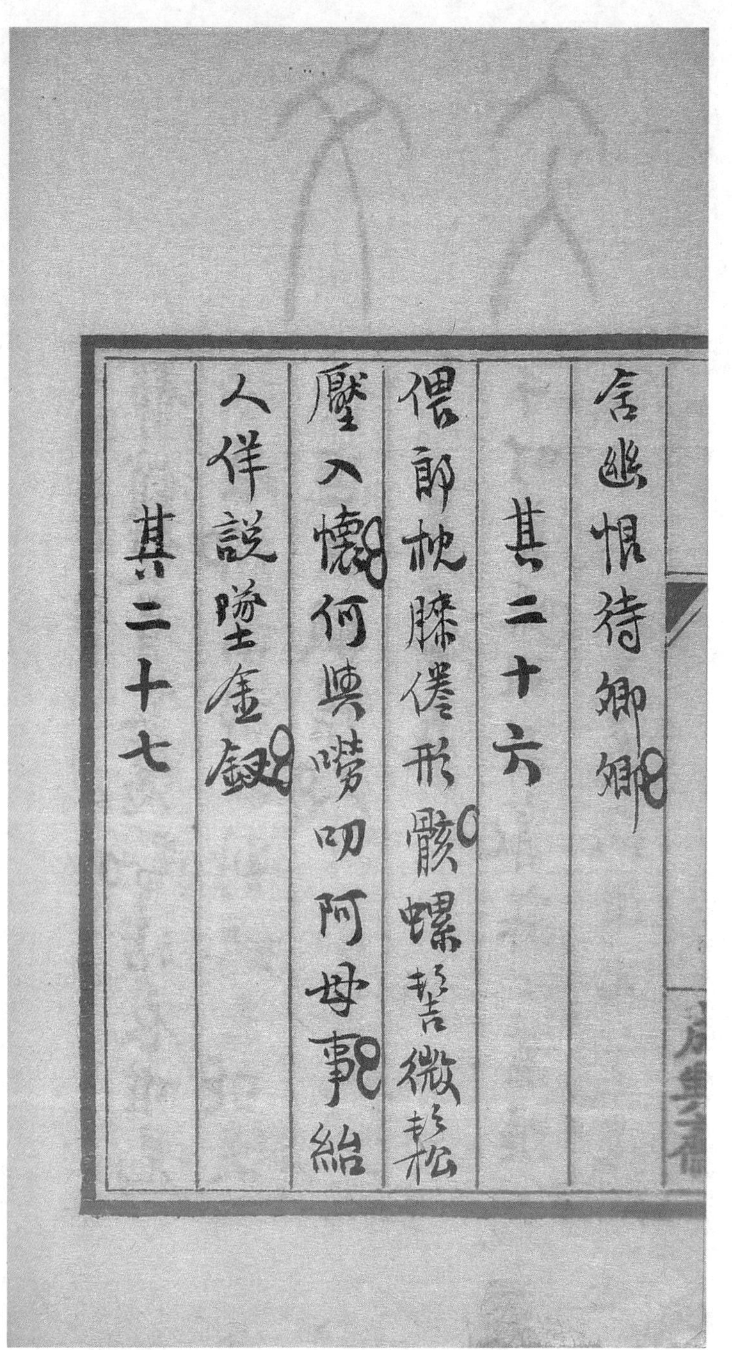

而川

畫罷雙眉興有餘。曉窗愛學
衛娘書。閨中清福人爭羨。笑
倩檀郎握筆初。

其二十八

濡毫不臨米黃蘇。五色花箋
手展初。別有闌心三兩字。檀

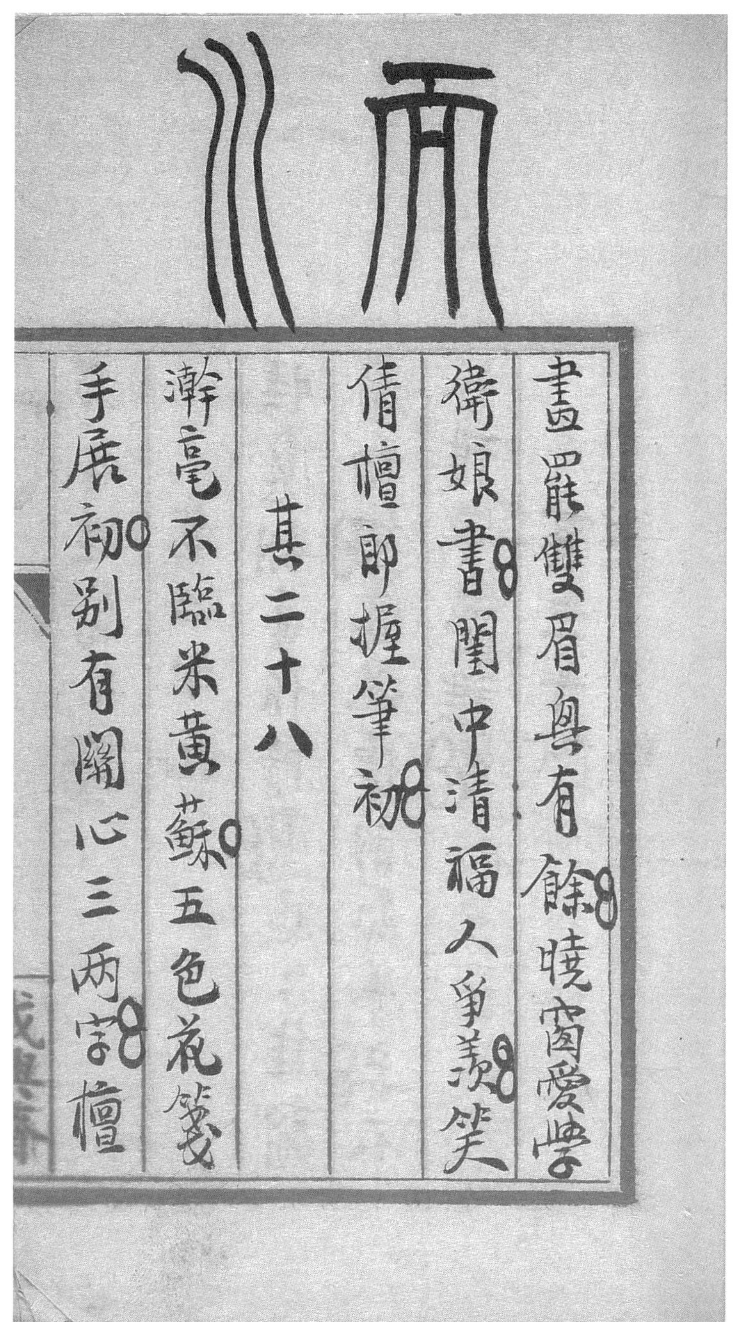

郎名姓萬千書。

其二十九

睡魔翻喜作情魔。夜夜佳期奈幻佩。妾說夢郎郎夢妾。不知誰夢夢誰多。

其三十

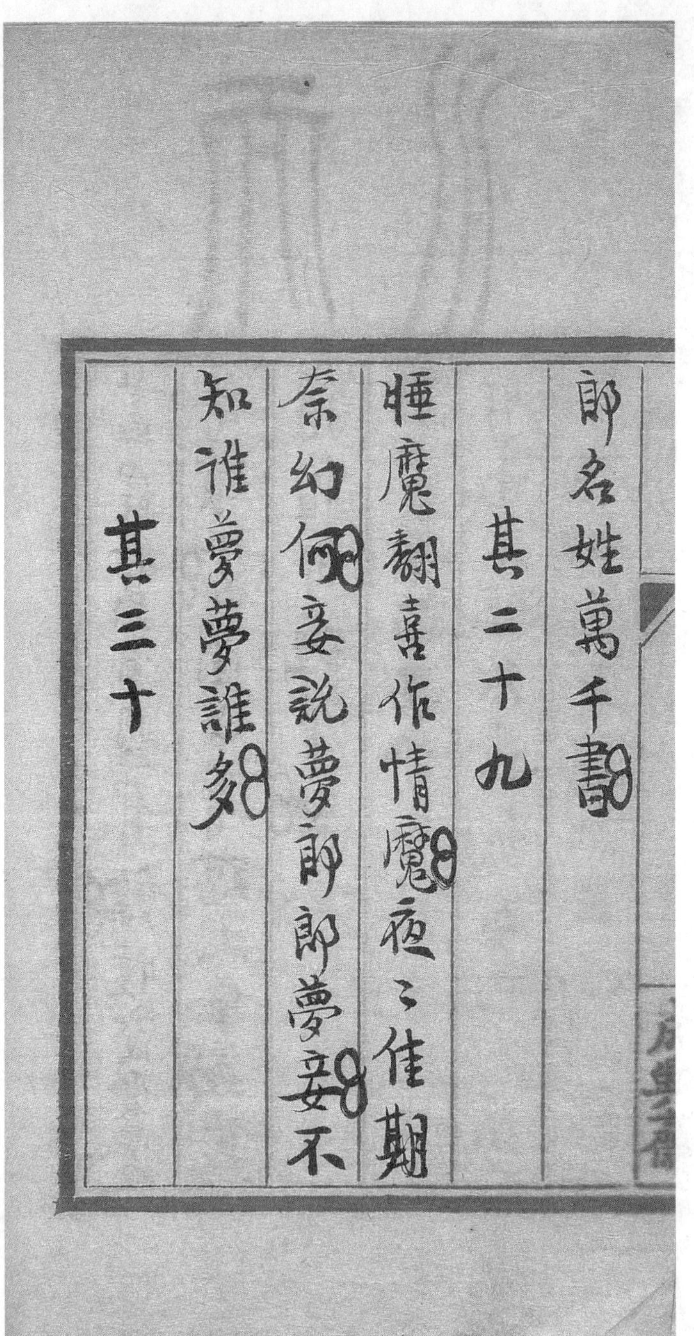

巨

一言孟浪奈嗔何。薄怒盈〻上翠蛾。嚙臂盟餘殘迹在。傷痕又疊指痕多。

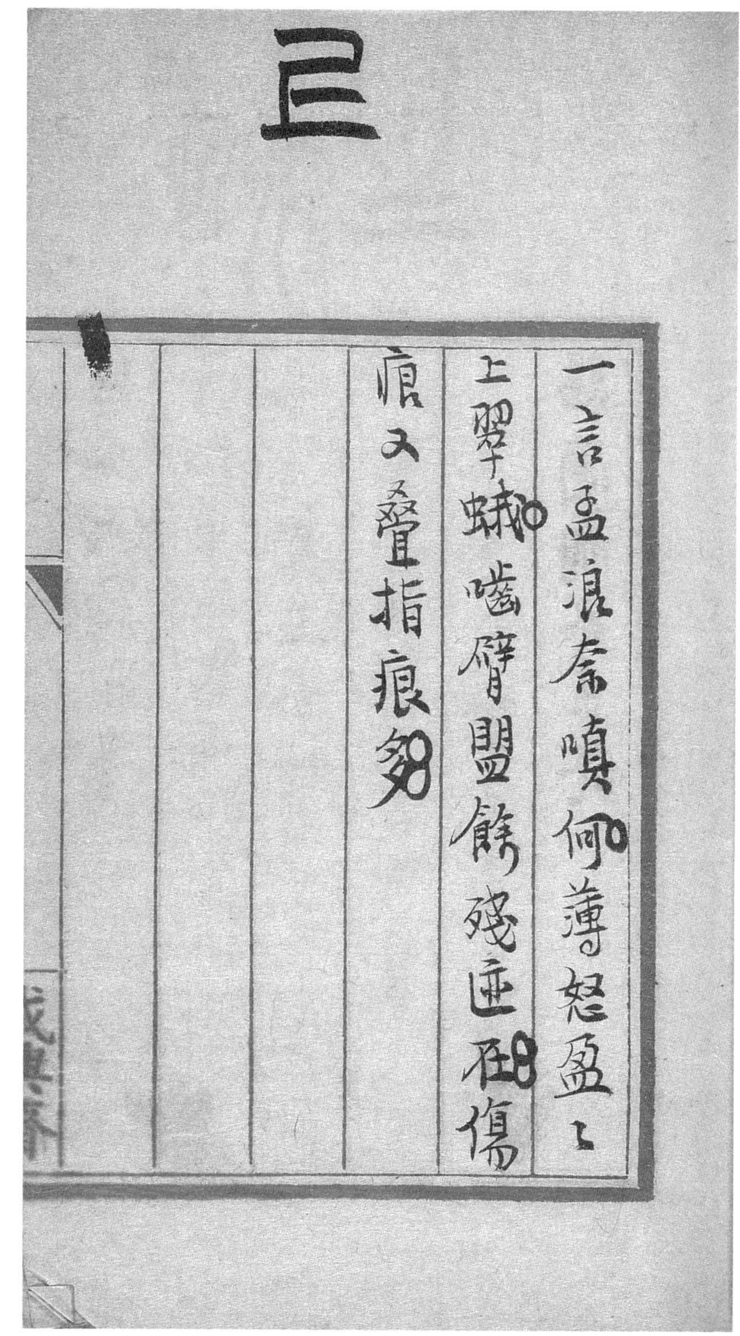

怨蘭詞卷二終

笙說 二

怨蘭詞 卷三

平壽奐笙氏清課

疊怨詩下三十首

其三十一

百媚千姿倦亦妍惱人情緒

困人天鎖魂不向鴛鴦枕獨

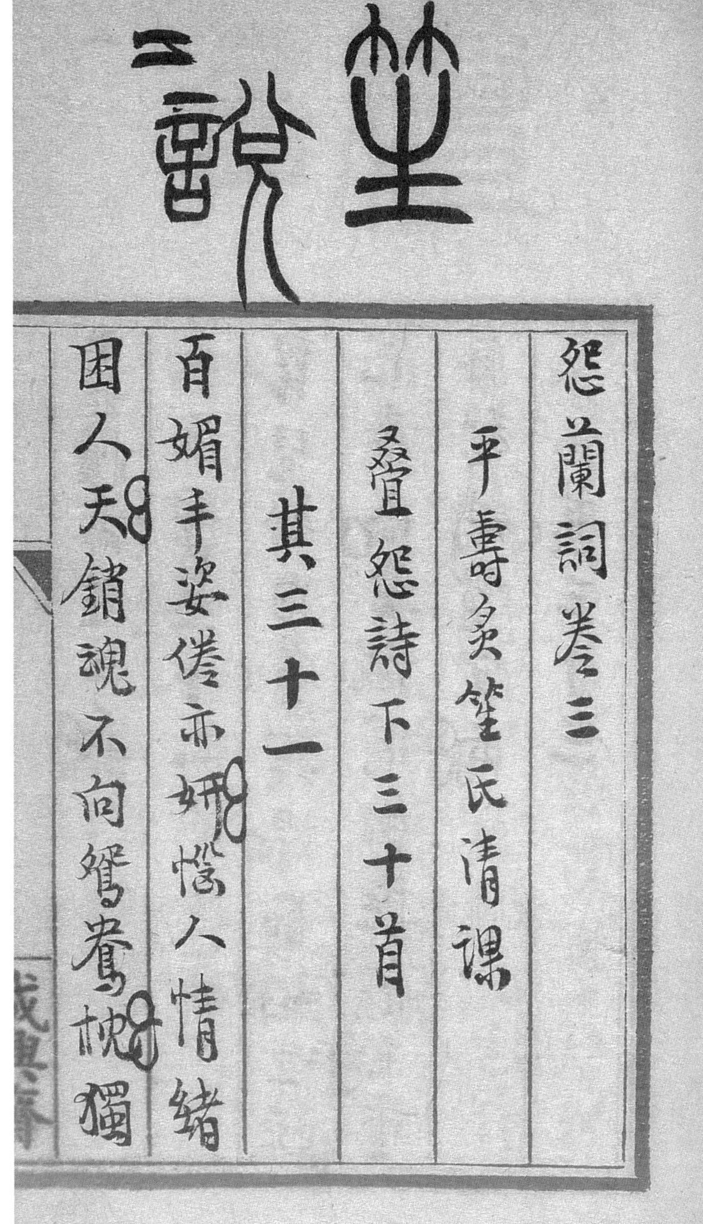

靠檀郎左手眠

其三十二

琵琶新內舊擅場，節拍生疏已半忘。生識周郎能顧曲，重將聲調憶宮商。

其三十三

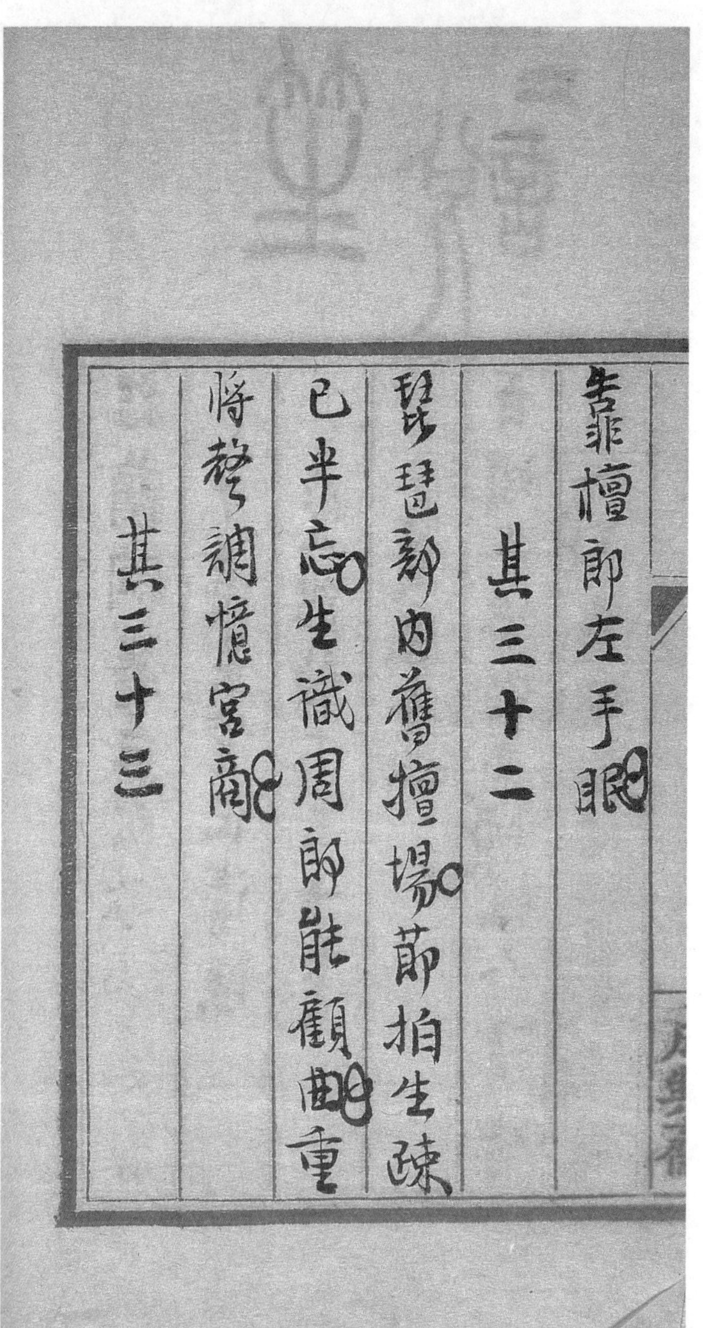

檀喜

香汗星星界粉濃。羅巾替拭
露珠融。劇憐一點桃花色。寄
語檀郎休洗紅。古詩有休洗紅篇

其三十四

兩兩相思怯病魂。别來消得
幾黃昏。為郎憔悴為卿瘦。些

把菱花〻細論

其三十五

手擘鸞箋五色新阿儂一一

繪迴紋情腸曲折終難剖聊

畫葫蘆樣與君

其三十六

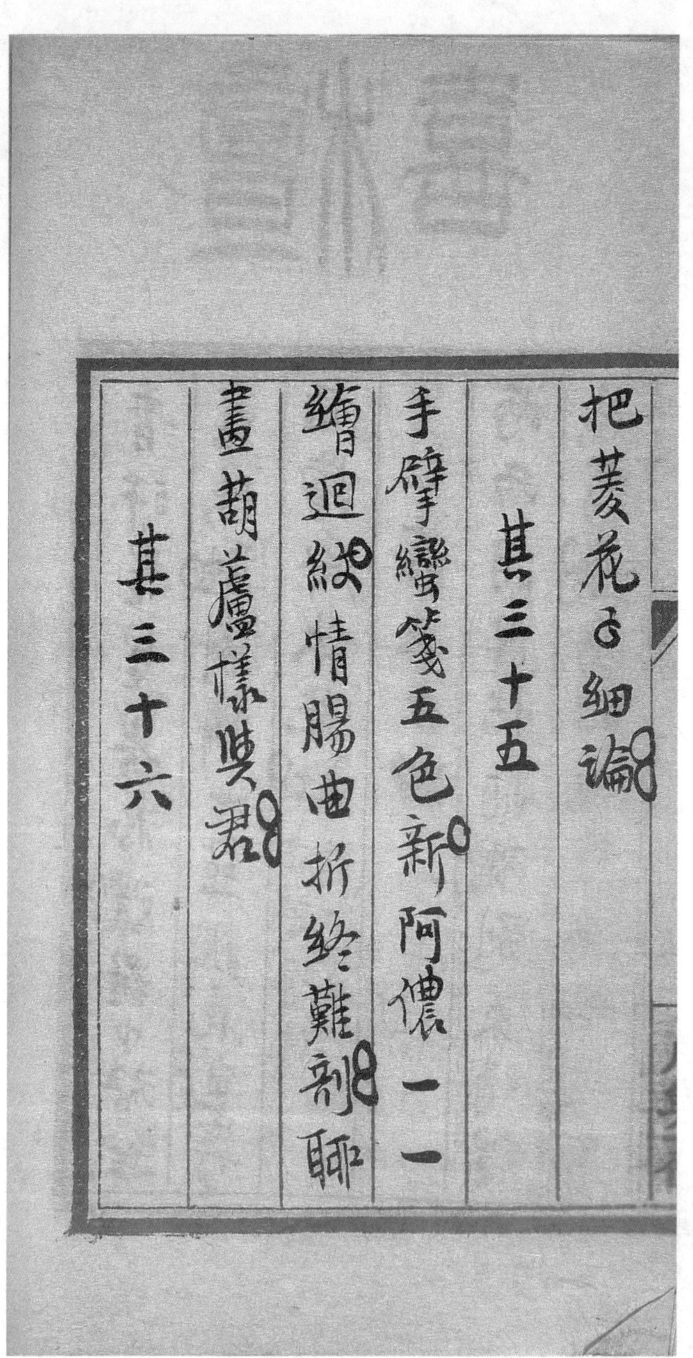

最是私盟暗誓時嚶嚶細語
怕人知無情阿母妬如趨嗔
上珠簾未許垂

其三十七

淺綠衣裳慣倚屏輕紅一點
倍娉婷舊時愛著淡青色為

檷郎心換雪韵

其三十八

嗔妬秋娘術亦工當前青鳥信難通劇憐無限留人意盡付蓮鈎一蹴中

其三十九

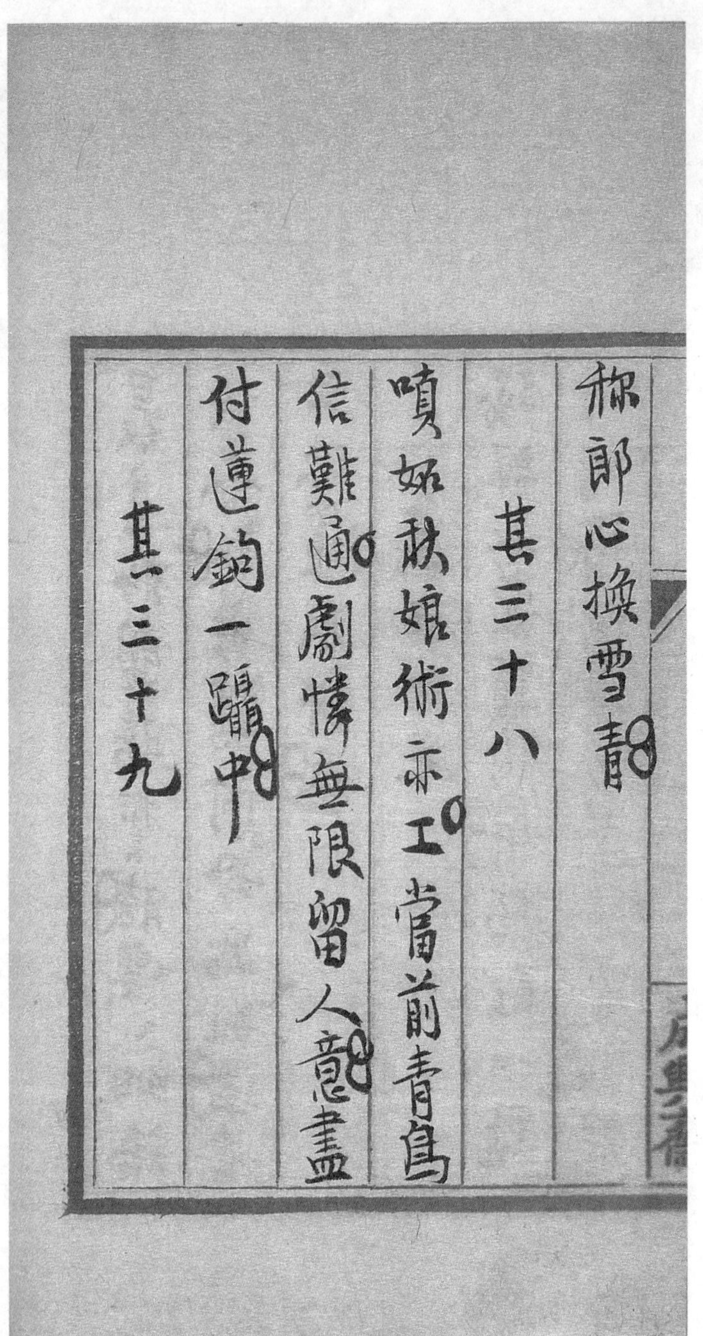

同車相伴亦魂銷。滑澾泥深
路轉遙。怯殺玉輪頻轉側。探
身為抱沈郎腰。

其四十

聞郎暫去意如癡。鎮日天涯
悵別離。最是夜深留不住。替

捡衣扣儘遲遲

其四十一

詼語如冰太刺懷腸迴九曲
鮮難鬪檀郎性好心偏窄生
怕假情相試來

其四十二

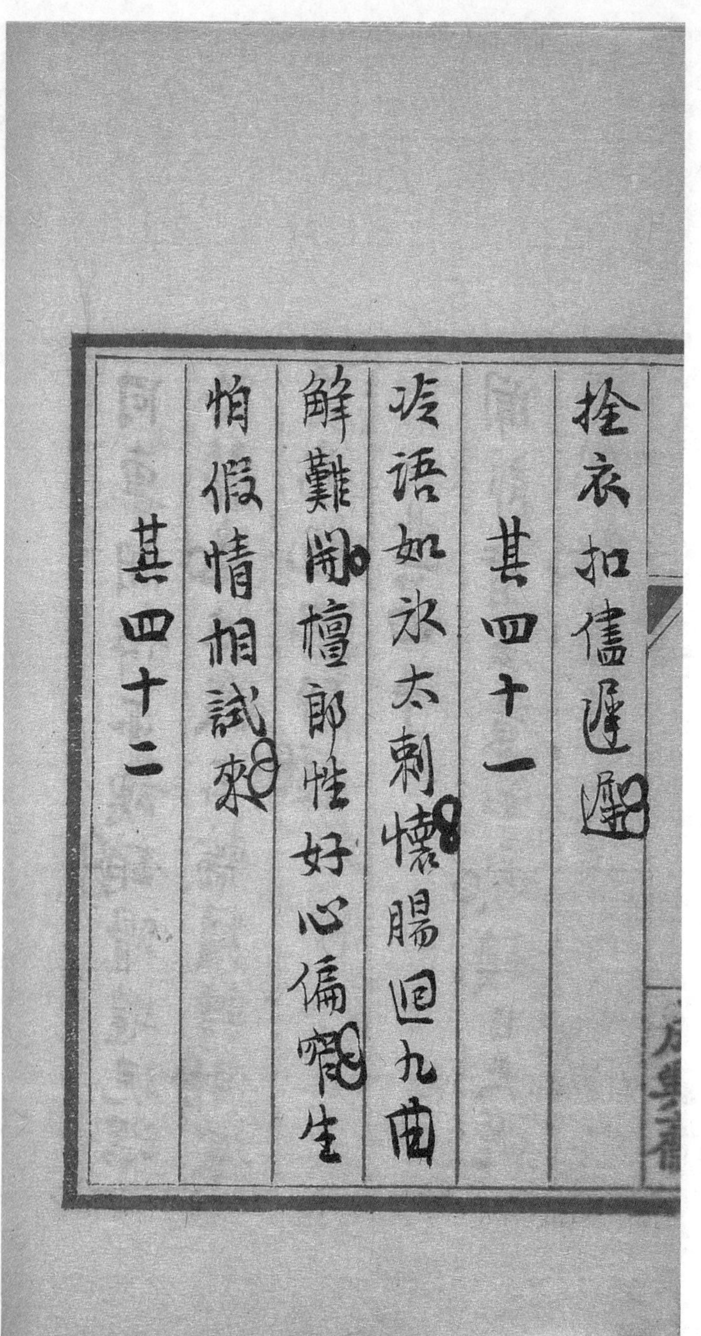

不道情癡御性靈。從郎問字識瓏玲。偶繙箋紙題詩。句惹得阿儂要解聽。

其四十三

纖手能將疾病醫。倩他抱項力摯時。深情又恐難禁受。故

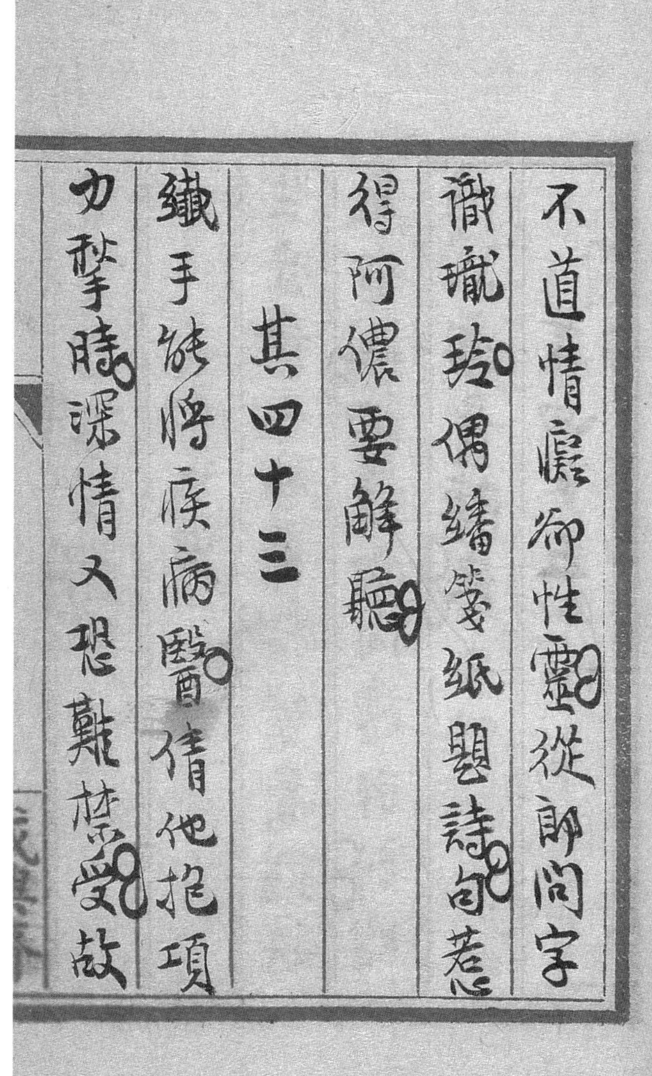

引笑言為解頤

其四十四

生受何人妒異猜鴛鴦雖好
欲分開緘情幾向檀郎訴始
博心迴意轉來

其四十五

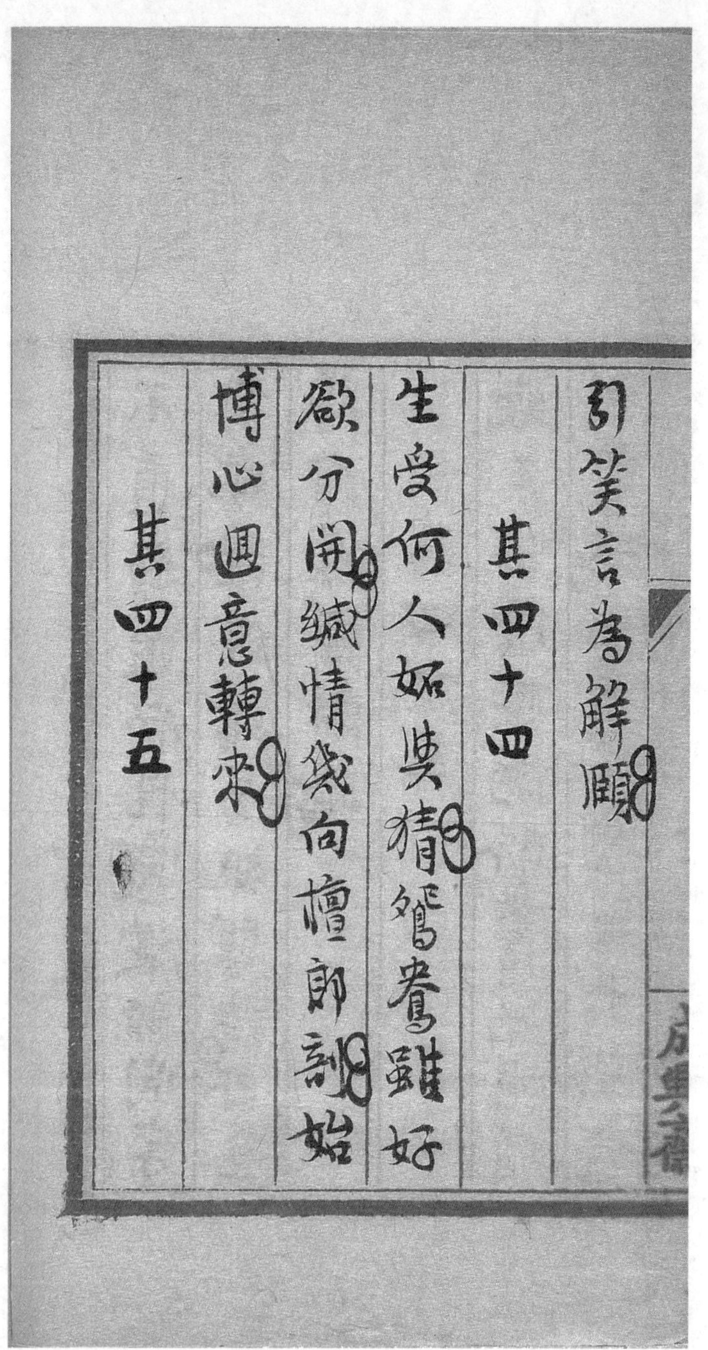

久濶重逢意似癡。手翻喜色
上雙眉。等閒提起相思苦。又
憂愁容怨別離。

其四十六

他人啟釁致期愆。忍恨緘愁
倍可憐。一自雪消冰釋。後為

加歡愛倍從前

其四十七

憶從淵別事多乖阿母貪婪

只愛財不道東風郎是主好

花移向別人開

其四十八

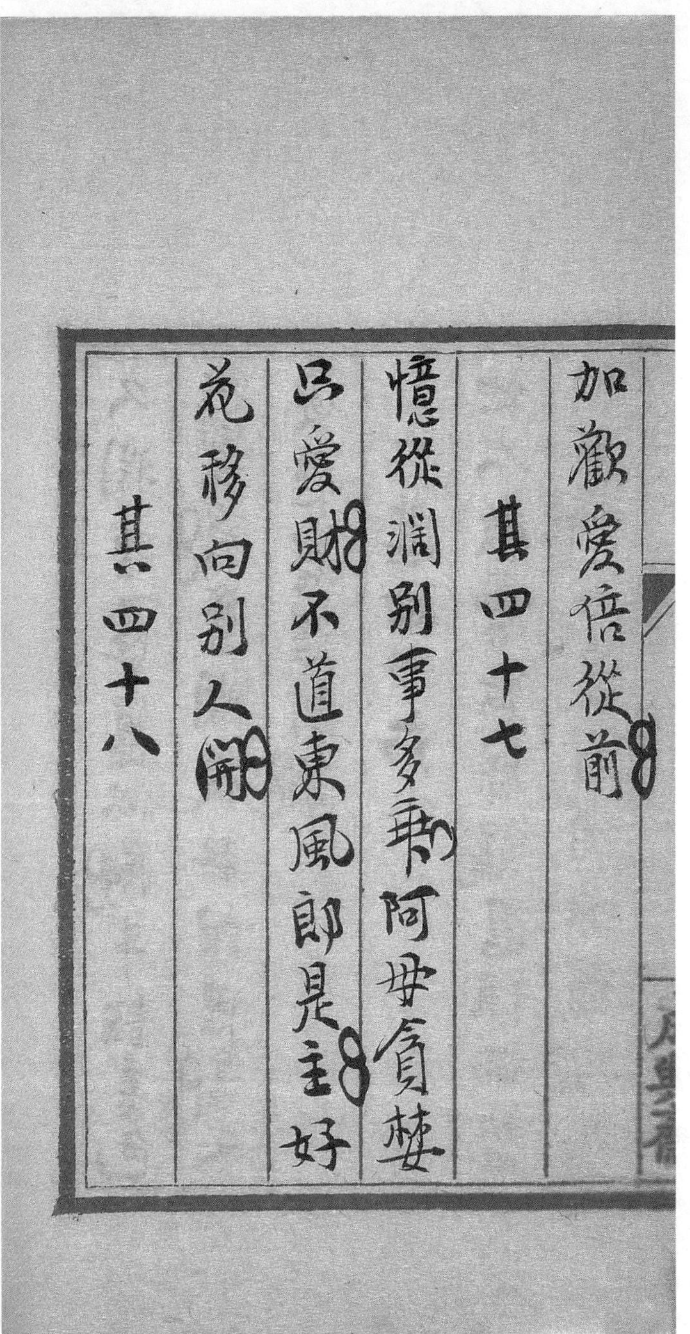

嫩蕊嬌香忍折枝初心不負
華能知任他蝶浪蜂狂去豈
為尋春怨較遲

其四十九

已過瓜期得自由與郎今夕
顧相酬污泥不染經三月卅

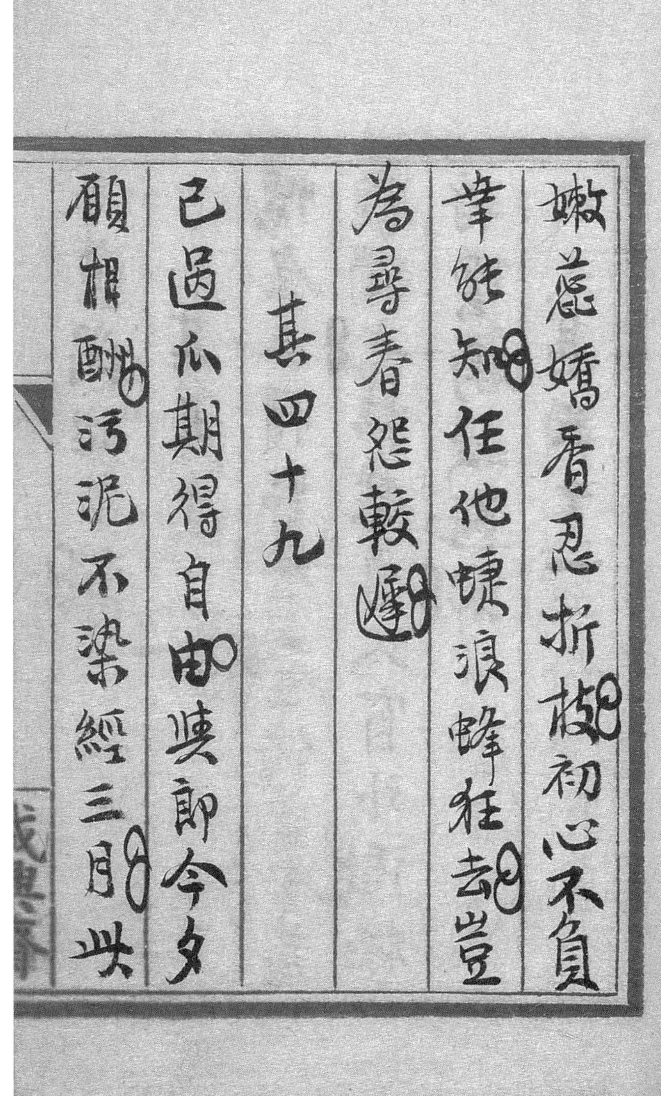

日蓮開始並頭

其五十

愧余未慣野鴛鴦，俯首含羞

掩燭光，怯殺有人窗外語，秘

將雲雨授新郎

其五十一

和衣不解意如何。生恨檀郎
作細魔。腿御半身猶未了。深
深指入指痕多。

其五十二

自恨羞顔尚未開。低頭不語
對陽台。無端更惹阿儂笑。猶

覆羅巾掩面來

其五十三

一番情思倍纏綿辜負香衾夜不眠破曉相偎鴛枕坐教郎親整鬢雲偏

其五十四

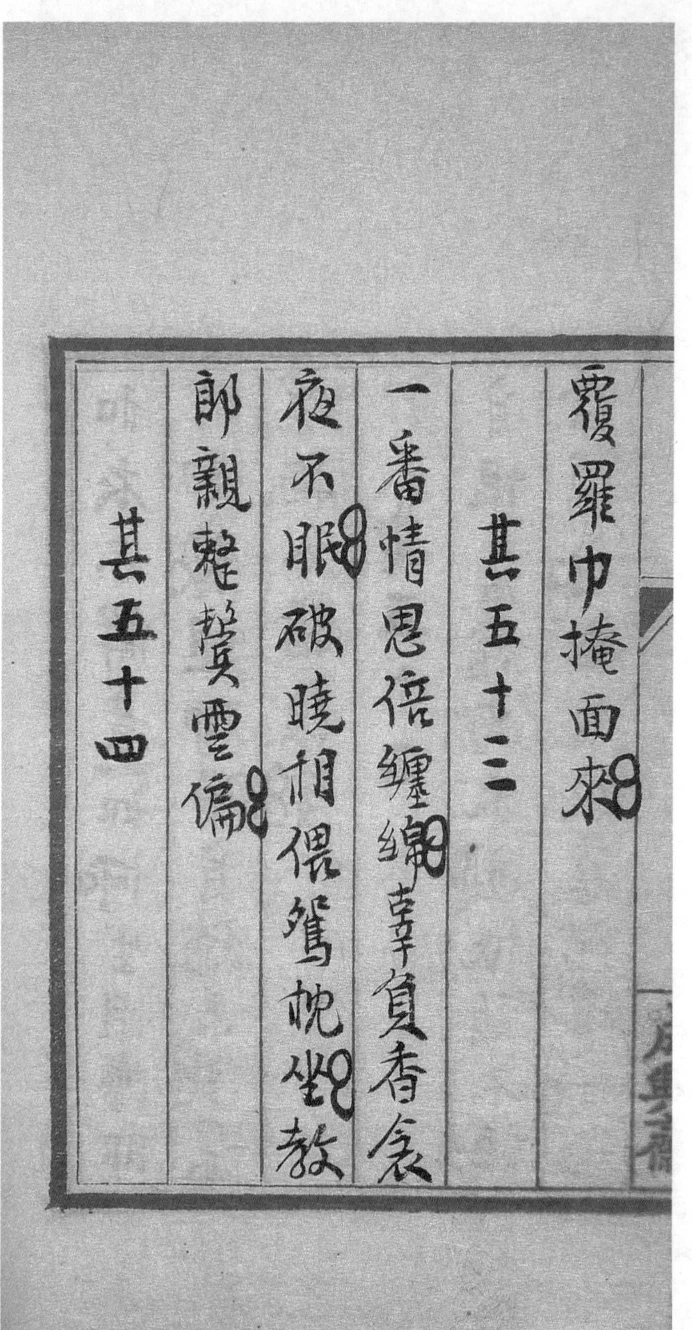

一笑推衾下榻來。檀郎手為
綰衣鈕。此時更有銷魂事。替
握雙鉤換睡鞋。

其五十五

憶昔鴛鴦假作真。溫柔眠我
已生春。誰知自遂雙飛願。一

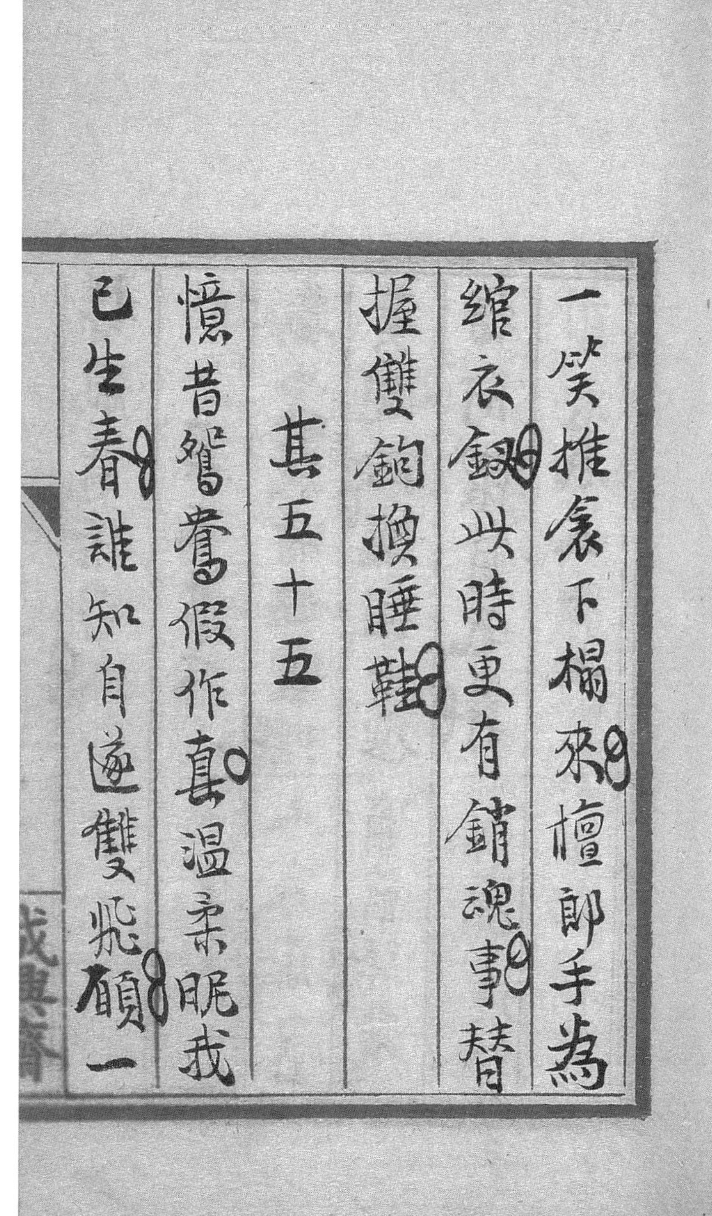

様風情倍可人

其五十六

歡愛成時妬益深，人家風月
莫關心。偶同女伴窗前語，惹
得阿儂負氣尋。

其五十七

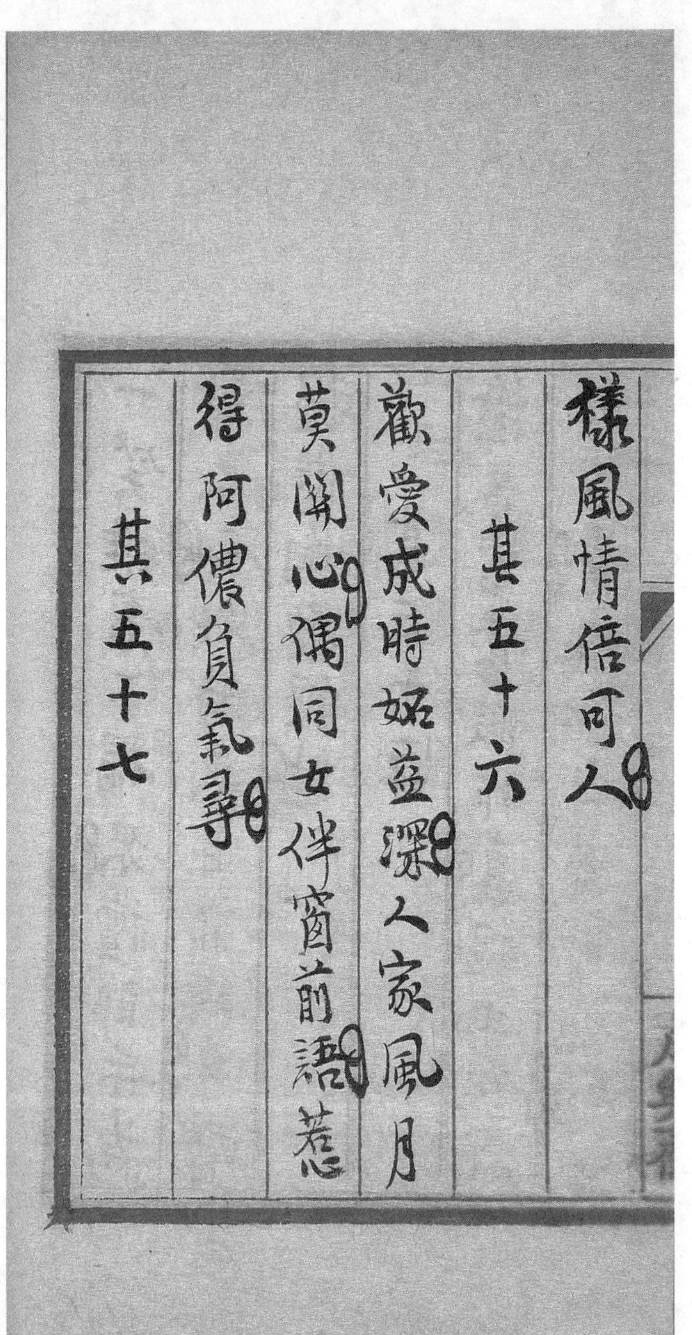

其六十

疊怨詩成六十篇好因緣作
悪因緣異時惹起相思苦一
啟吟囊一惘然

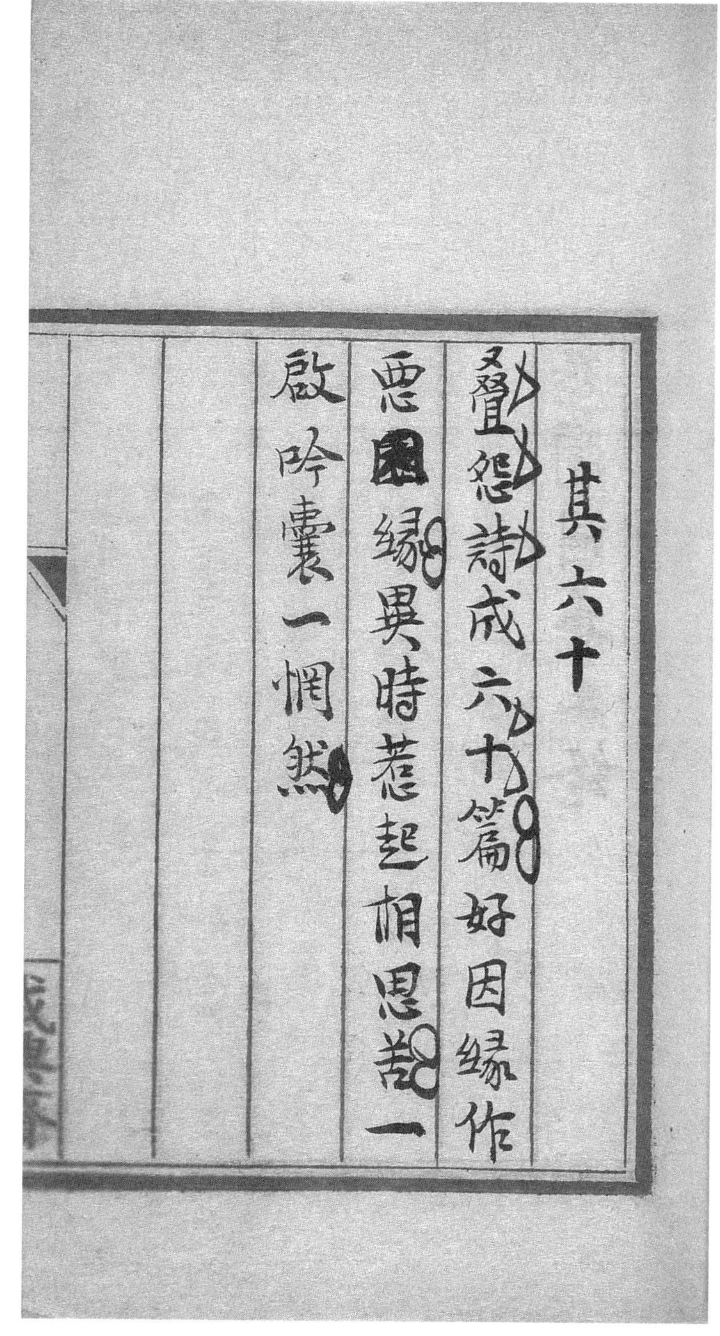

怨蘭詞卷三終

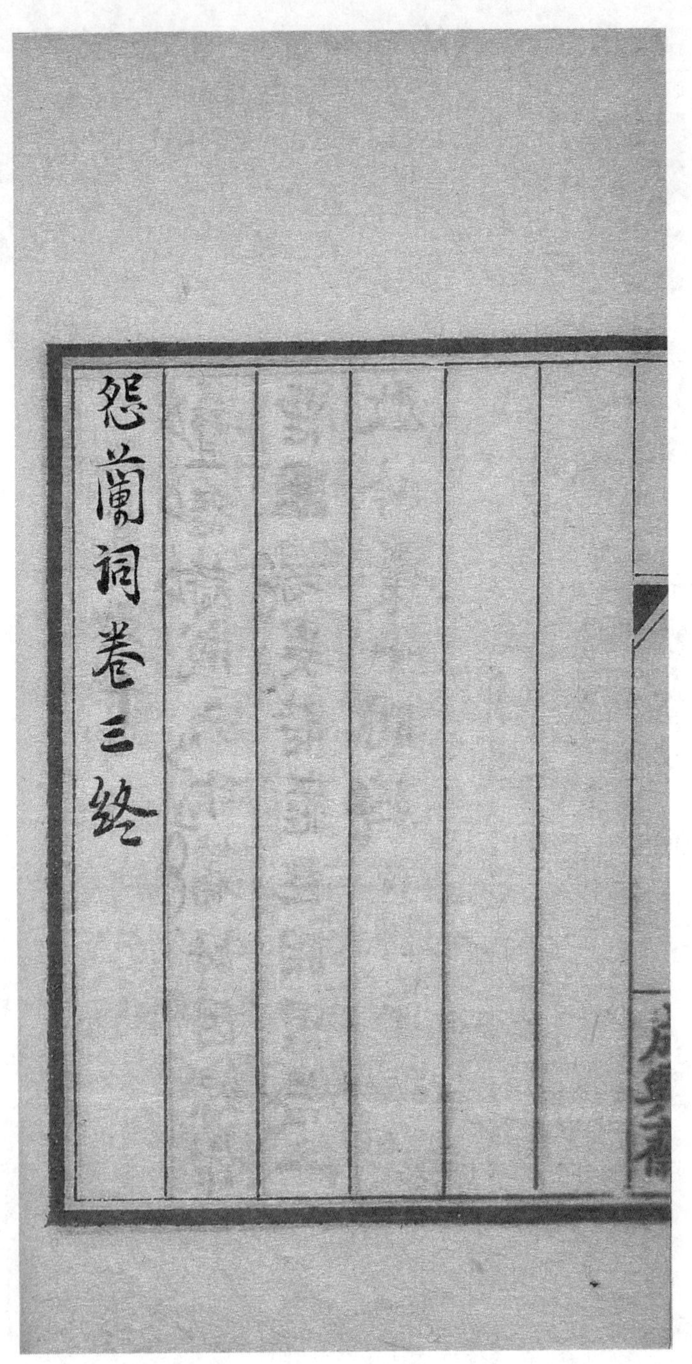

怨蘭詞卷四

平壽臭笙氏清課

疊怨詩遺

前六十首依時隸事次第
不紊間有不甚愜意者
在六十首外故然一篇一

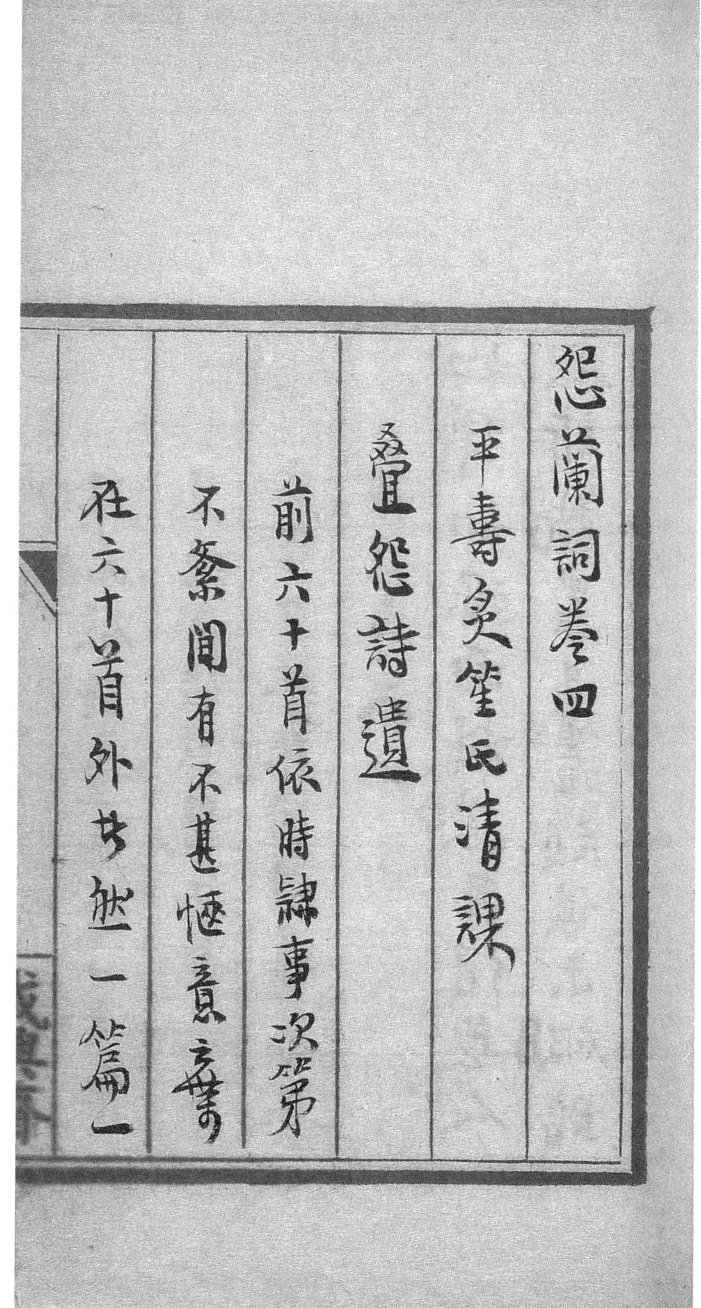

事不顧終棄亦有一事兩
見其因經歧竄而然原底
亦存於此既曰詩遺亦不
按次序云
如膠如漆兩相投。每值無人
欲訴愁。最是羞顔俱未破。賭

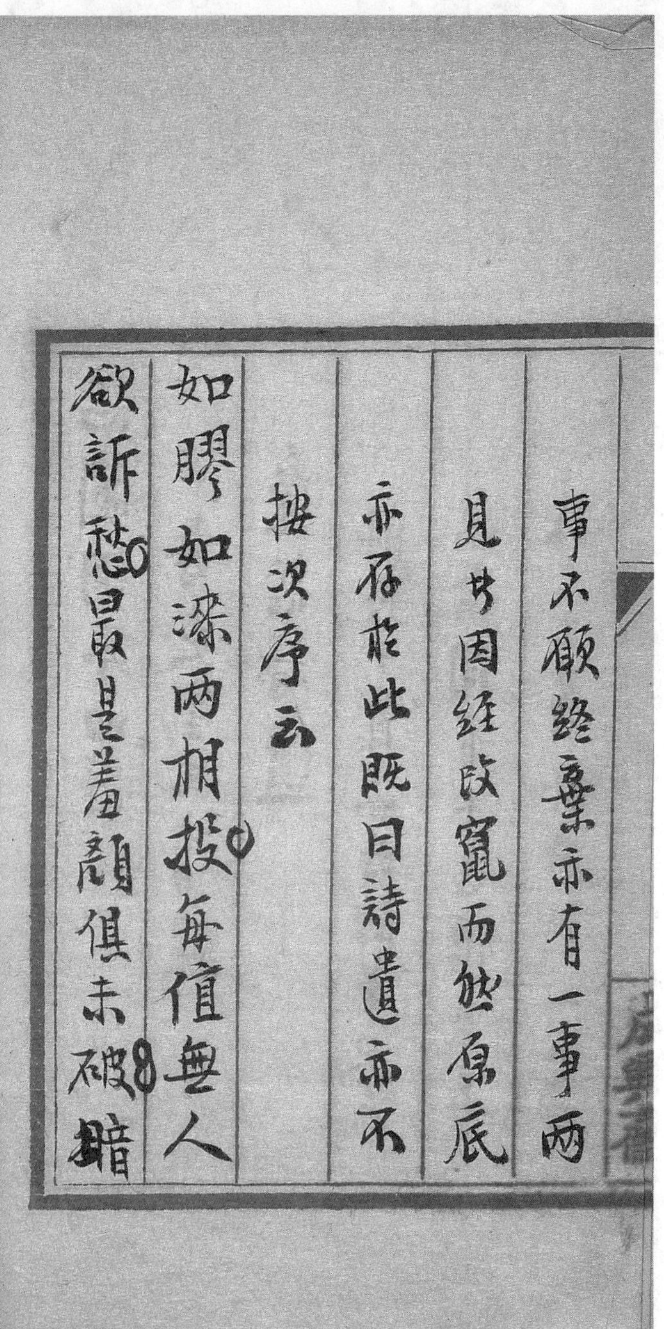

傳情事各低頭

又

正是相會期為同夜

看看雙星歸較遲遇陰雨

得為將留偶世情不羨長生殿夜眠

殺害人

半喝私語時

又

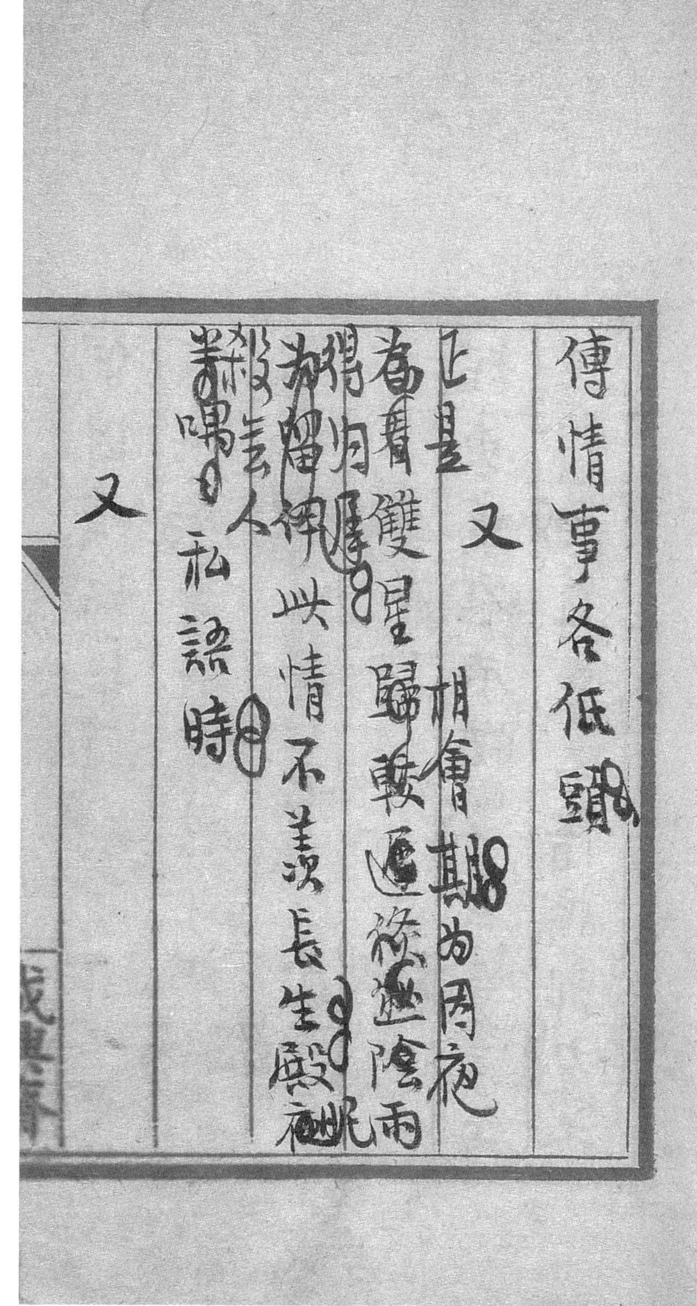

偶因嗔妬起猜疑，費卻阿儂十日思。萬斛閒愁千斛淚，拋來辛苦是雙眉。

又

短束衷衣不怯寒，索擎掌上儘盤桓。與來不惜檀郎力，笑

喚傍人作戲看

又

一言錯罰令森嚴傷逝重乙

臂上添不辨舊盟與新恨齒

痕細共指痕纖
事兩
見

又

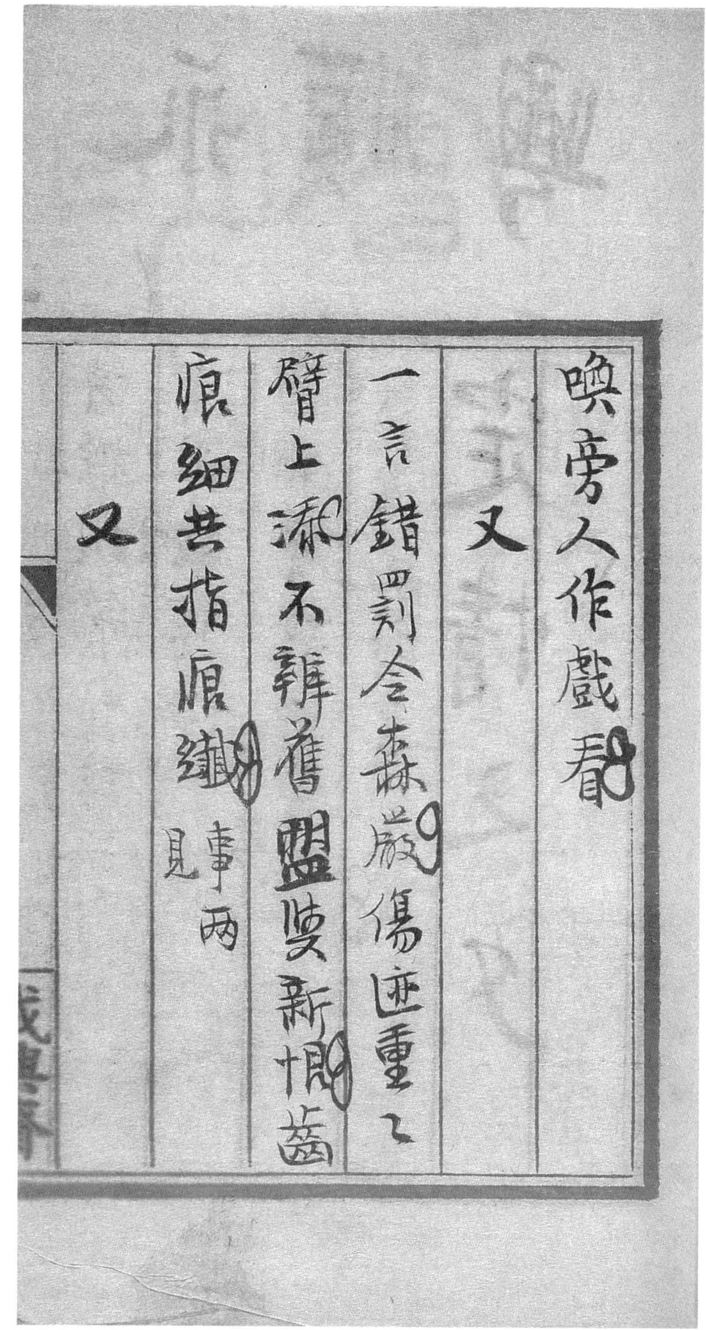

永順學

静儿提鞋點聲

愛操拈箋別樣針

清閑雅趣妙筆倫

衛娘書格總摹就

天資花箋畫美人

定情之文

楨

完卿

工夫課

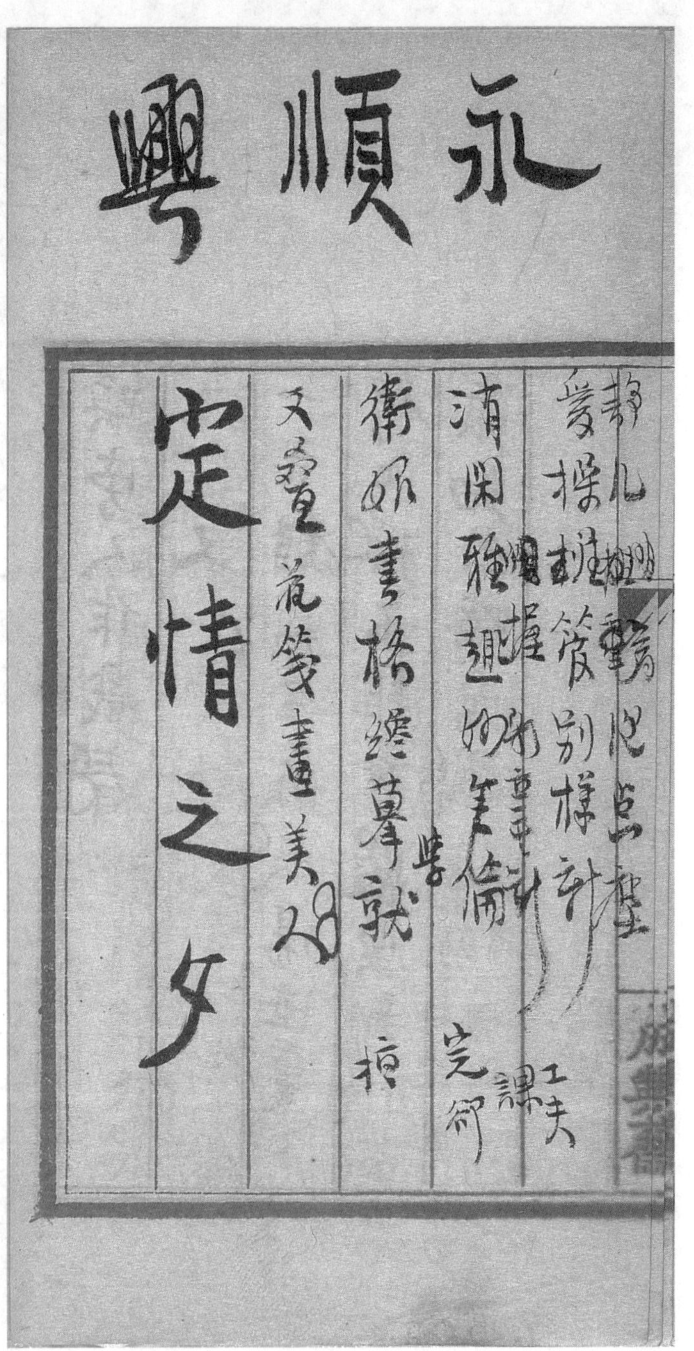

初定情詩 任子寯

臘月 書於偎煙

何以贈之菱鏡一圓

何以贈之菱鏡一圓

鏡一圓

何以贈之菱

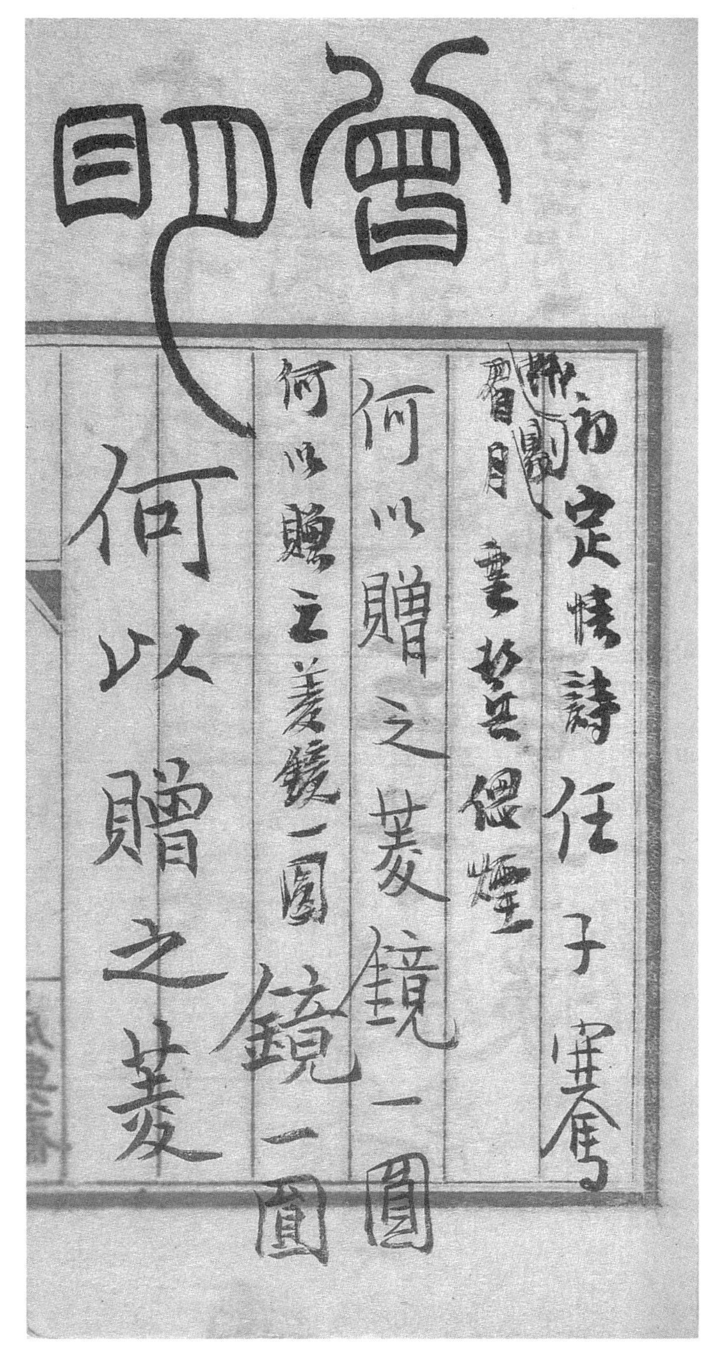

昌三
大世界　工夫大明
喜因緣
大明湖　五子腮　四
喜子絲　君子溪

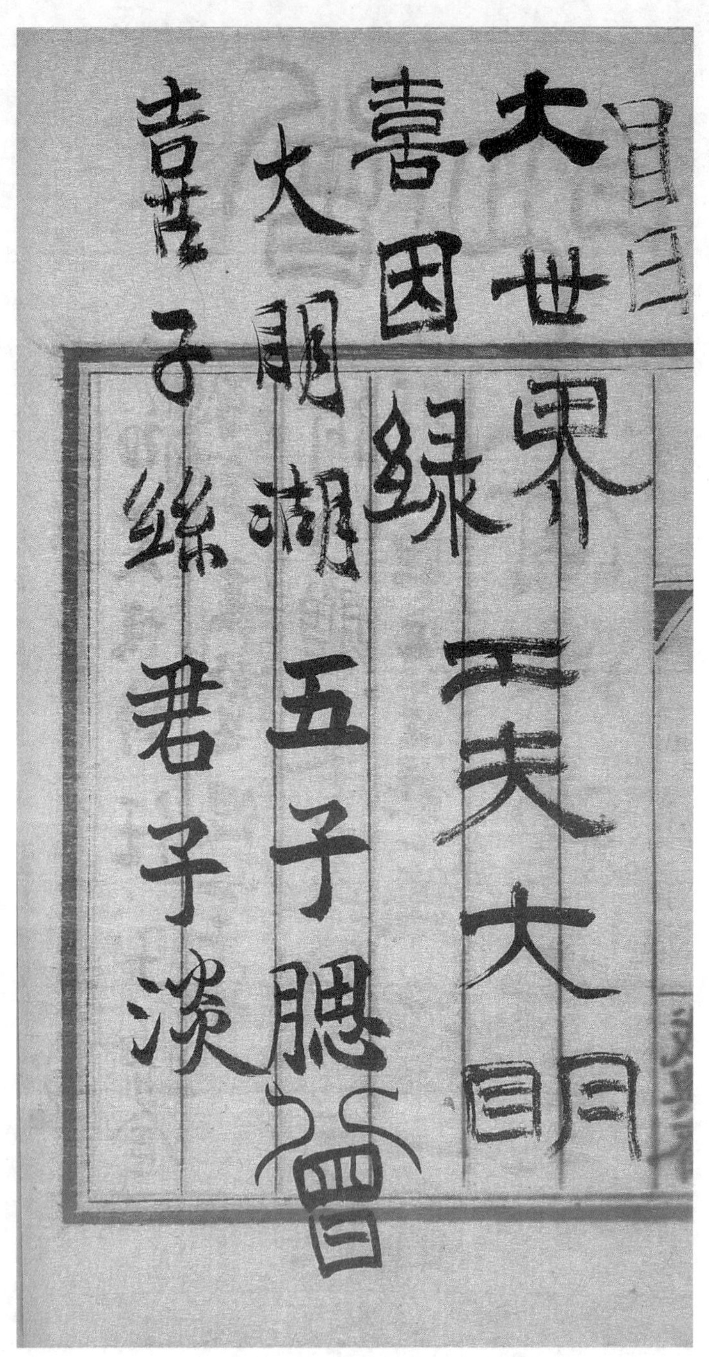

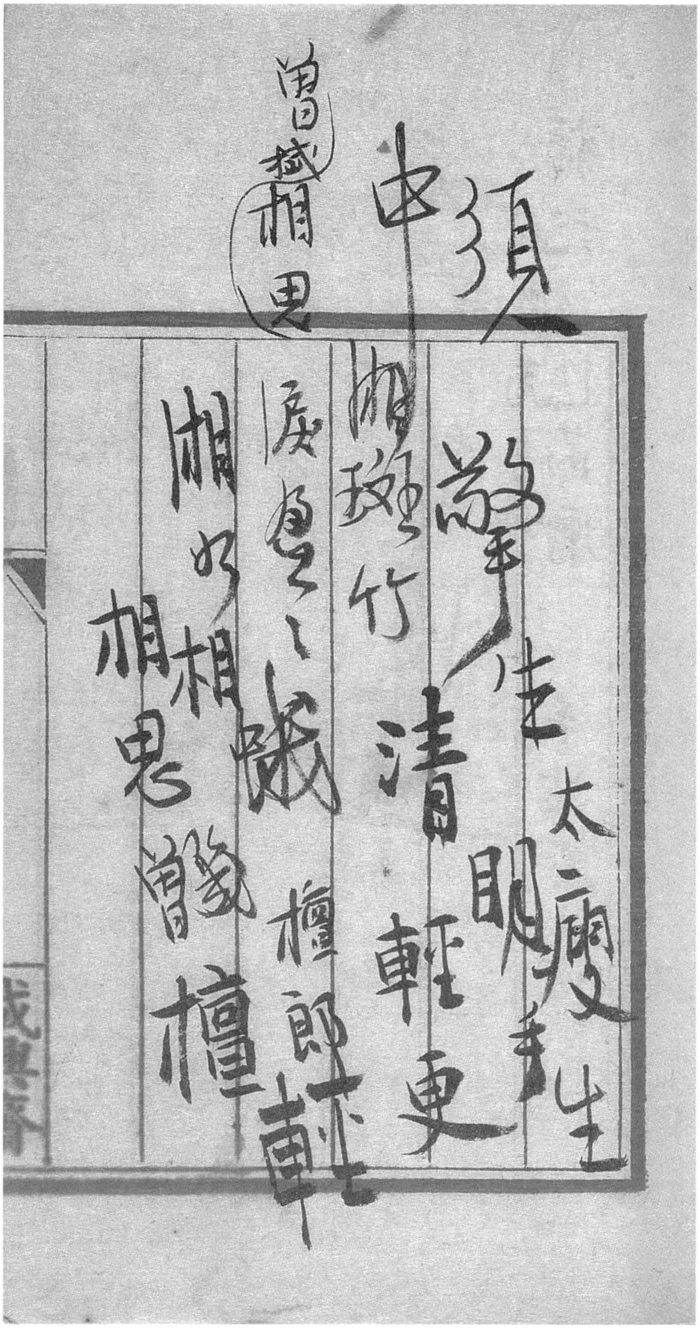
太瘦生
眼[illegible]生
須擧生 清輕吏
中 湘瑤竹
瘦[illegible]鐵 檀郎輕
湘如相 曾[illegible] 檀
相思
曾識相思

晨
晨
眠人蘭斥
時　風
香
生花逼
猶記

悲歡膩　玉壺傾
嫣然笑蹙自分明　妝台　夢
無限情　愁否
身
悲　舊否　錢裏懷卿卿
二　邊　塵　靜鎖　煙
牟尼珠　身　上
自　蘭
手拈香串懷卿卿　風

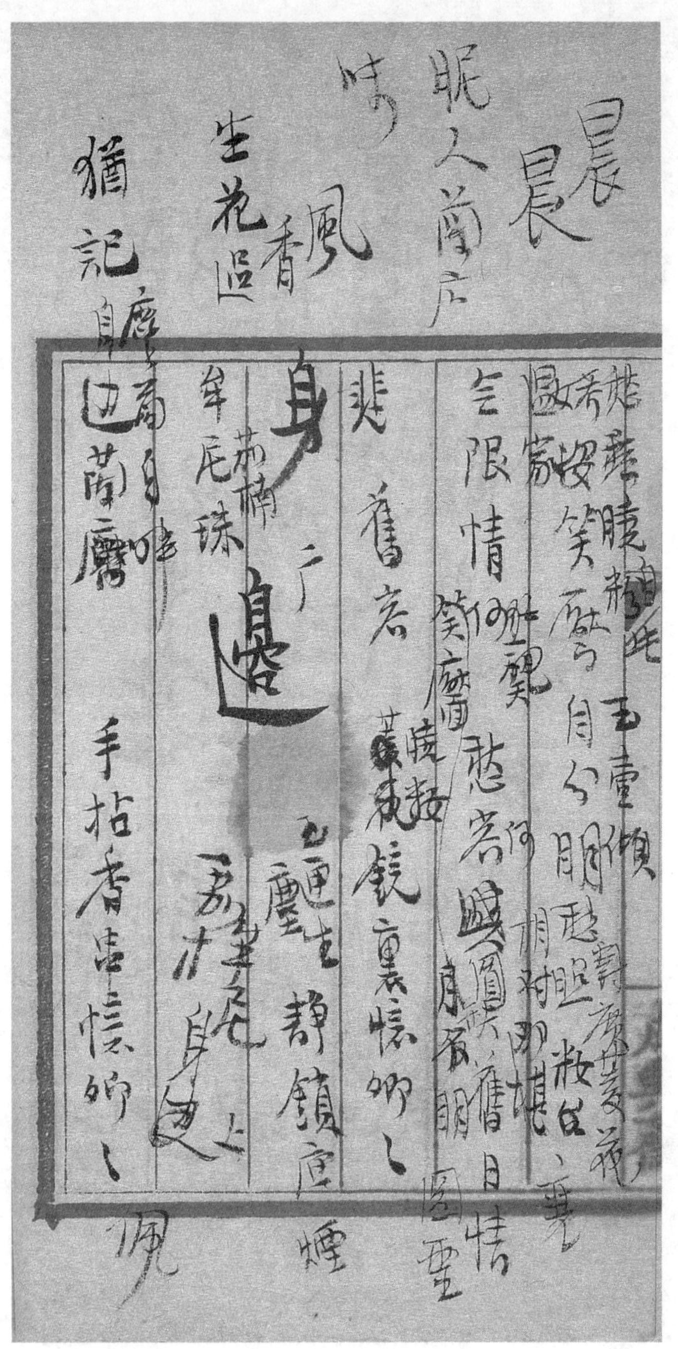

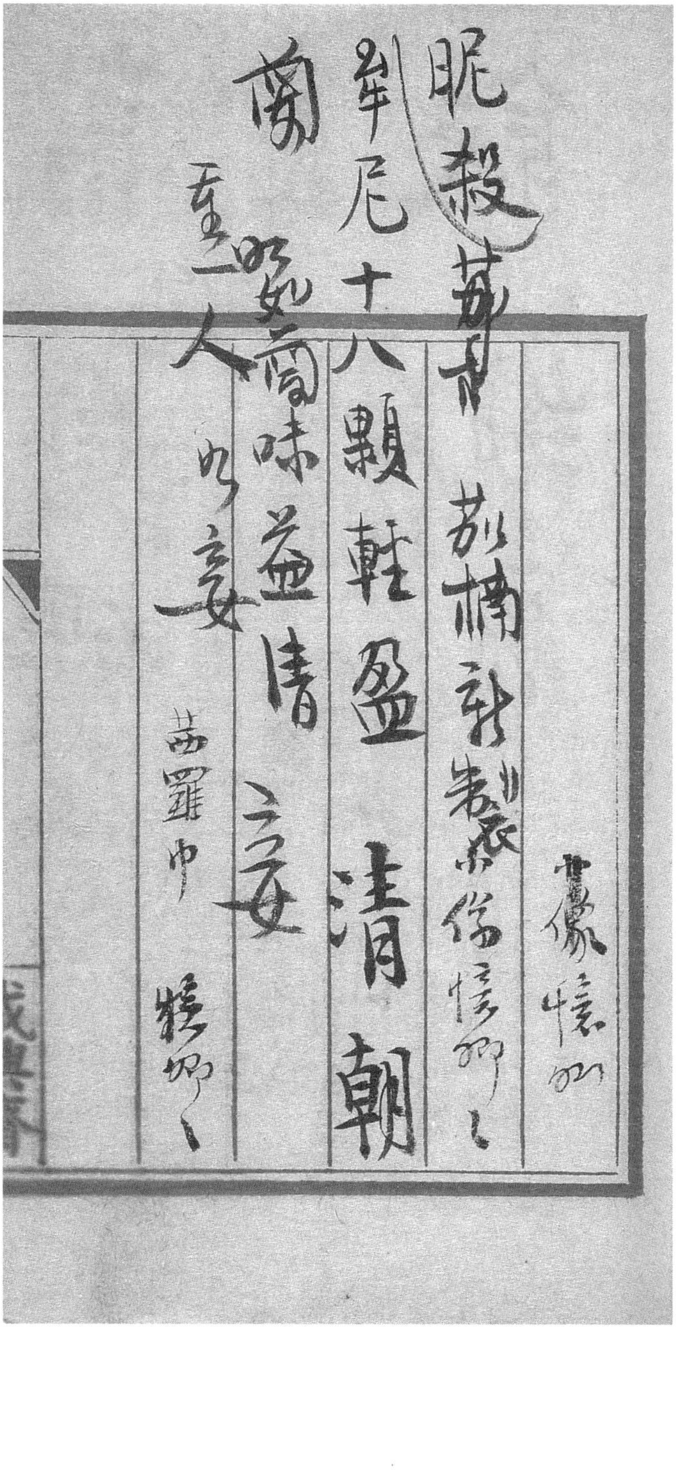

高金釵

負碑代衣　金釵碑擬作吟〻

水煙

紈扇憶

紈扇　扇憶吟〻

今夕只可談風月
故鄉無此好湖山
莊生曉夢迷蝴蝶
望帝春心託杜鵑
羊權須得金條脫
溫嶠終虛玉鏡台

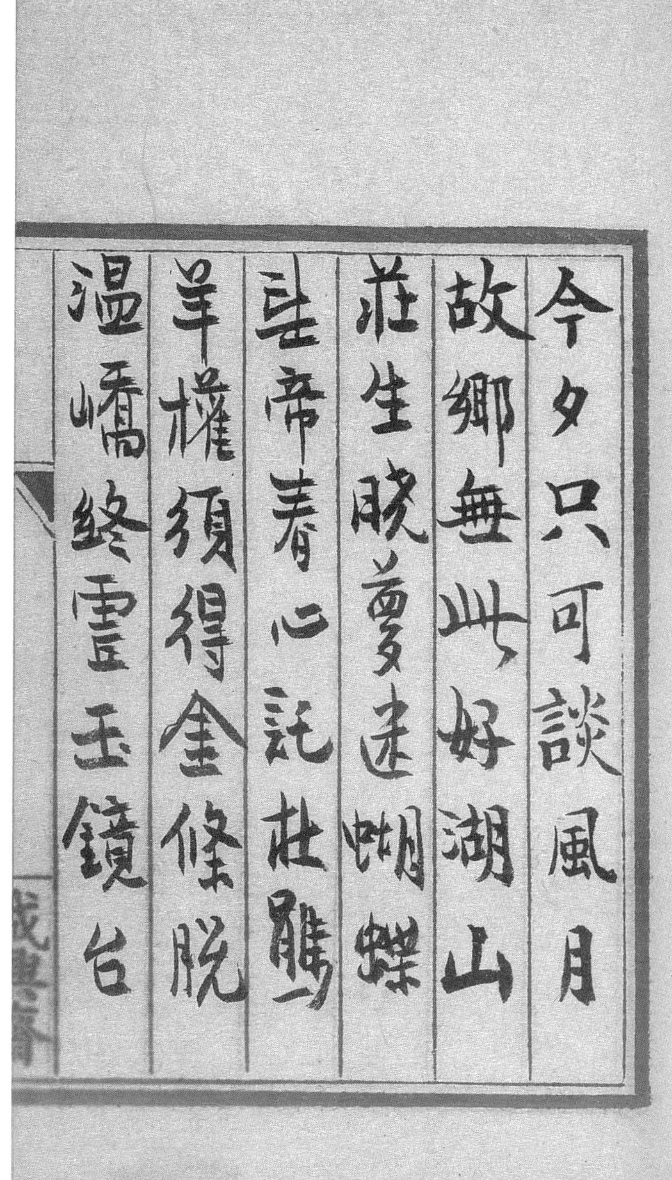

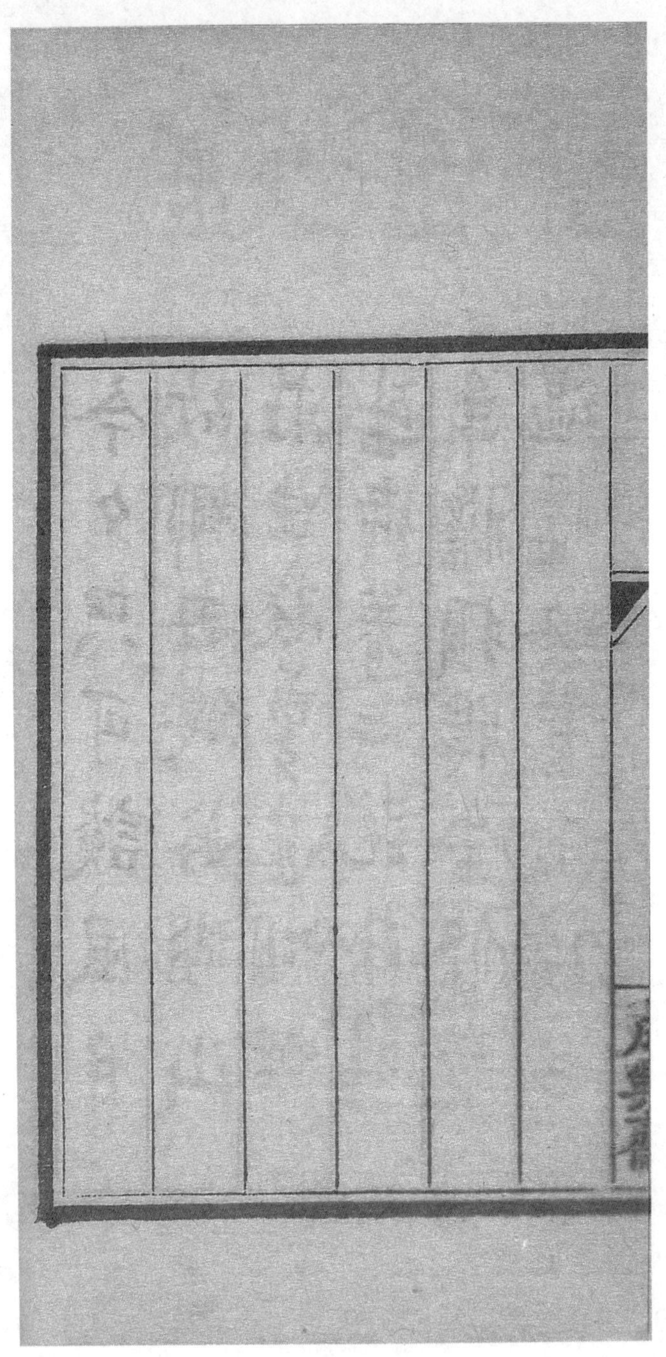

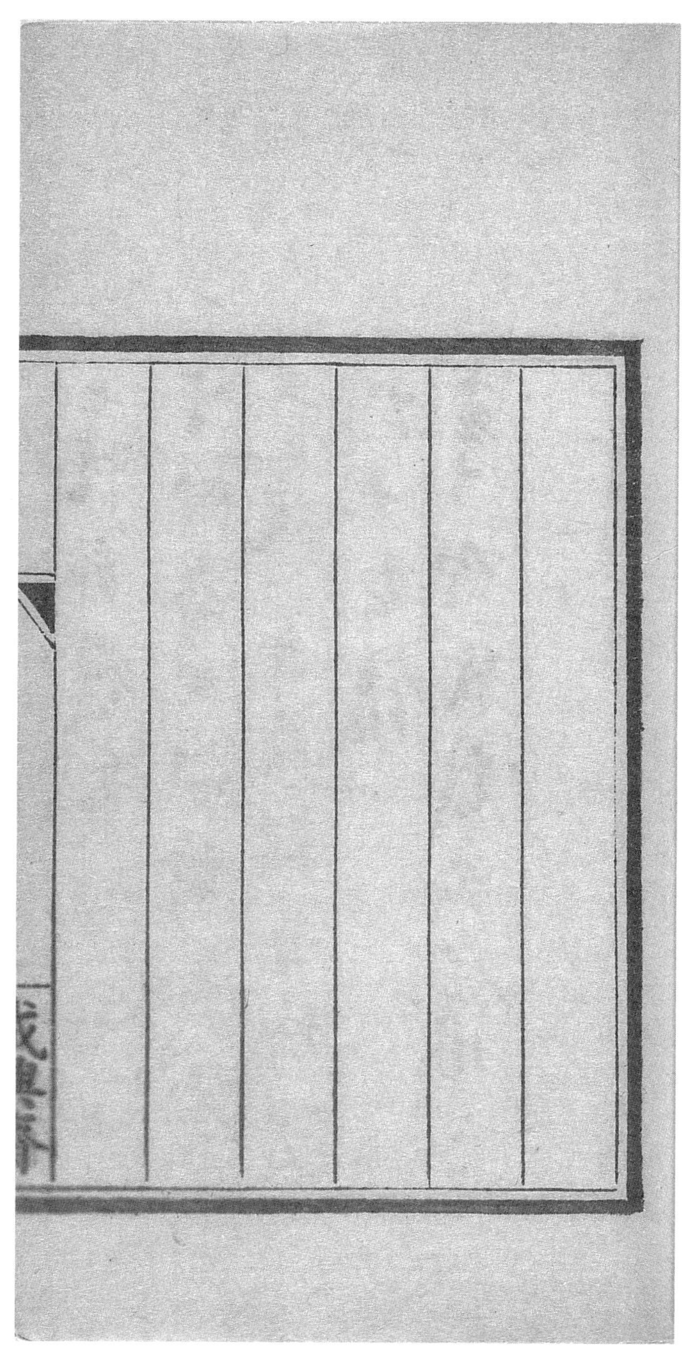

七情那復憂能消心
字呼來口亦嬌我本
憂根生結就爲卿魂
到十分銷
憂卿凡數首全用二字起

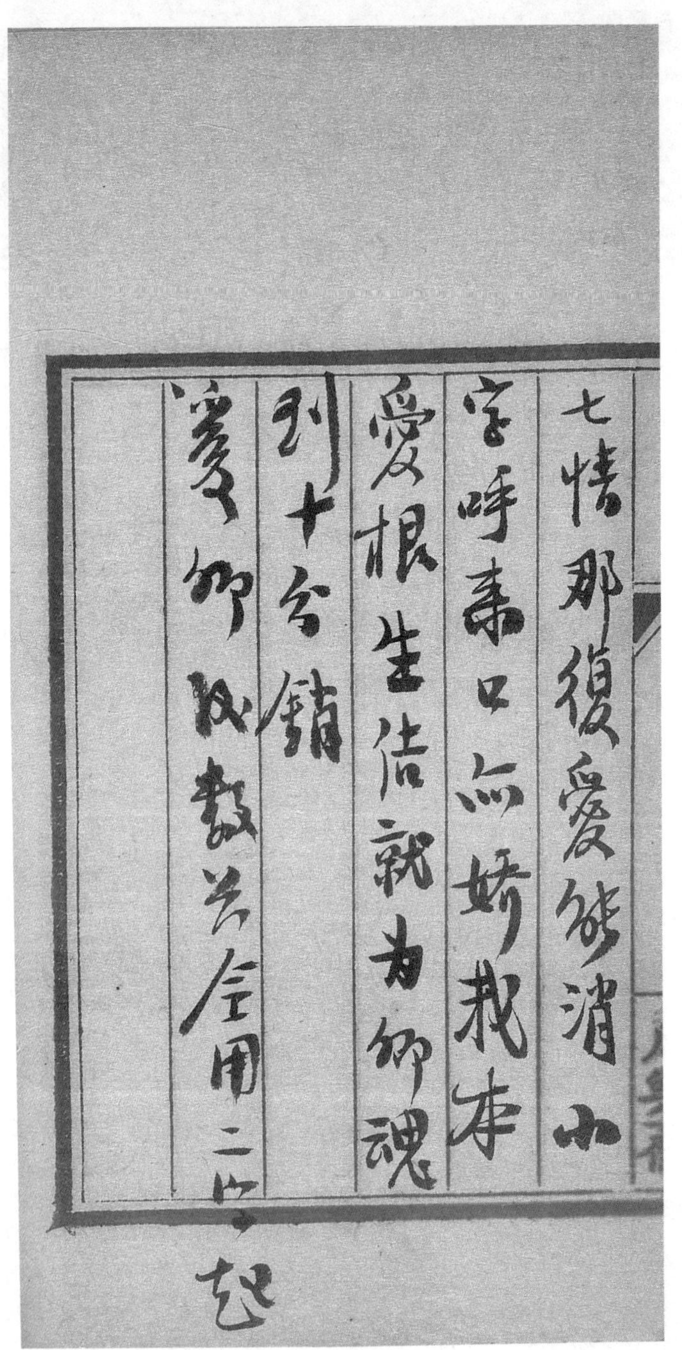

光緒甲午年

可談集四書

受笙氏署

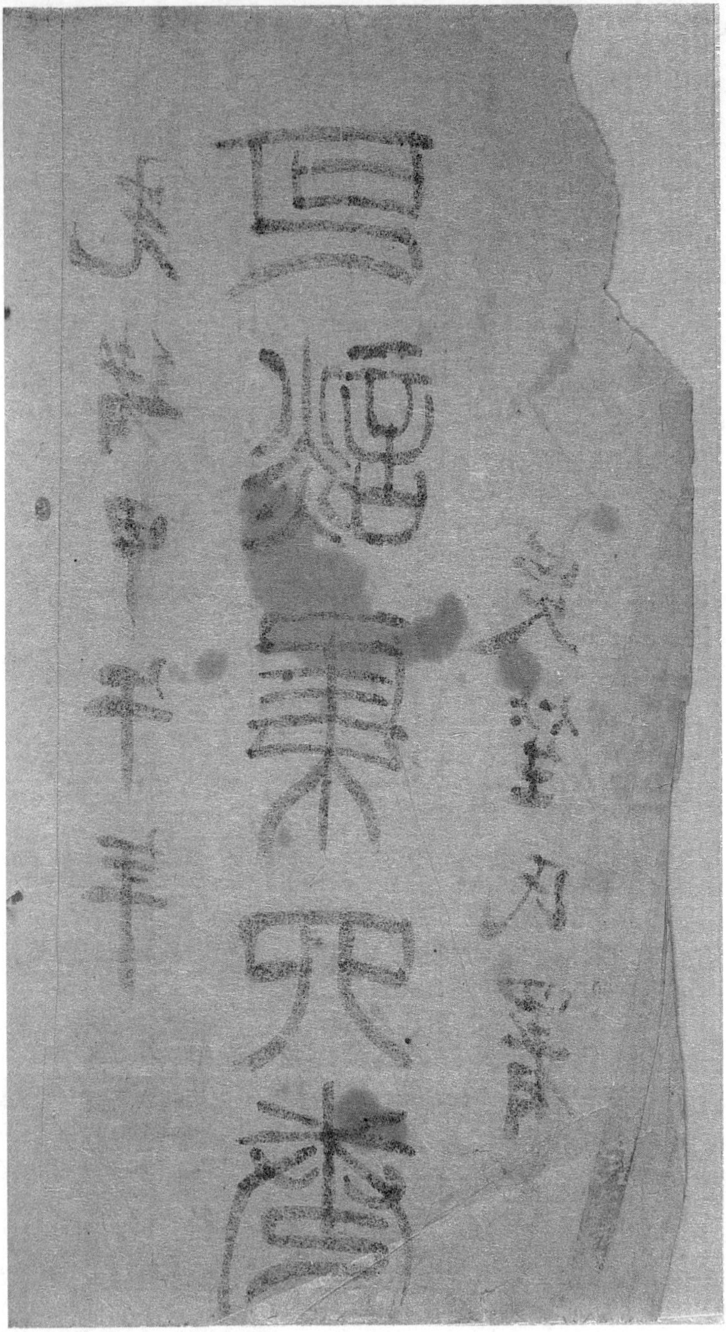

可談集卷三目

惜金詞題詞

花月其人可鑄金玉環芳
聲是知音一從獻得攀館
酒釀得相思海樣深

平壽王笑生壔甫題

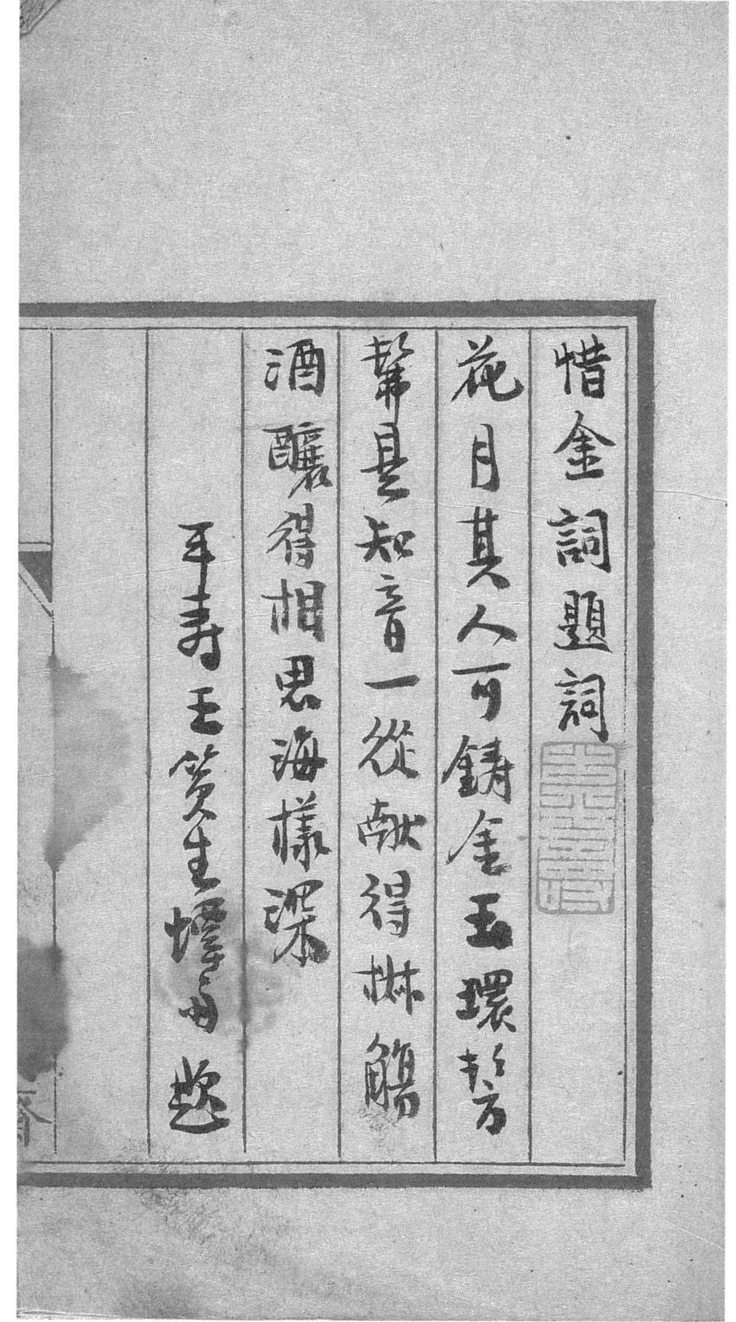

惜金詞

古平壽炙笙氏清課

惜金記

甲午余看花長安於六月朔

二月識如蘭即於十二日識

金兒如蘭有孔燕之瘦金兒

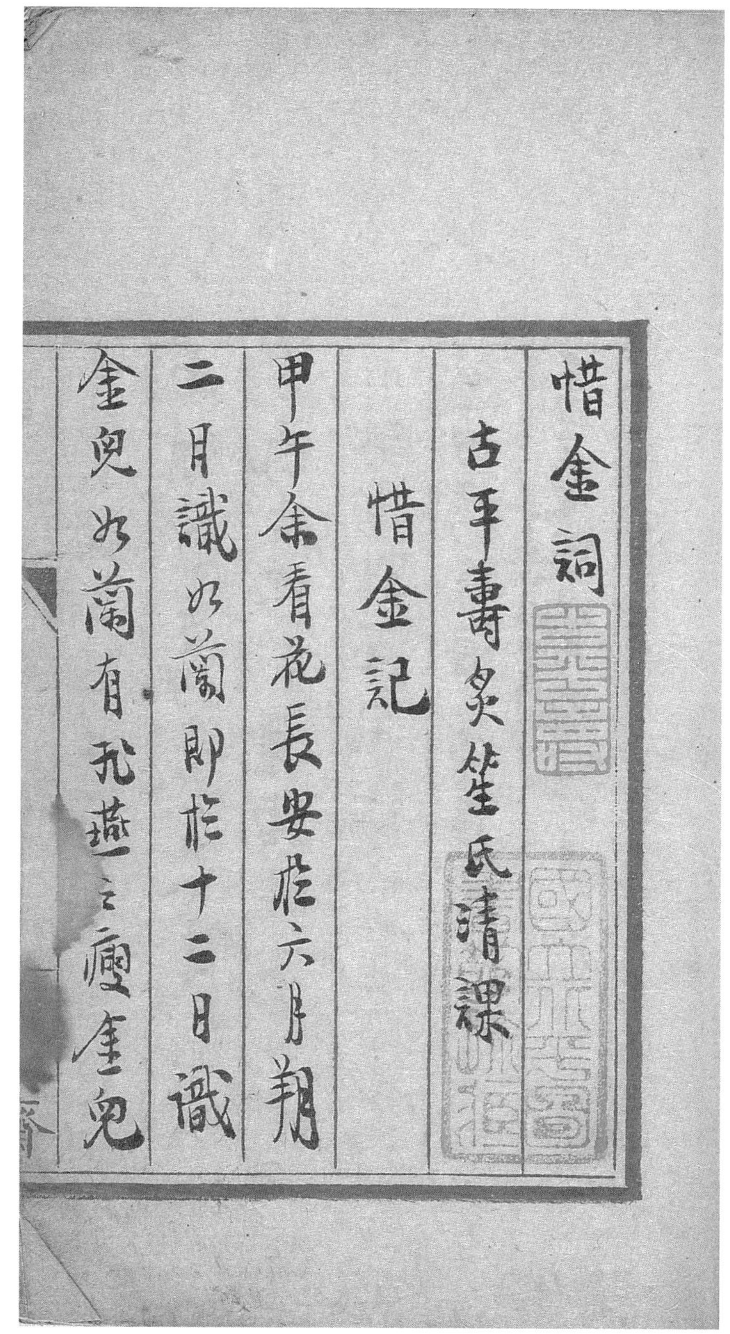

有玉環之肥以蘭溫柔旖旎
南朝之金粉唐家金兜跌宕
風流北地之胭脂較重然蘭
不能為跌宕風流而金實兼
能為旖旎溫柔蓋盡美美又
盡善也前歷六月初旬余

自永和出與同人偶過春
陞座兒正曉妝以悲太肆
不避生人姿容豔滿眉目
妍媚酥胸微露膚如凝脂
宛偷覷顏時而醉而狂而
癡而呆伊秋波斜掠默云

一謳嗔怨之色可掬按畢
歷去臨行秋波一轉余不復
知身在何處矣逾二日余
又過訪一見逡巡欲遁余攬
曳其衣伊怨目生嗔因人遂
强余嗔之訂盟始轉嗔為

喜情態依〻語言昵〻技郎
見時大不佯矣是時伊甫
十二歲破瓜之期尚早然
與余似有前緣一見後情
意之密昵漆不足喻手屢
欲與余偷試雲雨而余不

許伊嬌嗲宛轉央求百端
余怒其輕狂欲與之絕伊
自言素性溫柔並非過眼
桃花但與郎情意不變自
恃余復嚇以後事京都習
俗雛妓初次破瓜其家索

金錢甚多備不能落紅其
家大受責讓惱羞成怒鞭
笞不已有拷打死之余以此
諭之始不余諒然自此以後
言弗及亂閨房之樂亦有甚
於畫眉之一月晚大雨余

我與齋

避雨止宿其家伊已覆被
欲睡余促之起伊又動情
强余同衾復論以前事竟
不之懼且言今日歡樂明
月當死不悔余大窘被糾
纏一夜天初明余即攜車

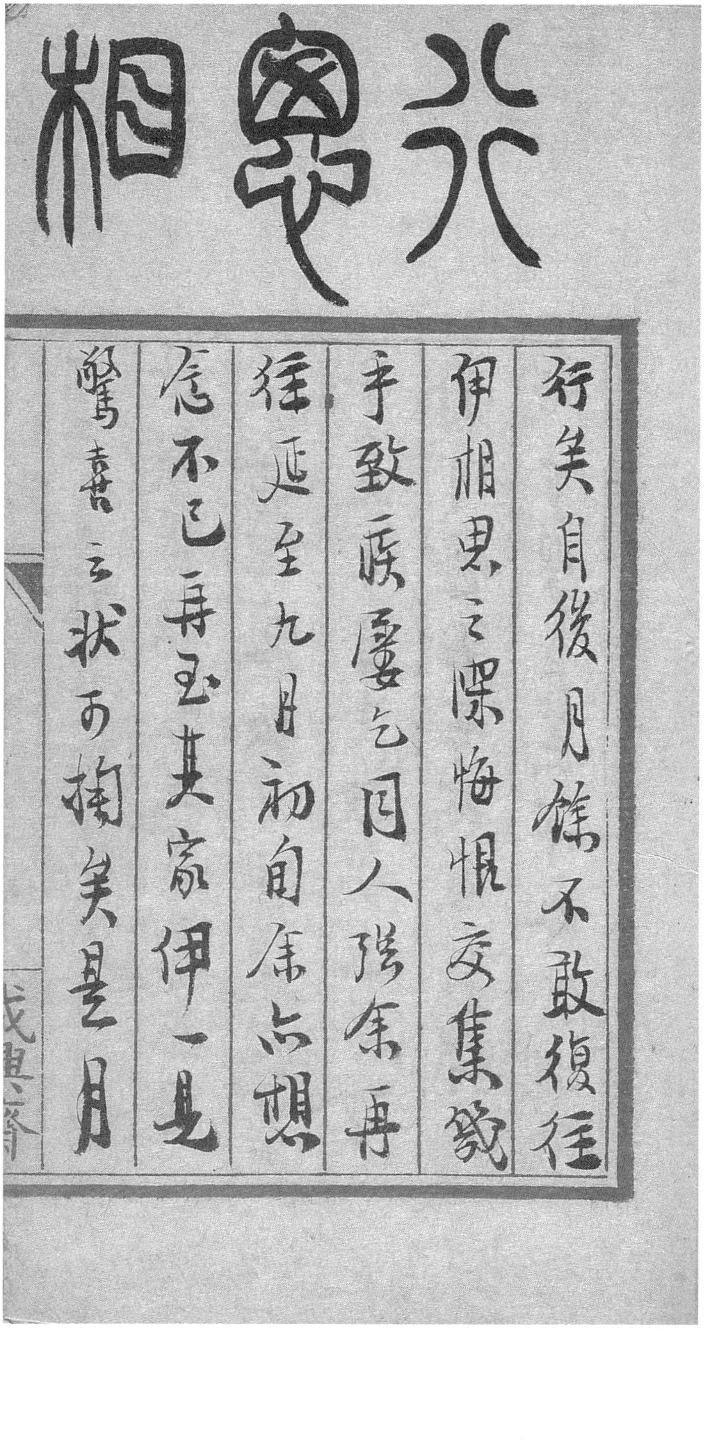
行矣自後月餘不敢復往
伊相思之深悔恨交集幾
乎致疾屢乞同人陪余再
往延至九月初旬余亦想
念不已再至其家伊一見
驚喜之狀可掬矣是月

期三月值余初度便更新
粧親捧觴為余壽余為留
連玉醉逾數日伊復邀甚
母見余自言叙從余終身
對其母吾已稱余情情之
好才學之美伊母含糊應

之餘默不敢一言急飾以他
詞蓋京都習俗雛妓未破
瓜時非數千金不能脫其
籍伊藝足羣芳或更甚焉
余囊橐羞澀不得不作負
情郎矣後數日余亦出都

惜金金中惜詞自記於平陵

相思兩地只增惆悵云

甲午仲冬朔二日古平壽紅豆館主惜金子吳筐氏自記於平陵旅邸

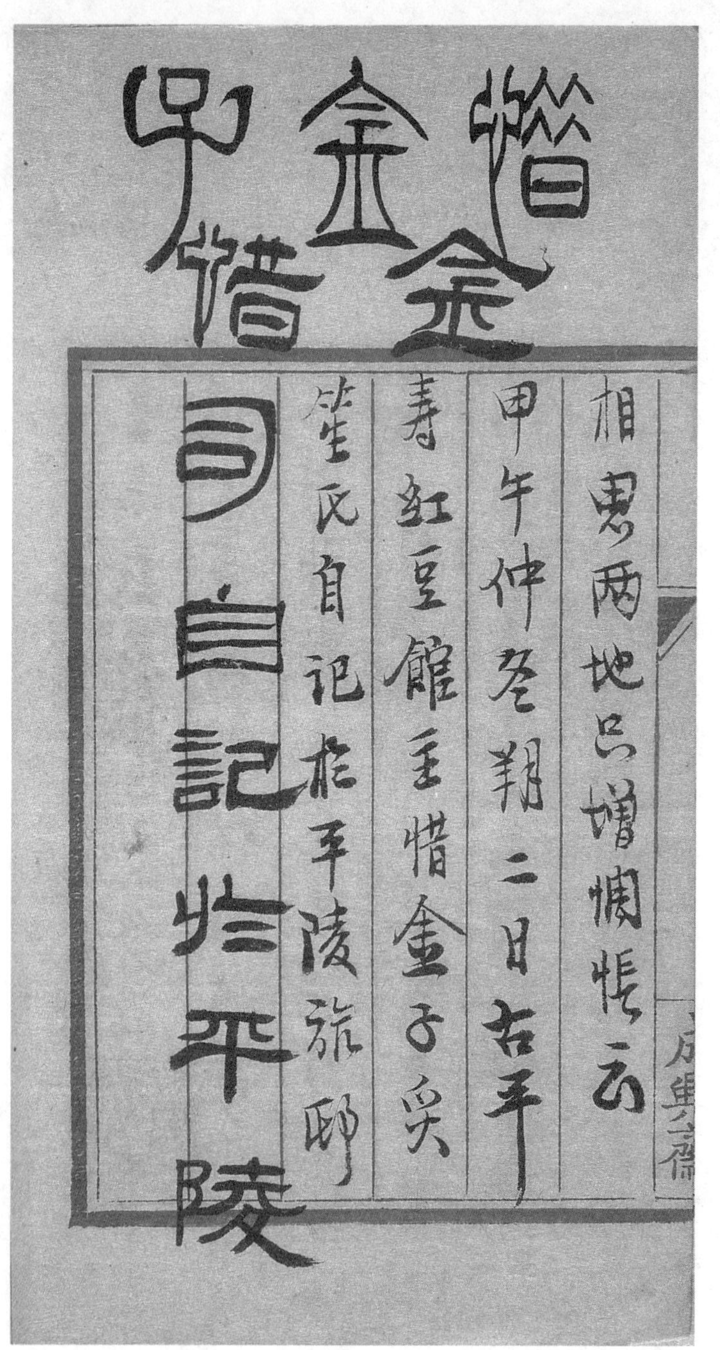

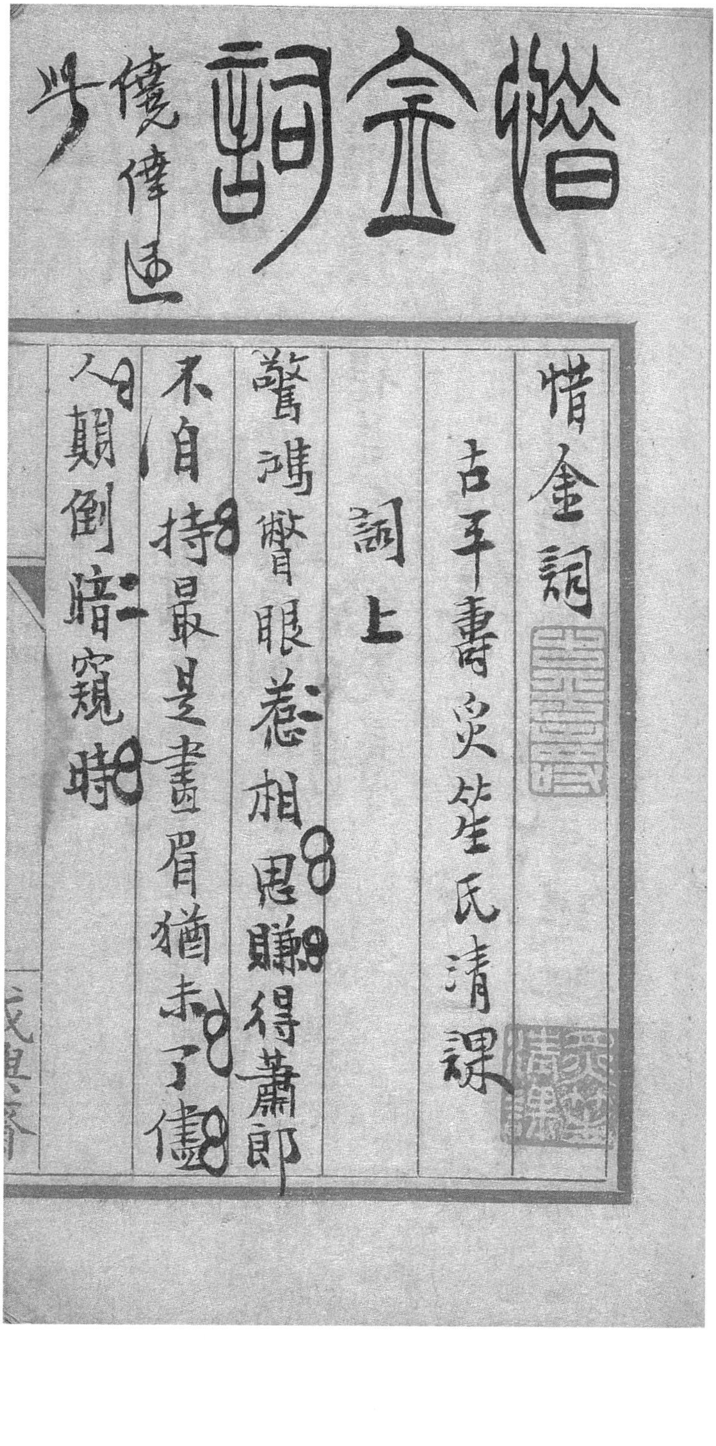
惜金詞
懷偉題

惜金詞

古平壽炅笙氏清課

詞上

驚鴻瞥眼惹相思。賺得蕭郎
不自持。最是畫眉猶未了。儘
日人顛倒暗窺時。

尺鐘集

鍾情深

柳參

其二

百媚千嬌太不禁妝台乍見
已留心等閒終識春風面值
得蕭郎到死尋

其三

梳洗解衣露半身猩紅兜肚

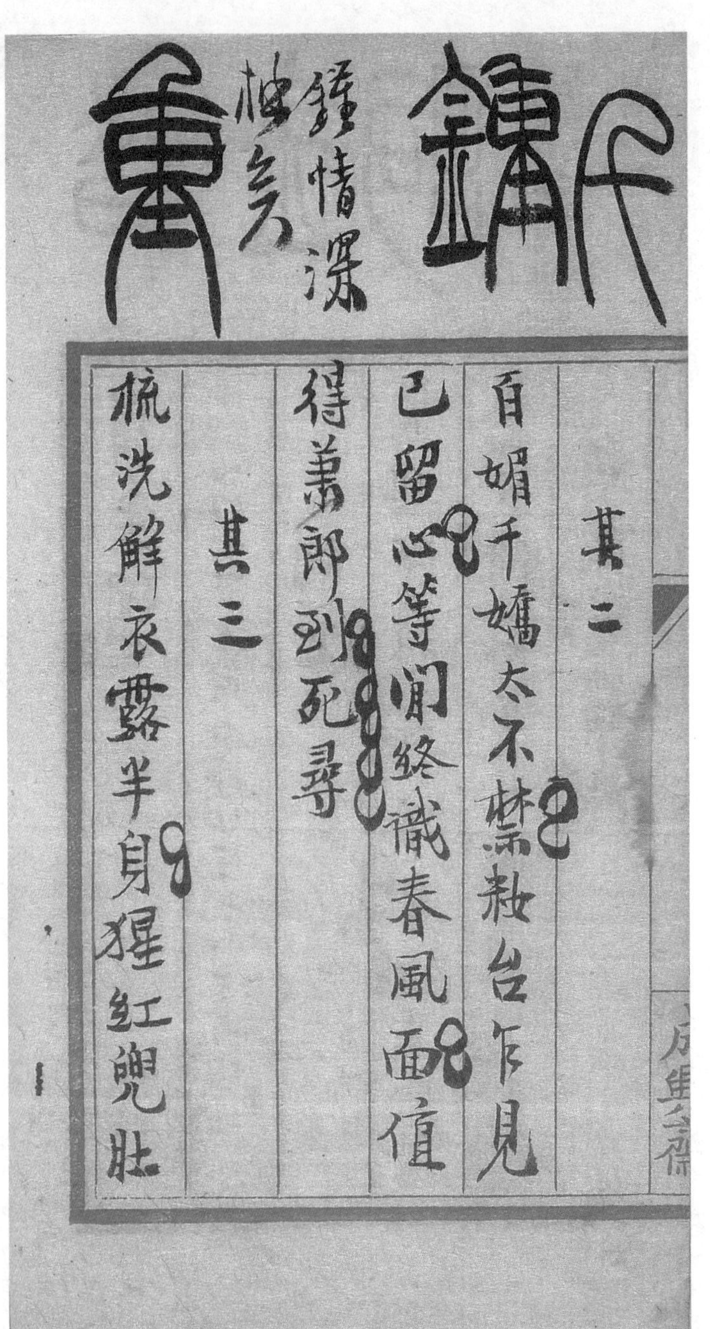

梳洗解衣
露丰身
猩紅兜肚
貼胸新
被人看殺
嬌〻謂畧
捧星眸
當一嗔

貼胸新凝酥不管人看
首讀回眸無言為一嗔

其四

豐姿綽約吐仙葩占盡繁華
第一家武御前妃子是清
平調配牡丹花

妙々

其五

自著相思畫日癡，一朝連理
忽成枝。試從兩小無猜後，為
憶嬌嗔避客時。

其六

香笑無力字慵挑，一任呢喃

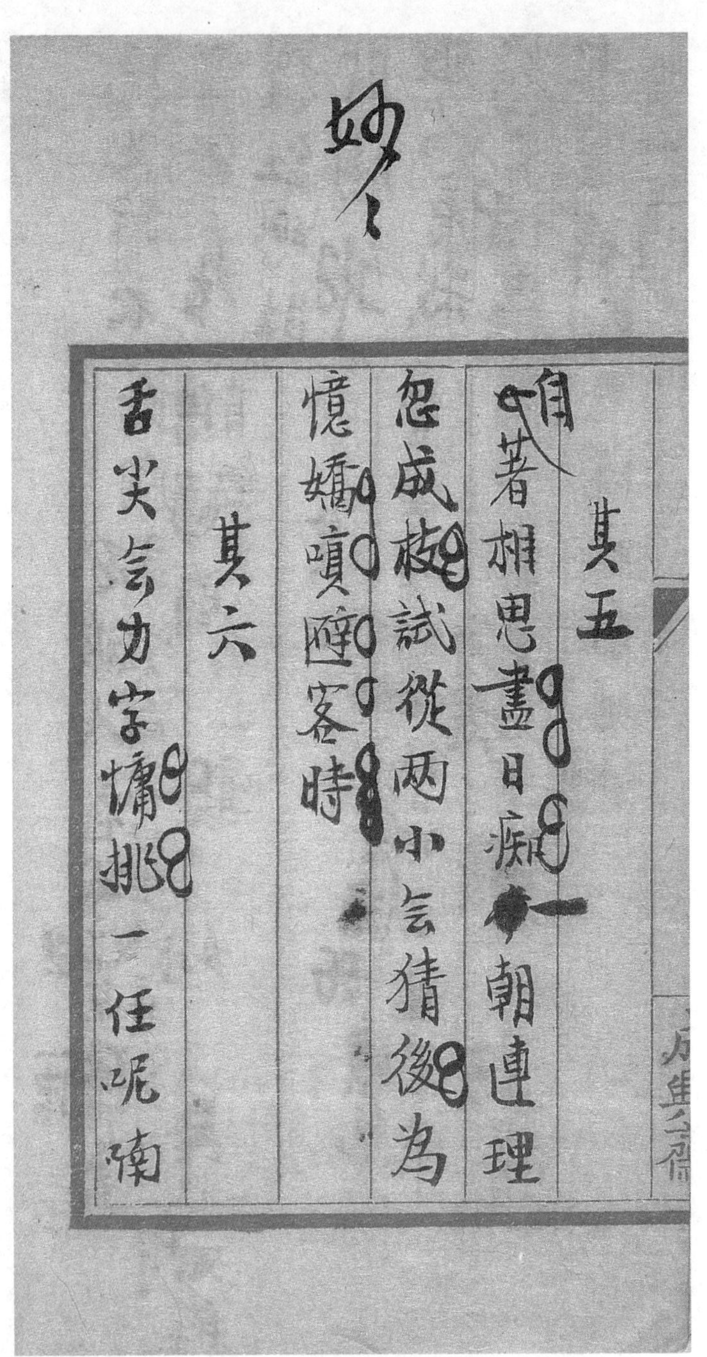

聽此句殊有情

乳燕嬌容貌如花猶底事眠
聲軟語已魂銷

其七

參禪曾此證頭陀四壁蕭然
慧眼過我亦佛門真弟子怎
當臨去轉秋波

其八　移□下

眉聽日語醉人多頃國頃城
一封鶯同

秋水渦劉有佳妍嬌婿處笑
穀若何最是桿魂勻睨去腮

時眼畔巨
邊間笑露雙渦

其九

可記俚言打是親偶因唐突

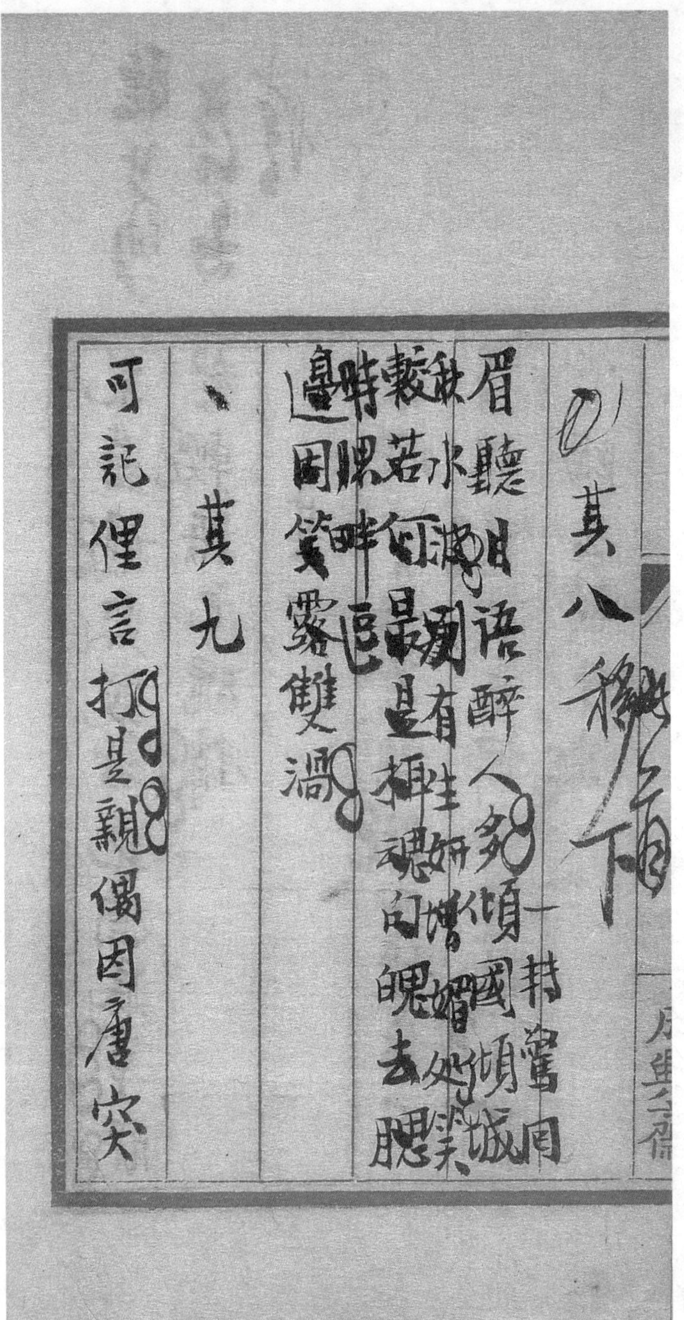

好刑四詞

羞嬌嚬柔荑不動纖纖手呢
用殺蓮鉤儘蹴人
、其十
日日糾纏偷密期桃花逐水
啟郎疑御言素性非輕薄為狂
感多愛情不自持

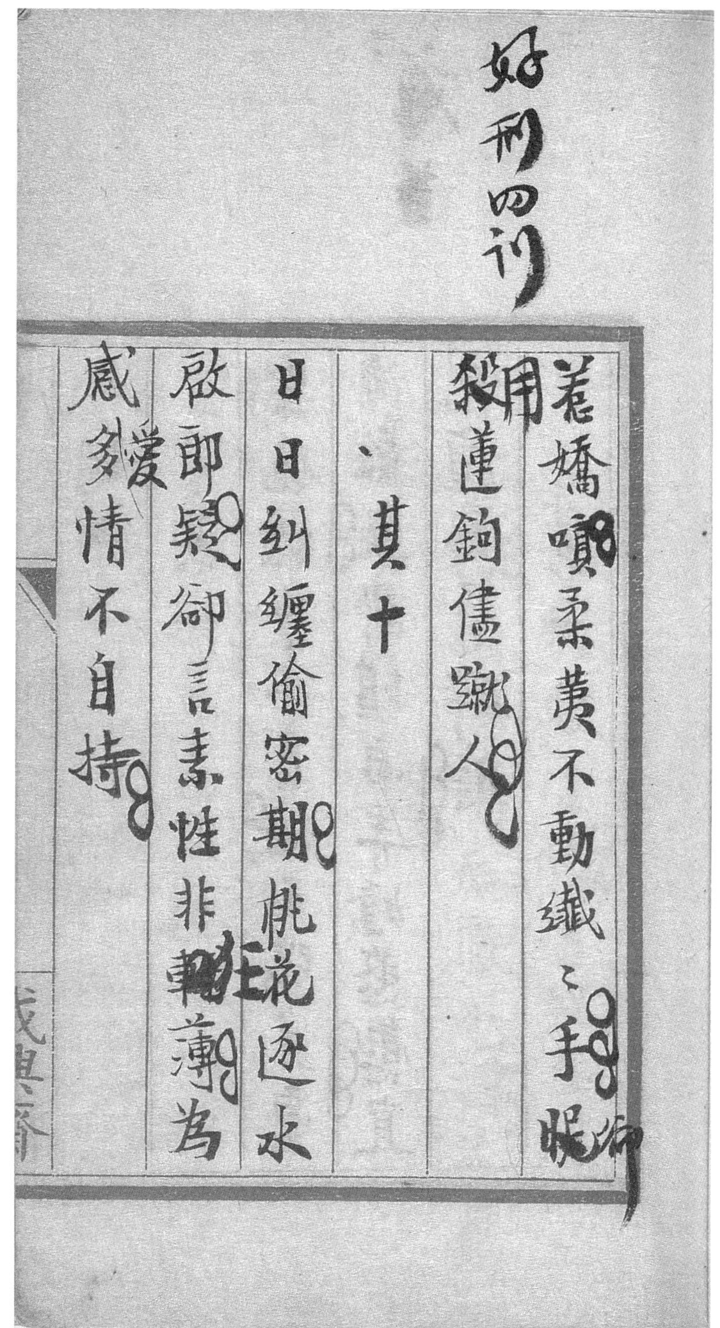

詞中

其一

索抱懷中不自持玉環身重力難支那堪再弄嬌憨態直到檀郎骨醉時

其二

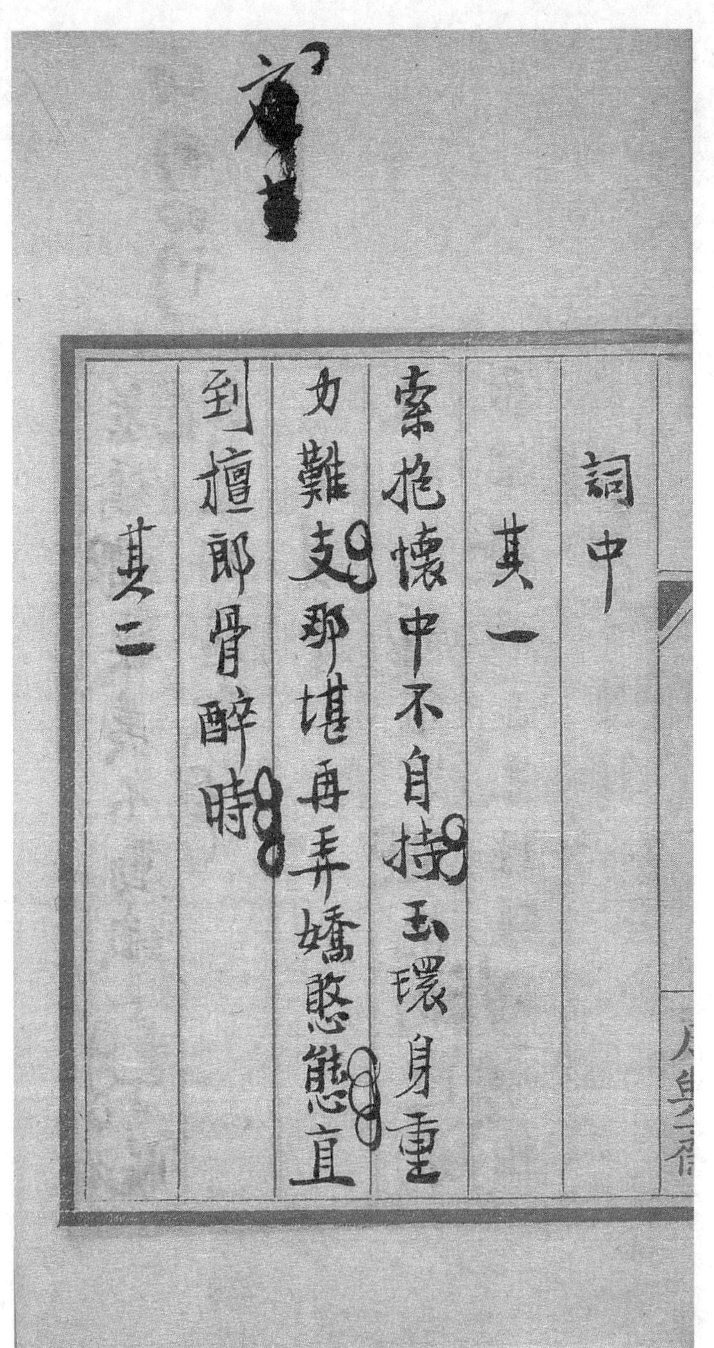

冷言擊刺㬈言儇喜怒無端

費意猜猶恐嬌痴撒不盡又再

將啼笑學嬰孩

其三

曾樂事閨房甚畫眉無端嫉妒

作狐疑也知潑醋阿儂慣愛

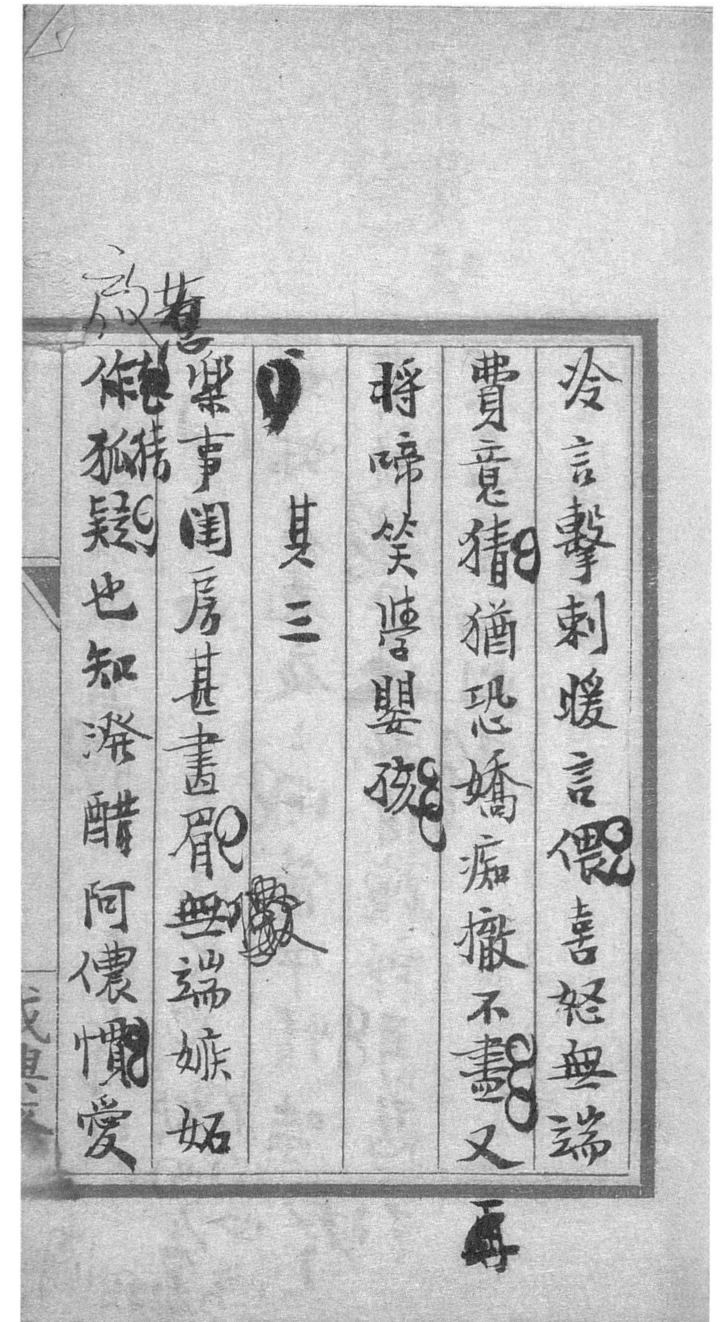

惹淺嗔低罵時　春深淺問歟

其四　春春過口過

欲問含羞

不問心憐

姊妹名花夜夜開箇中情味

費疑猜背人私附檀郎耳忍

笑含羞細問來

其五

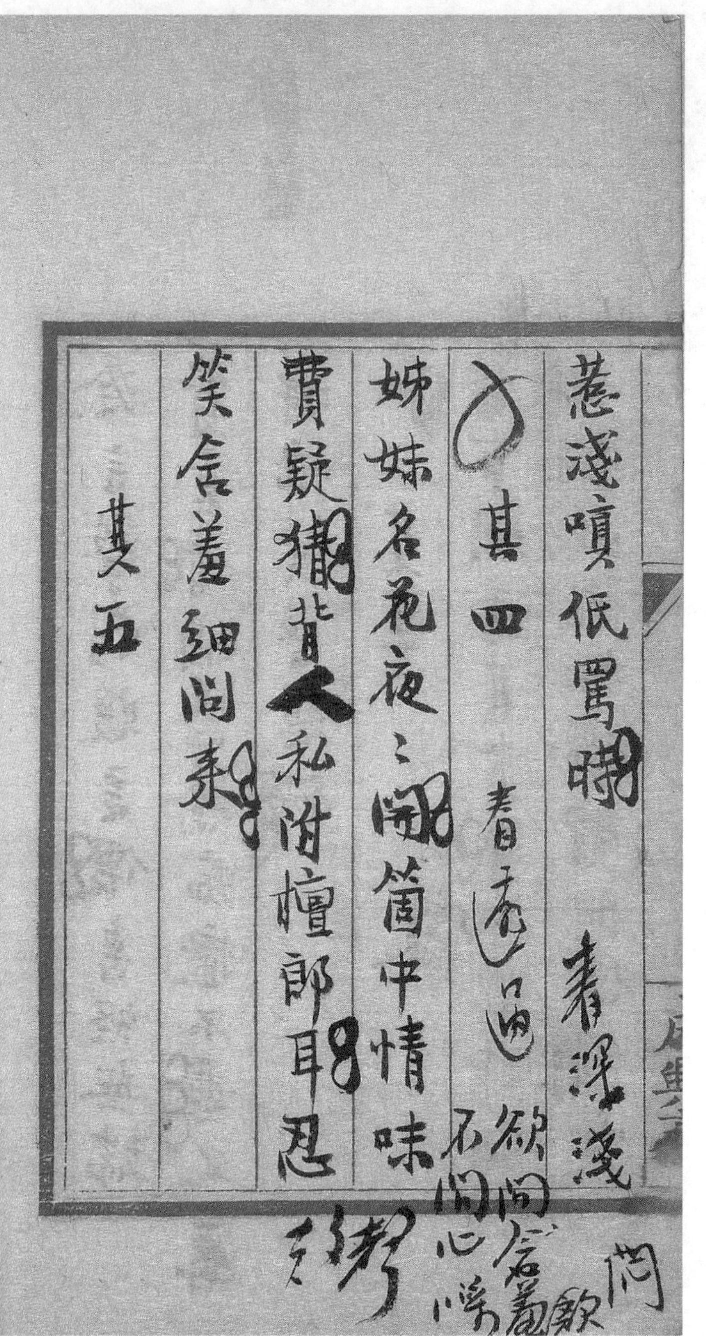

有身公
自佳

歖逼擅郎初度期新粧擺曳
妬花枝近來曾不輕歌舞一
曲倚觴獻壽時（時九月初三日也）

其六

几牀收拾靜会瑕爐內薰香
瓶插花非是郎前獻勤苦如

斯可否便當家

其七

小儇嬌穉小郎癡，晝日閨中晝意嬉。阿母大方渾不管，翻誇名字要孩兒。

其八

此係先生對雛女情云

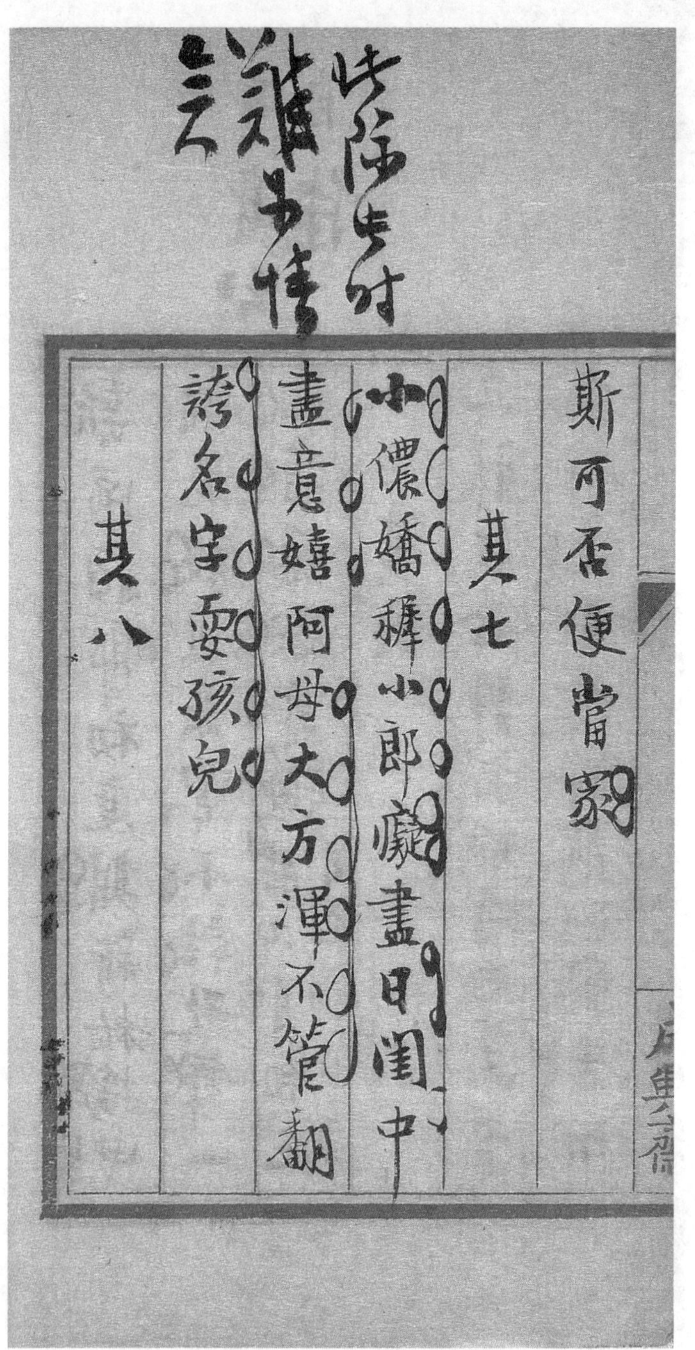

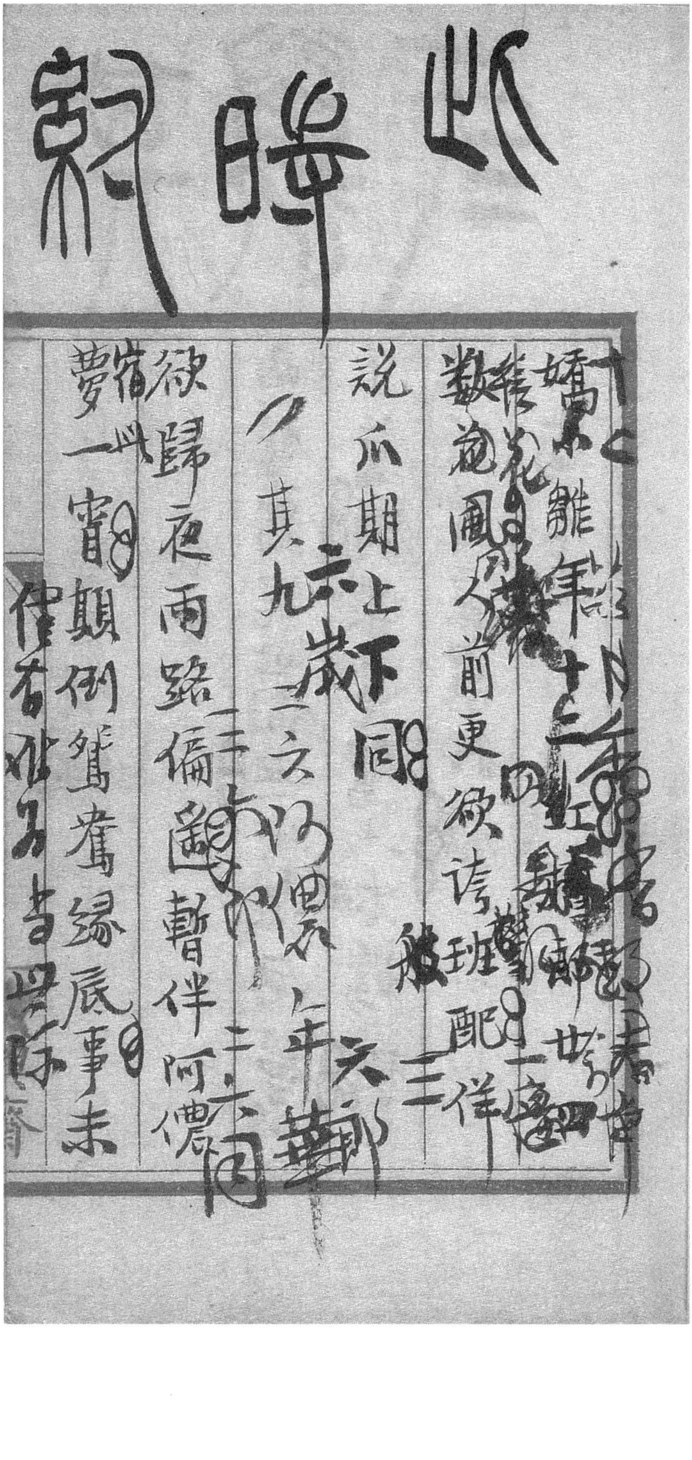

其彖三

曾真箇已䰟銷

其十

兩鬟窈窕世間無一鬟兩鬟

千萬饒最是驚人太嬌艷

滿頭花朵罩妝梳

詞下

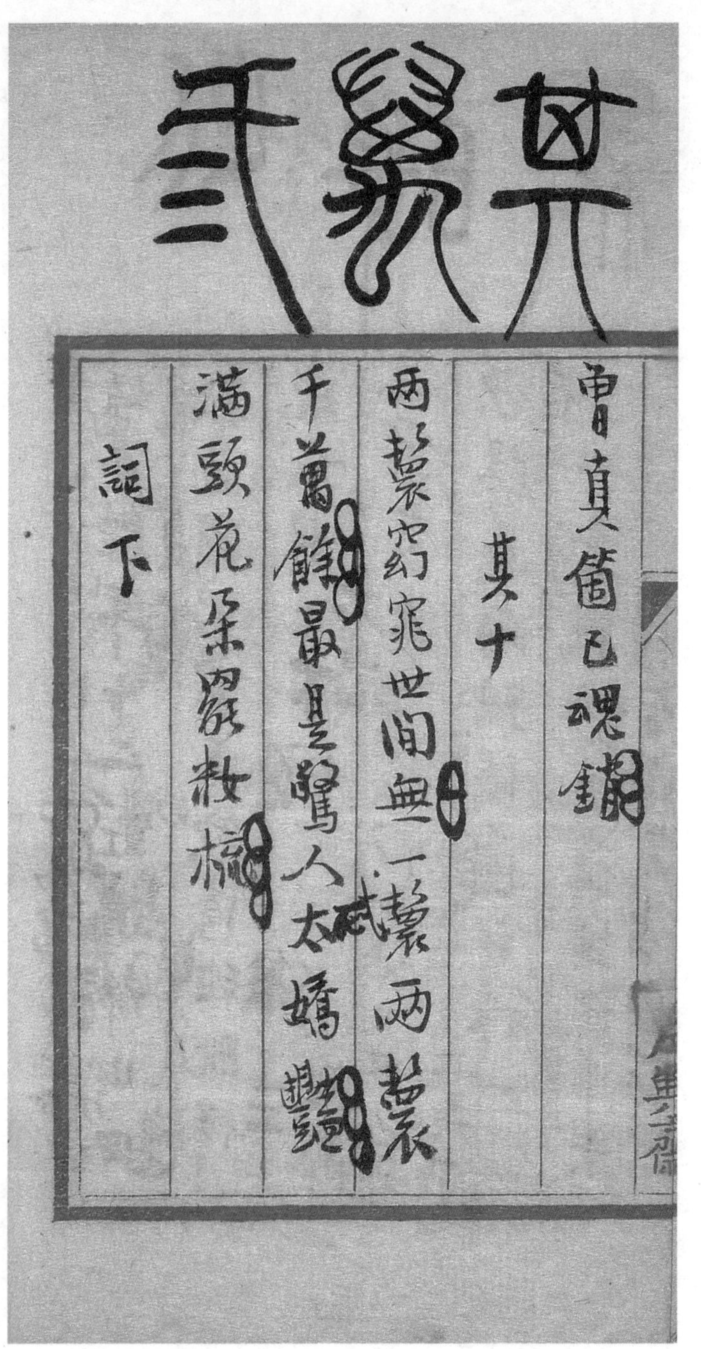

其一

眼角笑迷春色融逗留情事
在雙瞳任他拼就人魂魄已
是秋波一掠中

其二

閒愁已自可人憐早禱郎魂

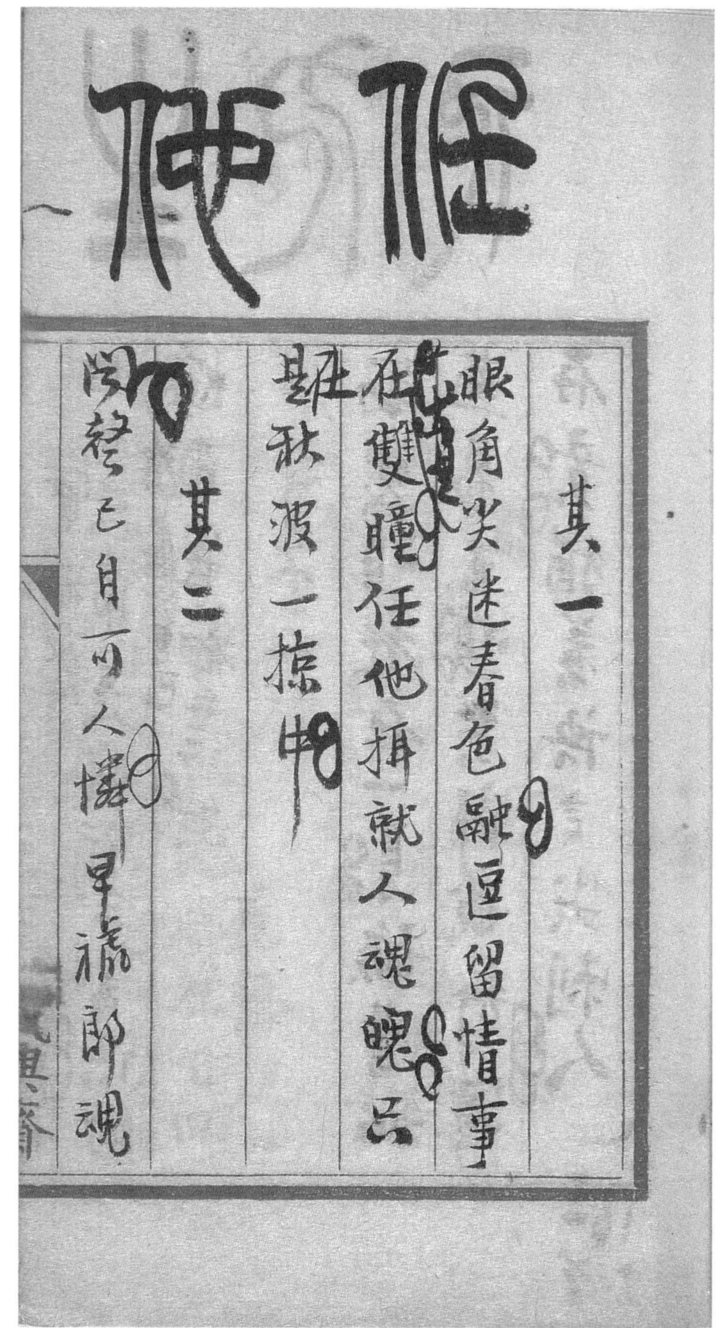

把九天最是臨行千萬語叮
嚀爾輩御茫然

其三

寵愛唯教在一身嬌鶯姹
燕易生嗔裴郎幾許過
存韜猶蓄語言尖刺人

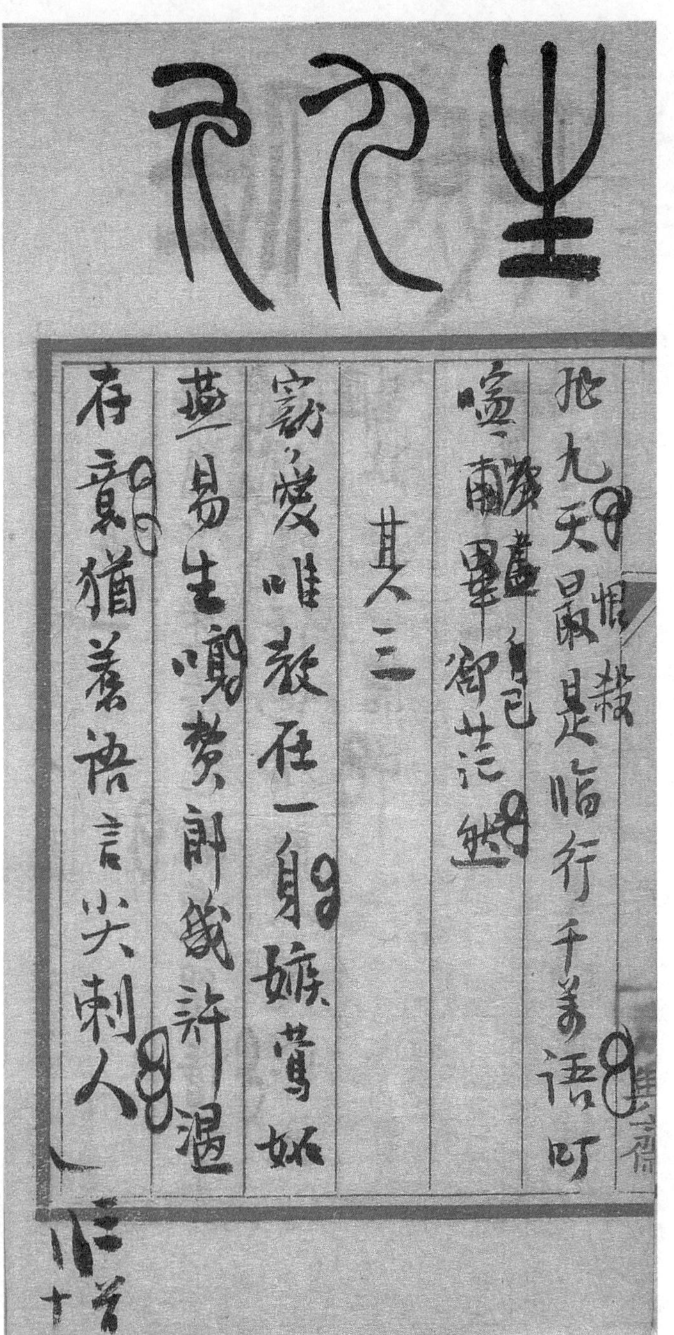

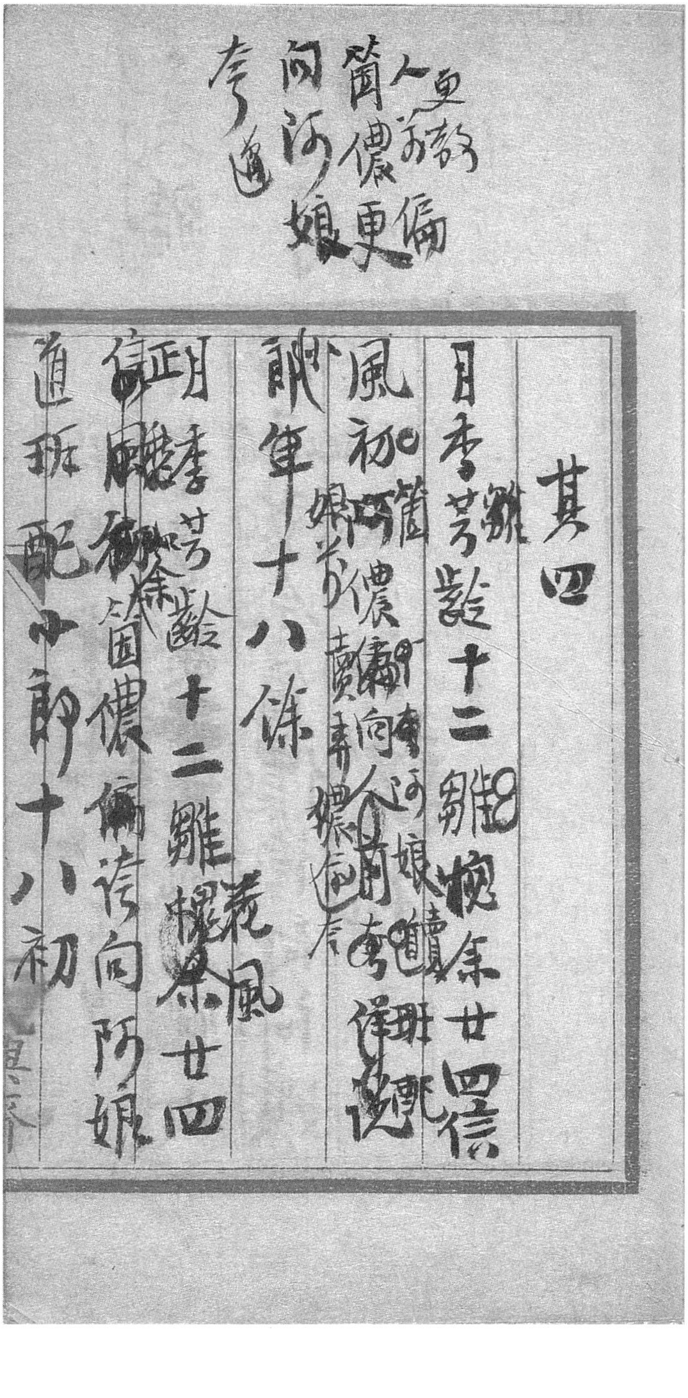

更許人
箇儂更偏
向河娘
奔道

其四

月季芳齡十二雛嫂余廿四信
風初箇阿儂偏向河娘前奔伴班悦
郎年十八依花風
正月季芳齡十二雛擺余廿四
箇儂偏誇向阿娘
道班配小郎十八初

二。六。雛。

十。八。初。

改閱中排六

月。季。芳。齡。耍。雛。花。風。廿。

西。正。稍。余。箇。儂。誇。向。阿。孃。

道。班如之意。配。小。郎。說。初。

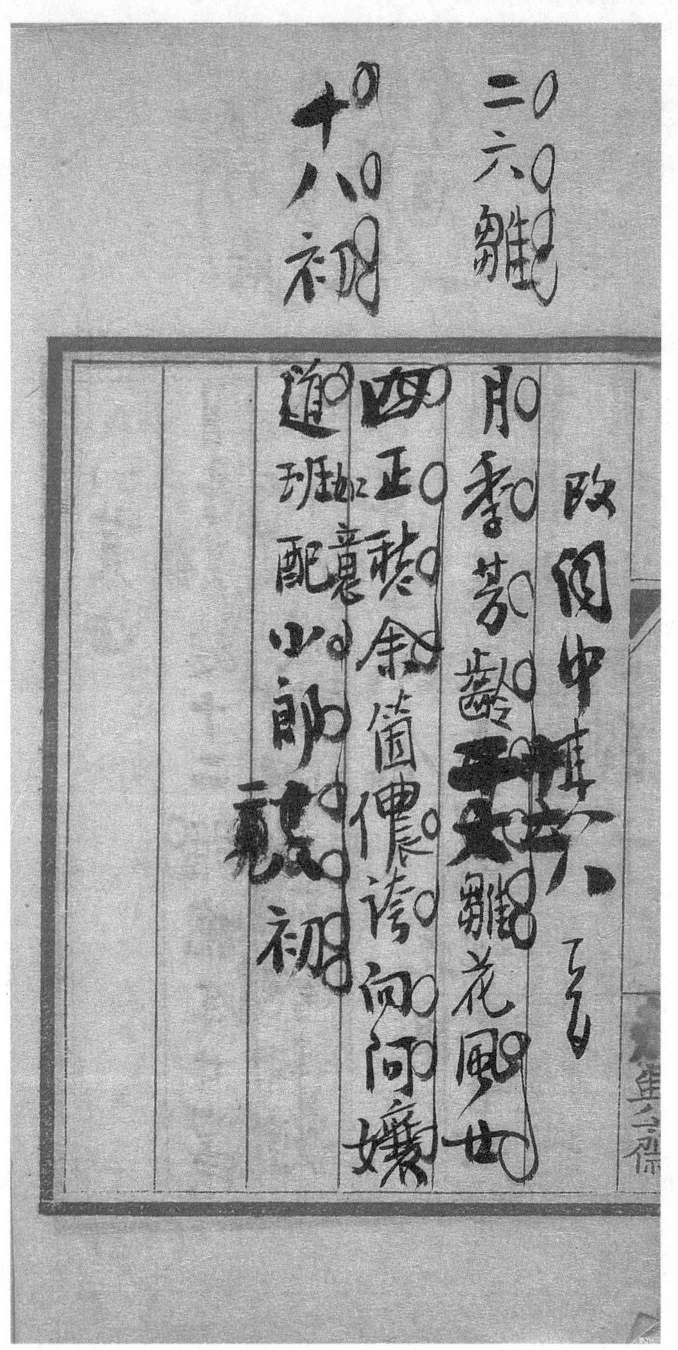

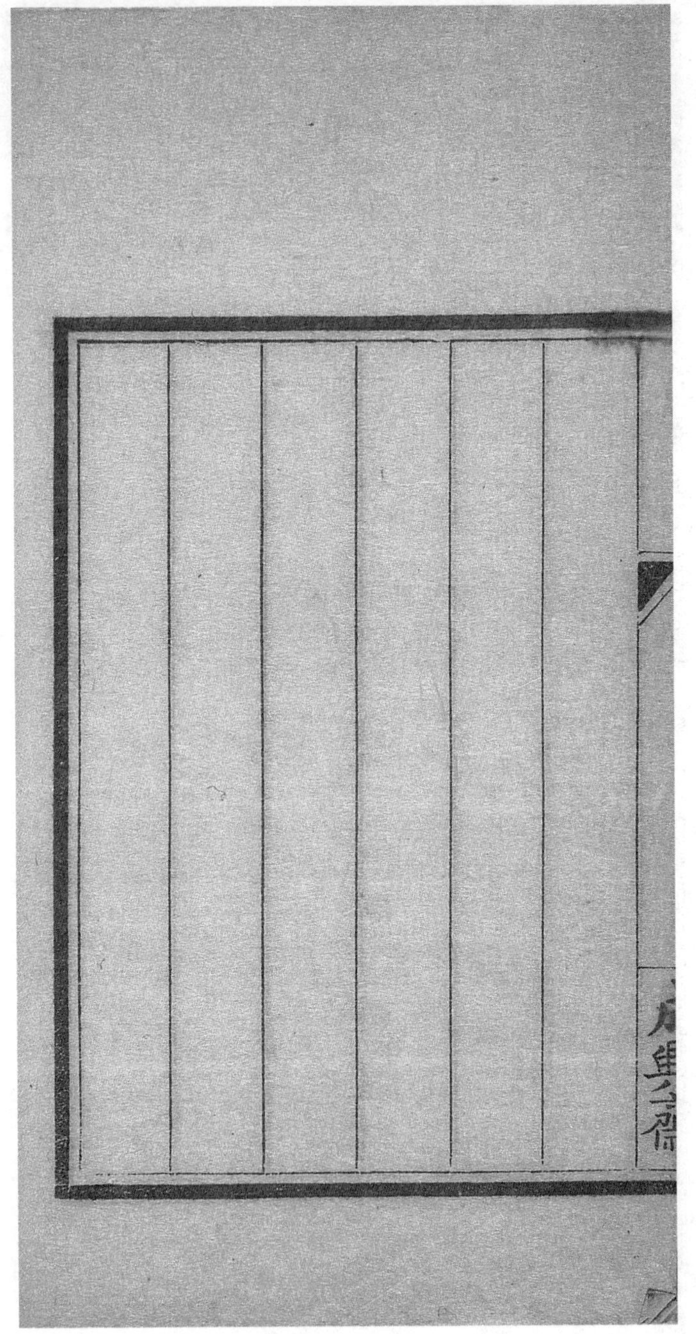

憐玉詞題詞

芳情空後憶纏綿手贈花枝兩依然愛殺玉容太嬌小但求偎玉不求憐

壬寅生傳甫題

□與齋

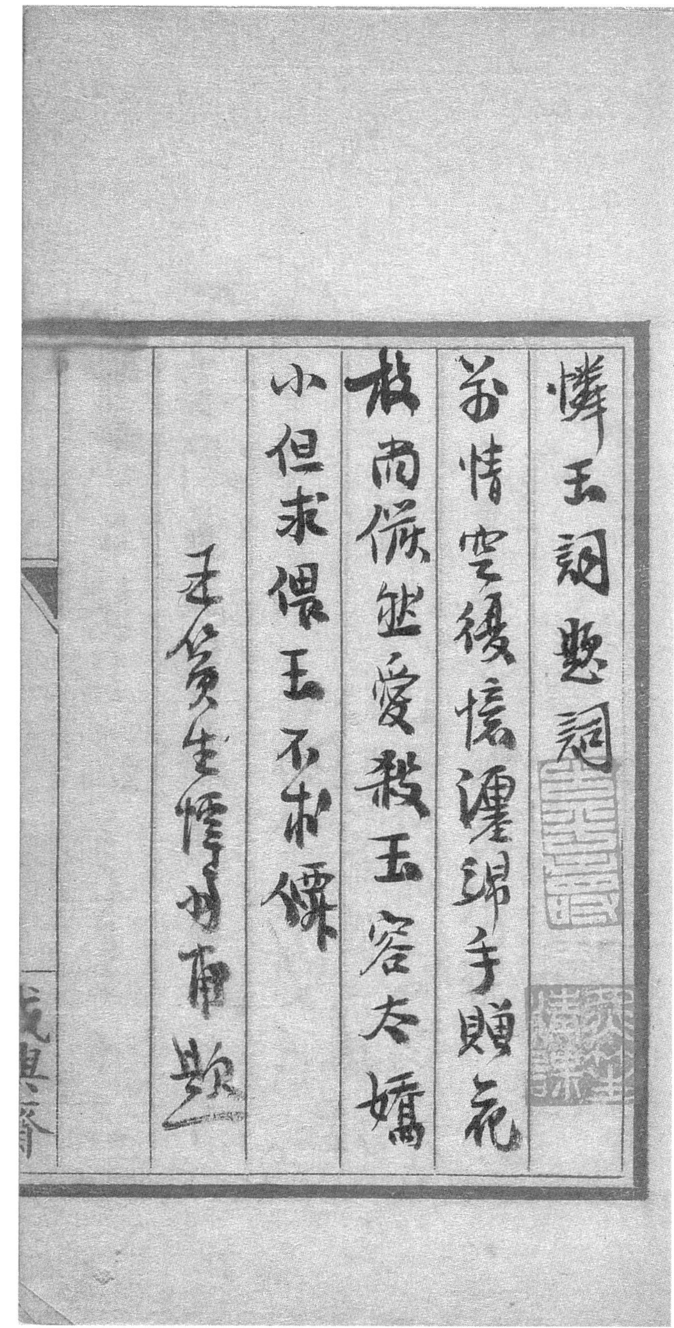

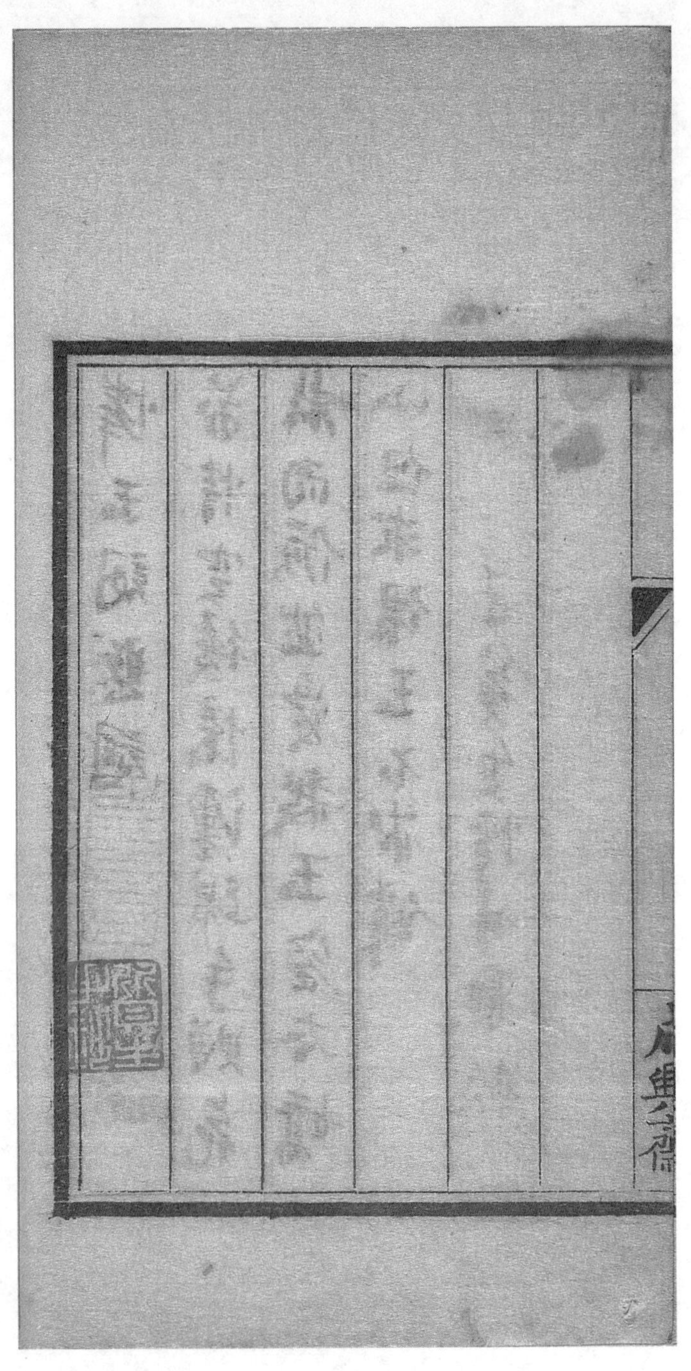

憐玉詞

古平壽炅筌氏清課

憐玉記 玉仙乳名小愛年十四歲排六隸德安

中秋月圓節後余沉使永和

有隙遂不得復覩前言日日

思死上別枝矣是月二十三

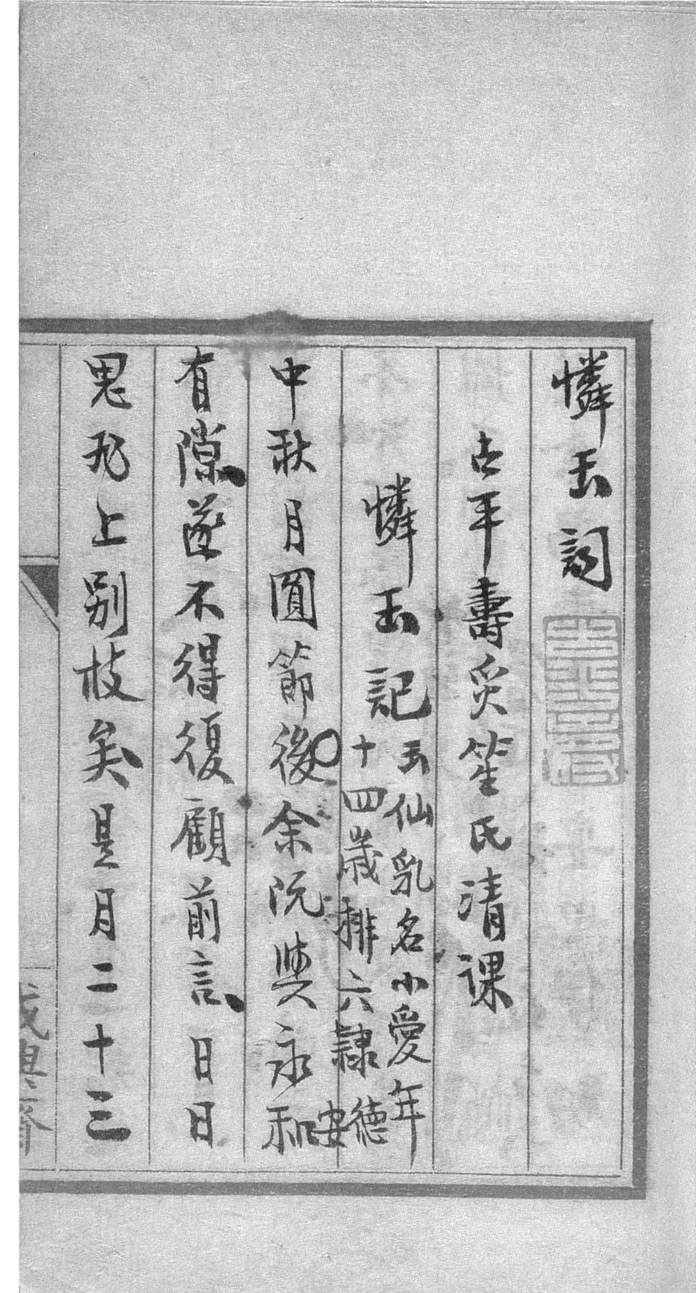

日偶與同人到德安、有一雛妓
独立中庭、若有所思、余一見
如舊相識、伊亦[illegible]移時、云
不知何處曾見余也、及叩其
姓氏、伊於[illegible]春正月、[illegible]入夜二更[illegible]
時余尚未至安也、伊初

破而時被一陣暴雨所凌、巫山
未畢、伊和昏[illegible]時正
月下灘地、伊回因共不知夫暫归調養直半截
至八月中秋節後、始來而支持病痊復出作同栴、
纏頭詠、至余見時、幾出二
三日耳、伊從何処見余、

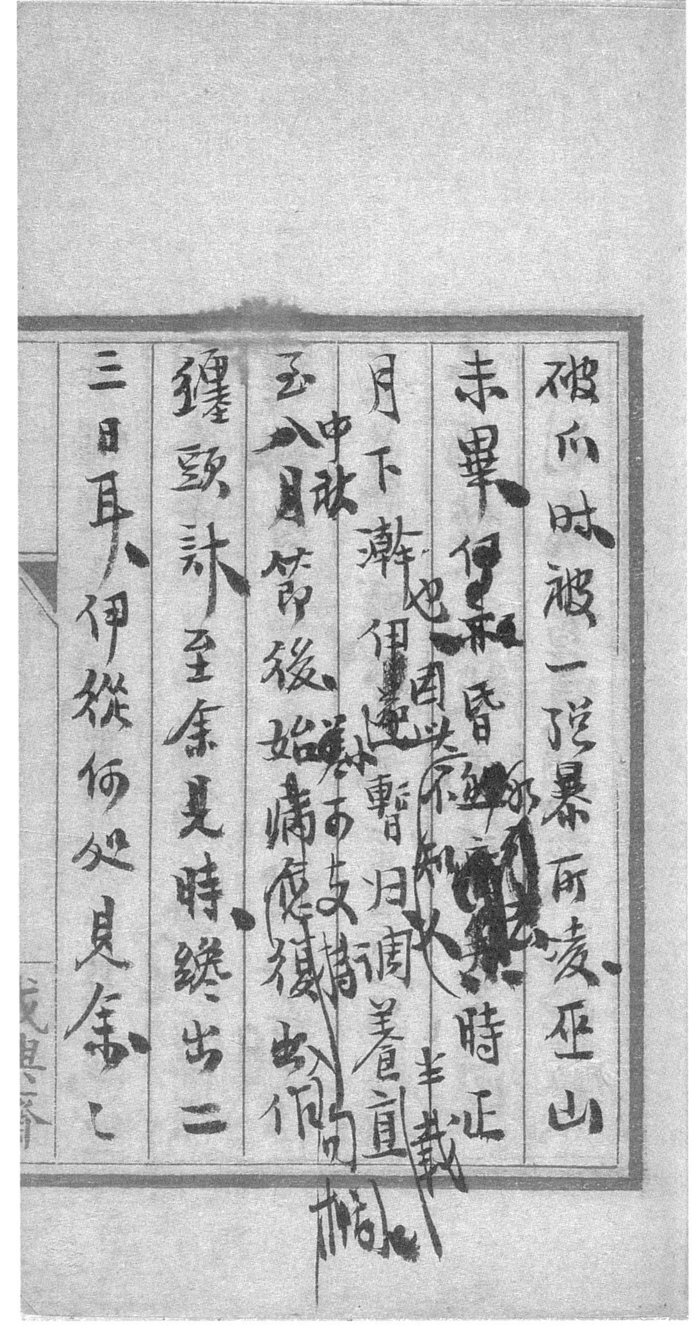

亦何処見伊、真咄々怪事、然一
日人遂以是为前缘也。遂作
婢媒、为余二人玉成此事。伊
含羞不语、余亦言々有答、
而酒筵已设矣。漏三下、回
人别去、尽言欢谈、乃眠投

漆玉雞鳴始携手入幃伊驚
弓之後畏怖之狀目不忍視
余亦起憐惜之心不復動色
慾之念雙鴛鴦枕上相對
談心未曾顛倒但心魂銷矣
移時余亦就睡伊獨自語

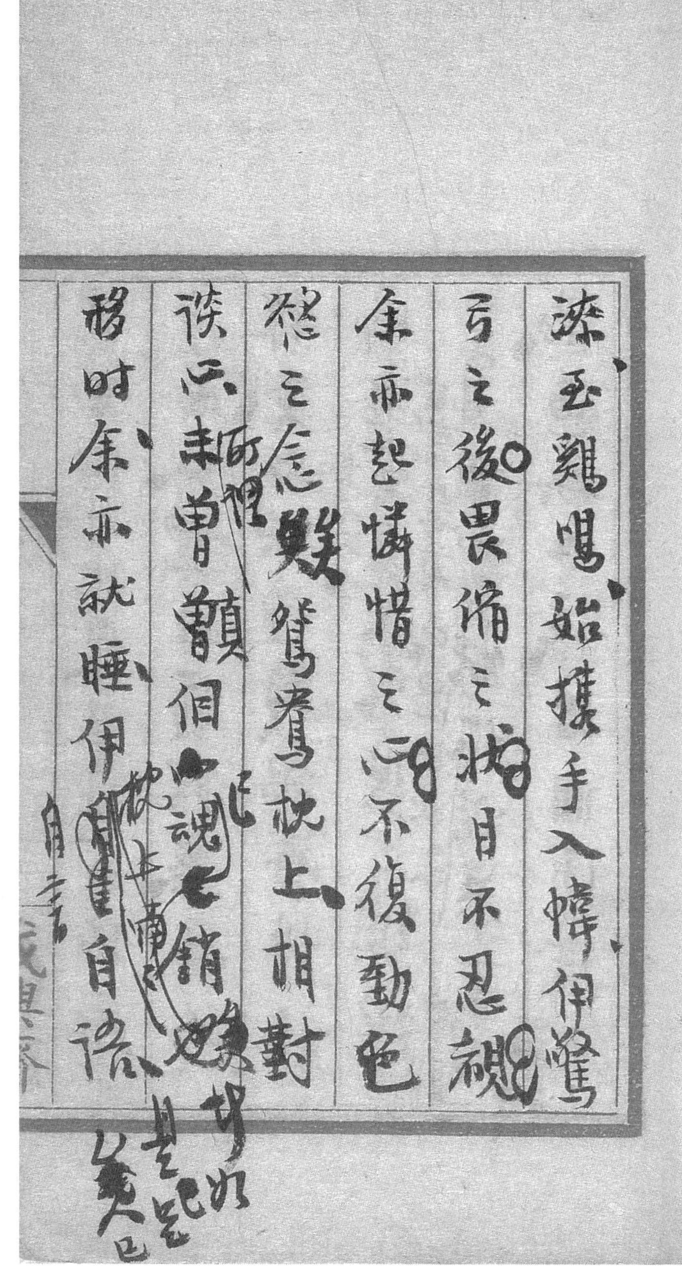

謂余既入此中，豈能不作癡
度耶，便再逼張暴命合
休矣。此與檀郎溫存性格
風塵罕見有錢，不以與之綢繆耶，
一實，言念君子溫其如玉，當出能作張暴事不
然，通與以往，恐相通疏也耳

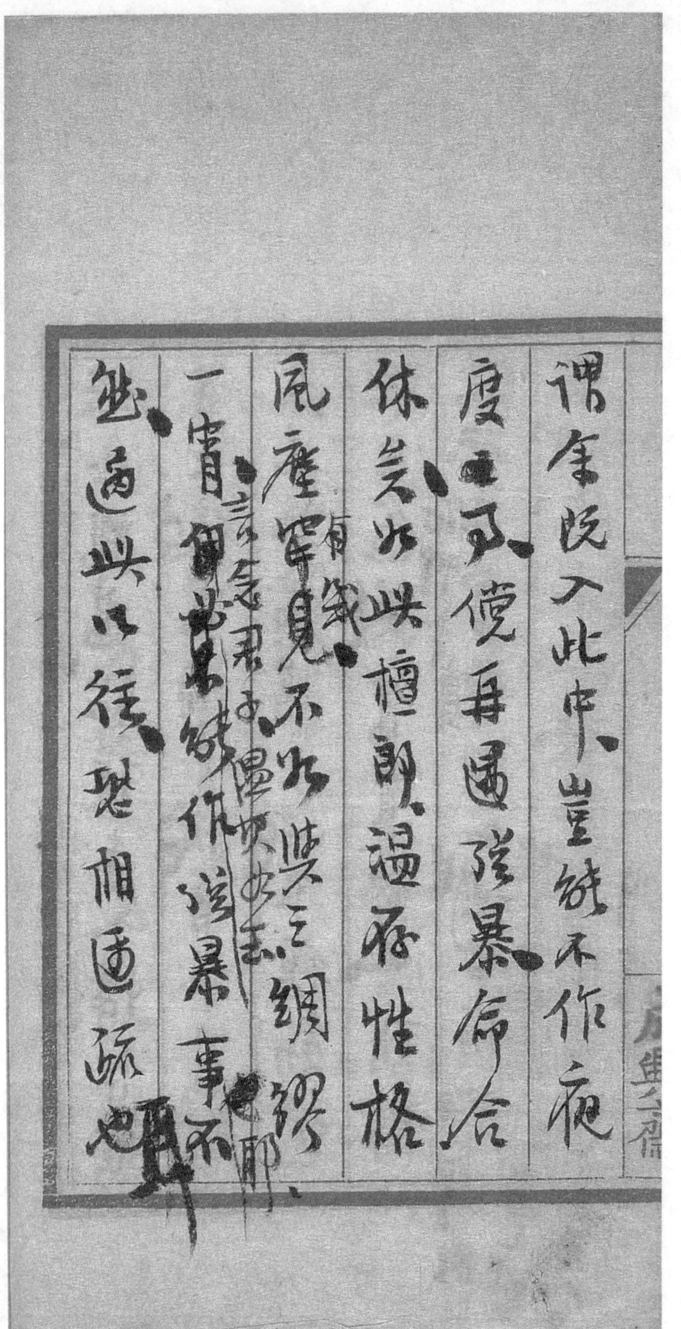

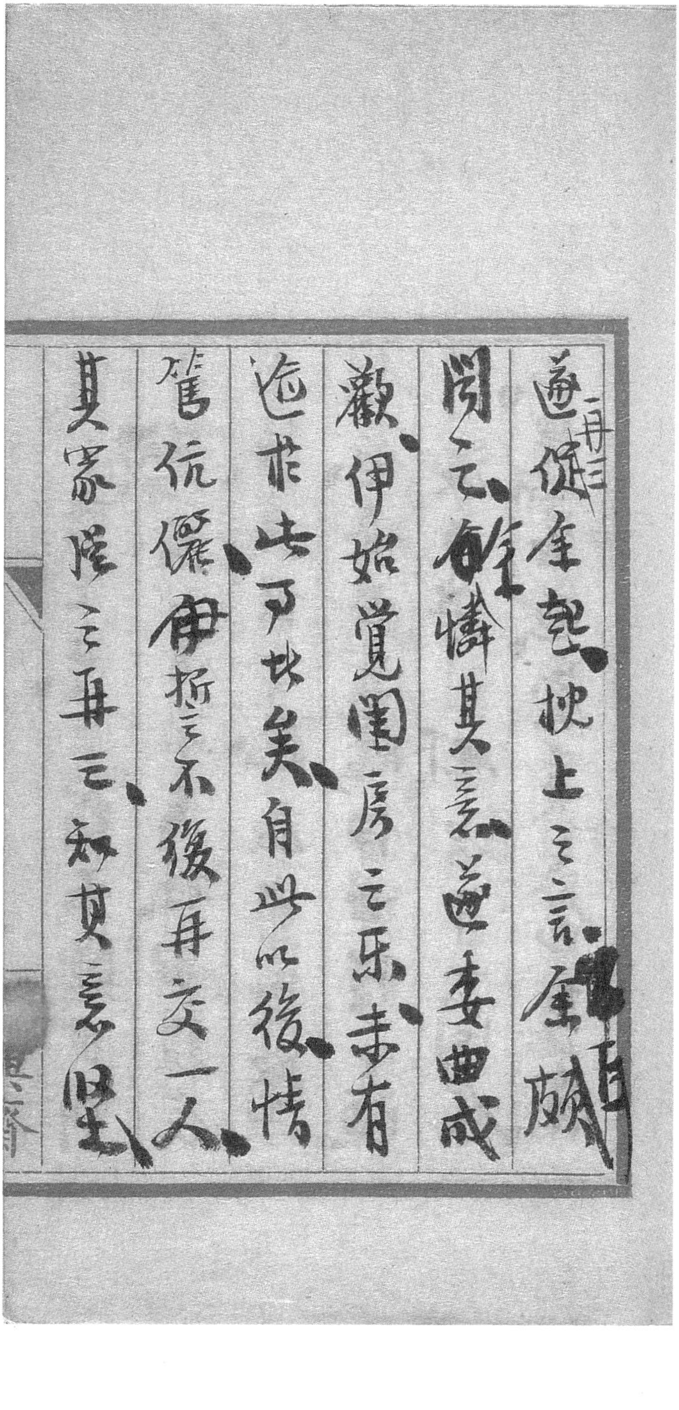

遂促生起、枕上之言、全虧
聞之、餘憐其意、遂妻曲成
歡、伊始覺閨房之樂、未有
過求古尹此矣、自此以後、情
篤、伉儷、伊折之不復再交一人、
其家隆之再三、知其意、堅、

陪之琴生變，不得不聽其所
爲矣。或一日不來往，伊想念
之情，見於言色。夜中對燭
銀釭，每至天曙。伊母陪之睡
則淚下涔涔也。次日一開帘
至揭而看遍，觀春之色可掬

及至室。繼體入懷。伊亦不知
如何是好。婦姊妹皆目之以为
笑樂。伊亦以歡也。余間或贈以囊
屢。怒不肯受。言交情不在此。
然後知其家困甚。倚儡頭作
生活。余不得已。倩人暗送物

家。伊知之，猶責讓不已也。九月初旬，余早起有事欲行，伊堅留不住，恐凌晨時寒，中人（親）解襖肚及貼身小衣與余服。余謂卿愛我，恐我寒（體），然卿獨不畏寒手

一日伊錫
梁鳳以
負摺信之
歸家伊不
去之年作
别不聽余
無對正有
乃年中山

伊不聽再從之掩面欲泣此
情此意今真曲言歎鰥生不
才謝多嬌錯愛此生云謂矣一
目睽鴛鴦斷不能離然余
因有事東歸行期既定不敢
對伊言摘其鬢花暗作贈别

逆從從之
行矣伊
行以今
已至將
其二歸
遊留寺
寧之房
紫巳一云

從打精神忍手淚下然不知
來行之後伊將如何度此數
日來非忍人來不得已也甲
午仲冬下澣六日吉年書紅
豆館主情玉子多笑塵氏和
淚記專托其情不暇及其容

伊名
十相蝶小
四年玉愛

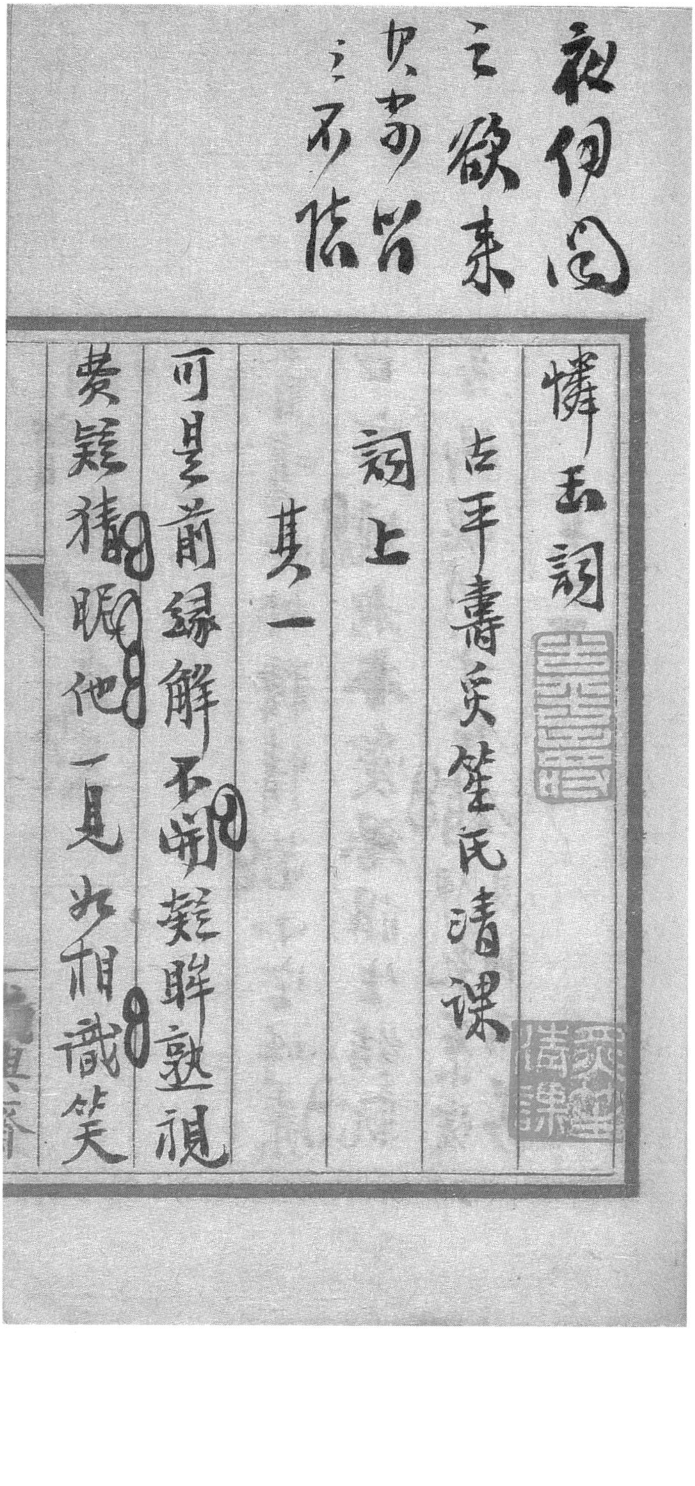
被伊問
〻欲來
只當留
〻不住

憐玉詞
古平壽民筆氏清課
詞上
其一
可是前緣解不開鬆眸熟視
費疑猜眼他一見如相識笑

問曾相逢何處來

其二

貪嗔癡外種情苗小字呼來

口亦嬌我本愛緣根生結就

為卿魂到十分銷伊乳名小愛見嬌云耶

其三

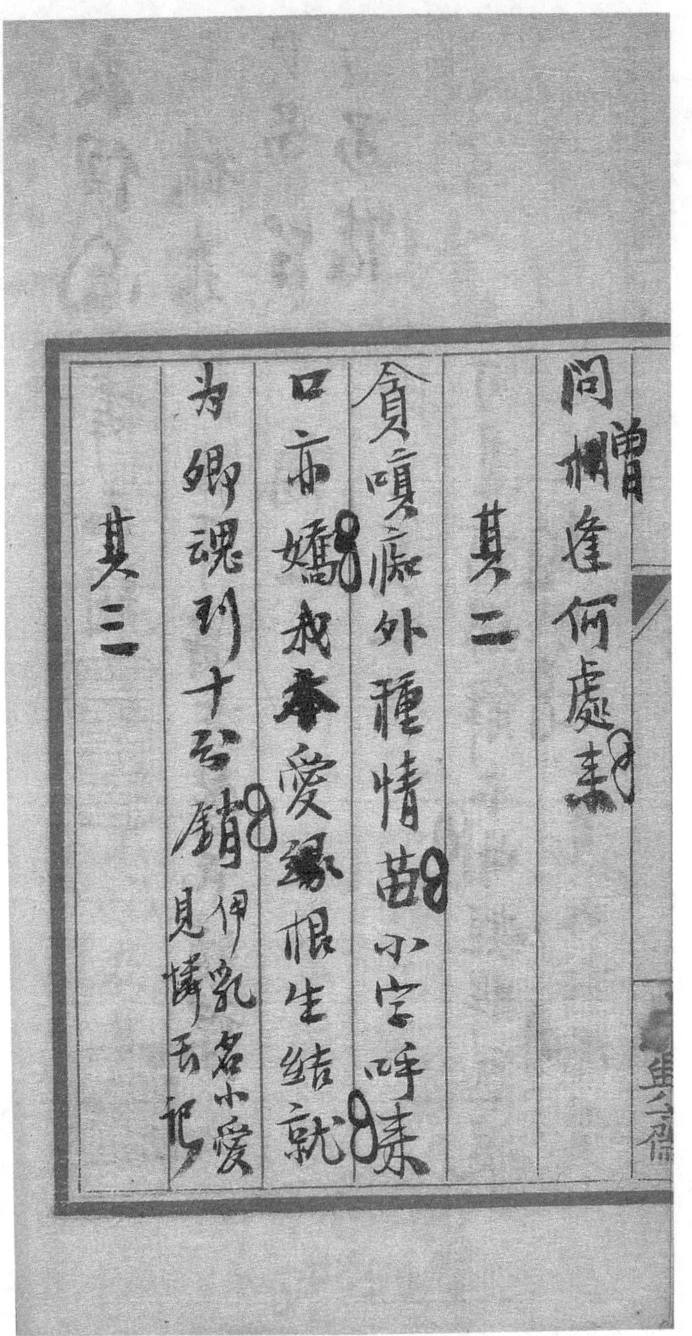

其四

成興齋

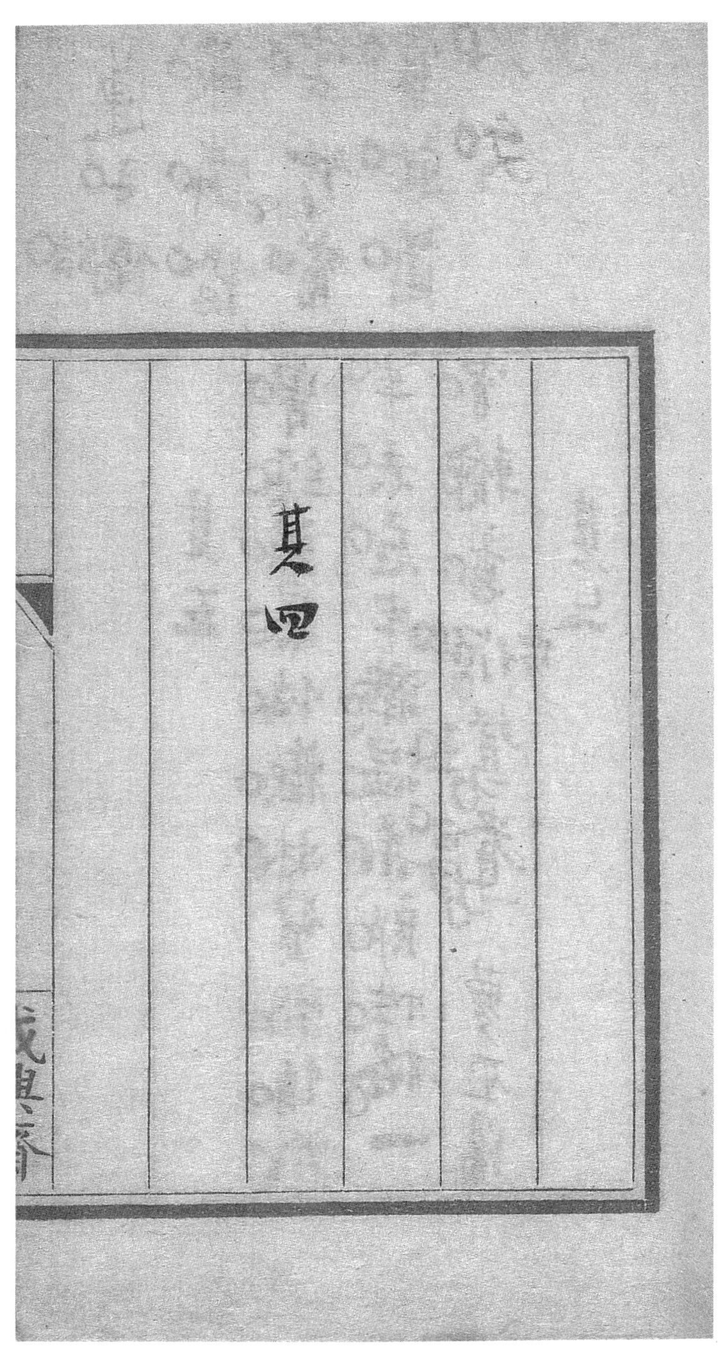

蓮子偶結
成憐憶
字竹窗
寫就簡
人知

其五

曾經強慕怯歡牀
鬟顫情形半未忘
早識溫柔郎性格
一宵輸意偕鴛鴦
夢巫陽

其六

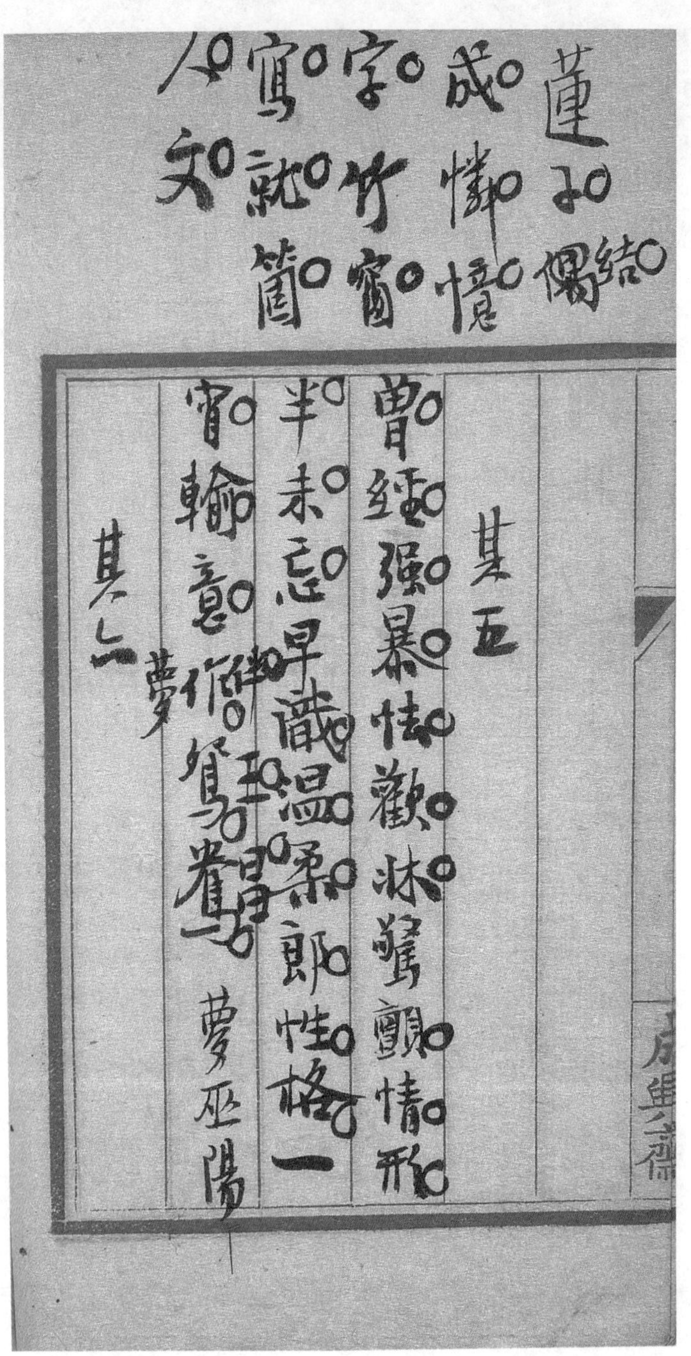

其七

成典齋

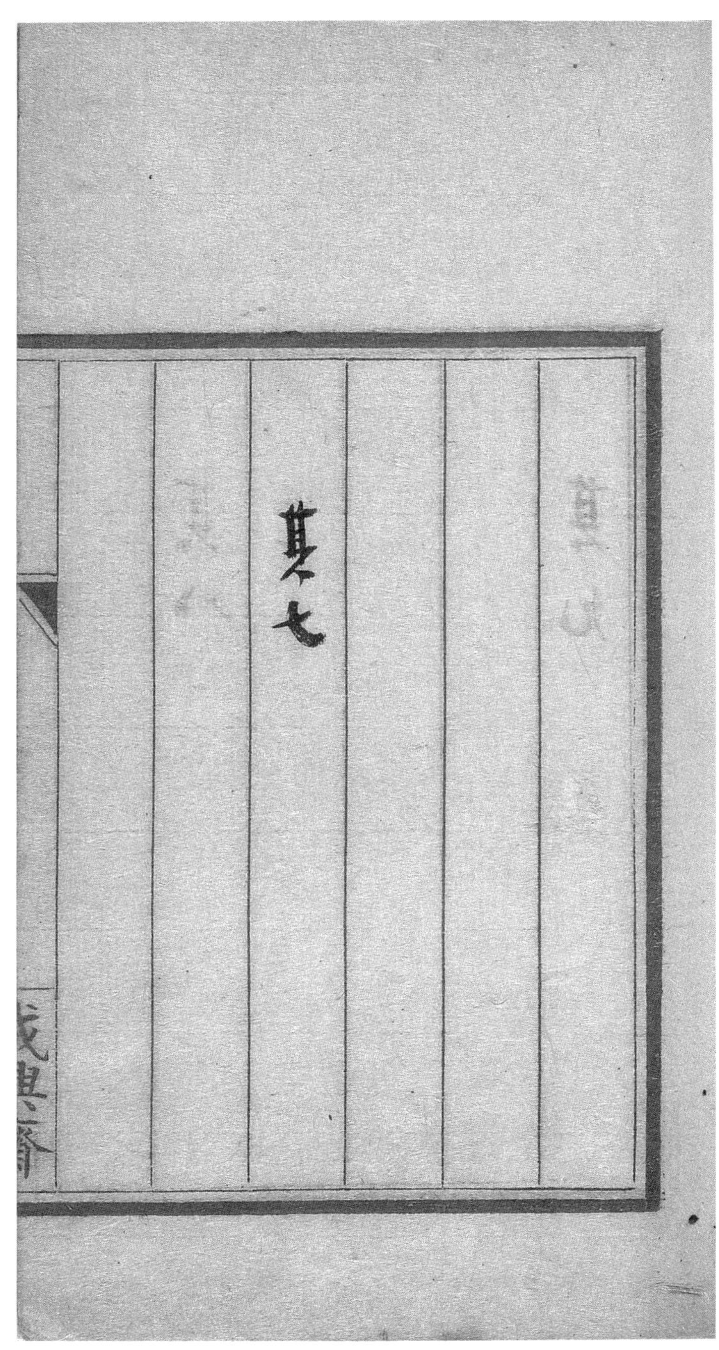

其八

其九

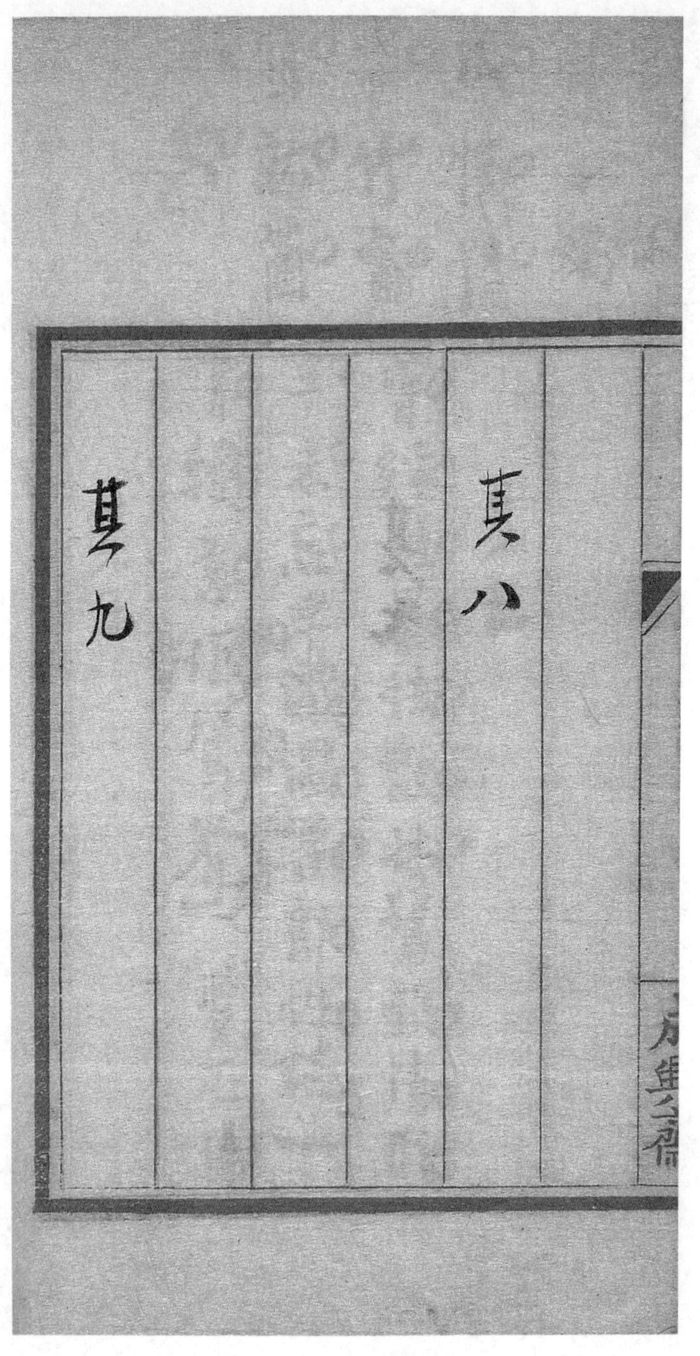

其十

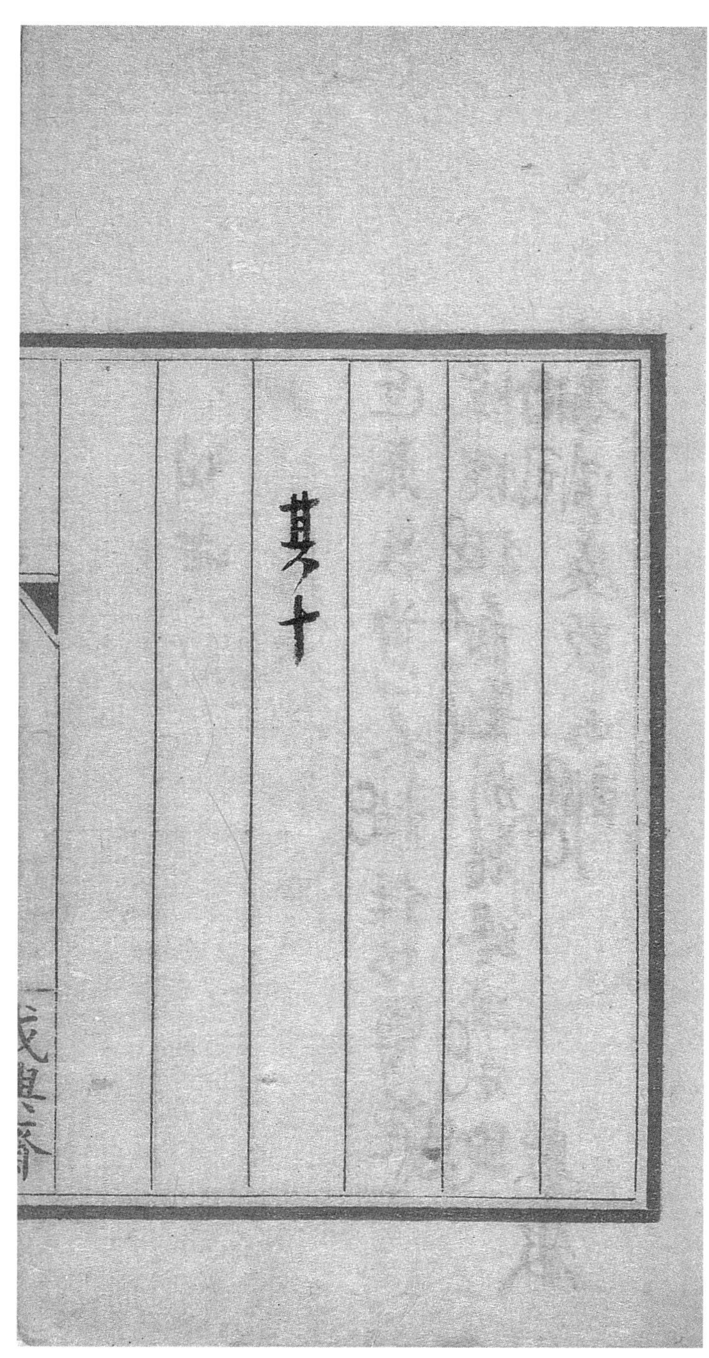

詞中

其一

近來只為一人愁任尔尋花戲

蜂蝶狂不道最是别離經半日[illegible]

舊同周處歡言郎[illegible]

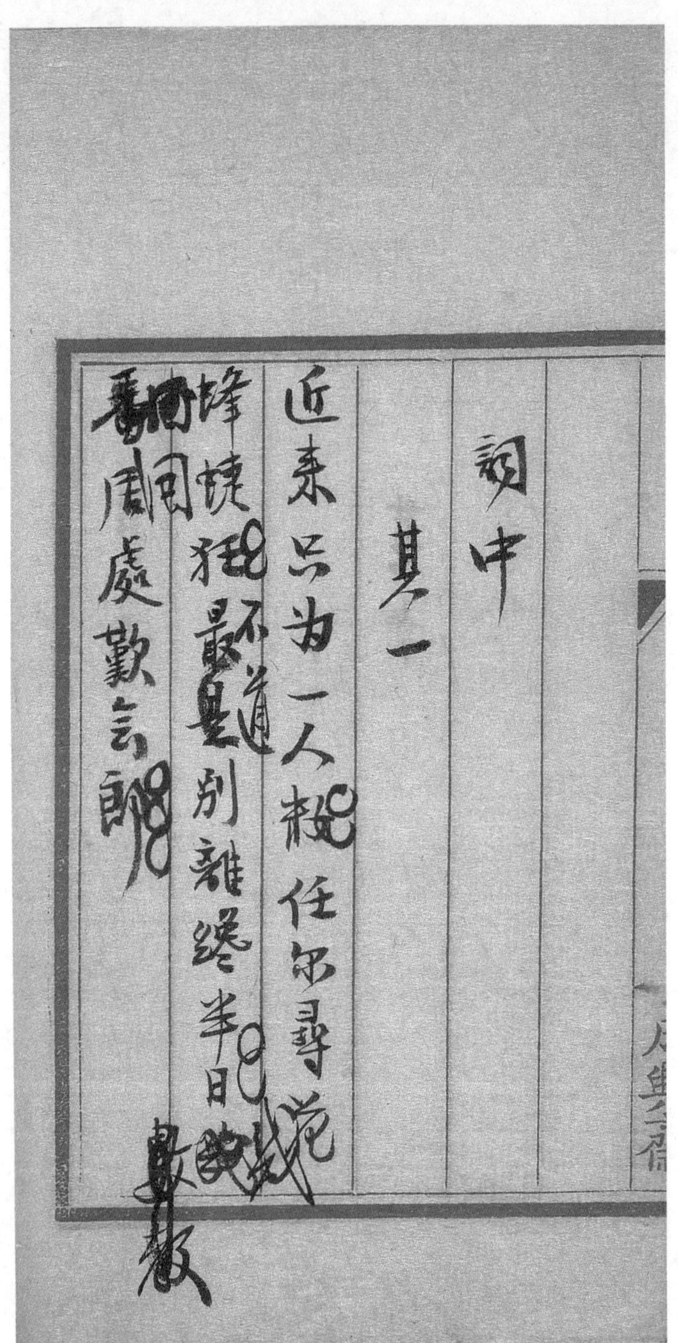

其二

明識來時留不住妾敢一日
一經過匆匆也悉檀郎豈
不敢相思滋味多

其三

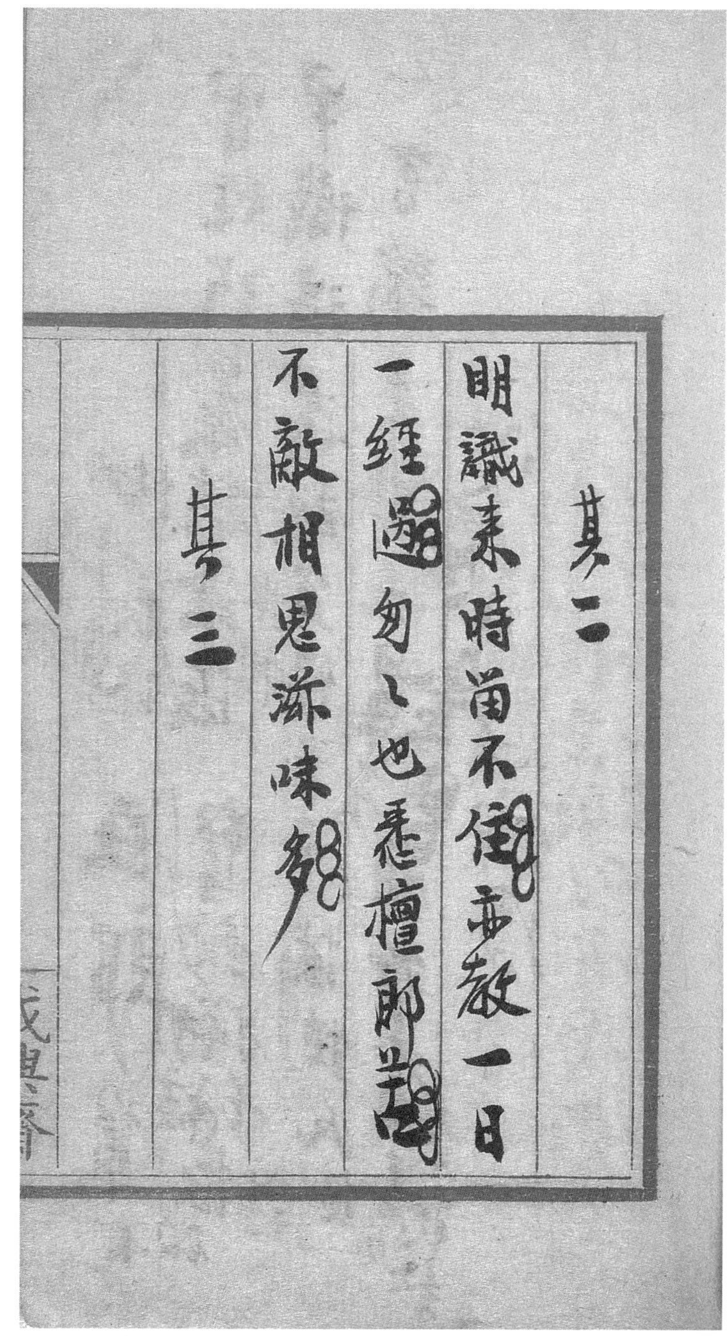

曾經張[illegible]循餘[illegible]
在郎[illegible]不
早識溫柔[illegible]定情[illegible]可憐[illegible]反側
[illegible]轉
一宵輸[illegible]
小[illegible]金閨[illegible]香[illegible]
[illegible]

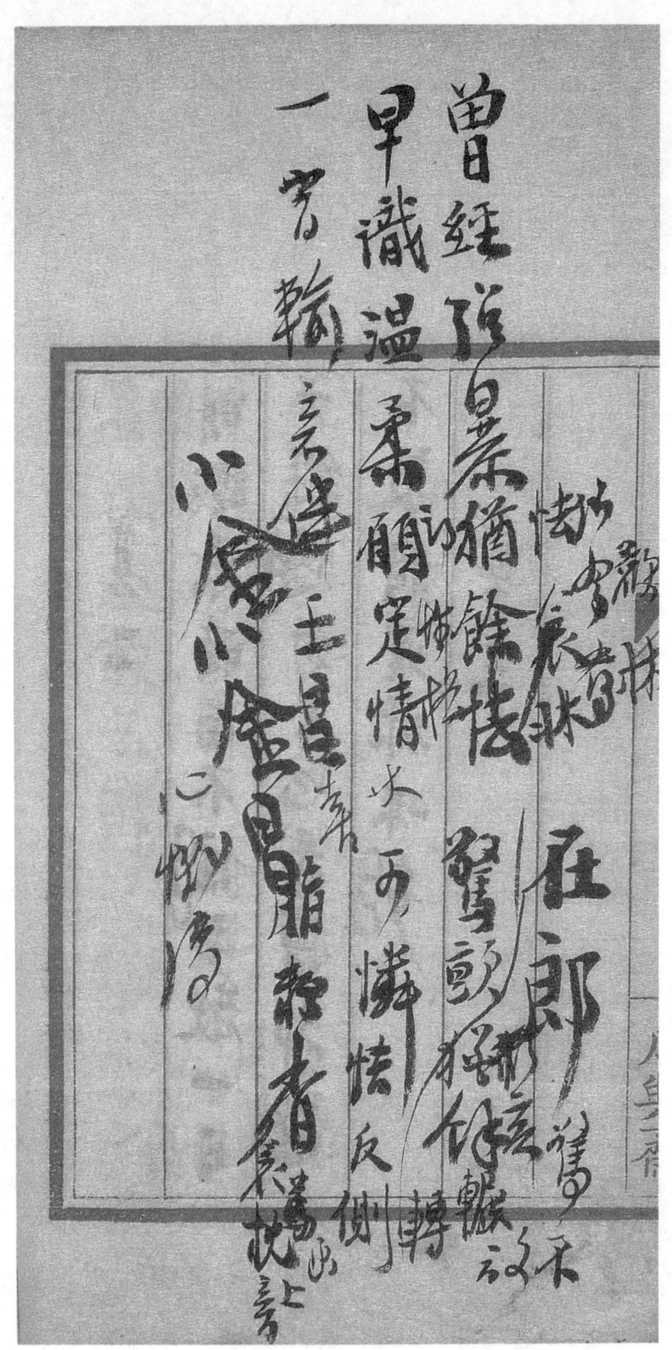

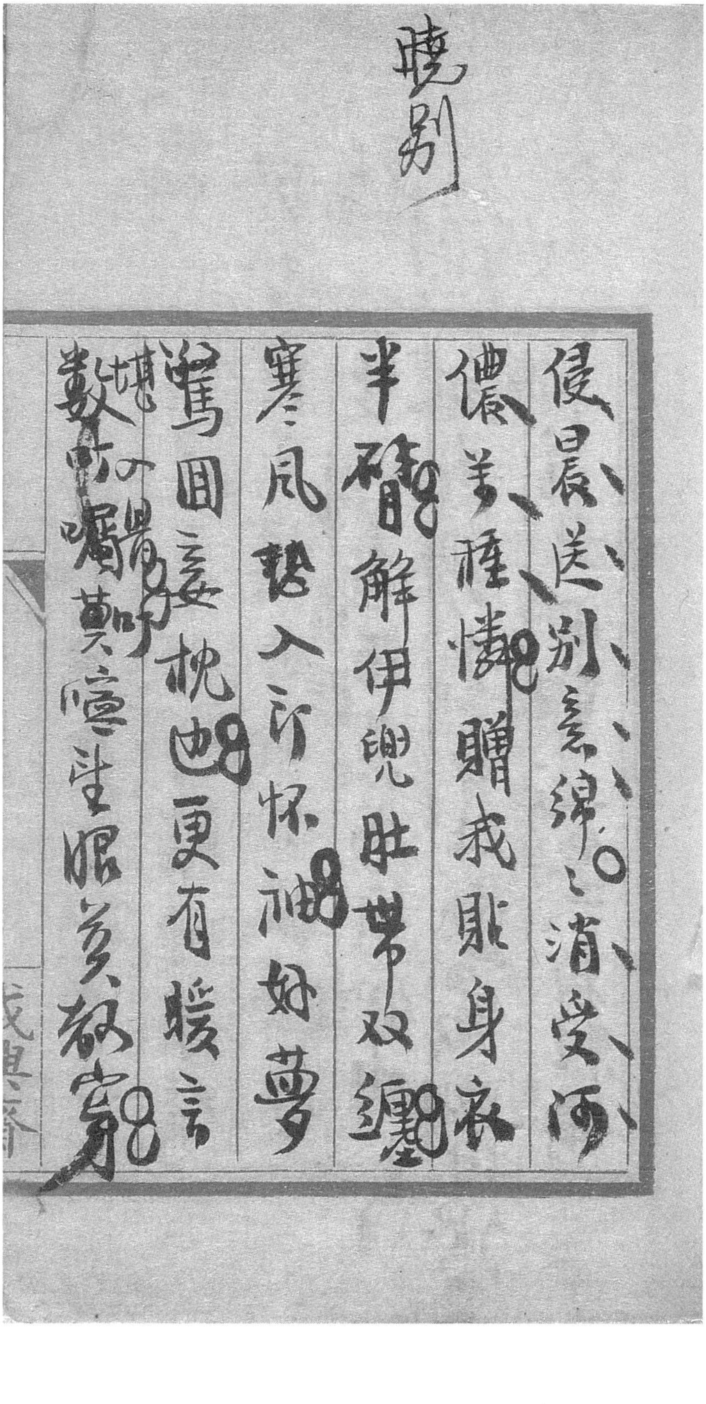

曉別

侵晨送別意綿綿，消受河
儂羞種情懷，贈我貼身衣
半臂，解伊兜肚帶双纏。
寒風欺入訴懷袖，好夢
鴛圍妾枕幽，更有暖言
堪聽叮嚀數囑勤，憶生恨別叙窮。

夜思

思我

[illegible]遣悶

昨郎不至癡乞卿書[illegible]

相思是世宵暗碎冰精[illegible]

情美種燒殘銀燭淚夜

遠曉[illegible]慘恚河娘好可[illegible]

[illegible]癡[illegible]報[illegible]多[illegible]小姊妹嘲[illegible]夜[illegible]時[illegible]

秋嘴久明[illegible]一[illegible]笑放狂嬌

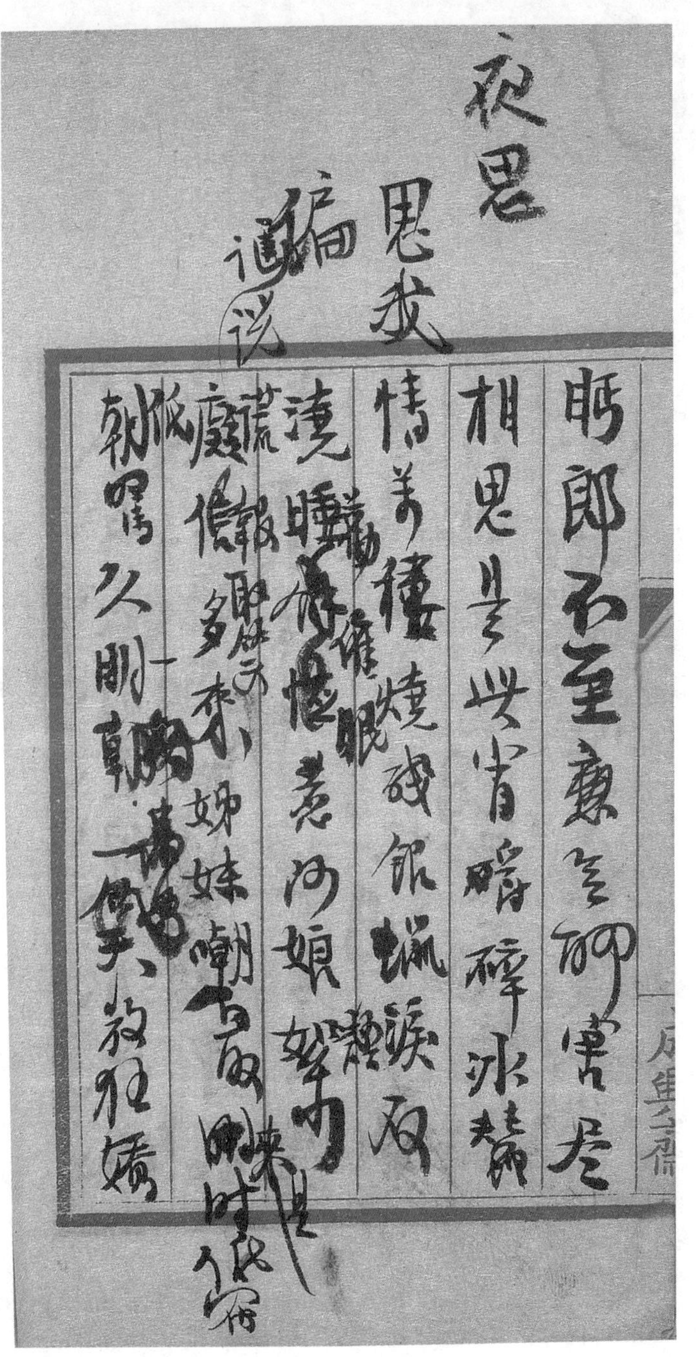

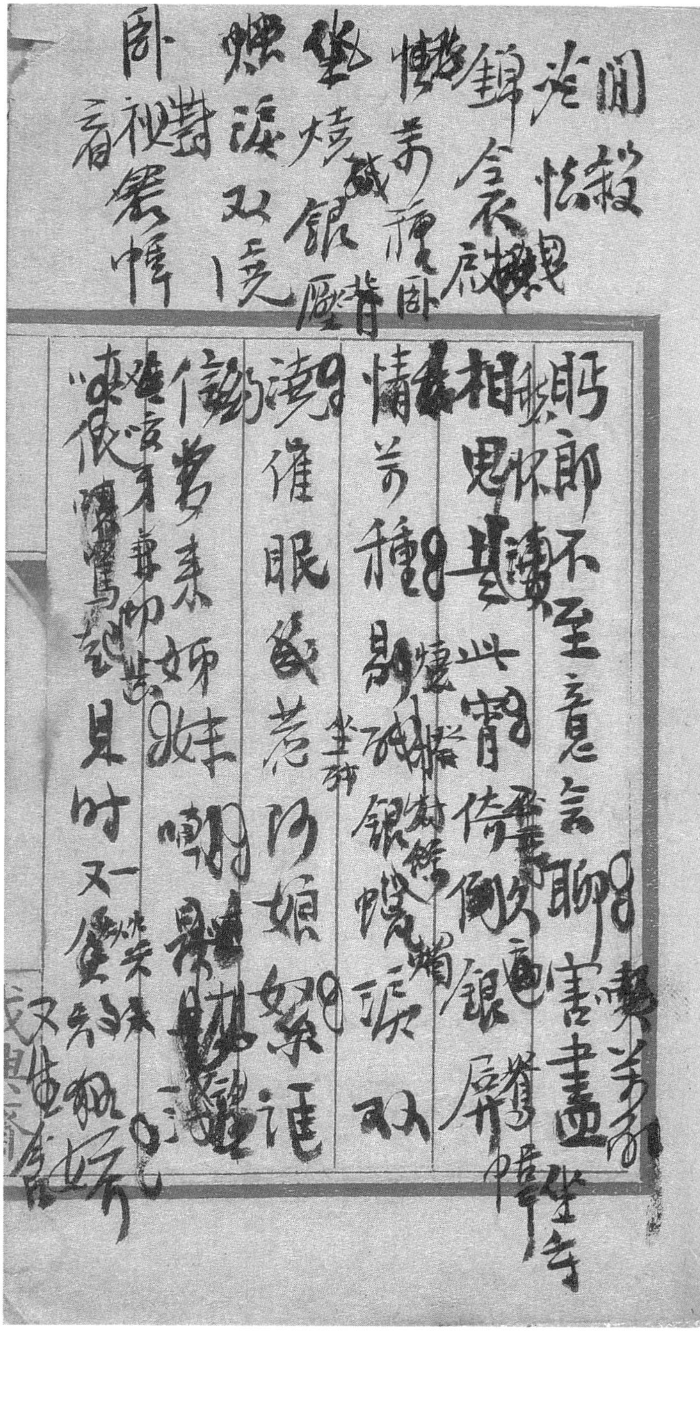

悵眺雁近衣
悵坐鏡衾
愁之三鱗
清之有銀
燭淚雙之

情百結

悲坐鄉鏡衾寒感情百結

淒有鐙燭燭淚雙流

敬台送惜別意得了

庚集三稿

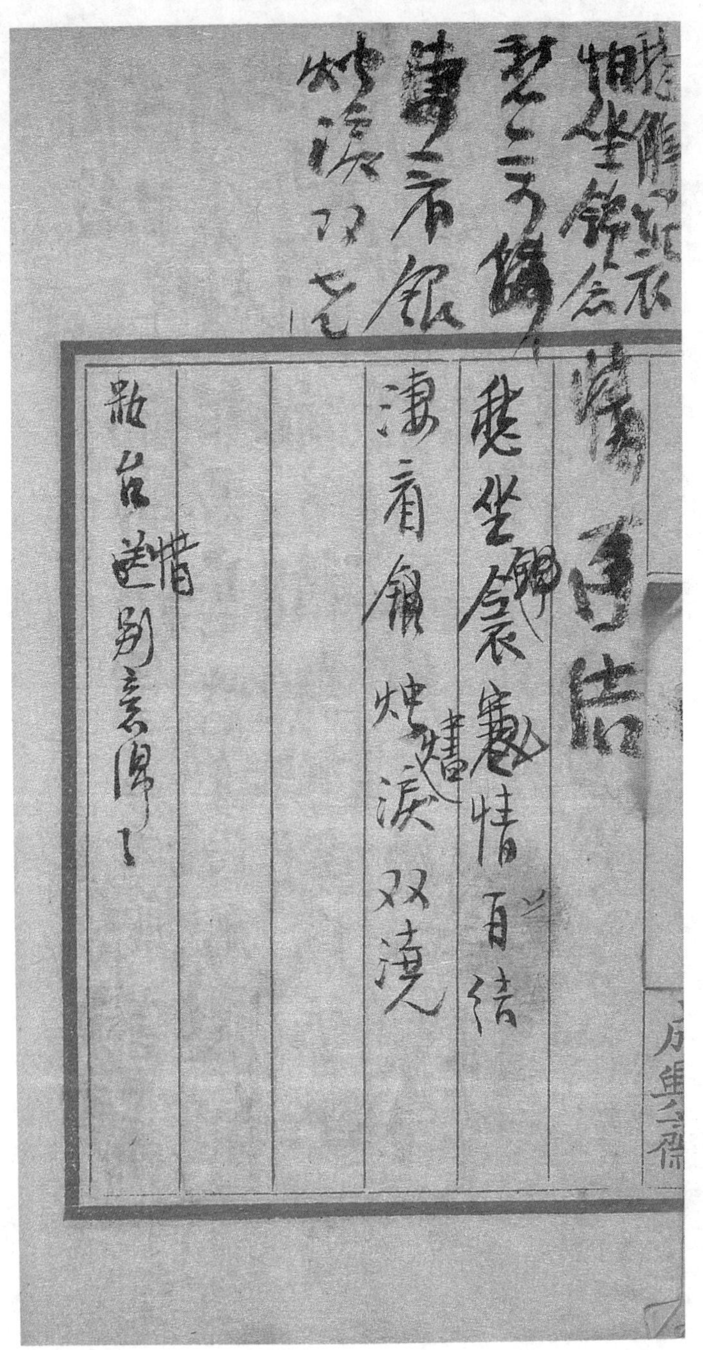

侵晨送別意歸消受阿
儂舊種情贈我貼身衣
半臂解伊細肌肚帶雙纏
數寒風恐入郎懷袖好夢
驚回妾枕邊更有暖之云
堪入骨可憐生眼意敬穿

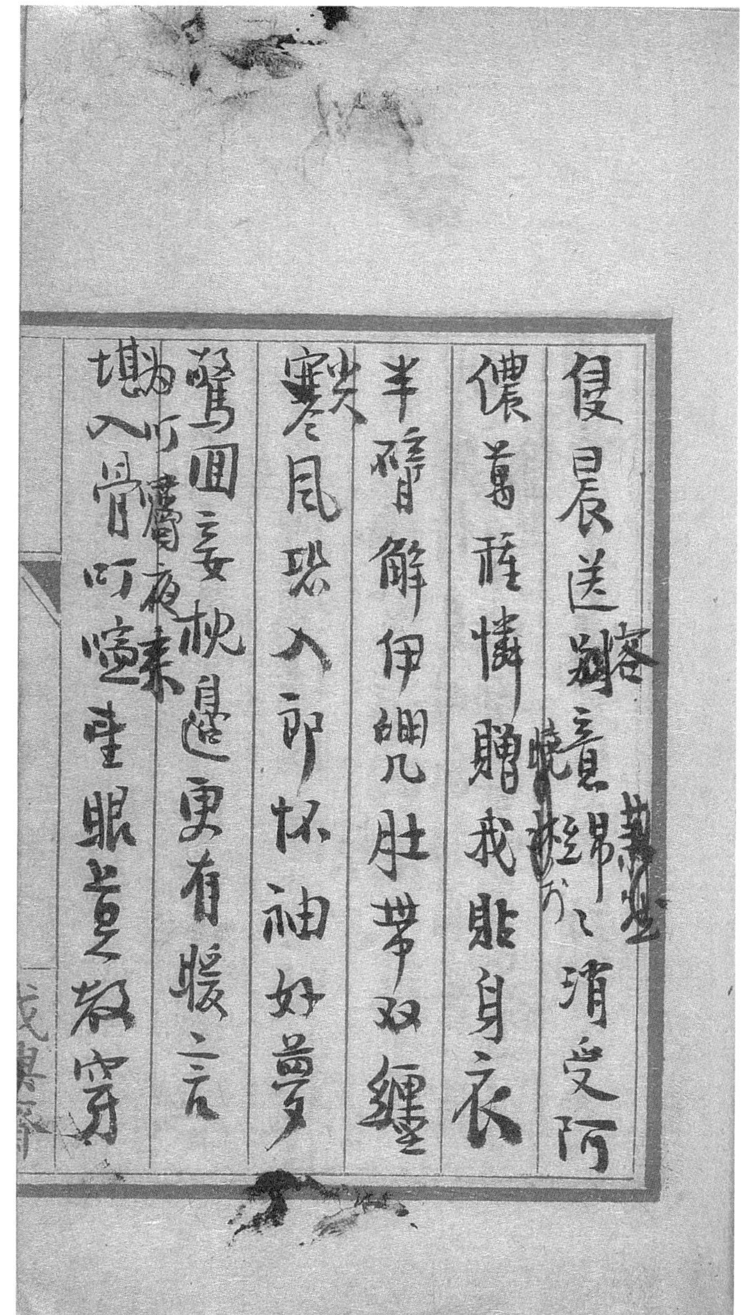

竄

聽郎不玉意含聊聽畫相思
是此宵殘坐久衾寒寒情羊羊信
淒看殘她燒淚双遠幃眠鬼時
着阿娘緊誼約嬌頻來姊妹
嘲是待見對數推前月時
是咬牙菁切齒見郭
嗔怨丕生嬌已全銷

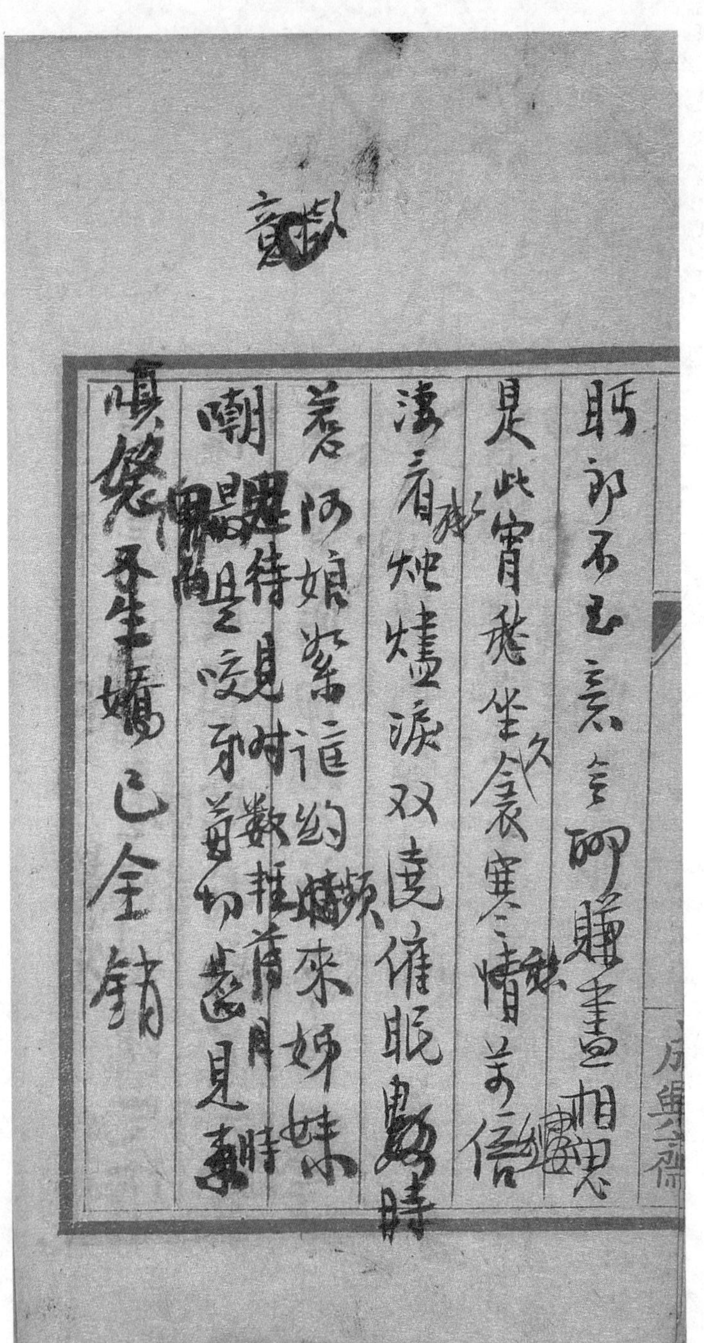

盼郎不至意無聊驀畫勻糊

悶坐寒窗冷怯錦衾衣半臙

淒看銀燭淚雙流催眼怕

甚河娘繫誰約態素姊妹嘲

思待見時數趣須見時嗔

娘已金[illegible]

成具齋

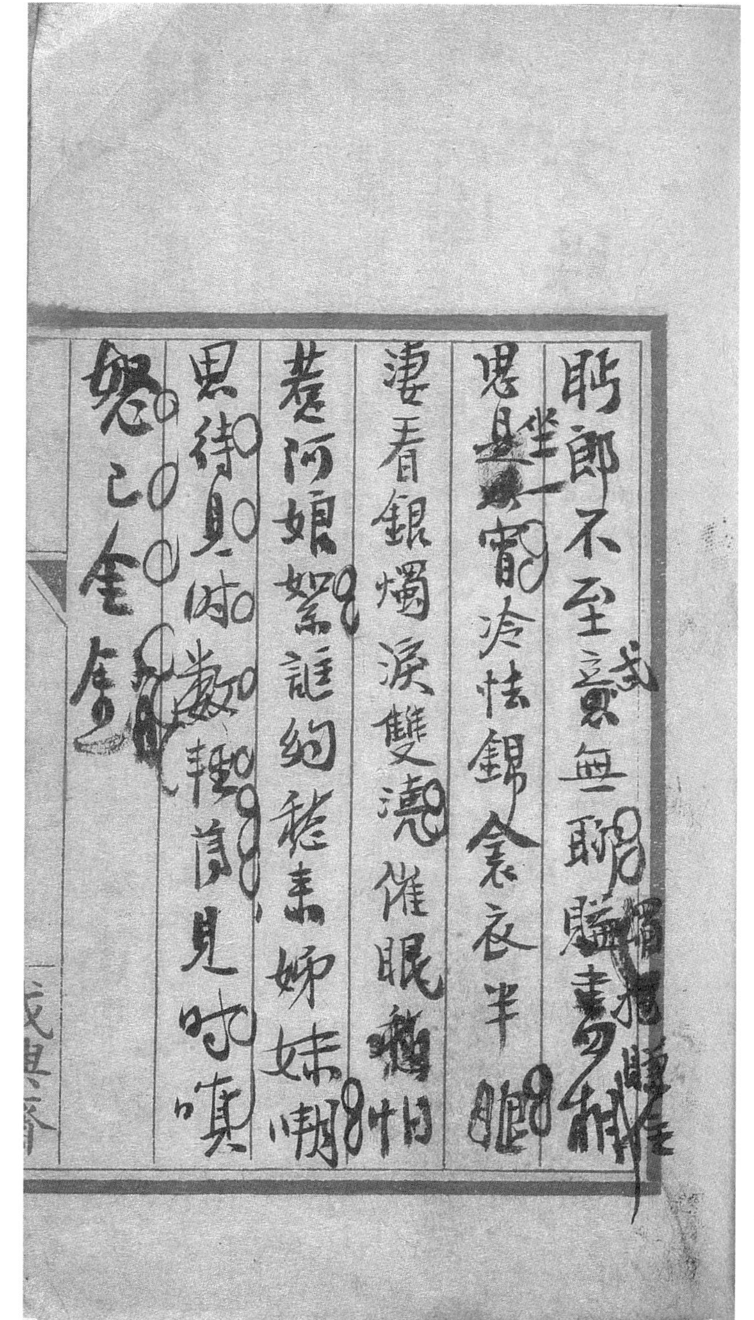

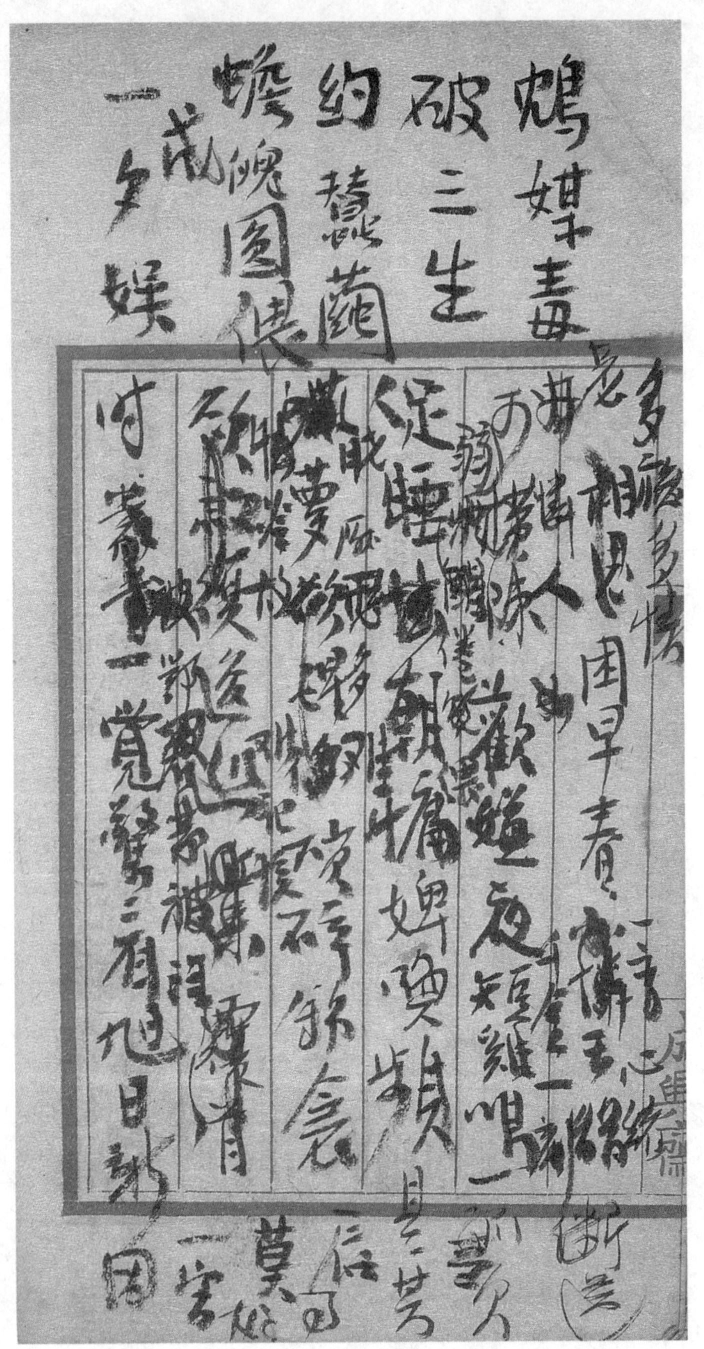

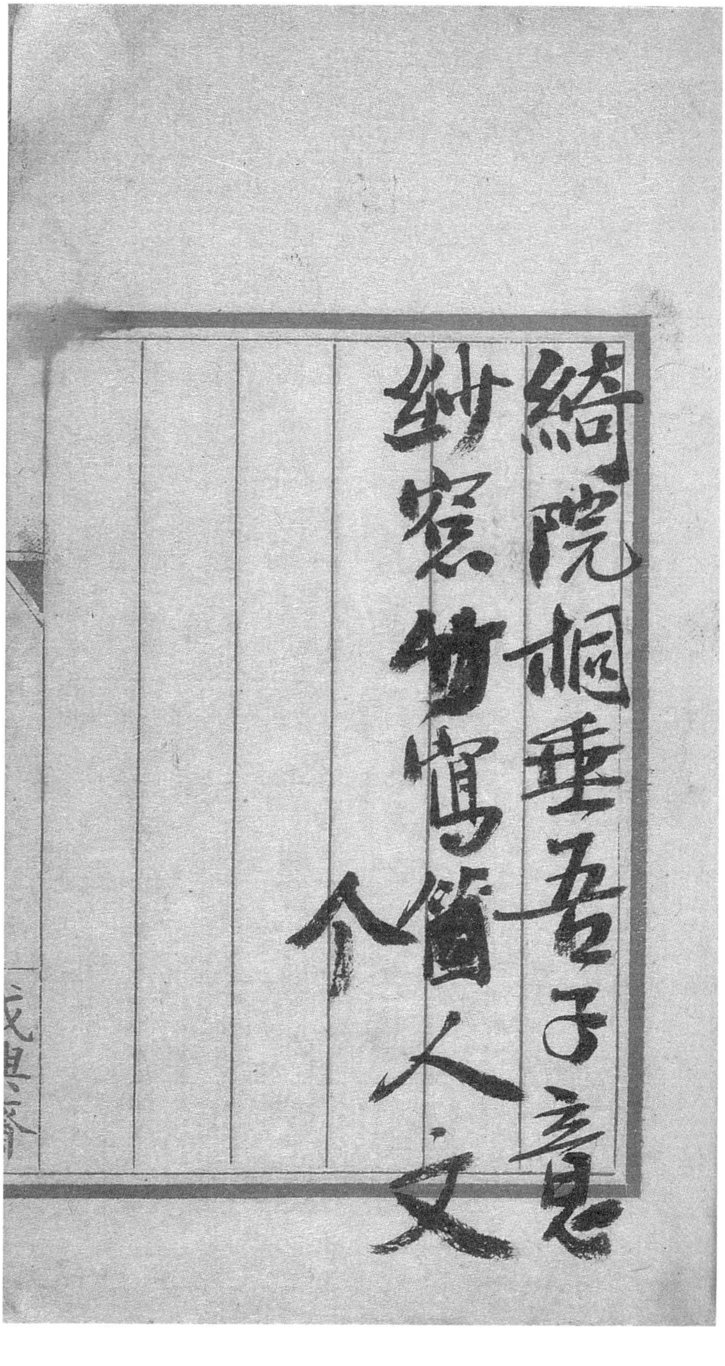

綺院裀垂吾子意
紗窗竹寫箇人文
个

怕

新月再照秋柳塢
悵望天涯欲斷魂那堪
新月照青門恨隨牛女淚
雙度愁鎖嬋娥眉一痕曲
曲手衝金形地冷冷劇蒼
水雲村劇憐心事生同契
愁向銀鉤子細論

具齋

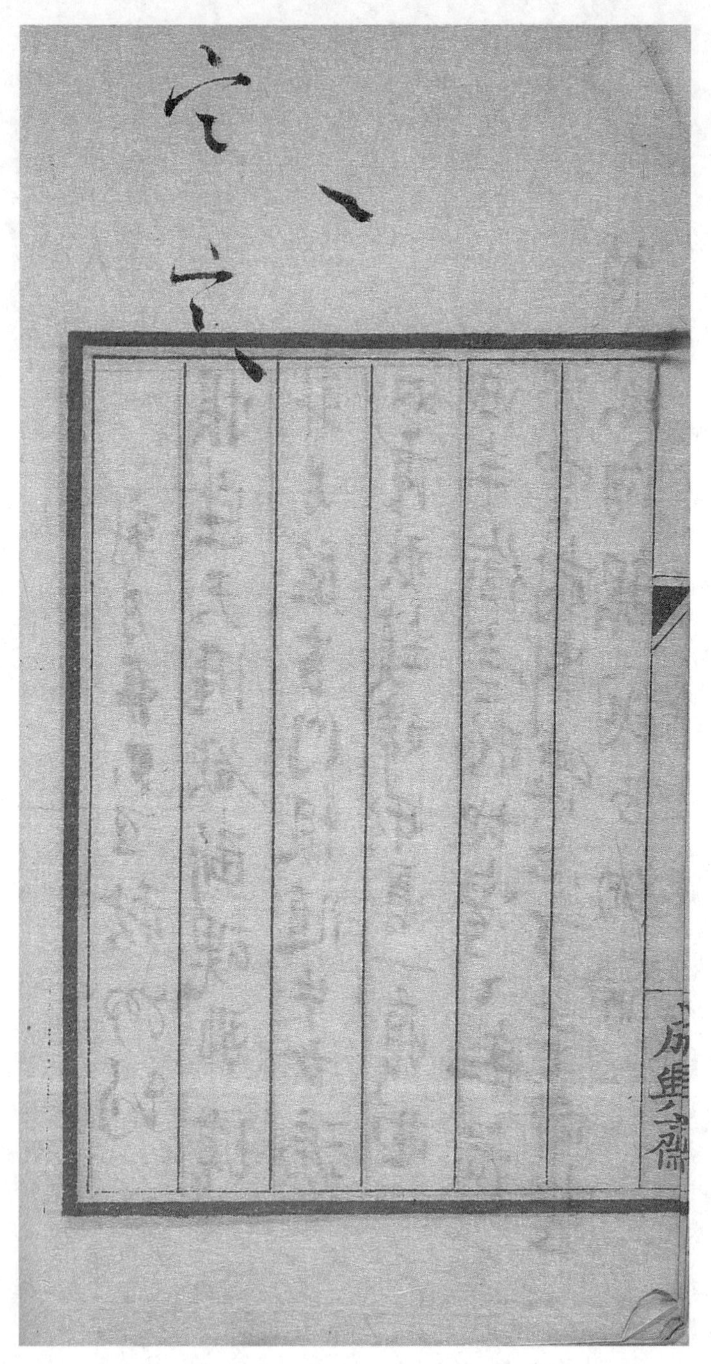

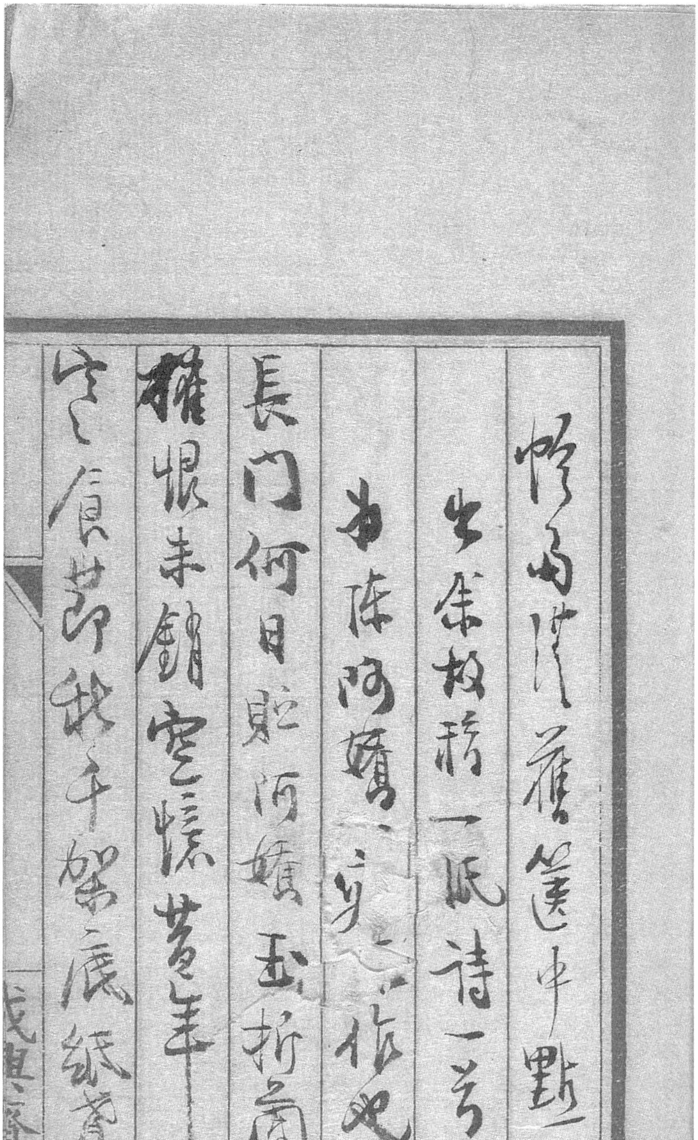
長門何日貯阿嬌玉折蘭
摧恨未銷空懷昔年

飄

章洪

寄語雕梁今寂静
那容飛燕復歸來

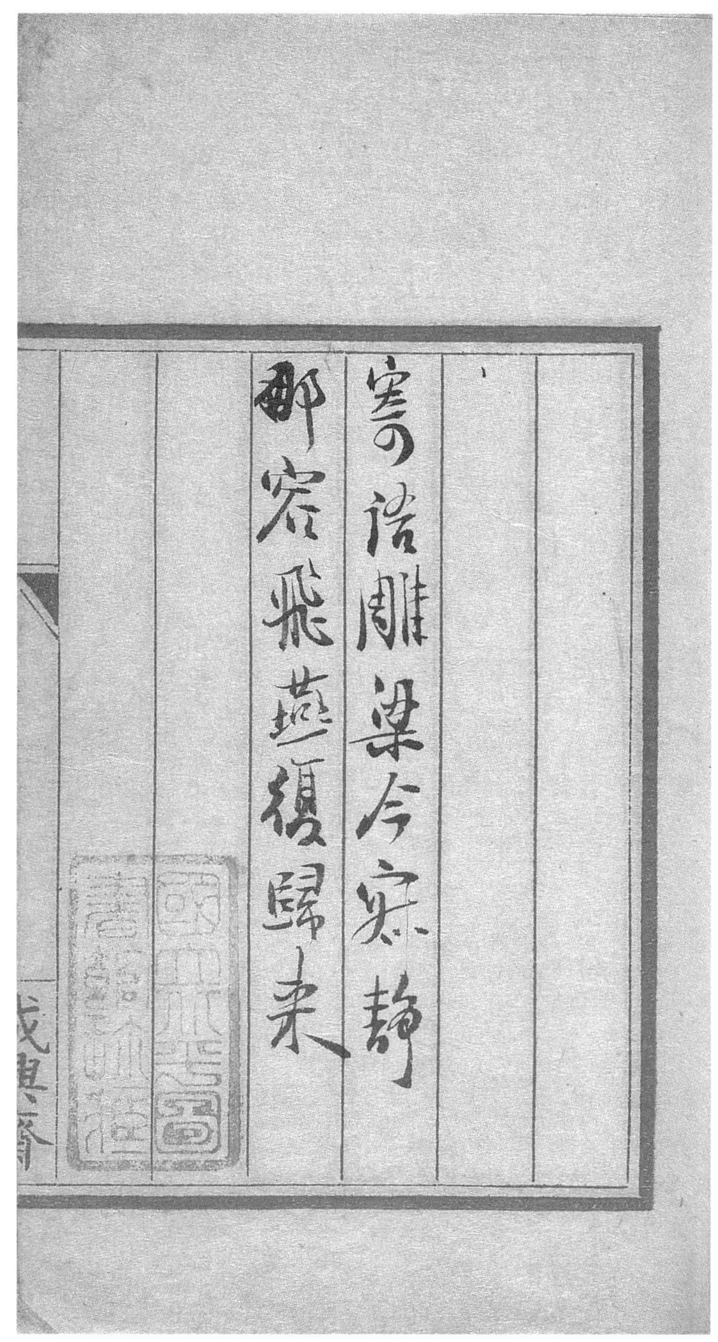

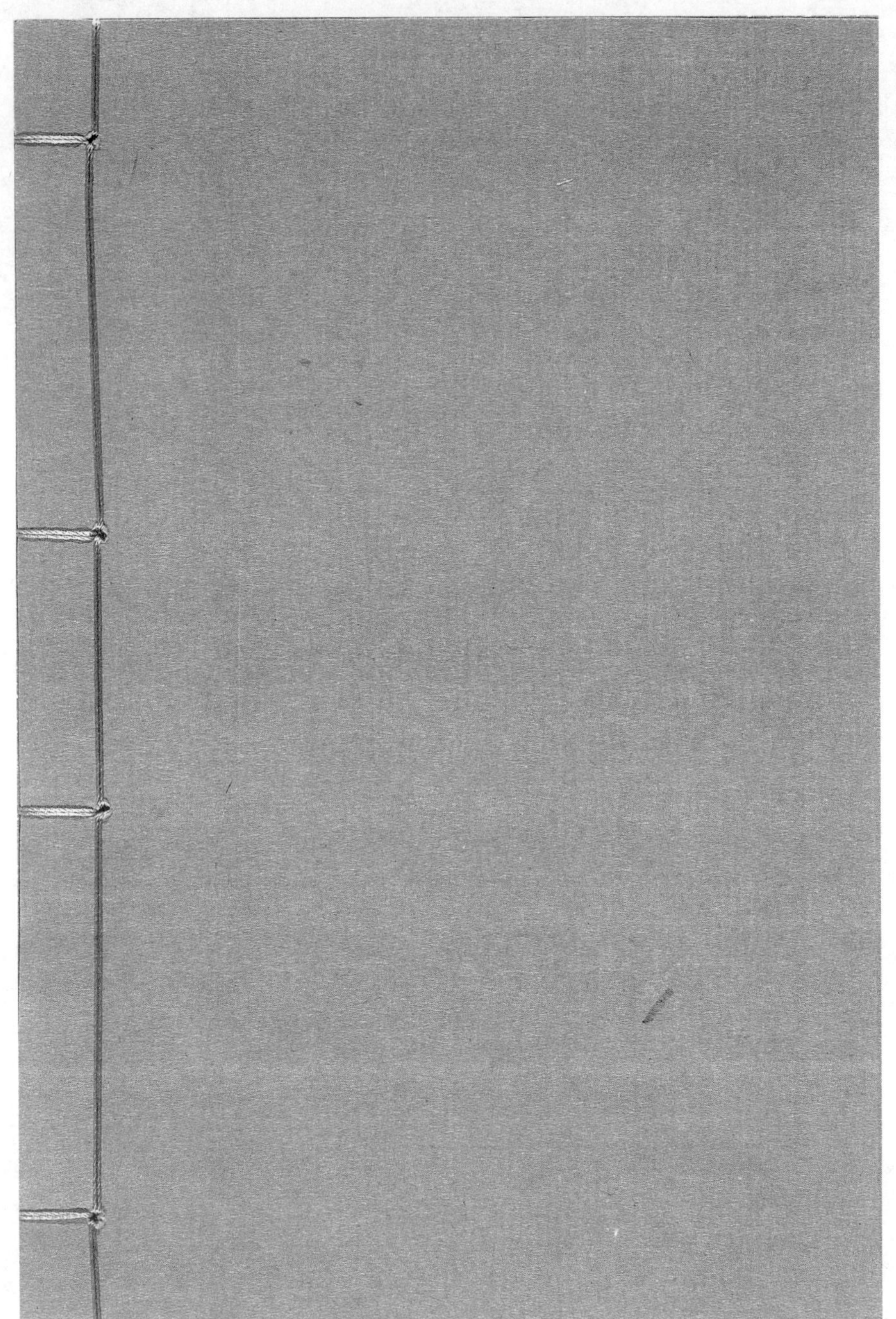

42693
:4
4

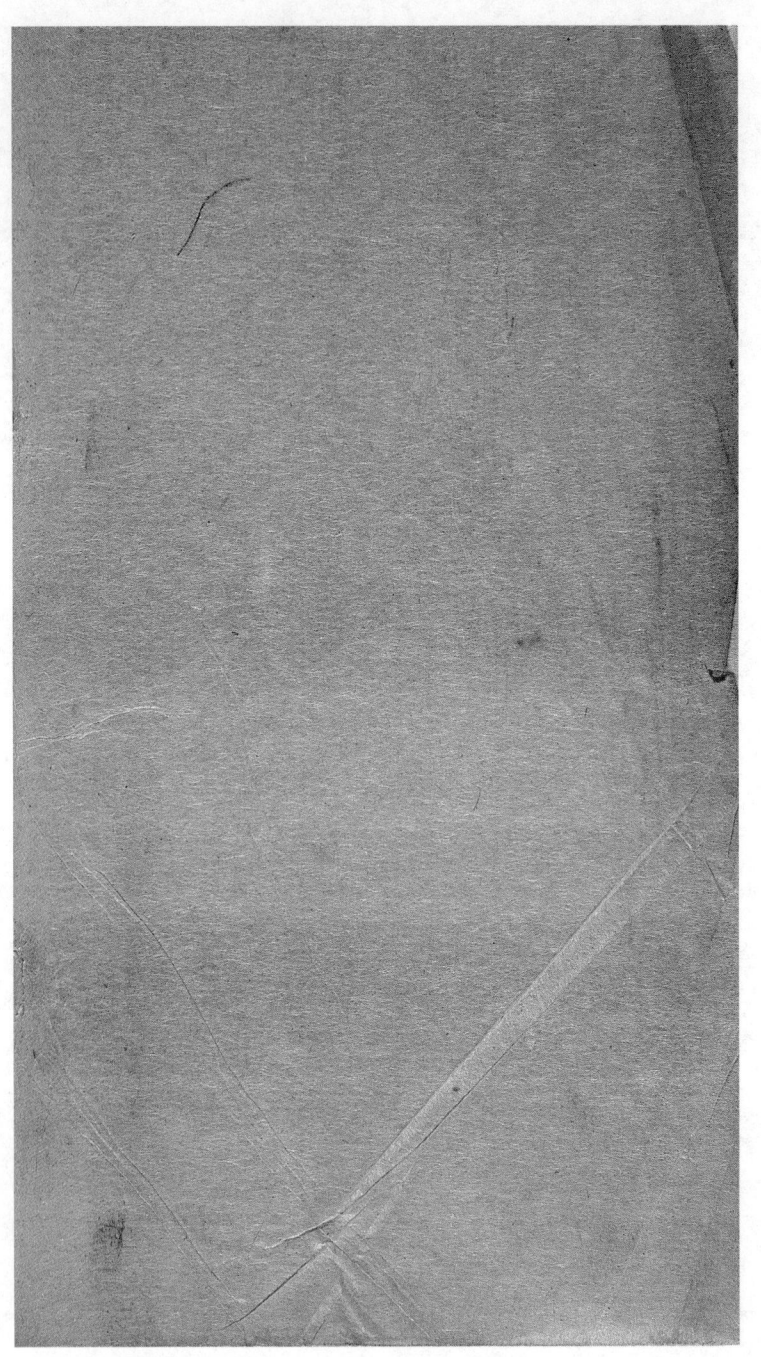

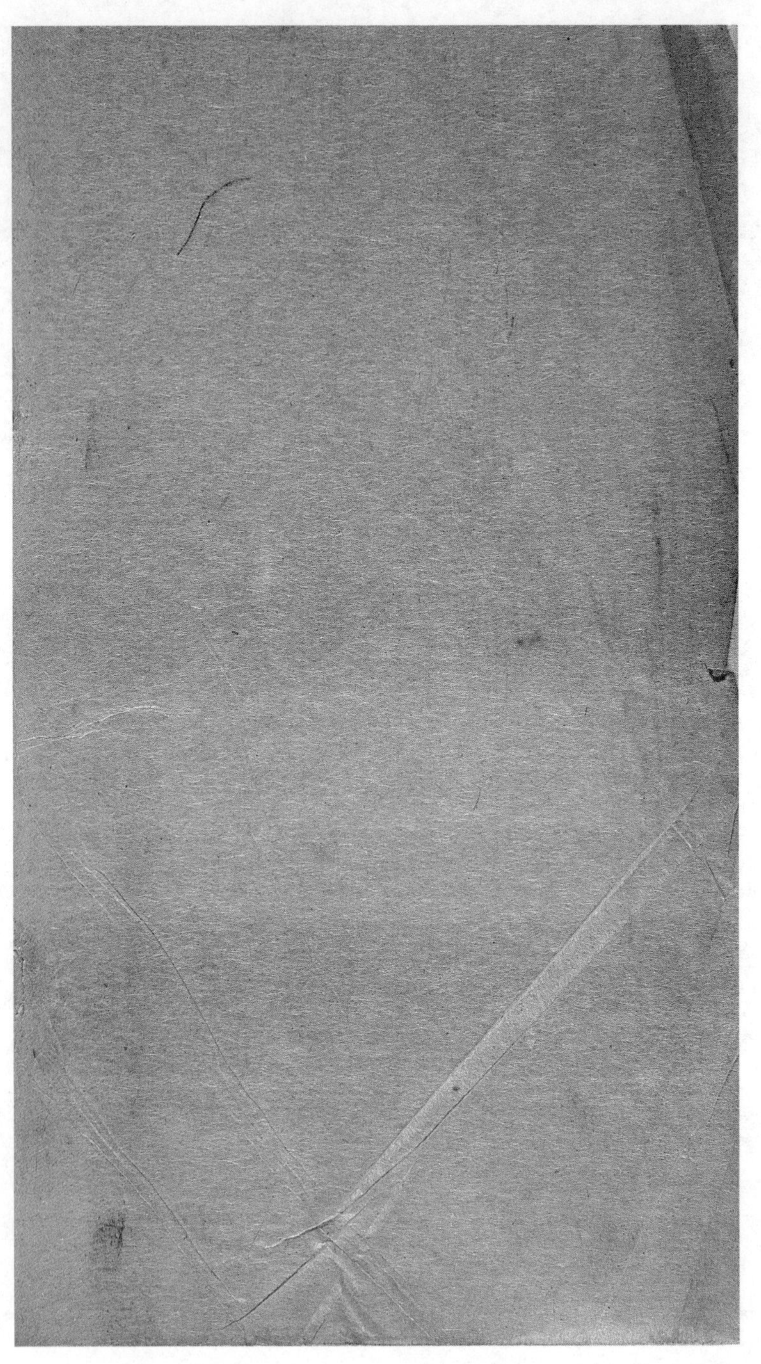

可談集敘

甲午余北上京師旅况初緟離愁加倍除御筆墨無可消遣遂寄風月以抒幽懷凡一路尋芳以及長安看花閒情種種積日彌久

頗多可紀隨以成詠隨筆成帙題之曰可談集凡八種彙為四卷古人詩云今夕只可談風月題名本此

古平壽紅豆館主炙笙氏書於平陵旅邸

可談集總目

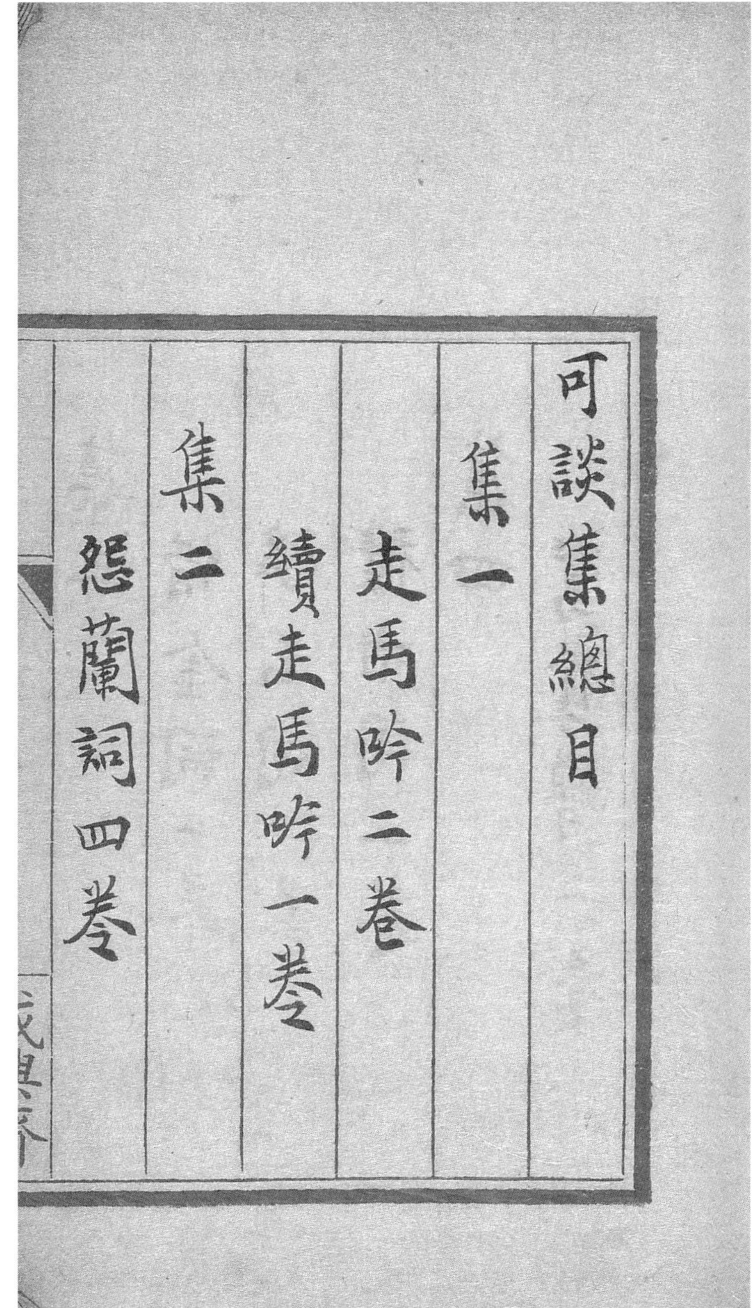

集三
惜金词一卷
憐玉詞一卷
襍治词一卷
集四
鴛鴦譜二卷

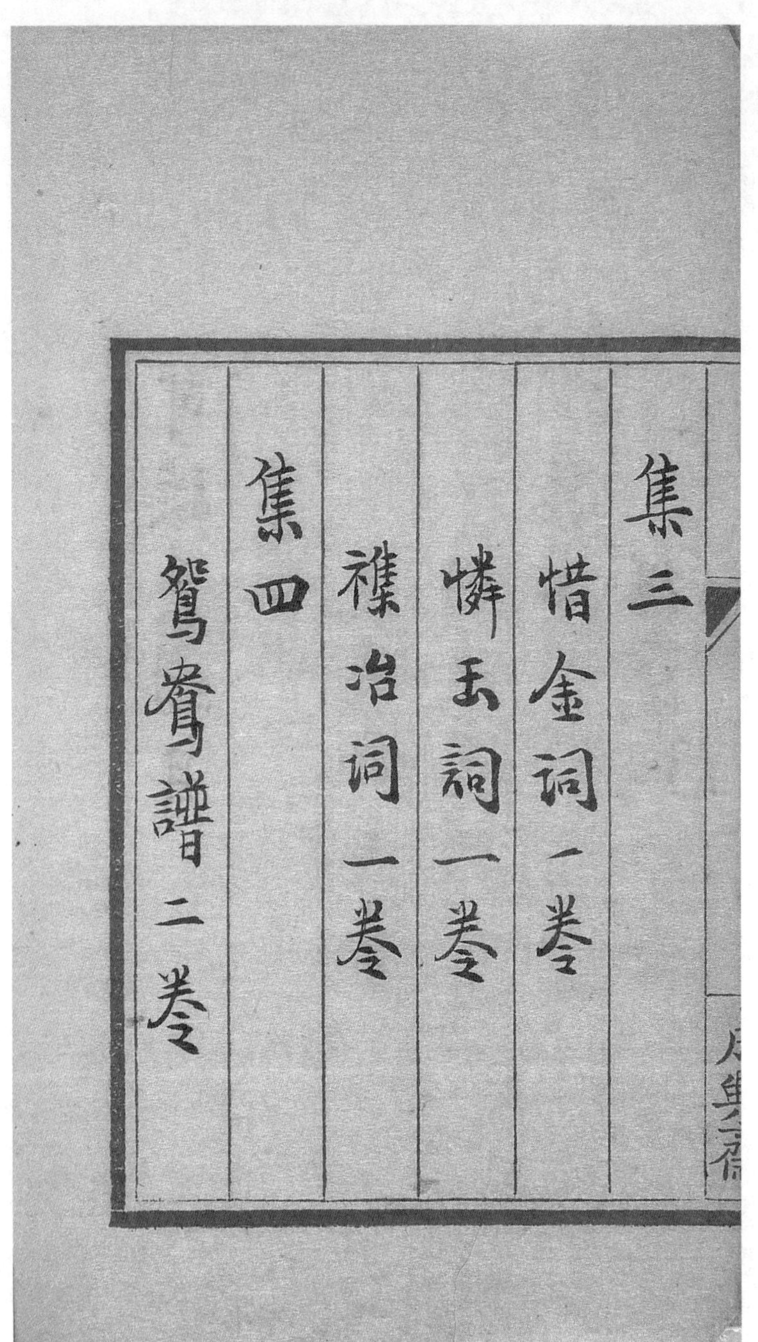

鴛鴦譜咔一卷

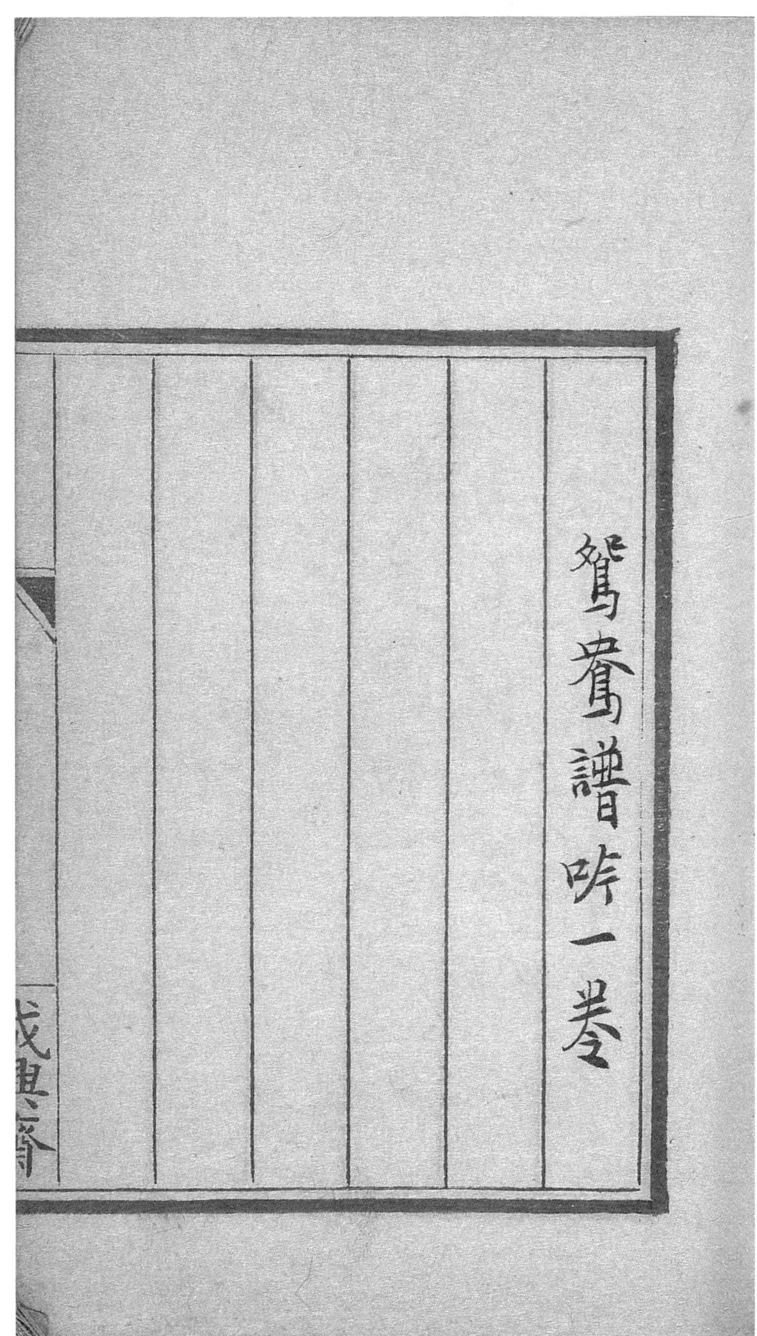

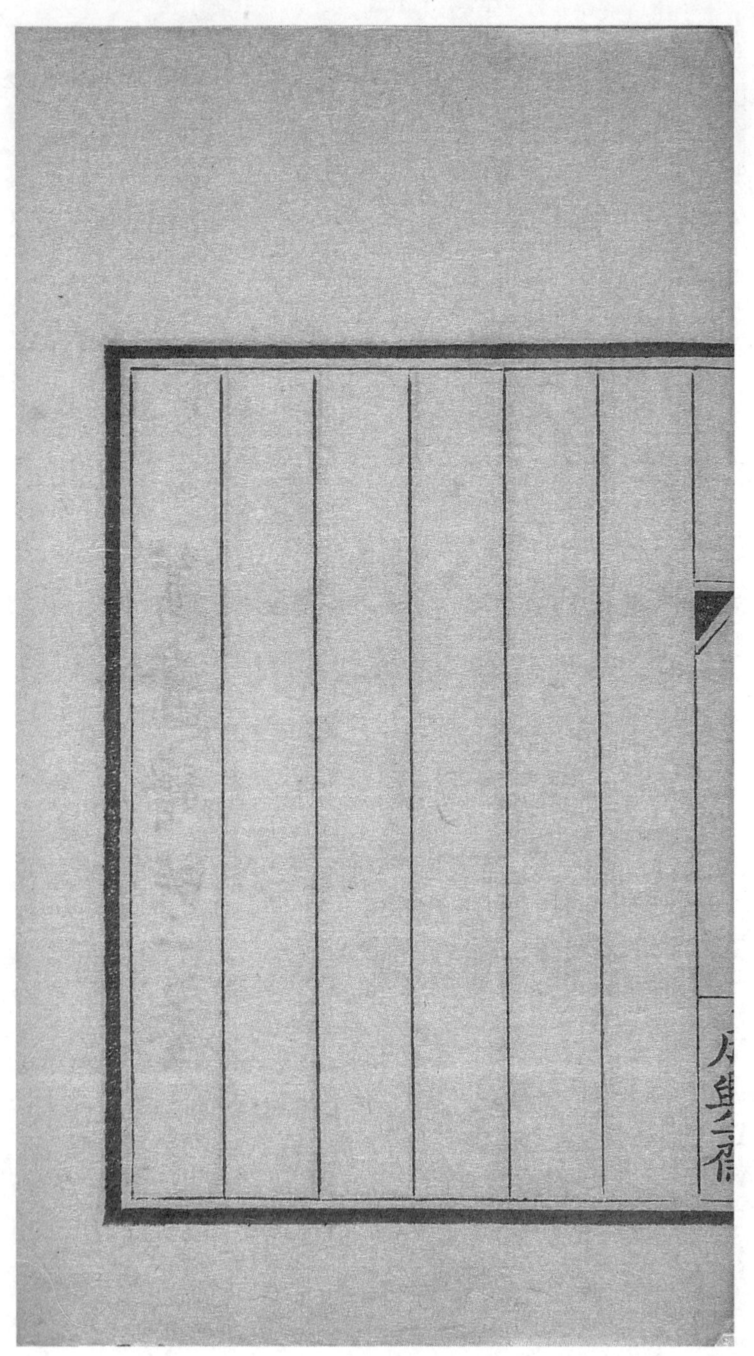

可談集卷一目

走馬吟二卷

續走馬吟一卷

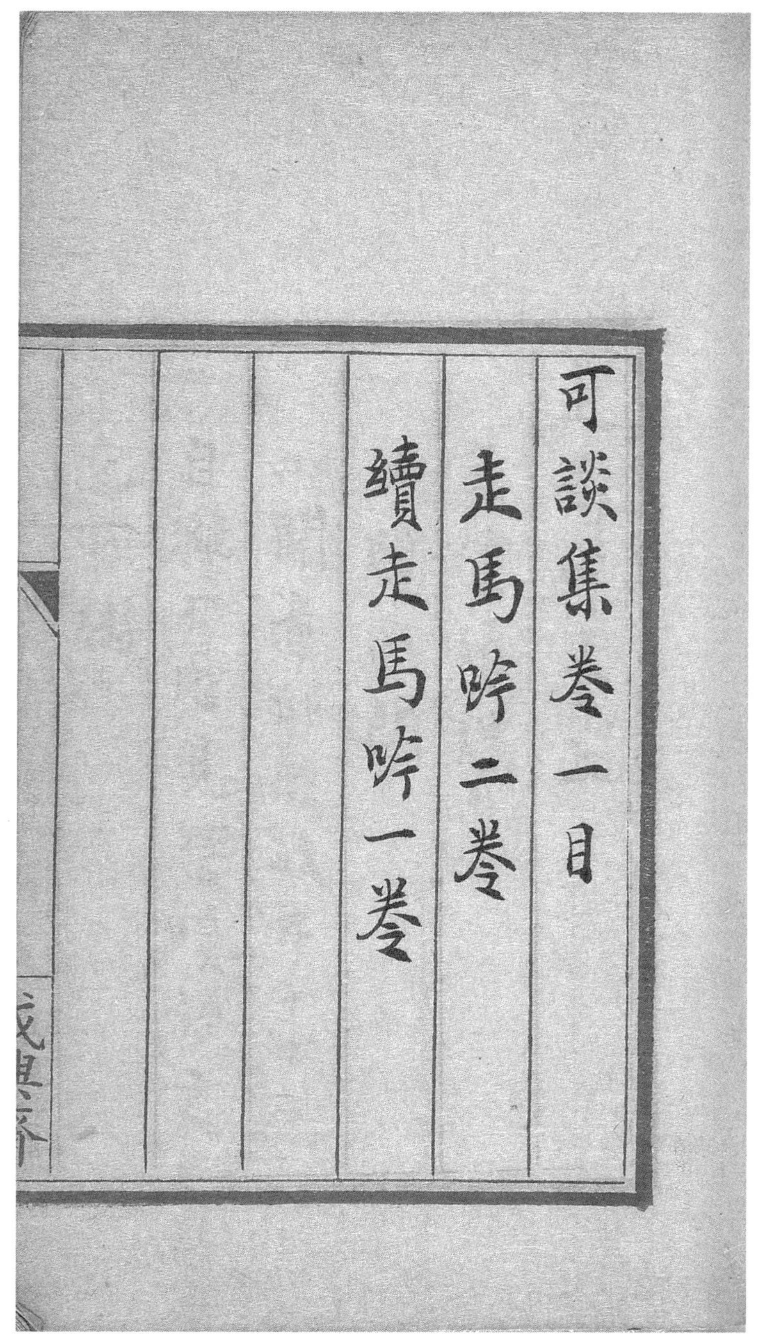

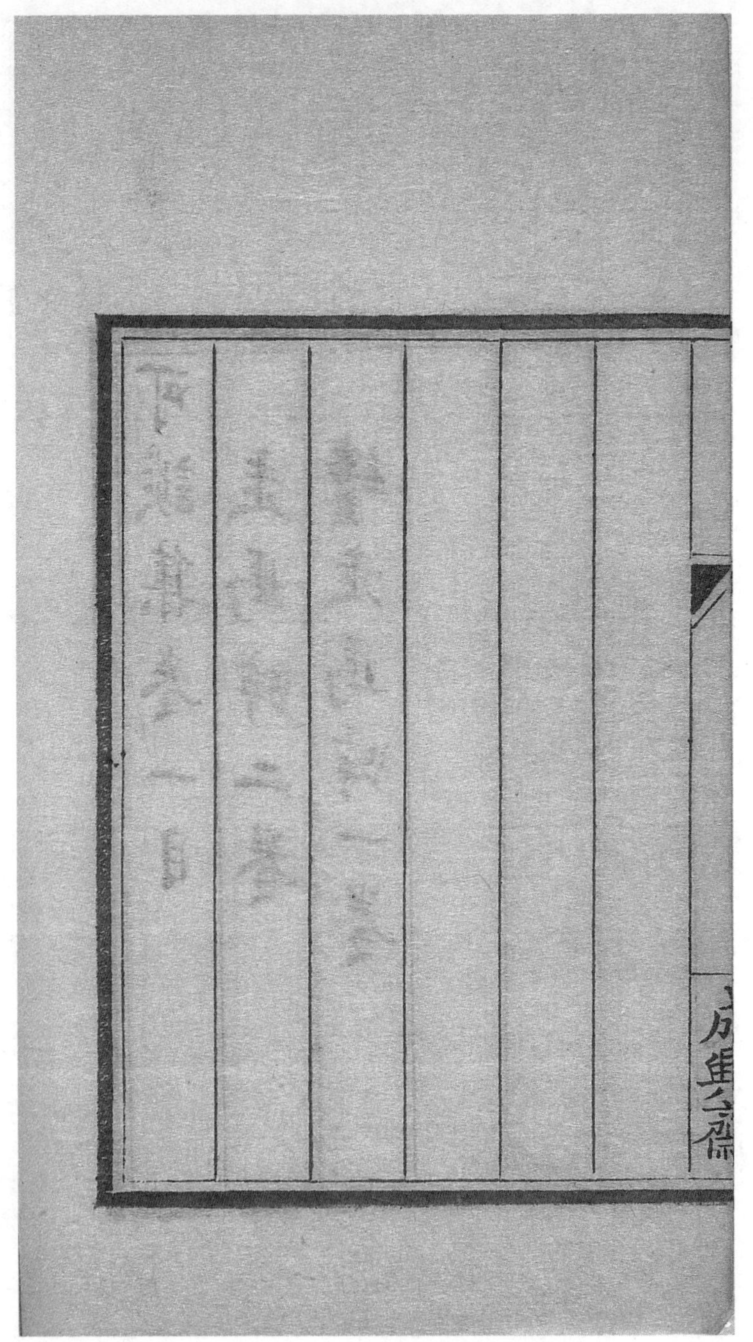

走馬吟卷上

炙笙清課

贈小閑

小閑童卯歌妓年十四条

自濰入歷見時嗔怒之

色可掬

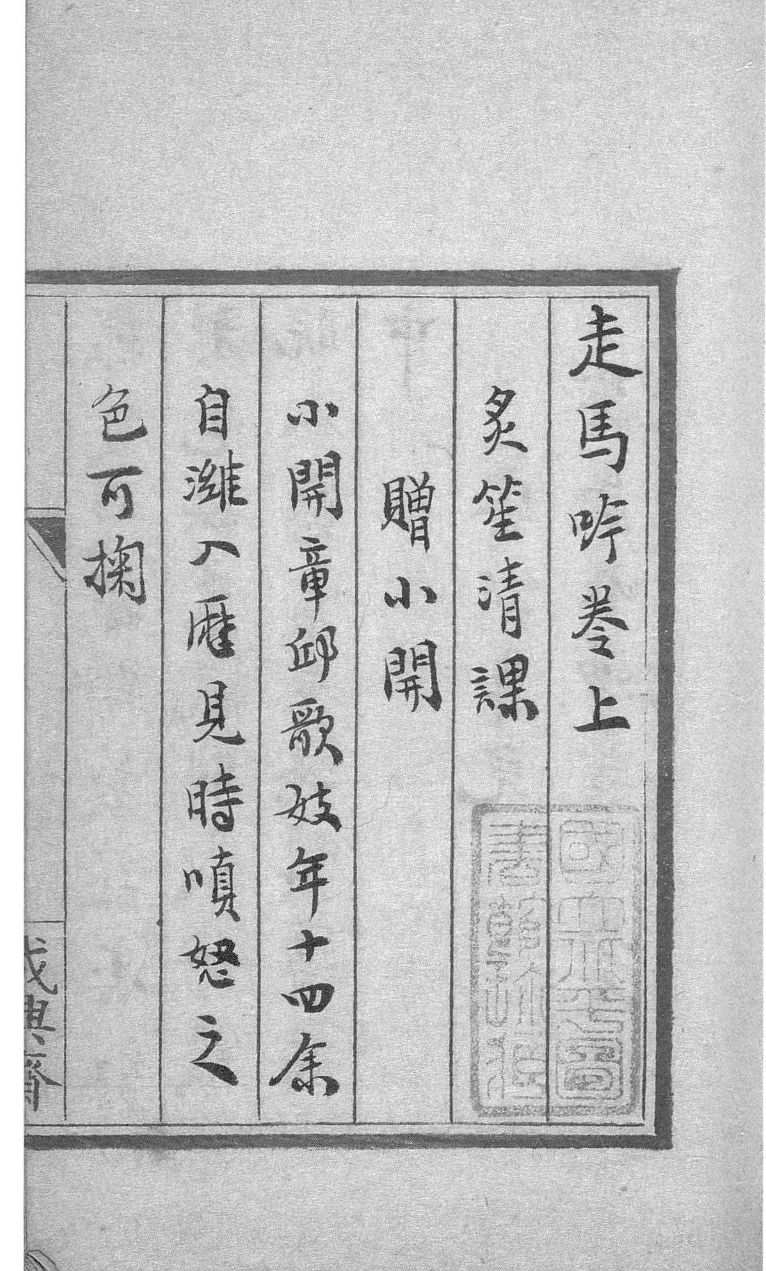

雛髮雙㩳辮髮鬆杏紅
彩色妬東風別成一段
眠人態盡在淺嗔薄怒
中

寄別喜兒

客歲在泲喜兒與余最

既茲春復過行李倉皇
未遑叙舊寄此慰之
忍情無復舊時遊曾恨檀
郎薄倖不生恐相思已斟
滿那堪再飲別離愁

贈二順

二順年十四余初見時聞
人言初破瓜也

嫩蕊初開蜂蝶知十分春
色上眼眉含情欲説前宵
事愛殺佯羞忍笑時

即席有贈

余居平陵旅邸同院有
教坊新内二人小八年十
四小九年十二一嫵媚一
豪放色藝均足動人也
姊饒嫵媚妹英雄雛鳳一
雙歌舞中殘月曉風楊柳

戊其齋

岸銅琶鐵板大江東眉峰
聳峙英光露眼角低迷春
色融栽有柔情並壯志桃
根桃葉盡相同

宴城題壁贈雲仙

雲仙乳名順兒年甫十

三在宴城隸曲郭旎旖溫柔善解人意余贈以菱鏡一方琵琶二匣情稠語密綴不勝情漏三下始悵然別去余本多情叨逢知己兩情可鑒

獨對菱花卌後相思惟餘
荳蔻所處妝之一去已教
綠葉成陰不然雀護重來
豈僅桃花依舊扁舟未載
西子恨有窮乎金屋得貯
阿嬌願亦足矣

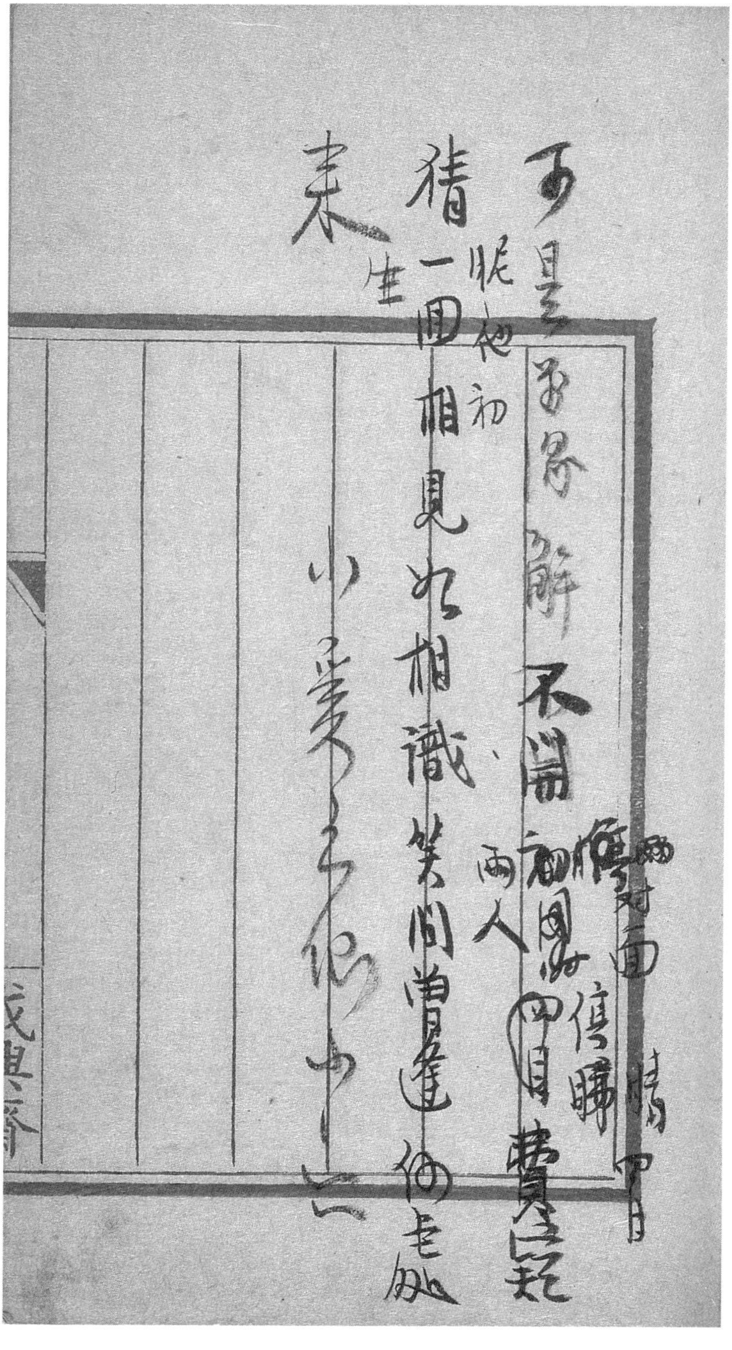

于是乎乎解不開個風四目費疑

兩對面傳情四目睛

兩人

脈脈他初

猜一回相見如相識笑問曾逢何處來

先生

小姜之作也

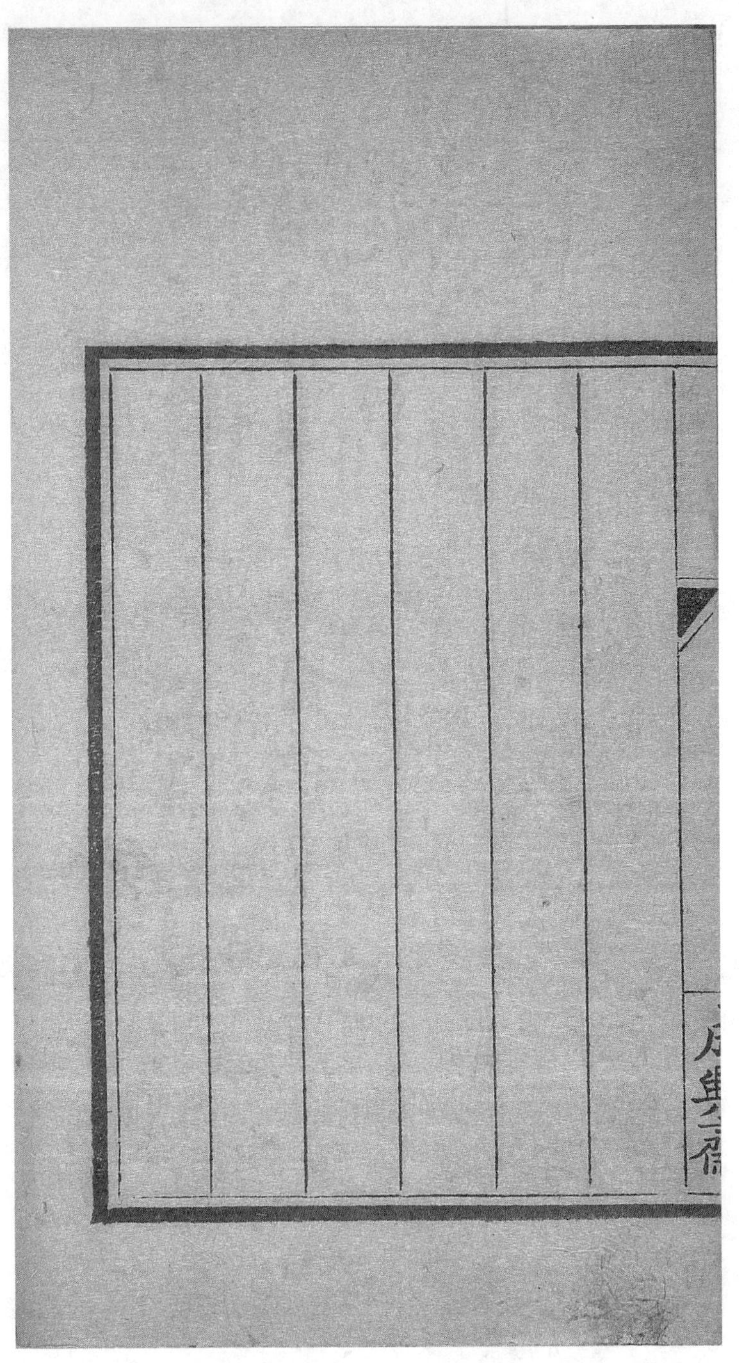

待待
安排
足相待
香羯久
言
未出来
猶憶
相逢

一任行人攀折来 両黄丹
桂落三分載 可容旧辯般
勤覚不与何如閑
道餞
憶旧風 太平
[illegible]未熟 秋人儘[illegible]
征[illegible]忙殺[illegible]媒揚[illegible]
[illegible]
[illegible]興齋

探花大殺
蝶蜂嬉。
來往歎，
飄翔鼓
催。

預算催　酒盈杯
謝趣來見傍人催，待兔開來往漫，生待河
儂妒　翔鼓催猶憶傍亦人期
來到芳名先著千回
双飛舞袖自輕揚，很安，鬼隨風
搖曳行。怪得夢中飛兩，夢化自身魂

居無二齋

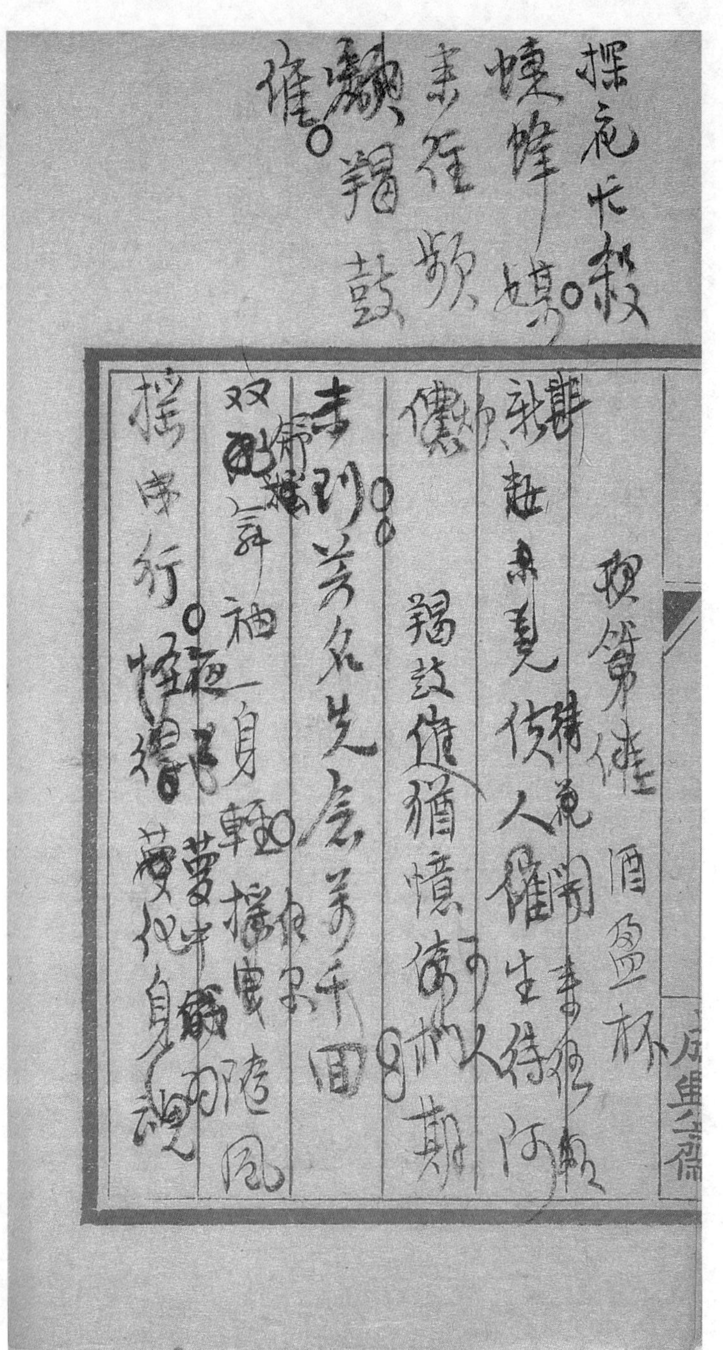

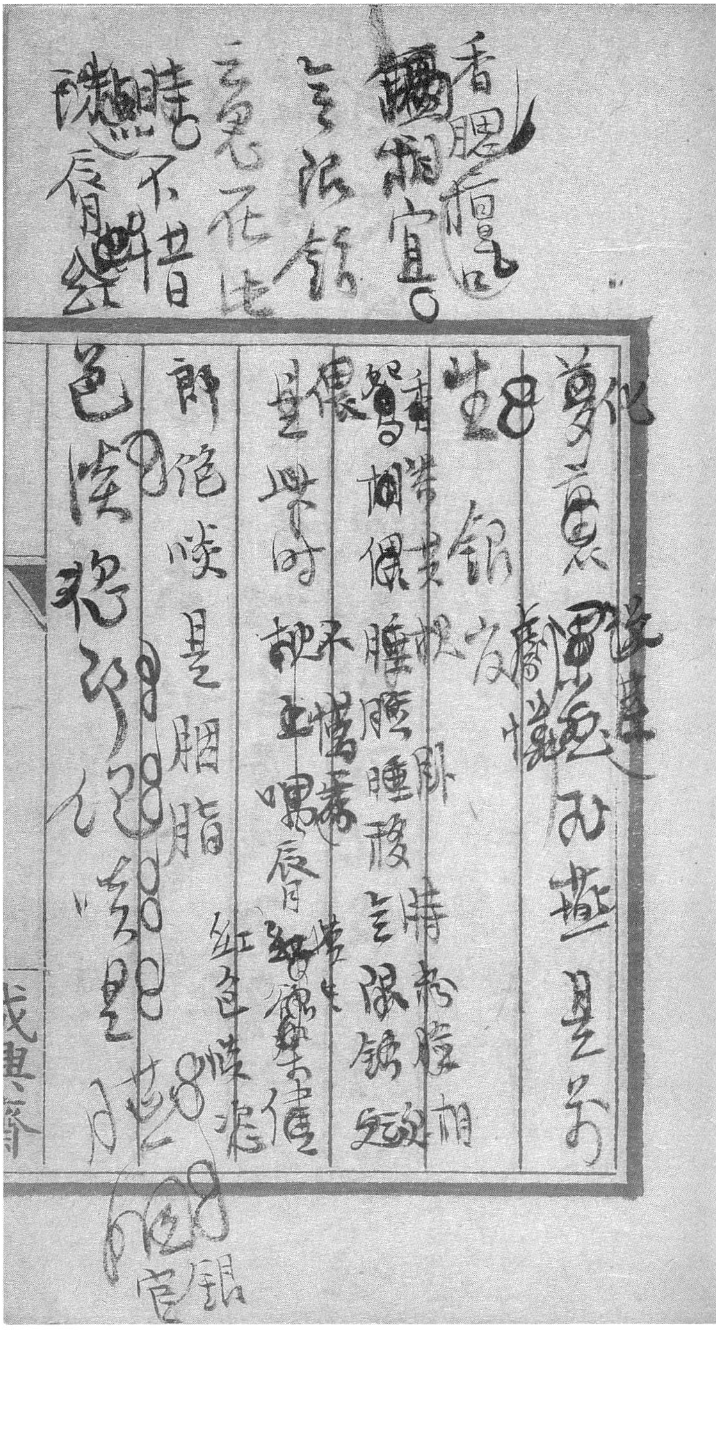

庚與儒

眼角
一双新■剪双瞳眼角　唐書已改

鋩
送蝶去秋眼波角過在

春色欲過眉情多在双睫

眼角
憐他眼
總可惜去點畫在枕波一捻中　小庵

酸陶

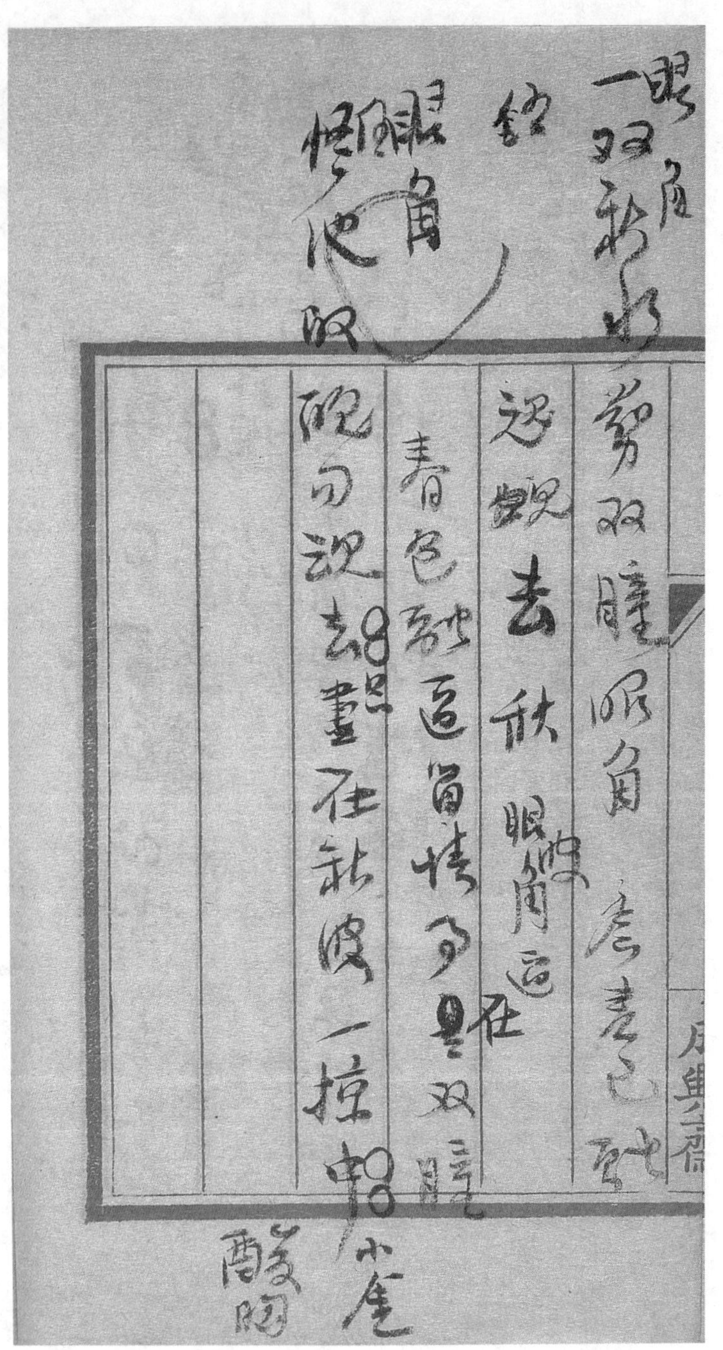

晚粧三刻夜漏沈沈閉設守春庭
已深猶憶西窗親剪燭莫教
垂淚看襟深

莫向仁

戊具齋

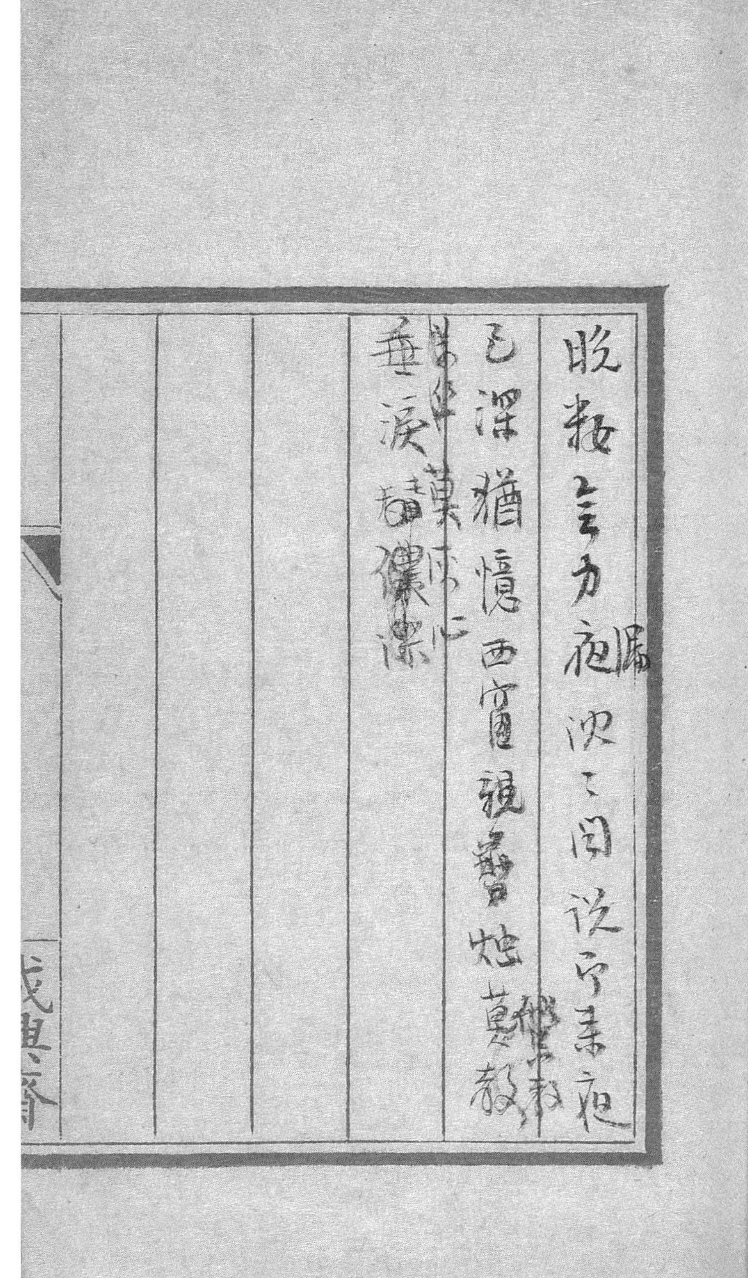

香腮檀口貼情私〻限鋪覗
在此時不惜春邊紅色俠
恣郎能啖是臙脂
嬌姿好醉不勝癲顛倒鴛
（妝嫋態　春）
鴦戲作真何事情癡纏未
了那〻那伴作鈍根人

如狂如醉又如癡，推到更深
不自持，最是美般羞莫吐
惱煞帶揩懷切斷拋人時
收拖衫袖了，身鞋任子滿
風捲香行夜夜夢中成羽
化，可憐兀無是蒼生

庚集

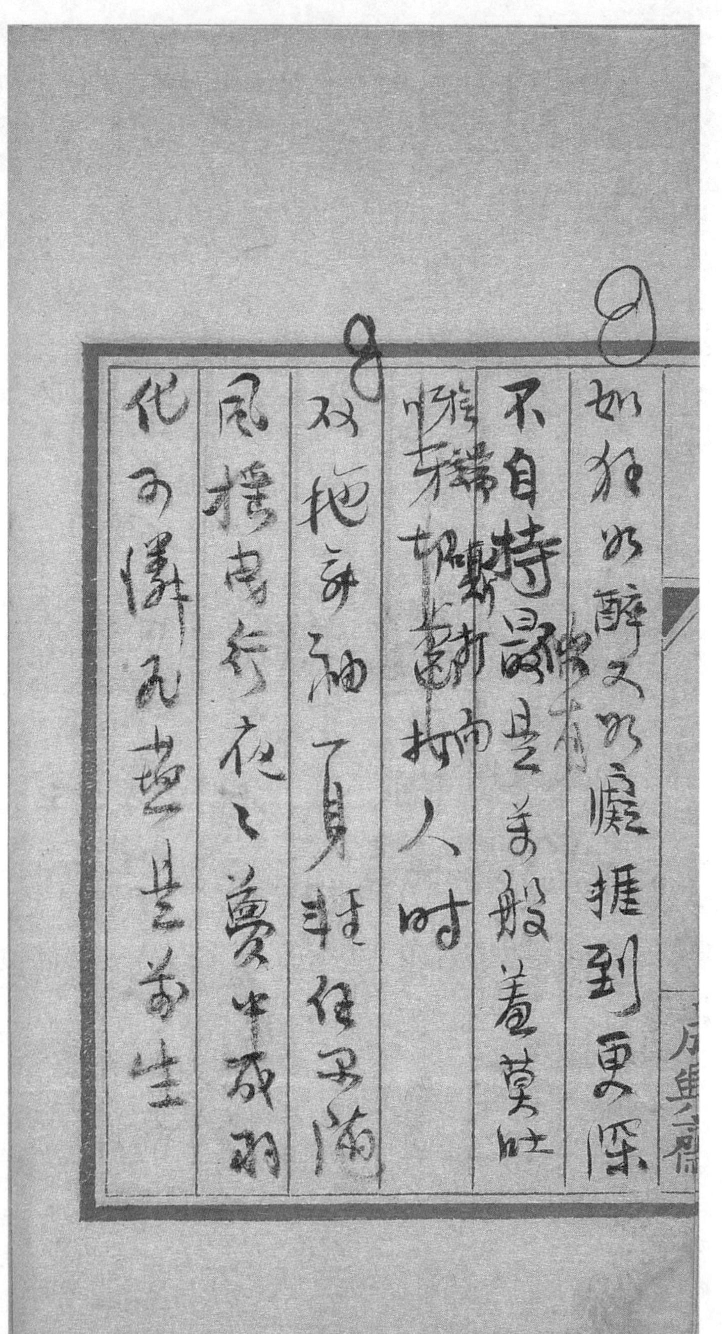

時情卯已
料得難
心無花

胸貼臍偎手足持鬧仰
狂狼卻何男思量都說
仍言詩最是孩笑時
何事嬌喚怒罵嗔牙切齒
人情檀郎恨檀郎直瞞卻
真情試假來

暫為芳秋隙相偎不許
消人[illegible]睡臉回朦朧[illegible]夢中聽
却從酉臉踏句且兩人腮

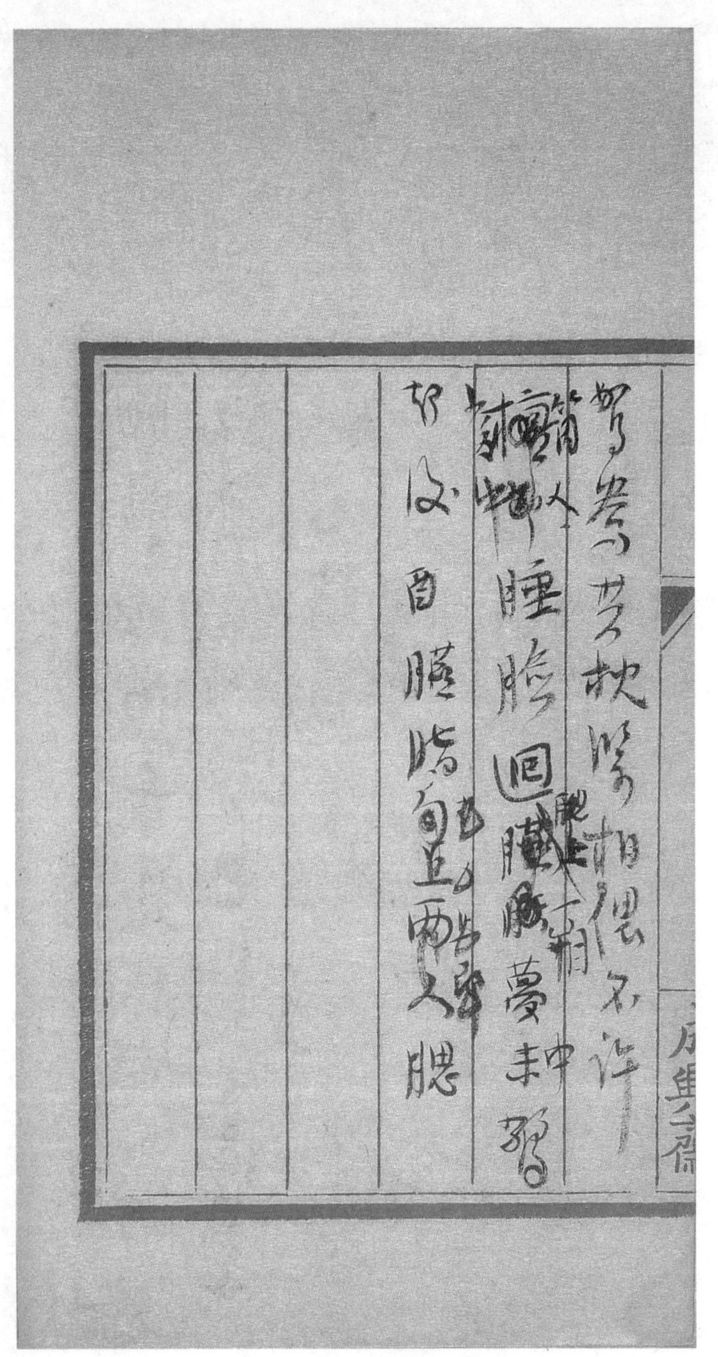

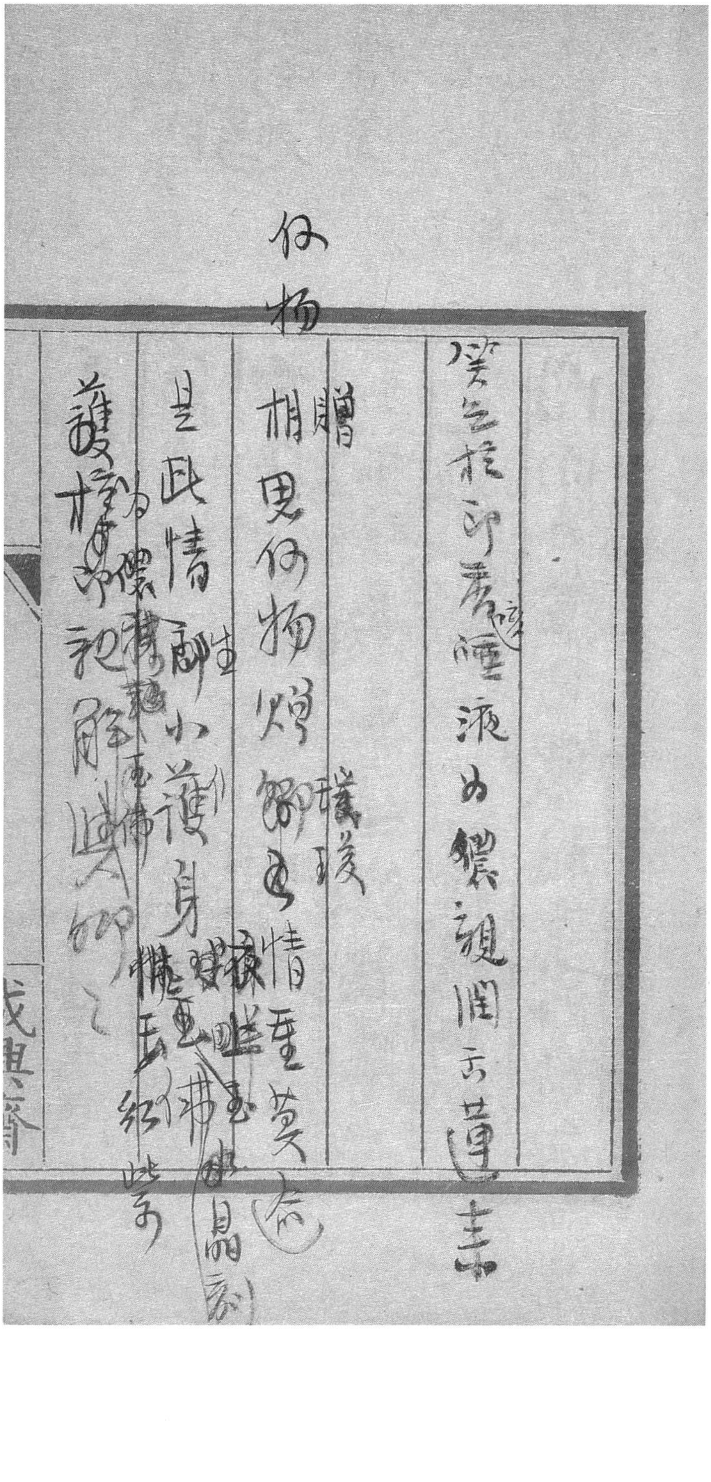

何物

笑在於所愛唾液以饋親聞云 蓮素

贈 瓊瑤

相思何物燈鄉之情至莫奈

是民情郵小護身

傳琴人
到憑
香車

千呼萬喚兩過留半星稀
疑手攬羞收按何處人來
也相如病渴一時休
為卿來謝兩度纖纖遠況
行身不甚猶憶阿到
门闲人悄阿儂親為卸衣褪
到

秋風折得取
桂花来

聞君新折桂一枝雲間似得来
時喜欲狂　猶憶荒年自
時候如印送喜報
知卿喜有登苑莱荊初開
猶憶
於印識内擬足子蓍

成與齋

連環

[illegible]

猶憶三叔祖

碧幢題詞郎沈氏 眠情不部

猶憶

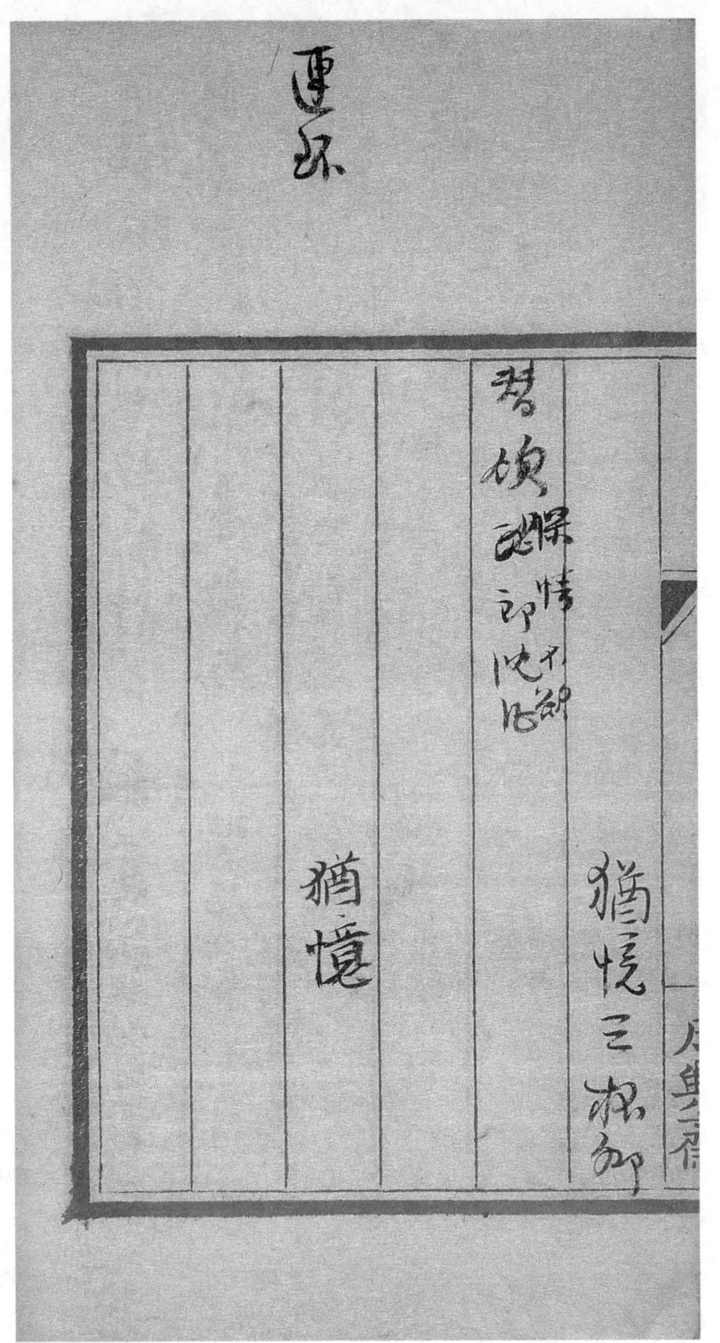

賜花

猶憶芳人花

下[illegible]鳴之形語不勝情

猶憶

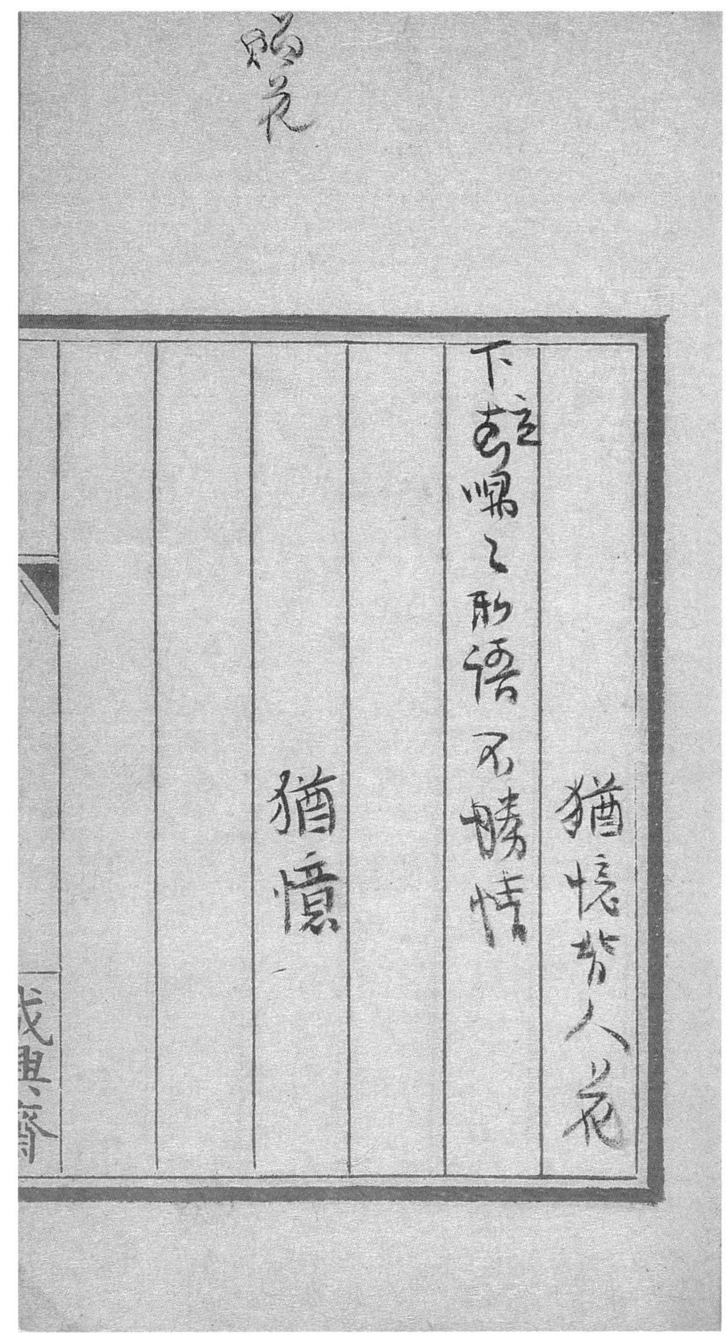

猶憶

檀郎親送來

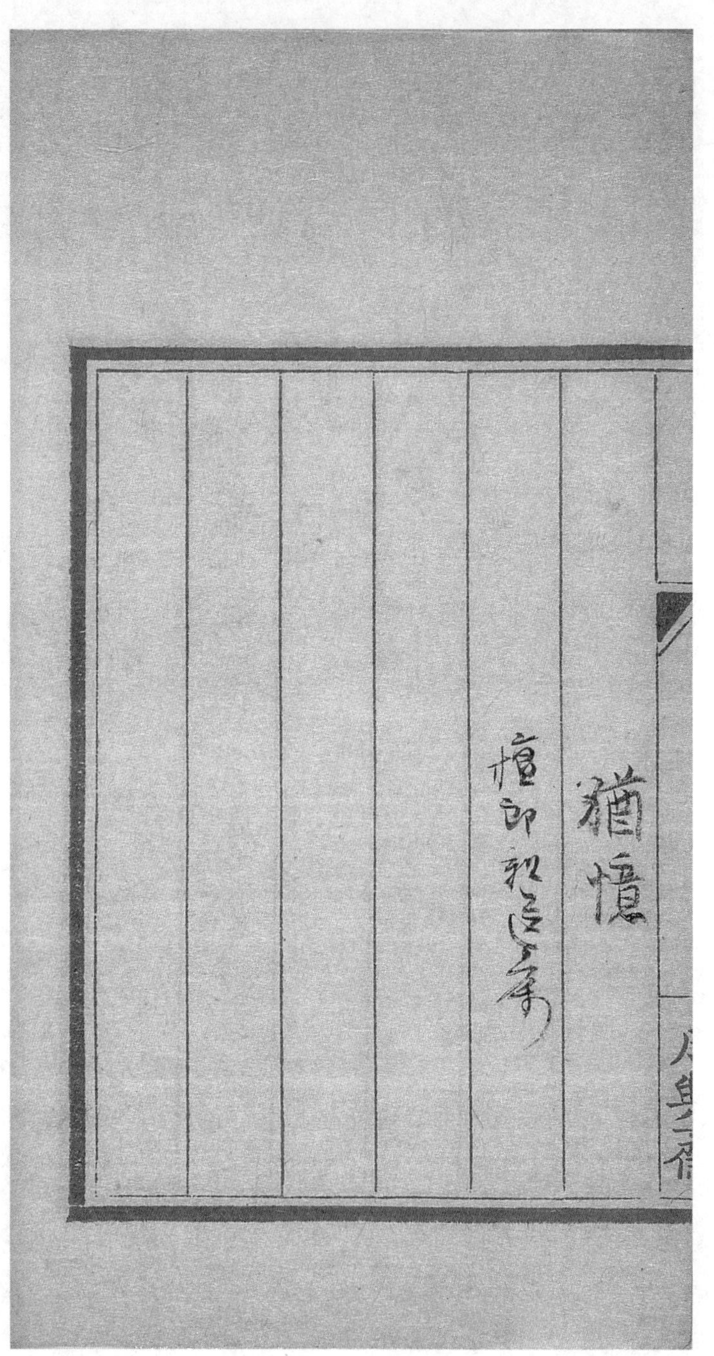

菱官　小喜

大喜　情餘子

冬桂　小縉

蕙鳳　小福

笙官　子愛

大順

成興齋

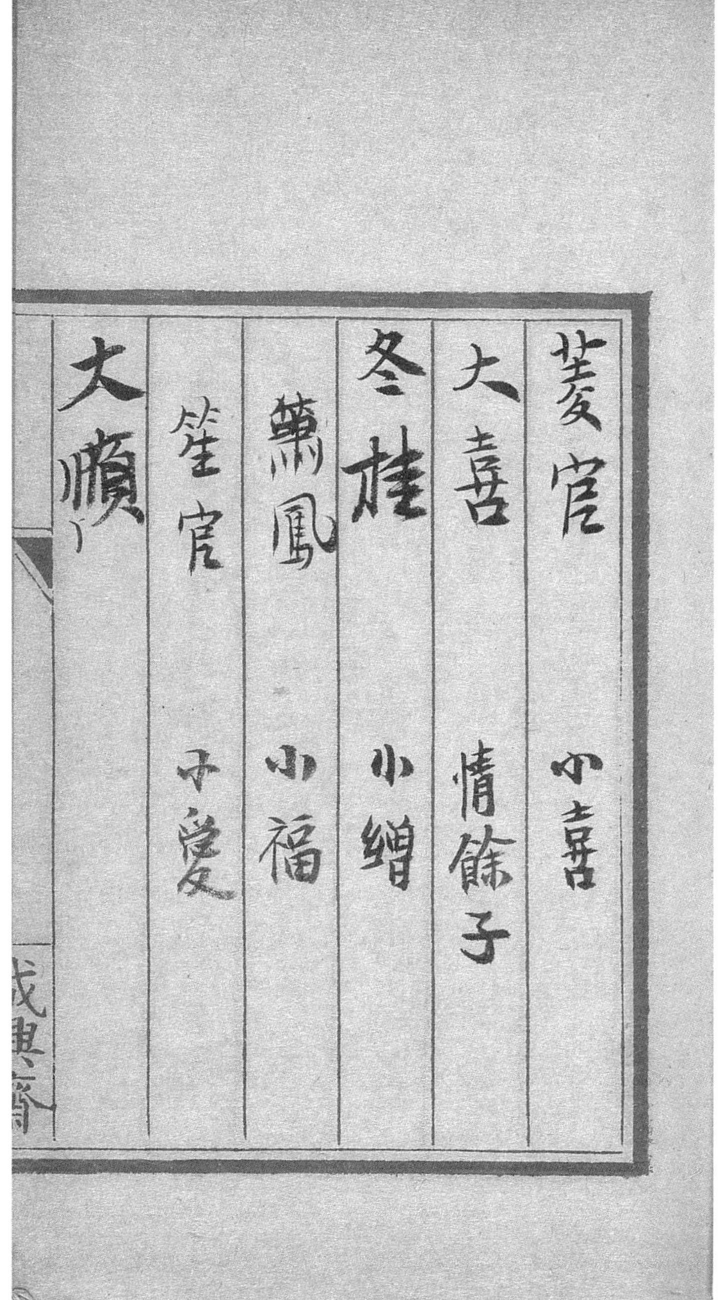

春日過平原

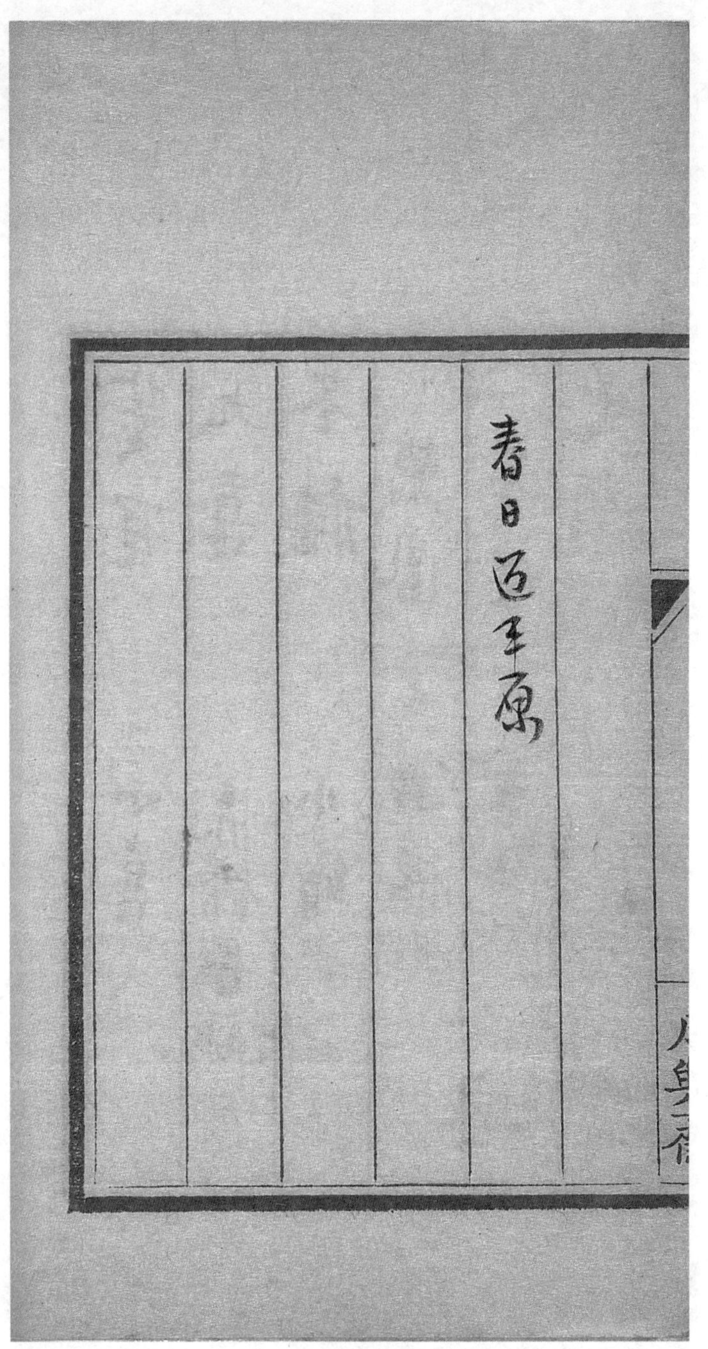

重過平原贈銀官

春風一曲太匆匆半載相思

別後容公子遺鞭驚舊識女

娘散樂之臺重逢片時萍迹

從頭說百倍蘭情較昔濃

莫是瓜期今已過眠他眉

我與齋

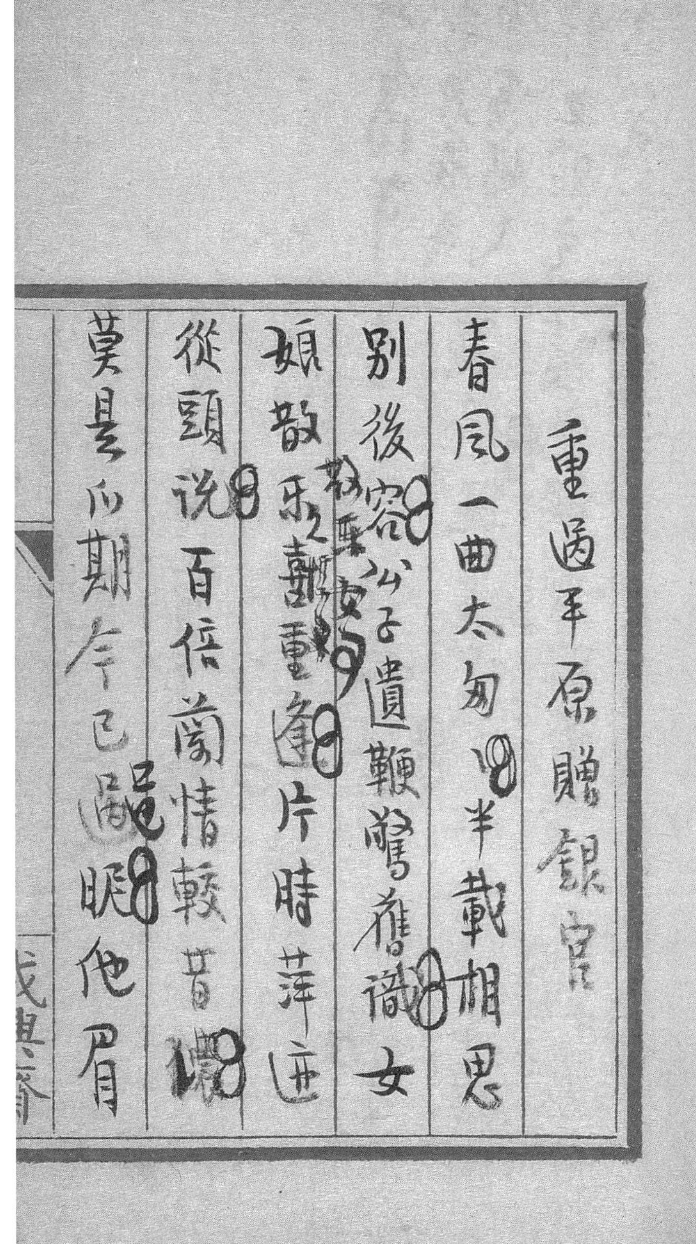

附有同年
李君花莊
伊嗔以之
情見於言
色也矣

僅僅與酥胸　再過平原

再疊前韻

芸端衾枕斂蛾眉情態那堪

畫已慵偎臉沾餘脂粉薦並

頭歷見螢雲鬆妍人屢帶嬌

嗔色眠起時為傻笑紫日最

是有言羞莫吐恨郎不共

到巫峰　　留人

惆悵　再香前顏　　應他　有情

生恨難留過客蹤[illegible]夜雨

為憐儂曉妝初畢客還媚

有夢未成愁尚慵消殺琵

我與齋

琵琶寄弄之攜，敝得簫管幪語嘿嘿。

句留兩日，歸後弟益得相思

爐香髮美垂

再贈銀皮

行以篋時封嚴，主人鮮封贈一身之外，夾那解

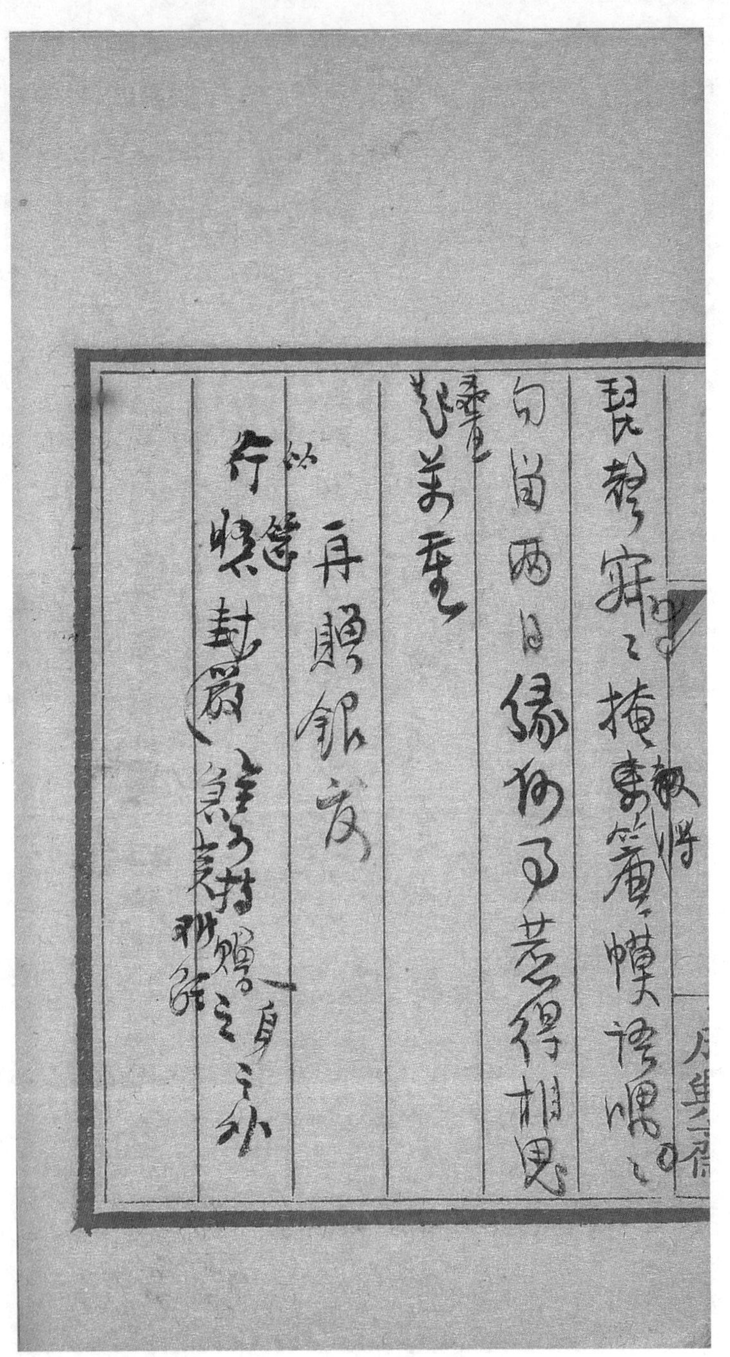

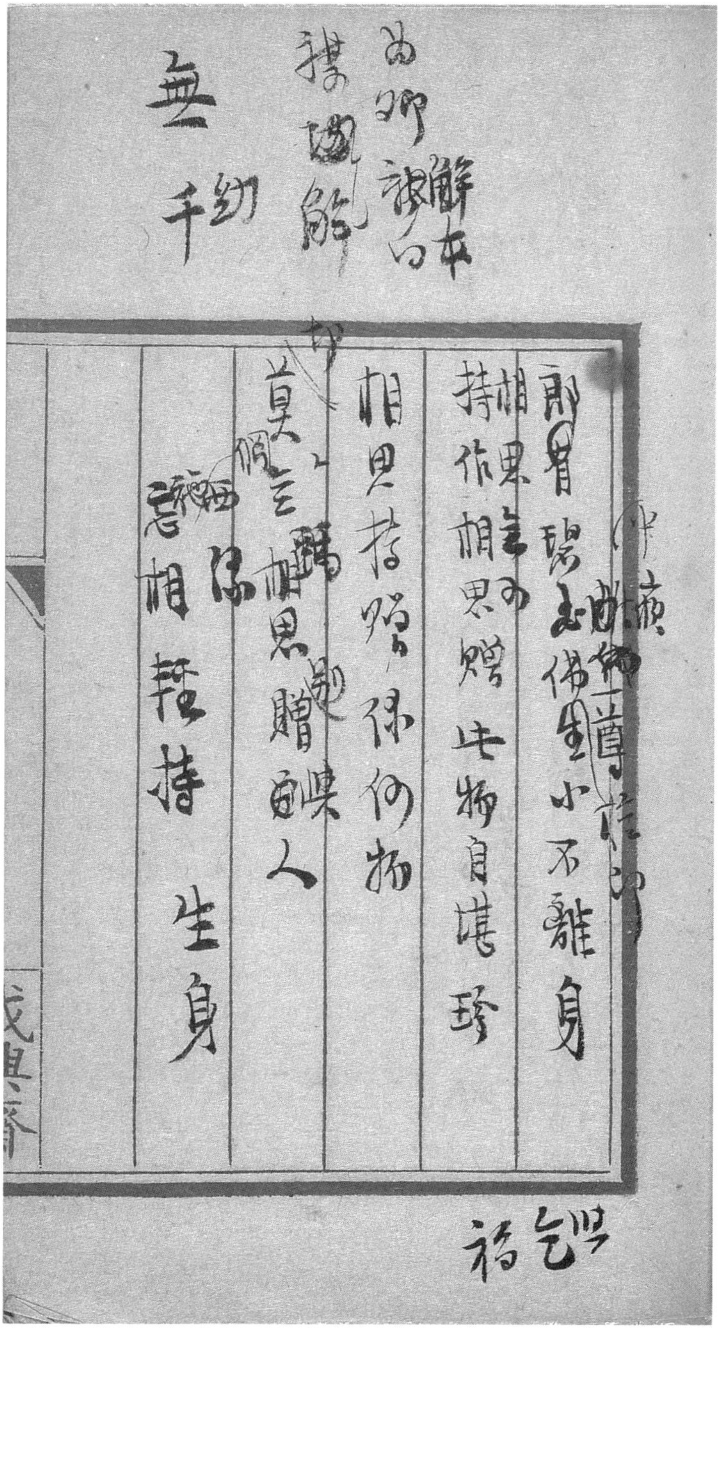
相思持贈保何物

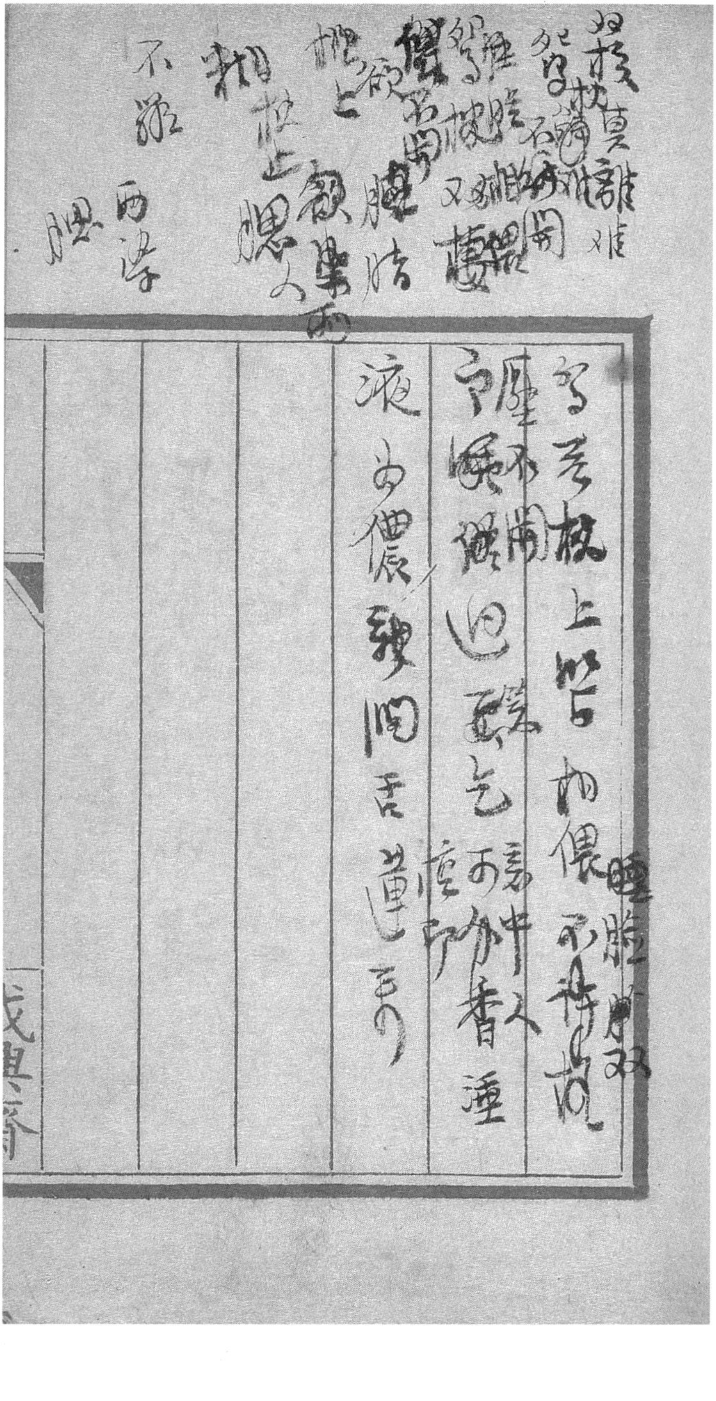

冬桂　菱官

蕭鳳　小繒

小福　笙官

小愛　大蕣

大喜　桃花

小喜

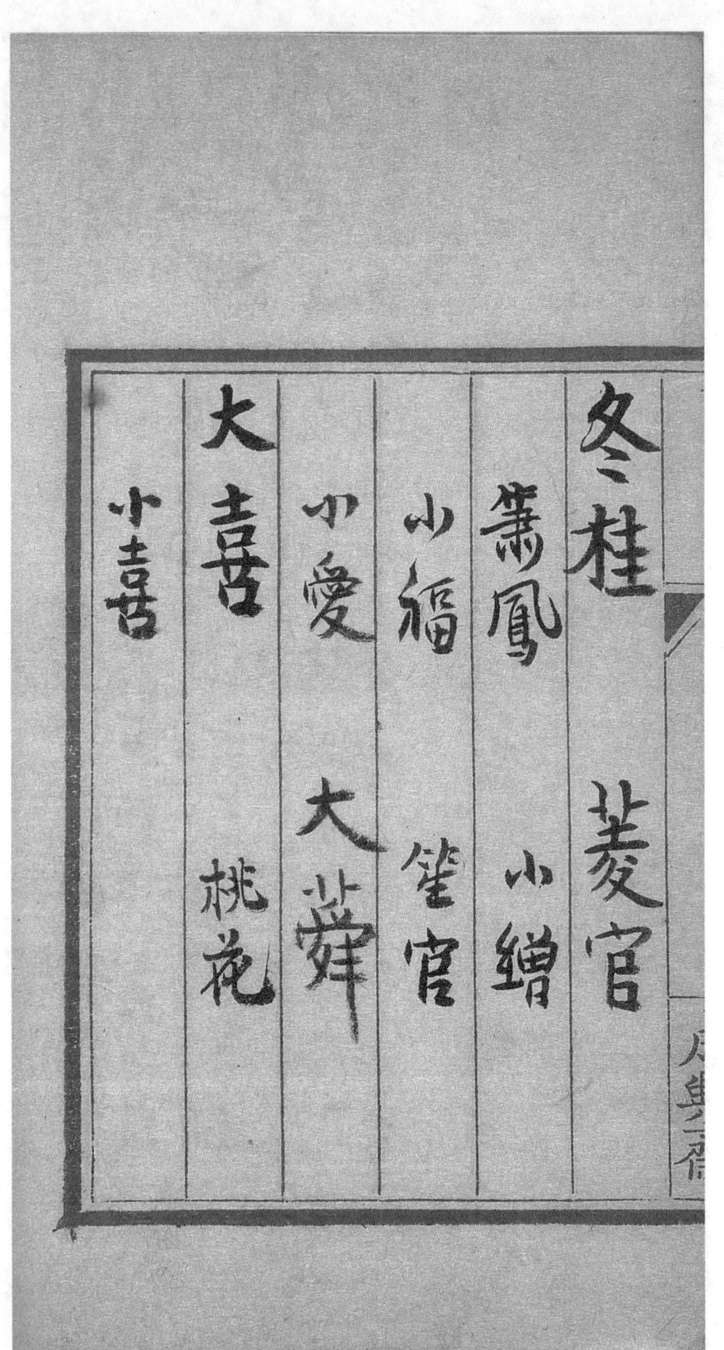

蹈行夢
西閑 又
鞠歌 店 又
一章 長山 又

小金鶴依 雁下治遊詞
綠樓 青樓 仰樓 御嶽 沢材 林
鶴 鳳 金 論 你的人金
四娘 辛史以 幇閑事外

戊里斎

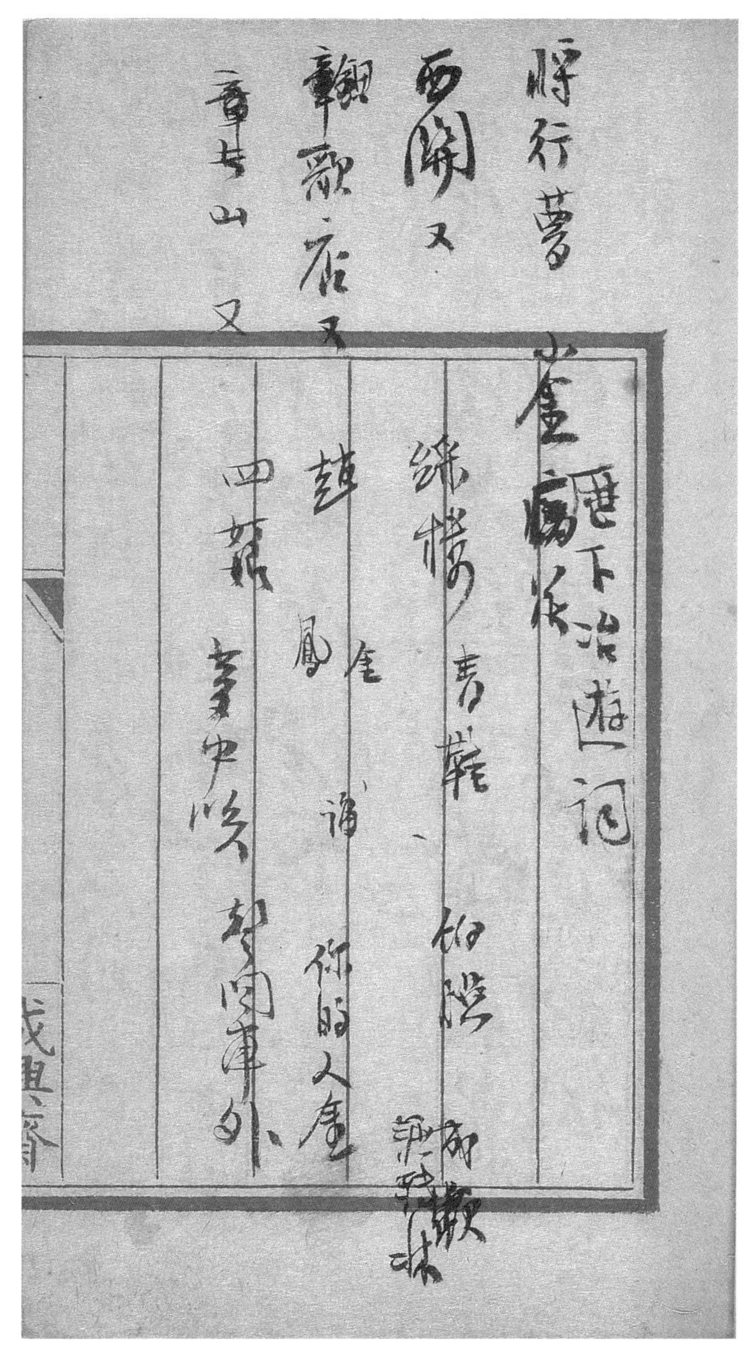

舊妝侍齋邀生蘇露筍刺自笑婉
訊雲伴送高抱冷刺嘐風莊回
專屬適程擷衣偎襆叢中
初度度曲當年牡丹低舊
不笑漿鄉箏波詩蝶洞求試

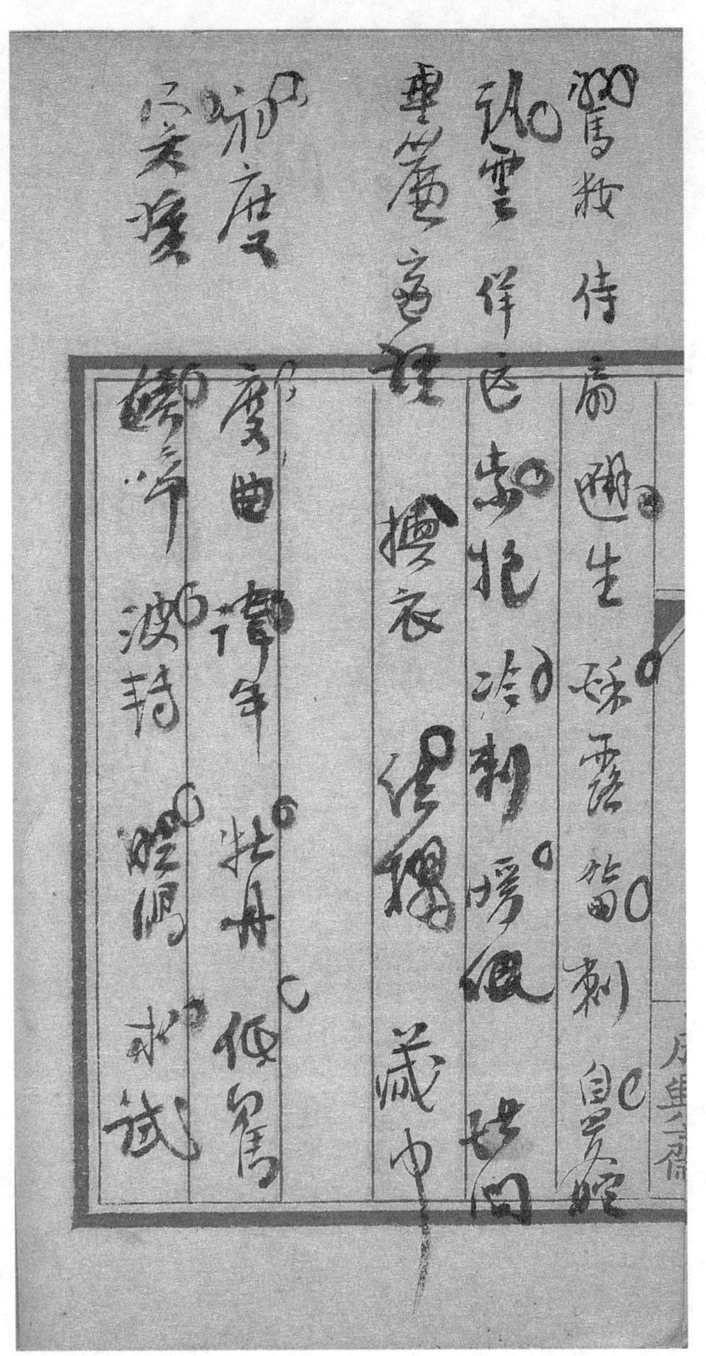

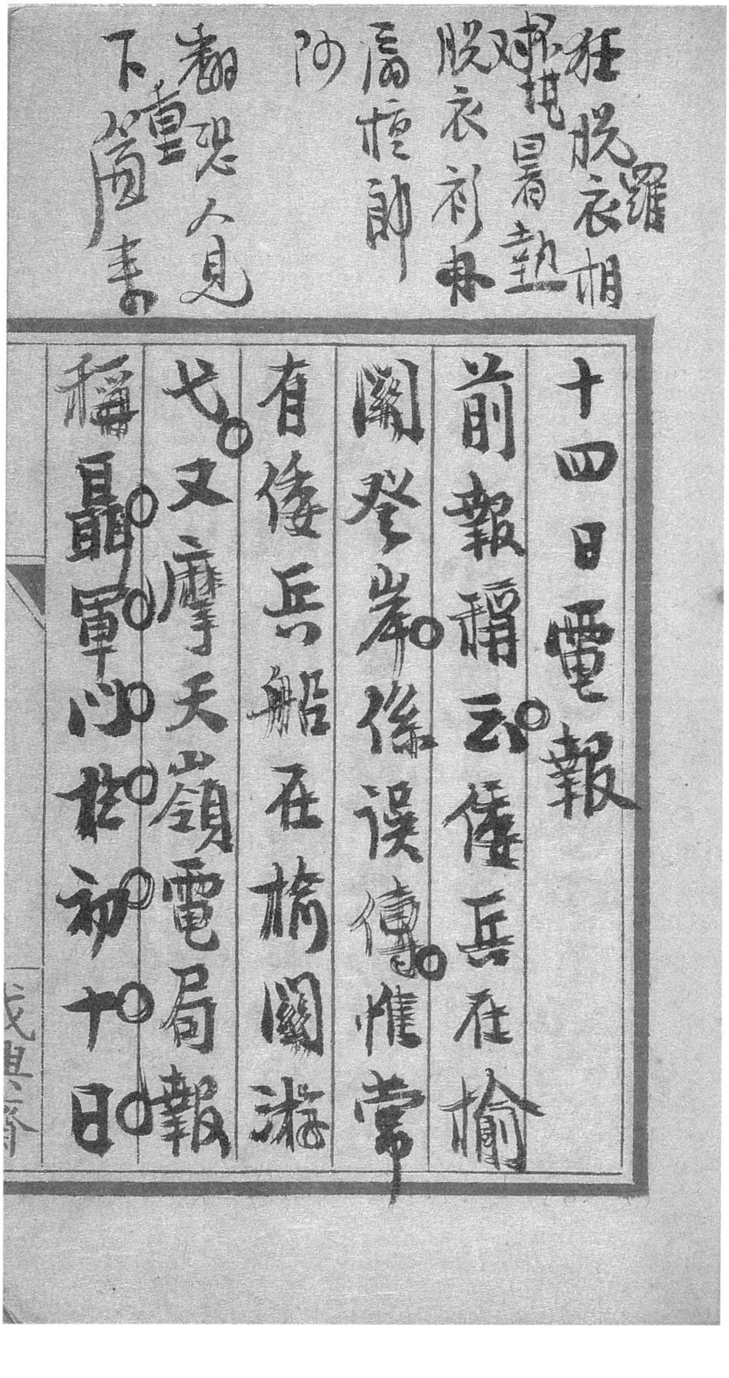

狂脱羅衣相
對把暑熱
脱衣剥來
隔檀郎
阿
都恐人見
重
下箇書

十四日電報
前報稱云倭兵在榆
關登岸係誤傳惟常
有倭兵船在榆關游
弋又摩天嶺電局報
稱聶軍於初十日

[illegible]齋

大獲勝仗紀如韻之
要隘均奪回依軍
歸解圍十三日四鼓
到。今早駐此候煙
台來電之事寔覓
十四日由連四青村出

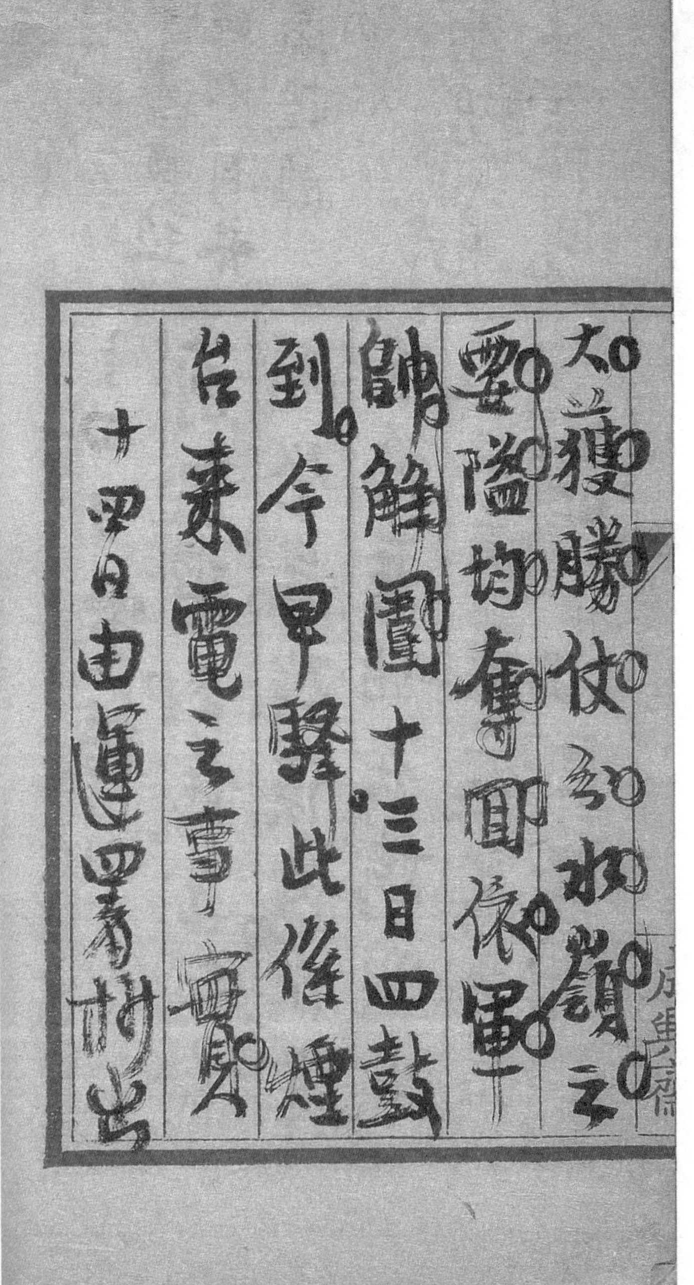

驚鴻瞥眼惹相思。賺煞蕭
郎不自持。最是畫眉猶未
了。儘人顛倒暗窺他。
百媚千嬌
嬌態柔情太不禁。粧台作
見已留心。等閒終識春風
面。值得蕭郎判死尋。

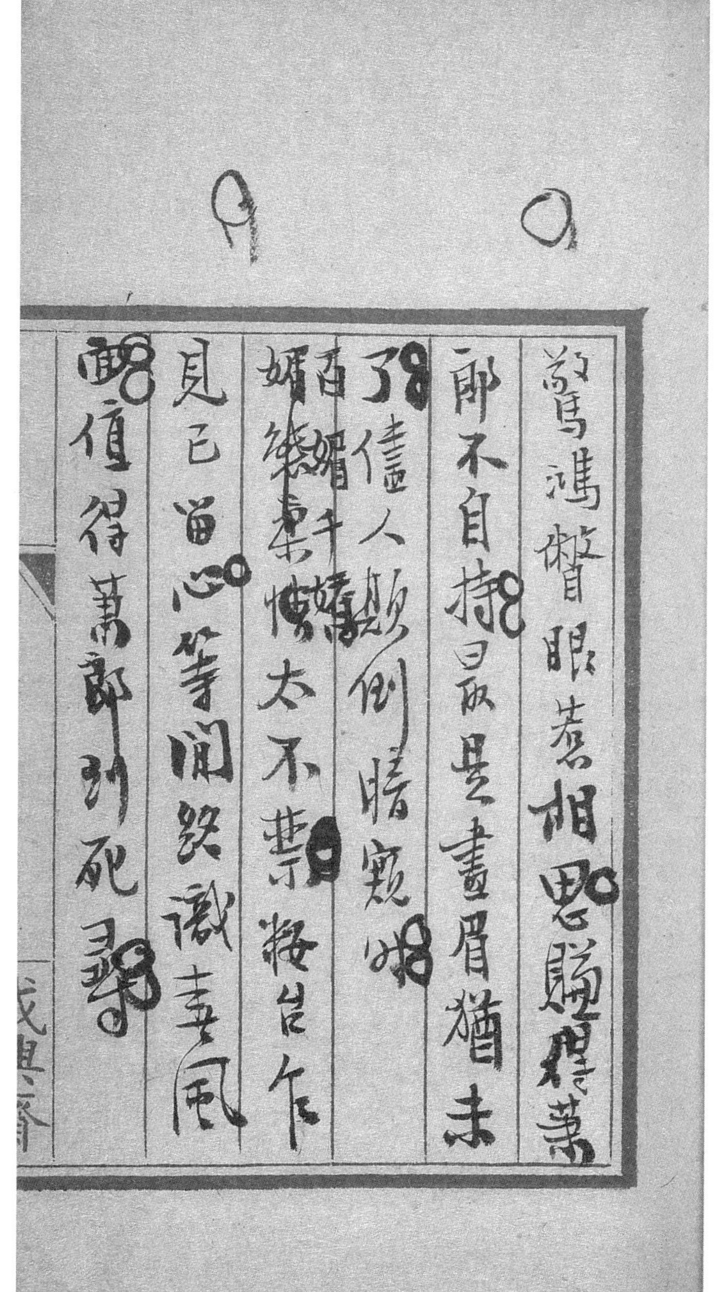

如之

庚集之稿

一著相思書日積今朝連
理包做枝試从兩小言猜
妙另懷嬌嗔避客時
可記偎言打是親偶啣唐因
突惹嬌嗔乘莫不動織、
那眠般蓮鈎儘蹴人

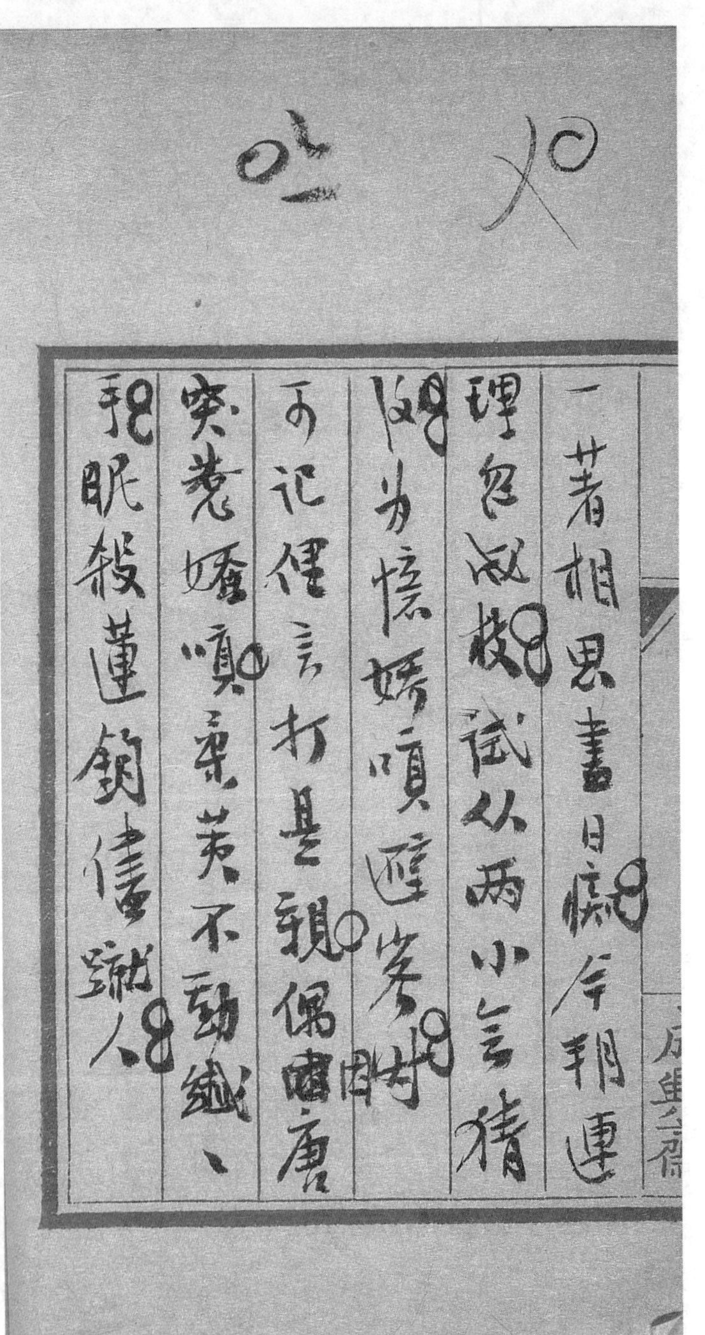

惜金詞蔚花

屢被纠纏倚窓蝴桃花迎

水殿郞疑卿言素性非撻

蘭當感多情不自裁

素晶檀郞初度期新龍擺

曳妬夜樓近來曾不從歌

戊申齋

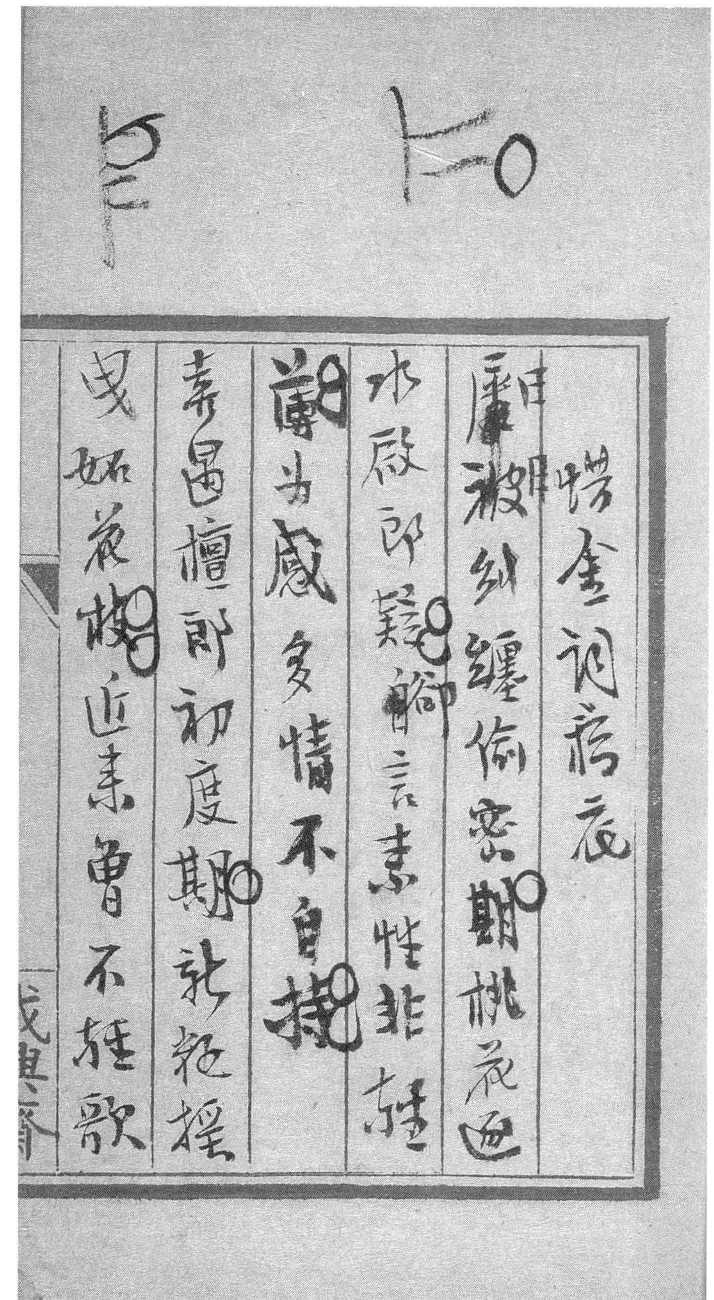

辭一世稱觴獻壽扈蹕　四首之二云

梳洗鮮衣露半身猩紅

幾肚腹新疑不管人

三看殺[illegible]

姊妹名花夜二開箇中情

味費疑猜背人私附檀郎

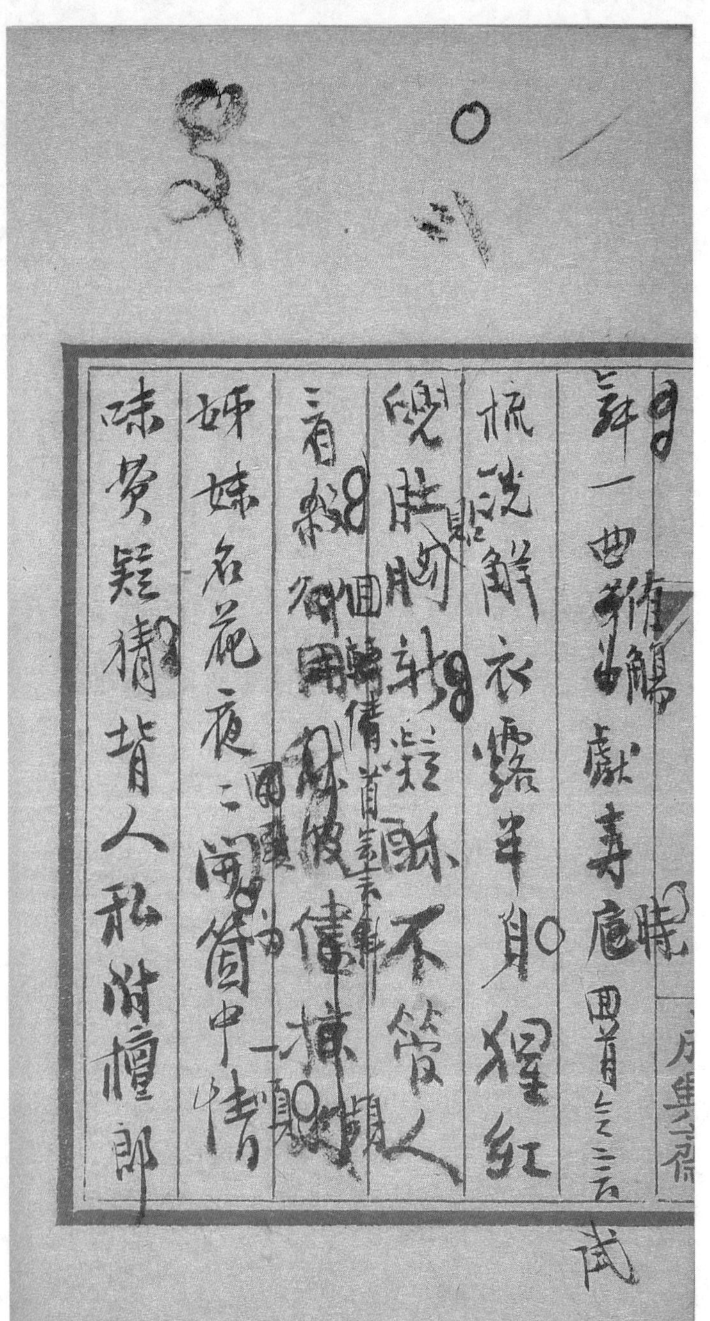

〇三　如

耶忍笑含羞細問郎

眉听月語醉人多傾国傾城

接着沙最是指覗肉醜去腮

迪困笑露双渦

舌尖云力字慵排一任呢喃

乳燕嬌容貌如花樣夜事眠

成其齊

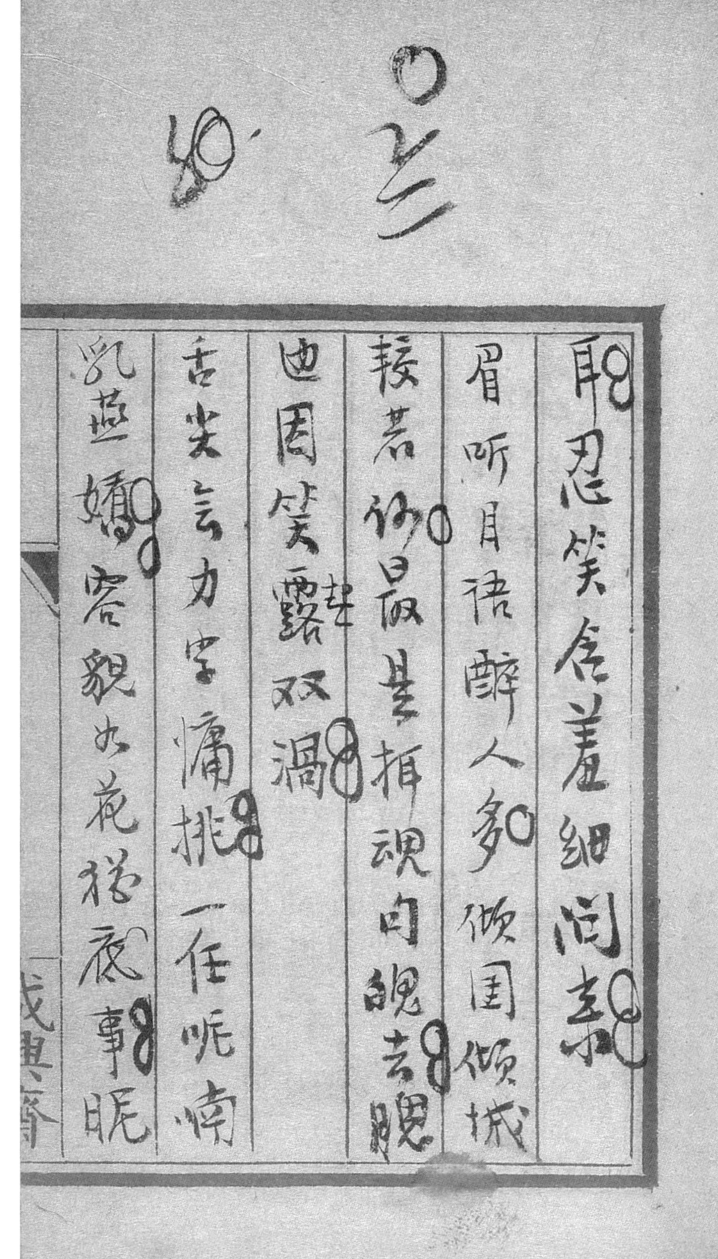

春輕語已魂銷　不自掛

索性懷出情

猶卻嬌癡未覺時舌環身

重力難支那堪再著

遶直到檀郎骨醉時

浪言拳刺腰言偎春

說話解猜嬌癡擬

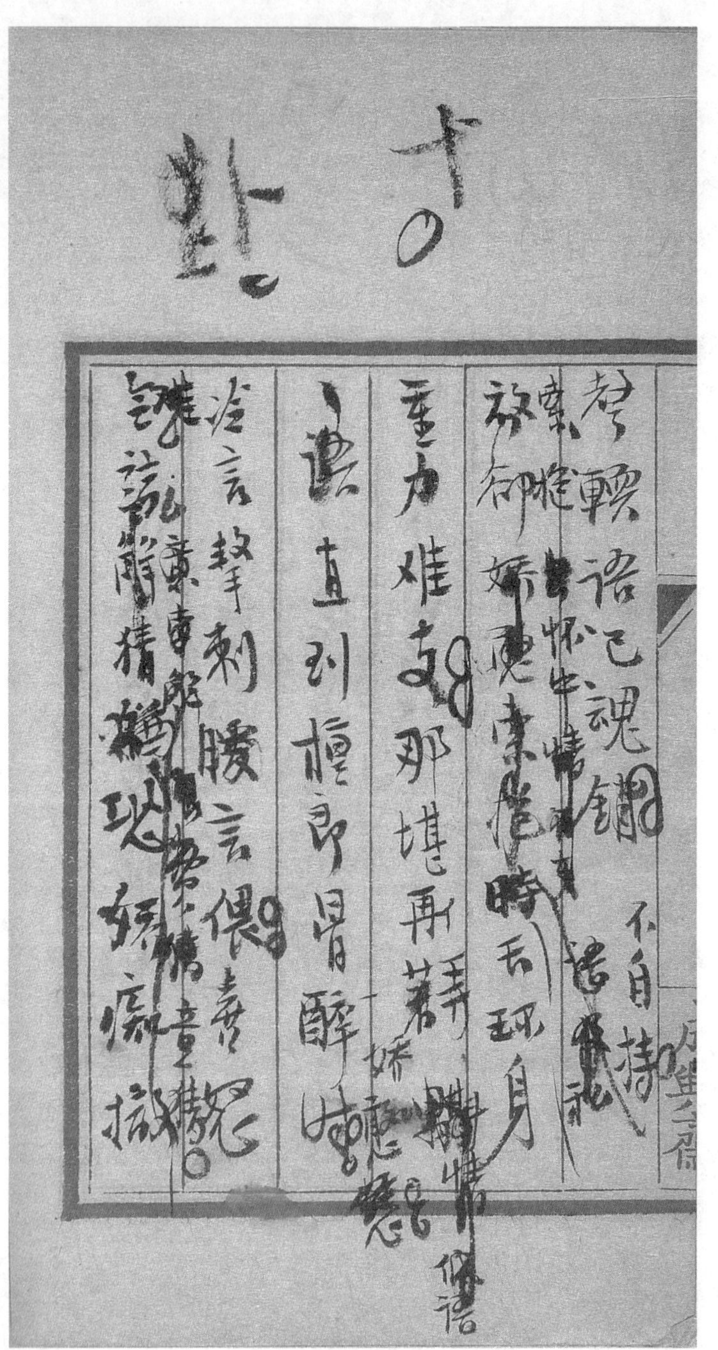

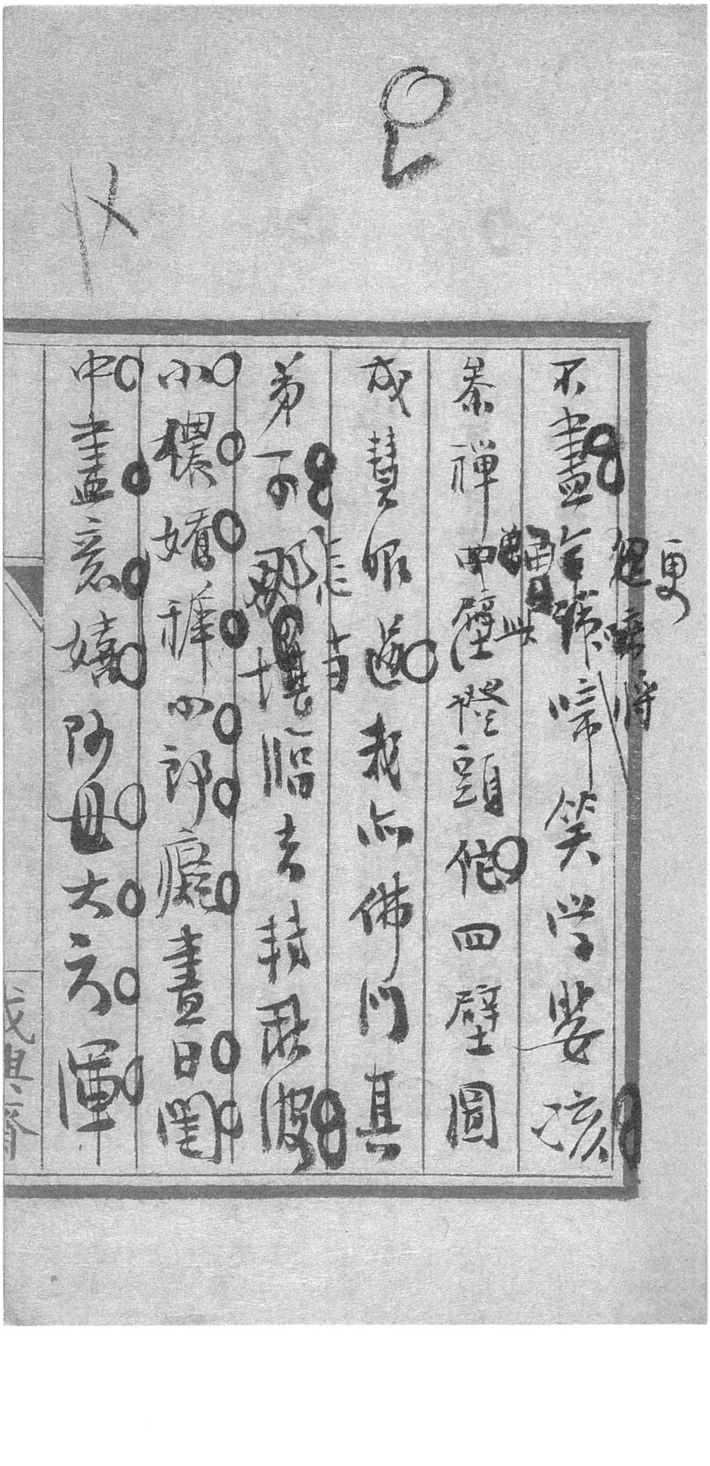

人前獎語
要孩兒
作

不傍鬟[illegible]在[illegible]女孩兒
[illegible]孩中甚畫眉[illegible]深
風[illegible]婦偏情鬢也知陰[illegible]河
儂憐愛惹淺顰低罵瞋
畫豆姿綽約體吐嫋娜仙葩占就
繁華第一家[illegible]生

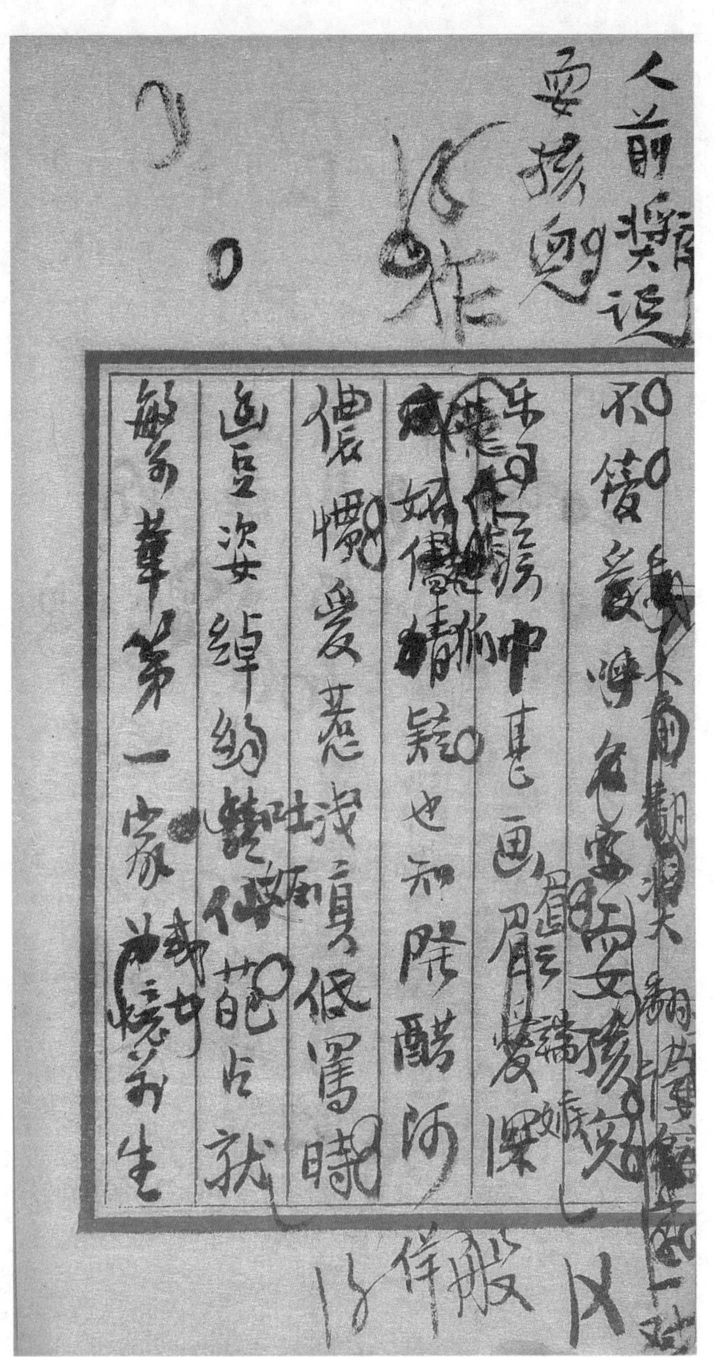

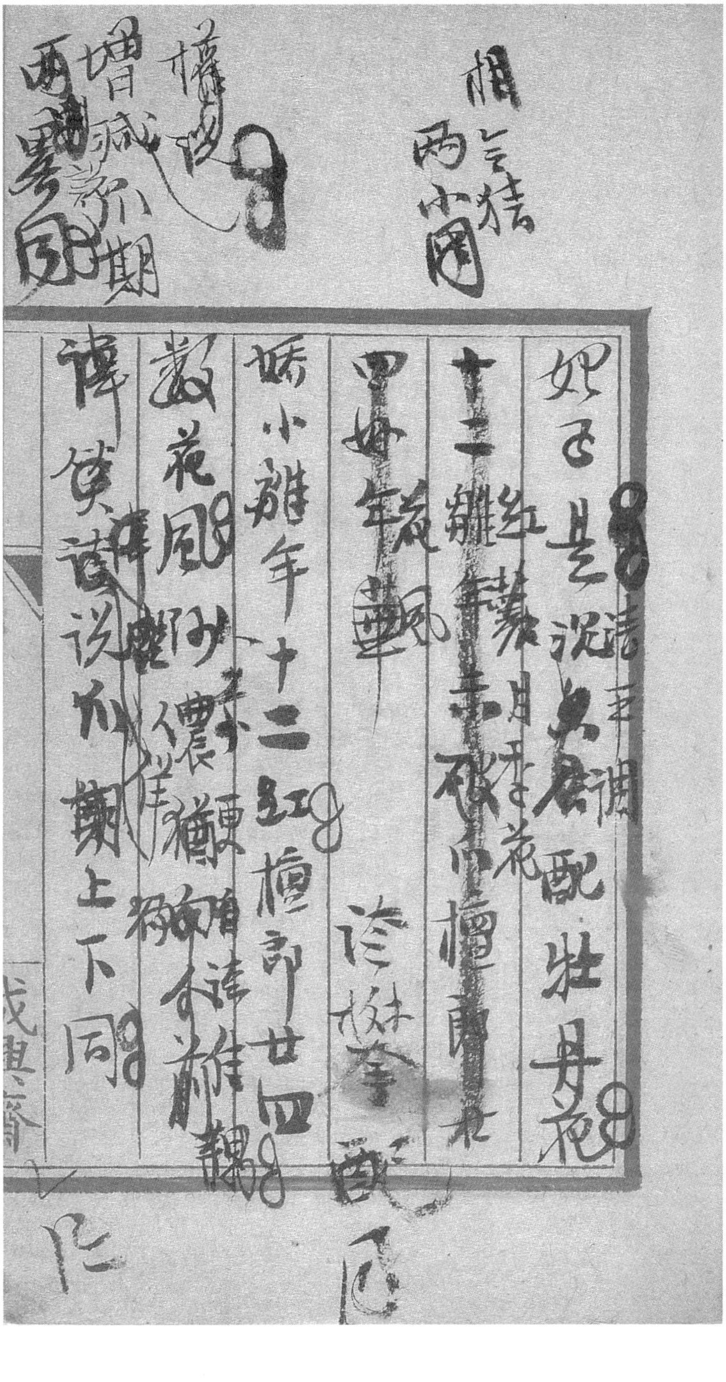

月被溫論溫旨趣

几琳收於靜含瓔爐內蓋

立新歸花比去所前獻

勤劫吹斯可否便告寂

幽國應兩應得多嫌暫

兩中借惕深宵同惕無河

儂共一肖[illegible]贈門 莫說 [illegible]

素了未曾真個已消魂

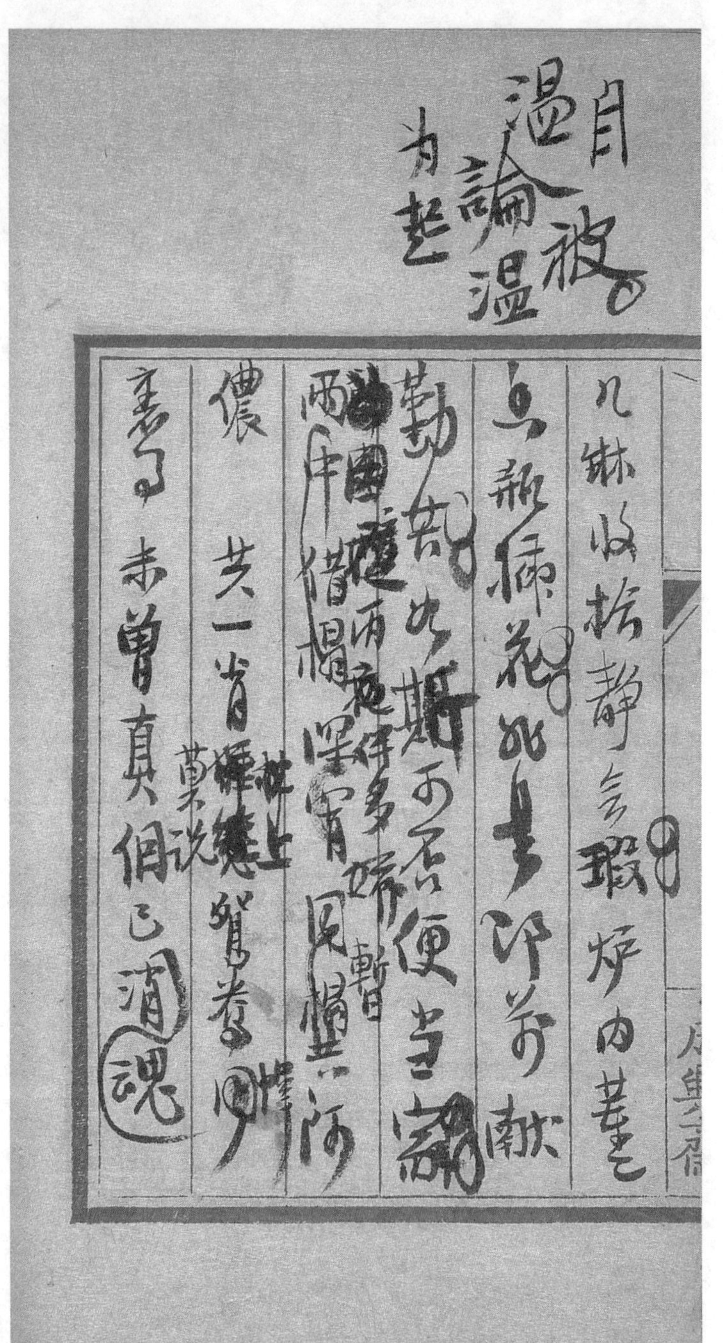

欲归夜雨路偏遥　暫伴阿
儂夢一宵　聽例耆鴛鴦
衣了　未曾真個已覗錦
香車已駕出門時　伺候阿
儂所指　村　[illegible]毛忙殺檀郎左
娃手持[illegible]　[illegible]更衫
左[illegible]

卅

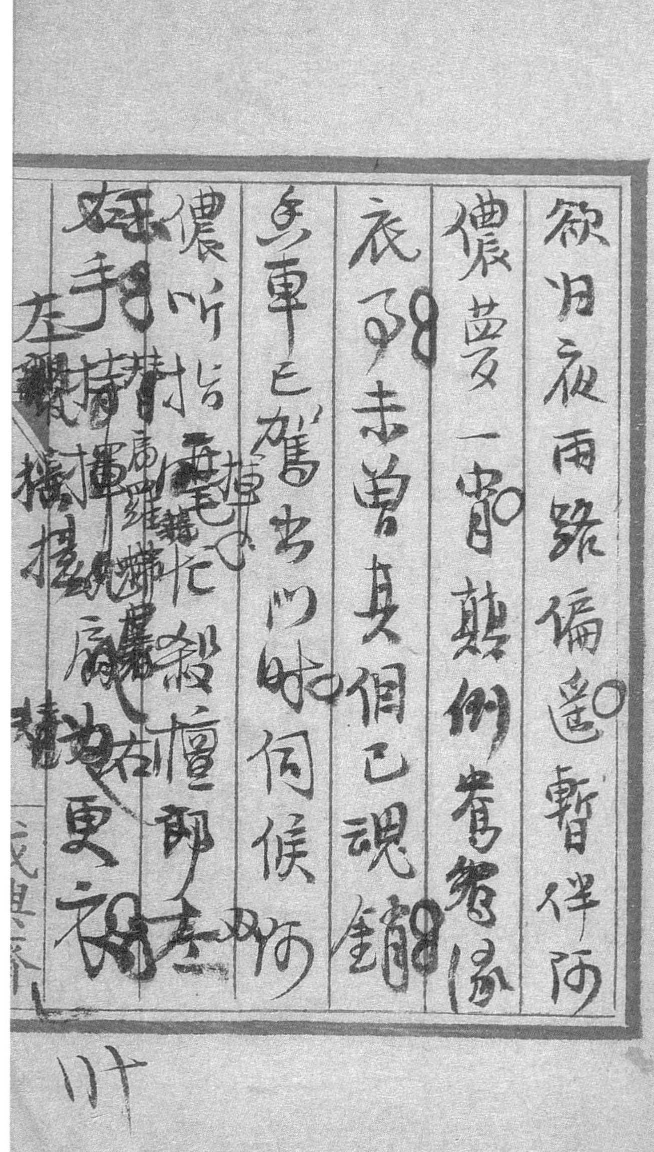

移在
啡律下去

七時

用御書當不任也故一日

一經過然性也乎患擅郎君

不敢相思尚味多玉仙

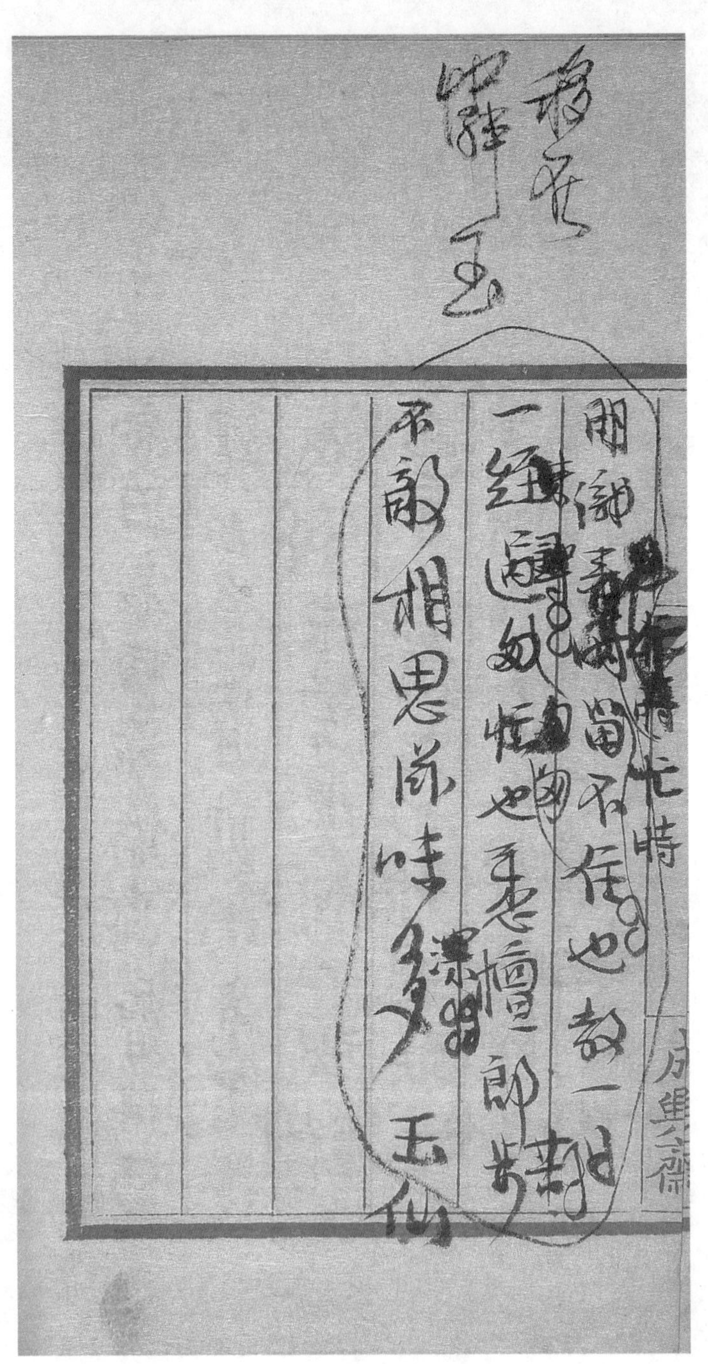

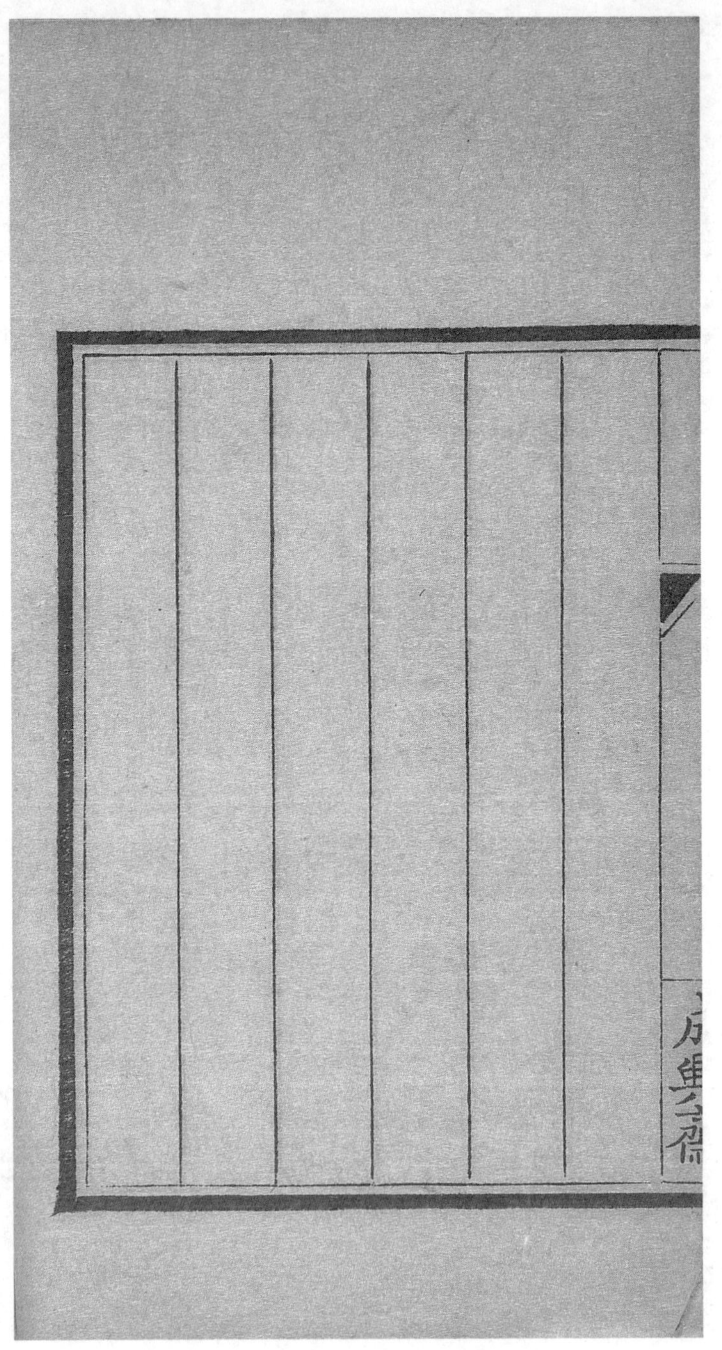

具

檀狂祁
倩郎則若評
不許
狂袒無
酥胸
逢才
翻檀
更[illegible]
[illegible]相[illegible]

輪[illegible]擇逢東[illegible]
討狂檀郎[illegible]扇至結[illegible]
郎勢是猶自不祁衣有汗相得情
[illegible]脫衣汗[illegible]出[illegible]
不肯輕出掩臉阿慕遠
[illegible]殺霧[illegible]衣彩雨露
[illegible]御郎[illegible]親又為[illegible]
佯[illegible]
御共圓
下[illegible]箇虎頭倒

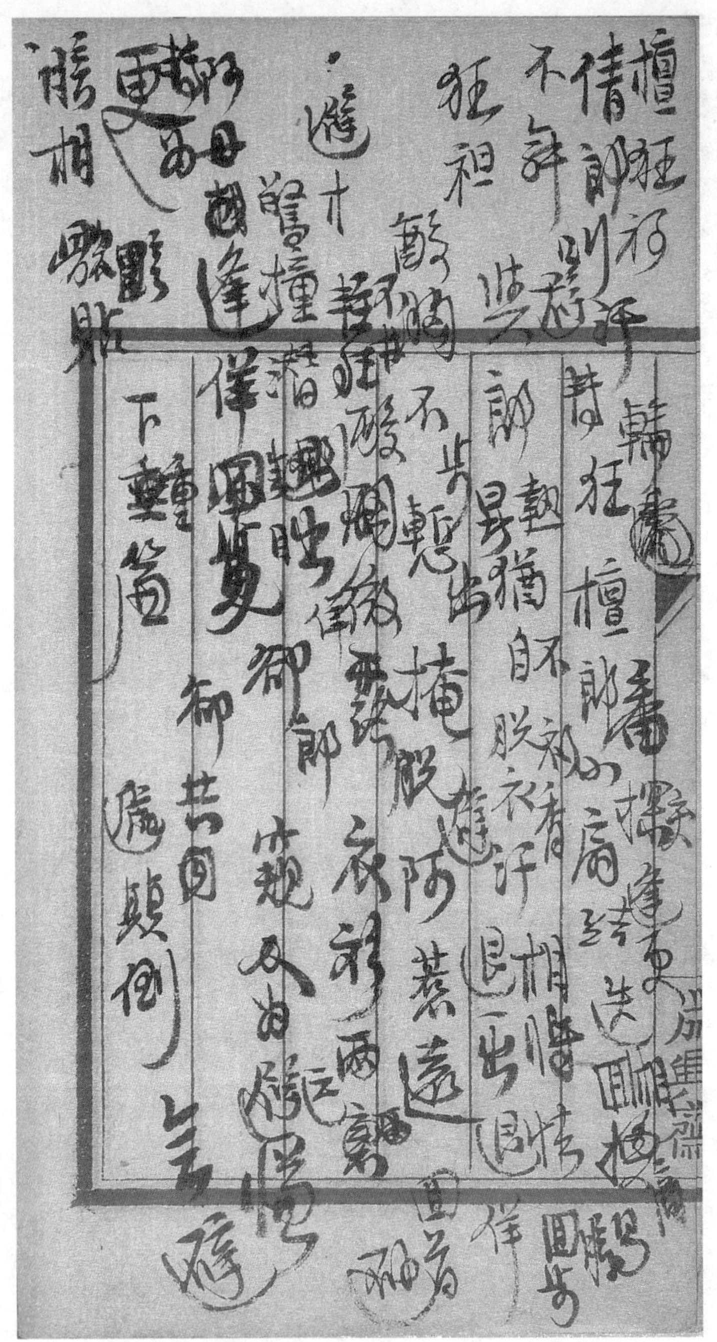

重香覓

憐玉詞 首丈底

可是前緣解不開。相傳數聽

樹謂贅髻待眠他一月

少相識紫簫曾逢何處來

會嗔痴外種情萌小字

呼來已然嬌我亦愛渠

成 里 齋

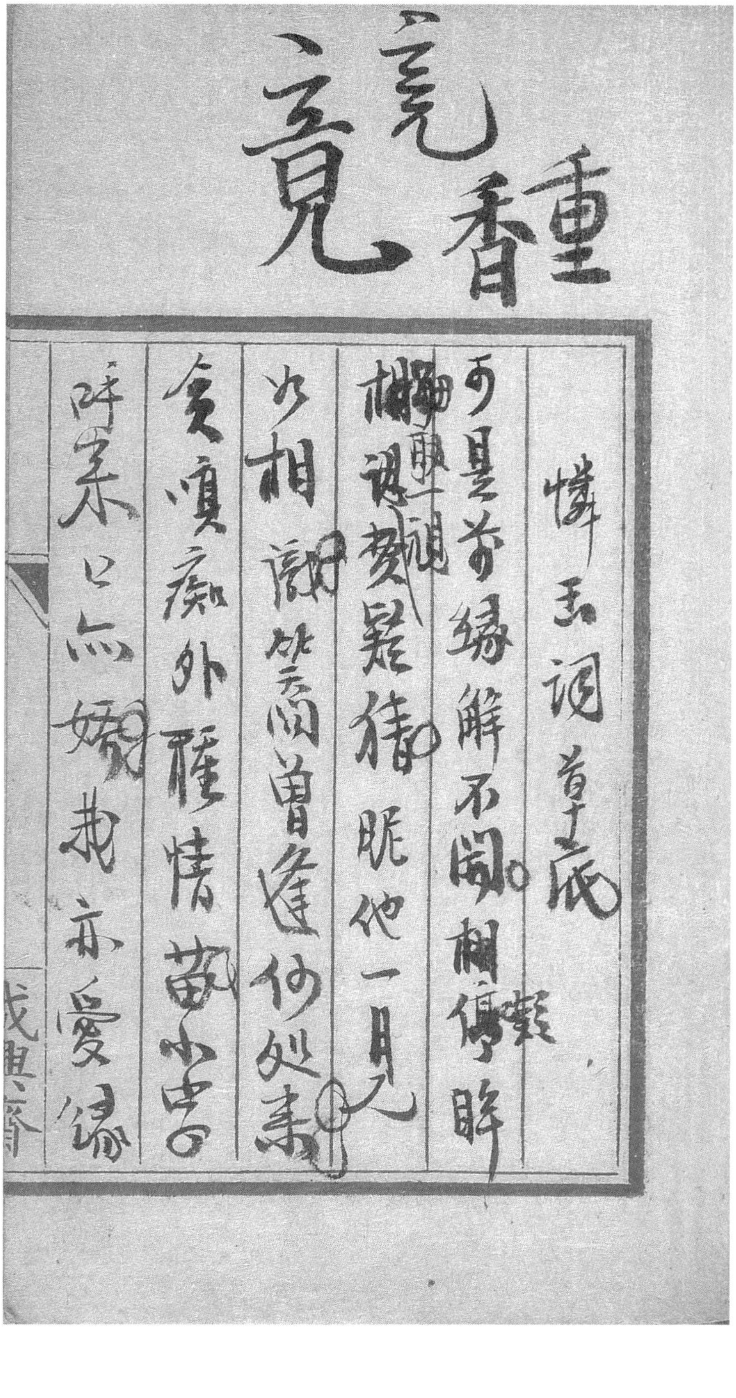

纏綿無那魂到十分銷

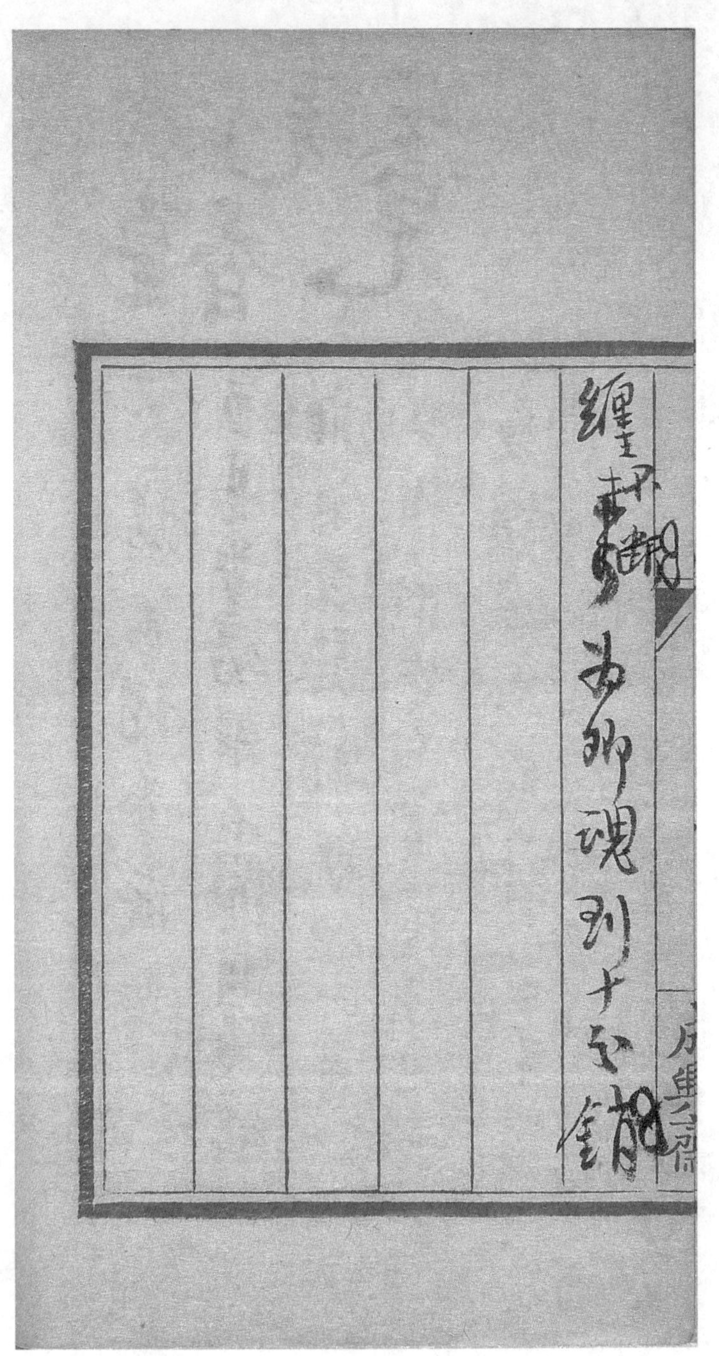

明識忙時留不信也要教一日
一經遊匆忙也也未擅評哉

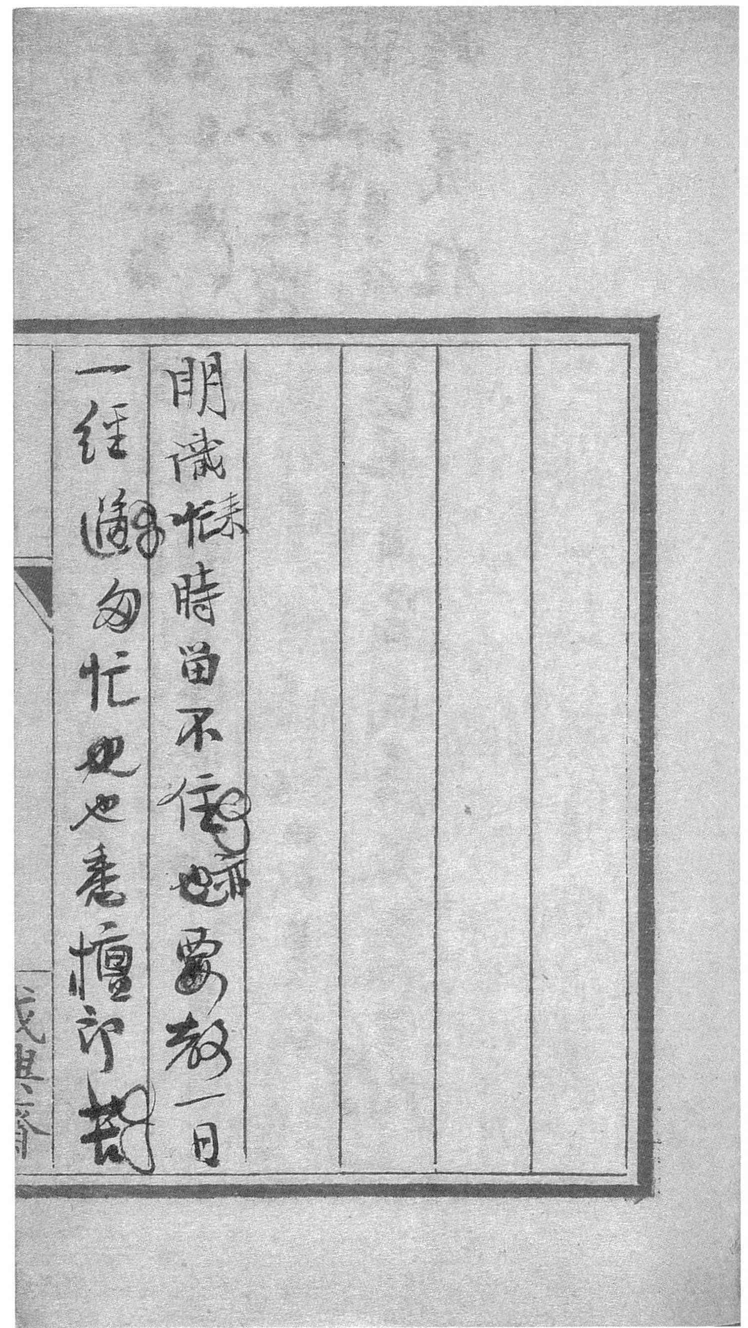

近
依來只為
尋見謝卻
一人蜂狂妝
謝卻在日中尋花
蜂蝶狂

不敢相思路未絕
野鴛鴦作真鴛鴦
既殖鎮日守空林鎮日空閨
謝卻尋花蜂蝶狂日最是別離
從半日幾回居處歎氣

鳳集之齋

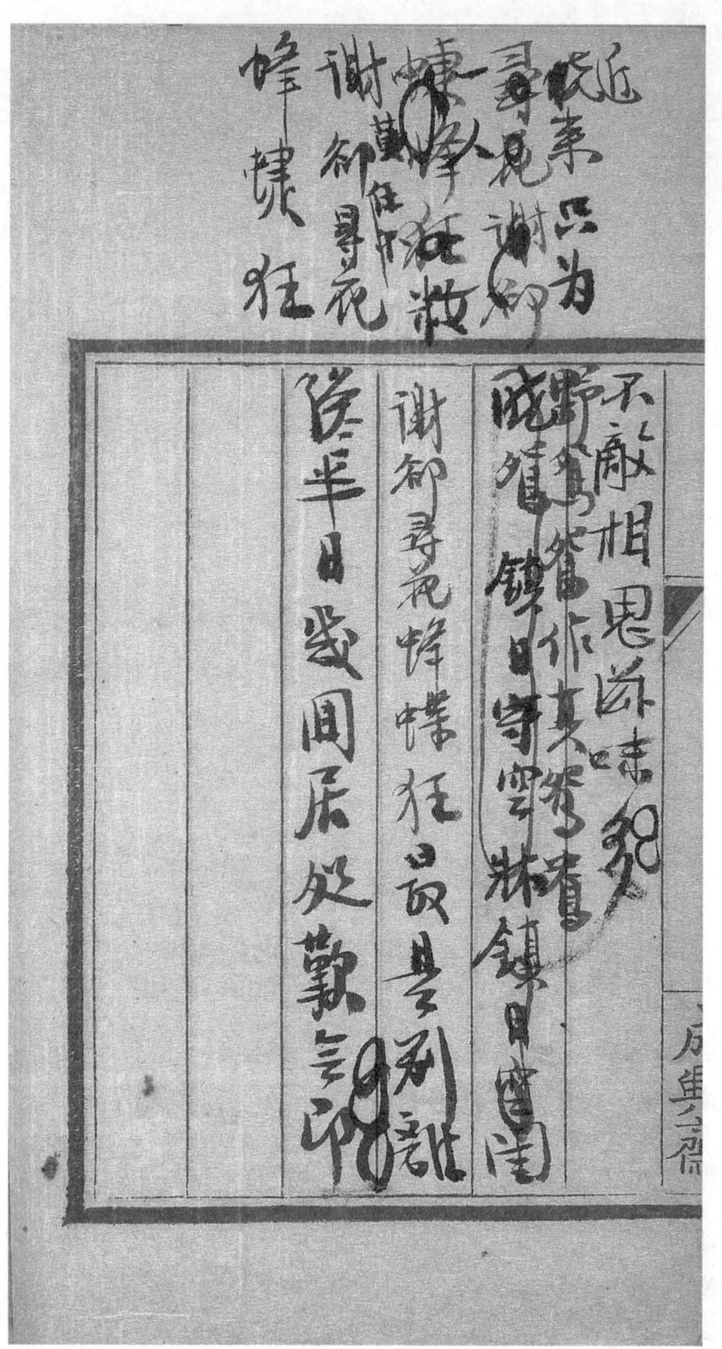

一船一妓各相偎襍遝
歌聲四面回猶憶兩舟
相接處羣邀女妹過
過船來以畢之

成與齋

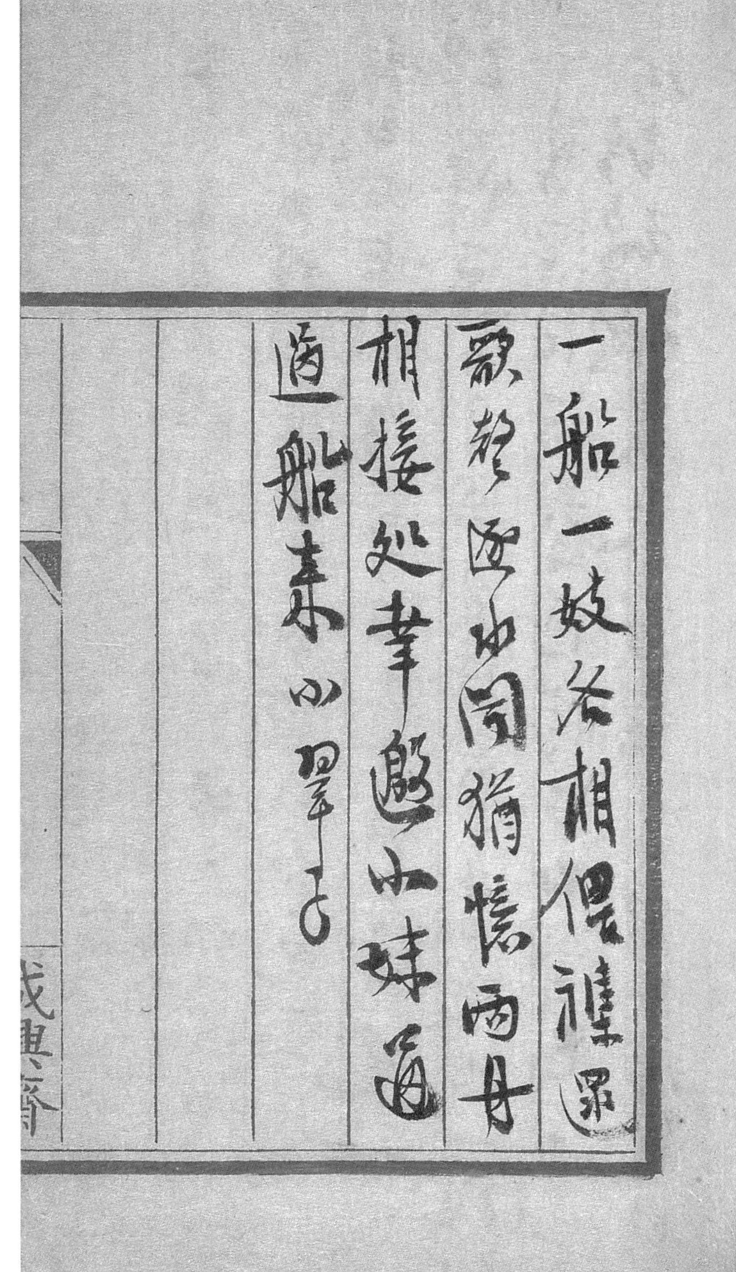

莆娘之人也，遭不辰，淪入煙花，守志不污，以此

霜於某月日，賴其鄰母從姊之從貴官

可遊太湖，湖舟至中流，投水而死。其日

救免，以此壽母夫子在者，請以歸

神一降乃皆自述，有詩若干首，後被一狂

生某淫詞亦遂隨之，請再以終已集

宗姝蘇又廣其東流

憶明湖用秋柳均

荷娘

何處亭亭倩女魂 小青如長憶

寒門湛清氷玉在心邊滴落煙

花雲滴痕白菡有香憐小字朱

隈記倚綠執杷琵琶一抱

戊具齋

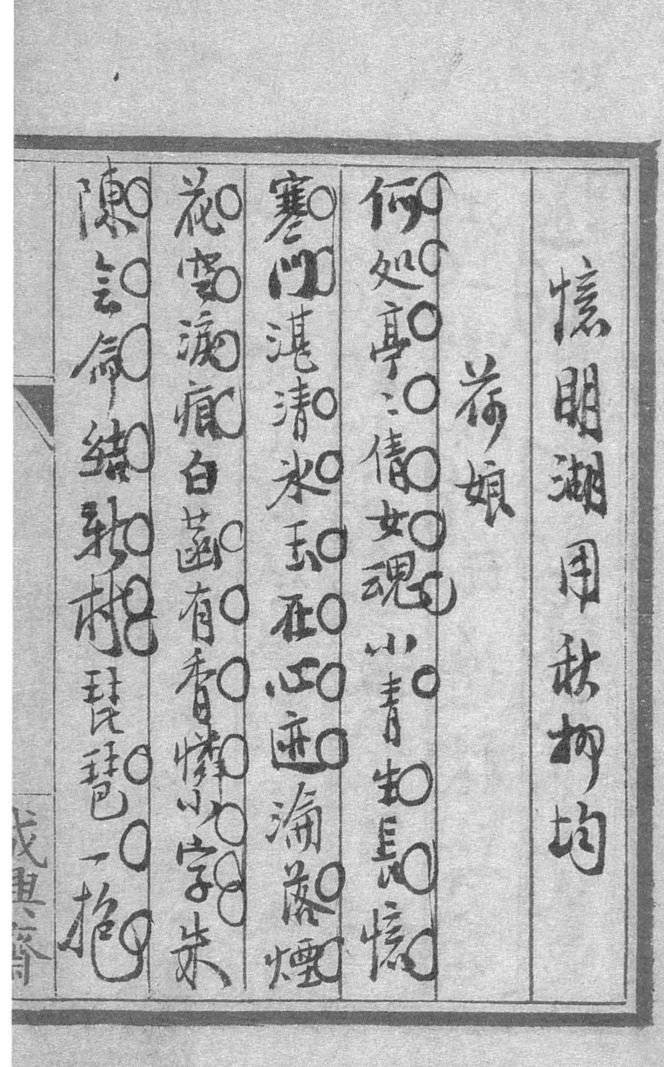

柔腸斷，恨寄湖船那可論。

回頭心碎淚痕霜，數點胭脂。

沉玉壚斜曲，教沉青雀舫。

雅嗁痕濺淚，聽雲湘竹斑。

江上悲嗁湘女，珠墜樓頭怨。

趙王楊柳是誰前，堤畫

湘心藍術女貞坊

戊寅齋

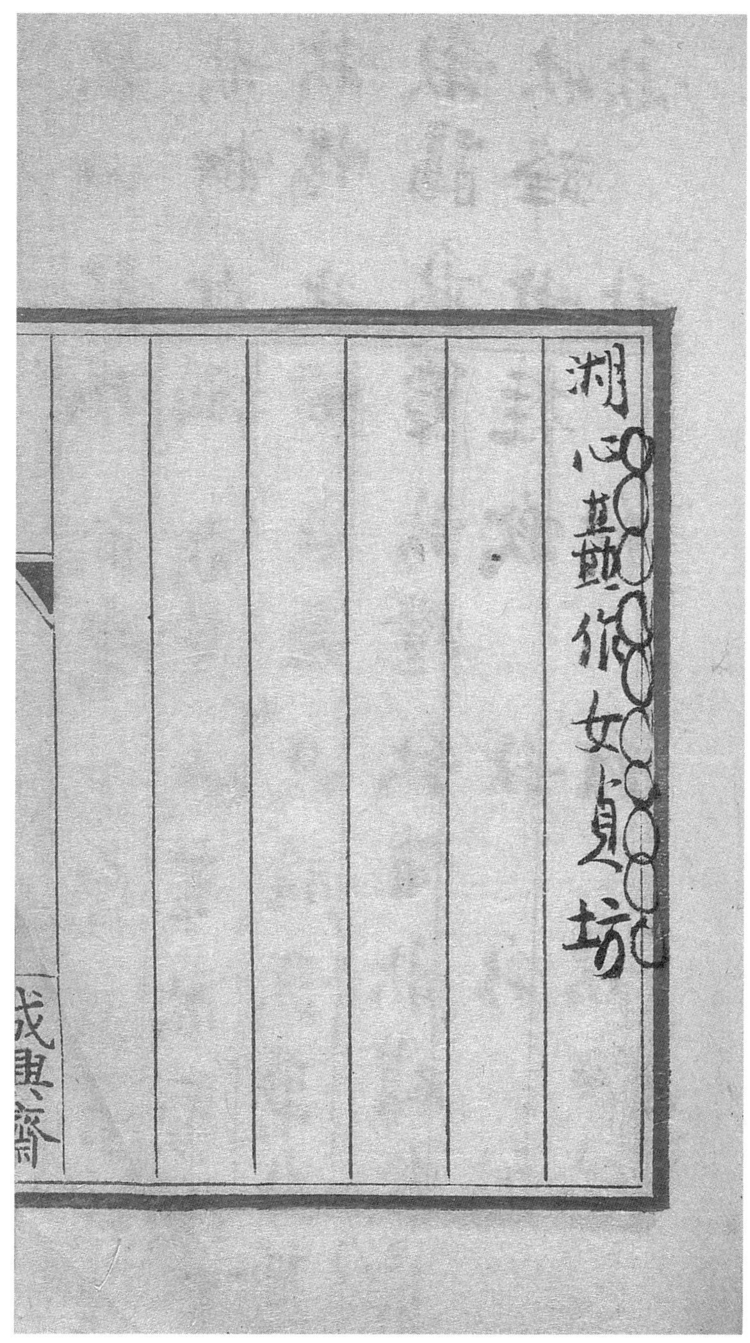

秋山　秋水　秋棠　秋蘭　秋菊　秋蓮

秋柳　秋桐　秋草　秋茗　秋蘋　秋橙

秋蝶　秋蟬　秋莚　秋雁　秋蛩　秋菱

秋鶴　秋簟　秋燈　秋笛　秋碪　秋舫

秋蜂　秋桂　秋　秋　秋　秋

秋　秋　秋　秋　秋

別恨滿中庭
儂〻年年將
照〻

明曉林[illegible]思[illegible]徘徊
明月[illegible]明 白露沾衣濕
蘭桂花零落蘭葉老離即
形影仙掌[illegible]影
儂[illegible]單抹老[illegible]鮫人淚
相思[illegible]別淚多[illegible] 相與滴
離人相思[illegible]淚[illegible]多
一夜深

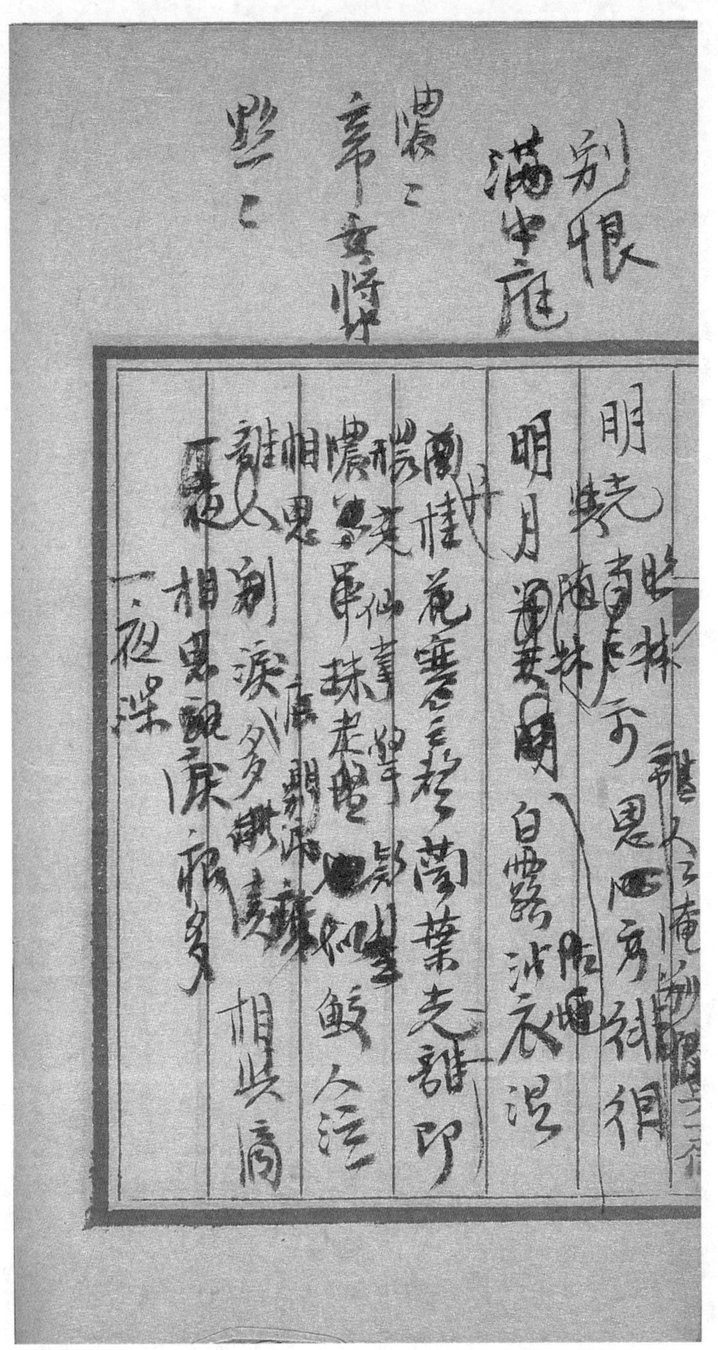

戊典齋

秋星夜耿耿肅肅覺清之
毋為牛與女無為參與商
參商不相見牛女逢相憶
不見情所已相逢心緒傷

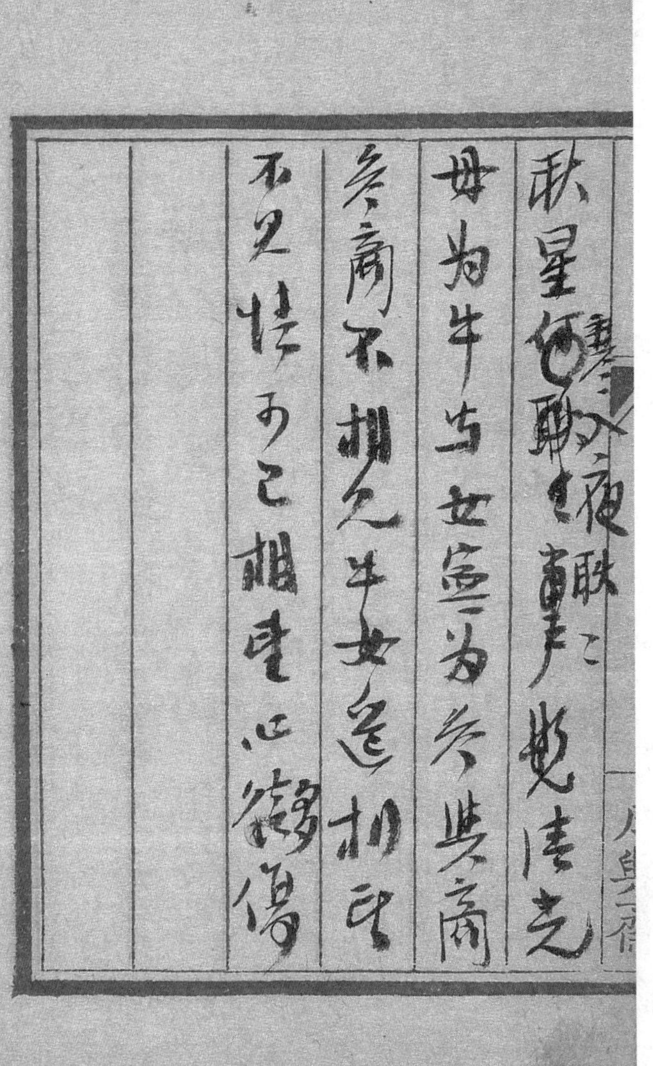

淒々一夜雨滂々羊解悲
雨絲縷偎窗情緒愁思惹蘭抽
葦窗滴々心碎竹徑寒蛩訴
向此雨無地處夜空濶涙
相思雨天雨地而夜雲炊髮
此時曉萬此樹燒雨如

或其齋

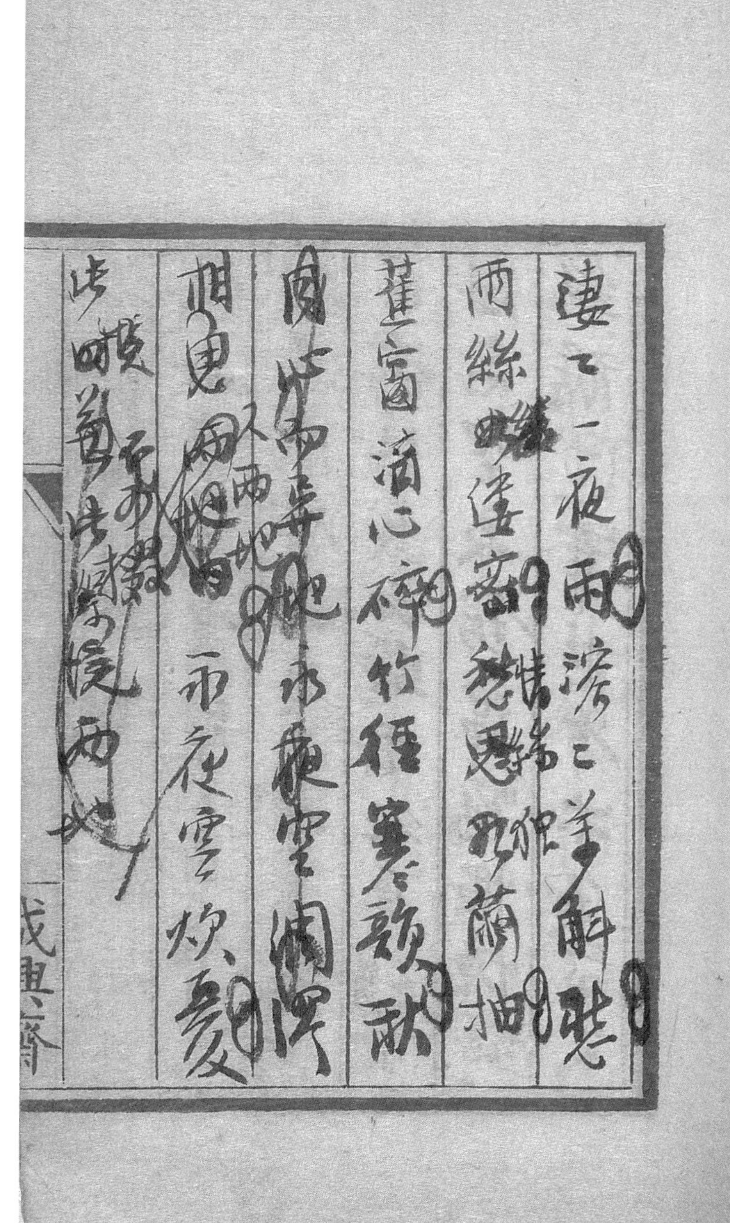

途中歲懷

鄉心星火急單書恐是殘冬歲欲除日首看寒鴉偎古樹途長老驢困征車項王留愁空衣錦溫嶠恨慷終絕裾邊塞於今太多了不

終投筆復何以
鄉心星火急軍書况是殘
冬歲欲深日暮樓頭棍
塘樹年去歸驛國延東
頭王錢幽空衣錦還晴
餘怨恨滿腔於今烽煙
世林投筆

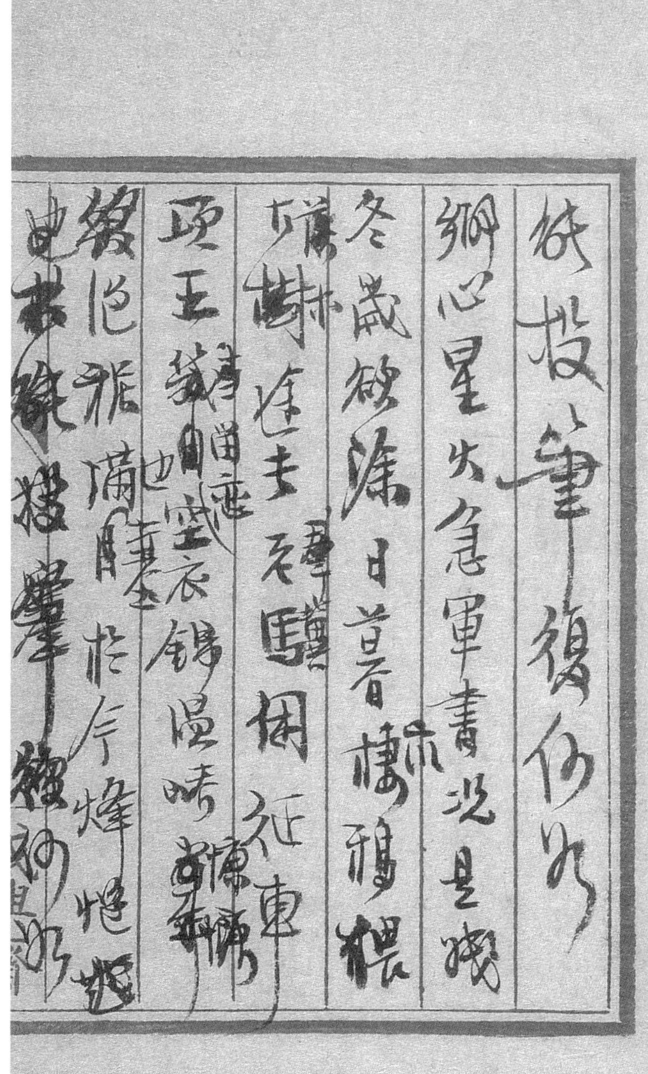

步章居老封題壁原韻

邊警馳星火從軍欲遠
遊將才需魏霍經士謝
匡劉投筆甘沙漠乘
槎尋女牛嗟哉離越
俎中夜聞雞憩

附原作

来路英雄悵雲山謁舊
游世人空説項心予漫
依劉客路攜袁馬詩
情閑斗牛猶河數百
里流盡古今愁

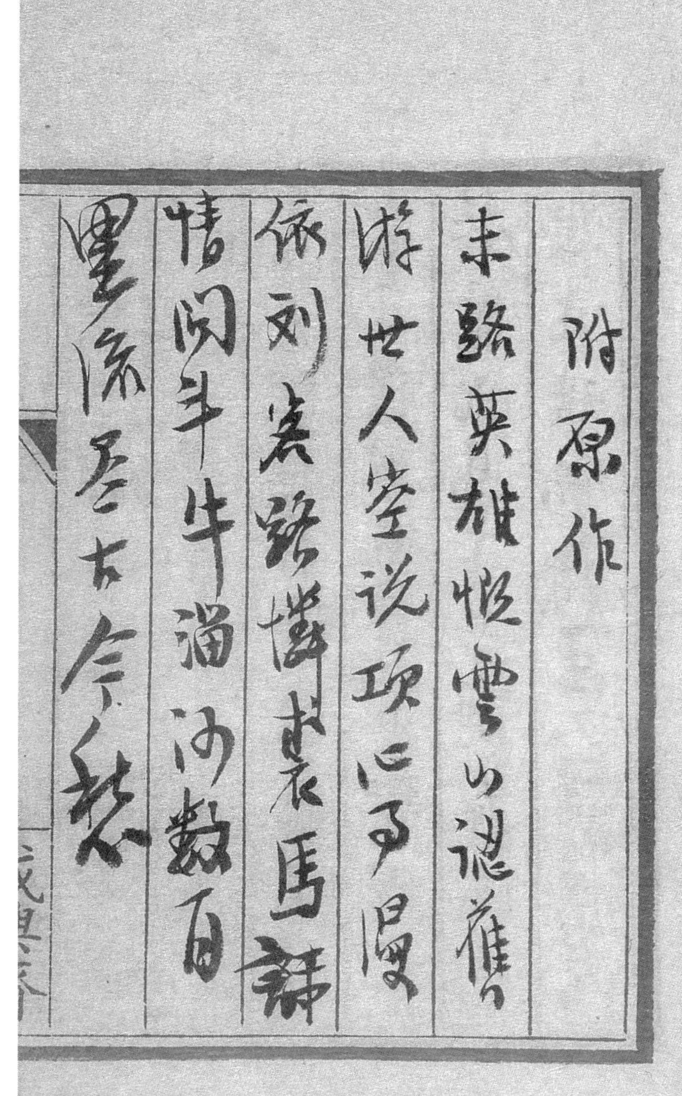

水陸千餘里悠悠返鄉關
蹈行未有月今月將下弦
故里尚迢遞行甫抵長山
旅店燈秋色落日銜槐杉
拾粟凡鳥下共棲群馬閒
獨坐誰勝語主人進夕餐

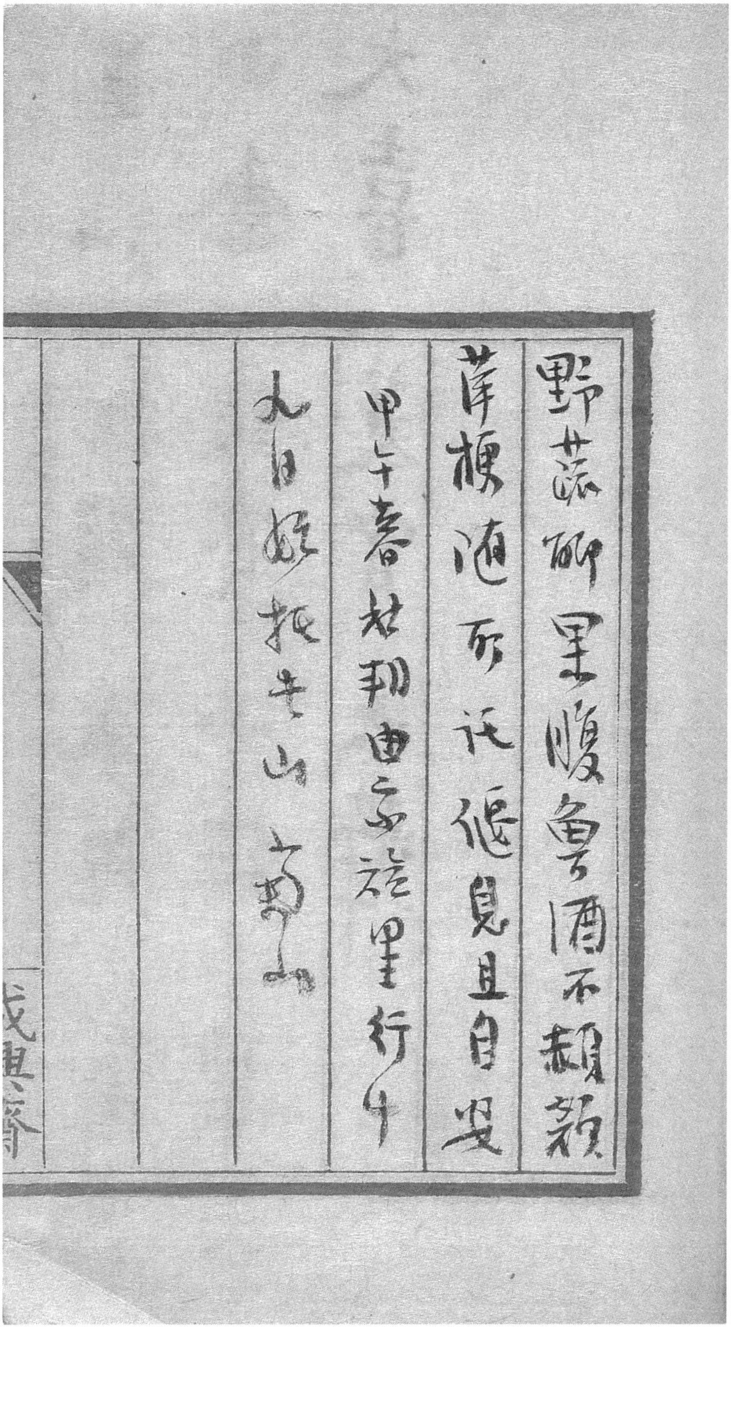
野蔬聊果腹魯酒不赬顏
萍梗隨所託偃見且自安
甲午春杜翔由家詣里行作
九日翁抵寺山之書

玉仙
小金
大喜

三順　冬桂　襄雲
銀官　小銀　翠六
菱官　大蕣

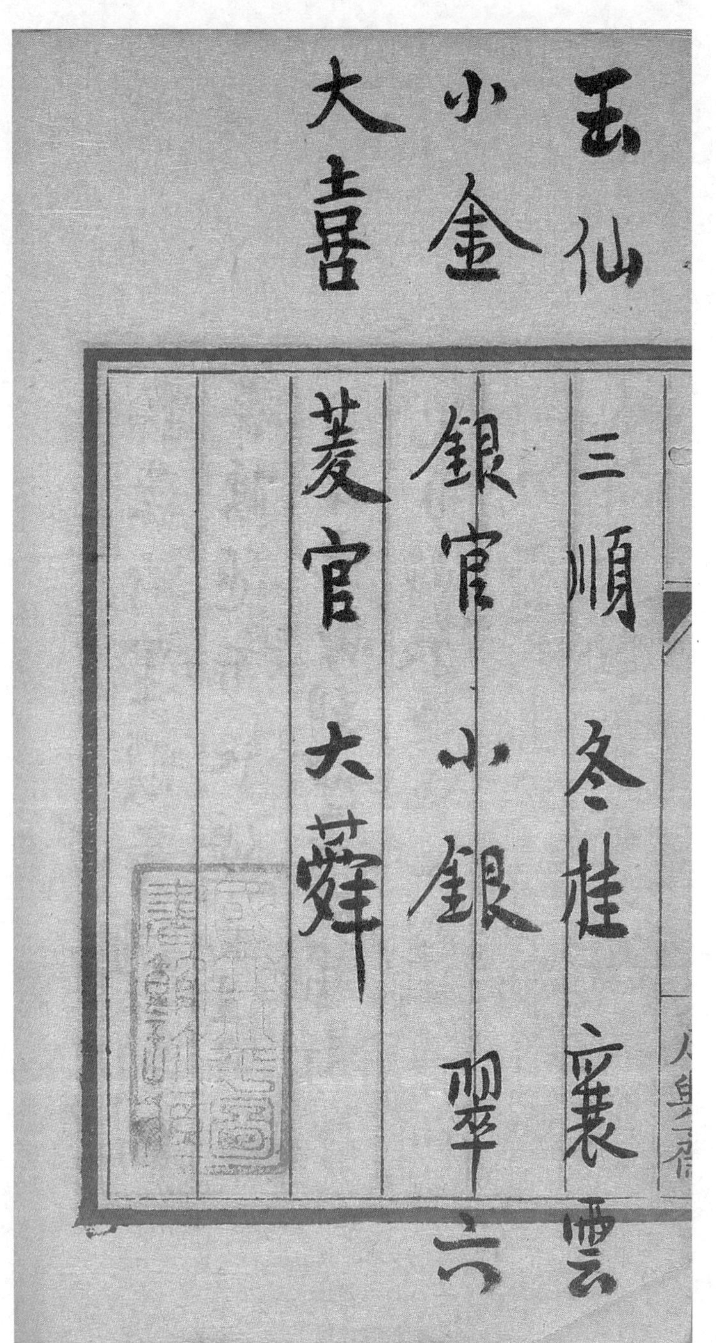

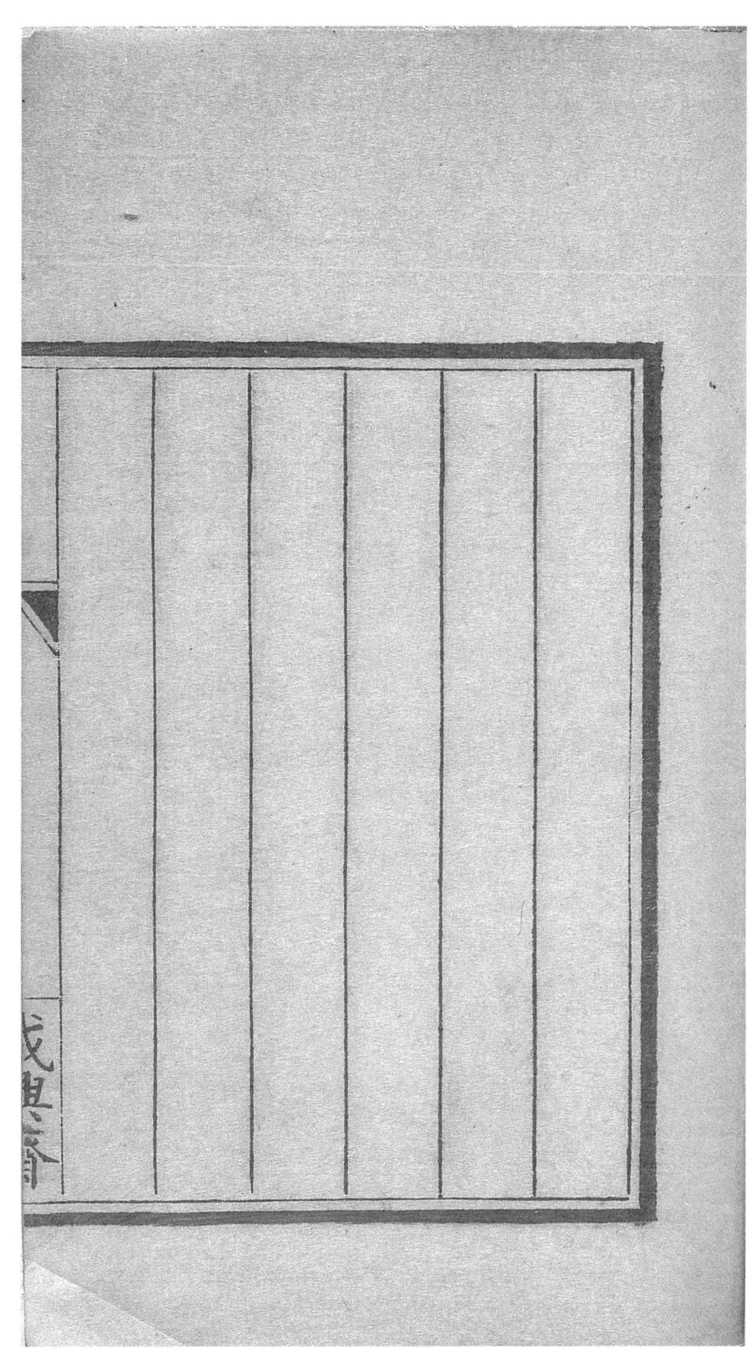

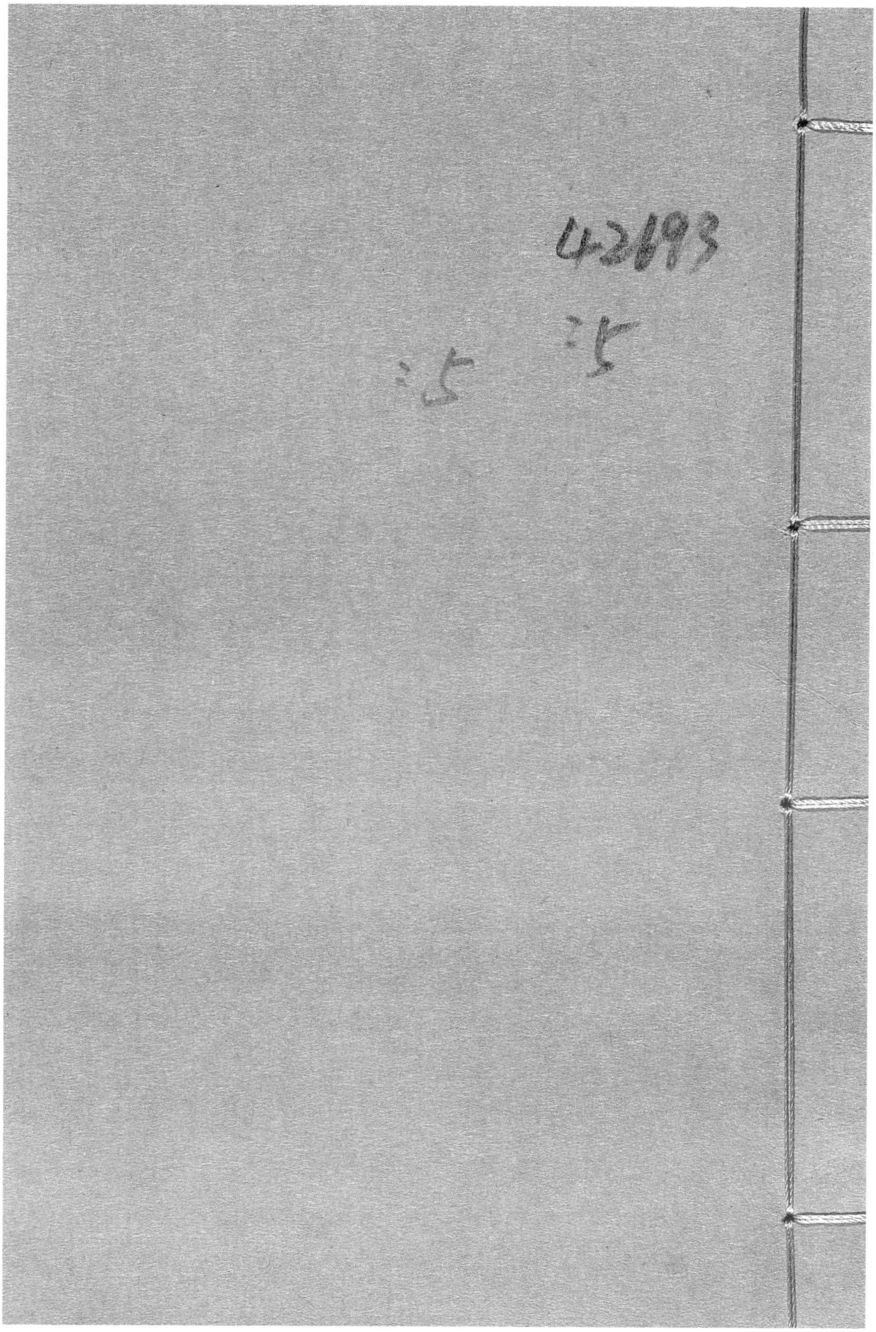
42193

惜金詞題詞

花月真人可鑄金玉環彷
彿是知音一從獻得樹觴
後釀就相思海攜深

平壽藏蝶仙館篔簹

谷生人未定草

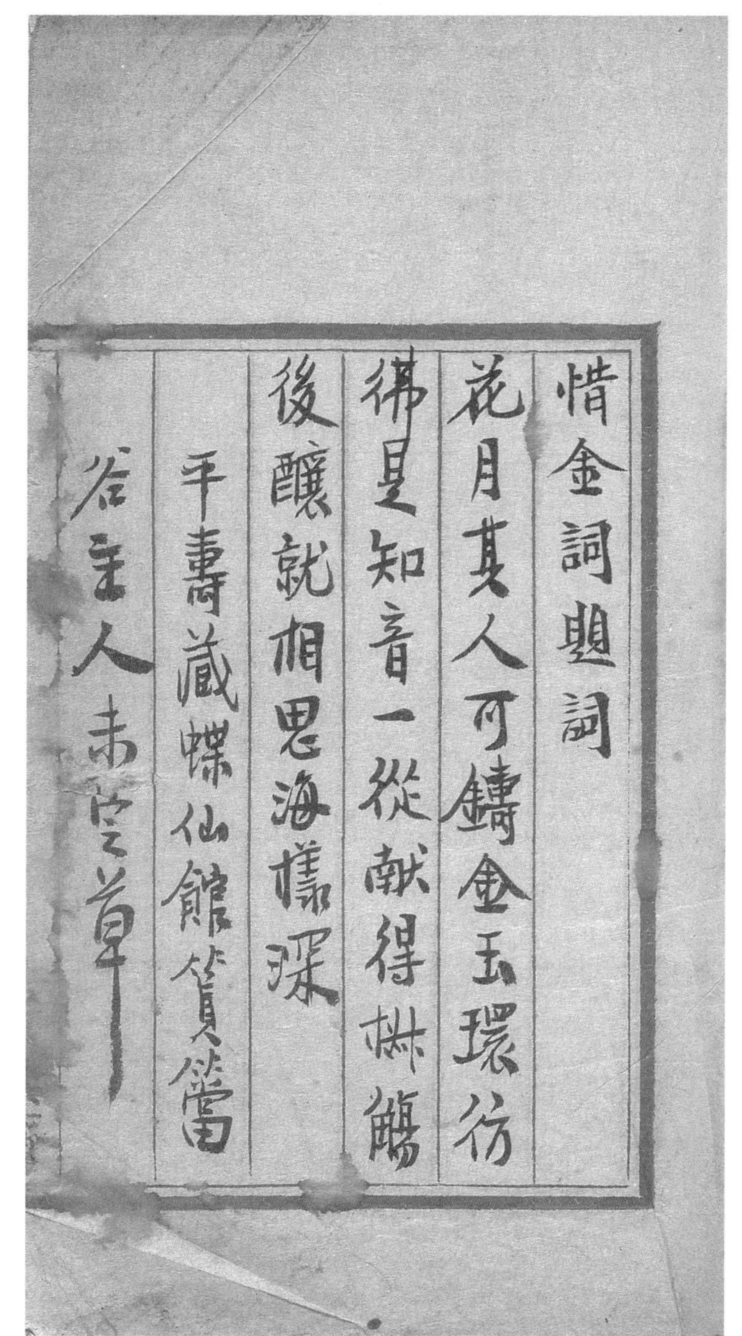

憯金記

甲午余看花長安於六月朔二日識如蘭即於十二月識金兒於蘭有飛燕之瘦金兒有玉環之肥如蘭温柔旖旎南朝之金粉居

成其齋

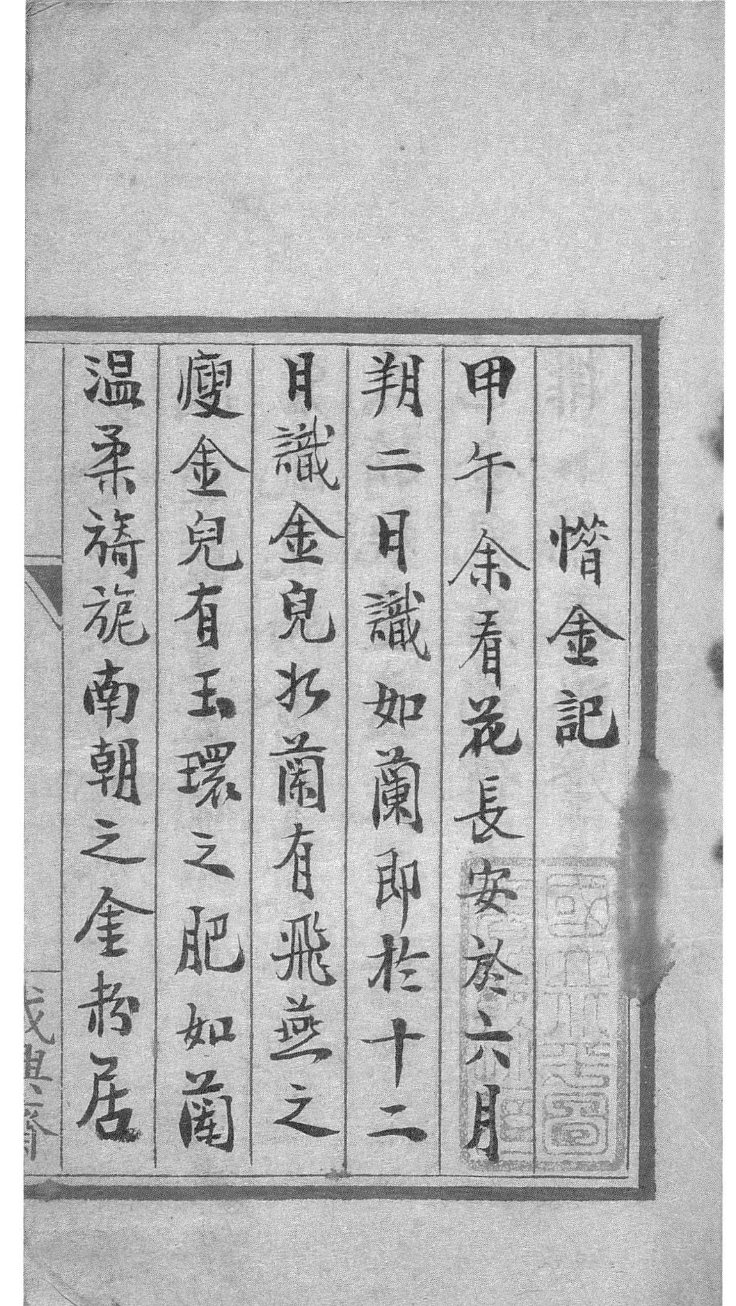

多金兒跌宕風流北地之
胭脂較重然蘭不能為跌
宕風流而金寶並能為温
柔旖旎蓋畫美矣又畫善
也金兒名蘭僊年十二歲
排小隸春陛金兒其小字

也前在六月初旬余自永和出永和如蘭家也異日人偶過春陞金兒正曉妝以齒太穉小不避生人姿容豐滿眉目妍媚酥胸微露膚如凝脂余偷窺移時

如醉如狂如癡如呆伊秋波斜掠默無一語嗔怒之色可掬妝畢避去臨行秋波一轉余不復知身在何處矣逾三月余又過其家一見逡巡欲避余强曳其

衣伊怒目生嗔同人遂強
余與之訂盟始轉嗔為喜
情態依依語言昵昵較初
見時大不侔矣是時伊甫
十二齡耳破瓜之期尚早
然與余似有前緣一見後

情意之密膠漆不足喻焉屢欲與余偷試雲雨事余不許伊嬌啼宛轉央求百端余怒其輕狂欲與之絶伊自言素性温重並非遊浪桃花但與郎情意不克

自持余復囑以後事京都習俗雛妓初次破瓜其家索金錢甚多倘不能落紅其家大受責讓慚羞成怒鞭笞不已有拷打死者余以此諭之始不余強然自

此以後雖弗及亂閨房之樂
亦有甚於畫眉者一日晚
大雨余避其家為止宿計
伊已覆被欲睡余促之起
伊又動情強余同衾復喻
以前事竟不之懼且言今

日歡樂明日雖死不悔余
大窘被糾纏一夜天初明
余即駕車行矣自後月餘
不敢復往伊相思之深悔
恨交集幾手致疾者數矣
屢乞同人强余復往延至

九月初旬余亦想念不已
遂復至其家伊一見驚喜
之狀有非語言所能盡者
是月朔三日值余初度伊
更新妝親捧觴爲余壽余
为留連至醉逾數日伊復

邀其母見余再三稱余性
情之好才學之美自言欲
從余終身伊母含糊應之
余不敢贊一詞京都習俗
雛妓未破瓜者非數千金
不能脫其籍伊艷冠群芳

或更甚焉余囊橐羞澀不得不作負情郎矣後數日余亦出都相思兩地只增惆悵云

甲午仲冬朔二日古平壽紅豆館主惜金子吳笙氏

自記於平陵旅邸

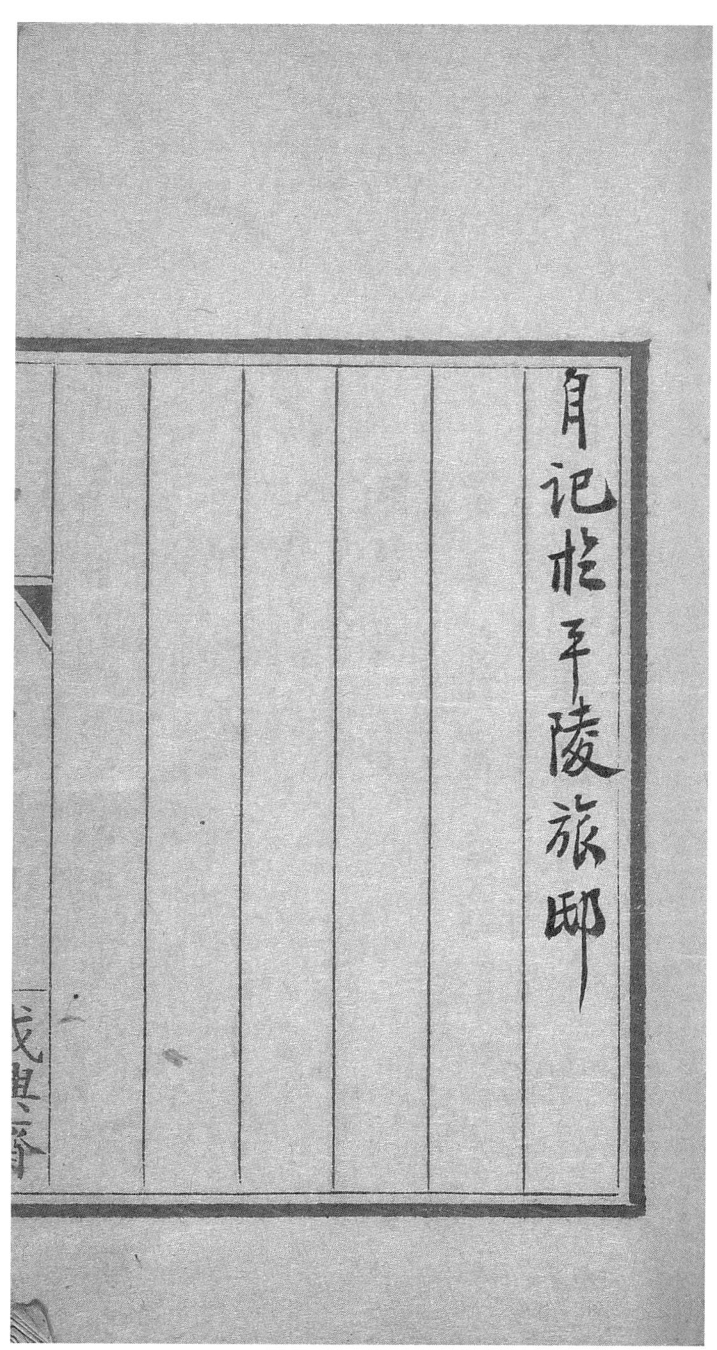

惜金詞卷上

古平壽奚筌氏清課

詞上十首

其一

驚鴻瞥眼葱相思賺得蕭郎不自持最是畫眉猶未

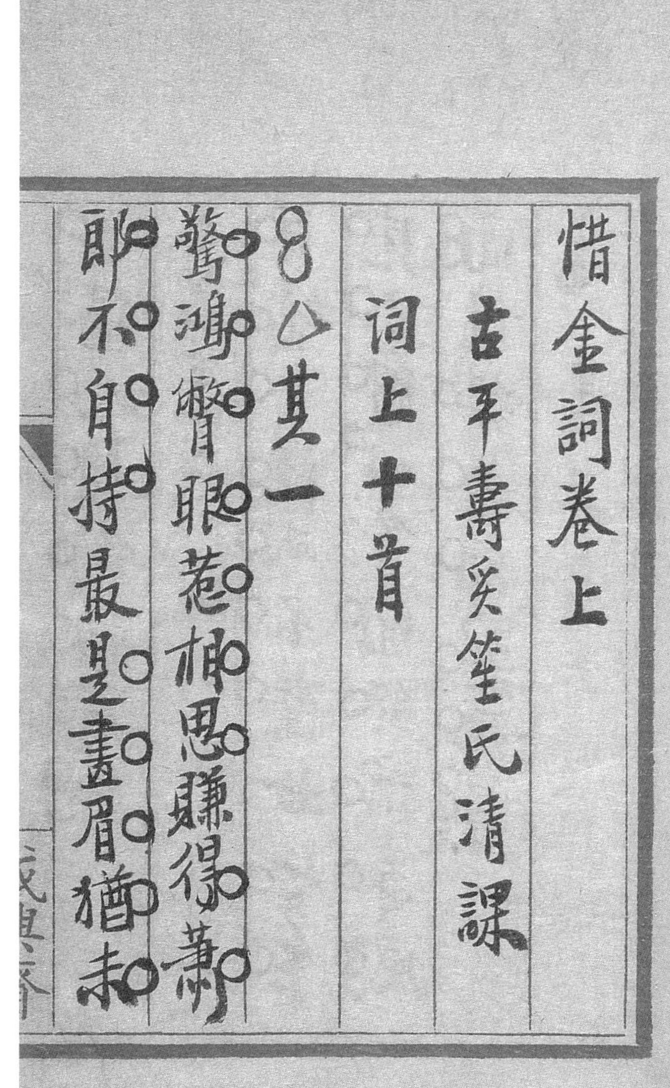

了儘人顛倒暗窺時

其二

百嬌千嬌試不禁妝台作見已留心等閒終識春風面值得蕭郎到死尋

其三

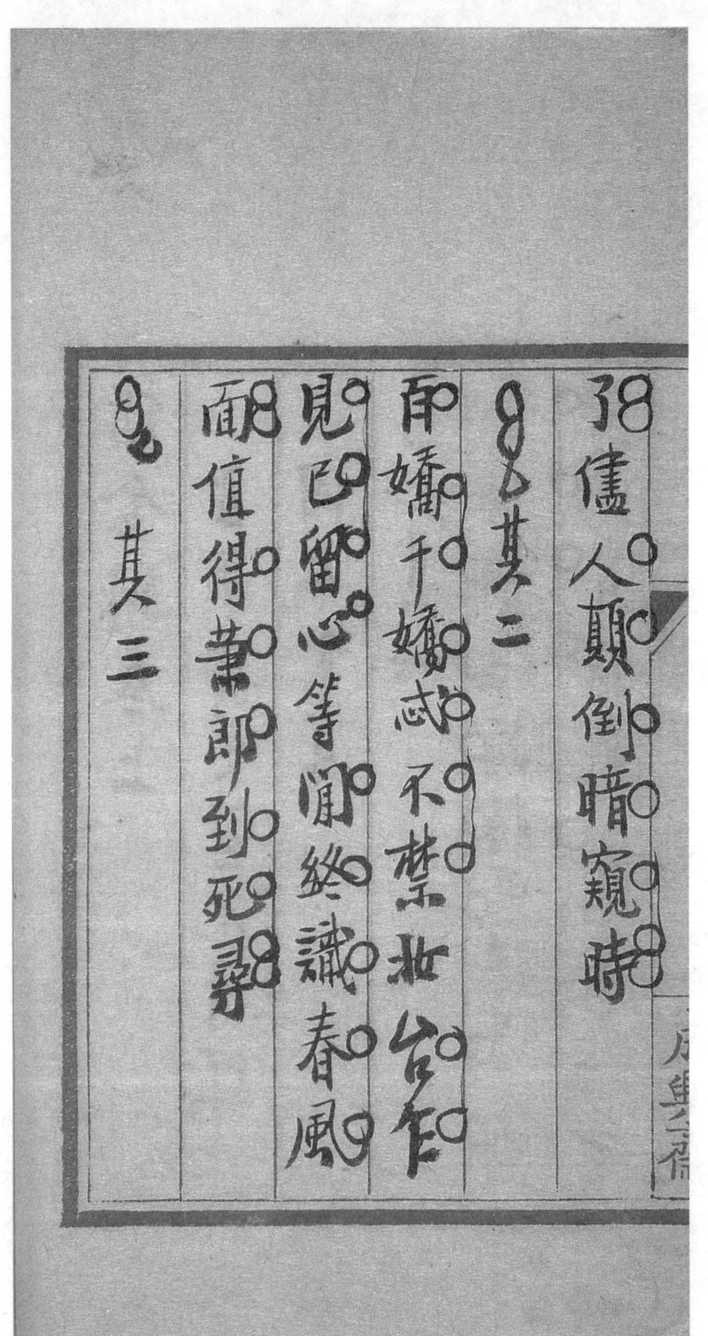

半槿手緝中衣數月竹亂为日倡較霞

梳洗解衣露半身猩紅兜肚貼胸新被人看殺嬌無語羞轉星眸為一嗔

其四

豐姿綽約妬仙葩生占繁華第一家御擬前身妃子

題清平調配牡丹花

其五

自著相思盡日癡
一朝連理忽成枝
試從兩小無猜後
為憶嬌嗔避客時

其六

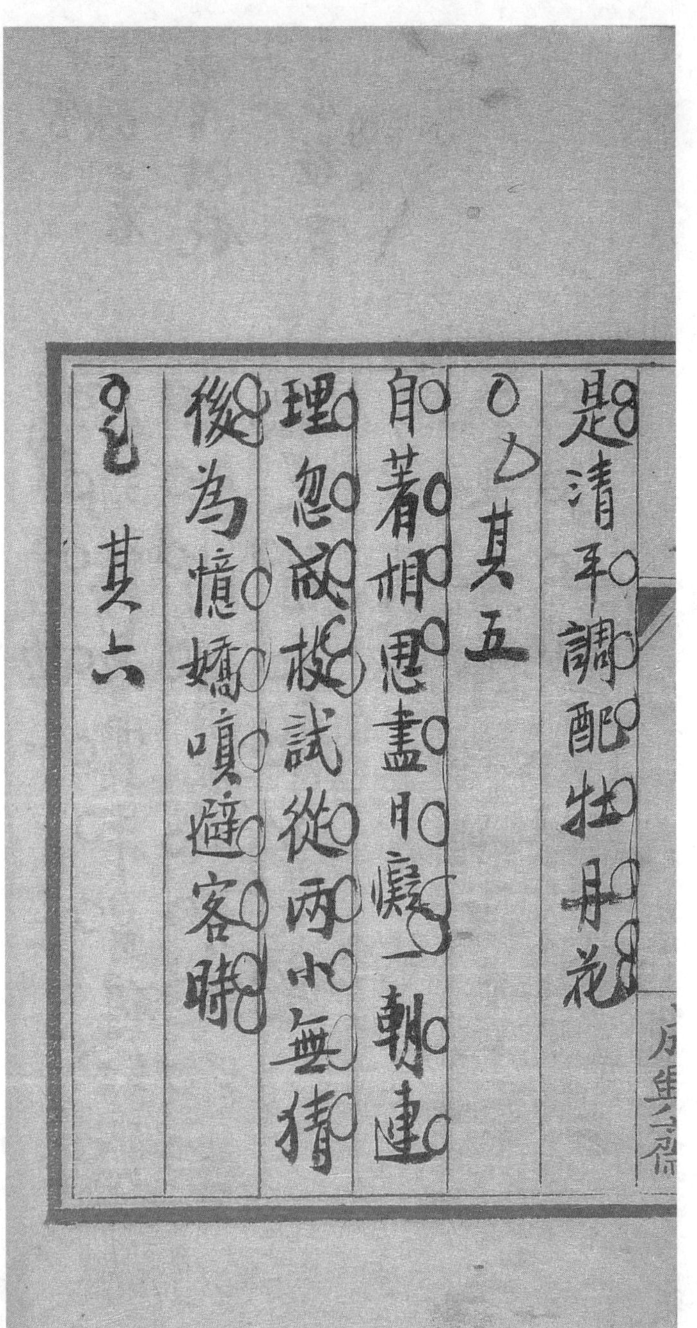

舌尖無加字慵挑一任呢
喃乳燕嬌容貌如花猶底
事眠誇輭語已魂銷
其聲眠〻婗〻畧帶鼻
腔使聞之者如聽斷雲
零雨如醉如癡不知身

我且〻齋

在何處矣

前五首云註皆記中所有

後凡云注者仿此

○又其七

參○禪○曾○此○證○頭○陀○四壁○圖○

成○慧○眼○過○我亦○佛○門○真○弟

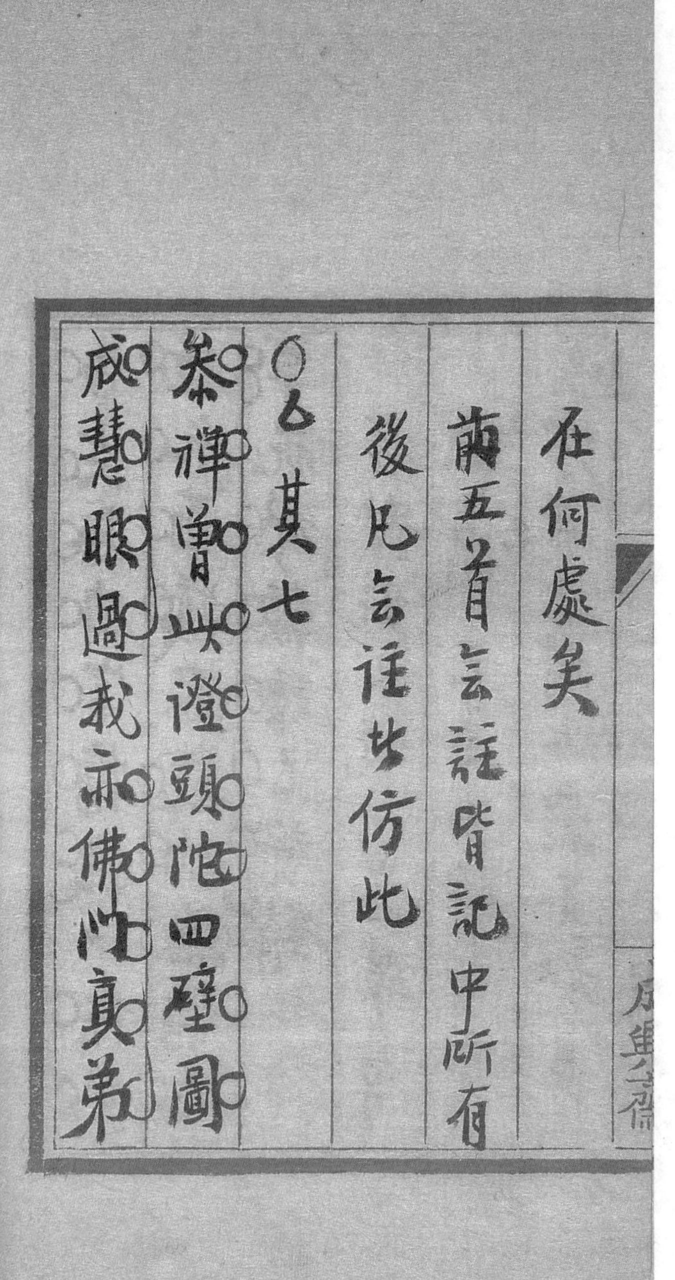

乎怎當臨去轉秋波

乜　其八

妾諦

可記俚[illegible]抹些覷偃囿唐

突惹嬌嗔柔荑不動纖纖

手御用蓮鉤儘蹴人

乜　其九

慣

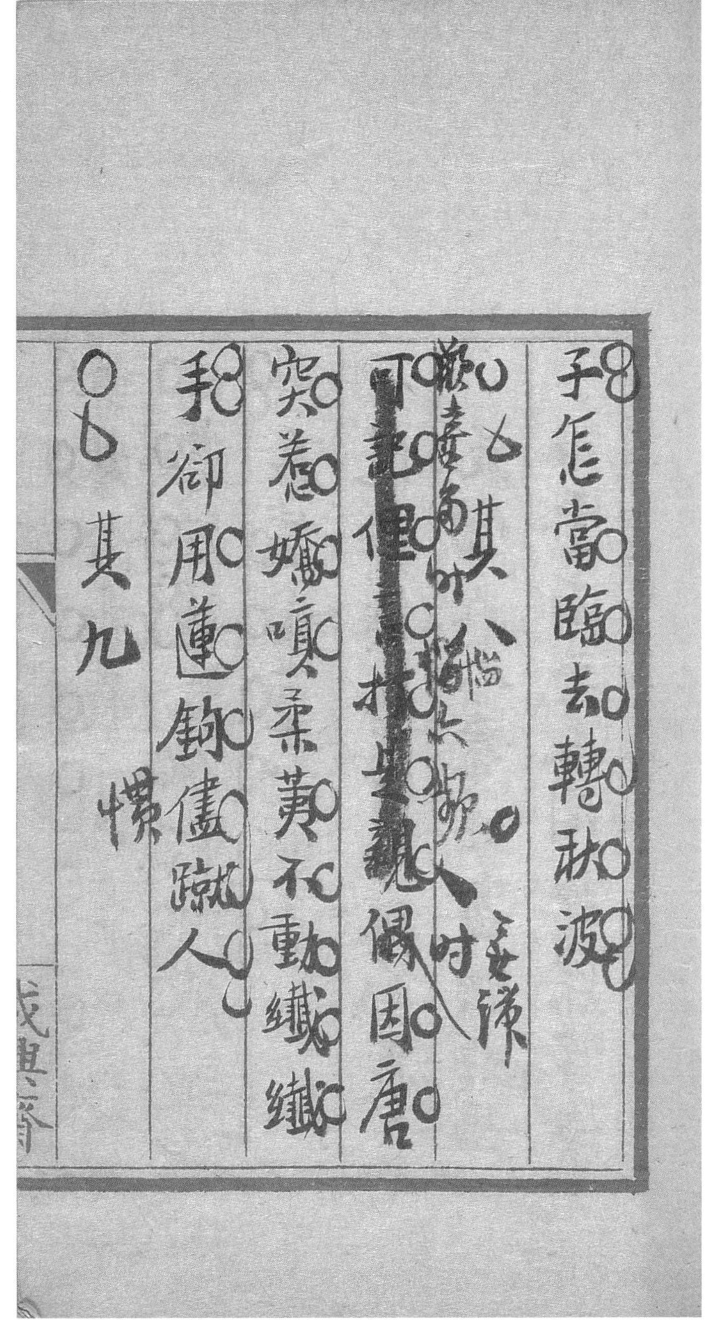

姊妹名花夜夜開箇中情
味費疑猜背人私倚檀郎
耳忍笑含羞細問來
院中諸姊皆已破瓜夜夜
花開人人春好每語伊巫
山雲雨為人間極樂事伊

欲問則含羞不問又納悶
遂暗中向余繁〻不已也

○〻其十
樂事房中甚畫眉無端嫉妬起猜疑也知潑醋阿儂慣愛惹淺嗔低罵時

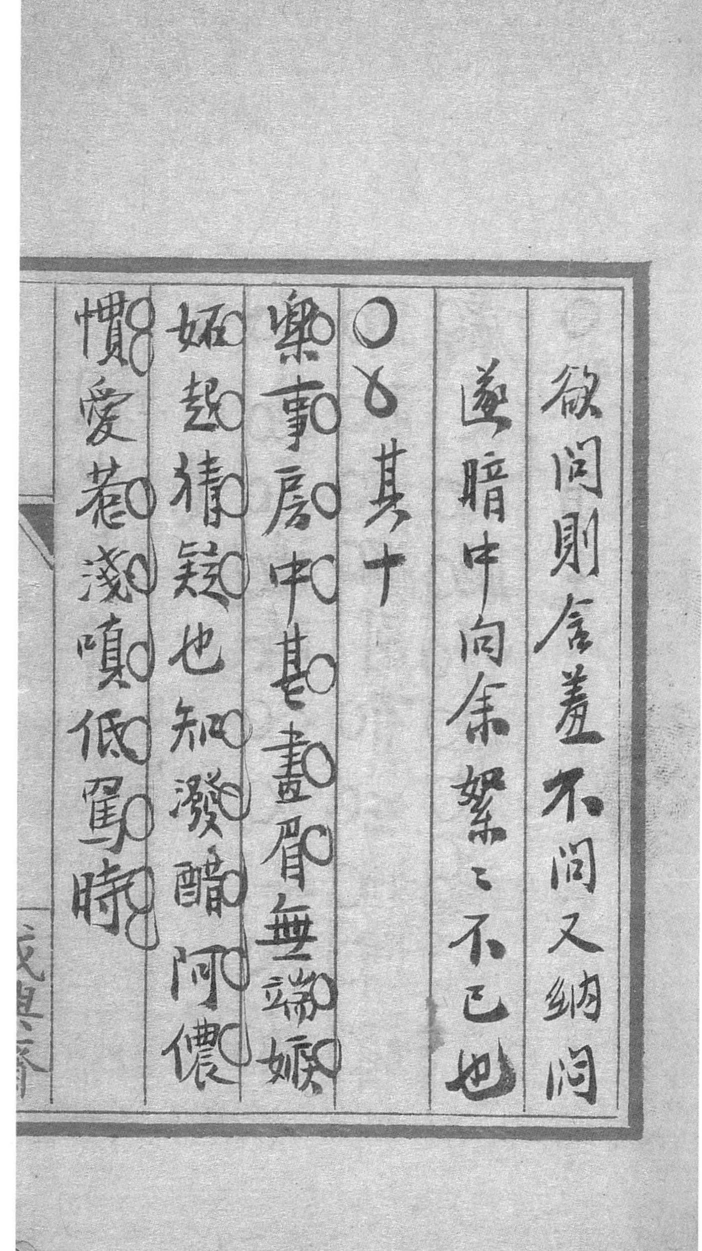

词中十首

○乚其一

罥聽且語醉人多一轉鶯

耶秋水波別有生妍增媚

處笑時腮畔逗雙渦

○乚其二

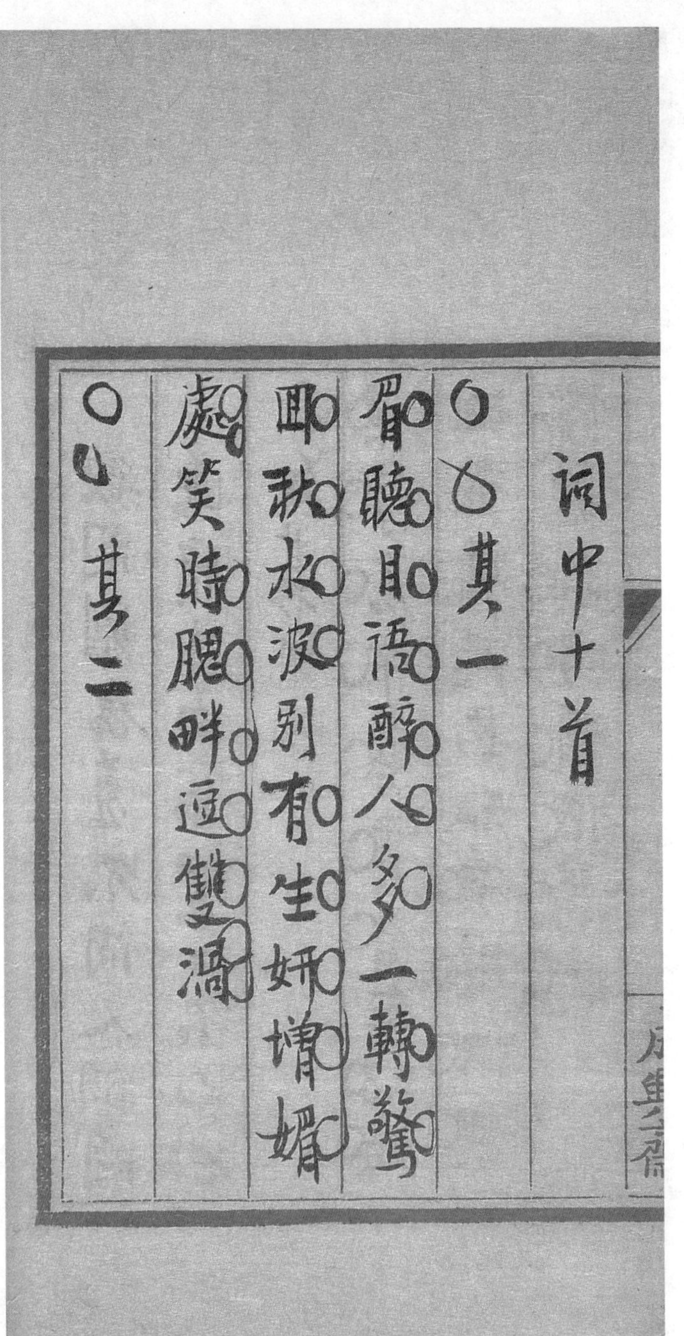

索抱懷中不自持玉環身
重加難支那堪再和嬌憨
態直到檀郎骨醉時

○又其三

冷言謦刺暖言偎喜怒無
端費盡猜猶恐嬌癡撒不

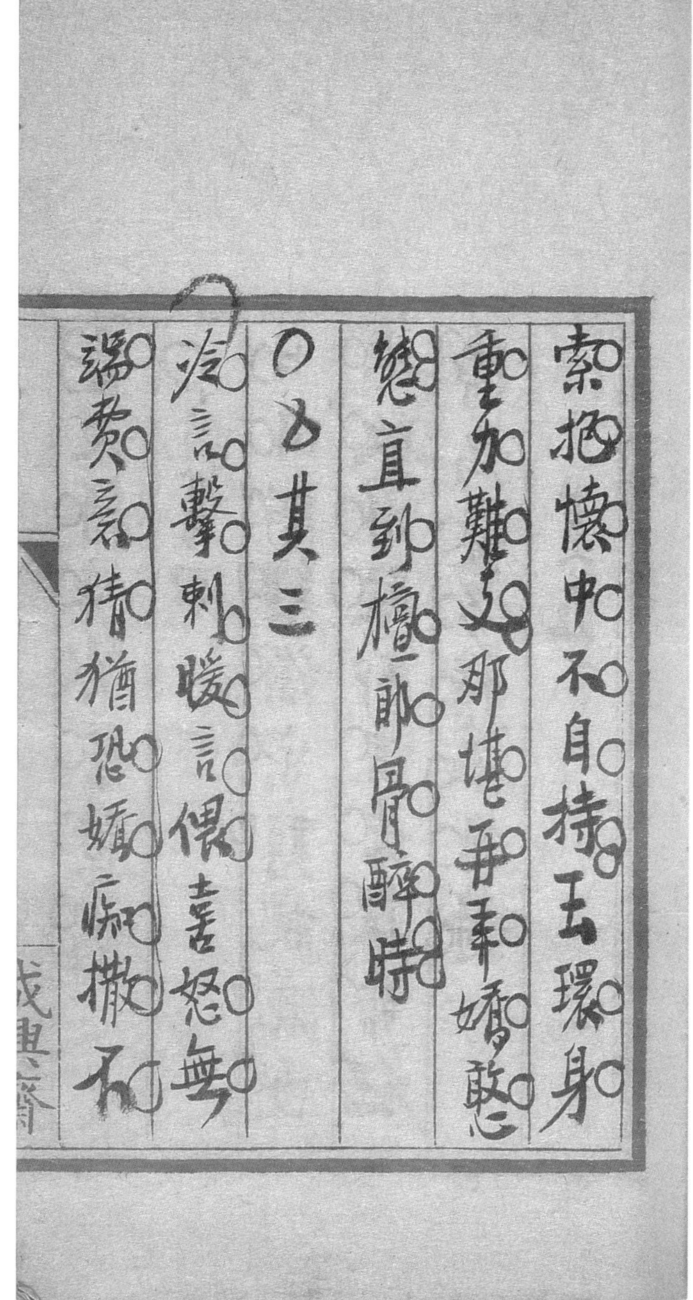

盡又將啼笑學嬰孩

其四

日日糾纏偷密期桃花過

水啟郎疑卻言素性非狂

薄為愛多情不自持

其五

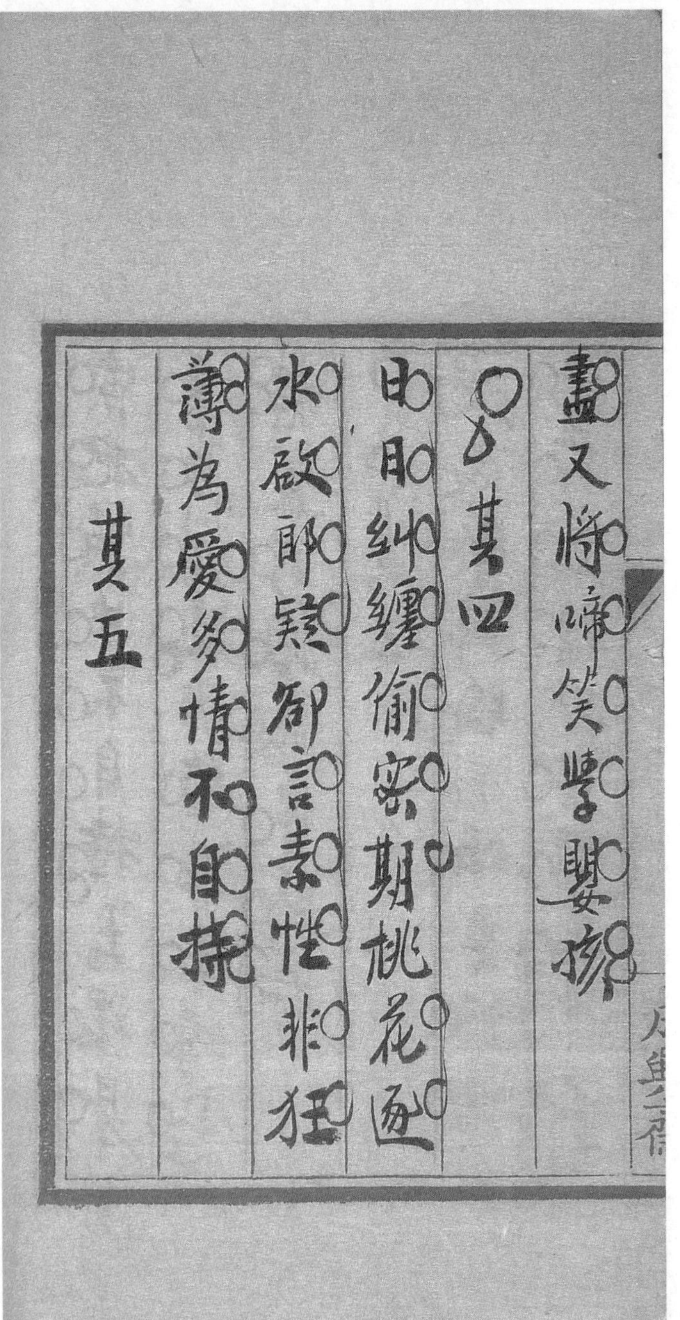

閔拏已自古人憐○早揖郎
魂飛九天○恨煞臨行千萬
語○叮嚀甫畢御莊煞○
門前送別千叮萬囑煞
嬌拏完持使閔拏自魂揖
魄精神不知銷向何處去

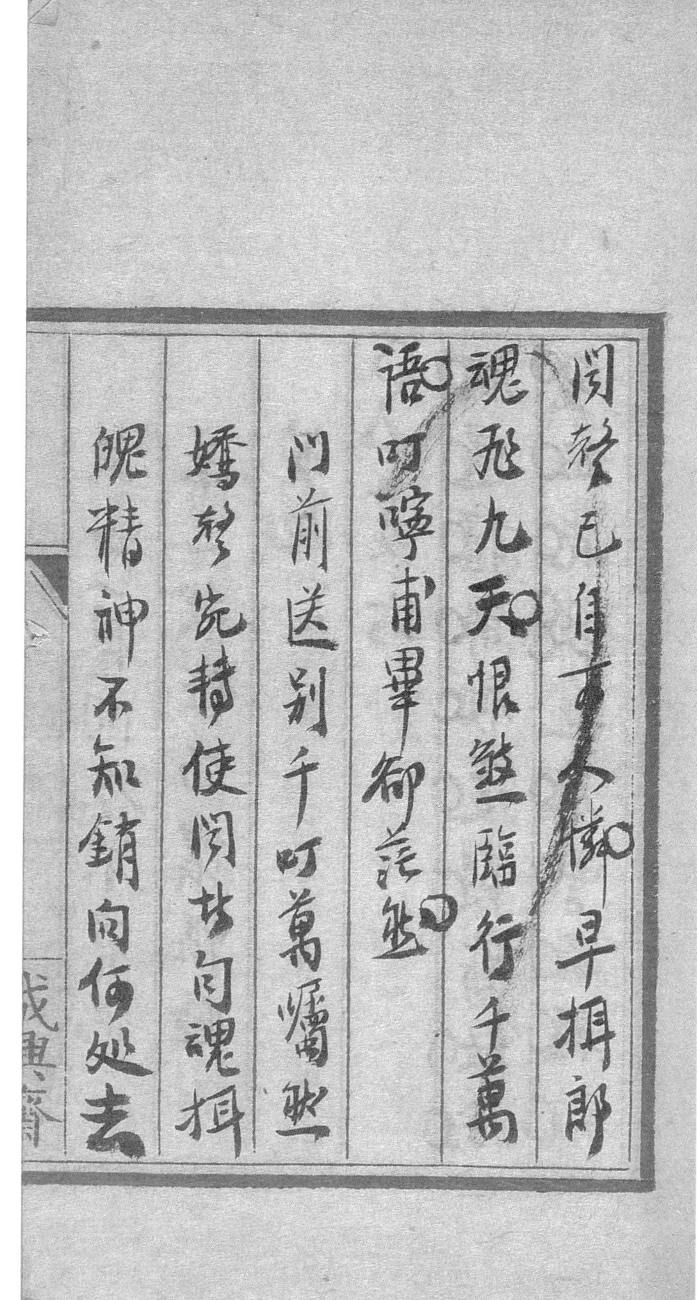

矣每一程問全不省記痴
呆之狀使阿儂恨極而
笑也

其六

欲過檀郎初度期新妝搖
曳妬花枝近來曾不輕歌

鈔一曲侑觴獻壽時 進字

全見歌曲為京都之冠然

自重矜價不輕啟口一曲

穠歌親捧觴為余壽旁

觀豔羨以為不世奇遇

○乙其七

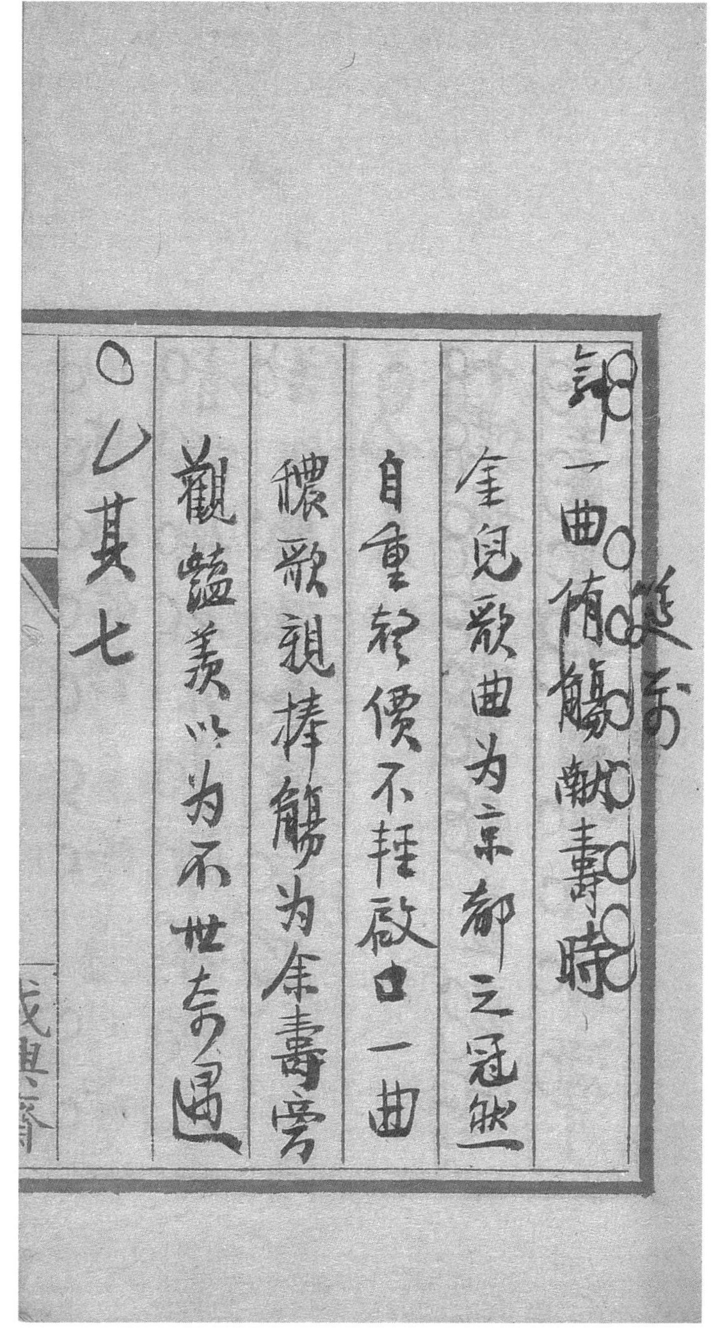

几沐收拾靜会璇爐內薰
香瓶插花非是郎前獻勤
善如斯可否便當家

其八

小儂嬌稱小郎癡畫眉
中畫意嬌阿母太方淨

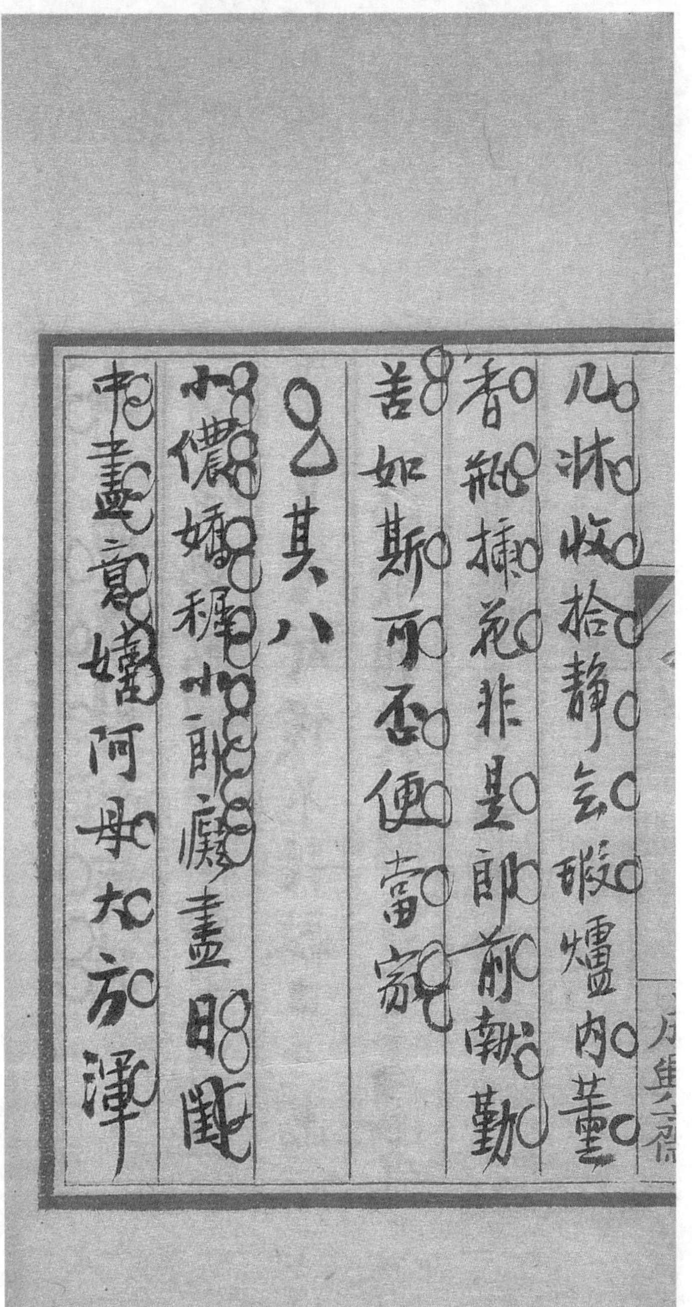

不管閒翻誇名字要孩兒

其九

二月六季芳齡鬟鬢二六雛花風廿

四正默余箇儂誇向阿娘

道如意小郎十八初

金兒每語其母云儂二

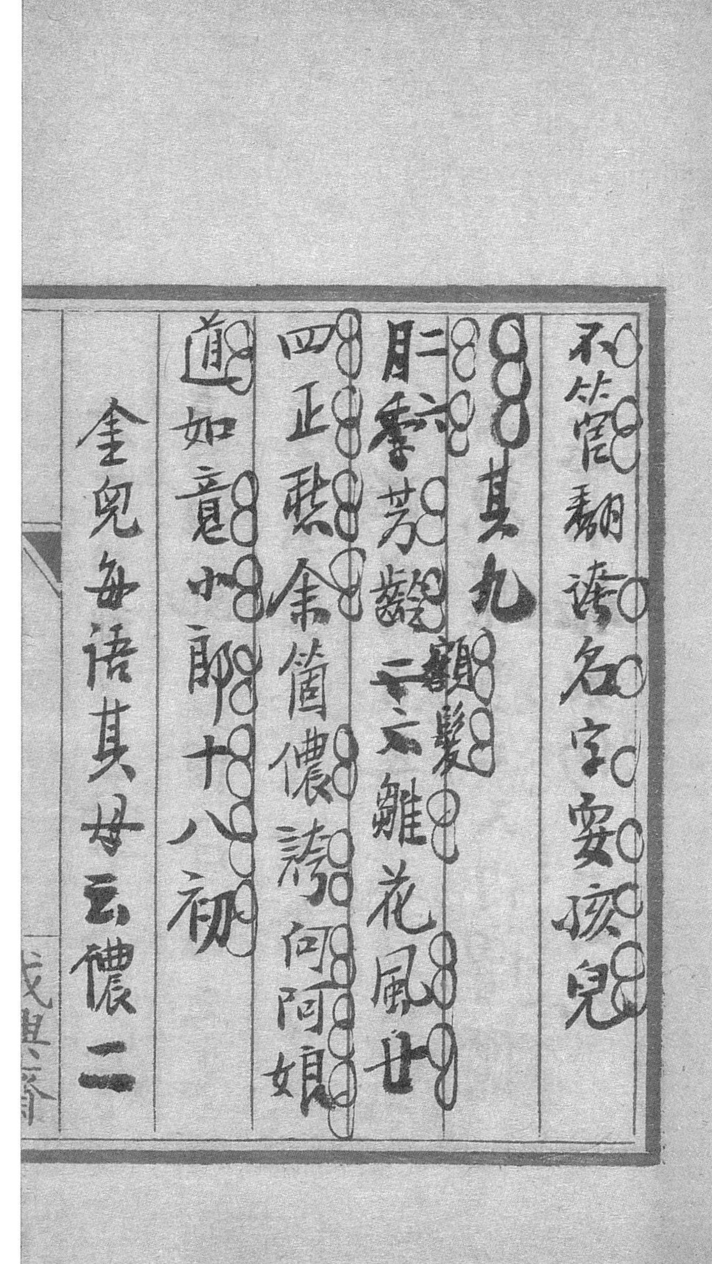

六十二郎三六十八可偶真班配美伊母信之不意其虛喜也然余自慚形穢實言之又恐箇儂不歡擁當之又內增愧惡不知如何是好也

○△其十九

欲歸夜雨路偏遙暫伴河

儂夢一宵此際此時情美

傷未曾真箇已魂銷

詞下十首

其一

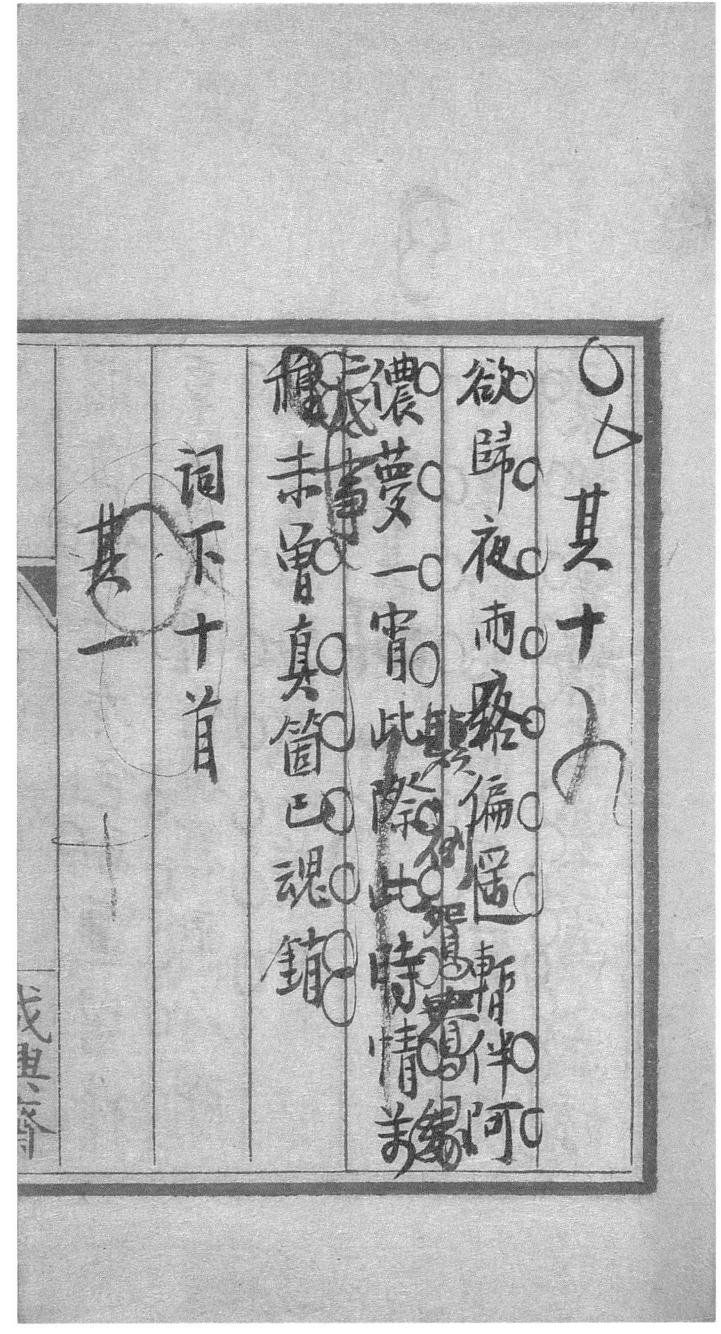

眼角低迷春色融逗留情
事是雙瞳任他揖就人魂
魄盡在秋波一掠中

其二

兩鬟窈窕世間無一鬟屏兩
鬟和萬餘最是驚人忒嬌

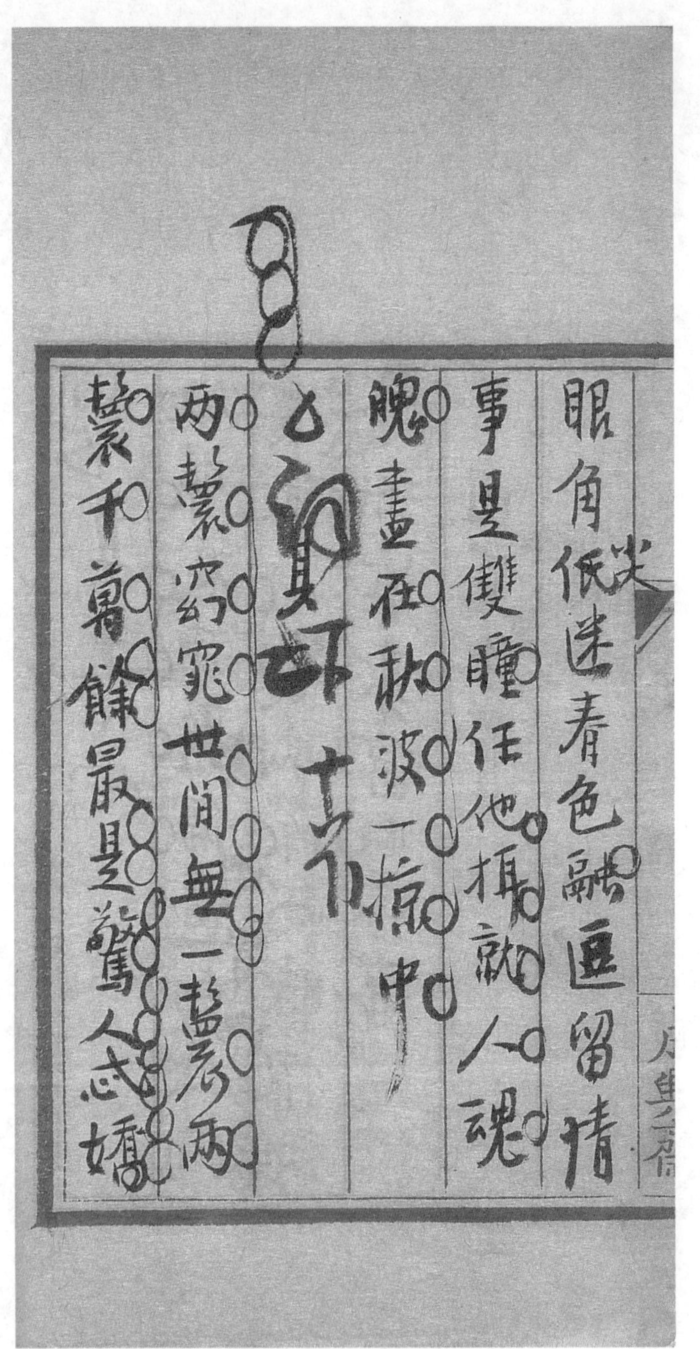

鬟滿頭花朶羅粧梳
古樂府云兩鬟何窈窕
一世良所無一鬟三百萬
兩鬟千萬餘此首非親
見其人不知其貼切不
可易也

成興齋

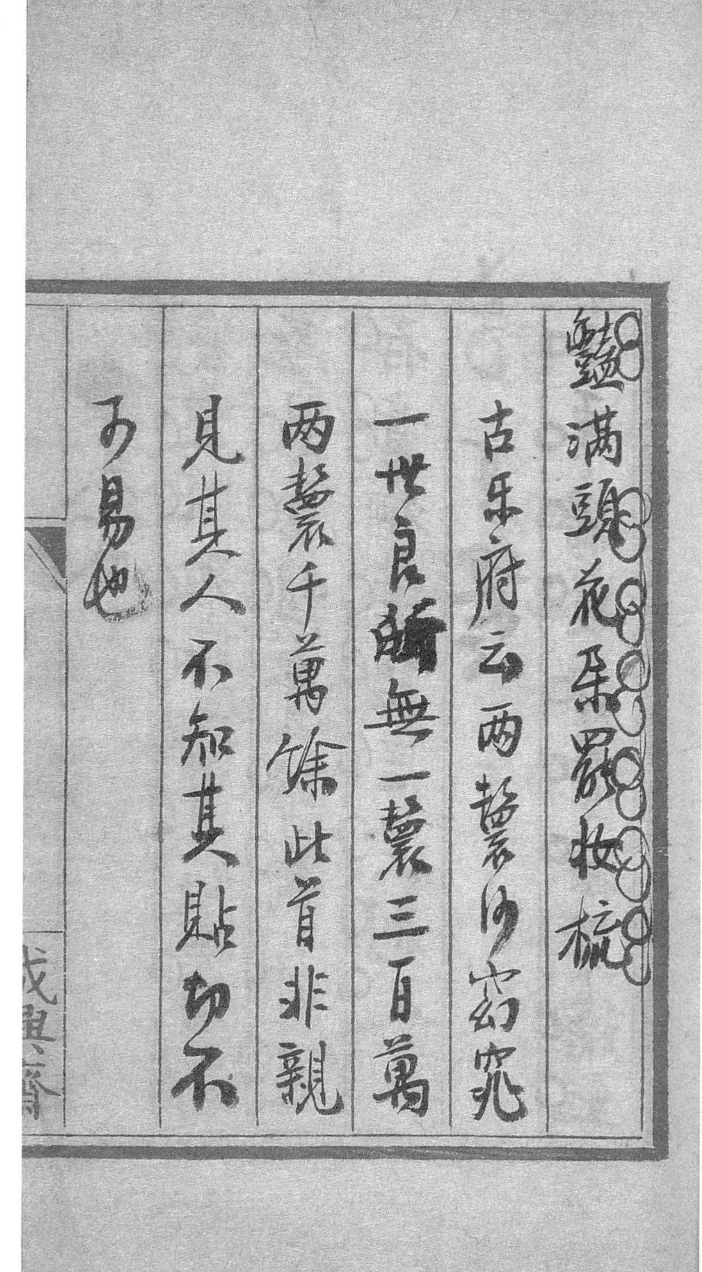

其六弍

竊愛唯教在一身嬌鶯婀
難易生嗔費郎幾許溫
存意猶惹語言笑刺人

其三

下車櫻蚁秋時粧帶穗紅

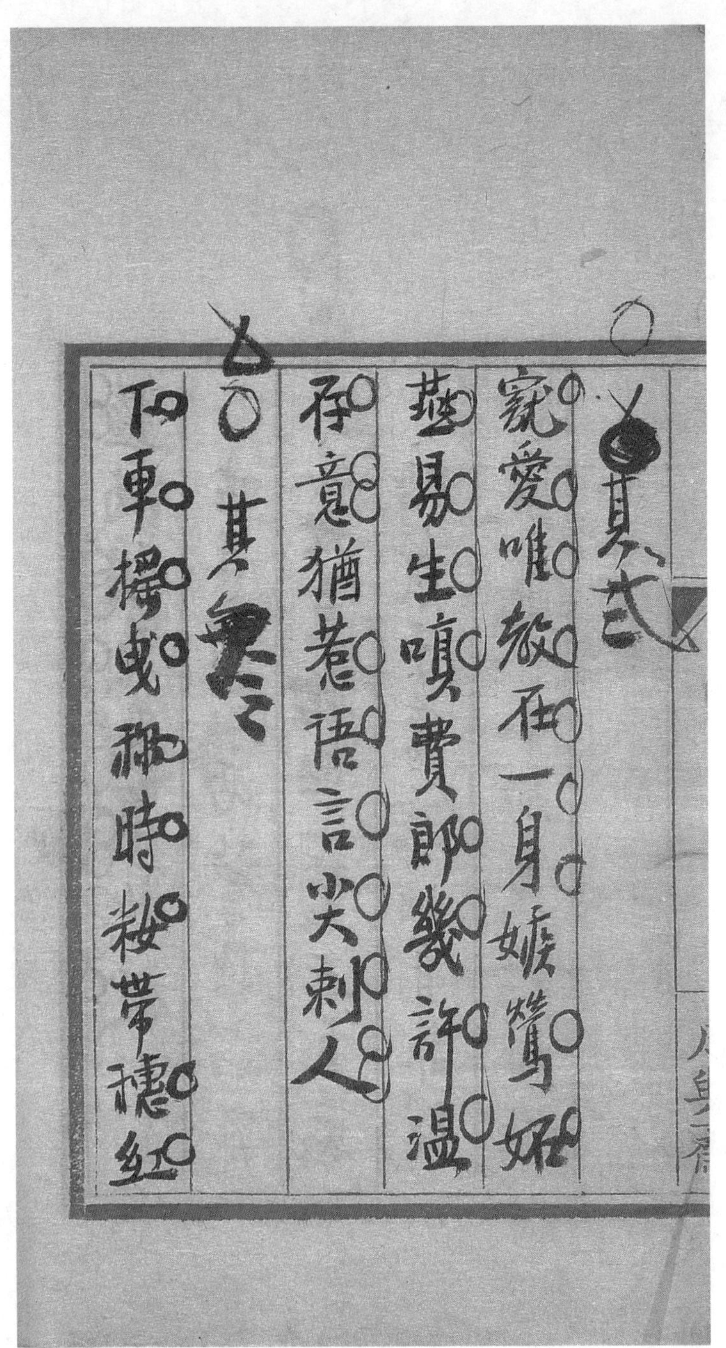

阿儂怯暑褪
衣衫執矣

巾手自將最匙入門剛一
笑檀郎親加疊衣裳

其四

儂郁狂暑褪衣衫撲次窺人呪
爲違嬙障母穿僅迴避
爲體貼下重爲

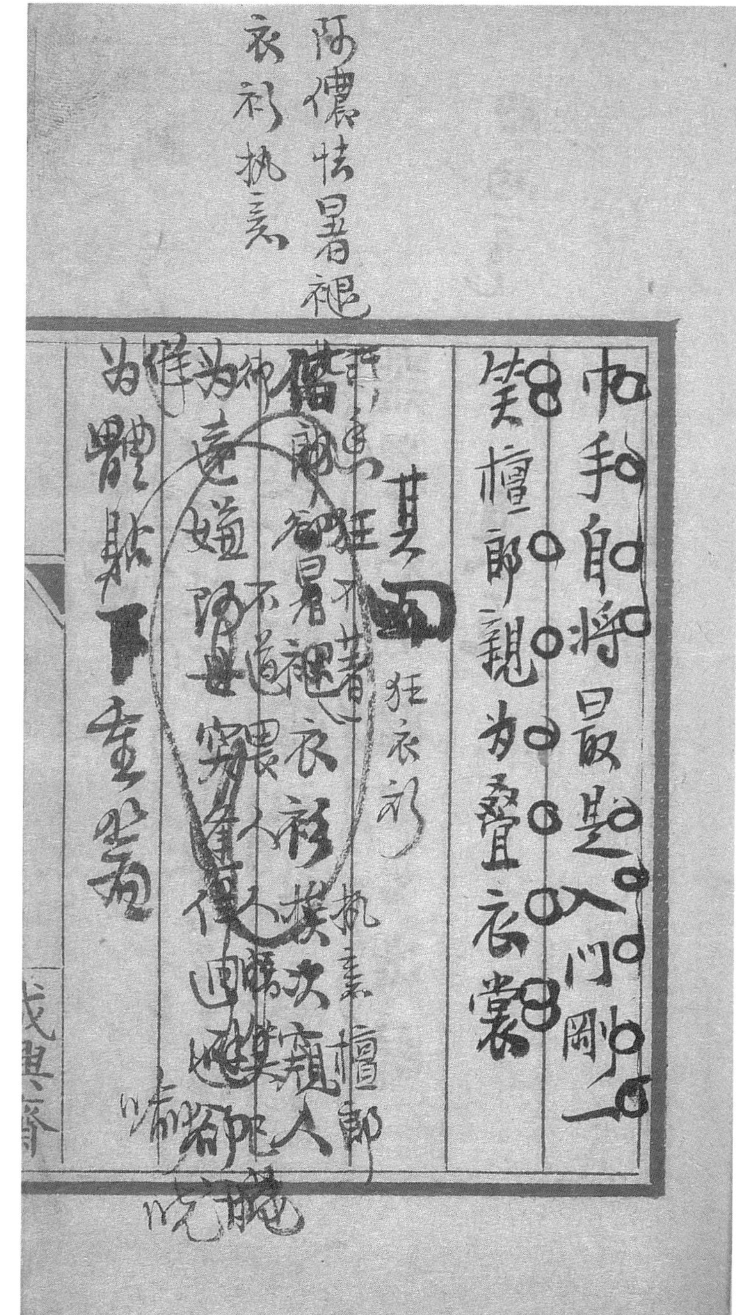

風：玉環未浴溫衣衫

西涵一首

其四

侍兒扶起不著衣，星星香汗浸柔肌。檀郎倩扇羞難舉，彷彿楊妃出浴時。

其五

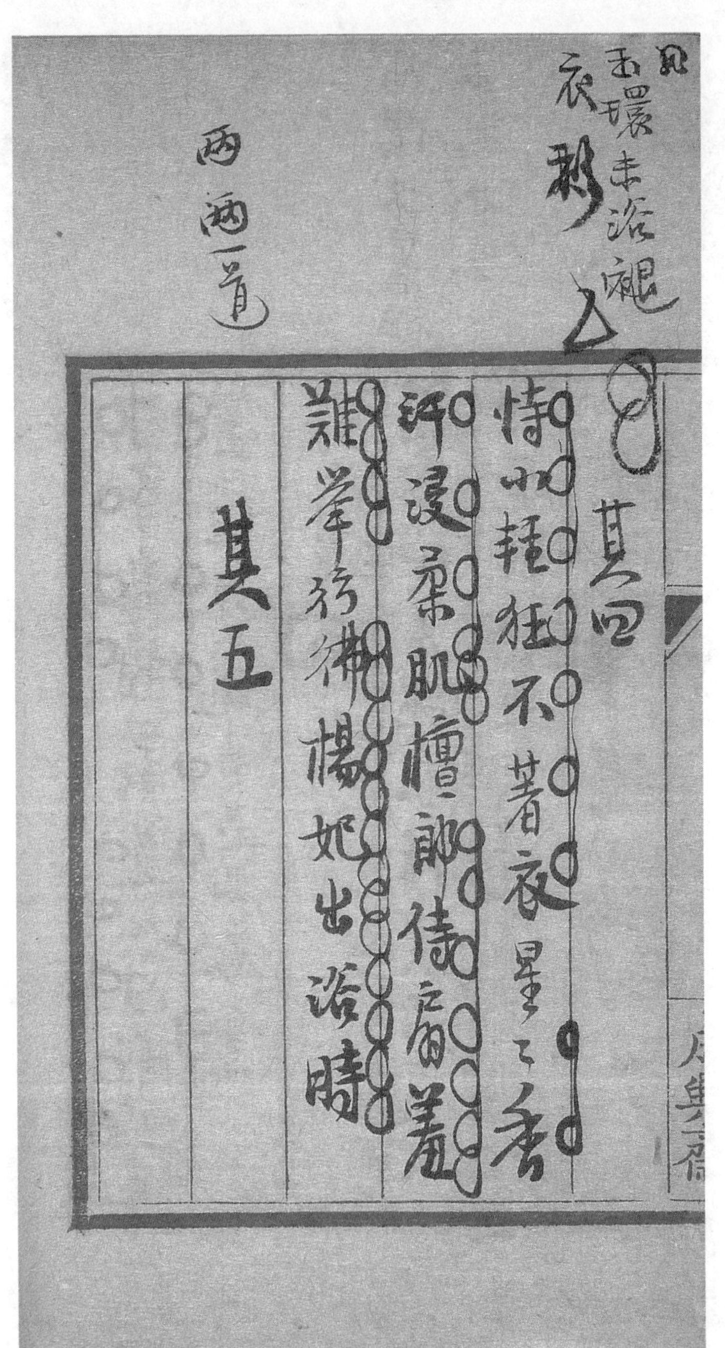

梳頭未竟向粧台双髻寛
停雛掠欲開忽向鏡中
人嫣一笑檀郎縄揺歩入簾
来

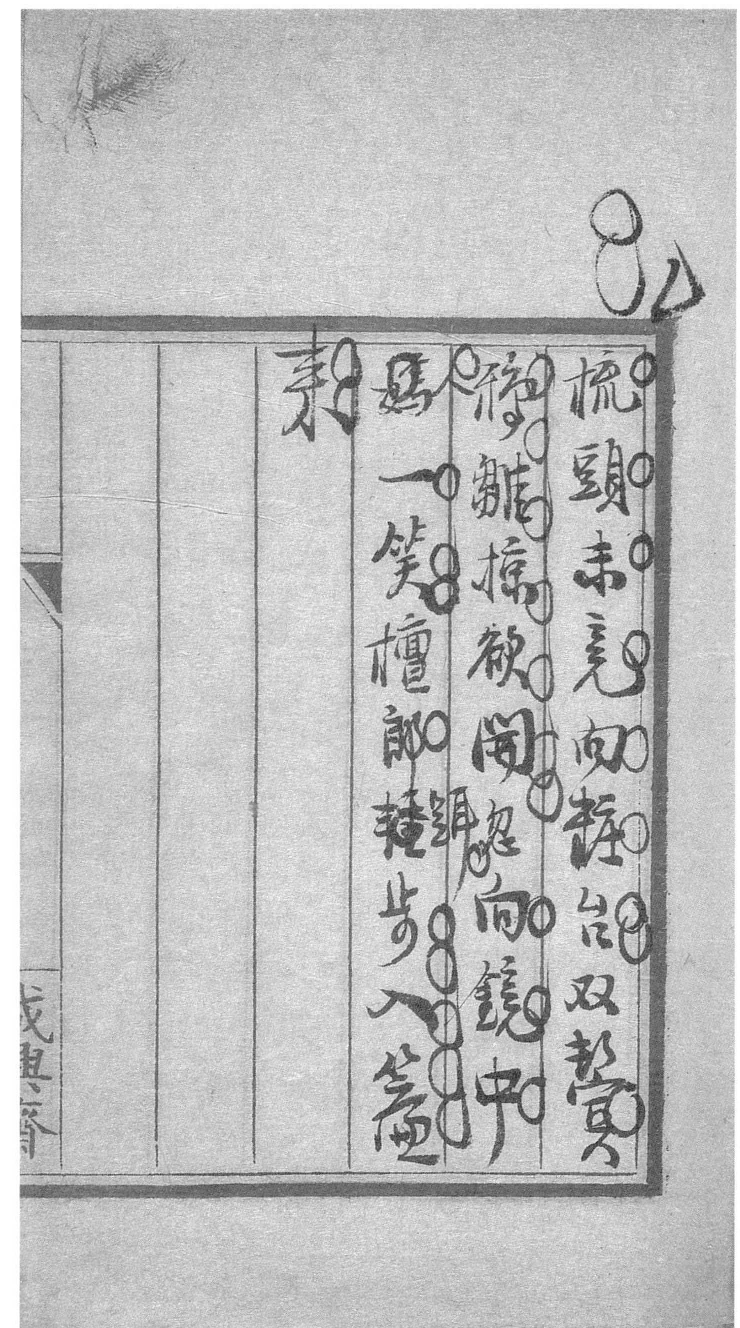

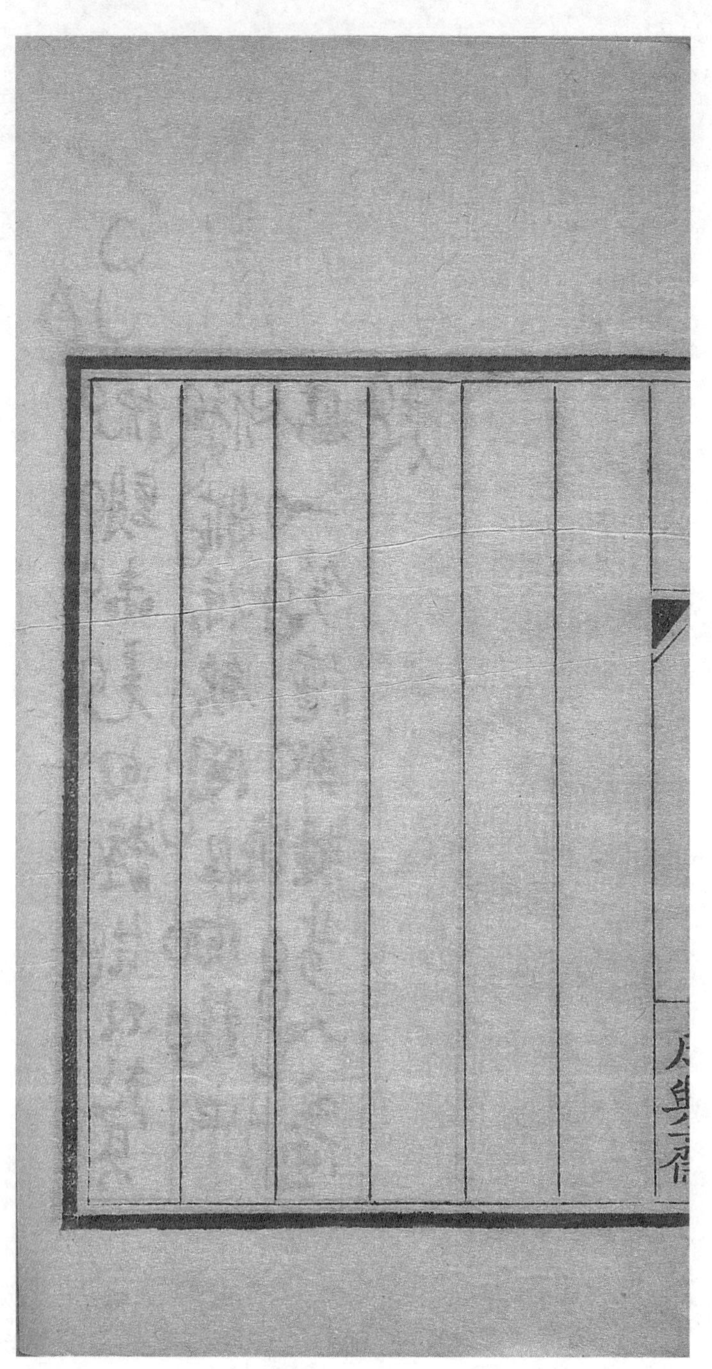

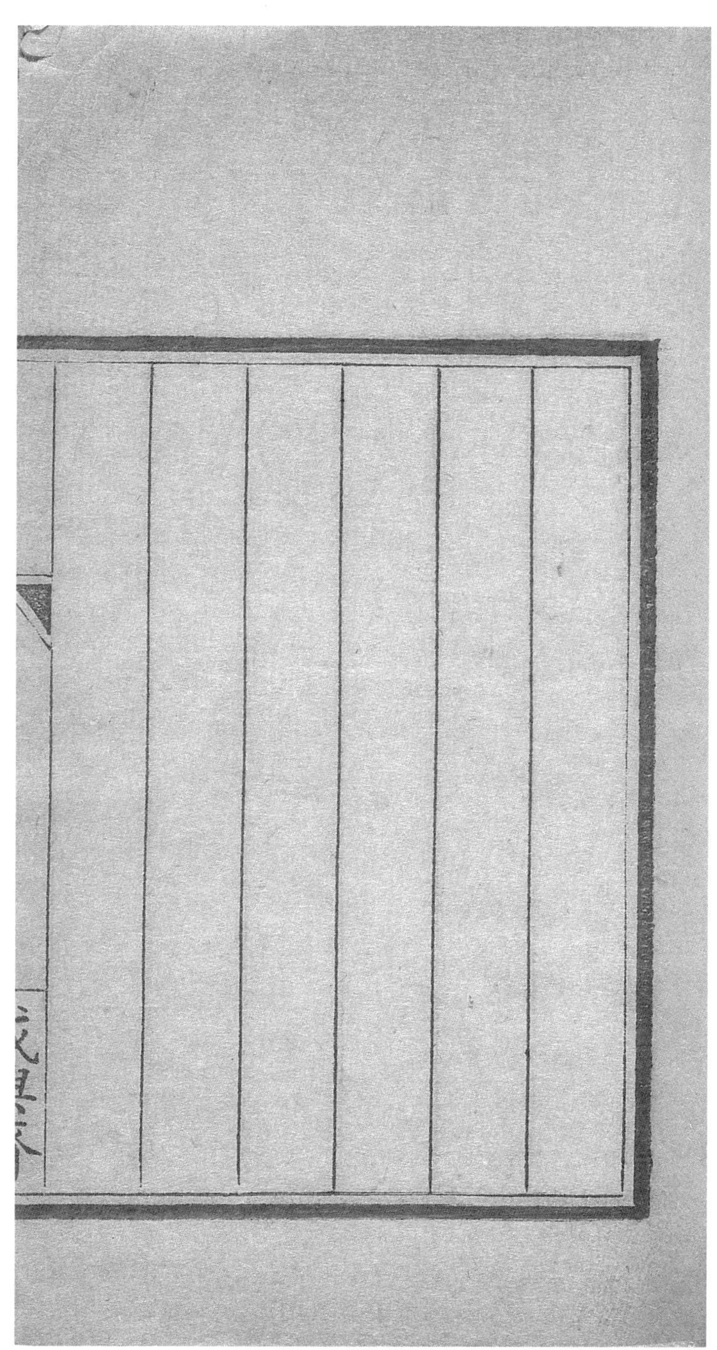

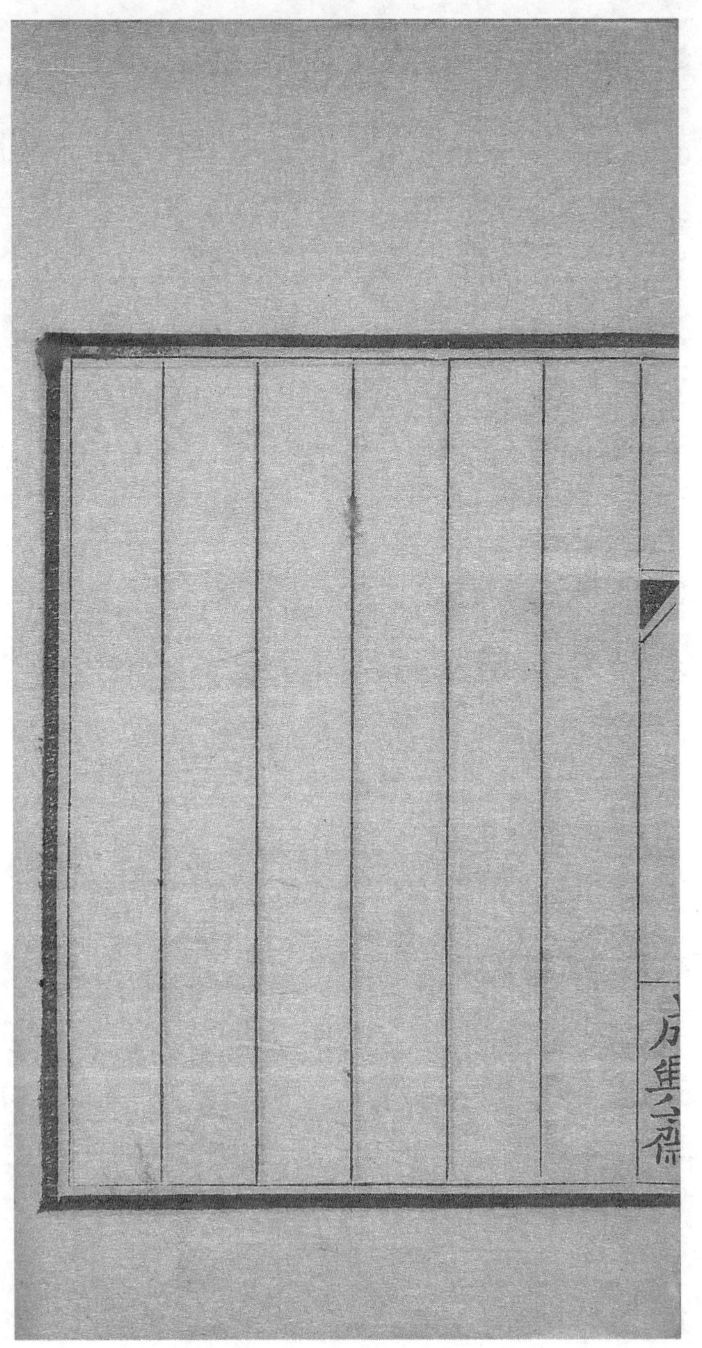

莫

休談

莫嗟帷幄殺將手
到頭兒女困英雄鎖徼難施計
向窮昔日王孫今日草包藏
千古留言李安誤　韓信

戊且齋

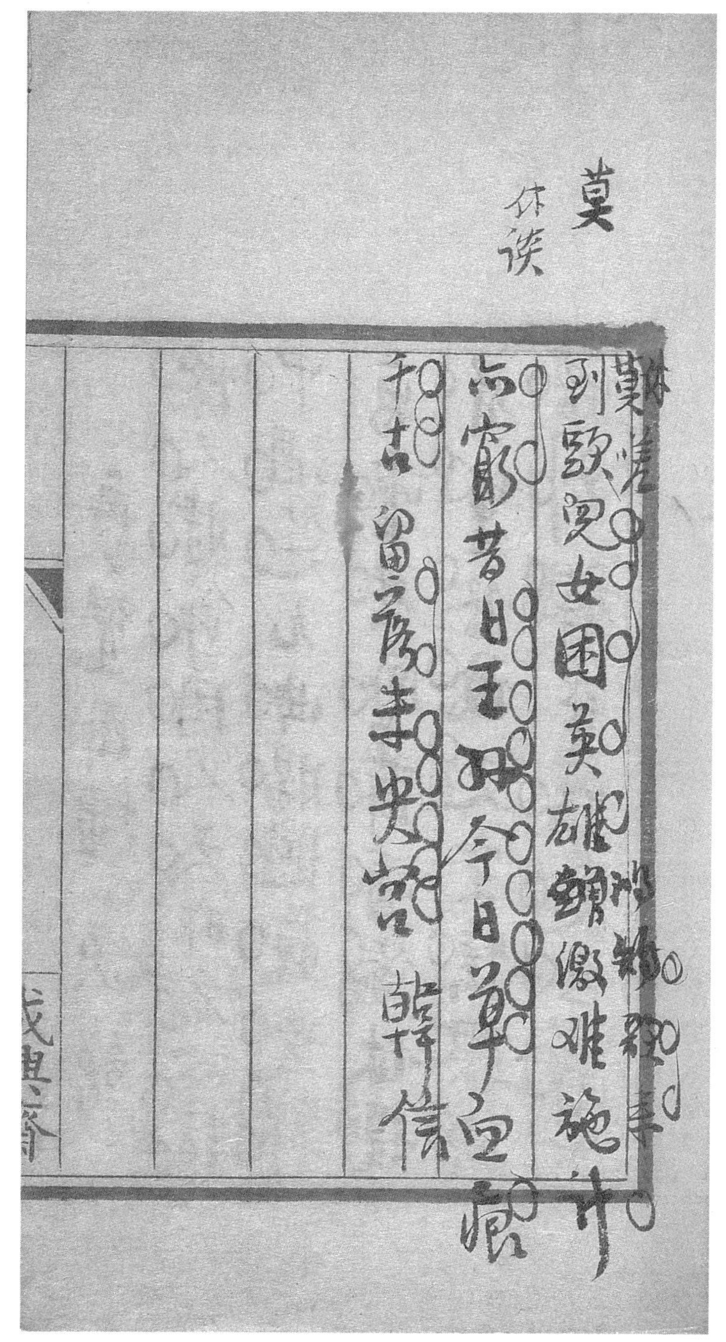

庚集三稿

再又疊圍爐小飲韻

懷人時節困人天昨夜心情
中酒筵九曲腸迴蘇蕙錦
萬重愁壓薛濤箋休提
眉黛修成史空懷眼波
悟妙禪生怯夜來思

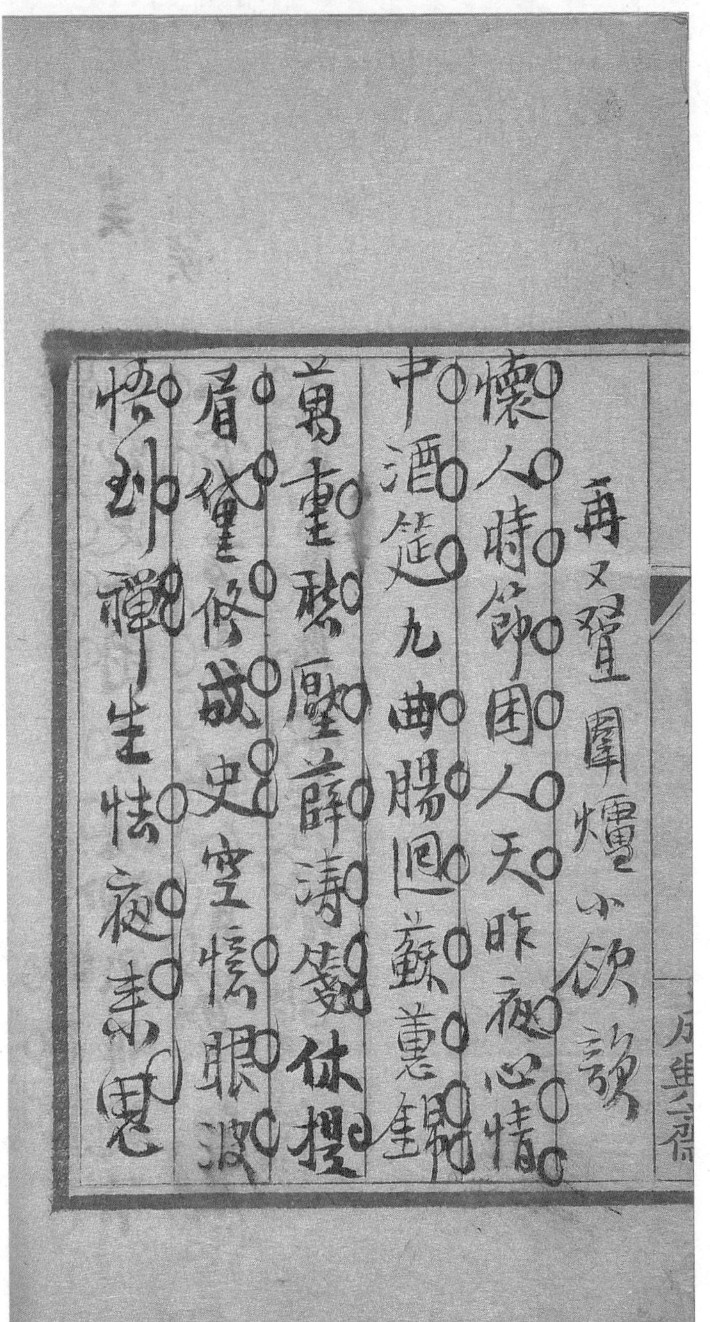

更。却。欲尋。好。夢。却。成。眠

戲墨齋

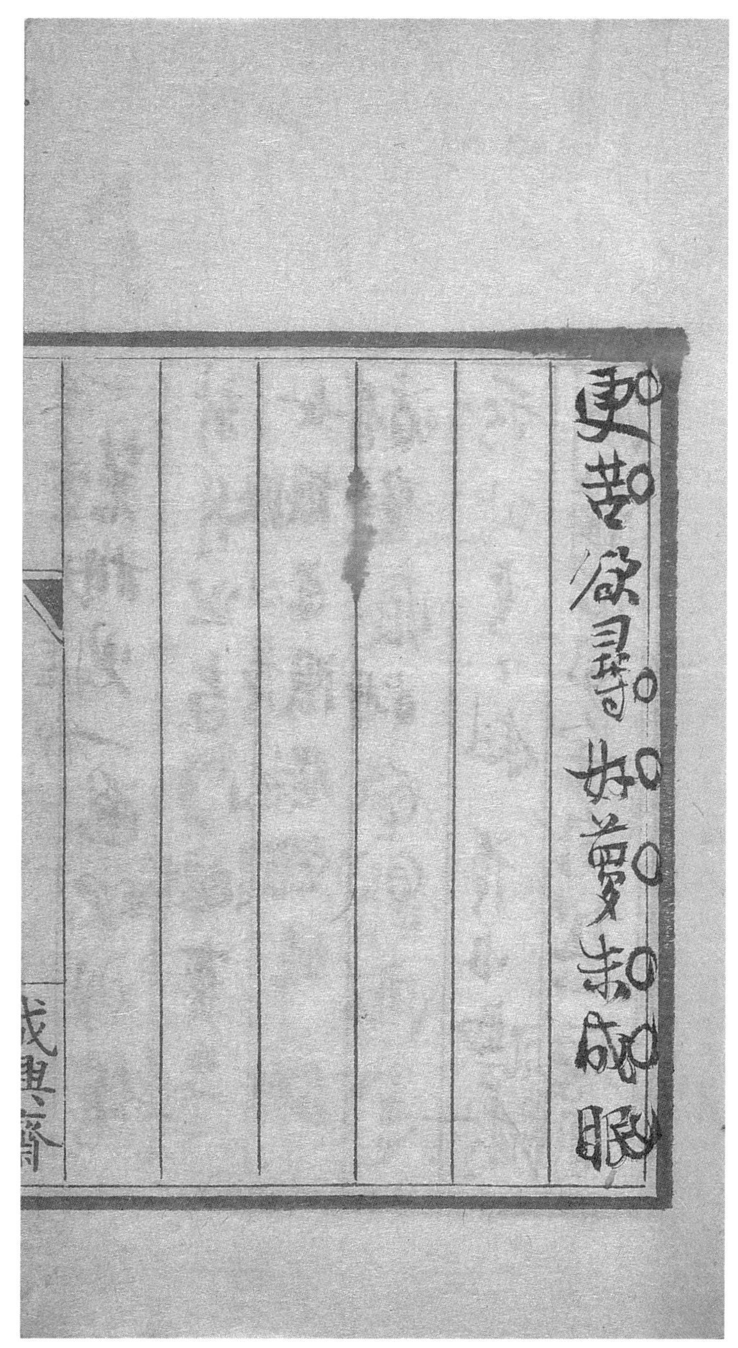

一帳若相思一番見那堪

新月照高門寫半

女娘饭限眉鏡婦娥

清有痕描畫風逝金

聲比翠鬟斜前小西村

廟憐此可全句題歷明

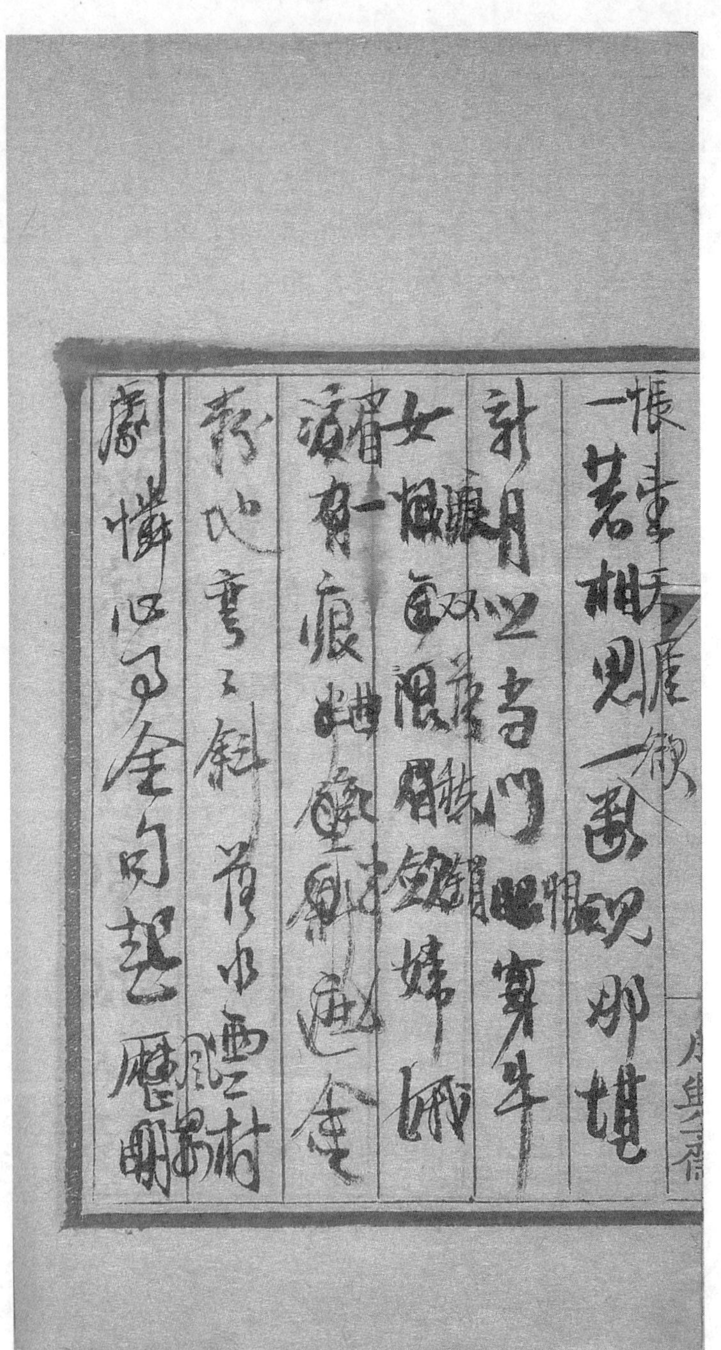

國閨閣叢書編

才女

福王爭賽藕

花朝畔 一 不見舊宮坊

我具齊

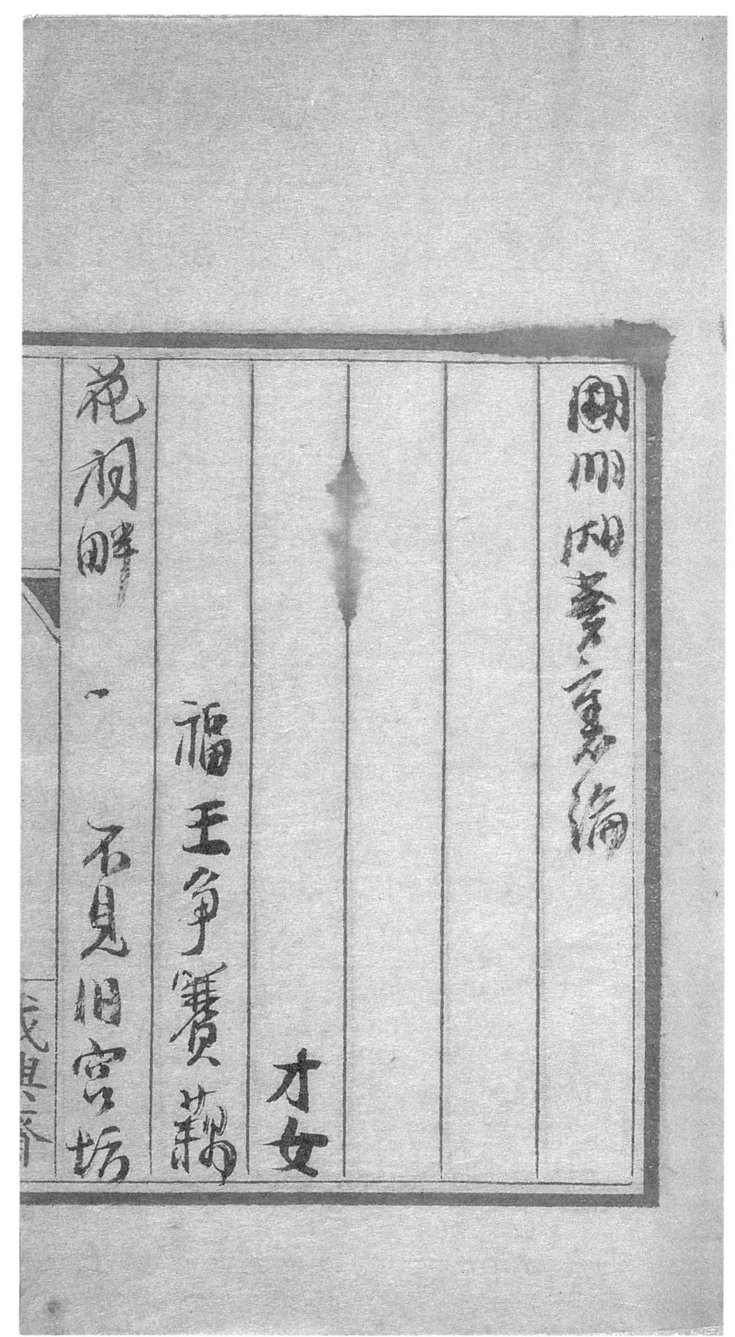

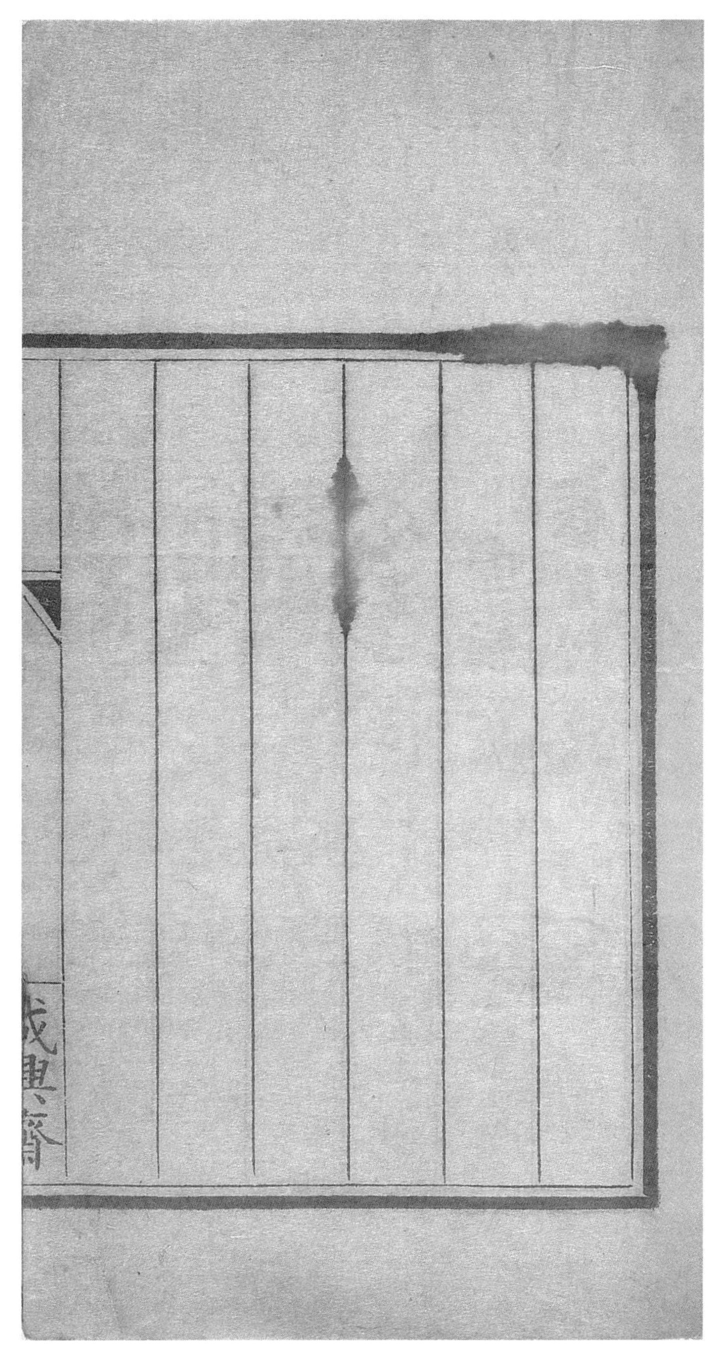

春日侍螺詠新月用
漁洋秋柳韻
長安一別好了経年懐対
蝶夢鶯鏡満如新花芳春帳蛾眉
楼上初月対景柳情困
詩客恨古人詩云哉

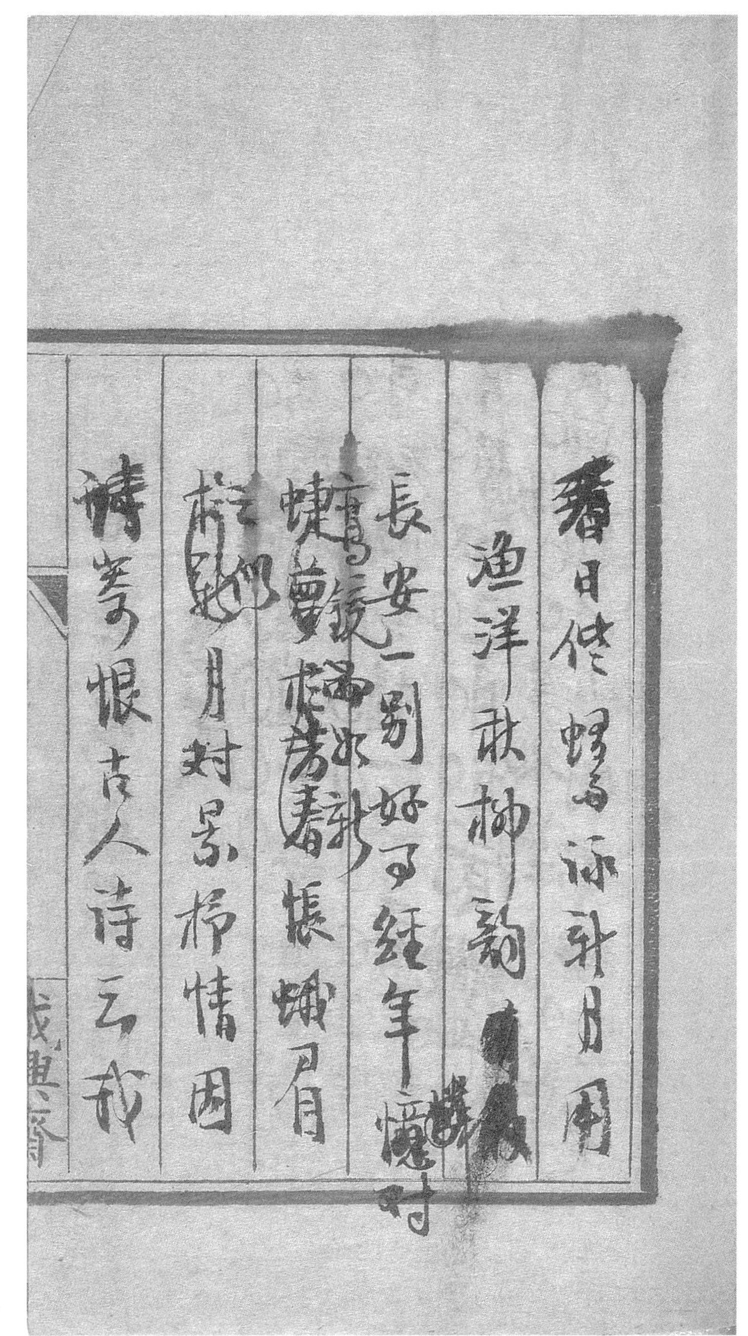

有一片愁訴與秦淮月

是又渭笑

羞種相思攪夢魂音塵千里

望都門鈎情一半春雲賴

弓勢初三月有痕曼曲許漫莫

且一歎揚樽岸美人空將勝流憶芊萦

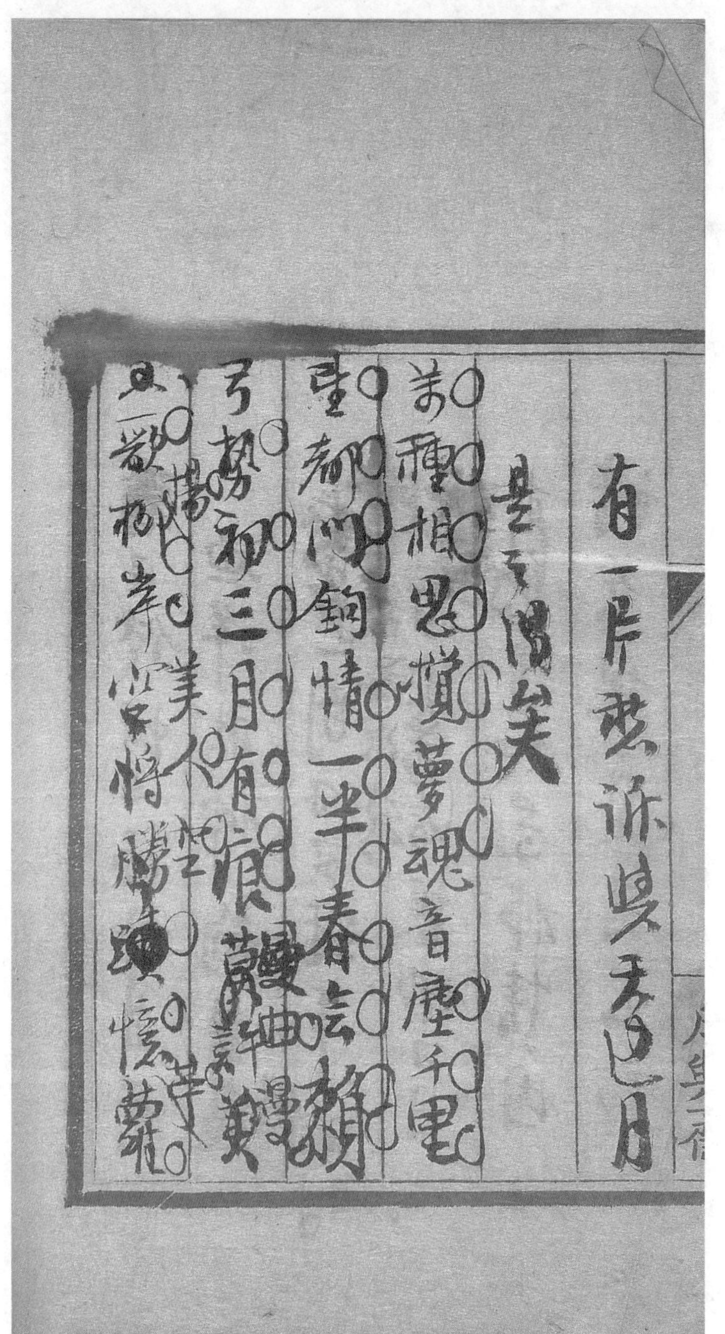

村雞時圓到七安夜舊樣
娥眉畫盡意論
何偏妻看
疑是滿々地上霜望看
為雞夢冷銀塘雙頭相
記覺喜曲到眼悲尚針
伐箱羽掃蛾眉惱繞園

戊寅齋

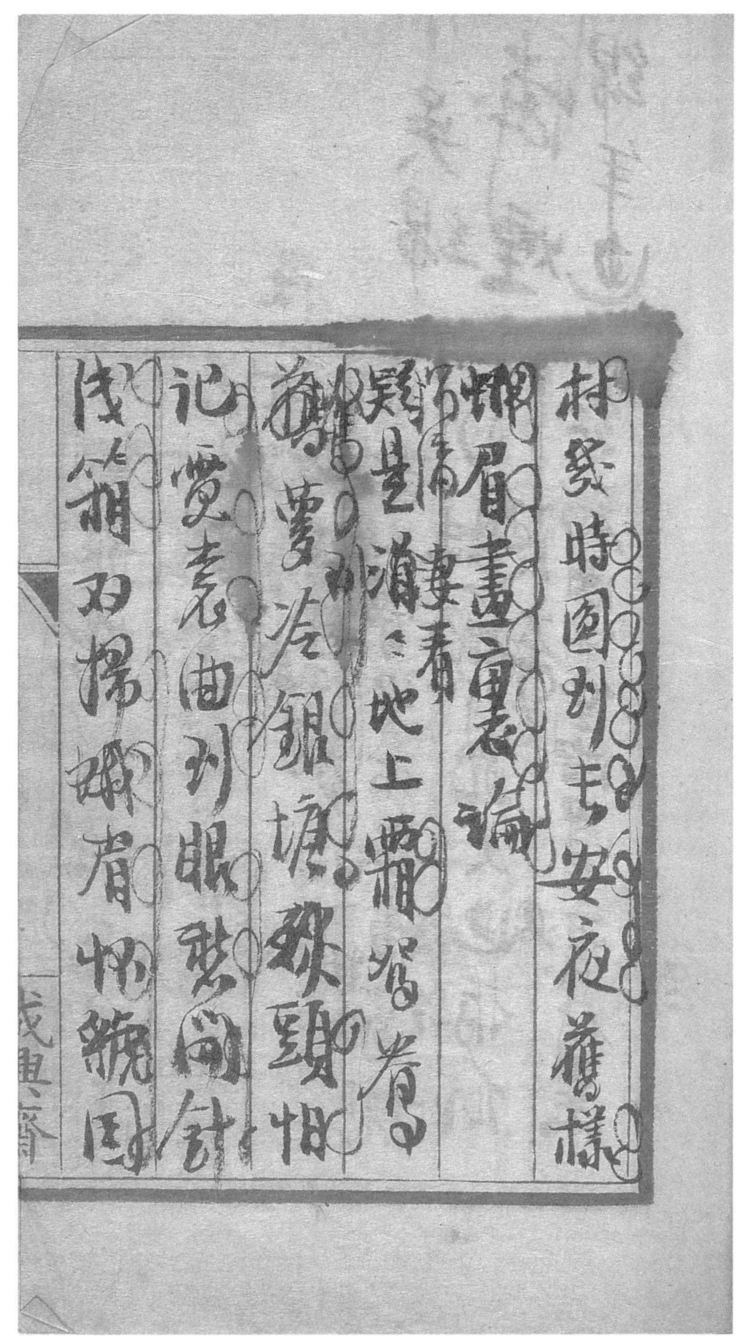

吳綿
情煙
綿筆迹

一鉤羅襪絲陳王月圓
花好當事周悵離手
新夢眼傷
寄書人羈望著家當蕭梳
未全
影遺悵天迹指似
紅初映雪瞪眉無乃似黑

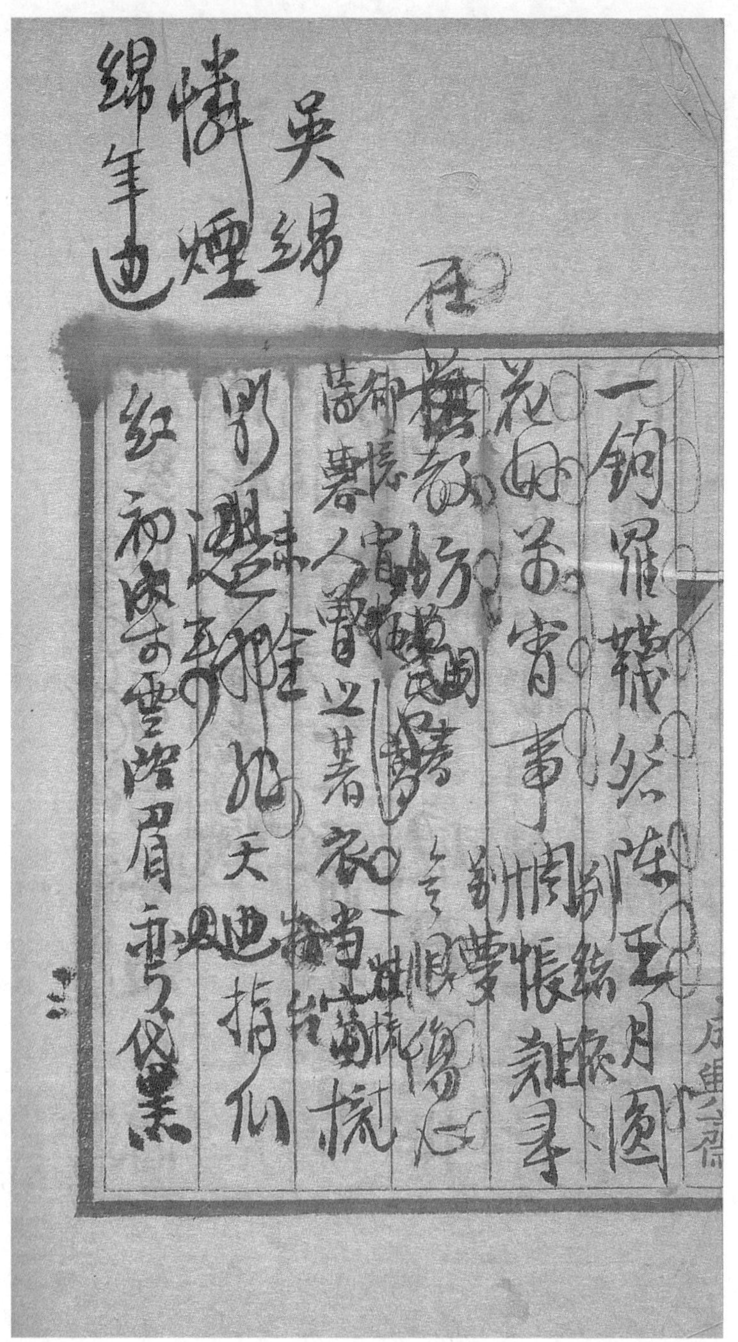

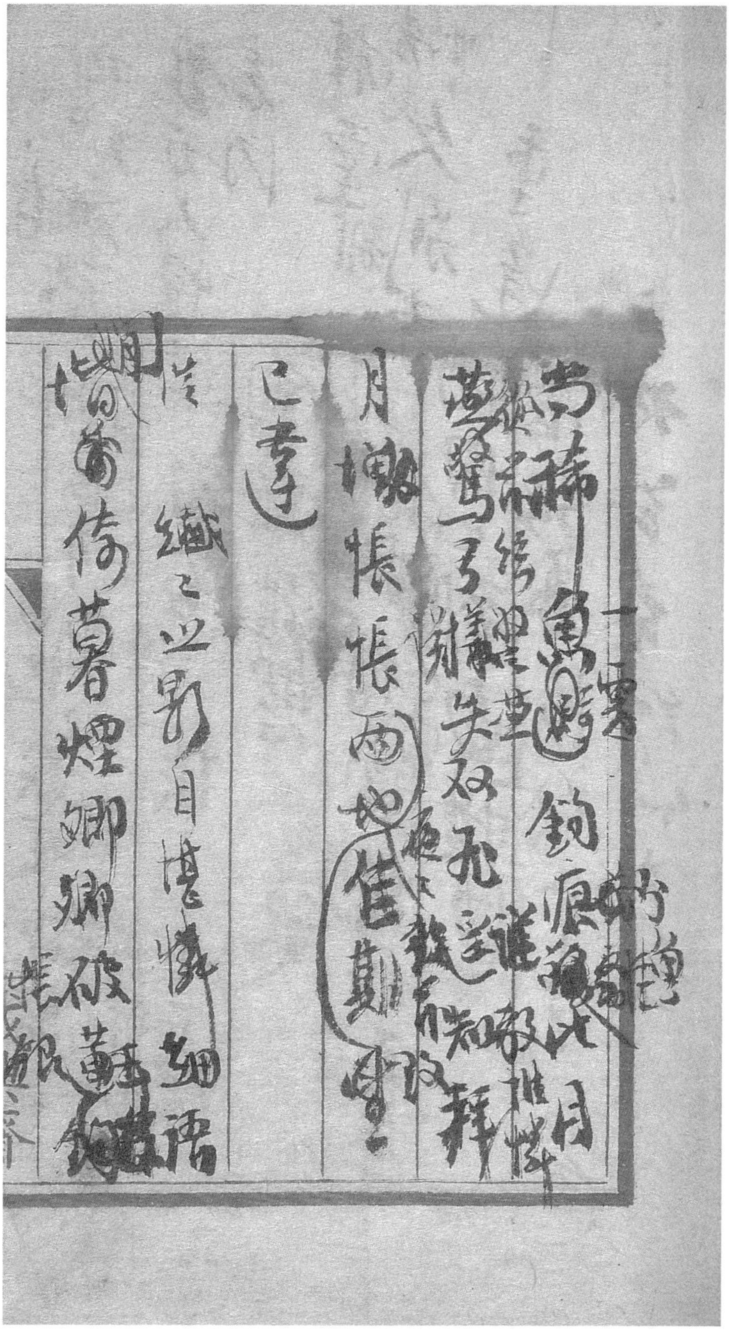

句起離愁情

增曲折稱〔改〕欽懸惱纏

懸歷人恨綿綿錢勻恨 破環

意酒

鉤起離愁 合歡

鈿得團圓情似去年

檯堂離 久別喜

團圓已到面上樓邊

重逢

底弦每這人今日如是

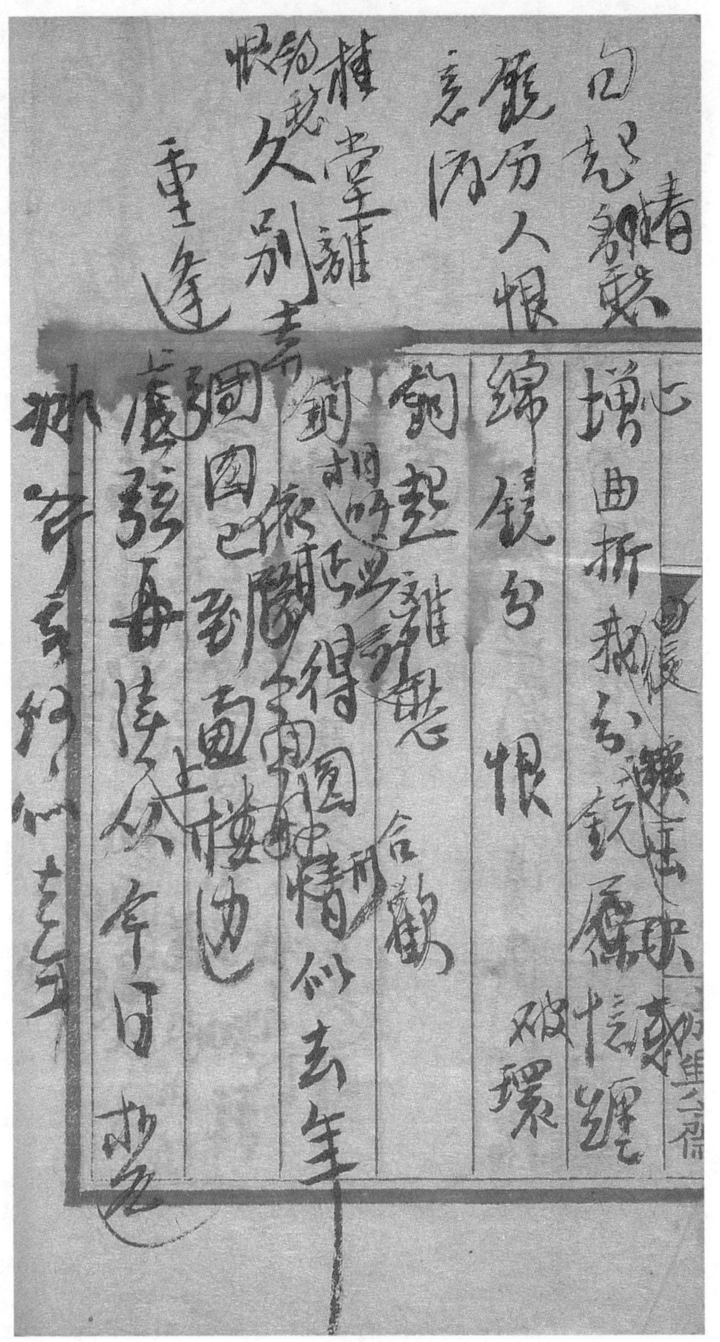

可談集補一卷

和蟫丁無二自況原韻

千如擾亂和成春病渴相
如更差貧配是雙骨花
是面余意中人少局日罡筆花白頭那得貰
中人

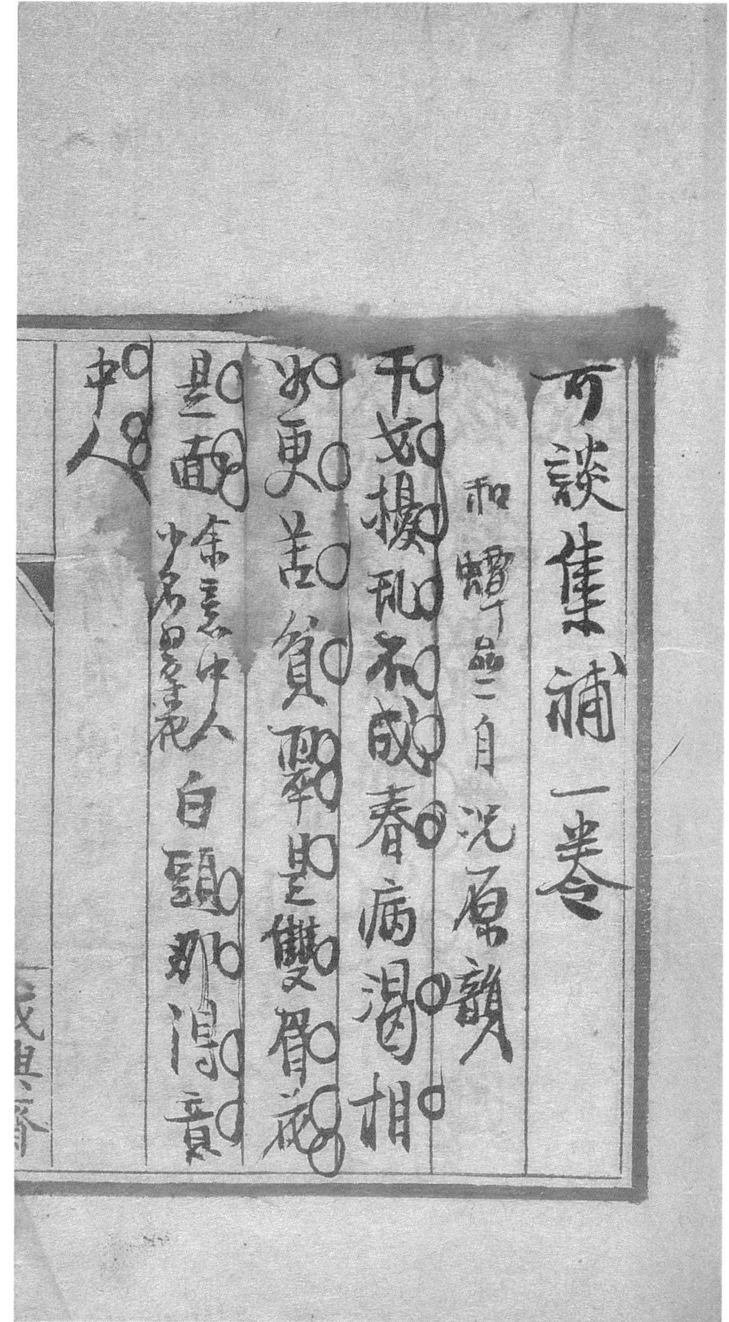

和蟬丹偶述原韻

翡翠樓東綠柳西，凄涼鴛枕聽雙棲。腮邊淚和窗前雨，鬆殺鈿雲人如泥。

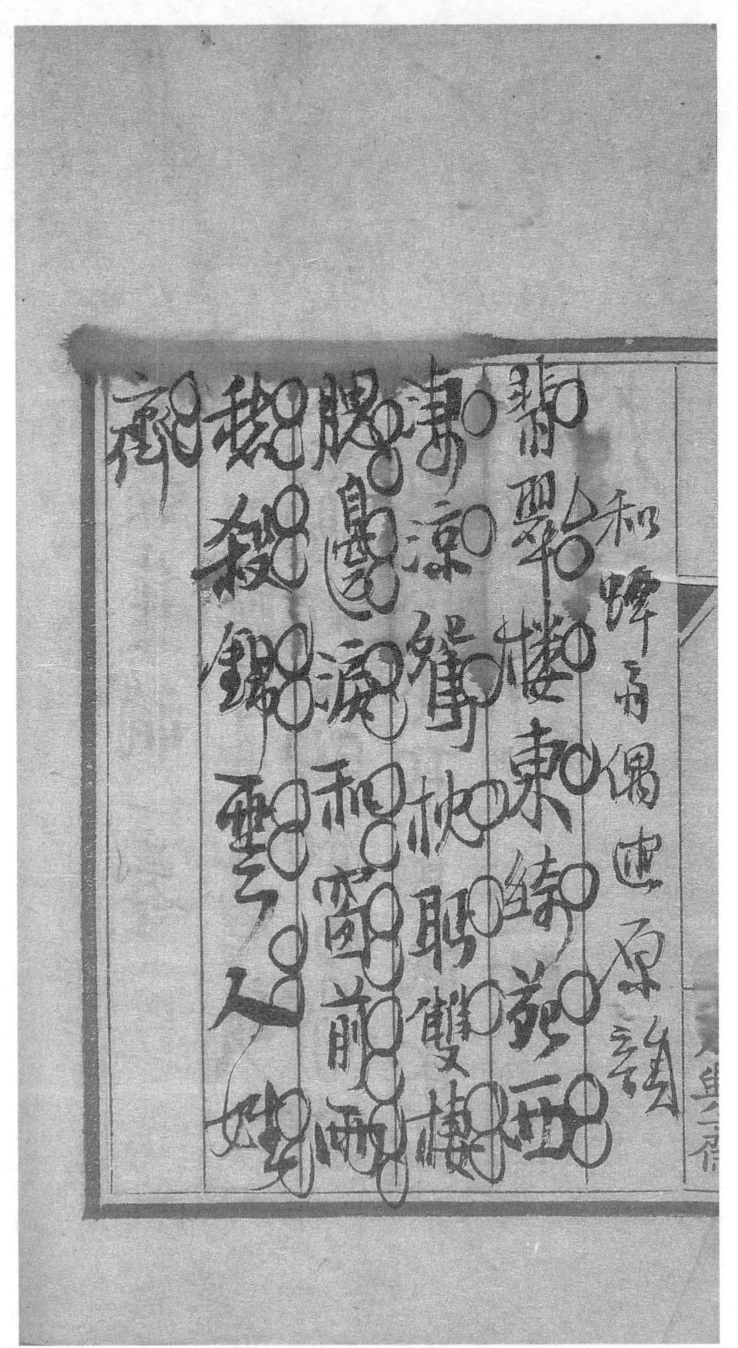

題如蘭小照

空將凍匲懷歡娛攸禊永

和事有無（伊妓館名永和）豈覺年華

從此說（伊年十三）未蘭名字任郎

呼風荷指風情初定（識面時與月上浣）

月桂圓成與已孤（中秋夕後風波起年絕迹）

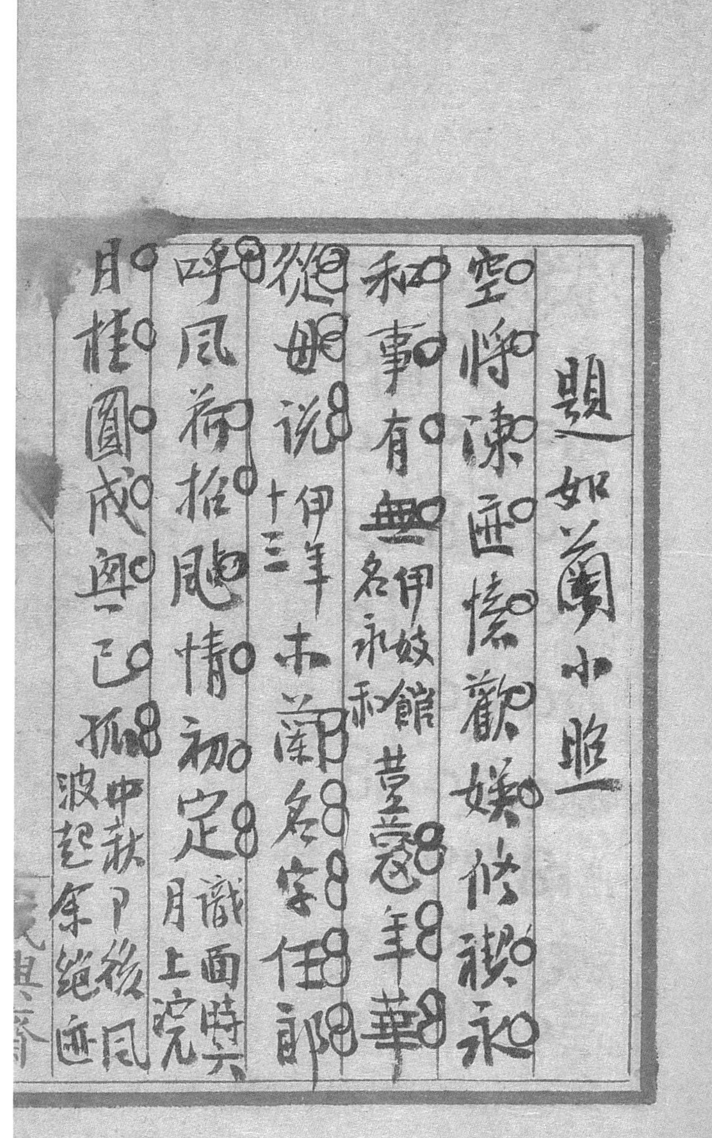

矣剩有鏡中嵌小像一生長
拜美人圖

春日宴起

多病多愁困早春春宵意
緒可憐人歡期夜短雞啼
依睡終朝慵婢喚頻驚夢

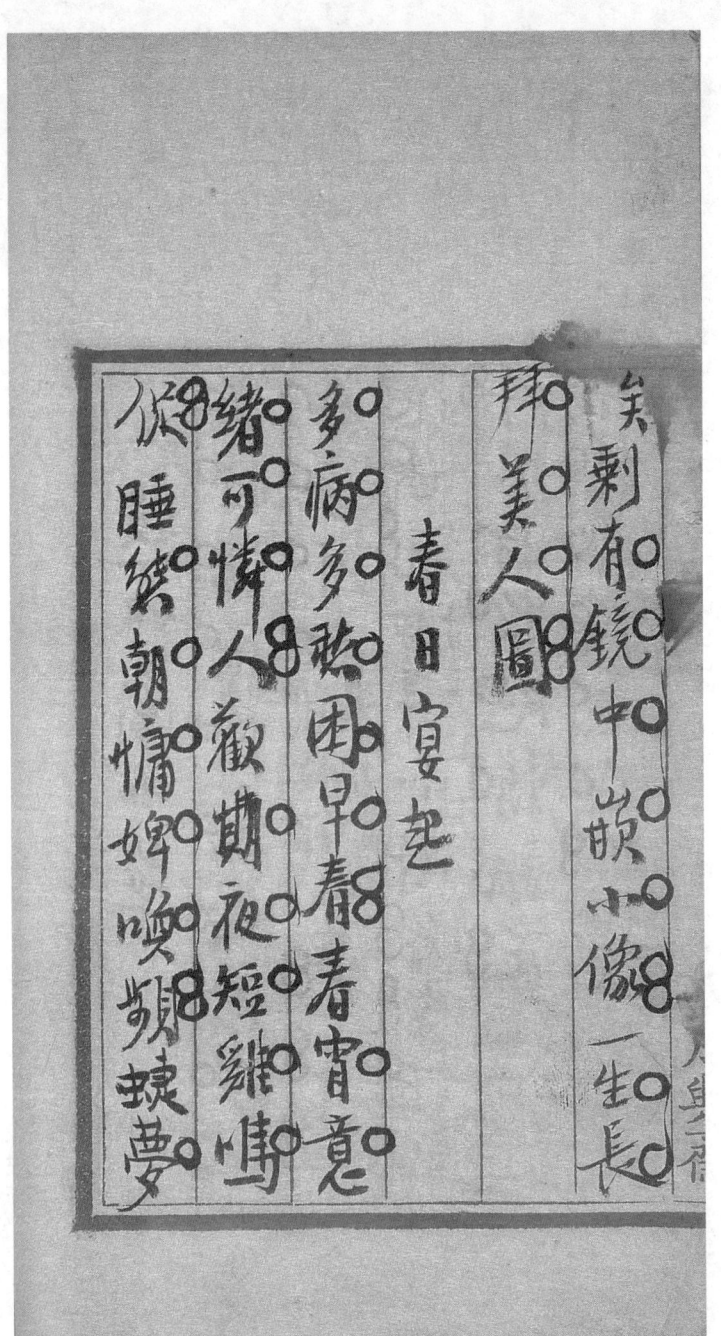

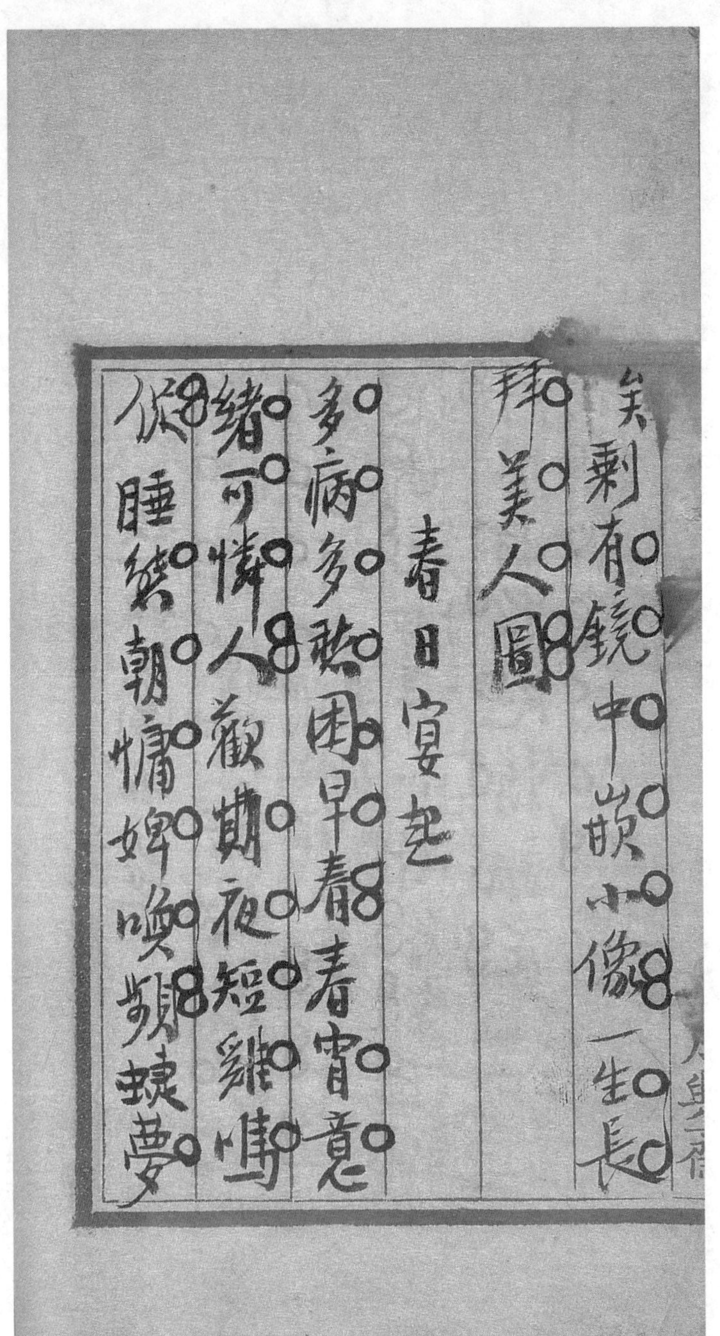

遮多難記憶鴛衾偎泥故
後迎覆將鄂被笛連久一
覺驚看旭日新

憶舊詠蓮詩戲用連
珠體
並頭並蒂浪相尋葉〻枝

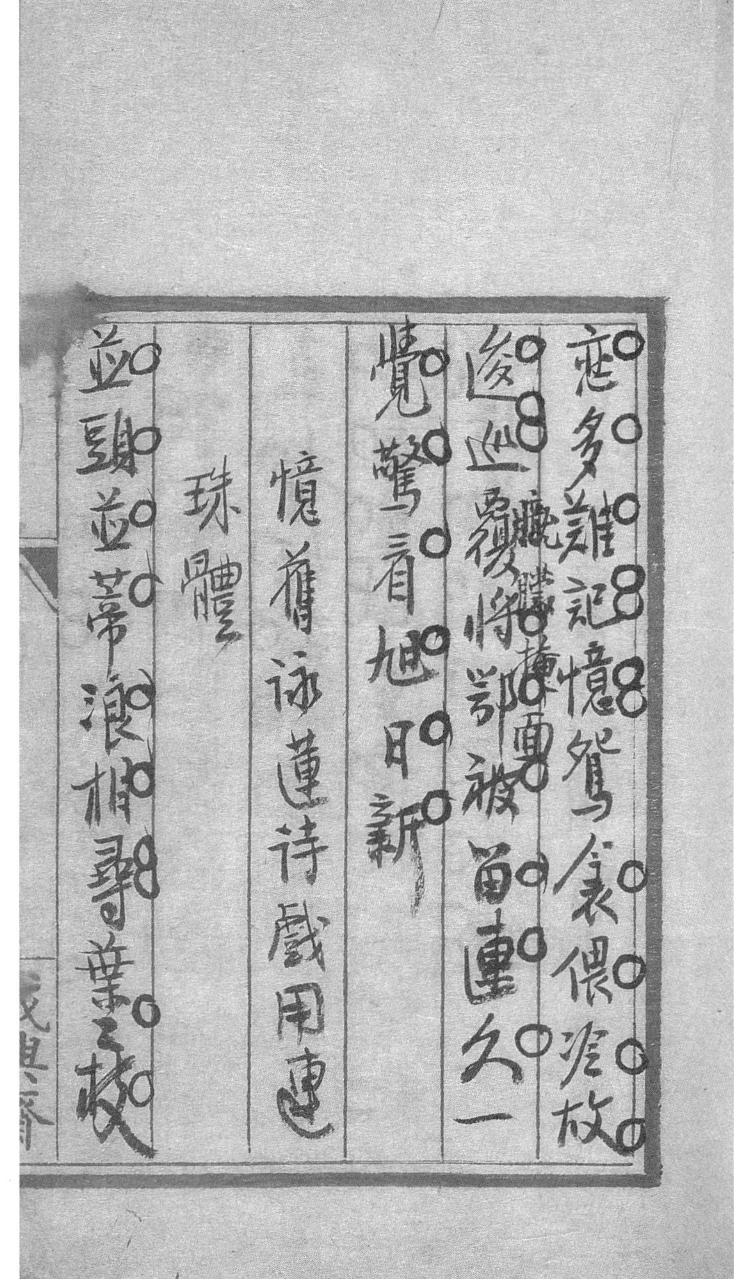

枝抱恨怨藕偶絲思情不
了蓮憐薏憶怨誰攀
氣香姻殺人春讒心苦争
妙姿苦心生柳動風和歌
雨惜花意收賣花還
口呈蟫齋時有所求

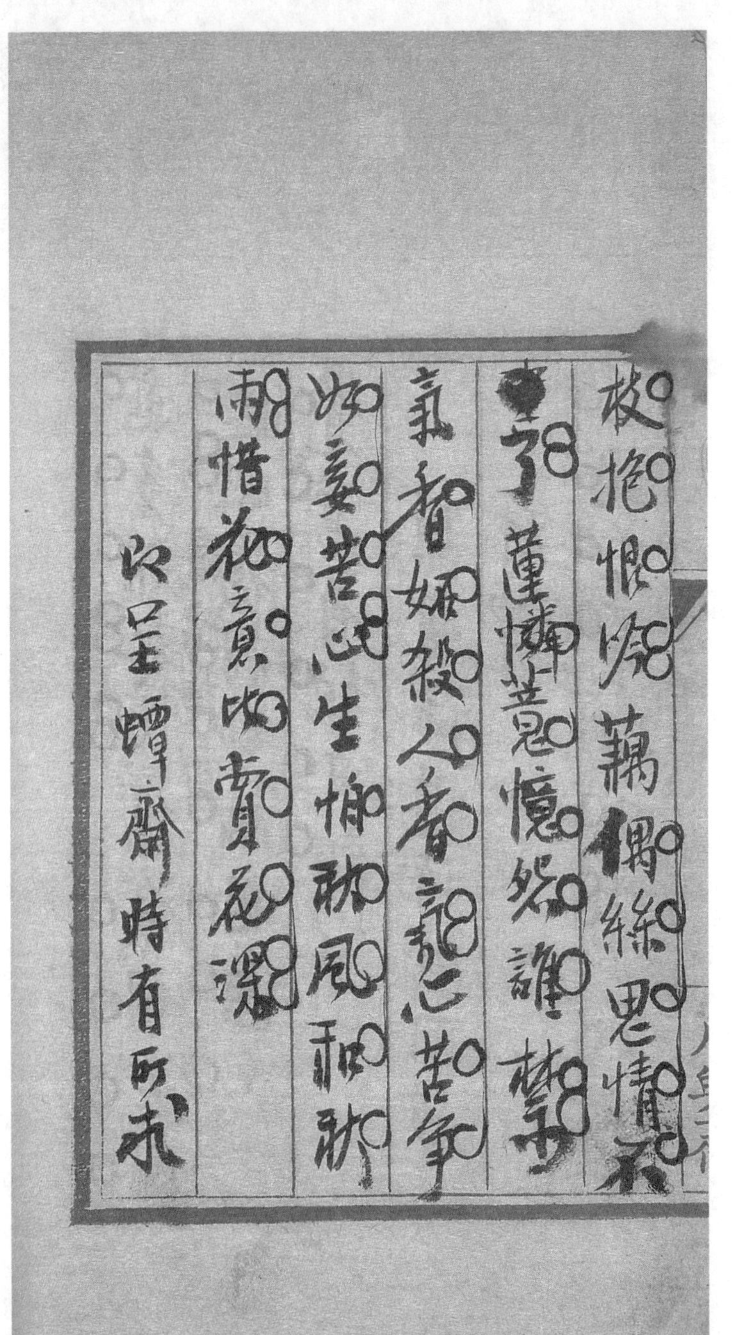

驚鴻瞥見已魂銷腸盡相
思二十朝幸有玉郎天壤
在管教翡翠戲蘭苕年竟有所
注名學之蟫齋力頗所致之故書此以記

春日苦寒與蟫齋
圍爐小飲即事以呈

清寒時節鬪寒天笑語團
爐坐飲筵呼婢安排煨獸炭
偕君倡和辟蠻箋談情心
醉非關酒轄舊思深醖似
禪生怯燈闌人散後手支
鴛枕不成眠

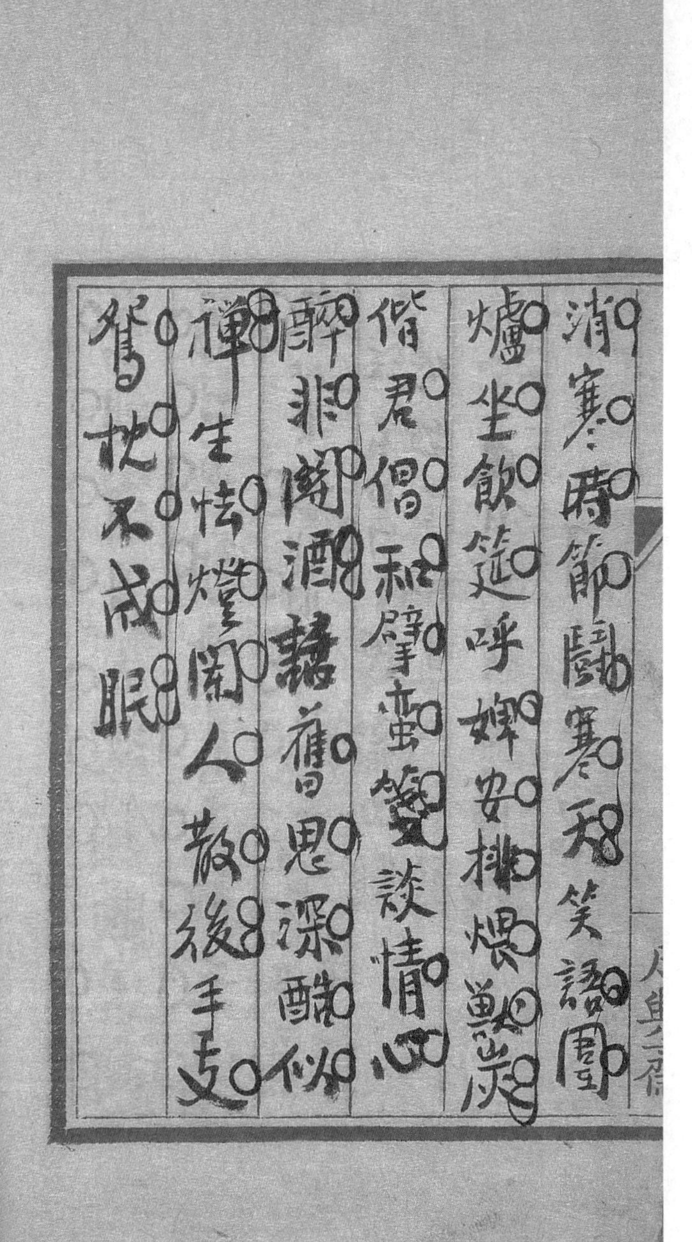

東村東蟫爲詩有所求
也知好事忘遺磨數語塞
修倩執柯荊子心腸非嫉妬
稱妻荊布稱內子 今稱荊子寧居者 檀郎性格是
溫和眠他樓下垂青眼睨殺
房中畫翠娥 伊名翠翠 若得紅

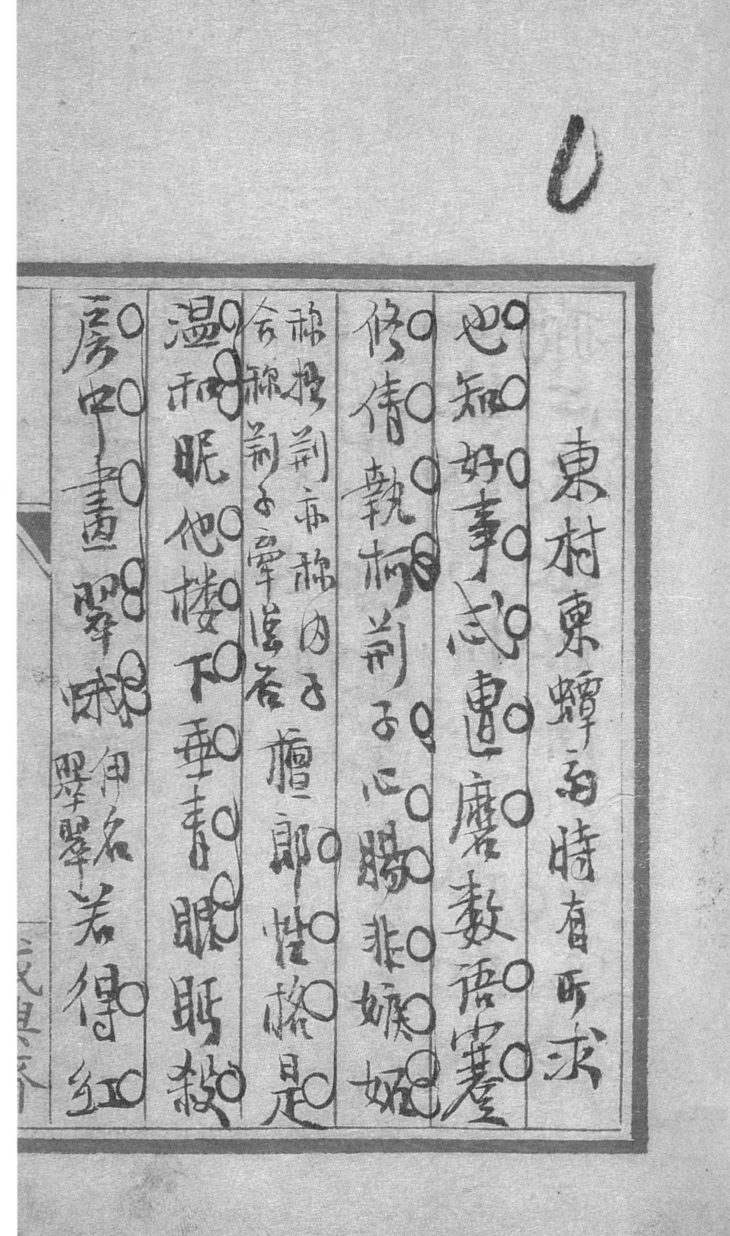

絲貞繫定果然眷屬有情
努

懷去秋

簷馬丁東陽院閒爐香篆
向綺迴綴情腸似水愁千
折心緒逢秋惱十分當户

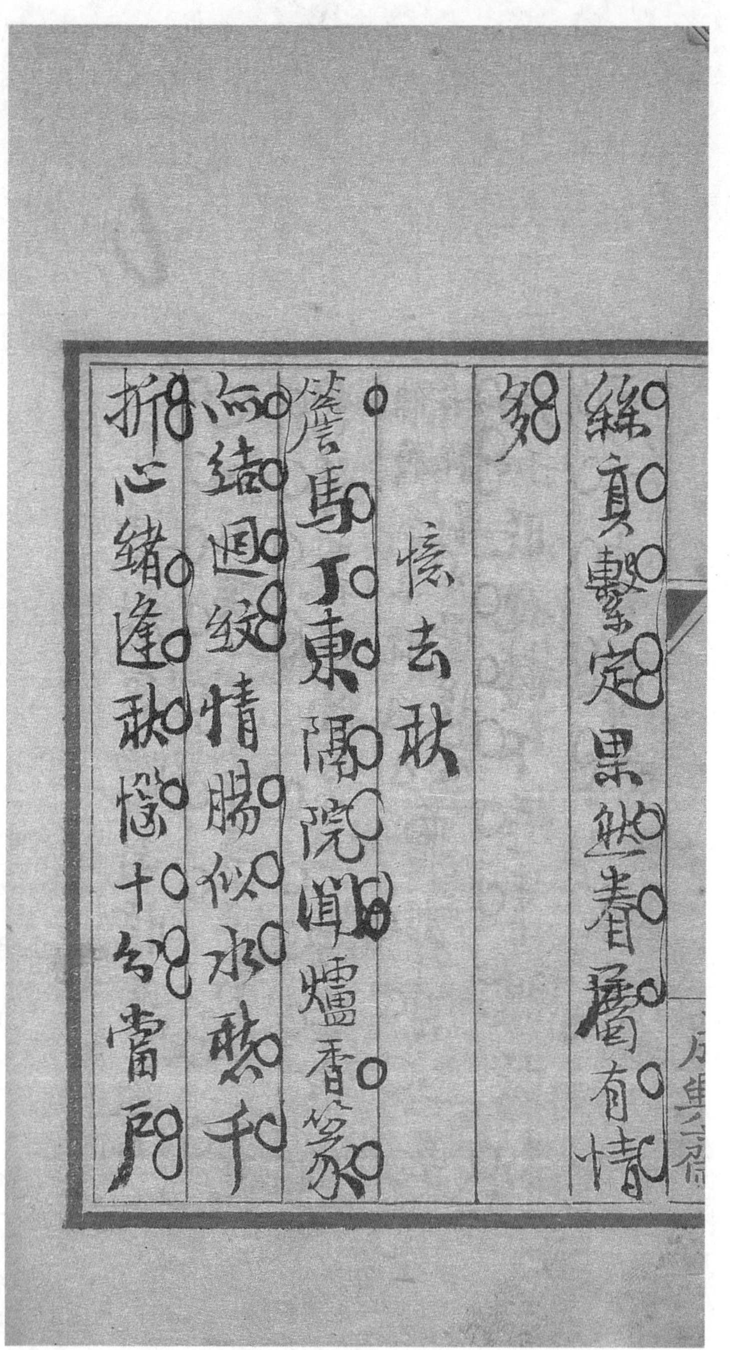

桐○垂○吾○子○意○古子夜歌云桐落在門前出入見吾子滿○窗○竹○寫○個○人○文○相思○

入○夢○空○惆○悵○在○鄉○巫○山○一○段○雲○

再東鱣雨仍依舊筆

雙○鬢○數○髮○破○心○半○淺○淡○

或其齋

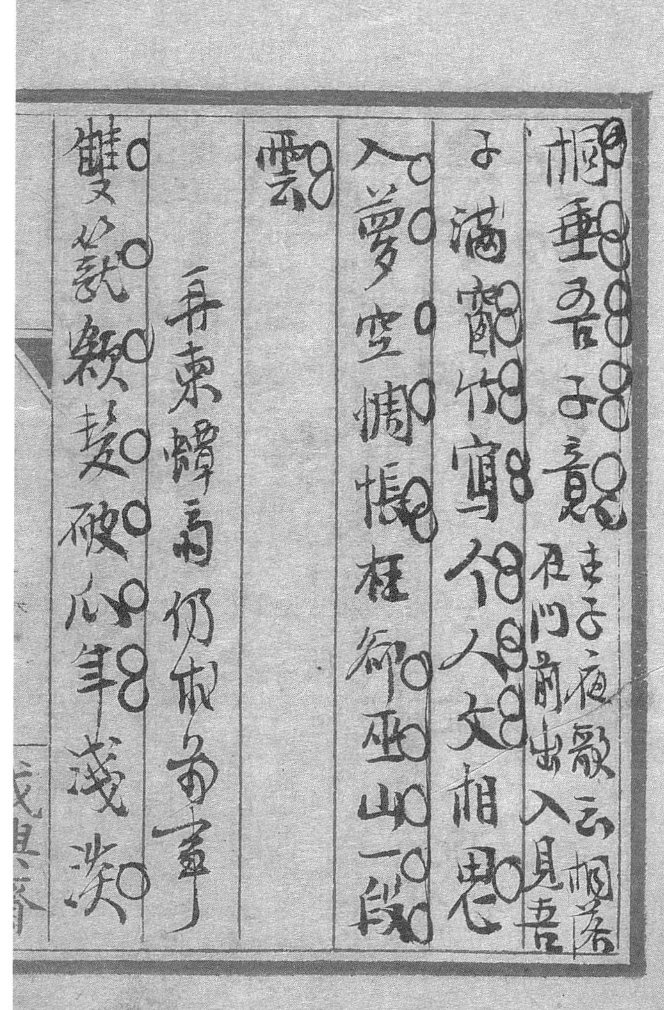

衣裰紉外姍姿較玉環爭艷
儷名猜翡翠鬬新鮮鄭生袒
畔曾逢婢余在涉水尚志賓石宅堂中曾一見之
中文酒仙[redacted]
塵夢熟與生負侘傺秋波兩
麼是天緣

宗堂刪

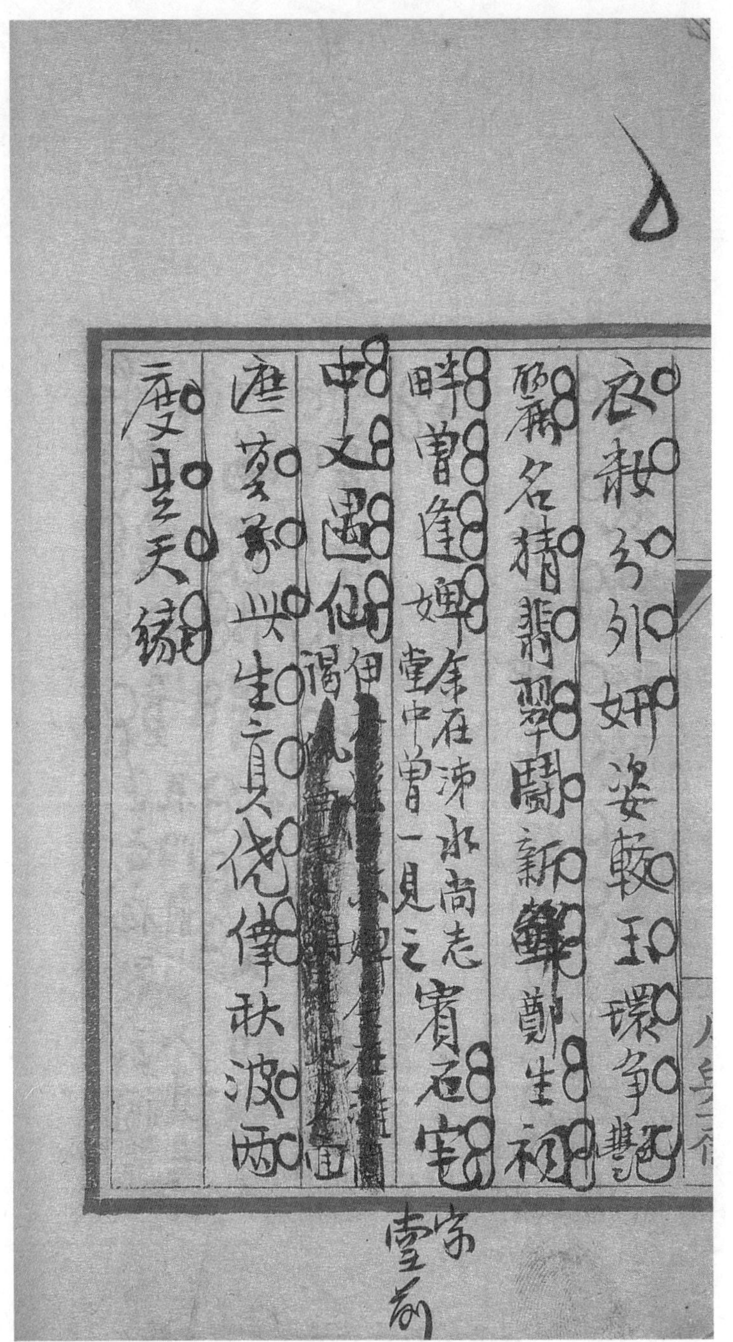

口占贈穀甫所求如前

秋波三度騰相思倚翠心情
刻翠誣啟齒向人偏似呐癡
情如我太難趁此前備妹書
垂眼月下倩誰紅繫絲拚
使俞中覓往定緘愁忍

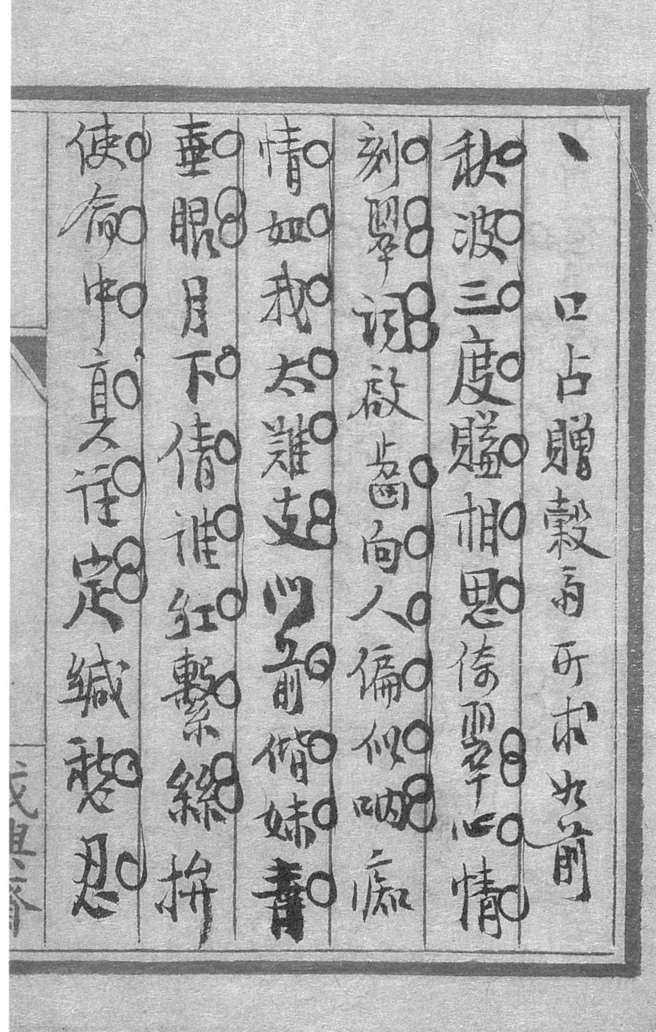

廚待佳期

之宵夜飲罈為家值罈

為初度賦詩疊前韻

醺醺醉心情釀雪天滿斟春酒

敞春筵挑燈細櫻和腳譜

弄筆閒題香草箋大齋

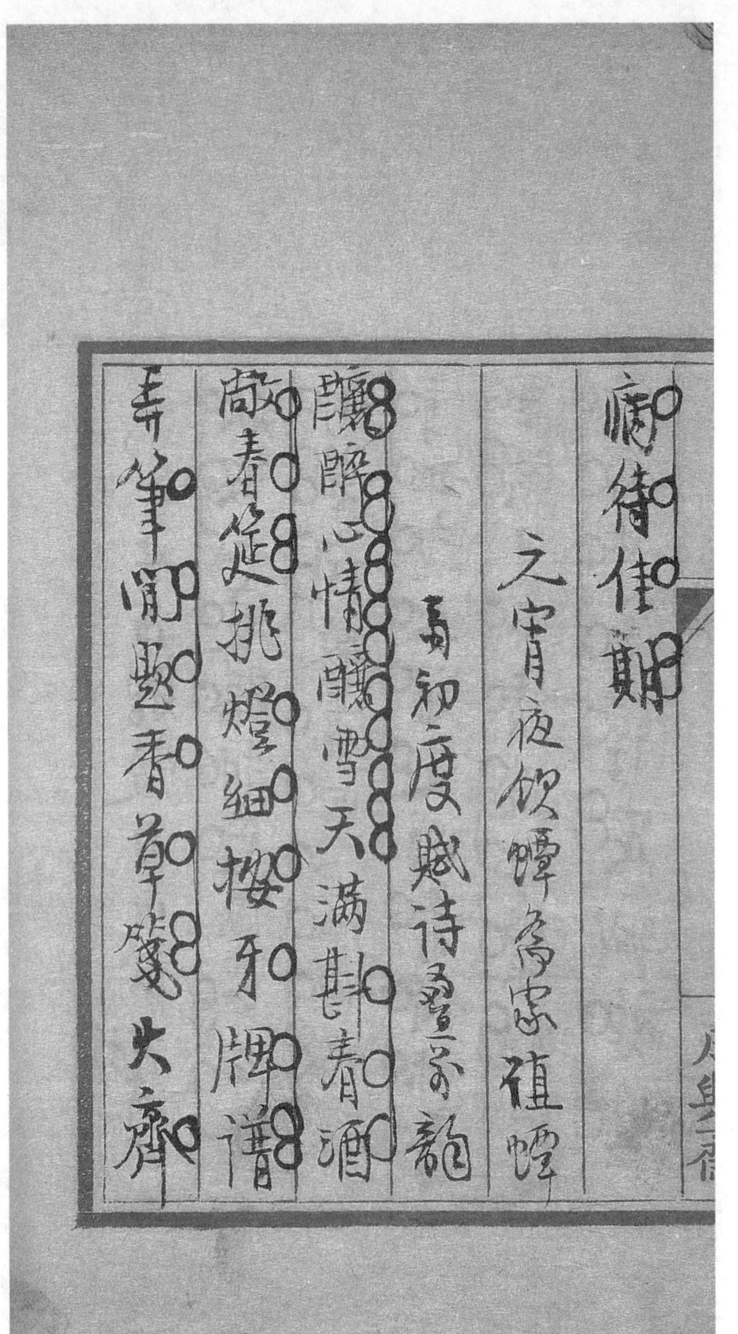

樹間歡賞笑陀羅，花好語
逃禪（司曼陀羅花禪仙子禪泥女妙莊也無異煙滿吃識之）
漫游庭休歸去，孤負鴛衾
一夜眠

和小家大人贈王氏小外
孫詩原韵

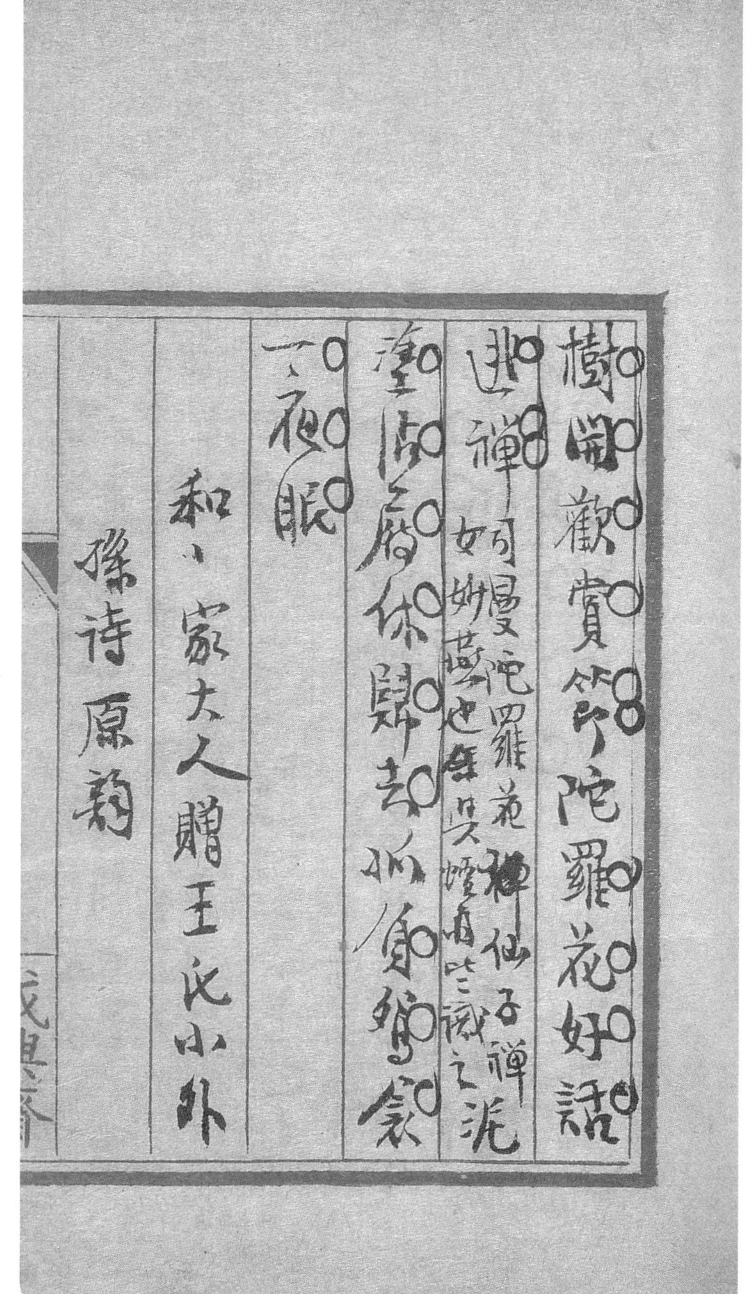

出人氣象已峥嶸數世青氊
玉汝成小字欣符漸羽順伊名鴻順
清才合讓鳳雛名義山詩雛鳳清於老鳳聲
生邀謝傳馨兒譽廿奪勝王
賦筆精持贈慚言瓊玉佩渭謂
陽空負
歐舅氏舅家名

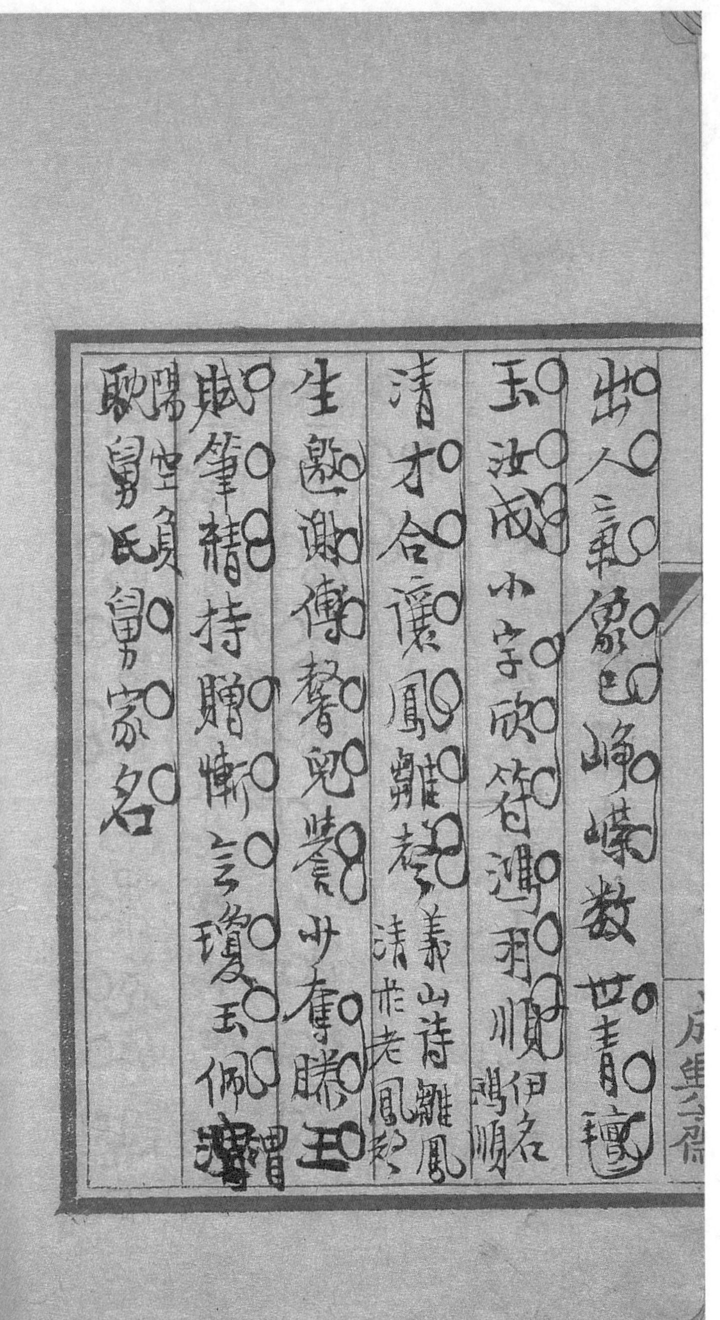

和家大人元夜望雪原韻

白雪不成瑞岳戈驚歲華收功

李魁少望捷秋青看巢鵲應偎

樹庭前寒著花今宵拚一醉

世事任蓬一厭

詠沸水金泉精舍四景詩

金泉精舍主講為
師家有小婢名翠兒姿容
甚麗舉止大方秋波一轉
幸邀垂青借景抒情作四
景詩

伏鄭祠

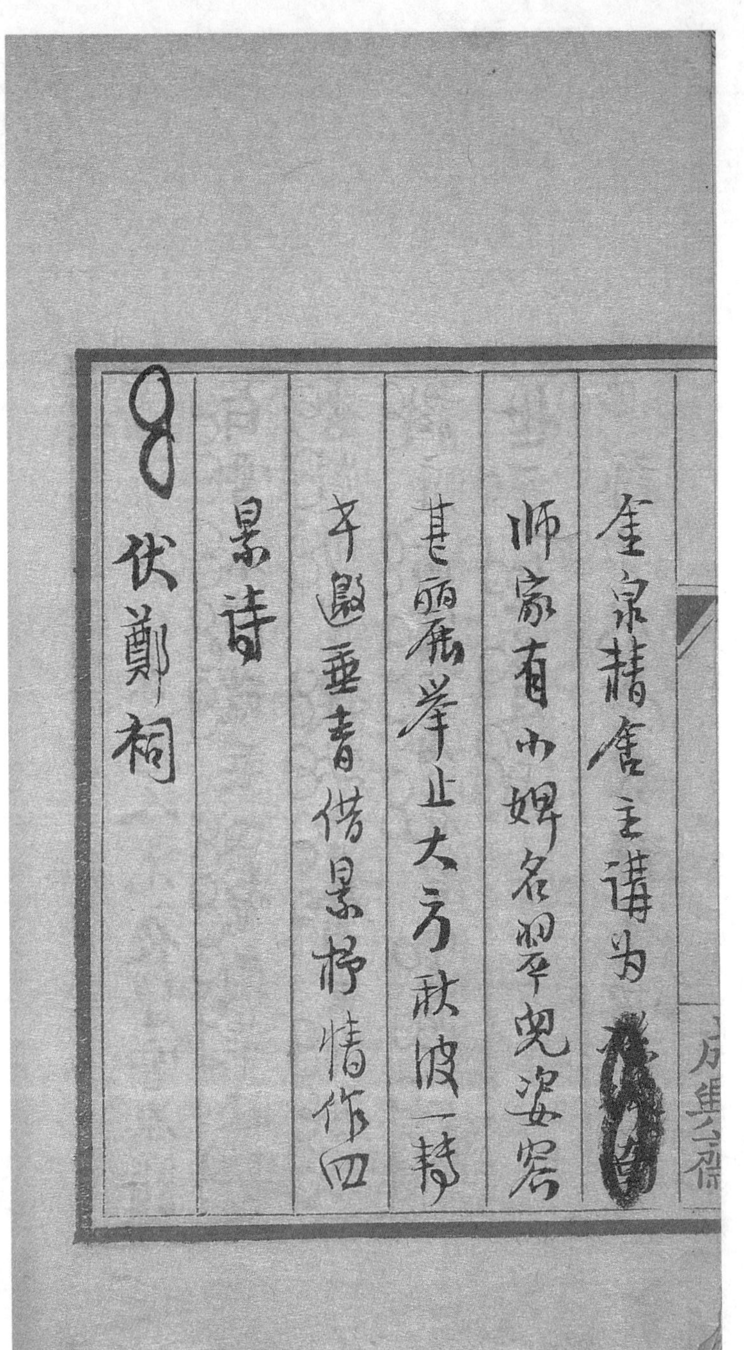

伏生才如鄭詩奴，靈瀏清芳

已墜無

尚未孫聘得翠兒陪筆硯買

絲綉作授經圖

伏鄭祠上為授經樓

其二

新祠伏鄭瓣香餘又畫當

年如校書猶使翠兒習

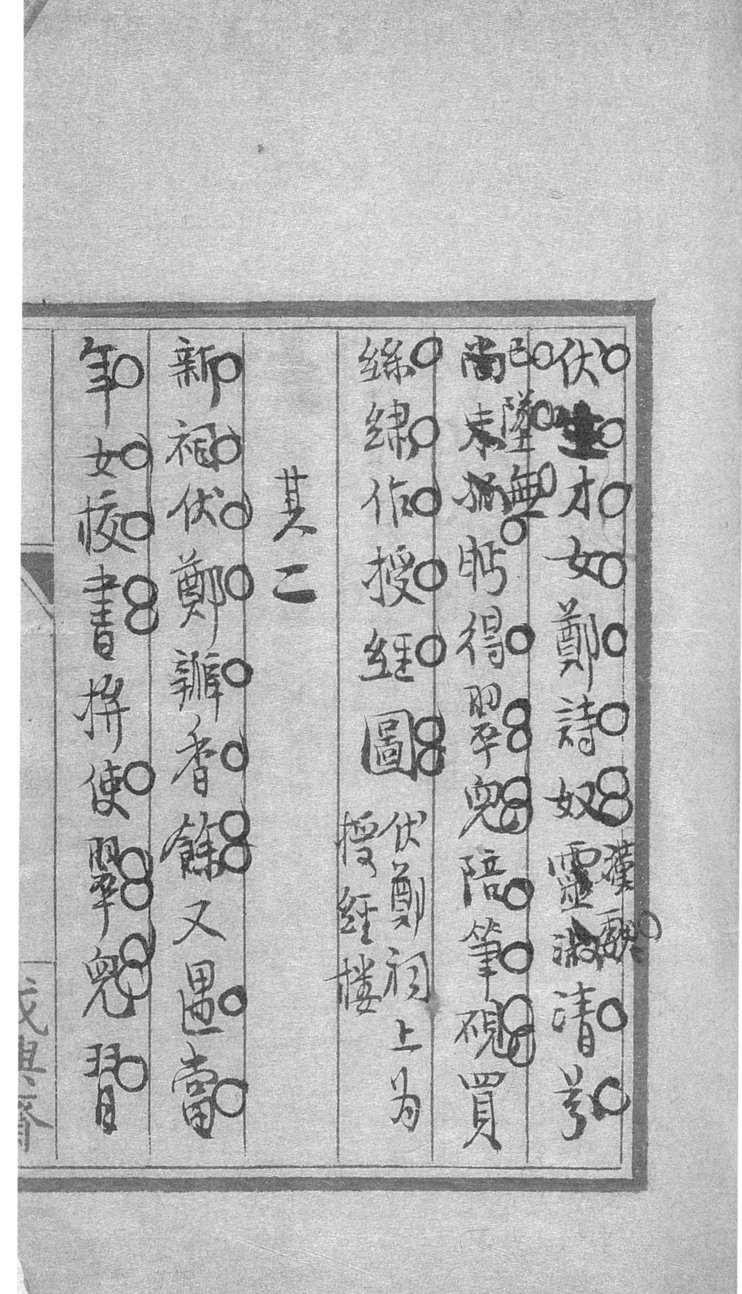

歌舞高樓今伴馬融居

篆字碑存秋曝台中上鐫篆書庾信麗人賦

蠹落碑豊古篆文花容月貌

句清新翠說生晚堪憐惜不

遇蘭成賦麗人

其二

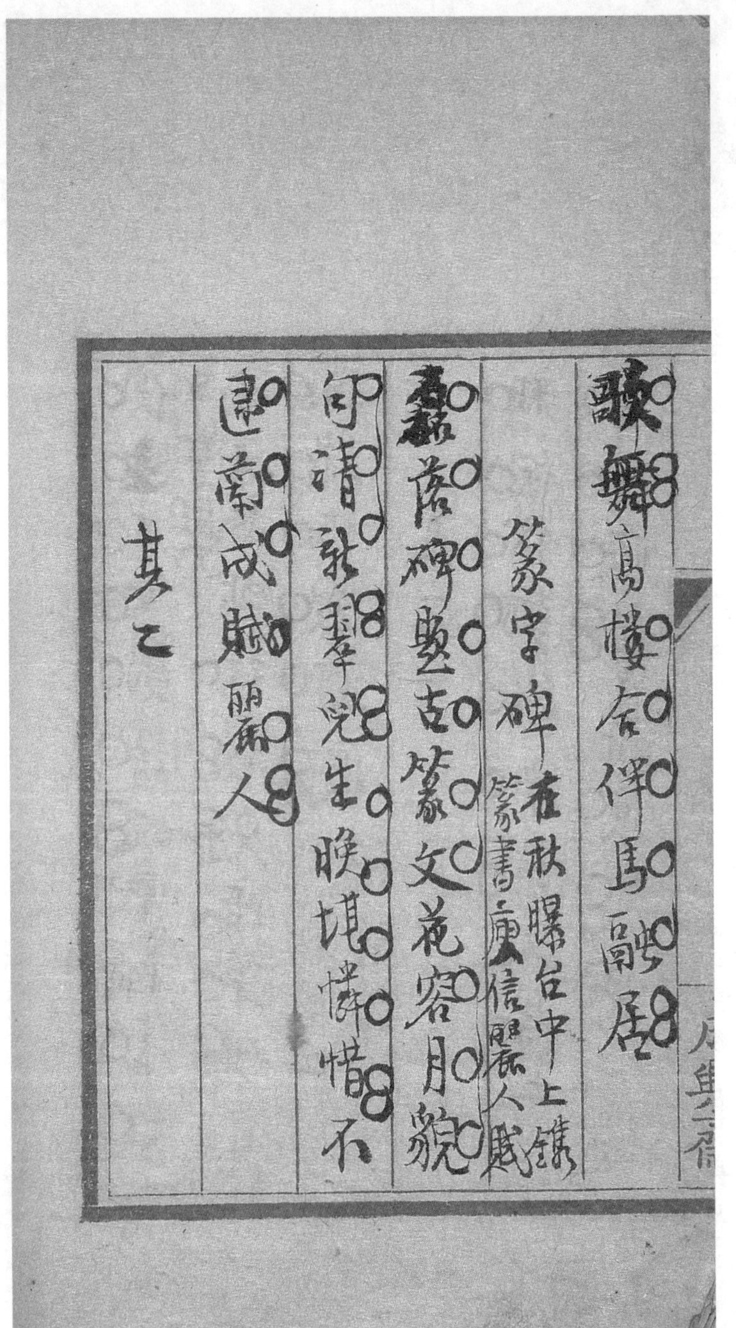

緊印誰嵌秋曝台著成色相
筆端猜翠兒玉貌難描畫枉
費蕳成作賦來

白雪樓

當年小婢擅風流曾侍詩人
白雪樓我亦偏〻如七子翠

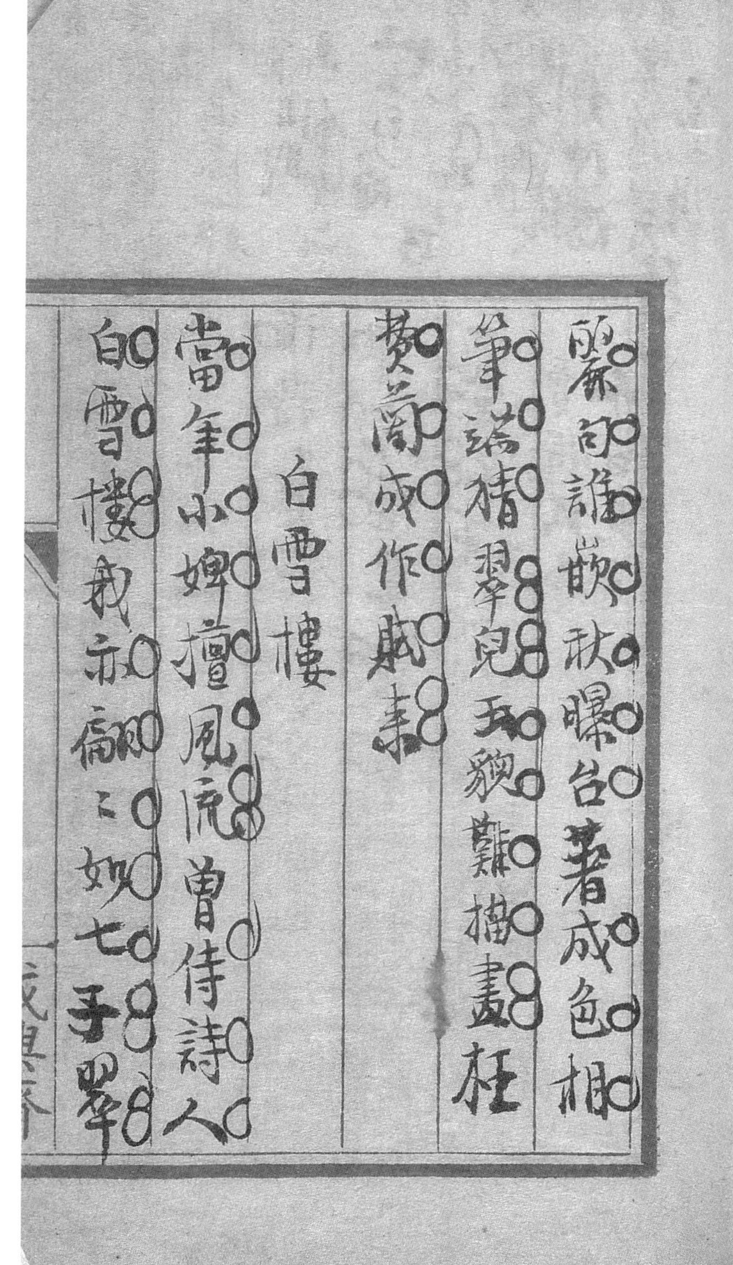

自此拜
七夕珠金自碧瀉月明
流
鍾衡求流一鉢中
貴賤求且賊
求名創作六
大工不乞人間巧
岸兒生緣
羡渠批相綫縮針神號
魏宮奪鍼號
一歷

兒何事不相投 李濱吳莊明七字中

其二

譜將賣餅慨沈淪自兩瀛溟 舊跡

夢作塵要護聲兒錢十萬

一生不作下場人 滇溟有婢老年頹迸風塵

賣餅城市

本皆具下

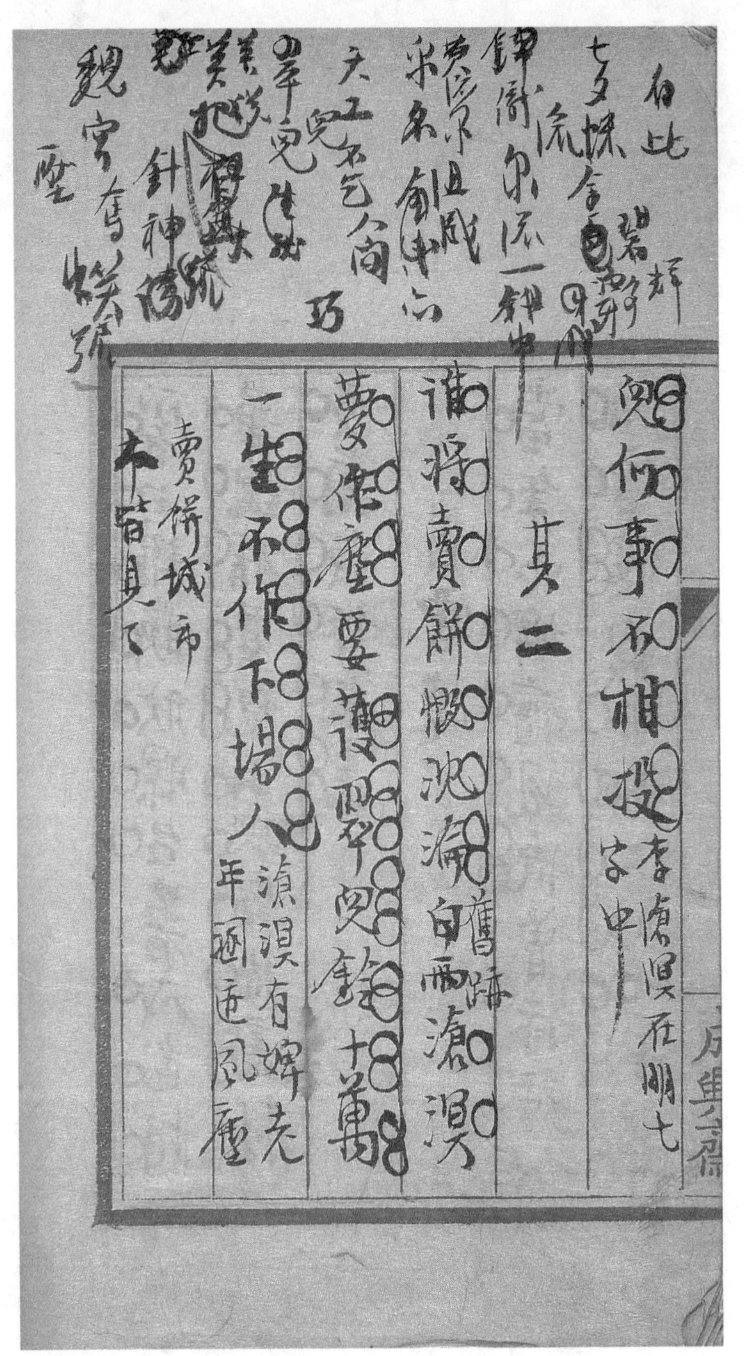

悠然亭看山
南裡修竹
西園芭蕉
北祠磵泉

金線泉

削穀紗窗萎鏡匳金屋流泉照一影
更堪憐翠兜粉如羅臨波觀
一朶芙蓉出水鮮

其二

一線金光卧朗然翠兜臉影

更新鮮華唐自得楊妃
歡消受寵帳中第一嬝

以上共詩二十首

一針神月
隻綫簪

天云
翠兒
綠耳
穿成

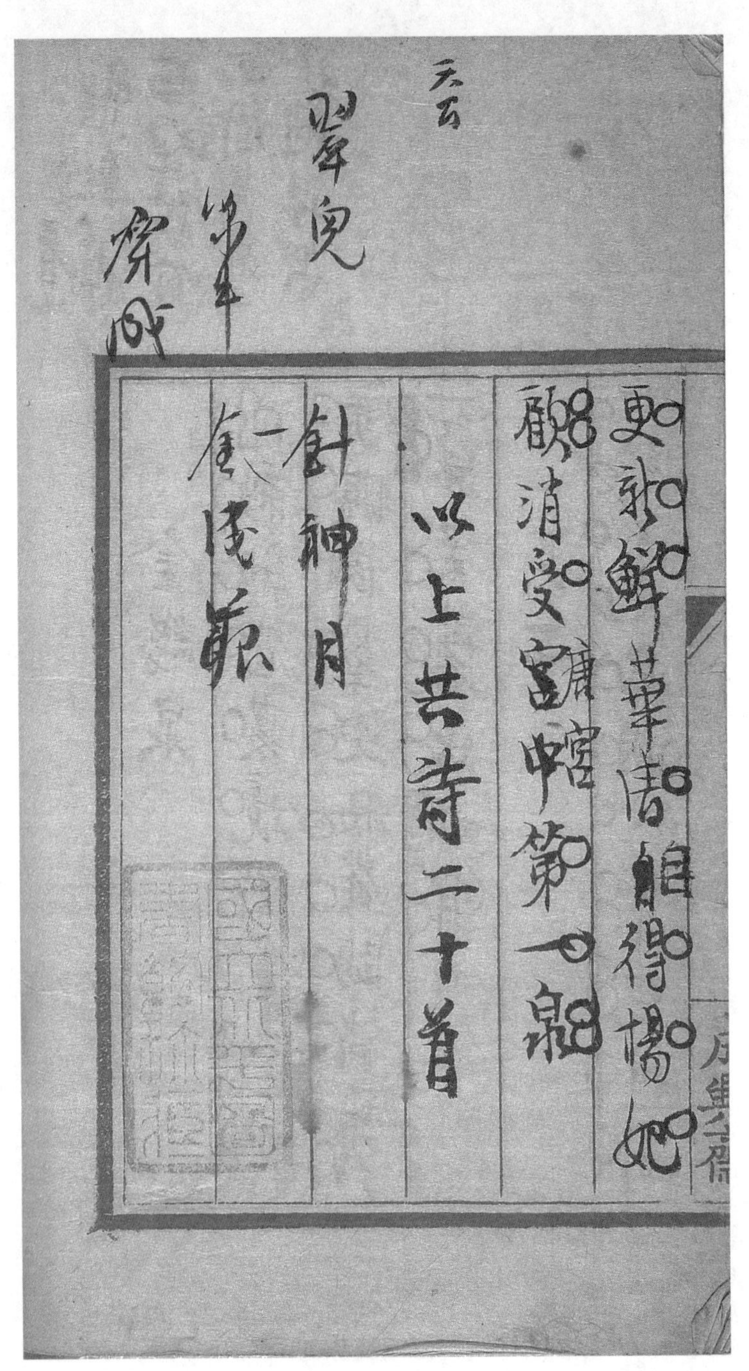

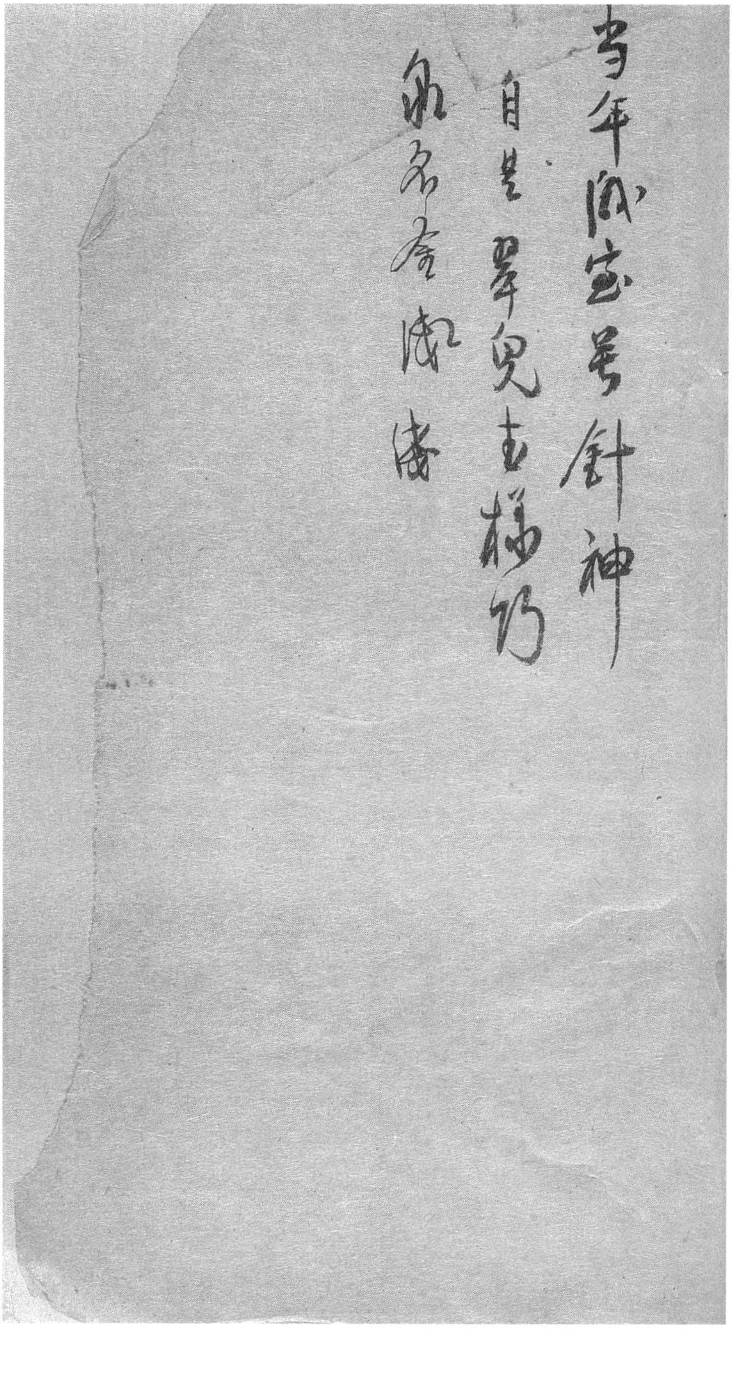

当年闺室号针神
自是翠儿玉指巧
原名香闺绣

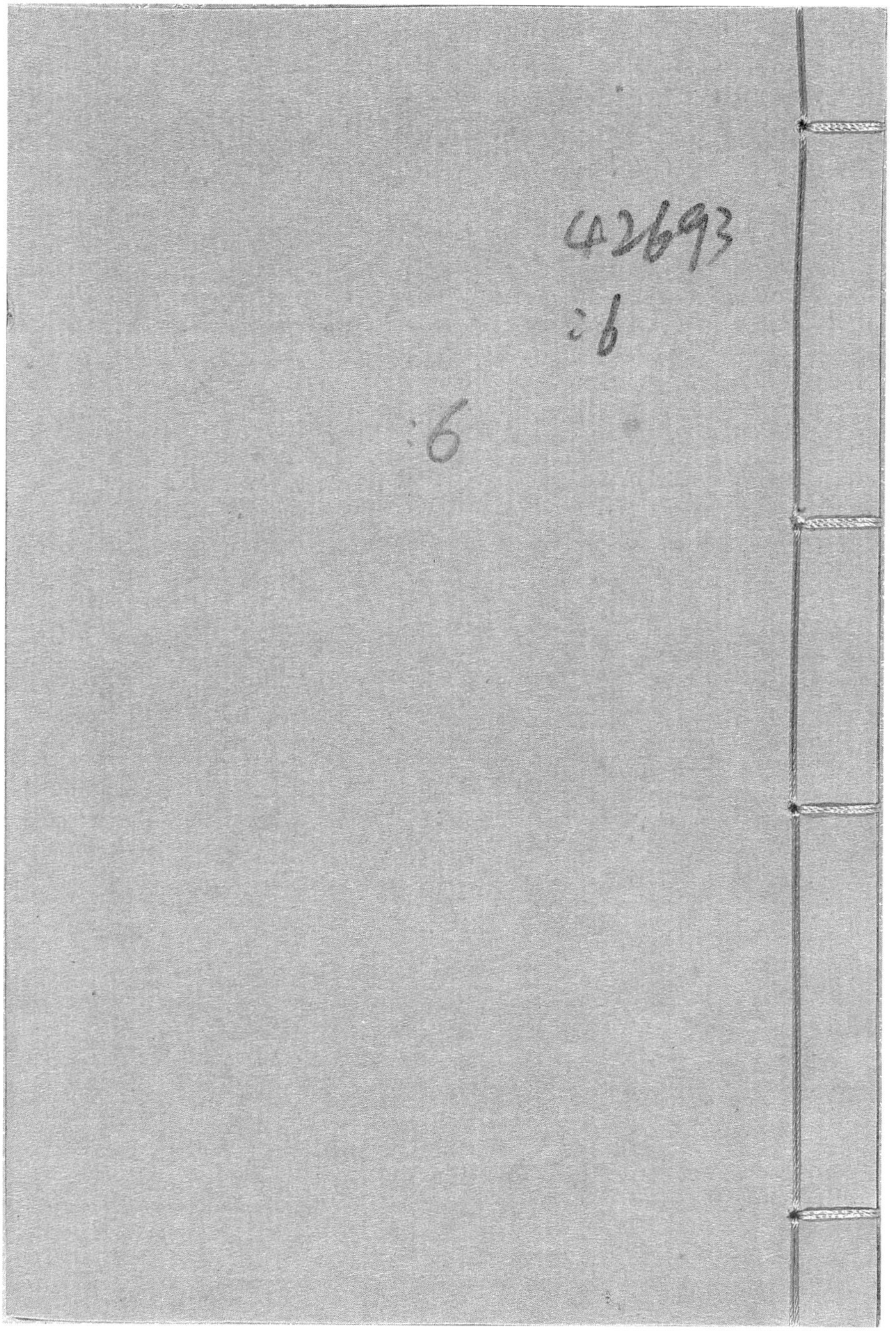
42693
:6
:6

可談集小引
風朋在甲申知余應試北上旅
情緒悲思加倍賴筆墨以
[illegible]風月以抒幽懷凡
談之[illegible]以及長安肴杙歷
[illegible]閒情種々頗多可

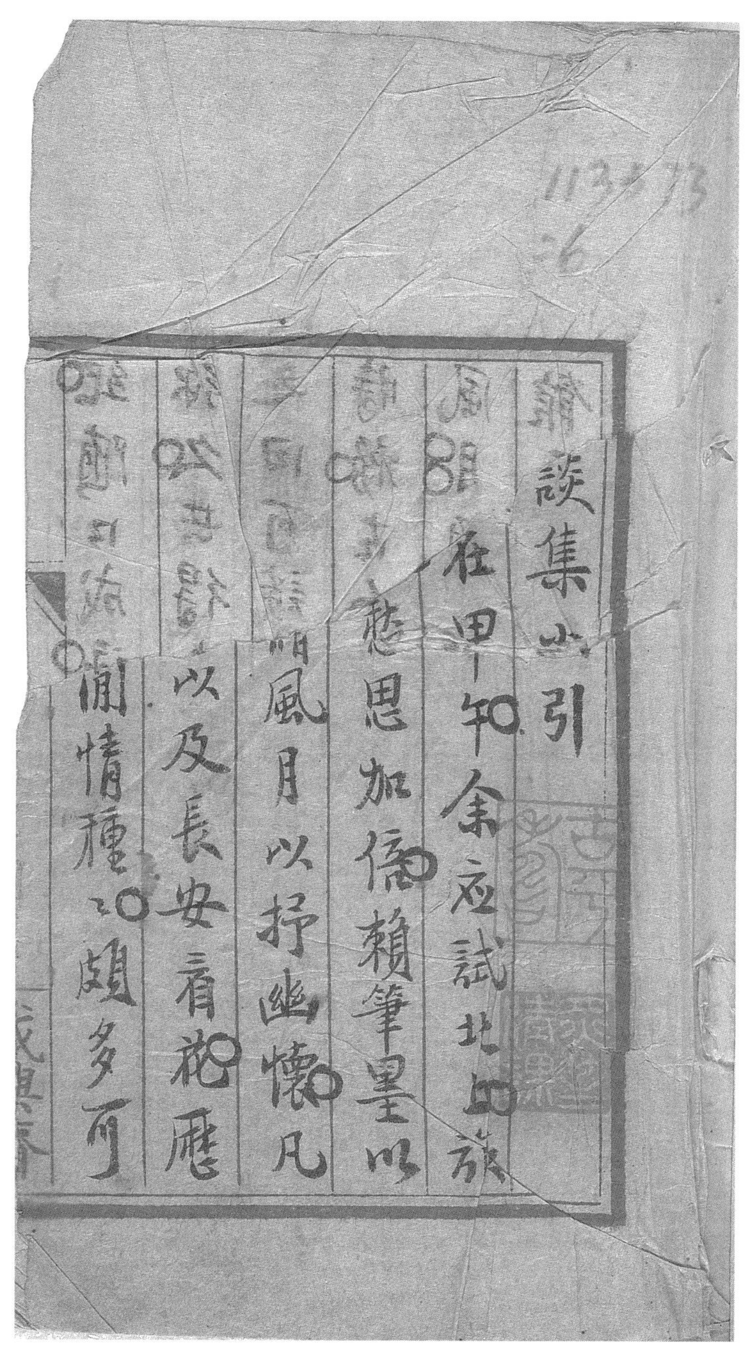

紀○隨口成詠○隨筆成帙○積日
彌久○共得十種○彙為四卷○題
之曰可談集○但記閒情○不談
時務○古人詩云○今人只可談
風月○題名本此○古平壽紅豆
館主吳笙氏書於平陵旅次

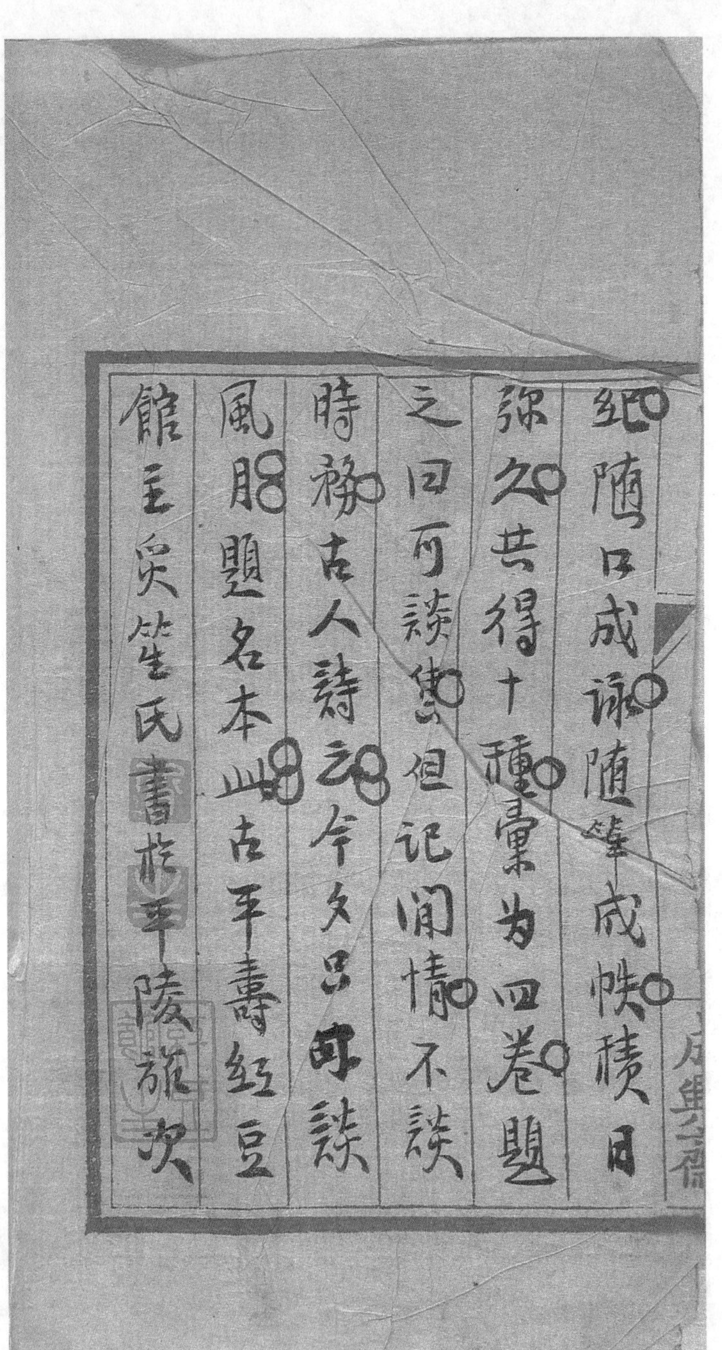

可談集題詞

古平壽王質生樽齋

記向平陵作冶遊長安走馬
更風流擎來金玉千般惜譜
出鴛鴦兩字憑綠葉幾回傷
小粧紅蘭云邪鬆豐修可談

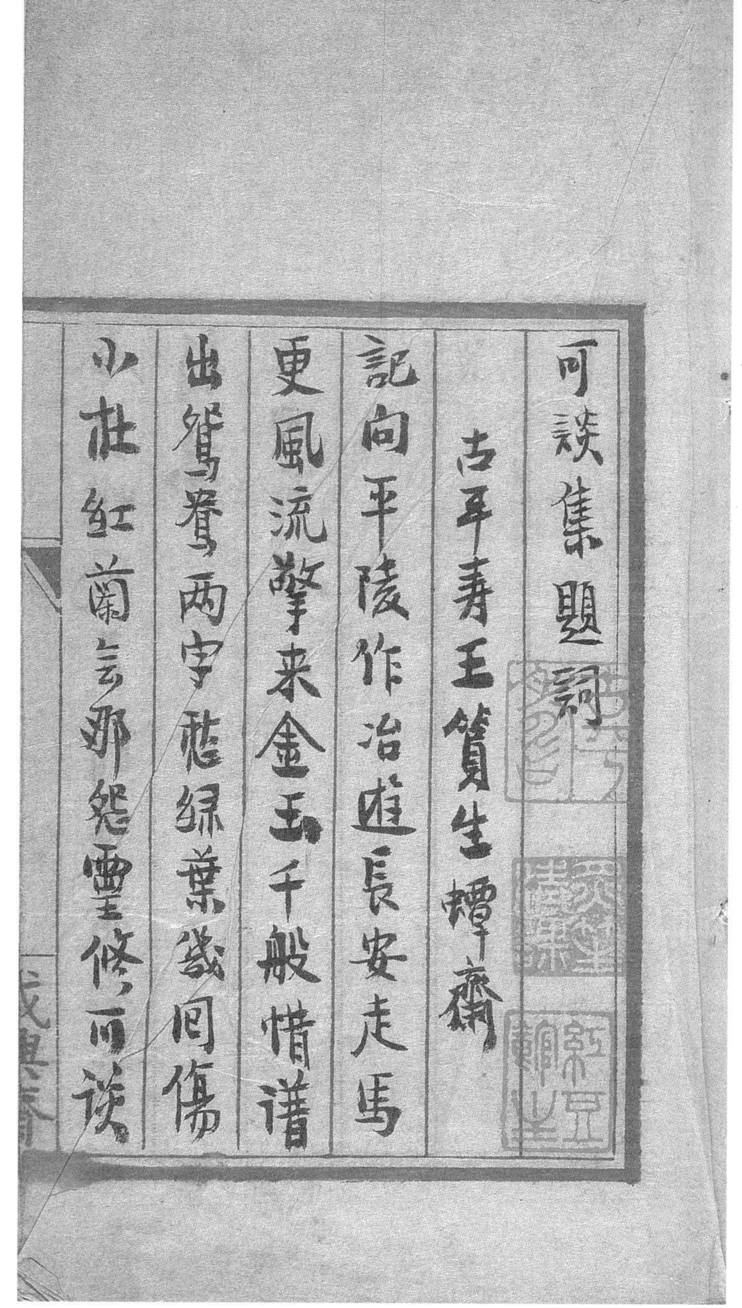

今夕惟風月值得詩名號

韵秋

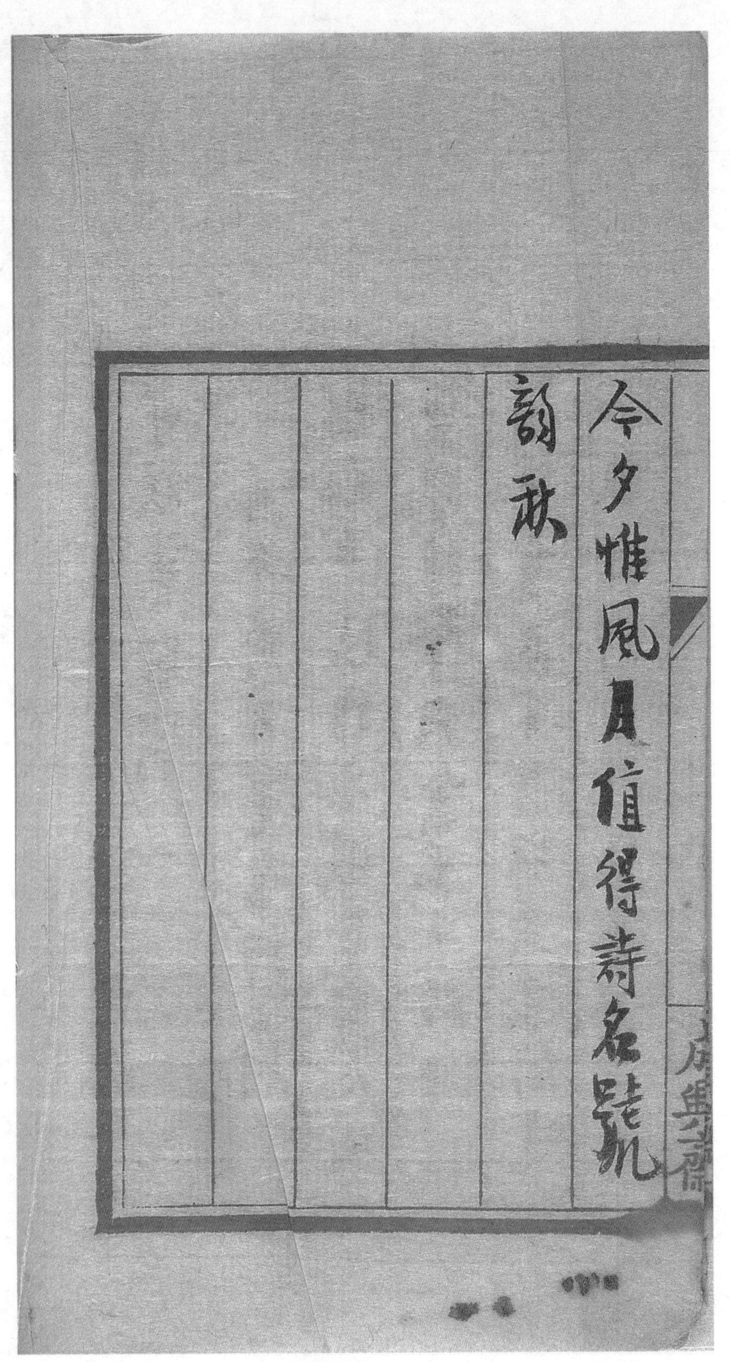

可談集總目

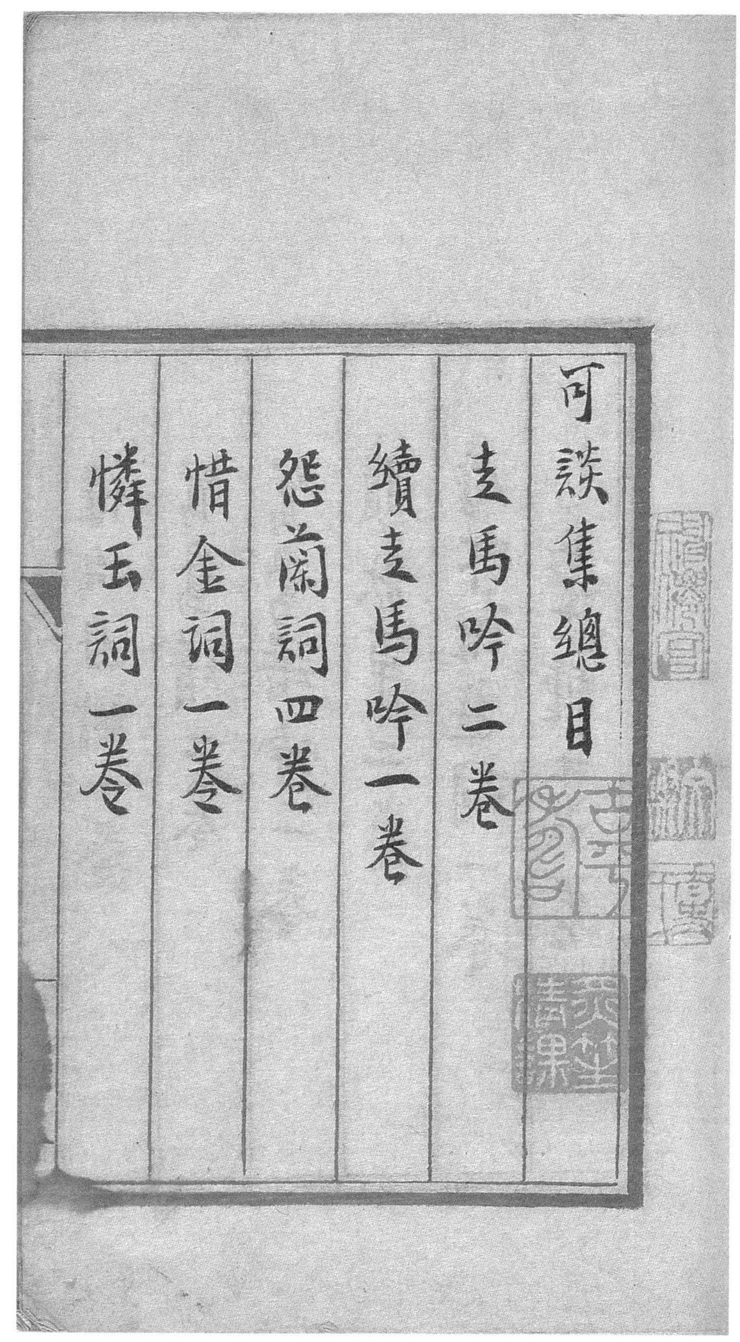

襍冶遊詞一卷
鴛鴦譜二卷
鴛鴦譜吟一卷
韻秋草二卷
歷下冶遊詞一卷
共十種十六卷

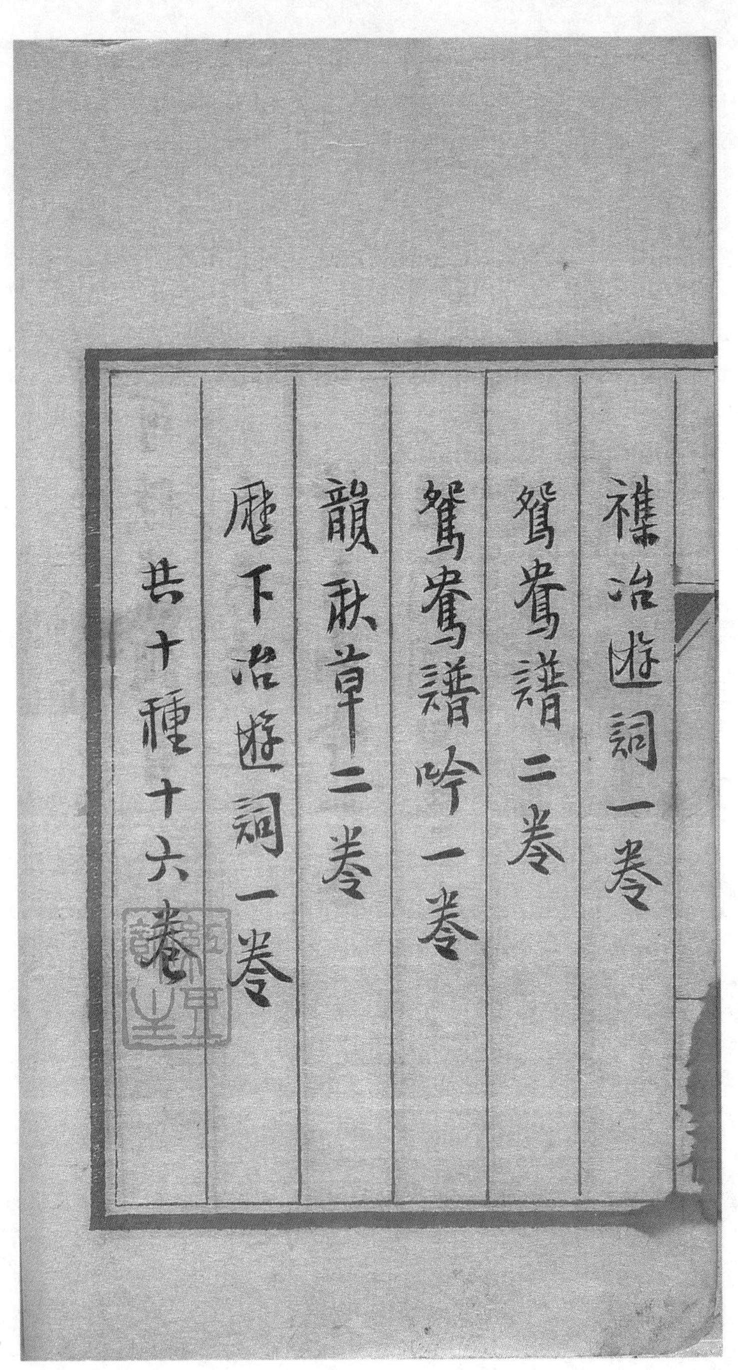

可談集卷一目

圭馬吟二卷

續圭馬吟一卷

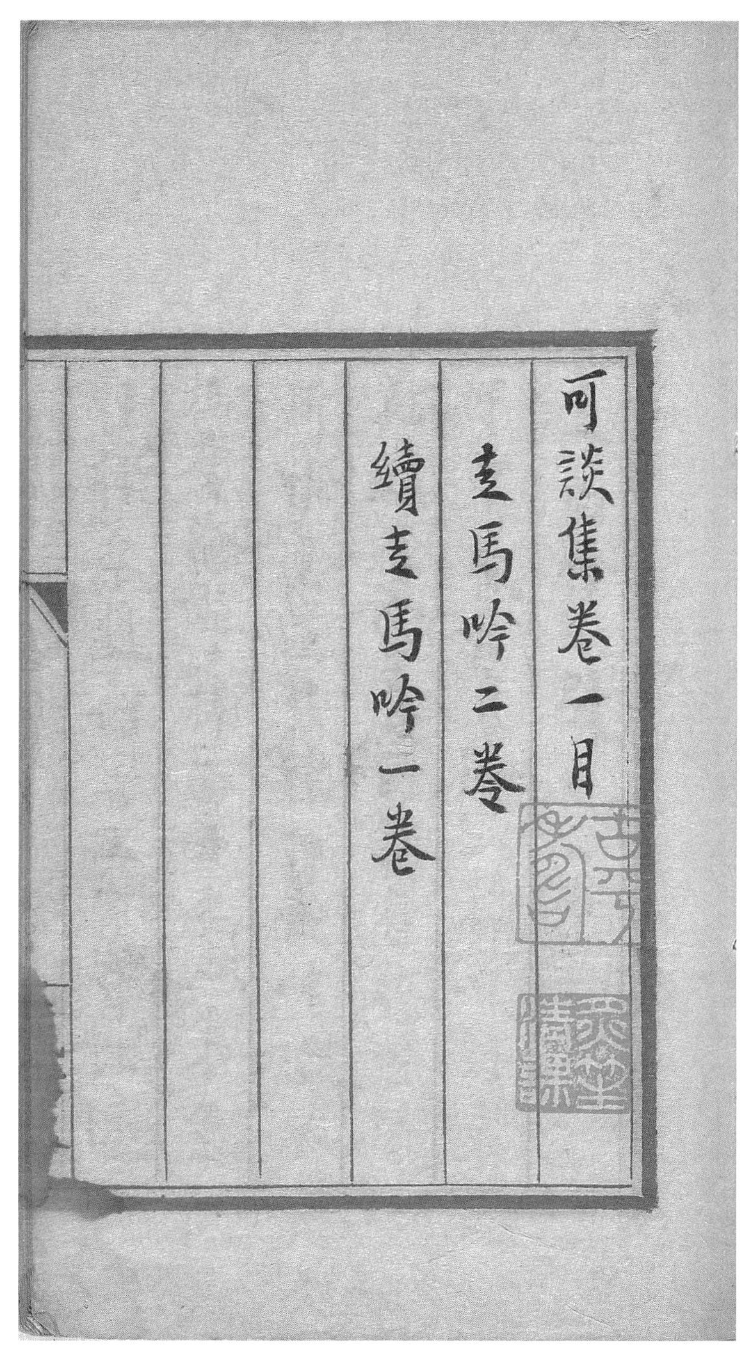

走馬吟小引

甲午春余自歷入都一路看花頗有當意因觸舊愁更添新恨莫遣愁懷輒成吟詠不揣弇陋學捧西子之心未免輕狂率題阿男之字自比遠

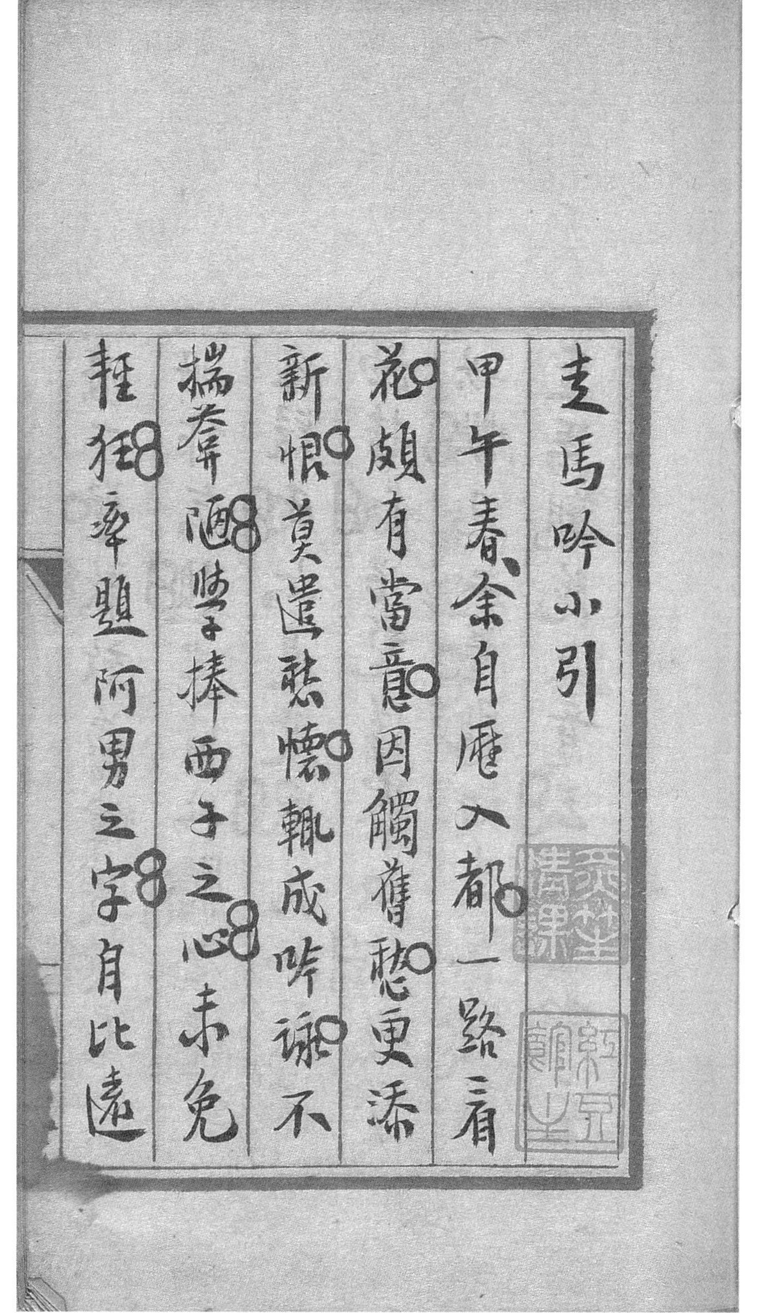

遜王粲敢效薄倖牧之玉溪
好作無題半皆比體金壇託
名疑雨亦是變風凡一路拂
袖挂鈎留憇送客託作概登
此帙凡二卷題曰走馬吟取
走馬觀花之意云紅豆館主

吳笙氏自敘

阿男女郎小字
事見漁洋詩話

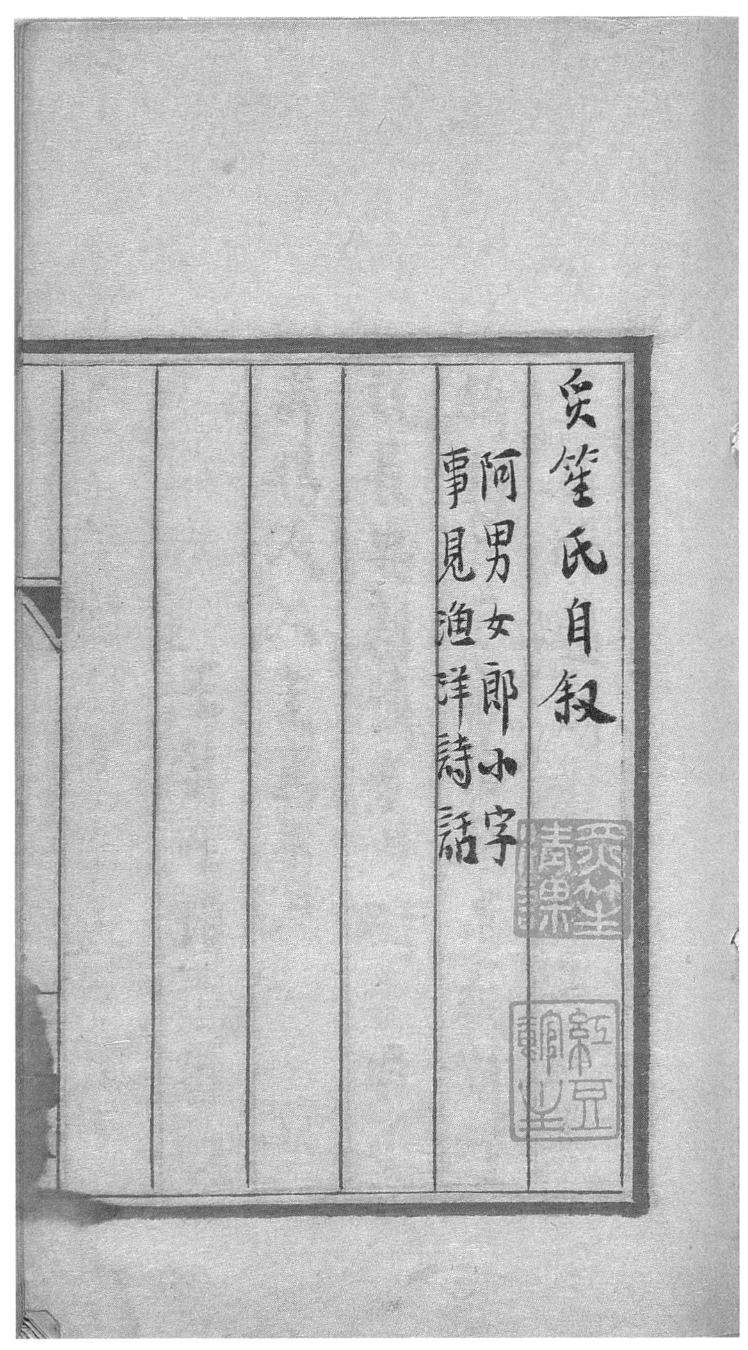

走馬吟題詞

綺想重重懺悔難遺鞭側帽
説長安劇憐多少閑花草
那得人人走馬看

王篔生憎齋甫題

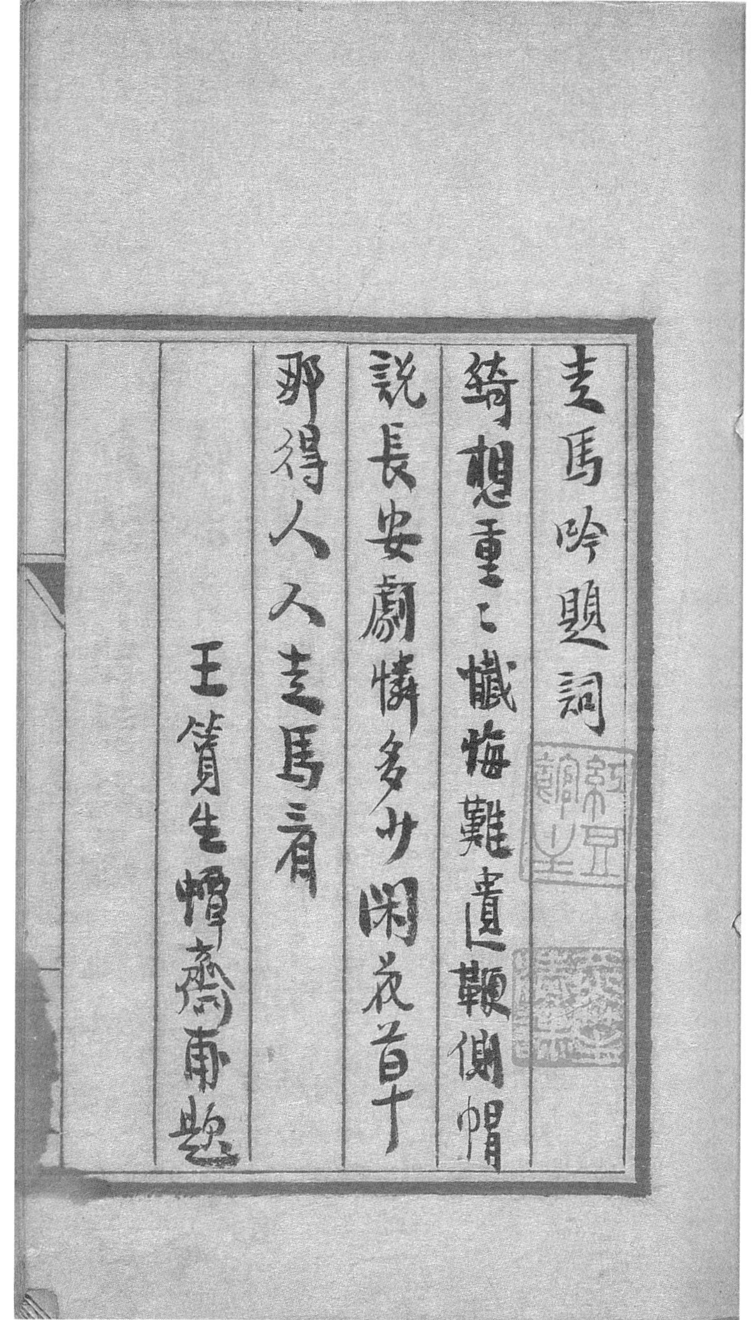

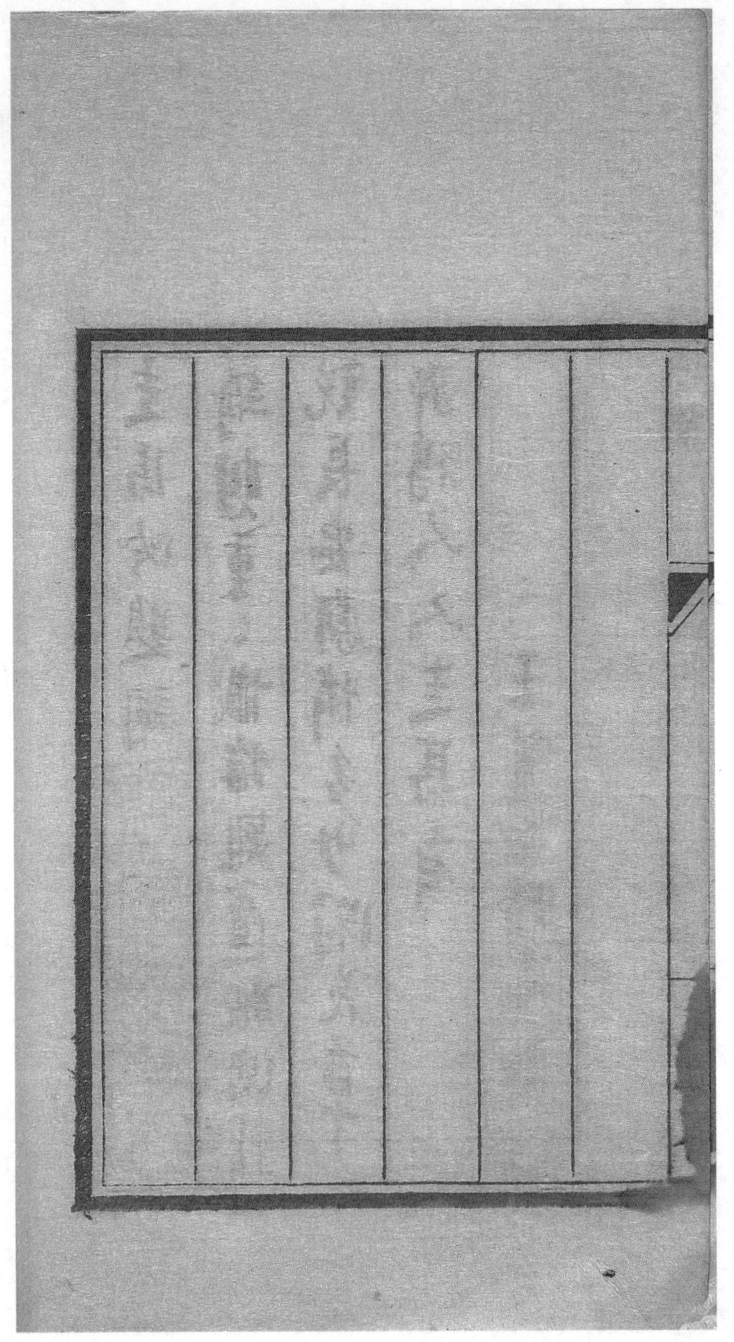

走馬吟卷上

吉平壽奚笙氏清課

、贈小開

小開朝陽歌妓年十四隸曲部余自雛入歷見之正遇其嗔怒之時詩故云

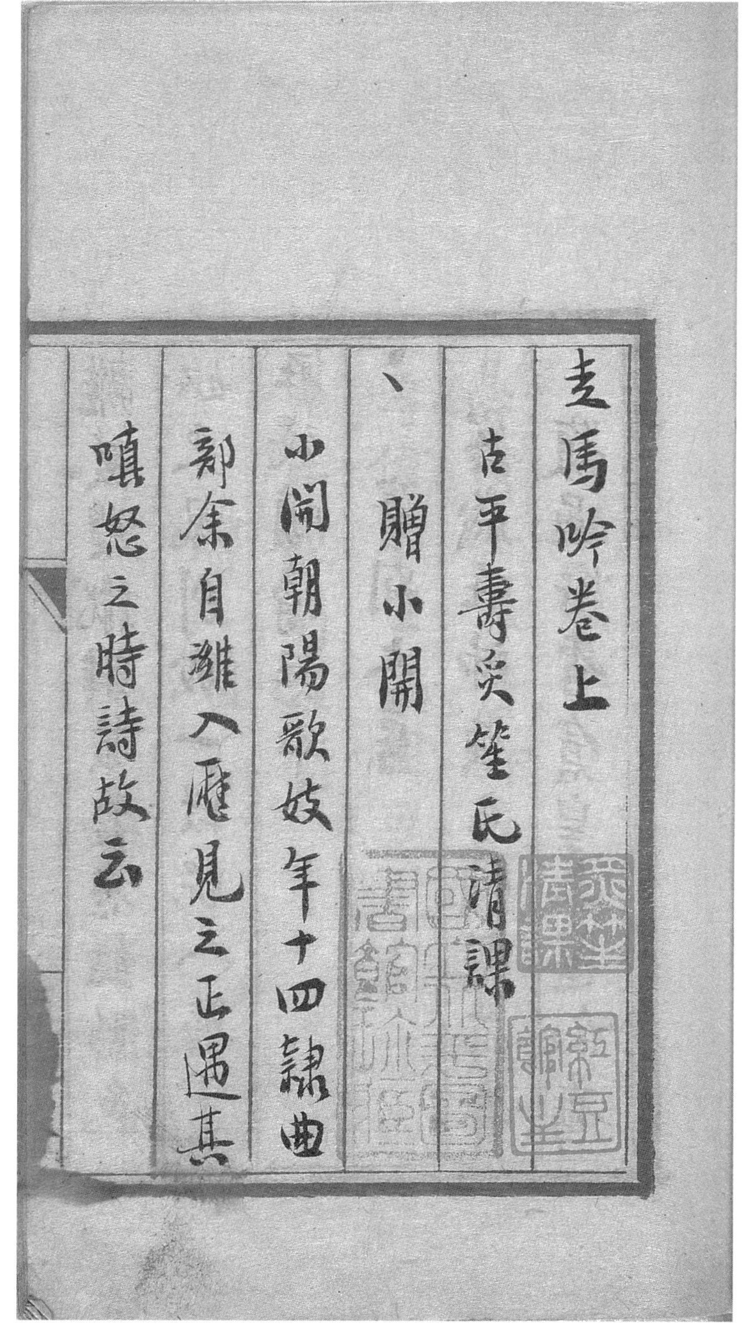

雛髮雙梳辮髮鬆杏紅衫色
妬東風別成一段昵人態畫
在淺嗔薄怒中

寄别大喜

客歲在沛與之頗昵菘春
復過行李倉皇未遑敘舊

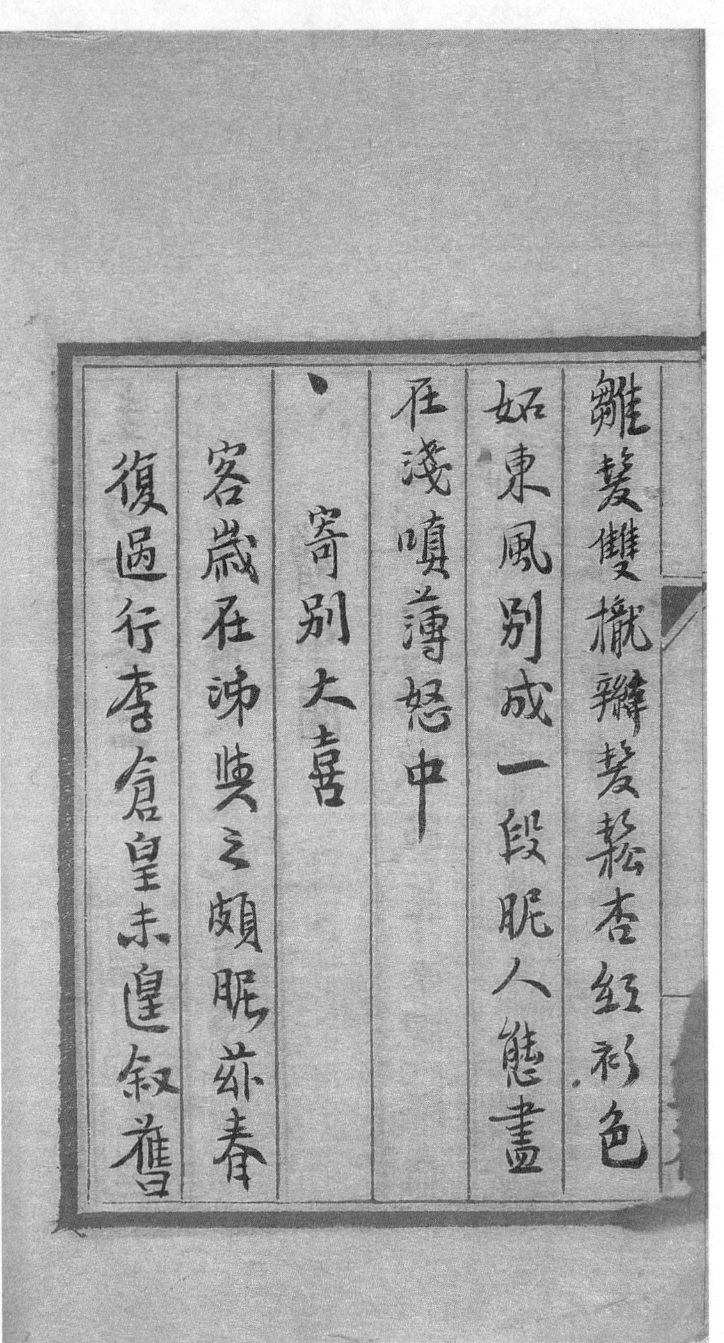

寄世尉之

恩情無復舊時遊曾恨檀郎薄倖不生恐相思已斟滿那堪再飲別離愁

贈二順

二順年十四余見時聞人

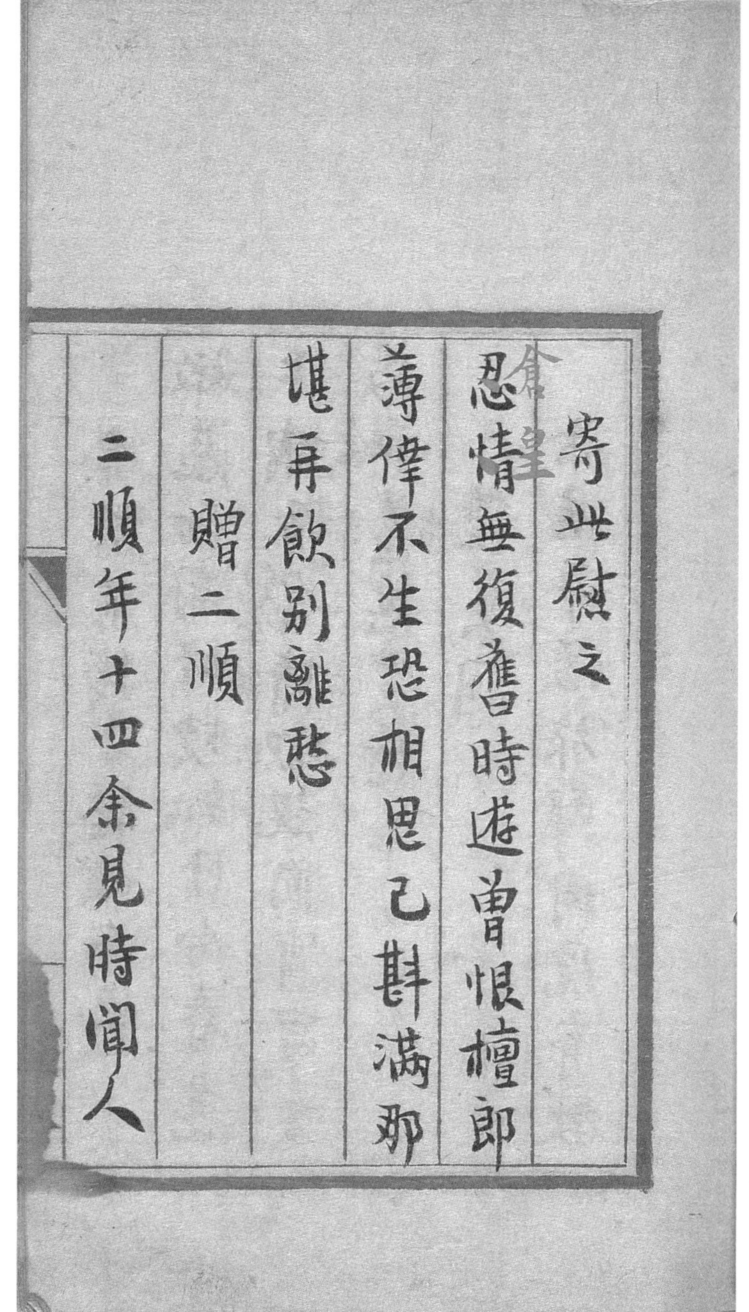

言於前幾日總破瓜也
嫩蕊初開蜂蝶知十分春色
上蛾眉含情欲説前宵事愛
殺佯羞忍笑時

雙美詞

余居平陵旅邸同院有敎

坊部内二人小八年十四小
九年十二一嫵媚一豪放色
藝皆佳可謂兩美必合矣
姊饒嫵媚妹英雄雛鳳一雙
歌舞中殘月曉風楊柳岸銅
琶鐵板大江東眉峰縱聳峙英

光露眼角低迷春色融我有
柔情並壯志桃根桃葉盡相
同

宴城題壁贈雲仙
雲仙乳名大順年十三隷
曲部姿容跌宕語言詼諧

與余頗相得余贈以菱鏡
一方荳蔻二匣情稠語密
幾不勝情至漏三下始悵
然辭去余本多情叨逢知
己兩情可鑑獨對菱花此
後相思惟餘荳蔻所慮妝

之一去已教綠葉成陰不然雀護重來豈僅桃花依舊扁舟未載西子恨有窮乎金屋得貯阿嬌願亦足矣

别御繁華第一程藍橋又吾

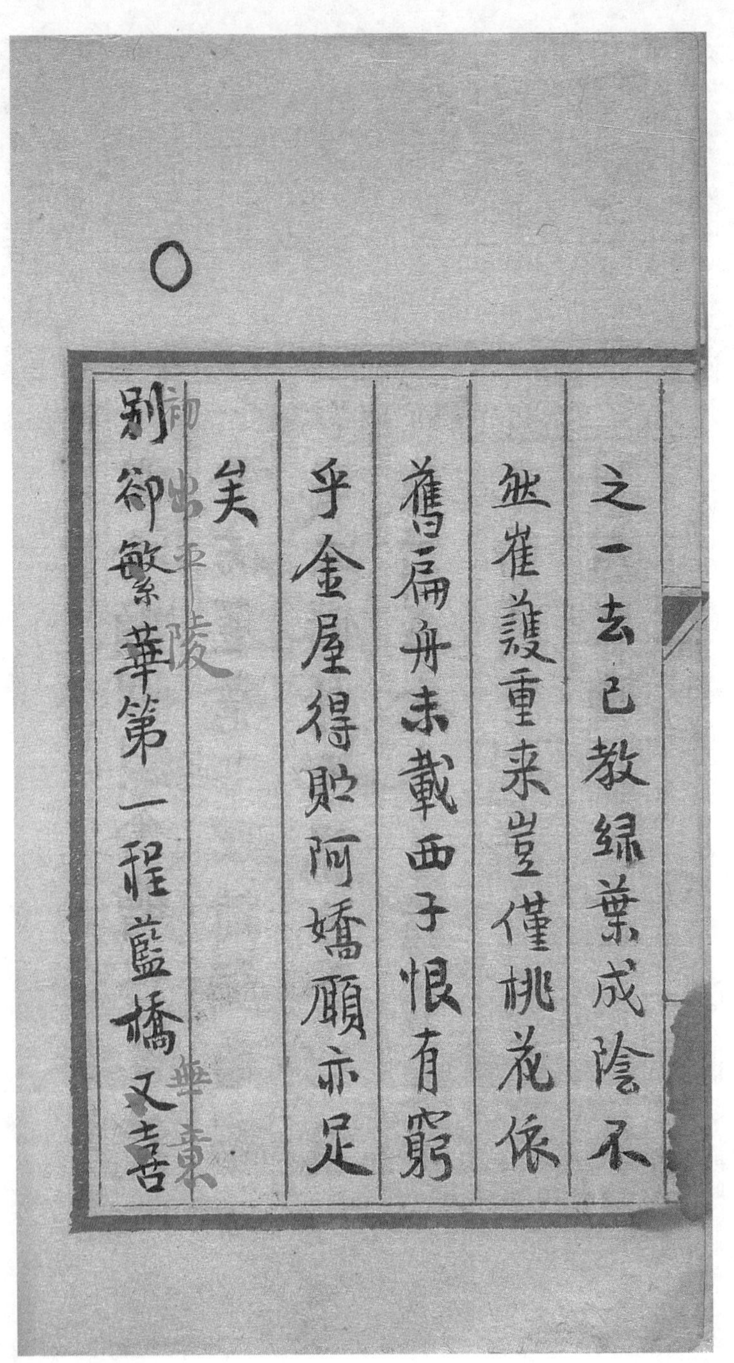

遏雲英驟闘舞態妬飛塵旋韻歌喉驕乳鶯偎我斜欹如醉意背人私語儘低聲酒闌燈炧叮嚀甚有盡春宵無盡情

其二

嬌憨纔可十三餘稚齒韶顔
畫不如髻鬟鈿親教郎整理辮
絲暗擲女妝梳好花賞及將
開日媚月看當未滿初坐使
意中人墜落春風無力作吹
嘘

與娘可是

○

其三

菱鏡聊當襟佩貽戲拈荳蔻贈相思事見叙中都將春夜纏綿意併作秋波宛轉姿既去復囬猶意戀欲言仍止總情痴明宵驛宿知何處可有香魂

此首删

夢裡隨

再贈雲仙

年少風流不自持琵琶曾拜

女教師周郎顧曲騖相問又

認同䦨藉喜兒

喜兒之母係歷下舊時名

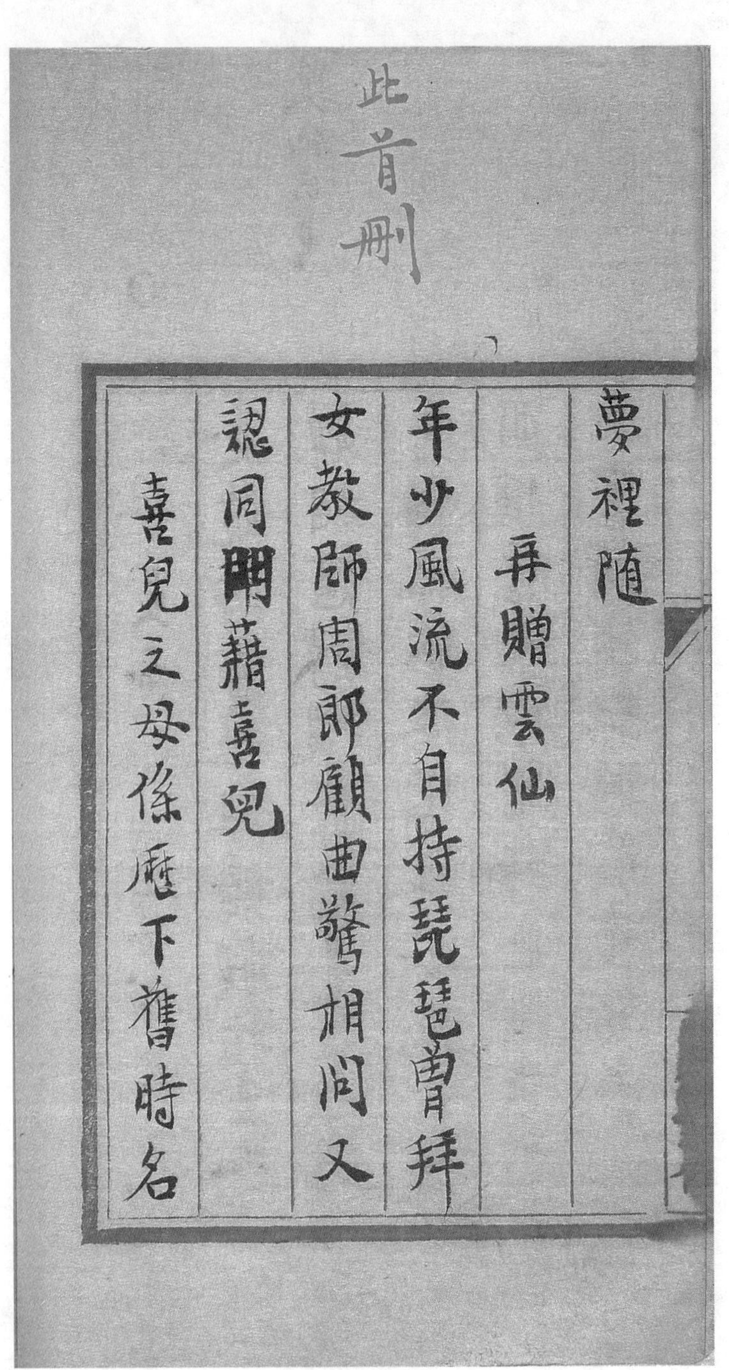

妓琵琶一曲為東部之冠
老年門前冷落以藝授人
一時雛年歌妓皆出其門
余既與其女喜兒昵亦戲
從學一曲雲仙亦其所教
因戲與叙同門詩故云

○其二

密覷温語好如春一桁垂簾

惹𢶎嗔生恐旁觀太冷淡佯

持言笑睃他人

○其三

鬢花鬆鞾步蓮開欲語含羞

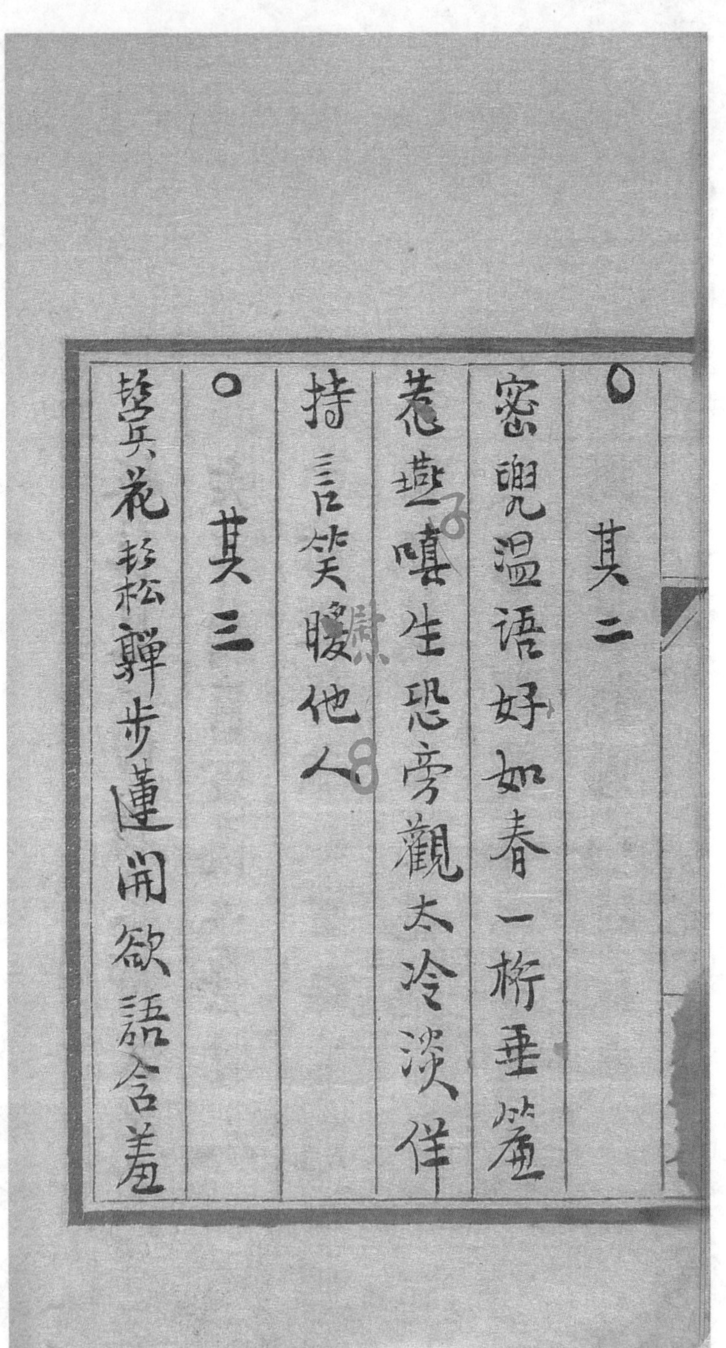

費意猜多是阿雲太胆怯倩郎携手出簾來

○其四

不惜囊金買笑歌贈時倒惹蹙雙蛾世人徒重纏頭費翻恨檀郎客氣多

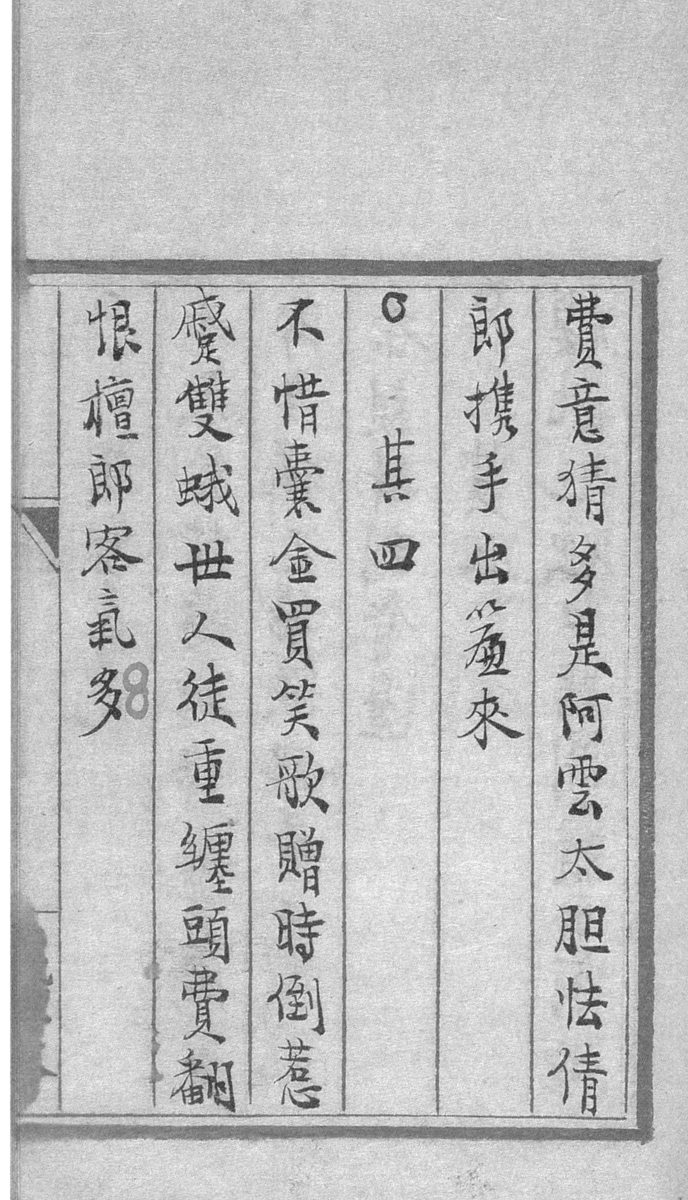

○瑣事再記

千般愛惜萬纏綿妾自殷勤
郎自憐又恐歌殘香口澀鳳
茶親捧到脣邊

○其二

櫻桃紅破口脂開噴出蘭煙

此首亦刪

一縷纔細唾濃香都在裡檀
郎僥倖細嚐來

其三

同是教坊部内人於今癡想
隔春雲不知喜姊新顏色妍
媚如儂勝幾分

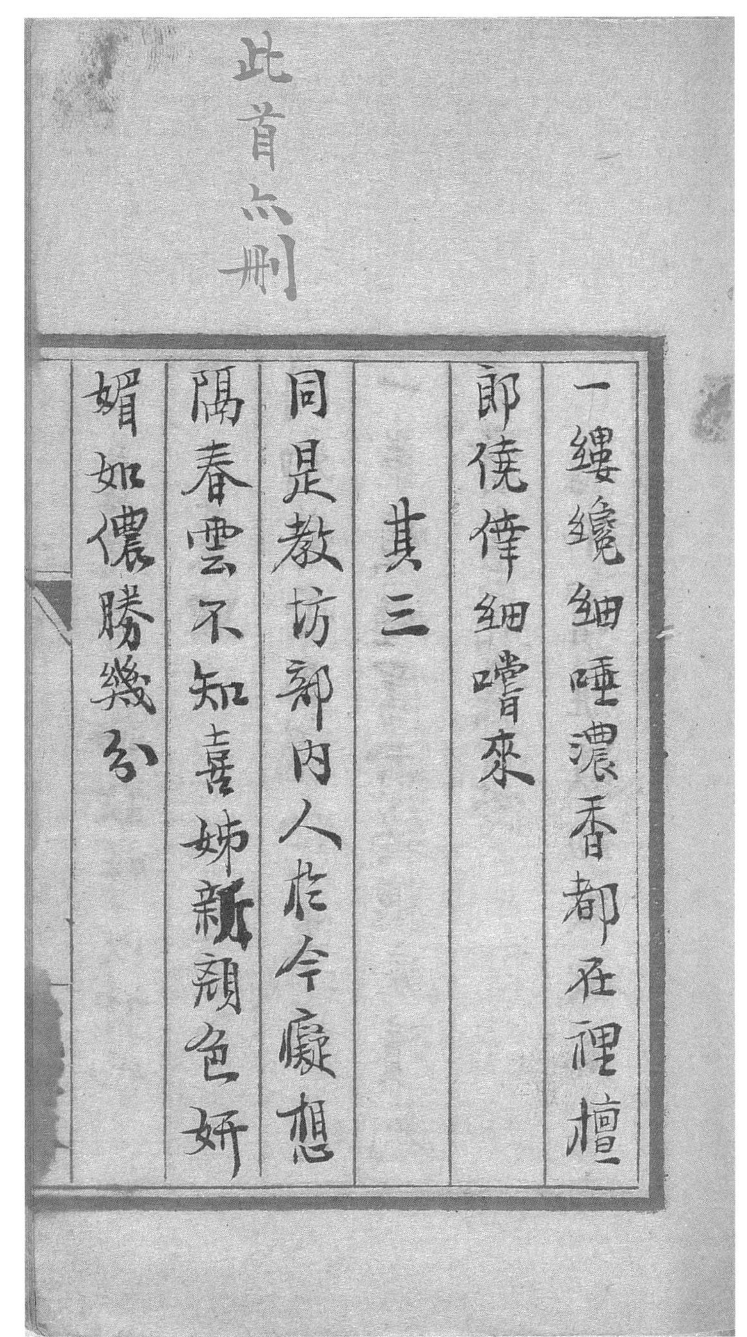

喜兒年十四故呼以姊也

其四

問卿曾否已成人一半嬌羞
一半嗔嗔罵未終腮淚漬花
言費盡謝真真

歷下謂雛妓初次破瓜為

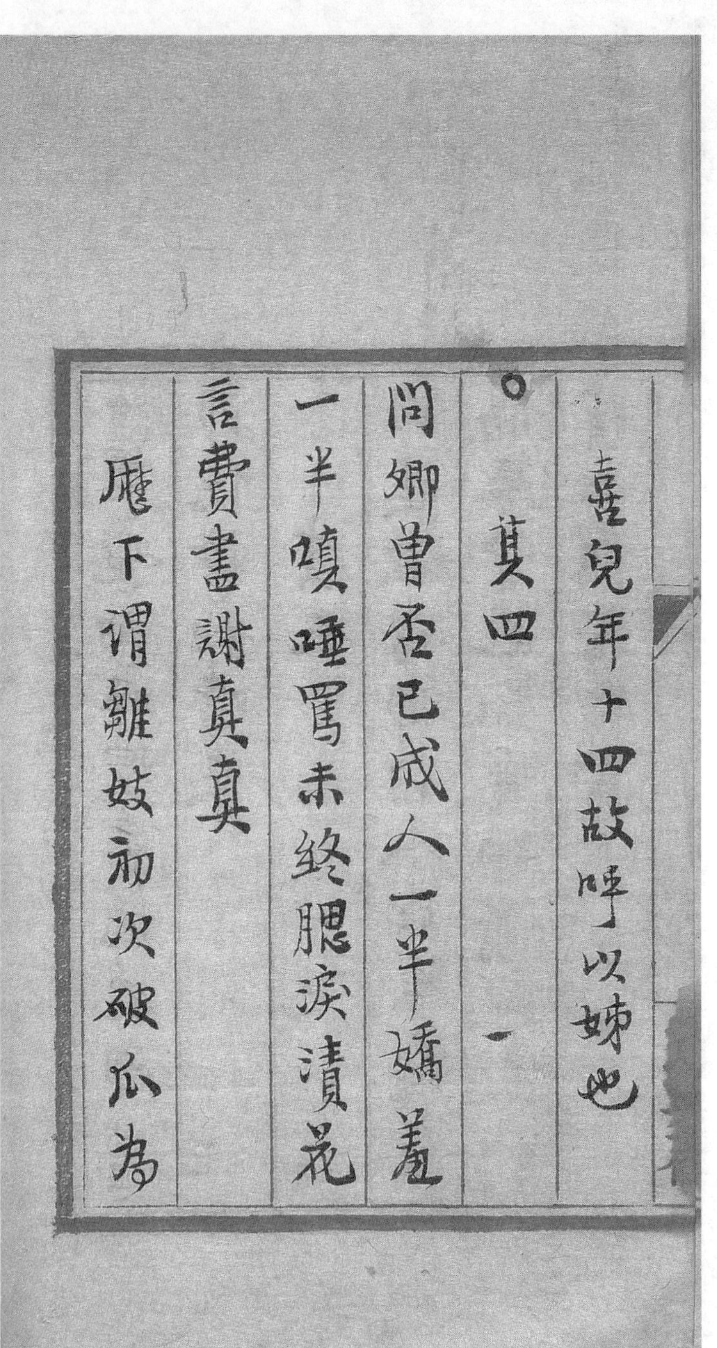

成人余出言盡泪可謂唐

突西子然余之意固願作

司香尉金鈴護落花恐其

遭强暴之污非想作巫山

之夢也

○贈喜官二首

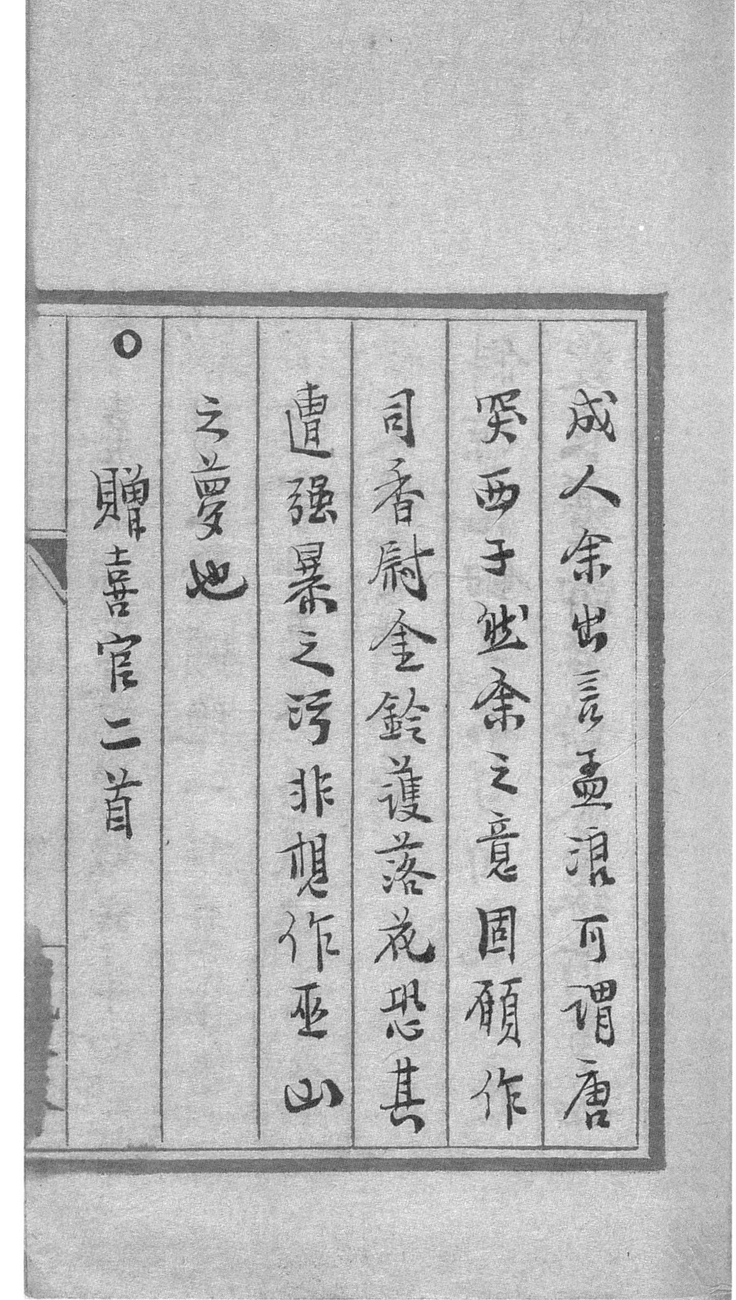

喜宦亦宴城歌妓年十四鬟
鬟之態傾絶一世見余意
注雲仙更加以嗔妬之色
更覺可憐人矣
斜掠花鈿半未匀面龐尖瘦
愛長鬟柳眉雙蹙緣何事如

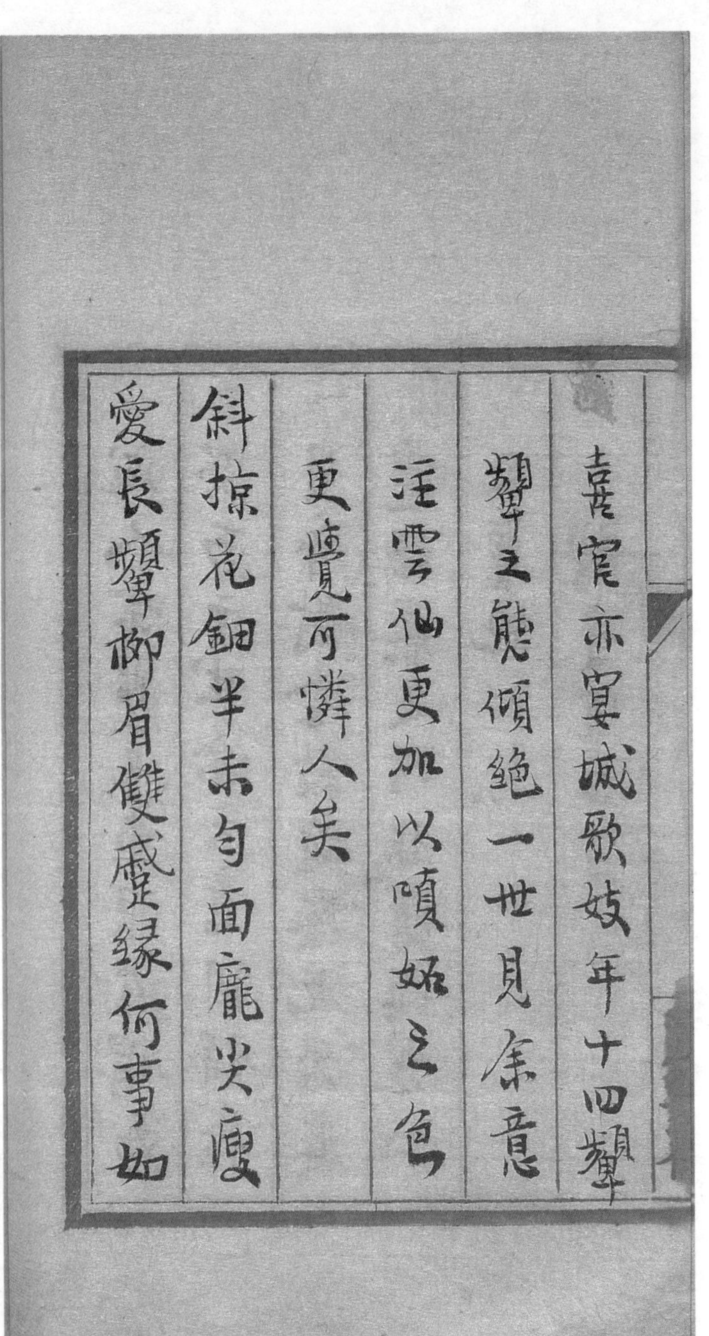

此風光眠殺人

○其二

衣香燈影暫句留緫帯嬌嗔

未轉頭梅子含酸蓮子苦半

緣醋意半緣愁

○贈寶玉

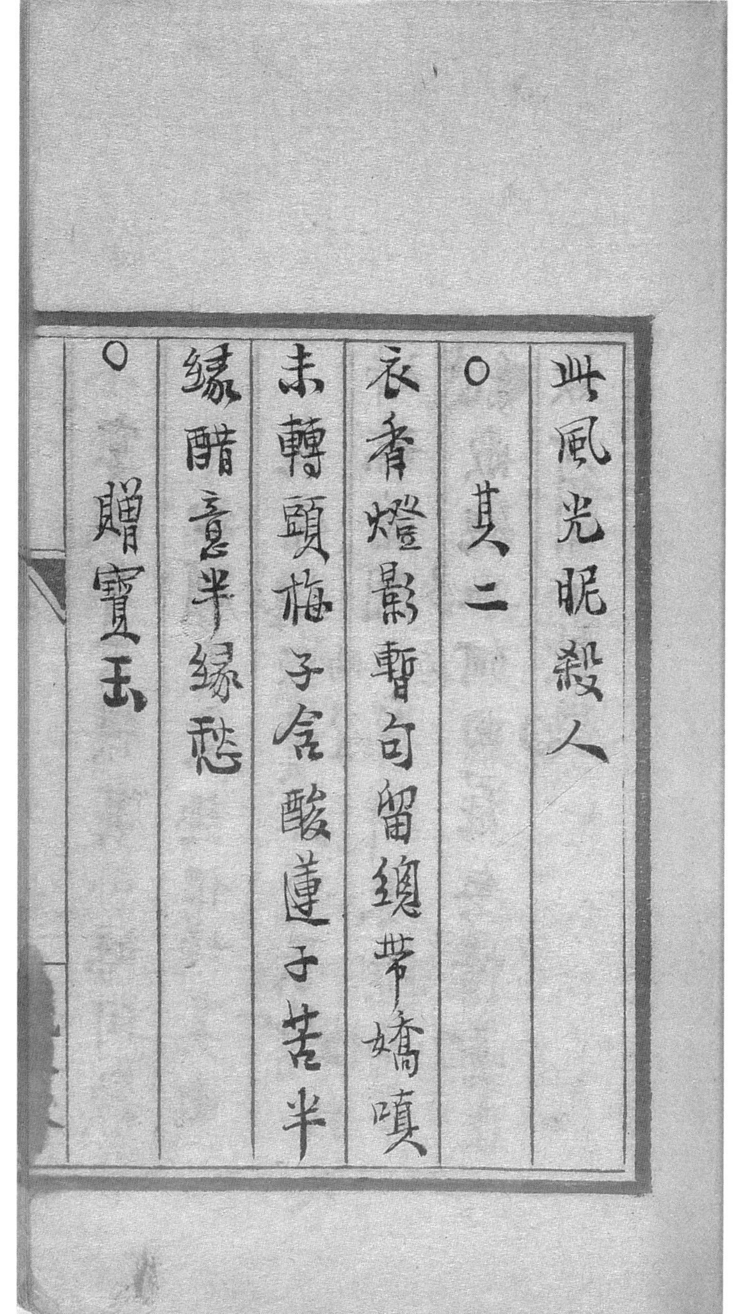

宴城寶玉携其小妹同歌
一曲頗有意趣但嫌其曲
羅索纏頭費太急云爾
姊妹花開〻樣鮮珠喉兩串
能歌絃如何曲羅無情甚止
效河間工數錢

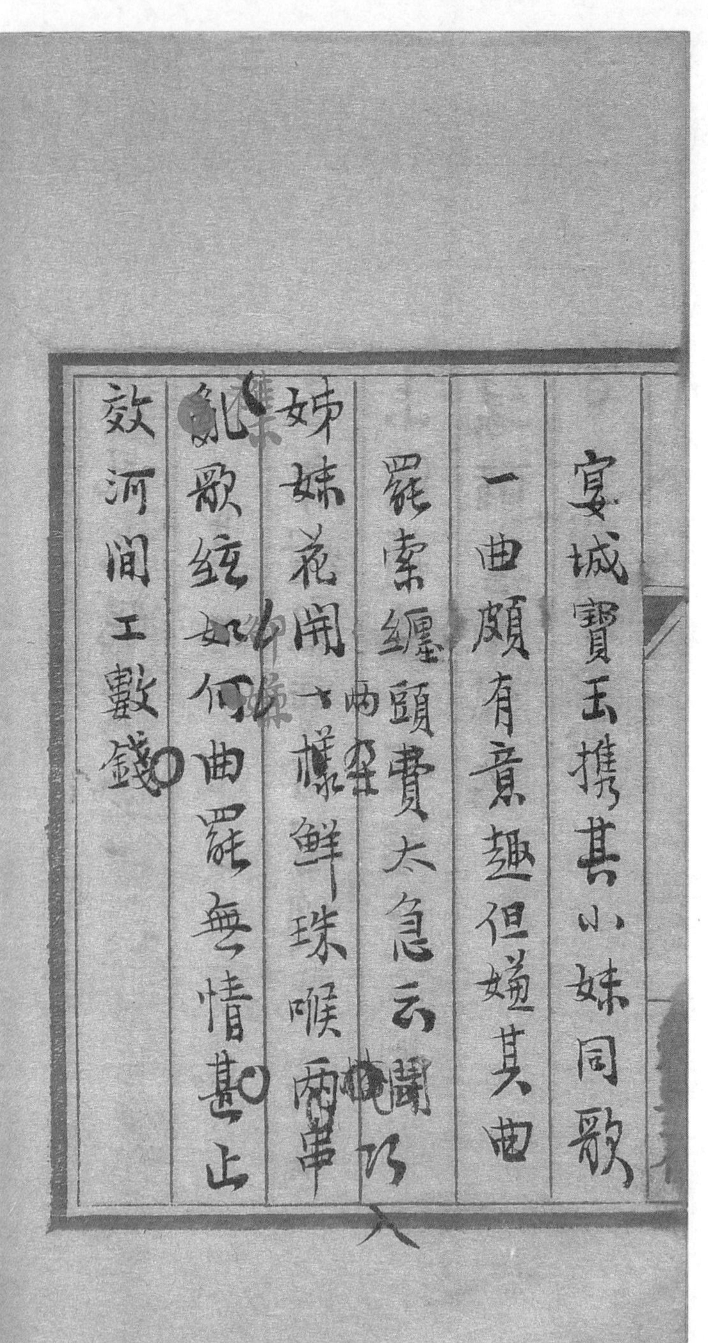

○

贈銀官

平原歌妓銀官乳名小菊年十二三姿態明媚罕有其匹秋水盈盈似不解情事尤可愛也

不惜花名仔細陳磚他潔白

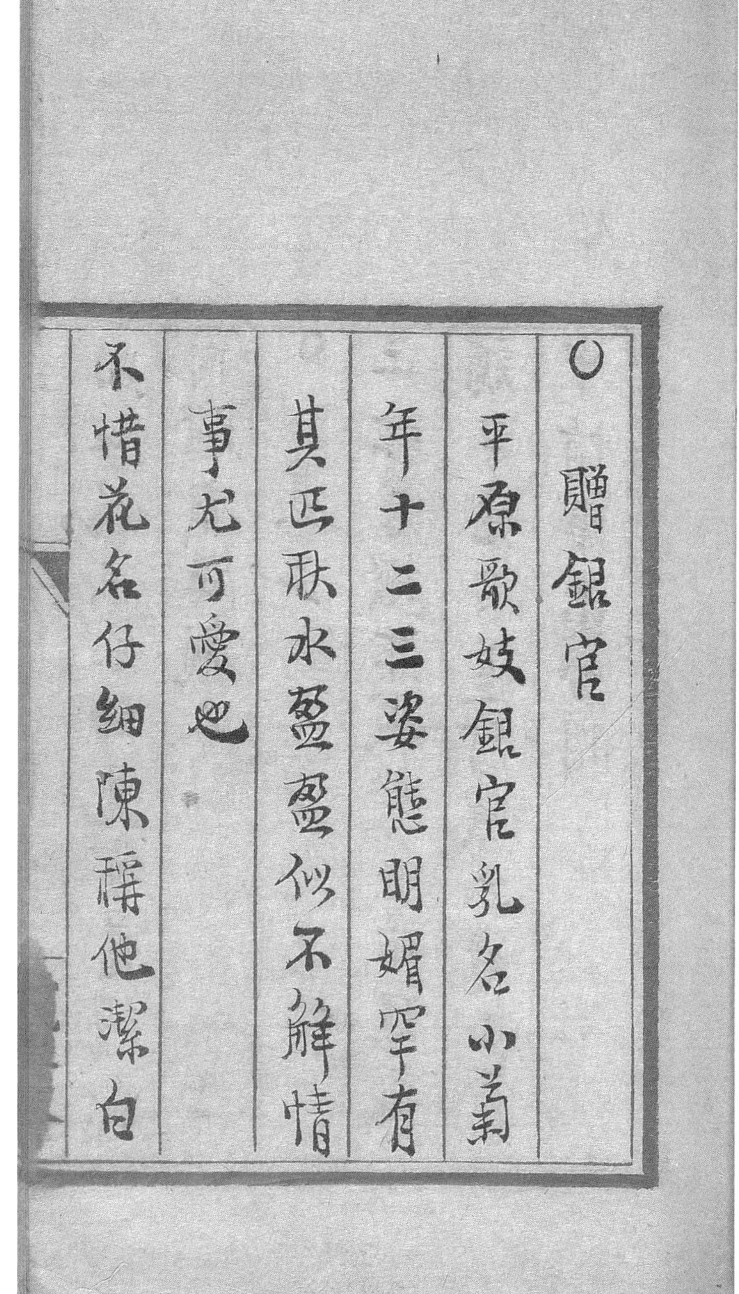

面如銀不知初見當羞澀翻
向燈前正覷人

其三

三絃學撥作成聲一曲短歌
調半生多是阿儂太嬌小箇
中情事未分明

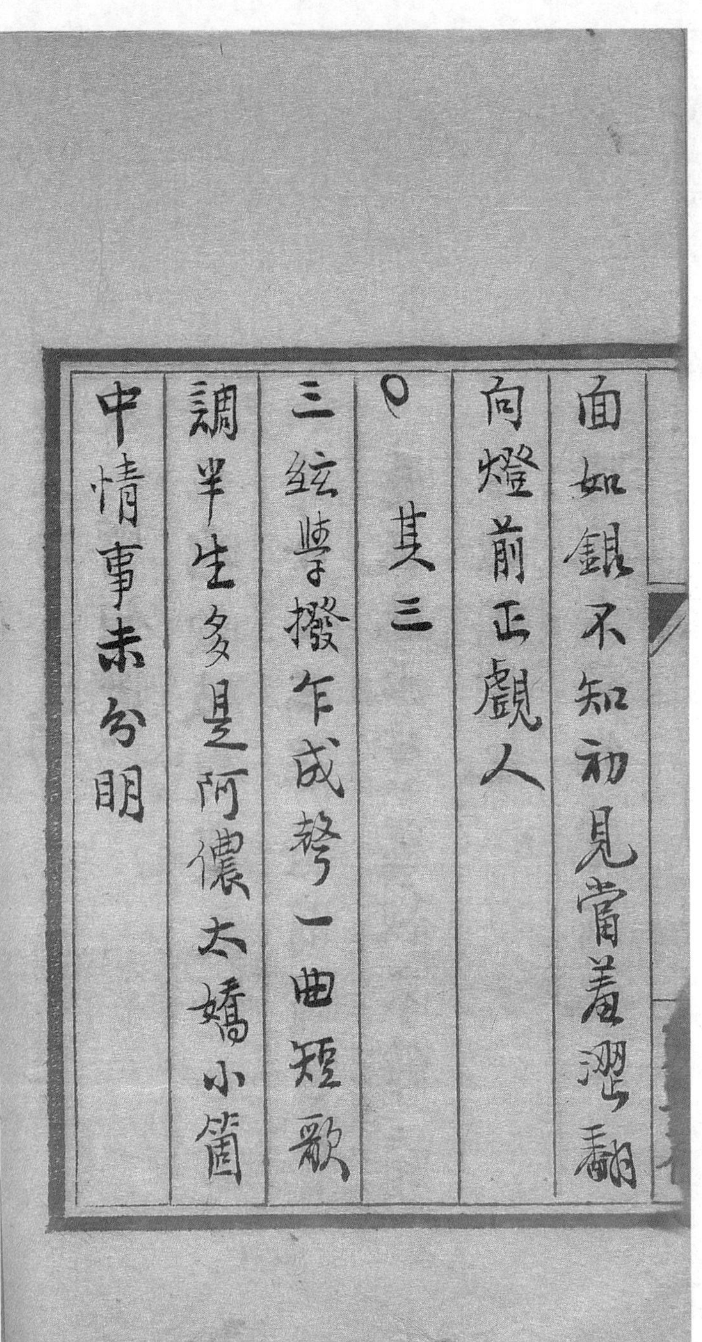

○贈小鳳

任邱歌妓小鳳年十三姿態瘦弱若不勝衣彈琵琶唱梳妝台一闋與余情甚歡昵惜征車心急未暇留連悵悵

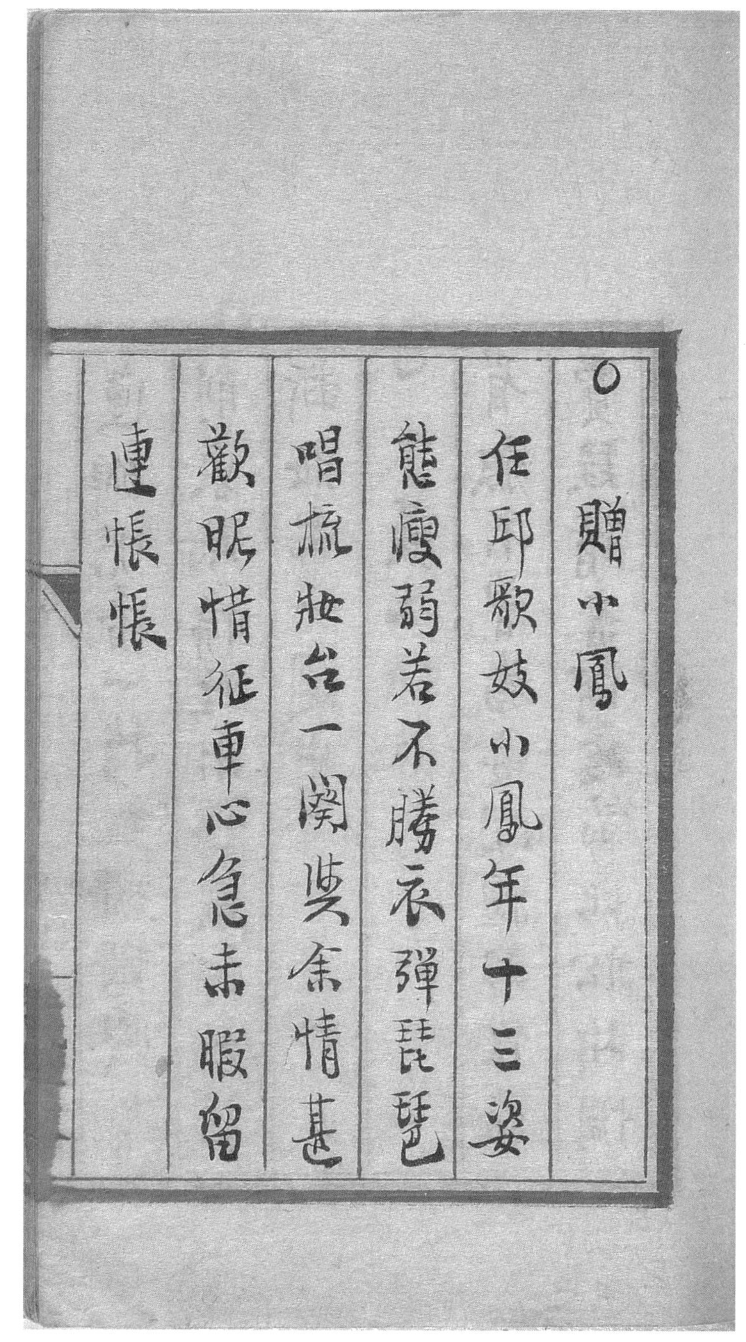

蓮瓣兜香一捻紅珊珊瘦骨
削柬風拂絃未得周郎顧腸
断妝台一闋中

○其二

眉皺不曾爲妾開檀郎性格
費疑猜有何冷節比松柏惆

悵阿儂三喚來

古子夜歌云三喚不一應

有何比松柏

右詩共二十二首

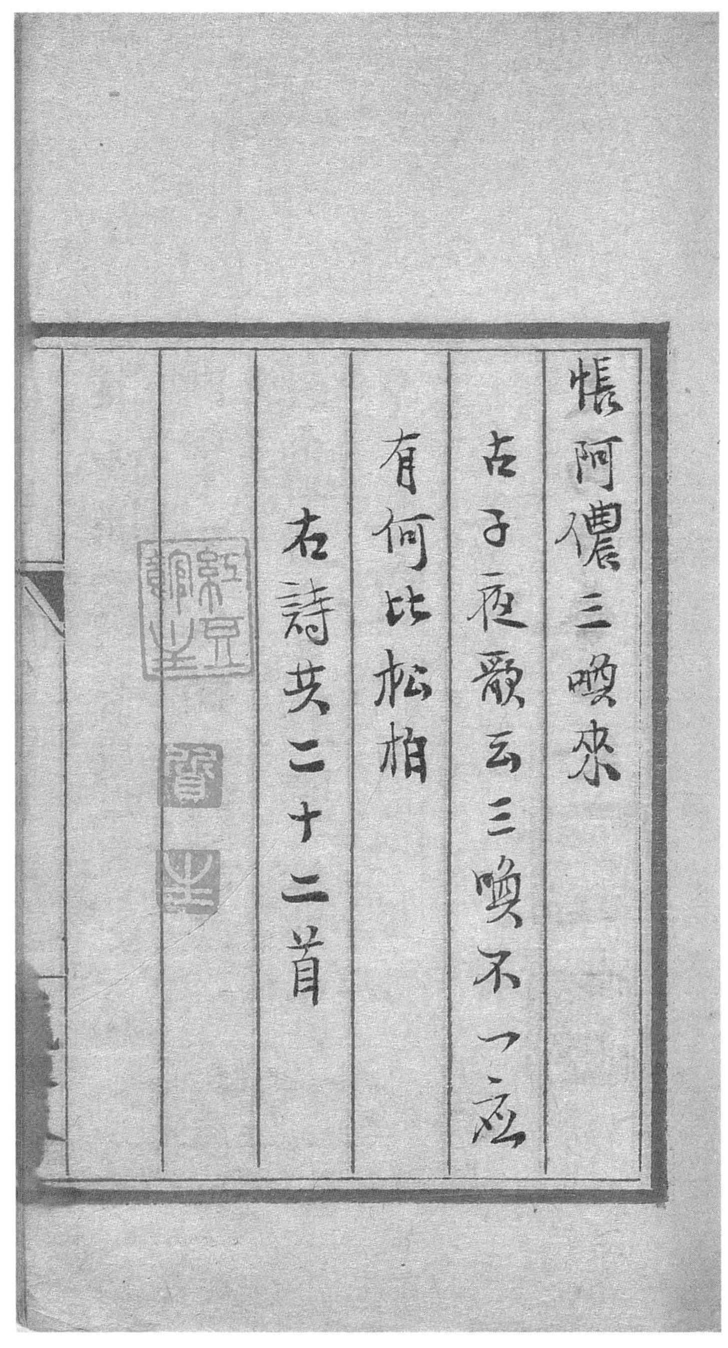

走馬吟卷上終

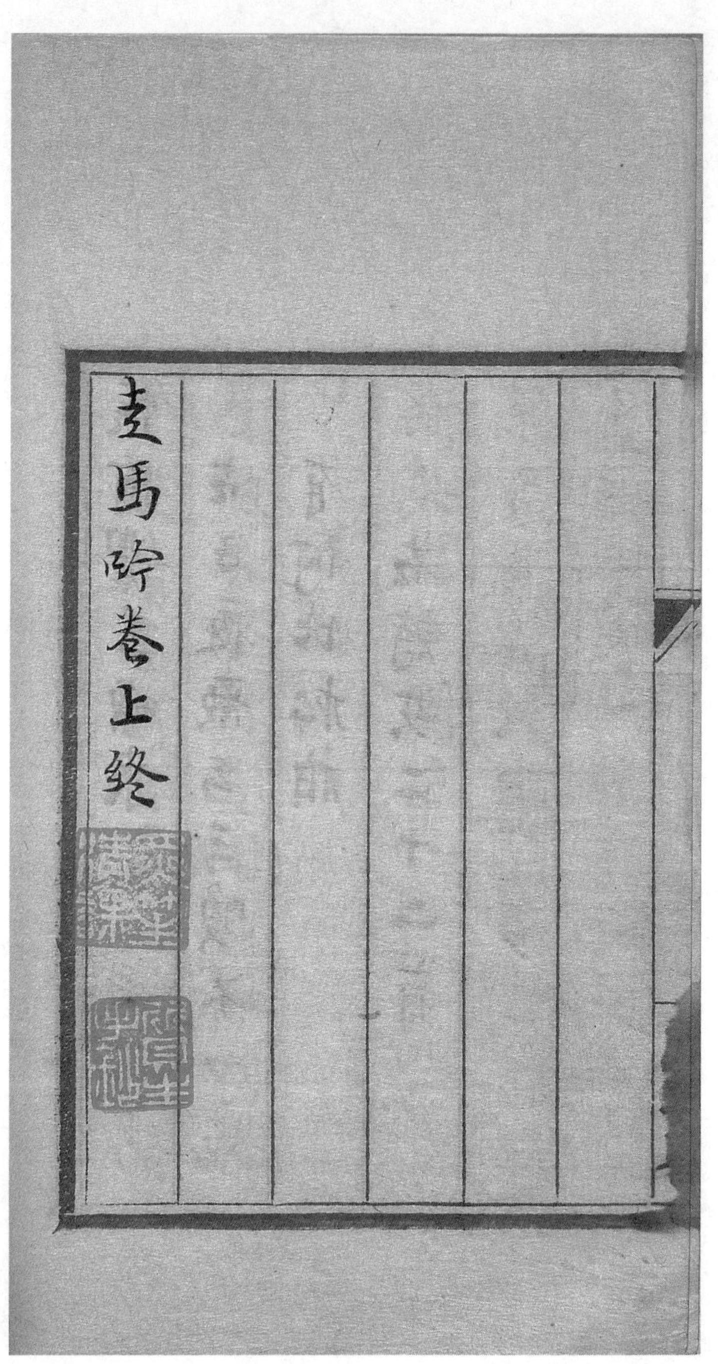

走馬吟卷下

古平壽奐笙氏清課

○再追贈小開

臉霞微暈頰潮紅恨滿修蛾
兩撆中一曲豔歌翻子夜果
然小開罵春風 撆與撇同

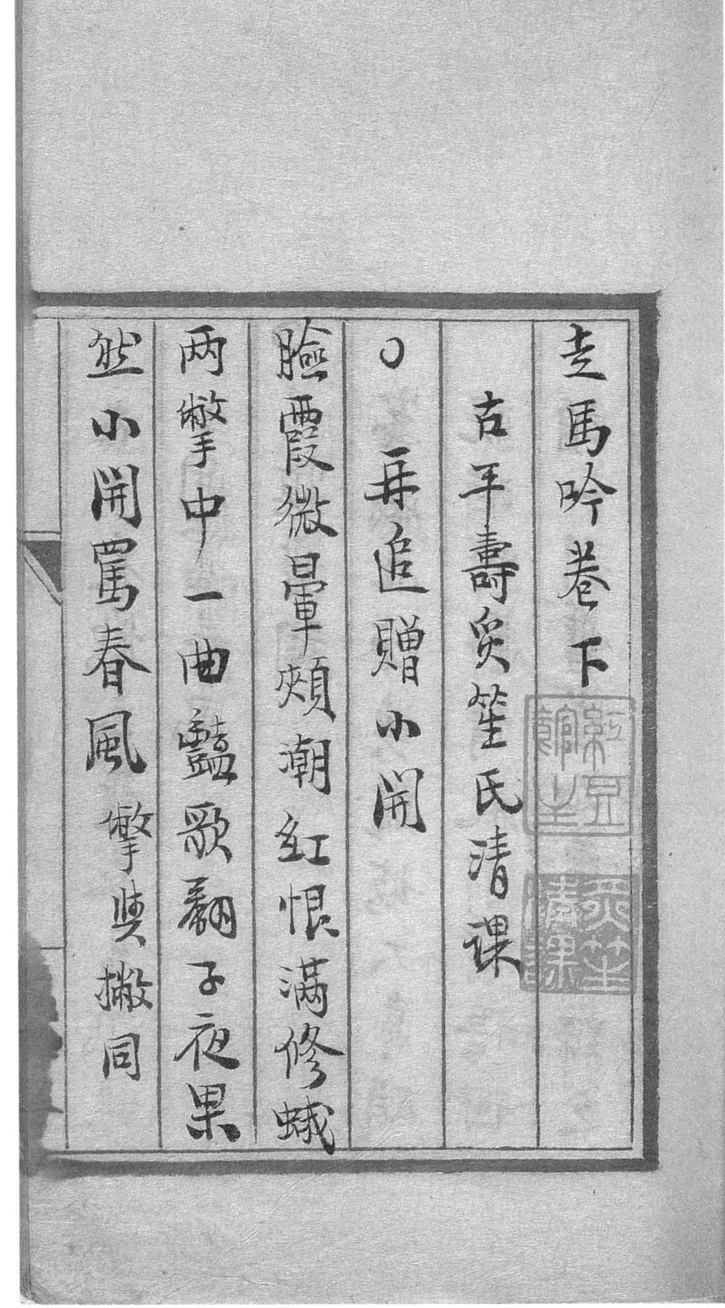

古子夜歌云羅衣易飄颻
小開罵春風

○憶舊詞

客歲在沛與雛妓大喜頗
昵酒畔斟情花前密語固
頭一別舊遊如夢輪蹄之

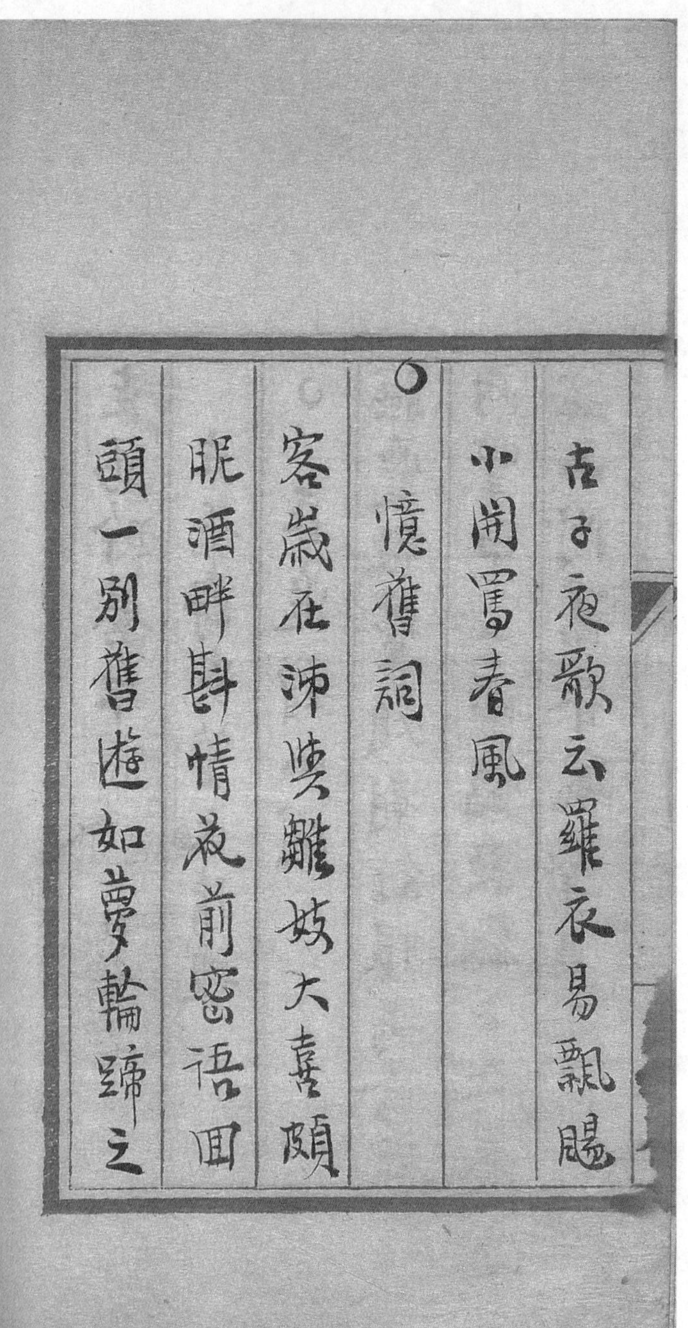

下譜作小詩十首用以消
愁而愁轉多觧悶而悶愈
甚矣

扶欄佇立幾徘徊迭復更番
折柬催猶憶意中人未到芳
名先念萬千回

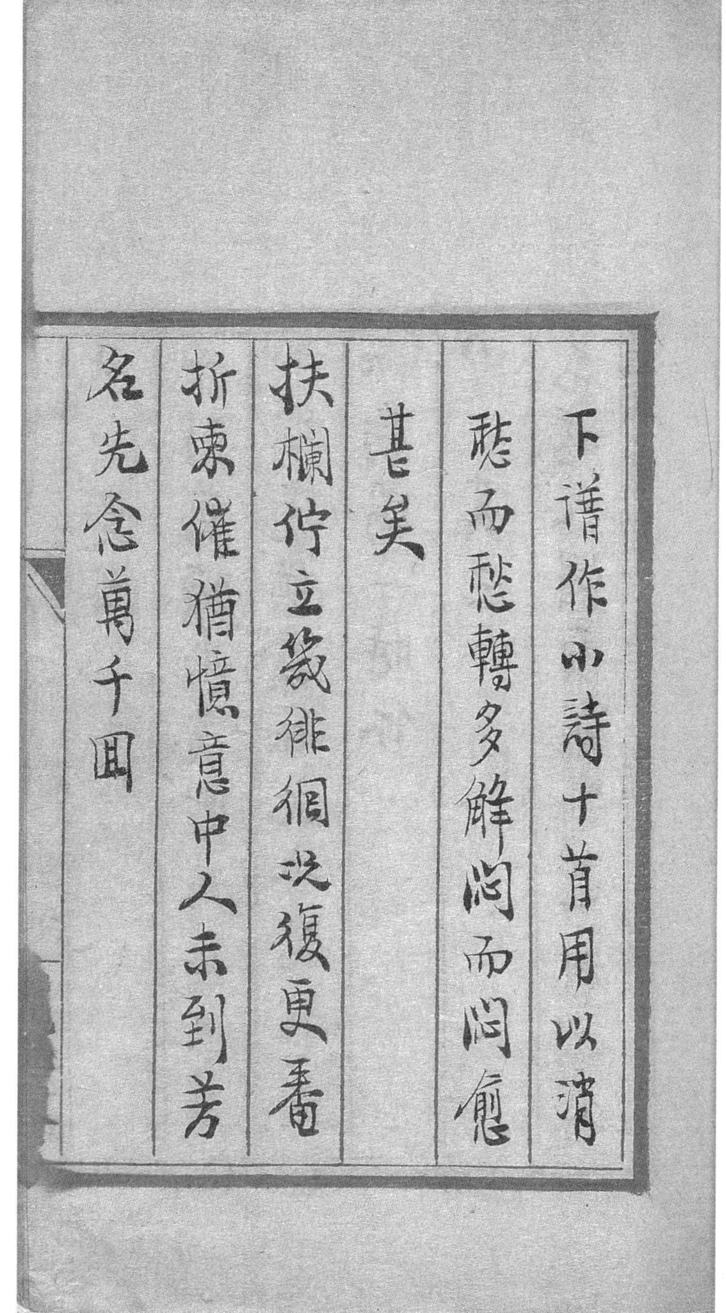

○其二

千呼萬喚尚遲留半是猜疑

半惱羞猶憶如花人到也相

如病渴一時休

○其三

花嬌人媚兩相憐茉莉摘來

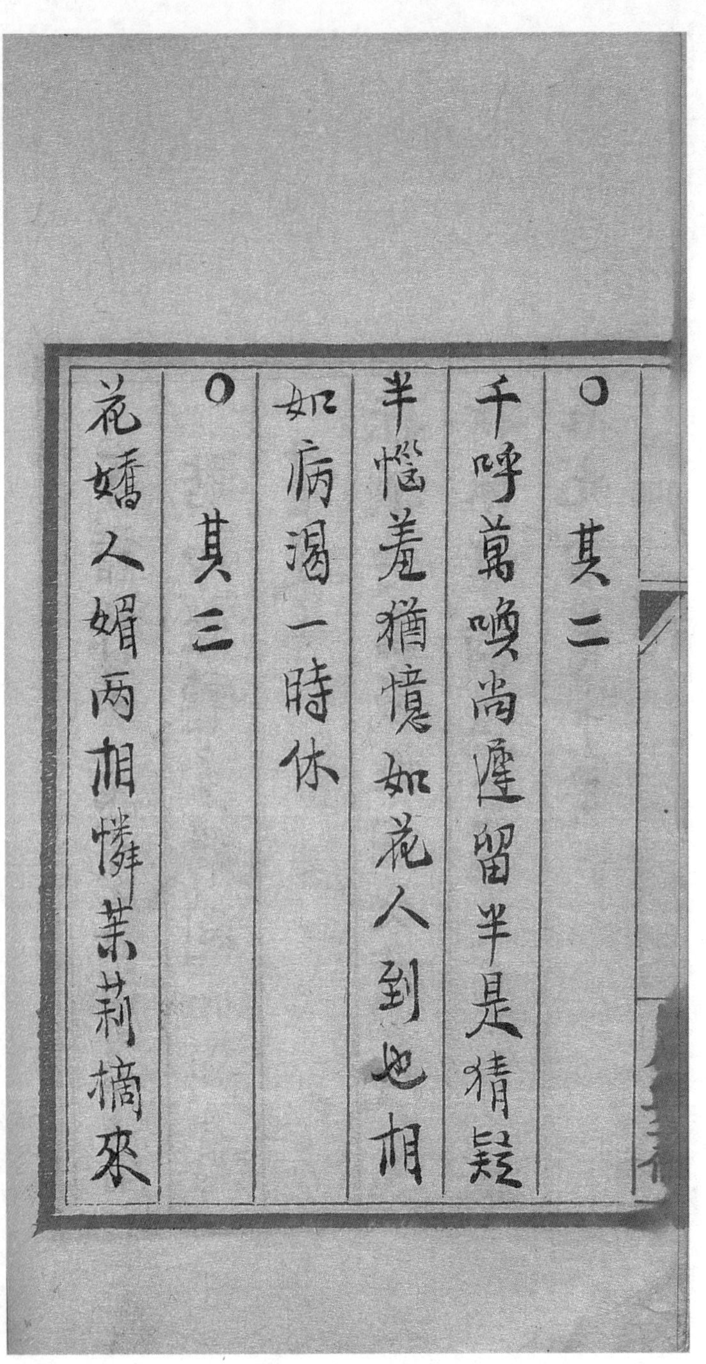

盈掬鮮猶憒檀郎巧安捧綺

羅扇柄髩鬟邊

○其四　郎揮扇

勞卿曼曲度琵琶左執紈羅

右捧茶猶憒一闋歌未竟幾　清歌纔半闋

番渴執問儂家　未終歌半闋

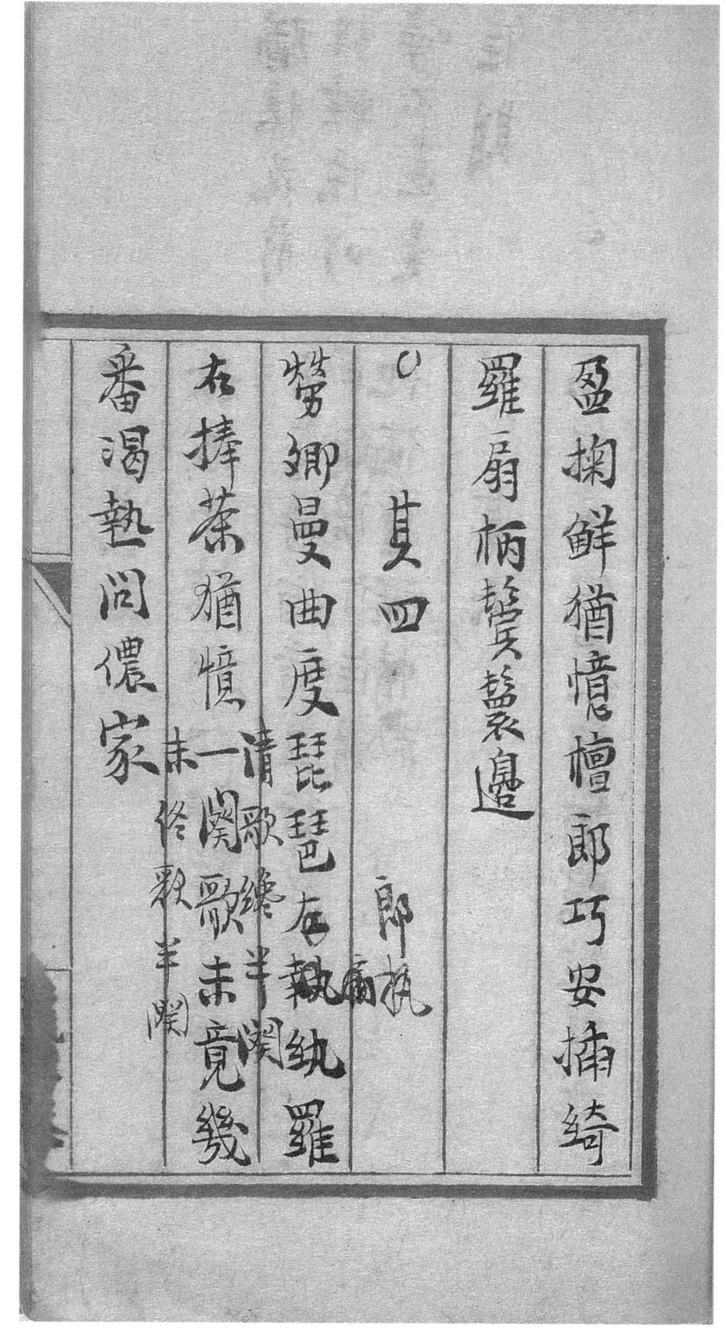

猶憶花前
相輕語叮
嚀不盡是
佳期

其五
秋波一掠怕人知解意檀郎
出座時猶憒並行花朵下眠
回頭語叮佳期
他儘意話情私
叮嚀不盡是佳期

其六
知君力薄不勝酒強欲追陪

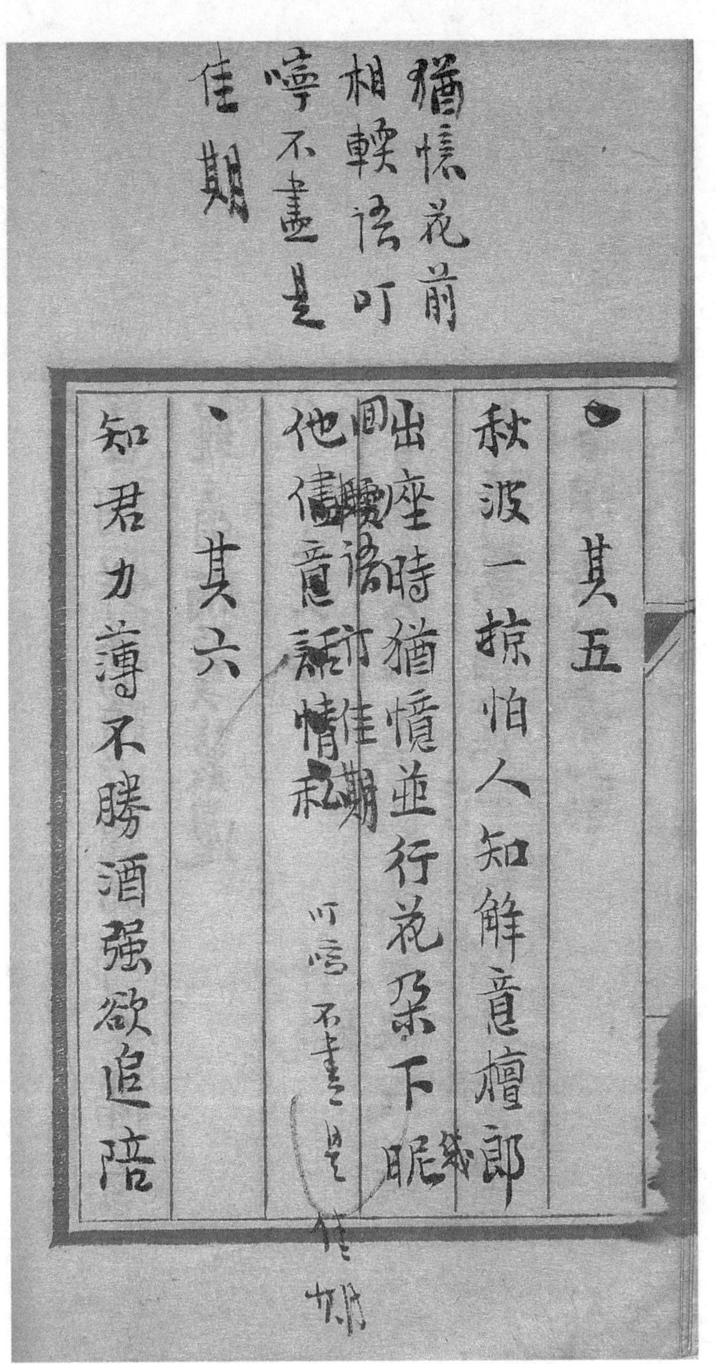

石尉嚴猶憶替郎郎不許爭
杯濕卻杏紅衫
、其七
一身濕透兩贏纖因赴佳期
與未芟猶憶有情紅日出玉
人親為晾衣衫

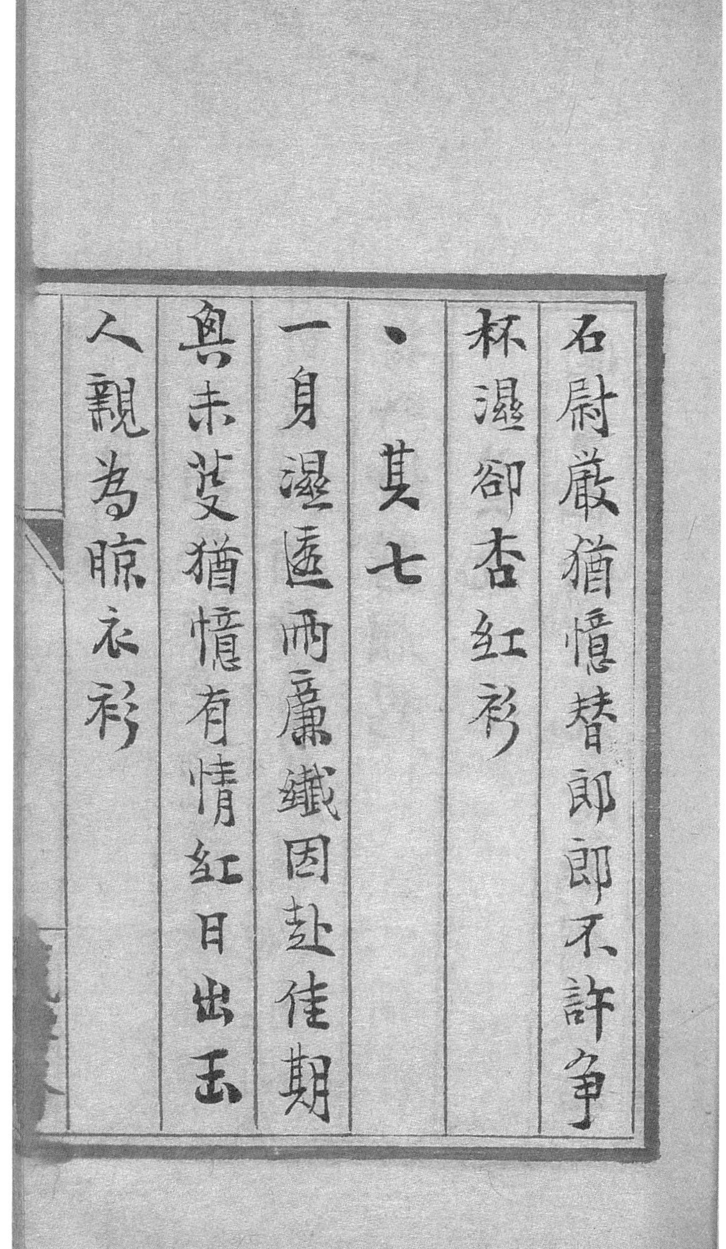

、其八

送郎門外步蓮邊眉語分明訂後期猶憶鬢花親摘下聊將此物贈相思

、其九

聞君已折桂花香盼得來時

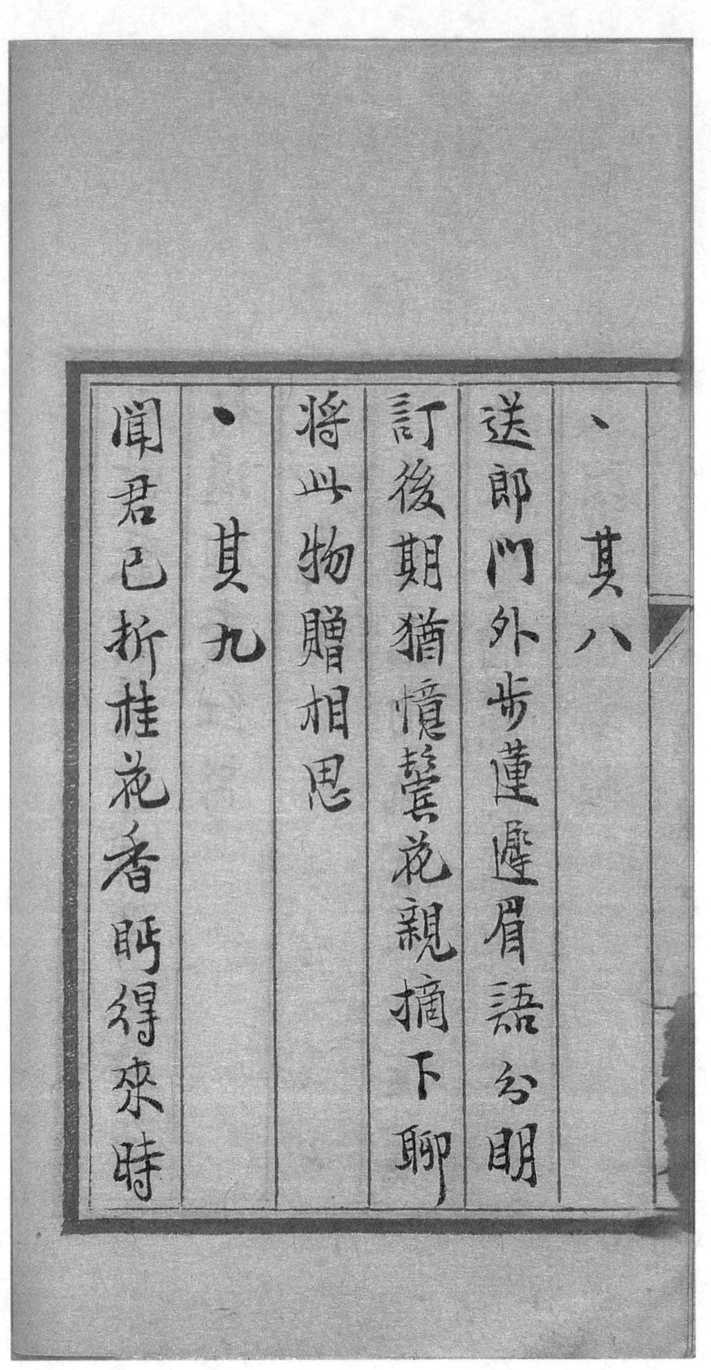

喜欲狂猶憶一聲惹人笑自
呼名字賀新郎
世俗賀新貴見面一揖即
連聲大喜大喜伊名大喜
以名為賀一致聲叫惹人
笑也

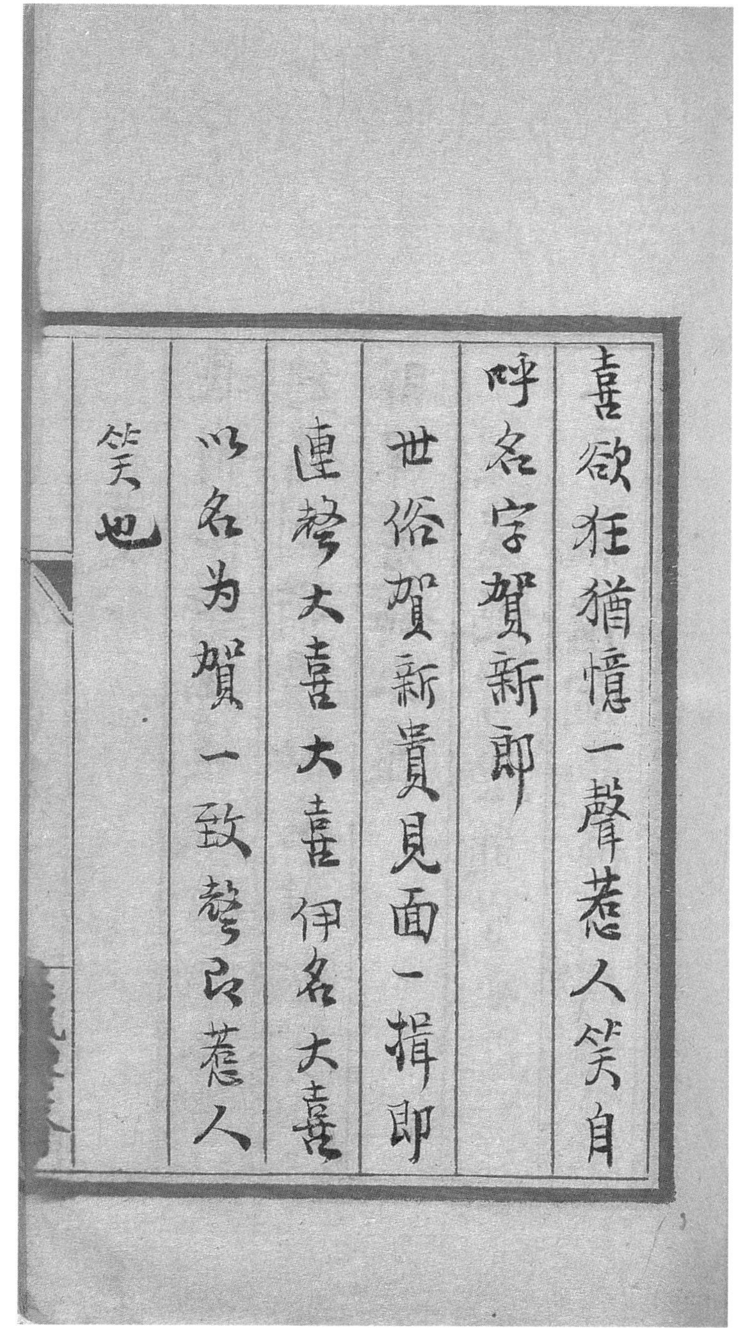

、其十

臨行乞解玉連環珍重不曾
約指間猶憶粧台收拾好祝
郎早著錦衣還
環還雙聲疊韻字也

、雜憶詞

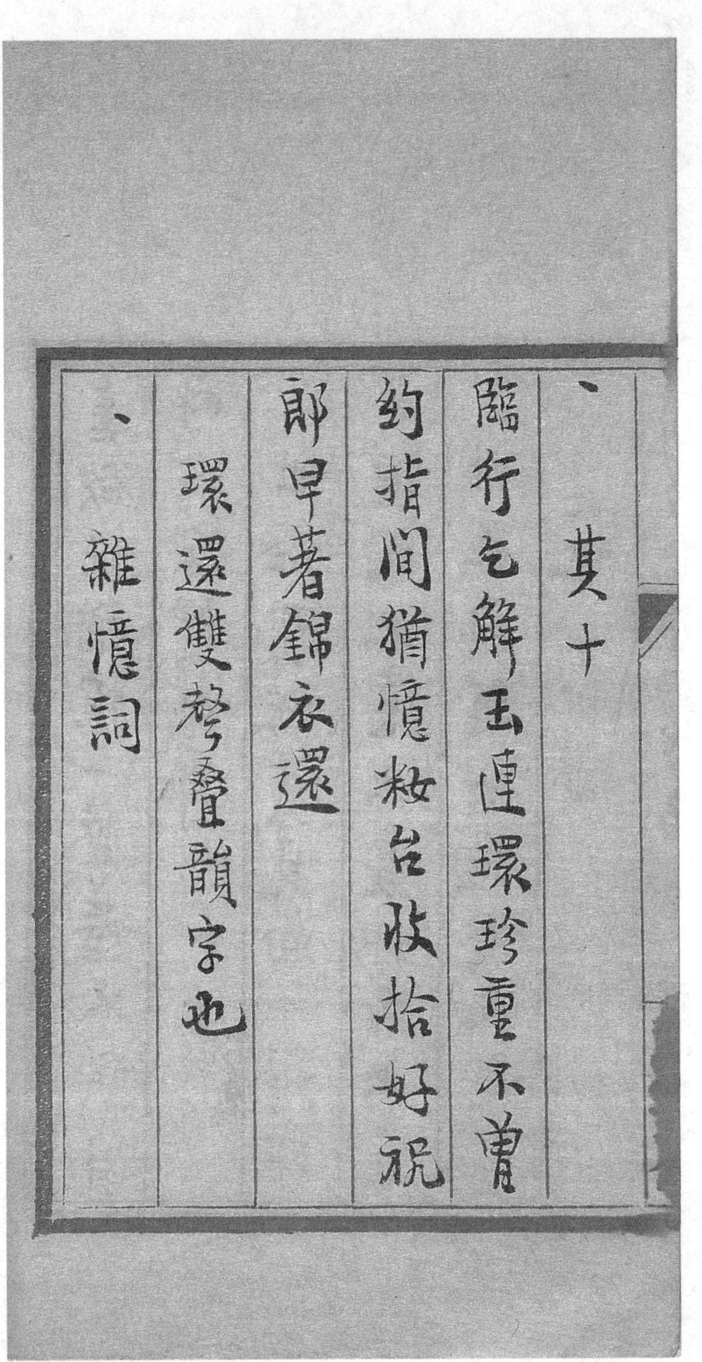

客歲在沛看花幾遍驪歌
一唱忽忽半載感今追昔
曷勝悵然
愛拖長辮學男裝斜嚲花冠
壓額黃猶慣低頭愁不語為
誰情重儘思量

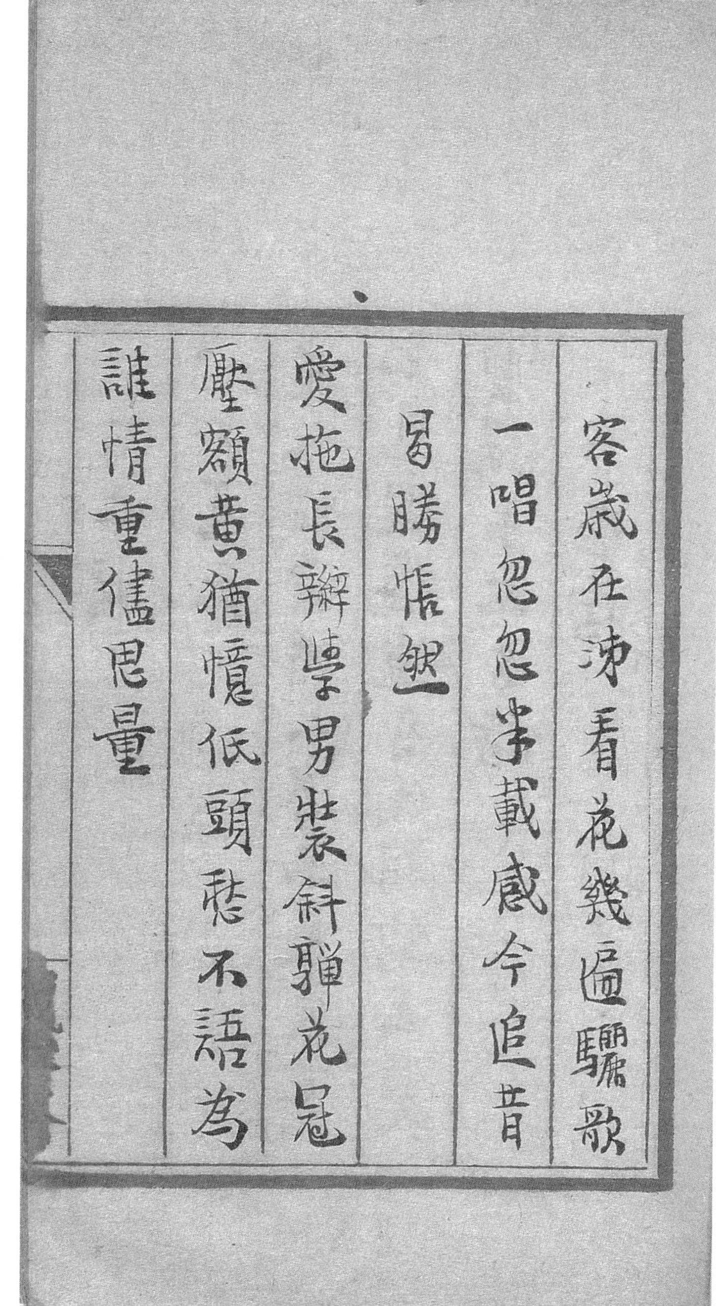

右二順

、其二

迷人情意媚人姿未見佳態

已見癡猶憶看花相約去雙

雙攜手立多時

右大喜

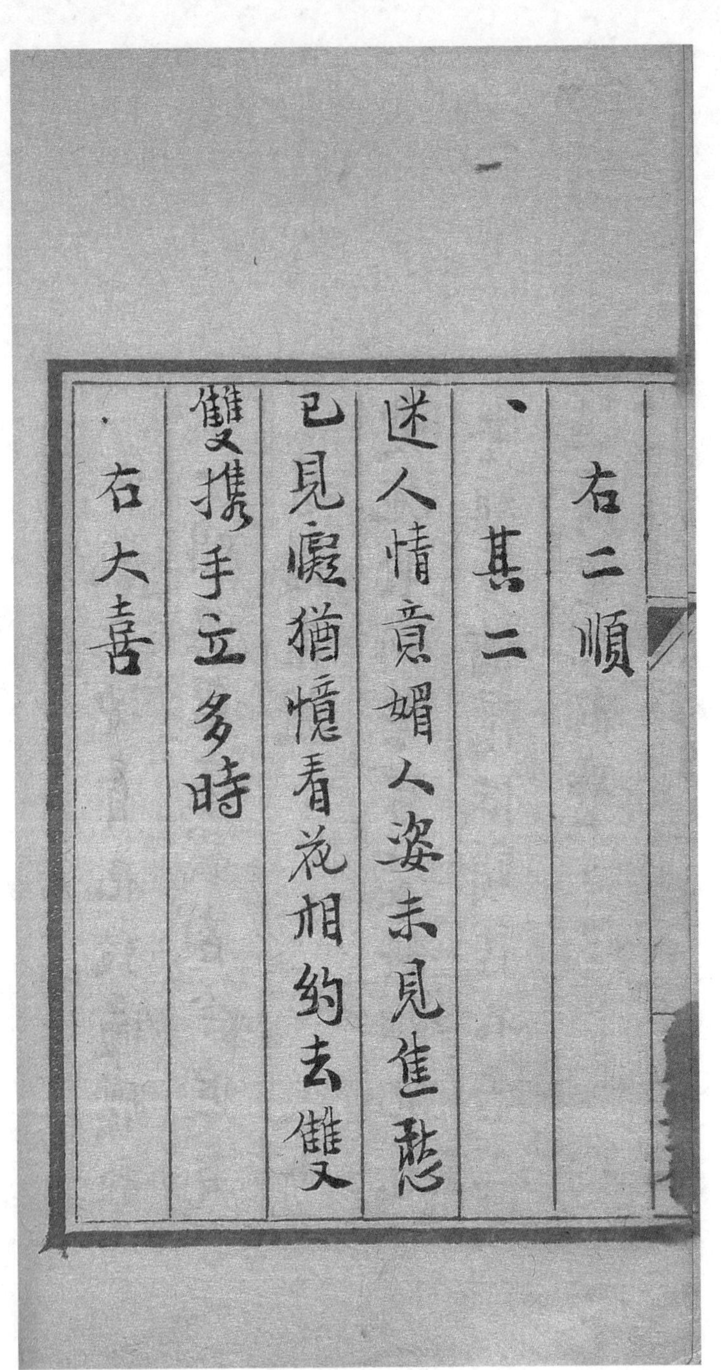

、其三

劇憐小喜多唐突舌底蓮花
摩利開猶憒暖言偎傍久斗
翻突冷逼人來

右小喜

古子夜歌云小喜多唐突

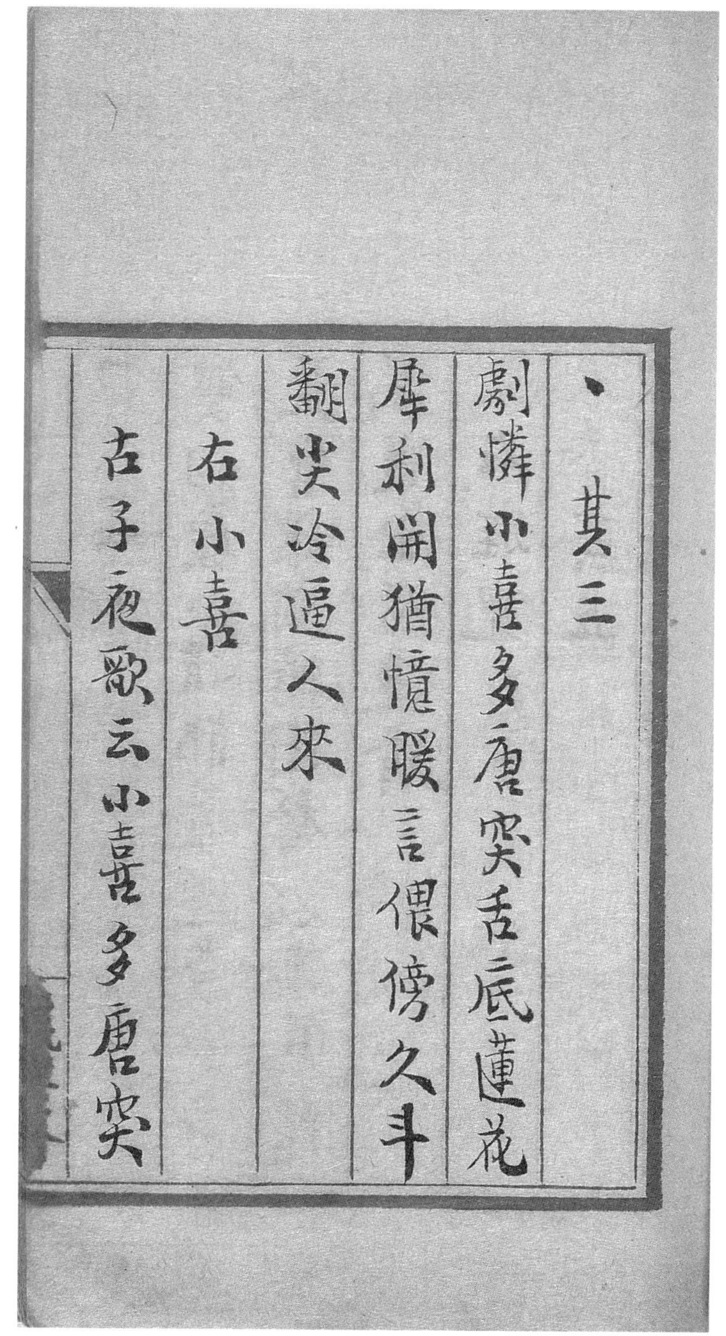

一其四

雙鉤瘦小指能量遮莫前身
是窅娘猶憶聞聲人未見隨
風送出步蓮香

右椎兒

、其五

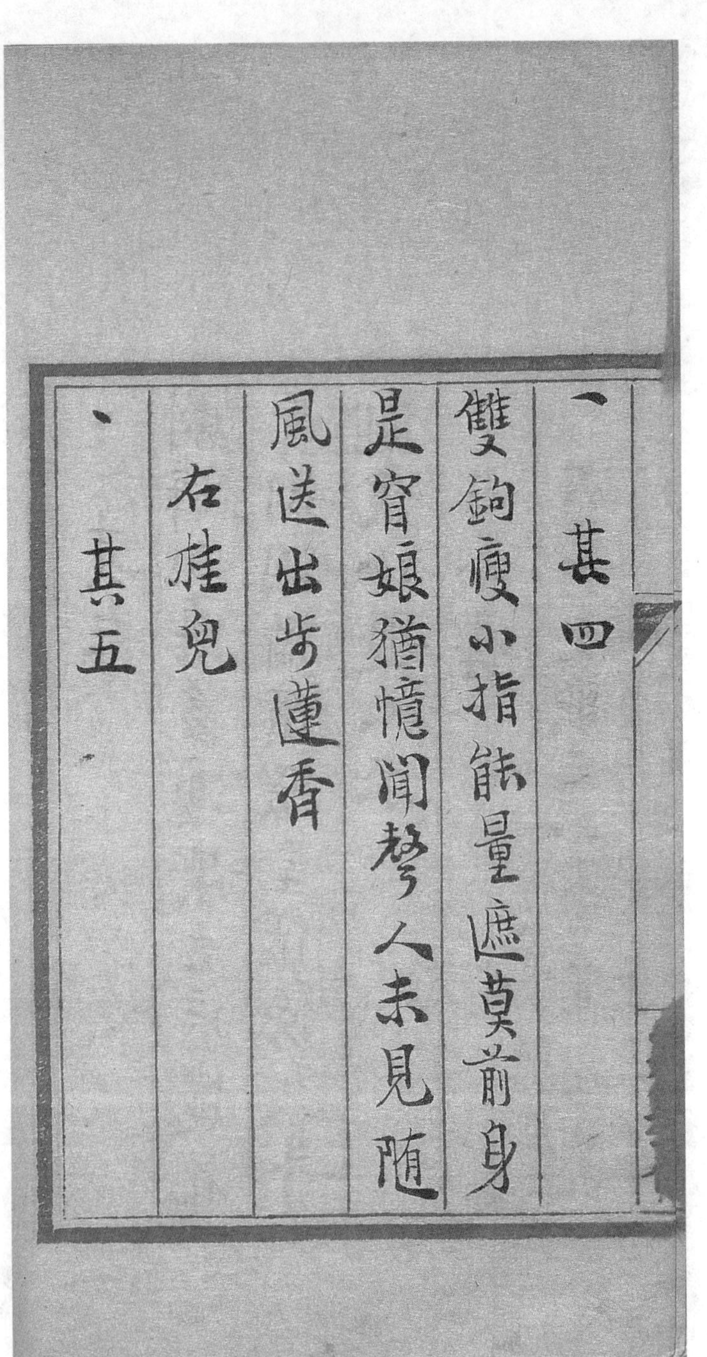

衣香扇影趁迴風狹路相逢
咫尺中猶憶含情剛一笑車
聲斷送各西東
右小牡丹
、其六
顛鬓越顯影娉婷湖上春遊

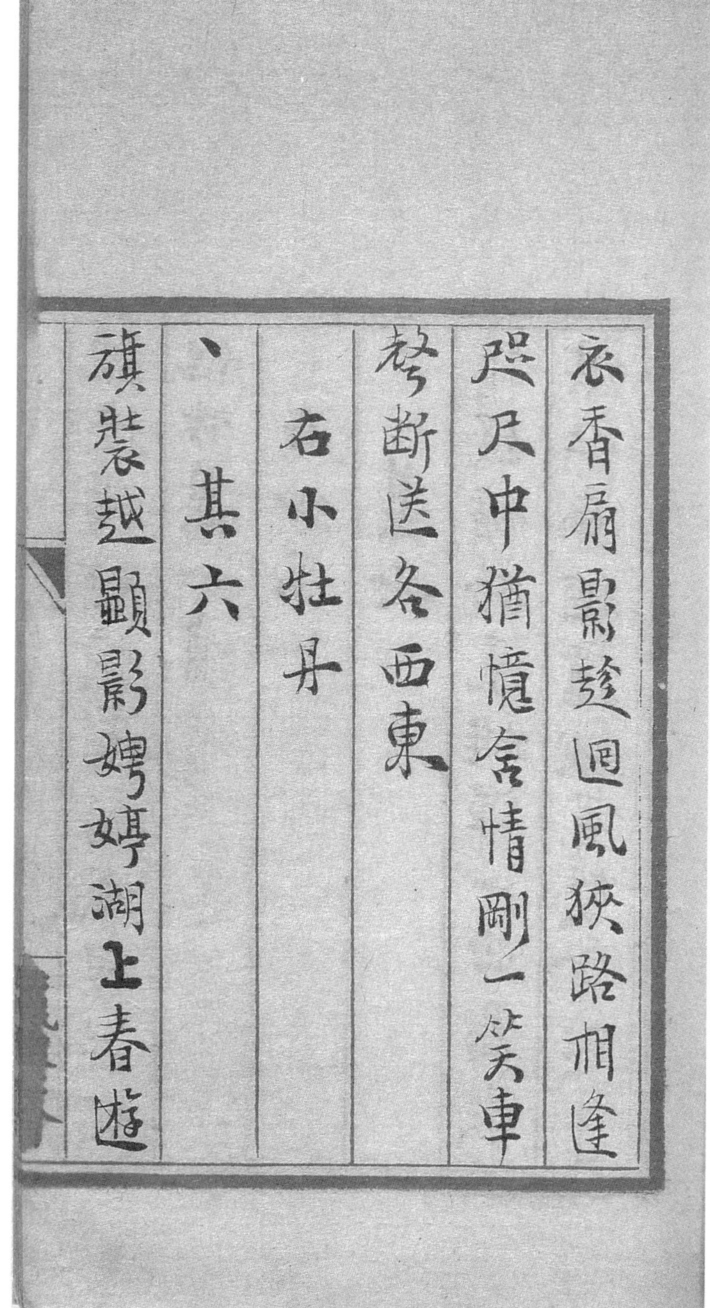

浪匜停猶憶長衫風曳起碧

他竹葉一身青

右小玉

、其七

銷殘脂粉氣雄渾一曲高歌

供吐吞猶憶蛾眉雙竪起手

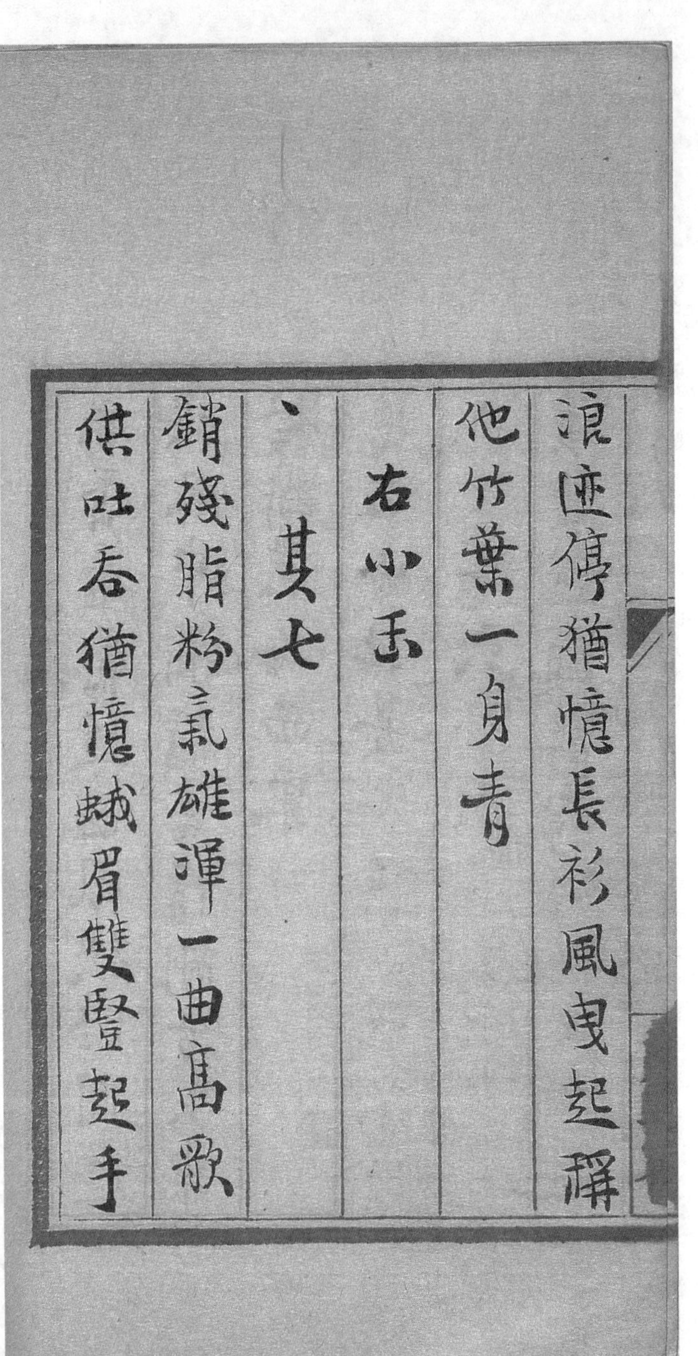

提舞劍學公孫

右小九

、其八

生成性格是溫柔一段春情

眼角留猶憶暖言輭無力不

須跌宕儘風流

右小八

、其九

歌喉著力頰潮紅强度琵琶

一曲終猶憒病容剛腿後弱

絲嬌喘不禁風

右小翠

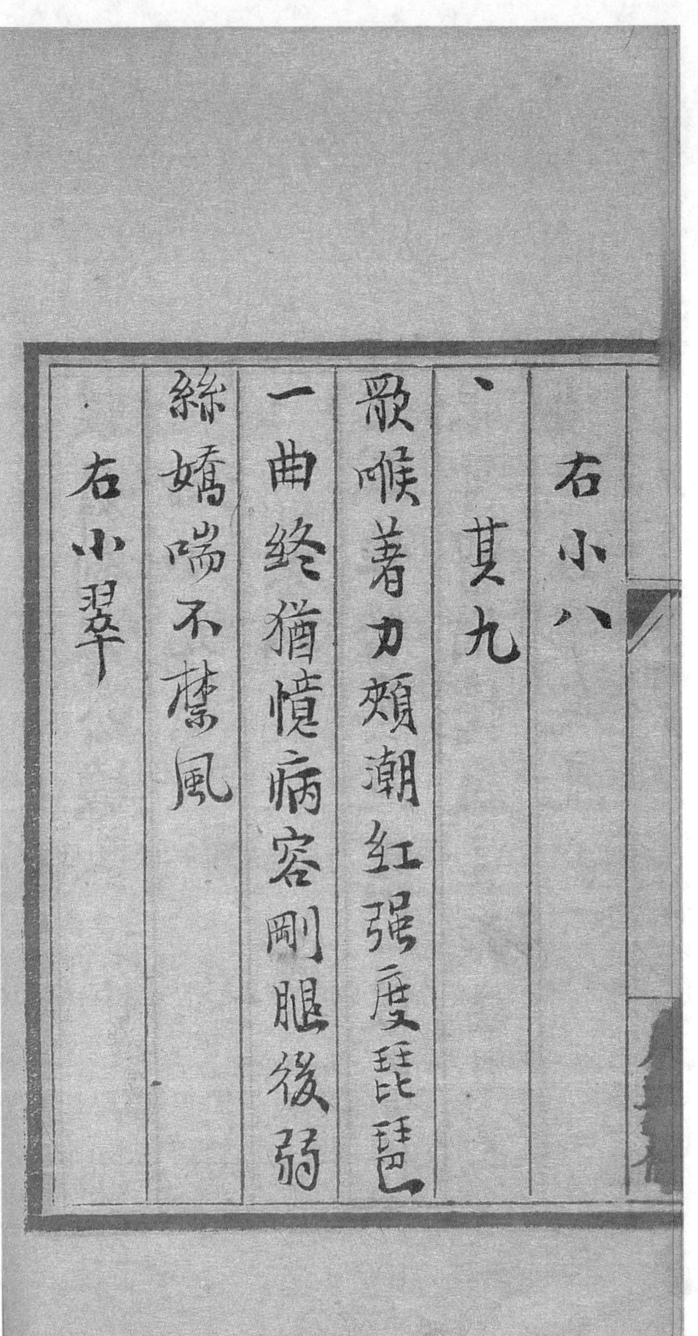

、其十

新裁紈扇寫新詩，贏得阿儂玉手持，猶憶從郎索解後，喃喃默誦怕人知

右四兒

、其十一

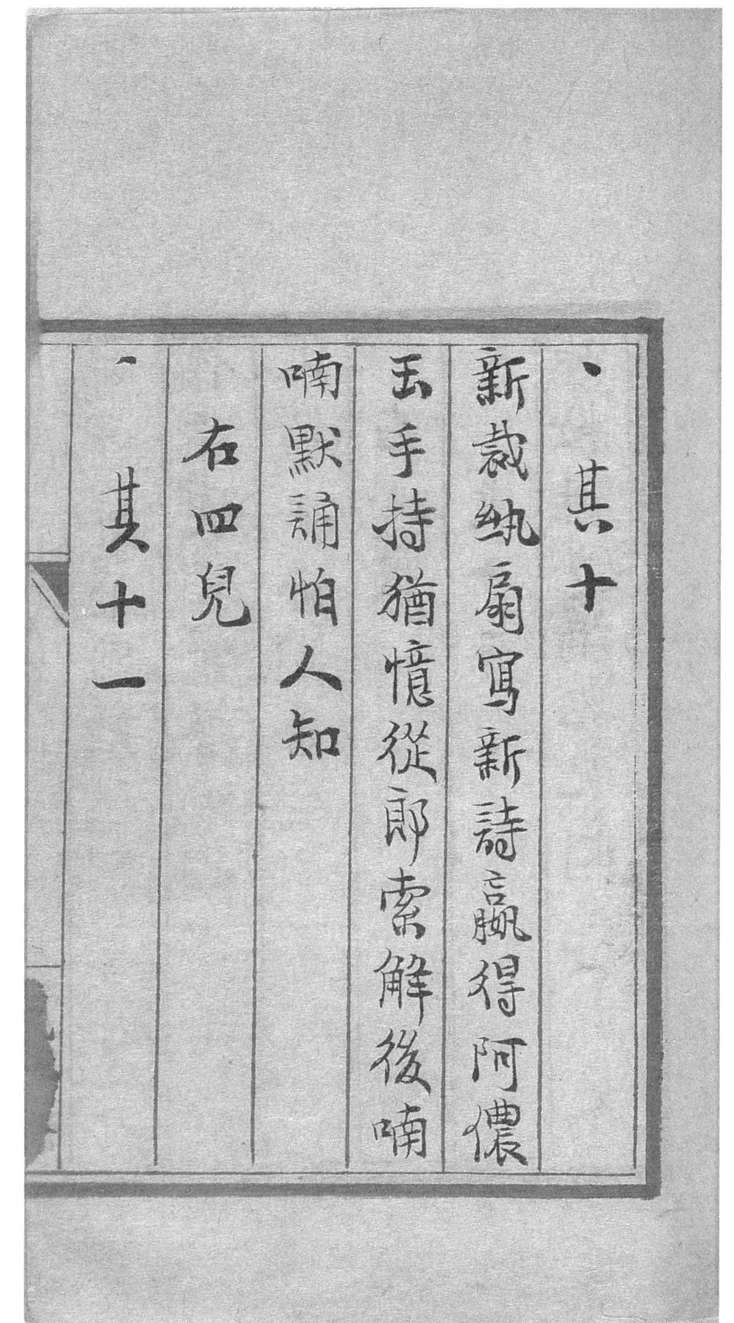

湖心絃管雜歌謳獨步亭前
作冶遊猶憶春風初識面被
人催上木蘭舟
右小愛
、其十二
晩粧無力漏沈沈閒説郎來

夜已深猶憶燭花親剪下只
教啼淚貢灰心

右紅兒

右詩共二十三首

上下卷共詩四十五首

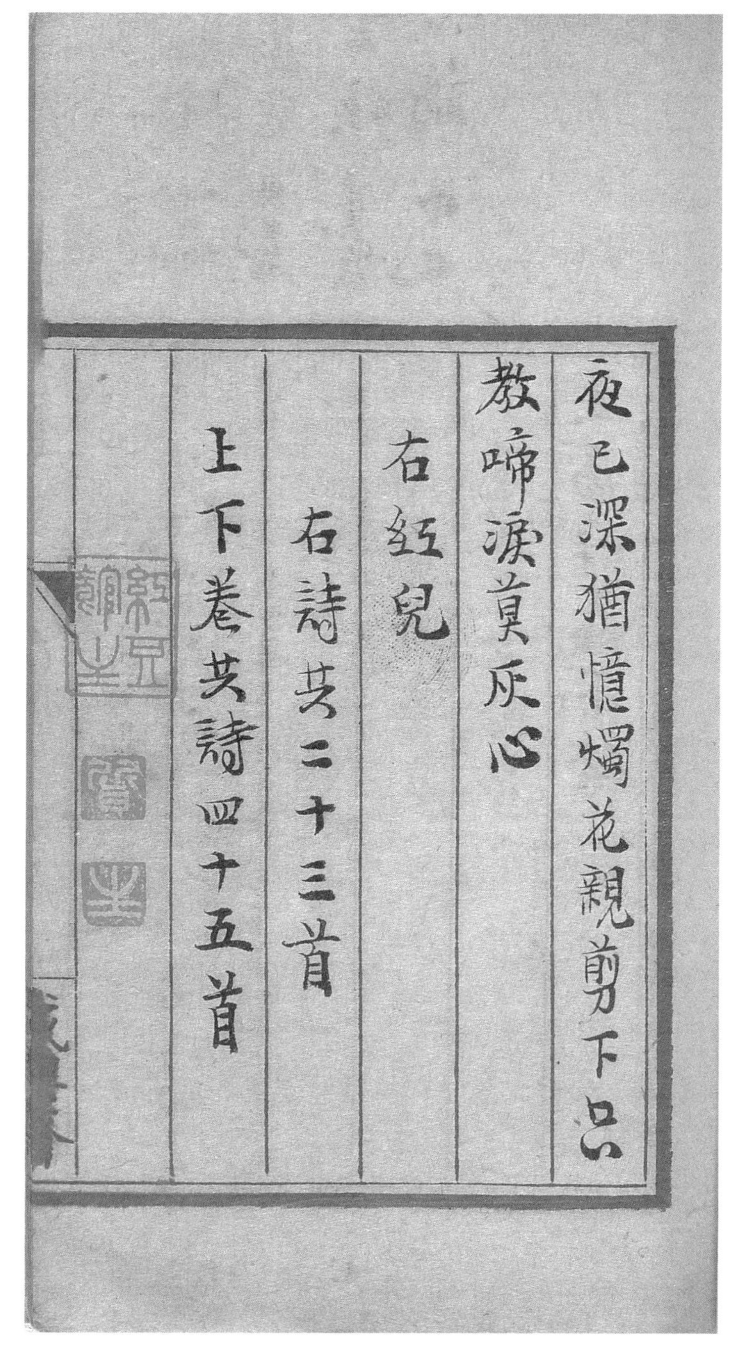

冬桂　小鳳
菱官　大喜
大順　笙官
小福　四兒

走馬吟卷下終

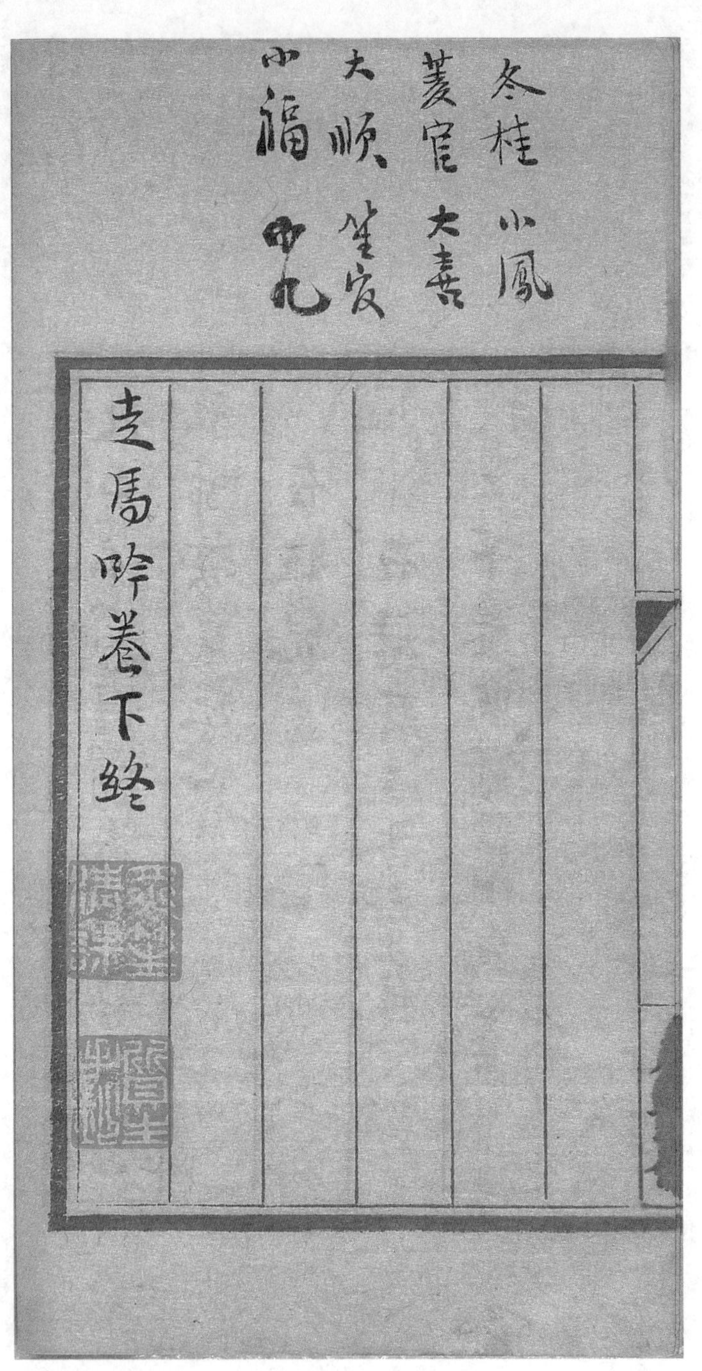

走馬續吟小引

甲午孟冬余自京旋里復經故道重敘舊遊雪泥鴻爪轉眼猶存酒席歌筵回頭如夢也似天寶宮裏猶剩阿蠻那堪湘州郡中已遲杜牧讀舊

題於壁上莫貽誚於阿男阿男
見走馬吟原敘續新詠於車中仍效
顰於西子綴之卷末只得一
十八首因時紀事不以多為
貴云古平壽紅豆館主奐笙
氏書於平陵旅邸

續走馬吟

古平壽炅笙氏清課

都中別愛兒

愛兒名玉仙見憐玉詞一月交情如膠投漆韋裾言別方寸乱矣倚装強賦此以畱

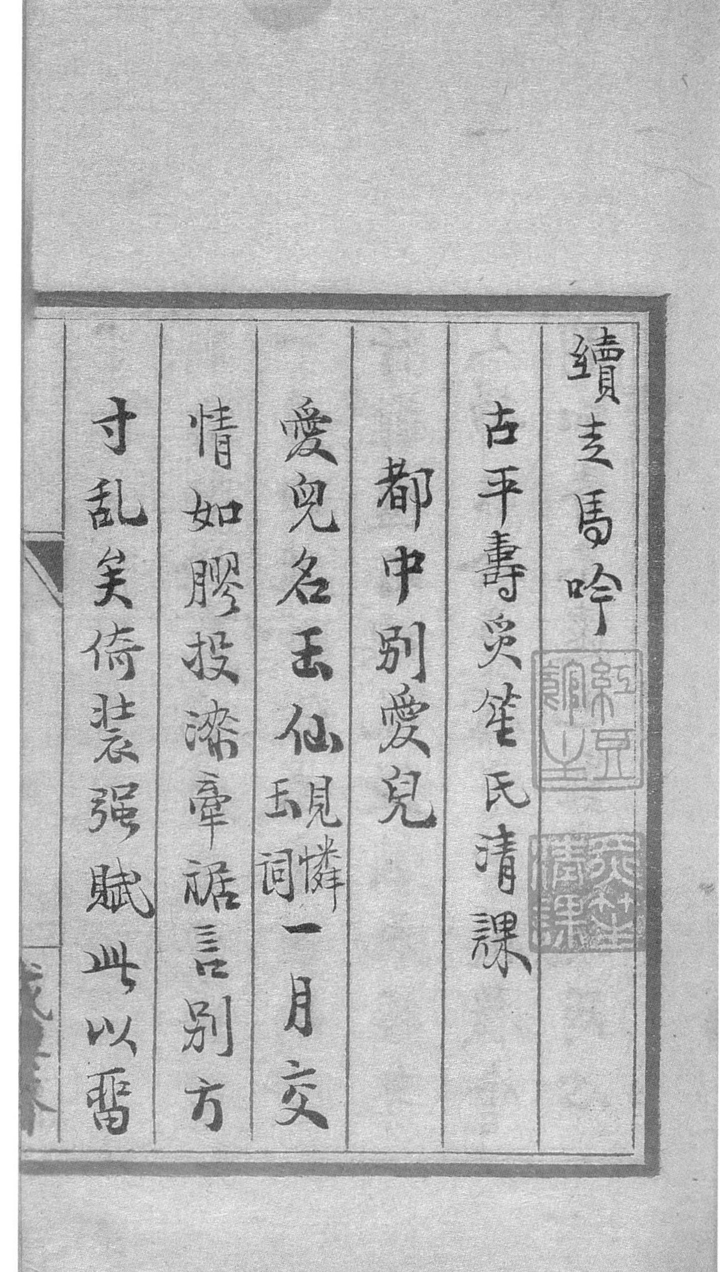

別

粧台自此歎飛蓬賺盡相思
一月中流淚縱成齊妓雨阻
行難遇石娘風從茲花徑無
人掃只合草檐有夢通後會
明知春不遠也難遣處兩心

同
、楊村題壁懷玉仙
琵琶一曲淚雙行欲溯離情
已斷腸魂夢從教離倩女路
人誰遣作蕭郎粧台坐對銀
缸燼驛館淒聞玉漏長贈別

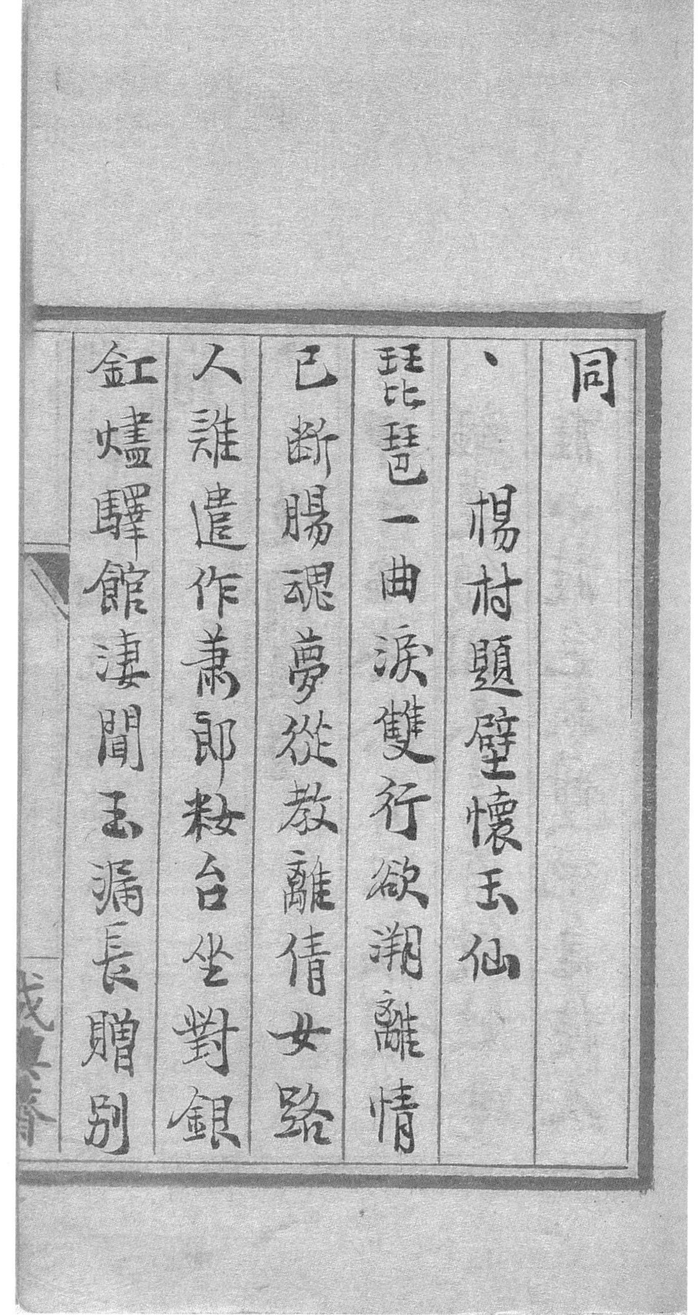

猶餘花鈿在，傷心不忍啟行箱。

蓮鎮題壁

甲午孟冬，余自京旋里，道經蓮鎮，聞人言有雛妓金桂、小桂，色藝雙绝，急使人

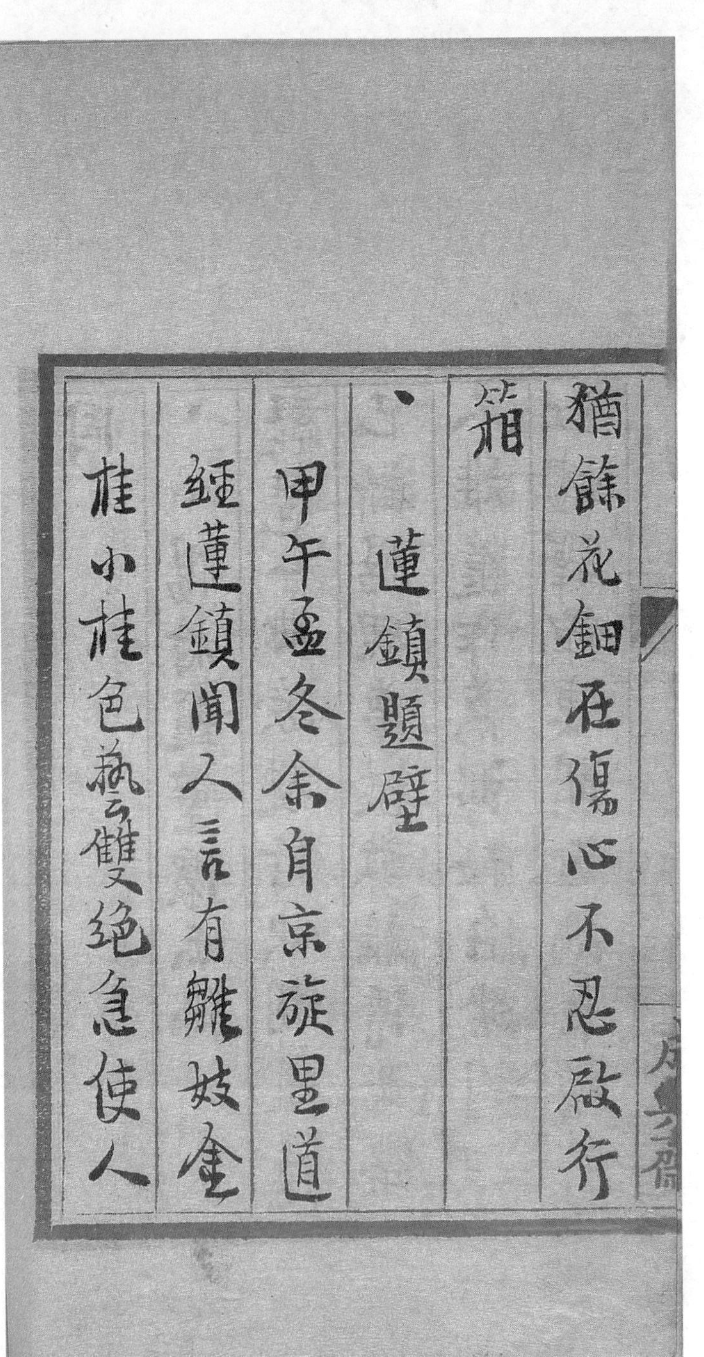

探訪則玉人已去乳燕雙飛令人有尋春遲暮之感

一任行人攀折來兩叢丹桂路旁栽司香舊尉殷勤覓不見名花何處開

、重過平原贈銀官

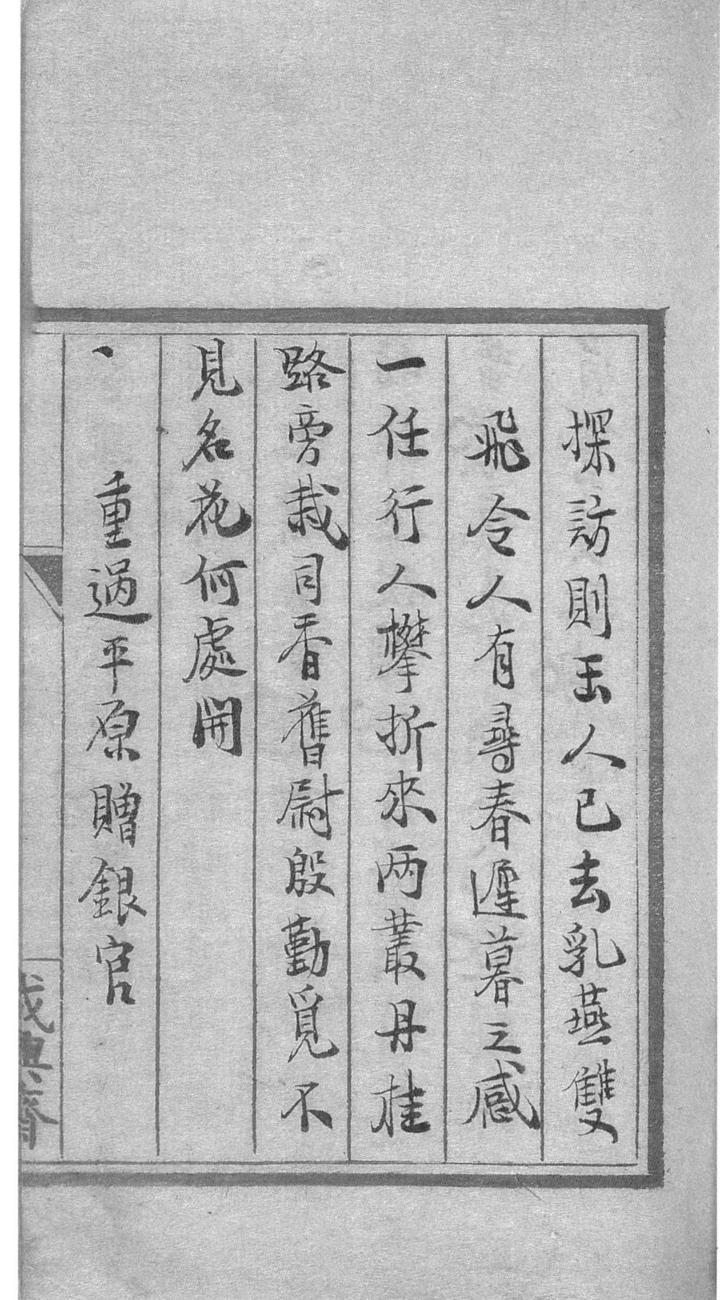

春風一曲太匆匆。半載相思
別後容。公子遺鞭驚舊識。女
娘散樂喜重逢。散樂女娘事見情史片
時萍迹從頭說。百倍蘭情較
昔濃。莫是瓜期今已過。眠他
眉黛嬾酥胸。

春日相見匆匆片刻余題
壁詩叙云歲太稚小不諳
情可尤可愛也邇冬余
由京旋里重過其地一見
如舊然情態百出比春時
大不侔矣会真曲云春意

透酥胸春色橫眉黛無時
無際綫之手不自持也
再疊前韻
無端衾枕啟重重情態那堪［斜倚鴛……語］
畫已慵偎傍臉沾餘脂粉薄
並頭壓見髻雲鬆妬人屢帶

嬌嗔色。時有同年宋君在座伊嗔妬之情見於言色矣
眠我時為傻笑容。最是有言
羞莫吐。恨郎不共到巫峰。

、再叠前韻

惆悵難番過客蹤。有情夜雨
為憐儂。余既为之留連一日伊料不能再留唯祷天夜

降大雨乃天從人願夜曉妝
雨泥塗遂更住一宵也
初畢容儘媚。宵夢未成癡情尚
慵。余初起梳洗未畢伊含笑已至自言一夜未曾睡也
聞殺琵琶聲寂寂。掩將簾幙
語喁喁。手攜琵琶亦不願歌惟私語喁喁而已
句留兩日緣何事。惹得相思

疊萬重○

即事再贈銀官

兩日情事瑣不勝書擇其尤者記諸吟詠

香腮檀口貼情私○無限銷魂在此時○不惜唇邊紅色淡○恣

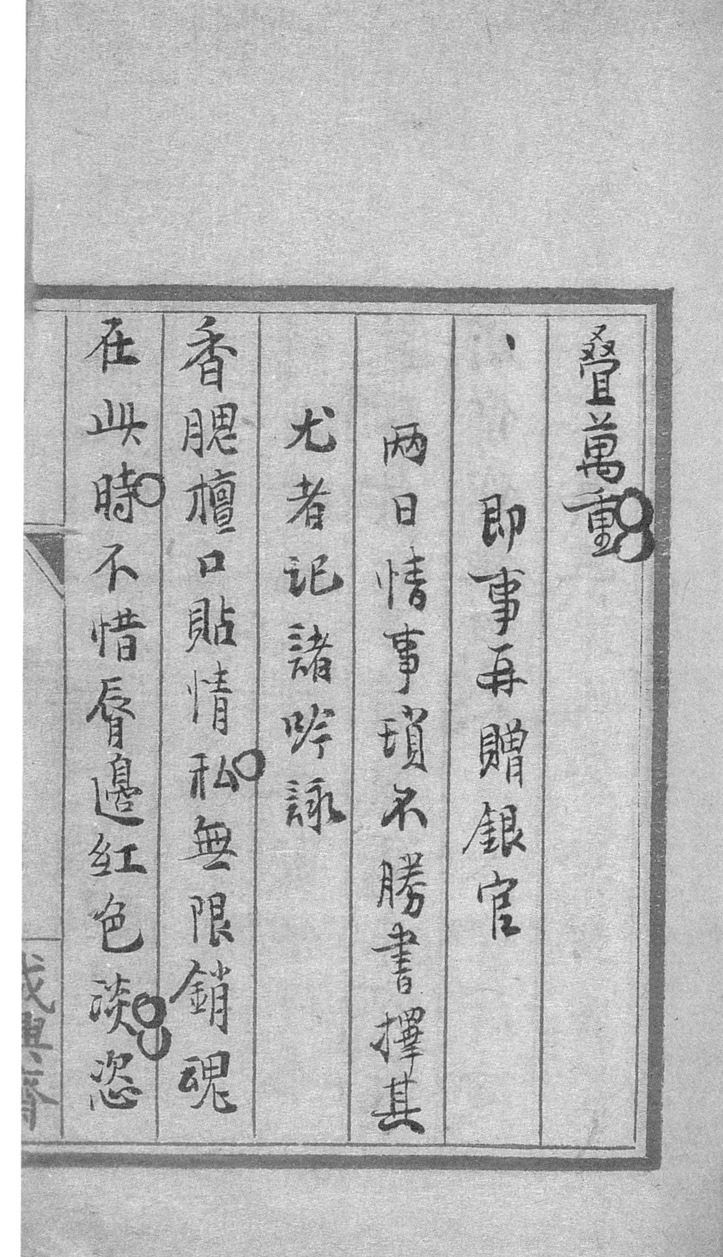

郎飽啖是臙脂。

其二

嬌枝嫩蕊不勝春。顛倒鴛鴦敢認作真。何事情魔纏未了。無那佯作鈍根人。

其三

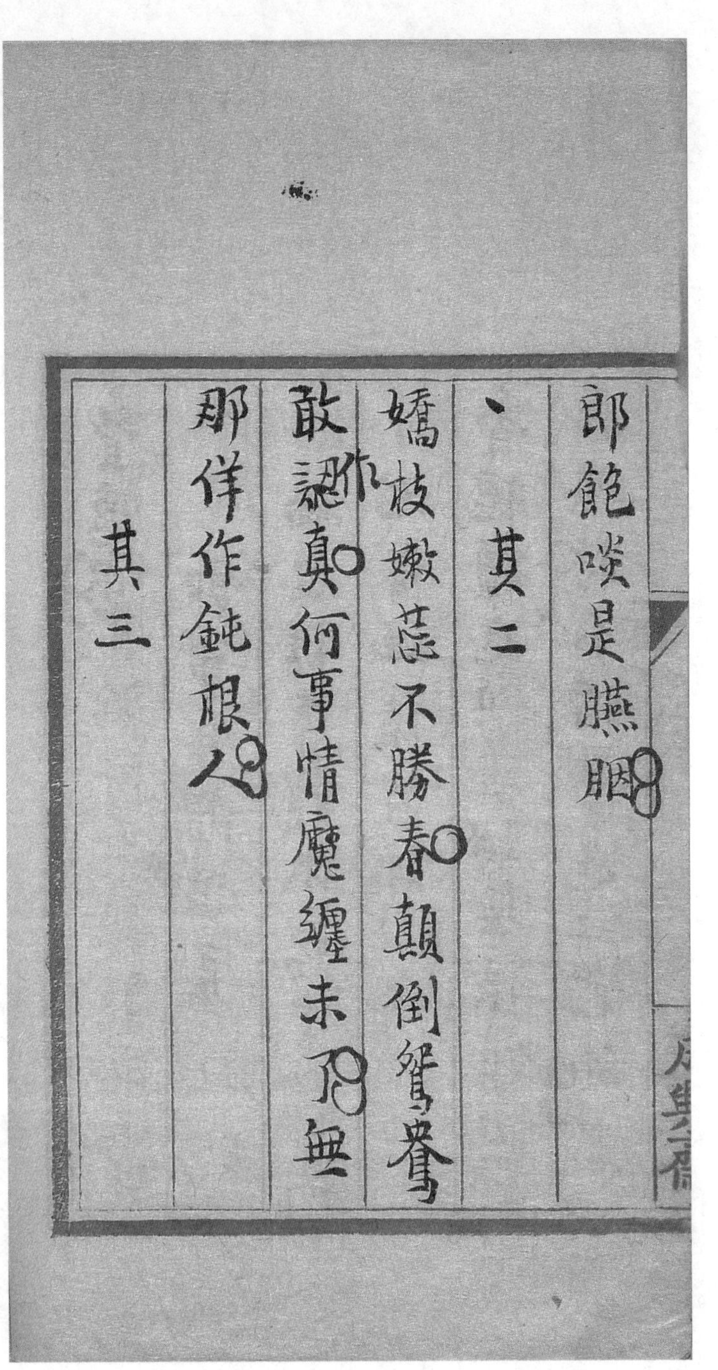

删

如狂如醉又如癡捱到更深
不自持似有萬般羞莫吐呢
他儘意打人時

、其四
雙拖舞袖一身輕任尔隨風
搖曳夜夜夢中成羽化翩

憐飛燕是前生

伊行路張兩手如飛狀且

言夜夜夢化作燕子飛鳴

自若醒而後已真一奇也

即事再贈

碧玉中嵌佛一尊檀郎生小

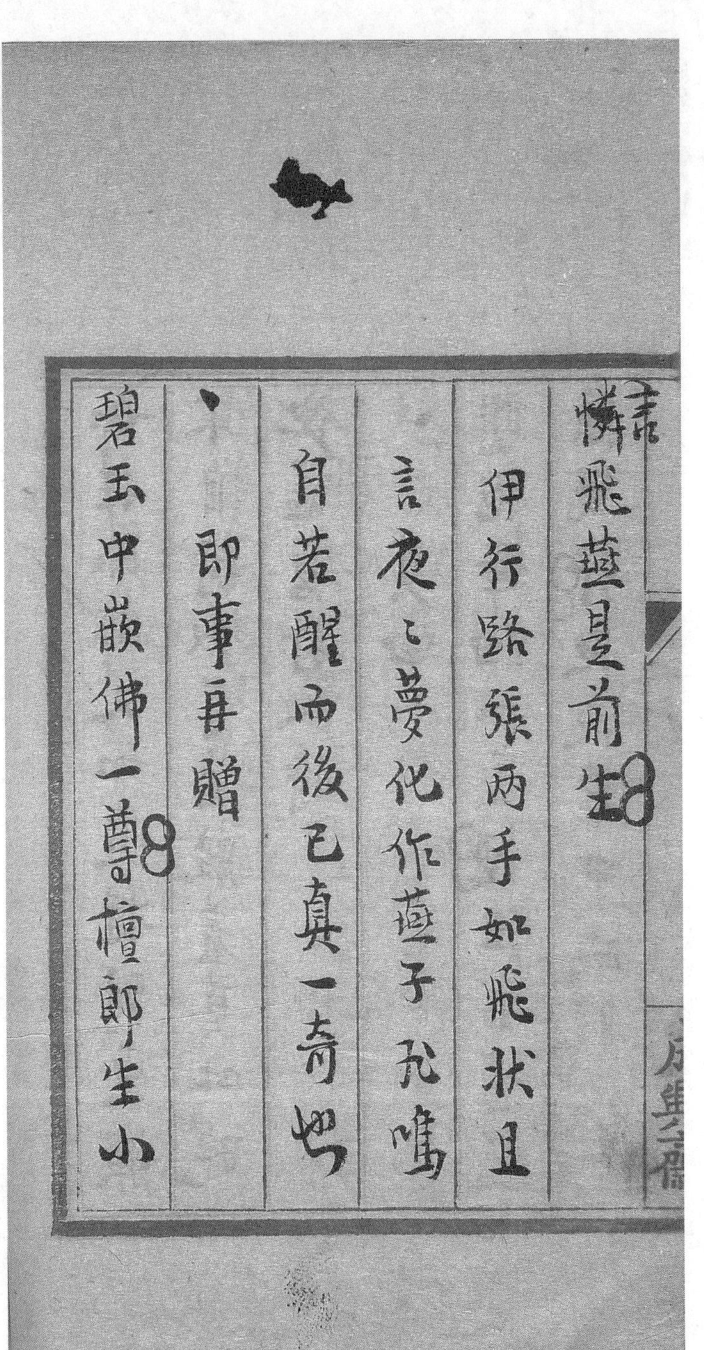

不離身。贈為卿親向襟頭解。
切莫西施別贈人。
行篋嚴封急莫被解輩有
自幼帶佩護身佛一座急
解以贈持作相思且為卿
乞福云

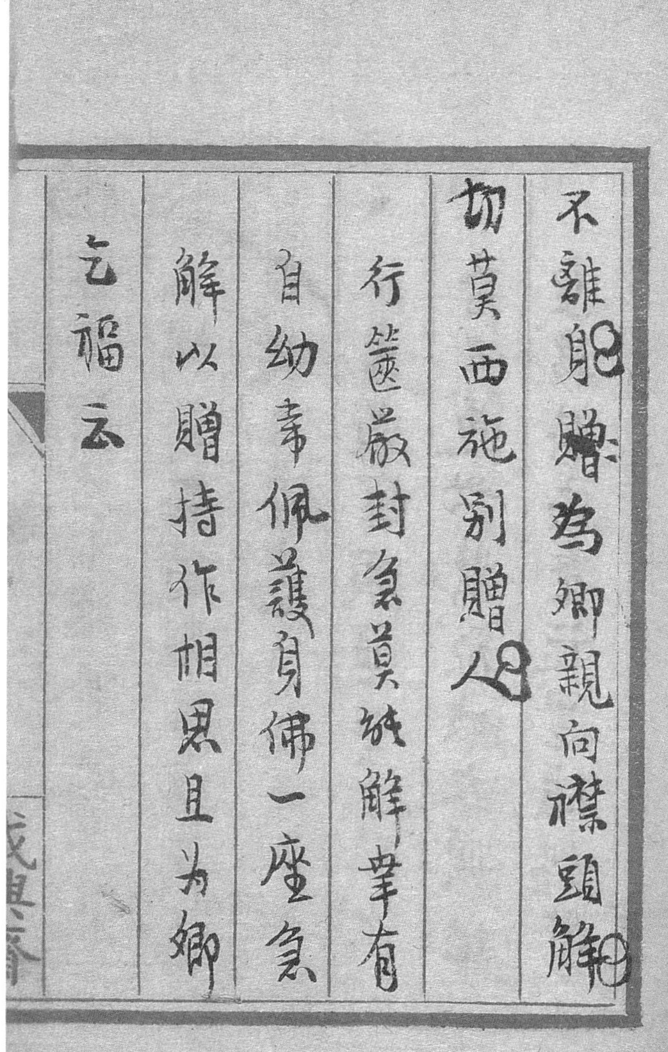

臙脂染卻兩人腮共枕鴛鴦鮮不開笑乞檀郎香唾液為儂親潤舌蓮密

重過宴城題壁

春日過此吳歌妓大順出連移時孟冬旋里復經其

地大順已於七月間行矣

捧讀舊日題詩彌增惆悵

因賦此以寄恨

名場半載滯京華歸路尋春

信已賒暫別牧之悲綠葉聞人言此去蓋為成人云重來崔護憶桃花

余春日宴城贈大順詩序云所處妝云一去已教綠葉成陰不然崔護重來豈僅桃花依舊淒涼此日餘行李想像當時未破瓜捧讀舊詩彌惆悵傷心滿壁字橫斜

、贈寶玉

宴城舊時雛年名妓如雲

仙喜官等皆於數月前已去舊時相識只剩寶玉一人因招之來强歌一曲益令人增惆悵之懷因感而賦此

故交零落淚闌干遊冶名花

去不還也似宮中天寶事舊
人唯剩謝阿蠻

途中襍憶詞

其一

瘦於飛燕媚非煙摇曳隨風
倍可憐猶憶如花初喚至新

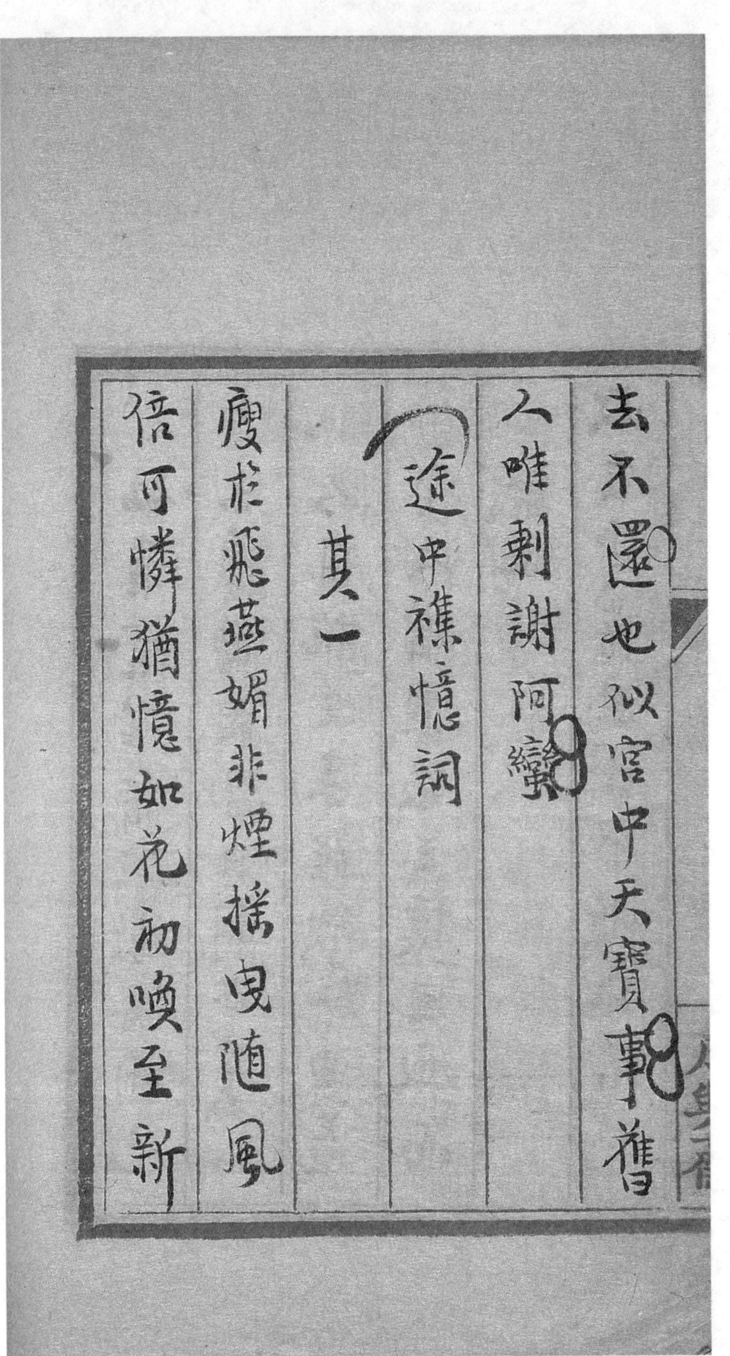

衣粧扮一身鮮

其二

穠歌聲昵𣪘是情懷抱得琵琶

羞莫開猶憶半遮還半露斗

呈笑靨媚人來

右二首任卭小鳳

其三　叠前韻

柳眉雙壓淡於煙帶卻愁容
倍可憐猶憶妬心收不住會放教
嬲嗔妬入敵絃更

其四　叠前韻

琵琶聲竟惱情懷到眼皆成

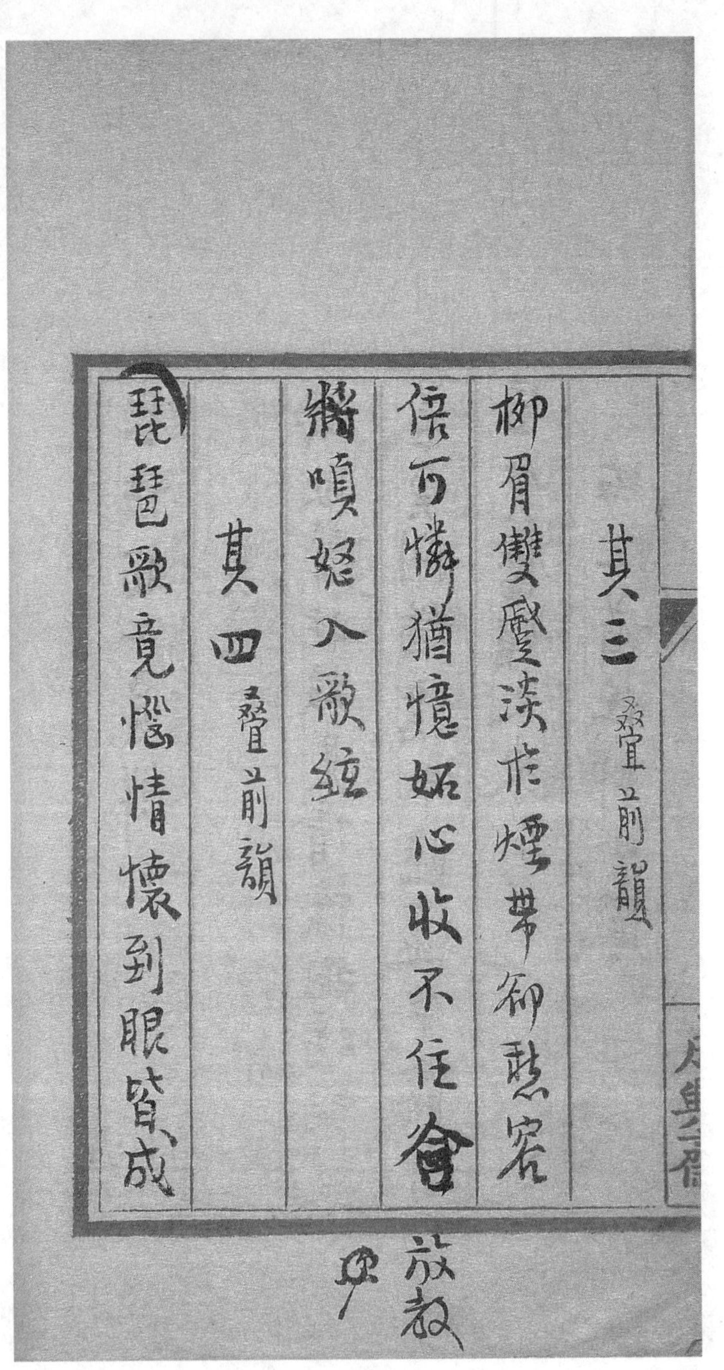

妬煞猜猶憤欲行偏千丁愁

將歡笑看人來

右二首宴城喜宦

右詩一卷共十八首

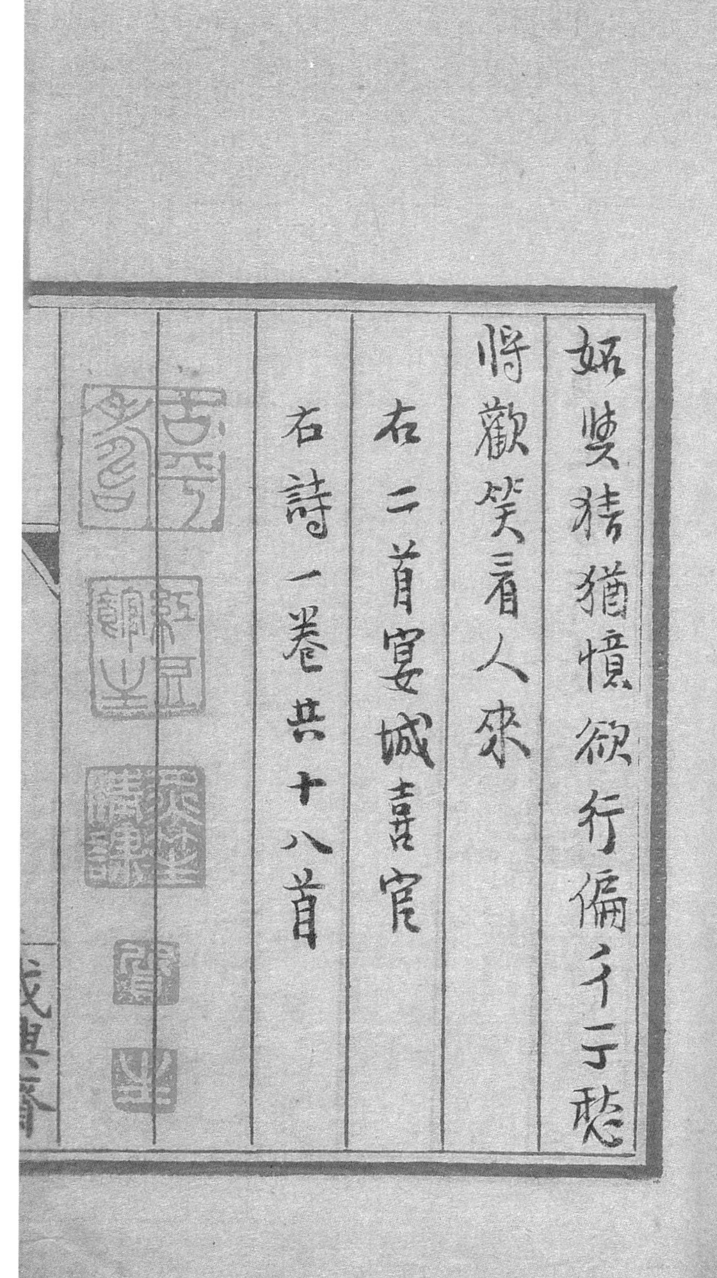

續走馬吟終

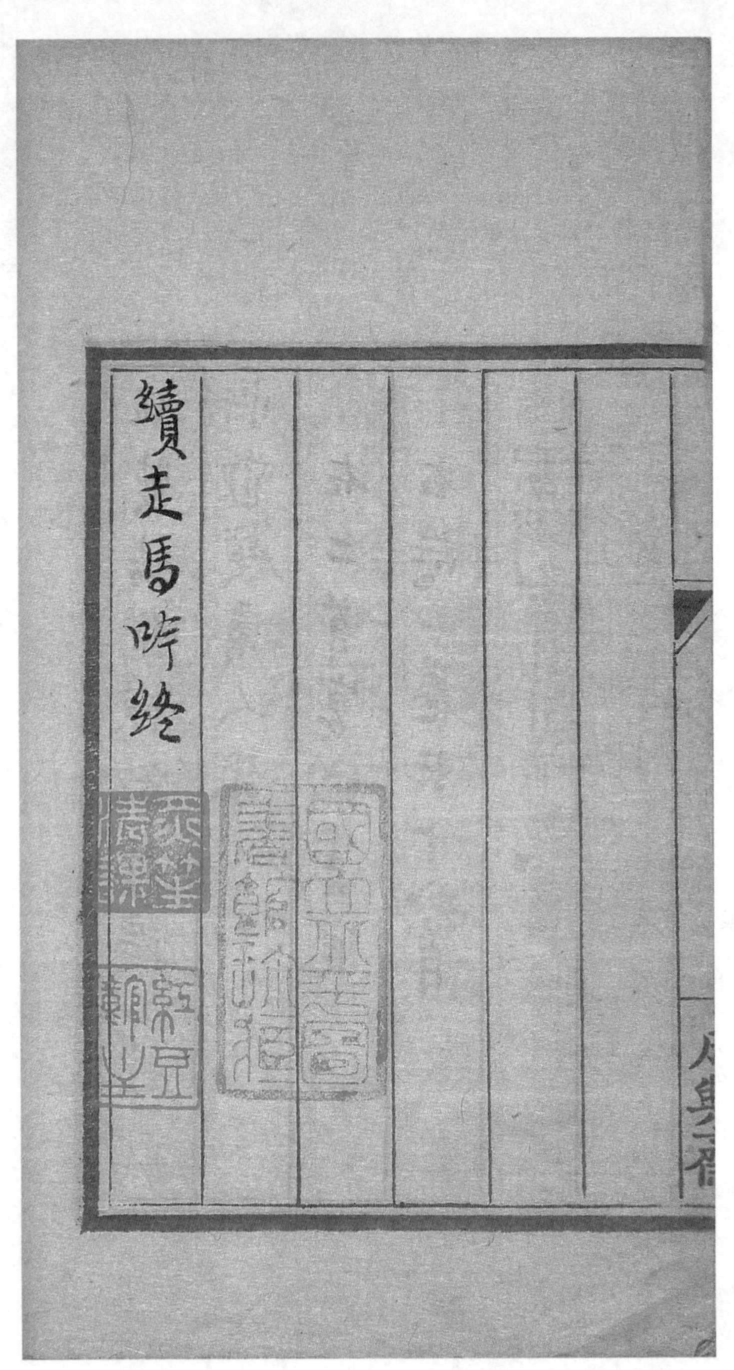

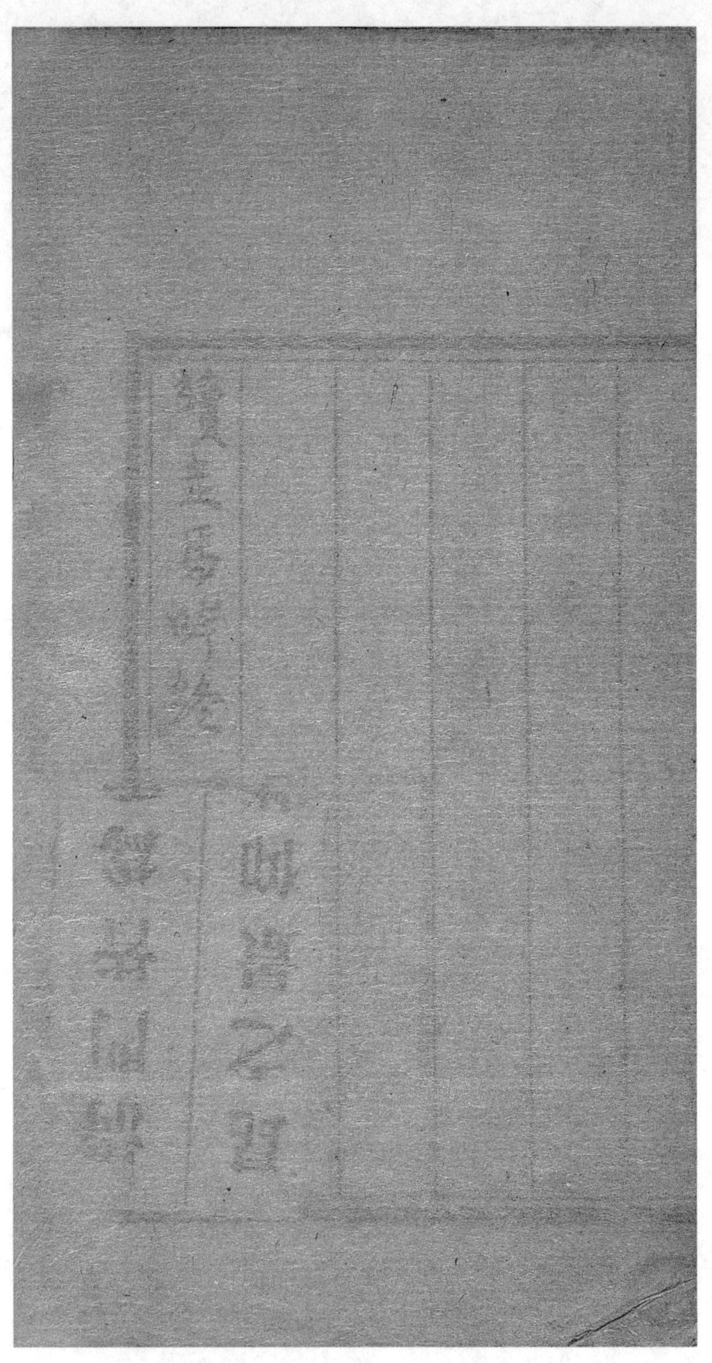

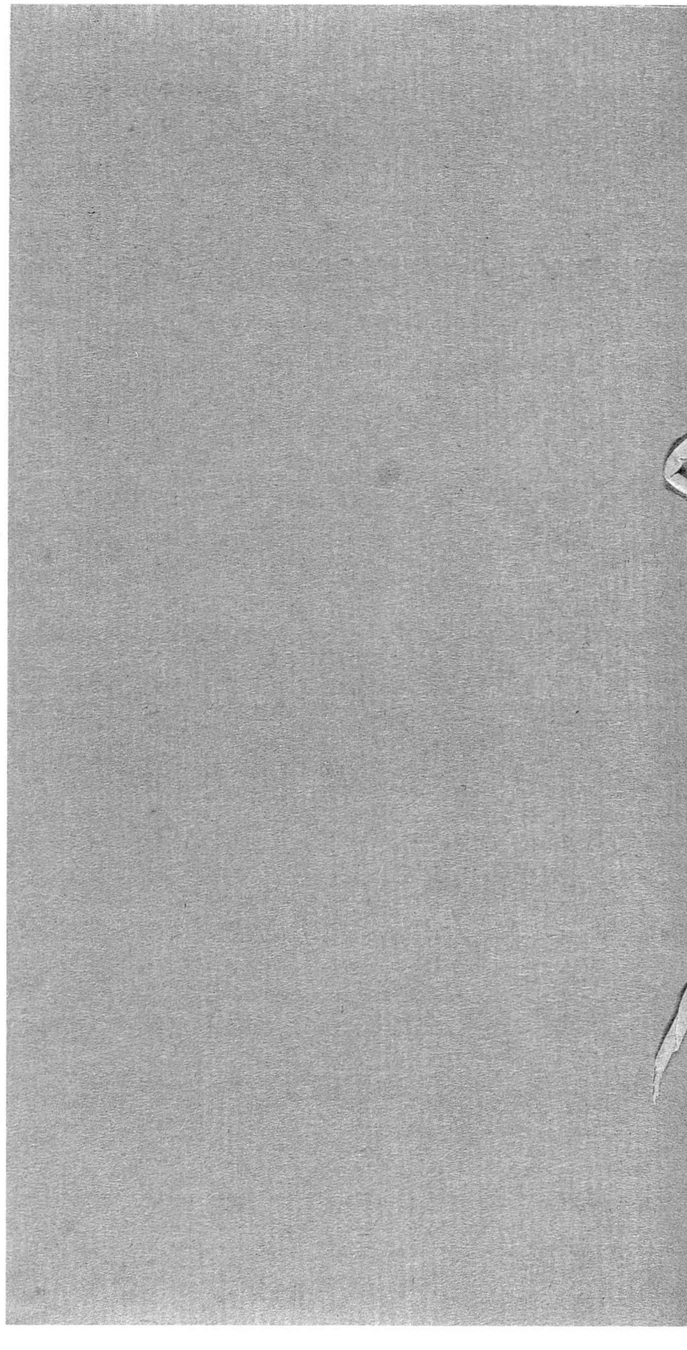

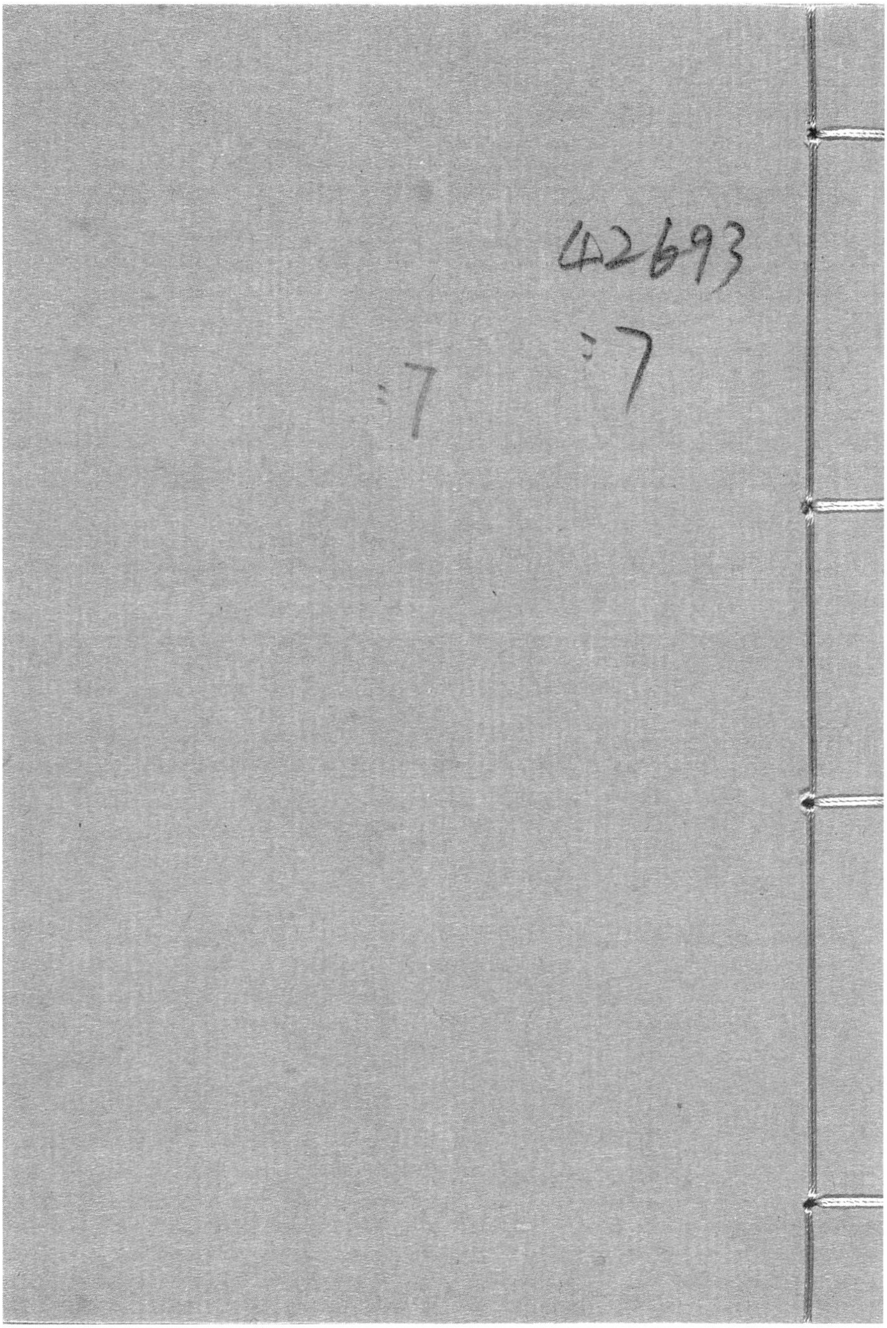
42693

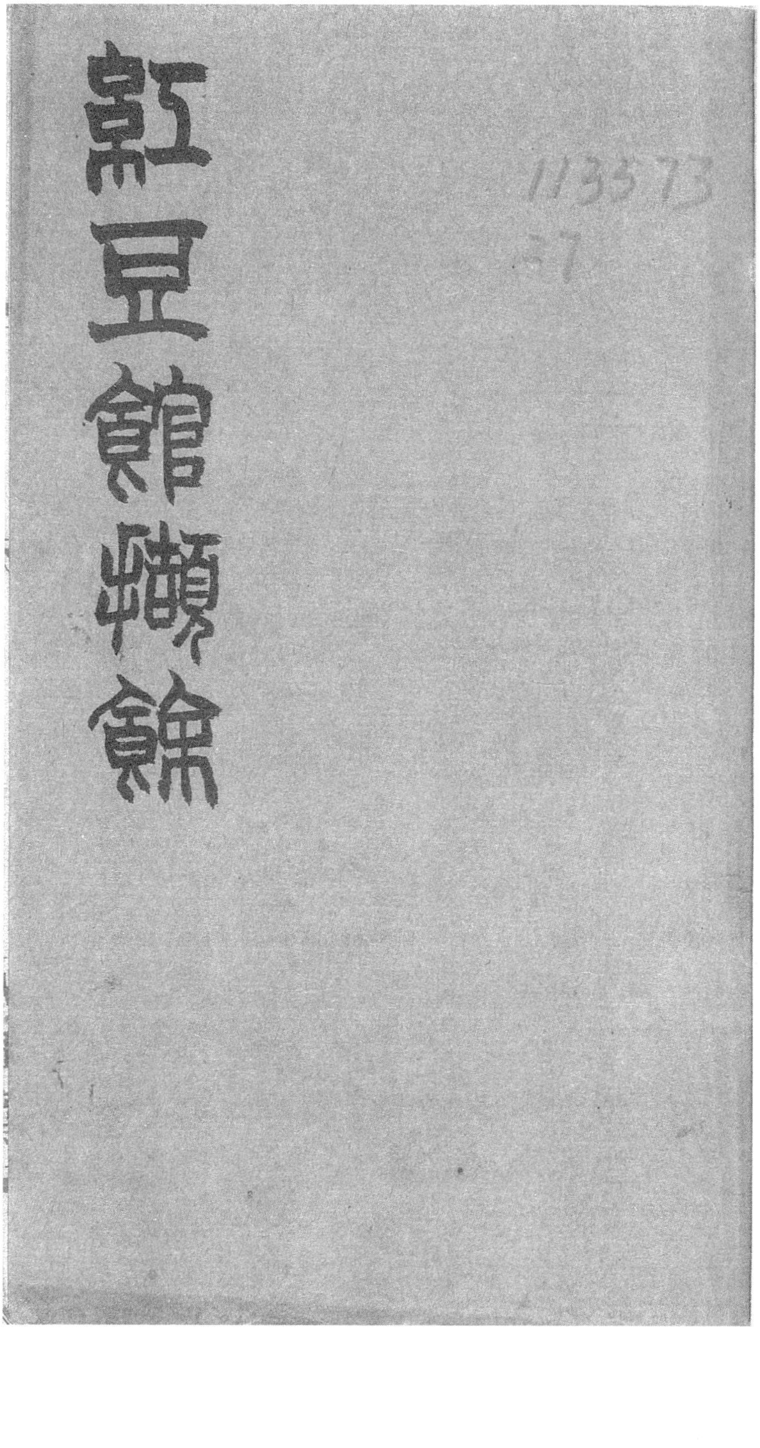
紅豆館
113573

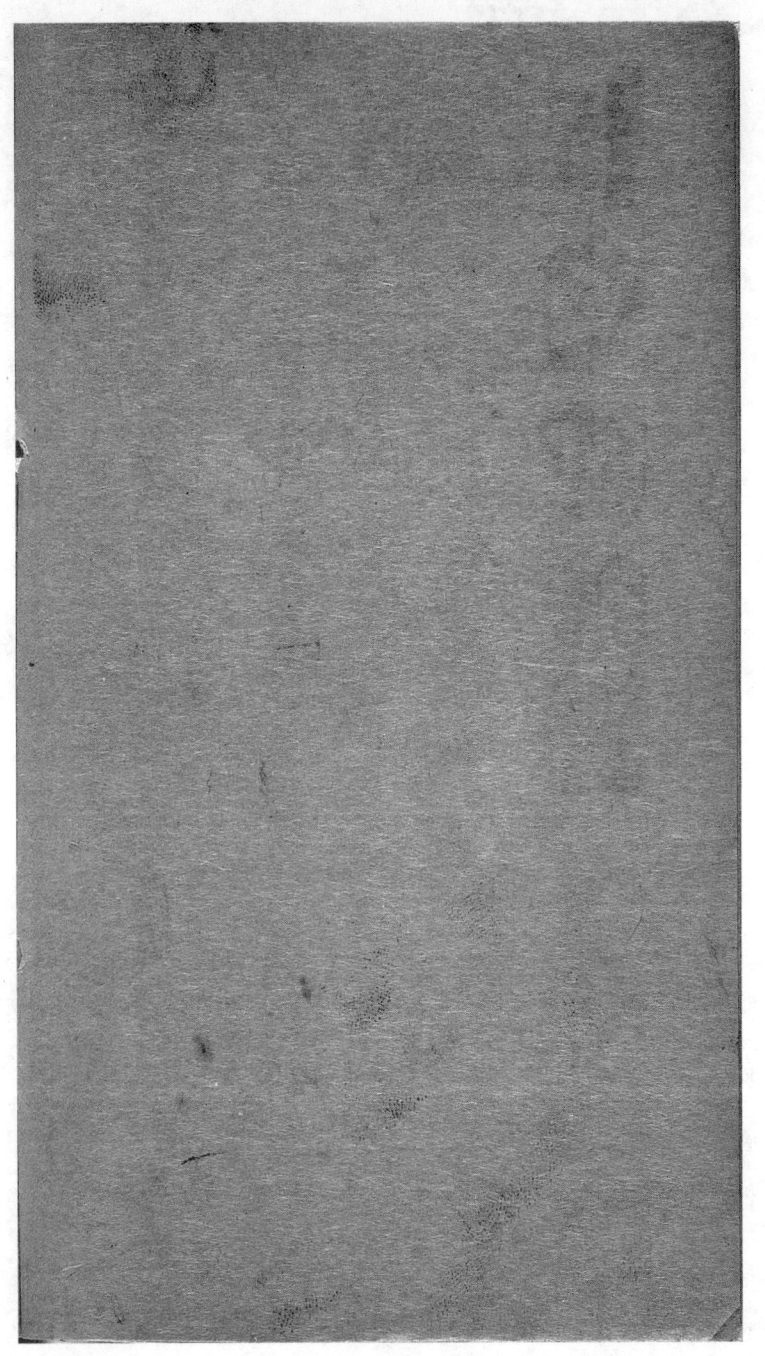

紅豆館摘餘

平壽纖笙史氏清課

乙未冬余在津門代友人贈雛妓蕣菱聯云蘋華艷比春風面菱鏡清於秋水波翠菱聯云翠黛橫眉峰對蹙菱花照面月雙圓

頗肖其人薛菱字蘭如年十四翠

菱年十二字黛如

丙申夏在都門劉君蕉僊代友人

乞余贈妓湘雲聯云湘妃黛卷可

憐瘦雲母屏開無限嬌上聯用李

易安詞下聯用李義山詩融化無

迹又集句云湘淚淺深滋竹色雲鬟彷彿墜金鈿上句玉溪生詩下句則唐真曲也

又擬數聯云湘絃千年流不盡雲和一柱思無端皆融化唐人詩句、有神無迹湘江曲曲雲雲意雲雨

成興齋

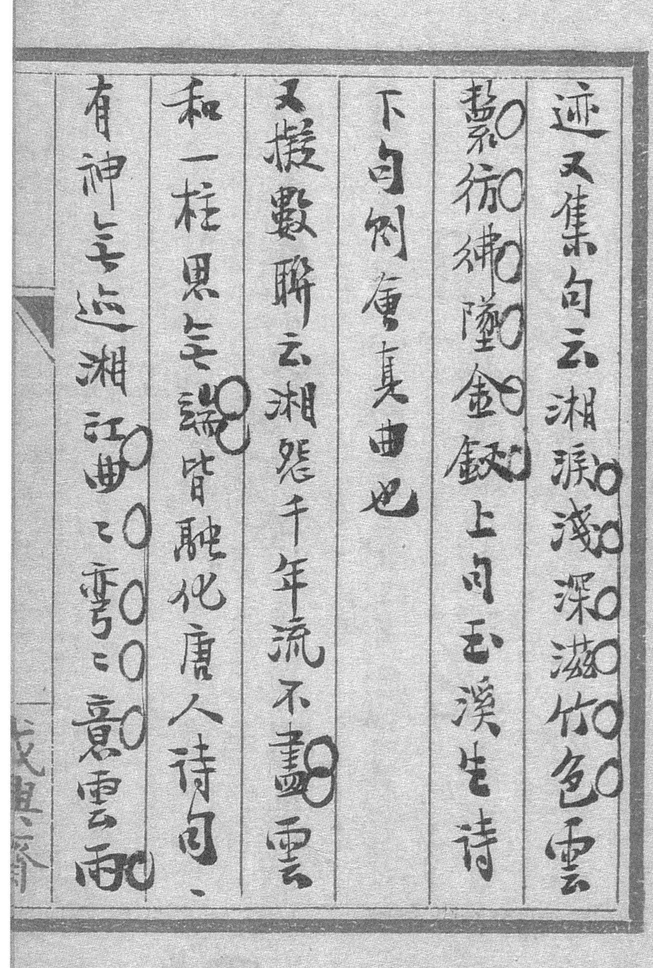

朝〻暮〻情用意甚妙巧且確
切不移瀟湘水流帝子怨秦雲
錦蔟蔟美人妝湘管悲涼寫秋
怨雲屏深暖度春宵兩行湘淚
春冰泫〻一夜雲情大海深湘水多
情憐帝子雲山有夢到襄王湘

裙慵鬆晚妝羅雲鬟半偏春夢甜雖不及初擬數聯亦自可用又記甲午在都曾贈雛伶吟香數聯多不省記只記一聯云菊如人澹吟詠雅蘭為影芳香益清下聯用典甚活不獨以雕切見長也

又記在肆门时曾代友人贈妓玉蘭
五字聯云玉比君子德蘭为王者
香用古入化但身分太高以之贈
妓不称了
余於丙申五月念四日同蕉僊
到春寶家挑一雛妓名月琴

乳名喜兒排五年十四歲贋之
聯云閒年筭指將圖月兜語
慣聽初弄琴他夕嫗對母欠
閒熟遂久作書筆剛度將圖
余
月小諱名閒初弄琴吟
又集劉滄句云閒看竹嶼吟新

戊集齋

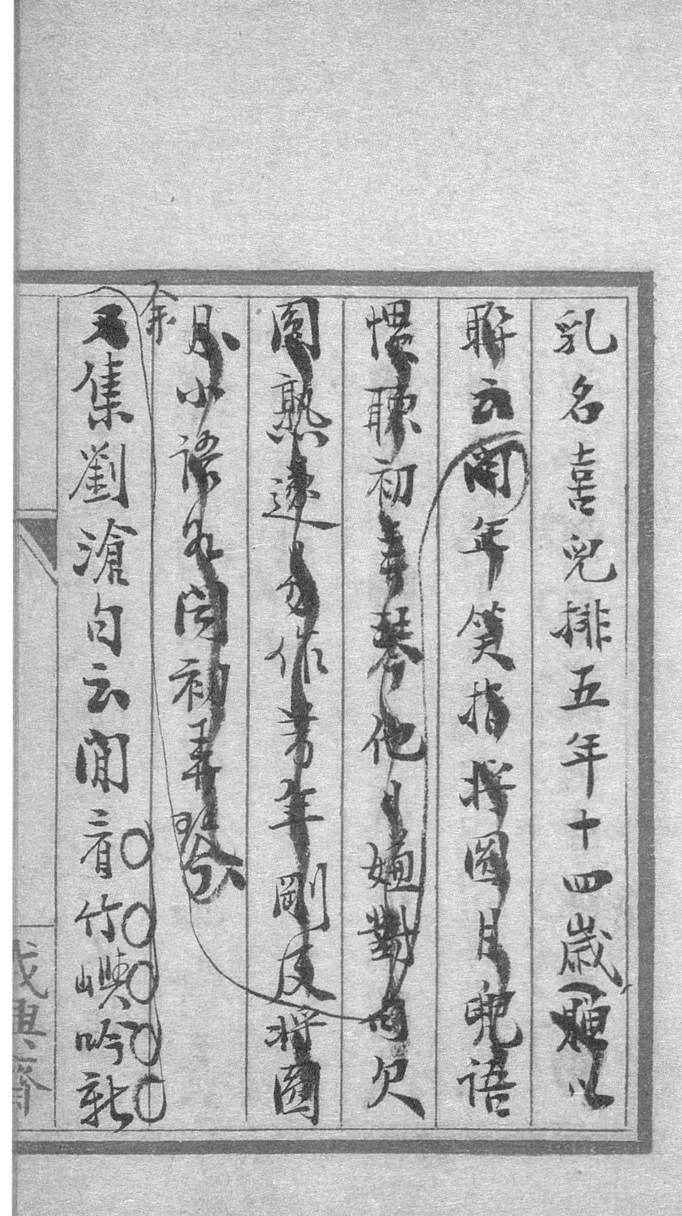

月坐向松風彈玉琴又集句
云綠戶南開向明月西齋長
臥對瑤琴
丙申九月歸有道經津門被友
人留住數日又代友贈蘇姜八
字聯云蘇華蘇英車中半面

菱花。菱角。鏡裡。進了。舜菱歸

蘭如又代贈七字聯云蘭情一夕

帷中語。如願三生石上緣。

是月初三日為余初度津门諸

友強為作賀筵在舜菱校書家

又与余薦一雛藝年十四名翠

蘭舊名翠荷故字曰蓮君余
贈聯云蓮炬夜開花並蒂君山
曉鏡黛邊鬟頗穠麗又聯云
翡翠常出水以浴芝蘭不
擇地而生頗極生動
以上李苹聯

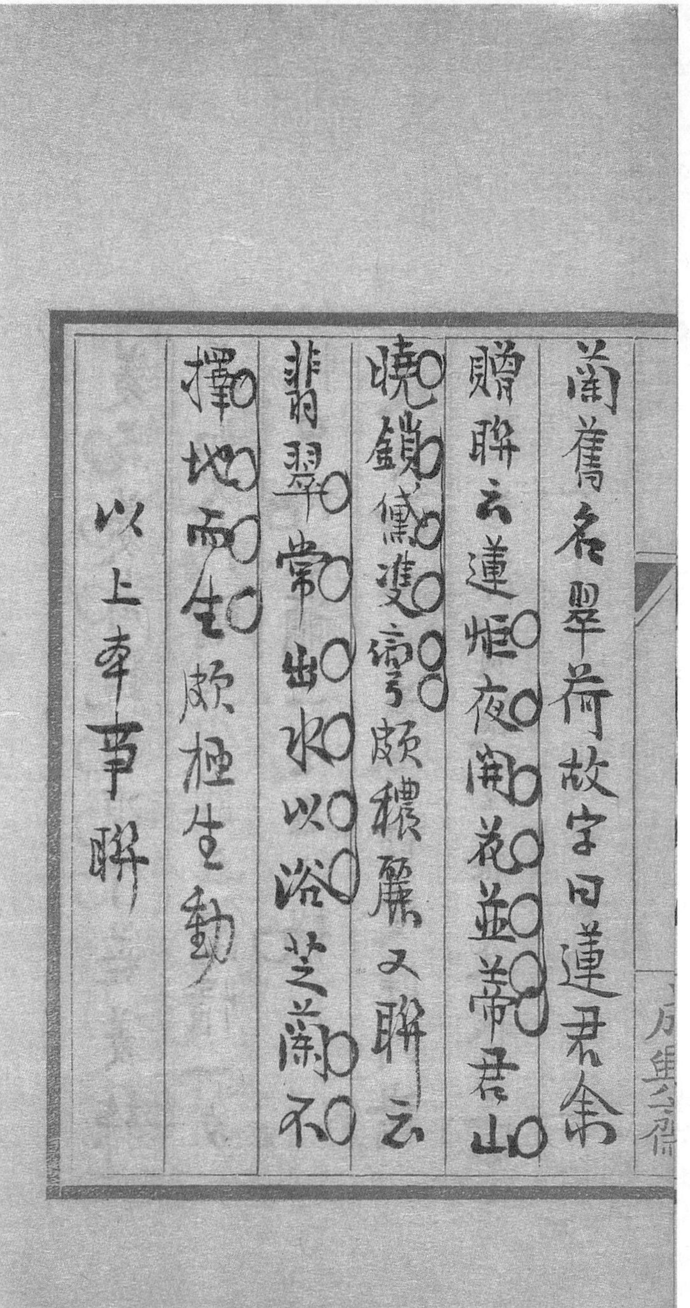

睿邸老福晋薨於九月初旬余
輓以聯云享大耄逾八齡更同
四代一堂百代河山萬歲
歸重陽前六日越千秋萬禩
三秋霜露菊花觴頗工整
爵对觴尤巧不可階

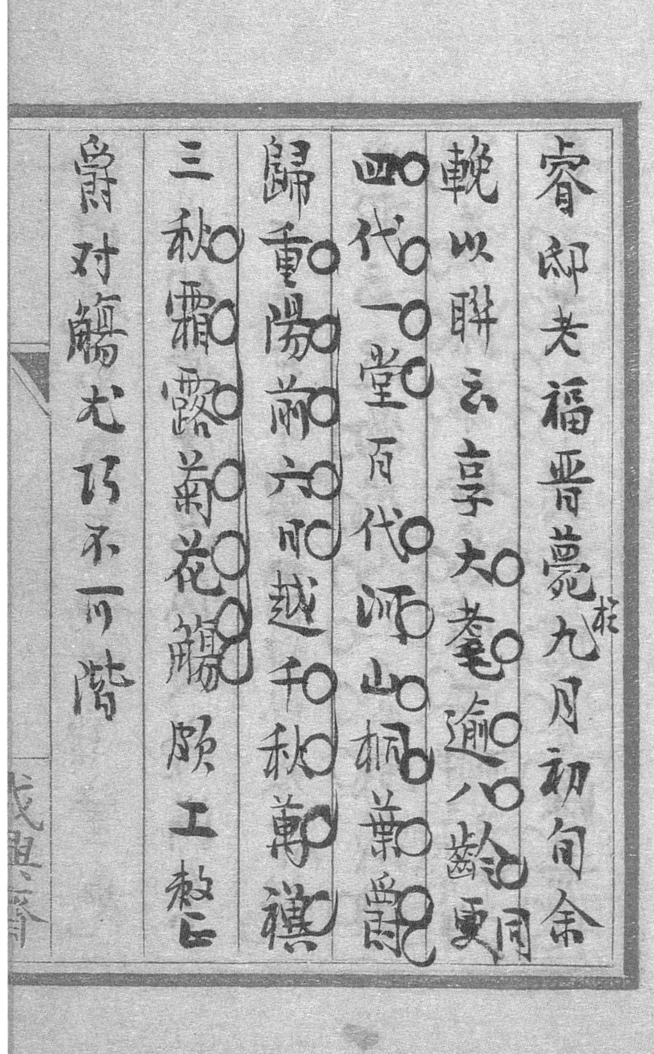

余同硯弟郭君仰曾諱肇光天性倜儻才思俊美倍得食餼年未三十鬱鬱以殁余輓以聯云造物施人已甚哉數鍾劉蕡落第潘岳悼亡伊三次下第兩次悼亡尋又七八年更那堪身後無兒

幃中有母知交如君向罕矣劇憐長吉多愁子安平世遥遥一千里最難忘程符攬袂歷下停舟真情實事工拙不論也

己亥冬陳君鶴儕乞余代作女

韓默齋
印克誌之
仝堂也

賴聯係之者係山东人伊子現
任直隸樂亭知縣其好司鐸
一概不知余作一聯云吾鄉多
女聖賢有繼孟仉氏遺風寸草
共傾葵悼誼有子作民父母
去任燕邑公故地甘棠可續

夢我篇下聯更妙
余嫡室李氏二十一歲歿於清
明前二日記曾輓一聯云生前
廿一年方期紙閣蘆簾与卿
偕老死当面五日此後雨絲
煙柳摠是觸我相思一切

我與齋

余姓一切時也

李君韻雲余壽林夫子季弟也　年殁於

京師余輓以聯云作儒作商作

幕賓藝復畫醫卜星相可謂

智兒鬱以卅五年壯志無成誰

代才人爭氣疑　为師为友

为戚誼余嫡室李氏係頼雲族姪女盟兼同萍
水苔岑戊子年頼雲与余有訂金蘭之説而今已知
迨江下千里羈䰟何在猶從夢
裡猿変滅伊没後余夢之屢〻情之至
不覚言之長格律叶不叶所不
計也

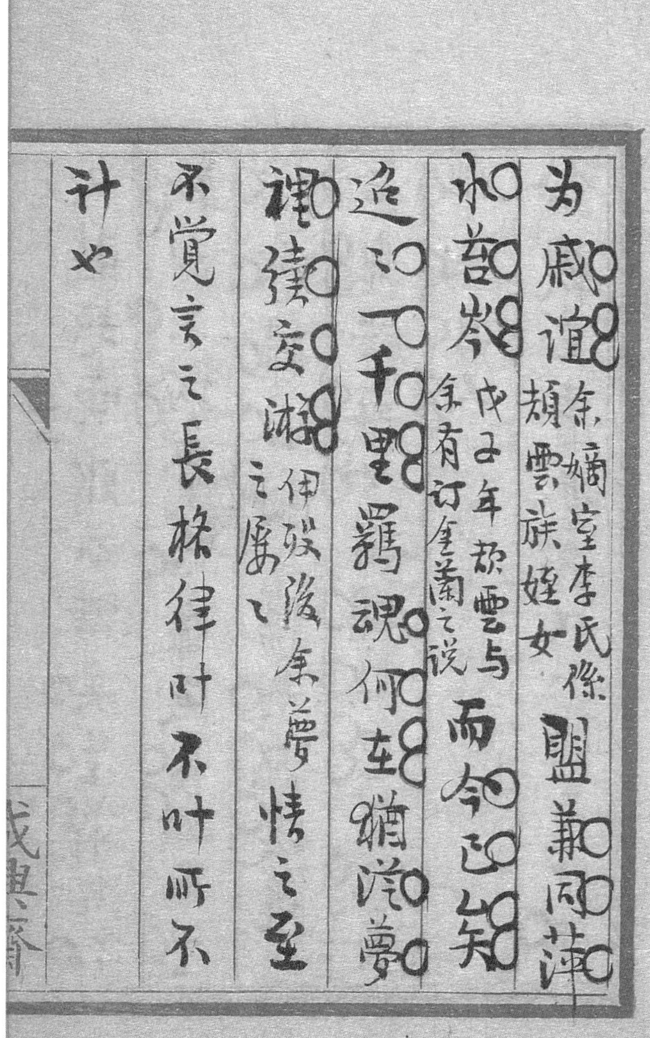

又輓叔雲聯云惜矣生前名不就利不成齎志身成長安千里猶尋歸去路傷哉死後拜無兒哭無女招魂故里一鐙長永伴知己人

余輓亡妻李氏又一聯云百年

須臾泡幻耳 絶 打破生死關頭
爭早爭遲已覺我心無爾我
五載好合情僮哉莫問他
前後因果營齋營奠難忘
明日是清明
盛伯希祭酒 詩 昱戊子曾與
我與齋

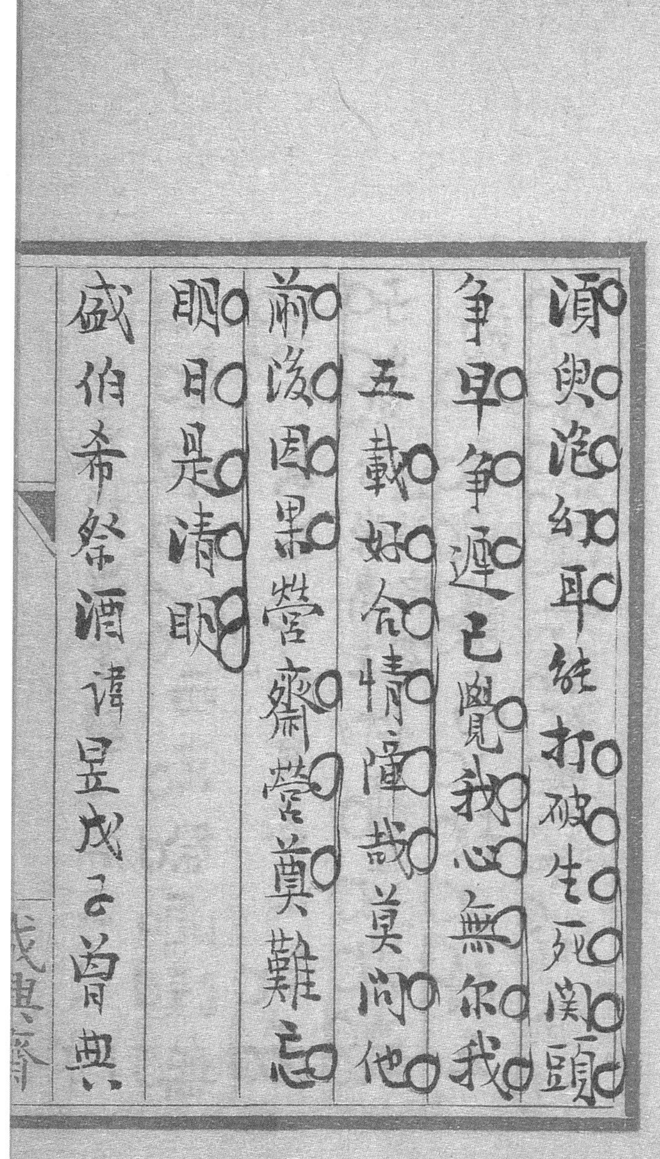

試山東殁後來輓一聯云東國文章古天性西京祭酒漢無雙。又五律一首云不知王子貴公係肅王近派宗室何屑戀浮名藹藹春風暖高高秋月明五經學祭酒六藝魯諸生余向

蔭桃李 余師李壽林係公戊子所取士余誼〻屬小門生故云

徒深私淑情

以上輓聯 再有補在後

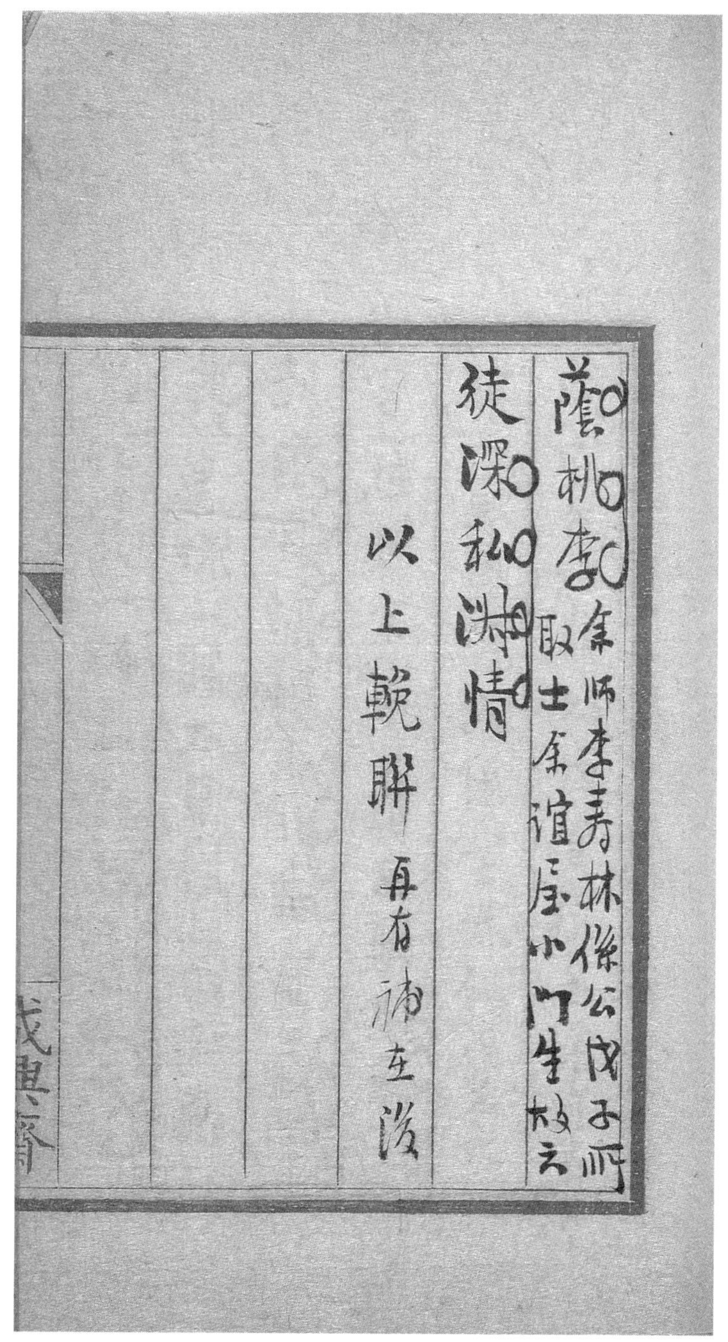

戊戌年節如恒金店乞余作春聯八言要將如恒金珠貨六字冠首余第一聯云如水東流利源自湧恒山北岳寶藏常興金珠一聯太易作亦不必存末紅貨一聯云紅點通工六工

屈首貸之言化萬化更新
又切伊生涯又切詩令真巧
不可階

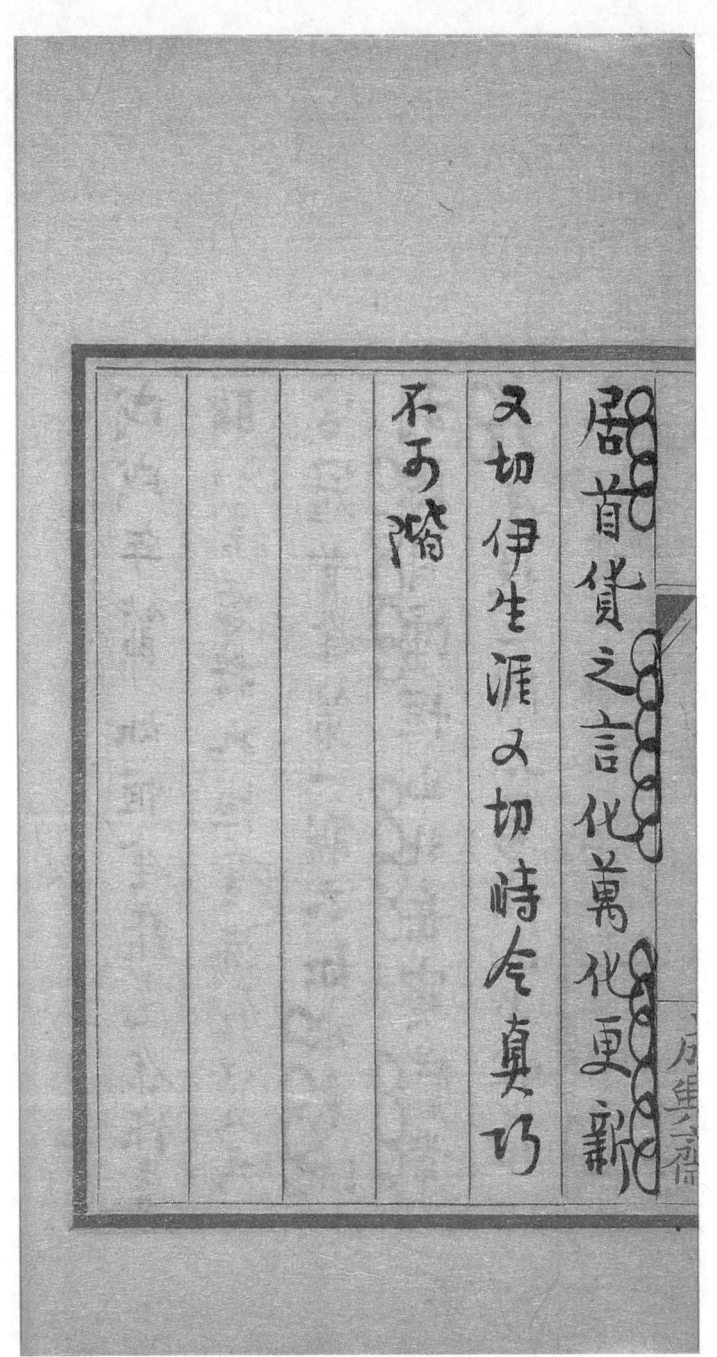

乙未在津贈張觀察燕謀一聯云：璆琳鐵錫砮磬作貢○水火金木土穀惟修○時伊正總管礦務兼辦鐵路等差，得此甚喜，謂難得現成而尤確切不浮也。

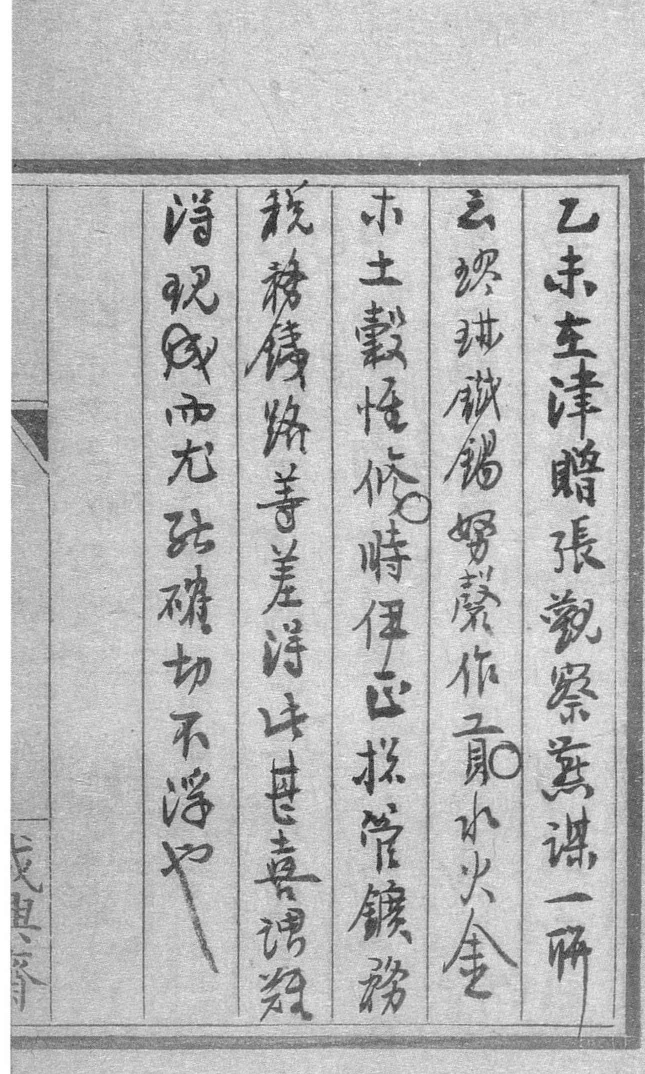

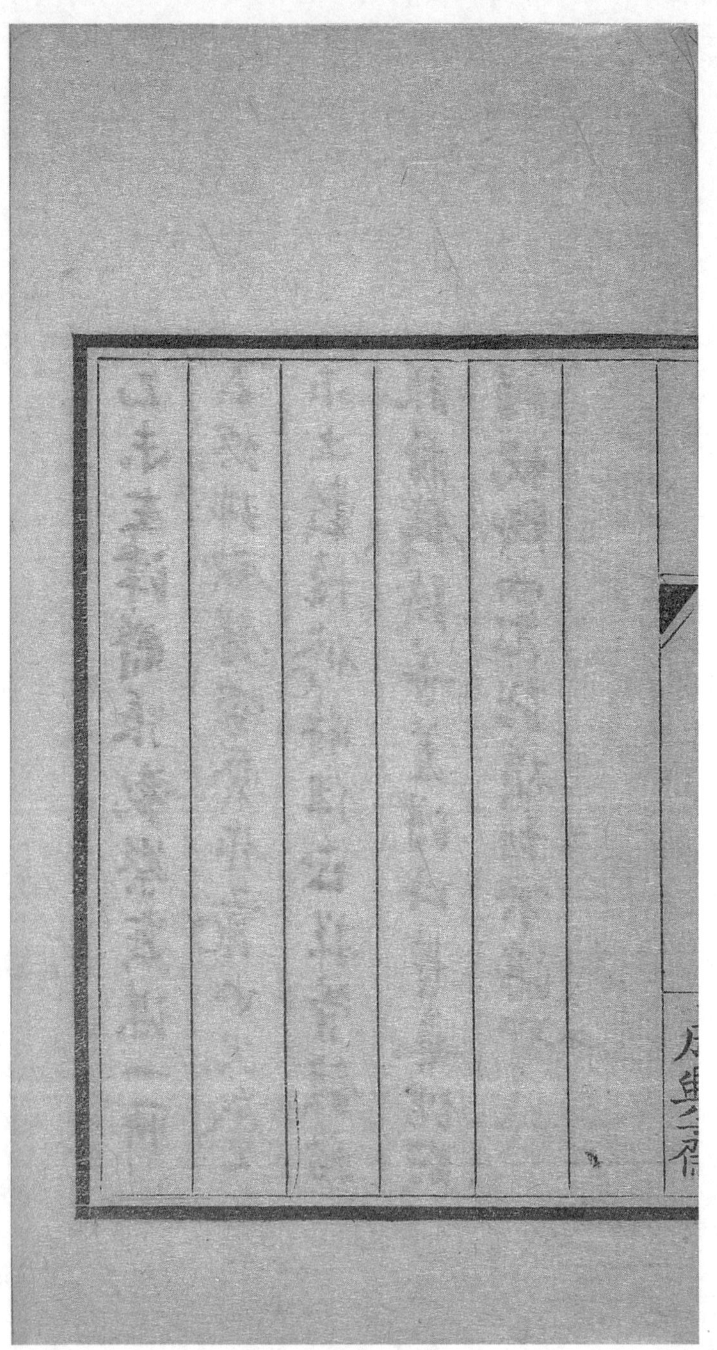

壬寅春正軌宋祝三爵郎提　宮保
第一研云享耋壽延三齡〇
臣函夏中興〇麹首人間時雨
降〇　帰元旦後二日〇於新安
初志〇觴に天上大星〇沈案牘
有詞ヽ並意又撰一研云撫鄉

伐興齋

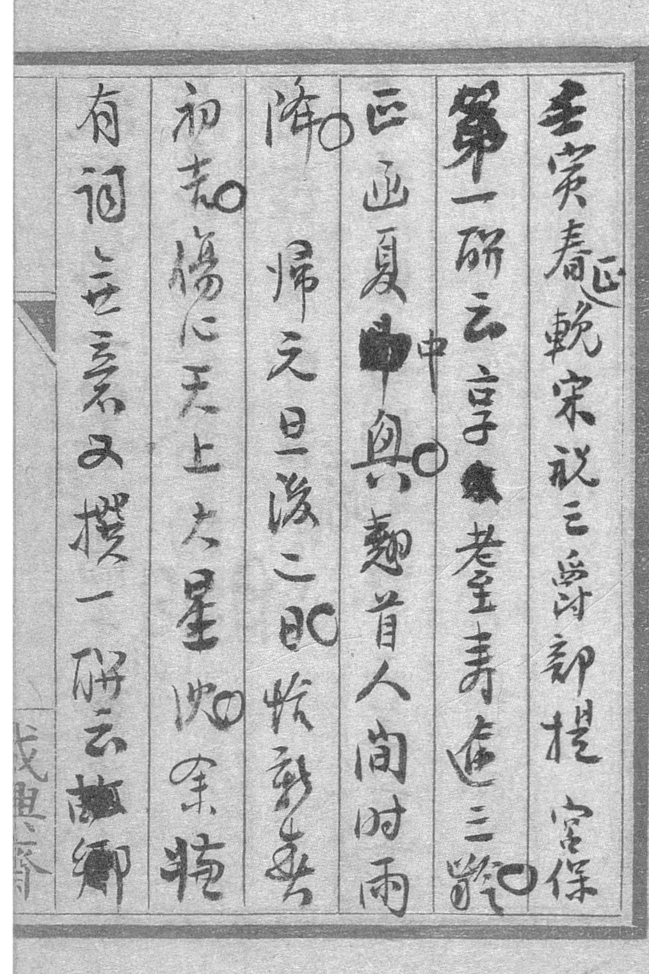

故鄉第一完人論千載後名。
共羨坎白頭齊尚父。
曾經青眼古蒲關。
余生無多知己懷三年前事。

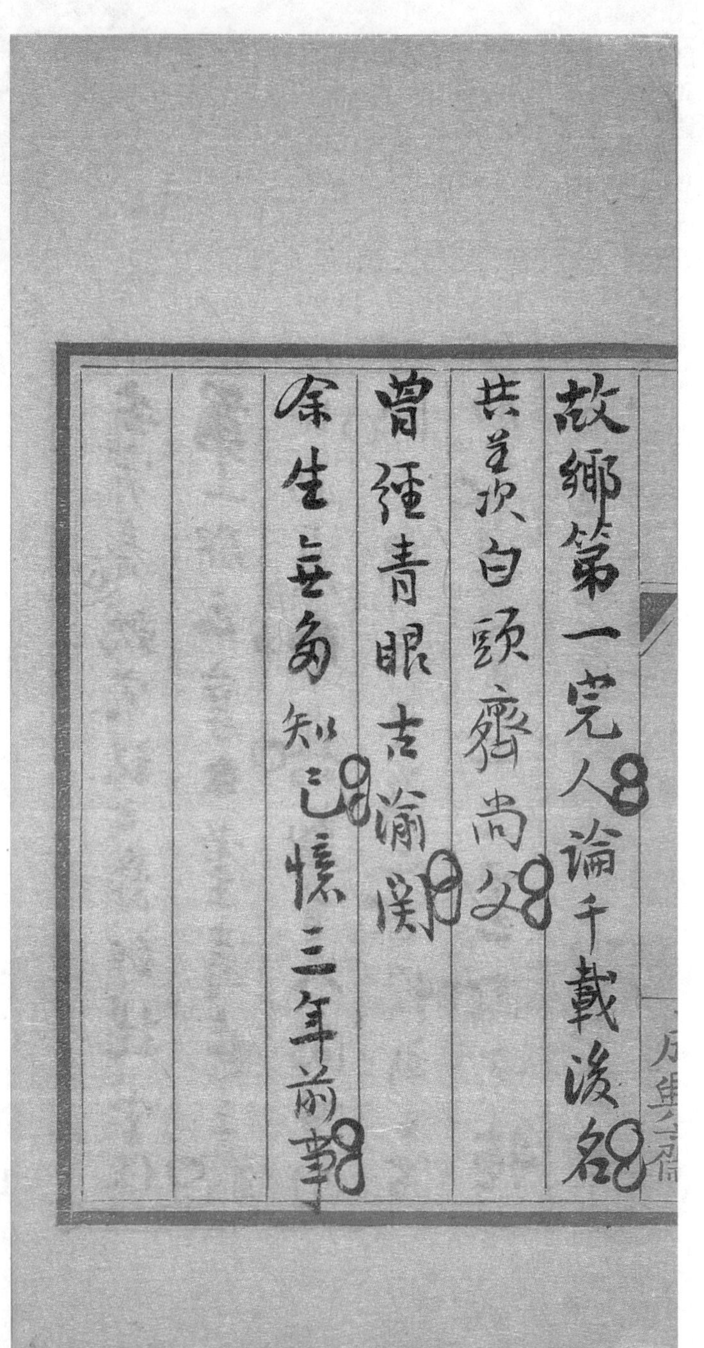

輓李文忠

環球若一家，試看美國衣冠生
面別南千載淚。
魂猶見兩宮還。
騎箕先歲月，且駐九原旌節。忠

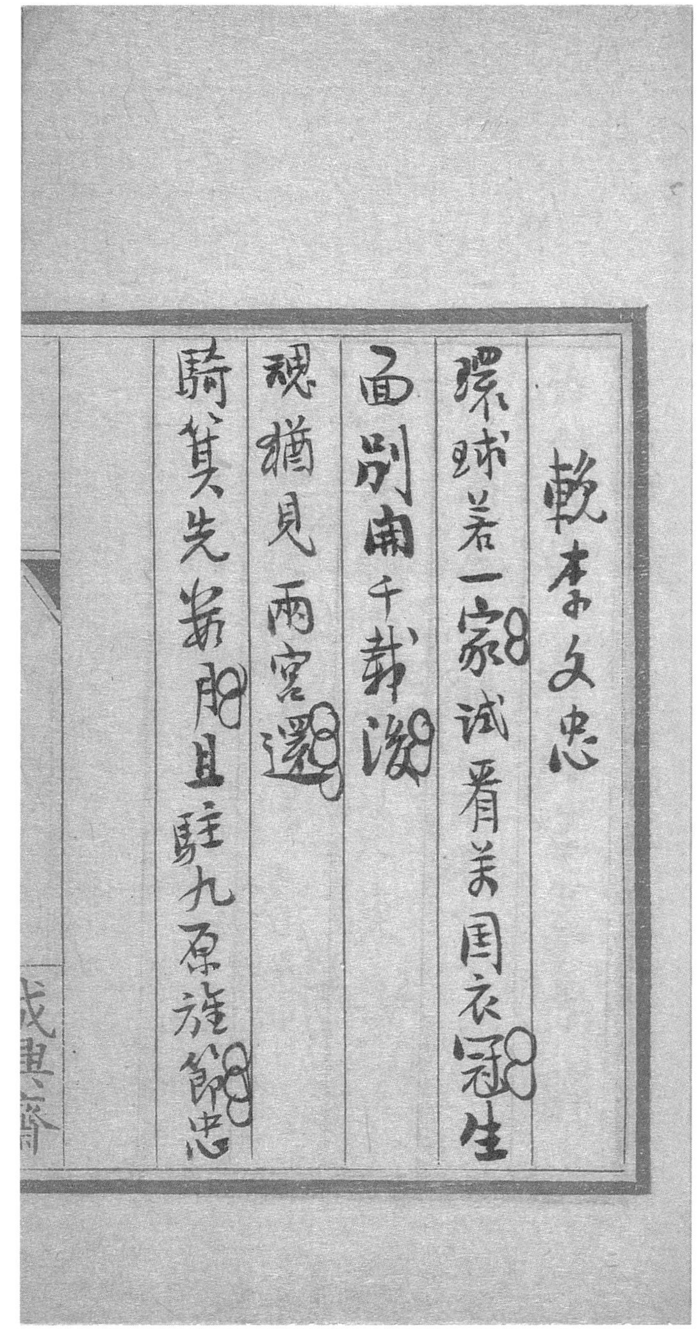

為人代作　喜鳳字素蘭　號

語要名号均嵌入

喜子朝飛課開簾東素

鳳仙夜搗甲漬香蘭

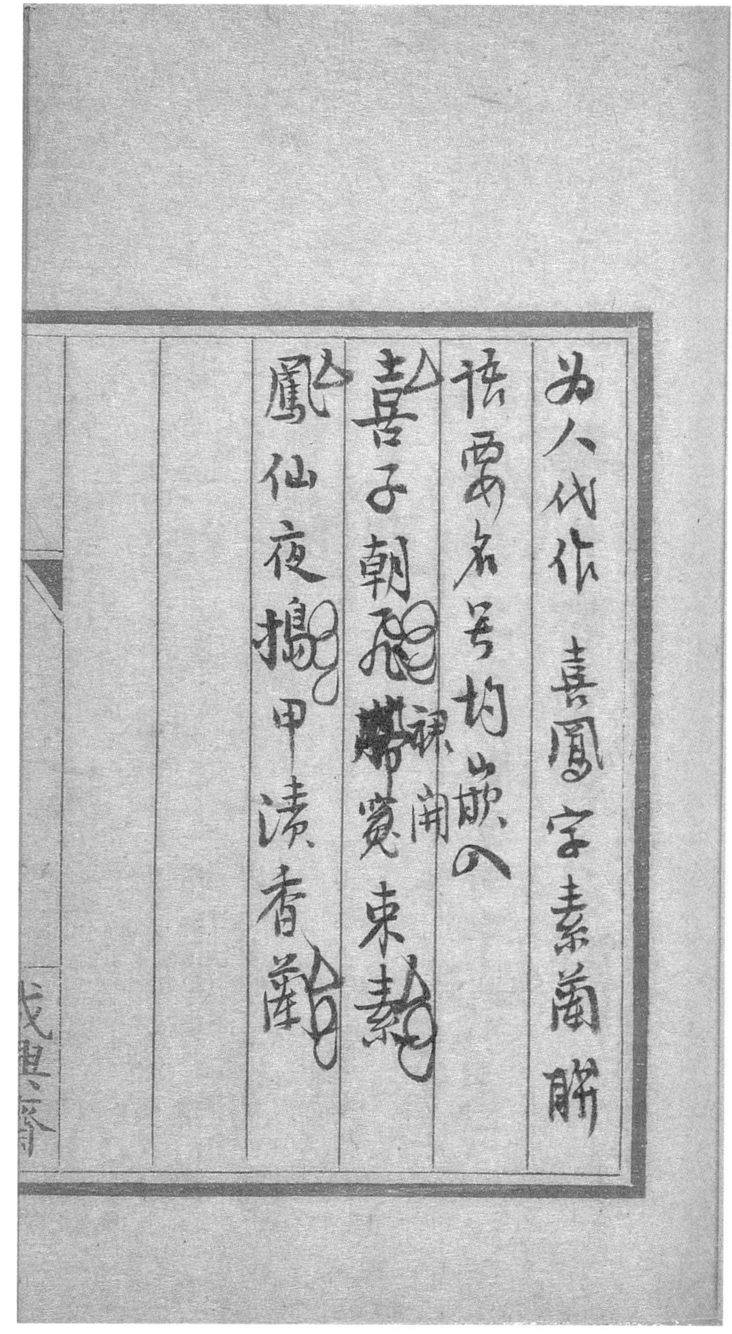

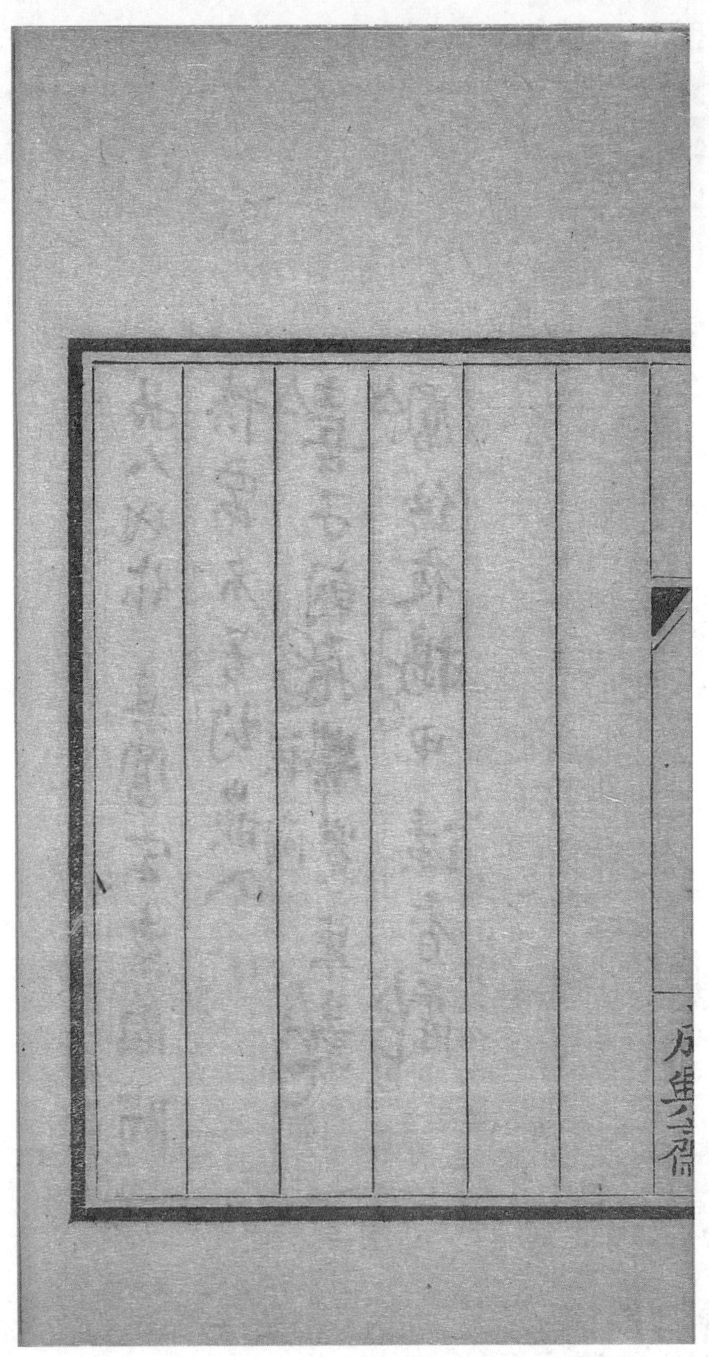

庚夘季春悼亡聯

兩賦悼亡詩仲春中浣季

春中浣

家嫂親

齊揮垂老淚夫家嫂親母

成興齋

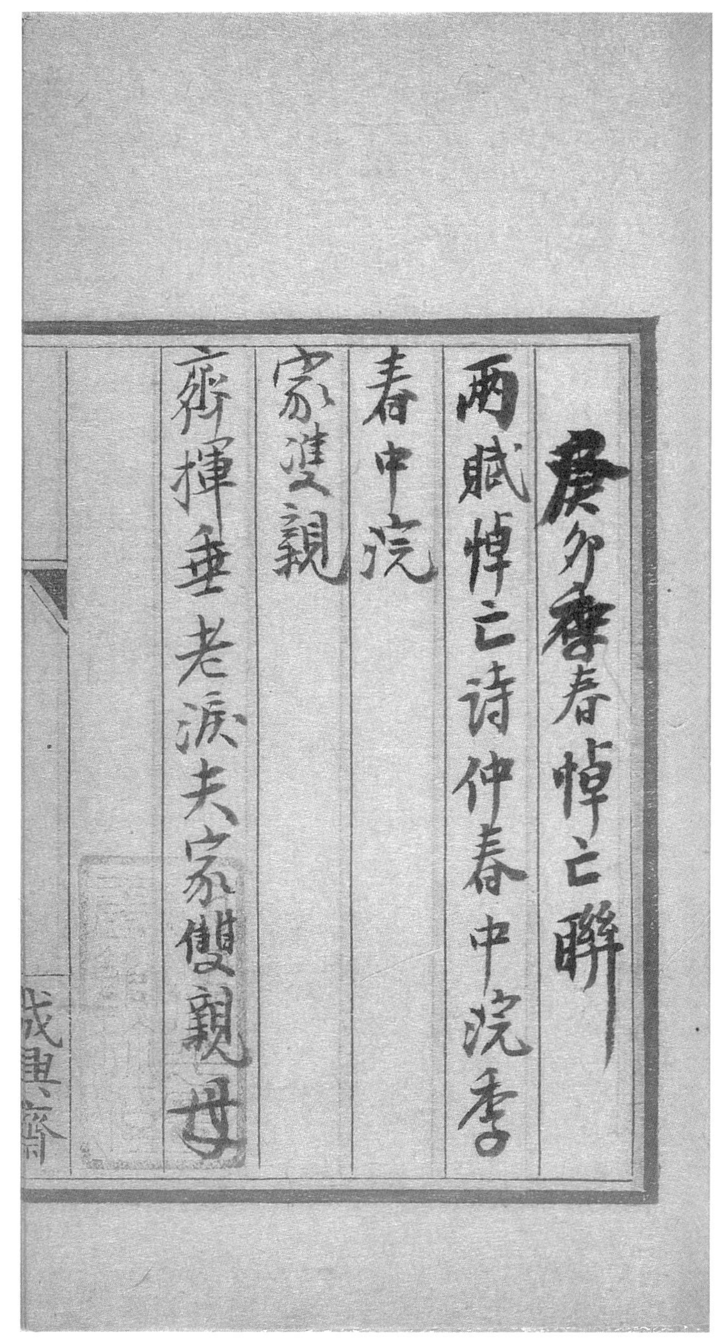

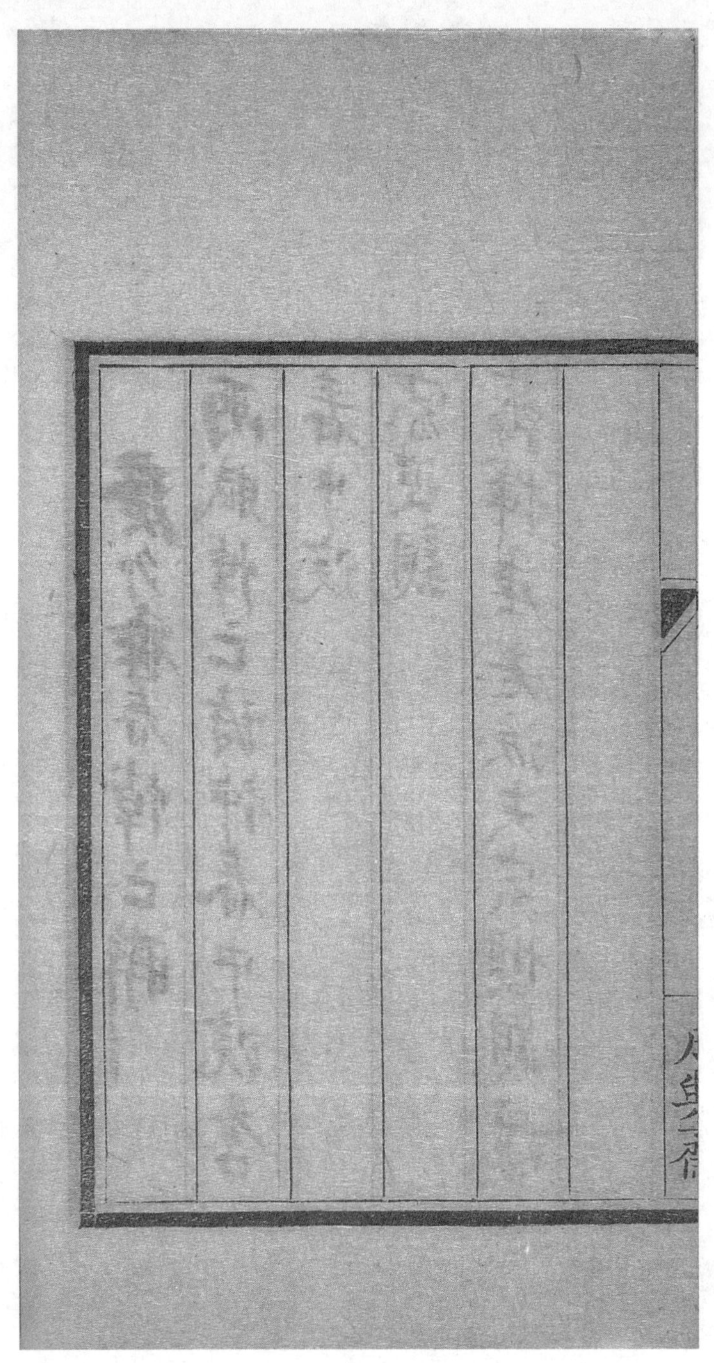

戊典齋

[illegible]

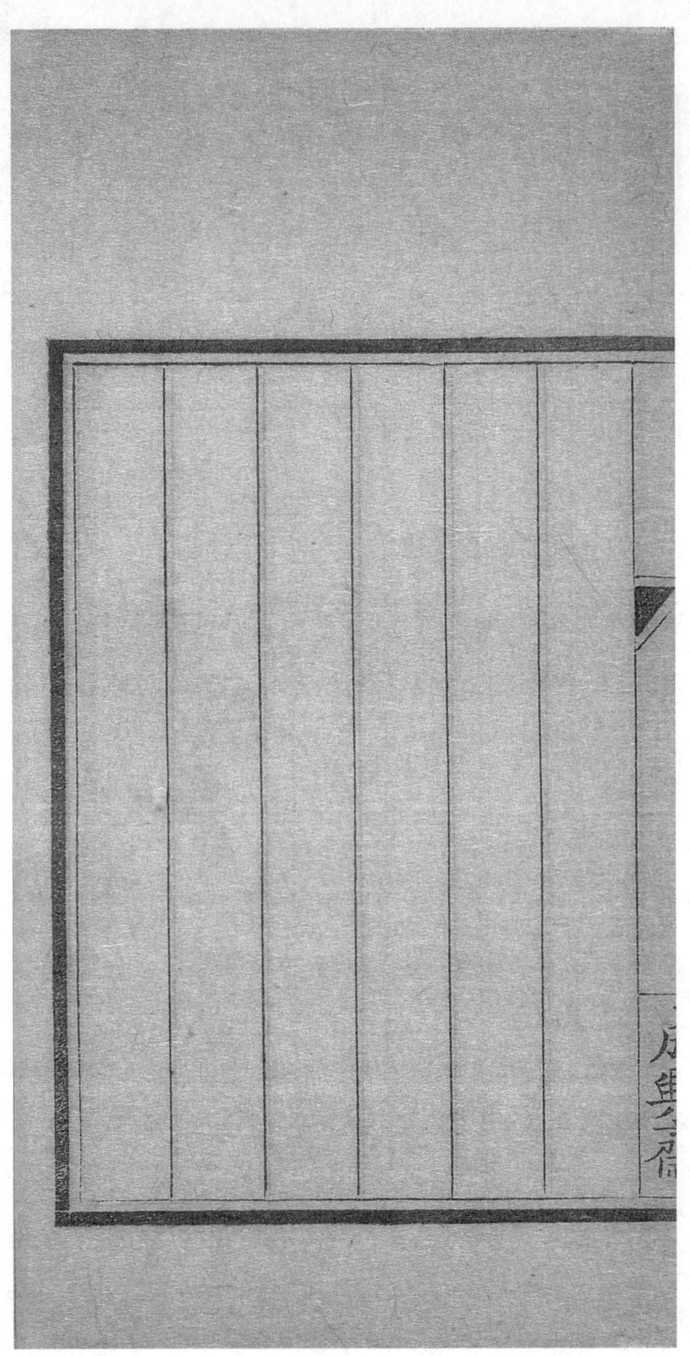

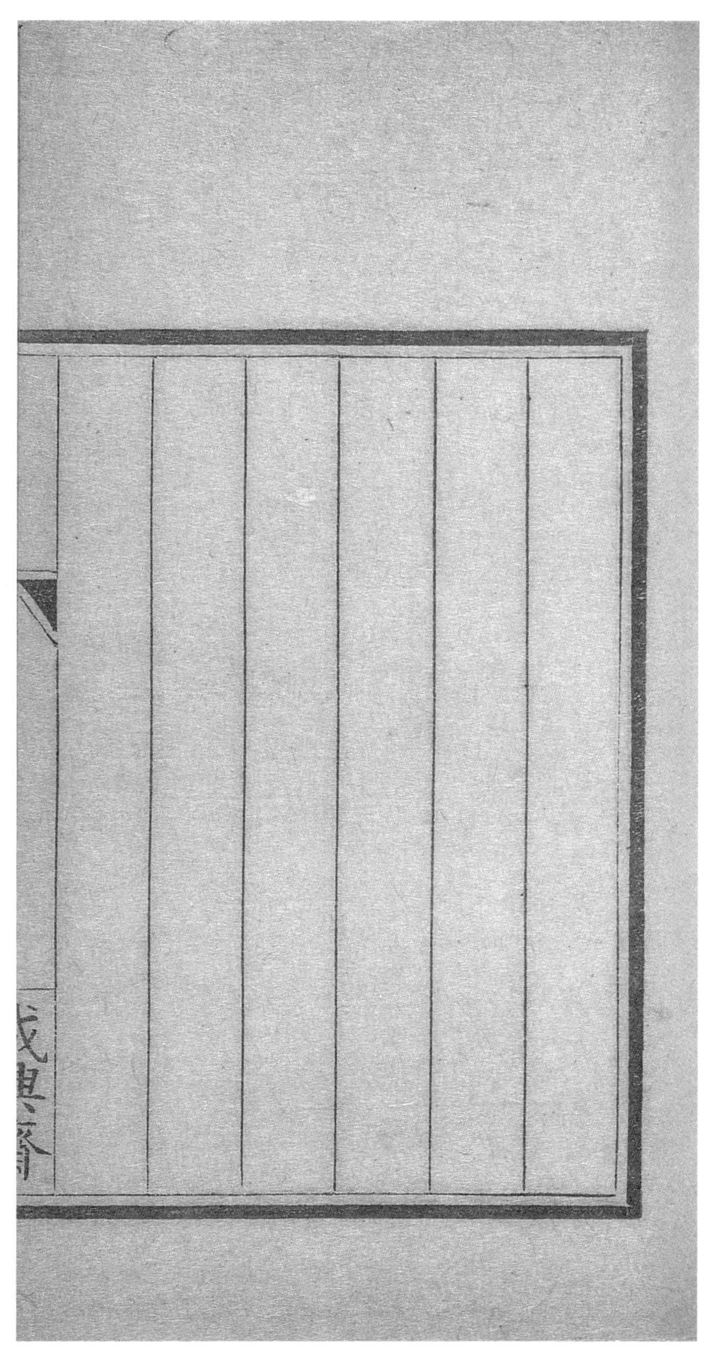

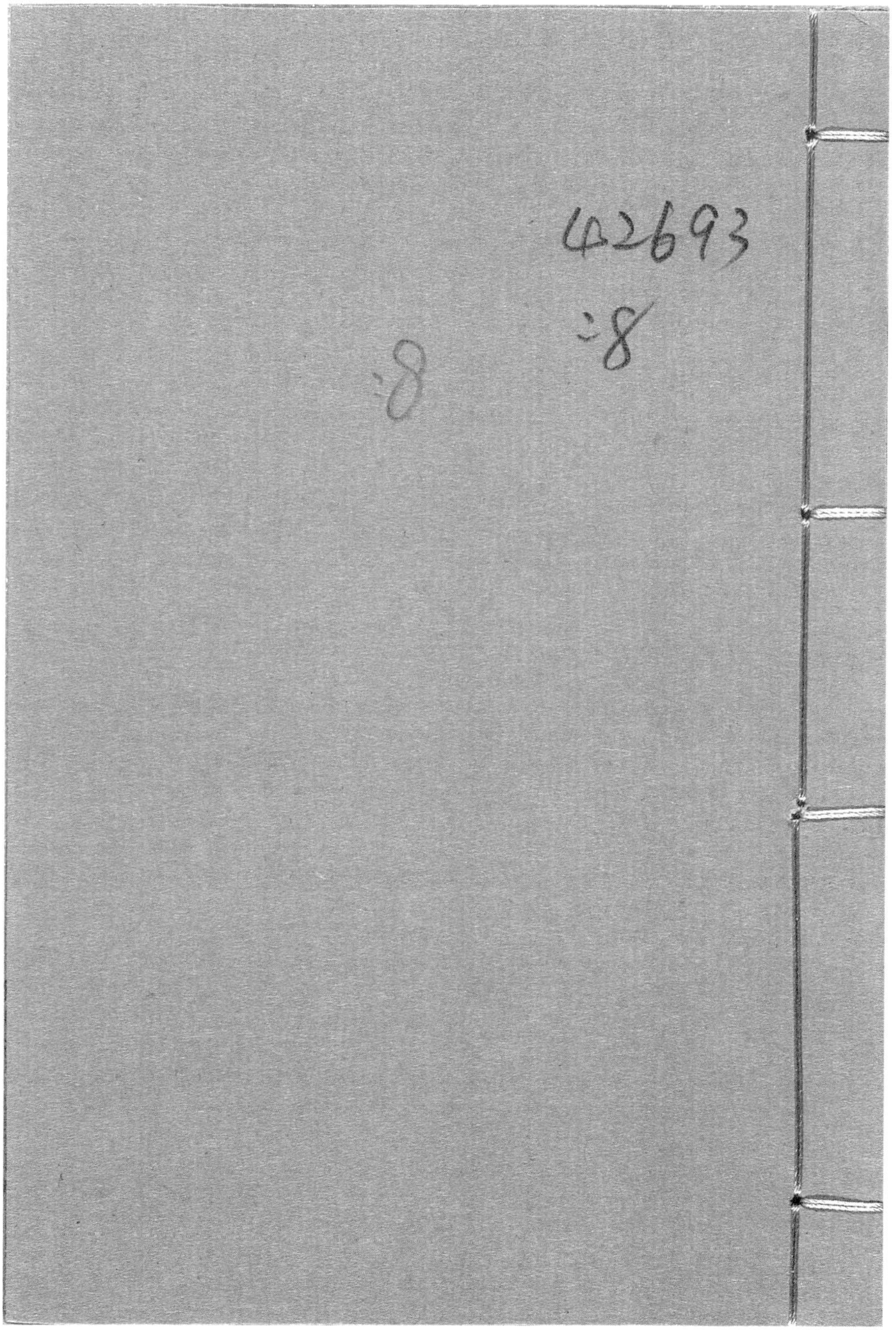
42693
:8
:8

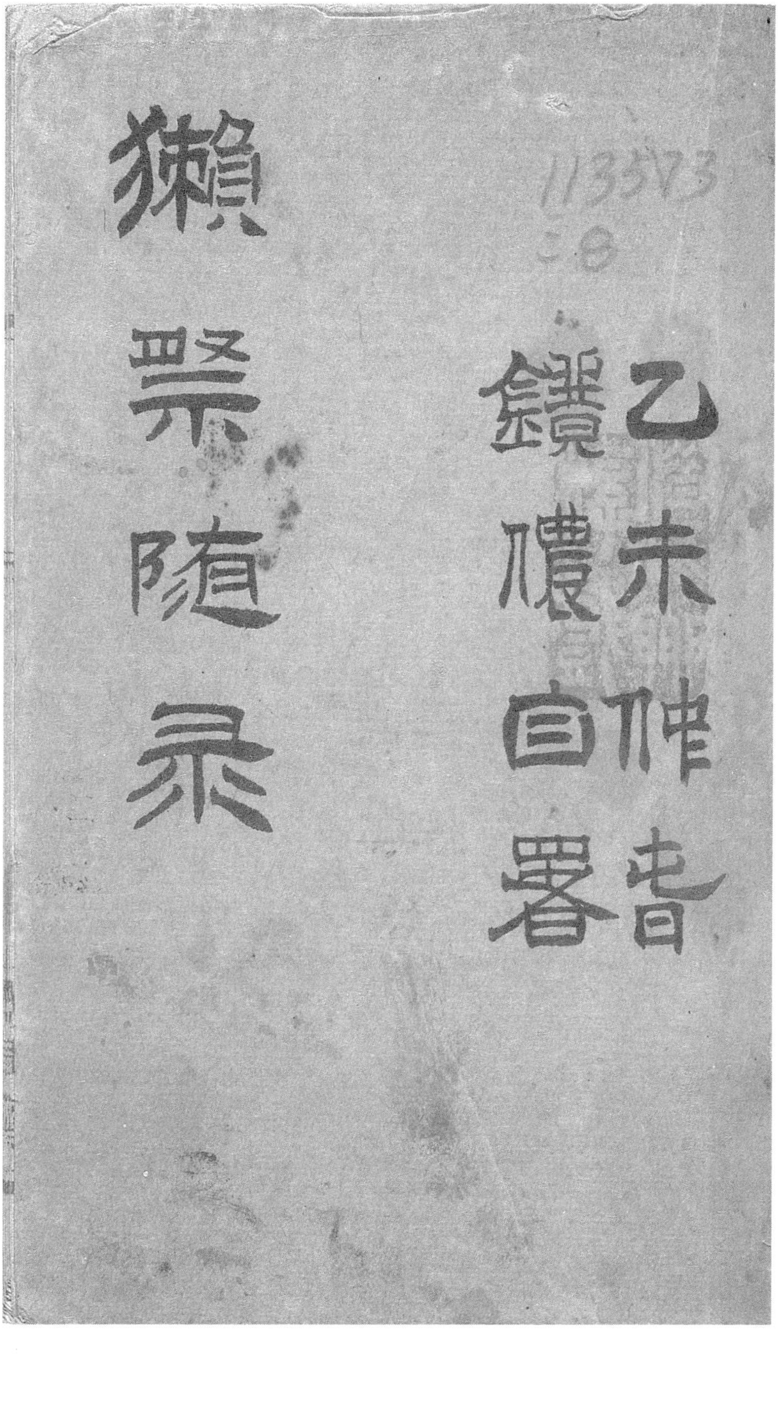
獺祭隨錄
乙未作者

光緒乙未年

獺祭隨錄

眾笙氏署

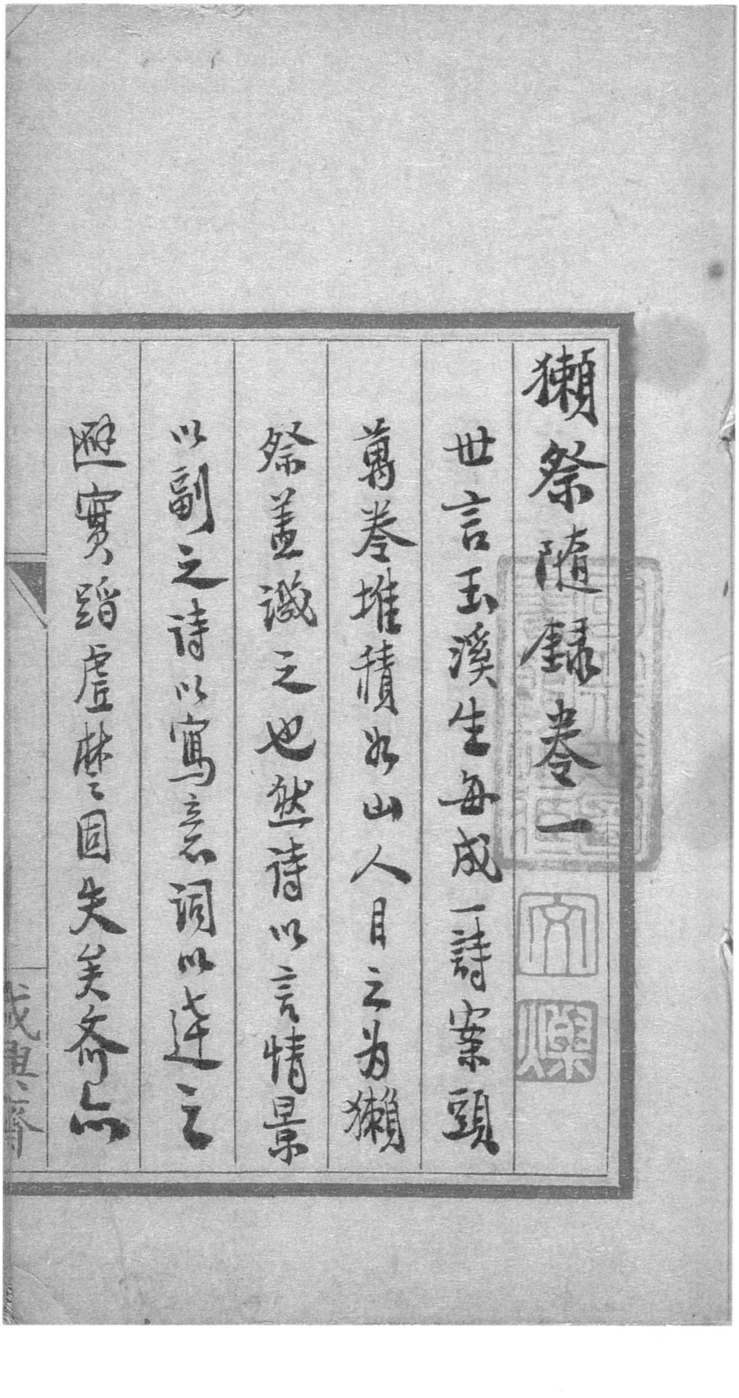

獺祭隨録卷一

世言玉溪生每成一詩案頭蕢卷堆積如山人目之爲獺祭蓋譏之也然詩以言情景以副之詩以寫意詞以達之避實蹈虛樊圍失矣斋也

成興齋

未为得也旅宦倦身春秋暇
日月之所經隨手著錄題
之曰獺祭隨錄義山其許
我否乙未仲春朔十日手
壽紅豆館主吳篁氏書
於燈漏之下

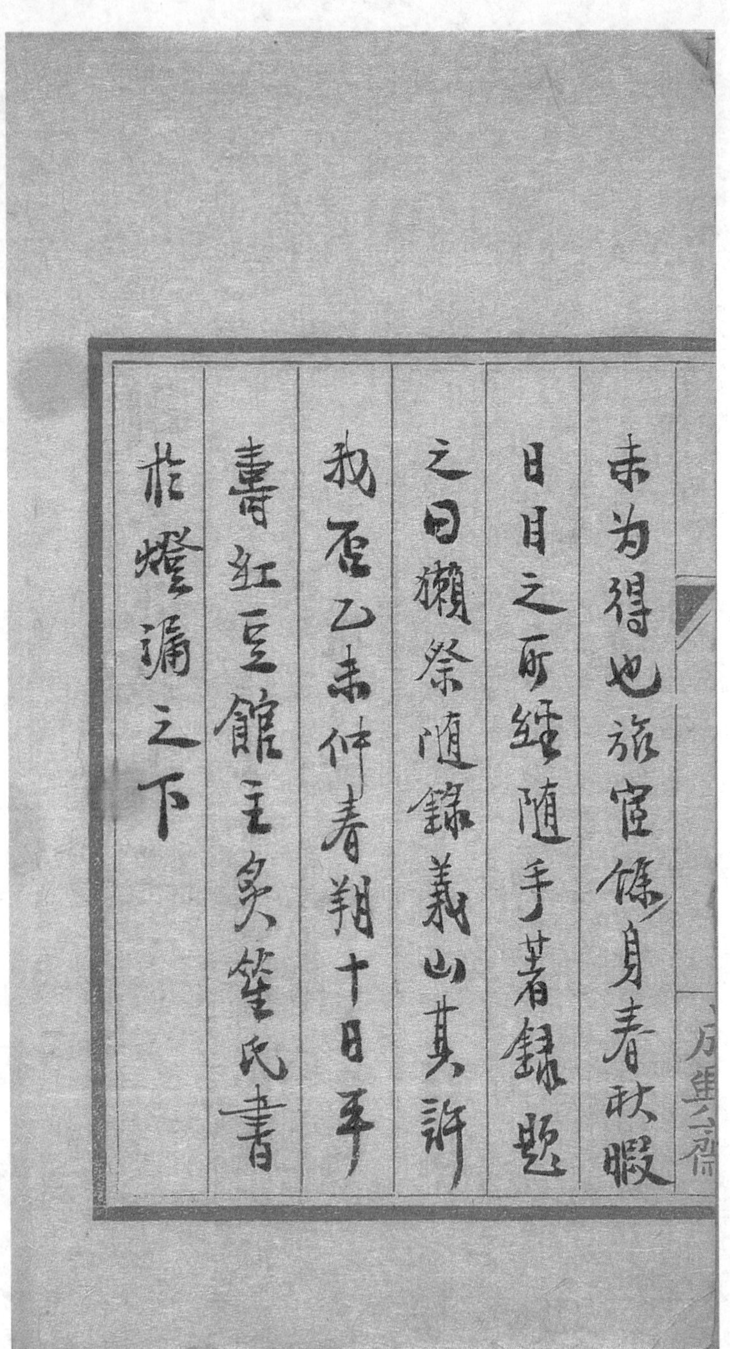

長卿簡子
記里鼓
記里車

蕭子雲賦長卿晚翠簡子秋紅
長卿草藥名簡子藤亦謂之
侯騷
記里鼓一名記里車車上有二
層皆有木人每行一里下層亦
人擊鼓一槌行十里上層亦人

擊鐲一槌記里車唐之和聞金
忠義所作宋天聖間內侍盧
道隆又造之及閱陳眉公書蕉載紀
里鼓劉宋高祖平姚泓所得
則知又不始於唐末矣
客座新聞載妓家必供白眉

白眉神

神朝夕禱之至朔望用手帕
蒙神首刺神面視子弟奸猾
者佯怒之撤帕着子弟面將
墜於地令拾之則悦而云他
言矣按博物志云月布在戶
婦人留連註謂以月布埋戶

優鉢羅
花

限下婦人入戶則自淹留不肯
去男可以留女〻亦可以留男
也又聞娼不欲接其人則撒鹽
入水投火中其人便住急而去
北京礼部儀秩司有優鉢羅
花印金蓮花開時適四月八

燕丹數
雞鳴度
函谷關

日至冬結實如鬼蓮蓬脫去其衣中有金色佛一尊云

博物志燕太子丹質於秦遁到關關門不開丹為雞鳴於是眾雞悉鳴遂開關丹以歸今人但知孟嘗君事故錄之

胡婦固姑冠

蒙古備錄凡諸臣正室則有顧姑冠聶碧窗胡婦詩有爭捲珠簾看固姑亦名姑姑又名罟罟實一物也

教坊記范漢女大娘子亦是竿木家開元二十一年出内有姿

腋氣胡臭慍羝治方

媚而微慍羝慍羝腋氣也亦
名狐臭狐當作胡奇效良
方治腋氣用蒸餅一枚劈作
兩片摻蜜陀僧細末一錢許
急挾在腋下略睡少時候冷
棄之如一腋止用一半云

繡镼練⿱髟屈半臂羽衣之說

後漢書光武紀更始諸將服婦人衣諸于繡镼注諸于大掖衣也律镼半臂也續漢書作⿰衤屈其物切酉陽襍俎盜俠類有單練⿱髟屈之說練⿱髟屈練镼同一類也镼疑半臂羽衣

伍子胥遇浣紗女

故字從髟

伍子胥父兄被殺逃奔他國遇女子浣紗問路恐後人追之告女子日後有追者慎勿言女即抱石自殞令胥勿疑後人为立廟　子胥至吳中

巫山神女詩

道乞食過女子於瀨水之上長跪而進食胥行反顧女子已自投於水矣李白云女子溧（而作瀨）陽黃山里史氏女也

宋吳簡言惡巫山神女廟云

惆悵巫娥事不平當時一夢

懶雲窩
洞花幽
草

是空成只因宋玉閒唇吻流
畫巴江洗不清夢神女來謝
柯里西瑛耀卿學士之子有
居號懶雲窩有詞紀之
舊夢符衛中立皆和之
洞花幽草貫酸齋二妾名

香奩題目

楊廉夫有香奩八詠瞿宗吉和之花塵春跡云燕尾点波微有暈凤頭踏月情云翠黛眉顰色云恨從性散毫边起書向梁鴻案上生金錢卜歡香頰啼痕各三

立春詞

向廉夫曰此瞿家千里駒也
貫酸齋被客逼作立春清江
引詞且限以五行字順冩於
每句首各用春字詞云金釵
影搖春燕斜木杪生春葉
水塘春始波火候春初熱土

桐花鳳

岷江磯岸紫桐
開五采靈禽
翔舞備聲似
鳳凰翾似燕
一生好集美
人釵

牛兜載將春到也

成都夾岷江磯岸多植紫桐
每春暮有靈禽五采小於燕
來集桐花以飲朝露俗名收
香倒挂鳥此鳥以十二月至
性極馴好集美人釵上宴

翠碧

家終席不去人愛之之所害
江東有小鳥。色青似翠。能
入水取魚。名水狗。亦名翠碧。
又名魚虎。崔德符詩曰。翠裘
錦帽初相識。魚虎雲環掠岸
飛。今惟蘄黃。湖中有之。

草青為歲一歲为一白

蒙古錄彼周初云庚甲其俗
每以草青为一歲人問其年
則曰幾草青矣印度以一
年为一白見傳燈錄
蚰蜒入耳用猫尿灌之立出
取貓尿用生薑擦其耳即

蚰蜒入耳蜈蚣入腹方

得蜈蚣入腹用生鷄血灌
之更飲菜油盞許遂悪心
并吐出續服雄黄水獲安一
方不碎生雞子數枚取其白喫
之良久負痛稍定復喫生油
則須臾並吐出矣

咒語

山行念儀方二字可却蛇虫念儀康二字可御狼虎念林兵二字可御百邪夜行念主夜神咒曰婆珊婆演帝可避惡夢賭博時念伊諦彌諦弥羯羅諦萬遍則

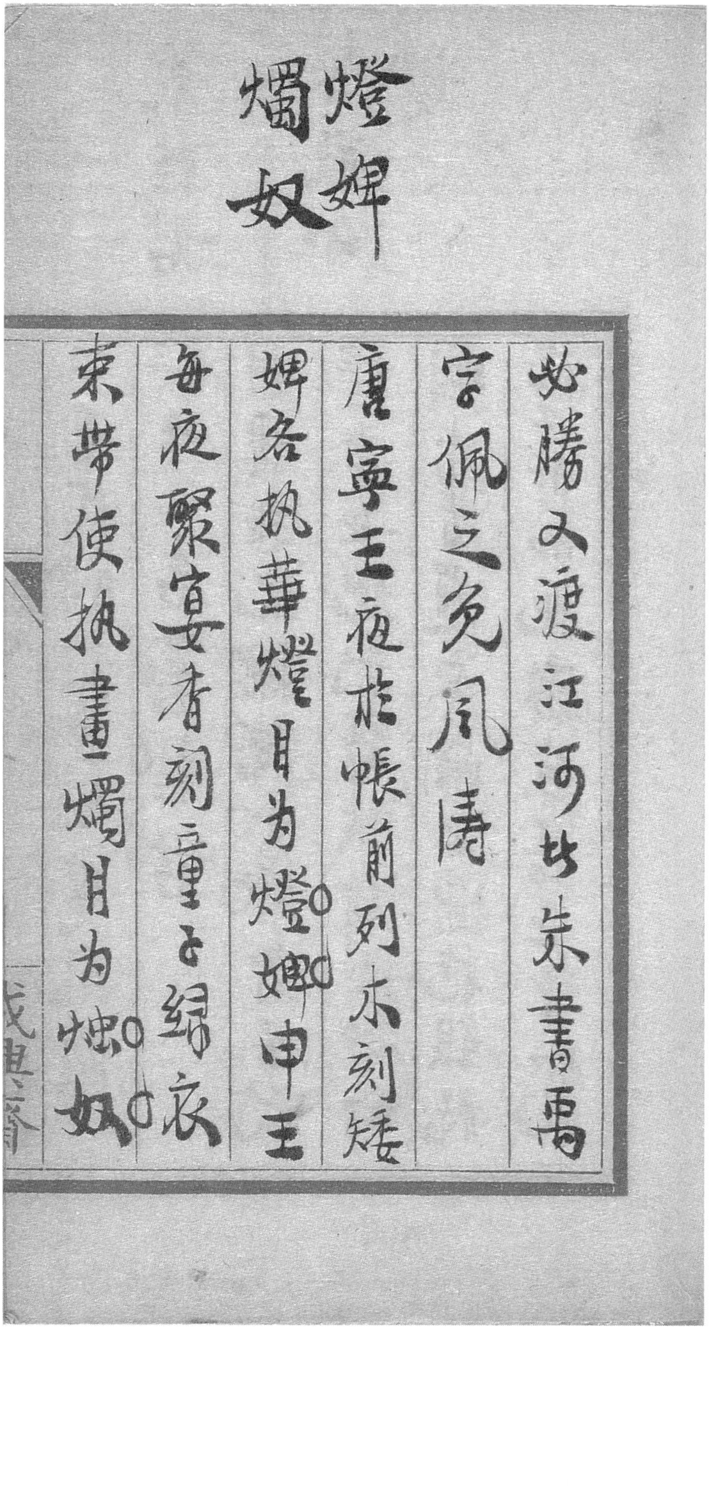

燈婢
燭奴

必勝又渡江河出朱書禹
字佩之免風濤
唐寧王夜於帳前列木刻矮
婢各执華燈目为燈婢。申王
每夜聚宴青刻童子絳衣
束帶使执畫燭目为燭奴。

篆愁君
銀瓶小
妹

二王同時行事跡覽風號
蝸牛一名篆愁君
湖壖雜記銀瓶小妹者岳武
穆季女也武穆被難女御叩
閽上書邏卒欄止遂抱銀瓶
墜井而死孝宗悟王之冤

紅姑娘
情急了

就其第立廟以祀井在廟中
範銀氣像於廟右
錦荔枝亦名紅姑娘
秦吉了亦名情急了

戊里齋

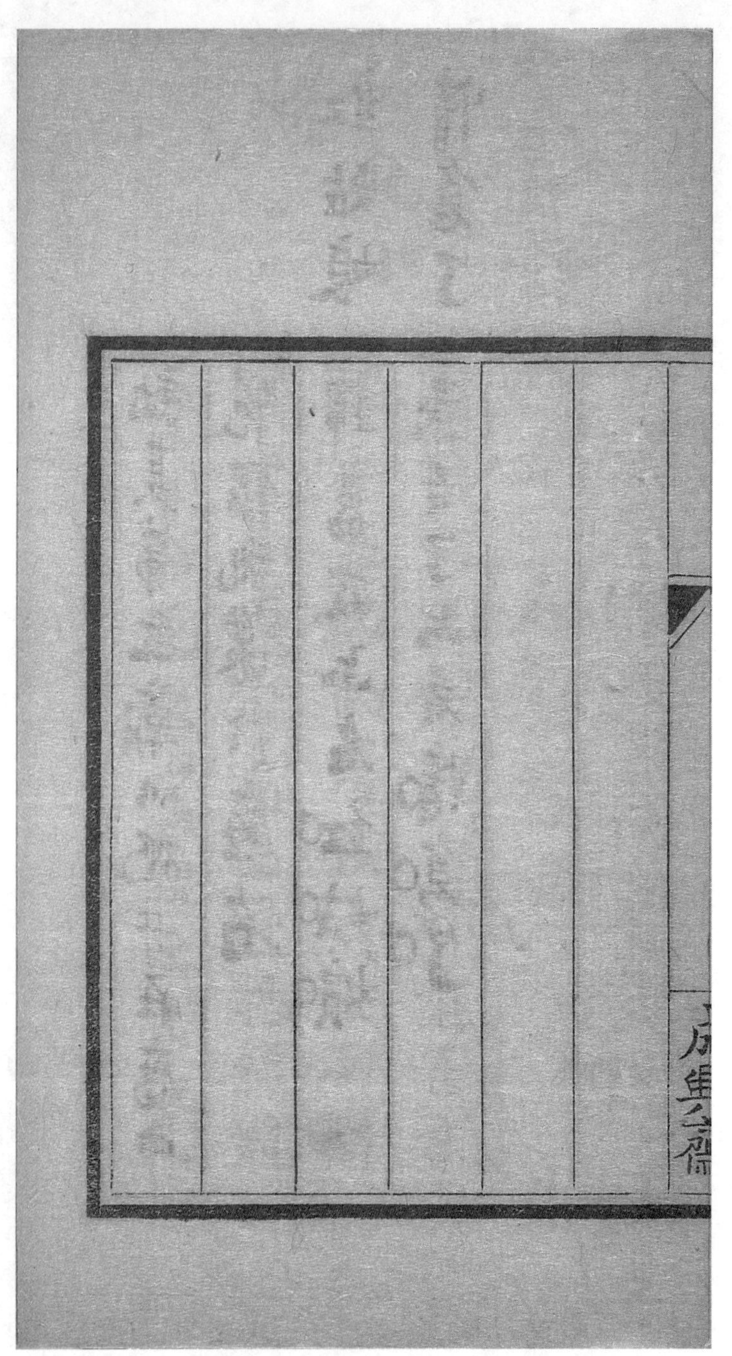

燕雀安知鴻鵠志
鴟鴞空嚇鳳鸞雛
魯論二十終知命
老子五千唯守雌

成[illegible]齋

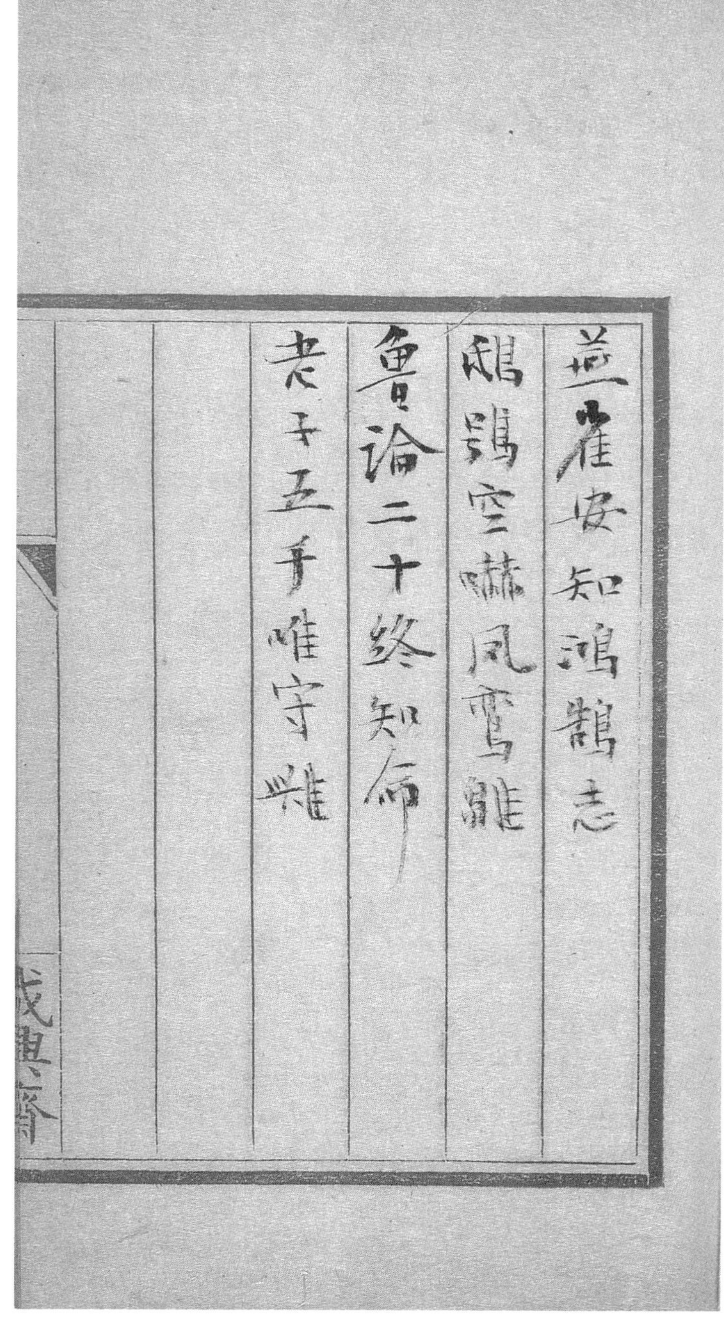

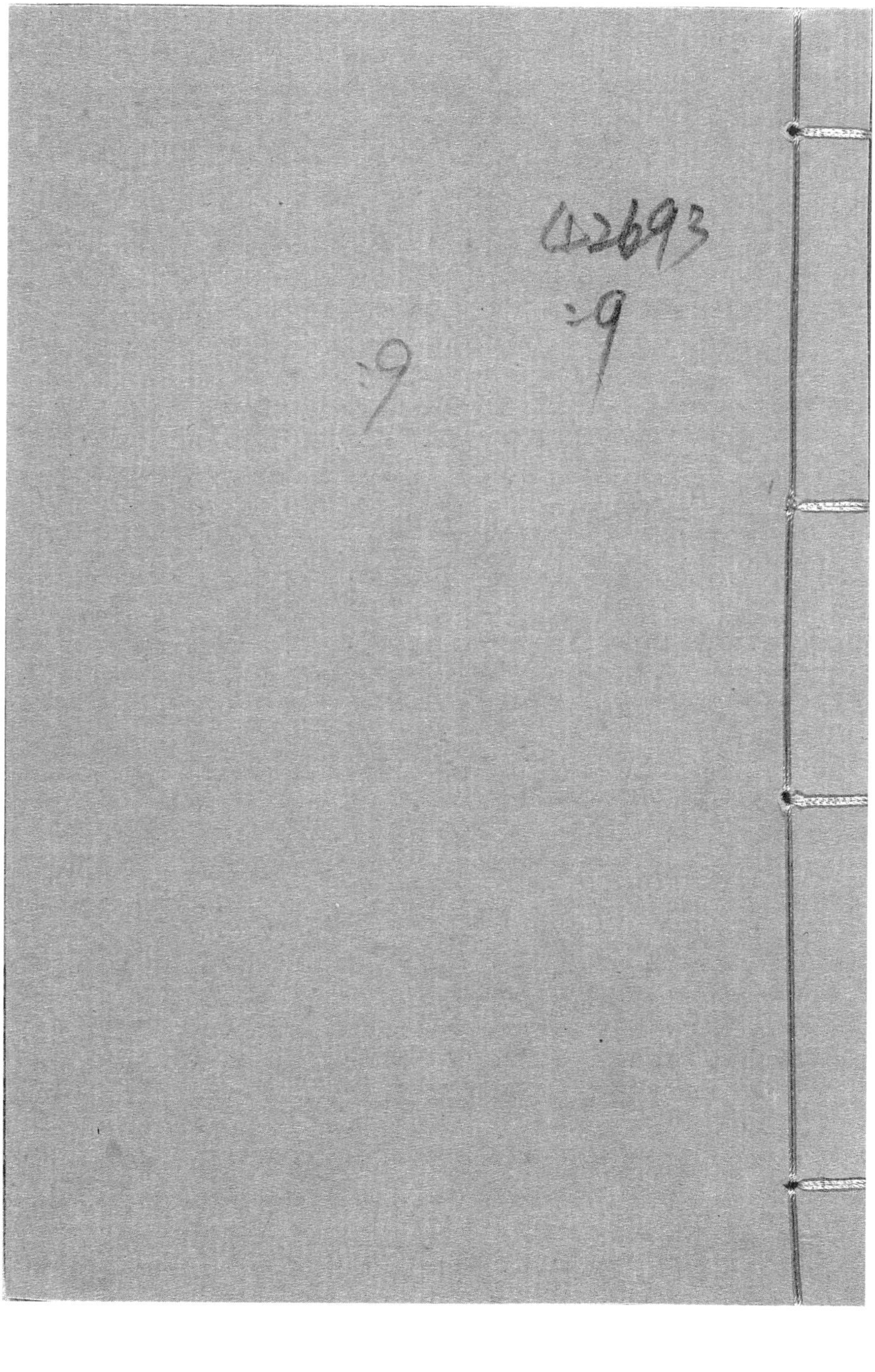

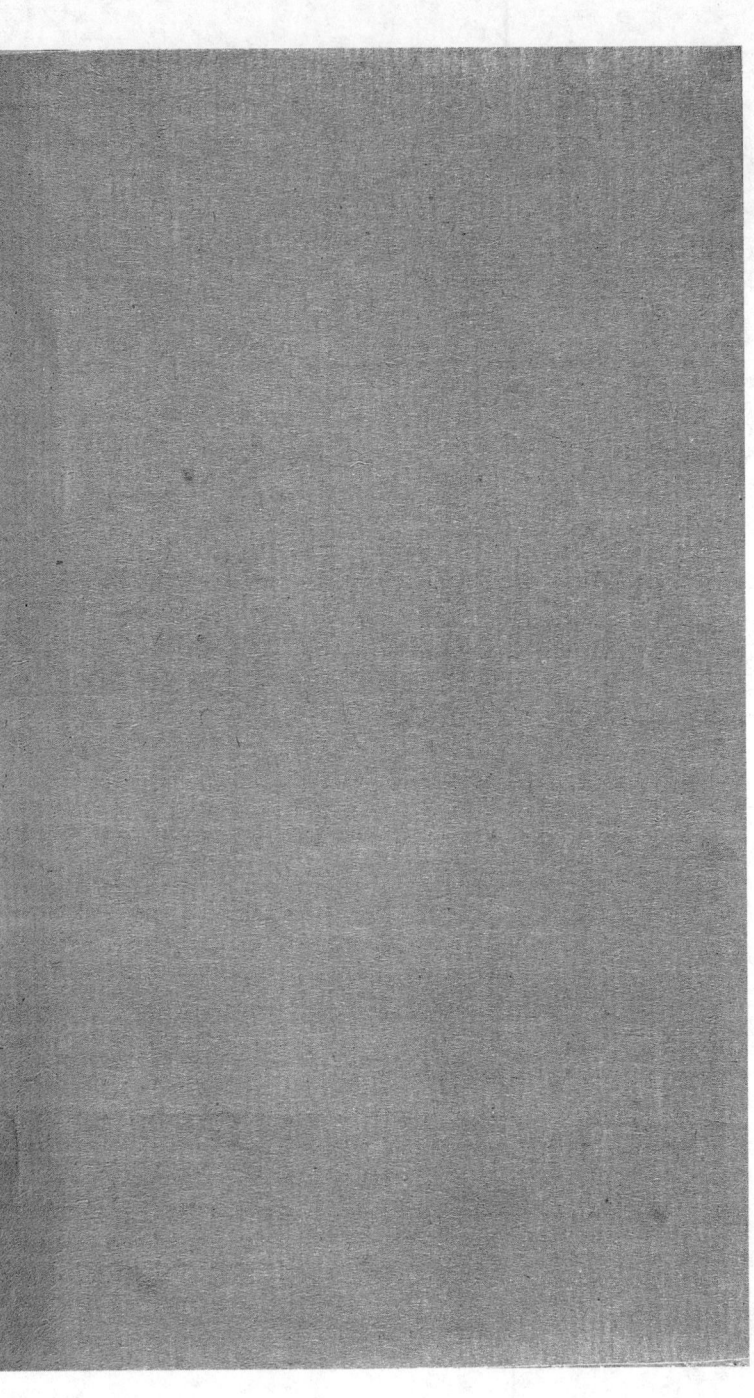

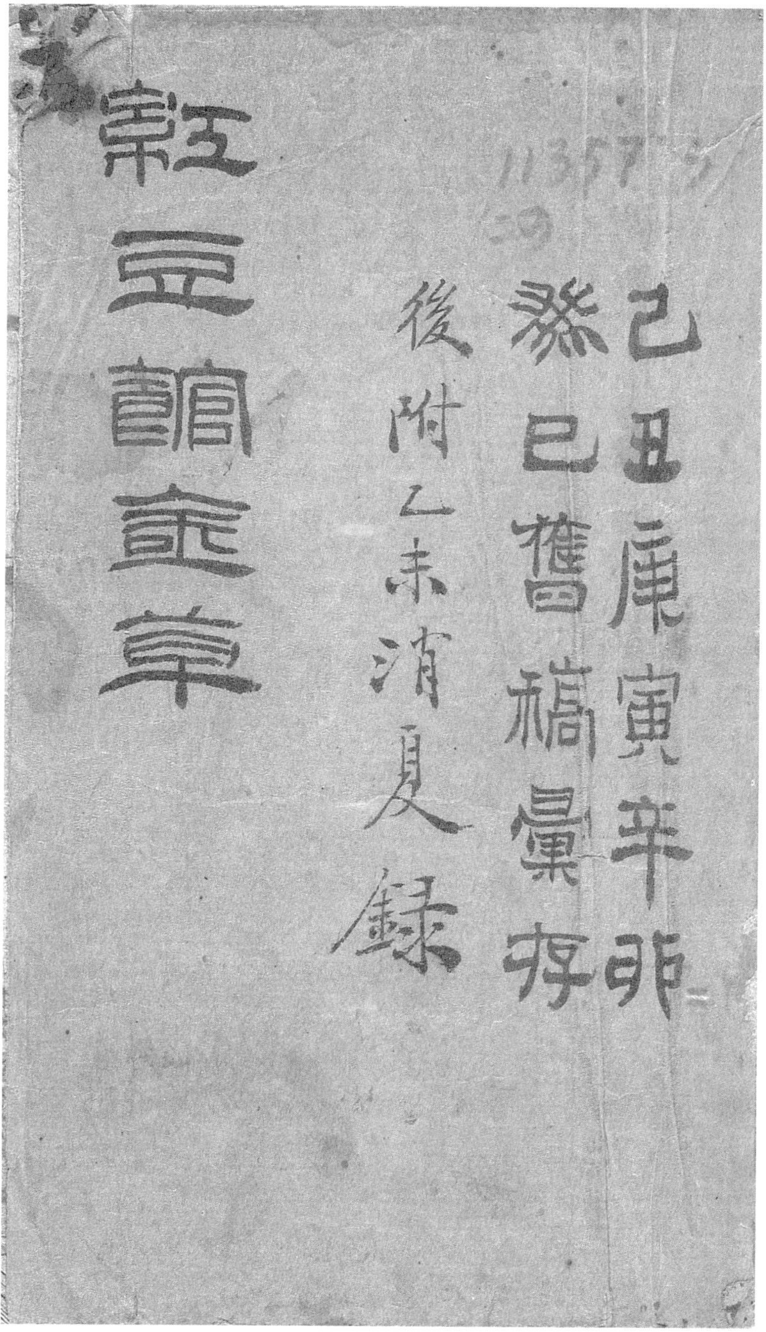
紅豆館盦草

己丑庚寅辛卯

癸巳舊稿彙存

後附乙未消夏錄

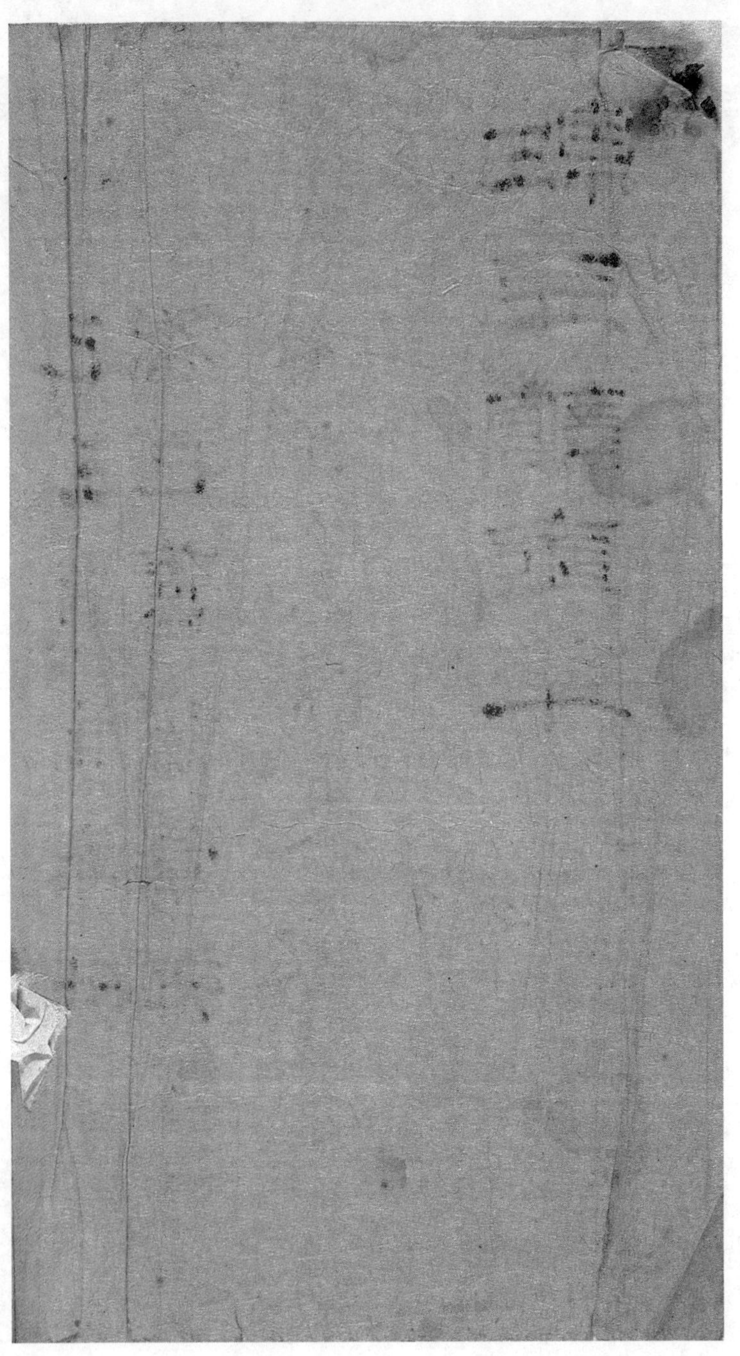

紅豆館舊草偶存小引

余自己丑。始學吟詠。腹儉筆澀。有意無詞。效顰雖多。入彀武步。迨於癸巳。遊學濟南。途中感懷。歷下遊遍。即景抒情。益不能已。秋

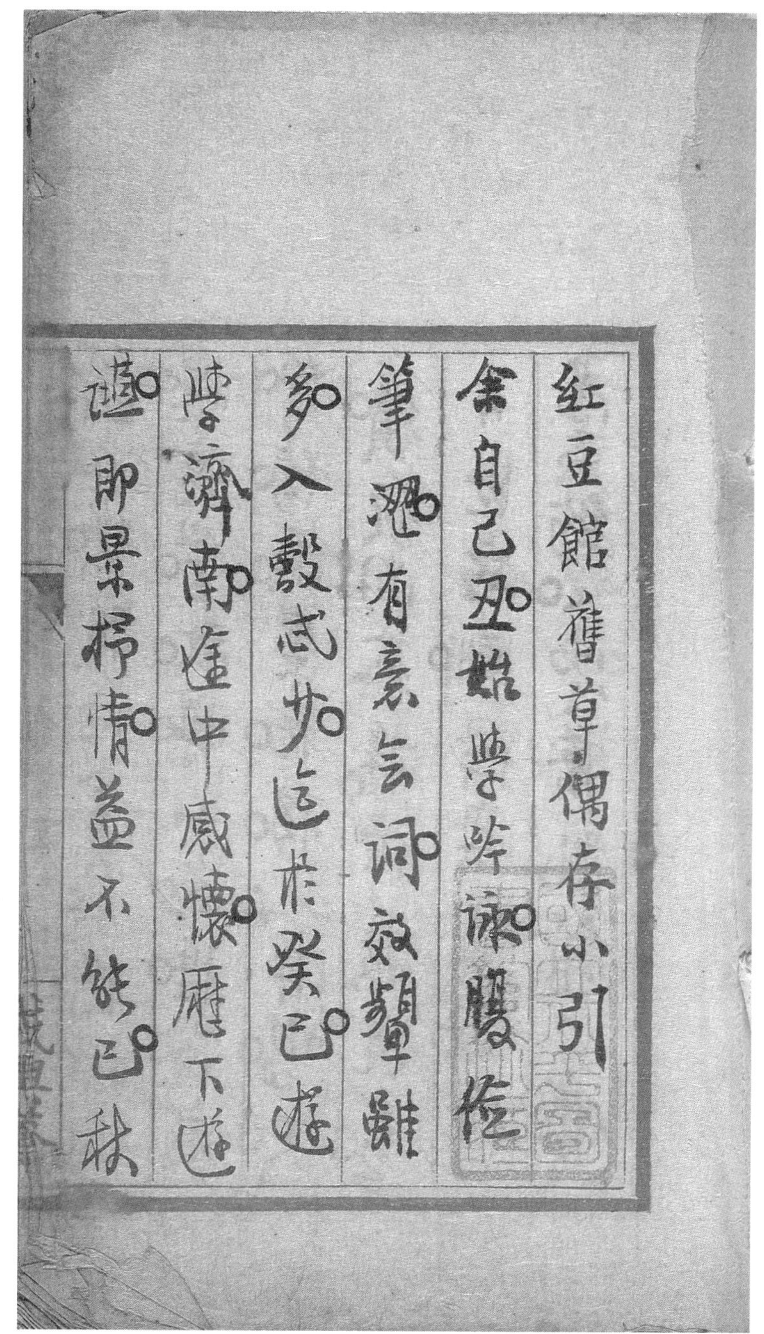

闈以後移住金泉晚揭經
樓曉登秋眺山色推窗泉
勢倚檻景物移人自鳴天
籟旋開蕊榜偉獲泥金
日逐應酬吟興遂歇舊
業紛以零落亂箱篋

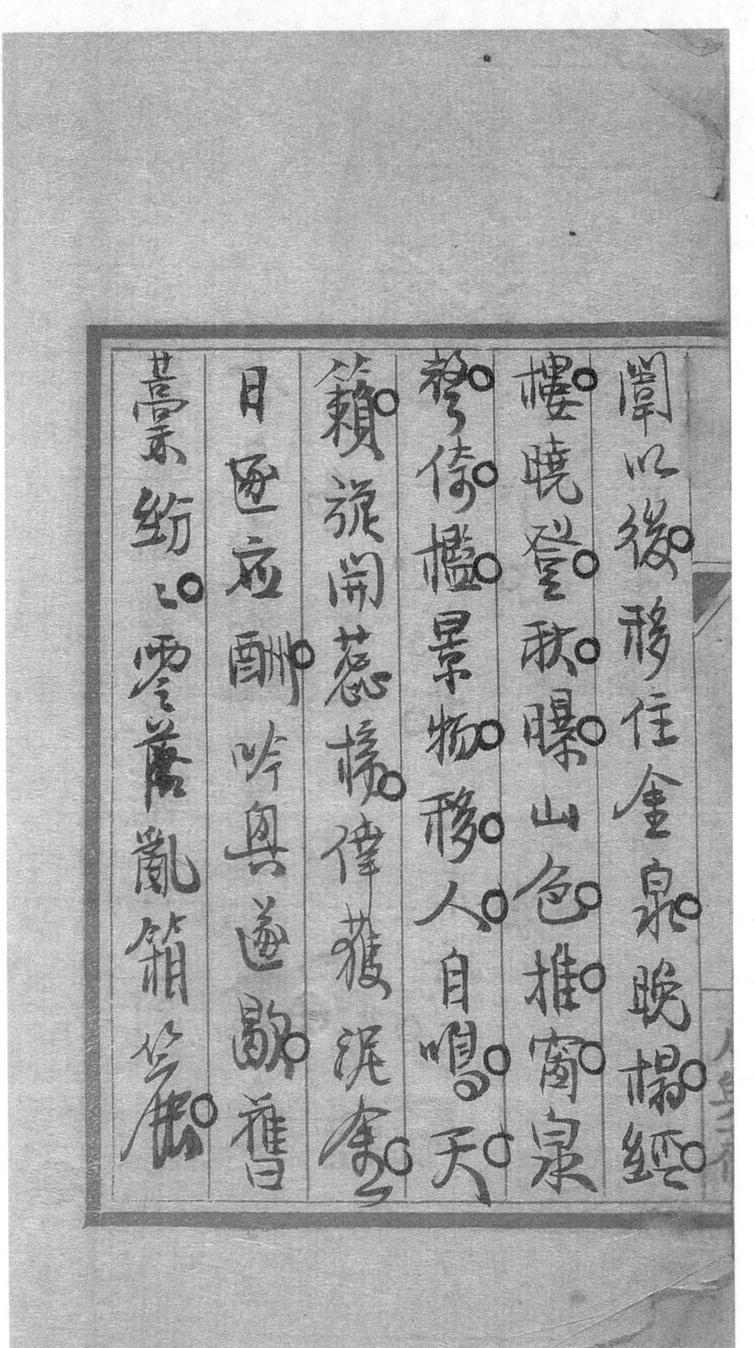

不復理春。將及二年。乙未仲春。羈棲客居。偶翻舊篋。舊草橫陳。披閱之餘。恍若隔世。因欲刪存。以記年歲。壬辰以前。十存一二。癸巳以後。十存七八。非

敢謂詩。聊用作戲自遣。社長
王君。又復慫恿。遂手一
帙。以資笑談。甲午乙未。
年皆一卷。略有進益。不
列此中。吉羊壽紅豆館
主吳笙氏亦號鏡儂自識

紅豆館舊草偶存

平壽炙笙氏清課

己丑　庚寅　辛卯

壬辰　癸巳

舊作頗多，可存無幾，即其間可存者，亦須畧為點竄

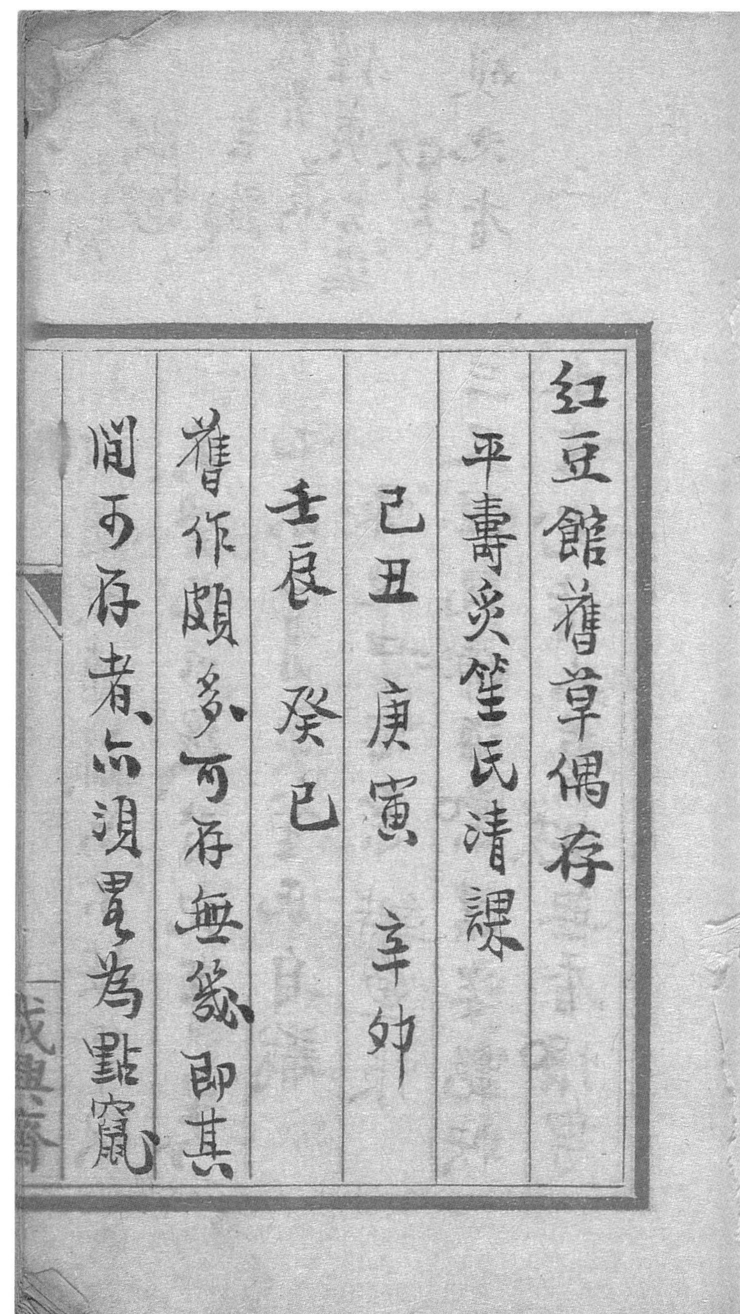

硯也香
有鰣姿趣香餘
云
穠英
佳英落芳姿
不生
硯池香

故隨改隨錄，亦不按年次
云。癸巳以後，皆紀年矣。
乙未二月晏笙氏自識

咏瓶中海棠鰣魚恨

三尺膽瓶插沁海棠，穠姿艷映
水生光。詩人莫越無香恨，男

子樹蘭本不芳

淮南子云、男子樹蘭而不芳、

邯鄲道

豪華枕内幾經春到此安知

幻與真拚使黃粱会覺路

不如長作夢中人

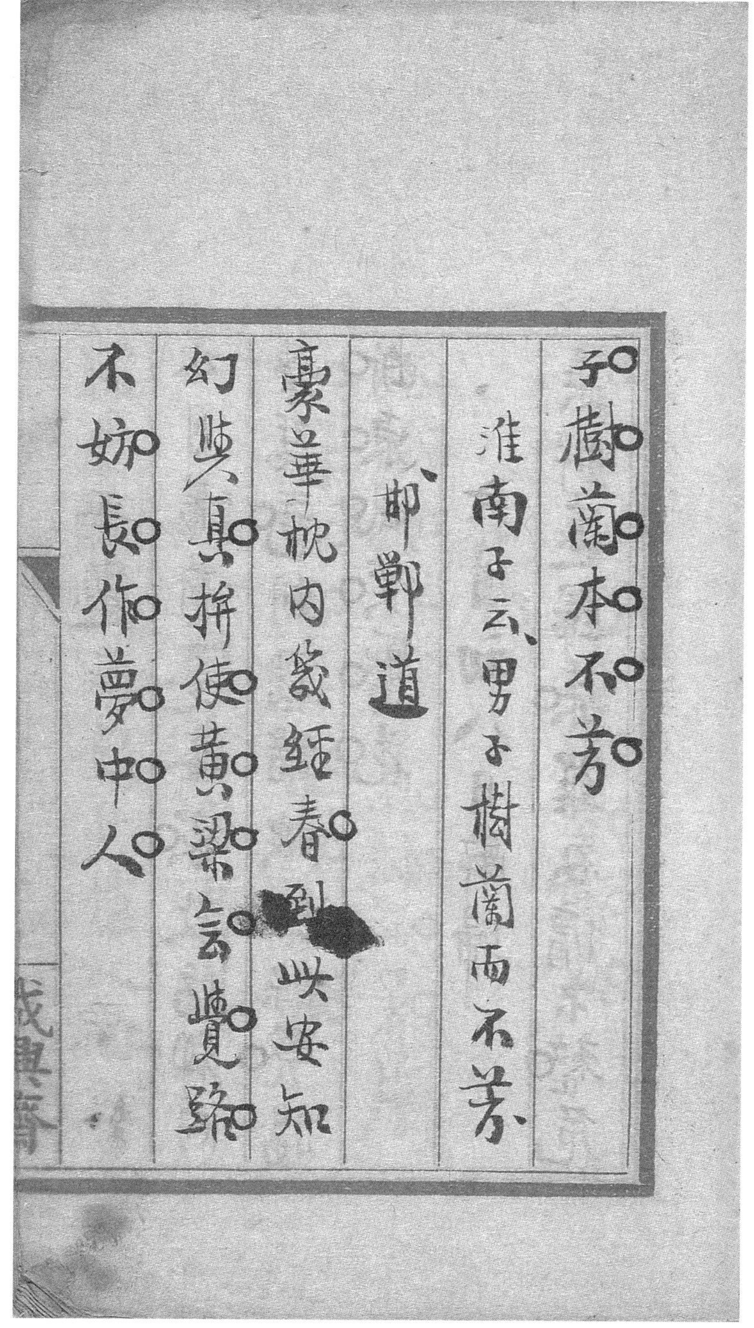

無題　不要

水月菴前是妾家。教坊新曲學琵琶。到頭錯被絲繫腸斷。東。風。笑。靨。花。

、六月初八日醉歸

乘醉遠歸來。羅衣慵不整。危

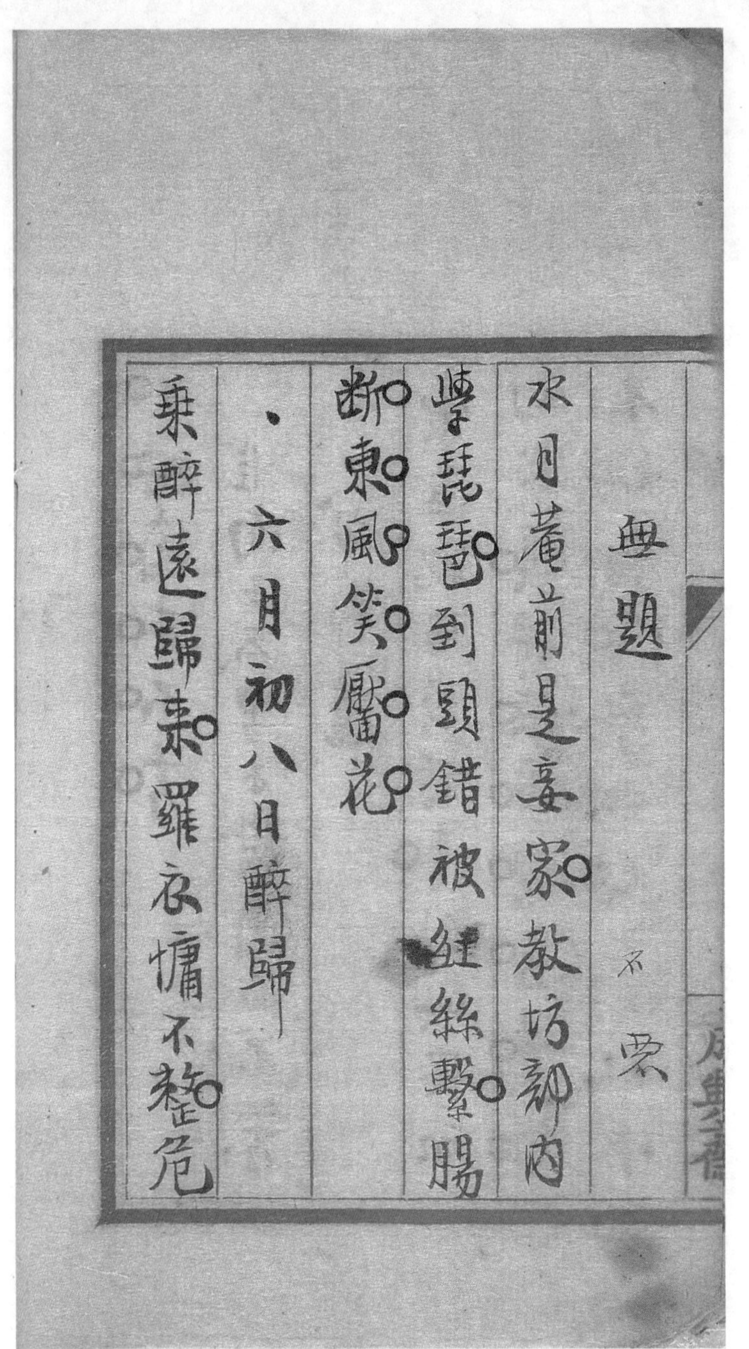

崖墜月光清溪濯樹影

、狂風

狂風猛於虎一夜滌殘暑片

月闇無光落葉如驟雨

、擬古團扇歌原韻

團扇復團扇對此憶人面安

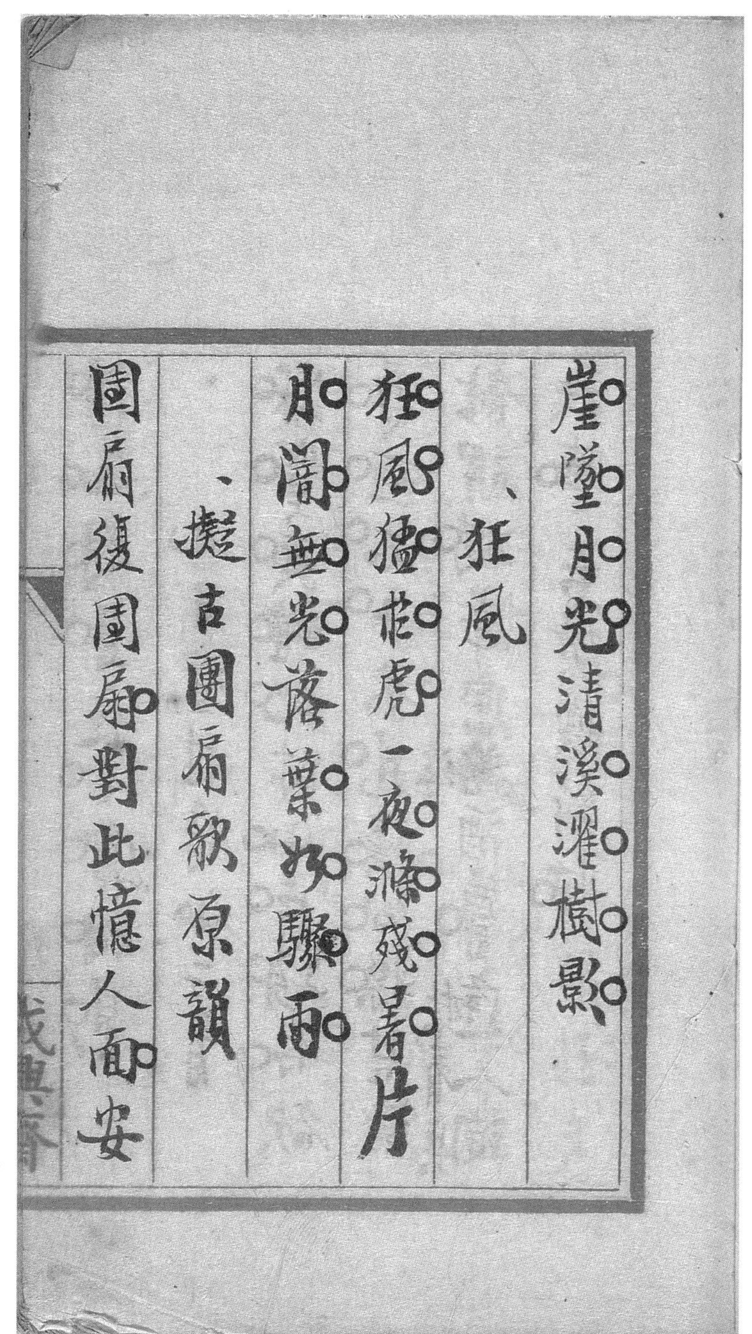

得如朋月夜夜常相見

、九日登程符山二首

寂寞東濰地茲山古蹟存欲
尋藏太子不見漢公孫苔蘚
蝕碑碣峯浮酒尊逢人詢
軼事兵燹換新枯

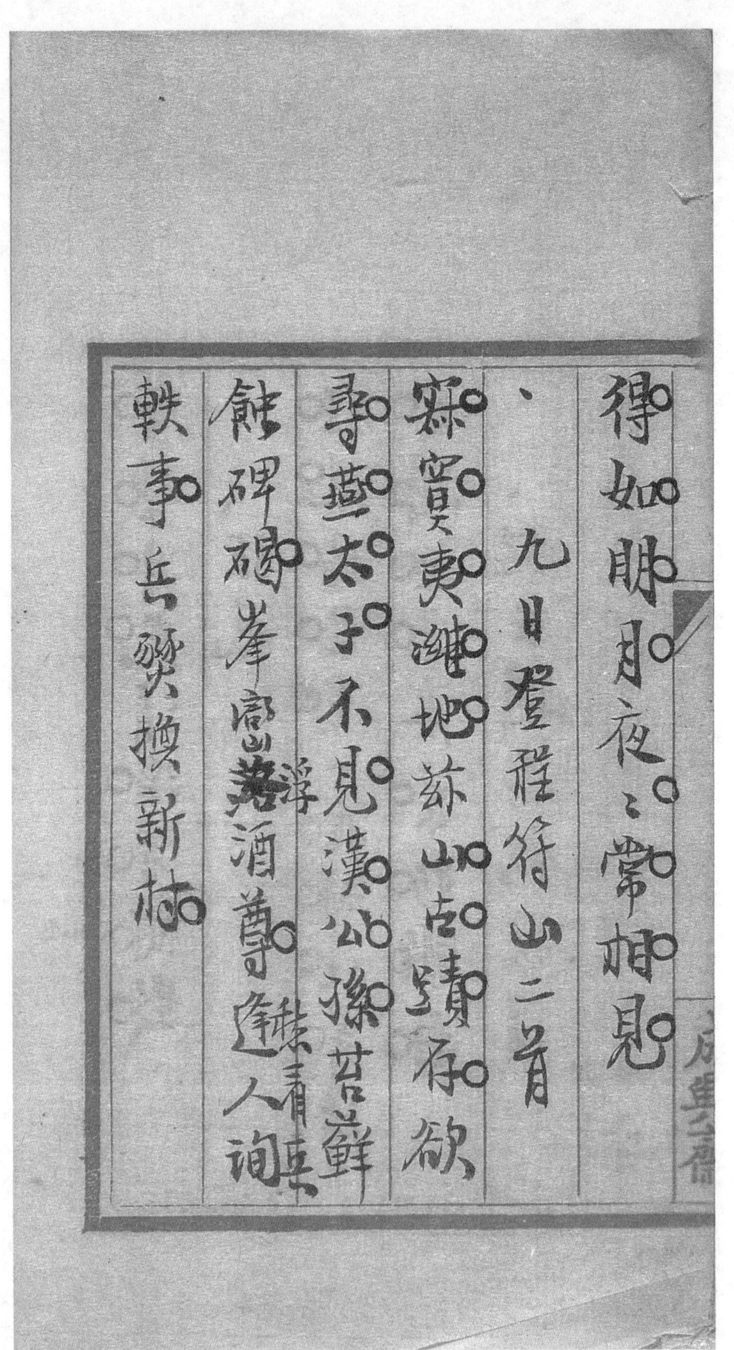

携酒上高岡。臨風醉眼狂。文陽。耽。砂。礫。衰草。卧。牛。羊。犇火。餘。殘。疊。香花。作。道。場。欲窮。山。絕。境。荊棘。刺。人。裳。

、古柏

鱗鼠老龍皴。樹幹瘦蛟立。未

我盤齋

入少陵詩嗟哉生下邑

、玉清煙曉

萬樹含煙曉宫殿句未了蒼
茫不見人鐘聲出樹表

、鐵牛

一牛卧古渡不識何年鑄或

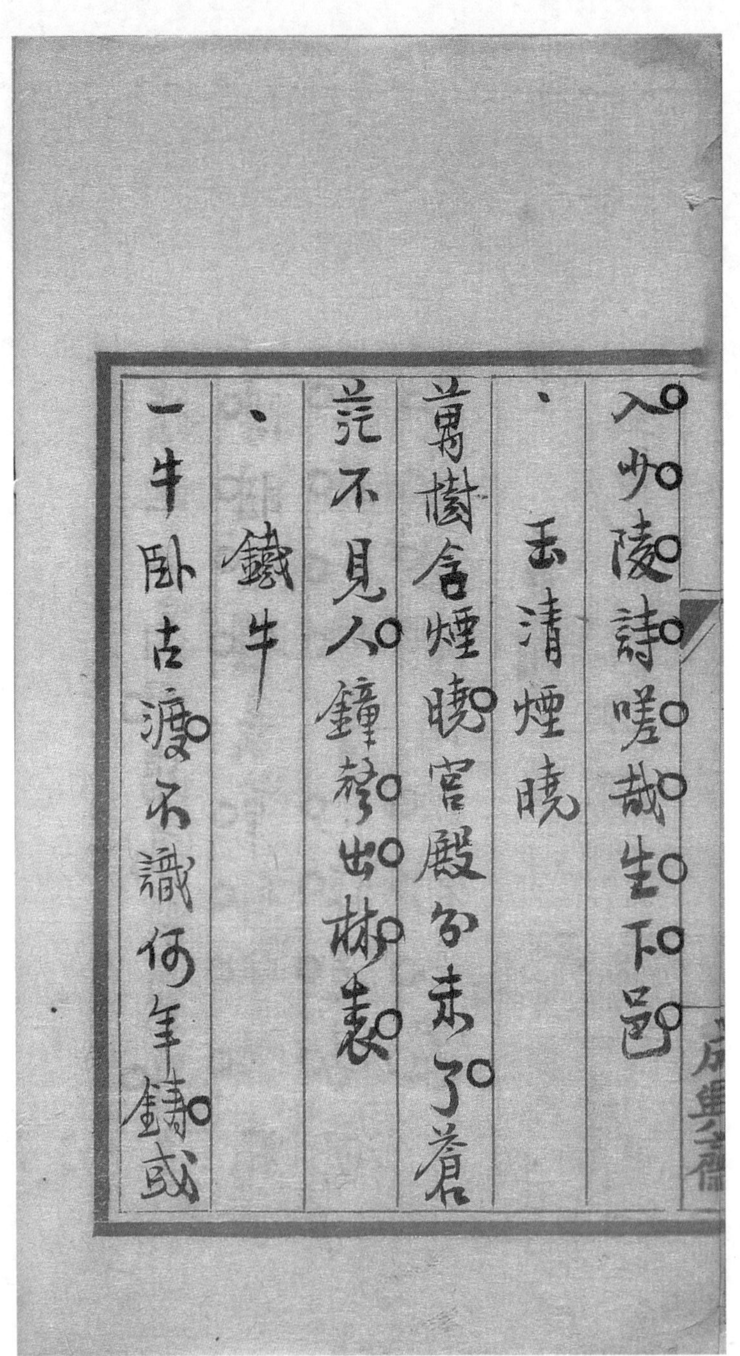

訖。遍。天。河。世。郎。牽。牛。渚。

和嬋齋詠花香原均

人在花影騷。花香飄滿路。花影迎人來。花香隨人去。

春夜

翡翠衾中多病身。鴛鴦枕

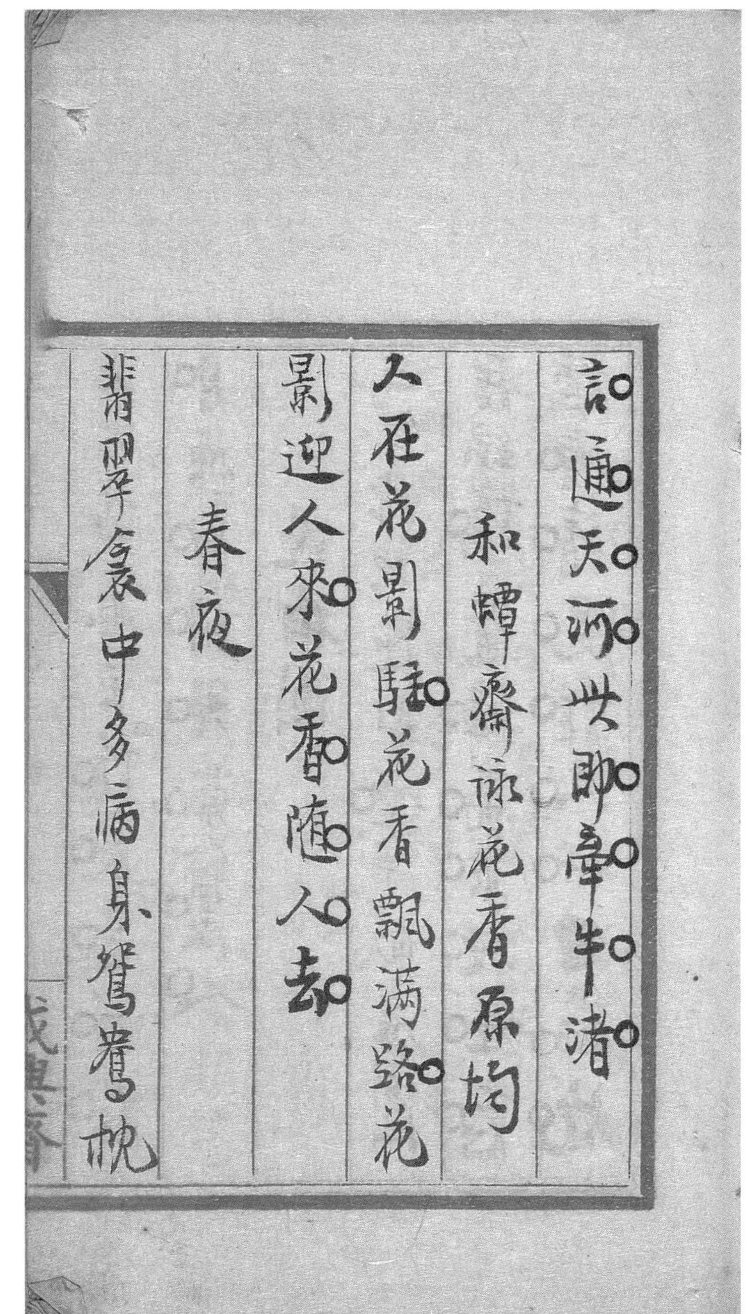

上可憐春去情最是窗前
月猶照相思夢裏人

遊楠園

三弓隙地遠紅塵半畝名園
積綠陰叠嶂高松狂士志
横塘清思雅人心[redacted]節抱

影。香。浮。酒。風。捲。松。濤。韻。入。
琴。聲看指青。雲。九。島。傳。旨
將。美。佩。易。平。林。

西上青州留別蟬齋

人生何處不萍浮。楊柳亦須管
別愁。裘餘敝。陳。飽。蘇。子。篋。冰穿。

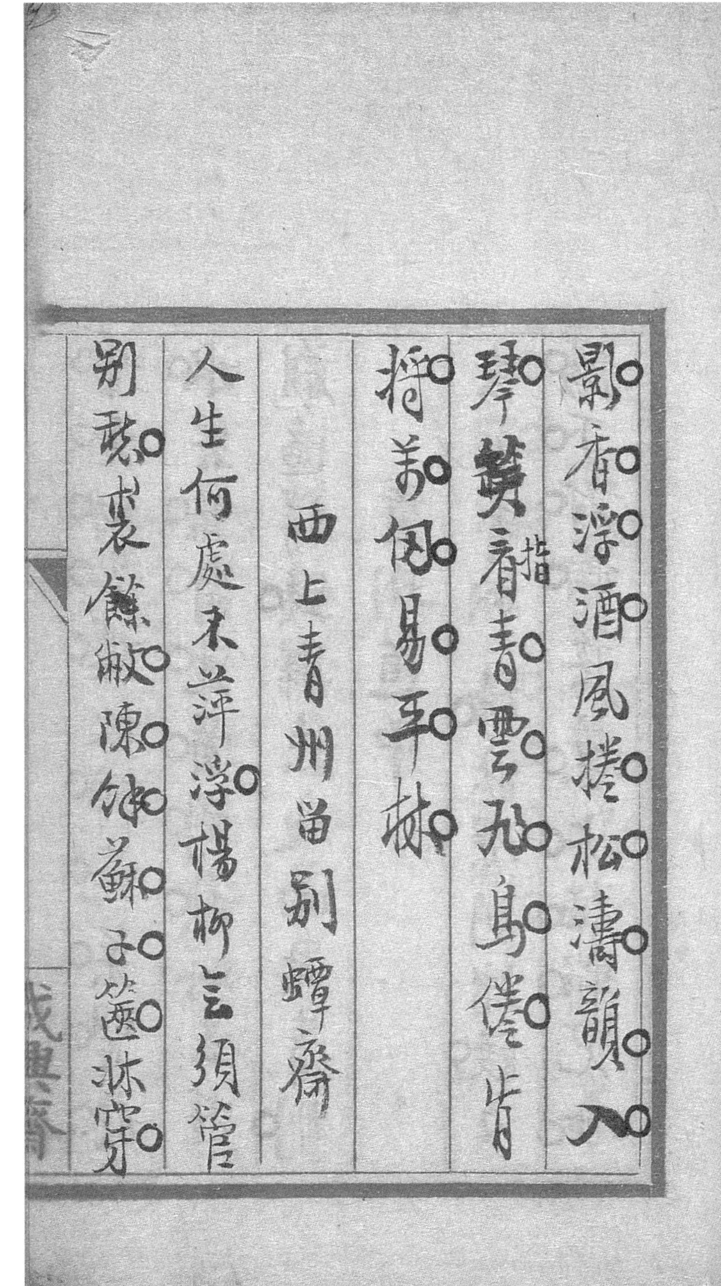

坐老幼安樓故鄉蒓菜碧於
水客路菊花黄到秋此去遊
觀遍勝蹟歸來夜雨話青州

青州道中

去去青州路秋深別緒饒夕
陽下樹樹落葉上征軺兒女

情長短關河夢寐寒驛亭
一杯酒相對太無聊

登文昌樓

白沙堤外路迢迢百尺垂楊
倒挂條帽影鞭絲都入畫秋
風吹過會流橋

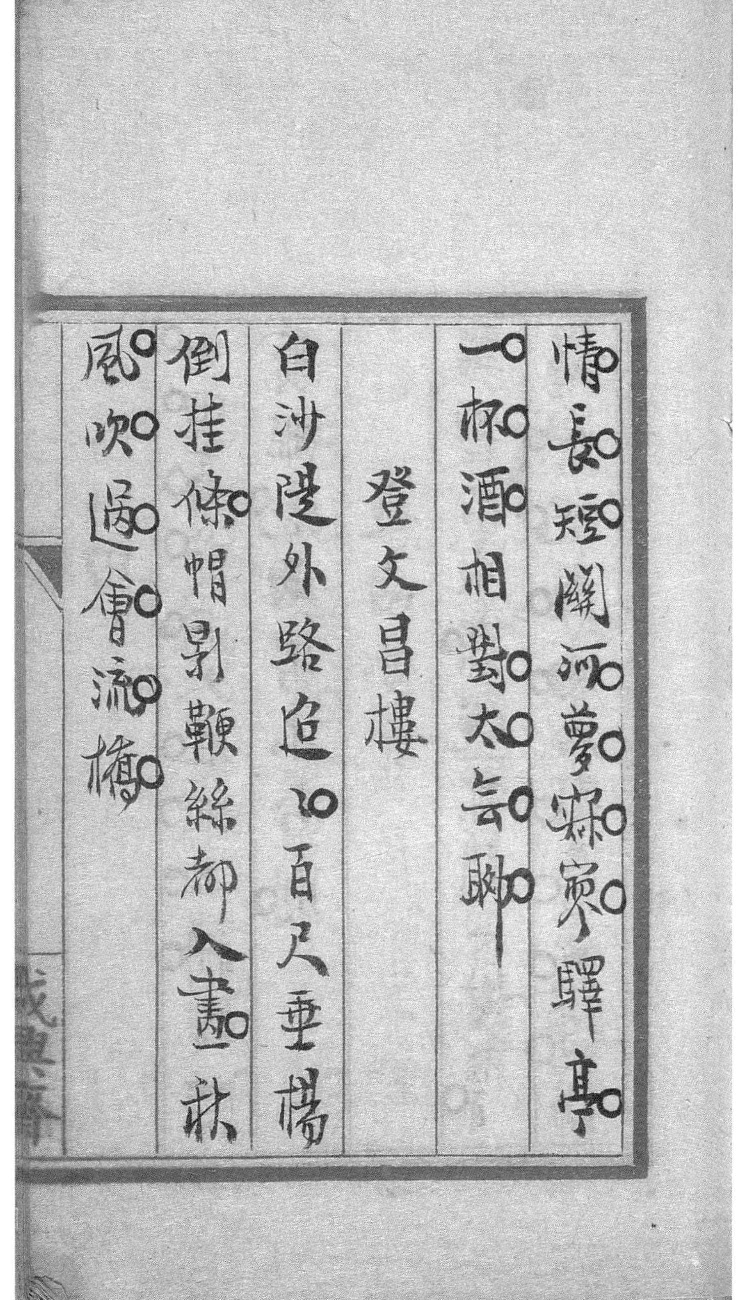

山田

山田高於城人在城上耕雉堞
與雉齊兩界不分明

夜雨

輾轉不成寐繩淋頭一樹雁
鐘聲況夜雨人影瘦秋燈錫

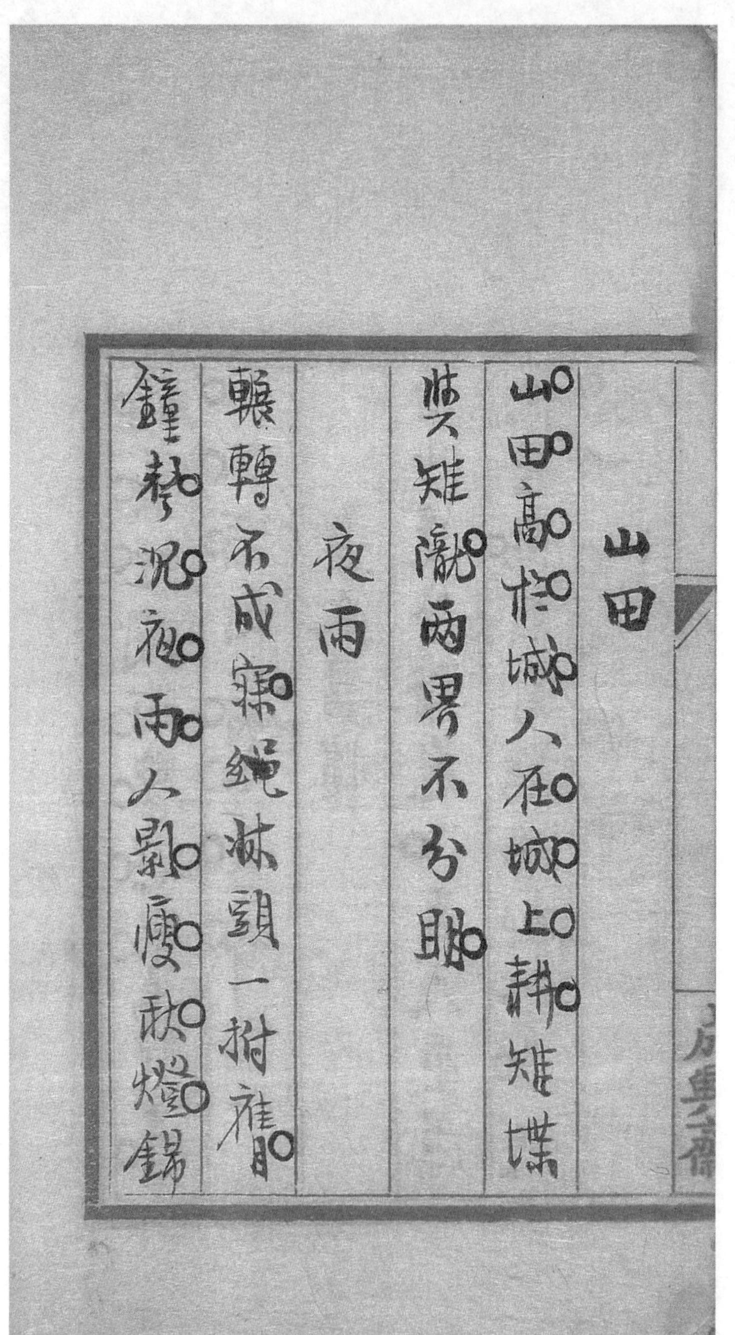

瑟華年促香衾寒氣增那
堪雁萬本滴碎隔窗稜

臘月念三日自城東歸

病愈寒知覺悲深步益難
天光似入水雲氣遙疑山
殘照樹中畫僊會村外畏遙

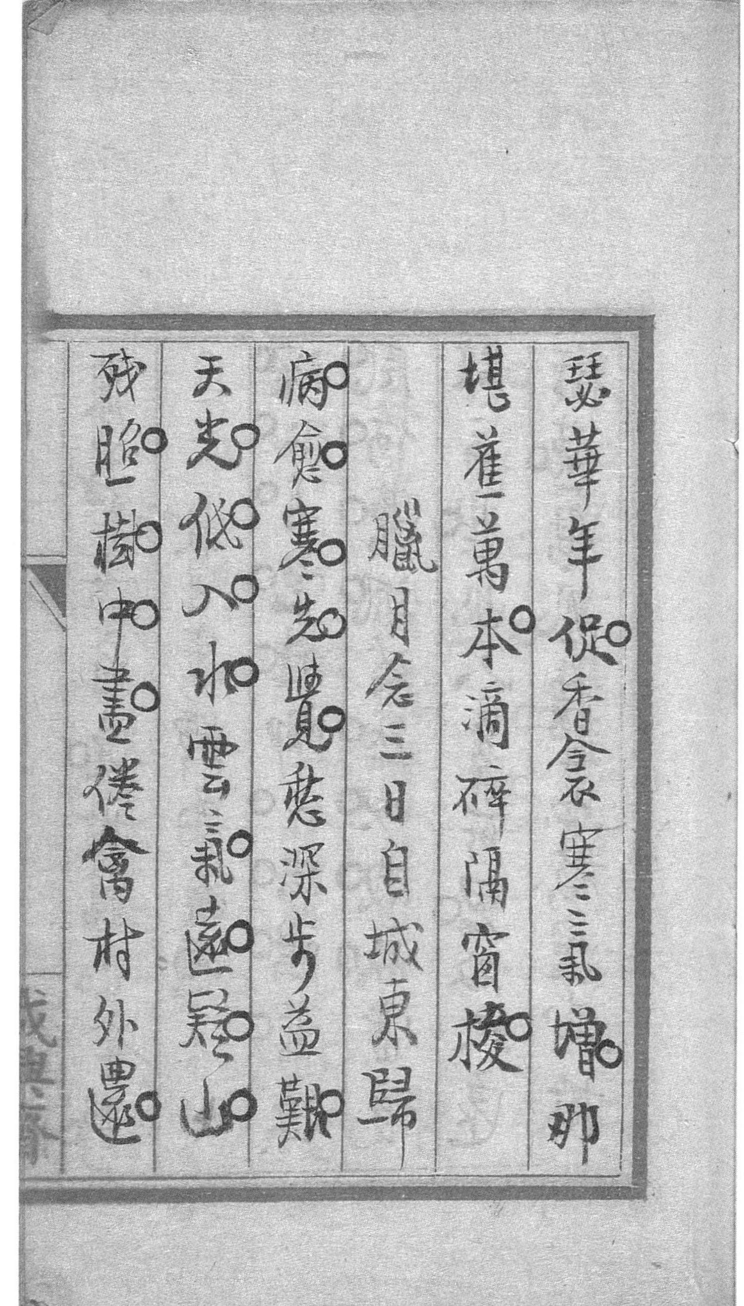

蒙莊真達都世務已全刪

秋日寄蟫甫省垣

溶溶月色佳唧唧蟲鳴悲涼
風何蕭颯淒然吹我衣當境
雖云樂幽人多所思故人遠
行邁鳴鳳棲高枝嗟我故

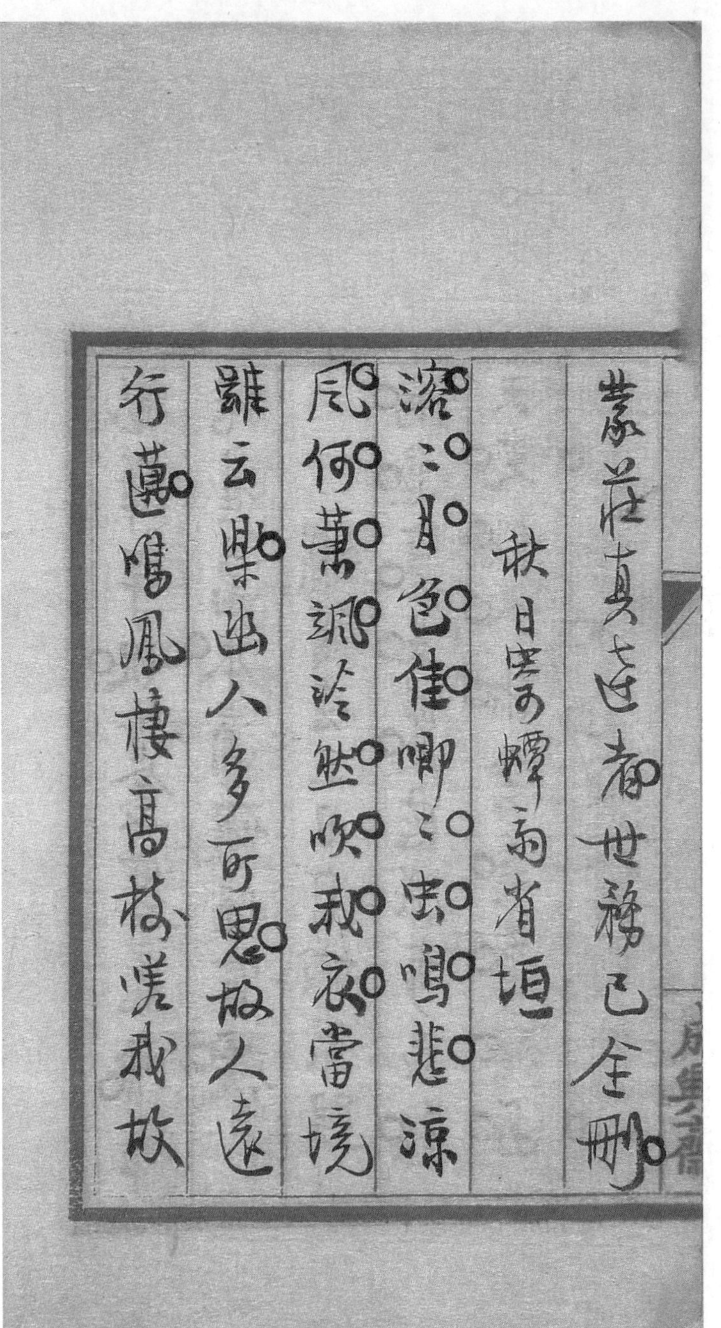

鄉内。書々為誰羈。已往。不可。
諫。將來。安。可。知。
良夜不成寐。攬衣起徘徊。
孤燈一何皎。照我羅帳開。一
自故人別。尺素苦未裁。挑燈
還入坐。顧言寄相知。寒暄

紆駁語默思忘畫詞無畫
絲有畫欲織復遲疑
生小為夫婦起坐未離側良
人忽遠別牽衣長嘆息賤妾
如何為雙飛忘羽翼悠悠千
里外兩情鬱何極丹桂吐

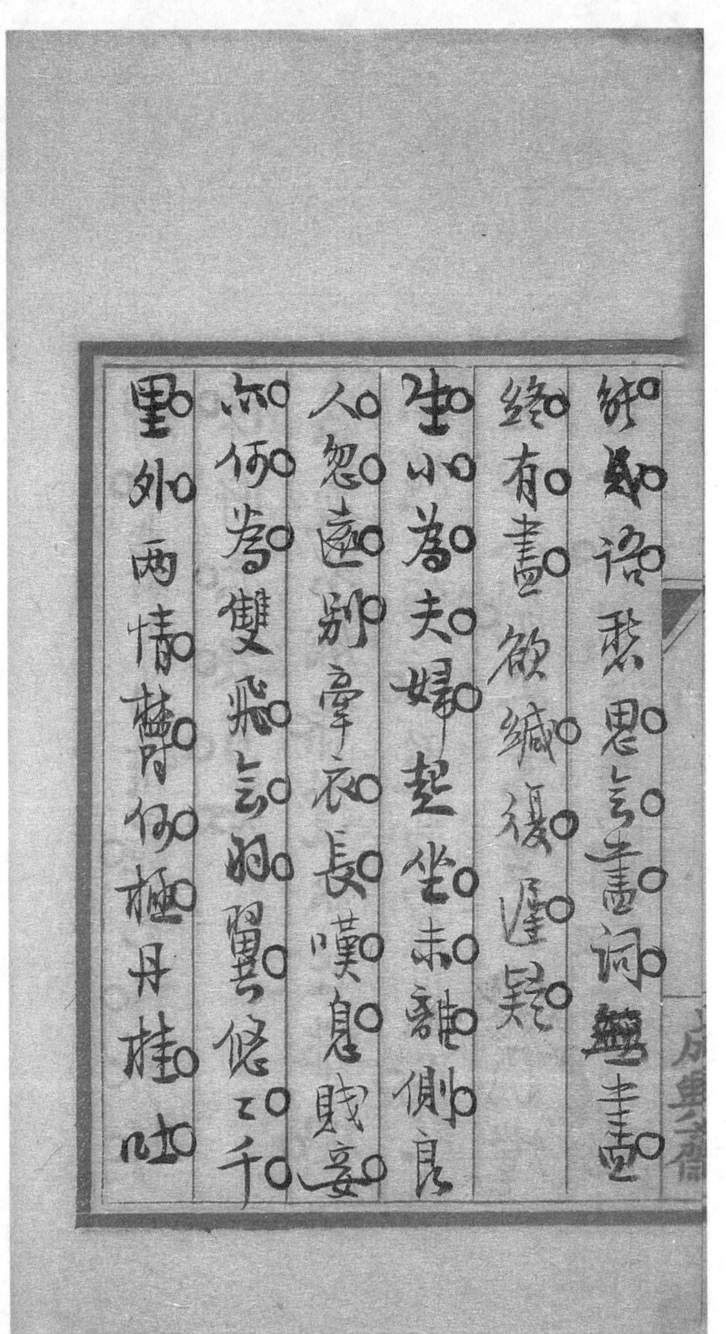

奇勢皎皎秋月色莫彼
柳思誤榮名以為急
鳳凰欲高飛乃覊樊籠中
举翮觸四羅何日遇順風
藩籬有斥鷃或笑術未工
豈知秉靈殊趨向自不同舊

九原有時羽毛非不豐偶入塵世內一觔凡鳥空

春曉

慵是不整掛蓋鉤云賴詩人向曉愁一夜東風太狼藉落花滿地等人收

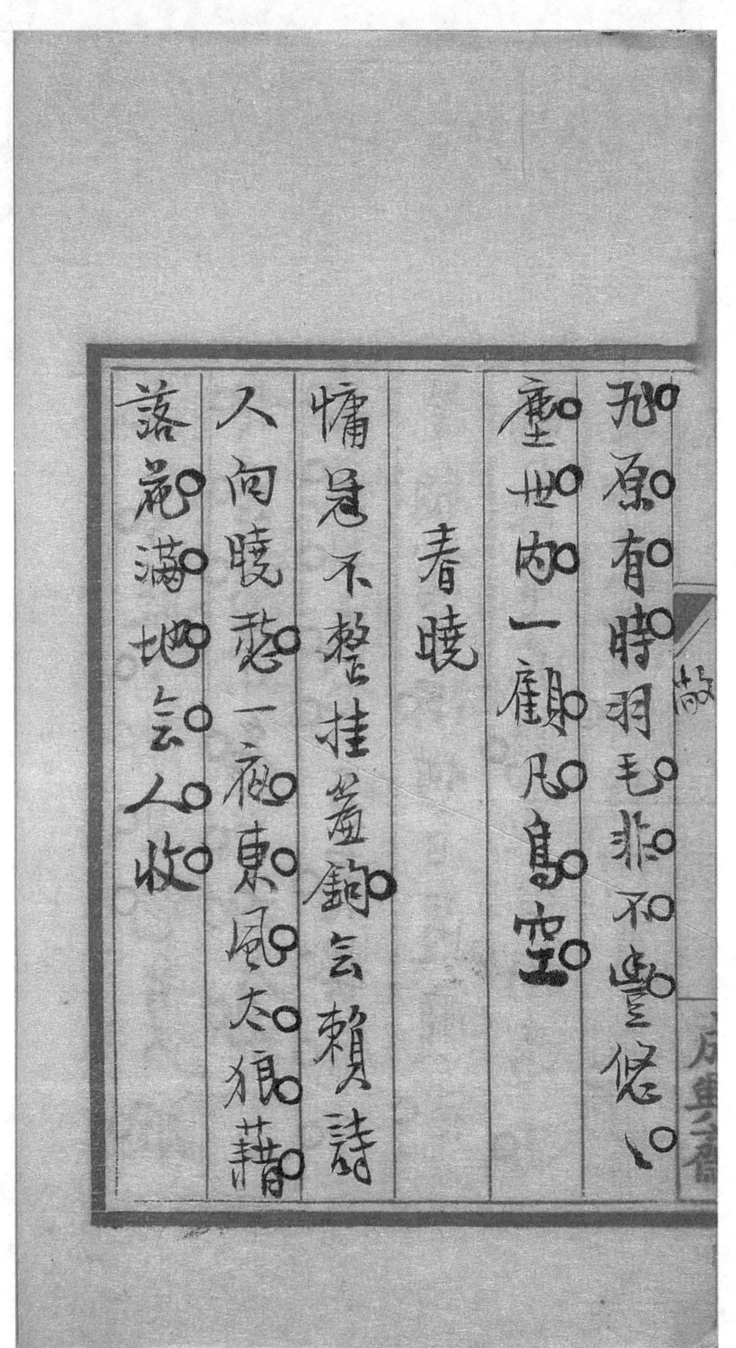

梨花

昨日梨花開。今日梨花落。開落原有時。何事風雨惡。

六月初一日晩出

黒雲。破。空。來。雷。聲。馳。相。逐。大風。捲。塵。沙。黯黯。入。天。去。

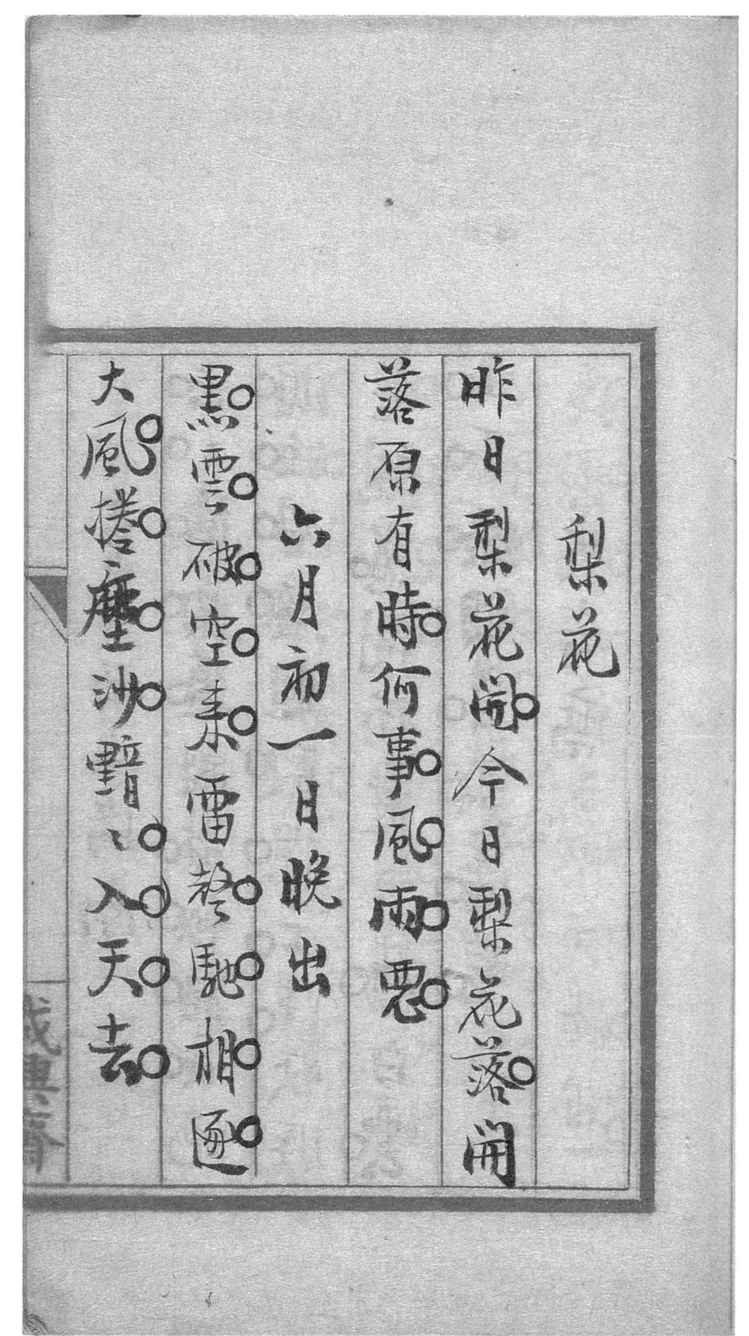

春日西上濟南

去〻辭南道離愁似路長絕
裾泣濕幨迴馭愧王陽疢疾
慈親慮聞何遊子腸白雲
山下路回首幾番望

黃奇庵

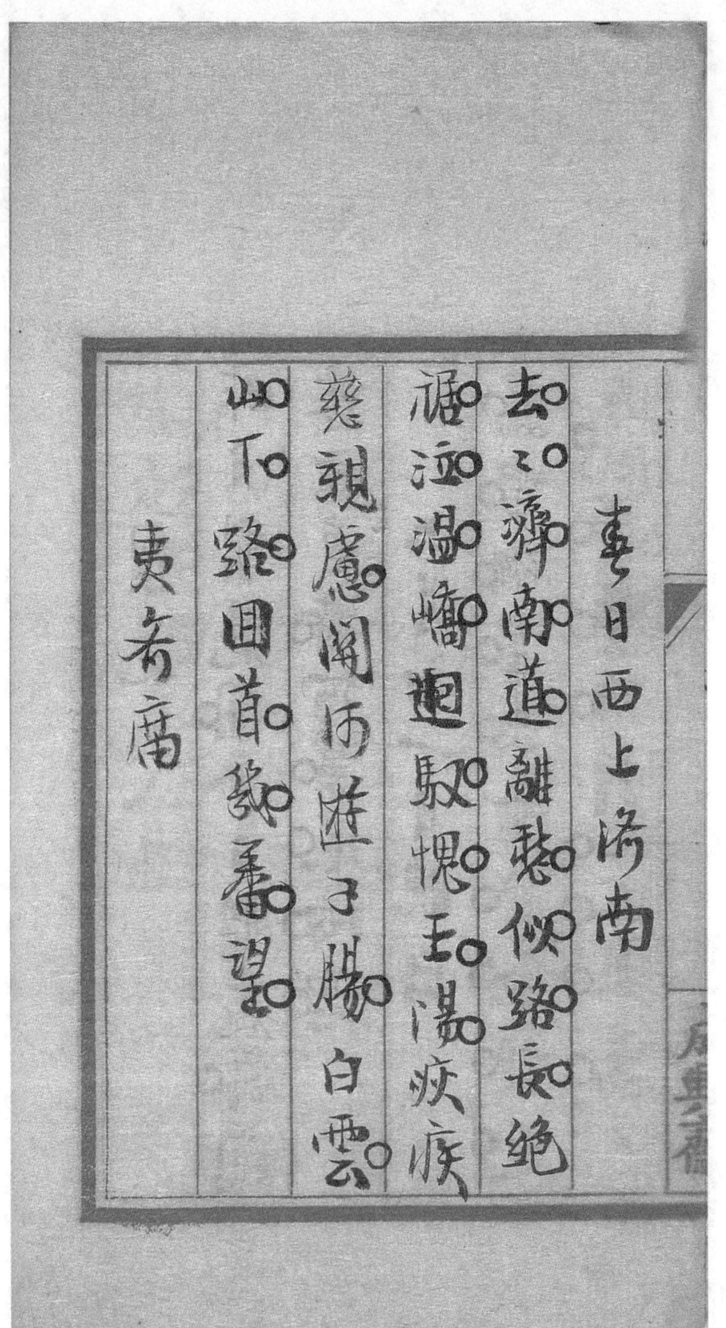

夷齋待清處古碑殘斷然一
地猶渤海北廟在孤山巔義
豈隨光迅傳終莊志先試
門今已往驪尾藉補傳

范文正公讀書處

當年畫粥困寄和長白山前

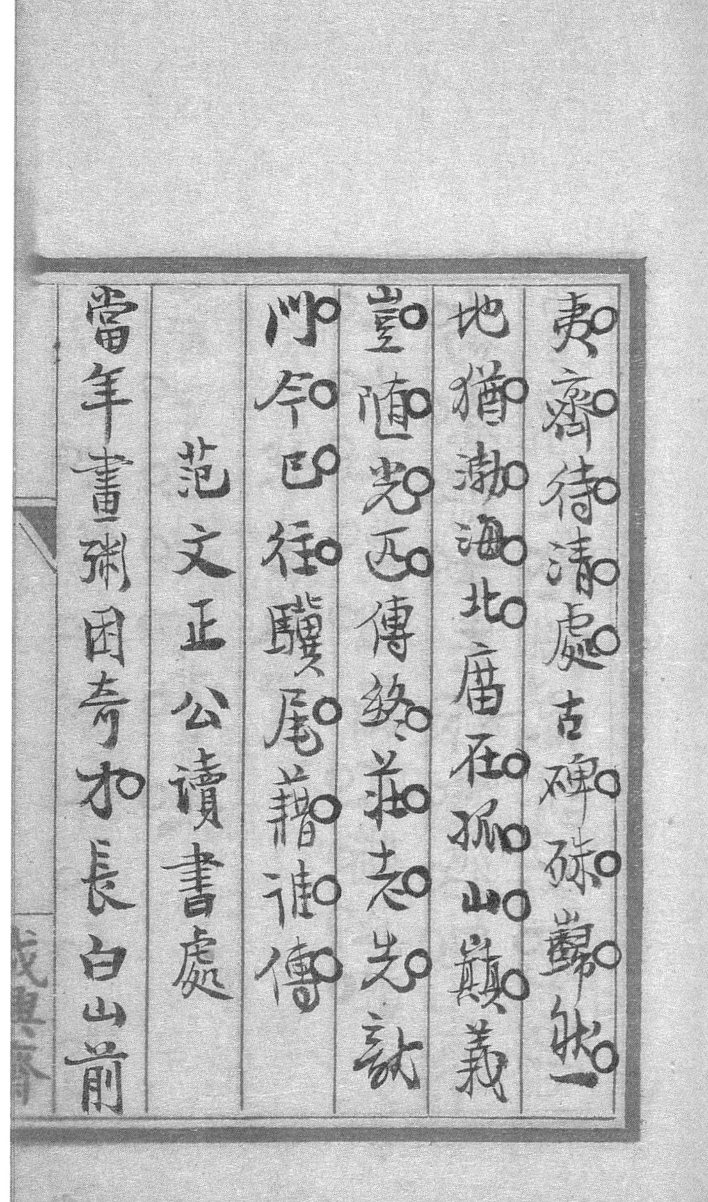

尚書台裁有黃虀三百甕
箇中滋味細嘗來

伏生故里

二十九篇出斯文猶在恭廿
爲秦博士老作漢經師齊
曾原天性淵源到女兒傳

人今有幾春草滿荒祠

鄜平七里堡

一溪春水碧參差着力青

東風上柳絲萬縷新黃

幾欲茁雙々飛下白鸕鷀

逢中清明

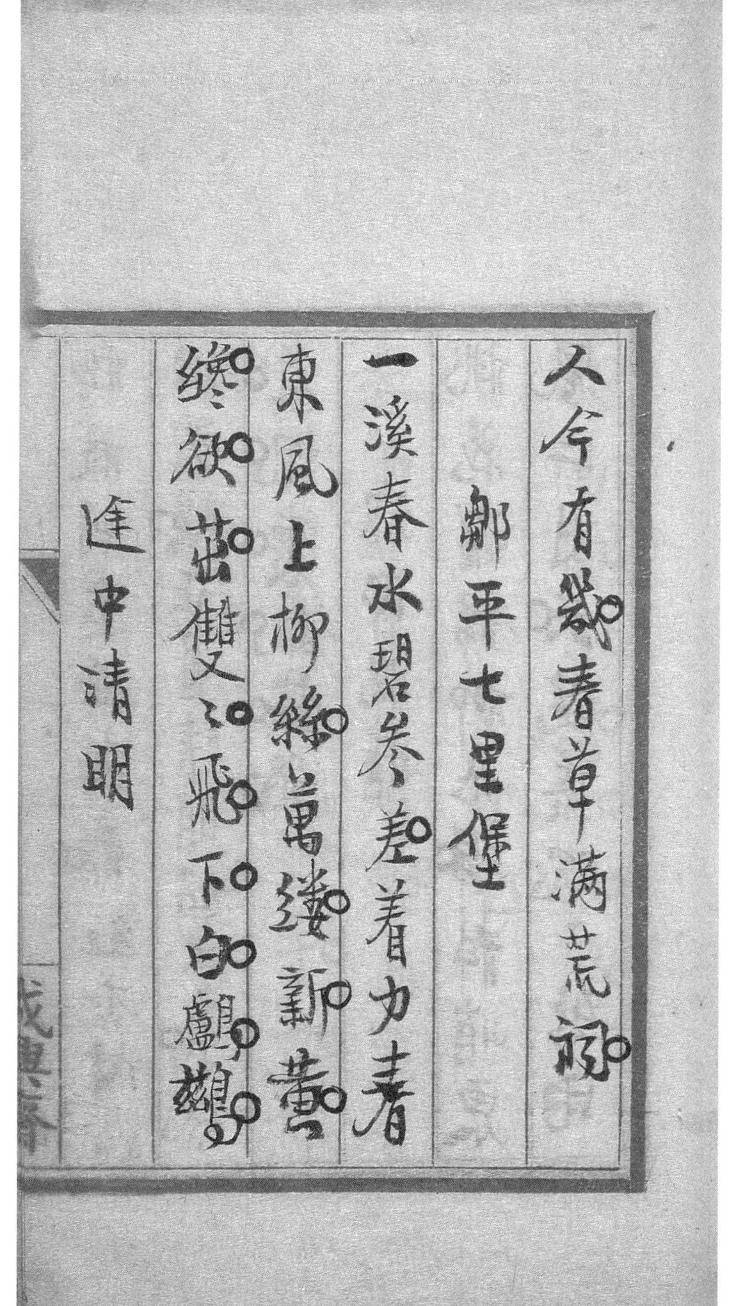

柳枝到處插荊扉紅杏村邊出酒旗正是清明好天氣紙鳶風裏紙錢飛

旅邸晚晴

桃花躍錦柳飛綿料峭東風二月天淀落沉沉新雨

微陽墻月影上鞦韆

途中書所見

春雨聲中暫解鞍孟家有女對門闌憐他纖手勤操作半樓何曾到伯鸞

入濟南境

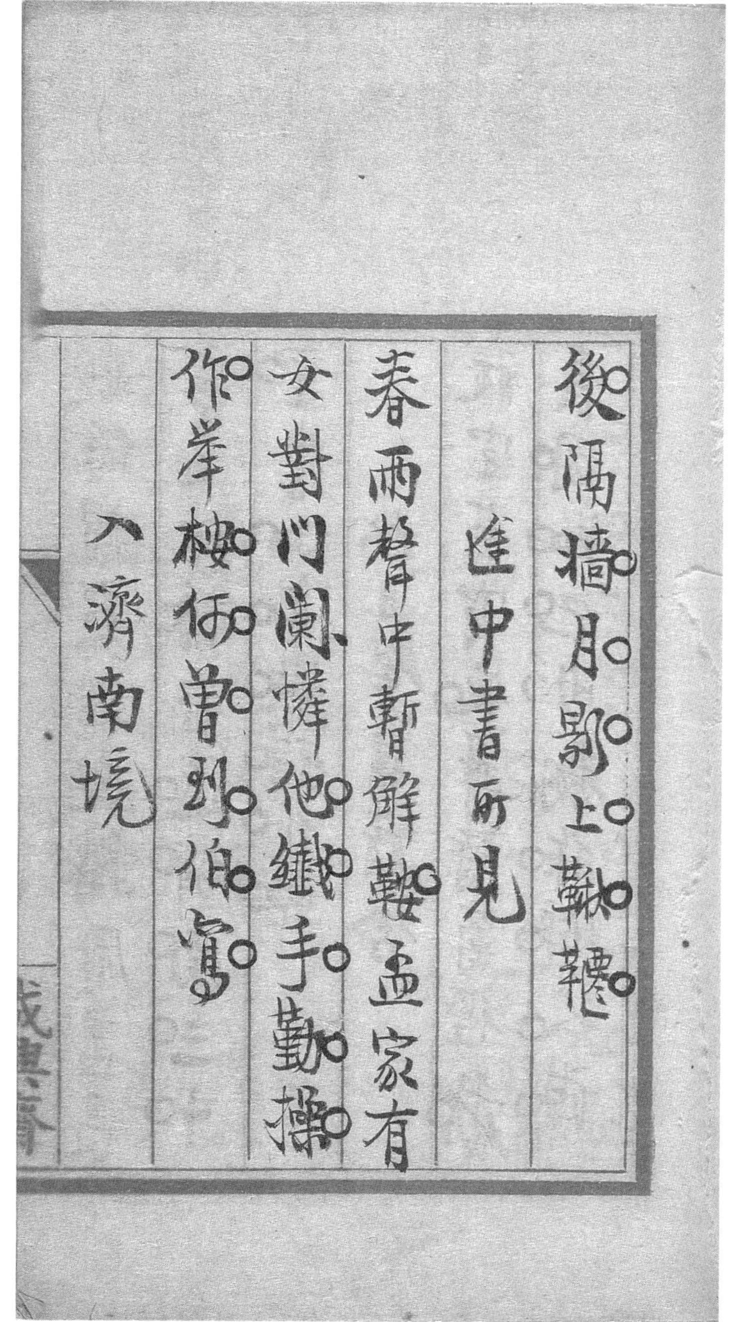

鞭絲帽影總塵鑣歷盡長
亭又短橋行近濟南三十
里青山氣數撲征軺

秋日金泉精舍

校字芸窗夜尋詩菊徑秋
良朋知己少翻作避人謀

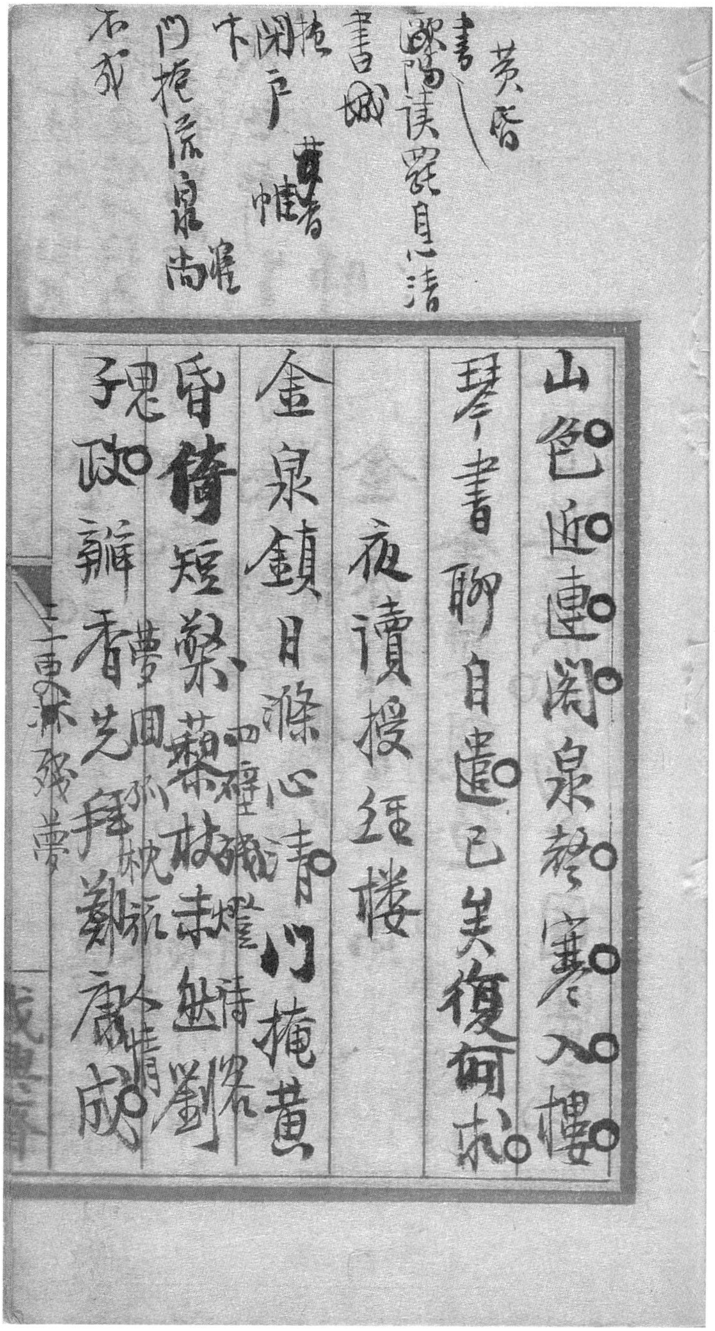

黃昏

書讀罷自心清

書城

掩閉戶　黃昏帷

下

門掩流泉尚寢

石成

山色迴連澗泉響寒入樓

琴書聊自遣已矣復何求

夜讀授經樓

金泉鎮日滌心清門掩黃

昏倚短欄藜杖未然劉（四壁殘燈詩客）

子思政離香芝拜鄭康成（夢回孤枕殘今情）

三更殘夢

打字後當思
聽盡低吟又
莫負雞鳴漏
早
須起舞一生
師

寒星入戶夜無際落葉敲
窗秋有聲拋御長吟事（暁未）
勤讀（燕香樓）從古屬經生
（朝二樓　祝　拜）
金泉精舍八景
金泉觀魚
人自無機心物亦同樂意

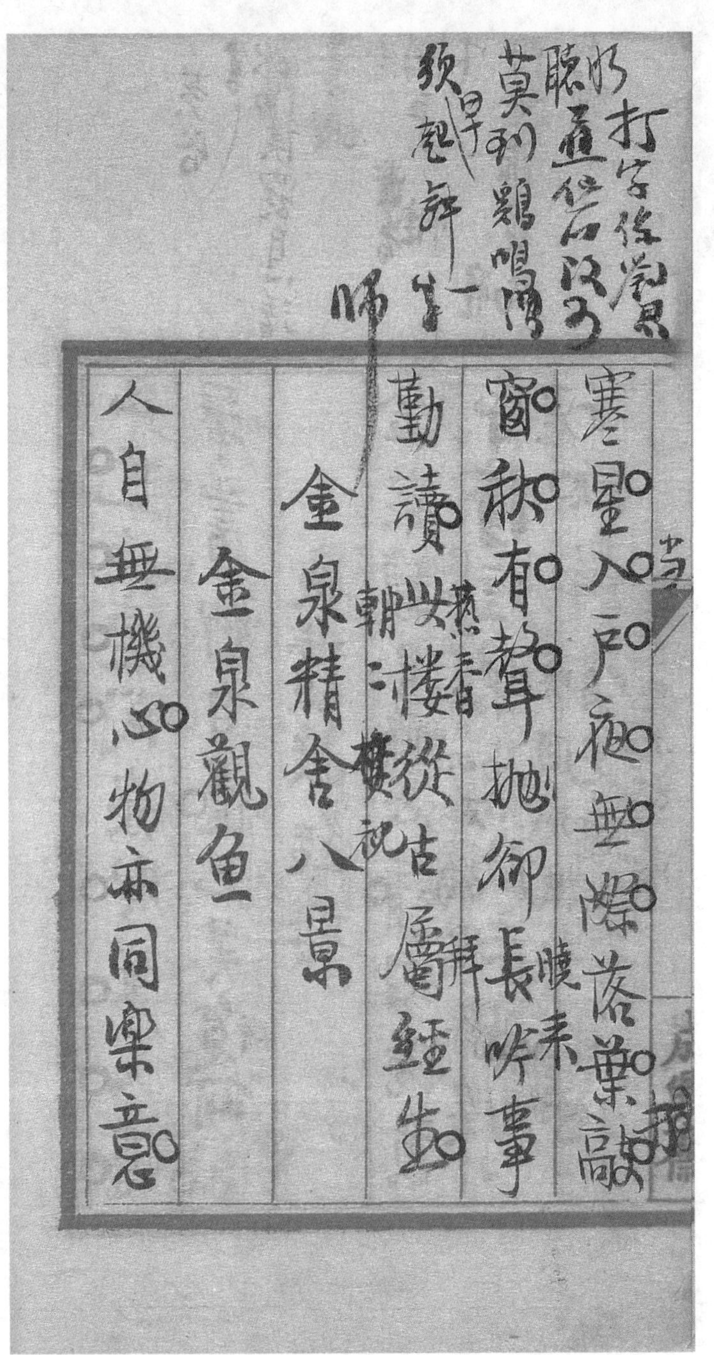

一綫○如○鉤○垂○遊○魚○不○相○避○

秋曝讀碑

磊落秋曝台○古碑篆新句○
陸離古篆碣○
苔古有蝕○斷○紋○兔蝸○蓮○行○相○接○
此地○古○傳○經○也重○贔屭人賦

悠然看山

晩登悠然亭○峯巒碧如畫○

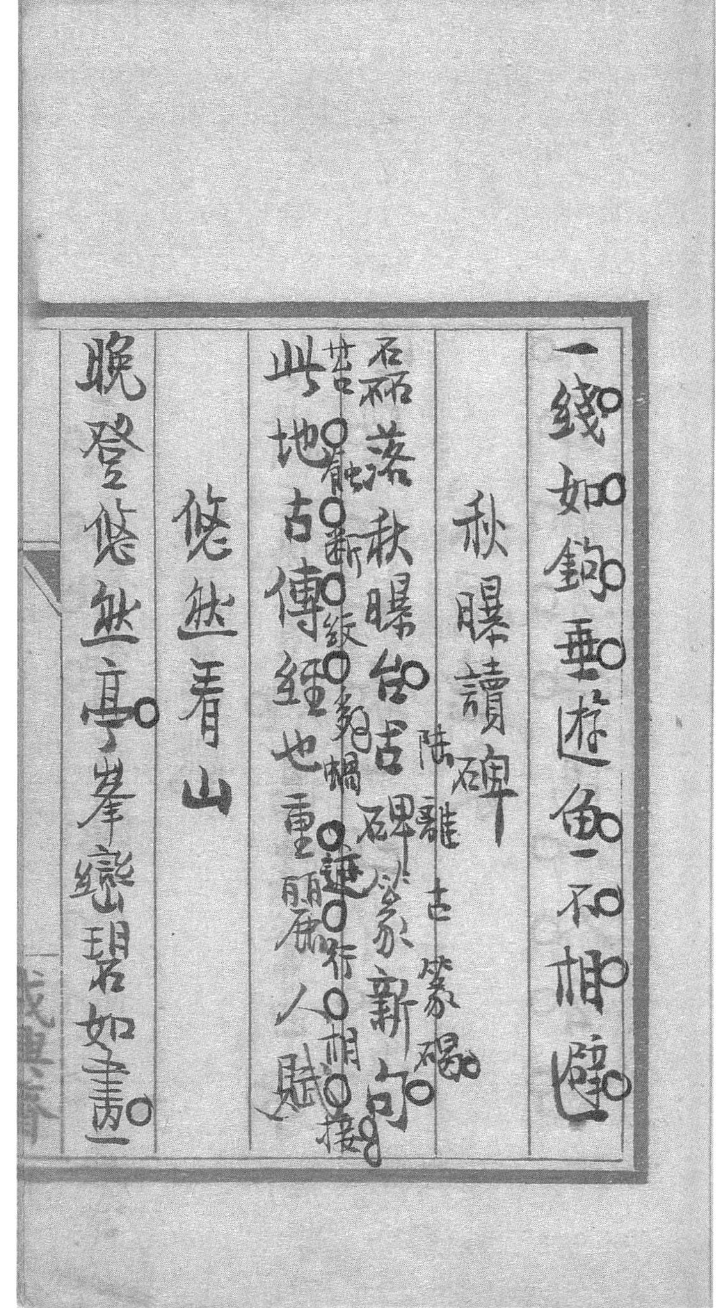

望久山欲行夕陽忽飛下

緪樓遠眺

低樹覆蒼煙高樓聳白雪
空翠西南來山色眺一角

伏祠聽泉

入耳秋來爭傷心人去也

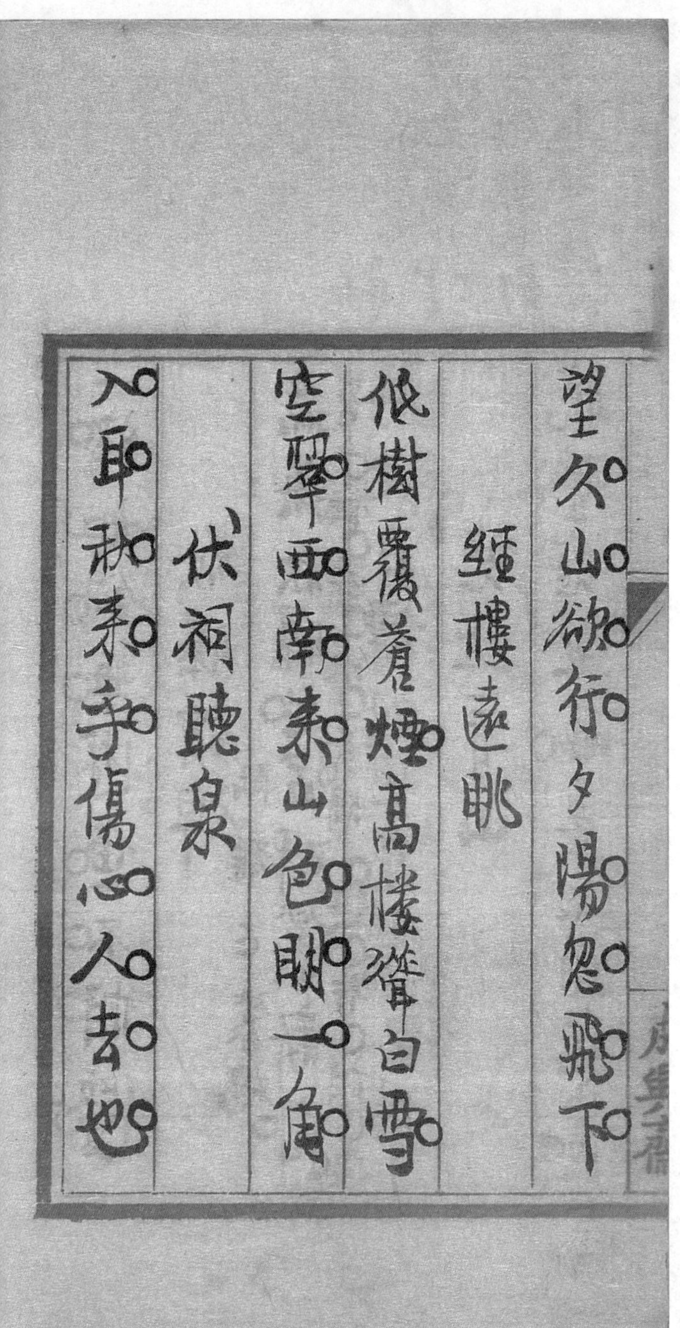

相思夢不成。泉聲吼一夜。

尚志藏書

堂奧九仞高。圖書萬卷束。

繁々堂上書。離々堂下草。

左

秋伏生。初夢草年年綠。

荒草長於人。蠹魚時一飽。

西園蔭進

芭蕉葉及肩。倏望若夾道空。

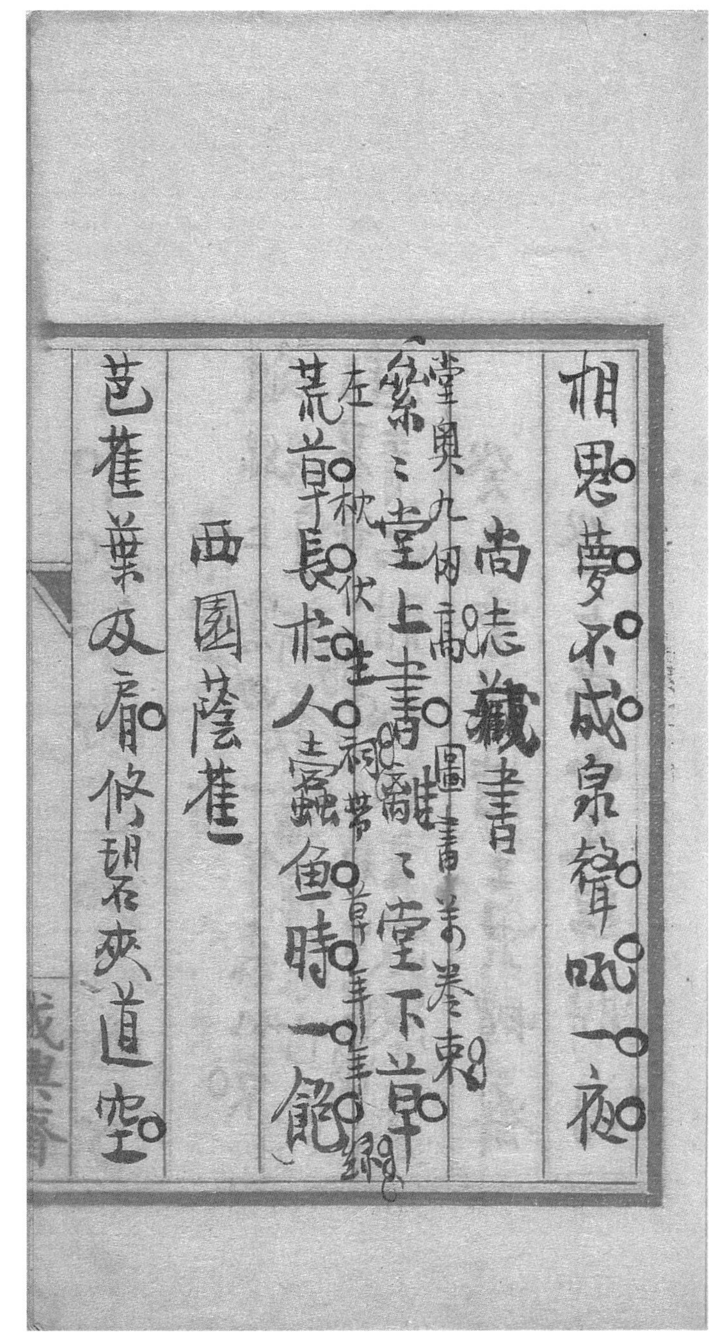

云月夜有風疑與人迎送

東壁修竹

濃綠上窗曲千竿森似束
汲泉烹新茶爐煙漾竹影
古翠挂不漏書聲出保幽
樵青點雅人休言殺風景

癸巳重陽偕王君嶧齋

登千佛山及歸聯句

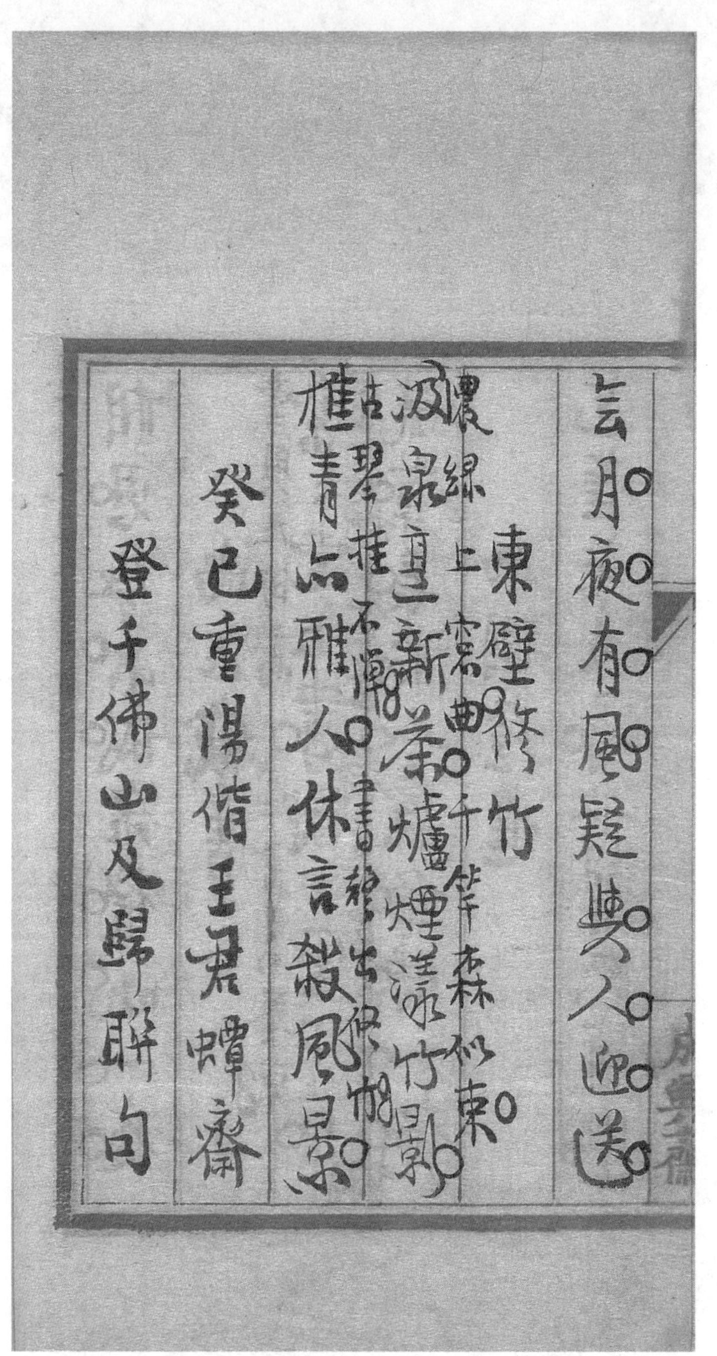

限十五歳韻因就彔
晩翠軒詞韻除字
異義同外共得二
十一字且依韻之次
第作詩之層折先後
不許倒置刻香二寸

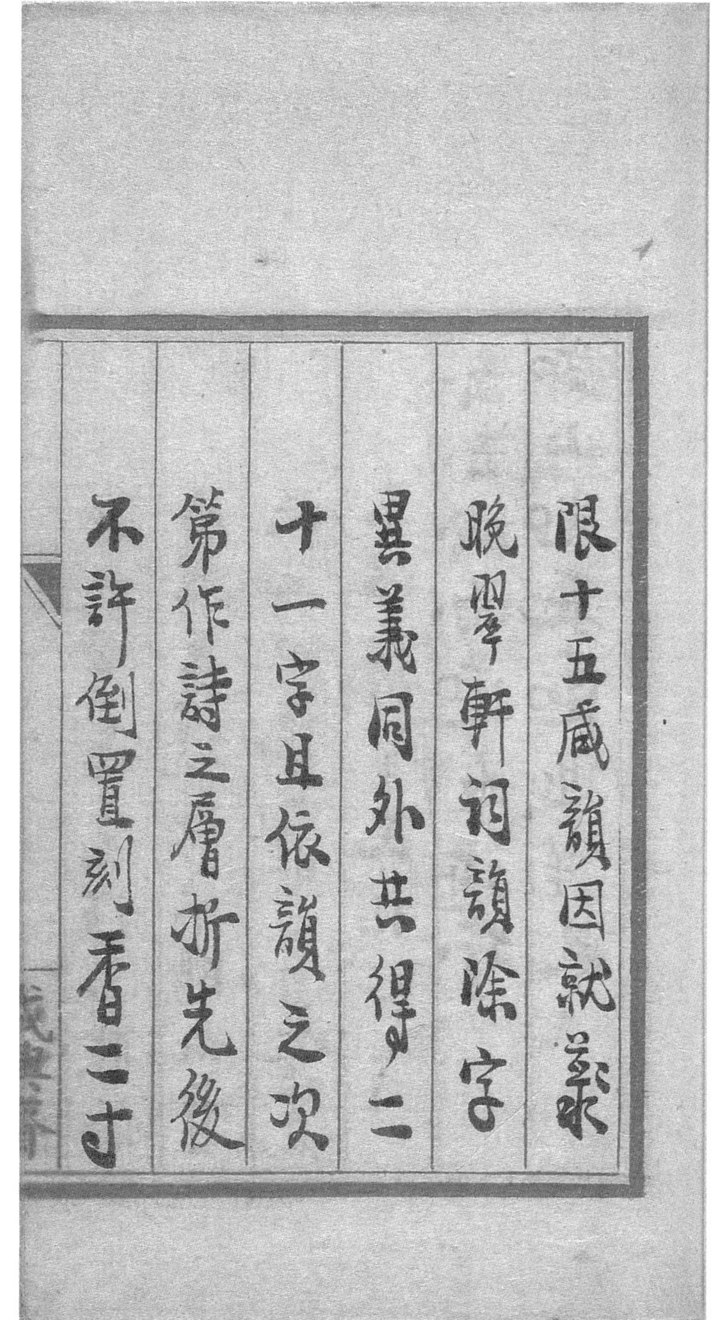

而成首章之作不敢備

存然馬蹏秋水鳴似雪

泥聊以紀一時之遊覽

云爾　癸笙氏記

去去城南道遊蟫遊蹤步步長

咸山光來遠近笙風嘯得

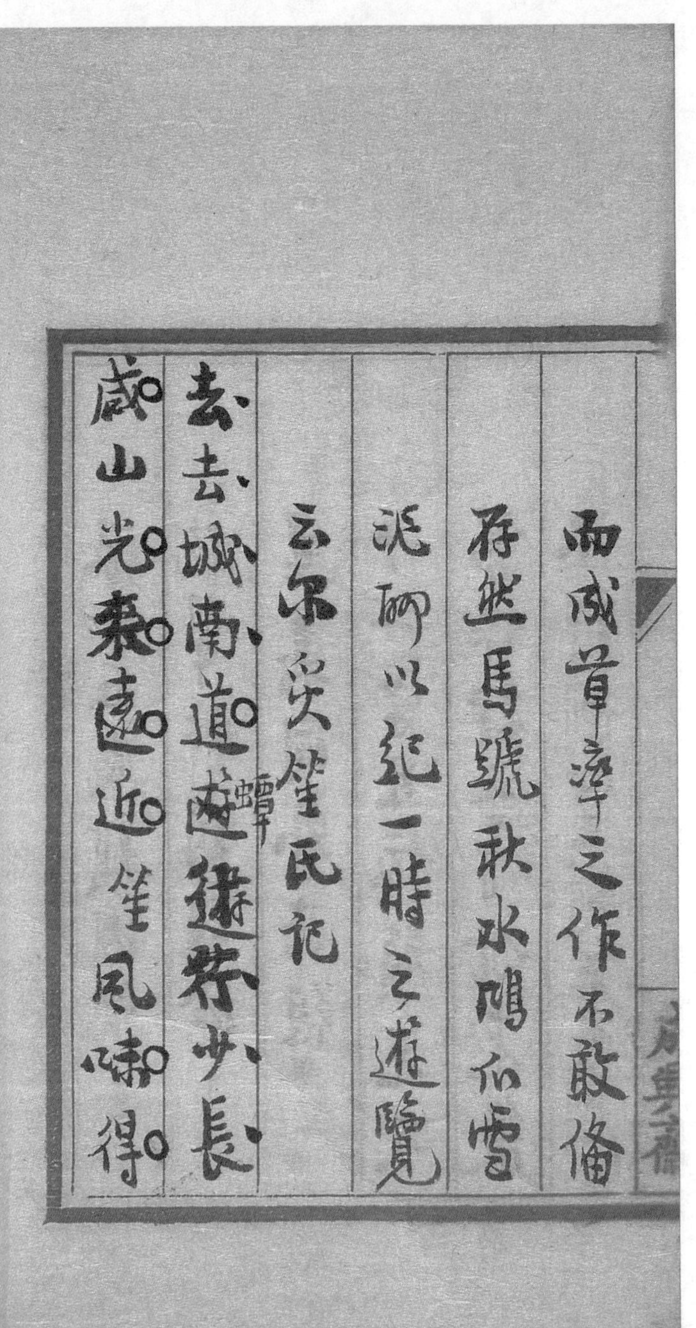

酸○鹹○與为尋秋愜○蟬情
因拜佛誠○登、臨、憑、一、覽○笙
談、笑、禁、三、緘○屐齒○黏○薰○葉○
蟬鞭綠○指○緑○杉○危崖○半○起○
佽○笙荒宇○燕○呢○喃○聒耳鐃
聲鬧○蟬處心梵語誦○天空○

閒雁唳笙境寂息蝇謠叢
菊桃陵淚蟬嫩篁坡老饞
新霜前夜肃笙夕匏乱峯
衛背嶺窺林禿蟬沿邊
磯石嶮可餓烏帽落笙
猶有古碑剝人影散乎

楚之蟬馬虢攢㜸巖當筵
餘綠螳笙幾輩尚青衫
暫許鄉愁歇蟬何須結
習楚客原統作賦笙酒
或立之醫看大象叅上
蟬煙霞路隔凡遊人絲

似織笙飛幰快如帆摩殿
寅〻征蹕征塵細〻揆詠
歸撩牧笛笙緩步〻肩耕
鑣佳會逢重九蹕憑誰
詩詠山歌笙

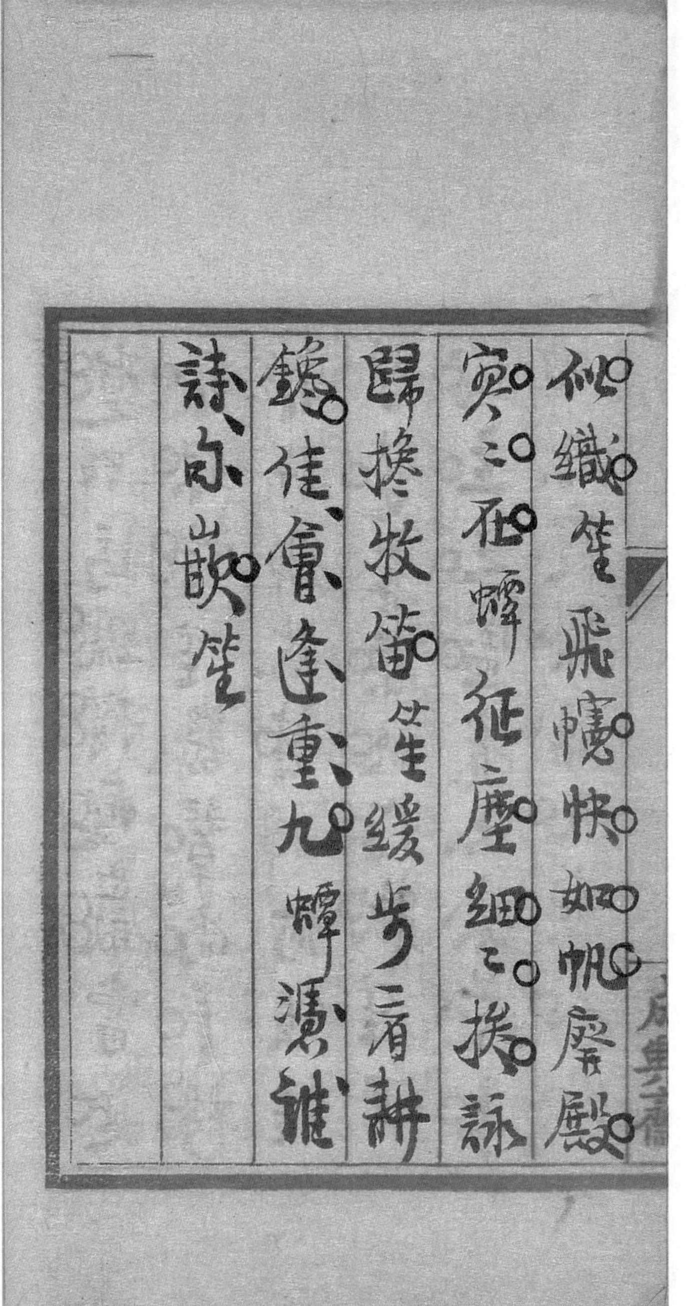

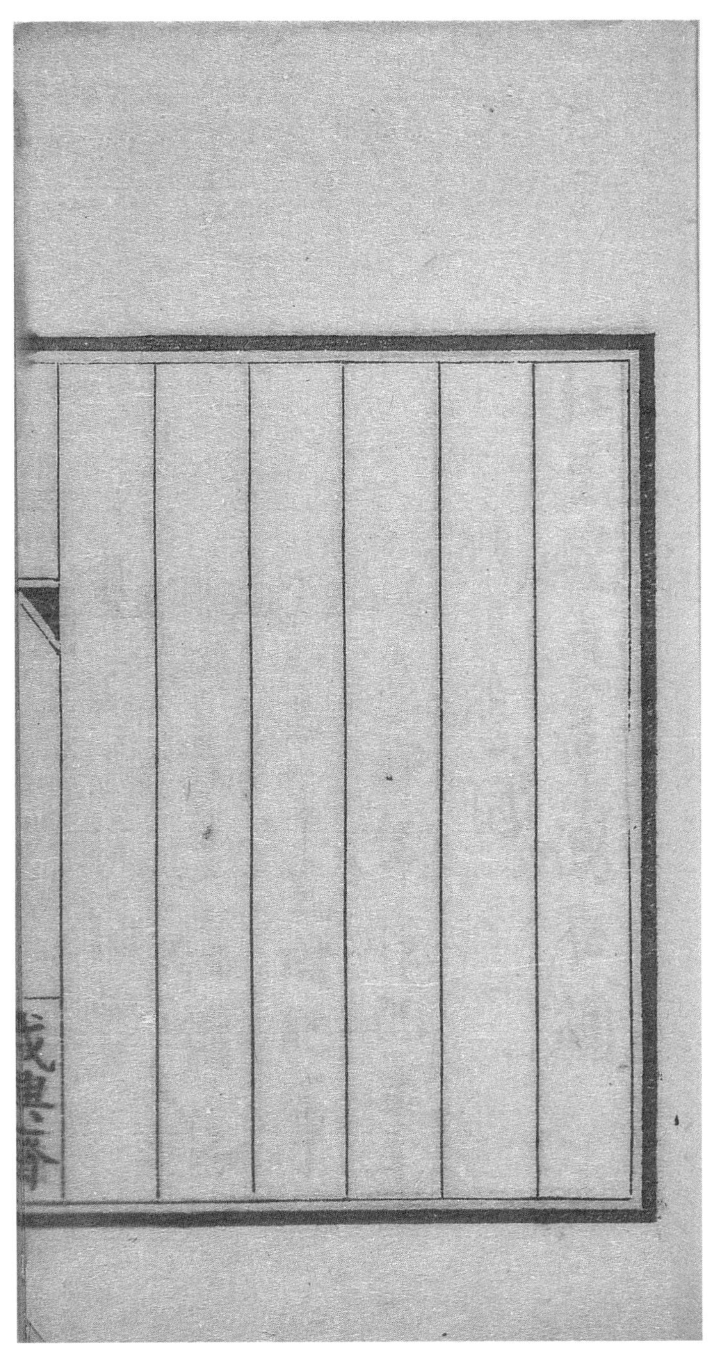

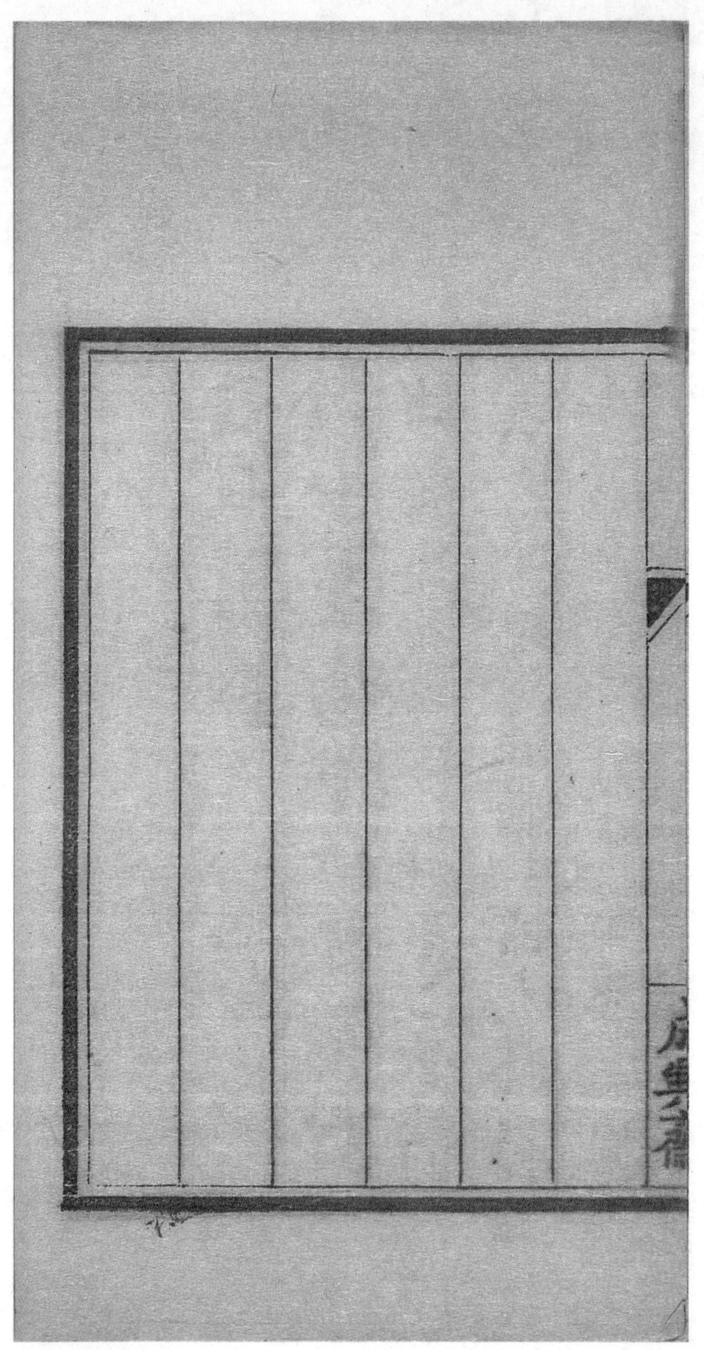

紅豆館舊草偶存 補

譸旋舊词

此辛卯年作紀事未
完乙未年足成紀事
且刪易其稿偶憶
舊词仍姑存之

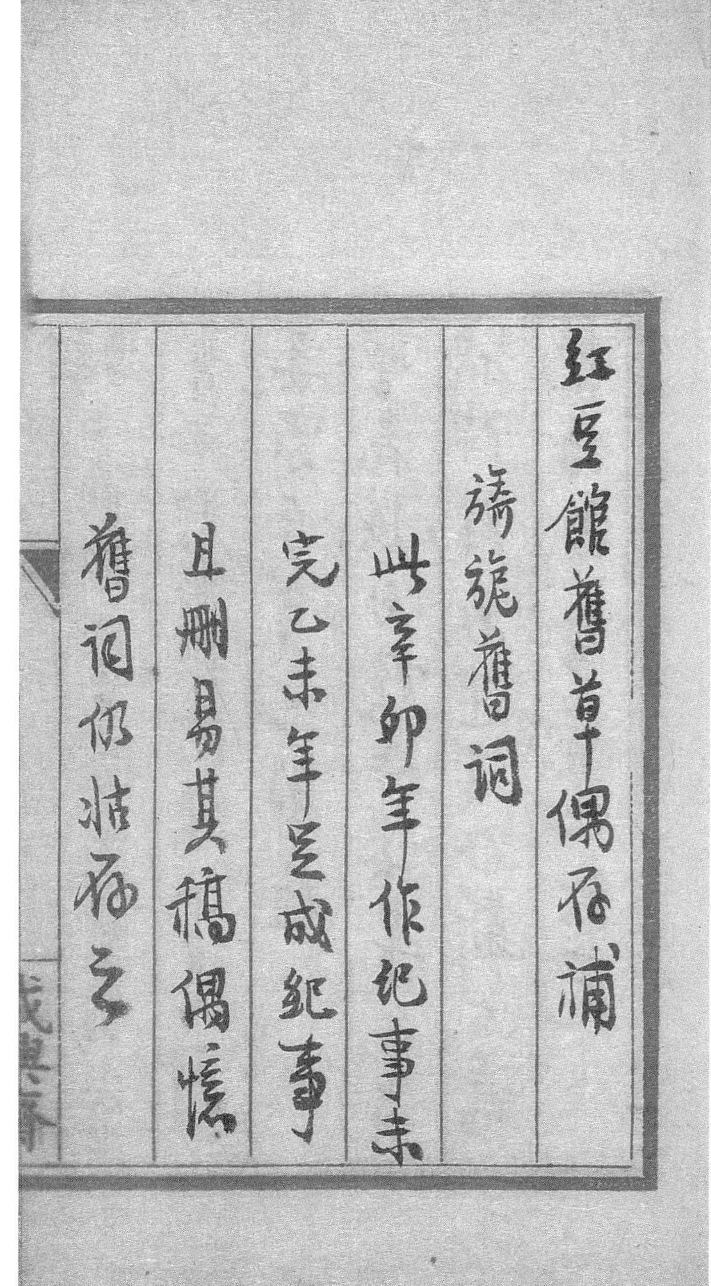

婷婷弱女十三餘語態輕盈
畫不如見慣那須低首避
妾家本自近郎居
梨花淡白想丰姿著色偏
欣稱絳衣迷目如斯太嬌
艷倩誰垂聲比紅兒

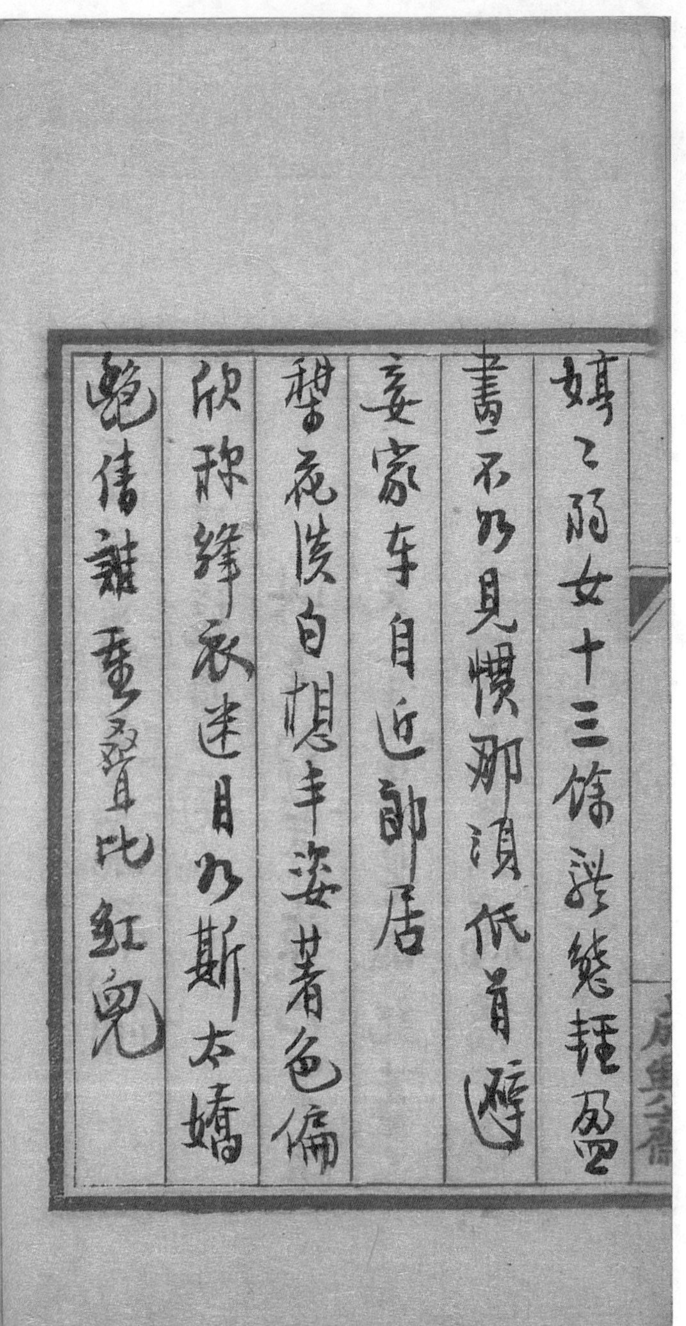

舌巻巧於百囀鶯向人小
語更分明嫦娥狂度霓裳
曲那得如卿媚々態
人面桃花掩映紅腮他妻
色倚東風相逢欲語翻々
語腸斷門前一笑中

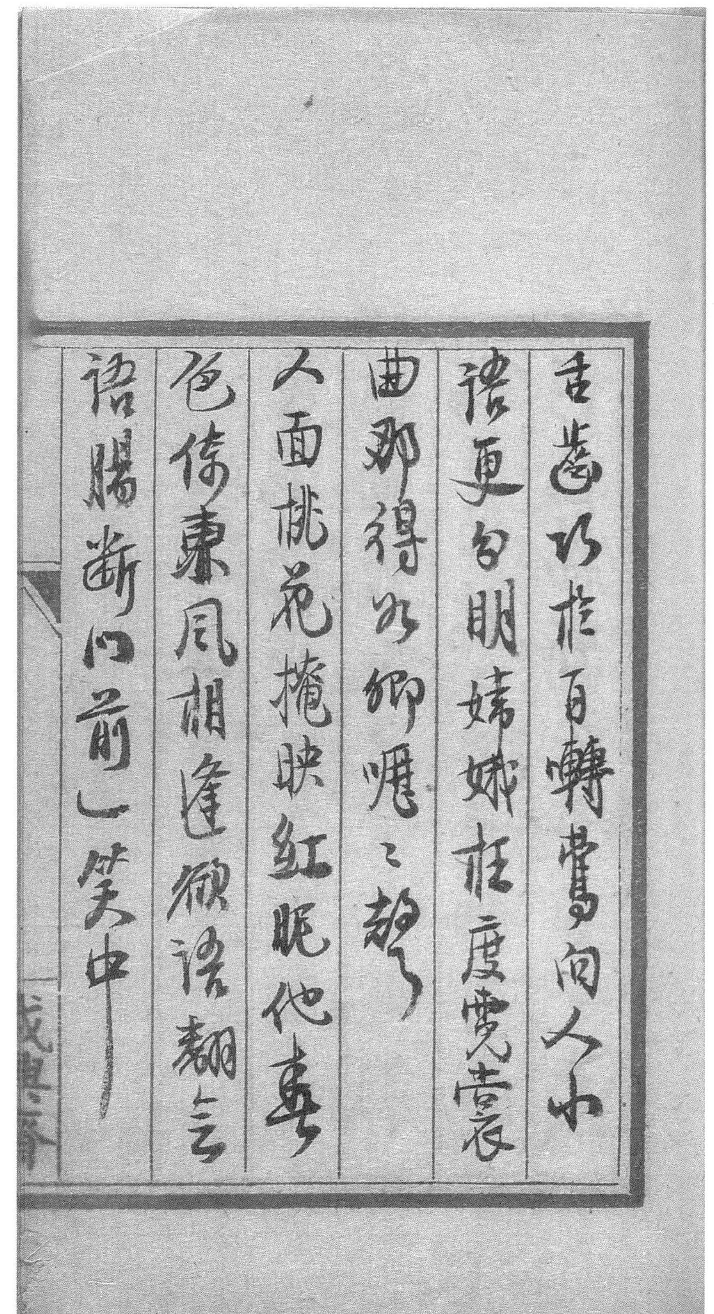

五紋刺羅細參詳舊繡翻
新黄發量妾有金針誰
度教檀郎親為譜鴛鴦
雙袖輕飄蛺蝶似與郎
攜手上秋千興情那不減
追憶腸斷杏風二月天

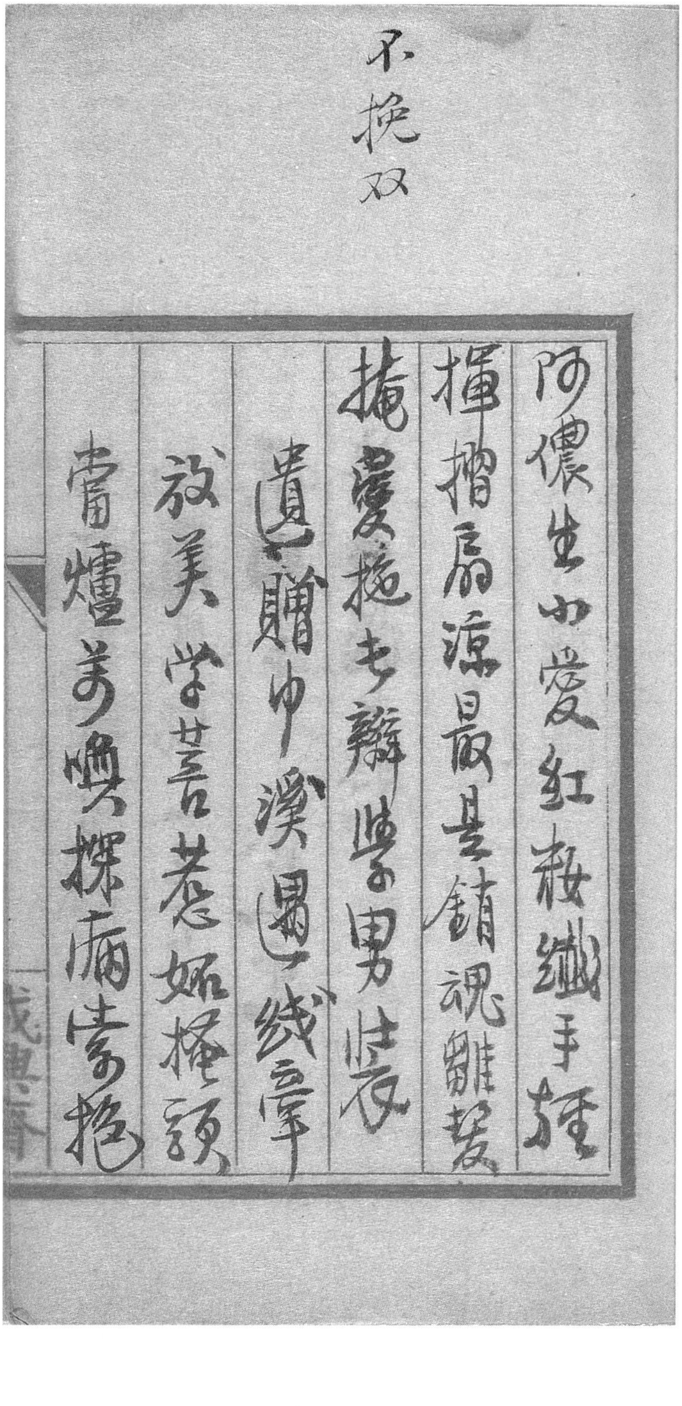

不換双

阿儂生小愛紅梅織手挂
揮摺扇涼最是銷魂雛髮
掩髮拖長辮学男装
遺贈中溪遇綫章
設美学苦惹娟權頭
當爐美嬋探病書抱

妙作新詞皆補成矣

尚遺送歸一首

巎[redacted]軍　松雲

樓[redacted]榻　二妹

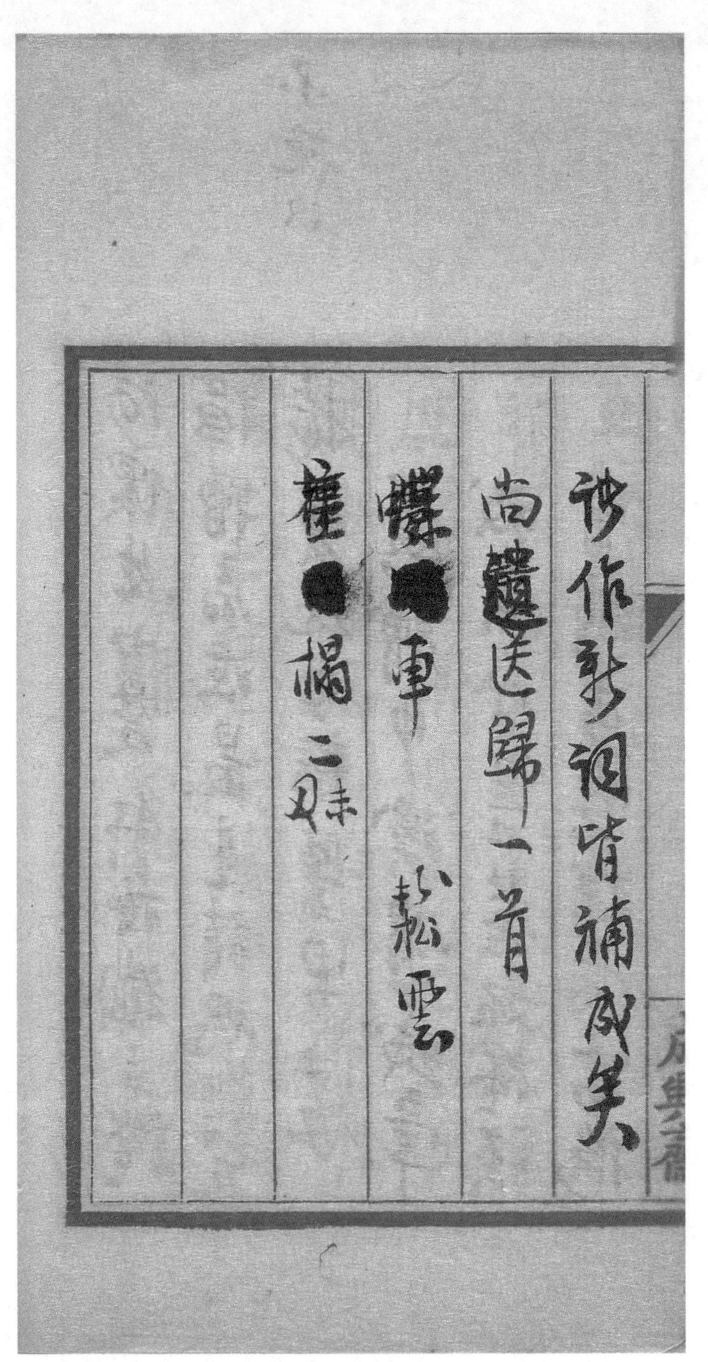

茜色衣裳

旖旎新詞

亭〻裊〻十三餘荳蔻梢
頭二月初見慣郎須低
首避妾家本自近郎居

其二

春風揺曳海棠枝雙頰

髻入時檀
郎喚作杜
紅兒衛間
細樓羣芳
譜劉三字號劉姑
名娘錫荔枝
錫荔枝亦名
絲姑娘

潮囲暈臉時着得衣裳更
鮮豔惹郎儘竟喚紅兒

其三

玲瓏巧舌忒分明姑殺林
梢百囀鶯轉語暖言猶
底事銷魂都在喚郎契

茜。色。衣。裙。
蘸。入。曉。人
間。猶。有。杜
紅。兜。檀。郎。
偷。按。羣。芳。
譜。數。到。花。
名。錦。荔。枝。
錦荔枝亦
名紅脂痕

其四

也識羞顏旖旎紅輕狂難
禁向東風不勝情處情難
溯畫付孩〻髮笑中

其五

紗窗刺繡月初長針线閒

傳聲較量記說郎誇新樣
好相尋觀爲譜鴛鴦

其六

雲片烟絲二月天呼郎携
手上秋千鴛鴦交頸風前
舞蛺蜨雙飛葉底仙

其七

喁喁私語到三更一刻春
宵萬縷情記否夜歸心
胆怯提燈攜手送卿卿
提亦作籠似勝

其八

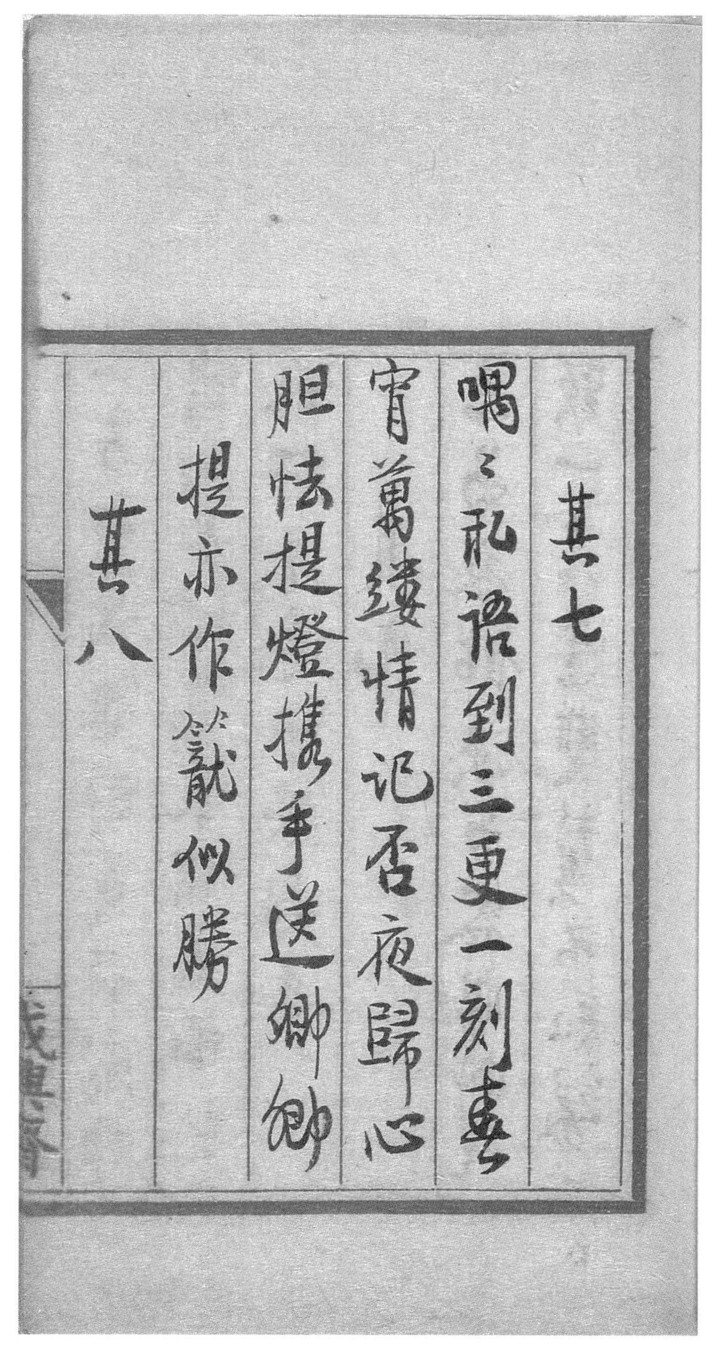

一方巾帕舊時羅，持贈娜
堪向月娥。篤表相思卿記
取，汗痕香漬淚痕多。

其九

素面衣飾淡為容，楊柳堤
頭一笑逢。雙髻不知緣

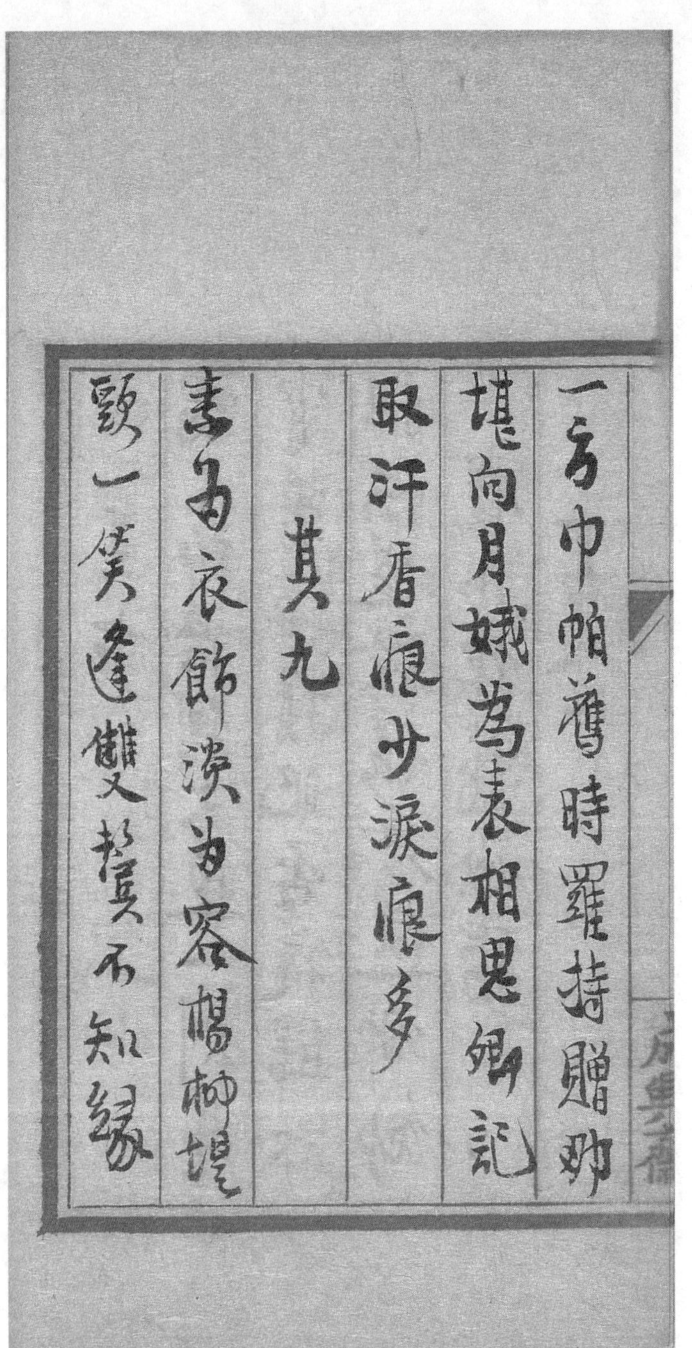

底事愛將慵樣學逢邦松

其十

身輕燕掠語嘈啼歌舞前

生憎娃西流水一灣人一笑

銷魂那〔何事〕必若耶溪

其十一

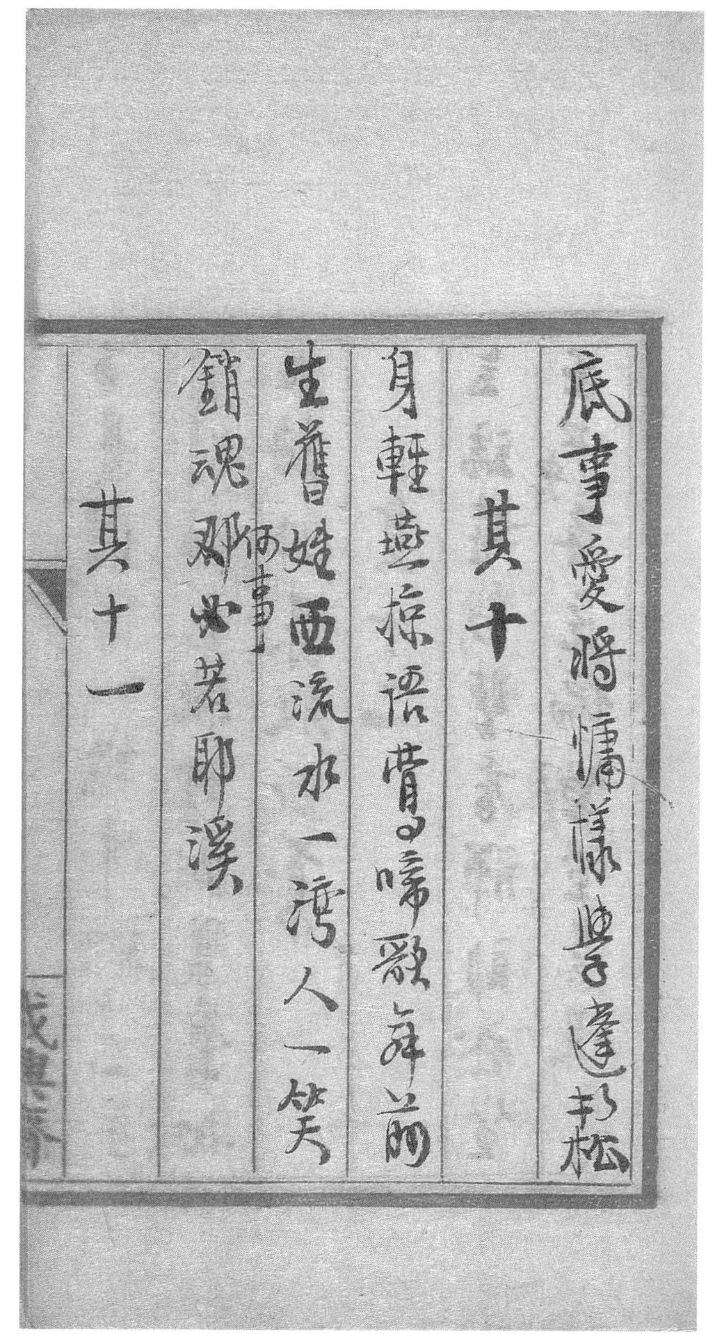

可是因緣一綫牽，纖纖玉手
自堪憐，色絲纏就鴛鴦扣，
好約郎來放紙鳶。

其十二

云端嬉戲學香禪，郎在坐
正中央，妾立偏，雙坐是觀音

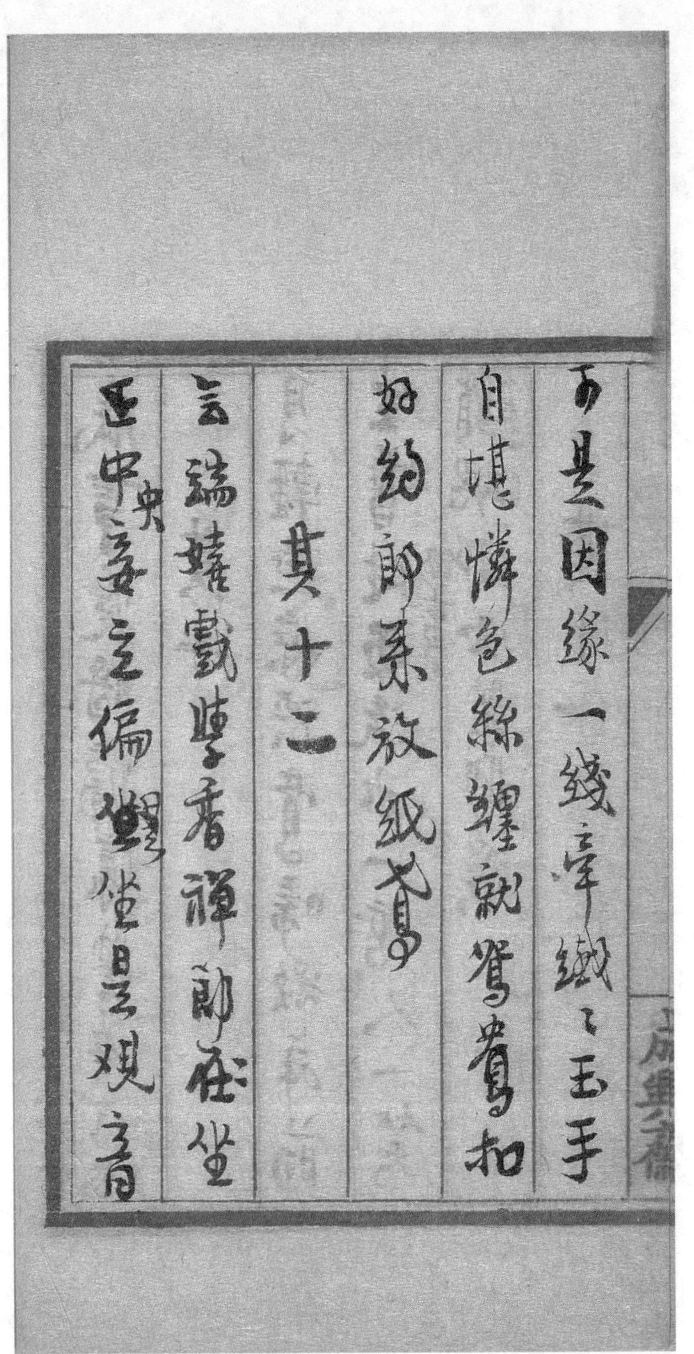

之說女一生長侍畫頭邊

其十三

成典齋

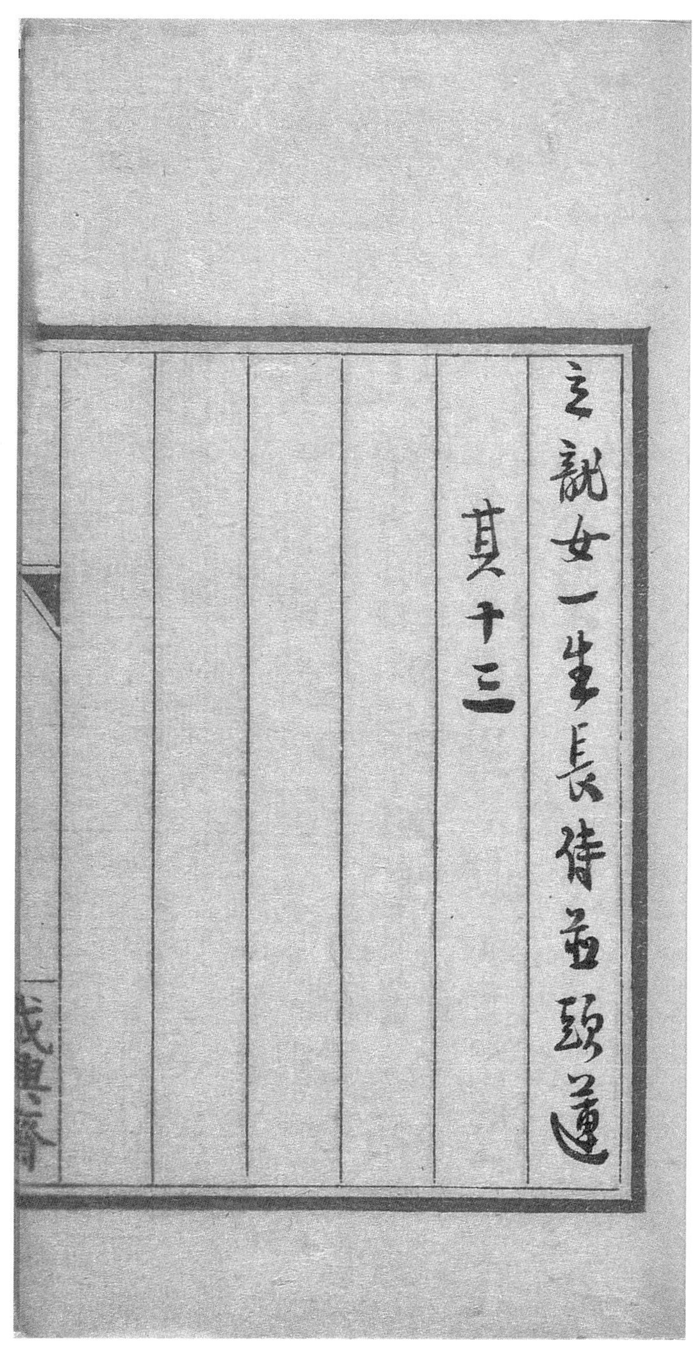

秋螢

螢々羣星散爍々明珠霏閃々
流螢火盈々鏡扇揮坐久沾
怀袖夜深随入帷安得借一
點夢照見容輝

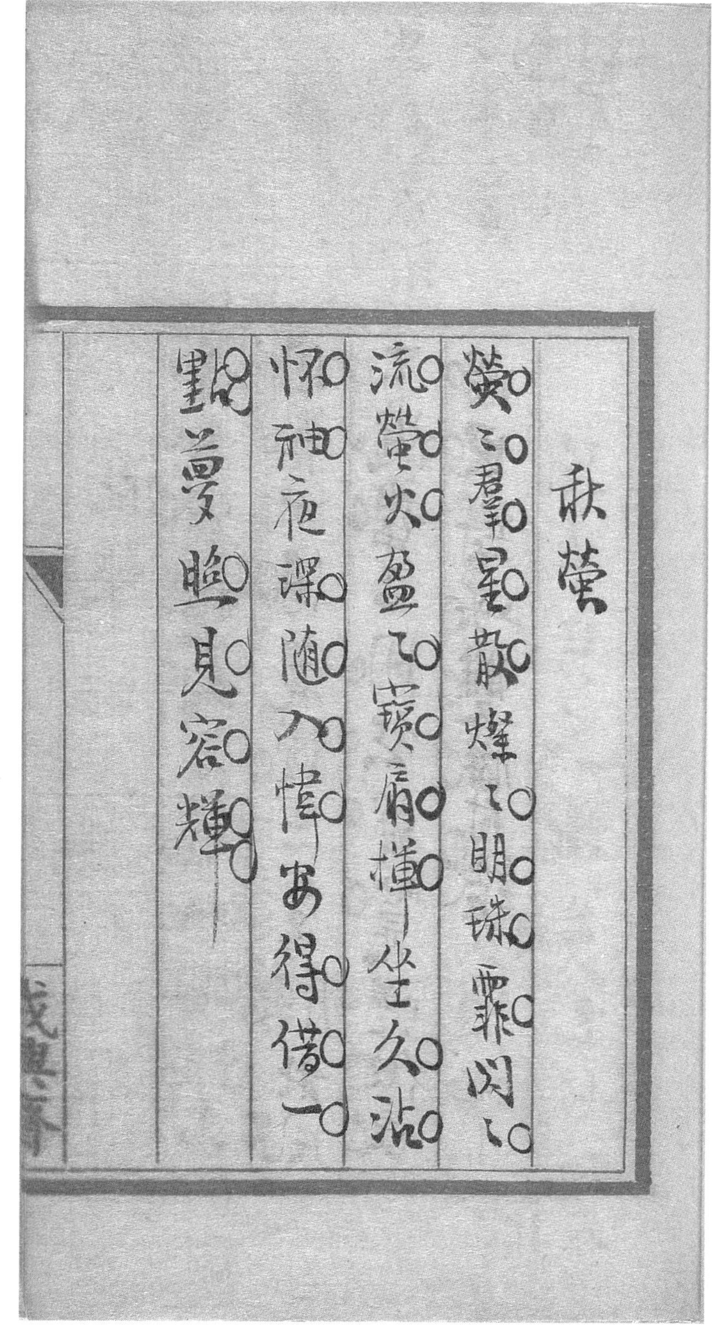

秋蝶

昔如韓憑婦化作双蝴蝶

國再世湯花謾三生片紙秋風

不遇齋香用然羅箑嗟彼長

相思對此雙樹結

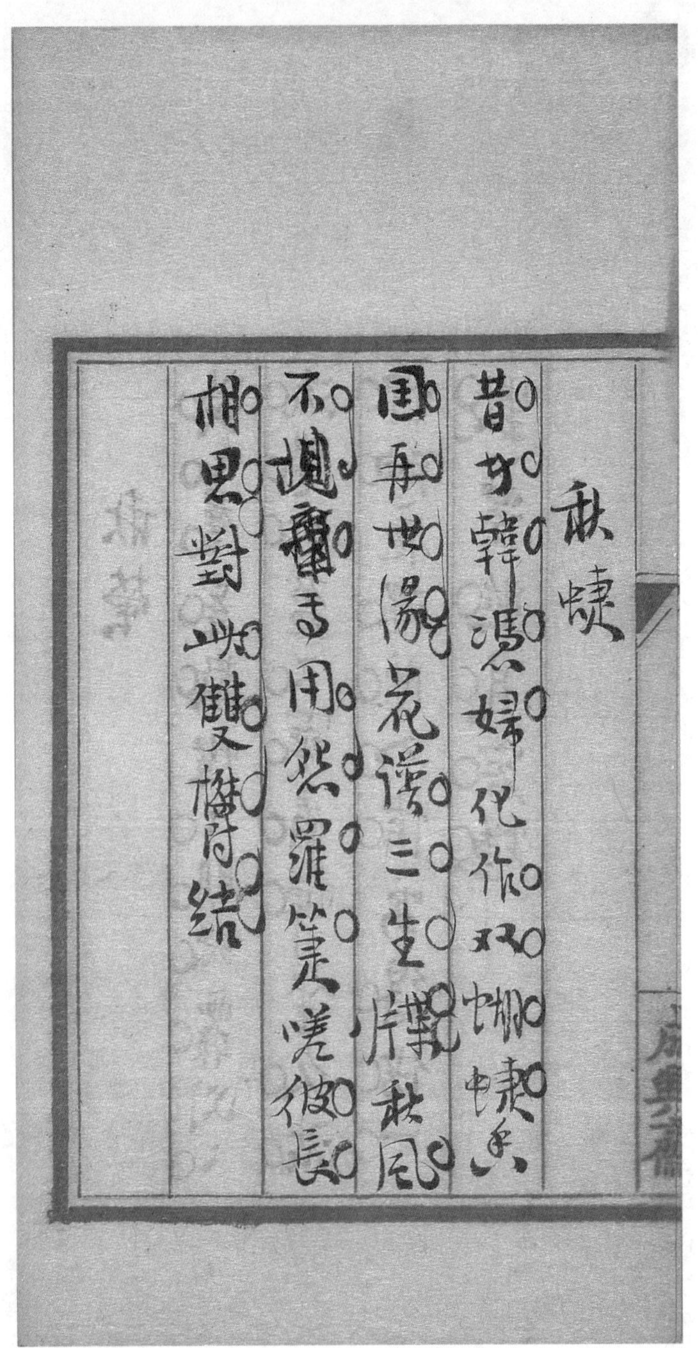

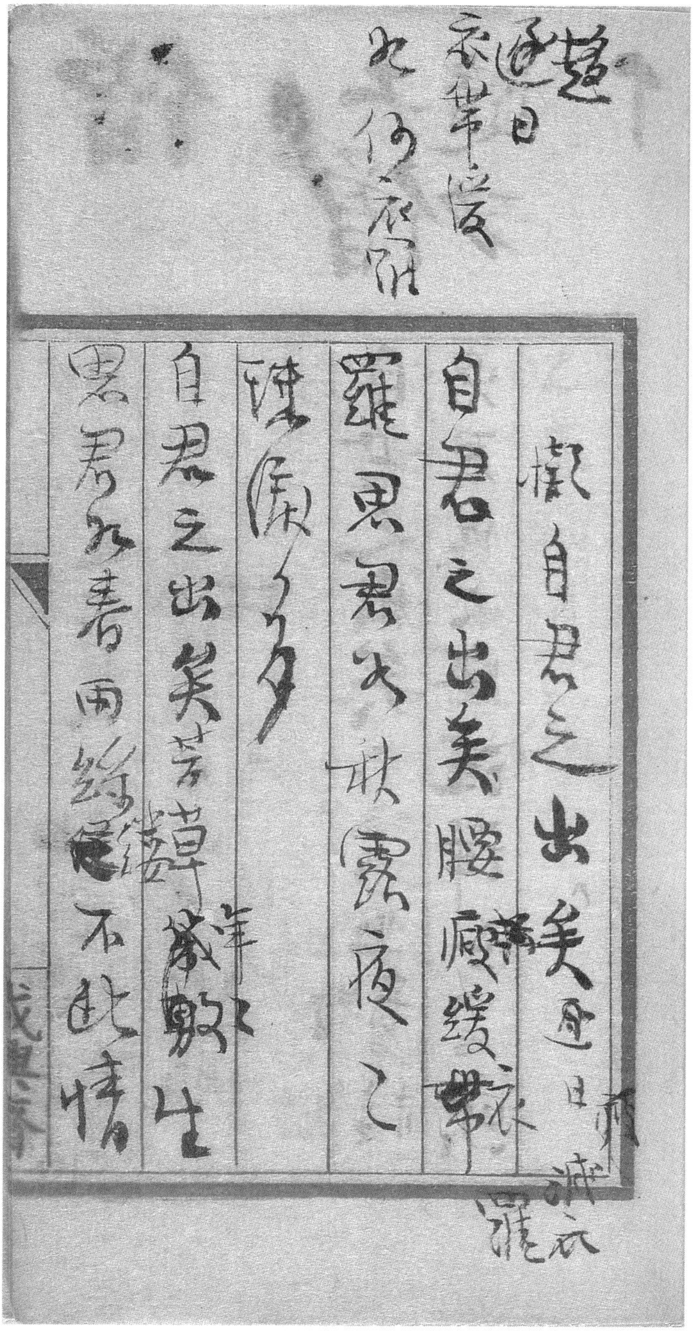
趙 過日
衣帯緩
如何成附

樹自君之出矣 過日
自君之出矣腰衣帯緩
羅思君如秋霧夜夜
輝減夕夕
自君之出矣芳草年歳敗生
思君如春雨綿綿不斷情

衣
減衣
羅

僧
工僧
隨功

自君之出矣 [illegible]迴[illegible]
思君如泉水 [illegible]四[illegible]迴腸
自君之出矣 不復上[illegible]情
思君如大海 汪洋[illegible]頭

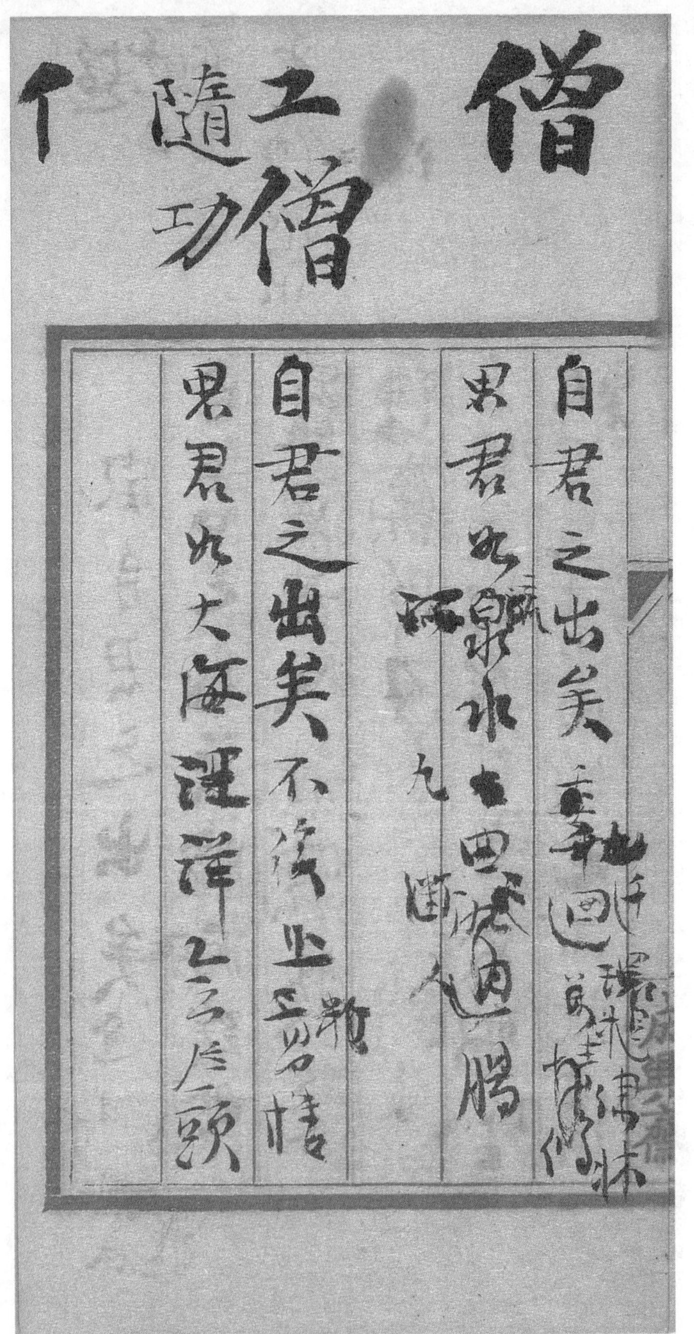

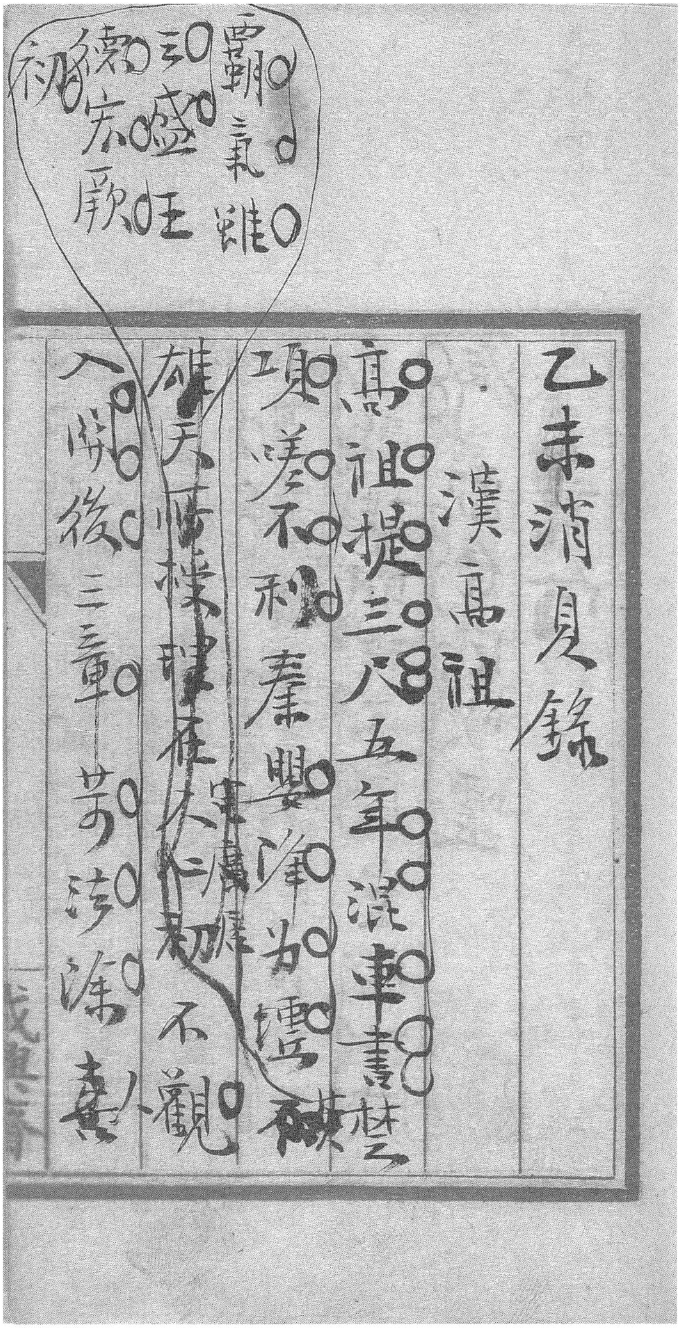
乙未消夏錄
漢高祖
高祖提三尺五年混車書楚[illegible]
項[illegible]和利秦嬰降如雲[illegible]
雄天[illegible]樓[illegible]在大仁[illegible]不觀
入關後三章苛法除盡[illegible]

心淡以老網漏吞舟魚上天
好生德垂至言謝巧洪其生
以百姓於法下杖專仁地乃
訂敵雄循環理不遠豈徒恃威
命歌今風吹雲
萬何

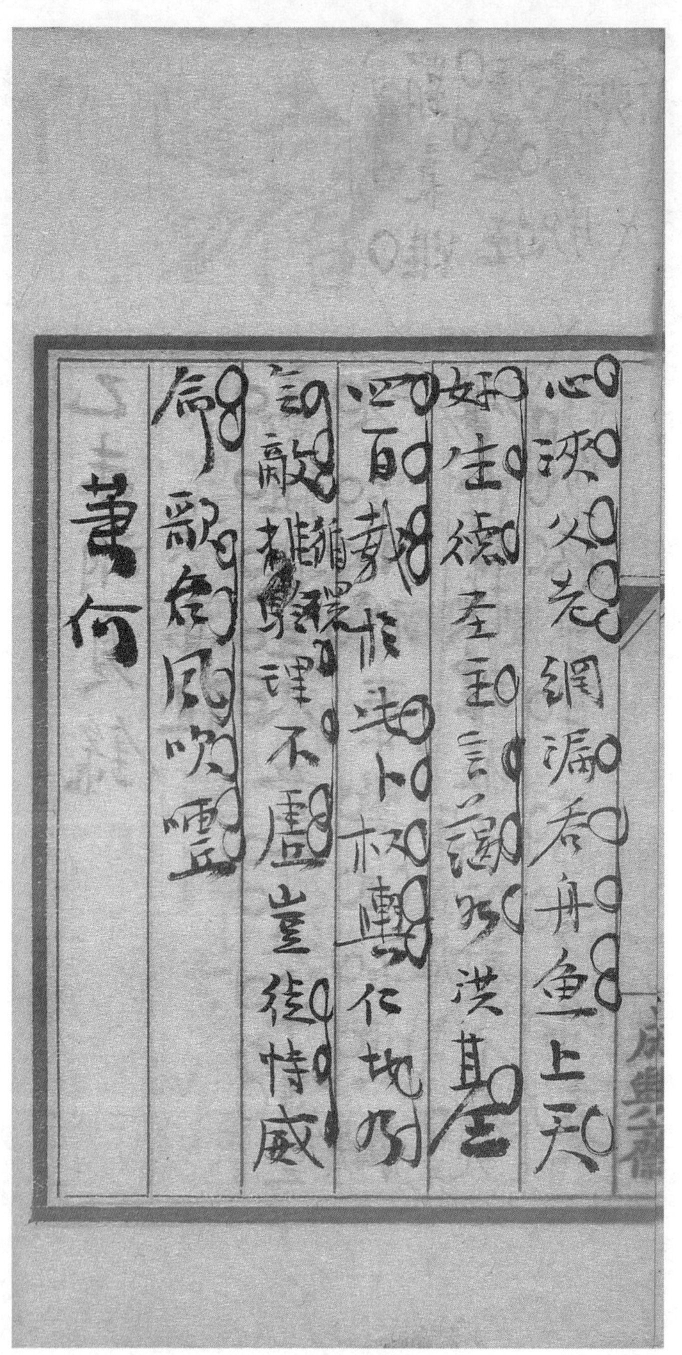

名言

秦乱経籍存漢與経籍
之策何乃筆吏人[illegible]窓張
皇只動令法律為知之文
章蔵書秦所禁不禁[illegible]内
收蔵漢国記経籍斯文
天始[illegible]喪[illegible]
坐視焚[illegible]

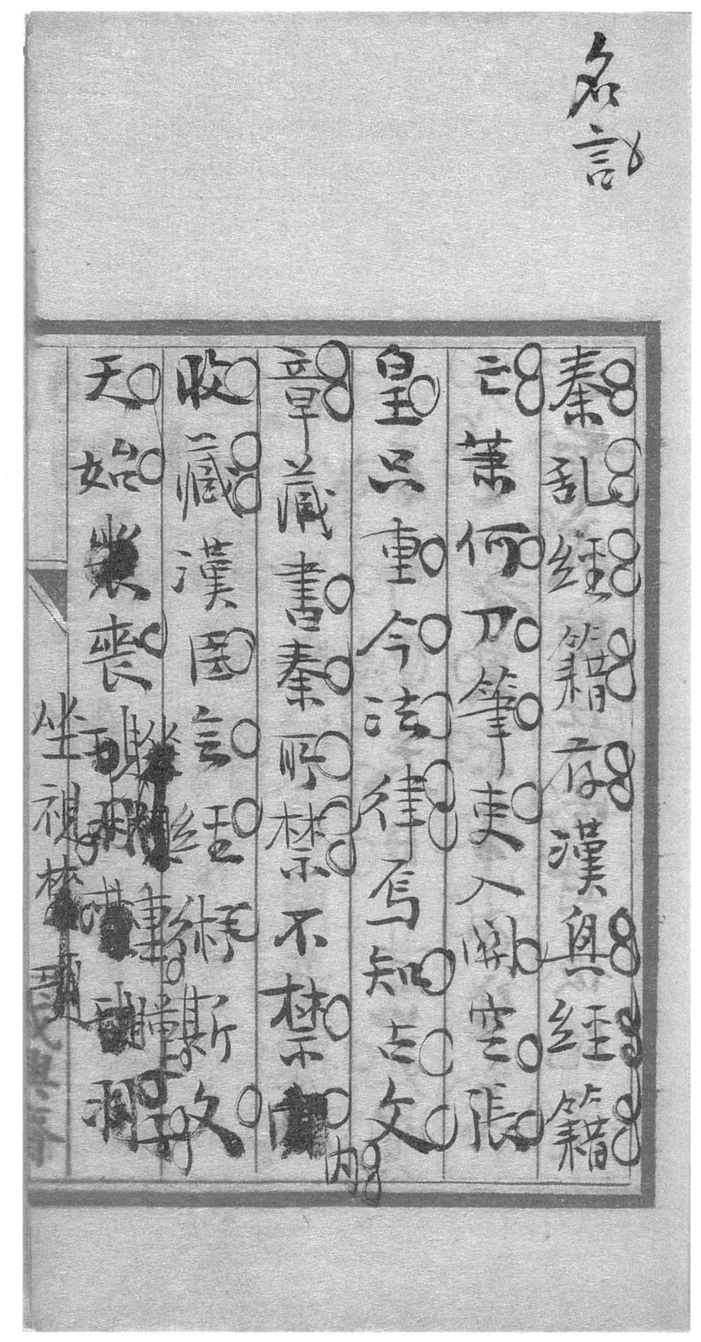

何定極沦雕熠咸陽咸陽
不羅惜經籍良賤傳
紀信使黄毒周葛驄狐
誠高節男天日其死賢
其生寡恩赤亭子坐亭
王業成周昔帝封後紀信

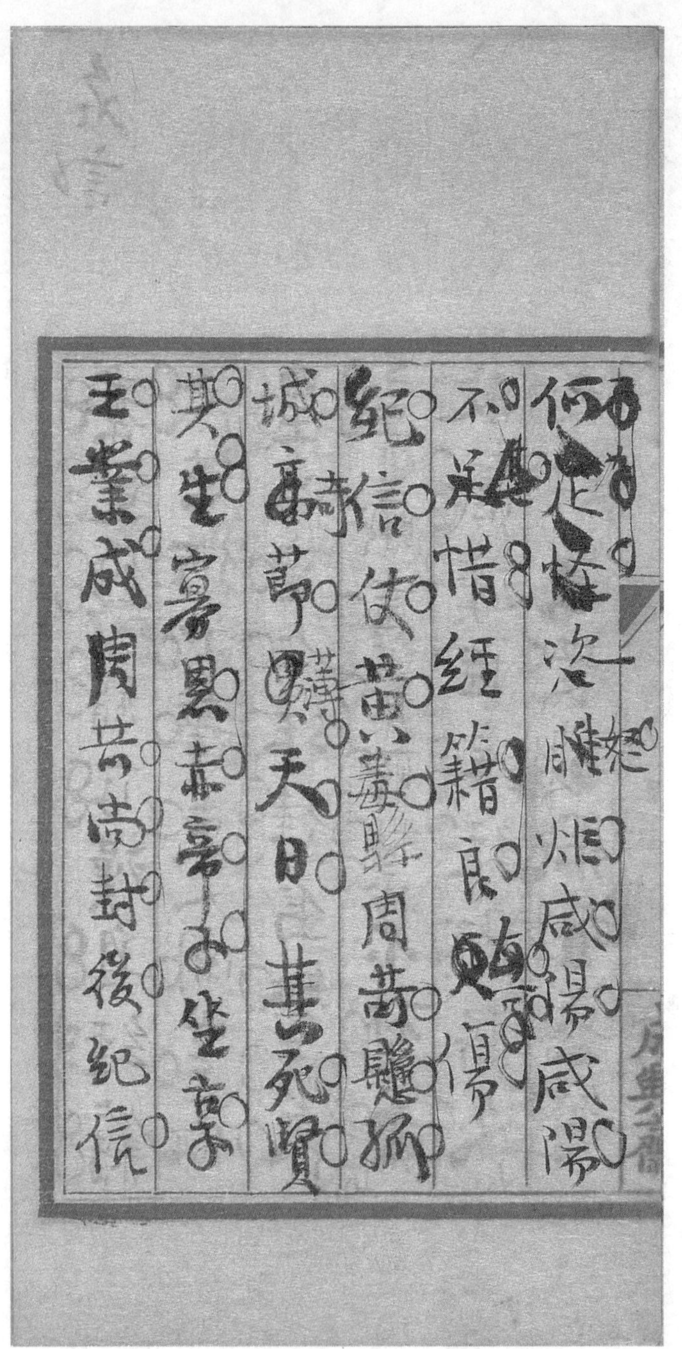

泯其名漢書不立傳節義
鴻毛輕無怪莽大夫新室
多頌公揚
高祖表臨三傑宣帝旌霍光如
賛也得不死四聘之逝歲一朝
忠哉趙峯勃言忠良孰若

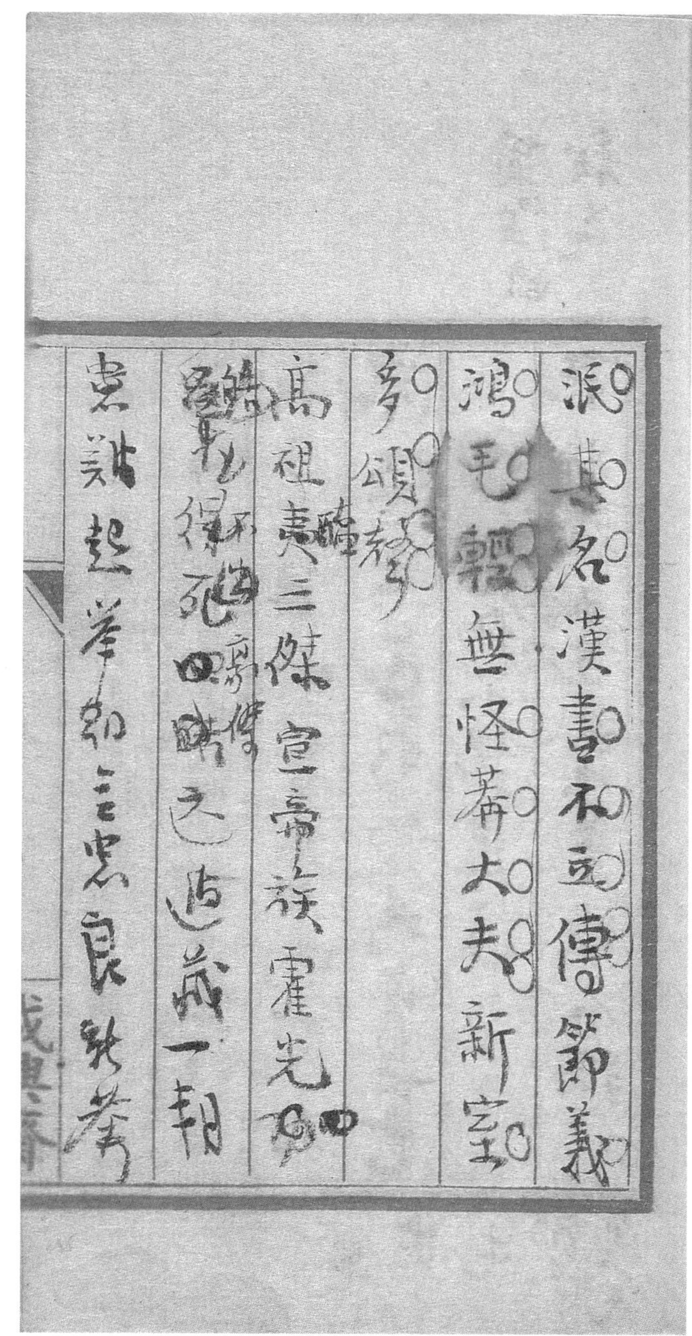

淵撫娥

敲去

寄王壐觀察許昌天憲隱

嵩少四遶諸人敢勸王謙來四皓閑

賊壘郾起德星聚南陽大失絃功一軟

風獵士氣歌兆在無已

何不掃黑陰

乾將麟[illegible]至霞巢鳳不翔

花屯叱鄂氣

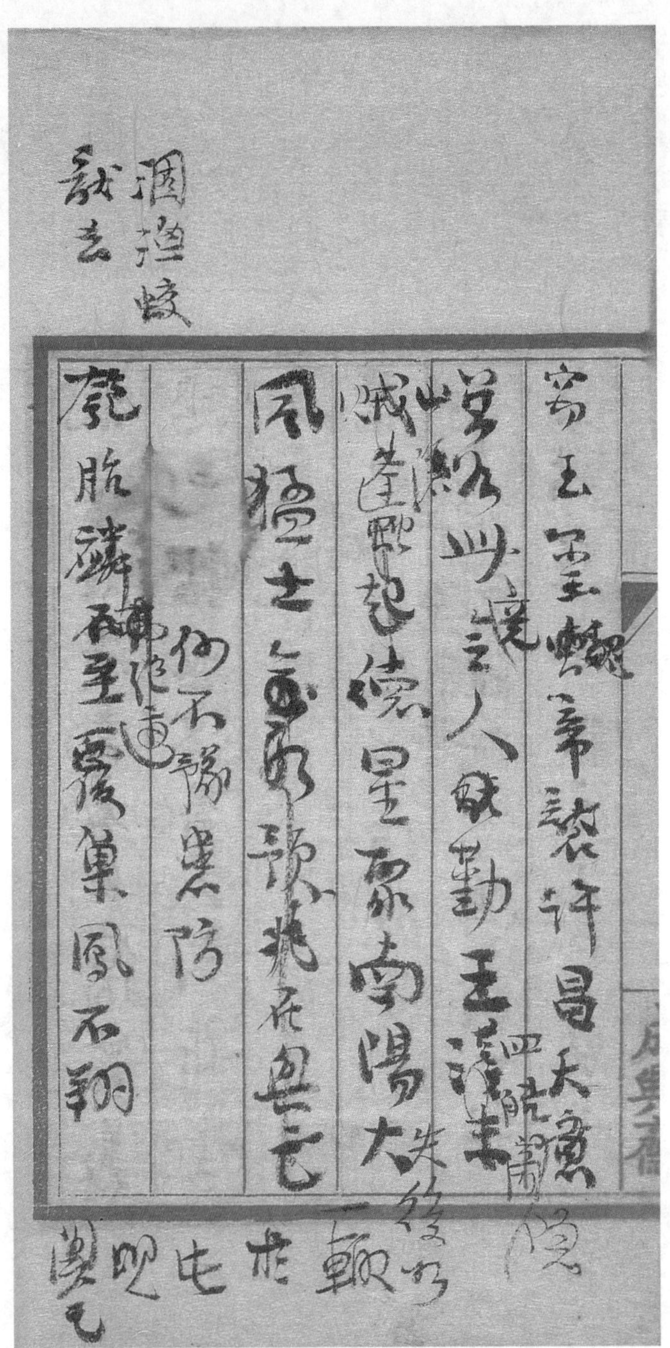

枕上偶成 步陣 清風透帳羅

新涼一被雨初過帳落微清風尚

透羅人靜虫聲依枕急夜深

螢火隔上窗多鄉愁千里雁聲

夢詩君一燈只自哦慎殺東

鄰小兒女爭唱墻唱送郎歌

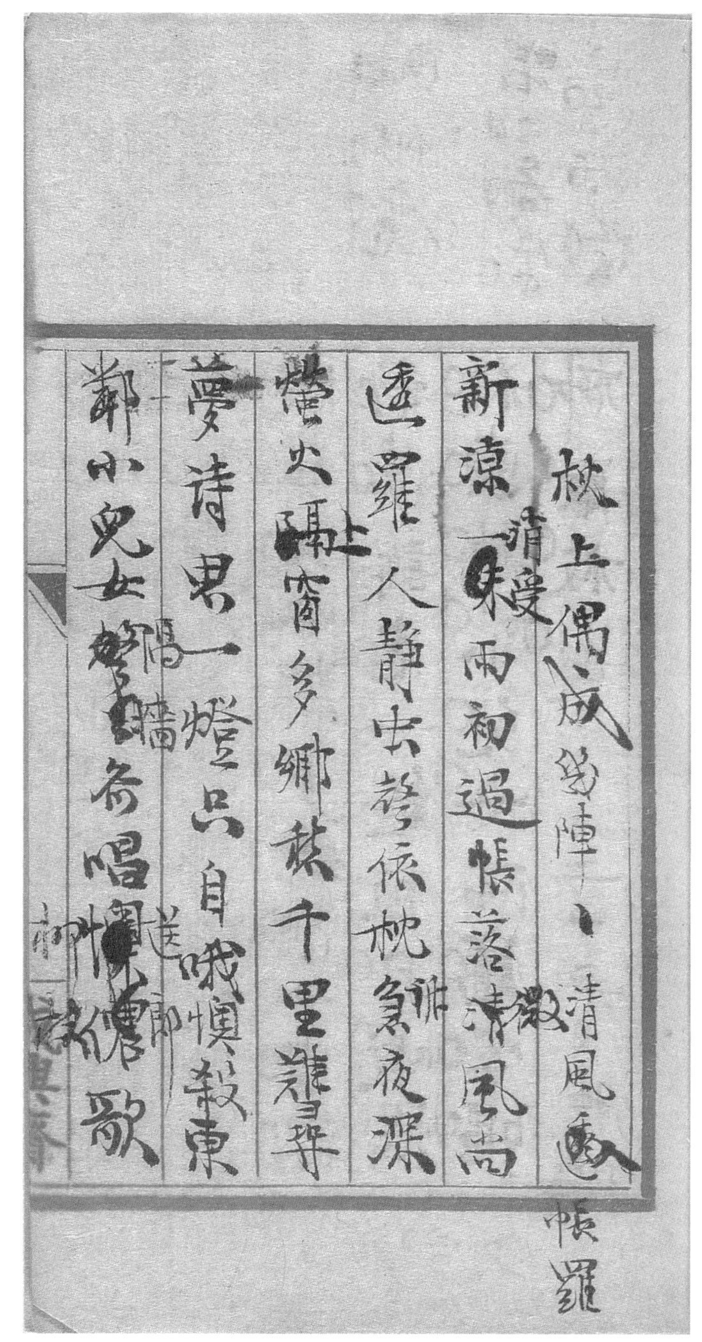

醒似魔
唱口霄牙
唱口祇歌

新涼消受雨初過蕭颯輕風
入幌羅人靜蟋聲依枕訴亘
深螢心上總多鄉愁千里萬
尋夢詩思一鐙祇自嘆惱
殺東鄰小兒女隔簾學唱
柳[illegible]枝影　二十三日晚脫

不任
斷續
清襟
猶自
唱吳
歌
嗚咽

劍術笑荊軻
耳餘兵法
陋孫吳

擬左太沖詠史原韻

少年騁壯志，挂劍讀兵書。奇
氣貫星斗，高情薄太虛。便
乘風雲上天，御一區區太古
內
回首限囙請首著作輕班馬詩
術闕孫吳，英雄不得志，情然且

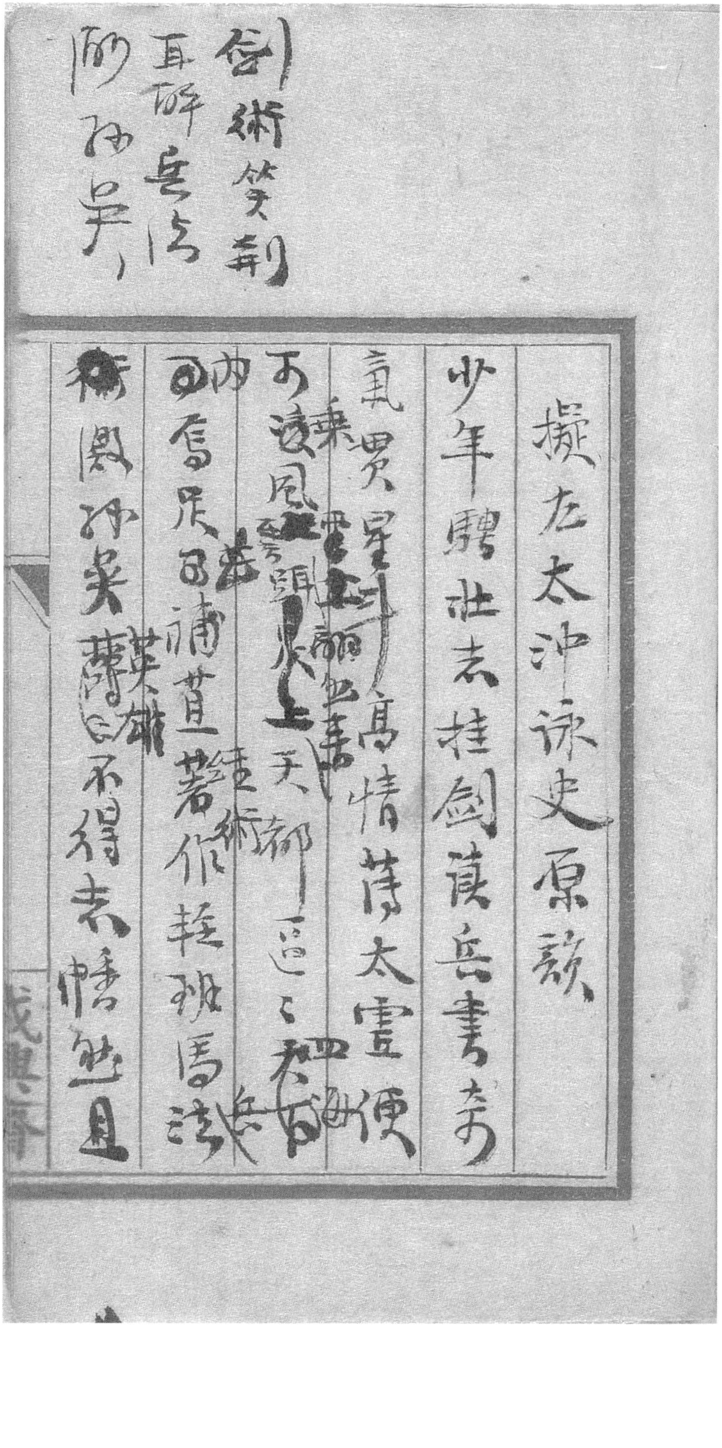

改篇金台君指授寫之古林

胡著述卿自選附正學吾廬

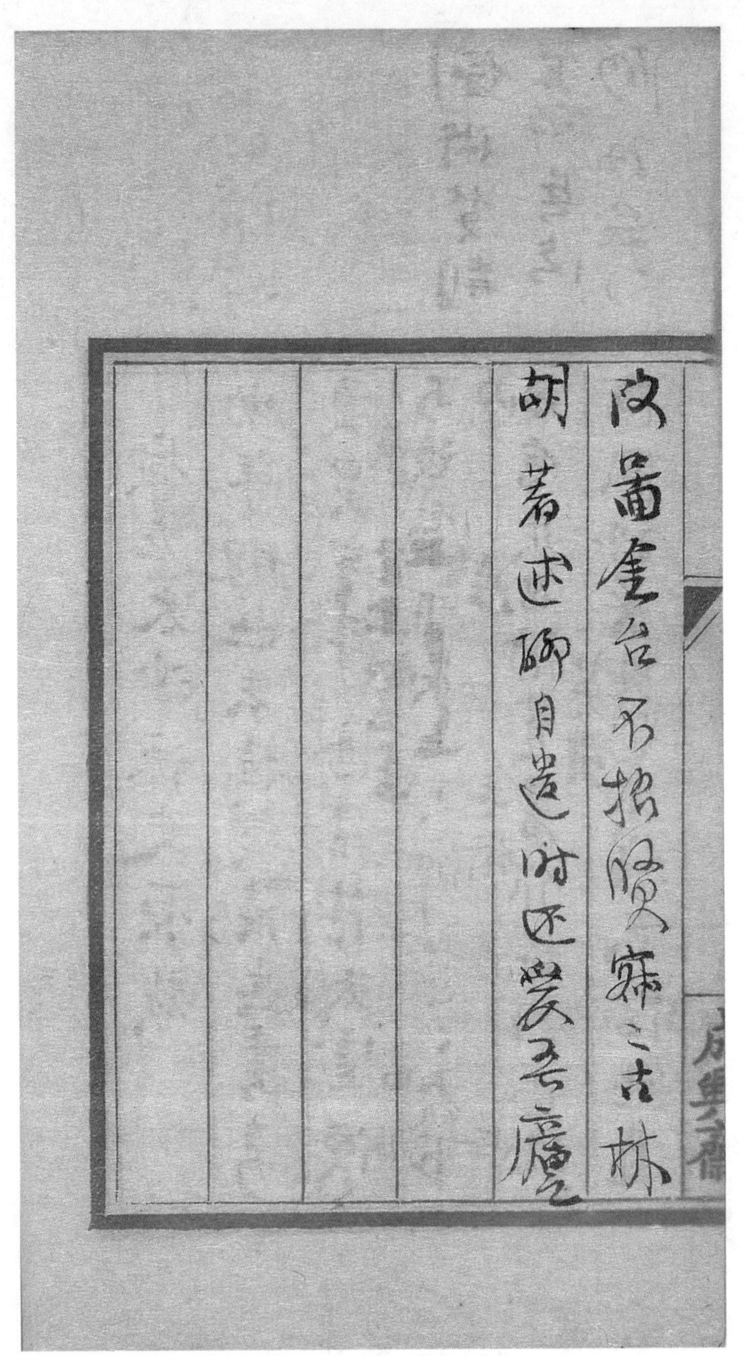

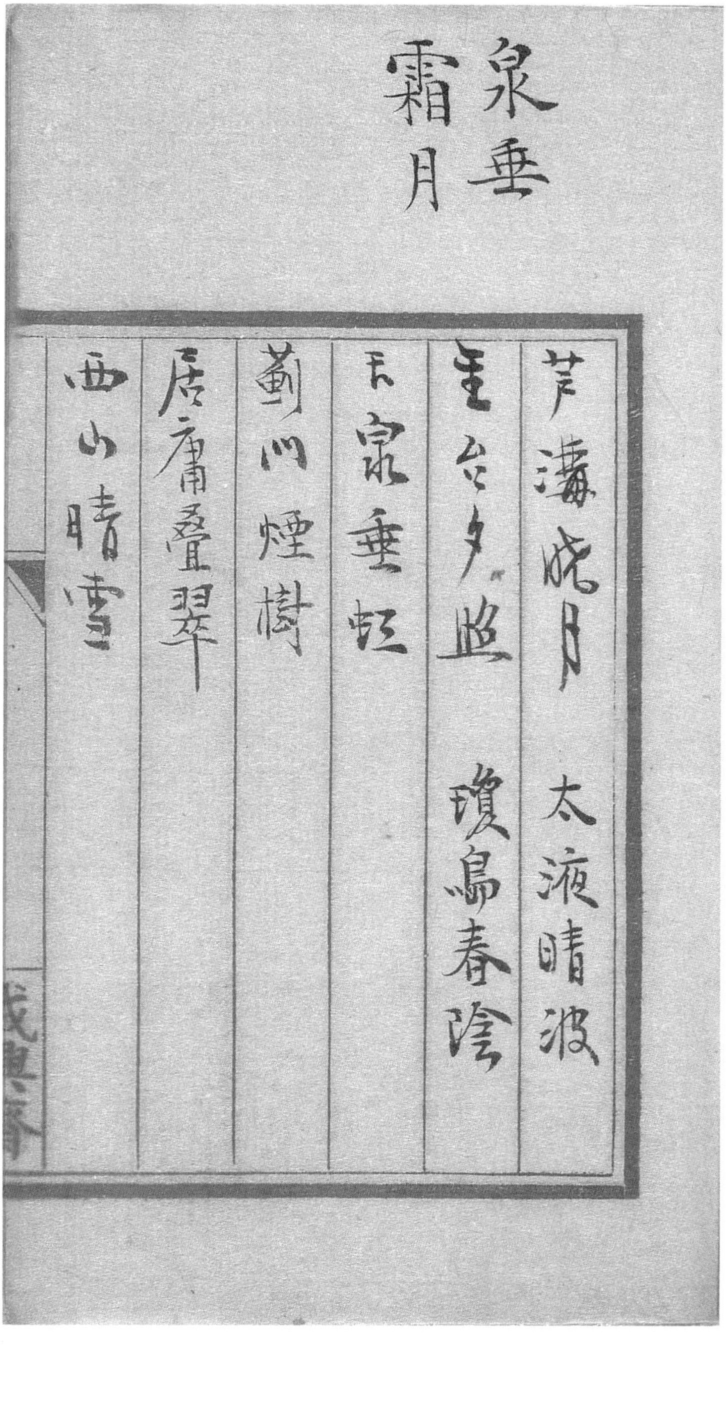
泉垂
霜月

芦溝暁月　太液晴波
玉台夕照　瓊島春陰
天泉垂虹
薊門煙樹
居庸畳翠
西山晴雪

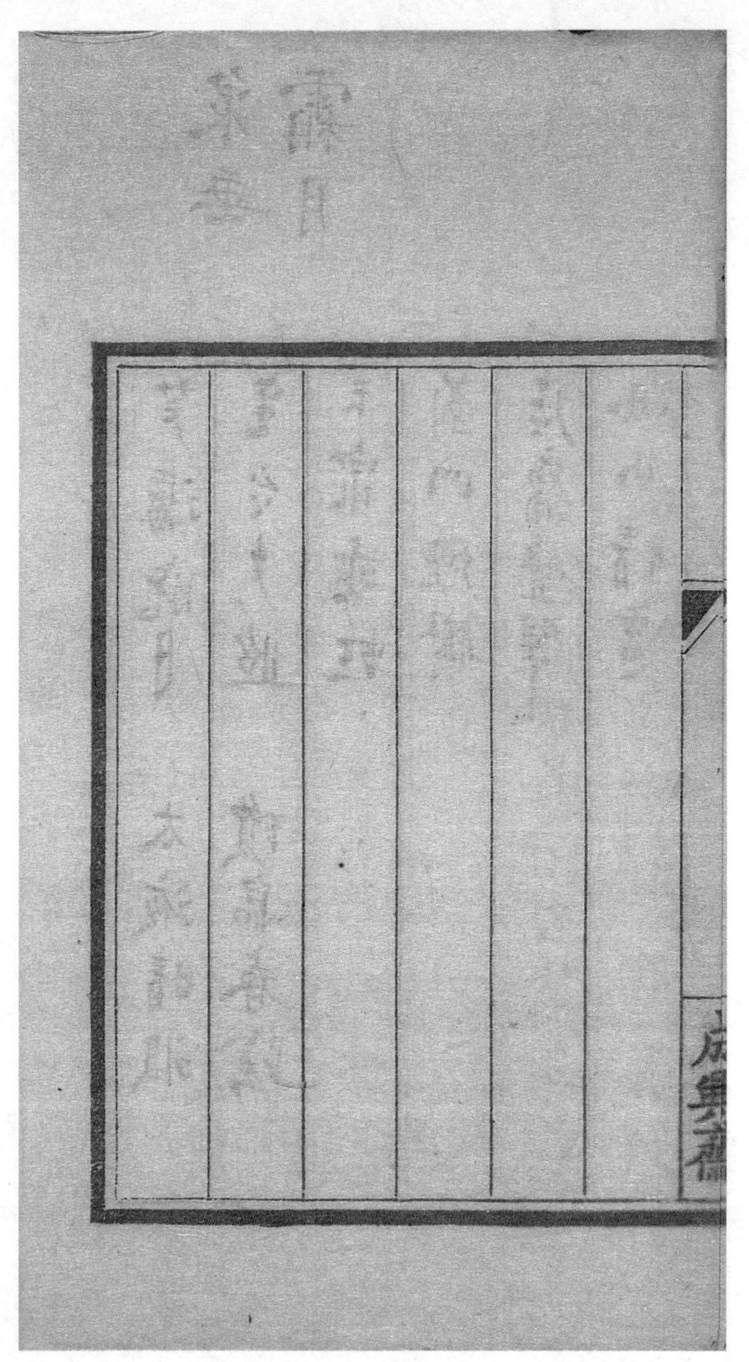

晚歸

淡月挂城角薄暮煙靄霏

萬家暗深樹層樓翠微中

鳥投林宿余亦緩緩歸

塵市散喧闐車馬飛紅塵

匝地起撲面不可擇今夕跡

嫁息朝

息嘴明朝仍飛々烏兎駛

又作

相逢月没日又暉人生盡

擾攘於止世良所歸

晝夜日月[illegible]　烏兎

人生如白日夕[illegible]後朝又暉　擾逐人生去

止良所歸天下皆擾攘於焉止　京翁

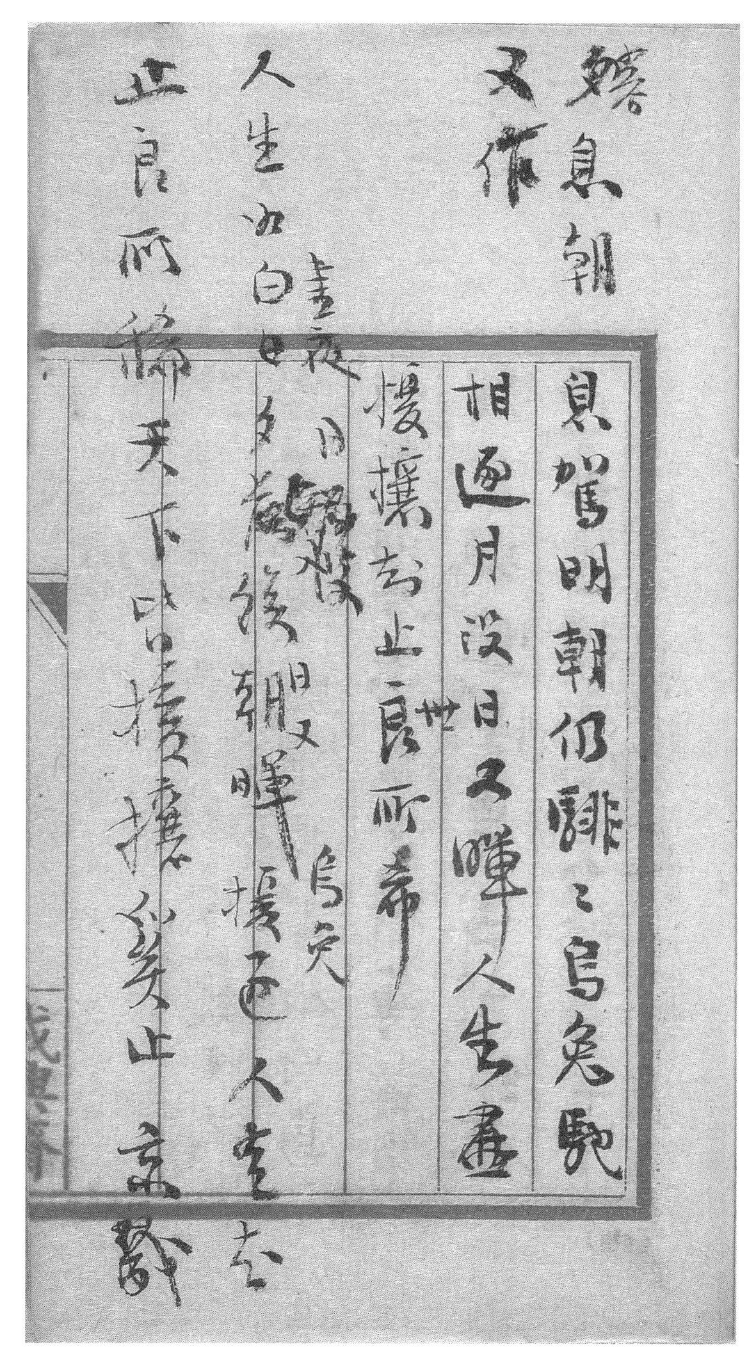

晚歸

淡月挂城角樓閣從（崔）巍巍人（萬）
家但見樹煙霧接翠微（蒼茫煙靄霏微）手鳥
投林宿余亦緩緩歸薄暮
胡市散喧闐車馬飛紅塵
匝地起撲面不可揮天下

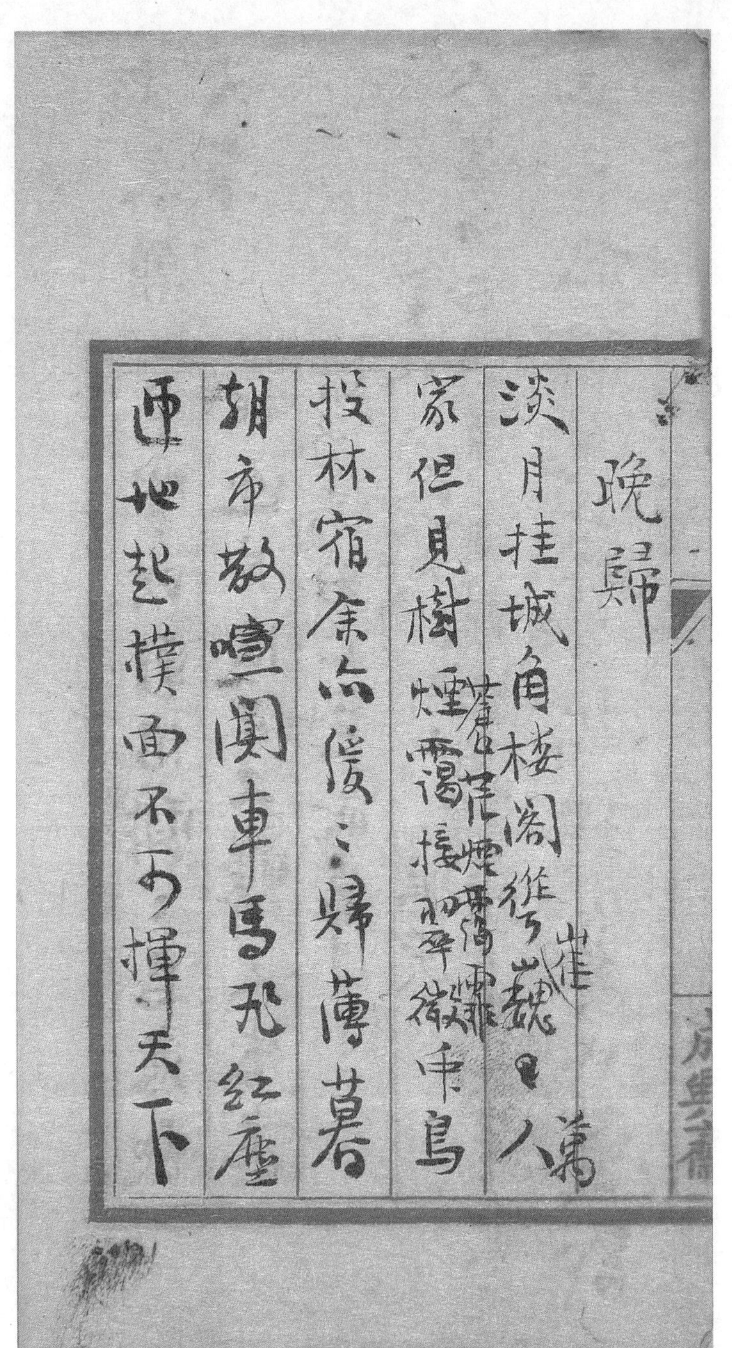

皆懷撫何況京奥歲星斗
南西段白日復朝暉人生
何時已却止世而歸

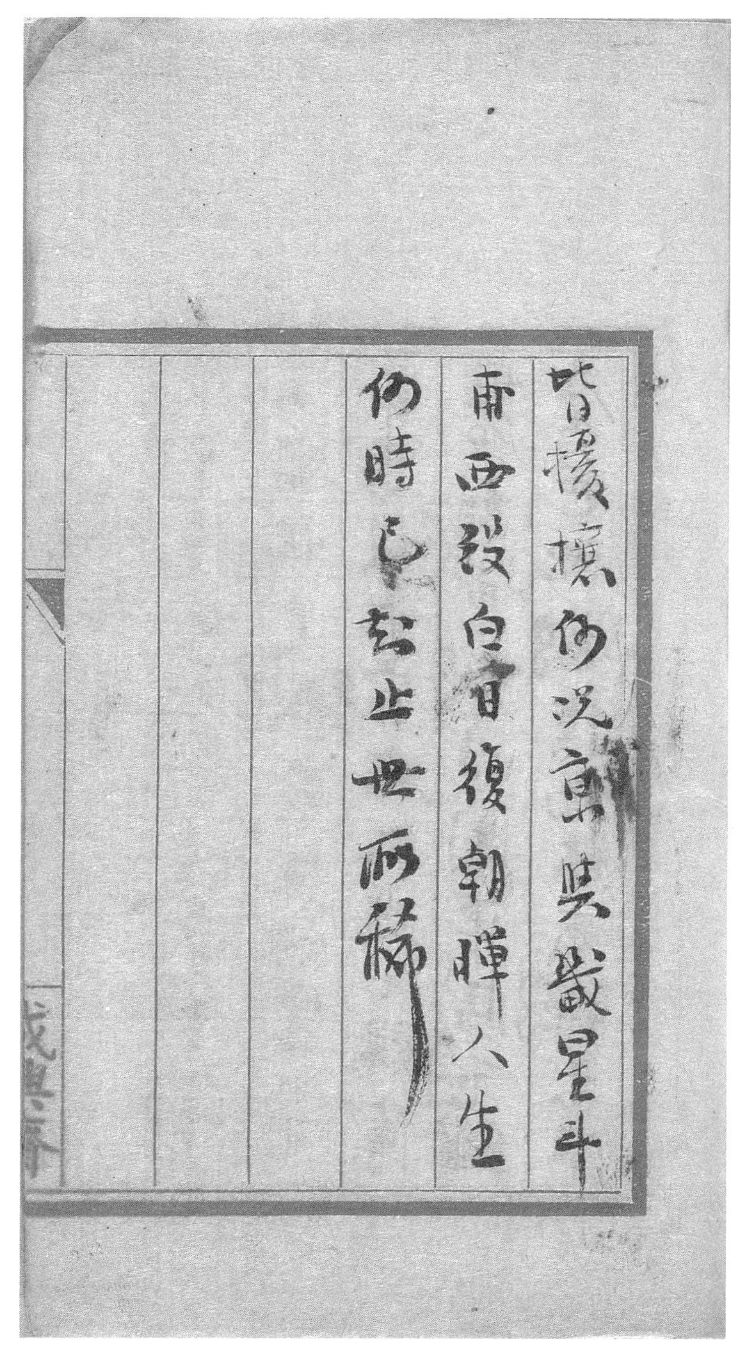

晚归

淡月挂城角，層樓倚崔巍。
萬家但見樹，蒼茫煙靄霏。
衆鳥投林宿，余亦緩緩歸。
薄暮朝市散，喧闐車馬飛。
緇塵匝地起，撲面不可揮。
天下

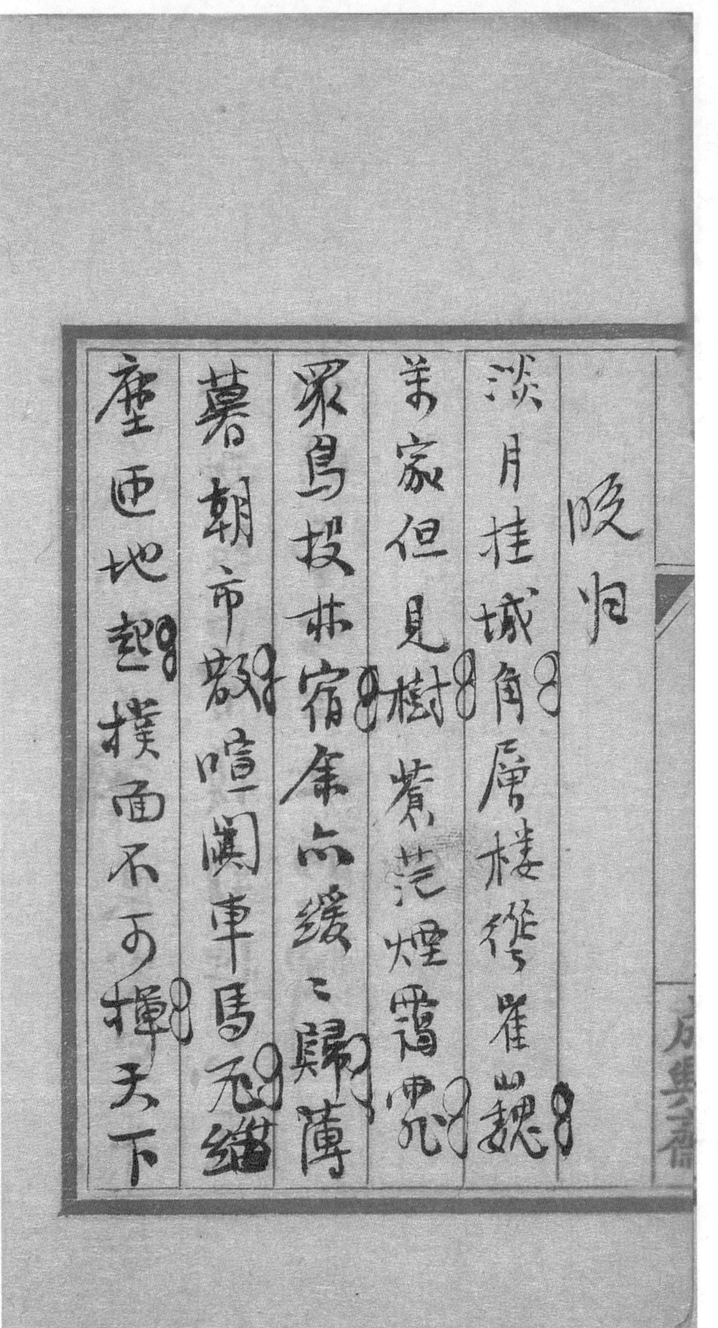

皆擾攘何況京畿星斗
東西没白日復朝暉人生
何時已知止世所儒

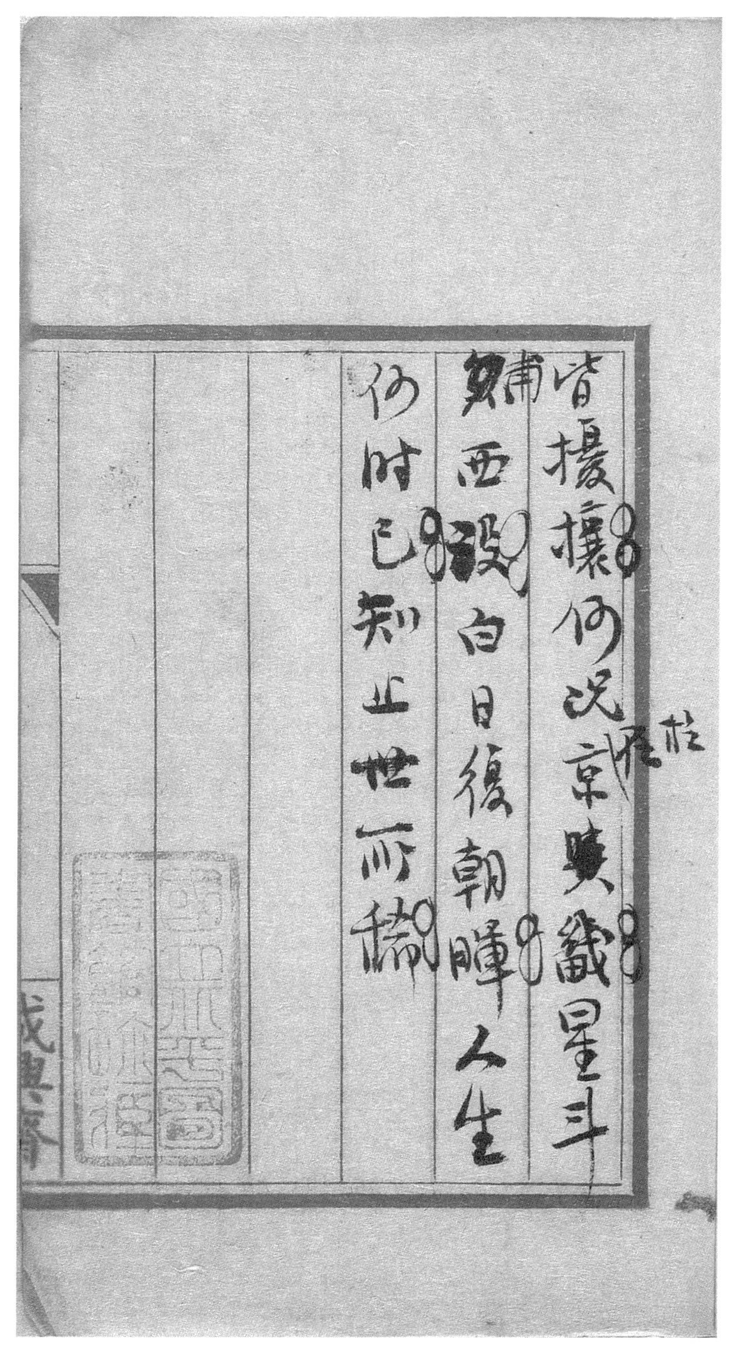

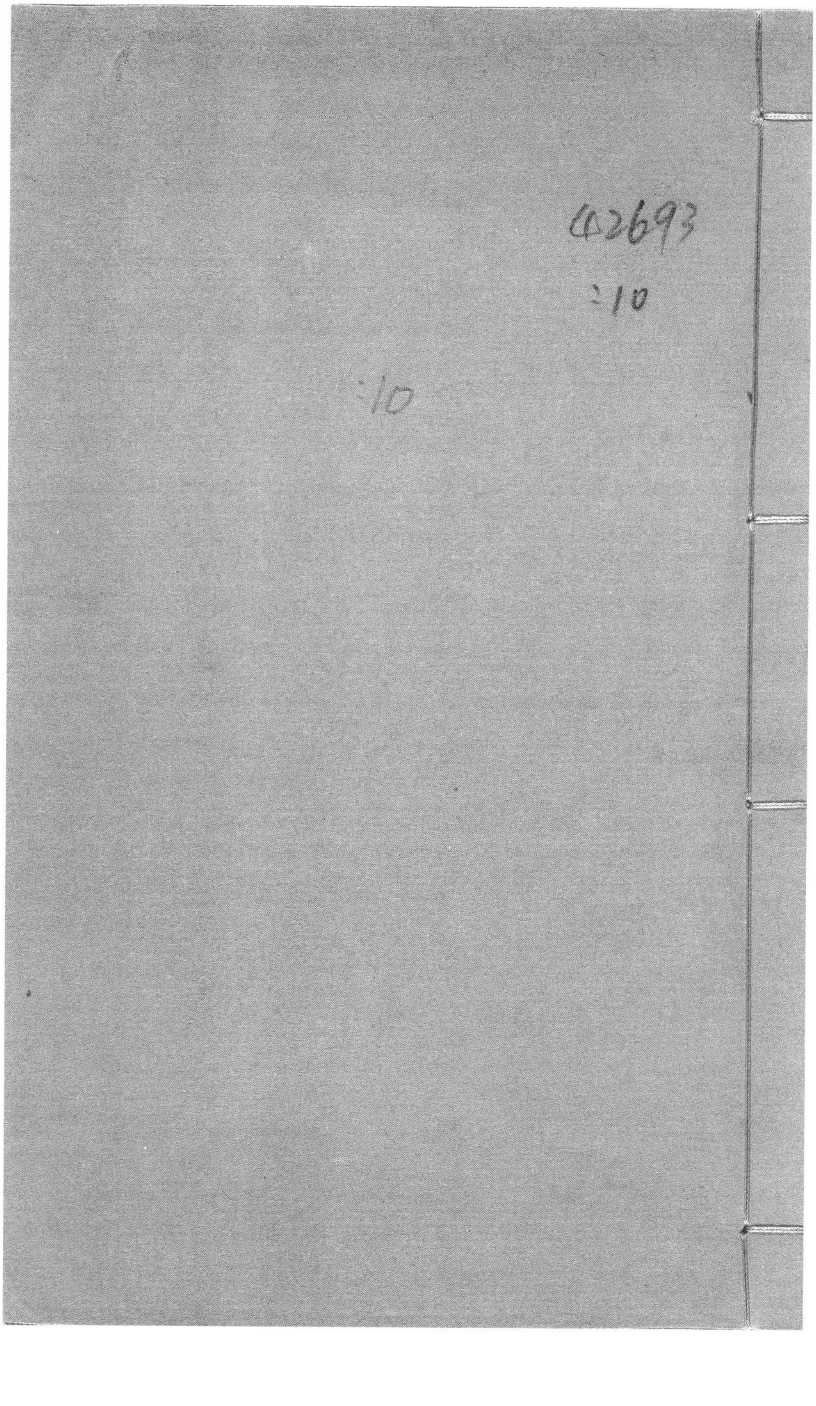

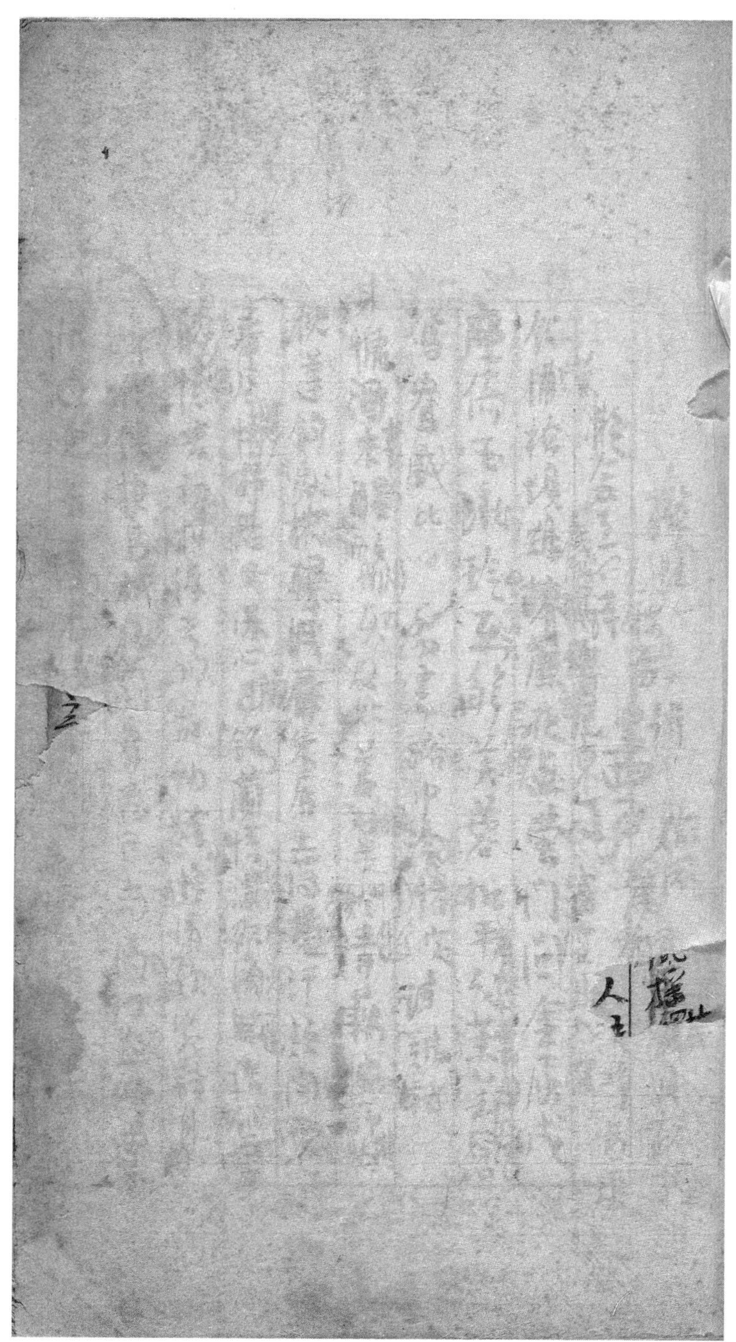

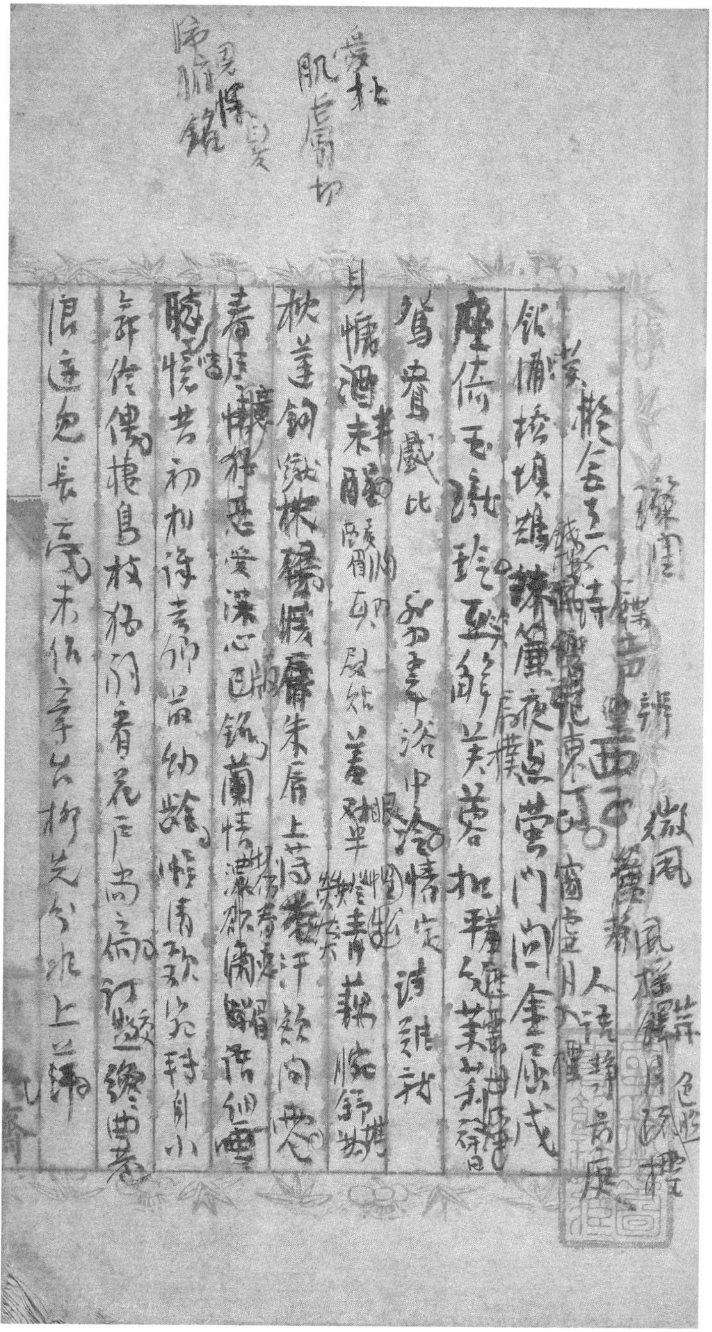

西園寫[illegible]

小青[illegible]淚點濃[illegible][illegible]藏[illegible]有[illegible]

類成倡樓楊柳鴉[illegible]怨双星。再問桃源路重雨雲

毋廉非煙多態[illegible]定海三年别巫山

一度經[illegible]朝雲多變幻[illegible]雨[illegible]忽下[illegible]風塵

咸英緣[illegible]前[illegible]何太忙付[illegible]錦[illegible]年何促

雲閑三千[illegible]十[illegible]鈴[illegible]

有恨堪浮白同看小青[illegible]花空自鳴[illegible]舊曲不堪聽[illegible]同[illegible]樹[illegible]

商婦船[illegible]月[illegible]

[illegible]春门[illegible]冥冥

恬深[illegible]

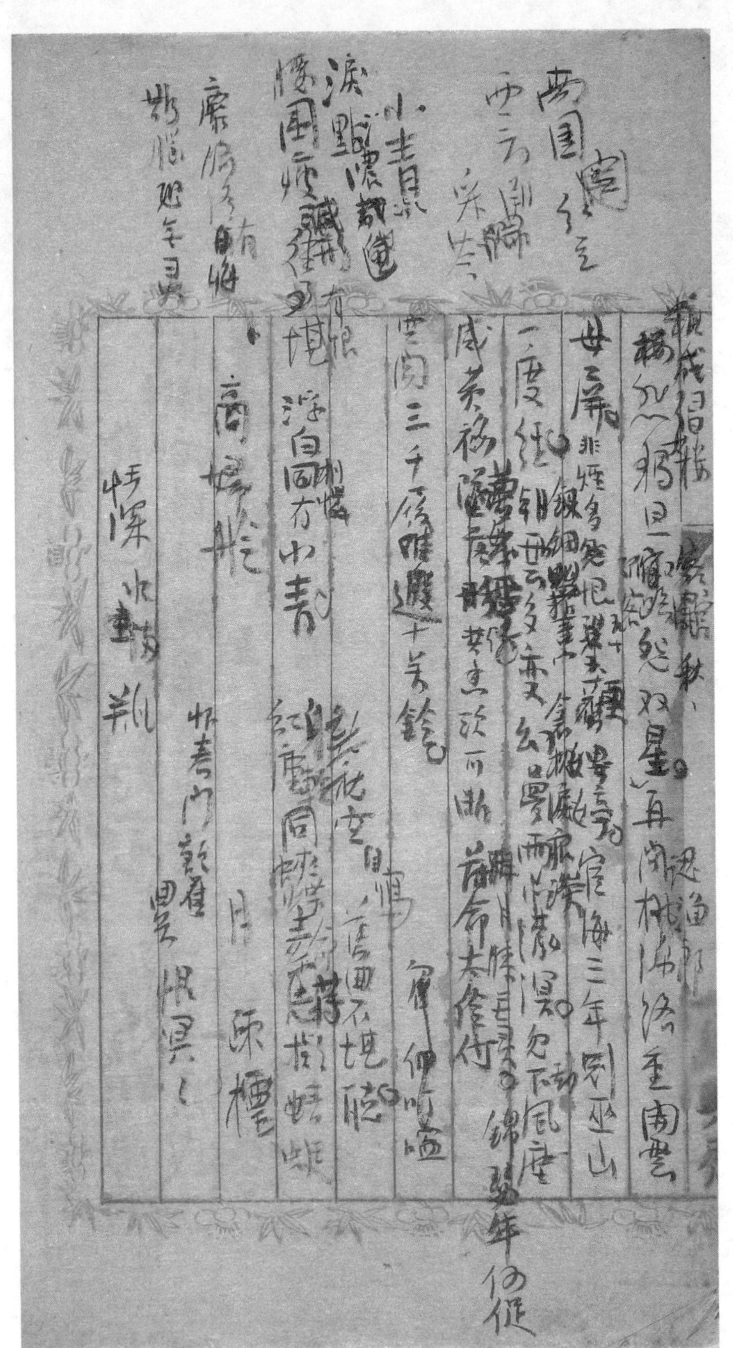

暖色　前庭

樓鳳罘梳鍘璇闈夜樸夢屏声辨西子珮響語東丁

簾中風搖蒜窗虛月入櫪門闌金屜戌座倚玉藏玫

笑解芙蓉扣聊茉莉馨鴛鴦眠曲渚翡翠浴中泠

愛極肌膚切思深肺腑銘酥胸真欵貼羞眼半忪惺

藕腕舒攜枕蓮鉤繳不停暖朱唇漸薄香汗額頰零

與畫詩雖就神諳酒寬醒情懷仍着意眉語細叮嚀

憶昔初相逢當鄉正幼齡喉清歌婉轉體小舞伶俜

樓鳥枝猶弱看花已尚扃訂交傳曲巷浪迹忽長亭

未作章台柳先分水上萍倡樓悲獨旦客館悵[illegible]

再認漁郎路，重尋雲母屏。藍交納冷落，多病更嬋嫣。
宦海三年别，巫山一度經。釵鈿盟誓密，衾枕淚痕滲。
錦瑟年何促，黄衫夢不靈。蠻箋同蛺蝶，時命等蜻蜓。
雲空閟，三千歲夜，十笑鈴秋懸，自鳴伯曲夜塘聽。
晴眼堪留白，相憐有青，嚴煙無幼，暮雨自漸溪。
高固間从一足，西方潮緑蒼，懷春內數回回首悵，一天。

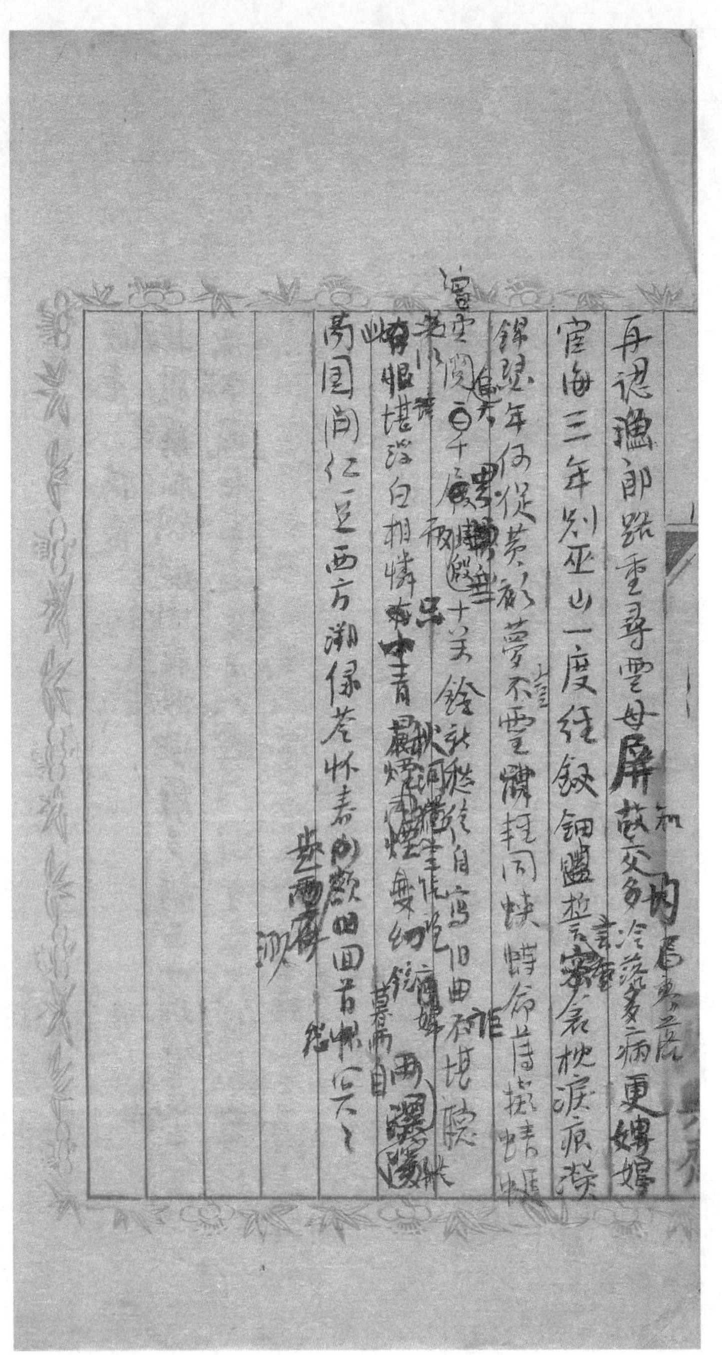

編入下甲午年
作第一章

紅豆館詩存

古平壽炅笙氏清課

癸巳年

春日西江濟南 赴因初知臺情兩地年長

陔草油油綠春來拜故鄉

驅車濟南道 近樹 蕭 葉 遠別賓

土情似鄉落日一回首白雲空斷腸詩情未

遊驅不濟南西陽 林鴉啼不住已為斜朝陽

△ 夷齊廟

夷齊待清處古碑殘巋然地猶濱海北廟在今

仰山嶽義難遷竟傳爭採薇

鶴 白雲下梅花春雪天

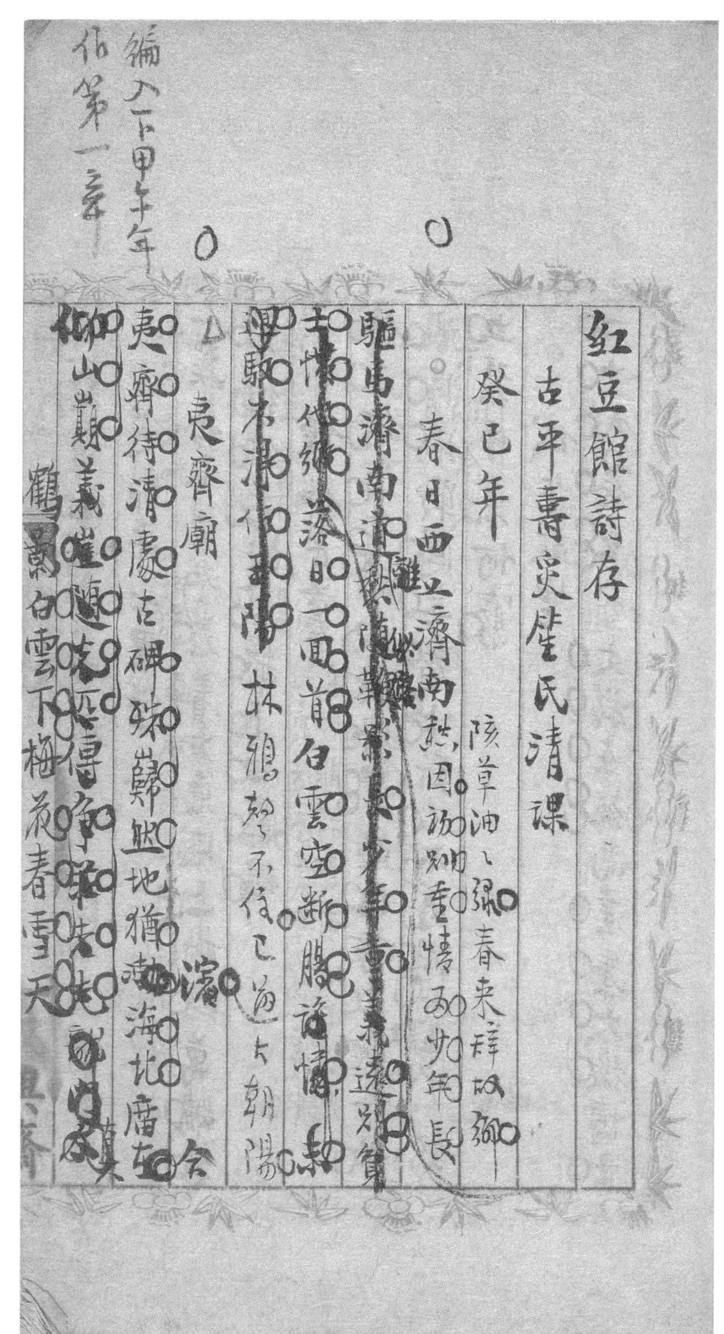

情識傳

懷人恨懷慨論前賢　願歌吳之激曲　一弔落寒泉

過鄖平七里堡

東風吹柳於綠未紅　由性情　隨歎折柔

一溪春水碧參差　看加東風上柳絲　萬縷新

舞翩翩處似淚　飛下白鷗灘　保業不得雲陽

陳仲子墓

矯矜陵子　豈不原宿草中　清介能故邑　貞土自清風

仲子何為者　矯然遠俗中　吾門持正論　妍出

激清困戰國　去臺土　斯人不可同　下激廉頑　於陵人流日

四猜佈意何窮

伏生故里

二十九篇在　斯文猶在茲　尚書秦火後　博士

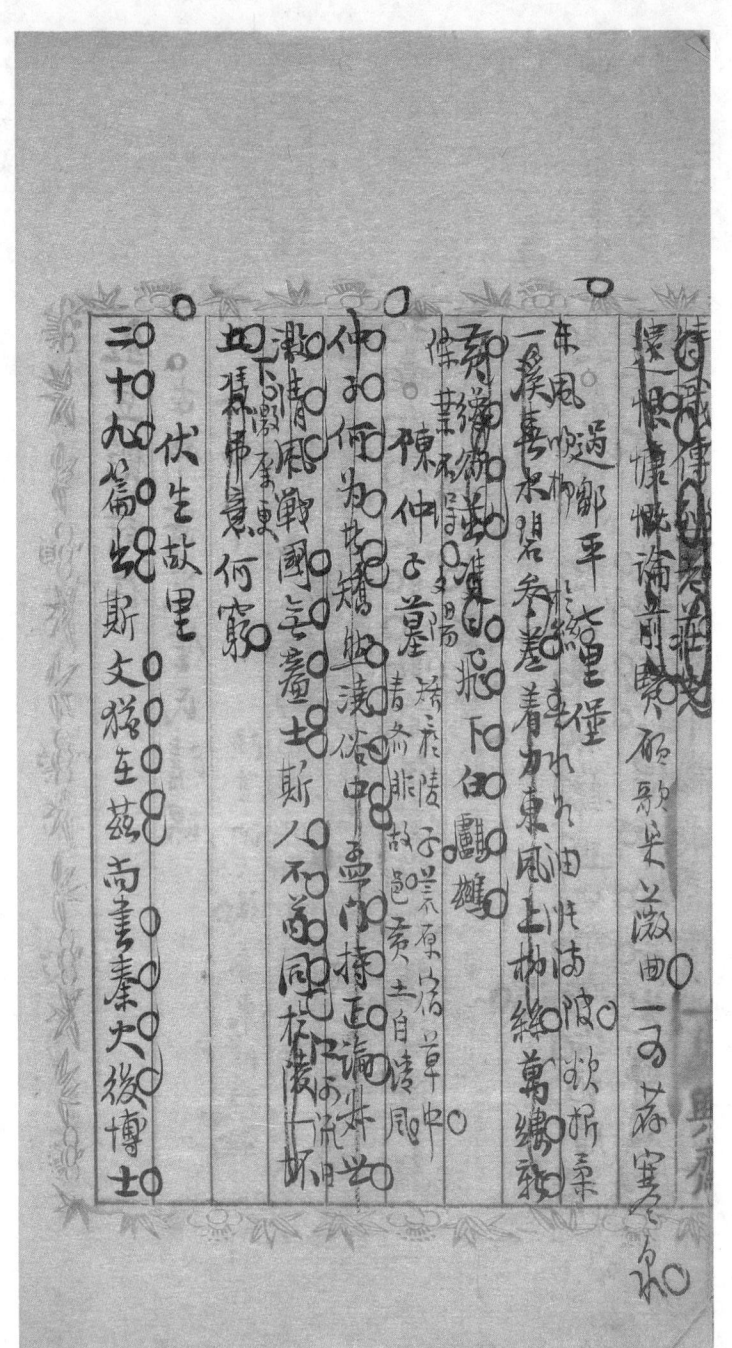

失礼當求野，
侍經始可歸。
壁中丑与竹，
空叙後賢模。

漢皋時壁裏三絲竹，生前有女兒。辭香詭生齋
專地桑梓得經節
奉祝垂樹故鄉祠
余生嗟已晚，桂里仰經師

入濟南境

兩隄垂柳鎮蕭江，人在畫中忘路遙。已近濟南三十里，青山無數擁征軺。

明湖弔荷娘，用漁洋秋柳韻四首存二

荷娘降乩自叙云：余臨清人，十四歲時年飢，為母所賣，遂隸倡籍，改為鴇母所逼，陪貴公子游大明湖，投水而死，迄今已五百有五年矣，哀哉。有自述詩

一年暨其同人倡和詩若干首

情腸一斷冷於霜點點胭脂溜玉壚邊蘭曲檻

其自述詩云胭脂獨自東吳

沈青雀舫舊歸痕濤翠雲鬟竹斑江上怨

湘女珠墜樓頭怨趙玉楊柳是旗荷是蓋

湖心終古直謂貞娘

風環佩霧含衣一點香魂是也非初主美

蕭者歌云主

荷神其自

葉靈隱紗妾家蘆葦指依稀

述詩云遥指橋邊夜色銀蟾落湖心秋光白

其神題妾家

藕鴛飛其自述詩云鵲華夜色涼之

雁又云空剩秋光滿湖口

年降騷壇

再提倡從茲相殺莫相違

昔在戊子曾降壇

後因和同人類懷

十

也降拾數年後癸巳余請拾復降云

秋日游明湖再弔荷娘仍用秋柳韻

湘水青青烈女魂　千秋腸斷漲波門（歷下北門 詩湖名漲波）

曉烟柳蹙蛾眉樣　秋露荷擎珠淚痕

歷下平康空有里　沙邱生長已乞郵（郵請古名沙邱）

美人名士因悲感　往蹟重尋慨歎論

墜落名花不耐霜　轉身一躍赴銀塘　為言朓

貞土酒澆地不飲　青樽衣滿箱　山色近矣

石佛像湖平（耆平揖）含祠　水仙王忠臣有女心如鐵

一樣清風在數城（凡湖有鐵公祠 永樂既誅鐵鉉籍其二女於教坊不屈皆自盡）

休問當年舊舞衣，欲尋雀蹟已全非。古亭風冷芝荷淡，遺宅秋深蘆葦稀。前為根詩云好皆多士尋遺宅鷗鷺從誰戀自潔，鴛鴦誓死不嗔飛。降壇殘在眼湖上，此地曾留獄莫違。又詩云曾留因在眼湖上

浮沉苦海有同憐，湖上維舟立暮煙。烈如心腸堅似石，美人身命薄於綿。危崖絕壁垂陽節，其垂陽詩云危崖秋已深又云絕壁寺幽討白草黃沙五百年。其自述詩云秋風颯颯秋草黃又一望空空泉云胭脂猶自染黃沙五百年且敘一慿弔傷心恨寄水雲邊。

○秋日金泉精舍

一葉下高樹西風涼報秋 氣悲宋玉賦興起 壓朝非遲地佳
卽且尋幽 杜陵 山色碧連[illegible]泉聲寒入樓琴書
聊自遣已矣復何求
蘭雅過 卿夢正 徳□

金泉精舍八詠

金泉觀魚

人自忘機心物亦同樂意金綫九鉤垂游魚不相避

秋堞讀碑

世人嗜金文余獨愛石刻一日三摩挲袖染蒼苔色

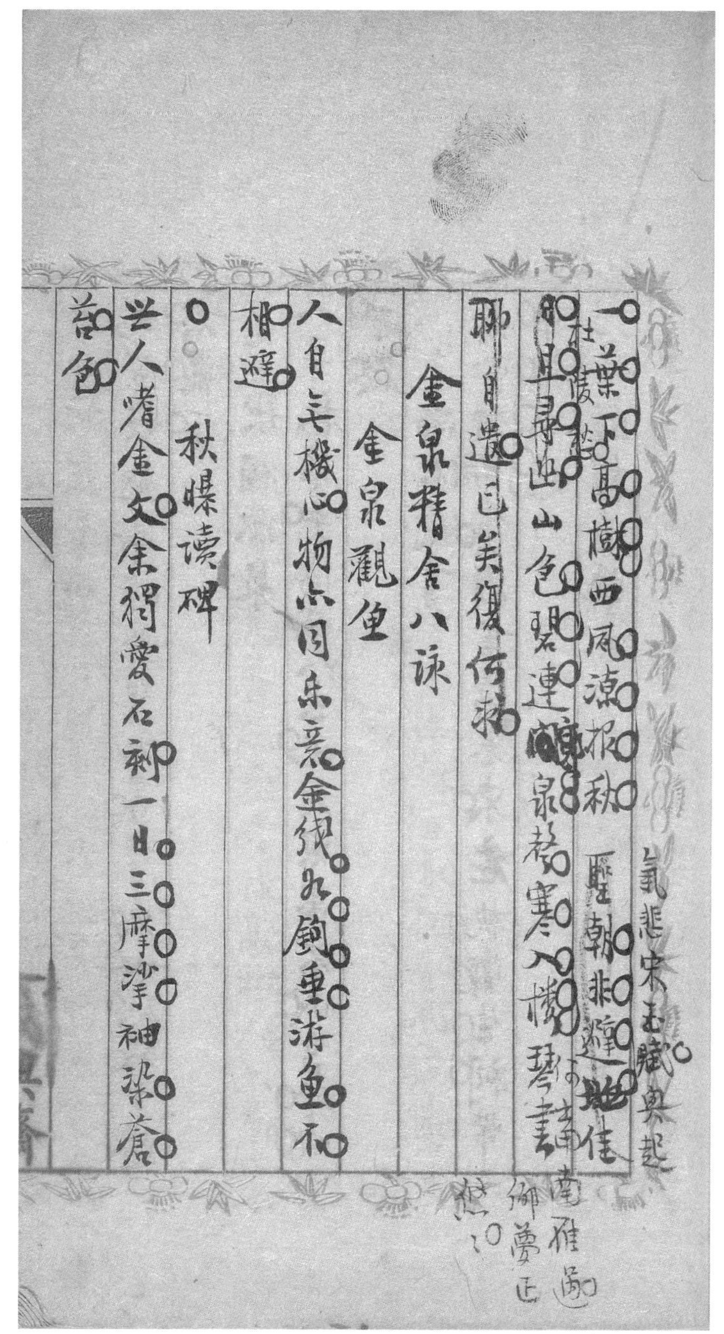

偶然看山

晚登倚竹亭，峰峦碧如畫。望久山欲行，夕陽忽飛下。

伏祠聽泉

入耳秋來乎，傷心人去也。相思夢不成，泉聲咽一夜。

尚志藏書

斯堂何時築，圖書萬卷東。左枕鄭生祠，带草年年綠。

絓樓遠眺

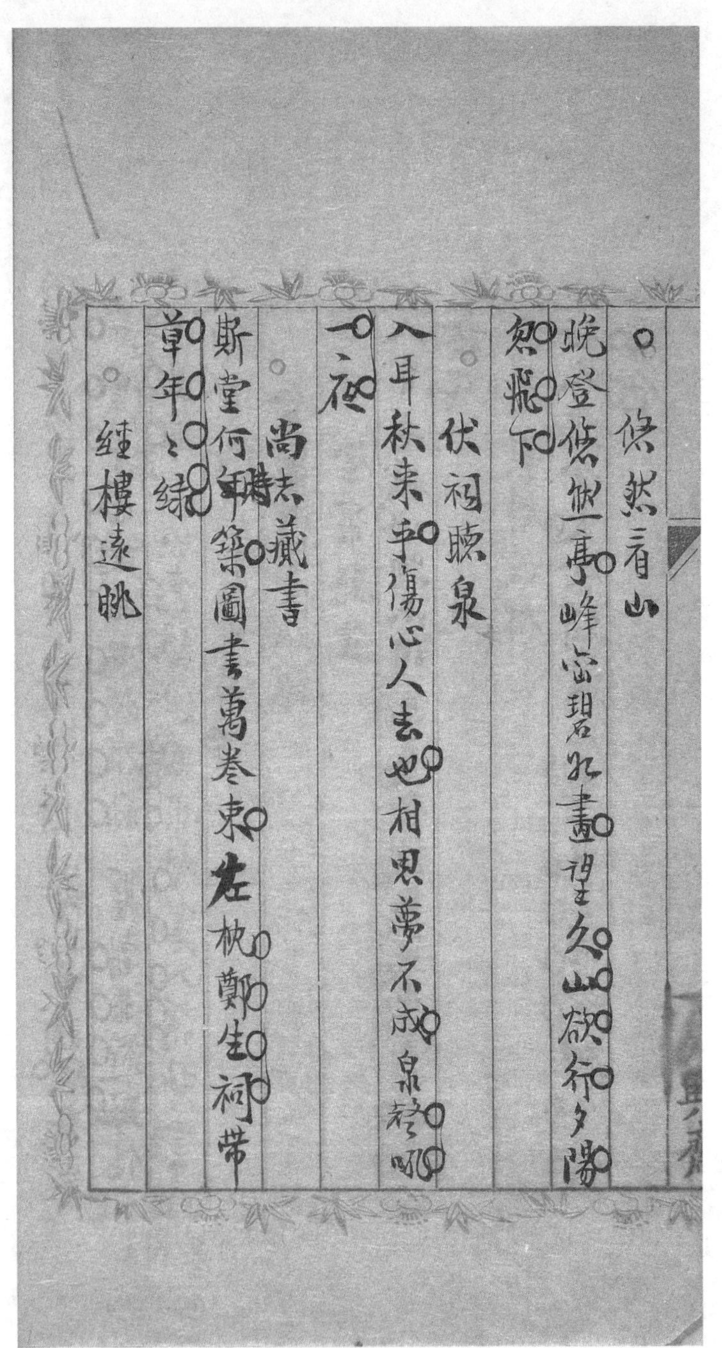

疎木偎蒼煙層樓矗白雲空翠西南來山色明一角

西園蕉陰

芭蕉葉及肩多傍牆陰種每月夜有風疑雨人迎送

東壁幽篁

廣廈庇諸生後先齊蔭藝修竹高於人亦爭攀薜長

授綏樓秋夜

霜風又是逼人晴光復高樓傷客情思到五

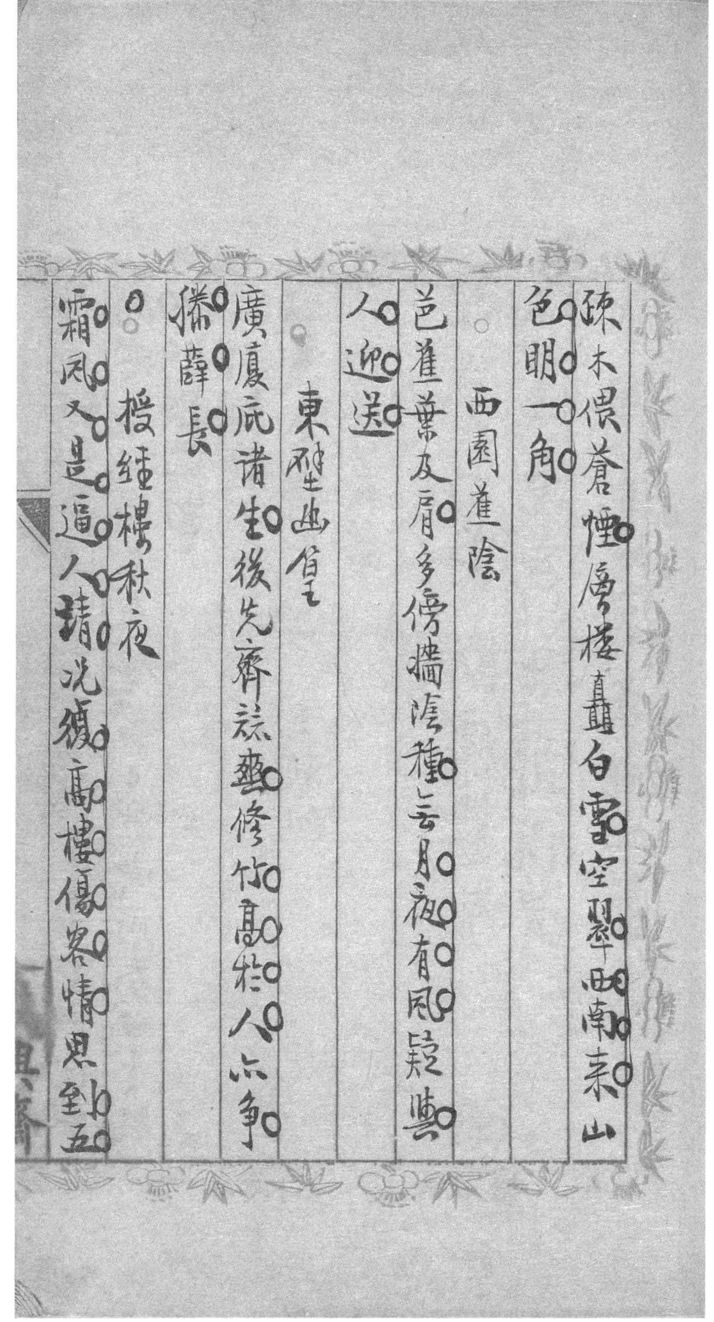

更孤枕亂夢迴千里一燈明寒星當戶夜無
際落葉打欄秋有聲幾日覓裳同奏曲青衫
尚自困儒生

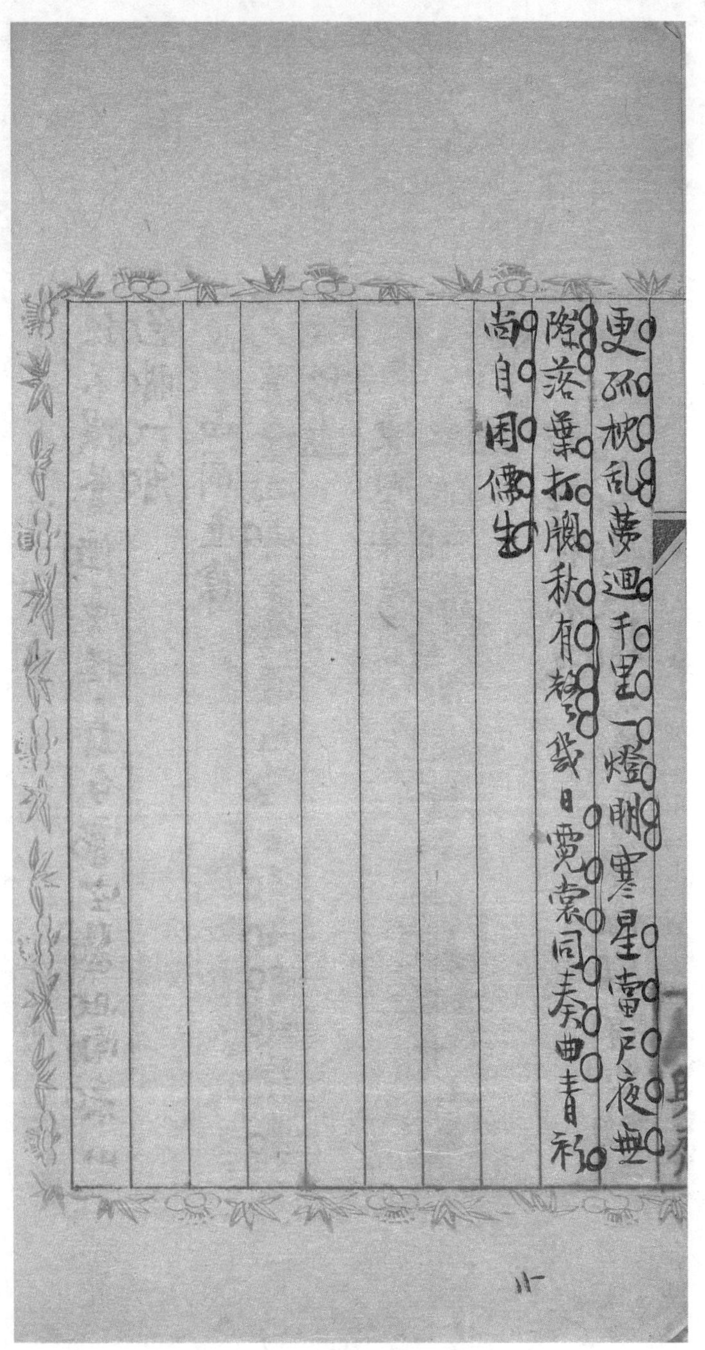

彩雲詞五枕三首

年華逾荳蔻　男粉梳辮髮

門歇罷蓮芳　兒戲捉迷藏　醉迷樵往

芳名鏤夢華

酒意合歡果　本破例

閨仁姊妹花

夜　罌粟草　悅　家

曉　杏仁茶　什

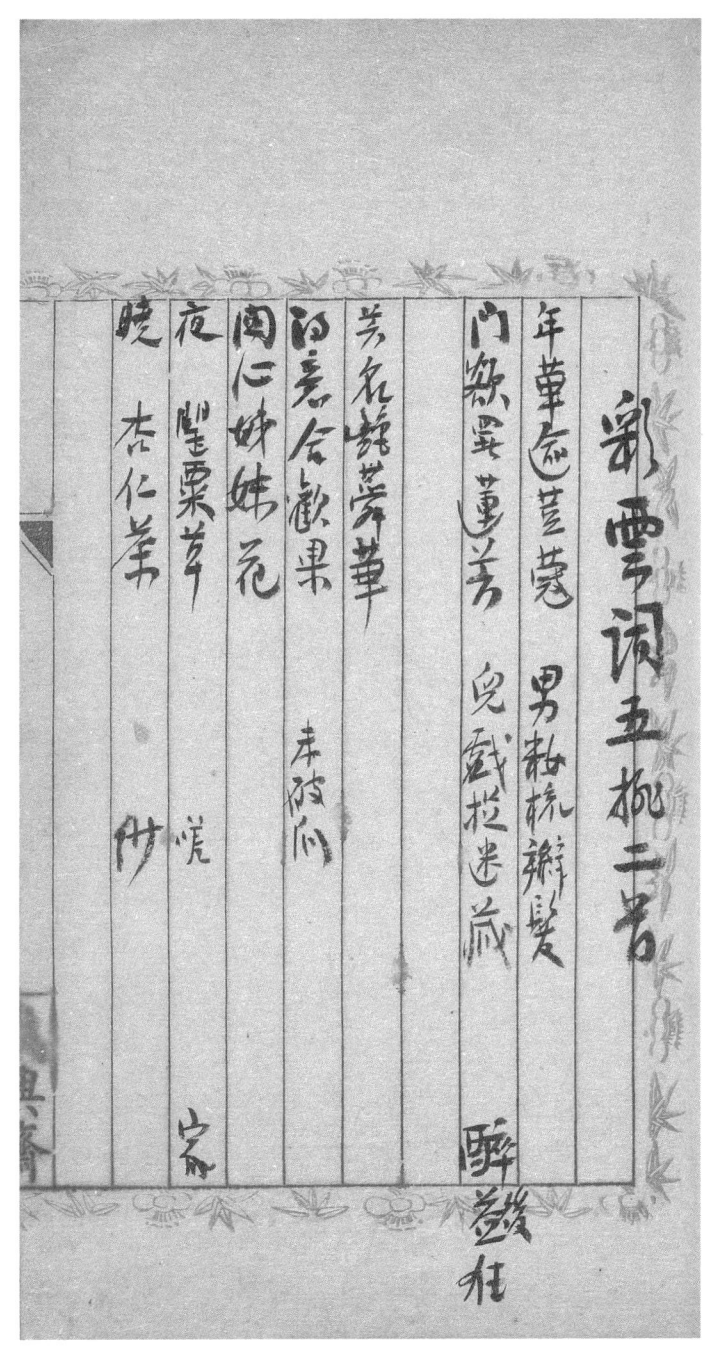

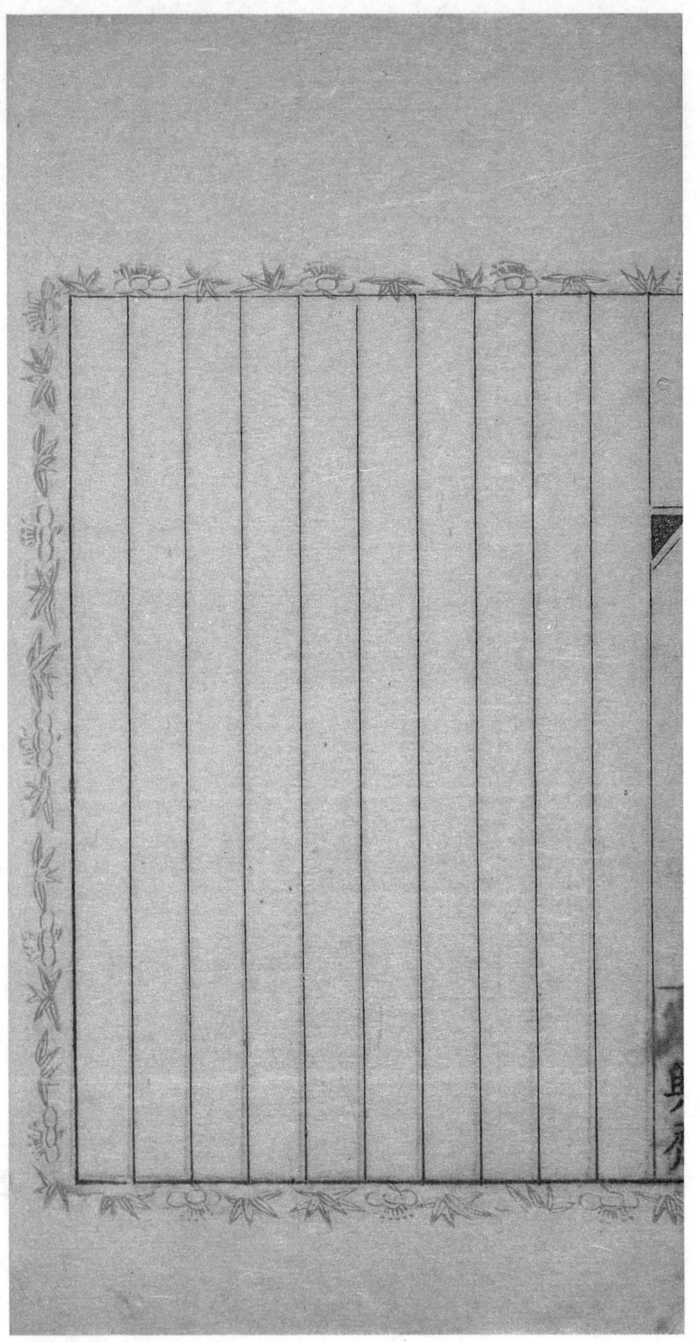

第一首用前
東希庵

紅豆館詩存

古平壽炎生氏清課

甲午年

再過陳仲子墓

齊陵今已廢蓋邑古尚存剩有於陵土秋風動
九原

王文簡墓

文簡詩名滿天下南董（今來）墓碣鬱喬松盛唐而
後有家法昭代以來斯正宗片語詮題卷挂
角何人饒舌撰談藪明湖舊社空秋柳生不

同時感慨重

上宗室盛伯希太夫子

不挾王侯貴超然塵俗中照人如古月斯世
振頹風金石歐陽子~~文章~~（公好金石）文章太史公
棄官猶倣蹤高節有誰同
脫落浮雲外胸襟自灑然門牆高數仞
賢士萃三千地有山林趣人懷魏晉年意
園同日好得入亦奇緣（公有園名意園）

詠史四首

楚項王羽

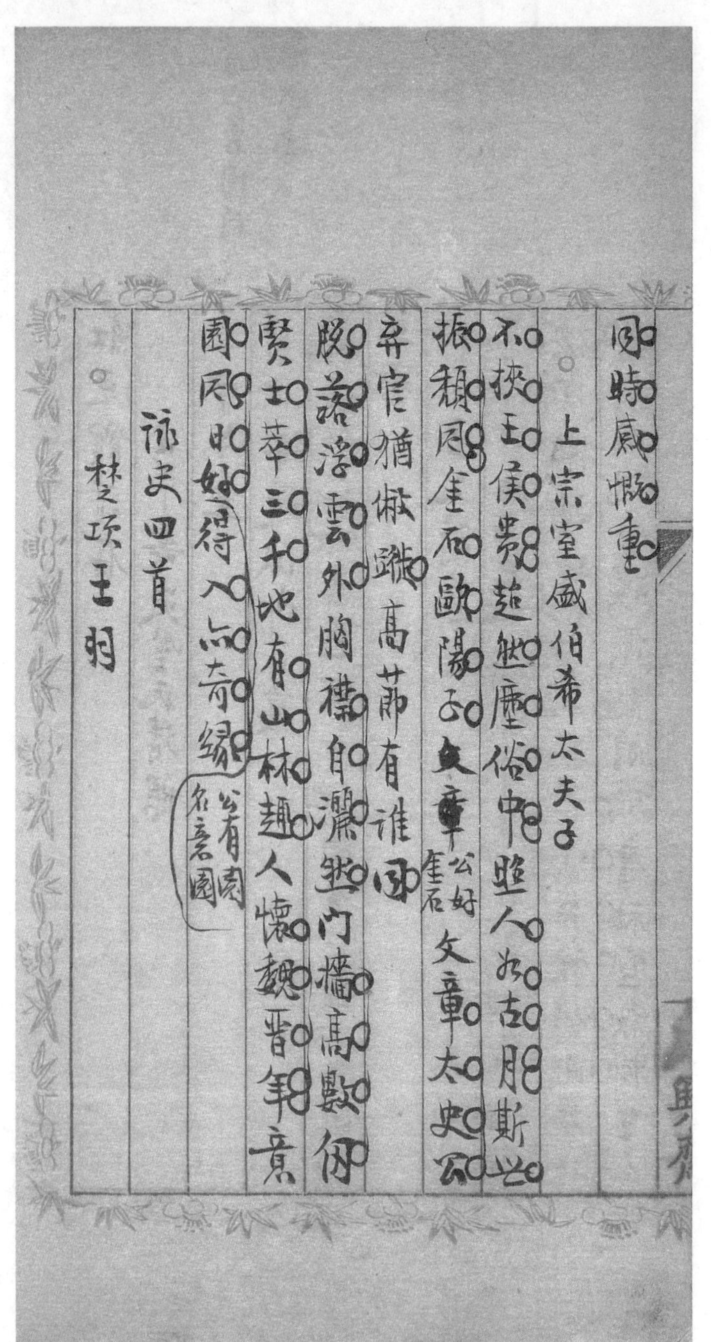

百戰雄心已死時柔情難割為虞姬至今
遺恨懷前草舞斷纖腰却向誰

淮陰侯信

休嗟兒女困英雄鴻鵠歌時計亦窮昔日
王孫今日草血痕千古未央宮
韓信死後未央宮草至今尚有血色

典屬國武

吞氈嚙雪忍歸期胡婦韋韝慘別離自古英
雄應兒女傷心不遇蔡文姬

太史令遷

指闕陳書陷酷刑華陰道上草青青名山

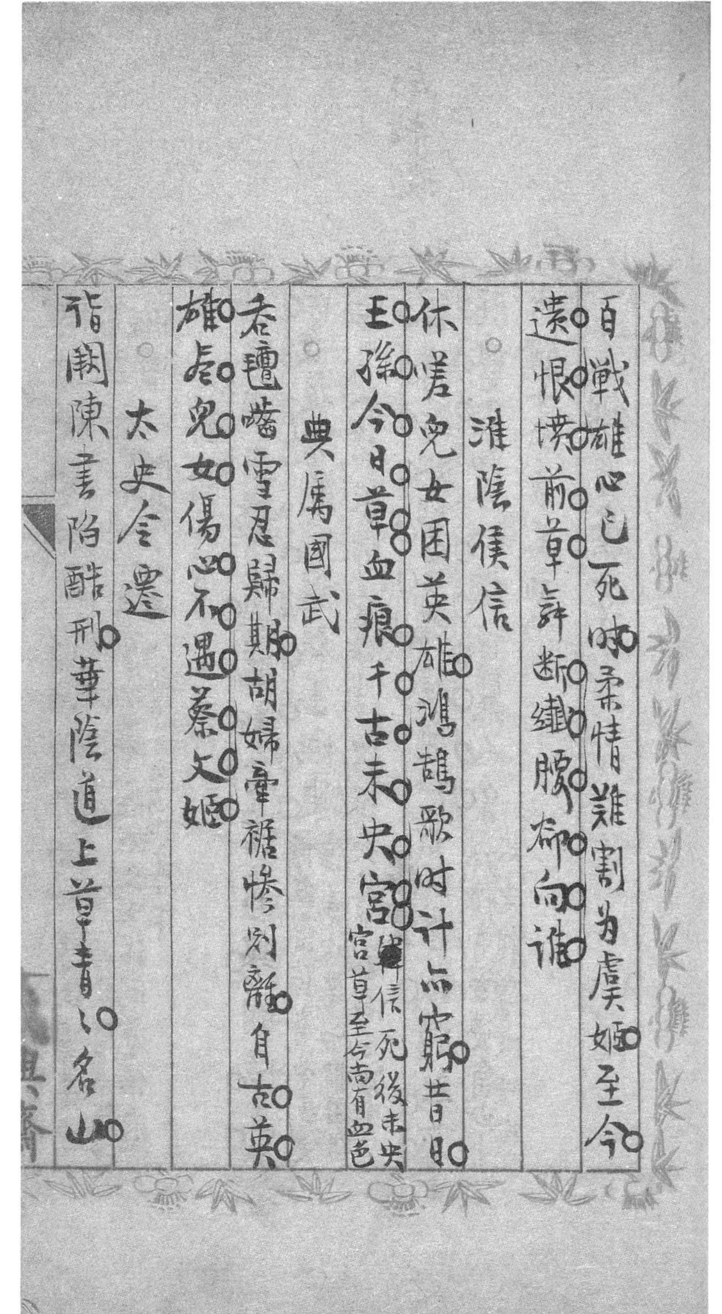

古井波

游遍清娛死，腸斷同州十里亭。清娛隨侍娛太史公之妾，年十七，隨公遊名山大川，道次華陰，太史公詣闕，遂治腐刑，清娛抑鬱死，時人葬之同州亭下。

綠珠二首

教坊新內鬱流風，腸斷昭君一曲終。朝帝宮中吹夜笛，聲聲猶怨玉城東。綠珠有弟子宋禕，善吹笛，為昭君曲，後入宋明帝宮中。綠珠死葬玉城之東。

綠珠江水碧于螺，雙角山前漾翠波。賸粉零脂收不盡，至今猶說麗人多。綠珠井在雙角山下，故老相傳汲此井水，誕女必多美麗。

銅雀臺二首

遺命翔真望丗台时一登疑塚七十二何處望
西陵
二喬不可期女渠娛終老銅雀冷繐帷弃上
金噘島魏文帝築台名冰宅〻金噘島

虞常倣秋夜

为怯空房睡閒階坐已曉郎堪戍久客終夜
對凄星螢火出深樹草露香滿庭所思千里
外銀漢亘天青 下編入後中秋夜望月七律一首

旅中秋詞三十首錄四首

為歡苦夜短相思愁日長衣帶㵎不結僂

来倚石牀午夢闌，顛倒起坐復彷徨，携篚

当户迎空，共對清光。秋日

寂寂芙蓉帳，冷冷翡翠衾，孤枕往徙倚，好

夢何處尋，殘燈心如豆，蓮漏催夜深，所思

不可見，替他絡攪我心。秋夜

移榻当户牖，卧看秋星光，毋為牛與女，寍一

為參與商，參商不相見，牛女遥相望，不見

情而已，相望心多傷。秋星

熒熒羣星散，爍爍明珠霏，閃閃出螢火，盈盈

寶扇揮，坐久沾懷袖，夜深隨入幃，安得蘇

一點夢魂見容輝 秋瑩

早發十二連橋

墻裏人聲墻外潮 驚濤徹枕雨瀟瀟 曉來催上征車去 夢落燕南十二橋

長山題壁

鄉心星火急軍書 況是殘冬歲欲除 日暮寒鴉爭古樹 途長老驥困征車 項王富貴空衣錦 溫嶠慷慨終絕裾 邊塞於今太多事 不能投筆復何如

中秋夜望月 補編入庭帘倣秋庭五律下

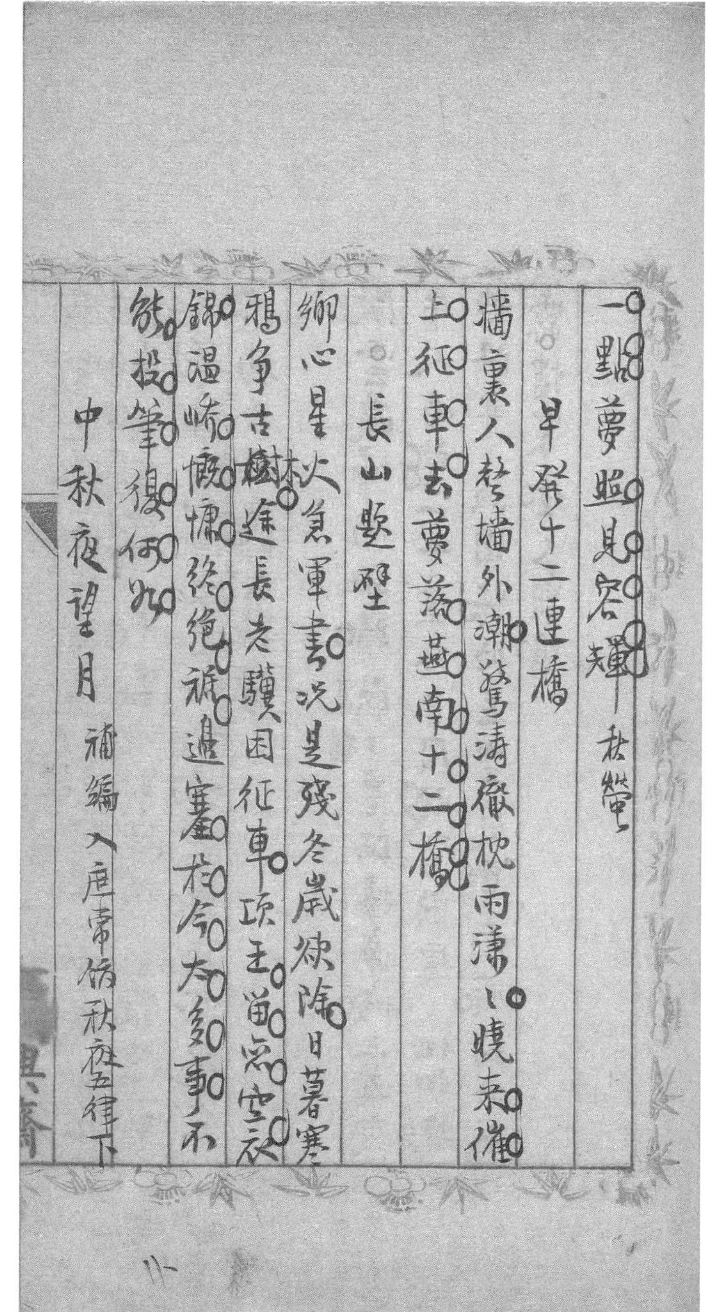

微雲淡埽雨初晴耿耿星河接 帝城三五
夜中人盡望一千里外月同明笙歌沸地
去年事兒女長安今夕情欲藉酒杯澆磊
塊滿天風露又雞鳴

微雲淡埽雨初晴耿耿（高揭）星河接帝城三五夜
中人爭望一千里外月同明笙歌處處他鄉樂
詩酒年年故國情佇立空庭聽南雁滿天風
露清寒生又雞鳴

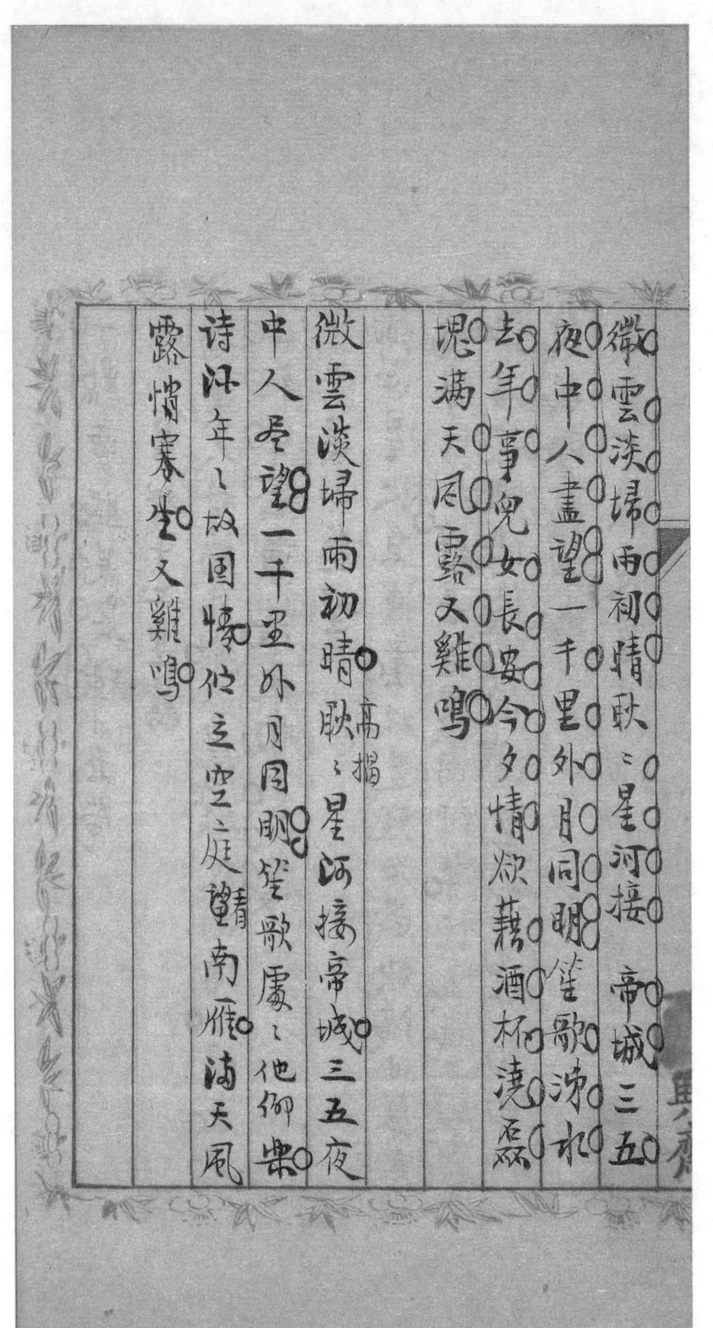

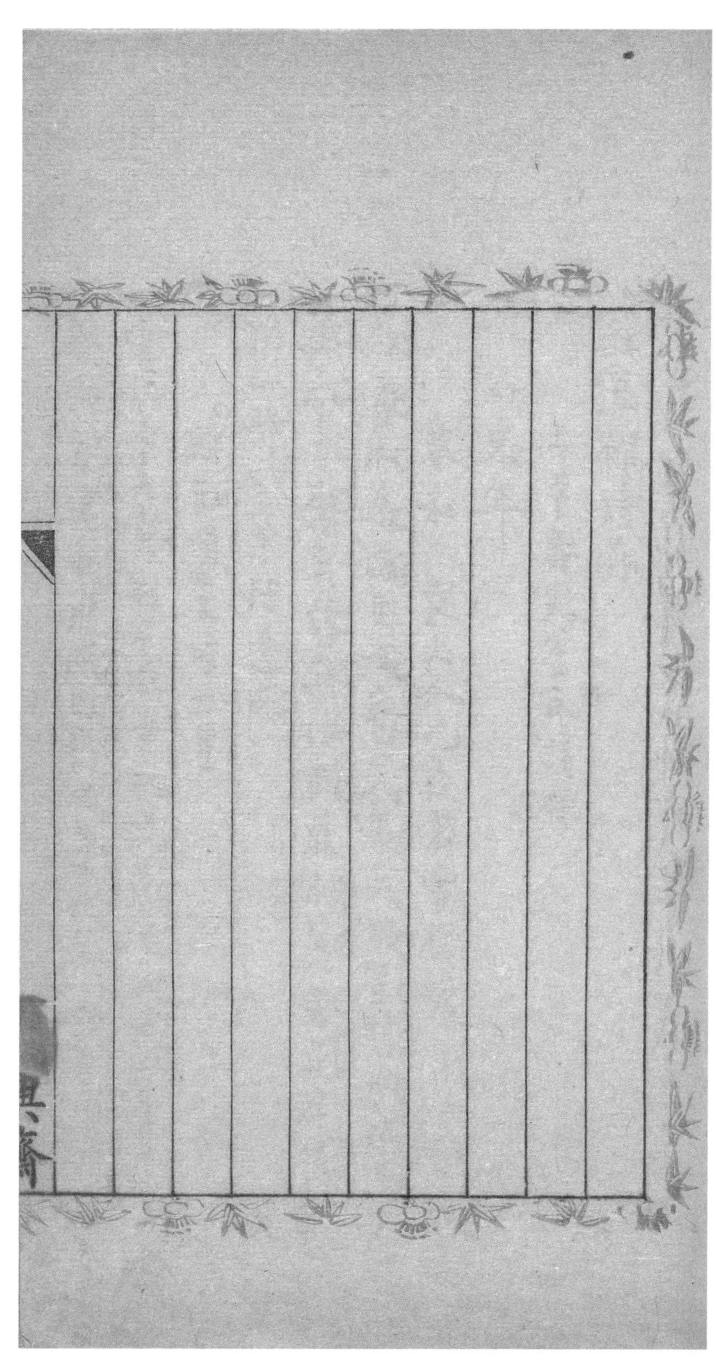

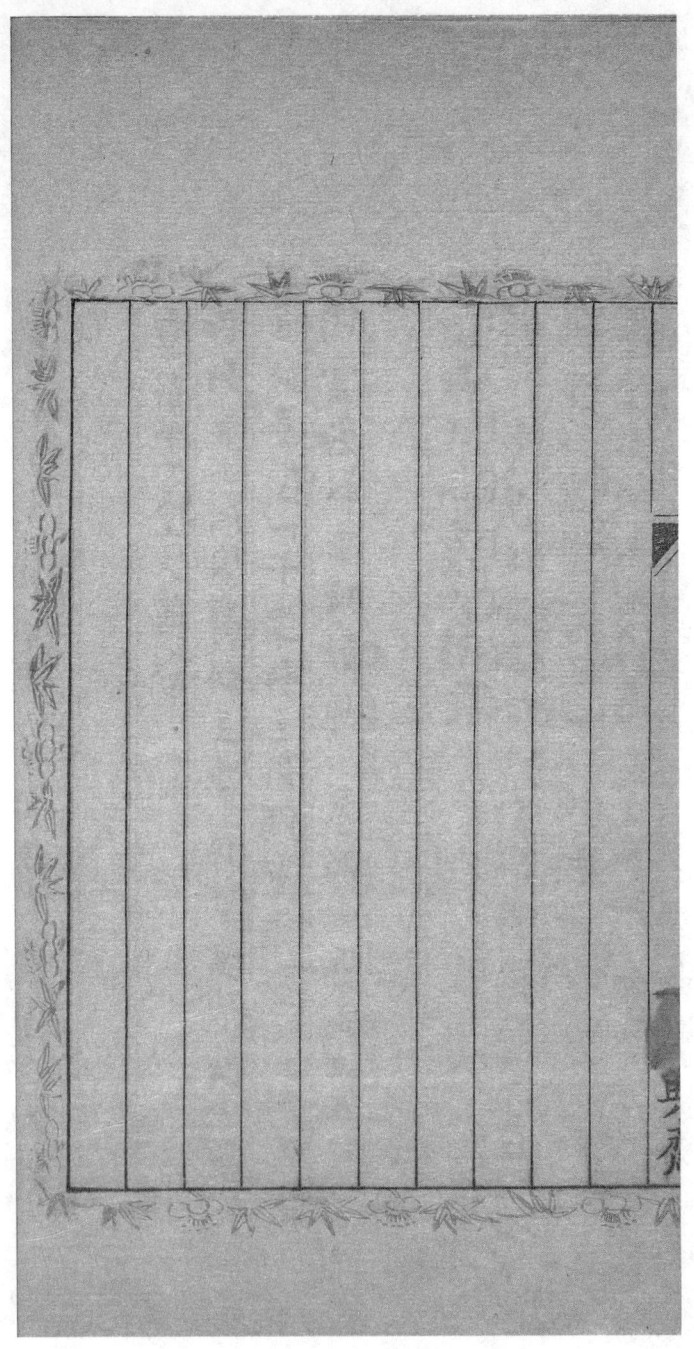

紅豆館詩存

古平壽宊笙氏清課

乙未年

恭和　家大人元夜賞雪原韻

白雪不為瑞兵戈舊歲華成功李愬如望
捷欲青秀巢鵲慶偎樹庭柯寒著花今宵
拚一醉世事任蓬麻

讀玉溪生詩　二首

當代無真賞荊公識卓然浣花唐史論香草
楚騷篇寓意國風內傷心甘露年西崑流

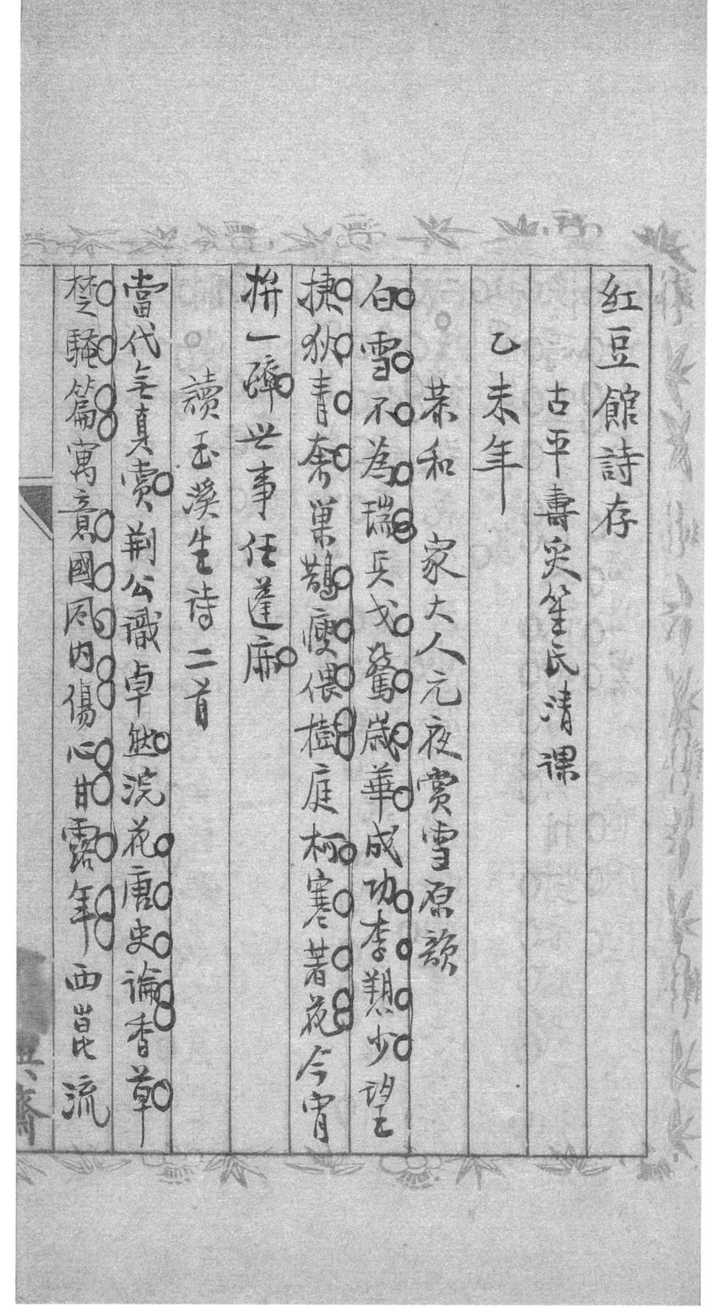

日下誰與問原泉
令狐知己往新舊感恩同負害人離下幾深
朋覺中傳書羈寄宣兒女託幽哀太息此生
已一編齋恨絕

自題小照二首

現身明鏡裏相對一嫣然就此識真我如斯
成生禪氣花佛沛水襟酒帶幽遠華未容顏
改回頭廿六年
後得空是色又誤幻為真相對依然我不知
何許人大千詩世界十丈宦風塵自入浮雲

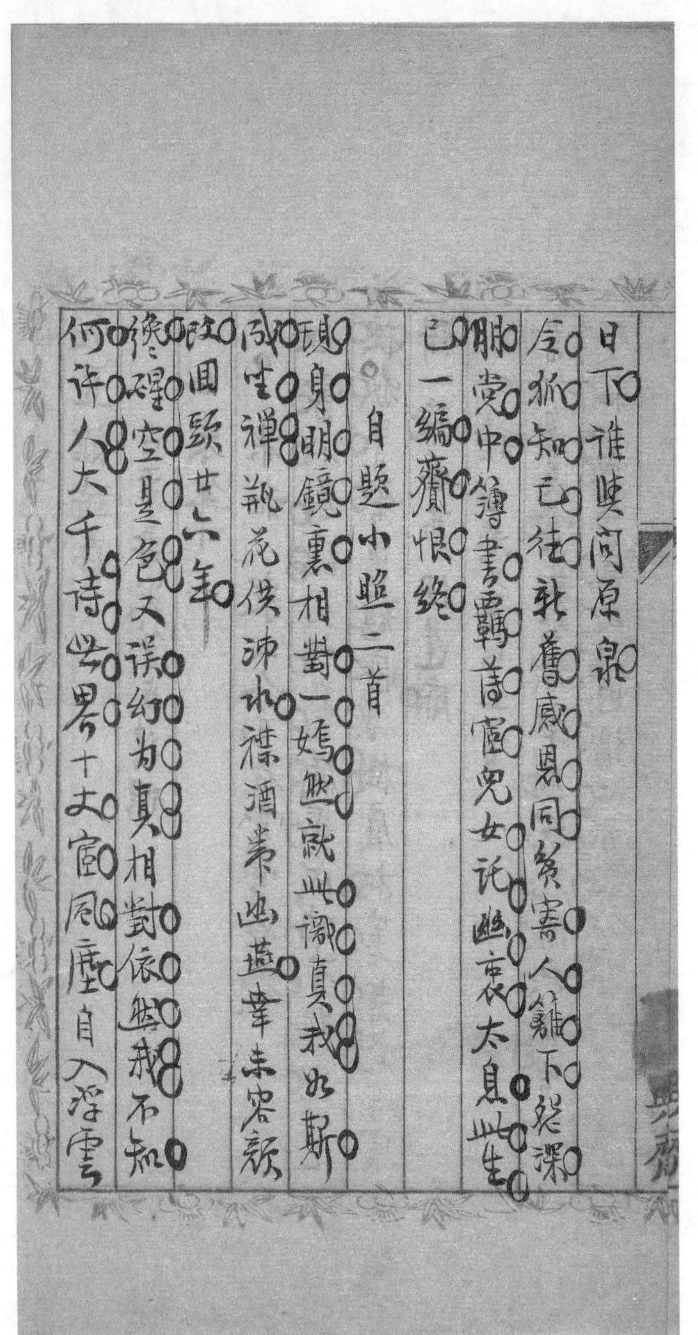

裡相逢又一回　此下編の古歌五絶第一首

送幝齋赴河南幕

送君大梁去余亦返長安今夕一尊酒明朝行路難玉溪仍記室太白始徵官何日厓台驂駢驪の上鞍

再經伏生故里

伏如志遺經班妹續國史一代史與經述作二如子

旅邸題壁

車聲吹夢覺塵沙撲面飛不知路遠近亂山

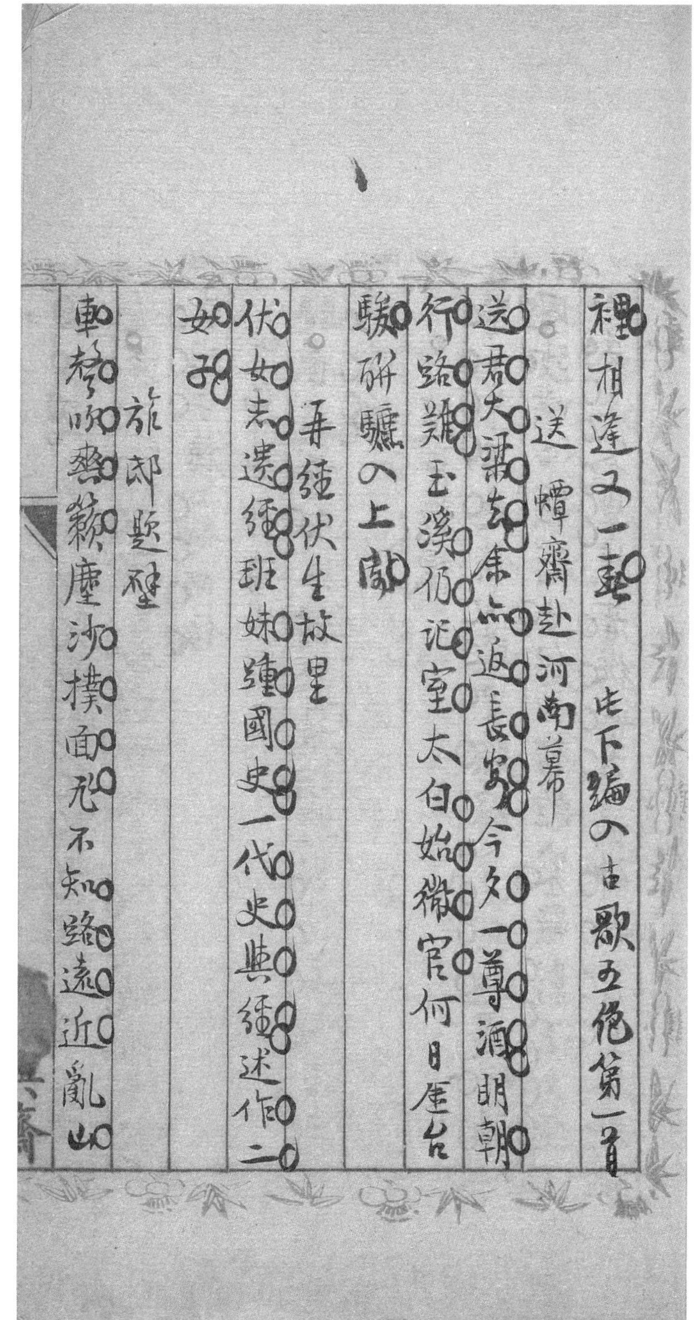

春落暉前郵但見樹碧天低四圍農人驅犢適遥々望荊扉日出趨畊作日入荷鋤歸嗟我宦游子棲々何所依

車中即事

驅車過前郵土牆短復缺雞犬恬無聲杏花滿院雪

途中感懷

勞々牛馬走倏々道里懸深々沒輒邊漫々揚風沙嗟々宦游子匆々初離家鞭影下夕陽山光上客車憶昔從此去楊柳始茁芽今秋

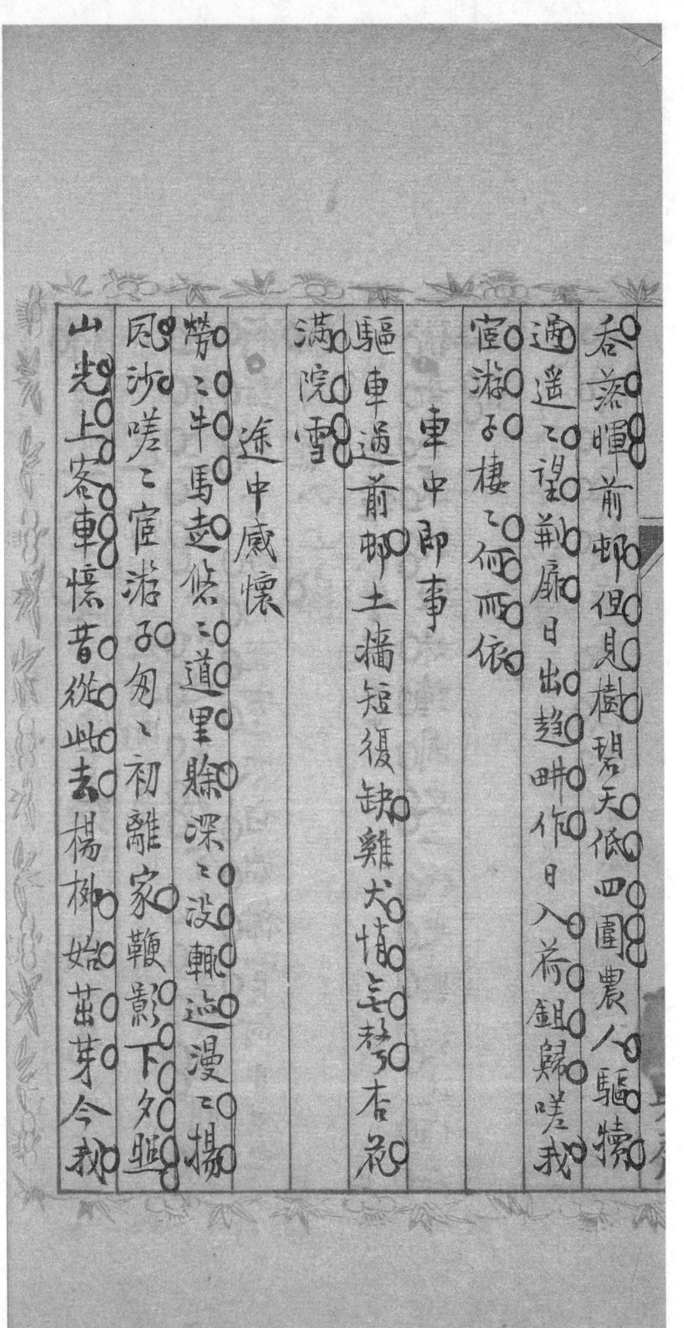

復經過紅杏全著花功名慣中熱兩歲趨京
華文章不濟世徒此相矜誇人生貴壯志焉能
棄幽遐安用定遠筆當乘博望槎況遭世多
故妖氛横相加海疆失要隘華夷錯犬牙邊
將繼敵久内相議和差時事竟如此嗟哉蓬
輿麻中宵拔劍起壯士徒嗟呀請纓向何處素
願空復奢長安日以近蹐〻浮雲遮

郊景

犂日平開萬頃鮮嫩苗青亞四圍烟瓜雛一帶
翠雲出疑是郊原麥熟天

晚宿劉智廟

鄉心終夜太躊躇秣馬朝暾欲滿車數罷郵
籤一百里卻裝已是上燈初

斷橋

兩岸長隄一半傾斜欹裹柳似舟橫三春水涸
憑虹斷多少征人橋底行

十二連橋竹枝詞

憑玉纖纖雙槳撐阿儂生小慣乘潮船頭刺繡
歸來晚家住紅欄第幾橋
賣酒帘低賣酒家釣人歸繫釣魚槎晚來

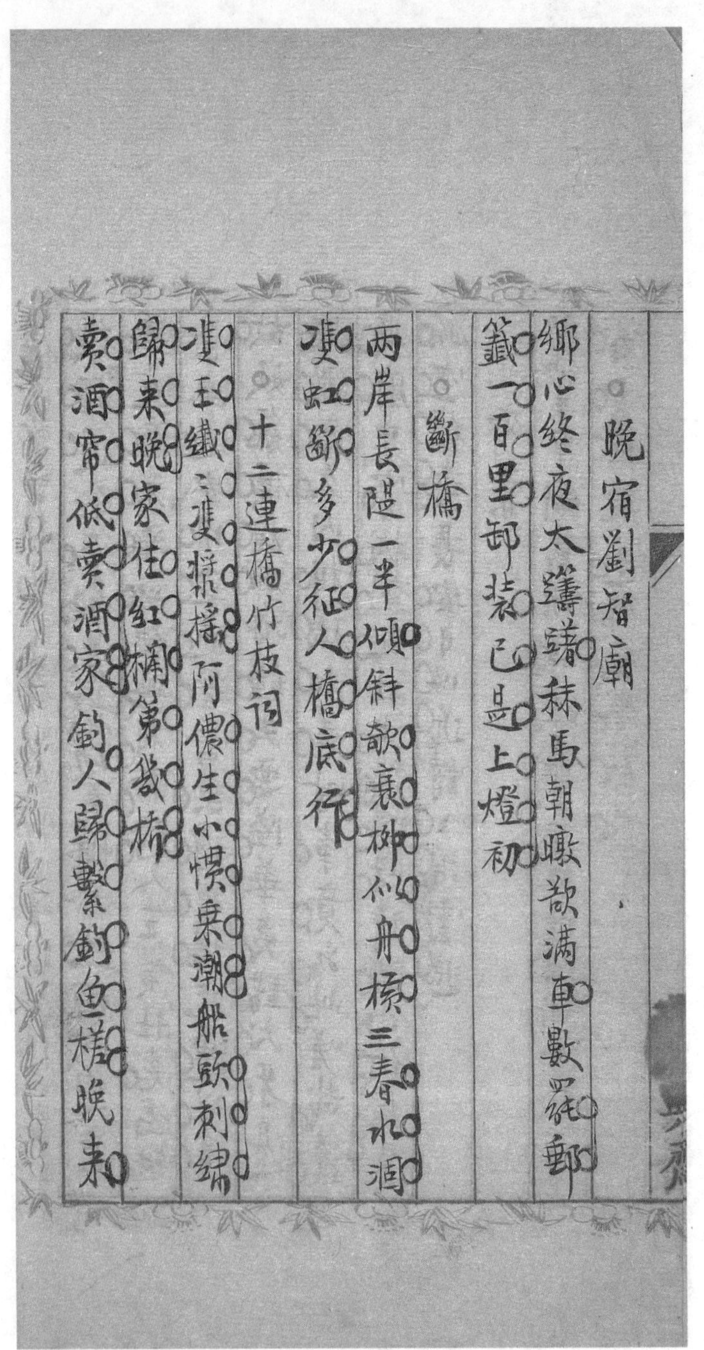

燈火喧如市一笑爭迎旅客車
椰中歲懷紗愁人　渺天涯
永夜沈沈銷帳
年少旅愁又更睽聊堪心事向燈花銀缸
有恨情形勸錦瑟年年謙感歲華二十五
傷心更贈
愁宵閨漏一年餘夢裡還家嬉來欲趣
去年書故國秋課烟暮
重衾鰥鰥年年驚人鏡早穩錦

再疊前韻
二十年來ㄷ顚空隨芳草走天涯
貽羽青雲路更賒夢中空見筆生花幻成
富貴浮雲近晞畫人生朝露華說繁一宵
餘壯
年長物莽浮到處可爲家唯憐對畫如遣

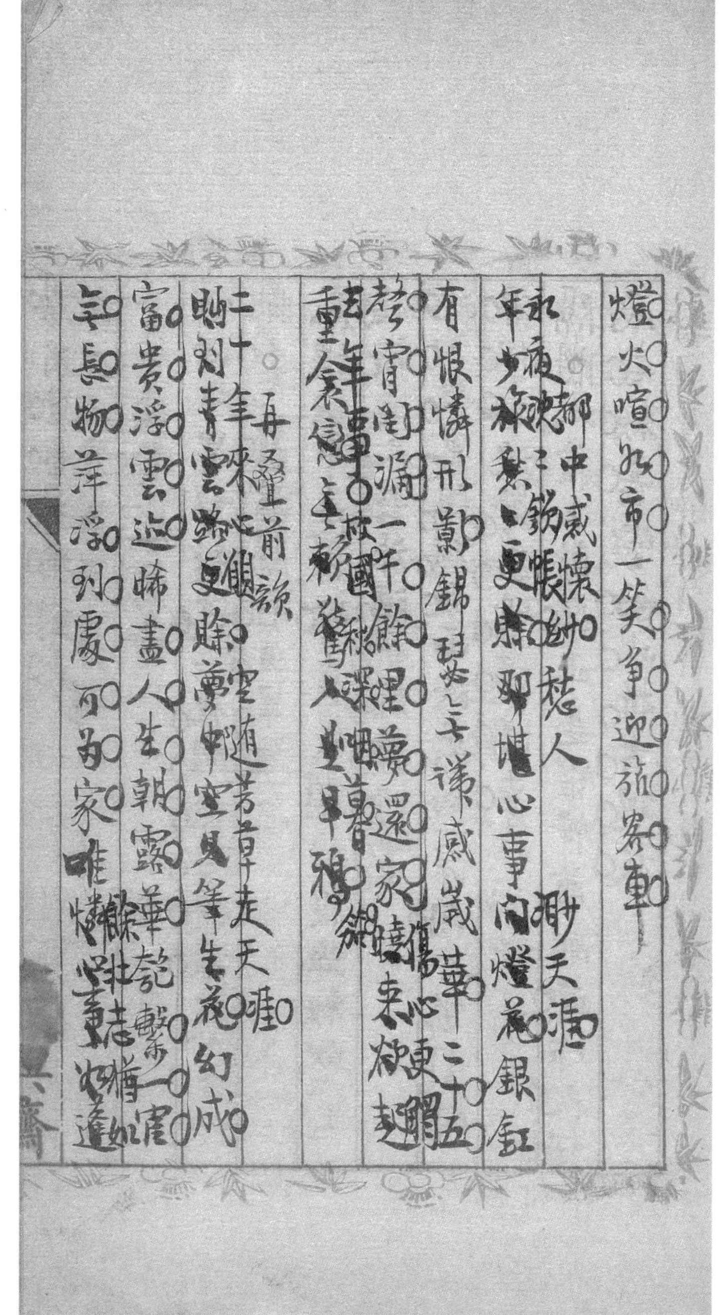

昔滿壁塵光拂劍花
亂日邊晨雞與暮鴉

庶常館襍詩

鄉心千里望難迷一夜聞秋壓枕低最是腸
斷人乍醒滿牕紅日早烏啼

磊塊胸中澆未除興來獨酌夜涼初欲尋
雄辯無人共添酒挑燈讀漢書

沈沈夜色隱樓台雨後炎氣一掃開人坐閒階
涼似水流螢數點過墻來

隔簾人語上朝儀正是羅幃夢醒時昨夜狂
風無賴甚堂西吹折古槐枝

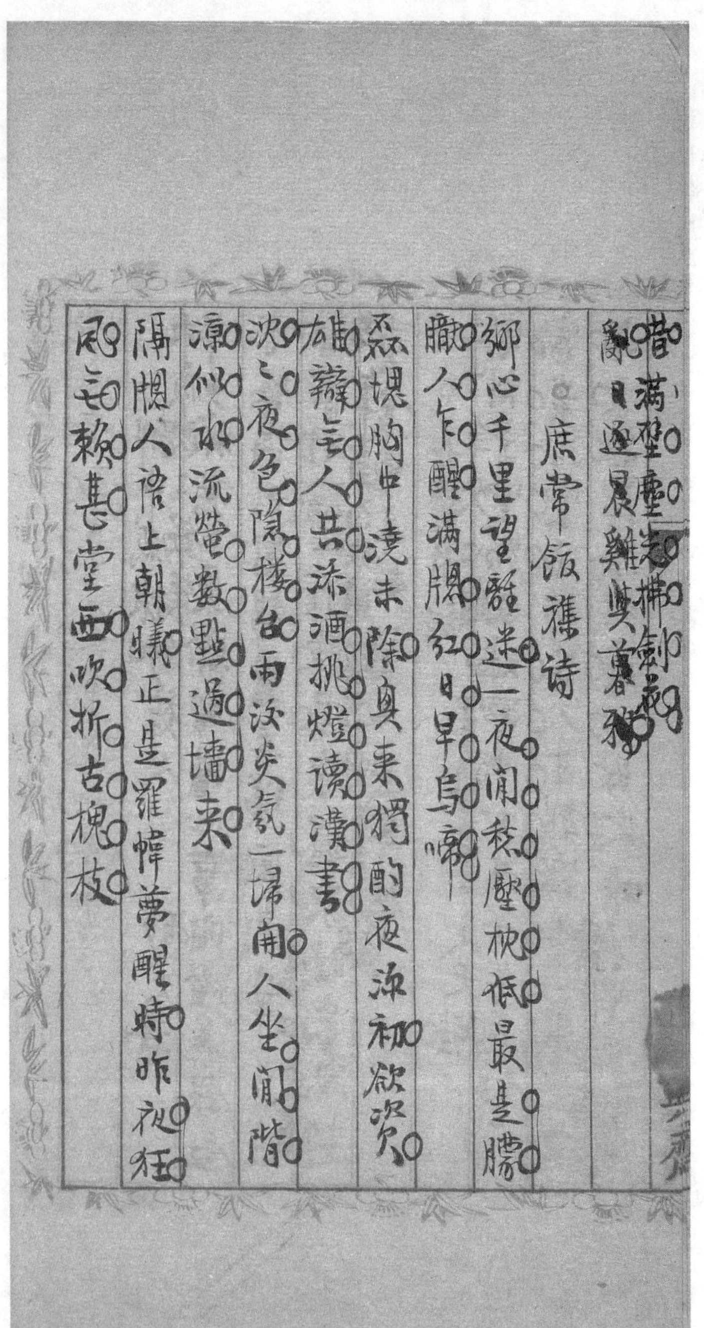

衆綠油〻活潑乾開籬花氣正侵晨之秋夏
雨添生意一夜蓬蒿長似人
槐陰窄地日遲〻過雨新涼入座時一桁垂簾
人寂靜鳴蟬聲裏寫烏絲

○讀漢書有感

高祖提三尺五年混車書楚項嗟不秋秦
嬴降爲墟霸氣雖云盛王德寔厥初不觀
入關後三章約法蹤人心浹久走網漏吞舟魚
上天好生德垂主言謂如洪基四百載於此卜
權輿仁初乃知敵循環理不虛豈徒情感命

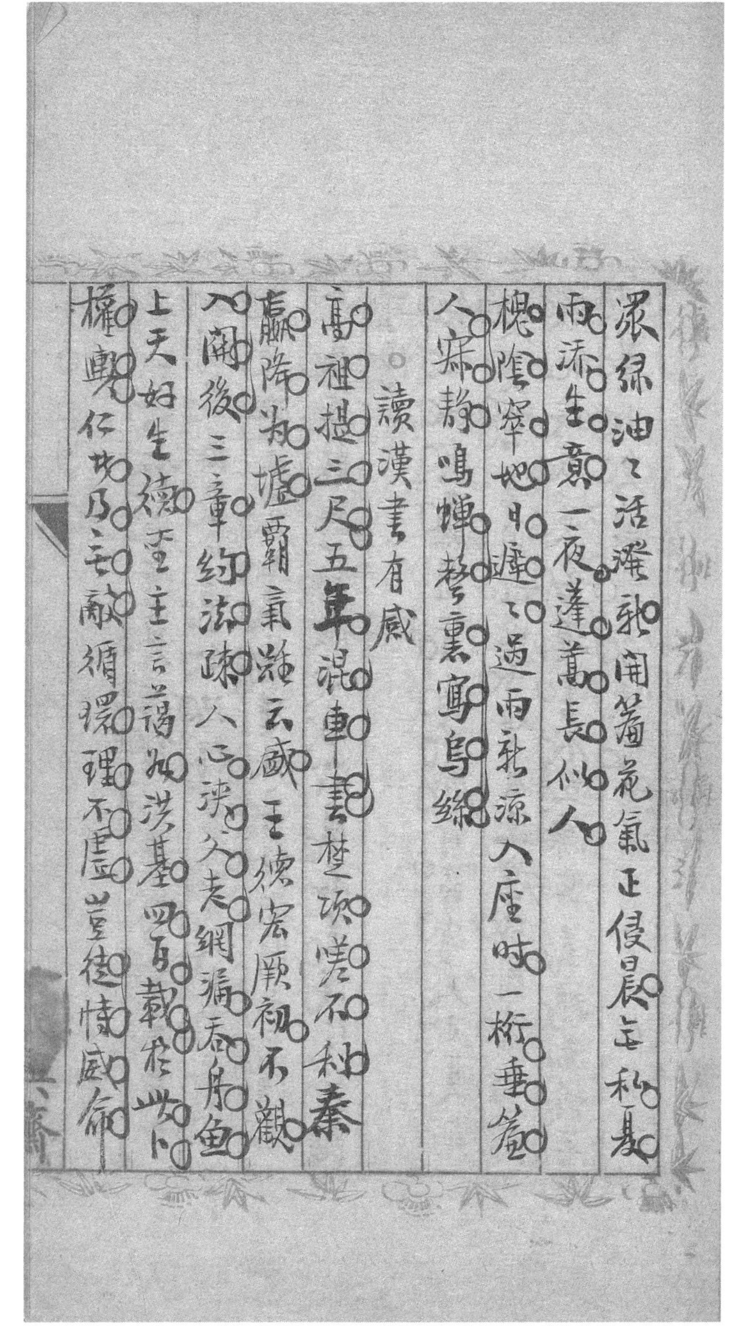

歌台風吹盡

秦亂經籍存漢興便籍亡蕭何刀筆吏重如
入關罕悵皇只重令法律奮知古文章藏書
秦所禁不禁內收藏漢臣言經術斯文天將喪
坐使重瞳子一炬烟咸陽咸陽不足惜經籍良
可傷

紀信依京縣周苛懸孤城奇節詩天日其死
賢其生寡恩赤帝子坐享王業成周苛尚封
後紀信泯其名漢書不立傳節義鴻毛輕無
怪蕭太夫義執多婉起

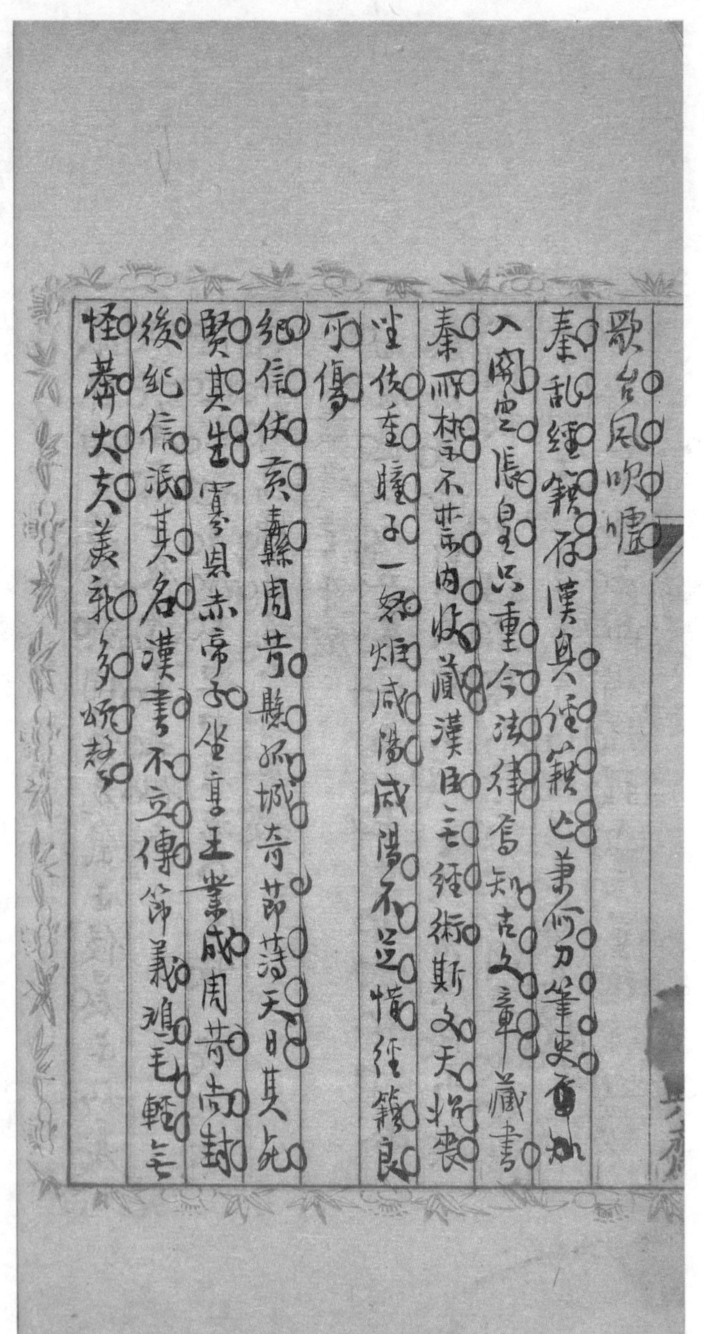

高祖醢三傑宣室族霍光功臣不得死志士
遠遁藏一朝災亂起羣朝亡忠良新莽移
漢祚魏武襲許昌天意雖如此乃亡人勸
王四皓隱商山德星聚南陽先後如一轍於
此覘奥亡大周思猛士帝餞豫果防剖胎麟
不至毀巢鳳不翔

○擬自君之出矣

自君之出矣趁日緩衣羅思君如秋霜夜夜
珠淚多

自君之出矣芳草上階生思君如春雨絲絲

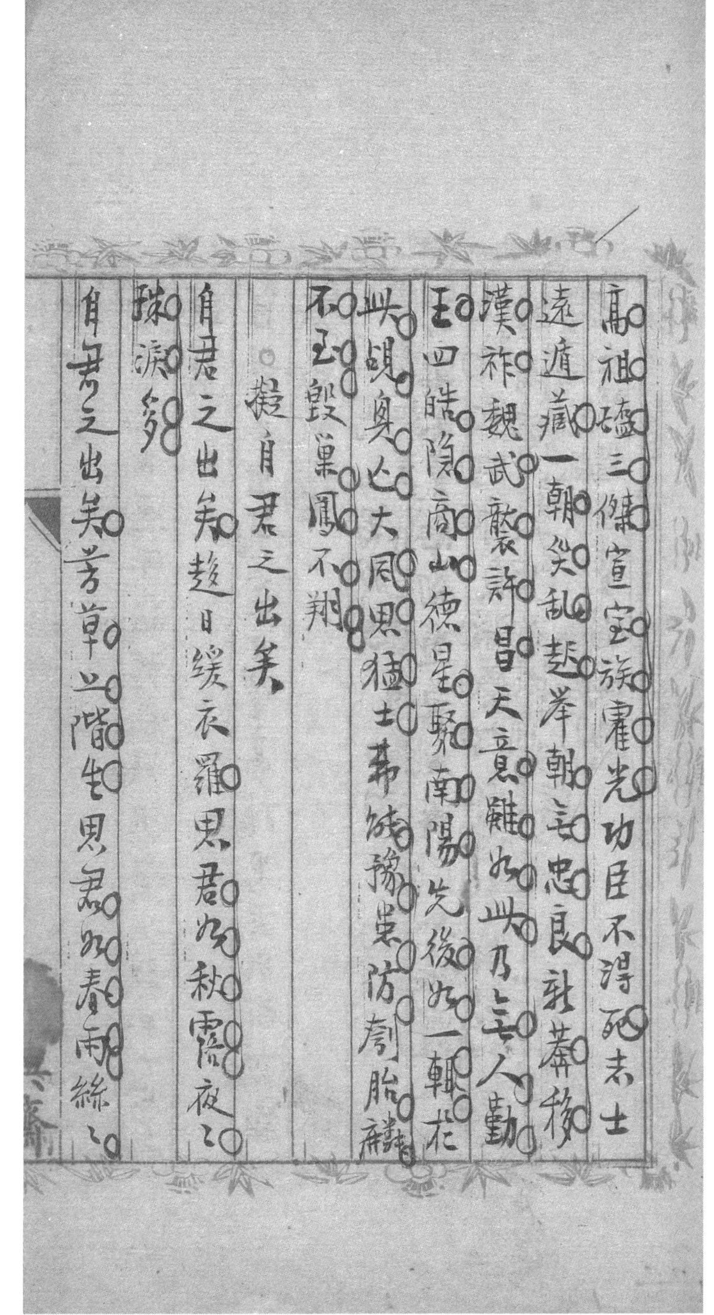

不斷情

自君之出矣，不復理梳妝。思君如江水，一曲九迴腸。

自君之出矣，盡日望高樓。思君如斷梗，飄零無盡頭。

秋燈枕上偶成

燈如豆影婆娑，雨後淒還薄。

新涼天氣雨初過，蕭颯輕風入帳羅。[illegible]靜

蟲聲依枕訴，夜深螢火上牕多。鄉[illegible]千里

夢醒時燈滅，冷宦鄉縱閒，囊[illegible]自不事早朝遙

[illegible]得夢詩思十燈[illegible]慶惱殺東鄰女

待漏臨風懷遠送[illegible]

兒女閒牆外學唱秋歌

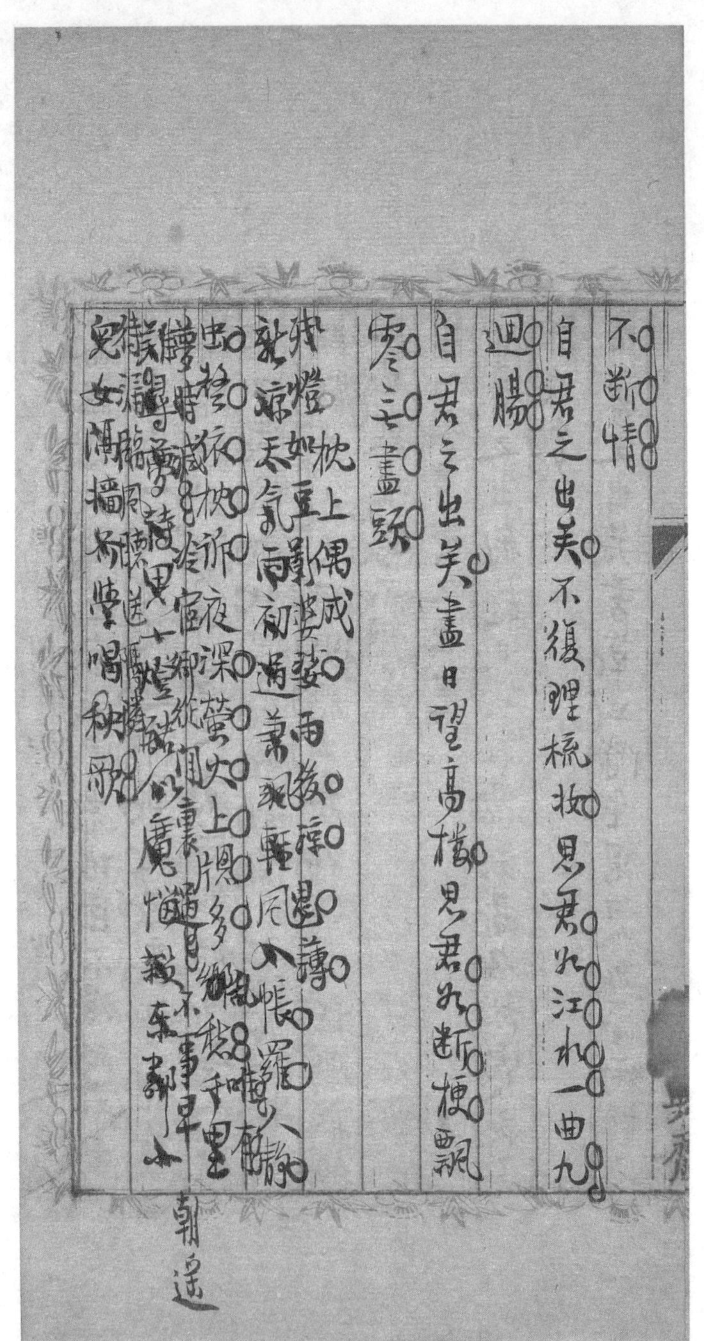

赴友人飲車中即景

晩風禁柳拂金隄
斜日紅墻卧彩霓
一路鳴蟬聲不住
輕車飛過帝城西

金台懷古

昔燕求才築幽墟
古戰場方今需累穀徒此
弔昭王何代有賢士
斯台空夕陽薊門憑眺處
煙樹隔蒼茫

晩歸自西城

淡月掛城角
樓閣從崔巍
萬家但見樹
蒼茫煙靄霏
眾鳥投林宿
余亦緩〻歸
薄暮

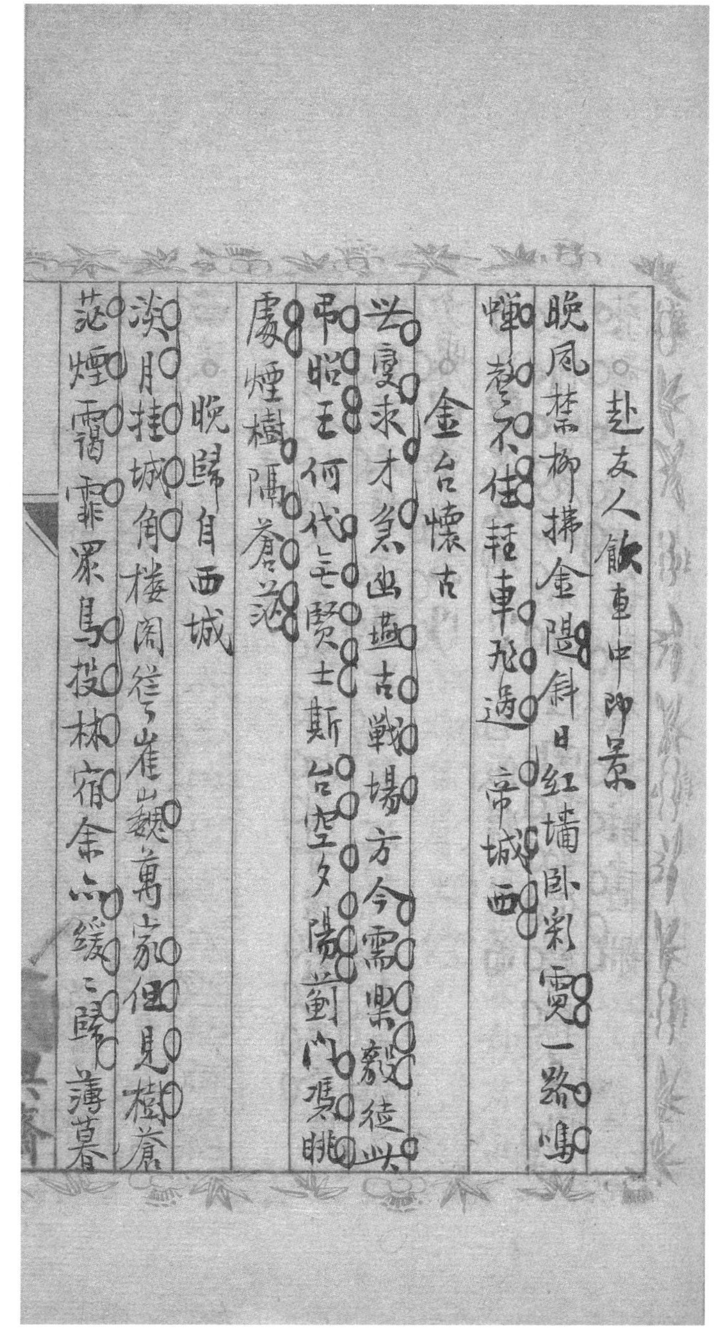

朝市散喧闐，車馬孔緇塵。匝地趨撲面，不可揮。天下皆擾擾，何況於京畿。星斗甫西沒，白日復朝暉。人生何時已，知止無所稀。

秋夜

秋色不知處，寒星相向圓。可憐覊宦客，空對暁涼天。碧落情如此，銀河望渺然。故鄉多少恨，魂夢隔山川。

題沈友卿同年乞假歸娶圖

壓帽宮花兩朵鮮，江南秋好促歸鞭。吳歌新製迎郎曲，簫鼓聲中駐畫船。

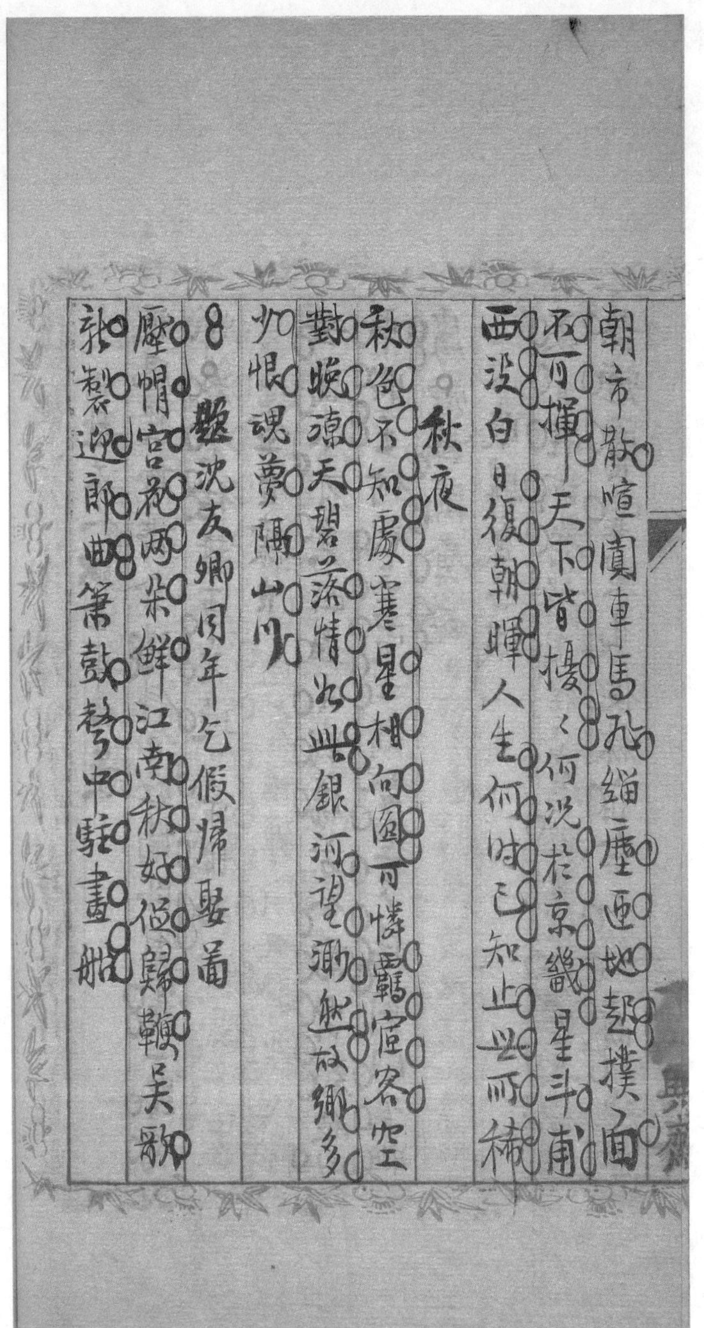

宴罷瓊林下九霄 金蓮輝映夜迢迢 漏聲
猶似蘭台鼓 莫聽雞籌送早朝
縹緲浮煙翠欲流 金焦山色媚新秋 君家
舊有東陽筆 好向妝台眉史修
出四橋邊秋月明 霓裳一曲豔新聲 來妻
攜得吹簫侶 鸞鳳雙飛入帝京

車中閑妝豎歌
緇塵匝地起 落日下牛羊 妝豎接輿過 高
歌歎楚狂 相逢如有意 欲却復徬徨 回首
歸來路 煙雲空渺茫

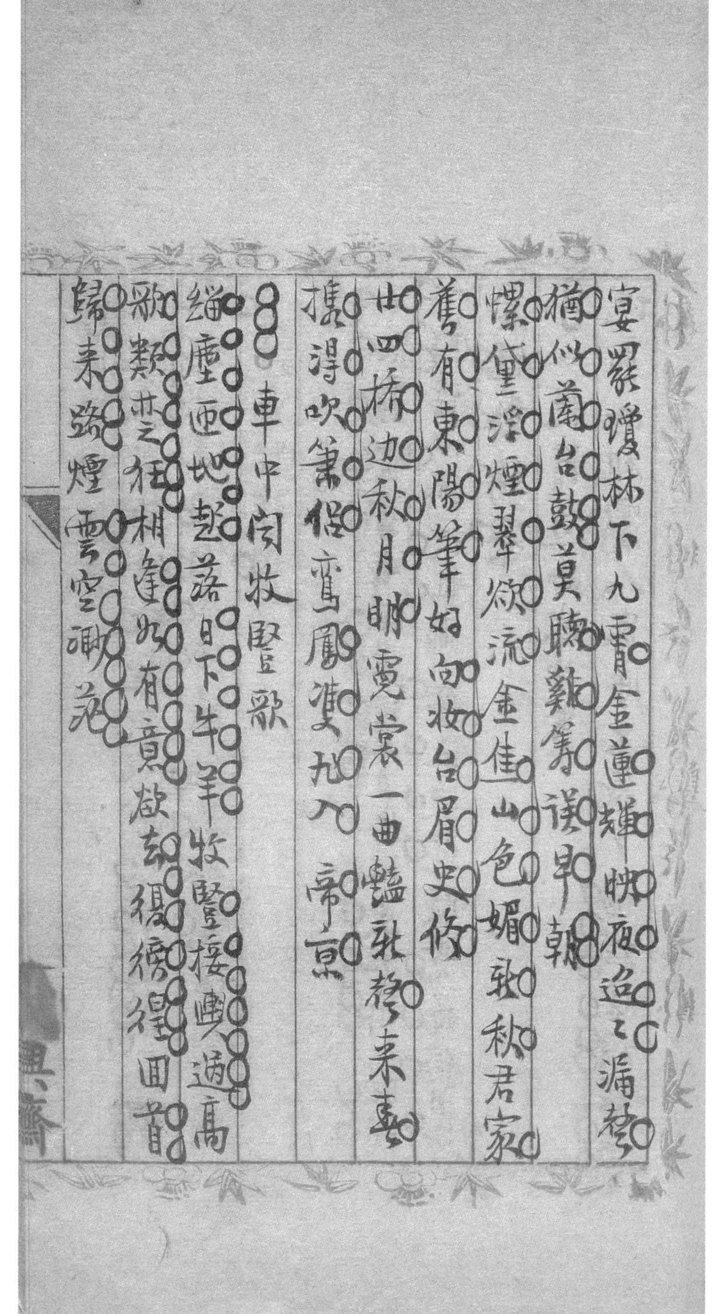

中秋夜月

閒說逢佳節，終知羈宦游。照人今夜月，为客異鄉秋。淺酒偏逢醉，聽歌不解愁。遙知故園裏，迢遞憶瓊樓。

秋蛩

不知羈宦苦，喞喞語深宵。如泣更如訴，一聽魂一銷。詩心孤枕亂，鄉夢五更遙。陡覺涼侵幕，晨颸動綺寮。

晚情過西城即事

城郭雨初霽，人家塵不氛。夕陽猶息樹，歸鳥

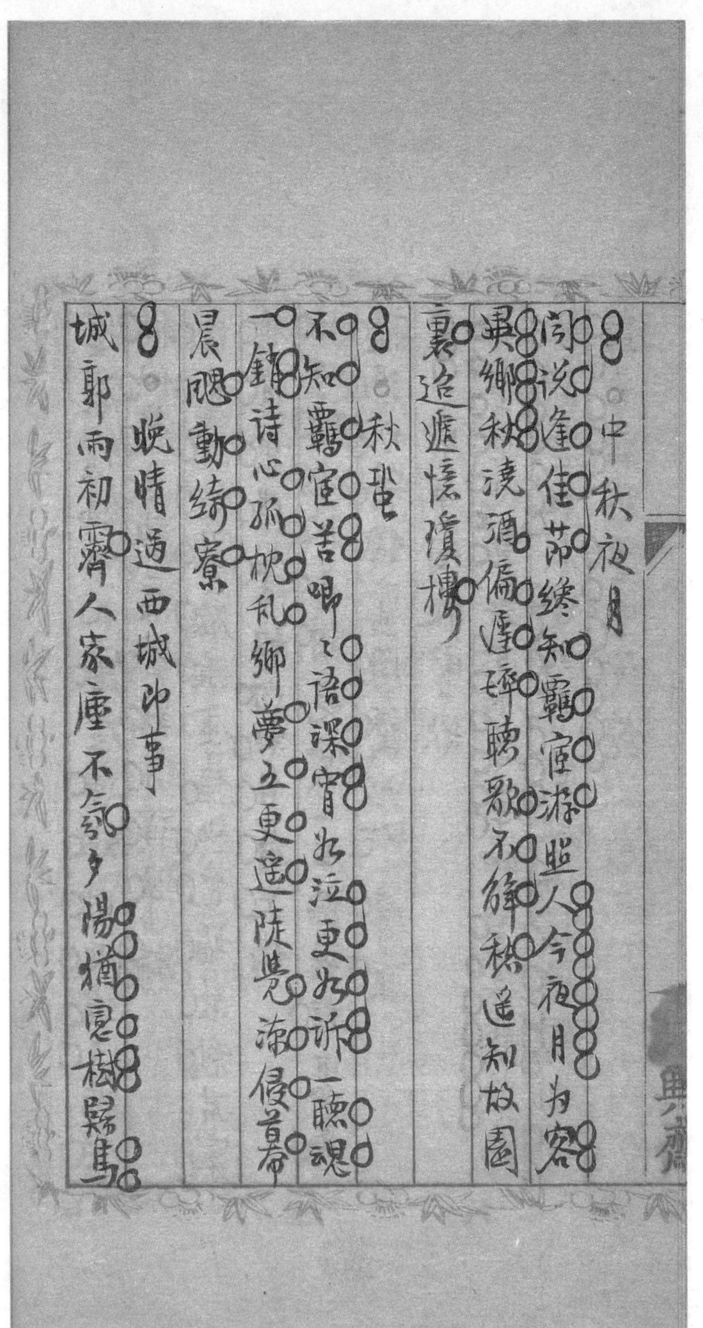

故盤雲山暝萬松幽寺昏凄據多聲磬何處
是心靜最知聞

晩歸

薄暮不成雨危樓眺久暉雲行天逆遠車過
樹樓飛槌望懷生嘶高煙入酒新眼看暝
色令倦鳥共知人歸

暮雨

薄暮逼吟懷涼颸亦快哉落虹吞日去歸鳥
帶雲來天意憐秋雨人心淨俗埃有時自傲
澀晒澤柱細細

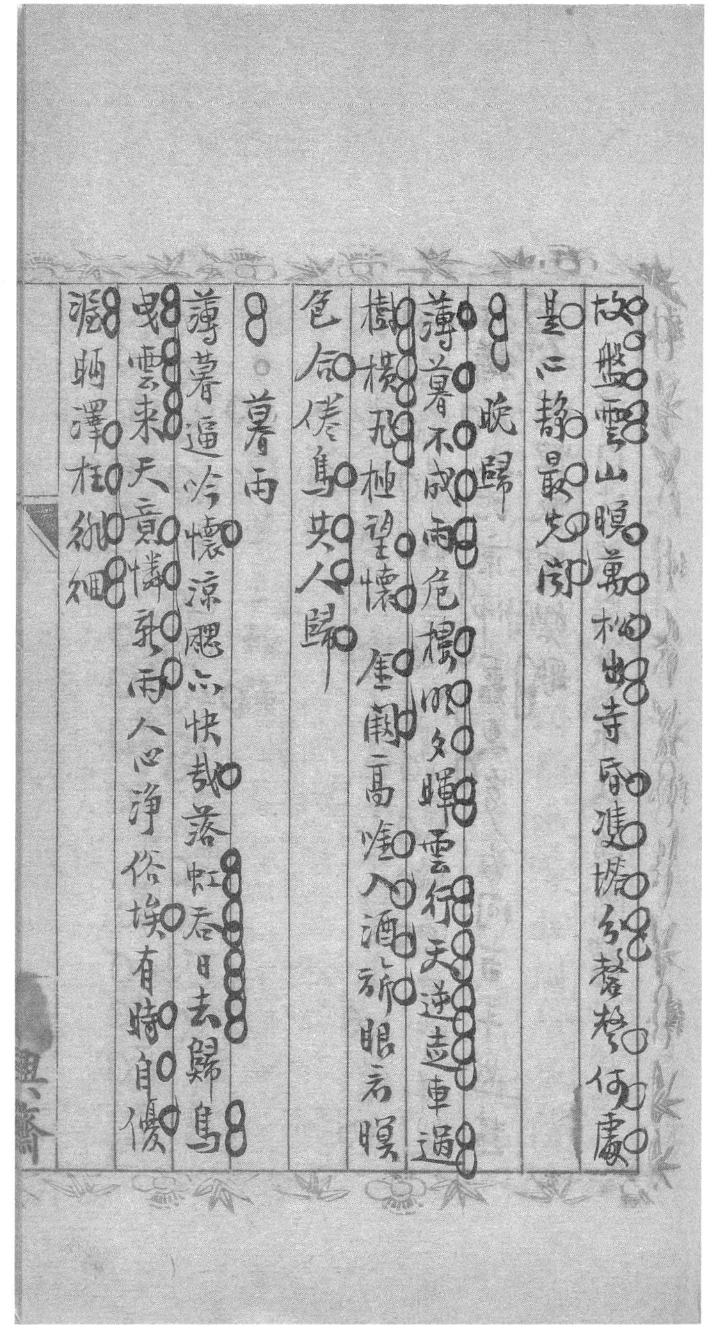

楊村驛

落〻楊村驛淒〻秋暮天尖寒人怯病要夢客驚眠鄉國仍千里風霜又一年那堪連日出强趂著征鞭

入津

長城營闢萬帆磨夕照光中望隔河鱗舍陸驛齊岸出虹橋中闢讓船過車皆洋製行猶仄人比京師繁更多為問吉手遊趙士女令都不閒悽惋莫然歌

津門旅次病中作效隨園體

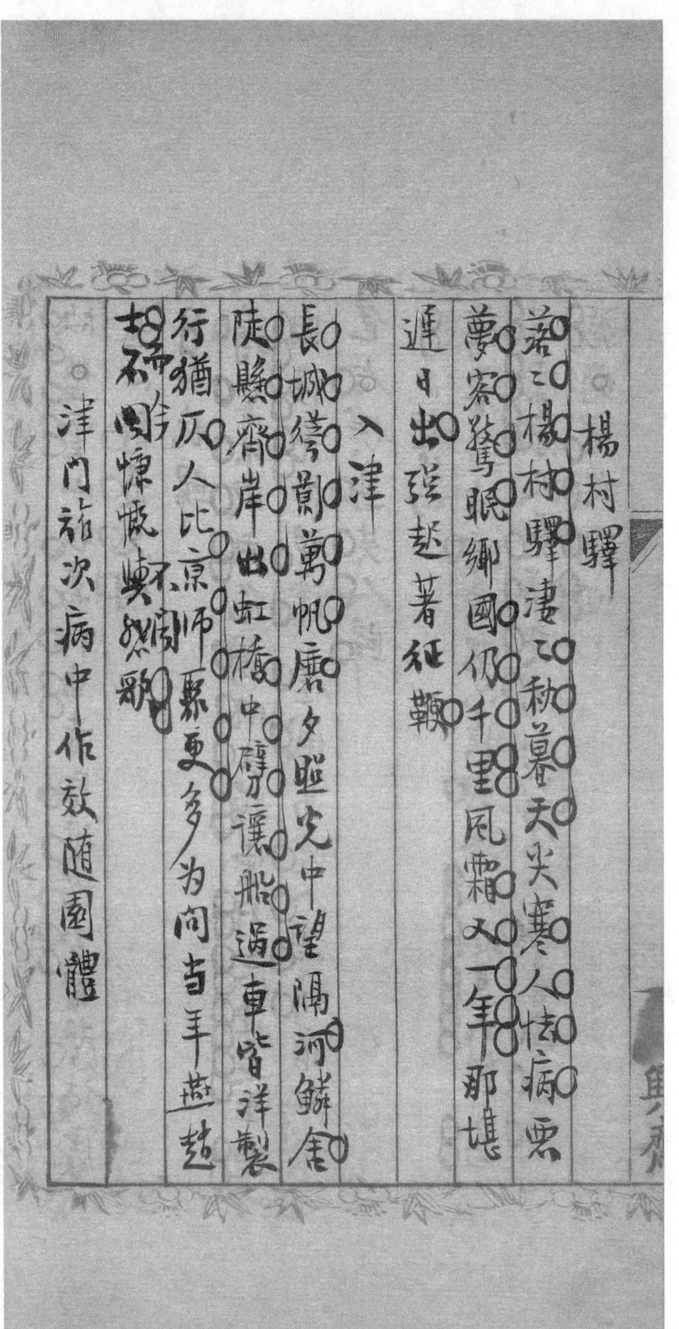

津門作客暫棲遲[illegible]旅館蕭條況病時閒話
無聊唯共僕異鄉未慣欲求醫細糊牕紙防
風入孤倚枕函數漏移隔壁琴歌偏徹夜不
堪貼耳益愁思
藥爐經卷日悠〻長晝閉門學自修也識氣
虛難斷酒聊因身弱早披裘急時聽僕請
祈禱愁裡厭人談冶遊歎此不知儂懊惱誰
携絃管為清愁
旅中何事困相如淹滯〻滯西月殘風雨一燈
占易課雲山千里眄家書詩篇翻自愁中

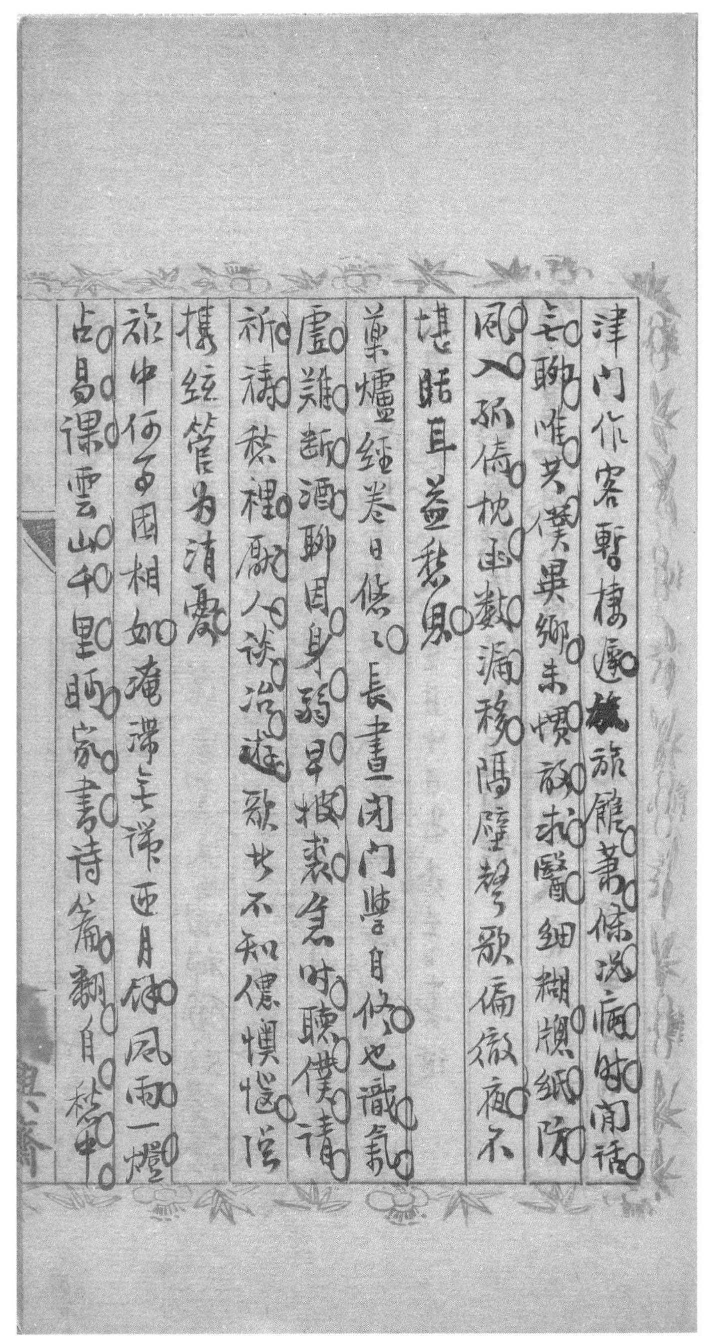

彩棚輦果因病裡陳來向析津仍放我
帝京回首意躊躇

十月五日病中送典農夫子回都仍效隨園體

同聲行裝赴析津而今早我促歸輪來從
賞菊重陽後已到尋梅十月春曉日不留尊
客駕朔風先止病人身遙知回宴蟠桃後遍
賜群英第一人　是月十日爲典農夫子壽誕

壬申病痊誌喜仍效隨園體

瘦盡西風不捲簾病容褪後喜深添謝醫
儀物多爲貴供佛香花性不嫌面如漸

新月滿身弦尚怯曉風吹旋筵且赴友
人約出戶先逢鵲噪聲

津門四詠

鐵橋

一片征帆到口纔千重鐵鎖劃然開行人莫
止誇機巧曾費帑金百萬來

鐵路

千里輪車去似煙兩行錢軌直如絃誰知官
吏新開路長是農人舊墾田

東洋車

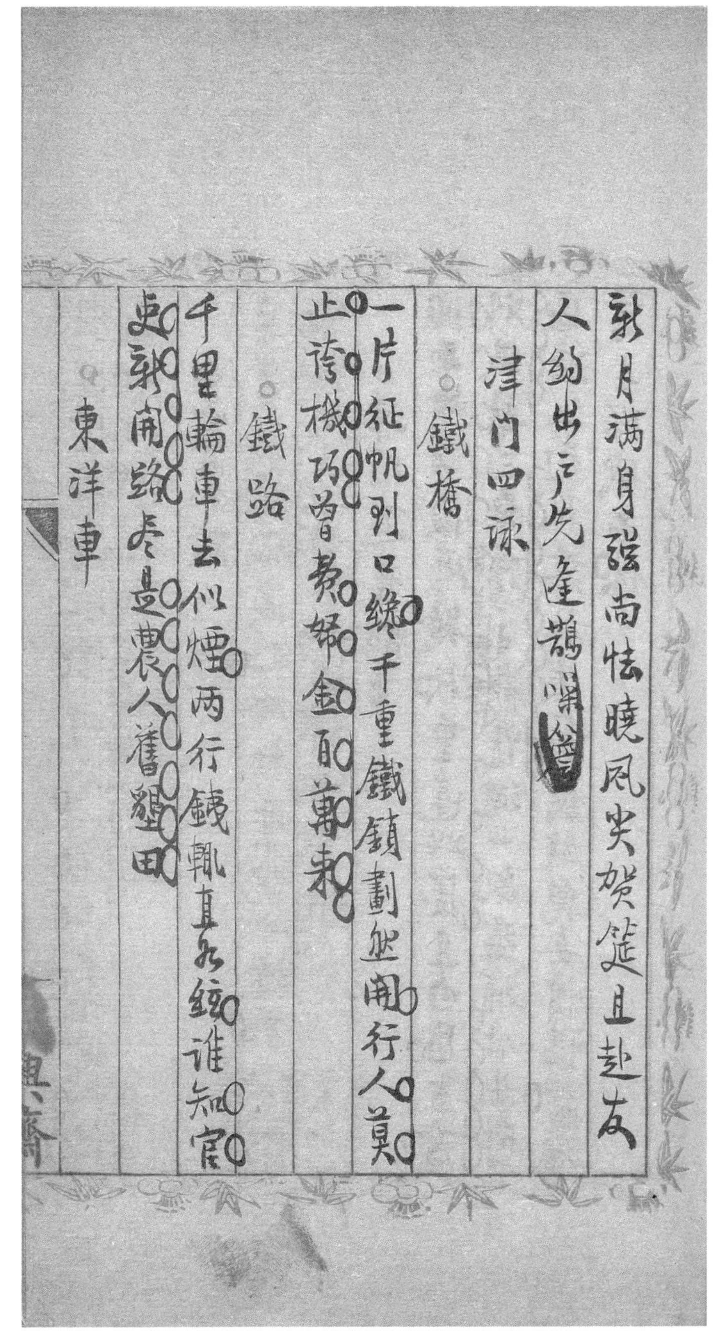

輕運渡輪島展單兩肩一駕去兆九時人但
喜東洋巧威海於今未解圍

電氣燈

萬盞玻璃徹夜紅那知葉院也從風　天家
宮殿明如畫如在西洋圖畫中

津門遇舊歌女

回首平陵歷幾秋重逢此處且留言前
別恨琵琶三疊曲勸情酒一甌溢浦佚生司
馬淚江南花落杜陵愁英雄兒女相憐甚淪
落三三歸感不休

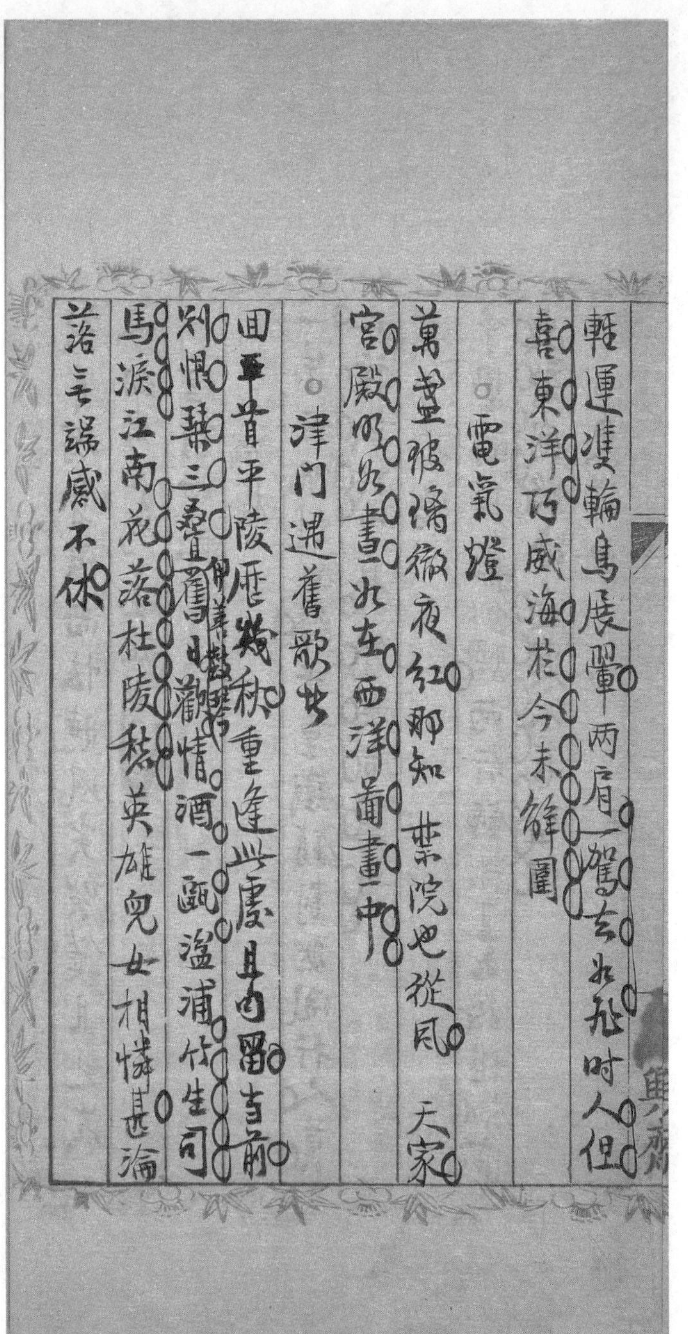

津門簡高仲芳

桑梓情懷契芝蘭臭味同故交千里外知己一言中肝胆向誰是鑑衡斯世空歲多时勢感談罷意無窮

再疊前韻贈仲芳

嘆嘆言志大狂步畧相同今古准又眸外乾坤一腹中歌声秋裂石劍氣夜橫空借作祖劉錕傷时恨不窮

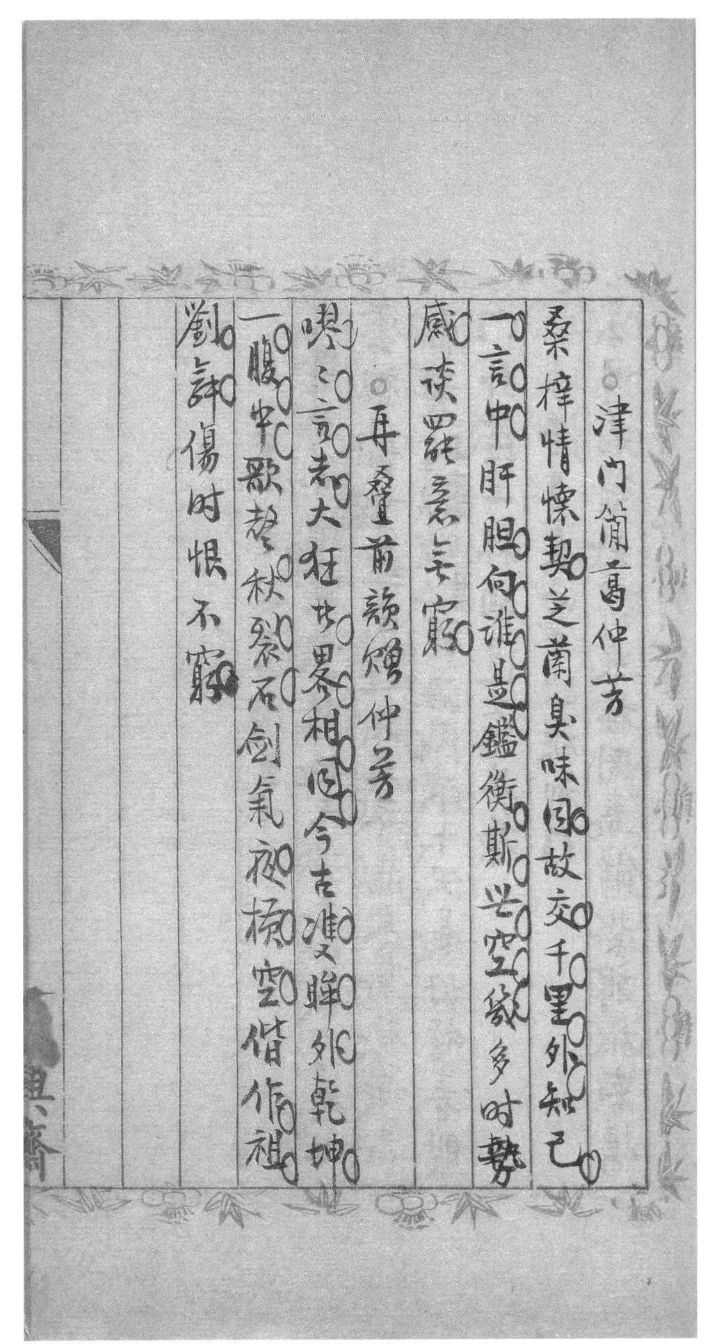

留別秦錫泉同年

大羅同日詠霓裳，別後天涯各一方。渭樹江

雲初聚首，燕南趙北又參商。文章聲價三

齊貴（全泉癸巳山東鮮舊），宦海風波十丈長。好待春明

門外路，一杯酒送杏花香。

冬月念四日旋都門

去日菊離酒，歸來梅閣春。解裝猶旅客，棲

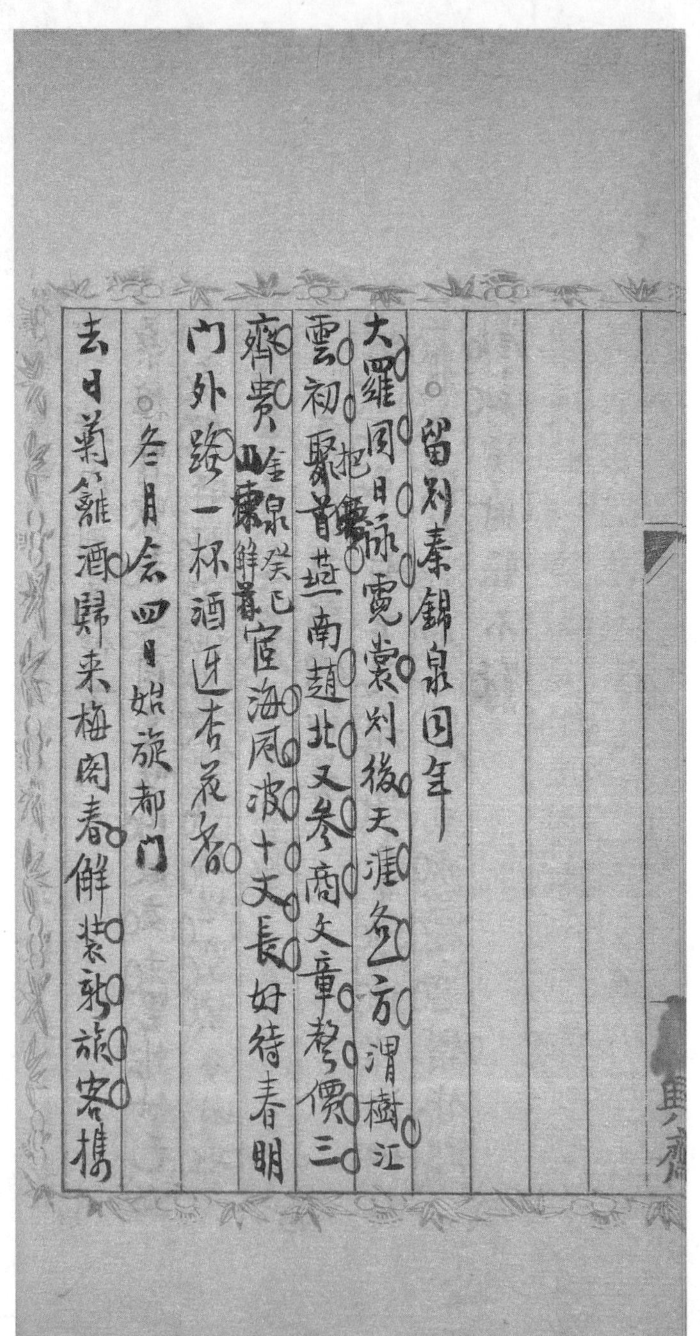

卷舊詩人僕輩前驅業朋儕久別親貂裘
猶未敝羞可傲蘇秦

除夕

自別長安後相逢又歲除一年嗟逝矣千里
夢歸歟身弱唯孫酒家貧不斷書癸心令
北向南望京縷縷

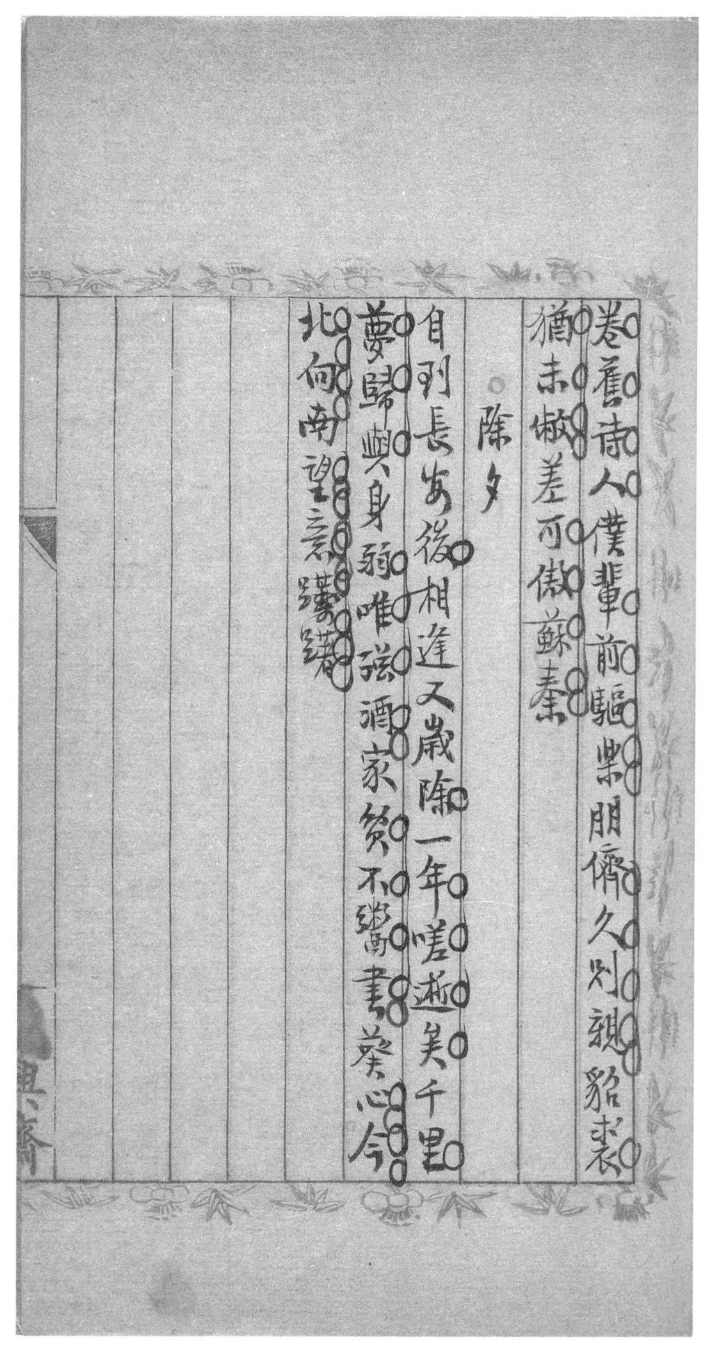

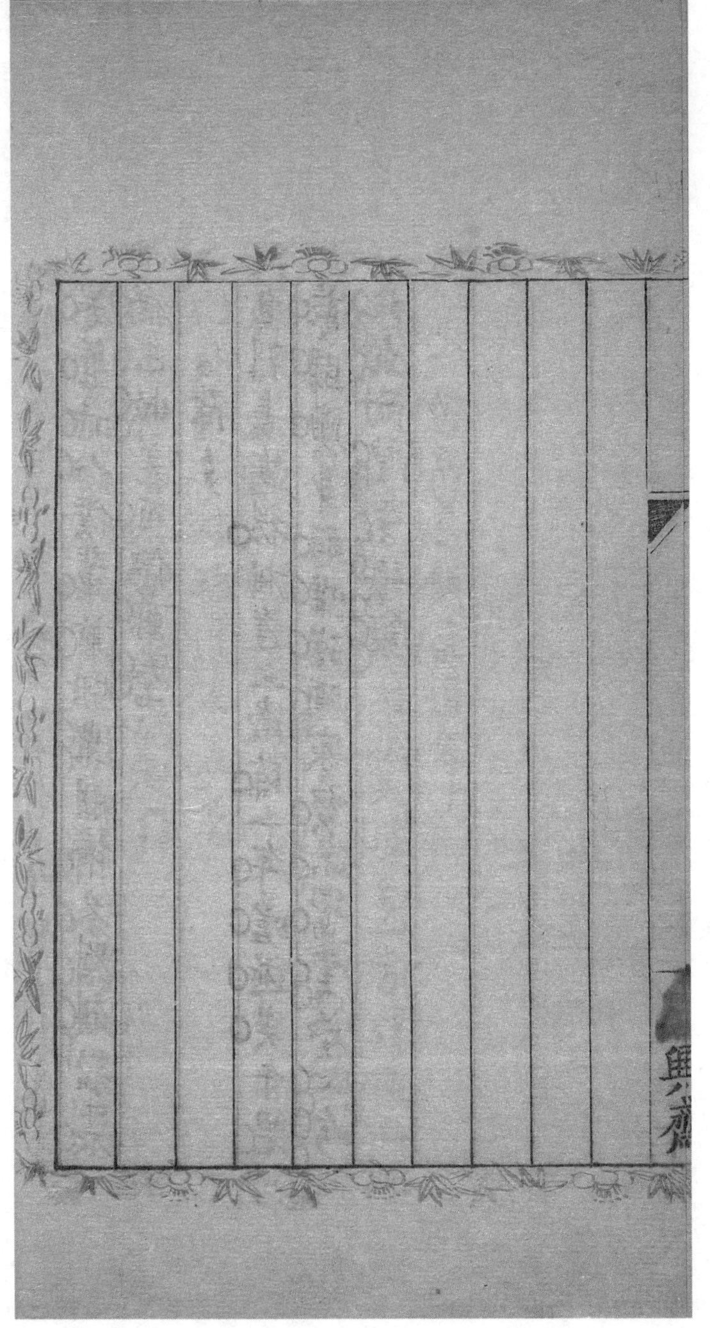

紅豆館詩存

古平壽實筌氏清課

丙申年

夜雨

冷窗二三載離愁千萬重況逢深夜寐倍觸此情濃疎雨收殘柝遥天度曉鐘欲尋鄉國夢倚枕獨惺忪

讀劇君崖仙俠客嗟有感率呈七古一章

我生本俠士結交輕貴金那堪拔劍起讀君俠客嗟慷慨綴歌數行下茫茫宇宙誰知音

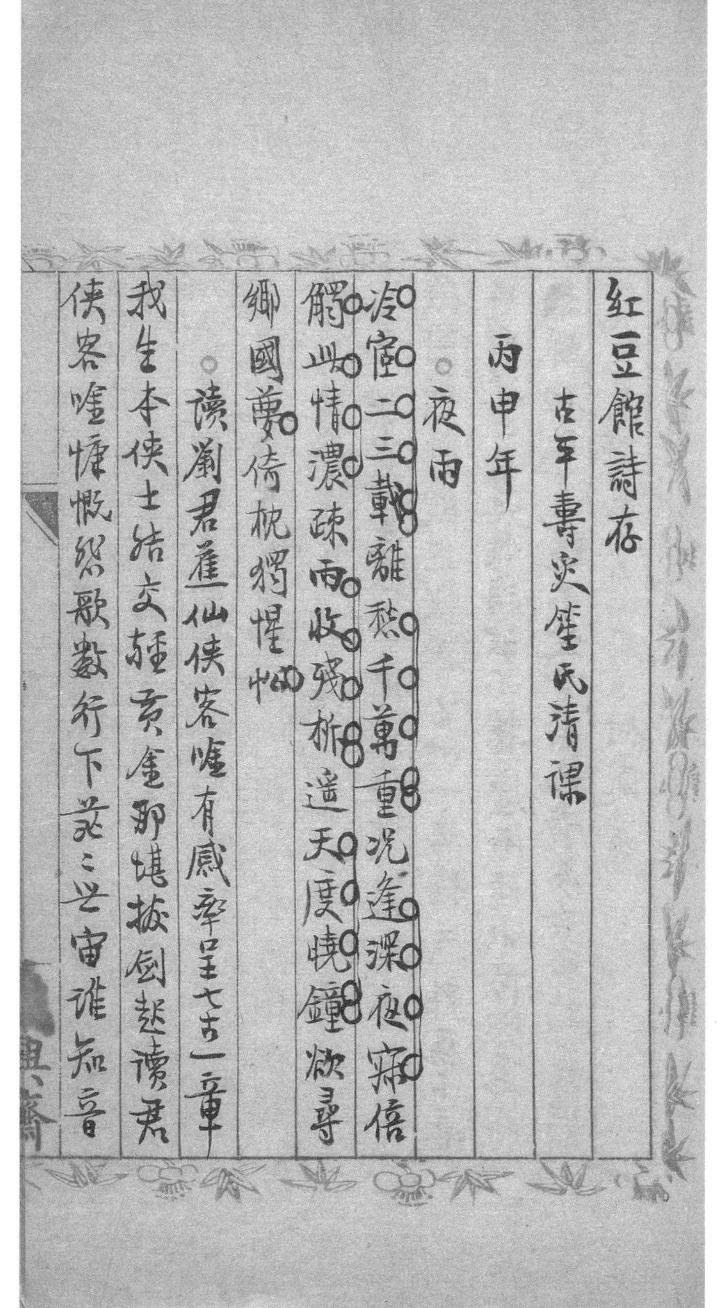

夕照閃爍金台麗寒風蕭颯易水深燕趙丹
荊卿古已沒燕趙烈士今銷沈去歲烽煙擾天
下倭寇囬逆東西侵大將鎮俗坐不動旌旗
戈矛空如林祖生聞雞不濟事楚囚對泣徒
沾襟安得乘風萬里浪神山之陽仙島陰不
求王母不死藥不學成連移情琴但願神仙
授劍術學成返快平生心一出倭寇拜馬下再
出囬逆生遭擒海波不揚塵不起水陸讋慓特
來探功成身退不受賞赤松黃石吾所欽長嘯
一聲自歸去雲山渺渺何處尋

望月

長安天半月獨照宦遊人久與家人别轉於明月覩闌山前夜夢絃管別家春閨説共千里余將踏桂輪

詠物四章

蟬

音響悠且長風露淡弥潔一樣在高枝獨自動清節

蜘蛛

經綸滿腹中吐屬有遲早羞作蜘蛛絲絲

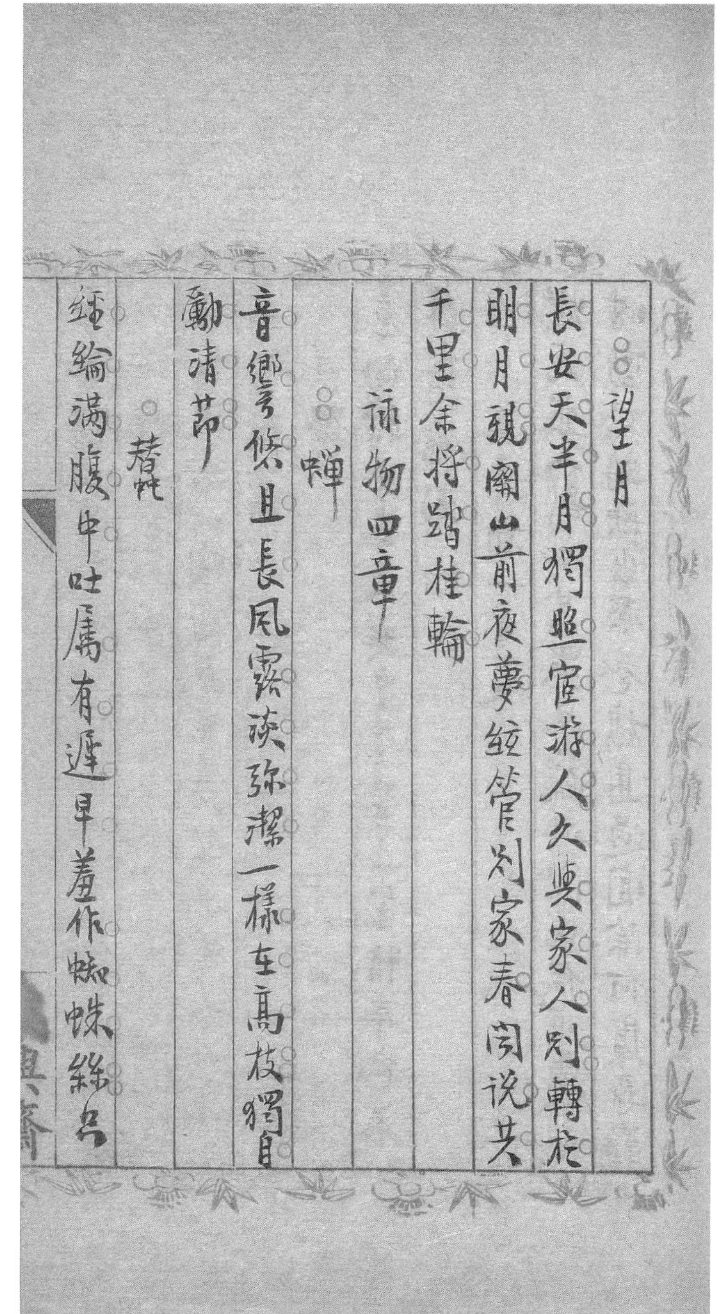

爭寅緣巧

蝶

憔悴天忘心開落花自若笑尔繁華中底甚縈輕薄

鶯

羞向暗中去文明自有章一生惟本色不解藉餘光

五月初一日夜

燈光照人影仰見衆星疏此際正危坐微風吹動裾踏歌出深巷棲鳥過簷除何處尋羈

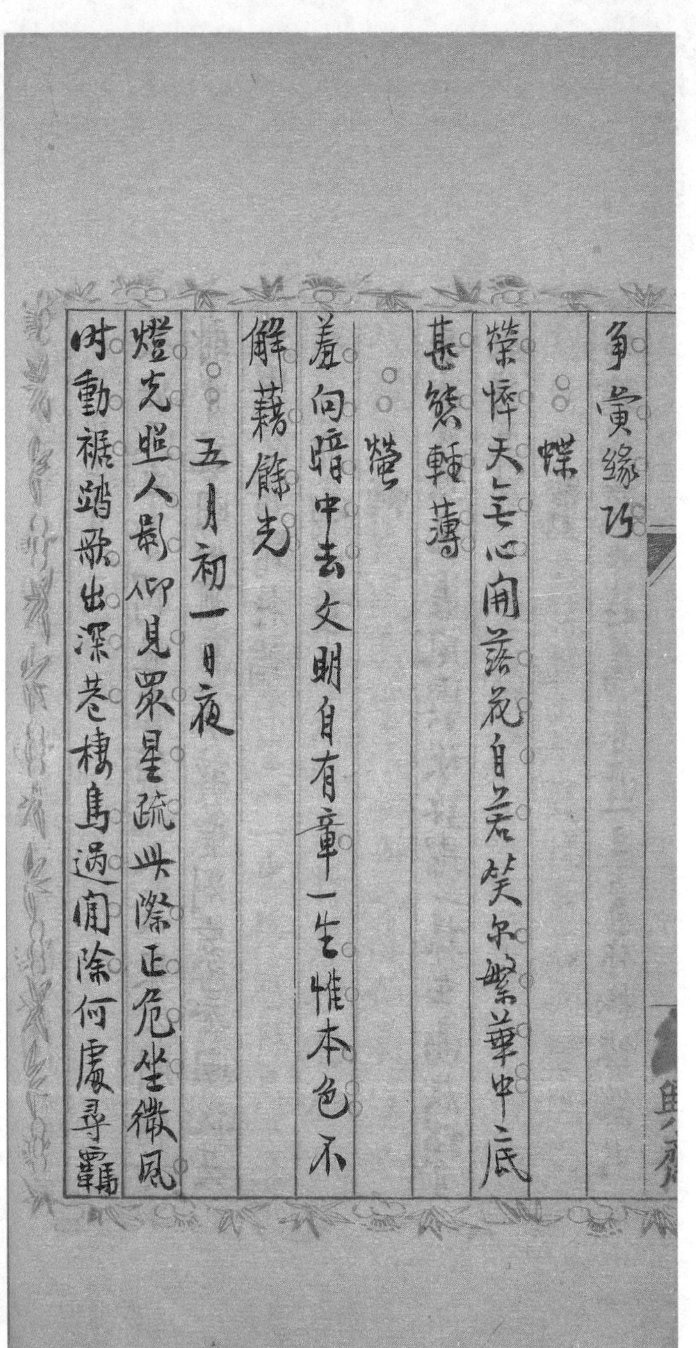

悵悠然望太虛

遙天暝色人語坐深庭微露不成雨隔

雲猶有星早朝身尚倦夕醼酒初醒舊會

幾人在霓裳同日聽

夜雨

急雨聲疑帶晚潮涼生萬木鎮蕭蕭離愁

一夜風吹去知落遙南第幾橋

重作五律二首

旅館一夜雨故鄉千里心狂風自高起去樹

作秋吟點滴尚未已淚痕相與深濕誰遣愁

去對酒不能斟
不識夜來何雨聲多復多水痕溢牖紙秋意
上衣羅稀與故人隔詩成空自哦明朝踏泥
去盡蹕蹕馬歌

蛺偕嬋嫣嬋歸

風吹環佩霧含衣自擬游仙下翠微好是
六街燈月上踏歌聲裏醉扶歸

調王楚玲大令同年

名士風流仙吏才長安日日看花開何當去
馬樓春去移向河陽縣裏栽

淮陰

釣台荒草冷秋風为恋雲台畫像功我飯王孫
非望報淮陰漂母是英雄

夜雨

剡果前復生雨聲聽不佳夜有夢還家覔逕
故鄉路

欲添陶然亭佳期輒心許天亦有妬心斷送連
朝雨

贈劉君崔仙

人生貴知己何年得同晤因秋不心久識君

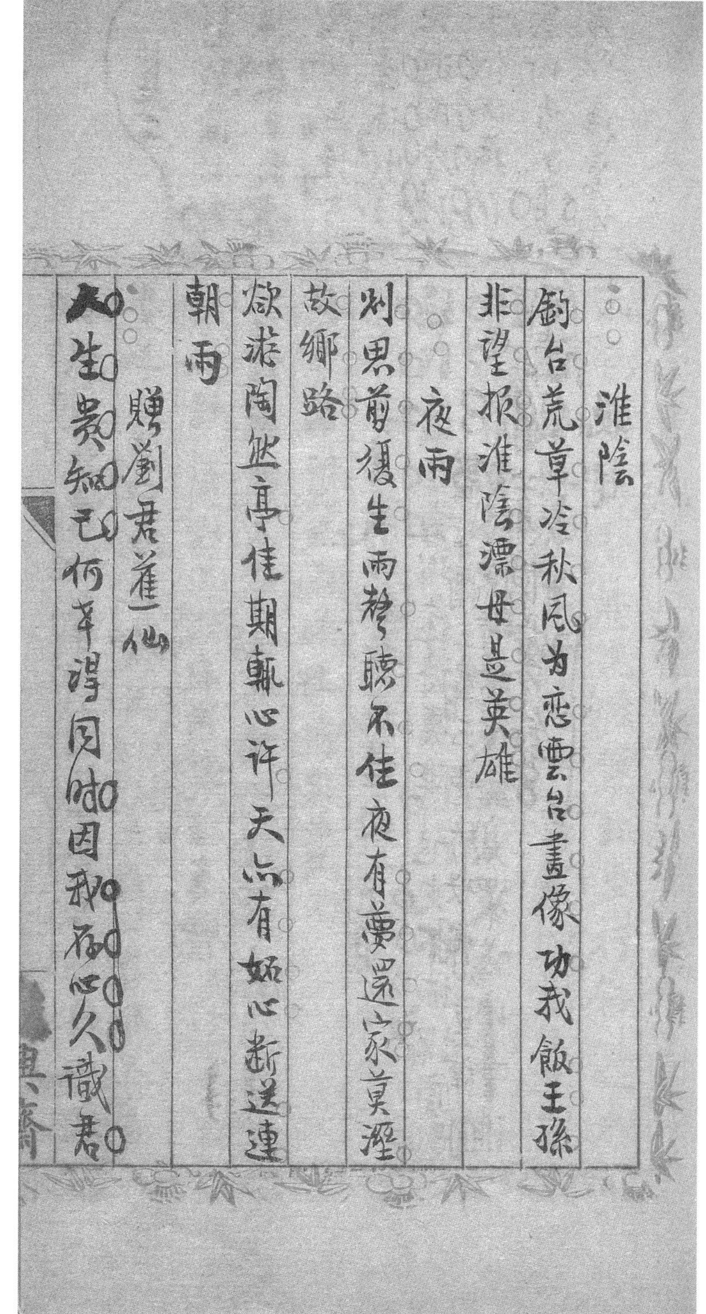

翻恨遲壯懷如擊劍雅集苦吟詩移彼

蓮本蔭蘸紅豆枝 蓮仙所居名綠蓮館余紅豆館主

幔

齋宿內城夜雨獨坐有懷

羅幃厭亂不成寐倚枕挑殘缸缸似薄秋

懷千萬斛和風和雨通瑤窗

五月朔日翰林院值班 二首

趨職蘭台去沿途詩興降旭日先下城堞重

上東閣南城陳詩務談經貞罷殘

宦讀複出振中寧金

其二

趨職尚書去

歸東日未還

際時洞諫才

吟暈詠懷多

地迴南望遠

天低北極河

幾時香道

帝世侍賓坡

晚晴

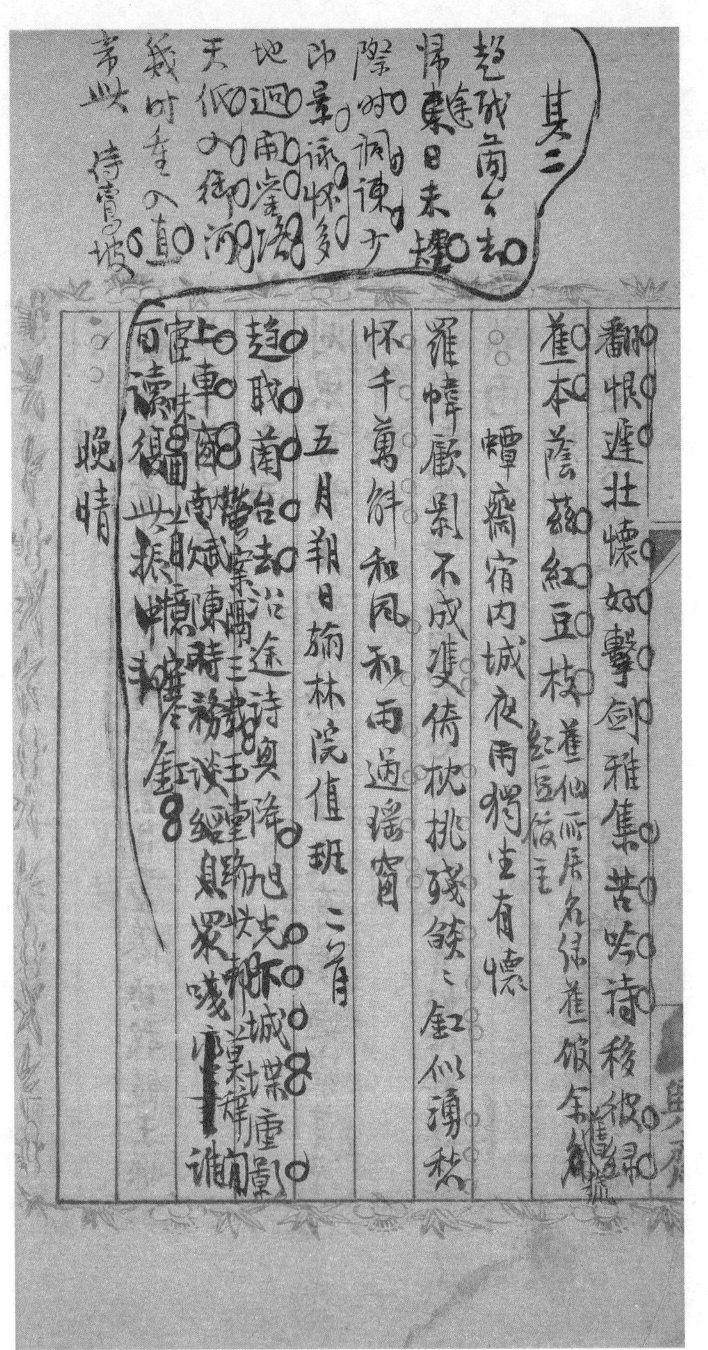

天色露新碧塵先滌轅紅車行斜避水
人碎正当風一鳥夕陽下萬家煙樹中迴
有暝痕合城郭挂殘虹

六月初五日早朝遇雨

車聲隱〻走輕雷潑墨雲從跡上催細葛
欺人涼似雪滿天風雨早朝回

晩行

晩風吹柳拂衣羅流水光中人影過行畫
不知堤路遠滿身涼月聽蛙歌

六月十一日送吉香盟主入試

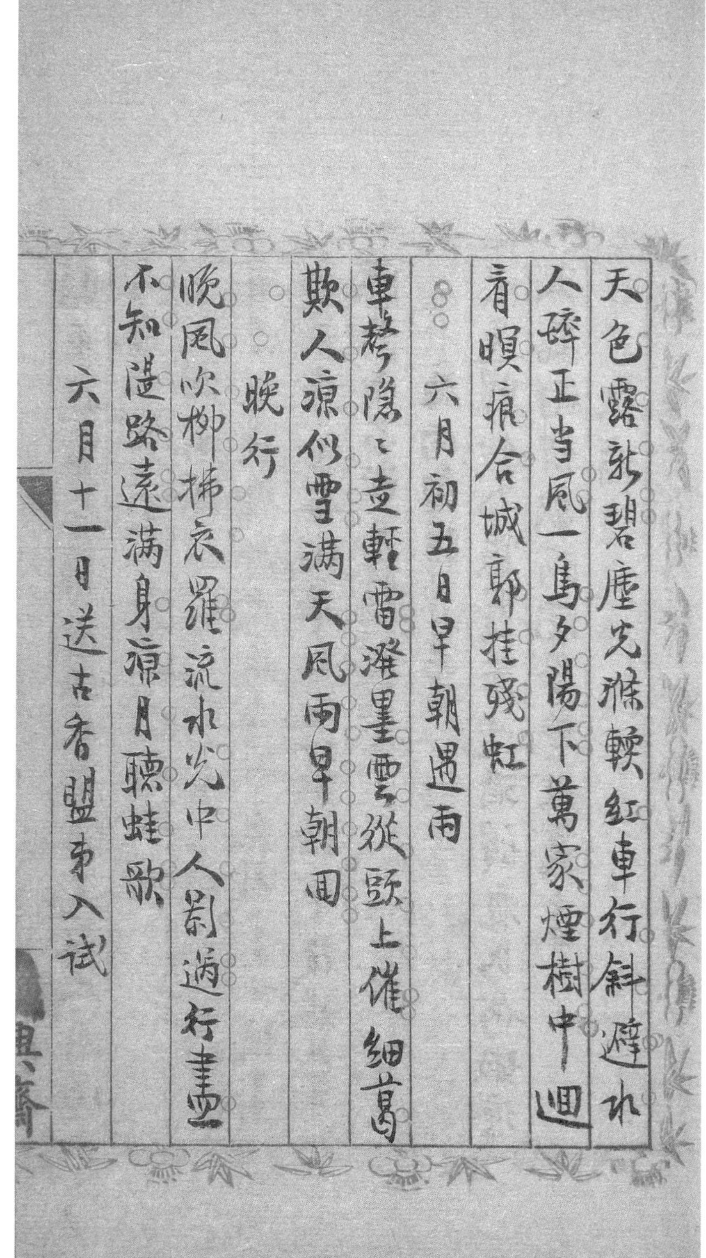

驅車曉霧中障面暗以許不見路人行但

問路人語

相思詞

滴盡相思淚相思只自知夜間多少恨直
到五更時每向夢中遇翻添覺後疑芭蕉
牕外雨不斷是情絲

夜雨初晴即事

風過牕紗入帳羅夢迴酒醒夜如何嫩涼
天氣雨初歇滿院蛩聲秋意多

紀游

竹籬花架影橫斜，話坐庭前玩月華。細語晚風兜不住，滿身吹落馬纓花。

秋夜述懷

牕外流螢飛，牕前殘燭燼。含情掩秋扇，抱恨倚鴛幃。時欲理清曲，但傷知者稀。美人不可見，遣爲一沾衣。

天橋竹枝詞三十首其二

冰魄涼生琥珀光，櫻桃紅破口脂香。天橋莫是藍橋路，親見雲英捧玉將。

笑靨生成粉黛羞，眠人春色溢雙眸。桃花

盡日東風裏不學顰眉西子愁

丙申七夕詩和幛齋作

岕岕塡桥渡彩軿女牛今夕證仙緣如何夜
向銀河望尚自分明兩岸邊
多女織成雲錦裳不曾抵得聘錢償牛郎終
是牛衣客一夜宮中淚萬行
家住瞿塘日泛波佳期誤妾恨如何天孫穩
渡銀河水那似人間風浪多
女牛宮裏伱黃昏烏鵲桥边霜月痕青女
素娥俱耐冷塵心未化是天孫

一結鴛鴦解不開人間兒女最堪哀神仙畢
竟私情淡尚有工夫送巧來
歷世匆匆閱歲時仙家駒隙抵年遲算來夜
夜渡河去枉替雙星怨別離

七月十四日夜望月

秋色至銀漢夜凉澄碧空遥知故園裏今
夜月明中兒女有情懷關河無路通淚痕
雙照處杜老此心同
閒說牛與女秋來一度過我何當此夕仍是
隔長河離恨成終古恩情付逝波不知今夜

東何處月明多

雨雲

晴雲靡霄漢其如氣雨何不爭交紅縷自足澤滂沱出岫那臨旱為霖豈在多功成身始退非是戀巖阿

秋夜宿北城即事

官閒不問夜如何靜倚前牕捲帳羅河漢有雲星宿少庭軒氣樹月明多夢迴孤枕聞蟲語思入遙天識雁過最是五更聽不住滿街風送早朝珂

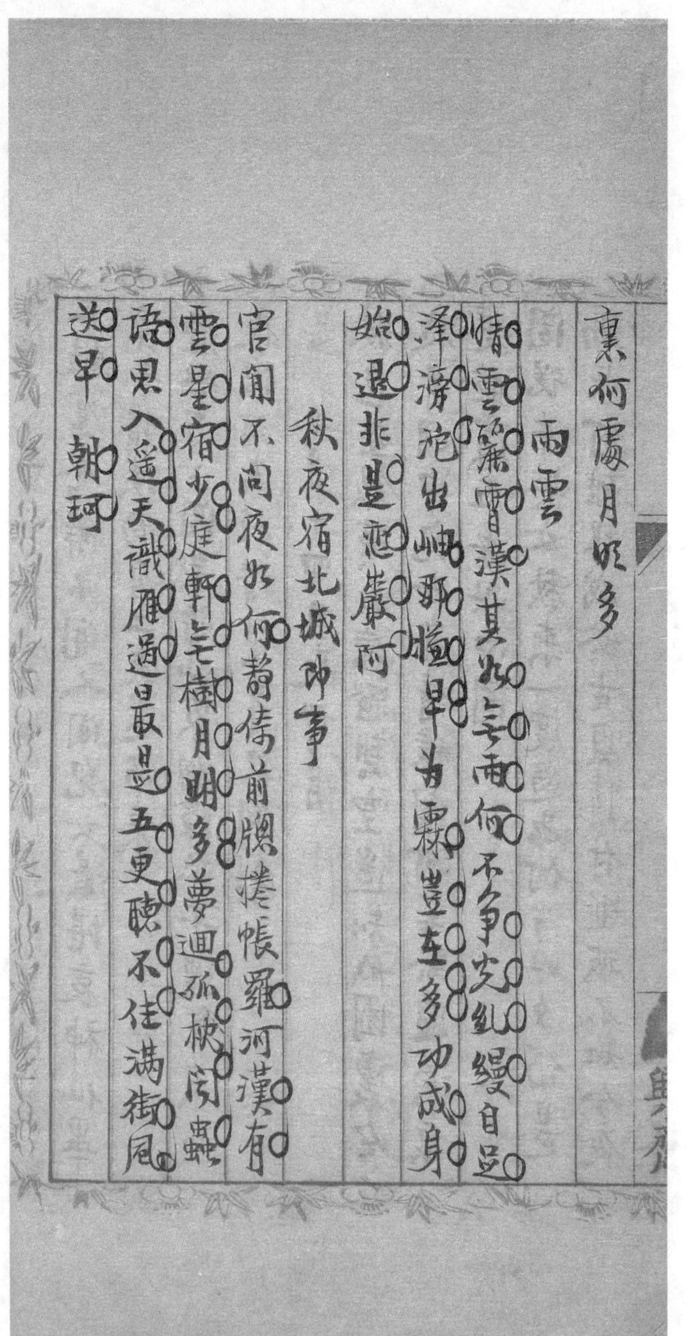

秋日漫興四首

長安覊宦又秋風轉盻炎涼便不同霄漢捧心
依北斗雲山翹首望南鴻三年科甲皇恩際謂唉
已甲午也九月生辰旅夢中九月初三日辰初度回首不堪今
日事烽煙滿目襲遼東
慷慨終軍欲請纓而今關塞已休兵長河
夜洗三邊甲故壘秋高萬里城宰相有謀
和内外將軍三地論功細風威霜氣空嚴
肅俯仰乾坤太息生
今皇神武邁之和體鑄德勞馬伏波

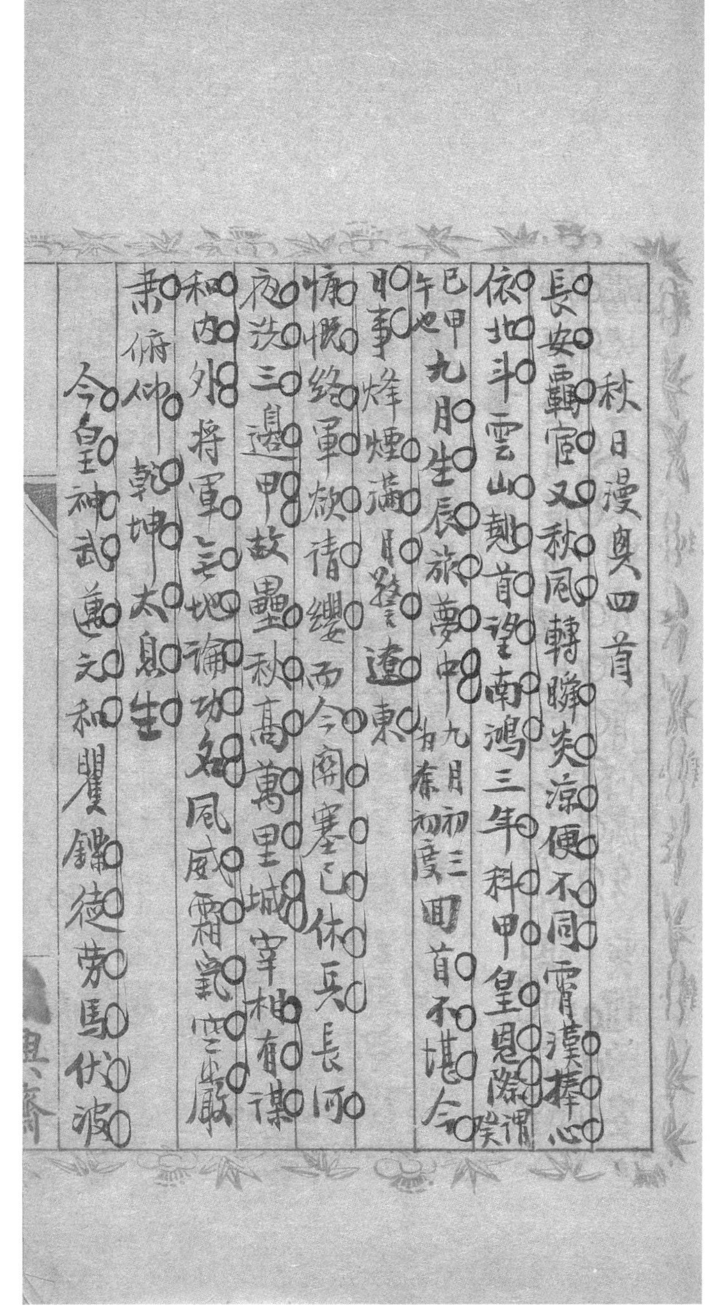

（謂宋祝三軍門）要約鑄成蘇相印英雄憤斷魯陽

戈金台日落〻人上玉笛風高有雁過莫弄

遼西古時曲驚魂猶繞鳳城多（謂鳳凰城也）

星河迢遞帝城樓萬里關山到眼收兵未

歸農初兆亂官因減祿肉增憂（因還洋款京京祿扣三成）

荻花凄數動夔州興香草蘭生楚客愁

邊思綿〻縈鄉恨趣長安歲〻感清秋

重有感

鄉夢塵清宦海波九霄望斷隔銀河清風

滿地〻人見明月今宵何處多賈誼治安

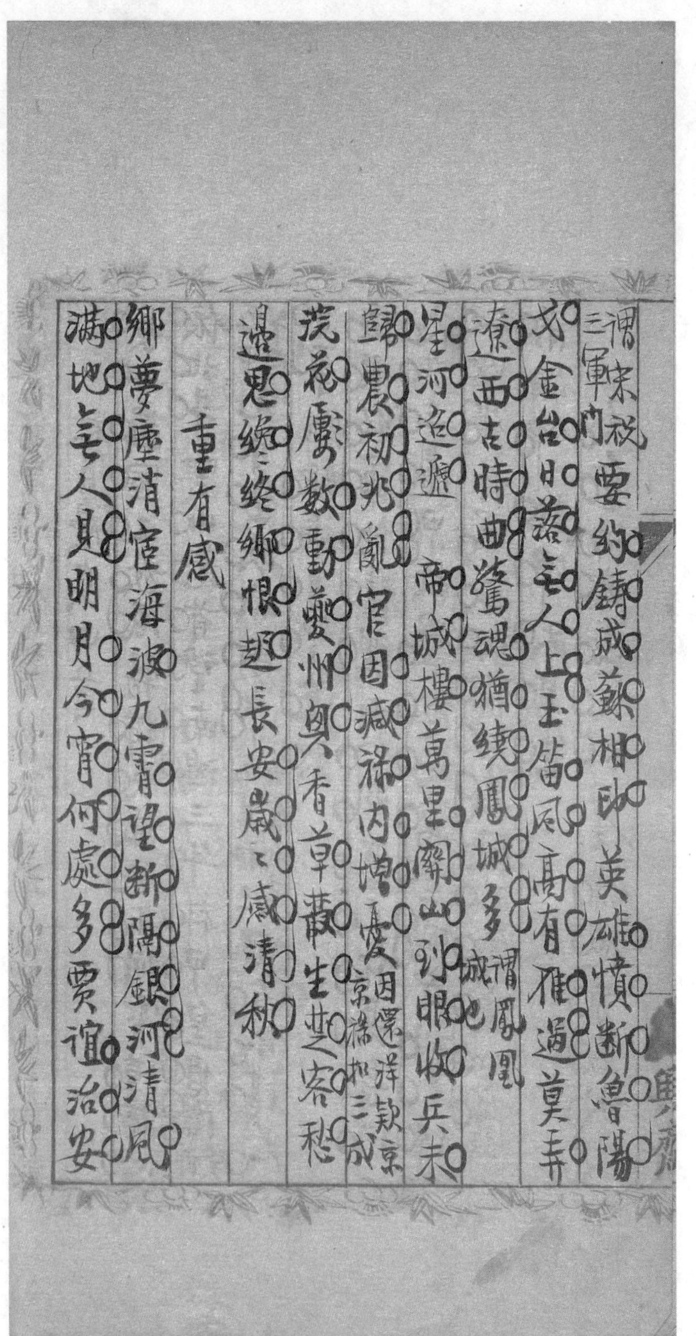

空有策華重懷慨々閒歌良朋不識甯曹（同濟）

若尚說覊豪醫大羅

漂母詠淮陰侯　　劉台荒舊

一飯千金報（一作殺）紱然漢帝恩登壇封將

如頭顱鐘室宛魂冤

御重釣臺誰是有英雄度難將成敗論未

未央宮內草終古怨冤魂王孫（氣）

晚涼

窗味淡于水悠然坐晚涼門稀車馬迹庭

滿草花香身羽鶴秋早心閒覺日長

聖朝調諫少〻〻歲長楊

ㄴ사

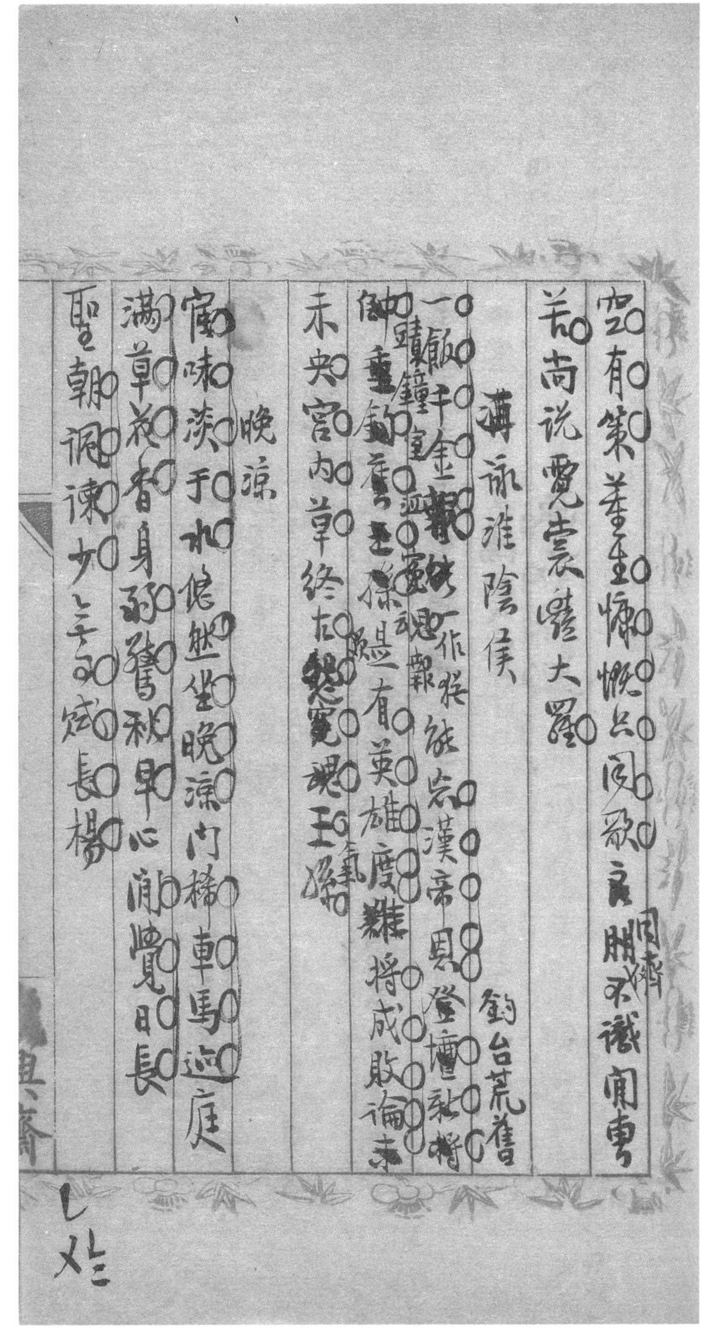

葉葉亦落雁南翔，颯颯西風變早霜，自是秋光
太蕭瑟，一時惆悵念家鄉。

過昌平 妙

炎炎赤旭拔桑升，一代真人皇覺僧，二百年來
王氣盡，西風殘照十三陵。

夕陽荒草
陳林殘照

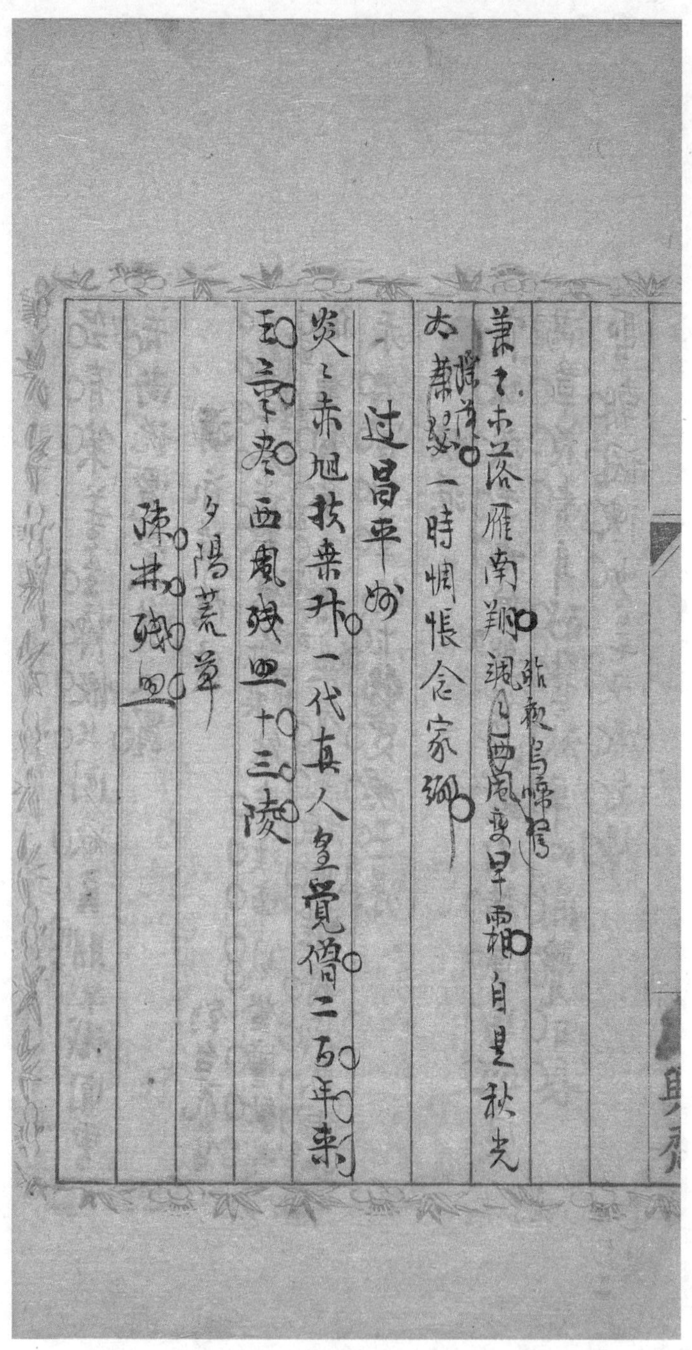

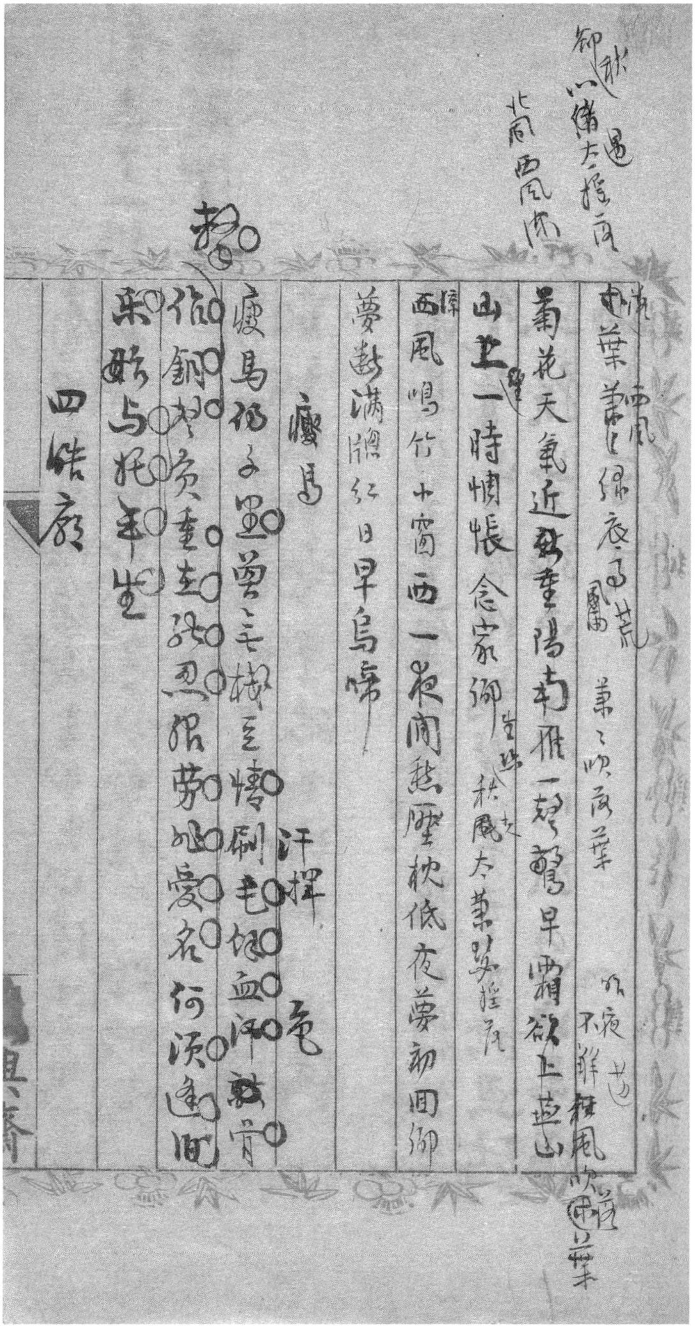
卸秋過
以備太ニ推敲
北筒西風流

流葉蕭々緑夜雨荒 西風
蕭々吹夜葉
吹夜 不鮮 秋風吹落雨葉
菊花天氣近重陽南雁一聲鶴早霜欲上遊山
山上一時惆悵念家御
秋風太蕭瑟推敲
西風鳴竹十窗西一夜閑愁壓枕低夜夢初回御
夢斷満階紅日早烏啼
瘦馬
瘦馬孤子望曾三樹至壊倒毛断血汗骨 汗揮 也
伯釗堅負垂去孤恩懇勞姻愛名何須逢団
采衆与花年生
四皓廟
捲

别來了一紀
無個消息

南山承明跪稿文，東山西山清渭知一也
崇光殿劉寄高帝宋濮備其
過坡明十三陵
笑笑野旭扶桑外，一代真人皇覺禪 二
百匝來王氣要殊未了，四十三陵
嬴馬仍千里，萬無攝至，情汗拜飲血
龜背背聲很銅聲負重走北固話
因狠苦飛雲危，何況逢泊樂娛
与拆手去

青女素娥殘宇ゝ
天孫獨向壻御杯

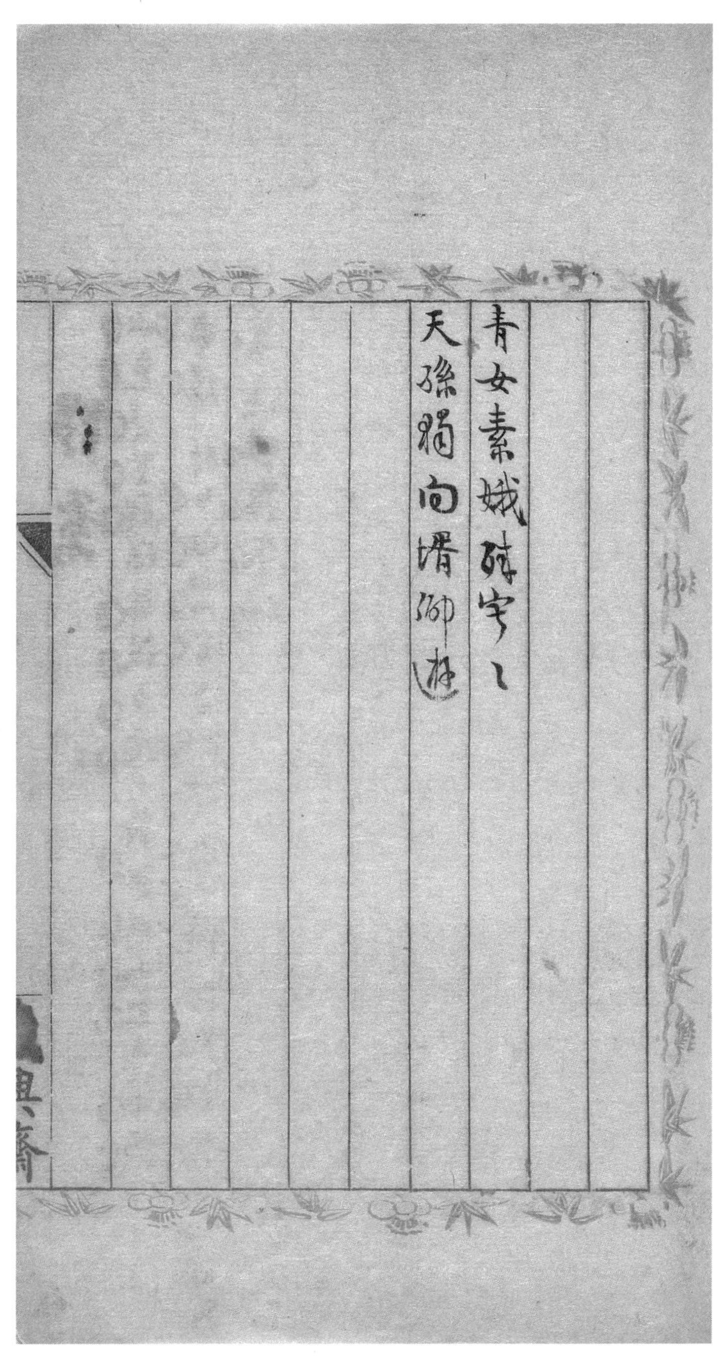

野景

山色碧崔巍深林没夕暉荷鋤田父立弄笛牧
童歸村口白雲合寺门黄葉稀欲知投宿
處遥認酒家旂

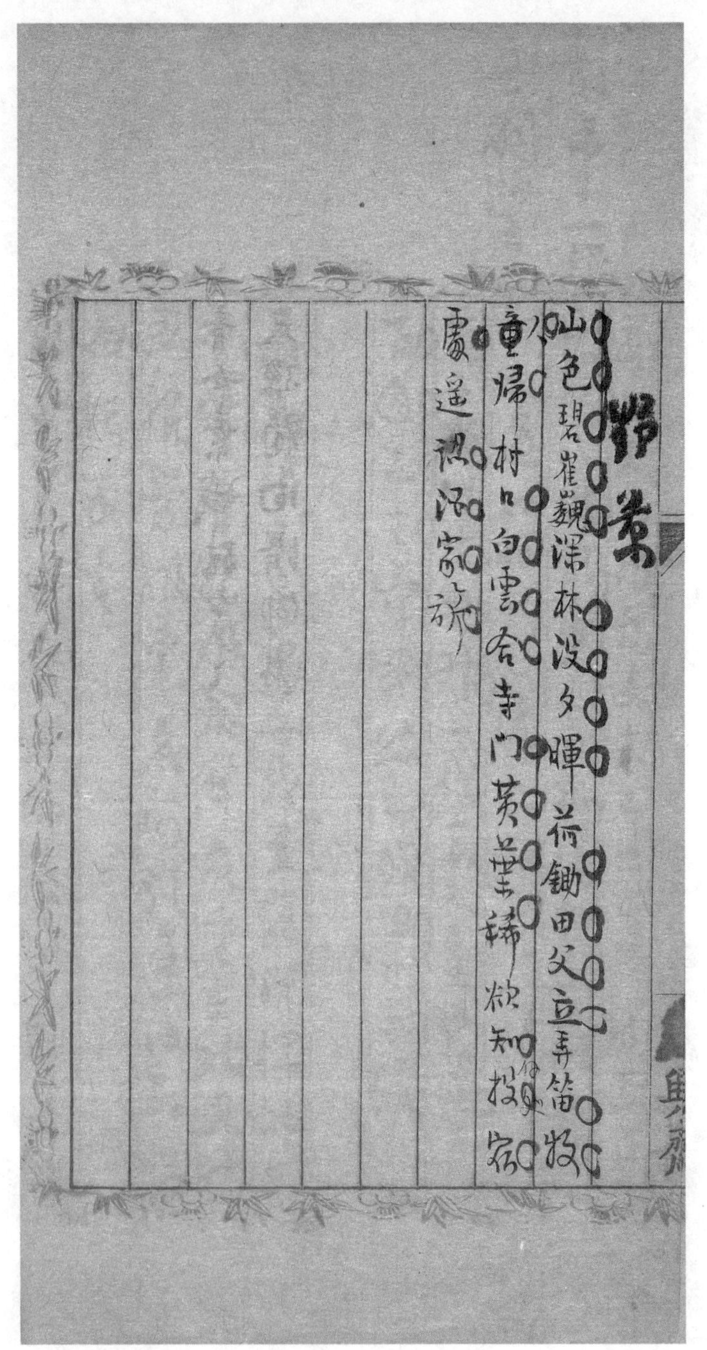

保戲

盛世多福。法門多壽。壽考作人。降福孔厚。至孝格天。

皇仁載地。蘊懷人文。時雨人瑞。告在。皇帝十有九。年。

璇宮。錄。(敕賜)錄。崑榜。拔。貲。下士無名。郎逢殊遇。獻策。

北來。棒檄。南去。人生至樂。(春暉)萱堂。(方長)在堂。雪恩錫(蘭)書。

祝壽(慶衍高堂)祿祿。(古人)女。女。且。言。貞親。与師。大節。在三。福祿同之。

如水思源。如風在角。桃李門。牆前又生。桃。李。桃李。

之。陰。杜柏。之茂。蒙蕭(蕭府)傷。傾以共照。長。白。屹之嶽

江。油。之。如山。之高。如水。之流。經。南。呈。賀。老人。以名。强

北。呈。斗。造(主掌)垂文。衡。斗射文光。賀其徵壽象。善(有)圓(美)歸。

君　聖人在上欲々向日然々望雲帯歎寸草老地同海嶽長
壽々日遲々春風習々華祝聲々嵩封堯天舜日三祝未
已四言既成忠孝之生由然而生

成與齋

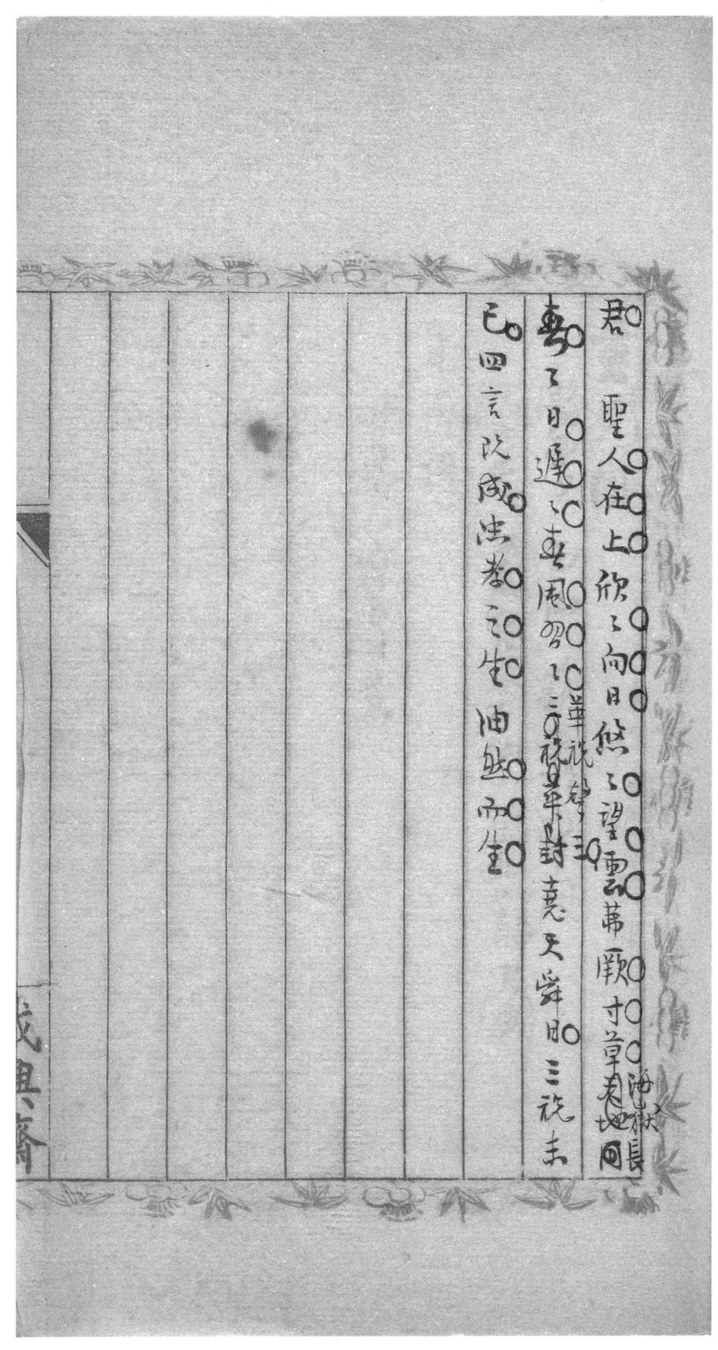

重見例

鸞雲 玉仙 蘋果 翠凤

大喜 菱官 芸仙 先之蕭 琴劍

老馬補

順喜 寶玉 月素

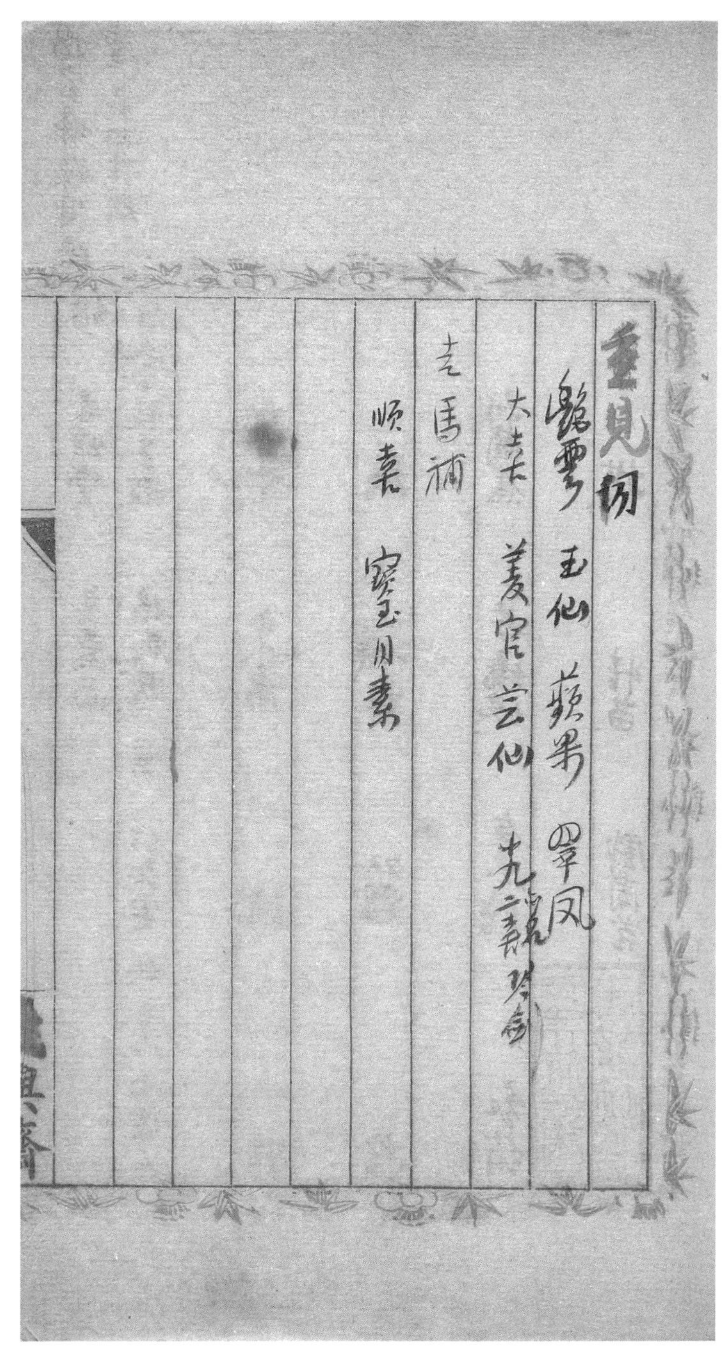

楊家姊妹俱陪
座各向法歌

綠　眉欽黛　芙蓉面

紅暈頰生潮　楊柳腰　盟　訂久要　歌竟　雨瀟瀟

夜迢迢　玉人簫　橋　銷

桃　連今朝　双翹　搖

剥蘭蕉　董嬌嬈　金屋嬌　紅綃

樹　情苗　戲蘭苕

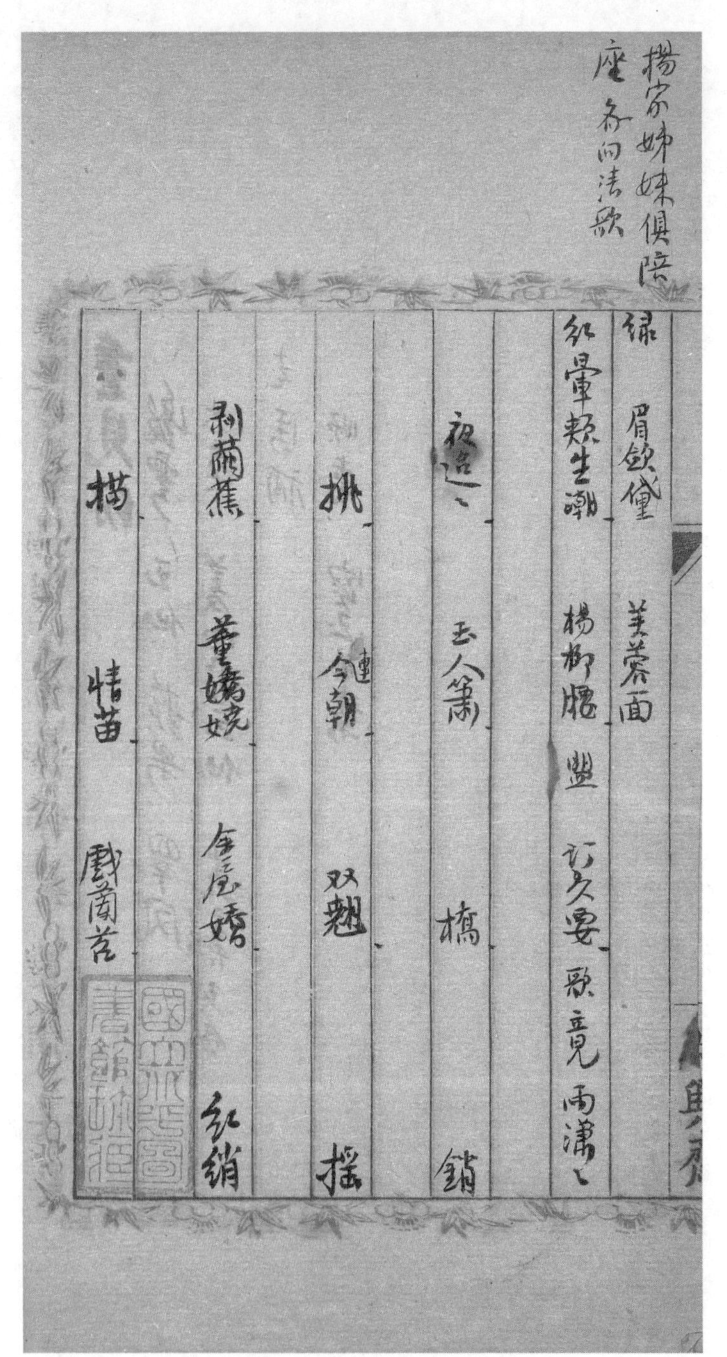

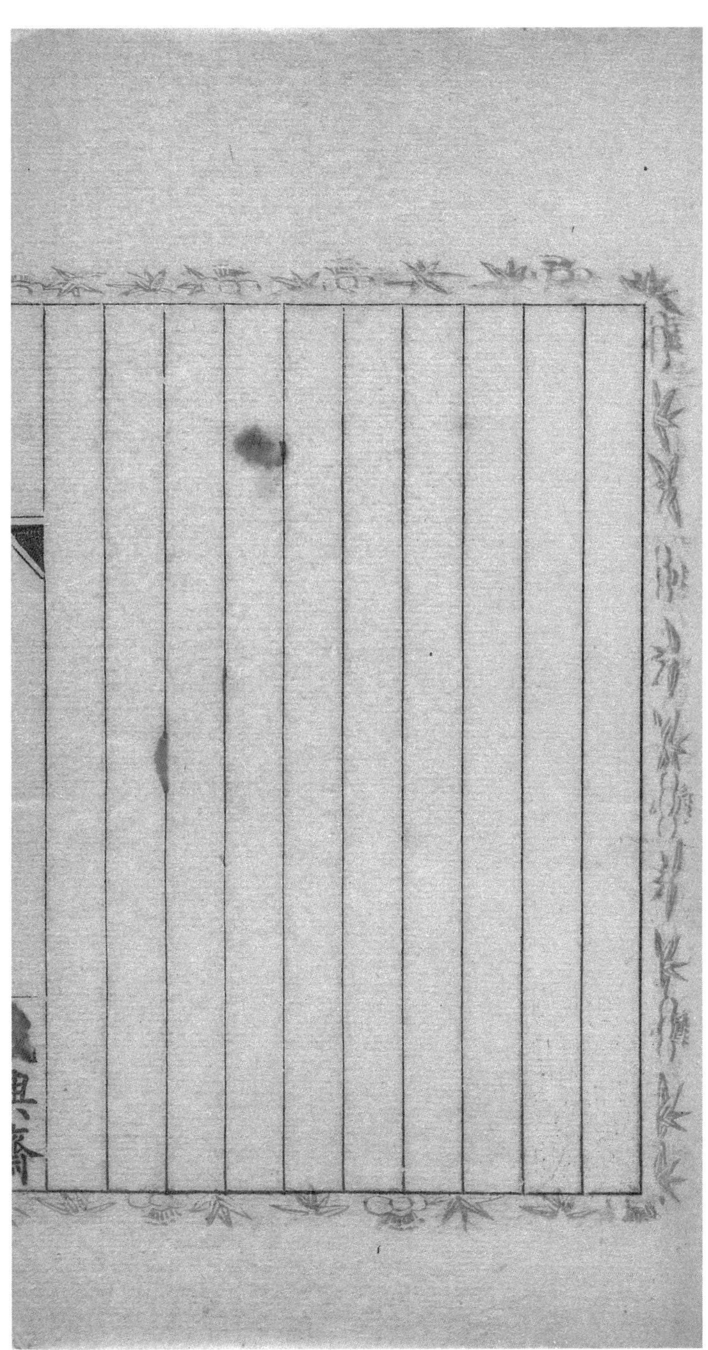

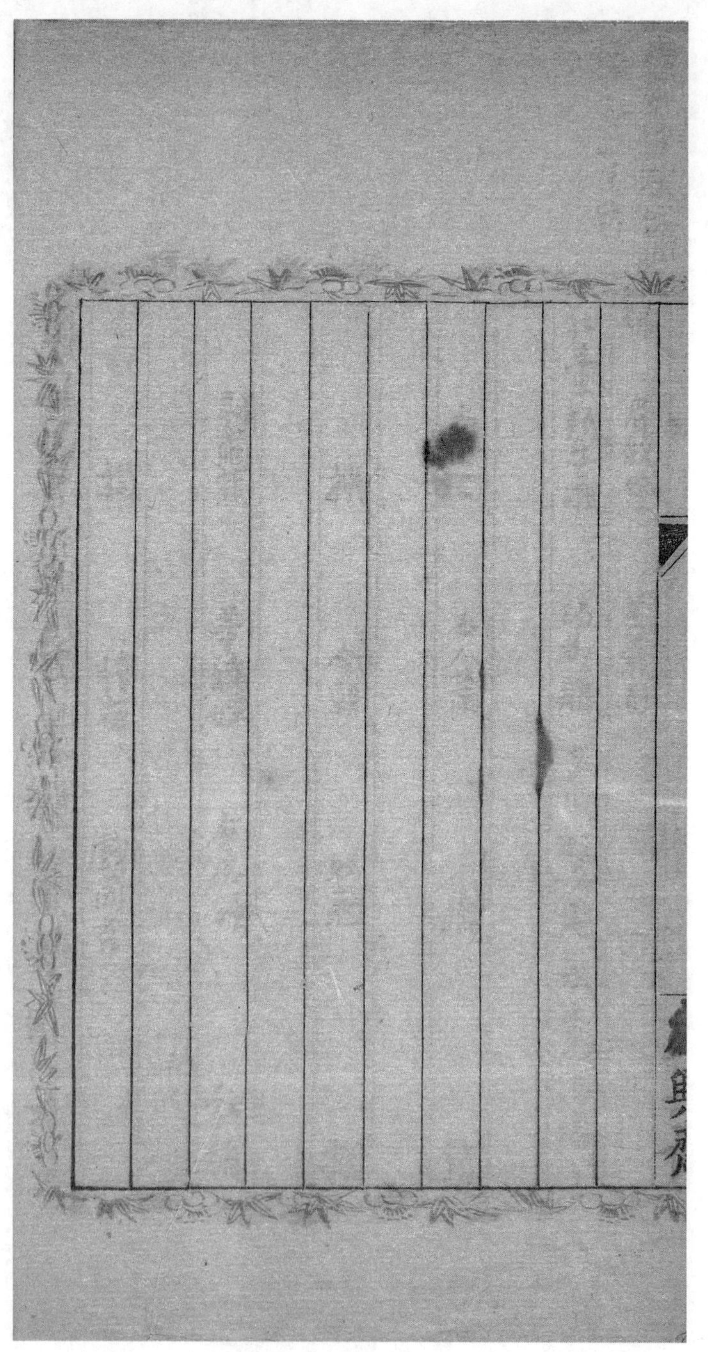

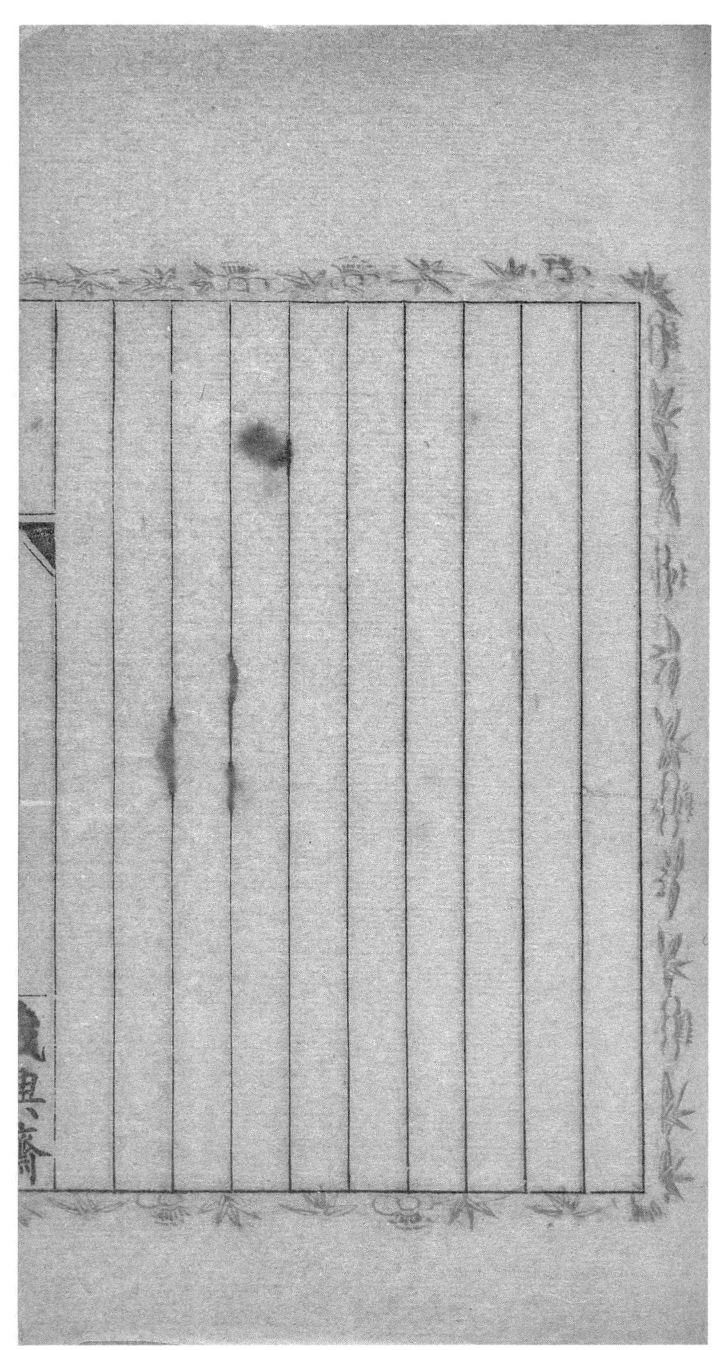

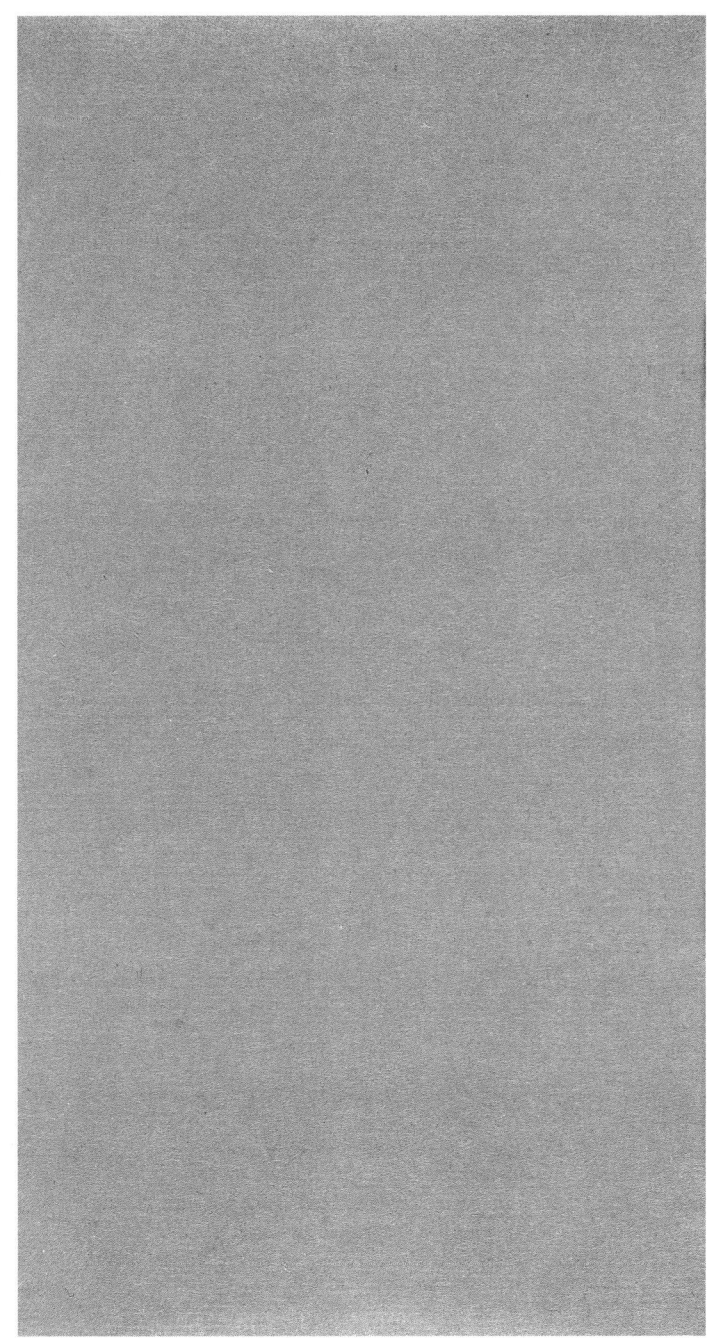

韻秋草

紅豆館主撰。清光緒朱絲欄稿本。一册。

此稿書名、撰者據小引題，版心下題「成興號」，撰者紅豆館主經考證，應爲清人梁文燦，其生平見《可談集》。在其存世另一稿本《紅豆館吟草》中，以「甲午年」分次，「旅中秋詞」名下所存詩文與此本《韻秋草》大半相同。紅豆稿中存「自己丑迄甲午」的題記，與《韻秋草》卷首序末所題「甲午深秋，紅豆館主炙笙氏自記」的記載吻合，由《紅豆館吟草》成書於清光緒二十一年可知，甲午年即光緒二十年（一八九四），亦可證此組秋日景物詩文「韻秋草」當作於清光緒二十年。

另據《紅豆館吟草》，梁文燦甲午年在京城作《都中》《春日都中雜詩》《庶常館秋夜》和《中秋無月》等詩文數首，而《韻秋草》卷前小引開篇即述傷秋寂寥之意，有「況乎空館無聊，旅愁難遣，數殘滴於玉漏，照隻影於銀缸」之句，所謂「空館無聊」，當是指梁文燦進士及第後選爲庶吉士，在庶常館深造這一時期，亦可證《韻秋草》成書於清光緒二十年。而清代庶吉士，一般在庶常館學習三年，後由皇帝分發任用，由此可窺紅豆館主梁文燦之仕宦履歷。

單以數目計，《紅豆館吟草》中存《秋日》《秋夜》《秋暮》《秋曉》等十四首，而《韻秋草》獨缺《秋星》《秋露》《秋霜》《秋螢》《秋蜨》五首，《韻秋草》成書似要早於《紅豆館吟草》。《韻秋草》卷前小引有記：「秋草秋花勾起舊恨，四壁則秋蛩如訴，滿庭則秋螢亂飛，嘆秋蜂其老矣，奈秋蜨之瘦何，秋簟孤懸，衾寒似鐵……」，可見紅豆館主原本非但要寫秋螢、秋蜨，還有意描繪秋草、秋花、秋蛩和秋蜂等物，然而即便至《紅豆館吟草》中，也未見吟詠秋草等物。

此外，將此二書詩文内容細作比較，如以《秋曉》一首爲例，首句《韻秋草》作「夜深始成寐」，而《紅豆館吟草》改作「永夜不成寐」；而《秋暮》一首中，《韻秋草》本有「思我可意人」之句，《紅豆館吟草》則將「可」字劃去，改爲「意中人」；其中，内容改動較大的當屬《秋雨》一首，《韻秋草》作「淒淒一夜雨，溶溶萬斛愁，愁人心已碎，雨聲苦未休。殘漏如相應，竹徑亦鳴秋，點滴何時已，相思無盡頭」，至《紅豆館吟草》中，已改爲「淒淒一夜雨，溶溶萬斛愁，雨絲如縷密，情絲獨繭抽。蕉窗滴心碎，竹徑寒韻秋，相思人兩地，永夜空煩憂」。

綜上可知，一方面《韻秋草》成書的確要早於《紅豆館吟草》。另一方面，由《紅豆館吟草》題記「自己丑迄甲午」及内容可知，其中所收詩文早至己丑年，所以準確地講，紅豆稿應該是謄清稿本，而當初梁文燦唯獨以甲午年「秋詞」析爲别本《韻秋草》，必是另有考量，惜未成全帙，終以《紅豆館吟草》中「旅中秋詞」名目行世。

（李慧）

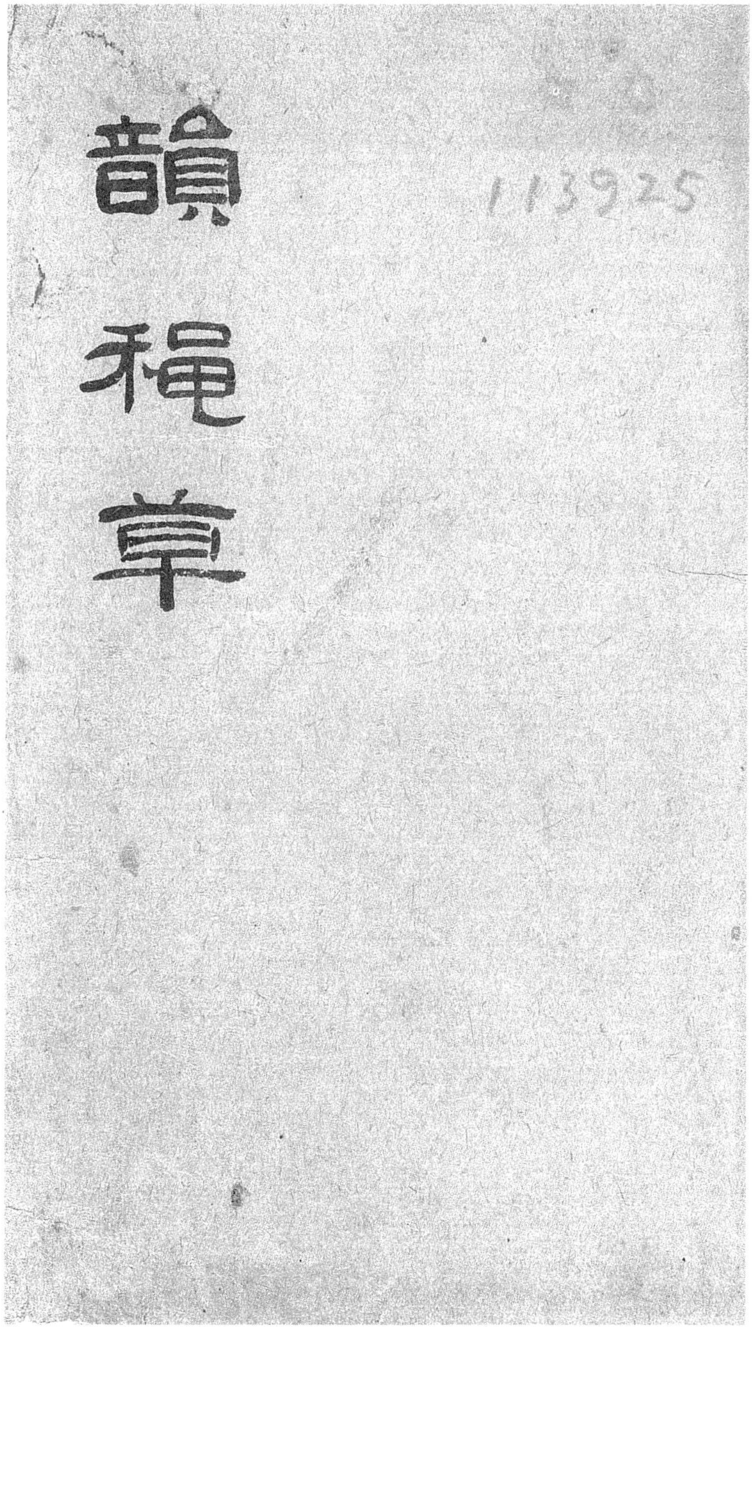
韻穐草

字第113925號

韻秋草小引

夫珪月珠露黯然別之銷魂木落雁歸悲哉秋之為氣故江淹因之寄恨宋玉從而多愁况乎空館無聊旅愁難遣數殘滴

於玉漏照隻影於銀釭
夜永如年情深似海蜂
狂蝶醉憶歡洽於舊時
燕妬鶯嗔悵修阻於
此日酒闌燈灺轉眼
已非拂袖挂釵回頭

如夢多情我輩未遇黃衫傳信何時已沈青鳥是可懷也能勿怨乎加以秋夜淒涼秋日蕭索迢迢秋漢無計乘槎羃羃秋雲

为谁織錦怕聽秋風
秋雨惹出新愁凄看
秋草秋花句起舊恨
四壁則秋蛩yuè訴滿
庭則秋螢亂飛歎秋
蜂其老矣奈秋蝶之

瘦何秋曾孤懸衾寒
似鐵秋燈一點夜冷
手冰觸景則情生撫
時則興起言不盡意
詩以詠懷有字皆愁
無句非恨潘安仁之

秋興忽增感於華年梁簡文之秋思因託言於蕩婦遣懷之作非敢言詩有感云然聊用寄恨云爾甲午深秋

紅豆館主奚管氏自記

為歡苦夜短相思愁
日長衣帶懶不結倦
來倚石牀午夢亦顛
倒起坐復徬徨捲簾
當戶立空坐對清光

右秋日

寂寂芙蓉帳冷冷翡
翠衾孤枕徒徙倚好
夢杳難尋殘燈小如
豆蓮漏催夜深所思
不可見蠶絲攪秋心
右秋夜

夜深始成寐既寐且
顛倒幽會方未央催
人天忽曉但教歡情
濃那顧歡時少拚教
慵夢圓敢怨鷄聲早
右秋曉

薄暮起秋懷閒庭獨彳亍思我可意人對此晚香玉名花亦多情夜來發芬馥而我復多愁挑燈照自宿

右秋暮

皎〻秋夜月。照我羅
幃中。相思人不見。懸
知此心同。嫦娥豈不
怨。幽閉廣寒宮。人間
與天上。有恨何時窮。

右秋月

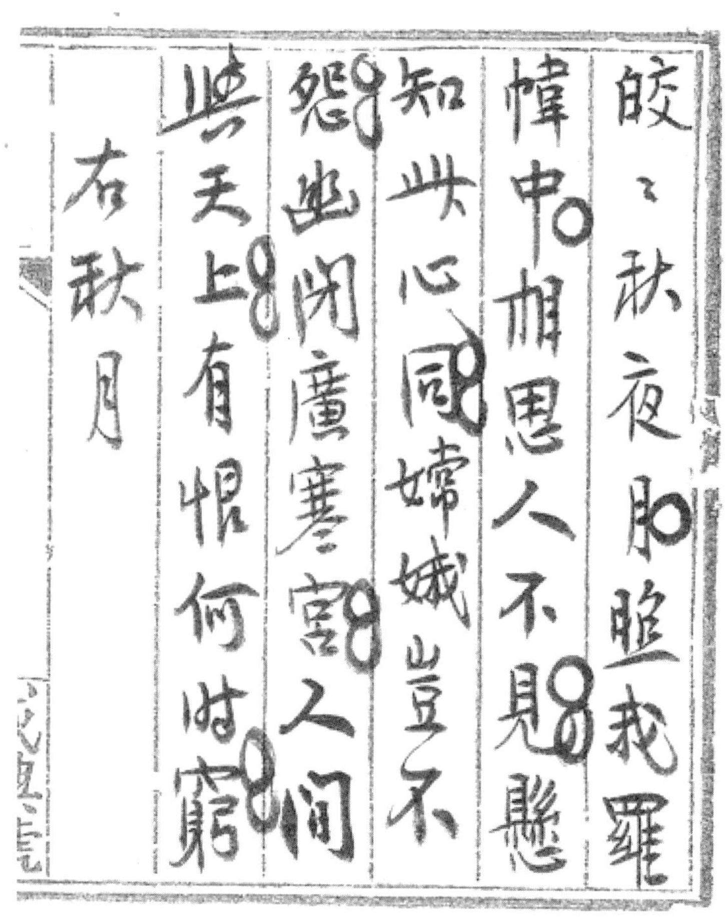

舉頭看秋雲低頭觸
相思天孫巧織錦濃
淡都入時濃々人顏
色淡々人丰姿秋雲儘
日看美人不可期
右秋雲

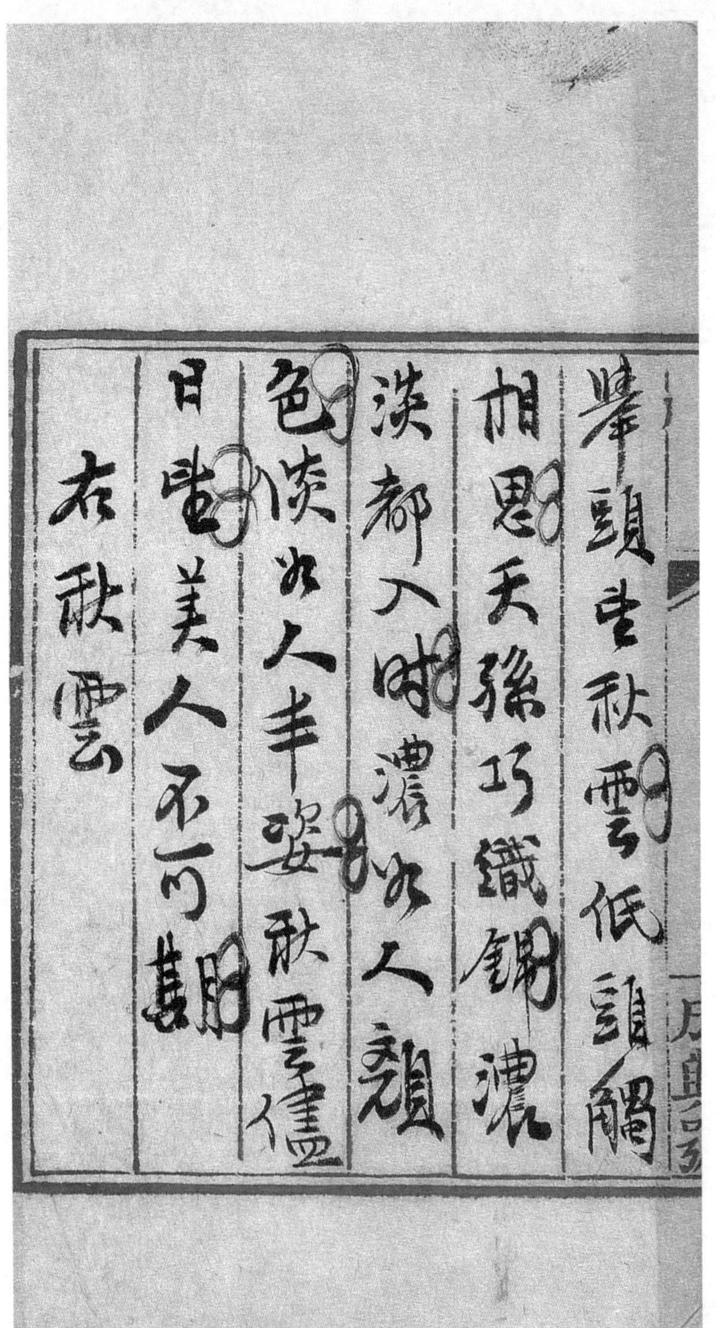

蓴魚張翰思搖落，宋玉悲鄉思不可惙。悲愁秋亦何為？炎涼隨節候。悲歡亦有時。嗟彼班婕妤，團扇空相思。

右秋風

瀟瀟一夜雨溶溶萬斛
離愁人心已碎雨聲苦
未休殘漏似相和竹徑
平鳴楊點滴何時已
相思無盡頭

右秋雨

河庫一葦杭江深羽扒
度銀汗清且淺牛女不
相遇烏鵲時耕織
通默云路何不挽双
槎毋乙凌波起
右秋夕

悼

晴晴閒雨餘

藕偶絲思網網妄念家家

懺悔草草憶說郎心

並發莖莖夢慶共同尋

蓮之心葉之枕紀冷冷池边

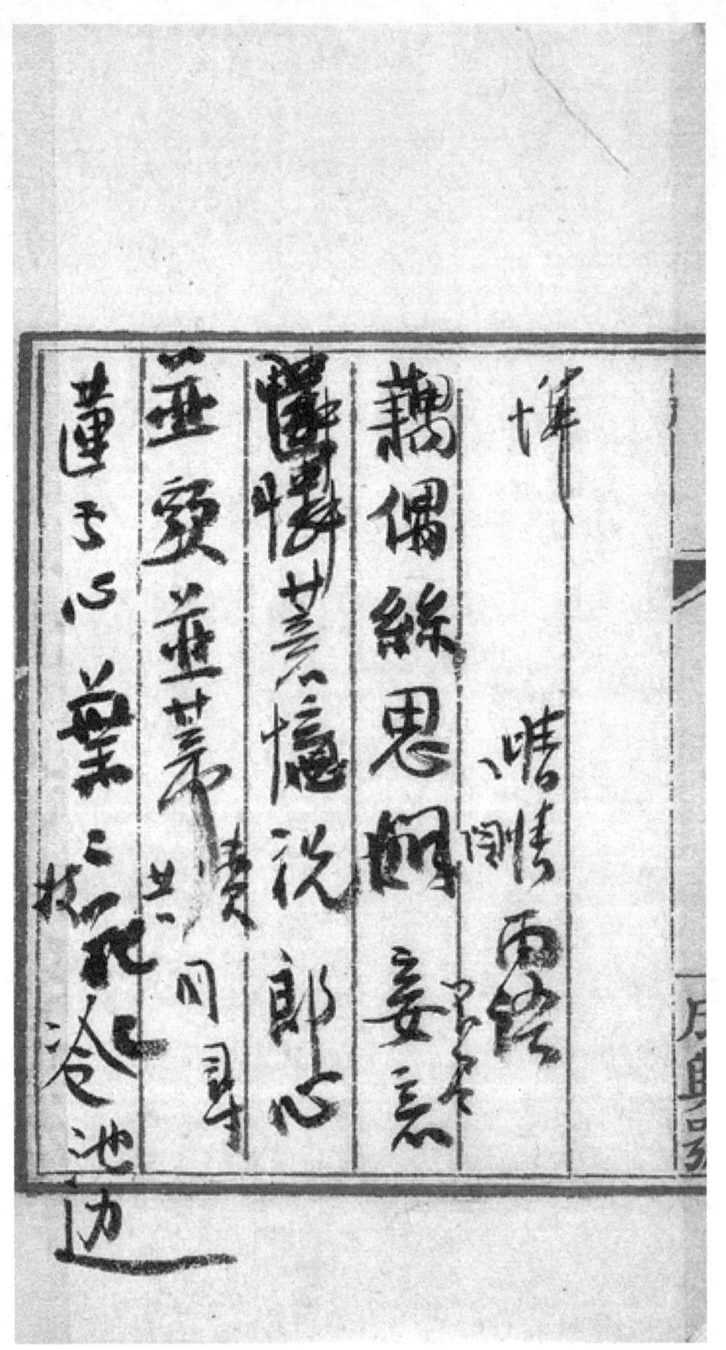

子成微
半開成子
肯花成子
心苦 孤意
甚苦心
蓮氣

倦寫情斷句 秋風秋雨
蓮子結成憐憶字
竹窗題就簡人文 一枝
綺院桐垂語 一枝一莖
紗窗作寫个人文 夏
香風 月 人香氣 風

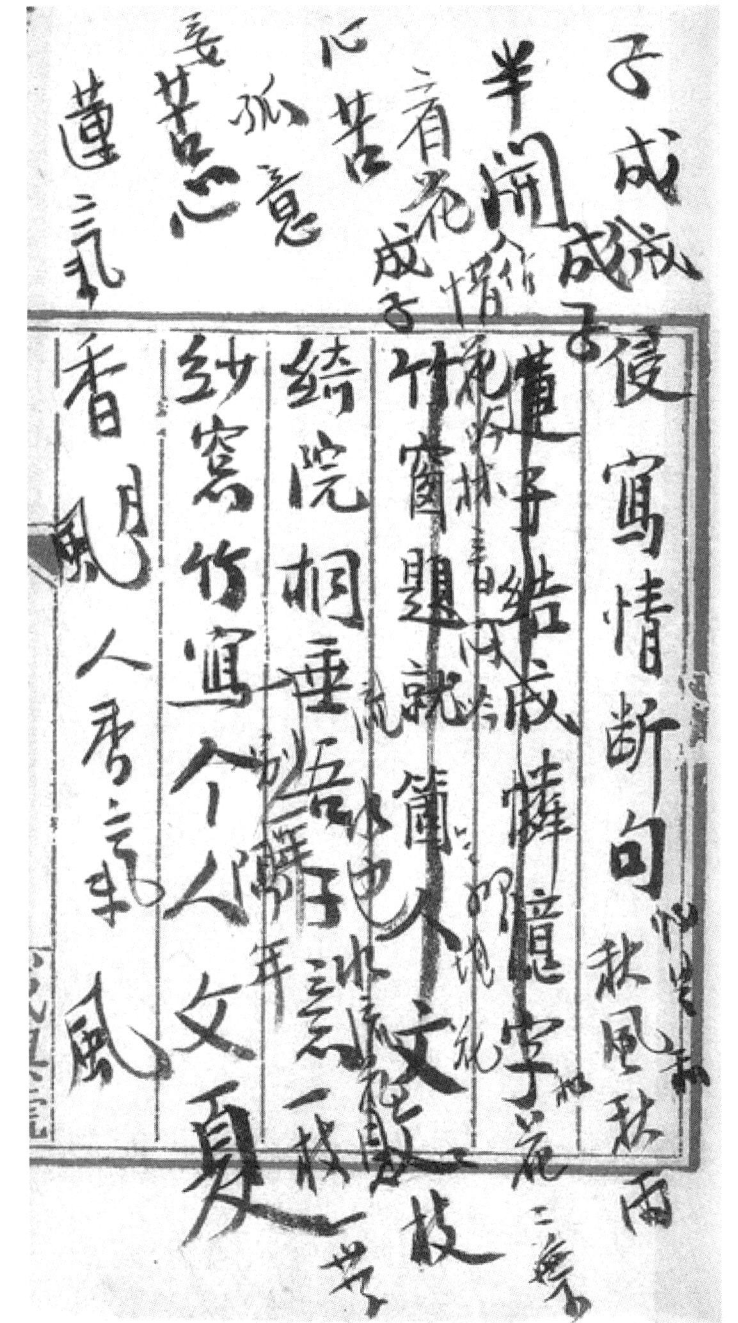

終氏有壯志赴闕請長
纓太真亦慷慨絶裾而
遠行

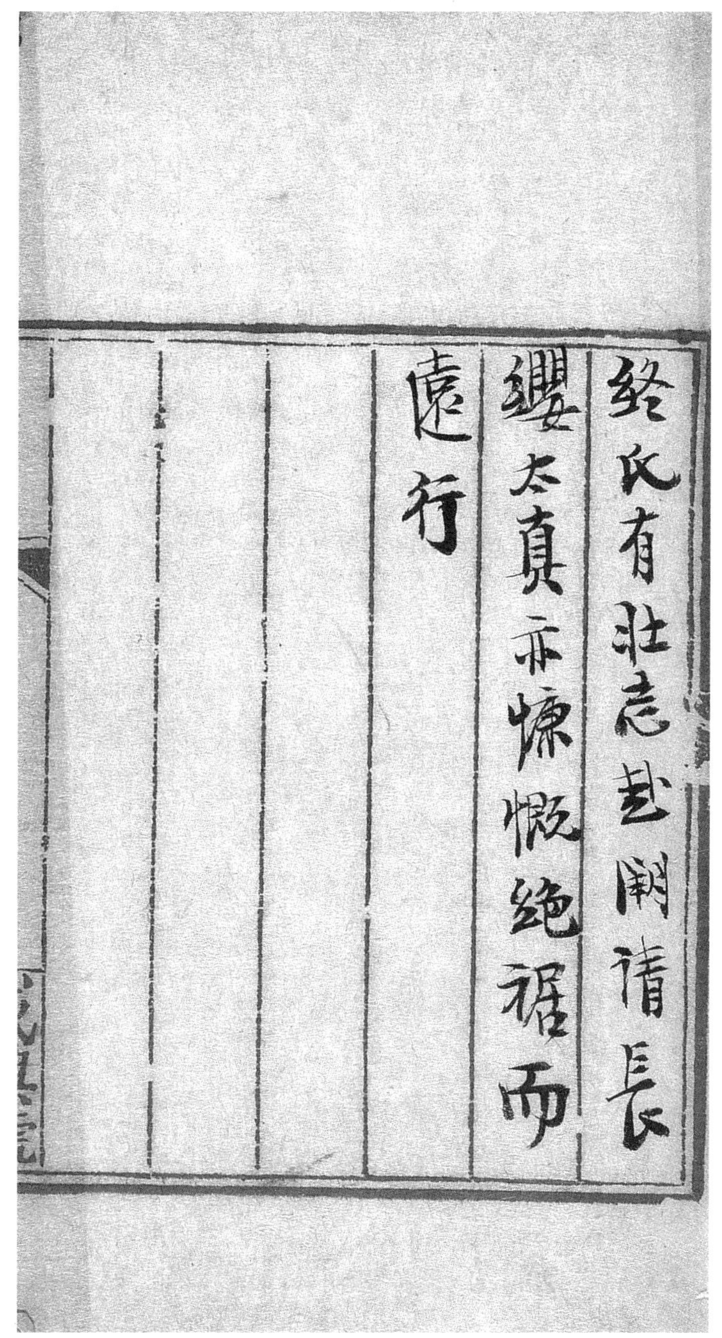

侵簪心言吟課沉金襟今欽岑
清業岑琴陰林森臨尋濤
保樹金森視今不

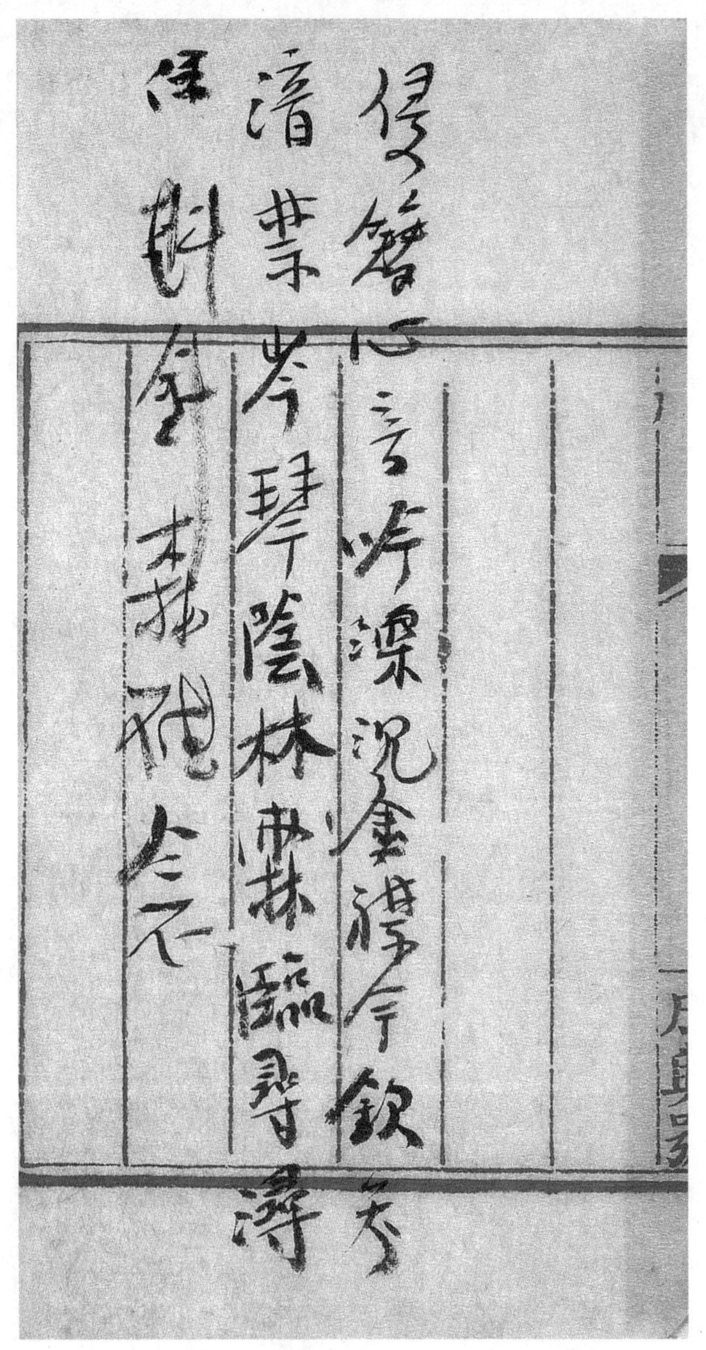

並頭並蒂尋尋常常枝枝各各

藕偶絲思蓮憐薏意

憶□□氣香□人香香氣心苦

難如□苦心怕是秋風並秋雨

憐花情□夢花深

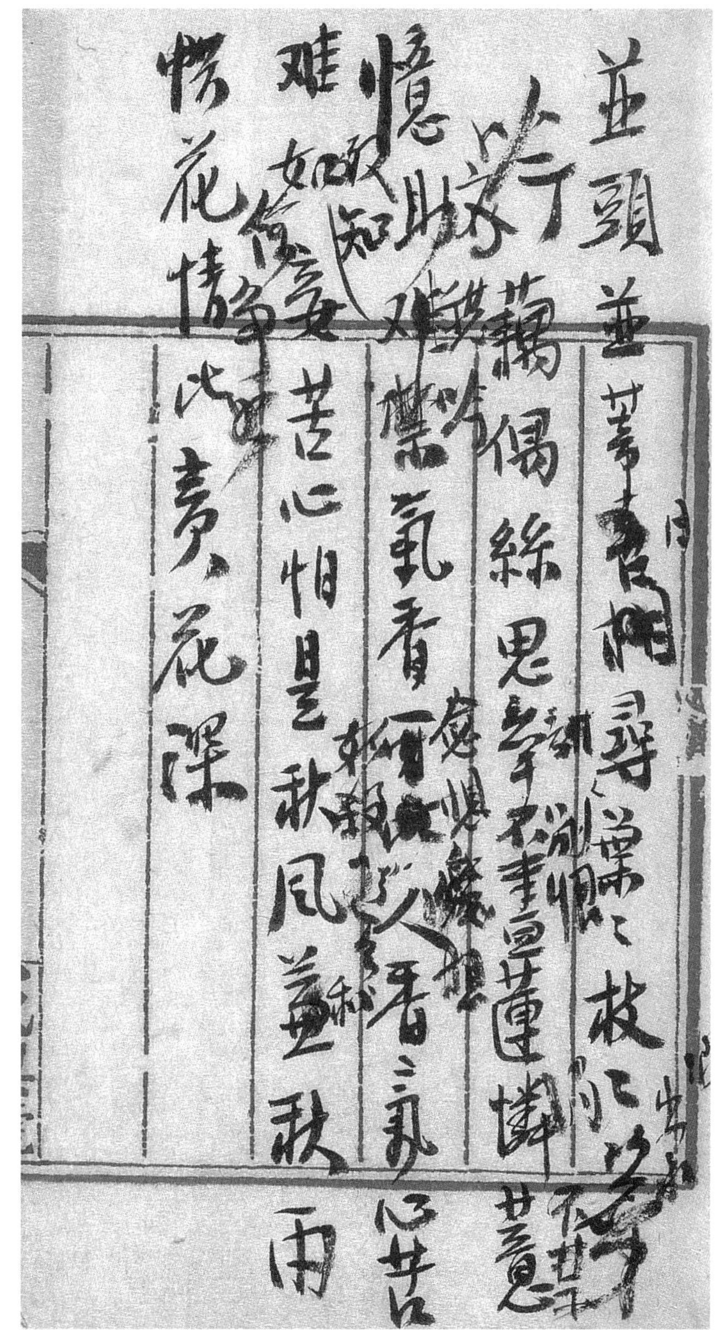

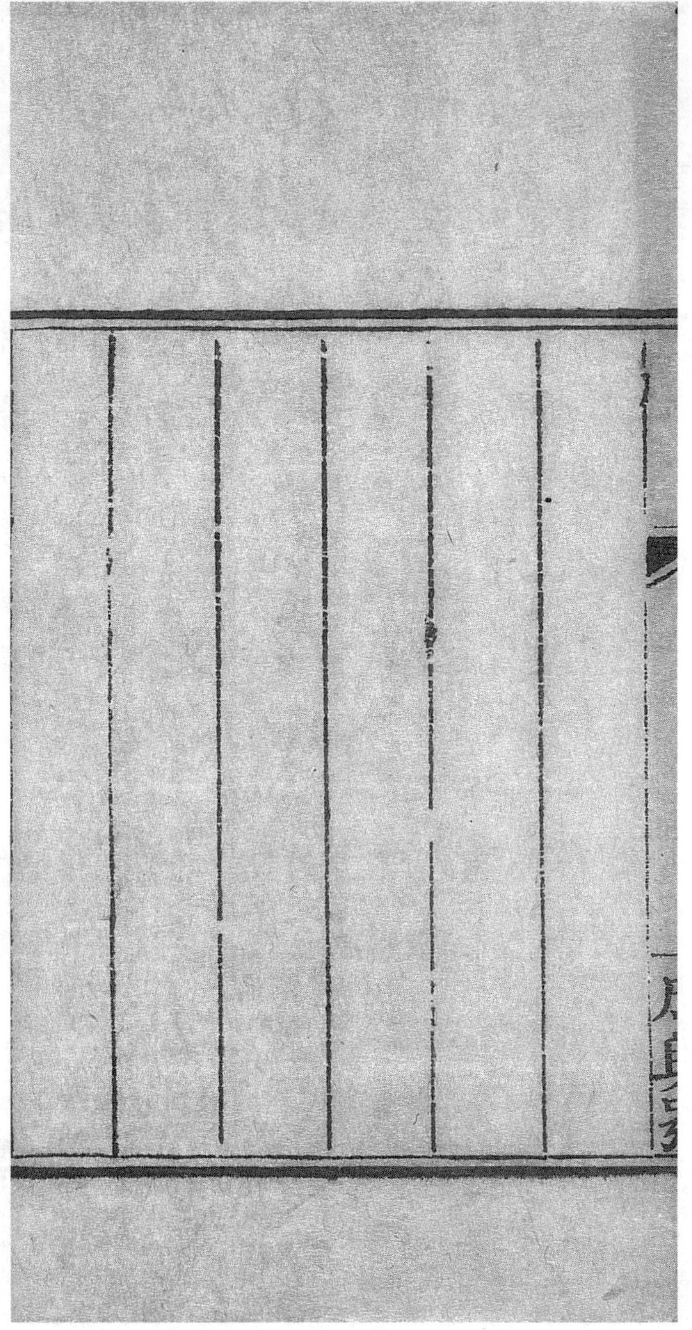

傷期詞

婷婷荳蔻裊裊二十三餘
荳蔻相思二月初見
慣郷渡低前歷妾家
本自近郎居
春風擺曳海棠枝雙

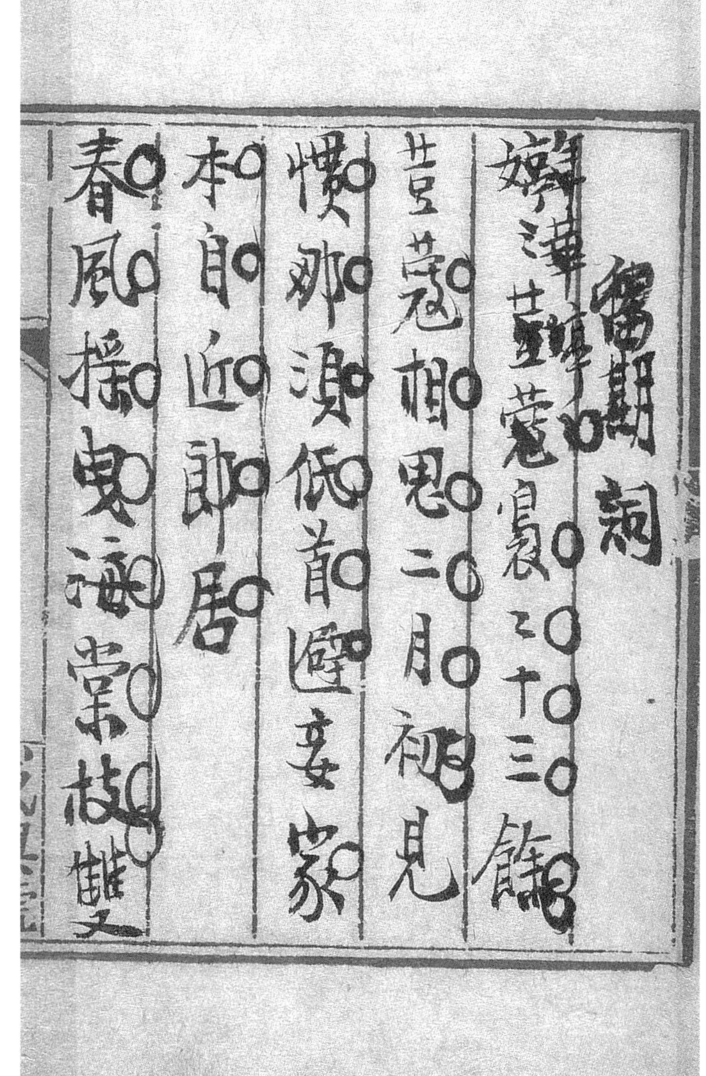

靦潮回暈臉時著得
衣裹更鮮豔惹郎
儘喜嬌紅兒
琴瑰巧舌忒音好如綫
桃梢百囀嬌輕囀聲
言猶底事鎖魂最

十分殘兒拜

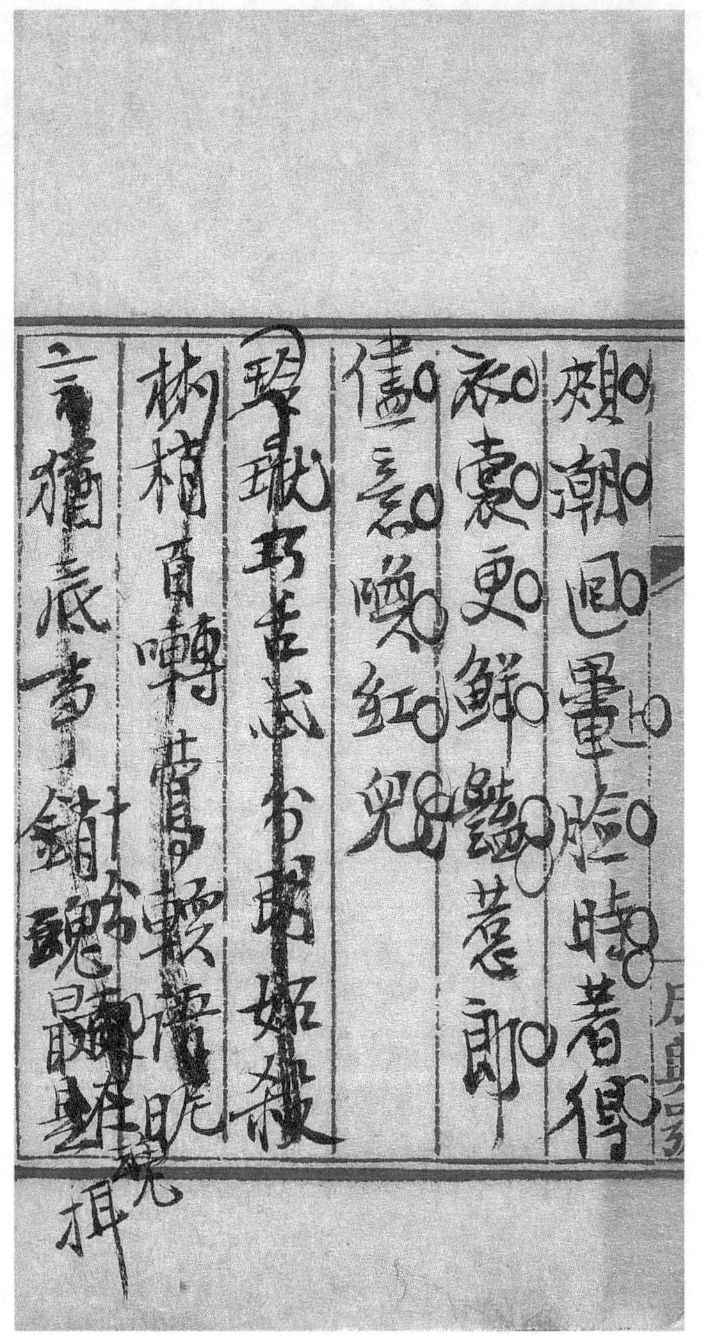

喚郎移身
玲瓏巧舌忘分明妬
殺枝楷百囀鶯輕
語聲言猶哀事消魂
消流杜喚郎移
也識羞款禱詩紅

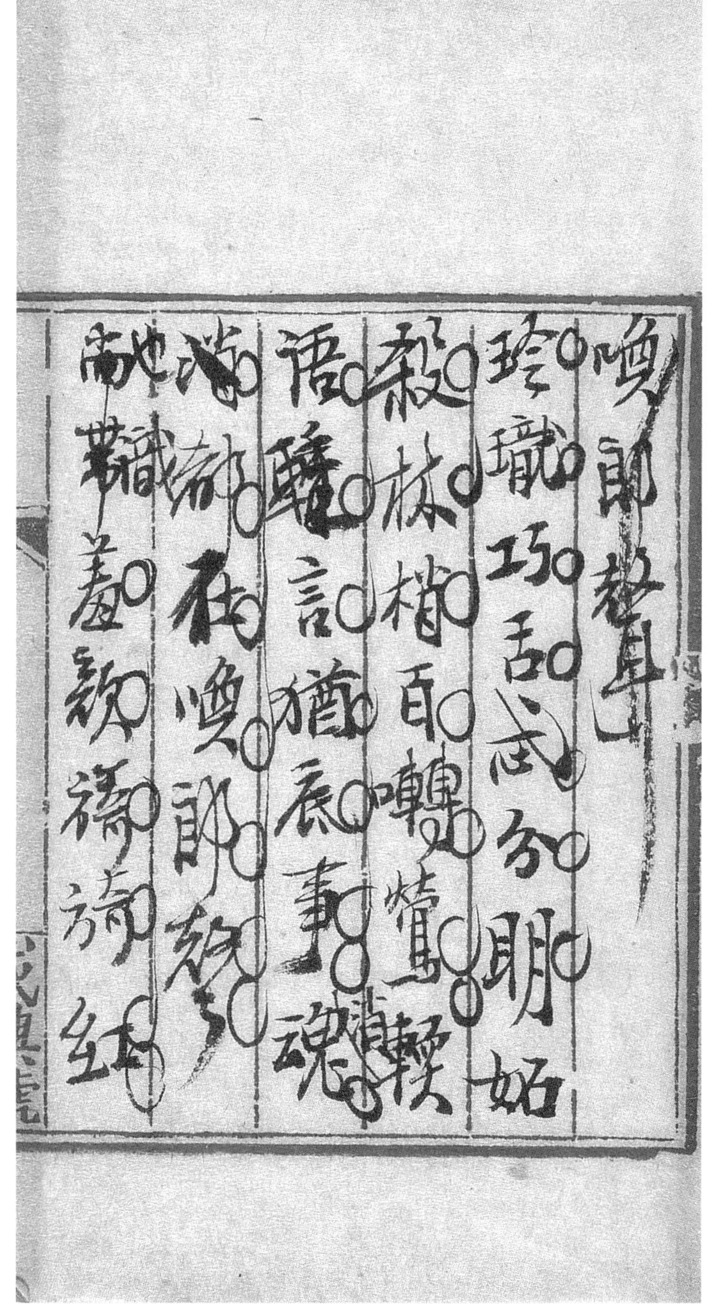

紫絲藕双
棲連理
樹翠鴛
交頸並
頭蓮

輕狂難禁向東風不
儂情處情無限盡在
孜孜聽笑中
紗窗刺繡日初長針
綫閒停費較量記
說郎詩新樣好
尋

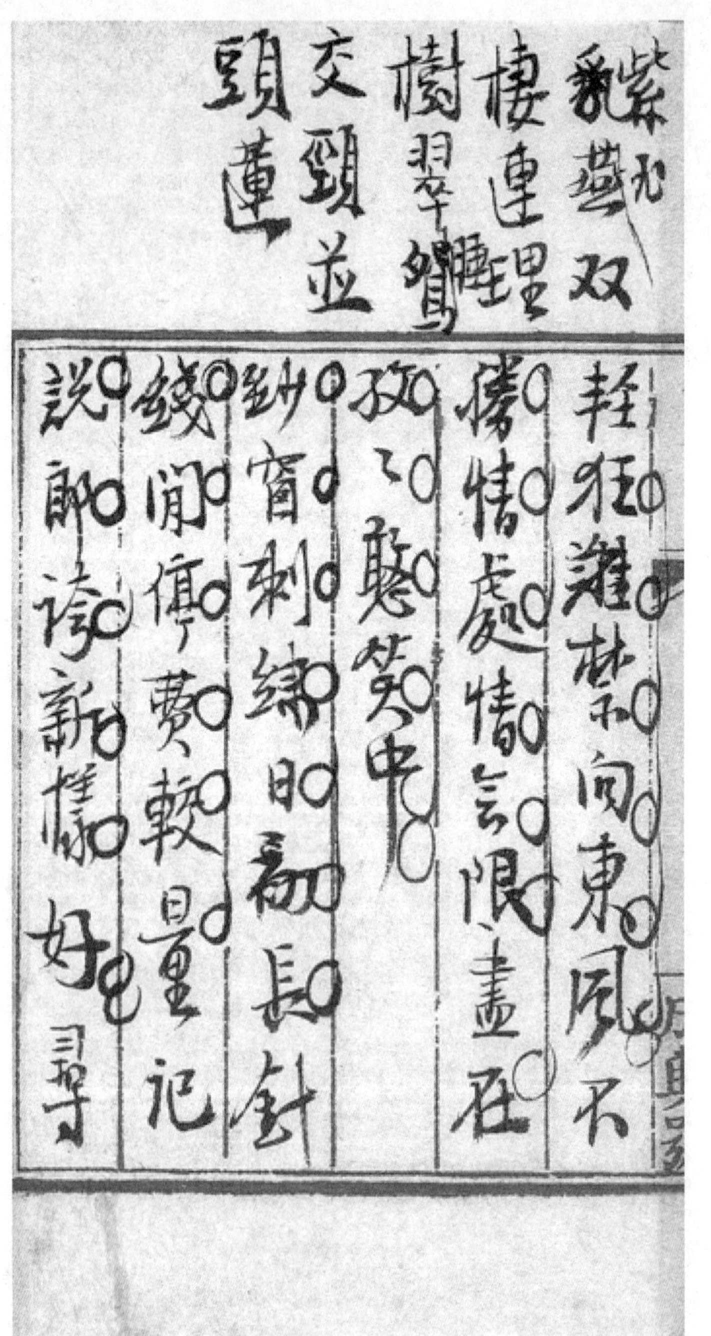

蝴蝶双飛連理樹鴛鴦對并並頭蓮

教親爲譜鴛鴦
雲片煙緲二月天呼
郎擲手上鞦韆鴛鴦
交頸鳳前戲蛺蝶雙
飛葉底仙
喁喁私話到三更一

那堪持
曾旧時
只
羅巾帕
珍重意
莫

剗春宵萬縷情記
香甜徹夜心早性提燈
攜手送細細
一方手帕舊時羅持
贈那堪向月娥分表
相思帕記取汗点痕廿

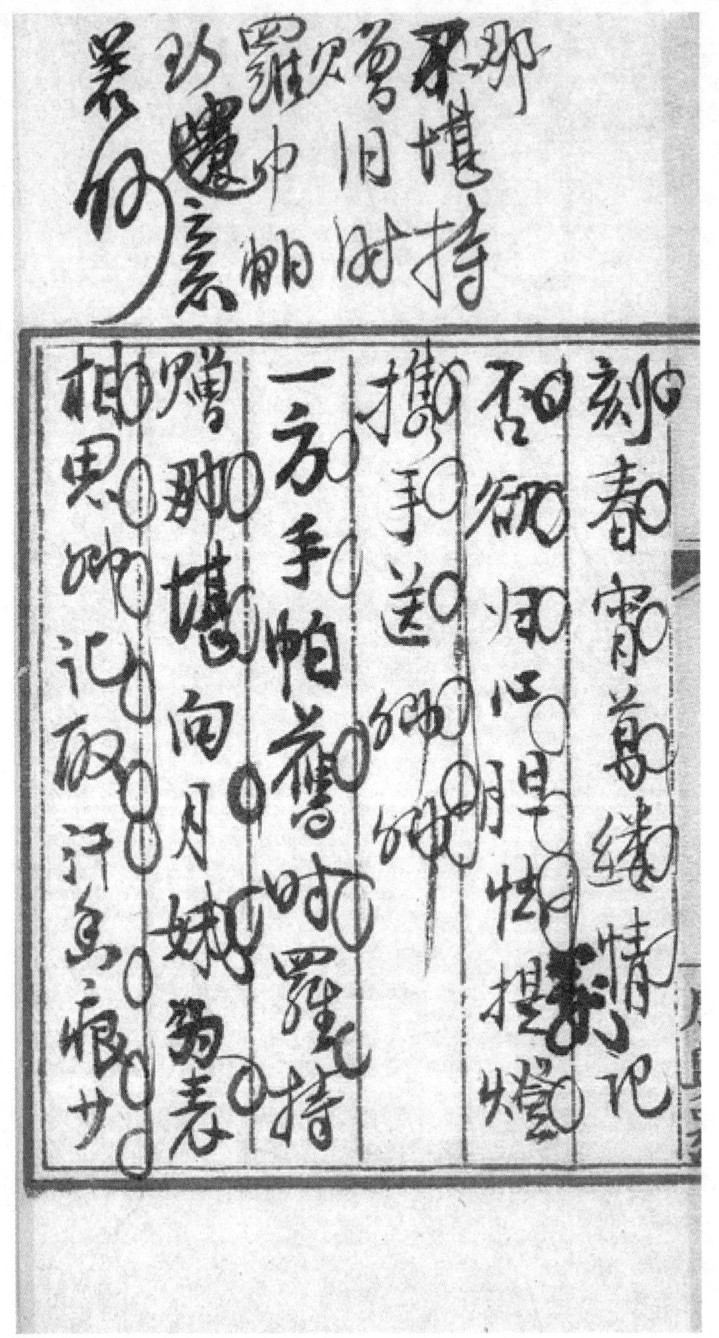

贈中

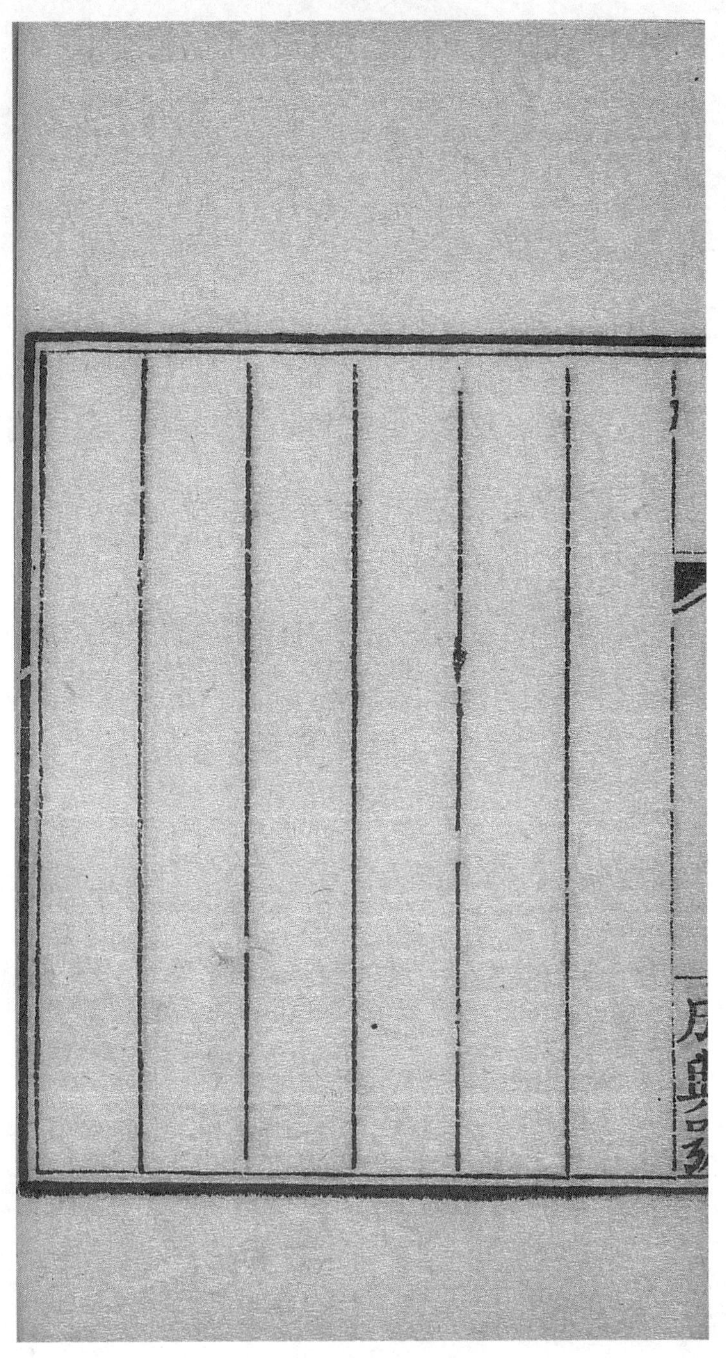

蘭馥
桂圓
秋香
青寶
桂韻
蓮芳

瑞蘭
玉蓮
翠芬

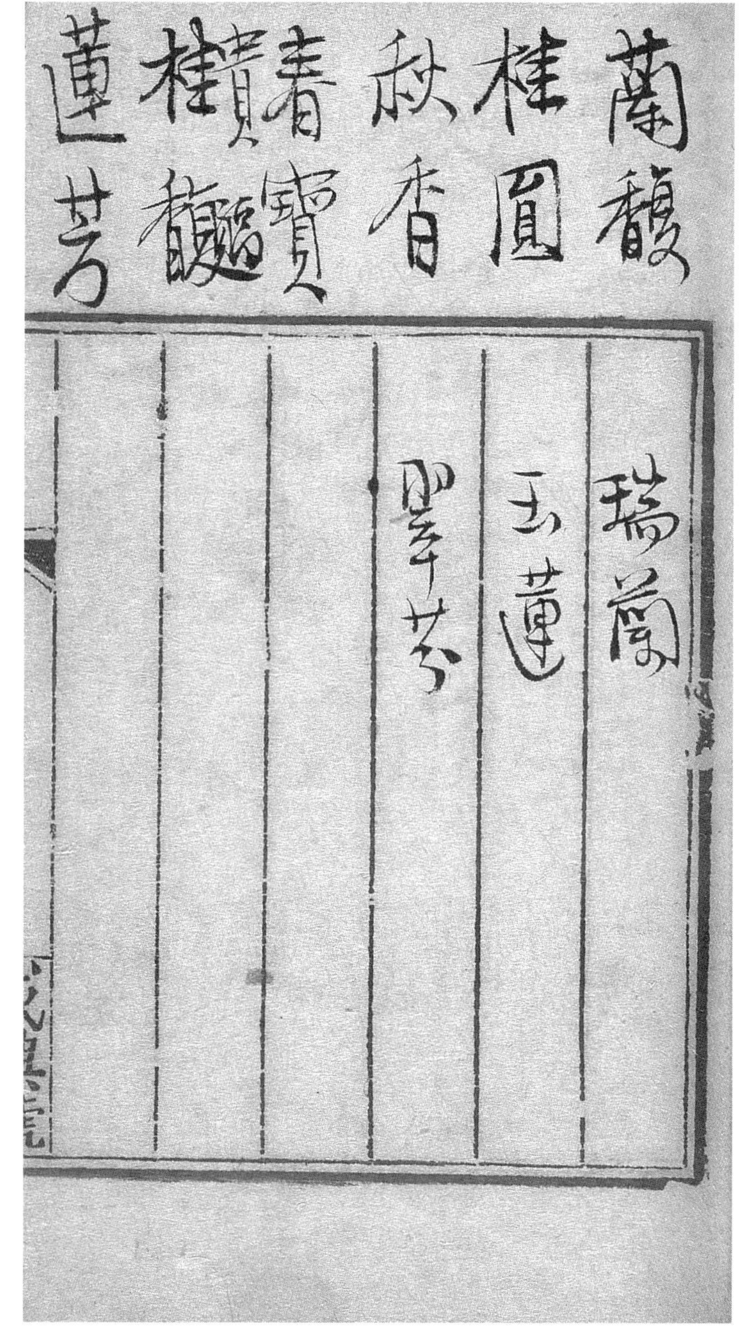

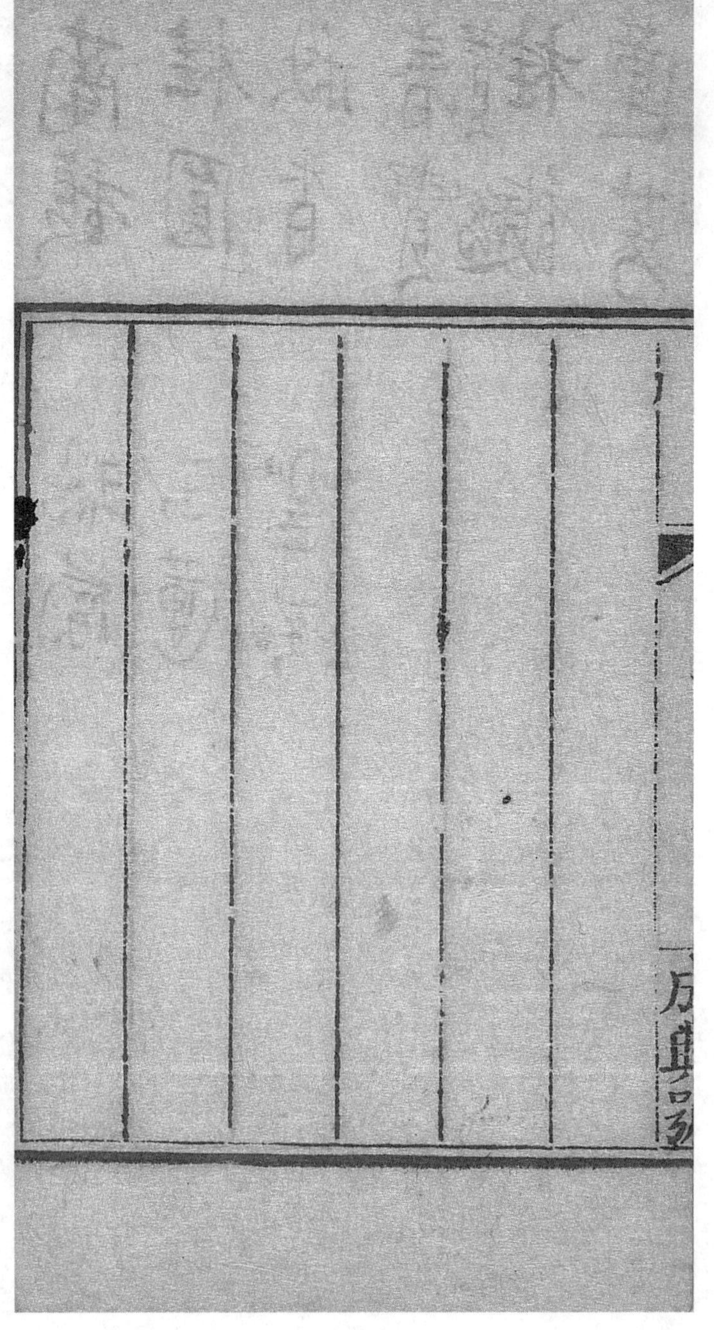

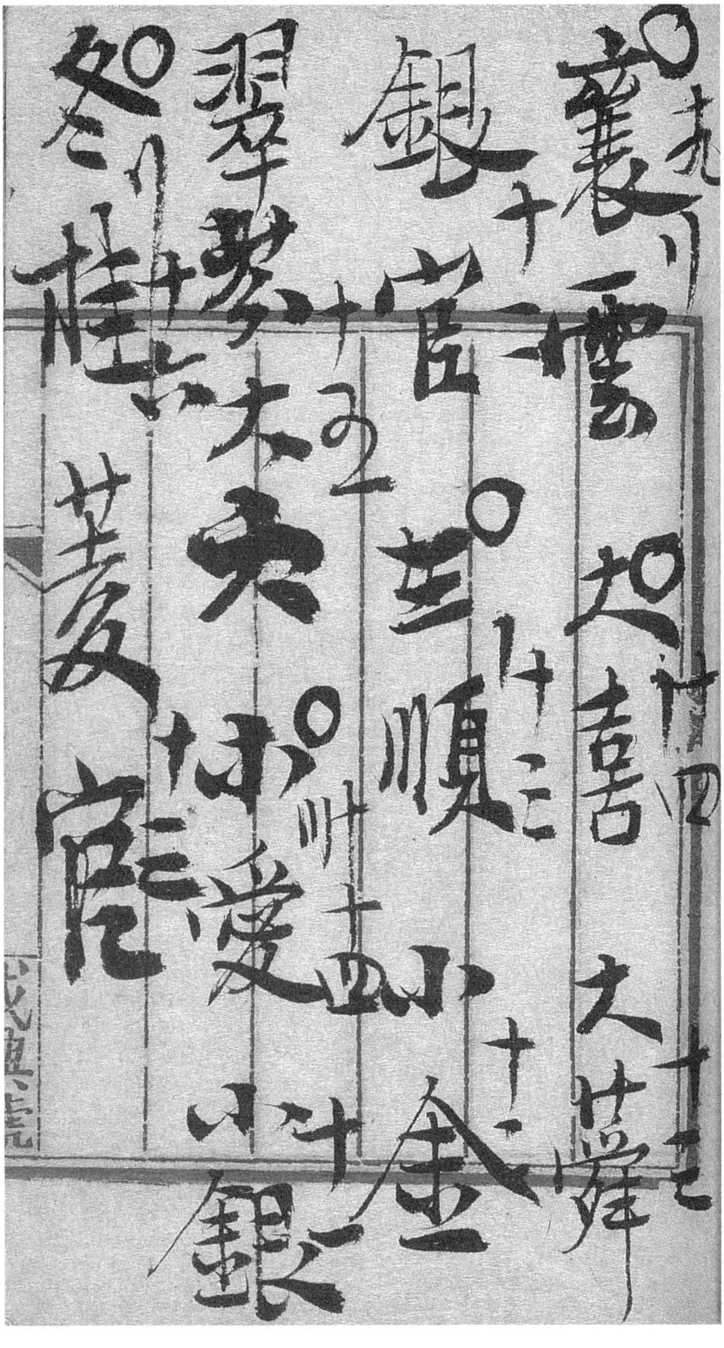

原

春日偕蟫庵詠詩

月戲用漁洋秋柳韻

長安一別苦爭年

鸞鏡愁新蛾眉娟

殷勤畢相思因詩

寄恨古人詩云我

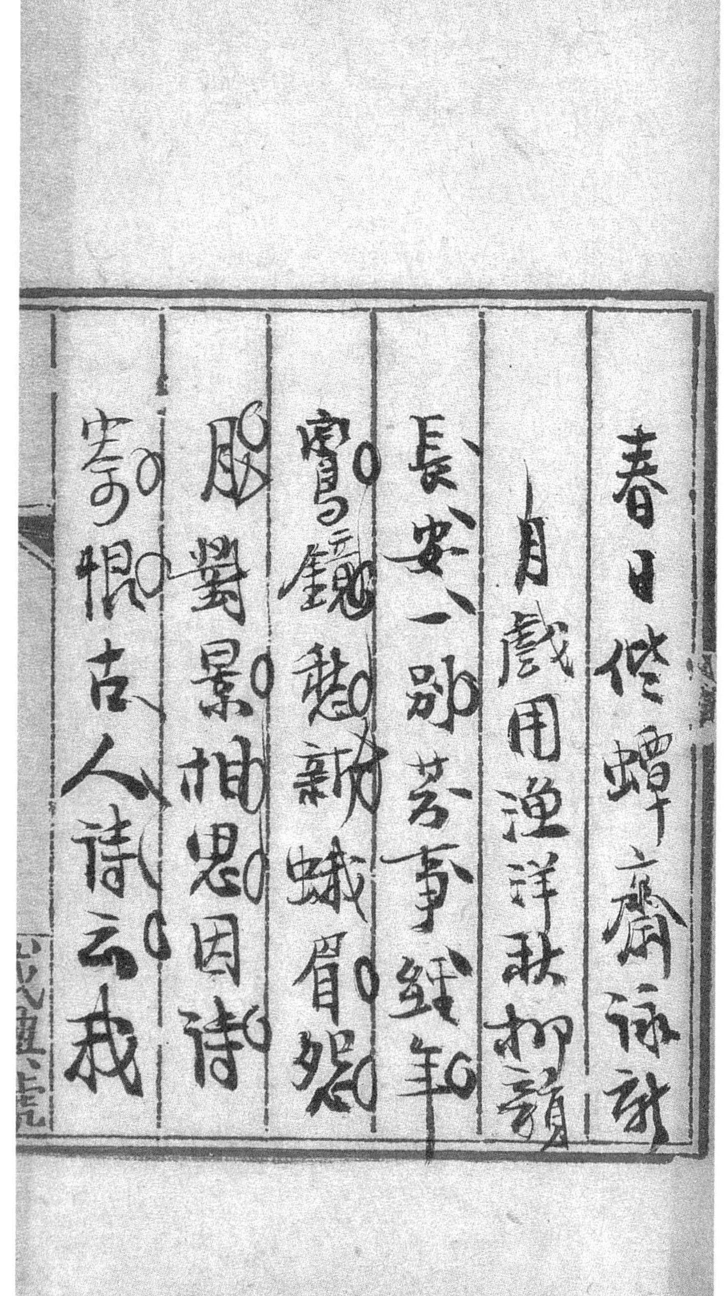

夢一片鼓詠嘆知也

肥稿佛傷心意作歌引
補月望

聯題作詠月四章

夢種相思攬夢魂音

歷千里皇都門鉤情

一半春氣鶴弓執初

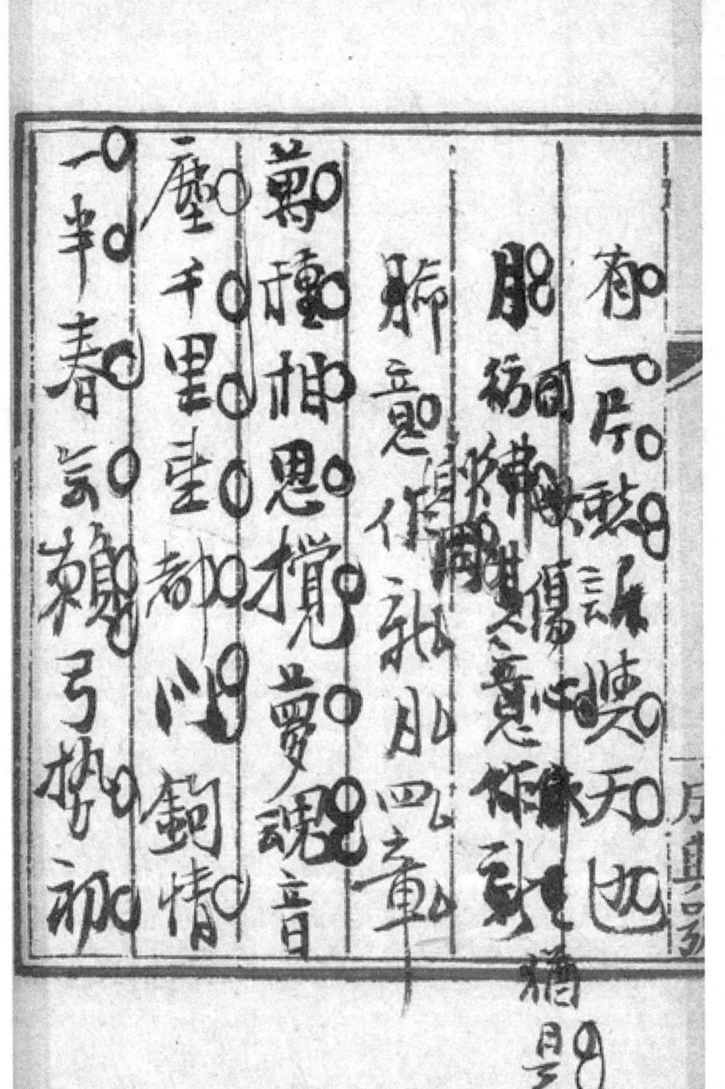

三月有痕曼曲漫歌
楊柳岸美人空懷苧
蘿村幾時圓到長安
誰舊樣蛾眉畫裏論
雪[illegible]
盡見林前地上霜鳴
數點[illegible]藤
戊[illegible]

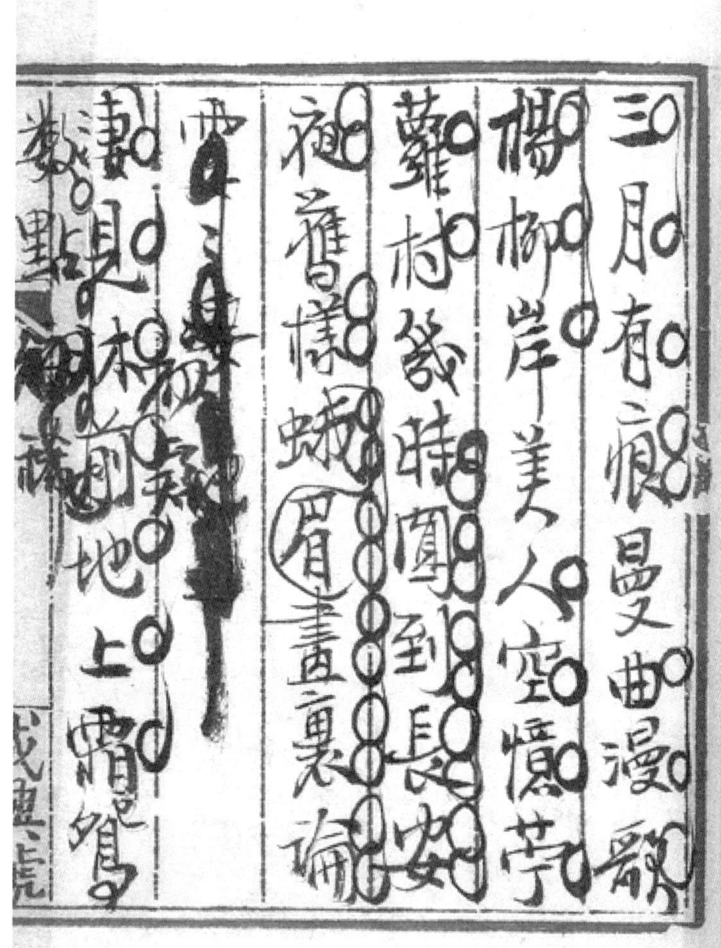

奩舊夢泛銀塘從頭
怕記覺衷曲怪眼愁
倘針綫線箱雙掃鋪
眉懷窺團一鈎羅韈兜
凍玉月圓花好前宵
事無限傷心枉教坊

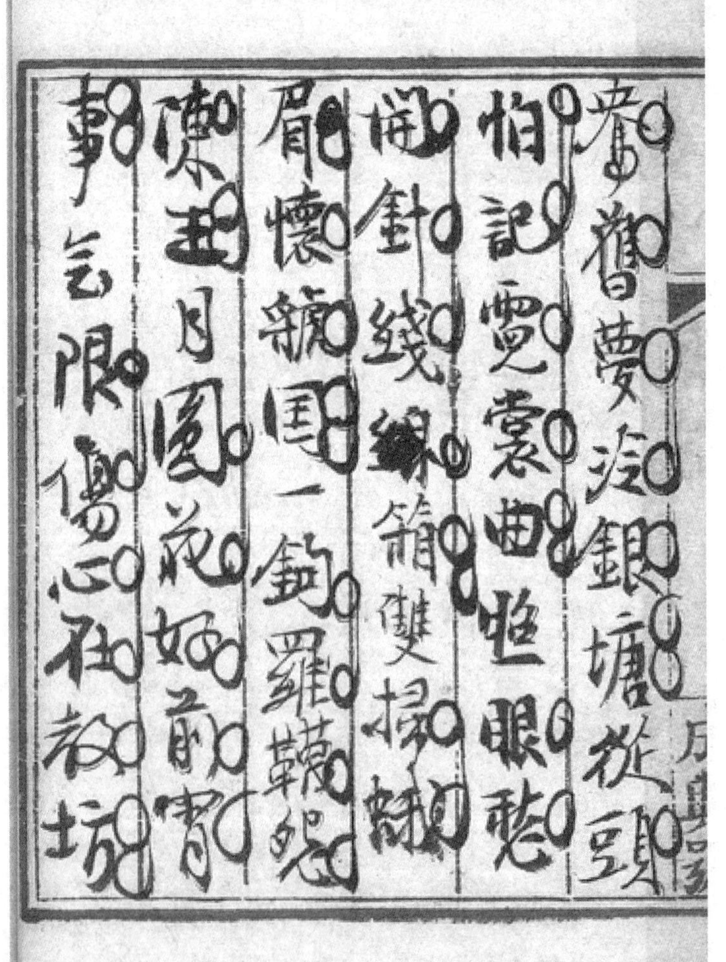

此首句
二不脫
我字

御憶宵妝照一著衣宵
寒流影上[illegible]非及迅指
風紅初染雪際眉彎
黛當稀一處竟多魚
此目相鸞已失燕[illegible]飛
遥知拜月增惆悵夜

夜佳期兩地長亙
纖〻照影自憐細
簾間階倚暮著煙鄉恨層
舞劍環〻曲折我分瑤
鏡思纏綿有弓琴瑟續
從今日詩齊重修似
同如

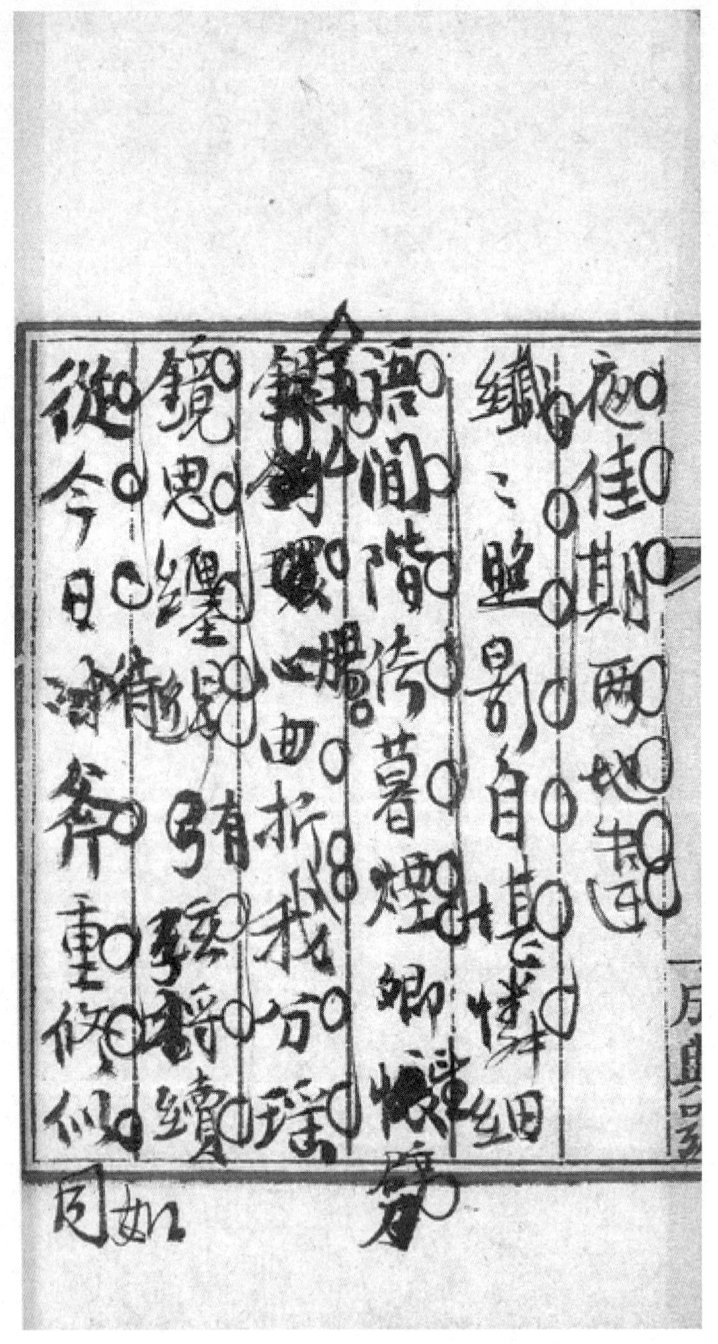

往

歲年相見依稀人面

猶存團圓日到畫樓

也

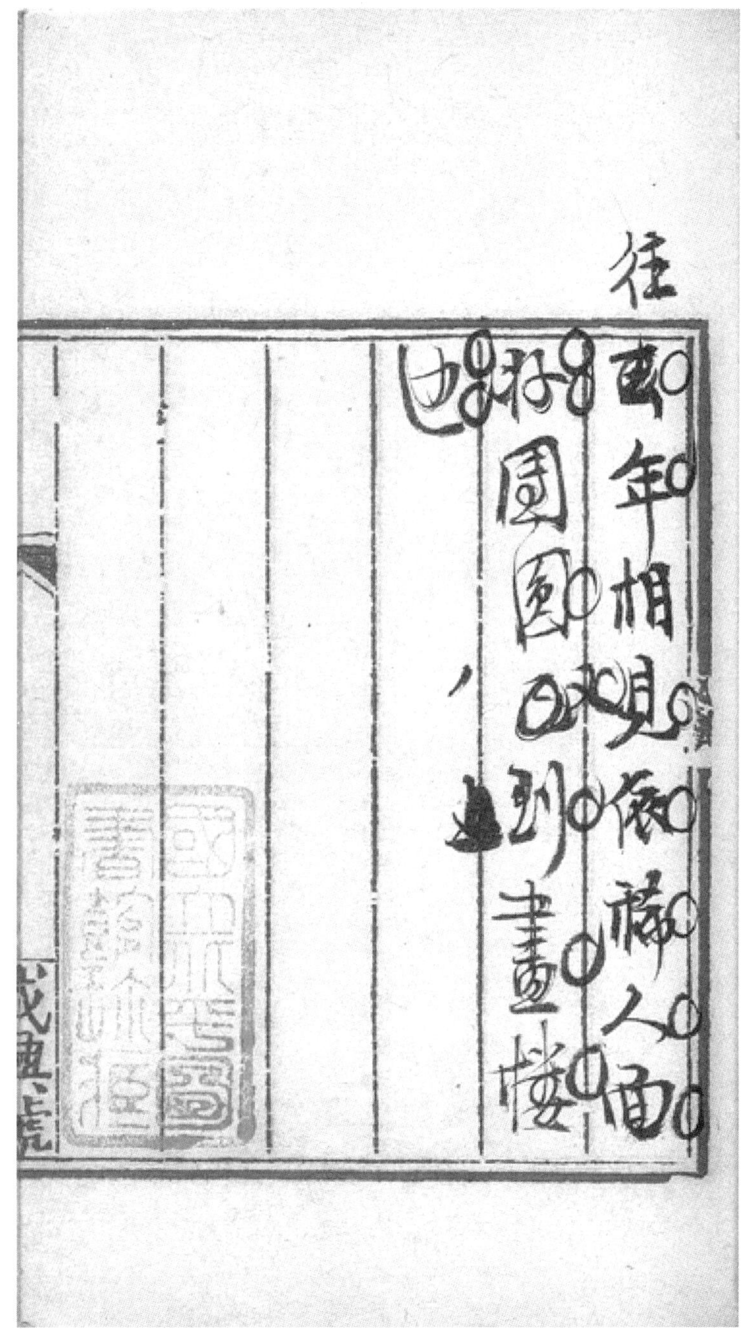

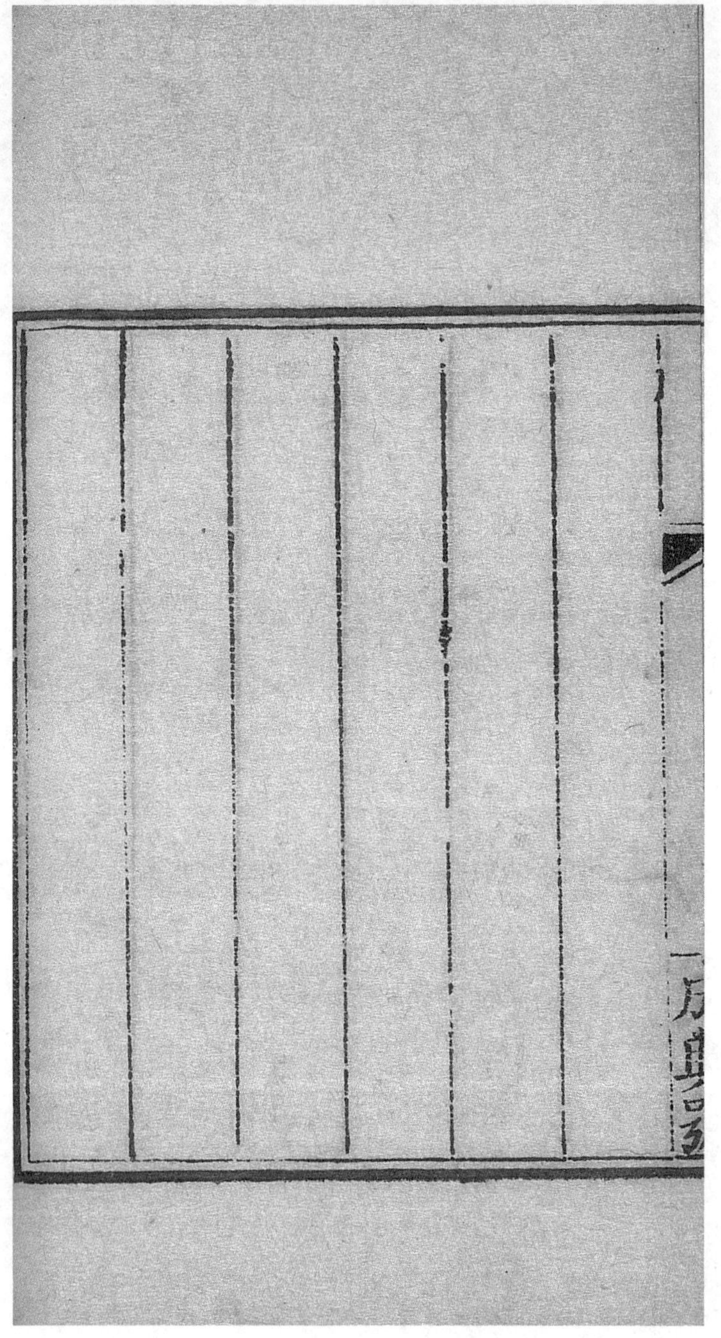

紅豆館吟草

梁文燦撰。清朱絲欄稿本。一册。

著者生平見《可談集》。

書名據正文卷端題，書衣墨筆題「自己丑迄甲午」「質生」，「光緒二十一年（一八九五）中夏古平壽紅豆館主自鈔」，并題「後附丙申詩草」。書名頁題「乙未秋季下旬，炙笙自題於津門寓舍」，可知該稿成書於清光緒二十一年（乙未），後又附入丙申詩草數首，由字跡及改動亦可看出屬後來補録。版心題「錢錦盛」，卷中多處鈐「質生手抄」印。

此稿卷首列有敘目，詳載「五言古詩共十六首，七言古詩，五言律詩共十首，七言律詩共五首，五言絶句共二十首，七言絶句三十五首，以上敘目共八十六首」。正文以干支紀年分次排列，確如書衣所題自己丑年始，訖於甲午，由此也約略可知詩文纂成年份。

此集多遊覽吟詠之作，如《登青州文昌樓》《九日偕友登程符山》《過伏生故里》《過鄒平七里堡》《陳仲子墓》《途中清明》《入濟南境》等，皆爲山東境内青州、濰縣、鄒平、濟南等地，詳記著者遊歷之地。

至甲午年，梁文燦在京城，又作感懷詩文數首：《都中》《春日都中雜詩》《庶常館秋夜》和《中秋無月》等，庶常館爲清代新科進士選爲庶吉士以後深造之學館，庶吉士在館學習期滿三年，再由皇帝分發任用，當是梁文燦光緒二十年（甲午）進士及第後，入選庶常館爲庶吉士，其仕宦履歷也因詩文記録才愈加豐富明晰。

此本多處有墨筆圈點校改字樣，尤以「癸巳」年後所列詩文爲甚，保存了著者字斟句酌、遣詞造句之風貌。卷末還附有梁文燦致親友書札草稿四通，另雜抄有盛宣懷、李希蓮等人住址信息，及未成文詩稿數行。

（李慧）

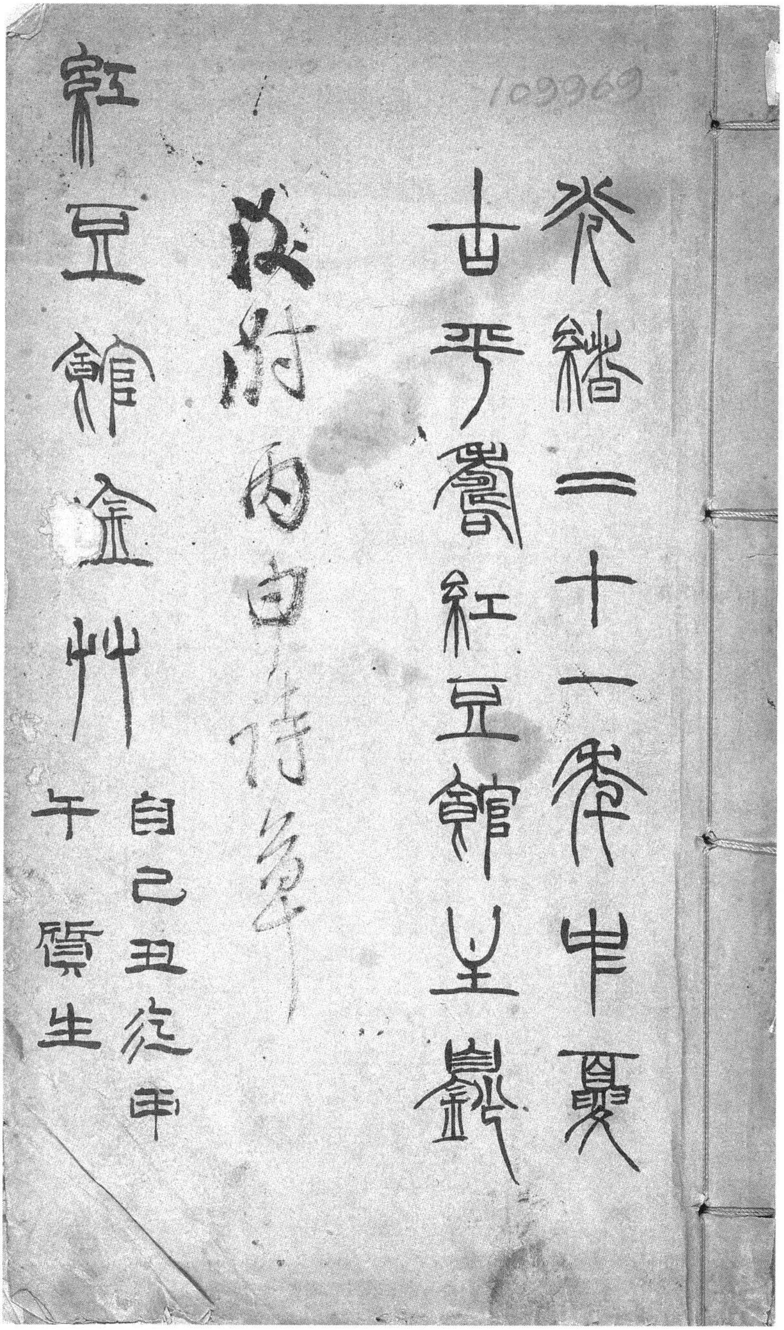
109969
光緒二十一年中夏
古平書紅豆館主題
後附丙申詩集
紅豆館吟艸
自己丑迄甲
午質生

紅豆館主人自評

紅豆館唫草

乙未秋季下旬久望自題於津門寓舍

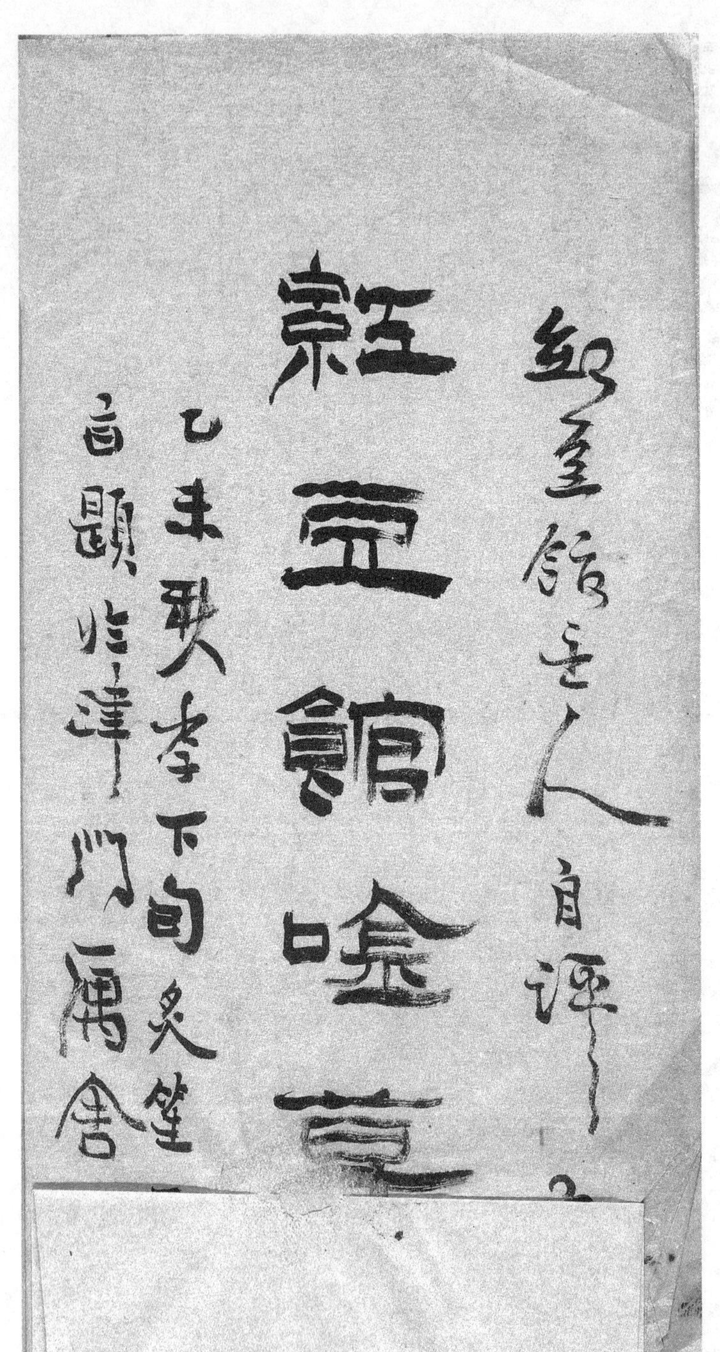

紅豆館吟艸叙目

南無南海紫竹林大慈大悲救苦救難觀世音菩薩
眼疾愈矣　面瘢亦愈
大慈大悲南海紫竹林救苦救難觀世音菩薩

紅豆館唫草

己丑年

擬古團扇歌原韻

團扇復團扇，對此憶人面。安得如明月，夜夜常相見。次句亦作團圓似人面

北海古蹟雜詠

南樓夜雨

薄暮上南樓，無雲天亦雨。土山相向高，夜夜動雷鼓。南門外有土山名雷鼓山

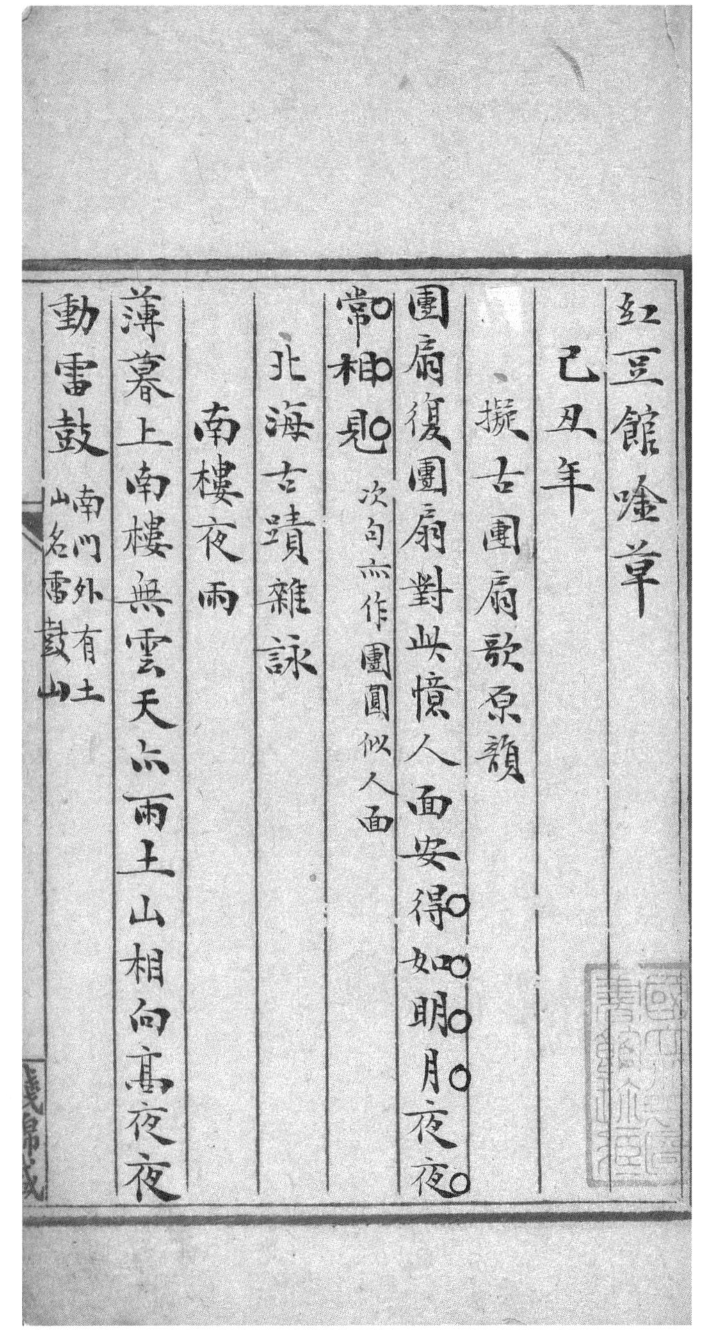

東園早春

園林含淑氣草木亦懷新莫説江南好燃间已早春

天清煙曉

萬樹含煙曉宮殿分未了蒼茫不見人鐘聲出林表

麋臺秋月

月下浮煙山人在麋台上鴻雁自北來笛聲吹南嚮

鐵牛

一牛卧古渡，不識何年鑄。或言通天河，此即飲牛處。

古柏

崚崚老龍皴，亭亭瘦蛟立。未入少陵詩，嗟哉生下邑。

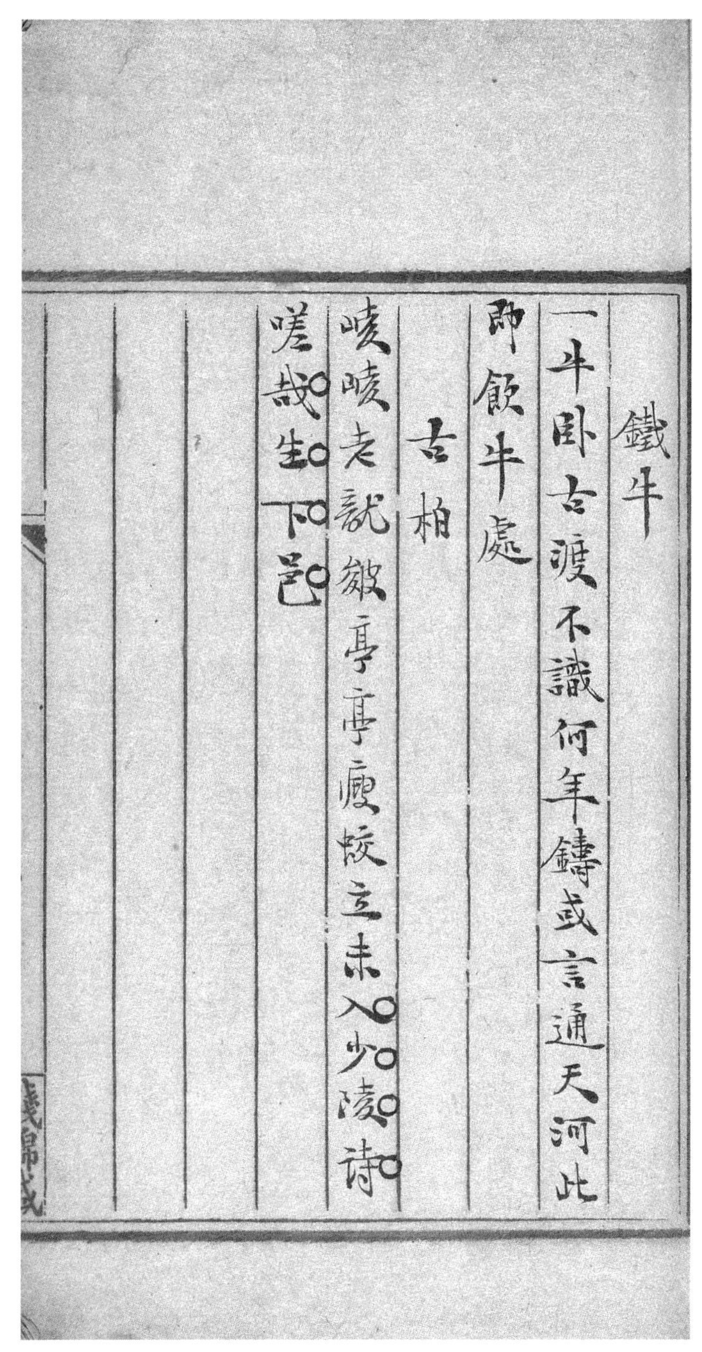

庚寅年

詠瓶中海棠

三尺銅瓶供海棠深紅淺畫亦無香詩人休莫
共與鯖魚恨男子樹蘭原不芳

笑罌花

誰把鴛鴦譜牒差可憐彩鳳竟隨鴉金
鈴不遇司香尉腸斷東風笑罌花

邯鄲道

玉堂金屋結成因到此安知幻與真憐

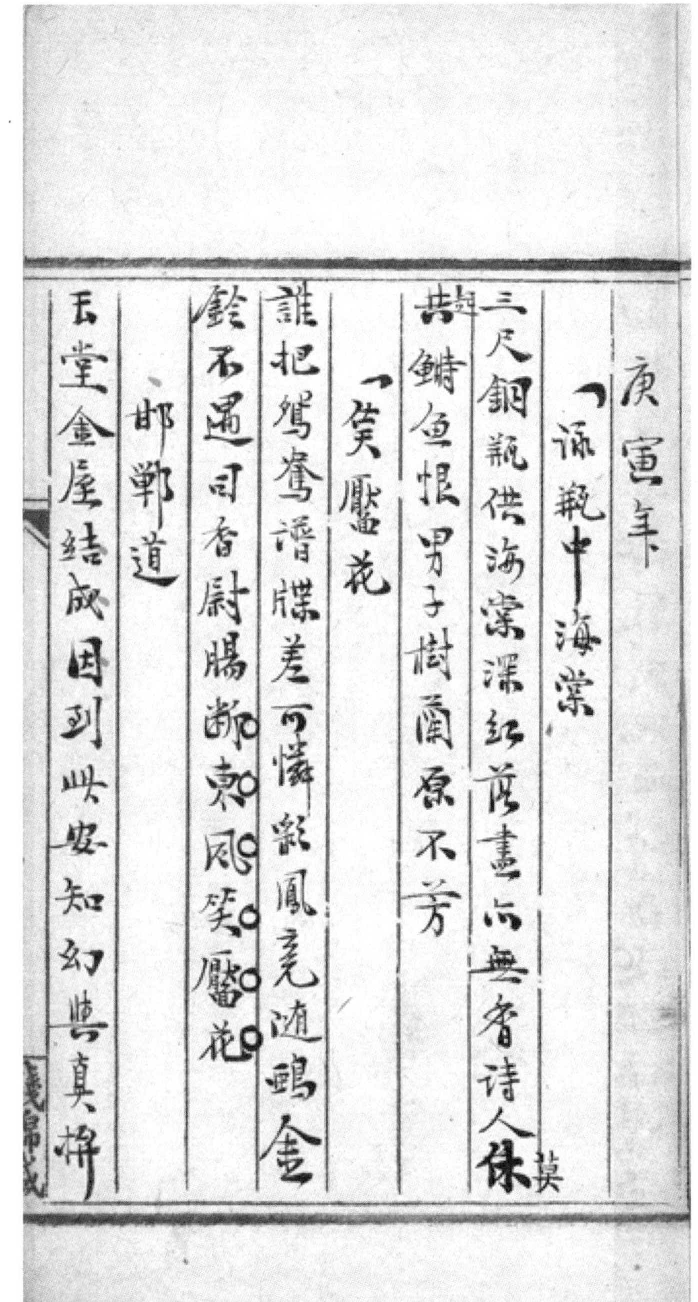

使黃梁亡覺路不妨長作夢中人

竹枝詞

咫尺居鄰宋玉牆小家避忌兩亡妨由來天不奪人願故使朝朝儂見郎古子夜歌云天不奪人願故使儂見郎

晝日郎家晝意嬌為卿几地種情絲尋春杜牧留心早好在鴉頭十歲時

茜色衣裙蠱入時人間猶有杜紅兒等閒細按羣芳譜數到花名錦荔枝錦荔枝亦名紅姑娘

笑語東風二月（春生）
知共郎攜手
上秋千繚繩
雙整並頭偎
願作鴛鴦不
羨儂
喁喁私語到
三更一刻無
宵美緣情
記否郎歸
心胆怯如就

雛色新拖兩髻鴉鋪除脂粉是香娃前
身合在波斯住眠殺釵頭茉莉花（開遍双影亭催開）張沐

狂風

狂風猛於虎一夜滌殘暑片月闇無光
落葉如驟雨

遊柏園

三弓隙地過紅塵半畝名園繫綠陰疊嶂
高花括土却橫塘清見稚人心日篩花
影香浮酒風捲松濤韻入琴笑指青

燈樓子送
卿之〇
蕭寄時帖

雲飛鳥倦皆將萬仞易手林

西上青州留別憚齋

人生何處不萍浮楊柳無須管別愁裘敝緒殘歡子篋牀穿坐老幼安樓故鄉蒓菜碧於水客路〇菊〇花〇黃〇到〇秋〇此去遊觀遍勝蹟歸來夜雨話青州

青州道中

去去青州道秋深別緒饒夕陽〇下〇村〇樹〇落葉〇上〇征〇軺〇究女情長短關河夢寐寥

驛亭一杯酒相對太無聊

登青州文昌樓 另錄一首五律附後

白沙堤外路迢遞百尺垂楊倒挂條斜照

秋風吹不斷行人亂過會流橋

山田

山田高於城人在城上耕雉堞與雉獻

兩界不分明

登青州文昌樓

煙樹

忽到城西寺行來路遙樓臺斜露角楊

到州

柳倒垂條夕照明光[illegible]傍水行人影過橋故鄉

從此去千里路迢

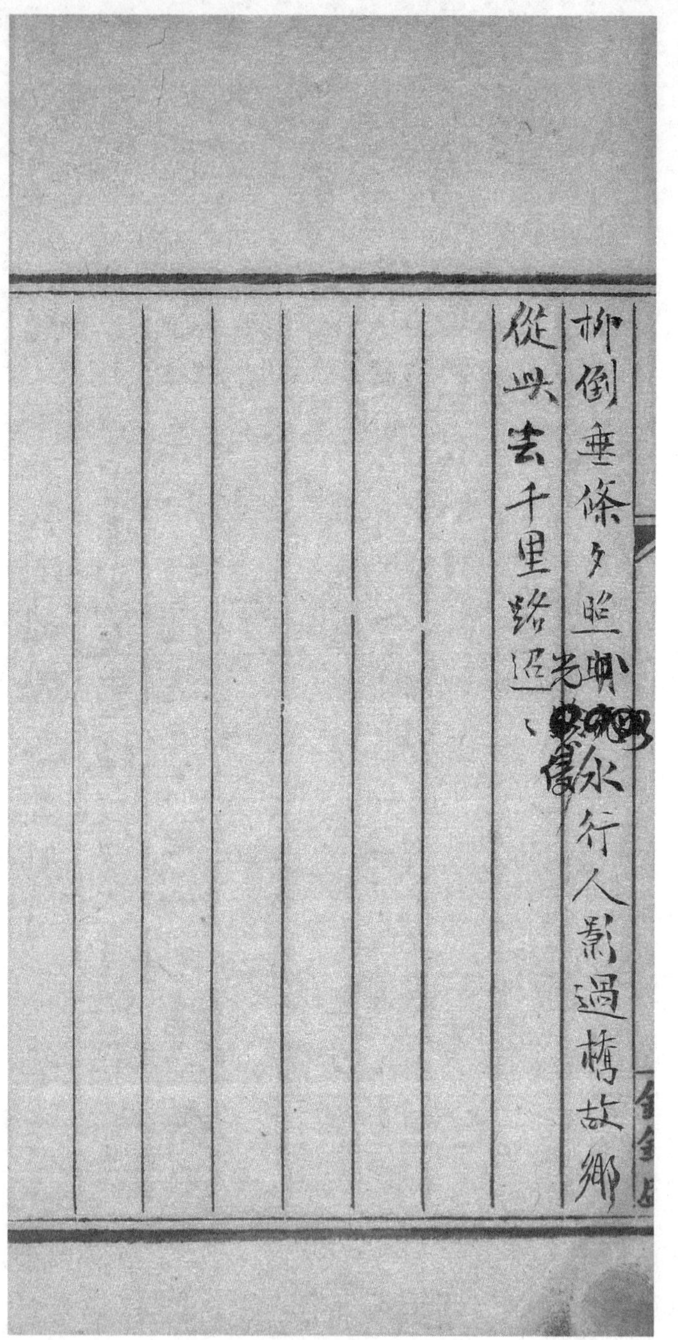

辛卯年

夜雨

輾轉不成寐，牀頭一捎僧鐘聲。涼帶雨
人亂。瘦于燈。阮籍彈琴起，劉琨拔劍
興，撫心懷往古，曉色滿窓稜。

秋日寄懌齋省垣

溶溶月色佳，唧唧虫鳴悲。涼風何蕭颯，泠
然吹我衣。當境雖云樂，幽人多所思。故人
著鞭去，望塵拂綫追。嗟我故鄉內，壽

舊男誰羈已往不可諫將來安可知
生小為夫婦起坐未離側良人忽遠去
牽衣長歎息賤妾亦何為雙飛無羽
翼悠悠千里外兩情舊何極月桂吐
奇芬皎皎秋月色莫被相思誤芳名
以為念

續作庚寅竹枝詞

阿儂生小儉妝梳媚態天成畫不妙荳
蔻~~年華~~梢頭春訊迢問年剛及十三嫁

月上柳梢人
約後

笑語東風二月天，與郎携手上鞦韆。
綵繩雙繫並頭偎，願作鴛鴦不羨仙。
身輕燕掠語鶯啼，歌舞前生舊姓西。
流水一灣人一笑，銷魂如在若耶溪。氣到 注息
慣披松鬟髮學胡雛，調笑恣情傍酒爐。我
愛卿卿卿愛我，區區一笑盤霍金吾。執 霍家奴
佳期密訂是中元，良會館宵魚赤闌最。燈月 遊 中 人
是黃昏相約去，觀音寺外看盂蘭。人 處
情長似路望難迷，忽地逢郎古渡西。河

花　瀏河燈

好在前儂在後。背人一笑各頭低。

常常欲見門中。日日相逢繞戶東。人面桃花終古在。不須崔護怨春風。

阿儂生小愛紅妝。纖手輕揮摺扇涼。雙髻鴉雛慵不綰。綰拖長辮學男裝。

連朝負約羞相見。紅豆閒前是懷時。

訊乞佳音成要耗。梨花深院滿西池。

容貌如花花亦羞。郎家庭院玉樓頭。不曾攀折他人慣。恣意何儂采一秋。

壬辰年

春曉

慵寢不整挂簾鈎，全賴詩人替曉愁。一夜东風太狼藉，落花滿地無人收。

梨花

昨日梨花開，今日梨花落。開落原有時，何事風雨惡。

六月初一日晚日

黑雲破空來，雷聲馳相逐。大風捲塵

洲。黯〻入天去。

九日偕友登程符山

寂寞夷維地，旂山古蹟存。欲尋藍太和。不見漢公孫。苔蘚埋碑碣，峰雲落酒尊。逢人詢軼事，兵燹換新村

携酒上高閣，臨風碎眼狂。夕陽明瓦礫。衰草臥牛羊。蜂火餘殘壘，香花作道場。欲窮山絕境，荊棘刺人裳

祭詞

終可容顏未破瓜。誰憐彩鳳竟隨鴉。一
家錯計貪錢樹。依樣傷心笑靨花。
生女主謂嫡吏督。名花摧折防難扶。
金鈴十萬空虛話。聽殺牆東宋大夫。
空把名花愛惜頻。而今綠葉別成春。相思
隨畫徒惆悵。畢竟蕭郎是路人。

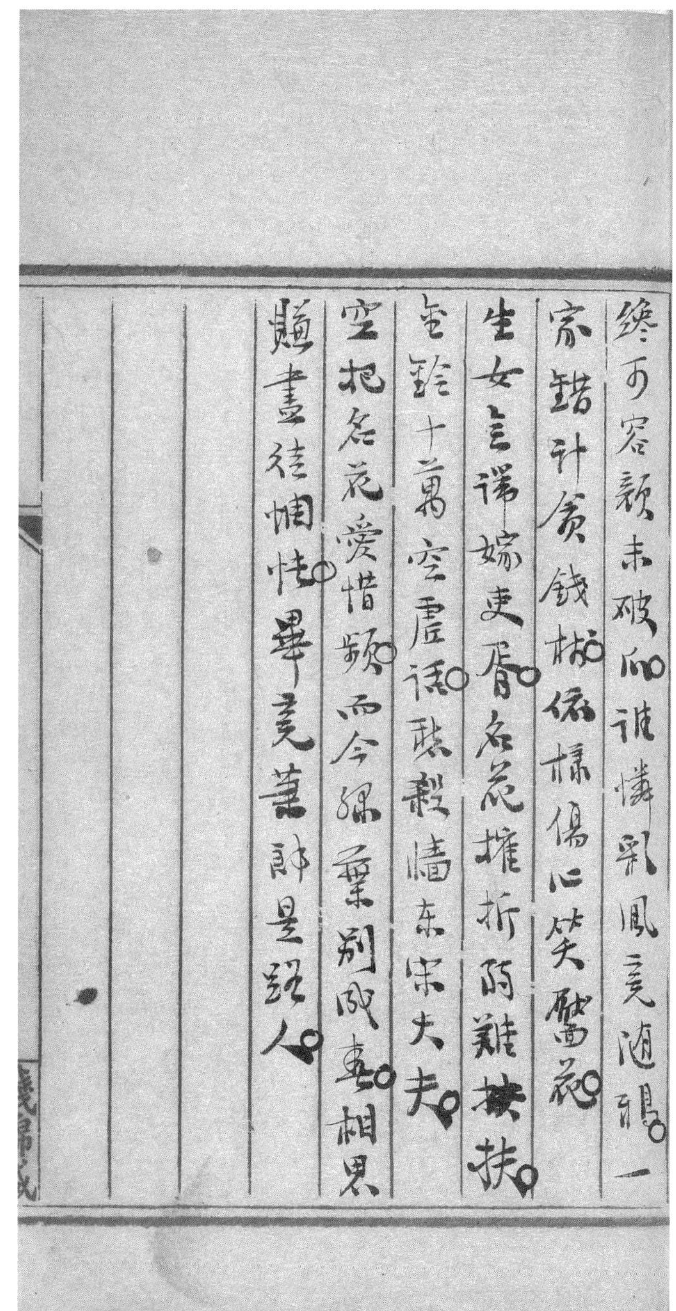

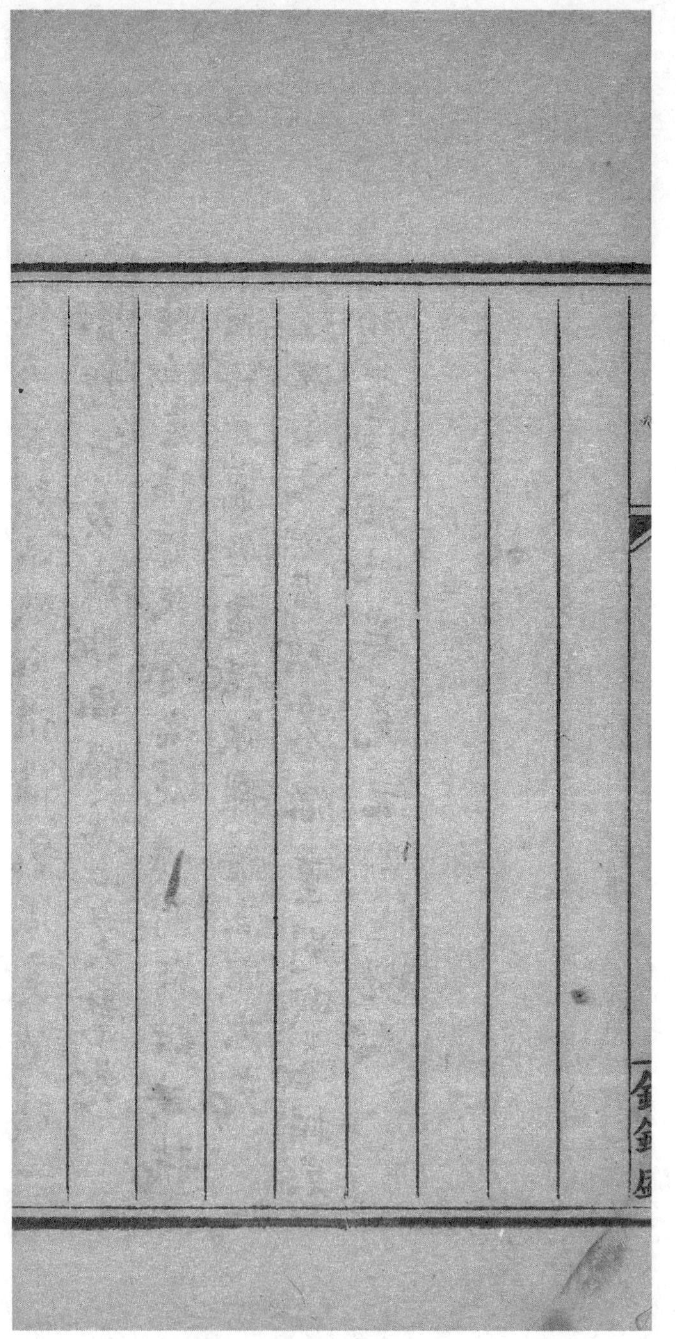

校 建 校

癸巳年

十五日西上濟南 [illegible]女年重遠別[illegible]

題濟南道[illegible]隨[illegible]長絕艇泣遙香過[illegible]又

[illegible]王渴[illegible]鄉[illegible]夢[illegible]重[illegible]斷[illegible]腸[illegible]上

[illegible]百[illegible]望[illegible]得[illegible]過取不得作王渴

麥齋廣

我齋待清處古碑殊歸然地猶渤海北廣

在孤山巔義堂隨光西傳絡莊老先訣門

今已往[illegible]麗藉誰傳

其[illegible]附[illegible]錄

校　　校

范文正公讀書處

當年畫粥困奇才長白山前尚此台栽有

黃齏三百甕箇中滋味細嘗來

過伏生故里

二十九篇出斯文猶在茲尚書火後博

老漢鬢時存禮絲或蒲秦博士老

作漢經師傳承未墜淵源判女兒傳

生希輿如草擇堪師

不年已幾春草滿荒祠

過鄒平七里堡

一溪春水碧參差着力東風上柳絲萬

柳

潑新黃幾欲燕雙雙飛下白鷺鷥

途中清明

家家插柳傍雙扉紅杏村邊出酒旂正是清明好天氣紙鳶風裏紙錢飛

旅邸春晚晴

桃花羅綺柳飛綿料峭東風二月天院落沈沈新雨後隔墻月影上秋千

兩隄垂柳鎖濟南萬萬人在畫中名路遥

鞭絲帽影總魂銷應畫長亭又短橋

柳，

一曲霓裳何處空

棋像

近濟南三十里青山無數擁征輕

陳仲子墓　倚柳空待月華明

於陵今已廢蓋邑古今存剩有於陵土

秋風動九原　一曲霓裳何處自詠

一葉下秋高　西風[illegible]　聖朝嘗避地

校字芸窗夜淹詩蜀錦秋家園知己少

佳日且尋幽

重陽作　山色碧遙岡鳥整寒入樓

琴書聊自遣已矣復何求

秋夜授經樓

凄
霜高露冷
客心驚
倚樓樓頭待
月明燈下
蟲鳴孤枕
思天邊雁
淚似鄉情
排對樓扃
夢未成
高樓 一 樓高

霜黃昏慣羅道心詩思抱流泉垂淚不成 四年燈
半床燈下蟲鳴霜鶴客思千愁恨天邊雁淚如鄉情寒星 番
寄戶○夜○無○涔○落葉○秋○窗○秋○有○聲○ 天
孫雨 青 莫依 團 僊 生 日錦雞
鳴須起 早朝 香熱拜經 青衫 莫
全界精舍八詠
不許 秋物莫休 雲 夢
金泉觀魚 樓扃 秋角 物情
人自高機心物同樂意 一絲綸垂游魚
不相逢 雲錦霓裳 秋倚高樓夢未成
秋暝懷碑 重樓

晚上秋曝台
摩挲古篆碣
苔蝕斷紋多
榻迹行相接
金石識在神令
人辨其迹此
碑來百年餘
盡蒼苔色

古碑篆雙銘美人嘆行雨不鑄勵志詩
清乾庚閣府 用上一首 世人嗜金文余獨愛石刻
一日國朝摩崖 苔色
三摩挲神梁 蒼
俱然高山處
晚登像盤亭峰望碧多畫壁久山微行
夕陽忽飛下
疎木依樓遠眺
數樹西蒼煙層樓劍白雪空翠西南來
直錄
山色明一角
伏祠讀畢

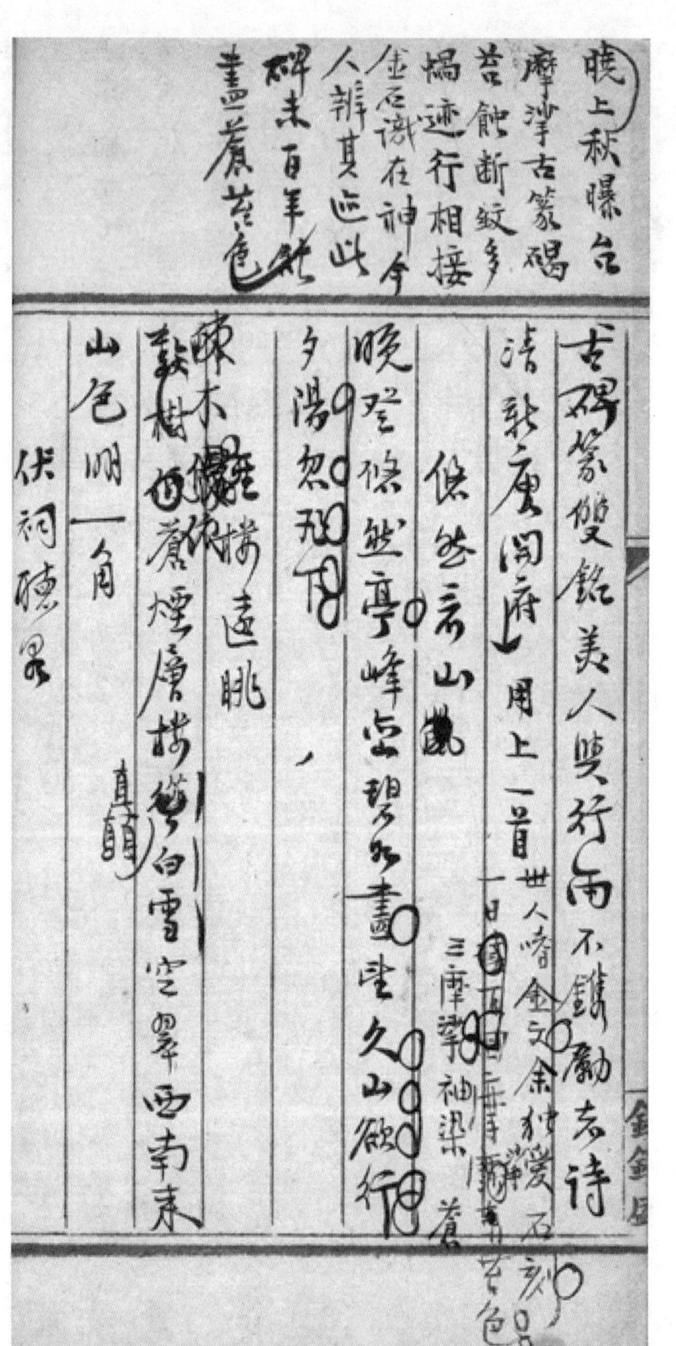

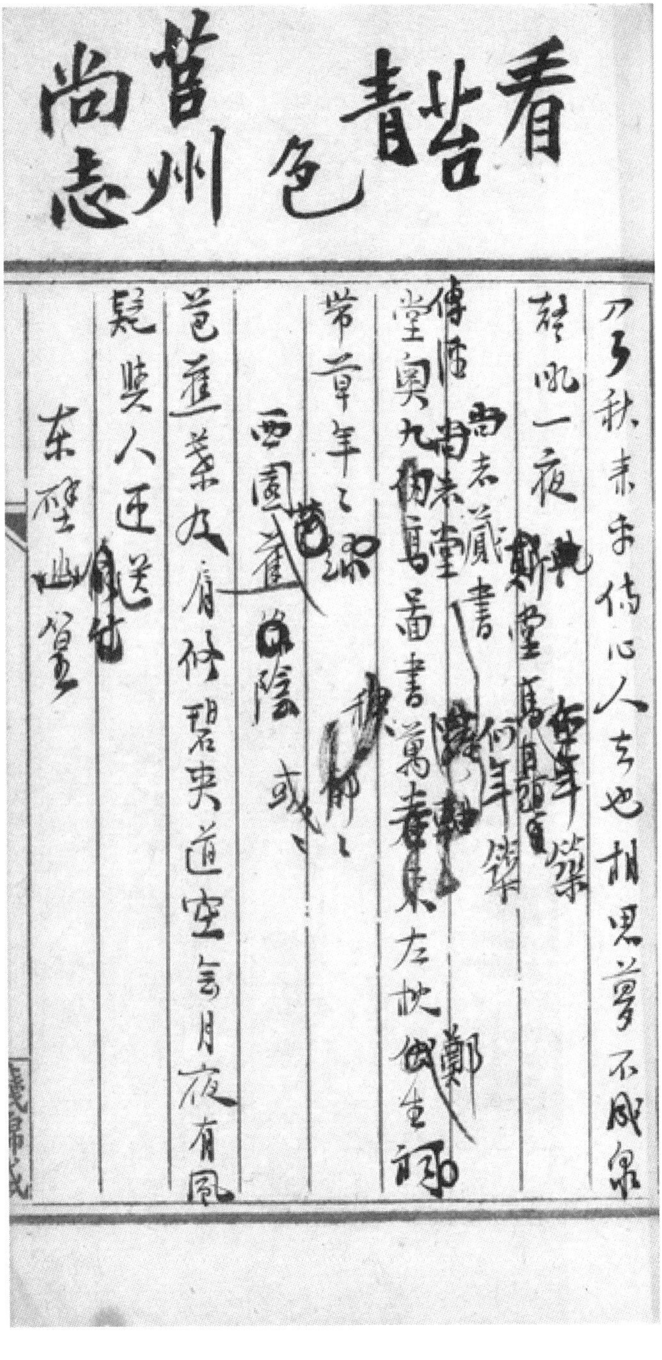
看
苔青
色
舊州
尚志
刀了秋來未傳心人去也相思夢不成眠
頹風一夜斷堂高閣何年築
傳語堂奧九曲畫書萬卷東左
常草年年
西園
邕道菜花有碧虎道空月夜有風
疑是人迷
東壁山

明得
史賞
風秋

漾綠上腮曲子竿森似來古琴挂不
彈書聲出修竹中中中由修
明月出隱曲書聲出修竹擬塵空閒
此中人不俗中 十丈送紅塵
清風來竊 尚 罢
雨後
撲去三千塵
來
清風涼竊竊培
古塵
佳佳

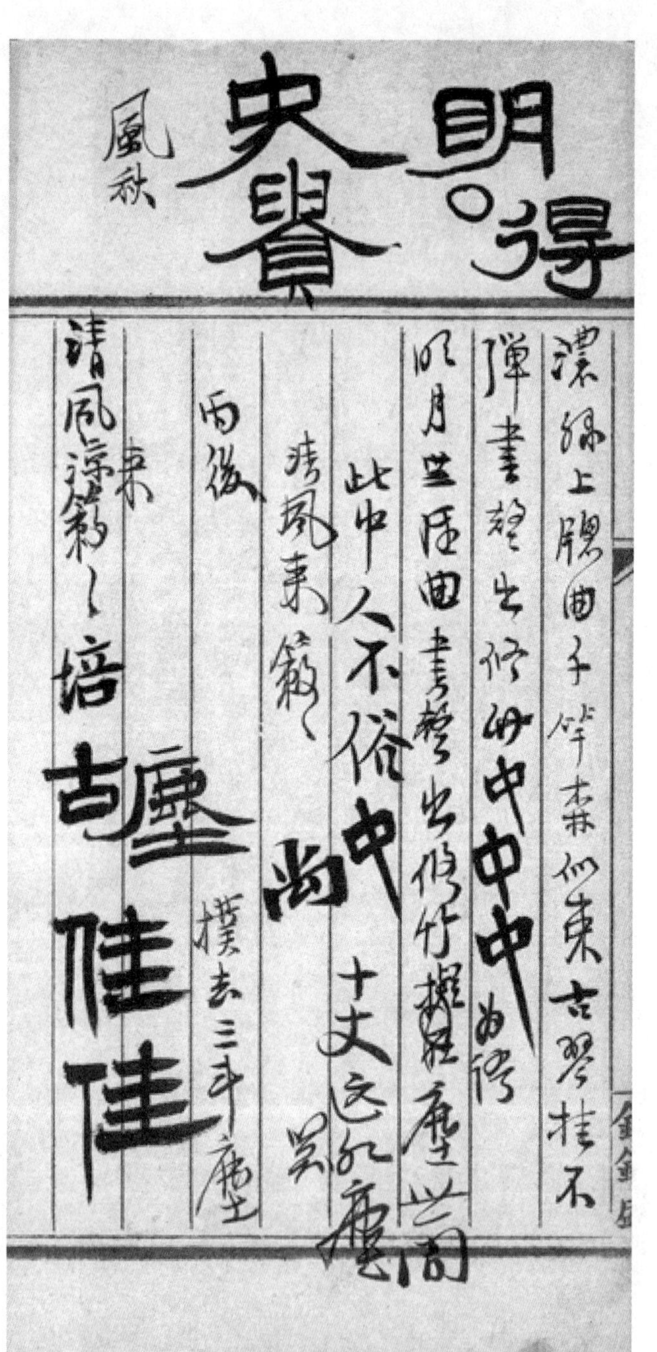

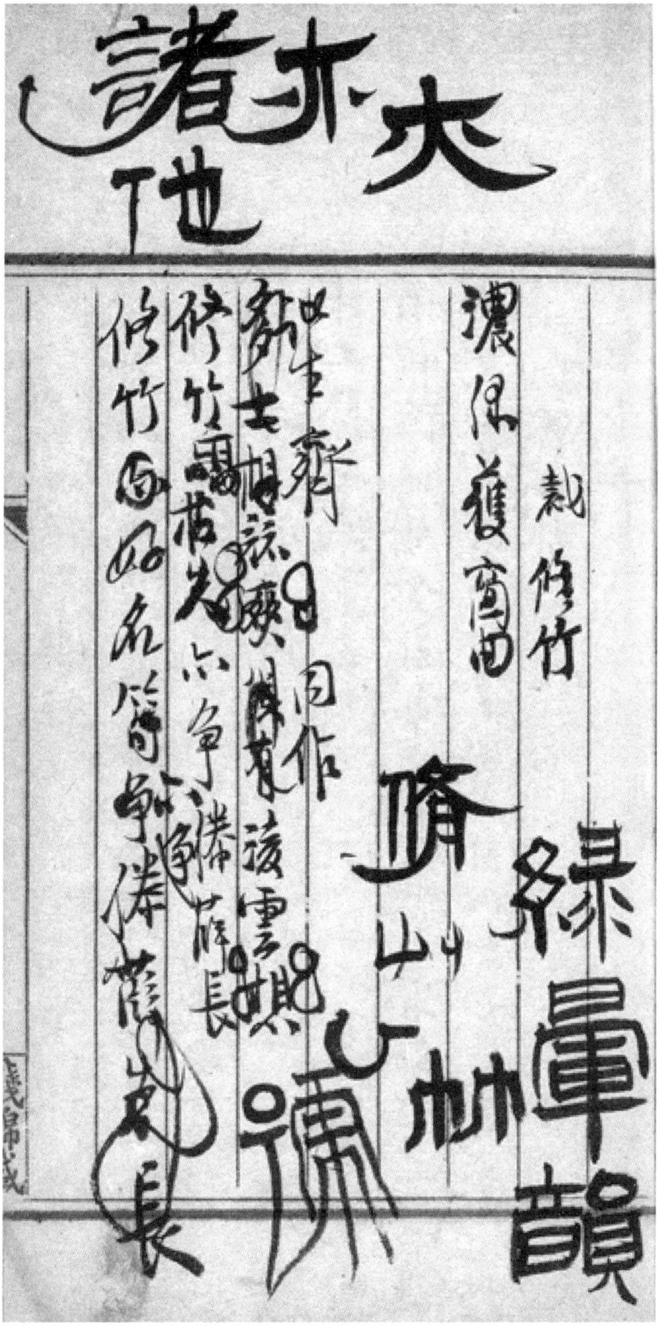

甲午年

都中

飛宇浮雲裏長安青紫蔭侯門嘘蜃市宦海閙蜂衙朝飲金張第暮經趙李家誰將絃柱上錦瑟感年華

春日遊意園

一樹輕紅綻海棠交枝尚倚紫丁香東君只愛嬌顏色不許花神着著淡粧

春日都中襍詩

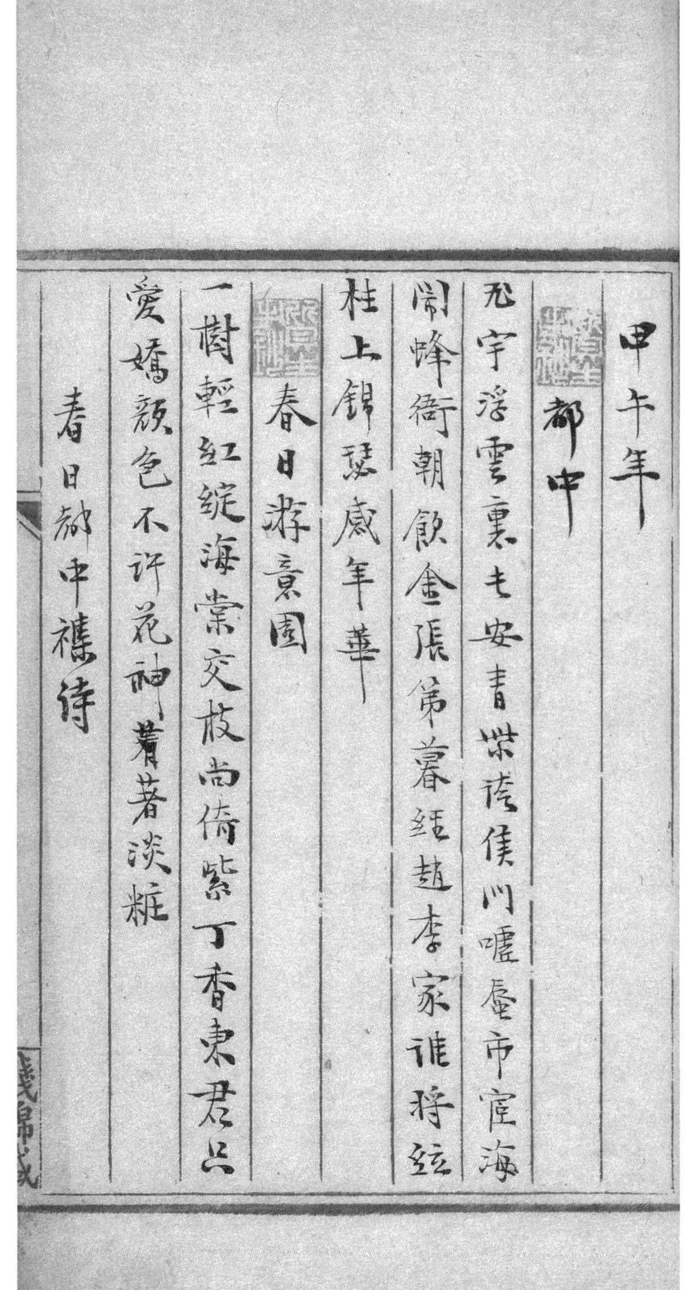

惱人时節困人天仰首沈思俯首眠折得好花渾忘卻清香送（忽）過（到）硯池邊

纏綿情思困春遊一桁珠簾不上鉤最是惱人小兒女只知嬉笑不知愁

那堪菱鏡手重拈羞得情懷萬斛添不辨春愁與鄉恨一齊堆砌上眉尖

庶常館秋夜

為怯空房睡閒階坐已瞑那堪成久客終夜對雙星螢火出深樹。草花香滿庭。所思

千里外銀漢亙天青

中秋無月

兒女長安憶惘然況逢佳節倍纏綿嫦娥有意憐羈旅不使今宵見月圓見亦作對

旅中秋詞

秋日

為歡苦夜短相思秋日長衣帶懶不結倦來倚石牀午夢亦顛倒起坐復徬徨揭簾當户立空此对清光

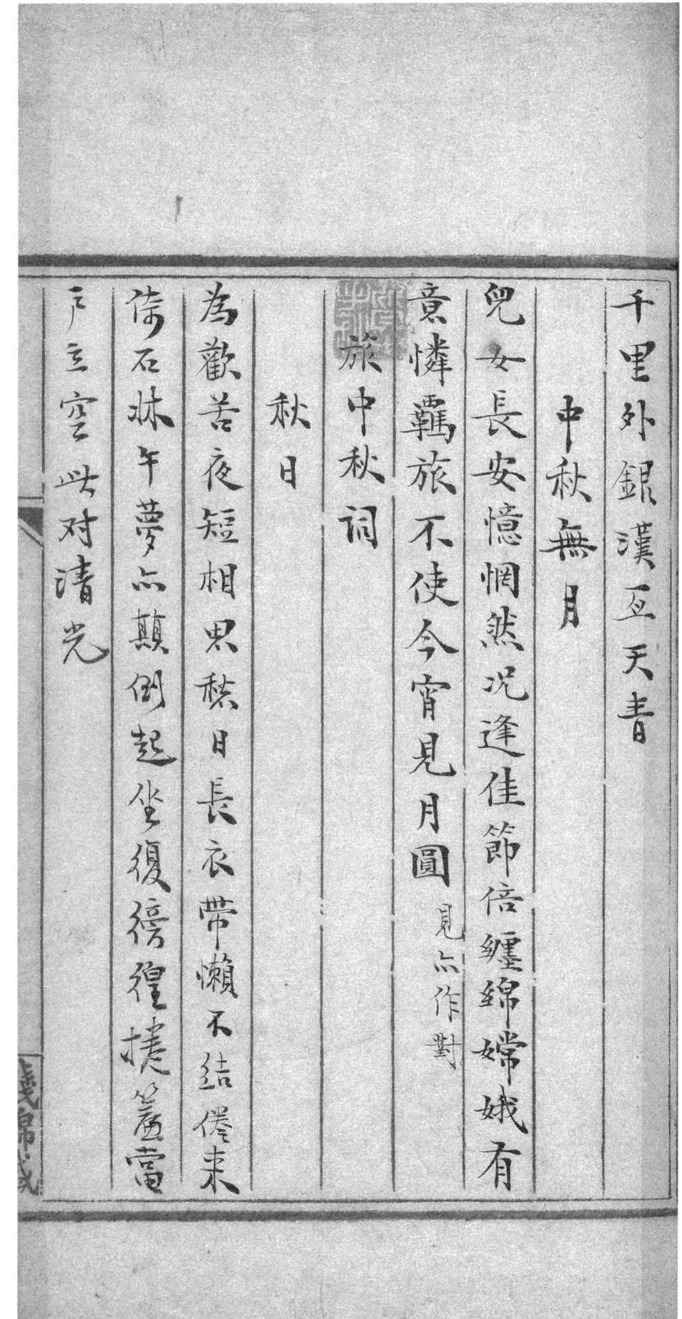

秋夜

寂〻芙蓉帳沉〻翡翠衾孤枕徒徙倚好
夢何處尋殘燈小如豆蓮漏催夜深所思
不可見蟋蟀攪我心

秋暮

薄暮起秋懷閒庭獨彳亍思我可意中人對此
晚香玉名花亦多情夜來發芬馥而我復多
愁挑燈照自宿

秋曉

永夜不成寐既寐且顛倒幽會方未央催人天忽曉但求歡情濃那顧歡時少拚教捷夢圓敢怨雞聲早

秋月

皎皎秋夜月照我羅幃中相思人不見懸知此心同嫦娥豈不怨幽閑廣寒宮人間與天上有恨何時窮

秋雲

擡頭望秋雲低頭觸相思天絲巧織錦濃

淡都入時濃如人顏色淡如人丰姿秋雲儘
日望美人不可期

秋星

移榻當戶牖卧看秋星見毋為牛與女寧
為參與商參商不相見牛女遥相望不見
情可已相望心多傷

秋河

河廣一葦杭江深羽杯渡銀漢清且淺牛女
不相見空感淫暴烏鵲不未成橋欲通黯無路何不抛

雙棱冉冉淩波去

秋風

蓴魚張翰思搖落宋玉悲鄉思不可掇悲秋復何爲炎涼隨節候悲歡亦有時嗟彼班婕妤團扇空相思

秋雨

淒淒一夜雨溶溶萬斛愁雨絲如縷密情絲獨繭抽雁空滴心碎竹徑寒敲秋相思人兩地永夜空煩憂

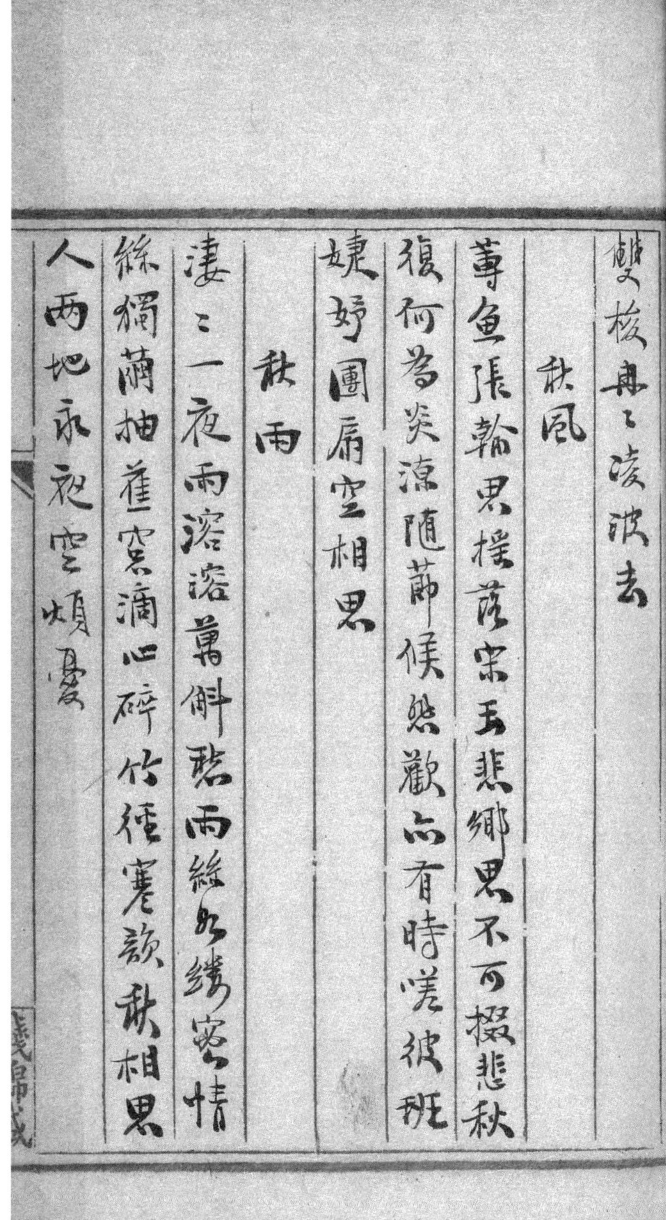

秋露

別恨滿中庭白露沾衣濕丹桂寒云移蘭
葉老龍郎濃濃帝女漿黯黯鮫人泣相思
一夜深淚珠相與滴

秋霜

烏啼月已沈龍樓烟欲凍青女逗嬋娟皎潔
霜華重秋幢時復寒單枕不成夢鴛瓦
一夜凜鴛衾誰與共

秋螢

熒熒羣星散燦燦明珠霏閃閃出螢火盈盈寶扇揮坐久沾懷袖夜深隨入幃安得藉一點夢照見容輝

秋蝶

昔者韓憑婦化作雙蝴蝶香國再世緣花譜三生牒秋風不相棄焉用怨羅箑嗟彼長相思對此雙樽結

秋思效義山體

簷馬丁東隔院聞爐香篆篆亦結迴紋情

腸似水愁千折心緒逢秋惱十分當戶

桐垂吾子意（古子夜歌云桐樹生門前出入見梧子梧子隱吾子）滿牕竹

寫个人文相思入夢空惆悵枉卻巫山

一段雲

早發十二連橋

墻裏人聲墻外潮驚濤徹枕雨瀟瀟曉來

僕上征車去夢落蓮南十二橋

蓮鎮題壁

一任行人攀折來兩叢丹桂路旁栽同

香舊尉殷勤覓不見名花何處開

平原贈歌妓

雙拖舞袖一身輕任爾隨風搖曳行夜夜
夢中成羽化自言飛燕是前生

宴城贈歌妓

故交零落淚闌干逝水名花去不還也似
宮中天寶事舊人唯剩謝阿蠻

長山題壁

鄉心星火急軍書況是殘冬歲欲除日暮

寒鴉爭古木途長老驥困征車項王留戀空衣錦○温嶠慨慷終絕裾○邊塞於今太多事不能援筆復何如

桐花鳳

岷江磯岸紫桐開五朵靈禽鳳舞偕羨鳥性情馴似燕一生常好集美人釵

已亂慶情挑畫有餘樓頭
憑 闌買帆 易舊
危樓情々霜高露路冷客心驚樓上秋釭夢不成
樓下燈孤鳴雁聲燈雁羅寒枕思天邊雁喉故鄉情
寒星寺戶庭除除落葉打窗林有聲
一曲霓裳徒想像當何日消倚欄佇望月華明
幾日霓裳羽衣舞曲開元奏曲想像
錦雲鄉錦衣錦雲鄉秋統青衫切莫問儒生
擬自

十一月廿六日接繼宗法號信並懷而信
十二月初二日接七號信並懷而作

秋色亙銀漢夜涼澄碧空遥知故
園裏今夜月明中兒女有情懷
閨何日路通長安（淚痕幽）双淚灑杜陵
浣花年

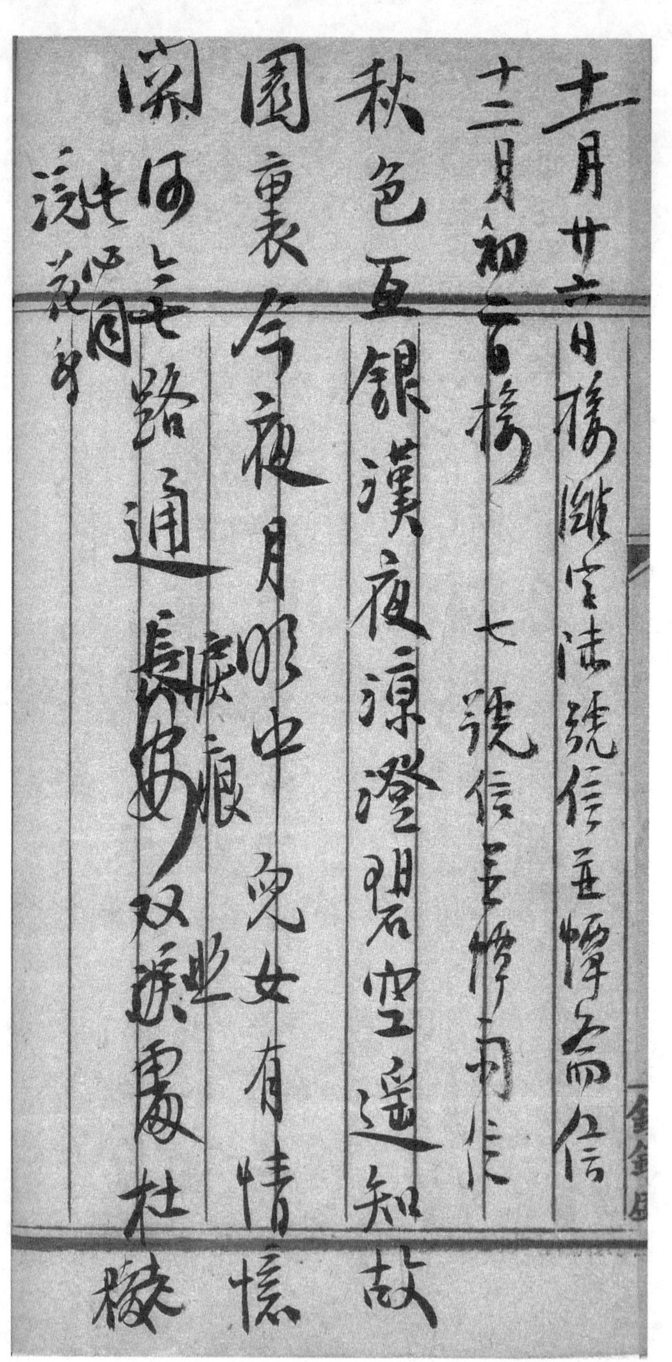

仲芳我老哥鄉世大人閣下別後時日有幾矣
夢寐之間憶舊(以買自)雁左右快談對月時也殷悵
離行不能為歡弟回東後從我兄弟之卉
而述之年備歷中年手可二年(以歸)徵銜門下二十五(甘七)
懷以告慰
請法了人生雖(以窮)貴莫知己難逢弟自東來拔汲
受盡苦日不以壯志自負花文臣名作
未才時所以天下為之很筆不能言也

閣下不弄翰墨（恐世俗嫌）悵談，時稱爲君日酒中
積，不能年年爲一日之歡，惟以素交之情，以遠之感，仍
日前之去於他，了尤甚不可也。近聞
閣下乘彩虎錢踐公司之娛
尊翁之歡，庶同往，前帶差帶交君合之
並翁何以不勝慚，不見之娛
不堪之不然代中改之意遠謝一切，別在新正汗

帖

費仲之手蹟，此筆望一示，餘望彼此作包

可也。書佛寺即繳

大安兼順

謝，惆悵

顏甚不宣

似世英弟傳

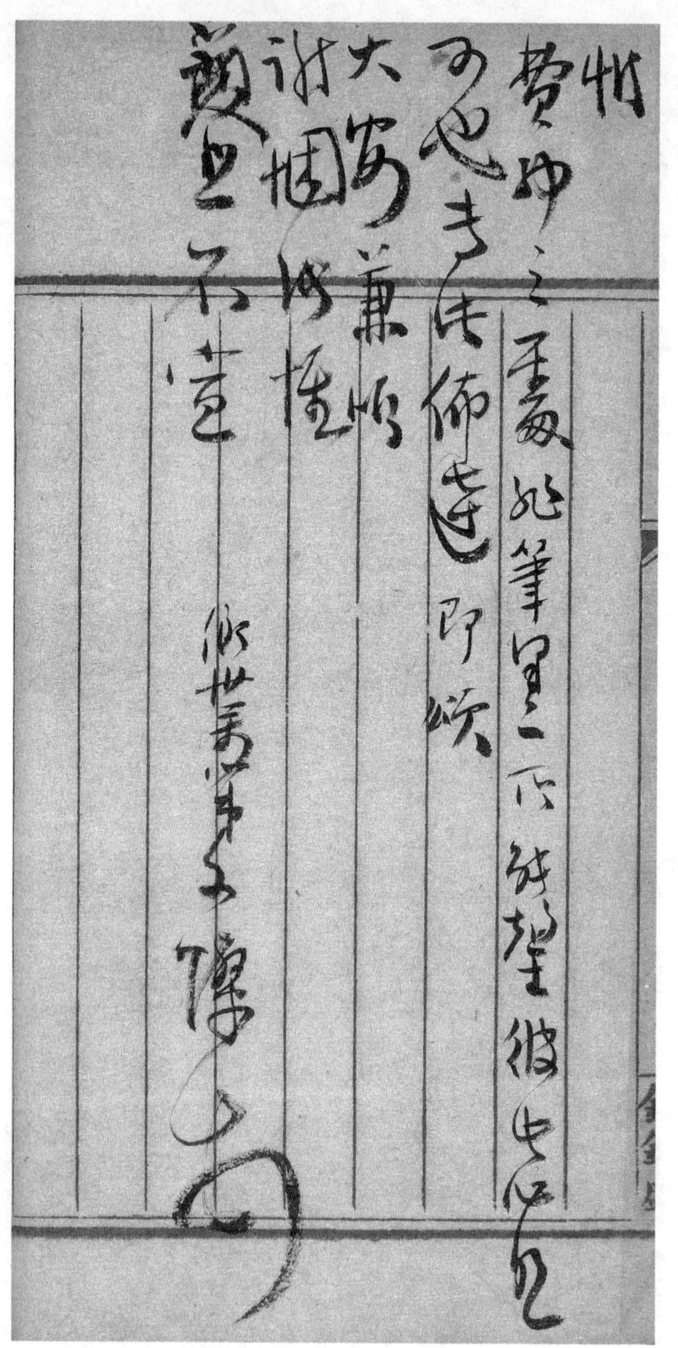

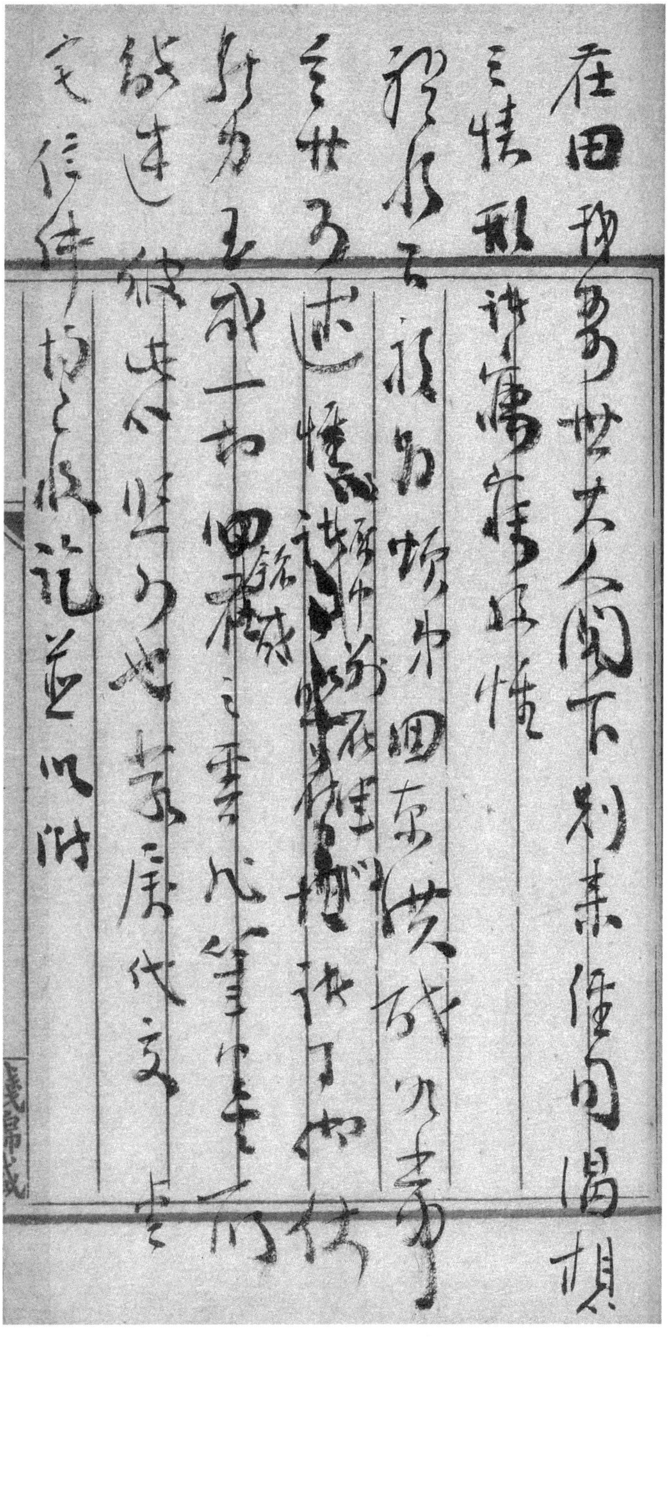

聞吾佛道　可清
此身為世汙
謝相莊椎
河沙不空

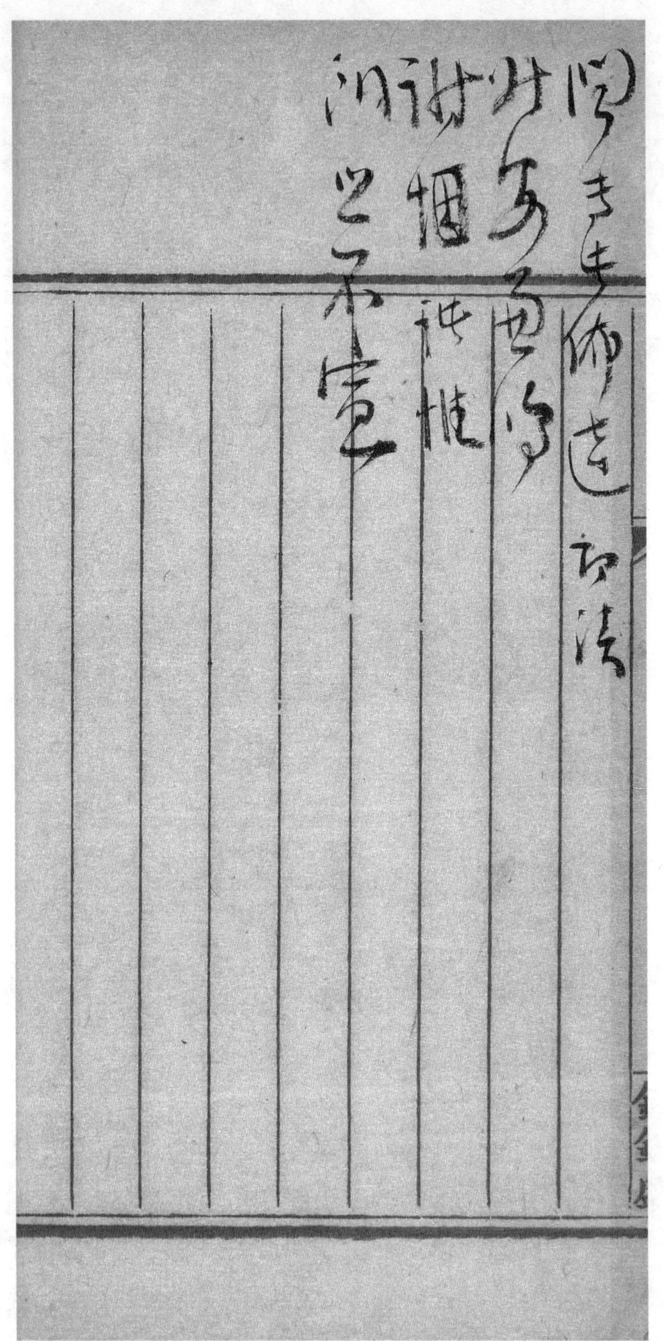

獻齋老伯大人閣下拜別數日如隔三秋懷人
念之情當亦同之敬惟
禔躬百祐
潭府千祥為頌姪回南後供職如常毫無足述
可陳前荷隆情關注
庇一切銘感之情筆墨難罄刻下感
年四月蒙妃之封號已荷恩不能舉報

又欽若用又欽諱之省欽或並所用名廿一併
詳考以保存寫錄便當不為貌姣查中
風思矣保亦律們再則下主之人以為常之情
將來手寫者無所去奪何之千秋子
存作模範倘後之揣摩而為吹噓俾見得以
存此識不在語源知
未作提的之不順

霞為老伯大人閣下前修手書陳入
青鑒敬悉
近祉迪吉為頌為慰樹擇供我收壽
詩稿至今惟節近崇着為用圖之
言台可遷奈何奈何踪跡甚樂
老伯函許代作特催因回京日迎候
先問安並請
輝拜

序之下感激莫名本宜靜候

佳音不敢驟[illegible]陳奈[illegible]振

察覽[illegible]陳辦

矣作其神外受教列二三位下懇伏

惟乞垂鑒

原諒是幸七十[illegible]

[illegible]頌外[illegible]二千[illegible]

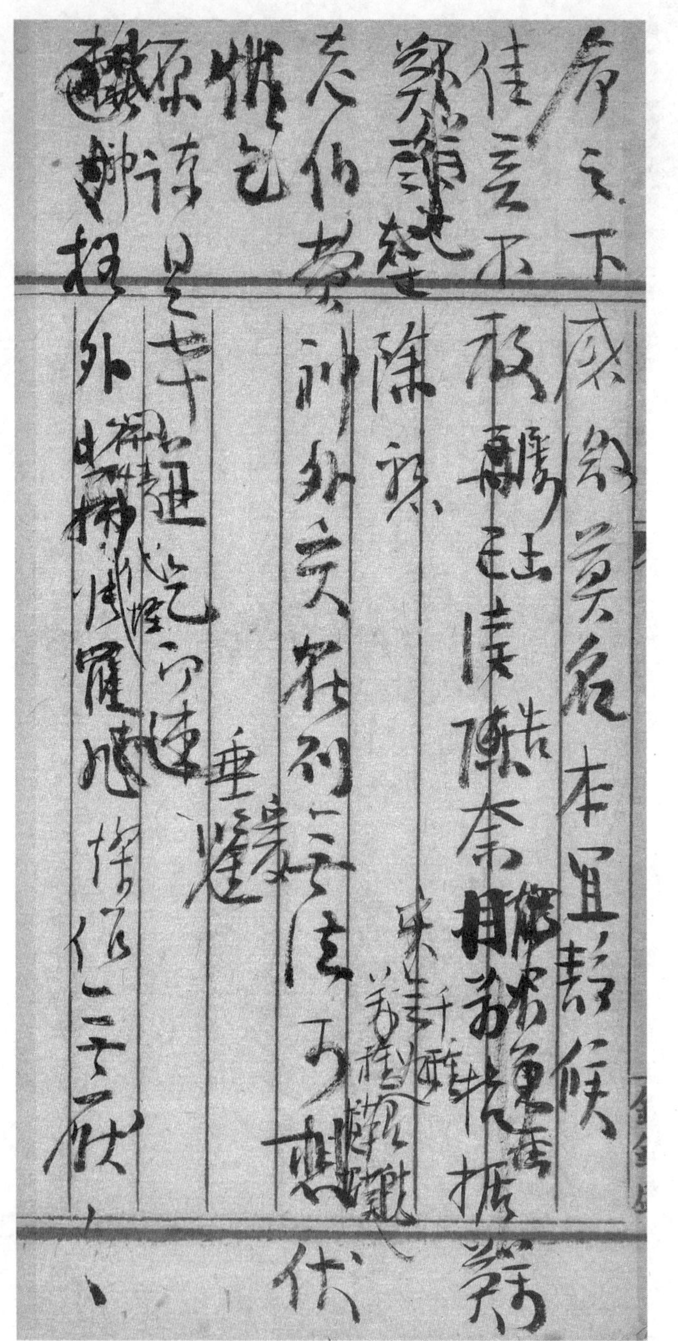

求但其屯手用孔急君不得不三念多居
所也帶來圖試对陶十付我
於收代故伝有不足再去信还之东三万
分請代為要鬼来电佈聊聊
此有之為切切
底個謹匯
回文時書面芳臨切切之

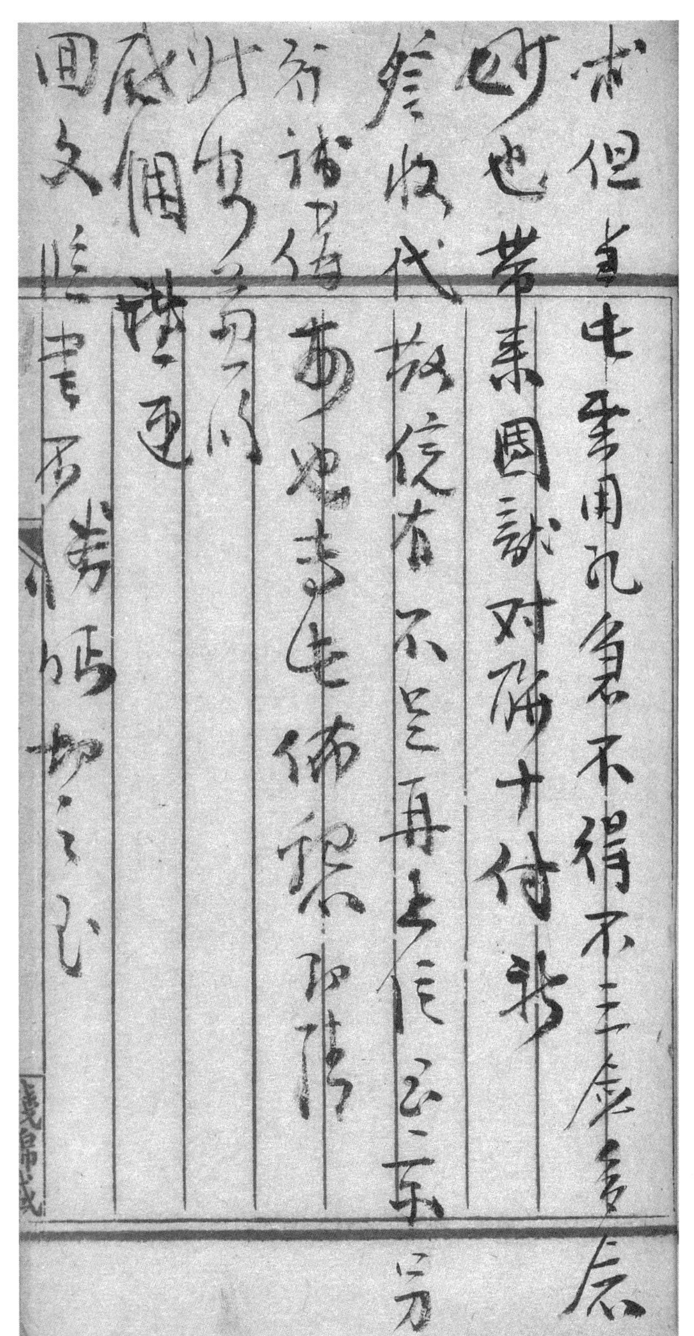

我本燕趙士結交輕黄金那堪拔劍起誰君俠
若吟作我歌不嗟斷知音夕照殷
之壯士皆峻塞風蕭易水深刹那無一存
亡以無色到去今何以 烽烟滿天下
南冠從漁常相便書生欲手從之去補中宮嘆聲
又欲祈安得乘風萬里隨神山六陽仙島
陰不死年世莫不學移住風塵之
但學劍術十年成一快平生心一勞

再弔蔣娘仍用漁洋秋柳韻

湖水青青烈女魂，千秋腸斷漲波門。曉煙柳帶[illegible]眉[illegible]，秋露荷擎珠淚痕。歷下平康空有里，卅卿生長已無村。美人名士同[illegible]感，重尋戚假論。
[illegible]節[illegible]輕身一躍赴餘塘，劫[illegible]芳土[illegible]不羨青樓衣滿箱。山色近參不佛像，湖光清送水仙王。忠臣有女心如鐵，一樣清風滿教坊。

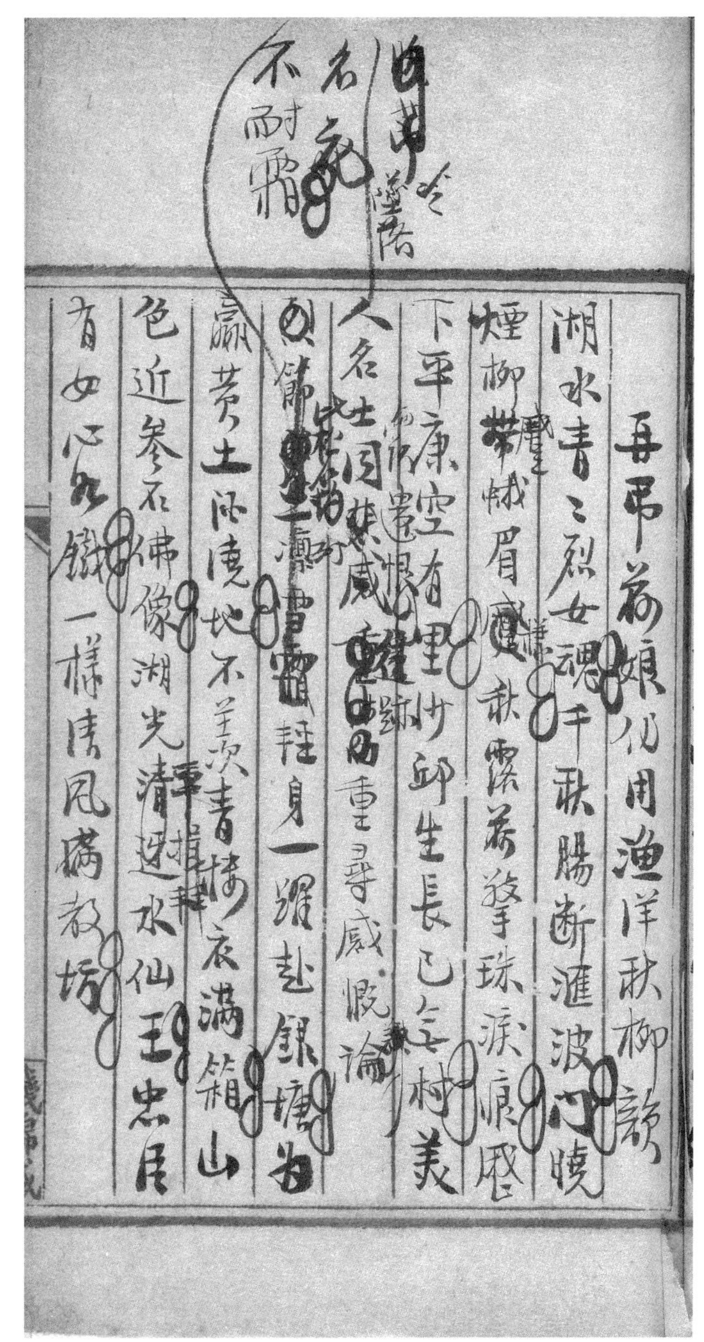

休問當年舊舞衣 舊蹟是耶非
古亭風定藕花 室秋深芒葦稀鷗
鷺自潔 鴛鴦不双飛降
檀板是明湖上 比地何留 違
天涯淪落 湖上 維舟 暮烟
女士心腸堅似石 美人身命薄于綿 晚峰
藤蘿重湯芦白草 黃沙五百年他
日 一壺 泉 萬重
恨寫水雲邊

帖湖 白烈 力

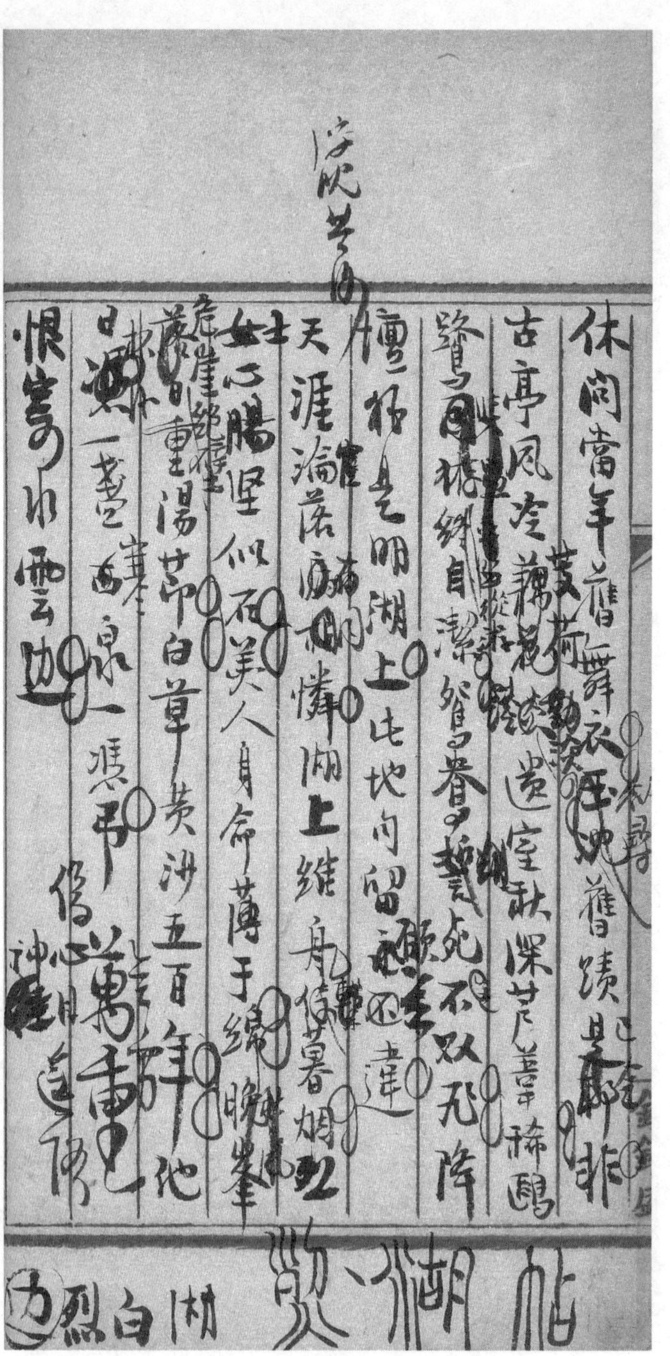

識君、翻悔見君遲，邀想歸來遇亦奇。
難得素心同杜劍，為尊將已盡談詩。
十年桂里成群水，戰后一廚營共照。
畢竟恨斯人作物，為霖為雨作甘霖。
又祭搔騰三載共蘭同一時，壯懷何好劍。
老已無心談詩，海內知心久未遇，識面遲。

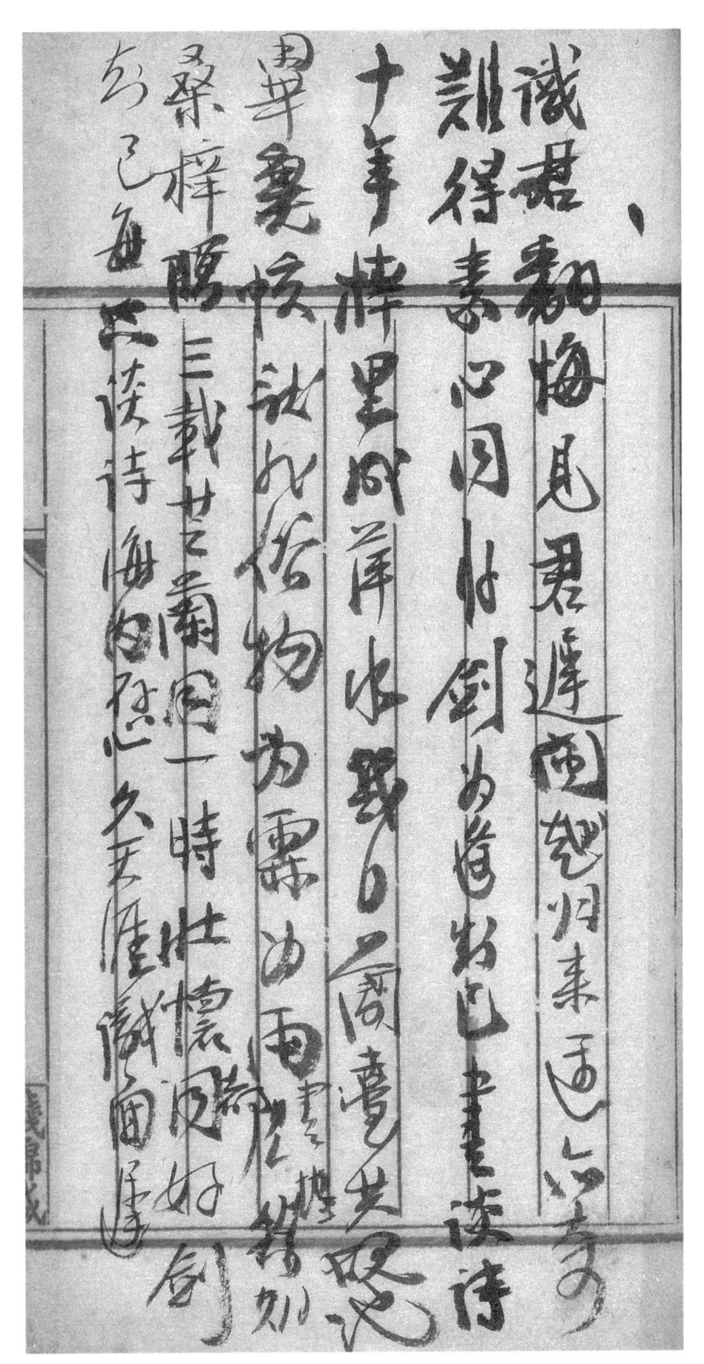

夜雨

羈宦二三載。亂愁千萬動攸尋。那堪

昨夜慮儘獨此情。陳

紹因夜書之。深夜雨收

殘燕析。送王度曉鐘。何處

處夢。倚枕推愁。欲尋鄉

處夢。倚枕推愁。覓幽孤松

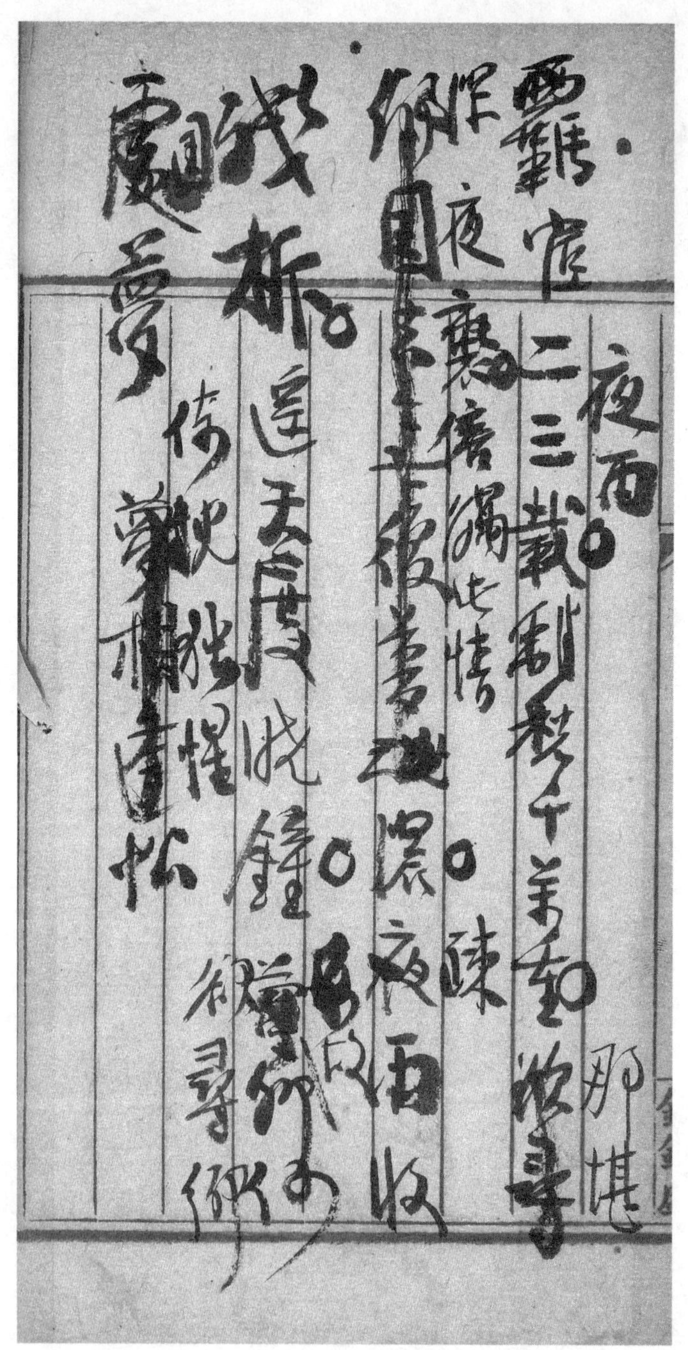

□田詩草

夜雨

冷宦二三載
離愁千萬重
况逢澤夜寂
倍觸此情濃
疎雨收殘柝
遙天度曉鐘
欲尋鄉國夢
倚枕獨惺忪

讀劉君蕉僊俠客吟有感

我生本俠士
結交輕黃金
那堪拔劍起
讀君俠客吟
慷慨悲歌數行下
誰知意夕照般
金台胎寒風蕭颯

易水深藍井荊卿古已沒燕趙烈士今
銷沈去歲烽煙擾天下倭寇田逆東西
後大將鎮俗坐不動旌旗戈矛如雲林
畫祖生聞雞寧不霹靂楚囚對泣徒沾襟
安得乘風萬里浪神山之陽仙島傍
不求丟丹不死藥不學成連移情琴
但願神仙授劍術學成且快平生心
出倭寇拜馬下手出田逆生遭擒兵氣
清海波不揚塵不起水陸歡懌時來琛

十陽

功成身退不受爵赤松黃石吾所欽長
嘯一聲歸去雲山煙湖何處尋

偶閱舊詩謹有得作此以誌
庶其謹有所不忘也　且記

望月　真牛女桂閣

長安天半月獨照宦游人時有異鄉
思將於此月親閱山河夜經營
家書聞說共千里余將贈桂輪

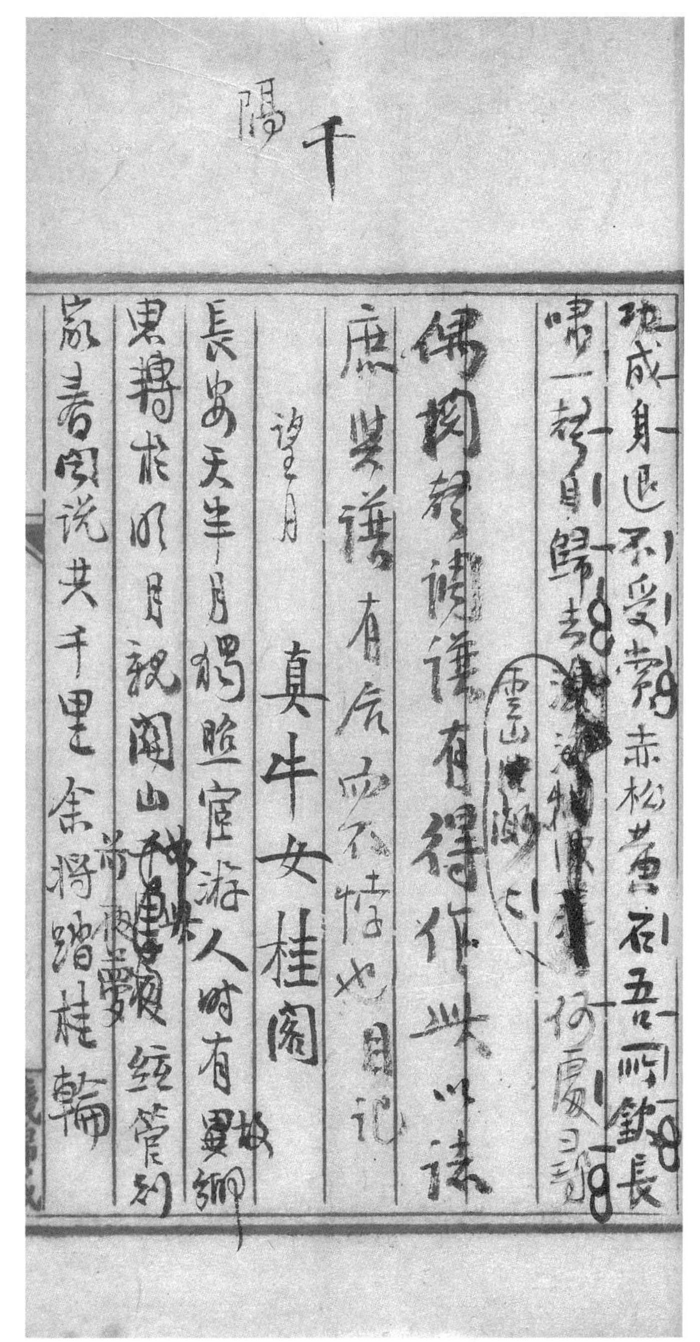

思到五更
孤枕亂夢
迴千里一
燈明

望月

長安天半月獨照宦遊人時有久與離人
思轉樓明月親閉山前夜夢經管知
家春閒說共千里余將踏桂輪
霜風又逼物華更況佳辰樓館客情
鄉夢驚迴孤枕亂詩心攪[illegible]一燈明
半爐孤燈羈客思一林殘夢故鄉情
寒星當戶夜無際落葉打牕秋有聲
幾日覓尋因奏曲青衫猶自困儒生

草門 佼 八帶 營

康達良 字慶臣 住大門侍建侯便

陈曳寰 字如裕 字建侯 住北门裏大役 門口西

郭仲芳 住宗竹林礦務局

盛宣怀 东门外

李希堇 粵 鼓楼东

姓紹豐 北门裏路北

姓趙寶 真隸 住竹林礦務局 錯

章高元 住北城 鼓楼东袁家公館

曹勝 治堂 安徽人 住紫竹林

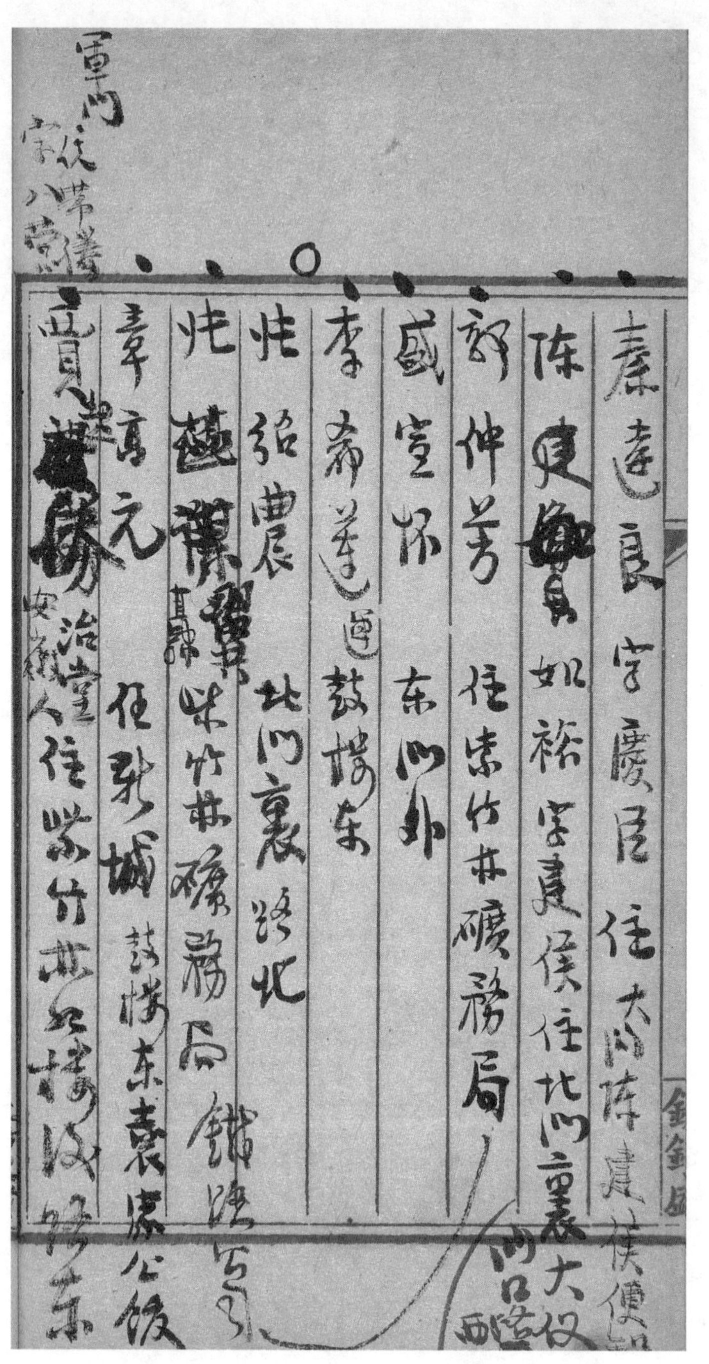

徐銘德　到此爲還兵　吳[illegible][illegible]信

羅　　王軍錢還兵

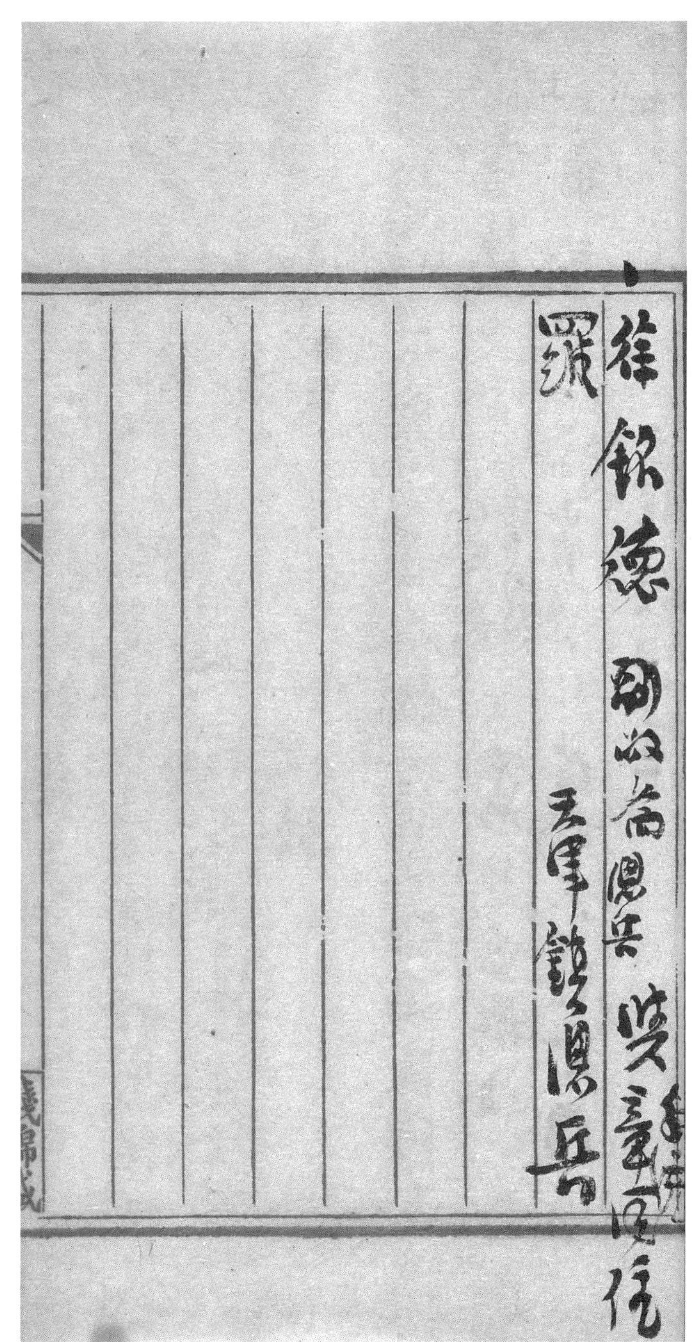

張子寬　山西人　長慎湧錢舖

張德裕　紹農　候補道管理店　住北門裏路北

章（總領）高元（軍門）具臣　登州鎮　住鼓樓東袁家公館

徐（右院）歐德　叔希　同住

吳起勝（軍門）湘堂　安徽人（統帶勝字八營）　住紫竹林紅樓後街東

十營

戚宣懷　書遠（前兌兼）　東門外道衙門

李希蓮　（以前山東運）　鼓樓東運衙門

羅　天津鎮總兵

秦達良 年伯 字慶臣 長安人 住處同陳建侯

陳如裕 字建侯 屋城人 住北門裏大儀門口路西

鄭仲芳 號祥珪 [illegible]縣人 住紫竹林礦務局

張葆謀 號翼 直隸人 同上

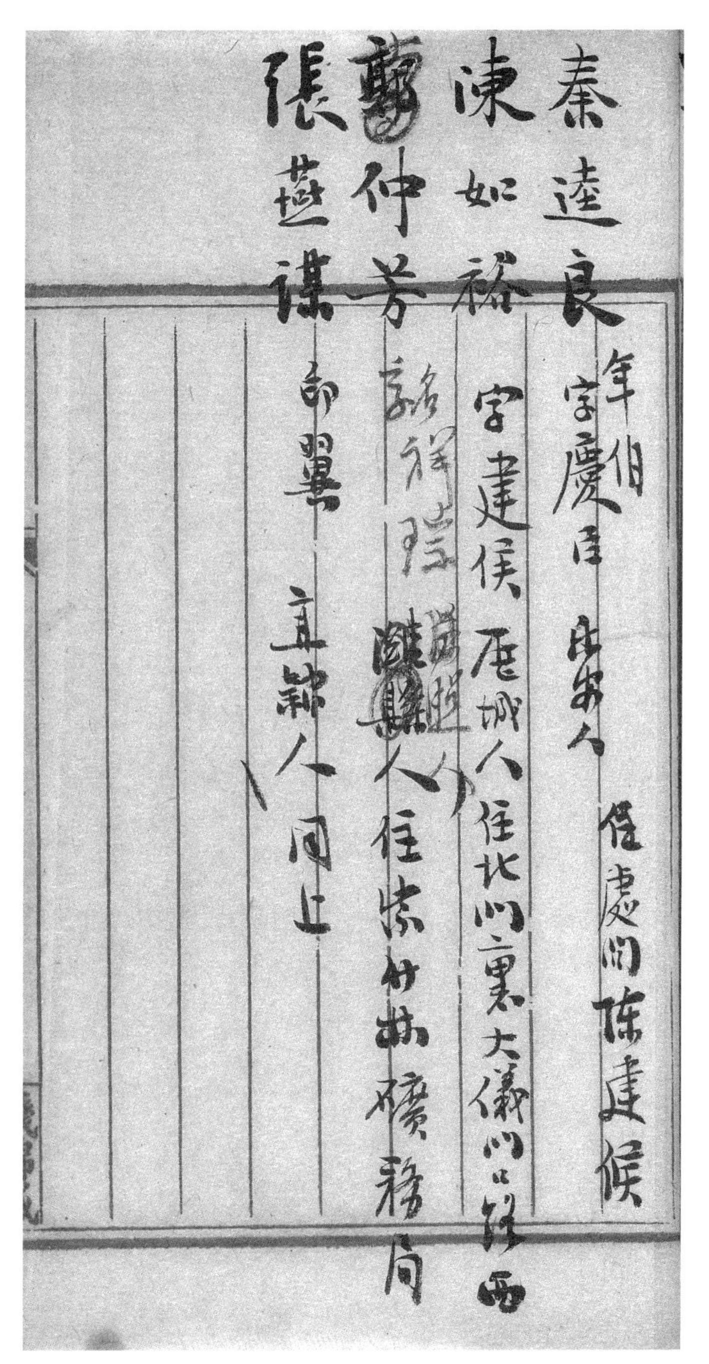

曲彈清向自京經蟬

詠物詩

螢　蠶霜漁讓

羞向暗中去，文明自有輝。一生惟本色，

不解藉醉光。沱歡

蛛絲　羞作蜘蛛絲

經綸滿腹中，吐露有遲早。蜘蛛向有

絲，只是量緣巧。奇　州縈

蟬　飲露　知音飲

與世無爭心，風露自所潔。一樣在高枝，

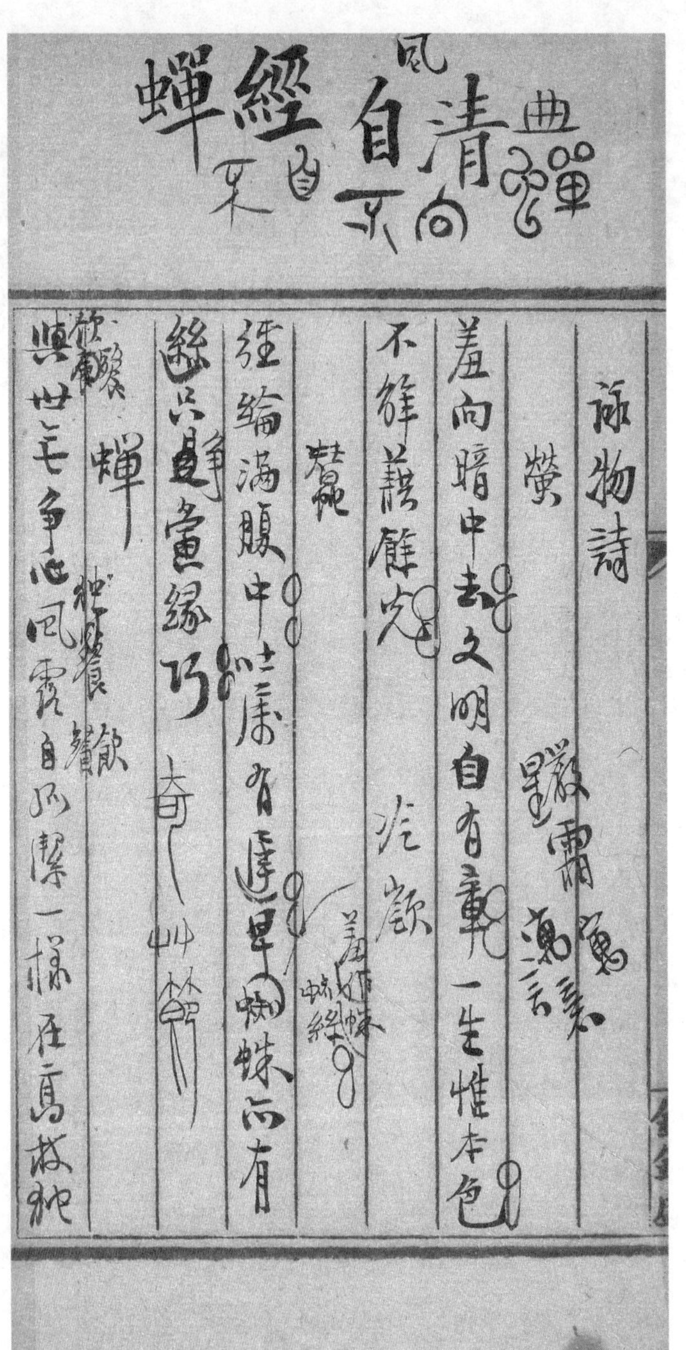

移華閑談
莫浮名
不向繁華
蝶　英雄本色
菊　半生
只存傲
骨

自勵
清　愛者晴
獨梅花　凝香
菊　自賞　傲骨
名士清高只存傲骨
風
不羨浮華　言
棄　名場

蝶

蜂

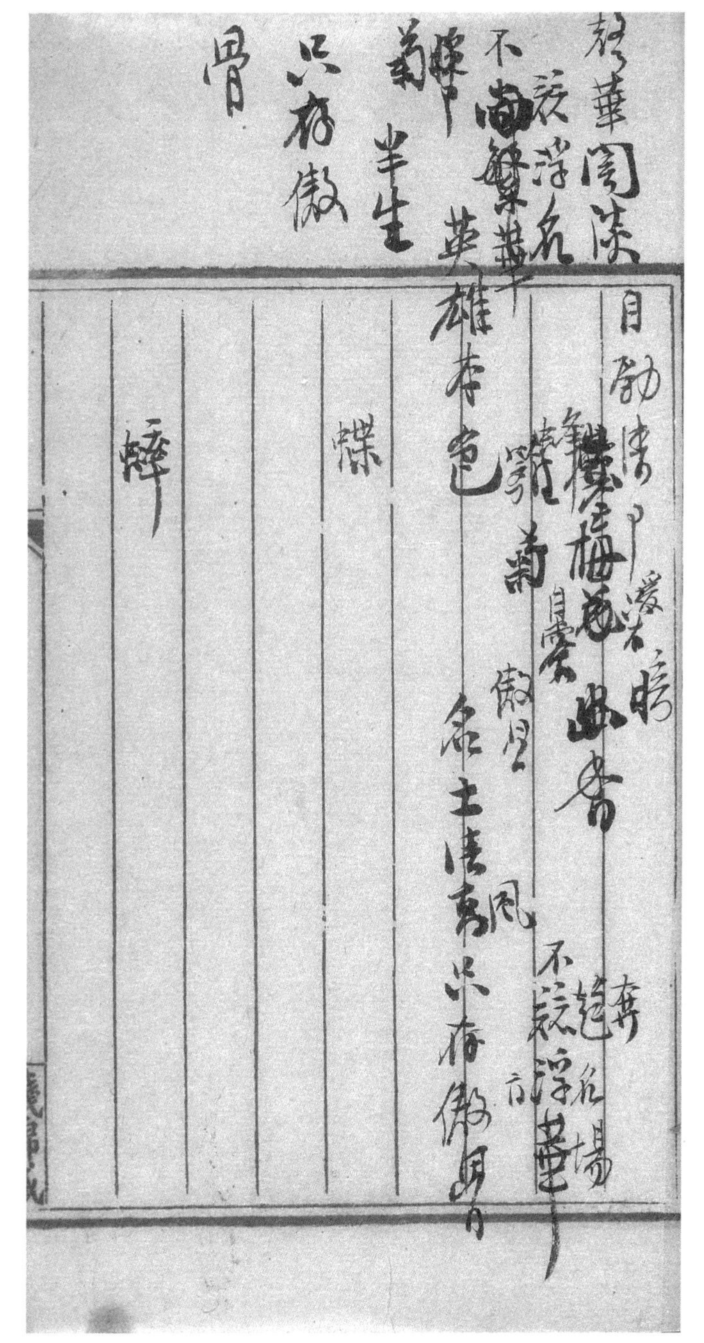

讀情史有感

夏癸商辛暴主殘夫差亡國爲窮奢西施
妹妲終何罪也替千秋被惡名

鹽女長沙女千古憐才第一人

卻

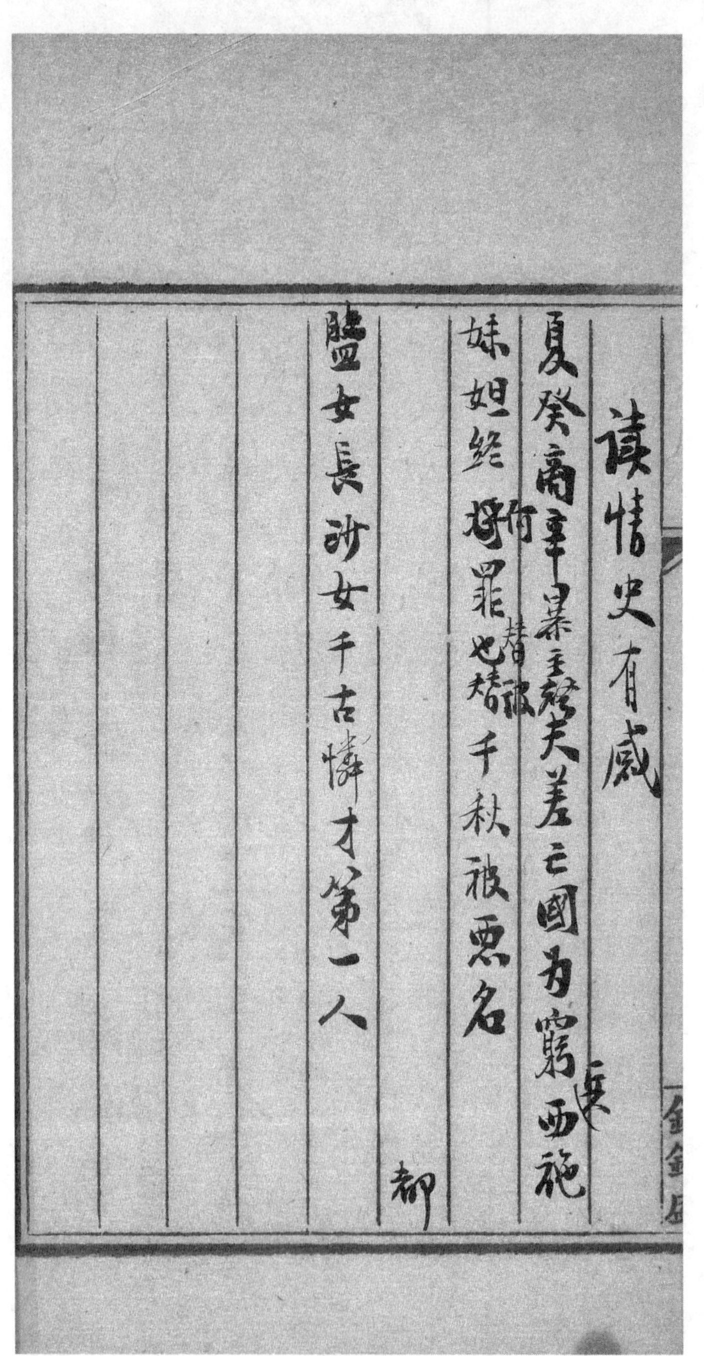

桑梓暌三載芝蘭臭一時盡懷
同好劍知己只談詩海內存心久
天涯識面遲綠蕉映紅豆依樣
是相思

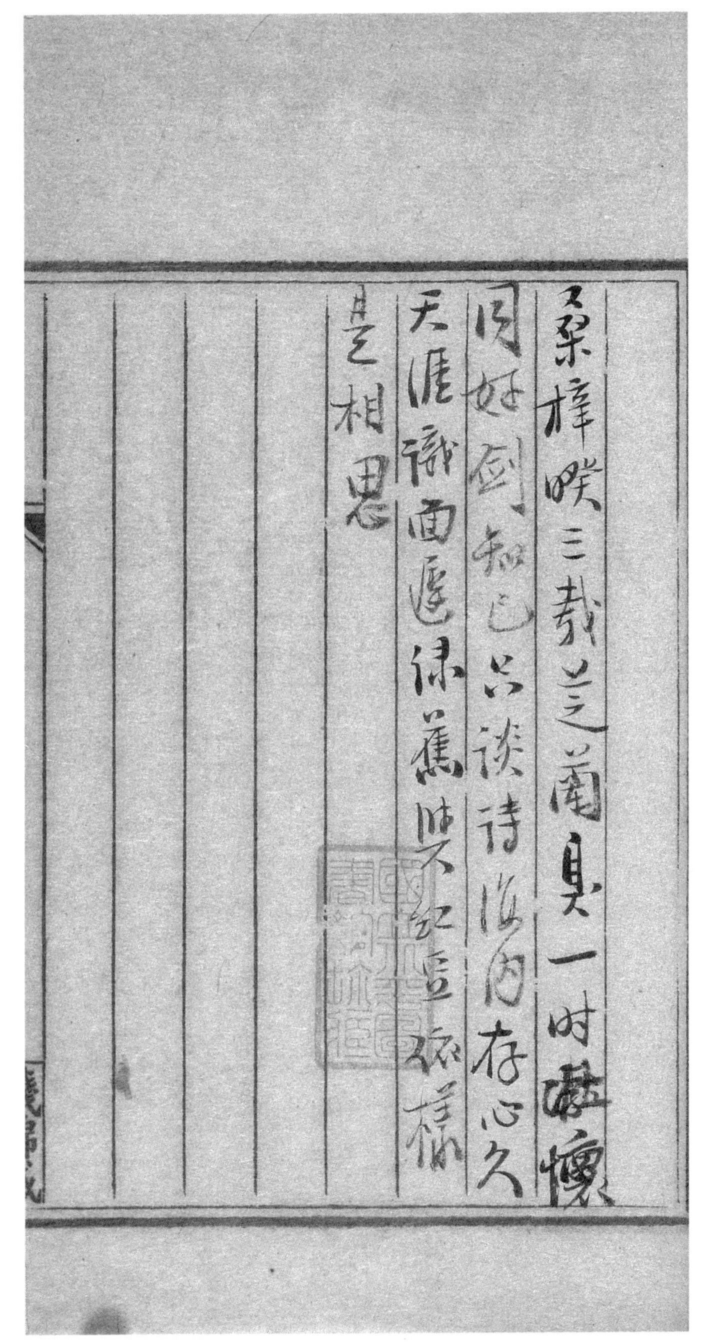

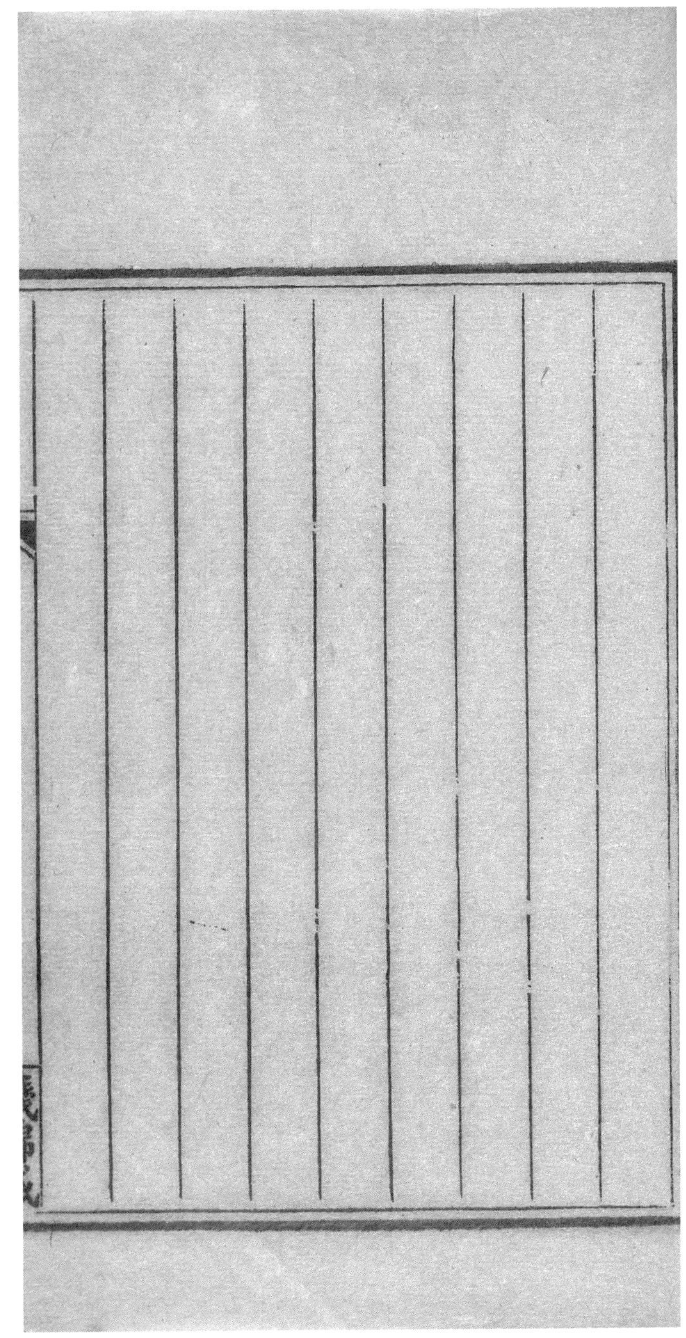

紅豆館吟艸
第一三二八號
集部類
卷
原稿本
一冊
國立北平圖書館藏

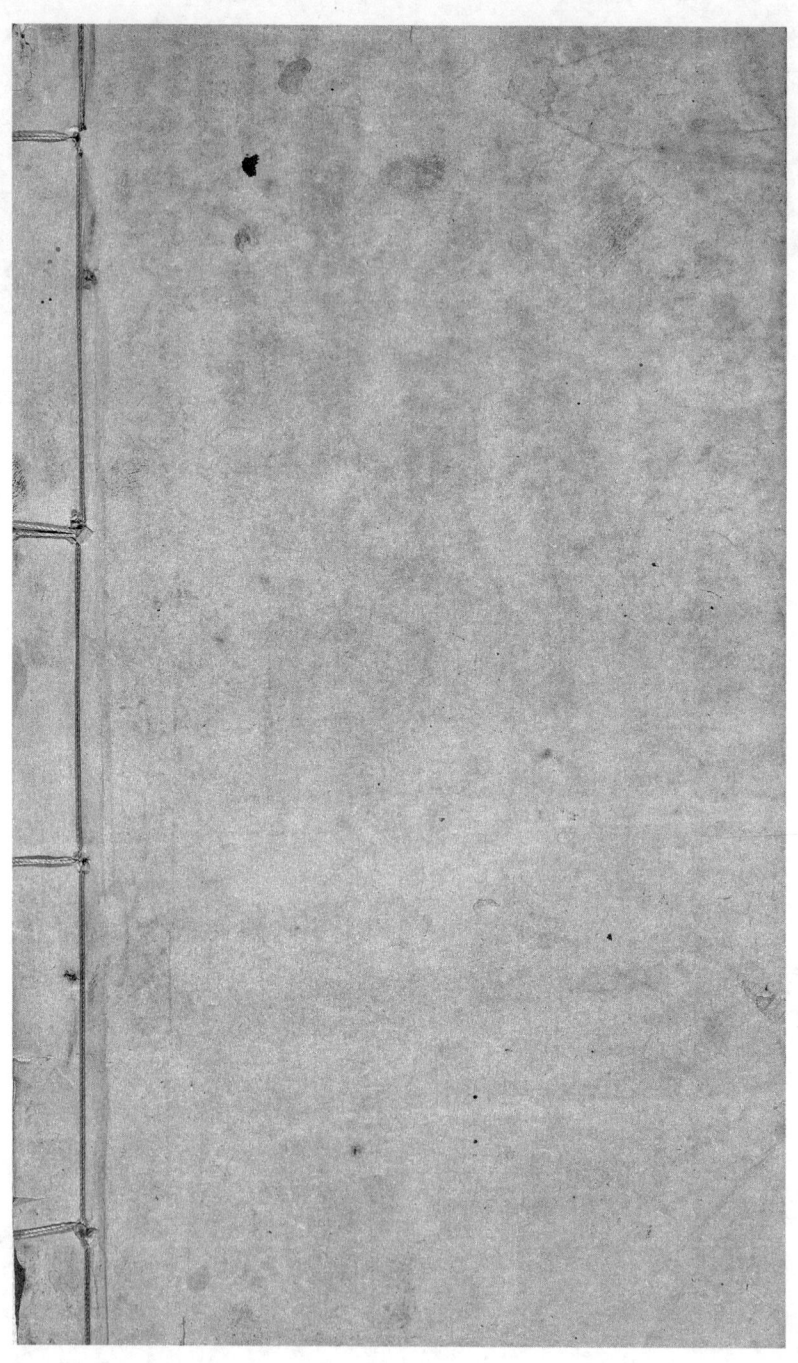